DON QUIJOTE

DE LA MANCHA

堂吉诃德

第一部

〔西〕塞万提斯 ·············· 著　董燕生 ·············· 译

作家出版社

致贝哈尔公爵

吉布若莱翁侯爵、贝纳勒卡萨尔和巴尼亚热斯伯爵、阿勒克塞尔镇子爵,卡皮里亚、库日珥勒和布尔吉约斯诸村领主:

深信贵人阁下致力于庇护优秀文艺作品,更为器重格调高尚、不媚俗取宠之作,必会欢迎褒奖各类书籍,愿借阁下清名之荫庇,将《奇思异想的绅士堂吉诃德·德·拉曼却》公之于世。

谨以对大人恭顺崇敬之情,恳请欣然接纳,予以襄助。拙作不比市上流传的饱学之士处高堂广厦所构思之神品,诸种渊博优雅之藻饰一概阙如,唯盼大人扶持,方能不畏众人评说。须知一班不自量力之徒,惯于对他人之作妄加评点,偏颇有余,公正不足。阁下洞察世情,势必体谅鄙人一片苦心。进献微薄,不成敬意,且莫鄙弃。

米盖尔·德·塞万提斯·萨维德拉

PRÓLOGO

序言

　　悠闲自得的读者，不用我发誓赌咒，你想必也能理解，我多么希望这本书，作为头脑的产儿，尽可能出息得又漂亮、又优雅、又聪颖。然而，我却无力违背物生其类的自然法则。像我这个才疏学浅之辈的头脑孕育出的产儿，只能是干瘪瘪、皱巴巴、刁钻古怪、满脑子别人始料莫及的胡思乱想，而且又是在牢房里孕育出来的。在那地方，诸事不遂心意，恶声盈耳不绝。而要让最无望妊娠的文艺女神生儿育女，奉献出令世人喜爱叹服的果实，一个十分重要的条件却是生活安宁，居所幽静，身处怡人的原野，头顶万里晴空，耳闻汩汩清泉，心神舒泰，毫无牵挂。有些做父亲的，尽管自己的儿子丑八怪似的，一点也不可爱，但是溺爱之心蒙住他的眼睛，使他视而不见，还满心以为是个聪慧秀美的宁馨儿，喋喋向友人们夸赞他如何伶俐逗人。而我也算为人父了，却不过是个后爹。亲爱的读者，我不愿追随时尚，像别人那样，几乎双眼噙泪哀求你宽厚为怀，为你就要见到的我儿子遮丑护短。你不是他的什么亲戚朋友；你的身躯中包含着自己的心灵，是一位有主见的头等精明人；你住在自己家里，可以随心所欲，就像国王征税一样；你知道有句俗话说："披上大氅，敢杀国王。"就是说，你完全可以摆脱一切顾忌和拘束，对这部故事有什么想法，尽管直说，别怕因说它不好遭到责骂，也别想因说它好受到奖赏。

我很想原原本本把这个故事奉献给你，不按通常惯例，添枝加叶地在书前附上什么前言以及连篇累牍的十四行诗、警句和赞美诗之类。我可以告诉你，写这本书我固然没少花力气，可是炮制这篇你正读着的序文才真正费了大劲。我一次次提起笔来，又一次次放下，真不知道写什么才好。有一回，我面前摊开纸，耳上架着笔，双肘支桌，双手托腮，正在愣神儿，苦苦思索着该写点什么，突然闯进来一位生性风趣、见多识广的朋友，见我如此心往神驰，便问起缘故。我无须对他隐瞒，就说正打算为堂吉诃德的故事作序，可是这件苦差事弄得我简直想就此作罢，甚至连这位高贵骑士的丰功伟绩也不准备公诸世人了。"您说说看，一想到古来就口吐金科玉律的市井之徒说三道四，叫我怎能不茫然失措。他们见我一直蛰居无闻，早已被人遗忘，现在一大把岁数了，出来抛头露面，写了这部传奇故事，枯槁得像柴棍，文笔艰涩，内容贫乏，毫无新意，缺少真知灼见，边页不做旁注，书尾也无说明。不像我见到的其他著作，尽管荒诞不经，却满篇都是亚里士多德、柏拉图和整整一长串其他令读者肃然起敬的哲学家的格言，作者便因此被看作是读书万卷、博学能言之士。瞧瞧他们如何大段大段引证《圣经》吧！谁都会说简直是圣·托马斯①或者其他教义大博士在世。他们在这方面很精于巧妙地掌握分寸：上句描述恋人迷途、几悖教规，下句紧接着便是基督的训诫，真是完美无瑕，读着听着颇为赏心悦目。所有这些，我的书里都没有，因为我既没有旁批可加，也没有尾注好作，更不知道都引用了哪些作者的话，像大伙儿那样把他们一一开列在卷首，按字母 ABC 的顺序排起来，从亚

---

① 圣·托马斯：即托马斯·阿奎那（1224/1225—1274），意大利神学家、诗人。天主教会认为他是西方一流的哲学家和神学家。1323 年被谥为圣徒，1567 年被正式命名为"教义师"。

里士多德开始直到色诺芬①，再让索伊洛②和宙克西斯③收尾，哪管这两人中，一个专爱骂人，一个只顾作画。我这本书的开头也不会有什么十四行诗，至少没有公爵、侯爵、伯爵、主教、名媛贵妇以及闻名遐迩的大诗人为我赋诗。不过我也有两三个在行的朋友，只要我开口求诗，我想他们一定会应允，而且写出的诗无疑将超过在西班牙国内颇负盛名的诸君。"然后我接着说，"总而言之，我的老兄，我决定听任堂吉诃德先生埋没在拉曼却的文献柜里，等待上天安排人用他还缺乏的事物把他装点起来，反正我是学浅力薄，毫无办法。当然，也由于我生性懒惰，实在无心疲于奔命、求人做我自己能做的事，所以才在这里出神发愣，正好让老兄您撞见。我对您这番诉说，足以表明我为难的原因了。"听了这话，我的朋友拍拍脑门放声大笑，对我说："上帝呀，我说老兄，我认识您这么长时间，始终以为您办事精明稳妥，现在才发现自己错了。我看您远远不是我想的那样，差别何止天地之遥。您一向老谋深算，屡次所向披靡地闯过了大得多的难关，眼下这点区区小事，很容易解决，怎么就搅得您茫然不知所措了？照实说吧，这并不是因为您缺少本事，而是过于懒惰，不肯动脑筋。您也许不信我这话吧？那就仔细听着，眨眼工夫我就叫您那些难题烟消云散，把您说的种种缺憾一一补救，何至于犹豫不决、战战兢兢，不敢把游侠骑士的明星和典范、您那鼎鼎大名的堂吉诃德的故事公之于世呢！"

"请说吧，"听了他的话，我立即应道，"您打算用什么办法来填充我心头无着无落的深洞，同时照亮我头脑里的一片昏暗呢？"

他接着说："第一，您不是发愁卷首没有显贵要人写的十四行诗、

---

① 色诺芬（前431—前350以前），希腊历史学家。
② 索伊洛（前4世纪），希腊人，专门评论荷马作品，但因常失公允而被诟病。
③ 宙克西斯（前5世纪末），古希腊著名画家，从事壁画和镶板画的创作。

警句和赞美诗吗？这事好办，只要您费心自己动手作几首，然后一一署名，可以随便胡诌几个作者，比方说归在印度胡安祭司王①的名下，或者特拉布松②皇帝名下，据我听到的传闻，两人都是著名诗人。万一不是，引得一些学究和学士之流在您背后指指戳戳，说三道四，指责您弄错了，您也完全可以不予理会。就算他们查清了您在说谎，也不能剁掉您那只写下这几个字的手啊。

　　"至于在您的故事里引经据典，并且在书页四周注明出处，这也不难：瞅准空子塞进几句格言和拉丁名句什么的，这您总还能背出一些吧；再不就临时查找，这也费不了多少事，比方谈到自由和奴役，就用：

　　　　黄金无数，自由难沽。③

　　"然后在书页边缘注出贺拉斯④或者别的说了这话的什么人。如果您提到死神的威力，那就引用：

　　　　苍白的死神以其足击打贫民之茅舍亦击打豪门之府第。⑤

　　"谈到上帝命令人们给仇敌以友情和爱心，您立即可以体面地摘引《圣经》，直接用上帝本人的金口玉言说话：'我告诉你们，要爱你

---

①　胡安祭司王：一般辞书通常译为"约翰"，传说中信奉基督教的东方统治者，是国王兼祭司，统治"波斯与亚美尼亚以东的远东"。有人认为他就是信奉基督教的埃塞俄比亚某代皇帝。
②　特拉布松：黑海南岸的城市，中世纪同名国家的首都，是当时被割裂为四部分的希腊帝国的一部分。
③　原文为拉丁文。出自《伊索寓言·狗和狼的故事》。
④　贺拉斯（前65—前8），古罗马诗人。
⑤　原文为拉丁文。出自贺拉斯《颂歌集》。

们的仇敌。'①如果您提到恶念，那就求助于《福音》：'从心里发出来的有恶念。'②关于朋友不可靠，加图③的对句诗最现成：

> 鸿运高照，亲朋成群；
> 风云突变，孤独一人。④

"有了这几句拉丁文的只言片语，再加上点别的什么，大伙儿就会说您博古通今。如今这世道，有了这名声，才是又光彩又实惠呢！要说书尾加注释嘛，您可以这样做：比方说，您在书里提到什么巨人，就不妨叫他'巨人歌利亚'，只消这么一招，一点不费事，然后您就可以加上一大段注解，说什么'巨人歌利亚或歌利亚特⑤是非利士⑥人，他被牧人大卫⑦掷出的一大块石子打死在笃耨香树谷⑧（据《列王记》⑨所载)'，再查查这段话在哪一章就行了。

"在这之后，为了表明您既精通典籍又熟知地理，就设法在书中提到塔霍河⑩，于是又有了一条顶呱呱的注释。您可以写上：'塔霍河因一位西班牙国王而得名，发源于某地，紧贴名都里斯本的城垣注入大西洋，据称，河底布满金沙。'等等。您如果谈论盗贼，我会把背

---

① 原文为拉丁文。出自《圣经·马太福音》第五章四十四节。
② 原文为拉丁文。出自《圣经·马太福音》第十五章十九节。
③ 加图（前234—前149），古罗马政治家、演说家，拉丁文散文作家。
④ 原文为拉丁文。出自古罗马诗人奥维德（前43—18）的《哀歌》，与加图无关。
⑤ 歌利亚特是歌利亚的另一种拼写。
⑥ 非利士：古代中东地区的城镇。
⑦ 大卫（前11世纪—前962），古以色列国国王。
⑧ 笃耨香树谷的通常名称是"以拉山谷"。
⑨ 此段仅为大意。出处应为《圣经·撒母耳记》。
⑩ 塔霍河：横贯西班牙中部的河流。

得烂熟的卡柯①的故事讲给您听。关于妓女，蒙多涅多主教②正等着把拉米亚、拉伊达和费洛拉③给您，加上关于她们的注解，您可就声望倍增了。要说狠毒的女人嘛，奥维德会把美狄亚④拱手送上。至于巫婆和玩巫术的女人，荷马那儿有卡吕普索⑤，维吉尔⑥有喀尔刻⑦。关于英勇的将领，尤里乌斯·恺撒⑧在《高卢战记》和《内战记》⑨中把自己送上门了；再说，普卢塔克⑩还会给您提供上千的亚历山大呢！说到爱情，您只要会那么几句托斯卡纳语⑪，抬头不就撞见了莱昂·埃布雷奥⑫，那您可就要注个没完了！如果您不想老远地上外国去找，咱们这儿有现成的丰塞卡⑬，他那本《上帝之爱》提纲挈领地汇集了这方面的内容，听凭您或别的伶俐人任意摘引。总之，很简单，您只要设法在自己的书里提到我刚说的这些人名，或者点点有

① 卡柯：传说中古罗马的著名盗贼，也译作"卡科斯"，希腊神话中火神之子，也常用来指盗贼。

② 蒙多涅多主教（1480—1545），即安东尼奥·德·格瓦拉教士，神圣罗马帝国查理五世的讲道士和史官，是当时颇负盛名的西班牙语作家，常将史实与虚构的故事杂糅在一起。

③ 拉米亚是马其顿国王德米特里一世的情妇，费洛拉是罗马将领庞培的情妇。蒙多涅多主教在他的书信中添油加醋地讲述过这三个女人的故事。

④ 美狄亚：希腊神话中的女巫，也是奥维德的作品《变形记》中的人物。

⑤ 卡吕普索：希腊神话中的女妖王，也是荷马史诗《奥德赛》中的人物。

⑥ 维吉尔（前70—前19），古罗马诗人，主要作品有《牧歌》《埃涅阿斯纪》《农事诗》。

⑦ 喀尔刻：希腊神话中的女妖，也是维吉尔作品《埃涅阿斯纪》中的人物。

⑧ 尤里乌斯·恺撒：即古罗马恺撒大帝。

⑨ 《高卢战记》《内战记》都是恺撒的著作。

⑩ 普卢塔克（约46—119），罗马帝国时期的作家，主要作品有《希腊罗马名人比较列传》《道德论丛》等。

⑪ 托斯卡纳语：意大利语。

⑫ 莱昂·埃布雷奥（1470—1521），葡萄牙犹太人，后移居意大利，用意大利语出版《爱情对话》一书。

⑬ 丰塞卡（1550—1621），西班牙作家。他的作品《上帝之爱》是一部宣扬禁欲主义的著作。

关的事情，注释说明、引经据典的事就交给我吧。我保证把您那本书的每页上下左右全填满，末尾还要用上四大张纸。

"现在咱们看看参考书目的作者名单吧。您说别的书里都有，唯独您缺这个。这也容易补救。您只需找一本作家姓名册，里面像您说的那样，按字母顺序从 A 到 Z 都搜罗全了。您在自己的书里附上这份按字母顺序排列的姓名表。当然，这明摆着是骗人。您根本不需要参考这些人的著作，不过那也没关系。说不定真会有几个天真的人，以为您在自己简单质朴的故事里确实参考了所有这些人的著作。这份长长的作者名单即使派不上别的用场，至少可以一下子叫您的书身价倍增。再说呢，谁也不会真去调查您究竟用过这些人的书还是没用过，根本犯不着操这个心嘛！其实，我倒觉得，您编这个故事是为了反对骑士小说。对于这种小说，亚里士多德一无所知，圣·巴西里奥①只字未提，西塞罗②也生不逢时。您书里的种种奇思异想，很难一一查实核对，无须符合星象观测，不必按几何原理去丈量。您可以不理会振振有词的雄辩术，也甭向任何人说教什么，因为这种糅杂人间和神界的幻觉，只不过出自一个很不清醒的头脑。要紧的是您必须写得似非而是。这一点做得越完美，作品越令人叫绝。既然您的文字只追求一个目标：消除骑士小说在世人当中造成的影响和迷狂，那就完全没有必要奔走求人，乞讨什么哲人的格言、《圣经》的说教、诗人的胡诌、能言善辩者的名句、圣徒的奇迹。您只需努力写得明白浅显，选择贴切得体的字眼，精心连缀，让每句每段都朗朗上口、妙趣横生。您应该尽可能如实表达自己的想法，让别人理解您的意思，千万别弄得佶屈聱牙，晦涩难懂。在故事的读者当中，您应设法使得忧伤者莞尔一笑，乐天派更加快活，愚鲁的不觉厌烦，明白人叹服构

---

① 圣·巴西里奥（329—379），希腊东正教主教。

② 西塞罗（前106—前43），罗马政治家、律师、古典学者、作家。

思新奇，正经人不嗤之以鼻，一向慎重的也不吝赞许。总之，您认准目标干下去，直到把骑士小说那些呼神唤鬼的谎言扫除干净。对这一套，不少人早就厌恶了，可是着迷的人更多。您能办成这件事，功劳也就不小了。"

　　我始终一声不吭地听着朋友的这一席话，他的道理深深打动了我，我无可争辩，完全赞同，并且准备遵照他的意思写出这篇序言。和蔼可亲的读者，你一读到它，肯定会发现我的朋友是多么聪明，而我又是多么走运，在束手无策的时候及时得到忠告，您自己也可以大大松口气，捧起这部质朴无华的著作——鼎鼎大名的堂吉诃德·德·拉曼却的故事。据蒙帖尔①乡村居民说，多少年以来，他们那一带地方很难看到像堂吉诃德那样忠实的情人、那样英勇的骑士。我把这位高贵可敬的骑士介绍给你，其实算不了多大功劳，你倒是更应该感谢我引见了有名的桑丘·潘沙，他的侍从。在成堆成堆无聊的骑士小说里，侍从们的滑稽诙谐只是东鳞西爪，偶尔见之，可是我会让你在桑丘·潘沙身上一览无余。就说这些。愿上帝赐你健康，也把我照看。

　　再见！

---

① 蒙帖尔：西班牙拉曼却地区的村镇。

Capítulo I · 第一章

著名绅士堂吉诃德·德·拉曼却的
禀性和日常起居

不久以前，在拉曼却地区的某个村镇，地名我就不提了，住着一位绅士。这种人家通常都有一支竖在木架上的长矛、一面古盾牌、一匹干瘦的劣马和一只猎狗。他吃的大锅杂烩里常放的是牛肉，而不是羊肉①；晚餐几乎顿顿是葱头拌肉末，星期六炖点羊蹄羊骨②，星期五只吃扁豆③，星期日添上一道鸽肉，这样就花去了他收入的四分之三；剩下的钱刚够他节日里穿一件黑呢披风、一条丝绒裤和一双丝绒便鞋，平时也能有一身上好的粗呢衣裳。家里有个年过四十的女管家，一个未满二十的外甥女，还有一个上街下地的小伙子，既管备马也管除草。

这位绅士说话快五十岁了，骨架结实，身材精瘦，面貌清癯，习惯早起，爱好打猎。有人叫他吉哈达，有人叫他盖萨达。在这点上，记述他事迹的作者们看法不一致。根据可靠的说法，好像是叫盖哈达。就我们的故事而言，这倒无关紧要，只要讲的事不失实就行了。

首先必须说明的是，我们提到的这位绅士一有空（其实他一年到

---

① 意即牛肉比羊肉便宜。

② 为庆祝 1212 年西班牙人对摩尔人的一次作战胜利，规定星期六不动荤，但动物杂碎和骨头不在此列。这个禁令一直维持到 18 世纪。

③ 星期五是耶稣受难日，为天主教斋日。

头几乎总闲着）就一头钻进骑士小说里，爱不释手，津津有味，简直完全忘了打猎和管理地产。他如痴似狂、寻根究底，竟然不惜变卖成片好地去买骑士小说看，能弄到手的都让他趸回家来了。这种书里，他最看重的莫过于著名的费利西亚诺·德·西尔瓦①的作品，那晶莹剔透的文笔，那曲折委婉的妙语，都被他看作是字字珠玑。他尤其倾倒于取媚讨好的情书和哀怨凄切的绝交信，其中处处可以读到："你以无理的理由回报我的一番道理；我为你的美貌哀叹不已，实属理所当然。"再不就是："……崇高的天神神奇地以点点星辰增添你的神采，使你堪称称颂你威力无边的称号。"

可怜的绅士被这类言辞搅得神昏意乱，常常彻夜难眠，苦思冥想，一心要弄个究竟。其实，即使亚里士多德专门为此还魂再生，也未必能够理出头绪、说个明白。比如，他心里老在嘀咕，堂贝利亚尼斯②怎么能那样被打伤又那样打伤别人。他想，就算请来最高明的先生治疗，也难免满脸浑身留下斑点和疤痕。不过，尽管如此，他还是很赞许作者在书末注明"未完待续"。他甚至多次想提起笔来，像书上许诺的那样，原原本本地把故事写完。要不是其他更要紧的念头缠绕他，说不定就真动手而且写成了。

他经常和本村的神甫（塞袞西亚大学毕业的博学之士）争论不休，究竟谁是最杰出的骑士：帕尔梅林·德·英格兰③还是阿马迪斯·德·高拉④？可是村上的理发师尼古拉斯师傅却说两人都比不上太阳骑士⑤，能和他匹敌的只有阿马迪斯·德·高拉的兄弟堂加拉奥尔，因为他善

---

① 费利西亚诺·德·西尔瓦：西班牙作家。

② 堂贝利亚尼斯：骑士小说中的人物。

③ 帕尔梅林·德·英格兰：骑士小说中的人物。

④ 阿马迪斯·德·高拉：同名骑士小说中的人物。该书以凯尔特族的传奇为蓝本，实际上是中世纪不列颠亚瑟王的传奇。

⑤ 太阳骑士：骑士小说中的人物。

于随机应变，从不大惊小怪，也不像他哥哥那样动辄哭哭啼啼，要论勇敢，一点也不次于他。

简单点说，这位绅士把自己埋进书堆里，夜晚从太阳落下读到太阳升起，白天从曙色蒙蒙读到星光幽幽。他这样不停地熬夜，无休地苦读，最后终于脑汁枯竭，失去理智。满脑袋装的都是书里读到的荒诞故事，什么妖术呀、格斗呀、厮杀呀、比武呀、伤亡呀、打情骂俏呀、男欢女爱呀、痛苦欲绝呀等等异想天开的胡说。他对这一切深信不疑，居然以为他读到的那些痴人说梦般的胡编乱造都确有其事，除此以外，世界上不存在别的凿凿有据的历史。他说熙德·鲁依·迪亚斯①不失为优秀骑士，但是无法与热剑骑士②同日而语。此人佩剑一挥，就一下子把两个凶猛残暴高大无比的巨人劈成两半。他十分佩服贝尔纳多·德尔·卡尔皮奥③，因为是他在龙塞斯瓦列斯④杀死了迷糊罗尔丹⑤，当时他仿效了赫丘利⑥用双臂扼死大地之子安泰⑦的办法。他还说了不少关于巨人摩尔刚特⑧的好话，因为巨人家族的成员通常都很傲慢无理、凶暴莽撞，唯有他和蔼可亲、彬彬有礼。不过在所有的骑士当中，我们的绅士最称道的还是雷纳尔多斯·德·蒙塔尔班⑨，尤其喜爱看他走出城堡，一路抢劫，还跑到

---

① 熙德·鲁依·迪亚斯（约1043—1099），11世纪西班牙著名军事统帅，民族英雄，西班牙史诗《熙德之歌》中的主人公。

② 热剑骑士：指阿马迪斯·德·希腊，也是前文提到的阿马迪斯·德·高拉之孙。

③ 贝尔纳多·德尔·卡尔皮奥：西班牙传说中的英雄。

④ 龙塞斯瓦列斯：西班牙北部比利牛斯山的一个山口。

⑤ 罗尔丹：也译作"罗兰多"或"罗兰"，法国史诗《罗兰之歌》中的主人公，也是许多骑士小说中的人物。

⑥ 赫丘利：希腊神话中的大力士。

⑦ 安泰：希腊神话中海神波塞冬和大地母神盖亚之子，他的身体接触大地便能获取力量。

⑧ 摩尔刚特：传说中的巨人，罗尔丹使他皈依基督教，并收其为侍从。

⑨ 雷纳尔多斯·德·蒙塔尔班："法兰西十二骑士"之一，罗尔丹的对手。

海外，盗来穆罕默德金像①，据史书记载，它是全身用纯金铸成的。提到叛徒加拉隆，他真恨不得痛痛快快踢他几脚，为了这，他情愿赔上自己的管家婆，再搭上外甥女。

总之，他的头脑已经彻底发昏，终于冒出一个世上任何疯子都没有想到的荒唐念头：觉得为了报效国家、扬名四方，他应该也必须当上游侠骑士，披坚执锐，跨马闯荡天下，把他读到的游侠骑士的种种业绩都仿效一番，冒着艰难险阻去剪除强暴，日后事成功就，必将留名千古。这家伙想入非非，似乎自己已经凭借强壮的双臂登上特拉不松帝国的皇位。他越想越美，简直乐不可支，迫不及待地要把自己的打算付诸实行。他做的头一件事就是擦拭武器。那都是些祖上留下的遗物，长年累月堆在角落无人过问，早就布满了锈渍和霉斑。他一件一件洗刷干净，尽力修补，可是最后发现了一个很大的缺失：少了保护头脸的全盔，只有小小的顶盔。不过他很快就想法巧妙地补救了：用硬纸做成半拉全盔，往顶盔上一接，就俨然一副完整全盔的样子了。他为了试试坚固程度够不够抵挡刀砍，抽出佩剑砍了两下，哪知头一下就毁了他一个星期做成的东西。这么容易就成了一堆碎片，着实令人丧气。为了防止这种危险，他重新制作的时候，特意在里面衬了几根铁条，看来相当结实，他便心满意足了，也不打算再做什么试验，权当一副漂亮的全盔，郑重摆放在一边。

然后他又去看自己的瘦马。这牲口的每只蹄子都裂成八瓣，加起来比一个雷阿尔②能兑换的零钱还多，浑身的癞疤数目也超过了戈奈拉③的驽马，整个是一堆"皮包骨头"④，可是在他看来无论是亚历山

---

① 穆罕默德金像：实际上伊斯兰教规禁止偶像崇拜，中世纪欧洲人出于无知而有此种臆想。
② 雷阿尔：西班牙古钱币。
③ 戈奈拉：15世纪意大利某贵族的弄臣。
④ 原文为拉丁文。

大大帝的骏马布塞法罗还是熙德的坐骑巴别卡都无法与之比拟。他花了整整四天时间考虑给马取什么名字。他心想：马的主人是响当当的骑士，马本身又那么出色，要是没个叫得出的名字，可就太说不过去了。他苦思冥想，设法找个恰如其分的名字，既能表明它在为游侠骑士效力之前的名分，又能显示这之后的身价。理所当然，主人的地位变了，马也得换个名字，叫起来又光彩又响亮，才能配得上主人新获得的任命和新选择的职业。就这样，他搜索枯肠，想出不少名字；写下一个，涂掉；再写下一个，抹去；又是一个，还不行；最后决定就叫洛西南特①。他认为这个名字听起来又高雅又响亮，既能表明以前那匹瘦马的卑微身份，又道出了如今名位的变化：成了跃居世间一切瘦马之首的天字第一号。马有了称心如意的名字，他便立即想起自己也该起个雅号。为这个，他又斟酌了整整八天，终于挑选了"堂吉诃德"这个名字。这部纪实传记的诸多作者就是据此断定，主人公的原名应是吉哈达，而不是盖萨达，像不少人说的那样。这时候，我们的绅士又想起一件事：英武的阿马迪斯嫌"阿马迪斯"这个名字光秃秃的不够味儿，为了使故乡和国家闻名于世，他又加上了地名，说全了就是：阿马迪斯·德·高拉。于是，这位地地道道的骑士当然也要把家乡的地名添在自己的雅号上，这样就成了：堂吉诃德·德·拉曼却。他觉得这样一来才不仅清清楚楚指明了他的出身籍贯，而且家乡也随着他的名字荣耀大增。武器擦得一干二净，顶盔加上了面罩，瘦马有了名字，自己也正了名分，他开始考虑，只欠选中一位朝思暮想的名媛淑女了。因为缺乏缠绵情爱的游侠骑士就如同一棵不生枝叶不结果实的枯树，一架失去灵魂的躯壳。他对自己说："万一我罪有应得——其实倒是时来运转——半路上遇到一个巨人——这对游侠骑士来说是

---

① "洛西南特"在西班牙语中意为"从前的瘦马"，也可以理解为"第一流的瘦马"。

常有的事——第一个回合就把他打翻，要么拦腰劈成两半，总之是把他打败，逼他投降，我总得命令他去晋见我的心上人吧？他必须走上前去，双膝跪在我那位可爱的夫人脚下，用谦卑驯顺的语调说：'夫人，我是巨人卡拉库良布洛，马林德拉尼亚岛上的郡主。经过一场罕见的厮杀，空前绝后的杰出骑士堂吉诃德·德·拉曼却打败了我。他命我来到夫人面前，听凭阁下随意处置。'"

　　我们这位大骑士一想到这里，真是欣喜若狂，更何况他果然选中了堪做他意中人的女士！原来，听说在附近不远的另一个村子里住着一位农家姑娘，模样十分不错，在有那么一段时间里，把他搅得神魂颠倒。那姑娘想必对此一无所知，当然也就毫不理会了。她名叫阿勒东萨·罗伦索，被我们的骑士选中，准备冠以自己心上人的称号，而且还得为她起个与自己的雅号相去不远的芳名，必须听起来有点公主贵妇的味道。最后定下的名字是杜尔西内亚·德尔·托博索，因为姑娘是托博索人。他觉得，跟他为自己和自己的物件起的雅号一样，这个名字听起来也是那么悦耳、新颖，而且意味深长。

Capítulo II · 第二章

想入非非的堂吉诃德
第一次离家出游

一切准备停当，他觉得不必再拖延时间，应该马上去实现自己的想法。考虑到世人多么需要他去铲除强暴、惩处罪孽、匡正不义、制止恶行、讨还血债，他便一刻也不能耽搁。他没跟任何人提起过自己的打算，悄悄趁谁也没看见他的工夫，在七月一个炎热的清晨，天还没亮，独自全身披挂，戴上将就拼凑的头盔，挎起革制的盾牌，手持长矛，骑上洛西南特，走出院墙的豁口，来到原野上。一想到自己的计划这么顺利就开了头，他简直欣喜若狂。哪知刚刚上路，他的脑子里轰地冒出一个要命的念头，差点断送了已经起步的事业。原来他猛然想到自己还没有骑士封号。按照骑士道的规则，他是没有资格与任何骑士交锋的。即使他此时得到封号，也还是个骑士新手，只能披挂雪亮的盔甲①，盾牌上不许附带任何徽记，这要靠战功获取。想到这些，他的决心不免有些动摇。不过他毕竟太迷狂了，很快便打消了一切顾虑，心想无论迎面碰上什么人，求他封自己为骑士就是了。在那些把他弄成这副模样的书上，他看到许多人都是这么干的，他自然可以仿效。至于盔甲不够雪亮，只要抽空打磨擦洗一番，管保比银鼬

---

① 其实骑士新手的盔甲是因为崭新而雪亮，而堂吉诃德却以为按规则必须如此。

皮还耀眼。这么一琢磨，他就放下心来继续赶路，其实不过是听任他的马信步而去。他认为只有这样，猎奇冒险才显得格外引人入胜。

我们这位发硎新试的冒险家一路走去，不断自言自语地说道："谁知道呢！说不定将来有一天，有关我种种壮举的如实记载会公布于世；那位执笔的学者提到我大清早这第一次出游的时候，准会这样写道：'面颊绯红的太阳神阿波罗刚刚把他美丽的金发铺满辽阔无际的大地，羽色斑斓的纤巧小鸟刚刚拨动过琴弦似的细舌用甜美宛转的歌喉迎来玫瑰色的黎明女神。她正离开与猜忌多疑的丈夫共享的柔软卧榻，透过拉曼却广袤原野上家家户户的门窗和阳台，在世人之中露面。此时此刻，著名骑士堂吉诃德·德·拉曼却，撇下使人懒散的鸭绒被褥，骑上赫赫骏马洛西南特，踏入闻名遐迩的蒙帖尔古老原野。'"

千真万确，他正在那儿步步前行，并且接着说下去："我的丰功伟绩理应镂镌在青铜上、雕刻在大理石上、描绘在画板上，为后世永远铭记！几时世人有幸闻知这一切，那该是多么美好的年月、多么美好的时代啊！哦，能有殊荣撰写这部旷古奇史的魔法师①啊，不论你是谁，我都得求你千万不要忘了我那善良的洛西南特，它将永远伴随我走遍此后的人生路途。"

接着，他转换了话题，仿佛真成了痴情恋人，说道："哦，杜尔西内亚公主，你俘虏并且主宰了我的心灵！你实在太狠心了，不仅从你身边驱开我，而且厉声呵斥，决绝地命我莫再重瞻芳容。女主公啊，你占有的这颗心，对你一往情深，正在为此受尽折磨，求你牢牢记住它吧！"

他就这样满嘴吐出一连串荒唐言语，都是从书上学来的，还努力模仿着那种腔调，一路慢腾腾地走去。太阳很快升高了，火辣辣

① 骑士小说中的主人公均有一个充当诤友和史官的魔法师。

地晒着他，恐怕要把他的脑子化成油了，可谁知道他还有多少脑子。他走了快整整一天的路，什么值得一提的事也没发生，不免有些着急。他恨不得马上碰到什么人，两人较量一番，也好试试他那强壮臂膀的本事。

有些作者说他的第一次遭遇战发生在拉比塞关口，也有的说是"风车之战"。我对此做过调查，发现据拉曼却地方志记载，他当时走了整整一天路，傍晚时分，人困马乏，饥饿难忍。他举目四望，看看近处有没有什么古城堡或者牧人的草棚之类，好歹对付一夜，解决一下辘辘饥肠的需求。他突然发现离大路不远有一家客店，就像找到了指路明星一样径直走了过去：哪里是走向客店门洞，简直是奔向永生的殿堂！他紧赶慢赶，等到了那儿，天已经黑下来了。

凑巧门口站着两个年轻女人，就是常说的那种"当面议价"的角色。她们是跟着几个赶脚的前往塞维利亚的，这一伙人当晚也正好在客店投宿。在我们这位冒险家心里、眼里、脑里，他周围发生的一切都和他在书上读到的一模一样：一见到客店他立刻认定那是一座城堡，四周竖着尖塔，塔顶闪着熠熠银光，当然还有吊桥、壕沟以及其他七零八碎，凡是书上写了的一样不少。他慢慢走进客店（对他来说，就是城堡），在几步远的地方勒住缰绳叫洛西南特停下，等着城堡上出现一个侏儒，吹起号角宣告骑士抵达。他见半天没有动静，洛西南特又急着去马厩，只好径直走到客店门前，这才看到两个年轻姑娘站在那儿，一点也不理会他。他立刻认定她们是两位漂亮的侍女，甚至是两位优雅的贵妇，正在一起聊天散心呢。

这时候，碰巧一个猪倌正在麦茬地里往回赶猪群（对不起，只好直呼其名了）[1]，他轰着，还吹着牛角。这一下子，堂吉诃德真以为

---

[1]　西班牙旧时习俗，谈话中用到肮脏字眼要道歉，"猪"即是常见的此类字眼。

是侏儒奏乐宣布他的来临，顿时喜出望外，一步跨到门口的两位女士面前。那两位见来了个全身披挂的男人，又是长矛，又是盾牌，吓得连忙想躲进客店。堂吉诃德明白她们是因为害怕才走开，便掀开纸做的面罩，露出一张干瘪的沾满灰尘的脸，文文雅雅、慢条斯理地对她们说："二位女士不必惊慌，无须担忧任何非礼之举。我所遵循的骑士信条不允许对人侮慢，更何况是你们二位，一望便知是有身份的仕女。"

两个姑娘开始打量他，眼睛扫来扫去想看清被糟糕的面罩遮住的模样。她们干惯了那种行当，想不到有人叫她们"仕女"，便忍不住大笑起来，结果弄得堂吉诃德颇为光火，对她们说："美人之德在于娴静，再者，为区区小事大笑不已，甚是愚蠢。不过，我无意用此番言语令二位悲伤恼怒，我唯一的愿望是为二位效劳。"

两个女人根本听不懂他的话，再加上我们这位骑士的那副怪模样，逗得她们更是笑个没完，他当然也就越发气恼。正不知如何收场呢，客店主人露面了。他是个心宽体胖性情和顺的人，看到眼前这位一副怪模样、浑身七拼八凑的家伙，又是缰绳，又是长矛，又是盾牌，又是盔甲，他也难免跟两个姑娘一样，开心得前仰后合。不过他毕竟有点害怕那大套兵器，觉得还是谨慎行事为妙，便说："这位绅士先生想必是来住店的，只是敝店没有床铺；除了这个，别的倒有的是。"

堂吉诃德既然把客店当成城堡，便以为店主是城堡主事，见他如此恭顺，就说："城堡主人，就我而言，怎么都行，我是身披铠甲当华服，战场厮杀得安闲……"

店主想，那人叫他"城堡主人"，大概以为他是本地土生土长的良民。其实，他是安达卢西亚人，来自桑卢卡尔海滨。要论油滑，他一点不比窃贼卡柯逊色；说到刁钻狡黠，他也跟顽童和调皮学生一样。这时他回答说："如此说来，您老的床铺总是硬邦邦的石头，天天晚上都彻夜不合眼。这好办，您老尽管放心下马吧，进了在下的寒舍，有的是办法让您整整一年睡不着觉，一个晚上就更不在话下了。"

说着，便前去抓住堂吉诃德的鞍镫。客人费了老大劲才从马上下来。他从那天一清早起还没吃过一口东西呢。

他要店主人好好照看他的马，因为天下再没有比它更出色的牲口了：须知，它通常是要吃面包的。店主人看了看那匹马，并不觉得像堂吉诃德说的那样好，连一半的成色也不够，只是把它牵进马房，又很快过来看客人需要什么。这时，两个姑娘已经跟堂吉诃德讲和，正帮他解甲卸盔。她们摘下了胸甲和背甲，可是怎么也没办法解开护颈和那个歪歪扭扭的面罩：上面绑着几根绿带子，死扣怎么也弄不开，她们想只有剪断了事。可是堂吉诃德说什么也不答应，于是他就整个晚上都戴着面罩。你简直想象不出那副模样有多么滑稽古怪。不过身上的披挂总算脱下来了。而他呢，始终认为帮他卸下戎装的两个饱经风尘的女子是城堡里的女主公或贵妇人之类，便风度翩翩地对她们说：

> 堂吉诃德离故乡，
> 游侠冒险到此方。
> 从来名媛侍骑士，
> 礼仪未能更周详。
> 公主屈驾秣坐骑，
> 仕女侍奉在身旁。[1]

"二位女士，我的马名叫洛西南特，堂吉诃德·德·拉曼却是本

---

[1] 堂吉诃德此处套用了一首古民谣，只是将主人公朗萨洛特换成了他自己。朗萨洛特是欧洲中世纪传说中的圆桌骑士之一。

人的称呼。我本不欲披露姓名，以俟为二位效劳建功立业之后，自见分晓。无奈此阕《朗萨洛特》古谣所述，酷似目下情景，只因套用心切，不免先行通报。不过来日方长，二位女士尽可差遣，本人将言听计从，以股肱之力申耿耿效命之志。"

两个姑娘生来从没有听到过这番滔滔辞令，自然是无言以对，只是问他想不想吃东西。

"不拘何物，我均食之，"堂吉诃德回答说，"而且，看来我也真应该吃点东西了。"

那天偏偏是星期五，客店里只备有几份干鱼。那种鱼在卡斯蒂利亚叫作"鳕鱼"，在安达卢西亚叫"大头鱼"，有的地方干脆就叫它"咸鱼"，也有的地方叫"小鳟鱼"。人家问他能不能屈尊吃一份小鳟鱼，因为没有别的鱼供他享用。

"多来几条小鳟鱼，"堂吉诃德回答说，"也就顶得上一条大鳟鱼了。八个一雷阿尔的零钱顶得上一个八雷阿尔的整钱，都一样。更何况，小鳟鱼说不定更鲜嫩，不是吗？小牛肉比老牛肉好，羊羔肉比老羊肉好。行了，不管是什么，快点端上来。我披着沉重的盔甲终日辛劳，全靠肚皮来支撑。"

为了凉爽起见，饭桌摆到了店门口，店主人端上一份既没泡透也没煮烂的干咸鱼，一块和堂吉诃德盔甲一样又黑又脏的面包。看他怎么吃东西，真要让人笑破肚皮。他摁着头盔，掀起面罩，自己没法把东西送进嘴里，必须得别人递过来、放进去，于是一个姑娘便担起这份差事。可是等到喂他喝酒的时候，简直一点办法也没有。多亏店主穿通了一根苇秆，一头插进他嘴里，然后从另一头把酒灌进去。他心甘情愿受这份罪，也不允许人家绞断头盔上的带子。正在这时候，客店里来了个劁猪的。那人一进门，就接连吹响了四五声芦笛。这么一来，堂吉诃德完全放心了：他确实来到一座著名的城堡，正在乐声中饮宴；干咸鱼也成了美味的鳟鱼；面包呢，当然是上等精白粉做的；窑姐儿变为贵夫人；店家也就是城堡主公了。于是，他感到这次出游决定做得很对。不过哀叹还有一件十分焦心的事，那就是：还没有人封他做骑士，而在得到骑士称号之前，他不能名正言顺地与人拼搏厮杀。

CAPÍTULO III · 第三章

堂吉诃德受封骑士的
有趣场面

　　他心事重重百般无奈，匆匆结束了那顿寒酸的客店晚餐，然后叫来店主，两人走进马房，紧闭门窗，他双膝跪在店主面前，说道："英勇的骑士，我决意永世跪在这里，不再起来，除非足下允诺我的乞求。如蒙惠赐，足下必将因此声望倍增，世人也将随之大获裨益。"

　　客店主人见客人跪在自己脚下，又说出这般言语，顿时手足无措，只是盯着他，不知如何举动、如何劝说，再三让他起来，那人就是不肯，最后只好答应他的请求。

　　"可敬的先生，足下宽厚，不出所料。"堂吉诃德说，"足下既然慷慨应允，且听我将所求道来：望足下明日封授我骑士称号，并容我今晚在贵城堡小教堂为盔甲行夜祷礼。我已说过，明天必是我的夙愿实现之日，自此以后，我便可名正言顺，走遍世界的四面八方，为扶弱济贫拼搏厮杀。这正是骑士道和众骑士的职责，我身为骑士，自然万分倾心于建树此等功业。"

　　前面已经说过，店老板也算个老油条了，早看出几分这位客人有点神神道道，听了这通宏论就完全知底了，心想不如顺着他这股疯劲儿，晚上找点乐子逗逗。于是便说他的想法和要求太合情合理了。他那么仪表堂堂，一看就知道是位非凡的骑士，很自然，应该有这种抱负。就说他本人吧，年轻的时候也干过这光彩的行当，走遍四面八方，闯荡了好一阵子，哪里没去过！马拉加的晒鱼场、港汉岛、塞维利亚的斜叉胡同，塞哥维亚的乱岗子广场，巴伦西亚的老橄榄巷，格拉纳达的小环街，桑卢卡尔的码头，科尔多瓦的马驹泉，托莱多的小酒店①，还有别的好多地方。所到之处，凭着他轻快的腿脚、灵巧的双手，欺辱寡妇、糟蹋姑娘、坑蒙小孩，终于成了进出全西班牙大小法院的赫赫名人，最后才在现如今这座城堡里落下脚来，靠自己的家产和别人的钱财过起安稳日子，专门接待投宿的各路游侠骑士，不分高下贵贱，因为他打心眼里喜欢这些人，而且十分愿意分享他们的钱袋，也算是他一番好心应得的酬谢。

店老板还说他城堡里的小教堂已经拆除准备重建，因此不能在里面守着盔甲行夜祷礼。不过他知道，实在需要的话，仪式在哪儿举行都可以。比方说，当天夜晚，就不妨把城堡院子用上。愿上帝保佑，第二天清早一准按规矩举行封授仪式，让客人成为世上独一无二的骑士。

店主又问堂吉诃德是不是带着钱，他回答说身上一个子儿也没有，因为他读过的游侠骑士故事里谁也不揣那玩意儿。店主连忙说这就是客人的不是了，故事里之所以没写，是因为作者们觉得这种事不言自明，谁不知道出门必得带点钱和几件干净衬衫呢！千万不要以为骑士们身上不带钱。实话说吧，成堆的书上那些成群成伙的游侠骑士，个个都把钱包塞得满满的、捆得紧紧的，总得防备个不时之需呀。他们还必须捎上几件衬衫和一个装满油膏的小匣子，受伤的时候可以随时敷上。要知道，他们在荒郊野外拼杀，一旦挂了彩，可不是回回都能碰上为他们治伤的人。除非有个万能的魔法师形影不离地跟着他们，必要的时候从云端里招来个侍女、侏儒什么的，送来一瓶灵

---

① 托莱多的小酒店和上面提到的地名都是当时西班牙各个城市中非法谋生者聚集的地方。

验的神水，只要吞下一滴，创口伤痕立刻就愈合了，好像什么罪都没遭过一样。可要是没这种好事呢，以往的骑士都知道最妥当的办法莫过于让自己的侍从准备点钱，还有治伤用的布条油膏之类必不可少的东西。万一有些骑士没有侍从（这简直太少见了），他们也会想到自己随身带上，装进薄薄的褡裢里，权当七零八碎放在鞍子后头，一点也不显眼。这也是万不得已，通常游侠骑士是不准带褡裢的。总之，反正他们很快就成为教父教子了，对教子用不着客套，索性直话直说，劝他往后可别出门不带钱，也别不带刚才说过的那些东西，说不定什么时候他就会知道能派上多大用场了。

堂吉诃德满口应承一定按店主的劝告一一照办，接着便连忙安排在客店边上的大院里行守盔甲的夜祷礼。他把盔甲、武器一件件拿来，堆在井旁的水槽里，然后一手持盾牌，一手握长矛，昂首挺胸地在水槽前面来回踱步。这时候天已经完全黑了。

老板把客人的疯癫举动告诉了客店里所有的人：如何要夜守盔甲喽，如何盼着受封骑士的大典喽。大伙儿想不到居然有这么古怪的疯子，都跑去站在远处瞧他，只见他一会儿慢条斯理地走来走去，一会儿拄着长矛，两眼紧盯盔甲，半天目不转睛。夜深了，可是明月当空，完全可以和那个辉耀它的天体媲美，因此那位骑士新手的一举一动大伙儿都看得一清二楚。哪知道一个住店的赶脚人突然想起来去饮他的那群骡子，不得不把堂吉诃德放在水槽里的盔甲挪开。我们的骑士见他跑来干这个，马上大声喝道："喂，我说你，何处闯来的狂妄骑士，竟敢触动这副盔甲！须知主人在此，乃为赳赳持剑游侠中的绝顶威武者。奉劝你三思而行，切莫乱动。如再肆意妄为，必将以命相抵。"

听了这通恶言恶语，赶脚的本该当即猛醒，免得皮肉受苦，可他却毫不理会，拎起盔甲皮带一下子抛出老远。堂吉诃德见他这样，便抬眼望着天上，像是遥想起心上人杜尔西内亚，说道："我的主心骨啊，前来助我一臂吧。由你主宰的这颗心灵首次遭遇此等侮慢，第一回身处逆境，切莫弃我不顾，快快施惠保佑吧！"

他就这样一面口中念念有词，一面丢下盾牌，双手举起长矛，狠狠朝赶脚人头上刺去。那人当下头破血流，倒翻在地，如果接着再挨第二下，只怕无需找人救助了。干完这事，堂吉诃德径自收起武器，又跟先前一样不慌不忙踱起步来。

一会儿工夫，第一个赶脚的还昏迷不醒，又来了第二个。他哪里知道出了事，只是也想去饮自己的骡子，上来就动手挪开水槽里的盔甲。这次堂吉诃德一声不吭，也没再求谁保佑，放下盾牌，举起长矛，猛地一捅。第二个赶脚人的脑袋顿时四分五裂，可他堂吉诃德手里的武器居然完好如初。

店里的人闻声赶来，店老板也在其中。堂吉诃德见这阵势，马上抓起盾牌，手按剑柄说道："哦，美人之尤，给我这颗破碎的心以力量和勇气吧！此时此刻，由你主宰的骑士正面临挑战，请你投来威力无边的目光垂念照看。"

说完这话，他觉得自己勇气倍增，即使全世界的赶脚人一齐扑过来，他也绝不后退一步。其他赶脚人见自己的伙伴头破血流，老远就捡起石块，雨点一般扔向堂吉诃德。他尽力举起盾牌抵挡，丝毫不打算丢下盔甲、离开水槽。店老板大声呼叫"住手住手"，他已经说过这人是疯子，疯病一发，哪怕他见人就杀，也不能给他治罪。堂吉诃德在一边嚷嚷得更厉害，他骂赶脚的是一伙心怀叵测、背信弃义之徒，说城堡主人是卑鄙小人、骑士的败类，居然纵容别人如此对待游侠骑士，可叹他还没得到骑士称号，否则非得狠狠教训这种不义之举。"而你们，一群卑劣的贱种，何足挂齿。过来吧！冲锋吧！掷石吧！尽全力攻击我吧！你们如此愚蠢而狂妄，必将即刻自食其果。"

他这一通气壮词严的呵斥，还真把那伙攻打他的人给镇住了。再加上店老板的劝说，石块不再飞舞了。他见受伤的赶脚人已经被抬走，又像先前一样，安安静静守护在盔甲旁边。

店老板觉得这位客人闹得太过分了，决定尽快把那该死的骑士封号授给他，免得招惹出更大的麻烦。于是便走上前去道歉，说那帮下贱之辈实在太狂妄无理，竟然那样对待他，不过请相信，他本人事先确实一无所知。现在好了，他们的胡作非为得到了应有的惩罚。

老板又说，他已经讲过，城堡里没有小教堂，其实，就尚待举行的仪式而言，也没有多大必要。据他本人对骑士道典章制度的了解，封授仪式的关键手续就是剑拍脖颈和剑拍脊梁，这一切完全可以在野地里进行。依他看，守护盔甲的夜祷礼业已完成。按说两小时就足够了，客人守护了整整四个小时，真是诚心可嘉。

一席话说得堂吉诃德信以为真，满口答应他准备句句照办，只求尽快事成愿遂。一旦他成了正式骑士，再有人胆敢攻击他，整个城堡就甭想有一个侥幸活命的。当然，凡是主公特别关照过的，他一定恭恭敬敬地手下留情。听了这话，店老板更是提心吊胆，连忙顺手捡起一本册子，上面记的全是赶脚的欠下的草料账。又叫小伙计找来一截蜡烛头，领着刚才那两个姑娘走到堂吉诃德面前，命他双膝跪下之后，便好似虔诚祈祷一般对着手中的册子念诵起来。念着念着，伸手在客人脖颈上狠狠打了一巴掌，接着，又用堂吉诃德自己的剑，在他的后脊梁上着实拍打了一下，嘴里始终嘟嘟哝哝的，像是在祈祷。然后又叫一个姑娘给客人系好佩剑。那女人小心麻利地照办了。生怕自己扑哧一声笑出来，因为看着眼前这套礼数，她早就憋不住了。不过她毕竟领教过这位骑士新手的威风，好歹把笑声噎了回去。系好了佩剑，这位机灵鬼姑娘便说："但愿上帝给您这位骑士好运气，多多打胜仗！"

堂吉诃德问她叫什么名字，往后好设法感谢这位照料过他的人。他打算一旦靠自己的勇力争得了什么荣誉，必定让姑娘分享一份。那女子恭恭敬敬地说她叫托洛萨，父亲是托莱多地界上的补鞋匠，住在桑却·别纳亚的小鞋铺里，又说不管她走到哪儿都愿像对待老爷一样侍候骑士先生。

堂吉诃德劝她务必赏光也使用尊号"堂"字，称自己堂娜托洛萨为好。姑娘当下答应了。另一位姑娘给他套上了马刺。他把对系佩剑的那位姑娘说的话又从头说了一遍，问她叫什么名字。回答说叫莫利内拉，父亲是安特盖拉一位本分的磨坊主。然后也照样劝她加上尊号"堂"字，就叫堂娜莫利内拉，最后又是一番愿意效劳尽力的表示。

一套前所未闻的仪式就这样马不停蹄地匆忙结束了。堂吉诃德终于盼到了骑士封号，便急于出发去闯荡，立即鞴^①好洛西南特，翻身骑了上去，然后拥抱着店老板，一再感谢授封骑士的恩德。一番话说得稀奇古怪，这里就无法如实转述了。

老板巴不得那人早点离开客店，便连忙答话，口才毫不逊色，只是简短多了。他甚至连店钱也没要，只想及早把客人打发走。

---

① 鞴（bèi）：装备（马等）坐骑。

Capítulo IV · 第四章

这位骑士离开客栈以后的遭遇

天将破晓时分，堂吉诃德离开了小客店，一路上乐滋滋，喜洋洋，兴冲冲，欢欣鼓舞得连马肚带都快撑断了。可是他突然想起店老板劝他上路必备的那些东西，特别是盘缠和衬衫，便即当决定回家一趟，把一切都凑齐全，再找个侍从。他打算雇佣街坊上的一个农民。这人家境贫寒、儿女成群，干骑士侍从这一行倒挺合适。他拿定主意，就掉转洛西南特朝自家村里走去。那马本来就十分恋栈，巴不得赶紧上路，自然蹄不沾地跑了起来。

他没走多远，就听见从右边一片树林深处传来一阵阵微弱的哭喊声，显然是有人在那里痛苦呻吟。这时他对自己说："这可真是上天照应，这么快就带来机会，叫我去尽职尽责，享受如愿以偿的喜悦。在那边哭喊的肯定是某个孤立无援的男子或者某个柔弱无助的女子，正等我前去救援帮助呢！"

于是他勒紧缰绳，让洛西南特朝发出声音的方向走去。没几步远，就进入树林，看到一棵橡树上拴着一匹母马，另一棵上捆着一个男孩，大约十五岁，上半身脱得精光，正在不停地哭喊。原来，一个身材粗壮的农夫举着皮带连连抽打他，而且抽一下骂一句，只听他说："叫你饶舌多嘴！叫你有眼无珠！"

男孩只是一个劲儿地央告："老爷啊，我下次不敢了。向上帝发誓，我下次不敢了。我保证从今往后小心看管羊群。"

见到眼前情景，堂吉诃德怒声喝道："你这位骑士好生无礼，居然欺凌无还手之力的弱者，真是岂有此理！请君立即上马，举起长枪（那人还真有一杆长矛倚在拴马的橡树上），待我令君知晓，所行之事实属懦弱卑劣。"

农夫见眼前突然冒出个浑身披挂的角色，还对着他的脑袋挥舞长矛，当时就吓了个半死，连忙好言好语地说："骑士先生，我抽打的这个男孩是我的长工，我把在左近①放牧的羊群交他看管。可这孩子太不经心，天天都给我弄丢一只。他不用心干活不说，还刁钻得要命，只得打他一顿，可他说我没事找碴儿，想赖掉该他的工钱。天地良心，他说的全是谎话。"

"你这个下贱坯，胆敢在我面前说孩子撒谎！"堂吉诃德说，"我凭咱们头顶明亮的太阳起誓，我会用这支长枪给你戳出个透心窟窿。莫再狡辩，快付工钱。否则，有主宰你我的上帝为证，我立即便将你清理解决。立刻松绑！"

农夫耷拉下脑袋，一声不吭地给长工松绑。堂吉诃德问那孩子主人欠他多少钱，答说每月七雷阿尔，一共九个月。堂吉诃德心里一算，一共是六十三雷阿尔，叫农夫马上解囊取钱，不然就等着送命。

那个村野之人吓得战战兢兢，忙说他知道自己命在旦夕，不过还得坚持刚才赌咒发誓说的话（其实他什么誓也没起过）：没有那么多钱，因为必须扣除送给长工的三双鞋钱，还有一次他生病放血的花销。

"就算是这样吧，"堂吉诃德说，"可他平白无故挨了你一顿鞭子，也足够抵消鞋钱和放血钱了。不是吗？他磨破了你给他的那几双鞋上的皮；你也打破了他身上的皮。他生病的时候，理发匠给他放血；他好好的，你又给他放了血。好了，如此看来，他一点也不欠你了。"

---

① 左近：附近。

"可是骑士先生，糟糕的是我这儿没钱。让安德列斯跟我回家去，我保准给他，一个子儿也不少。"

"跟他回家？"男孩子说话了，"接着挨打？我怎么那么倒霉！不行，老爷，想都甭想！他见只剩下我一个人了，还不把我当成圣巴多罗买①活活剥下皮来！"

"不会，"堂吉诃德说，"我已经吩咐过了，他会照办的。现在我要他按受封骑士的规矩发个誓，就放他走。保证你拿到工钱。"

"我的大老爷，瞧您尽说些什么呀！"男孩子说，"我这位主人根本不是什么骑士，从来也没受过什么封。他是阔佬胡安·阿勒杜多，家住金塔纳尔。"

"这也没什么，"堂吉诃德说，"阿勒杜多家族也可以出个把骑士嘛，何况还有个功成名立的说法呢！"

"一点不错，"安德列斯回答说，"可我这主人，有什么功又有什么名呢？他就知道欠我的工钱，叫我白干活白流汗！"

"你说得也对，安德列斯小兄弟。"农夫赶紧接茬儿，"你就劳驾跟我走一趟，我凭世上所有的骑士规矩发誓，按我刚才说的，一个子儿不少地把工钱给你，还都熏得香喷喷的。"

"熏香的事就免了，"堂吉诃德说，"我只要你把雷阿尔如数交给他就行了。听着，千万照你发的誓去办。不然的话，我也凭你的誓再发个誓：我一定找回来处置你。哪怕你像蝎虎子②一样钻洞了，我也能把你抓到。你想必愿意问清吩咐这番话的人是谁，也好服服帖帖说到做到。告诉你吧，我是勇士堂吉诃德·德·拉曼却，专门出来铲暴除强的。好了，愿你与上帝同在，心里千万记住方才的允诺和誓言，否则，我必定按已经宣布的刑罚来惩处你。"

---

① 圣巴多罗买：耶稣十二门徒之一，被活活剥皮倒钉在十字架上。
② 蝎虎子：壁虎。

他说完便用马刺戳了一下洛西南特，转眼工夫远离了主仆二人。农夫一直目送他走开，见他出了树林，无影无踪了，这才转向他的长工安德列斯，说道："快过来，我的孩子，我要还你的债了。那位铲暴除强的勇士刚才这么吩咐过了。"

"我看该这样，"安德列斯说，"太好了，老爷您得听那位大骑士的话。他那么勇敢，办事又公道，真该长命百岁。您还真得留点神，不然他准回来找您，他那些话可不是说着玩的。"

"我看也是，"农夫说，"可我实在太喜欢你了，这会儿想再多欠你点，好加倍还你呀！"说着一把抓住男孩的胳膊又往橡树上捆，接着又是一顿乱抽，差点儿把他打死。

"现在你喊呀，安德列斯先生。"农夫边打边说，"快叫那个铲暴除强的人来呀！只怕你看不到他怎么除掉我。告诉你吧，咱们没完。你不是怕我活剥你吗？实话说，我还真想这么干！"

不过他最后还是放了那孩子，让他去找自己的救星来执行宣判。

安德列斯垂头丧气地走开了，发誓非找到勇士堂吉诃德·德·拉曼却不可，然后把刚才的事一五一十告诉他，让主人加倍还债。说是这么说，可他走开的时候，还是免不了哭哭啼啼，而主人呢，却在那儿开怀大笑。

勇敢的堂吉诃德就这样铲除了一次强暴。他十分满意自己的作为，没想到骑士生涯竟这么顺利而光荣地开了头，于是一路自鸣得意地朝自家村子走去，嘴里还低声念叨着："哦，美人之尤杜尔西内亚·德尔·托博索，你终于堪称当今天下众佳丽中的幸运者。你恰逢天时，可以随心驾驭、恣意驱遣尽人皆知、永世留名的勇敢骑士堂吉诃德·德·拉曼却。众所周知，他已于昨日获得骑士封号，今天便立即惩处了一桩蛮横之极、凶残绝顶的罪孽和暴行：他从恶敌手中夺去皮鞭，拯救了无辜惨遭践踏的弱小童子。"

这时候他正好来到一个十字路口，突然想起，每逢岔道，游侠骑士总得停下来思考一下何去何从。他自然必须仿效，也止步静候片刻。经过一番深思熟虑，便松开缰绳，听凭洛西南特任意走去。瘦马倒是初衷未改，毅然踏上回马房的路途。走了大约两米里亚①之后，堂吉诃德发现迎面来了一大群人。后来他才知道那是一些去穆尔西亚购买丝绸的托莱多商人。他们一行六人，都打着阳伞，四个佣人骑马跟在后面，还有三个步行的骡夫。堂吉诃德老远看到他们，立刻以为又碰上新的奇遇了。他总是忘不了想方设法模仿书上读到的比武庆典之类的场面，觉得眼前的情景挺适合他正想扮演的一幕，于是便威风凛凛地在马鞍上挺直身子，握紧长矛，举起盾牌护住胸膛，停在大路中间，等着那些游侠骑士过来（他早就这样断定了）。见那伙人到了可以面对面说话的地方，堂吉诃德就提高嗓门儿，咄咄逼人地说："全体停步！如想经此，必先认可一事：普天之下的美女无一胜过拉曼却的女皇、举世无双的杜尔西内亚·德尔·托博索。"

听到这阵吆喝，那群商人连忙住脚，想把说这番话的怪物看个究竟。冲着那副模样和连串昏话，他们很快就明白了原来是位得了疯病的主儿，心想索性仔细听听要他们认可什么名堂。他们之中有个好打趣的机灵鬼说："绅士先生，我们不知道您说的这位大美人是谁，让我们见识见识吧。要是真像您夸的那么漂亮，不用强求，我们自然会心甘情愿地承认您言之有理。"

"你们果真有幸见识她，"堂吉诃德驳道，"事实昭然，何须认可？我要求你们的恰恰是：尽管未见其人，也必须深信、认可、称道、捍卫、保护她的美貌。否则，尔等妄自尊大之辈，必得与我交手厮杀。可循骑士之规——前来，也可按尔曹恶习群起而攻。我已在此恭候，无暇久待，自知有天理助我。"

"骑士先生，"那商人答道，"我以在此诸王公的名义，尚有一事

---

①　米里亚：长度单位，1 米里亚约合 1.375 公里。

相求于阁下。认可此种未睹未闻之事，不仅我等内心不安，且有辱于阿尔卡利亚和埃斯特雷马都拉①的诸后妃命妇。因此，还望阁下劳神与我等出示该美人画像一帧，即令微如麦粒，亦可缘缕索簌，我等疑虑将释然而解，阁下也可如愿以偿。其实，我等此刻已对美人姿色颇为神往，纵令她看来仅有一眼完好，而另一只眼不断流出朱砂硫黄，即便如此，我等也将极尽恭维之能事，以取悦阁下。"

"下贱东西！"堂吉诃德勃然大怒，答道，"她眼里流出的不是你说的那种玩意儿，而是晶莹的琥珀和芬芳的麝香。她既不瞎眼也不驼背，而是像瓜达拉马的山毛榉一般挺拔②！我的心上人本是绝世佳丽，尔等对其如此亵渎，必将自食其果！"说罢便平端长矛，冲着那人奔去。当时他怒火中烧、气盛力猛，多亏洛西南特半路上绊倒在地，否则那不知轻重的商人可就要倒大霉了。洛西南特跌倒了，主人在地上滚出老远。他想站起来，可是怎么也不行：长矛、盾牌、马镫、面罩，还有一身沉甸甸的盔甲，弄得他动弹不得。就在这挣扎着要起来又无论如何起不来的当儿，他嘴里还不停地嚷嚷着："站住，胆小鬼，贼骨头。好好听着，是马把我摔在地上的，不是我自己愿意躺在这里。"

他们之中有个赶骡子的，看来也不是好惹的角色，听到那倒霉蛋躺在地上骂个没完，顿时兴起，打算冲着肋条骨回敬几下。他走过去，夺过长矛折成几段，开始用其中一截狠狠揍起堂吉诃德来，硬是隔着浑身盔甲差点把他捣得稀巴烂。骡夫的主人们在一旁大声嚷嚷叫他别打了，快住手，可那小子正在火头上，非得撒光全部怒气才肯罢休。最后还要捡起长矛碎段，一一掰成更小的残片，乱七八糟全扔到脚下的倒霉蛋身上。尽管棍棒雨点似的落下来，可堂吉诃德的嘴始终没闲着，一个劲儿地诅天咒地，臭骂那伙他认定了的拦路强盗。

---

① 阿尔卡利亚和埃斯特雷马都拉都是西班牙境内比较贫瘠荒蛮的地区。

② 西班牙语中，"独眼龙"一词也有"歪斜不正"的含义，故堂吉诃德以此相驳。

骡夫终于打累了，商人们这才重新赶路，一路上没完没了地议论棒打倒霉鬼的事。堂吉诃德一看就剩自己了，想再试试能不能爬起来。可是刚才完好无缺的时候都办不到的事，这会儿差点给打散了架子，就更甭提了。不过他一想到这种灾祸都怪他的马，而且本是游侠骑士该当经历的，倒也十分欣然。糟糕的是浑身疼痛难忍，无论如何也站不起来了。

CAPÍTULO V · 第五章

我们这位骑士的灾祸还没结束

他见自己确实动弹不得，心想还是照老办法，琢磨一下书上都有些什么高招。说着就疯疯癫癫记起来这么一段：巴多维诺如何在山里被卡尔洛托打伤，又如何遇见了曼图亚侯爵①。这故事，孩子们倒背如流，小伙子们百听不厌，老年人如数家珍，不过并不比穆罕默德的奇迹更令人置信。就是这个故事，在堂吉诃德看来，正和他眼前的处境对上了茬儿。于是他立即做出十分痛苦的样子，开始一面在地上打滚，一面有气无力地念诵相传林中骑士②受伤以后念诵过的话：

> 你在哪里？我的爱人，
> 可在为我的苦难心急如焚？
> 要么是你对此一无所知，
> 要么是虚情假意早变心。

他就这样一句句背着歌谣，一直背到这两句：

---

① 巴多维诺、卡尔洛托、曼图亚侯爵都是欧洲古代民间传说和民谣中的人物。
② 林中骑士即巴多维诺。

哦，高贵的曼图亚侯爵，

我的舅舅、骨肉亲人！

他正背这两句歌谣呢，凑巧同村的一个农民街坊打那儿经过，扛着一袋麦子去磨坊，见有人躺在地上，就走过去问他是谁、哪儿不舒服、伤心地嘟囔些什么。堂吉诃德当下认定那就是他舅舅曼图亚侯爵，并不忙着答话，只管往下背歌谣，慢慢讲到他怎么遭遇不幸、皇帝的儿子怎么跟他老婆偷情，全都是歌谣里的事。

听了这一串胡话，那街坊着实发了一阵蒙，然后才上去掀开被棍子打烂了的面罩，拍掉那满头满脸的尘土，直到这时候，才认出那人是谁，便说："吉哈纳先生（在变成游侠骑士之前，那位不疯不傻的悠闲绅士大概就是被这么称呼的），是谁把您弄成这副模样了？"

可是不管人家问什么，他还是一个劲儿地背歌谣。

见他这样，老街坊也只好先帮他卸下胸甲和背甲，看看伤势再说，结果既没有血迹也没有伤痕。然后，老街坊想方设法把他从地上扶起来，又费了不少力气挼他上了驴背，心想骑这种牲口到底安稳些；又把盔甲什么的连同长矛的碎片归拢在一起捆在洛西南特背上；最后一手抓起马缰绳，一手牵着驴扯手，一步步朝村里走去，还来回琢磨着堂吉诃德说的那些疯话。堂吉诃德心里也不安稳，被打得疼痛难忍的身子在驴背上东摇西晃，时不时喘着粗气，声音大得邪乎，吓得老街坊赶紧又问他到底哪里不舒服。

可他像是中了邪，不管眼前看到什么，他都能想起对路的故事。这会儿他放下了巴多维诺，又拉出摩尔人阿宾达拉埃斯，想起此人如何被安特盖拉要塞司令罗德利格·德·纳尔瓦埃斯捉住关进要塞里。所以听到街坊问他怎么了、哪里疼，他顺口说出一串答话，全是摩尔俘虏对要塞司令说的一套宏论，跟他读过的霍尔赫·德·蒙特马约尔[1]在故事书《狄安娜》上写的一字不差。他背着这段故事简直跟真的一样，结果一通没头没脑的昏话，气得老街坊直咒自己白日见鬼，偏偏碰上这位邻居老爷疯病发作，这会儿只好紧赶慢赶回到村里，省得听堂吉诃德没完没了的絮叨，白白惹一肚子气。这时候又听那人说："堂罗德利格·德·纳尔瓦埃斯先生，您知道吗？我刚说的那位美人哈利法[2]就是如今的佳丽杜尔西内亚·德尔·托博索。我要为她建树古往今来闻所未闻的赫赫骑士战绩，过去、现在、将来，永远矢志不渝。"

听了这话，那农夫回答说："听我说，老爷阁下，我真不知作了什么孽！告诉您，我不是堂罗德利格·德·纳尔瓦埃斯，也不是曼图亚侯爵。我叫佩德罗·阿隆索，是您的邻居。您阁下也不是什么巴多维诺、什么阿宾达拉埃斯，您是正经八百的绅士吉哈纳老爷。"

"我清楚自己是谁，"堂吉诃德说，"我不仅可以是刚才说的那两个人，还可以抵得上'法兰西十二骑士'[3]，甚至'世界九大豪杰'[4]。单算他们一个个的功绩也罢，大伙儿的加在一起也罢，都别想跟我比个高低。"

两人就这样你一言我一语说来说去，不知不觉到了村口。这时候，天色慢慢黑下来，可是农夫想还是等夜色再浓一些，免得叫人看见我们这位绅士如此狼狈不堪，还骑着有碍身份的小毛驴。最后看时

---

[1] 霍尔赫·德·蒙特马约尔（1520？—1561），西班牙作家，《狄安娜》是他的主要作品，上面提到的两人都是其中的人物。

[2] 哈利法：前文提到的摩尔囚徒的情人。

[3] 法兰西十二骑士：侍卫法兰克国王兼西方皇帝查理（也译作"查理曼"）的十二名勇士。

[4] 世界九大豪杰：其中有三个《圣经》中的人物：约书亚、大卫、犹太·马加比；一个希腊传说人物：赫托耳（特洛伊将领之一）；一个希腊历史人物：亚历山大；一个罗马历史人物：尤里乌斯·恺撒；三个基督徒：亚瑟王、查理大帝、格多弗尔·德·布永（第一次十字军的将领）。

候差不多了，他才进村走到堂吉诃德家门口，只听见屋里乱糟糟一片人声。原来，堂吉诃德的好朋友，村里的神甫和理发师都在那儿，正听女管家在高声唠叨呢！

"佩德罗·佩雷斯先生（这是神甫的名字），您老说说看，我这位老爷倒了什么霉！整整三天见不着人影，马呀、盾牌呀、长矛呀、盔甲呀也都不见了。真是作孽啊！我琢磨着准是这么回事，就像人有生必有死。我看都怪那些该死的骑士小说，他弄来那么多，整天没完没了地看，就这么看昏了头。这会儿我想起来了，好几次听他自个儿在那儿嘟囔，说是要当个游侠骑士，跑到四处去闯荡。真该把这些书扔到地狱去见鬼！整个曼却地界哪还有像他那么精明的人啊，就这么给毁了！"

他外甥女也这么数落着，话更多一些："尼古拉斯师傅（这是理发师的名字），您也知道，我这位舅舅一看起那些坑人的倒霉小说，常常是两天两夜不停。看完了，顺手把书一扔，又顺手抓起剑柄，满屋子走来走去往墙上乱捅，一直到累得不行了，就说已经砍死了四个高塔一样的巨人；累得浑身出汗了，就说那是打仗受伤流的血；然后赶紧喝一大罐凉水，觉得浑身舒坦了，就说那凉水是仙浆，是他的朋友大魔法师'爱死鸡粪'①博士给他弄来的。说起来也都怪我，早该告诉二位，我舅舅尽干些疯疯癫癫的事，早点想办法也不至于弄成现如今这副样子。他弄来那么多歪门邪道的书，早就该一把火烧掉，就像烧死异端分子那样。"

"我看也是，"神甫说，"说什么明天也得把那些书拉出来示众，然后判处火刑。往后就不会再有人读了它们之后，去干我朋友干的事了。"

这些话都让农夫和堂吉诃德听见了。农夫这才明白他邻居得的

---

① 骑士小说中的魔法师，他名字的正确读音应为"阿尔吉非"。

什么病，便开始大声说道："诸位阁下，请快开门，巴多维诺老爷和受重伤的曼图亚侯爵老爷来了，安特盖拉要塞司令、勇敢的罗德利格·德·纳尔瓦埃斯带着摩尔俘虏阿宾达拉埃斯来了。"

屋里的人闻声跑出门外，于是难免一番老友重逢、主仆致意、甥舅相见。堂吉诃德一直待在驴背上下不来，人们一个个上前去拥抱他。他说："都别乱动，都怪这匹马把我摔成重伤。快扶我上床，最好把女法师乌尔干达①叫来给我医病治伤。"

"你们听听，真是晦气透了。"女管家接着就嚷嚷，"叫我一下子说准了老爷的毛病出在哪儿！谢天谢地，您快上楼去吧，没这个'乌耳疙瘩'，我们也能把您治好。真该死；我再说一遍：真该死；我要说一百遍：真该死！那些骑士小说，把老爷您害成这个样子！"

大伙儿连忙把他扶到床上，想看看伤势如何，结果连个小口儿也没有。他说是他的马洛西南特把他摔散了架子；那时候，他正跟十个巨人交手呢，你就是走遍大半个世界，也难见到那么又高又大，那么天不怕地不怕的家伙。

"瞧瞧！"神甫说，"这出戏里还有巨人呢！凭着十字架发誓，明天不等天黑，我非把那些书烧个一干二净不可。"

他们问了堂吉诃德一大堆事儿，可是他一概不回答，只说他想吃东西，早点睡觉，这在当时确实比什么都要紧。一切都照办了。神甫详细盘问老街坊是怎么碰见堂吉诃德的。那人从头到尾说了一遍：碰见他的时候说了哪些昏话，回家路上又胡诌了些什么。听了这些之后，神甫更觉得非抓紧把事情办完，第二天就叫上他的朋友理发师尼古拉斯，一起来到堂吉诃德家里。

---

① 乌尔干达：骑士小说中的女法师，阿尔吉非的妻子。

CAPÍTULO VI · 第六章

神甫和理发师再访想入非非的绅士家，
在书房开始妙趣横生的大清点

　　主人还在睡觉，他们向外甥女要过钥匙，去开收藏坑人书本的房间。姑娘满心情愿，马上交了出来。三人一起走进去，女管家也跟在后面。他们看到有一百多册装帧精美的大部头书籍，还有不少小薄本。女管家一见这些书，便急急忙忙离开房间，不一会儿端着一盆圣水和一把小扫帚回来，说："硕士老爷阁下，劳驾在这屋里洒上圣水。书里那些成群的魔法师说不定会跑出来个把捉弄咱们，不让咱们惩治他们。得趁早把他们赶出人世。"

　　女管家憨头憨脑的样子逗得神甫直乐。他叫理发师把书一本本递过来，他想先看看都写些什么，不一定所有的书都该判处火刑。

　　"不行！"外甥女说话了，"一本也不能放过，全都是些坑人的东西。还不如从窗户里往院子扔，堆得高高的，一把火烧掉拉倒；再不就弄到牲口栏里，在那儿点着，省得浓烟熏人。"

　　女管家也这么说。她们俩巴不得把那些其实没招谁惹谁的纸片早早除掉。可是神甫觉得不妥，至少先得看看书名嘛。尼古拉斯师傅递到他手里的头一套书就是《阿马迪斯·德·高拉》四卷本。神甫说："这可真是鬼使神差！据我所知，这恰恰是在西班牙出版的第一部骑士小说，从它开始，其他的就源源不绝地问世了。我看，既然它开创了这么糟糕的流派，自然不能宽恕，就判处火刑吧。"

"别忙，先生。"理发师说，"可我也听说，这是所有骑士小说里写得最好的一部。既然在同类里它是独一无二的，我看就放过它吧。"

"也对，"神甫说，"就凭这个暂且饶它一命。咱们再看看旁边那本。"

"这本是，"理发师说，"《埃斯普兰迪安的英雄业绩》，阿马迪斯·德·高拉的嫡亲儿子。"

"说真的，"神甫马上接茬儿，"对这儿子可不能像对他父亲那么仁慈了。拿去，管家太太，打开那扇窗户，丢进后院。由它打头，咱们堆起一大摞，准备点火。"

女管家满心乐意地照办了，这位埃斯普兰迪安就这样飞进后院，静静等着烈火焚身。

"下一本。"神甫说。

"紧接着的是，"理发师说，"《阿马迪斯·德·希腊》，还有旁边这些，我看都是阿马迪斯家族的。"

"得，都请到后院去。"神甫说，"该烧掉的不光是平提吉涅斯特拉王后、达里内尔牧童连同他的牧歌，还有作者那些莫名其妙的连篇鬼话。哪怕我的生身父亲装扮成游侠骑士到处逛荡，也该跟他们一起扔进火里。"

"我也这么想。"理发师说。

"我也是。"外甥女插嘴说。

"那就这么着，"女管家说，"来吧，全都给我到后院去！"

说着，她手里就接过一大摞书。她连来回上下楼梯也免了，干脆一股脑从窗户扔下去。

"那个大块头是谁？"神甫问。

"这位是，"理发师回答说，"《堂奥利万特·德·拉乌腊》。"

"这本书的作者还写过《百花园》。"神甫说，"说老实话，我真说不清这两本书中哪一本真话多点；说得更确切点，哪一本谎话少点。我只知道眼前这本肆无忌惮地胡说八道，该滚到后院去。"

"下面这本是《弗洛里斯马尔特·德·伊尔卡尼亚》。"理发师又说。

"弗洛里斯马尔特·德·伊尔卡尼亚先生也在那儿呀？"神甫说，"我怕他也得马上去后院。虽说他出身离奇、战功赫赫，可是就凭作者那佶屈聱牙的文笔，他也只能有这个下场。管家太太，把这本书扔到后院，还有那一本。"

"真痛快，我的老爷。"那女人一面答应着，一面兴高采烈地执行命令。

"这本是《骑士普拉提尔》。"理发师说。

"这是一部古书了，"神甫说，"可我看也没法饶过它，叫它快去跟那些个做伴吧。"

当然这也照办了。

又翻开一本书，两人一看题目是《十字骑士》。

"按说书名这么神圣，本来可以不计较里面说的那些荒唐事，不过常言道'十字架后藏魔鬼'，也烧了吧。"

理发师又拿起一本书说："这本是《骑士明镜》。"

"我认识这位阁下，"神甫说，"雷纳尔多斯·德·蒙塔尔班先生就在它那儿游荡呢，还带着他那帮哥们儿、伙计，个个赛过大盗卡柯，还有'十二骑士'领着那位尽说实话的史官图尔平①。说心里话，我真想只判他们终身流放，因为他们总还和大名鼎鼎的马太奥·博亚尔多②的创作沾边儿。这一位提供的素材又帮助虔诚的基督徒诗人卢多

---

① 图尔平：查理曼大帝时代法国兰斯城的大主教。他死后有人以他的名义出版了一部有关查理曼大帝的历史书，充满了荒诞不经的杜撰和虚构。

② 马太奥·博亚尔多（1441—1494），意大利诗人，著有《热恋的奥尔兰多》（也译作《热恋的罗兰》）。

维柯·阿里奥斯托①构思了他的作品。这后一位要是也在这儿，可是不讲自己的家乡话，偏拽外国腔，我就一点也不客气了。不过他如果讲家乡话，我就把他高高举到头顶上。"

"我倒是有本意大利语的，"理发师说，"可我看不懂。"

"就是看懂了也没什么好处，"神甫回答说，"那位上尉②先生真是自找挨骂，把这本书带到西班牙，还译成卡斯蒂利亚语，结果原来的韵味大为减色。译诗的人都犯这个毛病。不论你有多大本事，下多深功夫，总是弄不出人家土生土长的那股味道。所以我说呀，这本书，再找找还有没有别的讲法国事情的书，统统都扔进一口枯井里存放起来，等日后再仔细商量商量怎么处置它们。不过要剔除两本，一本叫《贝尔纳多·德尔·卡尔皮奥》，保准还在那儿躲着呢；另一本叫《龙塞斯瓦列斯》。这两本一到我手里，马上就得转到女管家手里，最后落进火堆里，一点也可怜不得。"

理发师在一边表示完全赞成，必须这样做才妥当。他深知神甫笃信基督，追求真理，世上没有什么东西能阻挡他说真话。这会儿他又打开一本书，一看是《帕尔梅林·德·奥利瓦》，旁边一本是《帕尔梅林·德·英格兰》，神甫扫了一眼便说："这个奥利瓦应该撕个粉碎、烧得连灰也不剩。这个《帕尔梅林·德·英格兰》嘛，得收起来，当作绝无仅有的珍品保存，甚至该专门做个匣子，就像亚历山大大帝从波斯王大流士手里缴获的那件战利品一样。他夺到之后就用来存放诗人荷马的作品了。我说老伙计呀，这本书有两点值得称道：一来它本身就是一部好书，二来听说作者是一位贤明的葡萄牙君王。就说米拉瓜尔达城堡的那些历险故事吧，简直棒极了，编排得妙不可言；文辞优雅明快，不仅符合而且维护了谈吐机智得体者的身份。所以我说，不

———————

① 卢多维柯·阿里奥斯托（1474—1553），意大利诗人，代表作《疯狂的罗兰》（也译作《疯狂的奥尔兰多》）是博亚尔多《热恋的罗兰》的续集。
② 指赫罗尼莫·乌列阿，曾将《疯狂的罗兰》译为西班牙文。

知道尼古拉斯师傅你老兄怎么想，就让这一本，还有《阿马迪斯·德·高拉》免去火刑吧。其余的嘛，也不必费心劳神，统统除掉拉倒！"

"不行，老兄。"理发师马上说，"我手上的这本可是名声不小的《堂贝利亚尼斯》。"

"这一本嘛，"神甫说，"第二、三、四部火气太大，需要一点清热的泻药，还得砍掉'扬名战车'那些段落和其他更荒唐的昏话。光凭这些，也足够判个异地流放了，然后视其改正情况，再决定从宽发落还是从严惩处。不过老兄，眼下你还是先拿回自己家去，可千万别叫别人读它。"

"就这么办。"理发师回答说。他已经懒得一本本地翻看那些骑士小说了，就叫管家太太拣那些大部头的，统统扔进后院去。

听这话的人不聋也不傻，早就憋足了劲等着烧书，简直比立刻弄一大块上等精细衣料还心切。只见她几乎一把抓起八本书往窗外抛去，由于每次拿得太多，有一本半道上掉到理发师脚边，他忍不住想知道作者是谁，结果看到书名是：《著名骑士提兰特·埃尔·布兰科的故事》。

"我的上帝！"神甫大喊一声，"原来提兰特·埃尔·布兰科在这儿！快递过来，老伙计。老实说，我觉得这本书简直是享之不尽的欢愉、取之不竭的乐趣。这里面有勇敢的骑士堂吉列末松·德·蒙塔尔班和他弟弟托马斯·德·蒙塔尔班，还有骑士封塞卡，还讲到提兰特跟恶狗打架的事，'令我销魂'姑娘如何灵巧应对，'悠闲寡妇'如何假意奉承，皇后娘娘如何爱上她的侍从伊波利托。老兄，实话对你说吧，就文笔而言，这本是世上最棒的书。里面的骑士们照常吃饭，照常在床上睡觉，也在那儿死去，死前也照常立下遗嘱，等等，都是其他这类书里提都不提的事。当然，写这本书的人时不时也有意无意地胡编乱造，不过还不至于被发配到海船上，终身服苦役。你拿回家去好好看看，就知道我这话没错。"

"好吧，"理发师答道，"剩下这些小薄本该怎么办呢？"

"我看，"神甫说，"这些不像是骑士小说，大概是诗集。"说着便打开一本，书名是《狄安娜》，作者叫霍尔赫·德·蒙特马约尔。他以为剩下的可能都属于这类，就说："这些书跟刚才那些不一样，不能烧掉。它们没有也不会像骑士小说那样害人，这些书对人的头脑倒是有益无害的。"

"算了，硕士先生！"外甥女这时说话了，"您最好都拿去烧了，跟刚才一样。别弄得我这位舅舅治好了骑士病，一读这些书，又得上个想当牧人的征候，整天在树林子里、草场子上游来逛去，又弹琴又唱诗的，那就更糟了！听说想当诗人这病，一得上就甭想治好，还容易传给别人。"

"这姑娘说得对，"神甫说，"还是趁早把咱们老朋友路上的这些坑坑洼洼填平才好。就从蒙特马约尔的《狄安娜》开始吧，我看就不必烧了，可是得删去什么魔法师费利西亚、什么神水仙液、几乎所有的长言诗①，只保留散文部分，那它可以有幸成为这类作品中的佼佼者了。"

"下面这本，"理发师说，"是萨拉曼卡人的《狄安娜续集》，下面还有一本《狄安娜》，作者叫希尔·波罗。"

"这样吧，"神甫说，"萨拉曼卡人的这本就加入后院的一堆跟它们做伴去。希尔·波罗的这本权当是阿波罗②本人的作品先收起来。接着来，老兄。咱们得快点，时候不早了。"

"这本书，"理发师又打开一本说，"是《爱情佳运十章》，作者叫安东尼奥·德·洛弗拉索，一位撒丁岛的诗人。"

"我敢以我的教士职位起誓，"神甫说，"自从阿波罗落地、缪斯③

---

① 长言诗：每行音节超过八个的诗体。

② 阿波罗：希腊神话中的太阳神和诗神。

③ 缪斯：希腊神话中的文艺女神，共九位。

诞生、诗人出世，还是第一次编出这么离奇有趣的书。在世上的同类作品里，这一部可以说独一无二、到了顶了。谁要是没读过这本书，这辈子就算没见识过有意思的东西。老兄，快把它递过来，撞着它真难得，简直比捞到一身佛罗伦萨教士袍还来劲。"说着就心满意足地把那本书放在一边。

理发师接着说："下面这几本是：《伊比利亚牧人》《埃纳雷斯的精灵》《虚妄的忌妒》。"

"无能为力啊，"神甫说，"只好交给非神职人员管家太太去处置了。别问我为什么，省得啰唆个没完。"

"下面这本是《费利达的牧人》。"

"其实他不是牧人[①]，"神甫说，"而是一位机敏的朝臣。这本书可是稀世珍宝，快收起来！"

"这本大书的标题是，"理发师说，"《诗中选粹》。"

"就是选得多了点，"神甫说，"否则会更精粹一些。里面固然不乏杰作，但也必须清理、芟除不少下等货色。收起来吧，这位作者是我的朋友[②]，他确实写过许多气势恢宏、格调高雅的作品。"

"这一本是，"理发师又说，"洛佩斯·马尔多纳多的《诗歌集》。"

"这本书的作者嘛，"神甫说，"也是我的好朋友。从他嘴里出来的诗句谁听了都喜欢。这位歌手的声音柔和动听，让人心动。就是田园牧歌写得稍长了一些，不过精品不怕多，跟刚才挑出来的那些收在一起吧。咦，旁边那本书是什么？"

"是米盖尔·德·塞万提斯的《伽拉苔亚》。"理发师回答道。

"我和这位塞万提斯成为至交已经有好多年了。就我所知，与其说他有写诗的才气，不如说他有惹祸的晦气。这本书确实不落俗套：

---

① 指作者路易斯·加尔维斯·德·蒙塔尔渥（1546？—1619？），西班牙诗人。
② 指佩德罗·德·帕的亚，16世纪西班牙诗人。

吊吊你的胃口，可又不把话说完。他答应要写续集，看来只好等着了。这次世人对他太苛刻了，或许在书上做点改动，会多少得到一些宽容。咱们等着瞧吧，眼下你先把这本书锁进自己家里。"

"老兄阁下，这正是我的意思。"理发师说，"下面连着来了三本：堂阿隆索·德·埃尔西利亚的《阿劳加纳》①，科尔多瓦法官胡安·鲁弗的《奥地利颂》，还有克利斯托瓦尔·德·维鲁埃斯的《蒙塞拉特圣山》，这位作者是巴伦西亚人。"

"这三本书，"神甫说，"都是西班牙语英雄史诗里的杰作，可以和意大利最著名的同类作品媲美，称得上西班牙诗歌中的名贵珍品，好好收起来吧！"

神甫实在懒得再往下看了，决定把剩下的书一股脑全烧掉。可是这时候，理发师又打开了一本，题目是《安赫利卡的泪水》。

神甫听到书名忙说："要是把这本书烧了，连我也会流出泪水的。这位作者②不仅在西班牙，在全世界也算个有名气的诗人了。他翻译的几篇奥维德神话故事也精彩得很。"

---

① 《阿劳加纳》：描写征服智利的西班牙殖民者与阿劳卡印第安人之间战争的史诗。作者埃尔西利亚（1533—1594）是西班牙军人、诗人。
② 指路易斯·巴拉奥纳·德·索托（1548—1595），西班牙诗人。

Capítulo VII · 第七章

我们的大骑士堂吉诃德·德·拉曼却
第二次出游

　　正在这时候，堂吉诃德突然大声喊叫起来："快来，快来，勇敢的骑士们，该来显示你们强壮双臂的力量了！没见朝廷骑士在比武中占了上风吗？"

　　听到这通吵嚷，人们都跑去看个究竟，结果剩下的书没来得及清点。就这样不清不白扔进火堆里的有：《查理大帝之歌》《西班牙之狮》，还包括堂路易斯·德·阿维拉记述的大皇帝业绩。这几本当时肯定都在剩下的一堆书里，要是神甫看见了，说不定就能逃脱如此酷刑。

　　大伙儿走进房间的时候，堂吉诃德已经起床，正在大喊大叫地发疯，挥着一把剑乱截乱砍，精神十足得不像刚刚睡醒。大伙儿上去抱住他，硬是拽回到床上。等他稍微安静了一些，就对神甫说："说真的，图尔平大主教大人，我们'十二骑士'这回身价大跌，居然随随便便叫朝廷骑士在比武中占上风。头三天里，我们这班猛将还一直博得喝彩呢！"

　　"我说老兄阁下，"神甫说，"你先歇歇吧！但愿上帝保佑时来运转，今天输掉的，明天赢回来。眼下还是保养身子要紧。看来你倒是没大伤着什么，不过确实是累过头了。"

　　"伤是没伤着，"堂吉诃德说，"可是整个散了架了，一点不骗你。

堂罗尔丹那个混蛋利用一根橡树棍子把我打散了架子，因为他嫉恨我居然敢单枪匹马跟他这位好汉对着干。等我能从床上起来的时候，非得找他算账不可。我才不怕他那些魔法呢！否则，我就不配叫雷纳尔多斯·德·蒙塔尔班这个名字。可眼下快给我拿饭食来，这会儿我最需要的就是这个。报仇的事，我自己知道该怎么办。"

大伙儿连忙照办，伺候他吃了点东西。他刚吃完，倒头又睡。别人见他疯成这样，也不知如何是好。

当天夜里，女管家一把火烧光了后院和屋里所有的书，连那些值得永世收藏的好书也同样化为灰烬。这固然要怪它们自己运气不好，但是也怪审查官渎职偷懒。结果就应了一句俗话：坏人作孽，好人受过。

为了治好老朋友的病，神甫和理发师接着又想起个主意，就是砌一道墙，把书房堵死，让堂吉诃德起床之后再也找不到。他们心想，除去根子，毛病自然会好的。家里人只管告诉他：来了一个魔法师，把所有的书连同书房都搬走了。

这件事很快就办完了。两天之后，堂吉诃德从床上起来，头一件事就是去找他的书，可是却发现原来存书的屋子不见了，害得他走来走去一通好找。他走到本来应该是屋门的地方，伸出双手摸了又摸，两眼上下左右看个没完，始终一言不发。这样过了好长一段时间，他才开口问女管家他的书房在哪头。管家太太早就知道该说什么，回答道："什么书房不书房的，您在找什么呀？这屋里没什么书房，也没书，都让鬼叼走了。"

"来的不是鬼，"外甥女接茬儿了，"您走的那天晚上，一个魔法师驾着云彩、骑着蛇来咱家了。他从蛇背上下来，闯进书房，也不知道在里面干了些什么，不一会儿出来飞到屋顶上，弄得满屋子烟气呛人。我们赶紧跑去看他到底干了些什么，结果书呀、书房呀，全不见了。我和管家妈妈就记清了一件事：那个老坏蛋临走的时候，大声嚷嚷了一通，说什么他对那些书和书房的主人早就怀恨在心，所以跑进屋里去捣乱；大伙儿很快会知道他干下的事了；还说他是大博士'木尼牙通'。"

"他大概说的是弗里斯通。"堂吉诃德说。

"我也弄不清楚，"管家太太说，"不是'弗来私通'就是'弗梨通'，反正他名字末尾是个'通'。"

"没错，"堂吉诃德说，"他是个学问很大的魔法师，我的死对头，早就看我不顺眼。他能掐会算，知道他扶持的那个骑士早晚得跟我恶战一场，最后败在我手里。他呢，一点忙也帮不上，所以一直这样想方设法地给我找麻烦。我得叫他明白，上天注定的事，他挡不住也躲不了。"

"谁说不是呢！"他外甥女说，"可是谁也没非叫您去掺和这些吵嘴打架的事。安安稳稳在家待着不挺好吗？干吗非得跑到外头去拾麦穗做面包！您想想，不少人'出门本想剪羊毛，浑身剃光往回跑'。"

"我的好外甥女啊，"堂吉诃德回答说，"你这可是把我看扁了！谁敢动我一根头发梢！没等他剃光我，我先把他的胡子一根根揪完拔净。"

两个女人见他火气上来了，就没再接着跟他理论。就这样，他在家里安安静静待了十五天，好像一点也没有再出去瞎闯的打算。这些日子里，他絮絮叨叨对两位老朋友——神甫和理发师——讲了许多可笑的道理，证明他说得如何对，世界上如何迫切需要游侠骑士，如何应该立即恢复骑士制度。神甫有时候驳他两句，有时候点头不语，因为不玩点这种花样，是没法跟他理论的。

堂吉诃德趁这工夫忙着去说服村里的一个农民。不知道穷人算不算体面人，反正他找的这位农民的确是体面人，就是脑袋瓜不怎么灵光。堂吉诃德没完没了地唠叨，又是央告，又是许愿，弄得那憨乎乎的乡下人决定随他出门远游，当他的侍从。堂吉诃德还告诉那人，尽管放心大胆跟他去，说不定哪次一交上手，眨眼工夫赢来个把海岛，他的侍从岂不可以就任岛上的总督！听他这样封官许愿，桑丘·潘沙（农民的名字）决定丢下老婆孩子去给这位街坊当侍从。

堂吉诃德接着就开始着手凑钱。家里的东西，能卖的卖，能当的当，总之都贱价甩了出去，终于凑足了相当一笔款子。他新添了一块圆盾，是从一位朋友那儿借来的；又好歹修补了一下破烂的面罩；把准备上路的日期和时间告诉了桑丘，叫他及早置办上路要带的东西，特别嘱咐他弄一只褡裢来。桑丘说他一定拿来，而且他有一头挺不错的驴子，也想骑来，靠两只脚板走路，他可受不了。说到驴子的事，堂吉诃德稍微犯了点嘀咕，寻思着究竟有没有游侠骑士带着骑驴的侍从。半天没想起一个先例。最后决定先这么着，不过暗中打定主意，迟早要瞅准时机搞到一匹更体面的坐骑。比方这会儿迎面碰到一个轻狂的骑士，就不妨把他的马夺过来。他还按照客店主人的忠告，包了几件衬衫和其他当时能弄到的东西。一切准备停当，潘沙没跟妻子儿女告别，堂吉诃德也没跟管家太太和外甥女告别，两人就在一天夜晚，趁没人看见的工夫，悄悄离开了村子。一晚上，他们走出去很远。到天快亮的时候，他们就完全放心了：即使有人来追，无论如何也赶不上了。桑丘·潘沙像个大老爷似的骑在驴背上，守着他的褡裢和酒囊，来回想着如何当上主人封给他的那个小岛的总督。堂吉诃德不知不觉又走上第一次出游的道路，来到蒙帖儿原野上，只是不像头一次那么遭罪，因为毕竟是清早，太阳斜射过来，不至于把人烤得筋疲力尽。

桑丘·潘沙突然对他的主人说："我说游侠骑士先生，您可别忘了许给我的岛子。哪怕它再大，我保管治理得好好的。"

堂吉诃德回答他说："桑丘·潘沙，我的朋友，你想必知道，古时候的游侠骑士一攻下什么海岛、王国之类，总是按照老规矩封他们的侍从做总督。我自然不能违背这个论功行赏的老章法，而且，我还打算做得更像样一些。古代的骑士总是等到自己的侍从老了，吃不消白天受罪晚上遭殃的苦差事了，才把他们打发到不起眼的山沟沟里，封个伯爵什么的，最多也就是侯爵了。而如今，只要你我两人一直平安无事，说不定不出六天，我就能攻占一大片国土，还捎带着周围的附属小国，岂不可以方方便便封你做其中一个的国王了吗？你别以为这有什么了不起，其实游侠骑士的境遇和机遇从来都是那么亘古未见始料不及的。也许不费多大力气，我赠送给你的会远远超过我许诺给你的。"

"照这么说，"桑丘·潘沙接上话茬儿，"要是真像您说的神显灵似的叫我当上国王，那我老婆胡安娜·古帖列斯①不就成了王后，我的儿女们也算是王子公主了？"

"那还用说吗？"堂吉诃德回答道。

"我看不一定，"桑丘·潘沙说，"我心里琢磨着，就算上帝他老人家把大小王国像雨点一样洒到地上，也没有一个对我那个胡安娜·古帖列斯合适的。告诉您吧，老爷，她可不是当王后的料。要是上帝可怜她，给她个伯爵夫人当当，倒还凑合。"

"那你就听上帝安排吧，桑丘。"堂吉诃德说，"他老人家知道给她什么最合适。可你也别太小看自己，说什么你的官位也不能在总督以下。"

"我不会那样的，老爷。"桑丘答道，"您这样一位了不起的主人交给我的差事当然都合我的意，也是我干得了的。"

---

① 桑丘老婆的名字在后文有变化。

CAPÍTULO VIII · 第八章

惊天地绝古今的风车恶战，
勇猛的堂吉诃德大显身手
以及其他堪为世代传颂的事情

这时候，他们看到不远处有三四十架风车矗立在原野上。堂吉诃德一见马上对他的侍从说："真是上天照应，没想到咱们的好运这么快就来了。桑丘·潘沙，我的朋友，你看那儿冒出来三十多个顶天立地的巨人。我想过去大战一场，把他们统统杀死，夺下战利品，就是咱们发的头一笔财。再说，咱们师出有名：把这些坏种从地面上扫除干净也是替天行道嘛！"

"什么巨人呀？"桑丘·潘沙问。

"你没看见那边那些？"主人答道，"就是甩着长长胳膊的那些，有些家伙的胳膊竟有两莱瓜①长呢。"

"我说老爷，"桑丘说，"那边站着的那些不是什么巨人，那是风车。那些看着像长胳膊的东西是风车翅，风一吹它就转悠，能把石磨带动起来。"

"很明显，"堂吉诃德说，"在闯荡世界这件事上你是个门外汉。那明明是巨人嘛。你要是害怕，就躲开点，上一边去祈祷。且看我以一当十，跟他们打一场恶仗。"

说着这话，他一马刺戳得洛西南特跑了起来，根本不理会侍从桑

---

① 莱瓜：西班牙长度单位，1莱瓜约合5.5公里。

丘·潘沙在一旁大喊大叫，一再提醒他前去攻击的确确实实是风车，不是什么巨人。可是他只管往前冲去，一口咬定那些就是巨人，对侍从桑丘的喊声自然是充耳不闻，就是跑到近处，对眼前的东西也视而不见，只顾一路前行，一路高喊："别跑啊，你们这些胆小鬼、下流坯，难道没看见前来交战的只有单枪匹马一名骑士吗？"

刚巧这时候刮起一阵风，巨大的风车翼开始转动。堂吉诃德见了便说："哪怕你们挥动的胳膊比巨人布里亚柔斯①还多，我也得叫你们乖乖认输。"

说完他便在心里把自己完全托付给心上人杜尔西内亚，求她务必在紧要关头暗中庇护，然后以盾护身、平端长枪、策马飞驰向前，朝离他最近的一架风车扑上去，一枪扎到旋翼上。正在风中猛转的旋翼把长矛折成几段，而且连人带马一起拽走。堂吉诃德终于跌下马背，鼻青脸肿地在地上翻滚。桑丘·潘沙骑着毛驴，紧赶慢赶地跑来帮忙。到跟前一看，主人已经不能动弹了：洛西南特把他摔得实在太狠了一些。

"我的上帝啊！"桑丘说，"我早就跟您说了，千万要看仔细，那是风车。其实，这事谁也不会弄错，除非他的脑袋像风车一样乱转悠。"

"甭说了，桑丘老兄。"堂吉诃德答道，"打仗嘛，可比不得别的事，更是吉凶难料。依我看，准是这么回事：准是那个劫走了我的书和书房的魔法师弗里斯通把巨人变成了风车，想抹去我马到成功的光彩。他实在太恨我了。可是到头来，他那些邪门歪道终归敌不过我高超的剑法。"

"上帝自会有安排的。"桑丘·潘沙一面说，一面扶主人站起来，骑上被摔得肩斜腰歪的洛西南特。主仆两人谈论着刚才的遭遇，踏上

---

① 布里亚柔斯：希腊神话中的百足巨人。

通向拉比塞关口的大道。据堂吉诃德说，那是个人来人往的地方，少不了会碰到许许多多各式各样的奇遇。只是长矛没了，弄得他心里挺别扭。他把心思告诉侍从，对他说："我记得在书上读到过，一个名叫迭哥·佩雷斯·德·瓦尔加斯的西班牙骑士，一次打仗的时候把剑弄折了，他就从一棵橡树下掰下一根粗粗的棍子，当天就用这玩意儿干了不少了不起的事，砸扁了不少摩尔人，从此得了个绰号'抡棒的'。打那以后，他的子孙也和他一样都叫'抡棒的瓦尔加斯'。我给你说这些，是因为我想前面一见橡树、栎树什么的，我也掰下一根棍子，就跟我刚说的那根一样，又粗又结实。我想用它干下一番轰轰烈烈的事业。到时候你就会知道自己有多好的运气，居然赶上亲眼见识那些说了也没人相信的壮举。"

"上帝会一手安排的，"桑丘说，"您老说的我全信。可这会儿您是不是把身子抻直点，别朝一边歪着呀！准是刚才摔坏了。"

"可不是嘛，"堂吉诃德回答说，"只是我一直没有喊疼，因为游侠骑士不能受点伤就哼哼唧唧，哪怕肠子掉出来也不兴那样。"

"规矩要是这样，我没什么好说的。"桑丘说，"不过不怕上帝见怪，我倒是情愿老爷您尽管哼唧两声，要是真有什么地方疼的话。要说我嘛，哪怕碰疼了一丁点，我也得哼哼唧唧。不知道不许哼唧的规矩是不是也管到游侠骑士的侍从头上。"

听着侍从的这些傻话，堂吉诃德忍不住笑了起来，接着便郑重宣告：桑丘可以随时随地随便哼唧，撒着欢儿地哼唧也行，憋憋屈屈地哼唧也行。反正他读过的书上还没有说骑士道不许侍从这样做。这时候，桑丘提醒说，是不是到了吃饭的时间。主人答道他这会儿不想吃什么，不过桑丘想吃的话，就请自便。桑丘听主人发了话，马上在驴背上舒舒服服坐稳当了，从褡裢里取出吃食，跟在主人身后，一路走一路悠然自得地吃起来，还时不时举起皮囊有滋有味地往嘴里灌酒。恐怕连马拉加最清闲自在的酒店老板见了也会眼红。他就这样一路上一口一口地咂摸着酒香，早把主人许给他的愿忘得一干二净，而且觉得出门闯荡其实挺舒服，就算碰到一些险事，也吃不了多大苦头。

那天晚上，他们是在大树底下过的夜。堂吉诃德从一棵树上掰下一根干枝，可以将就当枪柄使，他又取下断矛的铁头装上去。他整夜没有合眼，一直思念着心上人杜尔西内亚。他要一点不差地学书上那些骑士的样子：露宿荒野密林，一连几夜目不交睫，通宵达旦地眷恋自己的意中人。桑丘·潘沙可大不一样，他的肚皮填得满满的，而且填进去的并非是不管用的野菜汤之类，所以一觉睡下去直到大天亮。无论是照到脸上的阳光，还是成群小鸟迎接新一天到来的欢快啼叫，都没能打断他的酣梦。最后还是主人硬把他叫醒了。他一坐起来就伸手去摸酒囊，发现比昨夜瘪了许多，心里不免犯起愁来，因为沿着他们的路走下去，还不知道什么时候才能重新灌满。堂吉诃德还是不肯吃东西。前面说过了，他决心靠甜蜜的思念来滋补。他们再一次踏上通往拉比塞关口的大路。下午三点左右，他们远远望见了要去的地方。堂吉诃德一见便说："桑丘·潘沙老兄，在这地方，咱们能掺和的事可就太多了，只怕不知道从哪儿插手。不过你记住，即使见我遇到了天大的麻烦，也别拔剑相助。当然，你要是看清楚围攻我的是些下贱的无赖，这种时候，你可以上来帮忙。如果跟我交手的是骑士，你可千万不能帮我，因为这完全违背骑士道的规矩。除非有一天你也得到骑士的封号。"

"老爷，您的话很对。"桑丘马上答应，"我一定照您的意思办。再说呢，我这个人生来禀性和善，最讨厌掺和那些吵嘴打架的事。当然，要是有人想欺负我，那我可就顾不得什么规矩不规矩了。我想天上和人间的规矩都得让人在受到欺负的时候还还手吧！"

"谁说不是呢！"堂吉诃德说，"可是千万不能为了帮我，跑去跟骑士打仗。在这件事上，你一定要捺着自己的火性。"

"我一定照办，"桑丘说，"我一定记住这条规矩，就像记住星期天绝不干活一样。"

两人正说着话，路上来了两个圣贝尼托教团的教士。他们骑着两匹跟骆驼一样高大的骡子，戴着防尘面罩，撑着阳伞。尾随而来的是一辆马车，由四五个骑马人护卫着。再后面是两个步行赶骡子的脚夫。后来才知道，坐在马车里的是一位比斯开贵夫人，她丈夫得到显要职位出任美洲，正在塞维利亚等待启程，她一路兼程去那里与他会合。两个教士并不是贵夫人的旅伴，只不过是同路而已。可是堂吉诃德老远看见他们，就对自己的侍从说："我没弄错的话，一次立下赫赫战功的难得机会又来了。那边冒出两个黑乎乎的东西，八成是，不，肯定是一对魔法师，他们劫持了一位公主，塞进那辆马车里。我必须不遗余力去惩处这种胡作非为。"

"这简直比风车那档子事还糟！"桑丘说，"老爷，您再好好看看，那两个是圣贝尼托教团的教士，马车里坐的想必是赶路的客人。我再说一遍，您千万看个仔细，别让鬼迷了心窍！"

"桑丘，我早说过了。"堂吉诃德反驳道，"出门闯荡，你是一窍不通。我一点没说错，你等着瞧吧。"

说着他就往前迈了几步，站在路中间，等着教士们过来。他觉得远近差不多可以听见说话了，就大声喊道："尔等妖魔鬼怪之辈，速将强行载入车中的诸公主殿下释放，否则，尔等可待即刻毙命，只因执意作恶，咎由自取。"

两个教士勒住缰绳叫骡子停下，莫名其妙地望着堂吉诃德那副模样、听着他那套言辞。最后他们回答说："绅士先生，我们既非妖魔，也非鬼怪，只是两名圣贝尼托教士。我们只顾赶路，何曾知道车里有什么强行载入的公主大人？"

"别跟我来这套甜言蜜语，我早就看透了你们这些诡计多端的坏蛋。"堂吉诃德说。然后，没等对方答话，戳了一下洛西南特，平端着长矛便向近处的教士扑去，真是气势汹汹、迅猛难挡。幸亏那教士连忙滚下骡背，否则堂吉诃德准会不管不顾地把他掀翻在地上，即便不当下送命，也会身负重伤。另一个教士见自己的同伴这般遭遇，连忙赶着骡子仓皇逃命，一阵风似的在原野上飞快奔跑。桑丘·潘沙见第一个教士跌倒在地上，便手脚麻利地跨下驴子，扑上去剥人家的衣服。这时候，教士的两个骡夫走上前来，问他为什么扒光人家。桑丘回答说，他主人堂吉诃德打了胜仗，这些战利品自然合情合理地归他所有。两个骡夫可没心思跟他逗乐，更不明白什么打仗呀战利品之类。他们见堂吉诃德已经离开那儿，跑去跟车里的人说话了，就一起扑到桑丘身上，把他打翻在地，一顿拳打脚踢，还几乎揪光了他的胡子，一直折腾得他昏倒在地上，连气儿也不喘了。

那个滚到地上的教士心惊胆战，面无血色，趁机慌手忙脚地骑上骡子，两脚一夹，催促坐骑快跑，好去追赶他的伙伴。那人正在老远的地方等他，也想瞧瞧这场乱子怎么收尾。两人会合以后，不愿再看这场乱子怎么结束，急急忙忙走开了，一路不停地画着十字，好像身后有鬼追着似的。前面说了，堂吉诃德这会儿正跟车里的贵夫人搭话，对她说："容颜美丽的夫人，此刻阁下已可随意支配贵体，鄙人借此铁臂之力，已将大胆的劫持者打翻在地。阁下无需劳神询问救助者的姓氏名号，且听我自报家门：我名叫堂吉诃德·德·拉曼却，八方闯荡的游侠骑士，匍匐拜倒在举世无双的美人堂娜杜尔西内亚·德尔·托博索脚下。阁下如欲回报救助之恩，只需折回托博索，代鄙人谒见该女士，并详述此次救助阁下之壮举。"

堂吉诃德这一席话被护送马车的一名侍从听到了。他是比斯开人，见说不许马车前行，而是要绕道去托博索，便走近堂吉诃德，一把抓住他的长矛，开始理论，成串吐出不入耳的卡斯蒂利亚话和更难听的比斯开话。他说："滚开，骑士找死的，上帝照我的做证，你车不让的走，杀死你在这儿，小子！"

堂吉诃德听得很明白，但是他心平气和地回答道："看样子你不是个骑士，否则，照你这样口出狂言，真该好好教训一番，你这个下贱坯！"

比斯开人一听马上说："我不绅士①？我发誓上帝，基督徒你很撒谎。你长矛丢开，短剑拔出，你知道很快滋味老土头上动虎。比斯开人地上，绅士海里，绅士你见鬼，撒谎你，看你说不。"

"照阿格拉赫斯②的话说：你等着瞧吧！"堂吉诃德回答道。说着便把长矛扔到地上，拔出佩剑，托起圆盾，一直扑向比斯开人，打算当下结果他的性命。比斯开人见对手向他冲来，本想从不听使唤的骡背上跳下（他知道租赁的牲口都靠不住），可是已经来不及了，只好连忙抽出佩剑，多亏他正好就在马车旁边，顺手从里面拽出个软垫当盾牌使。两人当下就像一对死敌一样交上手了。其他人百般劝解，可是毫无用处。比斯开人叽里呱啦说不清楚，那意思是得让他打到底，要不，他非亲手宰掉女主人不可，那些碍他事的人也甭想活着。车里的太太见了这般情景，吓得不知如何是好，就叫车夫把车赶得离那儿远一点，然后在一边观看这场厮打。不一会儿，比斯开人从盾牌上面一剑截过去，狠狠刺中堂吉诃德的肩头。幸好有铠甲保护，否则他腰以上就被劈成两半了。堂吉诃德挨了这重重的一剑，不禁大声喊叫起来："哦，我的主心骨、鲜艳的花朵杜尔西内亚，快快前来扶助你的骑士。他本着你的慈悲胸怀行事，以致身陷如此不幸。"

说时迟，那时快。他话音未落，便攥紧剑把，端正盾牌，一股猛劲向比斯开人冲去，决心一剑砍下见分晓。

比斯开人见他横下一条心的那股狠劲，知道来者不善，也拿定主意拼个死活，于是托起软垫护住前胸，等着对手扑过来。只是他的骡子不听使唤。那牲口一来不是凑这种热闹的料，二来早就累得够呛，

---

① 西班牙语中，"绅士"和"骑士"为同一个词。
② 阿格拉赫斯：骑士小说中的人物。据说每次与对手较量之前，总要说一声："你等着瞧吧！"

所以死活一步也不肯挪动。

前面已经说过，堂吉诃德高举佩剑朝沉着应战的比斯开人扑去，打算把他一劈两半。比斯开人呢，也一手挥起短剑，一手托着软垫等他靠近。所有在场的人都提心吊胆地盯着两柄杀气腾腾的钢剑，不知道一旦狠狠砍下去究竟会发生什么事情。车里的贵夫人和她的使女们只顾在心里向全西班牙所有的神像和教堂千祈祷万许愿，求上帝帮侍从和她们自己早点摆脱这场临头的大祸。

但是糟糕的是，就在这场厮杀的紧要关头，故事作者突然打住，说什么堂吉诃德的赫赫战功只能讲到这里，下面的事再也没有文字记载了。这部作品的第二位作者，当然不相信如此引人入胜的传奇居然也逃脱不了为岁月湮没的常规，也不认为拉曼却的才子们会如此孤陋寡闻，居然没有在自己的文库和书房里收藏有关这位有名骑士的只言片语。于是他认准了这个理，千方百计去寻找这部怡神故事的结局。靠老天青睐，终于叫他找到了。这就是本书第二部①要讲的了。

---

① 塞万提斯原先把《堂吉诃德》的第一部分为四卷。此处说的"第二部"也就是"第二卷"。可是后来他改变了主意，全书只简单分为第一、二部。

Capítulo IX · 第九章

威武的比斯开人和英勇的曼却人
一场精彩博斗如何结束

　　在本书的第一部分，我们只看到勇敢的比斯开人和著名的堂吉诃德高高举起出鞘的剑，同时准备狠狠砍下去。要是果真出手很准的话，两人都会一分为二，从上到下被劈成两半，像石榴一样从中间裂开。可是这么引人入胜的故事讲到这个要命的节骨眼上却戛然而止，就像被拦腰截断了一样，而且作者也不指点一下，究竟在什么地方能找到下文。这使我非常不痛快。刚读了个开头，兴味正浓呢，突然叫你自己曲里拐弯地去找这个撩人故事的长长的下文，想想真令人丧气。

　　最让我觉得不可思议不成体统的是，对于这样一位杰出的骑士，居然没有一名学者负责撰写他那些绝无仅有的伟业，而其他所有的游侠骑士从没有遇到过这种缺憾。人们都说，他们出去闯荡的时候，每人都带一两名专职学者，不仅负责记录他们的所作所为，而且详尽描述他们那些最不起眼的心思和无聊念头，不管是多么暧昧隐秘。我们这位好骑士还不至于倒霉到如此田地，普拉提尔绰绰有余之处，他却一无所有。我说什么也不愿意相信，这样一部优雅的故事竟会缺胳膊少腿，残缺不全。看来只能怪销蚀一切、吞没一切的岁月在成心捣乱，把故事的下文湮灭或者蚕食了。

　　可是我又转念一想，既然堂吉诃德的藏书里有《虚妄的忌妒》和

《埃纳雷斯的精灵和牧童》一类现代作品，那他本人的生平也应当是同时代的，即使没有文字记载，至少他的同乡或者临近地区的人们还能说出一些吧。一想到这里，我就更不能安稳了，急于想准确核实堂吉诃德这位西班牙名士、曼却骑士光辉典范的生平行状。在当今时代，在我们这多灾多难的年头，是他率先不辞辛苦地投身于游侠事业，致力于铲除强暴、扶助孤孀、保护贞女。说到贞女，还真有那么一些。她们肩负自己的节操，扬鞭骑骅骝，翻山越岭，穿峡过谷，要是不碰上个把无赖，或者手握大斧、头顶小帽的村夫，再不就是高大无比的巨人，对她们施行强暴，各个时代都会有不少贞女，一直活到八十岁也没有在屋檐底下睡过觉，而且都跟生养她们的母亲一样，清白无损地走进坟墓。所以我说，考虑到这种种缘故，我们威武的堂吉诃德理应世世代代不断受到赞颂，就连劳神费力找到这个有趣故事下文的鄙人也该得到适当的表彰。当然我也很清楚，如若没有天助、机遇和运气，世上也就失去了这份消遣和享乐。不信，你专心阅读两个小时就知道了。现在我仔细讲讲究竟是怎么找到的。

一天，我正走到托莱多的阿尔卡纳市场，见一个男孩走近一个丝绸商人，向他兜售一堆旧抄本和手稿。我这人呢，什么都爱读，连大街上的破纸片也不放过。出于这种难改的嗜好，我顺手从小男孩手里拿过一本抄本，一看写的是阿拉伯文。我虽然能辨认，可是看不懂，便四处张望，想就近找个懂西班牙语的摩尔人帮我译读一下。找这样的翻译其实不算太难，连懂更优雅、更古老语言的也能找到。反正我很方便就碰到了一个。对他讲明了我的要求，并且把抄本递到他手里。他从中间翻开，读了一会儿便发出笑声。我问他笑什么，他说笑的是书页边上的一条批语。我让他讲给我听听。他一面笑着，一面说："我不是说了吗，这页书边上这么写着：'故事里屡屡提到的这位杜尔西内亚·德尔·托博索，据说能腌一手好猪肉，整个曼却地区的女人都比不上。'"

听到杜尔西内亚·德尔·托博索的名字，我顿时给惊呆了。我立刻想到那抄本里写的是堂吉诃德的故事。这么一琢磨，我连忙催他从头念起。他按我的要求顺口把阿拉伯语翻译成西班牙语，结果是这么说的："《堂吉诃德·德·拉曼却传》，由阿拉伯史学家西德·阿麦特·贝嫩赫里撰写。"这个书名一灌进两耳，就甭提我多么高兴了。可我十分老练地装出若无其事的样子，然后从丝绸商人手里夺下这笔买卖，花了半个雷阿尔收购了小男孩所有的抄本和手稿。那小子终究不够精明，否则早就看出我着急弄到手的样子，他满可以拿拿糖①，至少问我多要六个雷阿尔。我连忙领着摩尔人离开那儿，跑进大教堂的院廊里，求他把所有讲到堂吉诃德的抄本替我译成卡斯蒂利亚语，要一字不差，不增不删，而且表示他要多少稿酬我都肯付。结果他只要了两阿罗瓦②的葡萄干和两法内加③小麦，向我保证尽快忠实通顺地译出。可我呢，一来为了工作进展顺利一些，二来这么珍贵的文献我也不愿撒手，干脆把他请回家里，一个半月的时间他就全部译完了。待会儿我就转抄他的译文。

抄本第一册里有一幅惟妙惟肖的图画，正是堂吉诃德和比斯开人打仗的场面。两人摆出故事里讲的那种姿势：两把剑高高举起，一人用圆盾护身，一人用软垫抵挡。比斯开人骑的骡子画得栩栩如生，一箭地之外就看得出是头租赁的牲口。比斯开人脚下写着一行字："堂桑丘·德·阿兹佩提亚"，显然是他的名字。在洛西南特脚下也有一行字："堂吉诃德"。洛西南特简直给画神了，又细又长，又瘦又癯，脊梁骨清晰可见，整个一副痨病鬼模样。总之，明明白白显示出，洛西南特这个名字恰如其分，起得准确极了。旁边就是牵着驴缰绳的桑

---

① 拿拿糖：摆架子。
② 阿罗瓦：重量单位，1 阿罗瓦合 11.5 公斤。
③ 法内加：容量单位，在不同地区 1 法内加分别为 22.5 或 55.5 升。

丘·潘沙。驴子脚下也注明了几个字："桑丘·桑卡斯"。照他在画上的样子来看，确实是：上身短、肚子大、两腿细长，所以有叫他"潘沙"的，也有叫他"桑卡斯"①的，故事里也交替用这两个名字称呼他。画里还有别的有意思的小地方，不过都是些无关紧要的细节，在叙述主要事实的时候完全可以略去不顾，故事的好坏主要在它的真实性。

　　我们这个故事究竟真实不真实，唯一让人不放心的就是它的作者是阿拉伯人。这个民族很善于说谎。不过既然他们那么恨咱们，故事的作者恐怕更多是采取保留态度，而不是说得过分。我估计，凡是应该浓墨重彩大肆赞扬我们这位杰出骑士的时候，他多半是有意闭口不言。这种做法很不好，用心更恶劣。历史学家按说应该忠于事实、记述确切、绝对摆脱个人好恶。无论是利诱威逼，还是私情成见，都不该使他们偏离追求真理的道路。而只有历史堪称孕育真理的母体，它抗拒着时光的销蚀，保留下过去的痕迹，成为往昔的见证、当今的行动指南、未来的借鉴。我们这部故事，包含了怡神养性的史书的一切长处。如果有什么不足的地方，我看都是作者那个狗东西的过错，绝不能怪罪我们的主人公。闲话少说，按照译文，第二部分是这样开头的。

　　两位勇猛而狂怒的斗士双双高举锋利的剑，似乎气势汹汹地指向蓝天大地和冥府，摆出一副决一死战的架势。正在火头上的比斯开人率先一剑劈下来。要不是出手的时候稍微偏了点，恐怕这一下子就把一场激烈搏斗结束了，我们的骑士也就甭再去闯荡了。可是命运好像要留下他去干大事，特意半路上推开对手的剑，让它落下来只蹭着堂吉诃德的左肩，砍下那半边的盔甲，顺路还削去一大块头盔和半拉耳

---

① "潘沙"在西班牙语中是"大肚子"的意思，"桑卡斯"则是"细长腿"的意思。

朵。这些东西七零八落地掉在地上，弄得我们的骑士狼狈不堪。

万能的上帝啊，谁有本事描述吃了大亏的曼却好汉此时此刻心头升起的怒火呢！这么说吧，只见他踩紧马镫挺直身子，两手紧紧握剑，狠狠向比斯开人砍去，隔着软垫打中了他的脑袋。那么棒的防身家伙也没挡住大山压顶似的一击，那人的耳鼻口顿时冒出鲜血，险些从骡子上掉下来，幸好他连忙死死抱住了牲口的脖子。不过最后他的两脚还是滑出了镫环，胳膊也松开了。骡子也被猛劈下来的一剑吓惊了，没命地沿田野跑去，三蹶子两蹶子就把主人给摔倒在地上。

堂吉诃德只在一旁不动声色地瞧着，见那人落地了，便跳下马，三脚两步地走到跟前，用剑头逼着那人的眼睛叫他投降，不然就割下他的脑袋。昏头昏脑的比斯开人一时说不上话来。堂吉诃德已经红了眼，那人险些遭了殃。幸亏一直战战兢兢在车里观看他俩打架的夫人们走了过来，苦苦哀求看在她们的面子上饶了那个侍从的性命。堂吉诃德听完后，神气十足、一本正经地答道："美貌的夫人们，我当然很情愿听从诸位的吩咐，不过得先说好一个条件，那就是，这位骑士必须答应去托博索村走一趟，替我拜见一下举世无双的堂娜杜尔西内亚，并且老老实实听她发落。"

几个女人吓得心惊胆战，又求助无门，尽管一点不明白堂吉诃德说了些什么，也顾不上打听杜尔西内亚是何许人，只是连连答应她们的侍从一定按照他的吩咐去办。

"有诸位的这些话担保，我就不再难为他了。说实在的，这也太便宜了他。"

CAPÍTULO X · 第十章

堂吉诃德和他的侍从桑丘·潘沙之间
一场妙趣横生的交谈

桑丘·潘沙挨了教士的骡夫们一顿捶打，这时候已经爬起来了，正在一边静静观看主人堂吉诃德怎么打架，心中不断祈求上帝保佑他得胜，赢个岛子什么的，好按事先说妥的封自己做总督。他看已经打完架了，主人正准备骑上洛西南特，赶紧抢上前去扶住马镫，没等主人跨上去，便双膝跪在他面前，抓住他的手说："我的老爷堂吉诃德先生，您这场拼搏赢来的岛子，千万劳驾赏给我管吧。它就是再大，我也有本事管起来。照别人管岛子的样子学，保准不比他们差。"

堂吉诃德听了，回答说："桑丘老兄，实话告诉你吧，今天这一仗——以后还会有的——不是为争什么海岛打的，只是三岔路口上的厮打。到头来，不是脑袋开瓢，就是丢一只耳朵。你别着急，早晚会赶上好事。别说叫你当总督，再大的官也行。"

桑丘千恩万谢，一遍遍地亲主人的手和铠甲的下摆，然后扶他骑上洛西南特，自己也跨上驴背，跟在主人后面上路了。堂吉诃德不再跟车上的女人们搭腔，也没跟她们告别，径自大摇大摆地骑着马走进附近的一片树林。桑丘骑着驴，在后面紧赶慢赶，可是洛西南特走得太快，终于还是把他甩在后面了。他不得不大声喊叫，求主人等等他。堂吉诃德听到后，紧紧勒住缰绳叫洛西南特停下，一直等到疲于奔命的侍从赶上来。桑丘一到就说："老爷，依我看，咱们最好还是找个教堂躲起来。刚才跟您打架的人下场那么惨，用不了多久就会告到教友公堂①去，然后派人来抓咱们。要是真把咱们关进班房，那可就苦得连尾巴尖也冒汗了。"

"别胡说！"堂吉诃德打住他，"这种事你是在哪儿见到或是读到的？游侠骑士即便杀人如芥也不会被捕受审的。"

"我不懂什么'杀人秌秸'，"桑丘说，"我可是自打出生也没跟别人玩过这东西。我只是说，谁要在野地里打架，教友公堂可就会找他的麻烦。您说的那事，我可不掺和。"

"老兄，用不着担心。"堂吉诃德说，"你就是落进迦勒底人②手里，我也能救你出来，教友公堂还在话下？不过你实话告诉我，走遍天下，你见过像我这么勇敢的骑士吗？你看过的故事书上，有谁能像我那样冲劲儿猛、韧劲儿强、剑落人伤、枪到马翻？"

"老实说，"桑丘回答道，"我一本故事书也没看过，我根本不识字。不过我敢打赌，我这一辈子还没侍候过像您这么大胆的主人。我只求上帝保佑您别胆大过分，害得我刚说的那些人来找您算账。我还求您老人家赶快治伤吧。瞧那只耳朵流出那么多血。我在裈裆里带着布条和一点白油膏呢。"

"其实本来完全用不着你那些东西，"堂吉诃德说，"可是我偏偏忘了做一瓶费也拉布拉斯③的神水带来，点上一滴马上生效，比什么药都强。"

"这是什么瓶子什么神水呀？"桑丘·潘沙问。

"要说这种神水，"堂吉诃德说，"配方我都记在脑子里。有了它就不用担心死不死了，受什么伤也送不了命。等什么时候我做好了送给你，那你就便当了。见我哪次打仗被人家拦腰砍成两截——这是常

---

① 教友公堂：西班牙于 1476 年建立的民间司法机构，负责荒僻地带的治安。
② 迦勒底人：古代巴比伦某个地区的居民，曾经征服过犹太人。
③ 费也拉布拉斯：12 世纪末西欧民间传奇中的人物。

有的事——你赶紧轻轻端起掉在地上的半截，趁血没干的时候，仔仔细细跟马鞍上那半截对起来，千万留神要放得是地方、对准了。然后，给我喝两滴我说的那种神水。你就瞧着吧，我马上红光满面，像只新摘的苹果。"

"要是真有这东西，"潘沙说，"您打算给我的海岛总督我也不干了。我辛辛苦苦服侍您老人家一场，别的什么也不要，只求把这种仙浆的配方给我，走到哪儿，一盎司也能卖出两雷阿尔吧。只要后半辈子能体体面面舒舒服服过去，我也就不想别的了。可就是不知道，做这玩意儿的开销大不大？"

"花不了三雷阿尔就可以做整整三阿孙勃雷①。"堂吉诃德回答说。

"哎呀我的老天！"桑丘嚷嚷起来，"您还等什么呀？快动手教给我吧！"

"老兄，别急呀！"堂吉诃德说，"我还打算教给你更了不起的本事、赏你更多的好处呢。可是眼下咱们得想法治伤，我这耳朵疼得真邪乎。"

桑丘从褡裢里取出布条和油膏，正在这时候，堂吉诃德发现他的头盔破了，气得差点发疯。只见他手握剑柄，两眼望着天上说："我按四大福音书详载的规则，向世间万物的创造者发誓：遭受如此奇耻大辱，我一定要报仇雪恨，否则，我将模仿曼图亚侯爵的样子生活。他为了给死去的外甥巴多维诺报仇，曾经发誓，不在铺台布的桌子上吃饭，不和妻子亲热，还有其他事情，我记不得了，不能一一列举，就权当包括在誓言里了。"

桑丘在一边听到了，就对他说："堂吉诃德先生，我得提醒您：要是那位骑士按照您的吩咐去拜见我的女主人杜尔西内亚·德尔·托博索，

---

① 阿孙勃雷：容量单位，1 阿孙勃雷约合 2 公升。

他的罪就算赎完了。除非他再犯什么事，要不，不该再罚他。"

"你的话很对，说到点子上了。"堂吉诃德说，"好吧，我取消刚才发的誓，不去找他算账了。不过我还是要再一次郑重起誓：一定要照我刚才说的那样生活，直到有一天从别的骑士手里夺来一顶跟这顶差不多一样好的头盔。桑丘，你别以为这是我一时心血来潮，其实，早就有人给我做出了样子。曼布里诺①的头盔就惹出了一模一样的事情，结果是萨克里潘特吃了大亏。"

"我的老爷呀，我劝您把发的誓都远远扔进地狱里去吧。"桑丘说，"干这种事不光伤身体，也太不合情理。不信吗？那请您告诉我：要是一连好几天都碰不上戴头盔的人，咱们怎么办？您也非按着发誓说的那样，自讨苦吃，自找罪受，天天在野地里过夜，穿着衣服睡觉，还有别的上千上百的折磨？您非得学那个发誓这样做的老疯子侯爵曼图亚？您好好想想，这些大路上来来往往的根本没有什么披甲戴盔的人，尽是些脚夫呀、赶大车的呀。他们呀，不光不戴什么头盔，只怕自打生下来也没听说过这玩意儿。"

"这你就错了，"堂吉诃德说，"你看嘛，咱们在这个三岔路口上待了不到两个钟头，就见了多少披甲戴盔的武士，简直比跑到阿尔布拉卡去抢大美人安赫丽卡②的还多。"

"但愿有这种好事，"桑丘说，"上帝保佑咱们走运，早点把那个怎么也盼不来的海岛弄到手，我就是死了也甘心。"

"桑丘，我不是说了吗，你别为这个操心。没有海岛，还有丹麦王国和索布拉迪萨王国③呢。这两处对你真是可体合身，太对路了。

---

① 曼布里诺：骑士小说中的摩尔国王，因神奇头盔的保护而刀枪不入。萨克里潘特亦为书中人物。

② 安赫丽卡：博亚尔多所著《热恋的罗尔丹》中的人物。阿尔布拉卡是书中的地名。

③ 索布拉迪萨王国：骑士小说中虚构的地名。

再说，又都在陆地上，更称你的心。不过这些事到时候再说吧。这会儿咱们先瞧瞧你的褡裢里有什么吃的东西没有，然后再去找个城堡过夜，还得配制我说的那种药水。上帝啊，这只耳朵实在疼得太厉害了。"

"我这儿只有一个葱头、一点奶酪，还有几块干面包。"桑丘说，"这可不是您这样勇敢的骑士吃的饭食。"

"你又不懂了，"堂吉诃德回答说，"告诉你吧，桑丘，游侠骑士一个月不吃饭，那才地道呢。就是吃点东西，也是碰上什么算什么。你要是像我似的读那么多书，就知道此话不假。我读的那些书里从来不提游侠骑士吃饭的事，只是偶尔讲到人家请他们赴大宴什么的。平常日子他们总是靠野菜山果之类充饥。当然，这并不是说他们不吃不喝，没有常人的那些事情，因为他们终究跟咱们一样是大活人。不过有一点很清楚，他们一生中大部分时间是在荒原草莽上游荡，也不能带上厨师，所以日常只能吃些粗劣的东西，就像你拿出来的那些。好了，桑丘，我的老兄，我自己都不嫌弃的东西，你发什么愁？别出什么新花样，也别让游侠骑士太离谱了！"

"实在对不住您，"桑丘说，"我刚说了，我这人不识字，不懂得骑士这一行的规矩，也不受它管。从今往后，我记着往褡裢里装上各种各样的干果，为您这位骑士准备着。我呢，反正也不是骑士，就给自己捎上别的东西，像飞禽走兽那些经饱的吃食。"

"哎，桑丘，"堂吉诃德说，"我可不是说游侠骑士只能吃你说的那些干果子，别的什么也不能碰；我是说他们经常吃那些东西，还有野地里长的青草，他们知道上哪儿去找，我也知道。"

"太好了，"桑丘说，"能找到这些草可是大本事。我已经慢慢看出来，早晚有一天得用上这个本事。"

他说着便掏出他带的那些吃食，两人亲亲热热一块分享。因为他们着急要去找过夜的地方，这顿干巴巴的微薄晚餐便匆匆结束了。两人跨上各自的坐骑连忙赶路，想在天黑之前走到有人烟的地方。可是太阳很快就下山了，他们的打算也就落了空。近处只有几间牧羊人的草棚，他们便决定在那儿过夜。如果说没找到有人烟的地方让桑丘大为恼火的话，他的主人却因为能够风餐露宿而兴高采烈。他觉得，每这样做一次，他这位骑士的功德就长进一分。

CAPÍTULO XI · 第十一章

堂吉诃德在牧羊人之中的见闻

　　几个牧羊人十分热心地留堂吉诃德过夜。桑丘刚刚想方设法安顿好洛西南特和他自己的驴子，就闻到架在火上的铁锅里，翻滚的羊肉块正散发着香味，便连忙凑了过去。他真想上去看看煮熟了没有，打算马上把锅里的东西送进自己的肚皮。可是他打消了这个念头，因为牧羊人已经把锅从火上端下来，又在地上铺了几块羊皮，很快摆好了那顿乡野晚餐。他们实实诚诚地邀请两位客人跟他们分享自己的简便饭食。住在草棚里的六个村野之人，礼数周全地先请堂吉诃德在一只倒扣的木盆上就座，他们六人才围成一圈坐在羊皮四周。堂吉诃德坐下来，桑丘站在一边给他斟酒。杯子自然是羊角做的。主人见侍从站在那里，便对他说："桑丘，我要让你明白骑士道的好处：只要干上这一行，不论是什么职位，转眼工夫就会受到世人的称道和尊重。我要你坐在我身边，跟这些好人同席。虽说我是你的老爷，理所当然的主子，但是你我二人应该不分彼此，同用一个餐碟，同喝一杯酒。可以说，骑士道跟爱心一样，对万物一视同仁。"

　　"太谢谢您了！"桑丘说，"可我得告诉您，我倒情愿自己一个人站着吃，那比坐在皇上身边吃强多了。说句心里话吧，自个儿躲在旮旯里，不用拿腔作势、点头哈腰，就是光吃面包和葱头，那味道也特别香。不像吃酒席，就算席面上摆着整只整只的火鸡，可是我得细嚼慢咽，一点点地抿酒，还要时不时擦擦嘴，又不能尽意地咳嗽、打喷嚏什么的。自个儿一人，自由自在，干什么不行！当然，现如今我当了老爷您的侍从，在游侠骑士这一行里跑腿帮忙，您自然是想让我体面体面。不过我求您还是给我点别的更便当更实惠的东西。眼下您的好意我领情了，可是这种体面从现在到世界末日我也不想要。"

"就算你说得对，可还是坐下的好。要知道，上帝抬举谦恭的人。"

说着便拽着他的胳膊，硬让他坐在自己身边。牧羊人一点听不懂游侠骑士和侍从之间的那套行话，只是一声不吭地吃饭，同时看着两位客人如何把拳头大的羊肉块塞进嘴里。吃完了羊肉，他们又在羊皮上倒了一大堆干瘪的橡树子，还有半块硬邦邦的干酪，简直像一块三合土。这时候，羊角杯转着圈地传来传去，一点也闲不住，一会儿满，一会儿空，就像水车上的戽斗①一样。面前的两只酒囊转眼就空了一只。堂吉诃德吃饱了肚子，伸手抓起一把橡树子，仔细端详了一阵，便开口发了这么一通议论："那是多么美好的岁月、多么幸福的时代啊！难怪古人冠其以'黄金'二字。倒不是因为我们这个黑铁时代如此钟爱的黄金在那个幸运的时代可以毫不费力地获得，而是因为，生活在那个时代的人们不知道'你的'和'我的'这两个词！在那些淳朴的岁月里，一切都是共有的。每日的食粮，人们只需伸伸手就得到了：粗壮的橡树随时都在以成熟的甜美果实慷慨地馈赠他们；晶莹的清泉和奔流的江河为他们提供了大量明澈甘洌的水源；勤劳灵巧的蜜蜂在石缝和树洞里建立了自己的王国，向任何一只伸出的手奉献着丰腴甜蜜的劳动果实，而不收分文报酬；雄壮的软木树，无需人们操劳，自己殷勤地褪下大片轻柔的树皮，给他们去遮盖住室，而架在简陋木桩上的房屋只是用来抵挡风雨的。那时候，天下太平无事，

---

① 戽斗：汲水灌田的旧式农具，形状略像斗。

人们友善和睦。弯弯的犁杖还不敢冒昧地把沉重的犁铧插进我们大地母亲仁厚的肚腹；而她，不待别人催逼，便奉献出丰腴宽大胸怀里的一切，来餍足、养育并取悦于那些已经占有了她的儿女。那时候，美丽纯真的牧羊女确实可以漫山遍野地走来走去，有的梳着发辫，有的披散着头发，身上的衣服只规规矩矩遮盖着古往今来羞耻心要求遮盖的部位。她们的服饰可不是今天常见的那些东西。那时候，既没有提尔①的骨螺紫，也没有如今任人百般作践的绫罗绸缎，只不过是一些牛蒡草的绿叶和编织起来的常春藤。可她们这身装束照样非常艳丽华贵、十分入时，并不亚于当今我们那些仕女命妇百无聊赖、刻意追求的奇装异服。那时她们谈情说爱的方式也同样简单朴实、直言尽意，丝毫用不着拐弯抹角、装腔作势。也没有人欺诈行骗、心怀叵测，却偏偏装出一副真诚坦率的样子。法律还没有脱离自己的正道，谁也不敢依靠恩宠和钱财公然玷污、干扰它，不像现在，受到那么多的践踏、干扰和侵犯。法官的头脑里没有一丁点任意判决的念头，其实那时候不需要谁判决什么，也不会有人受到判决。我刚才说了，那时贞洁的年轻姑娘可以独自随心所欲地到处走动，而不必担心受到轻薄淫荡之徒的作践，即便失身，那也是她们本人心甘情愿。可在当今我们这个可恶的时代，没有一个女子会感到安全，即使再造一个克里特迷宫②，把她们都关在里面藏起来也不行。该死的情欲会像瘟疫一样，死乞白赖地飘到空中、钻进缝隙，最终一切庇护措施都将宣告无用。正是因为世道变了，人心越来越坏，所以才建立骑士制度来保护贞女、援助寡妇、救济孤儿和一切无告之人。我就是干这一行的。牧羊人弟兄们，我感谢你们如此款待和照顾我和我的侍从。虽说人人善待游侠骑士本是天经地义的事，可是须知，你们并不知道这条规矩，却

---

① 提尔：地中海沿岸古代腓尼基港口，以盛产染料骨螺紫著称。
② 克里特迷宫：希腊神话中克里特国王建造的迷宫，用来禁闭牛头妖怪。

照样收留和款待了我们，我自然更有理由诚心诚意感谢你们的一片好意。"

我们的骑士根本没有必要来这么一通长篇大论。都怪饭后那些橡树子让他想起了黄金时代，才异想天开地冲着牧羊人说了这连篇的废话。只见那些人一言不发，痴呆呆、傻呵呵地听着。桑丘也悄悄地，只是吃他的橡树子，时不时去光顾一下挂在软木树阴凉处的第二只酒囊。晚饭早就结束了，堂吉诃德的话总算讲完，于是，一个牧羊人说："游侠骑士先生，您这就会看到，您的话一点不错，我们真巴不得好好招待您一番。这不，为了让您舒舒坦坦地歇会儿，我们叫来一个老乡给您唱唱小曲。他说话就到了。小伙子脑瓜特灵，又识文断字，正害相思病呢，还会摆弄三弦琴，弹得甭提有多好了。"

牧羊人话音未落，大伙儿就听到一阵琴声。不一会儿，弹琴的人露面了。原来是个二十一二岁的漂亮小伙儿。大家问他吃过饭没有，他说吃过了。刚才介绍了他的牧羊人便对他说："那好吧，安东尼奥，就唱几段给大伙儿解解闷吧。也好让我们这位贵宾看看，深山老林里也有会吹拉弹唱的。我们已经跟他夸过你的好本事了。这会儿你就露一手，不然，他还以为我们瞎说呢。好了，劳驾你赶快坐下，就唱那支你害相思的小曲吧。你那位当受俸教士的舅舅编得真好，全村人都喜欢听。"

"好吧。"小伙子当下就答应了，没再等别人央告，往一截砍剩下来的橡树桩子上一坐，拨弄起三弦琴，接着便用美妙的歌喉唱了下面的小曲：

安东尼奥的歌

奥拉丽亚，我知道你爱我，

尽管你什么也没对我说；

甚至没用你那双眼睛，
默默道出你多么爱我。

我也知道你心里明白，
我一口咬定你非我不爱。
你既然看出我的相思，
再大的折磨也能忍耐。

的确有的时候，奥拉丽亚，
你好像在对我表明：
你的心是青铜铸成，
你雪白的胸比石头还硬。

透过你一次次的责难，
还有矜持的有意疏远，
我却隐隐看到希望女神
飘动着的衣裙边缘。

我的心就像鱼儿扑向钓饵，
紧紧追随意中的人儿。
未得垂青也不沮丧，
受到眷顾也不张狂。

和颜悦色若是情意，
你的面容给我启迪。
我似乎已经看到，
朝思暮想的结局。

为博得他人欢心，
莫过于效力殷勤。
我至今所做的一切，
已增添了几多印痕。

如果你留心小事，
准会看透我的心思：
常常是到了星期一，
我还炫耀礼拜的服饰。

只因爱情和装束，
总是并肩走路，
我愿在你的眼里，
永远是翩翩风度。

为了你我不再跳舞取乐，
一心一意抚琴唱歌。
你一定无时不能听到，
直至金鸡第一声报晓。

我用尽了人间的辞藻，
来赞颂你的美貌。
我不过说了实情，
却惹得姑娘们气恼。

贝罗卡家的特莱莎，
受不了我赞美你的话。

"你以为爱上了天使？
其实拜倒在猢狲脚下！

"她全靠浑身的珠宝，
再把假发往头上一套，
装扮成一个美人，
连爱神也能哄倒。"

我说她胡扯，她大发脾气，
她表哥跑来跟我理论，
还向我挑战。你想必听说，
我干了什么，他干了什么。

我紧追不舍献殷勤，
全都出自一片爱心。
我的打算正当合理，
并不是想苟合私奔。

教堂备有柔韧的丝带，
拴紧夫妻永不分开。
把你的脖颈套进扣结，
我便立即跟随而来。

不然的话，诸位请听，
德高望重的圣人为我做证：
除非做僧侣去修道，
我发誓在山林度过终生。

牧羊人就这样唱完了他的歌。堂吉诃德求他再唱点什么，可是桑丘·潘沙不答应：他一心想睡觉，不愿意再听小曲了。他对主人说："您老人家最好找个地方安顿下来过夜吧。这些好人得整天干活，不能一宿唱个没完。"

"我知道你是怎么回事，桑丘，"堂吉诃德回答说，"我早就看明白了，你那么三番五次地光顾酒囊，这会儿得靠睡觉来抵账，听小曲可不管用。"

"有上帝做证，大伙儿都喝得有滋有味的。"桑丘说。

"那倒也是，"堂吉诃德说，"好吧，你找个地方歇着吧。可是干我们这一行的总觉得守夜比睡觉好。别忙，等一等，你最好再给我治治这只耳朵，真叫我疼得受不了。"

桑丘照他说的办了。一个牧羊人看了看伤口，说不要紧，他给上点药，很快就会好的。他就近从地上揪起几片迷迭香叶子，塞进嘴里嚼了几下，再撒上一点盐，就给他敷在耳朵上，紧紧包扎起来，对他说用不着再上别的药了。结果真是这样。

CAPÍTULO XII · 第十二章

一个牧羊人讲给堂吉诃德等人听的故事

这时候，平日从村里给他们捎干粮的一个小伙子来了。他说："你们知道村里出的事吗，伙计们？"

"我们上哪儿知道去？"有人回答他说。

"告诉你们吧，"小伙子接着说，"今天早上，那个跑去放羊的学生格利索斯托莫死了。都说他是为了那个鬼丫头玛尔塞拉害相思病死的，就是阔佬吉列尔莫的女儿，那个打扮成牧羊女漫山遍野乱跑的姑娘。"

"你是说玛尔塞拉？"一个人问他。

"说的就是她，"那牧羊人答道，"有意思的是小伙子临死的时候留下遗嘱，说要按摩尔人的规矩把他埋在野地里，紧靠着软木树泉眼的大石头脚下。大伙儿都那么传，说他告诉别人，他就是在那儿头一次看见那姑娘的。遗嘱里还有好多别的话，村上的神甫都说不能照办，净听他那些歪门邪道还了得。可他的朋友昂布罗西奥——跟他一样，也是个打扮成牧羊人的学生——说什么也不依，说是非得按照格利索斯托莫留下的话句句照办不行。这不，全村一下子开了锅，说东道西不算，末了还得依着昂布罗西奥和他那些放羊的哥们儿。明天就要大办丧事，把死人埋到我刚才说的地方。我琢磨着，可有好瞧的了。反正我是非得去看看，哪怕来不及回村也认了。"

"我们几个也去，"在场的牧羊人都说，"咱们抓抓阄，留下一个人替大伙儿放羊。"

"行啊，佩德罗，"有个牧羊人说，"我看就别费那个事了。我留下来替大伙儿放羊。可别以为我在充好人，不想去看热闹。都怪前些日子我脚上扎了个刺，没法走路。"

"那我们也得谢谢你。"佩德罗说。

堂吉诃德问佩德罗，死的人是谁，那个牧羊女又是谁。佩德罗回答说，死者是一位名门公子，家住那边山里的一个村子，去萨拉曼卡求学多年，学成回到家里，人人都说他读了满肚子书，学问大着呢。大伙儿说他最拿手的是看星星的本事，知道天上的太阳和月亮会出什么事，什么'日吃''月吃'的，一说一个准。

"那叫日食、月食，我的朋友。不是'日吃''月吃'。就是这两个亮光光的大家伙忽然黑了下来。"堂吉诃德说。

可是佩德罗根本不在意这些没劲的事，只顾接着讲他的新闻："他还能事先知道什么时候是丰年，什么时候是'黄年'。"

"你想必是说荒年吧，朋友？"堂吉诃德又说。

"荒年也罢，黄年也罢，都差不离。反正他爹和他的亲戚朋友信他的话，一下子都发了起来。他们全听他的。比方他说：今年种大麦，别种小麦；这一年种豆子，别种大麦；来年橄榄油满地流，往后三年一滴也没有。"

"他这学问叫占星学。"堂吉诃德告诉他。

"我不知道叫什么。"佩德罗说，"我只知道这些他全懂，还有别的本事。后来，他从萨拉曼卡回来没过几个月，突然有一天，脱掉上学穿的长袍，披上老羊皮袄，拿起赶羊棍，打扮成一个放羊的。捯饬成这副模样的还有他的老同学、好朋友昂布罗西奥。我忘了告诉您，死去的格利索斯托莫还是个编小曲的能手呢，什么我主生日晚上唱的放羊小调呀，什么耶稣圣体节演的圣经戏呀，村上的小伙子们演过几出，都说编得棒极啦。村上的人见两个学问人猛不丁地装扮成放羊的，都很奇怪，不明白他们干吗要弄成那副怪样子。就在那时候，这位格利索斯托莫的父亲死了，他得了一大笔家产，又是浮财，又是田庄，成群的大小牲口，数不清的现金。这些东西一下子全都攥在小伙子手里了，按说他也配得上，他待人不错，心肠好，交的都是正经朋友，还有一副老天给的漂亮脸蛋。后来大伙儿才知道他干吗换了这身打扮，原来不是为了别的，专为漫山遍野去找那个放羊的玛尔塞拉，就是刚才我们那个伙计提到的那姑娘。可怜的死鬼格利索斯托莫偏偏爱上了她。说什么您也得知道这丫头是谁，现在我就告诉您。说不定，不，保准您今生今世也没听说过这种事情，哪怕您能活到'痧痢'的岁数。"

"你应当说'撒拉'[①]。"堂吉诃德再一次纠正，他实在受不了牧羊人胡诌的那些字眼。

"'痧痢'就是个老不死的嘛，"佩德罗顶了一句，"我说老爷，您要是老跟在后面寒碜我说的话，只怕咱们一年也讲不完了。"

"对不起，朋友，"堂吉诃德说，"只是'痧痢'和撒拉大不一样，我才提醒你。不过你也说得对，'痧痢'是比撒拉活得岁数长。你接着讲故事吧，我再不打断你了。"

"那我就接着讲了，我的好老爷。"牧羊人说，"我们村有个比格利索斯托莫的父亲还阔的人，名叫吉列尔莫。上帝不光给了他大笔大笔的钱财，还赏给他一个女儿。这孩子的母亲可是我们这地界人人敬重的女人，想不到就在生她的时候死了。她那张脸儿啊，简直比太阳和月亮还鲜亮好看，人又特别勤快，惜老怜贫。我琢磨着，她的魂灵儿一准在天堂上帝身边享福呢。这么好的女人一死，她丈夫吉列尔

---

① 撒拉：也译作"撒莱"，《圣经》中的人物，亚伯兰之妻，据说活了一百二十七岁。

莫伤心得不行，没过多少时间也过世了，留下女儿玛尔塞拉，年纪轻轻的就有了万贯家产，寄养在她叔叔家。这人在我们村当神甫和受俸教士。

"小姑娘出落得真漂亮，让人不由得想起她那模样出众的母亲。不过看架势，女儿迟早要把妈妈比下去。这不，等姑娘长到十四五岁上，人人见了都说上帝真是好心，给她一副这么好的模样。不知有多少人一下子就爱上了她，弄得神魂颠倒的。她叔叔管教很严，不让她出门。饶是这样，还是四处都知道有这么个漂亮闺女。不管是冲着她的人品，还是冲着她的家产，反正不光我们本村的，连方圆多少莱瓜的富贵人家的公子都跑来找她叔叔，求爷爷告奶奶，死缠着非娶那闺女不可。她那叔叔，说实在的，也是个正经基督徒，当然乐意早点把她嫁出去。姑娘到岁数了嘛。不过他想最好事先看看姑娘本人是什么心思，倒不是打算从阔侄女的婚事里捞点好处油水什么的，故意拖着不办。村上的人，三三两两的，没少叨咕这事，都说神甫的好话。游侠先生，我告诉您吧，我们这种小地方，什么都说道，什么都叨咕。您信我的话没错，依我看，神甫这人实在是太好了，整个教区的人没法不说他好，小村小镇的，就更甭提了。"

"是这么回事，"堂吉诃德说，"你接着讲下去吧。这故事不错，你呢，佩德罗老兄，讲得也入情入理。"

"我只求合乎上帝的情理，这才是最要紧的。您往下听吧。当叔叔的一个劲儿地给侄女出主意，挨个地摆小伙子们的好处，特别是那些明说要娶她的，叫她挑个中意的嫁过去。可那姑娘总是说她暂时还不想结婚，她觉得自己太年轻，哪有本事挑起理家的担子。这些话听起来也是个理，当叔叔的不好再难为她，心想等她再大点，自然会挑个称心如意的男人。他还说，说得也很在理：做长辈的不该逼着儿女们成婚。可是你猜怎么着，冷不丁地，有一天，这个一向羞答答的玛尔塞拉突然变成了牧羊女。她叔叔也好，村上的人也好，怎么劝也不听，说什么非得跟村里的牧羊女跑到野地里去放她自己的那群羊。她这么一露面，人人都看到了她的漂亮模样。我真难说清有多少富家子弟和绅士，还有趁钱的庄稼人，都学着格利索斯托莫的打扮，漫山遍野跟在她后面死缠。刚才说了，他们当中自然少不了如今已经死了的那位。都说他哪里只是看上了那姑娘，简直把她当成了天仙。千万别以为她满处乱跑，不受管教，也没人管教，就多少会干出不检点、不规矩的事。她连想都没想过。她反而更是看重自己的名声。那些缠着她献殷勤的人，没有一个敢夸下海口，他们确实也没法夸下海口，因为姑娘没有给他们哪怕一丁点指望。她虽说总跟那些放羊的在一起聊聊家常什么的，不躲也不避，和和气气，规规矩矩，可是只要她看出不管什么人有点打算，哪怕是正儿八经地想娶她，马上就把那人甩出老远，像扔一块石子似的。她这种脾性在我们这地界可是坑了不少人，简直就像她随身带了一场瘟疫。要论漂亮可人，谁见了她都会打心眼儿里爱上，想方设法为她卖力气。可她总是冷冰冰地给你钉子碰，弄得那些人干着急，一点办法也没有，不知道说她什么好。有的干脆大叫大嚷，埋怨她心肠太硬，不知好歹，还有不少别的说法，都挺合乎她的禀性。先生，说不定哪一天您一到这儿，就能听到满山满沟，到处飘着一片唉声叹气，都是那些来找她碰了钉子的人。离这儿不远有块地方，长着二十来棵又高又大的山毛榉，棵棵的光滑树皮上都刻着画着玛尔塞拉的名字；有的名字上还刻下一顶皇冠，就好像那害相思的人明明白白告诉大家：这是给玛尔塞拉戴的，在世上的所有美人当中，也只有她配得上。这儿一个放羊的唉声叹气，那儿一个放羊的哭哭啼啼，再远处还有唱情歌的、哼苦调的。有的整宿坐在橡树底下，再不就是大石头底下，泪汪汪的，一夜不合眼，就这么失魂落魄地前思后想，一直到早晨的太阳照着他。也有没完没了长吁短叹的，不顾夏天中午的闷热天气，躺在滚烫的沙子上，冲着慈悲的老天连连诉苦。这个、那个，这些个、那些个，都叫玛尔塞拉随随便便给制伏了。我们这些认识她的人正等着瞧呢，看她这股狂劲儿还有没有个头；也不知道哪个有福气的能拧过她这吓人的倔脾气，一辈子消受这个美人尖子。我说的都是实情，我们这个小伙子说大伙儿都觉得格利索斯托莫是为她死的也一点不假。所以，先生，我劝您，千万别错过明天的丧事，值得一看。格利索斯托莫有好多朋友。他挑的坟地离这儿不过半莱瓜的路程。"

"那就依你说的了，"堂吉诃德说，"听你讲这个有趣的故事真有味道，太谢谢你了。"

"嗨！"牧羊人也跟他客套起来，"说起为玛尔塞拉害相思病的那些人，我知道的还不到一半呢。说不定明天会在路上碰到个放羊的，能给咱们讲全了。这会儿，您最好到棚子底下去睡一觉。着了露水对您的伤口不好。除了这个，别的您倒不必担心，刚敷上的草药不会错的。"

桑丘·潘沙见牧羊人啰唆个没完，早就想让他见鬼去了，这会儿也赶紧催主人进佩德罗的草棚去睡觉。

堂吉诃德依他的话做了，只是一晚上都学着玛尔塞拉那些情人的样子，心里思念着他的意中人杜尔西内亚。桑丘·潘沙呢，一倒在洛西南特和毛驴中间就睡着了，一点不像那些碰了钉子的相思鬼，倒像个挨了一顿拳打脚踢的倒霉蛋。

CAPÍTULO XIII · 第十三章

牧羊女玛尔塞拉的故事结尾及其他

　　曙光刚刚露出东面的山峦，六个牧羊人当中的五个就起来了，他们立刻叫醒了堂吉诃德，问他是不是还打算去看无人不知的格利索斯托莫的葬礼，他们正准备陪他去呢。堂吉诃德盼的就是这个，于是赶紧起来，叫桑丘尽快备好驴马，桑丘很利索地照办了。大家紧接着就上了路。他们走了还不到四分之一莱瓜，在一个小路岔口见迎面来了六个牧羊人，都穿着黑羊皮袄，头上顶着松柏枝和夹竹桃枝编的小帽。每人手里都攥着一根粗粗的冬青木棒。跟他们一起来的还有两个骑马的显要人物，都是一身很讲究的上路打扮。三个脚夫步行跟在后面。两拨人走到一起了，互相客客气气打了招呼，一问各自去干什么，才知道大家都是奔办丧事的地方去的，于是便一起向前走去。

　　一个骑马人对他自己的旅伴说："维瓦尔多先生，我觉得，为看看这场无人不知的葬礼，咱们耽误点时间也挺值得。这个葬礼想必一定不同寻常。从牧羊人给咱们讲的故事来看，殉情的牧人和害人的牧女都够古怪的。"

　　"我也这么想，"维瓦尔多回答说，"依我看，别说耽搁一天，就是耽搁四天，我也得去瞧瞧。"

　　堂吉诃德问他们都听到了哪些玛尔塞拉和格利索斯托莫的事。

其中一个骑马人告诉他，一大清早，他们遇到一群牧羊人，都穿一色的丧服，便问这是为什么。一个牧羊人说明了缘由，还讲述了一个名叫玛尔塞拉的牧羊女如何美貌而古怪，如何有许多人为追求她弄得神魂颠倒，最后讲到那位格利索斯托莫是如何死的，而他们正准备去为他送葬。总之，他无非是把堂吉诃德从佩德罗那儿听来的故事重复了一遍。

这个话题谈完了，他们又说起了别的事。那个名叫维瓦尔多的问堂吉诃德干吗要全身披挂地跑到这个太太平平的地方来。堂吉诃德回答他说："干我这一行的，走到哪儿，只能是这身打扮。舒适懒散、养尊处优是专为柔弱的显贵们设下的。而辛劳奔波、舞枪弄剑这些事却只等着世人所说的游侠骑士来承担。在下不才，不过是其中一名小卒。"

听他这么一说，大伙儿明白了：他是个疯子。为了寻根问底，看看他得的到底是什么疯病，维瓦尔多又问他游侠骑士是什么意思。

"诸位先生，"堂吉诃德回答道，"你们难道没有读过英国通史和编年史吗？那里经常提到亚瑟王的丰功伟绩。在咱们卡斯蒂利亚民谣里总是把他称作'阿尔图斯王'。大不列颠王国到处都流行着他的古老传说，说是这位国王一直没死，而是中了魔法，变成一只乌鸦。迟早时来运转，他还会再来执政，重返王位，重操权杖。这就是自那时以来英国人从不杀死乌鸦的缘故。正是在这位明主治下，建立了举世闻名的圆桌骑士兵团。根据史书毫发不爽的记载，接着就发生了堂朗萨洛特·德尔·拉戈和西内布拉王后①相爱的事；详知内情并为他们牵线搭桥的是那位可敬的女管家金塔尼奥娜。就这样，在咱们西班牙才产生了那首尽人皆知、广为流传的民谣：

---

① 西内布拉王后：苏格兰国王之女，著名的亚瑟王之妻。金塔尼奥娜是她的贴身侍女。

大不列颠是故乡，

朗萨洛特到此方。

从来名媛侍骑士，

礼仪未能更周详。

"歌中缠绵委婉地唱出了这段儿女情长、英雄气壮的故事。自那时起，骑士兵团便由此及彼传布到世界各地、流行于四面八方。其中，由于战功卓著而最为人称道的就是勇敢的阿马迪斯·德·高拉，还有从他往下直到第五代的子子孙孙；再就是强悍的费里克斯马尔特·德·伊尔卡尼亚；也得提到赞不胜赞的提兰特·埃尔·布兰科；还有英勇善战、攻无不克的堂贝利亚尼斯·德·希腊，时至今日，我们对他仿佛还目有所见、耳有所闻，并且能和他交谈似的。明白吗，诸位先生？这些人就是游侠骑士。我说的骑士兵团就是他们这些骑士的兵团。刚刚说过了，在下不才，不过也在其中供职。上面提到的各位骑士终身致力的事业也就是我终身致力的事业，所以我跑遍荒山野岭，四处闯荡，一心期待命运赐福，让我在最艰险的境遇中，为救助弱小无助者献出自己的力量乃至生命。"

听了他说的这一席话，几个同路人终于明白了堂吉诃德神智不健全，也看出他是哪一种疯病缠身。跟所有乍一摸到这个底细的人一样，他们自然也免不了大吃一惊。那个维瓦尔多是个机灵鬼，又很喜欢说笑逗乐，听说走到山前墓地的路程没多少了，心想干吗不趁机解解闷，撺掇着让堂吉诃德接着说他的疯活，于是他便说："我说呀，游侠骑士先生，您可是挑了一个天下少有的苦行当。我看就是当苦修会的教士也比这强。"

"或许是苦了点，"我们这位堂吉诃德回答说，"可也是世上不可缺少的行当。对此我坚信不疑。实话说吧，执行长官命令的士兵，并不比发号施令的长官差到哪儿去。我是说，教士们是在好言好语、安安稳稳向上天祈求人间的福祉；而我们战士和骑士却凭借体力、挥动利剑去实现并捍卫人间的福祉。我们不能待在家里，必须风餐露宿，忍受夏天酷烈的阳光和冬天刺骨的风雪。就是说，我们受上帝指派，像他的臂膀一样来到人间主持正义。打仗的事，还有所有跟打仗沾边的事，总离不开流汗、吃苦、受罪。很清楚，干这一行的无疑要吃更多的苦头，当然不如那些只是祈求上帝救援无助者的教士，又平安又清净。我并不是想说游侠骑士比隐居的修道士更光彩，我的脑袋里从来没闪过这个念头。我只不过要说明，干这一行肯定辛苦得多，会遭到棍棒捶打，还要忍饥挨饿、穷途潦倒、破衣烂衫、虱虮满身。毫无疑问，以往的游侠骑士一生中肯定经历了无数磨难。当然，他们之中也有人凭借强壮的臂膀终于当上了皇帝，但是确实为此花费了不知多少血汗。而且他们之所以能攀上如此高位，还多亏魔法师和大博士们帮忙，不然他们也只能空有抱负，终难如愿。"

"我也是这个看法，"那个同路人说，"不过，游侠骑士那许许多多的名堂当中，有一桩我觉得尤其糟糕。那就是，每次他们在凶险的大战中冲锋陷阵，眼看就要丧命了，在这个节骨眼儿上，他们想到的往往不是向上帝求助。要知道，所有的基督徒遇到类似的险境都必须这么做。可他们只顾向自己的意中人求助，而且那么热切虔诚，简直把那些女士当成了上帝。我总觉得这有点邪教异端的味道。"

"先生，"堂吉诃德说，"这可是最最起码的规矩。游侠骑士不这么做，那就有失身份了。按照游侠骑士的规矩和惯例，每次面临一场重要的战事，他必须在心目中看到自己的意中人，然后用含情脉脉的双眼盯着她，表明在这胜负未卜的关头，他正在用目光祈求夫人的支持和庇护。即便没人在旁边听着，他也必须念念有词地说几句，真心诚意地向她求助。这种先例历史上数不胜数。不能因此就认为他不向上帝求助。他在拼搏的时候，有的是机会和工夫做这件事。"

"说是这么说,"那同路人还不肯罢休,"我总有点琢磨不透。就是有时候我在书上看到,两个游侠骑士正说着话,还没几句突然发起火来,于是各自掉转马头,在野地里跑出老远,接着又扭过身来,疯了一样飞快地互相迎面而来,还一路跑一路向各自的意中人求助。两人相遇以后,往往是其中一个被对手用长矛穿了个透心凉,从马背上摔下来;另一个也一样,连抓住马鬃的工夫也没有,照样一头倒在地上。我不明白,事情来得那么突然,那个被戳死的上哪儿找时间去求助上帝。他一路跑来祈求意中人的那些话,干吗不用在基督徒理所当然的本分上?再说了,游侠骑士也不是人人都害相思病,那些没有意中人的该向谁去求助呢?"

"哪有这种事?"堂吉诃德说,"我是说,哪里见过没有意中人的游侠骑士?他们个个都得害相思,就像天上缀满星星一样理所当然、合情合理。我敢说,还没见过一本书上的游侠骑士没有意中人。没有意中人的游侠骑士不能算正宗,只能算杂牌。他绝不是从正门走进骑士道的城堡,而是像强盗小偷似的越墙而入的。"

"我看未必,"同路人说,"要是我没记错的话,好像书上说,威武的阿马迪斯·德·高拉的弟弟堂加拉奥尔就没有专门用来求助的意中人。可尽管如此,谁也不敢小看他,他不还是一个英勇善战、鼎鼎大名的骑士吗?"

听了这话,我们这位堂吉诃德马上答道:"先生,一只燕子飞来不能算夏天,何况据我所知,这位骑士的心里还是挺多情的。至于他见一个值得动心的就动心,那也是天性所致,身不由己。不过尽管如此,有据可查的是,他还是专门为自己选中了一位意中人,时常在内心深处向她求助,因为他自诩是一名性格深沉的骑士。"

"如此说来,凡是游侠骑士都非得有个情人不可。"同路人说,"阁下干了这一行,想必也是这样喽。或许阁下不像堂加拉奥尔那样自诩深沉,那我就要诚心诚意恳求一事:能否看在同路诸君和本人的面上，给大家讲讲您那位女士的姓名、籍贯、身份和芳容。我想她一定很乐意让世人知晓是您这样一位难得的骑士为她倾心和效劳。"

这时候，堂吉诃德长叹一声，说道："我不敢保证我那心爱的冤家是不是乐意让世人知道我正在为她效劳。您既然如此彬彬有礼地问我，我只能告诉您，她的名字叫杜尔西内亚，家住拉曼却的托博索村；她的身份嘛，至少也算得上一位公主了，不过对我来说，她就是至高无上的女王；她的美貌是人间少有的，诗人们想入非非赋予他们意中人的那些绰约姿色都一一展现在她身上；她的长发是金丝，她的天庭是宽阔的净土，眉毛是天上的霓虹，眼睛是太阳，脸颊犹如玫瑰，双唇好似珊瑚，牙齿是珍珠，白玉般的脖子，大理石一样的胸脯，象牙似的双手，白皙得像皎洁的雪；至于那些按照礼法遮盖起来、外人不得一睹的部位，只能规规矩矩地揣摩和赞颂，就无法诉诸比拟了。"

"我们还想知道她的血统、家世和门第。"维瓦尔多又提出了要求。

"她不属于古罗马的库尔西奥、盖尤斯和西庇阿等等家族，也不属于近世的科隆纳和乌尔西努斯家族，不是加泰罗尼亚的蒙卡达和列肯森家族，更不是巴伦西亚的列贝利亚和维利亚诺瓦家族，不是阿拉贡的帕拉佛塞科斯、努萨斯、罗卡贝尔提斯、科列利亚斯、卢纳、阿拉高乃斯、乌列阿斯、佛塞斯和古列阿斯家族，不是卡斯蒂利亚的塞尔达、曼利盖、门多萨和古斯曼家族，不是葡萄牙的阿棱卡斯特罗、帕利亚斯和麦内塞斯家族；她属于拉曼却的托博索家族。虽然算不上古老门第，但是却可以从此子孙兴旺，产生出世代相传的名门望族。请不要为此跟我争辩，否则我就用塞尔维诺[1]的办法来对付。他曾在罗尔丹挂在墙上的兵器下面写道：

---

[1] 塞尔维诺：苏格兰国王之子，《疯狂的罗兰》中的人物。

休想将其移走，

除非前来拼搏，

成为罗尔丹的对手。"

"尽管我出身于拉雷多的卡却平①家族，"同路人回答道，"我也不敢和拉曼却的托博索家族相比。不过说老实话，这个姓氏我还一直没听说过。"

"居然没有听说过！"堂吉诃德说。

大家都静静地听两人谈话。连那些放羊的乡下人也看出，我们这位堂吉诃德实在疯得出格。只有桑丘·潘沙觉得主人说的句句是实话，因为两人从小就认识，自然知道他的底细。他唯一拿不准的就是跟那个漂亮的杜尔西内亚·德尔·托博索沾边的事。他虽然住在离托博索很近的地方，可是从来不知道有叫这个名字的，也没听说过有这么一位公主。

正说着话呢，就看见两座大山夹着的深沟里走来约莫二十多个牧人，清一色的黑羊皮袄，头上都顶着花冠。后来才看清，有些是杉树枝编的，有些是柏树枝编的。其中有六个人抬着一副担架，上面盖满了各式各样的花朵和树枝。一个牧羊人看到后便说："那些人抬着格利索斯托莫的尸体过来了。那边的山脚下就是他选好的坟地。"

大家听了连忙走过去，等到了跟前，那帮人已经把担架放在地上。其中四个人正挥动十字镐在一块坚硬的岩石旁边挖坟坑。两拨人客客气气地打了招呼。堂吉诃德他们一伙人便围上去看那副担架，只见鲜花掩盖着一具尸体，一身牧人装束，年纪约莫在三十岁左右。虽

---

① 卡却平：墨西哥人对西班牙殖民者的谑称。此处泛指在新大陆发了财回到西班牙，而且自诩出身名门望族的暴发户。拉雷多是西班牙北部桑坦德省的渔港。

说已经死了，可看得出生前相貌英俊、体态匀称。躺在担架上的尸体周围，摆放着一些书和不少手稿，有散页的，也有成卷的。观看遗容遗物的也好，忙着挖坑的也好，所有在场的人都悄然无声，一片寂静。这时，一个抬来遗体的人对另一个人说："昂布罗西奥，你看仔细了，这是不是格利索斯托莫选定的地方。你不是说要一字不差地按他的遗嘱办吗？"

"是这儿，"昂布罗西奥回答道，"就是在这儿，我那可怜的朋友一次又一次给我讲他那些不顺心的事。他说就是在这地方第一次遇见那个要人命的冤家，也是在这儿第一次诚心诚意向她表白了自己的爱心，玛尔塞拉最后一次冷冰冰地拒绝他还是在这儿。他在不幸的一生中演出的这场悲剧也就从此结束了。为了纪念种种煎熬磨难，他也要在这里被深深埋葬，与世永诀。"

说着，他转向堂吉诃德和那几个跟他同路来的，接下去说："诸位先生，你们怜悯的双眼注视着的这具躯体里，曾经寄寓过上天特别垂青赐恩的灵魂。这是格利索斯托莫的遗体。他生前聪颖过人、教养超群、温文尔雅、诚信绝伦，他待人慷慨豪爽，庄重但无矫饰，欢快而不轻浮。总之，他是独一无二的高洁之士，也是举世无双的苦命之人。他的一片爱心遭到鄙夷，他的满腔热情受到冷遇；他想祈求猛兽怜悯、央告岩石动心；他追着风儿奔跑，向着荒野呼唤；他尽心尽力，得到的却是忘恩负义，终于在风华正茂的时候沦为一具尸骸。那个牧羊女结果了他的性命，可他却设法让她在人们的记忆里得到永生：你们看到的那些手稿就是明证。只可惜他向我交代过了：他的遗体回归大地之日，就是这些纸片化为灰烬之时。"

"您如果真这么做，"维瓦尔多说，"可就比手稿的作者更残酷无情了。他留下的遗言本来有悖情理，遵命照办自然十分荒唐。曼图亚①诗

---

① 曼图亚：意大利北部城市。拉丁诗人维吉尔生于此。

圣在遗嘱里命人把他的遗稿销毁，奥古斯都·恺撒②认为不应遵嘱执行。如此看来，昂布罗西奥先生，您理应把贵友的遗体深埋在地下，却不该让他的手稿湮没无闻。他悲伤之极说的绝情话，您不假思索地照办未免欠妥。您最好还是饶这些手稿一命，让玛尔塞拉的无情永驻人间，后来人从此世世代代引为教训，避免重蹈覆辙、坠入深渊。您这位朋友一往情深、百般无奈，他的经历，我本人和在场的诸位都已经听说了。我们也知道您对他的情谊和他的死因，还有他临终留下的遗言。从他凄惨的遭遇中可以看出，玛尔塞拉是多么狠心，格利索斯托莫是多么痴情，您作为朋友是多么忠诚；也可以看出，人们一旦被迷狂的爱情蒙住双眼、身不由己地奔上歧途以后，会落个什么下场。昨天晚上我们听说格利索斯托莫死了，而且要在这里安葬，出于好奇心和同情心，我们一致决定绕道来这里亲眼看看，这个令人伤心落泪的传闻到底是怎么回事。我们真心诚意感到惋惜，无奈心有余而力不足，无法改变现状。看在我们这份情意上，好心的昂布罗西奥，我想我至少能以我本人的名义求你，别把这些稿纸烧了，让我带走几张吧！”

没等牧羊人答话，他伸手就近抓起几张手稿。昂布罗西奥见了，说道："先生，我实在不愿失礼，就让您拿走那几张吧。不过想叫我别烧剩下的那些，可就是痴心妄想了。"

维瓦尔多急于要知道手稿上写的是什么，连忙翻开一页，看到的题目是：《绝望之歌》。

昂布罗西奥听到后，便说："这是那不幸的人留下的绝命诗。先生，您想知道他的苦难把他折磨到什么田地吗？那就请大声读一遍，让大家都听听。反正墓穴一时也挖不好，您有的是时间。"

"这正合我的意。"维瓦尔多说。

---

① 奥古斯都·恺撒（前63—14），古罗马皇帝。

所有在场的人也跟他一个心思，当下把他团团围住。那人立刻高声读出下面的诗句。

CAPÍTULO XIV · 第十四章

死去的牧羊人的失意诗篇
和其他意外事件

格利索斯托莫的歌

想不到你竟然如此狠心，
哪里顾忌人人知晓众口纷纭，
四处议论你如何冰霜逼人。
地狱的呼叫充溢苦涩的胸间，
我要发出阵阵悲切的哀叹，
扭曲那平日的歌喉婉转。
正是百般挣扎的心绪，
宣叙你的威风我的苦难，
这声音随着它可怕的震颤，
挟持了我破碎的腑脏心肝，
把我推入更大的痛苦熬煎。
你听啊，别当作风过耳边：
阵阵呼叫代替了歌声，
正从我苦涩的心底升腾。
郁结的哀怨要尽情喷涌，
顾不得你因此怒气填胸。

猛狮在怒吼，恶狼在狂嚎；

令人心悸的嗖嗖呜叫，

是鳞片耸立的毒蛇在低啸。

呜呜啼哭的是可怕的鬼怪，

乌鸦鼓噪着预言难逃灾害，

轰隆的狂风搏击翻腾的大海。

公牛倒下仍不屈地怒吼，

惨惨哀泣吧，丧偶的斑鸠，

遭嫌的夜猫子也在啼哭不休。

哭号吼叫令人意乱神昏，

全都出自阴森恐怖的一群，

还唤来地狱中啾啾的冤魂。

种种声响汇成嘈杂一片，

撼心震耳顿时天昏地暗，

我正需要这新奇的方式，

尽情诉说那残酷的磨难。

喧嚣把我悲叹的回响淹没，

宽厚的塔霍漠然从金沙上流过，

贝提斯①的橄榄林好似隔岸观火。

我只能向远方传播难忍的痛苦，

让心头的呼喊越高山入深谷，

话语攒动流出，舌头早已麻木。

我的声音忽而飘进黝黑的山涧，

忽而弥漫人迹罕至的荒僻海滩，

---

① 贝提斯：横贯西班牙南部安达卢西亚地区的河流，也叫瓜达尔基维尔河。

忽而潜入遮天蔽日的浓密丛林，
忽而在利比亚草原回荡低吟，
哪管他遍地成群的毒蛇猛兽，
它四面八方把荒蛮之地寻求。
让这嘶哑的呼号带着我的创伤，
和你那举世无双的铁石心肠，
漫无目标地随处遨游吧，
正因我生来不幸，它才可传遍四方。

耐心期待却得到冷若冰霜，
有因和无端的猜疑最终导向死亡，
心中燃烧的妒火造成致命创伤。
日久不见魂不守舍命在旦夕，
时时担忧着你早把我忘记，
空盼好运降临能添几多勇气？
左思右想，总觉死命难逃，
我却活着，真是神威奇妙！
被拒之千里备受猜忌的煎熬。
辗转反侧我已经形同亡灵，
熊熊爱火未消融冷漠的冰凌，
只有默默忍受这无尽的酷刑。
翘首顾盼只见希望隐入黑暗，
我心灰气馁不再等它重现。
莫如丢弃这无益的侥幸念头，
且看折磨能到达什么样的极点。

难道期望和猜忌可以并行不悖？

或许两种情感本该结伴相随？
反正多心的根由确凿无疑。
若是嫉妒的无情魔影就在面前，
我应该紧闭双眼不视不见？
只消一瞥，灵魂的创伤何止千万！
一旦明知真情遭到轻蔑冷遇，
谁能不门窗洞开接纳怅惘心绪？
往日的猜疑变成铁样的证据。
哦，这是多么苦涩的骤然转折，
莫非当初纯真的话语都是信口胡扯？
我呼叫着在爱的王国肆虐的炉火：
请把烧红的铁块塞进我的双手，
受冷遇莫如让拧紧的绳索勒住咽喉。
怎知你仍然无情地将我战胜：
一想到你，刑罚的苦痛便化为乌有。

面对临终时刻我平静而安详，
无论生死并未奢望好运的奖赏，
只不过始终如一坚持我的幻想：
一往情深并不是什么罪孽，
向亘古不变的专横爱神缴械，
方是心灵最大的解脱和欢悦。
永生永世令我爱恨参半的冤家，
心灵透出秀美，容貌放射光华，
不把我放心上我也不怨她。
如此众多的人们受尽她的折磨，
爱神却让她在自己的领地心安理得。
想到这里，我只需一条坚实的绳索，

但求尽快结束这苦难的期限，

她的冷漠推我来到生命的终端，

我将把心灵和躯体抛向清风，

再不指望来日得到幸福的桂冠。

你无数次向我表明你的歪理，

逼迫我终于认清一个道理：

对这累赘的生命早该厌弃。

现在你已看到这颗破碎的心，

被揉搓得千疮百孔末日临近，

却依然欢快地走向你的冷峻。

万一我的亡故博得你一丝同情，

让阴霾笼罩你美丽明澈的眼睛，

我要说，算了，无此荣幸。

我要让事事违背你的心愿：

如今把心灵的残骸向你奉献，

盼望你用大笑来表示吊唁，

证明我的死期是你的庆典。

不过告诉你这些实在愚蠢，

因为我一旦到达生命终点，

你就会露出胜利的笑颜。

是时候了，都从地狱的深渊出来：

坦塔罗斯①，你永生永世干渴难耐，

---

① 坦塔罗斯：希腊神话中宙斯的儿子，因触怒众神，被打入冥界接受惩罚：站在齐颈的水里，每当口渴想喝水时，水就退去；头上悬着果树，想吃果子时，风就把果子吹开。

西西弗斯①，背负着执拗的沉重石块，

提堤俄斯②带着啄食肝肠的秃鹰，

还有随车轮不停旋转的伊克西翁③，

五十姐妹④也把无尽的苦役暂停。

把你们日夜承受的残酷折磨，

统统塞进我的胸中恣意肆虐；

再请你们微张喉管细语诉说，

唱一曲哀怨凄厉的葬礼之歌，

（此种礼仪似乎也可用于失意者）。

裹尸布也不愿将这躯体遮掩，

就请地狱里守门的三头怪犬⑤，

伴随千千万万鬼魅妖魔，

为它献上一曲撕裂心肺的礼赞。

我看生前始终不渝一片痴情，

葬礼本该热热闹闹如此隆重。

绝望之歌，你我就要分手，

不要为离开不幸的人悲伤忧愁。

别忘记那个逼你出世的人儿，

---

① 西西弗斯：希腊神话中的暴君，死后被打入地狱。他必须把一块巨石推
上山去。每当巨石快到山顶时，立即又沿山坡滚下。于是他须再次往上
推，如此循环不已。

② 提堤俄斯：希腊神话中的巨人，因企图强奸阿波罗的母亲，被投入地狱，
听任一只秃鹰啄食他的内脏。

③ 伊克西翁：希腊神话中的人物，曾在诸神宴席上勾引宙斯的妻子，因此
被绑在地狱的车轮上，永远旋转。

④ 五十姐妹：指埃及王达那俄斯的五十个女儿，因受父命在新婚之夜杀死
了各自的丈夫，被罚在地狱里服苦役：往一只布满孔洞的木桶里灌水。

⑤ 三头怪犬：希腊神话中负责看守地狱大门的怪物。

我的亡故反而使她轻松自由：

你我在坟墓还要结伴行走。

听了《格利索斯托莫的歌》大家都觉得很好，可是读诗的人却说
他认为跟传闻有些不符。他听说玛尔塞拉是个规矩善良的姑娘，怎么
会招惹得格利索斯托莫又是吃醋、又是猜疑，还有什么日久不见之类
的抱怨，这简直是败坏玛尔塞拉的清白名声。昂布罗西奥最清楚他朋
友心里的秘密，这时便说："先生，您听我一说，就会明白的。这个
可怜人是在远远躲开玛尔塞拉以后写的这首诗歌。他是有意远远躲开
的，心想躲开不见兴许慢慢就没事了，可是躲开人躲不开相思，反而
弄得更加心烦意乱、疑神疑鬼，最后格利索斯托莫干脆当真地嫉妒猜
疑起来了。其实，人人都知道玛尔塞拉的确是个好姑娘，就是心狠了
点，还有些傲气，瞧不起人。除此之外，再尖酸刻薄的人不该也不能
挑出她别的毛病。"

"确实如此。"维瓦尔多说。

他正想接着读另一张没烧掉的稿纸，却马上打住。原来在他们面
前出现了一幅十分瑰丽的图景：正在开凿的墓穴旁边的岩石上面站着
牧羊女玛尔塞拉，简直美极了，比人们传闻中的还要漂亮。以前没见
过她的人紧盯着看，惊讶得鸦雀无声。那些见惯了她的乡亲，居然跟
头一次见到她的人们一样，连大气也不敢出了。只有昂布罗西奥一见
她，马上怒气冲冲地说："你这条满山乱窜的凶狠毒蛇！你的铁石心
肠已经要了他的命，现在跑来，难道还要害得这可怜人浑身的伤痕重
新鲜血淋漓不成？还是来这儿炫耀只有你这种凶狠的人才干得出的好
事？还是像残忍的尼禄①一样，站在高处欣赏大火冲天的罗马城？再

① 尼禄（37—68），罗马皇帝。据说他自己密谋纵火烧毁了罗马城，然后
嫁祸于基督徒。

不就是想学那个践踏生父塔吉诺尸首的不孝之女①趾高气扬地从这具不幸的躯体上踩过去？快说吧，你到底来干什么？你想得到什么？我知道格利索斯托莫生前在心里对你是百依百顺的。现在他死了，只好由我做主，让他所有的朋友都按你说的办。"

"昂布罗西奥呀，你说的都不对，我不是来干那些事的。"玛尔塞拉回答道，"我来这里，是想再一次亲自把话说明：把格利索斯托莫受的折磨和最后死去都怪罪在我身上是完全没有道理的。大伙儿都在这里，我求你们仔细听我说。其实不用花多少时间费多少口舌，明白人就会看出我的话是对的。按你们大伙儿的说法，上天给了我一副好模样，害得你们身不由己地爱上了我，而且就凭你们自己说爱我，我也非得爱你们不成。上帝让我生就是个明白人，所以我知道，漂亮的东西总是可爱的。可是我弄不懂，为什么有人见你漂亮爱上了你，你就非得爱他不可。再说，喜欢漂亮东西的人自己可能很丑，当然难免招人讨厌，莫非他想蛮不讲理地说：'我爱你漂亮，你就爱我丑吧。'就算两人都一样漂亮，各人的想法还可以不一样呢。长得漂亮的也不是个个都能叫人一见倾心，有的看着很赏心悦目，可是不一定弄得你神魂颠倒。要是遇到有姿色的就一见钟情、神魂颠倒，那岂不挑花了眼，整天三心二意、不知如何是好了？漂亮的尤物数不尽，想要得到的人也数不尽。我听说，真正的爱情是专一的、自愿的、不能勉强的。既然是这样，而且我觉得也应该是这样，那你们为什么硬要逼迫我呢？一口咬定你们爱我，我就非得爱你们不成？我还想请你们告诉我，万一上天没让我生得这么漂亮，而是很丑，难道我也可以理直气壮地抱怨你们不爱我吗？何况你们也该想想，这副好模样由不得我自个儿挑，生来如此，全靠老天的恩惠，没处要没处讨。毒蛇有一副毒

① 不孝之女：指传说中罗马国王塞尔维乌斯·图利乌斯的女儿，为帮助丈夫篡位而杀死自己的父亲。文中的塔吉诺（也译作"塔奎尼乌斯"）是她的丈夫，不是父亲。

牙，能咬死人，那也是生就如此，怨不得它自己。一样道理，我当然不该因为自己的好模样受人怪罪。正派女人的好模样可以比作远处的一堆火，比作一把锋利的剑，你不凑上去，它就不烧你不伤你。自尊自爱能让人的心灵美起来，不然，光有个好看的外表，也算不得漂亮。既然自尊自爱可以把内心和外表都衬托得更美，那么一个受人喜爱的漂亮姑娘干吗要丢掉这个好名声？她用不着去迁就别人的心思，说不定那人为了自己痛快正使劲想方设法糟践她的名声呢。我生来自由自在，也想活得自由自在，所以才跑到这空荡荡的野地来。我有这山上的树做伴，清清的溪水当镜子；我让树林和溪水看我的好模样，还把心里话告诉它们。我就是那堆远处的火，那把够不着的剑。那些看上我模样的人，听了我的话其实早该死心了。只是他们一心总想指望点什么，我可是没有给任何人留下什么想头，不管是格利索斯托莫还是别的什么人。是他自己胡思乱想丧了命，怪不着我狠心。常有人责备我说，他完全是一片真情，所以我应该将心比心。可我要说，就在这会儿挖坟的地方，他向我吐露了自己本本分分的想法。我当时就告诉他，我想的是一个人安安静静活一辈子，和大地分享洁身自好、与世隔绝的恬美，最后把我这美丽的躯体也交给它。他听了不但不死心，反而没完没了地痴心妄想，一个劲儿地顶风驶船，最后在他自己一意孤行的港湾中沉没了，这有什么奇怪的呢？我当然不能半推半就，那岂不是骗人？我更不能答应他，那就完全违背了我一生最大的志向和心愿。他本该死心，可偏要胡思乱想；他自己走上绝路，谁也没招惹他。现在你们说说吧，把他受的这些折磨都怪罪给我有没有道理？受骗的人可以埋怨；一直怀抱的希望破灭了，可以走上绝路；我搭理过的，可以觉得自己有指望；我应承过的，可以兴高采烈。可他不能说我狠心，是害人精。我没给他指望，没骗过他，也没搭理过他，更没应承过他。直到现在，上天还没说我命中非爱谁不可。谁要是看上我又逼我爱他，那就对不住了。凡是纠缠我的人，听了这番话都该死心了，这对他们只有好处。说得再明白点：从今往后，再有人为我死去，那可不是被嫉妒折磨死的。我谁也不爱，所以谁也用不着嫉妒；完全死了心，就不怕什么冷若冰霜。既然说我残忍、是条毒蛇，那就把我当作害人的坏东西丢开吧；既然说我忘恩负义，那就别巴结我；说我古怪，就别跟我靠近；说我狠心，就躲开我。我残忍，我是条毒蛇，我忘恩负义，我狠心，我古怪，可我不招惹谁，不巴结谁，不靠近谁，不到处纠缠谁。格利索斯托莫是因为自己心气太盛、性情浮躁才送了命，干吗要怪我的洁身自好？我只想伴着树林，终身干净，可是干吗有人既要我在男人中间一尘不染，又要断送我的清白呢？我呢，你们都知道，自己什么也不缺，根本不想要别人的东西。我生性自由自在，不喜欢受人约束。我既不爱谁也不恨谁；没骗过这个，也没缠过那个；不耍弄你，也不挑逗他。跟左近村子里的牧羊女规规矩矩聊聊天，照看着自己的羊群，就足够我消磨时间的了。我一点也不想离开这周围的群山。偶尔走得远一些，那是为了去看看天上的美景。我们的灵魂要踏着那上面的路走回最后的归宿。"

说完这话，没等别人回答，她就转过身，走进旁边的山林深处。所有在场的人只顾赞叹她的容貌、称道她言之有理。只有几个人，看来是被那双明亮美丽的眼睛射出的利箭刺穿了，打算抬脚去追赶她，似乎没有听懂刚才那番决绝的言辞。堂吉诃德看到后，觉得时候到了，他这个骑士该马上出面救援身陷困境的淑女，便手握剑柄，一字一句高声说道："不管是谁，不论贵贱高低，只要胆敢去追赶美丽的玛尔塞拉，必将受到我义愤填膺的狂暴惩罚。她一番清清楚楚的道理足够说明，格利索斯托莫之死跟她无关，她一点过错也没有。她生来就没有想过迁就任何一个追求者的心愿。如此看来，不仅不该追赶和纠缠她，相反地，世上所有好人都理应尊崇和赞赏她，因为她已经表明，这世上只有她一人决心洁白无瑕地度过此生。"

也许是堂吉诃德的恫吓起了作用，也许是因为昂布罗西奥提出赶紧办完他朋友的后事，没有一个牧人迈步离开那地方。墓穴终于挖好了，焚烧了格利索斯托莫的手稿之后，他的尸体便被放了进去。在场的人不免个个泪流满面。最后，一块厚厚的石板平放上去把墓穴封住，只等竖立墓碑了。昂布罗西奥说，他打算叫人刻上这样一段墓志铭：

> 这里静卧着一个情种，
> 可怜的躯体早已僵硬。
> 陷入失恋他满怀绝望，
> 便来这山野独自牧羊。
>
> 他死于一双无情的手，
> 美人冷漠何处寻温柔？
> 爱神如此霸道而专断，
> 又把疆域继续推向前。

接着，大家在坟墓上撒下无数花朵和树枝，向死者的好友昂布罗西奥表示了哀悼之情，便纷纷与他告辞。维瓦尔多和他的旅伴也道了别。堂吉诃德也和好客的牧羊人以及两个同路人一一告别。这两人请他相伴一起去塞维利亚，因为那是一个很适合冒险者的地方，在每条大街、每个拐角都会遇到许多意想不到的事情，别处无法相比。堂吉诃德十分感谢他们出的主意和他们成人之美的一片好心。不过他说暂时还不想也不能去塞维利亚。听说这一带山林里满是盗贼强人，他首先必须前去清剿。两个赶路人见他坚决要完成义举，自然不好勉强，再次话别之后，便离开他，径自上路了。他们一路上有说不完的话题：又是玛尔塞拉和格利索斯托莫的故事，又是堂吉诃德的疯病。

这时候，堂吉诃德已经决定去找牧羊女玛尔塞拉，准备尽全力为她效劳。不过据这部真实传记记载，结果他没能如愿。到此本书第二部分也就结束了。

CAPÍTULO XV · 第十五章

堂吉诃德跟一伙凶狠的杨瓜斯①人
相遇碰到的倒霉事

据学者西德·阿麦特·贝嫩赫里记述，堂吉诃德辞别了款待过他的牧羊人和所有去看牧人格利索斯托莫葬礼的人，就和他的侍从一起走进一片树林。他们看到牧羊女玛尔塞拉去那儿了。他们在里面走了两个多小时，东寻西找始终没看到那姑娘。最后他们来到一片绿莹莹的草地，旁边静静流淌着一条清澈的小溪，不由得叫人们想停下来在那儿歇歇晌，因为正好是越来越闷热的中午时分。堂吉诃德和桑丘从各自的坐骑上下来，放开毛驴和洛西南特，叫它们随心享用遍地都是的青草。他们俩也急忙扯开褡裢，掏尽里面的吃食，免去一切礼节客套，主仆二人安安稳稳一起用餐了。桑丘放心大胆地解开洛西南特的绊索，心想这匹马一向老老实实，从不拈花惹草，恐怕科尔多瓦②牧场上的所有母马都来了，也挑不起它一丝邪念。

没想到命运这个促狭鬼这次偏偏没有打瞌睡，凑巧一群加利西亚③小母马也在这块平川上吃草。主人是几个杨瓜斯镇的赶脚的。他们通常总是赶着马群找水草丰盛的去处歇晌，这次恰好看中了堂吉诃德待着的地方。于是事情就来了，洛西南特突然忍不住想去母马

---

① 杨瓜斯：西班牙北部塞哥维亚省的市镇，男性居民多为脚夫。
② 科尔多瓦：西班牙南部安达卢西亚地区的重要城市。
③ 加利西亚：西班牙西北部地区。

太太们那儿找点乐子，刚闻到气味，就一反平日的习惯和步态，不经主人许可，蹦蹦跳跳跑去向女士们披露自己的打算。可是人家似乎觉得青草比它更有意思，一顿蹄踹牙咬算是给它的见面礼。不一会儿工夫，它的肚带断了，鞍子掉了，只剩下赤条条的身子。不过最让它受不了的还在后头呢，脚夫们见它居然想对母马施行强暴，立刻抄起木棍跑来，一阵棒打，它便皮开肉绽地倒在地上。

堂吉诃德和桑丘已经看见洛西南特挨了棒打，连忙气喘吁吁地凑上去。堂吉诃德对桑丘说："依我看，桑丘老兄，这伙人不像是骑士，肯定是一帮粗野的下流东西。听我说，你完全可以帮我一把。他们在咱们眼皮底下这么欺负洛西南特，这个仇非报不可。"

"见鬼！报什么仇？"桑丘回答说，"他们总共有二十多人，咱们就俩人，还说不定只有一个半呢。"

"我一个就顶一百个。"堂吉诃德驳了他一句，接着，懒得再废话，抄起佩剑朝杨瓜斯人扑过去。桑丘·潘沙见主人做出榜样，勇气大增，便紧紧跟随。堂吉诃德刚抡舞了几下，一刀砍中了其中一个，不光戳破了他身上的羊皮袄，还捎带了脊梁上的一大片皮肉。

杨瓜斯人见只不过两个人就叫他们吃了那么大的亏，马上抓起棍子，仗着人多把他俩团团围在当中，憋足了气，劈头盖脸地狠命打起来，结果头两下子就把桑丘打翻在地。堂吉诃德也是一样下场，他的武艺和胆量都没使上。真是鬼使神差，他偏偏倒在洛西南特的脚边，可怜的马一直没能站起来。很显然，棍棒一旦落入怒气冲冲的粗人手里，凭他们那股蛮劲，什么也要被捣得稀巴烂了。杨瓜斯人一看自己干下的好事，当下拾掇起东西，赶着马队上路了，哪里还管两个自讨苦头的家伙头破血流、鼻青脸肿地躺在地上。桑丘·潘沙最先缓过劲儿来，一看主人就在身边，马上有气无力、可怜巴巴地说："堂吉诃德老爷！哎呀，堂吉诃德老爷！"

"你怎么了？桑丘老兄。"堂吉诃德也跟桑丘一样，尖声细气、哼哼唧唧地说。

"我是想说，"桑丘·潘沙回答道，"老爷您能不能给我两滴那种'肥也不拉屎'的神水喝喝？不知道您是不是随身带着。也许那玩意儿不光能治皮肉上的口子，也能治伤筋动骨的毛病。"

"也是该我倒霉，"堂吉诃德回答说，"要是我真随身带着，咱们还等什么？不过，桑丘·潘沙，我凭游侠骑士的名义对你发誓：只要运气不找别扭，不出两天我就能把那东西弄到手，除非我这两只手不管用了。"

"那您看得多少天咱们的脚才能走路？"桑丘问他。

"这会儿我只能告诉你，"散了架的骑士堂吉诃德说，"我吃不准得多少天。总之，这都怪我。那些人不像我，没有受封骑士称号，我不该拿起佩剑跟他们动手。我想，正是因为我违背了骑士的规矩，战神才这么狠狠地惩罚我。所以，桑丘·潘沙，你应该好好记住我这会儿说的话，这跟咱们俩日后的安危大有关系。是这样：凡是见到今天这类下流东西招惹咱们，你别等我拿起剑对付他们——以后我也再不这么干了——应该是你拿起剑，痛痛快快教训他们。当然，要是有骑士上来帮忙护着他们，我就上去护着你，全力以赴地把他们打退。你该是亲眼看到上千次了，我这双结实的胳膊有多了不起。"

这位可爱的老兄自从打败了凶猛的比斯开人，简直忘乎所以了。可是桑丘·潘沙听了主人提醒他的话，很不以为然，便回答说："老爷，我这人生来老实、安静，不爱打架。我才不在乎受人欺负呢，我得想着养活妻子儿女。我当然不能给老爷您什么吩咐，不过我还是想把话挑明了，下等人也好，骑士也好，我根本不打算拿起剑跟他们动手。我主在上，从现在起，欺负过我的人和想欺负我的人，我都原谅；不管这些欺负过我、正在欺负我、等着欺负我的是上等人还是下等人，是阔佬还是穷光蛋，是绅士还是老百姓，不管他们家产多少、身份高低。"

主人听了，回答他说："我这会儿一点没力气自自在在跟你谈论，这条肋骨疼得我真受不了。不然的话，潘沙，我会让你明白，你纯粹是在胡说。过来，你这个业障，听着，咱们运气不好，到现在一直顶风驶船。要是风向顺了，按咱们的愿望涨满船帆，平安无事地把你我送进我答应赏给你的不论哪个岛子的港口，然后，我把它当作战利品交给你治理，你该怎么办呢？看来你非得把事情弄砸了不可，因为你当不了骑士，也根本不想当。你一点没有勇气和愿望维护自己的权威，教训欺负你的人。你应该知道，在刚刚征服的疆土和领地上，当地人肯定不会心悦诚服的，不会站在新主子一边。你随时都得提防他们闹出新花样把事情搅乱，就像老话说的那样，他们总想碰碰运气。这时候，就要看新上台的主子会不会操持了。他必须智勇双全，无论遇到什么局面，都能攻守自如。"

"就拿眼下这局面来说吧，"桑丘回答道，"我倒挺愿意像老爷您说的那样智勇双全呢。可是我敢发誓，我这个倒霉蛋这会儿想的是弄点药膏抹一抹，不是在这儿唠叨个没完。老爷您试试能不能站起来，然后咱们再去帮帮洛西南特。说实在的，它还真不配。咱俩差点给碾成泥了，这全都怪它。我简直不敢相信洛西南特会是这样。我一直以为它跟我一样是个规规矩矩、安分守己的好人。还是老话说得对，日久见人心，世间事无常。谁想得到，前些日子老爷您刚把那个倒霉的游侠骑士狠狠地捅了一通刀子，怎么转眼工夫紧接着就是一阵大棒大雨瓢泼似的落到咱们俩的脊梁骨上了呢？"

"桑丘，你还算好，"堂吉诃德接上话茬儿，"你的脊梁骨本来就是风里来、雨里去的。可我的呢，一向都是裹在细绒软布堆里娇养惯了，吃了这种苦头，自然是疼得更厉害一些。要不是我心里揣摩着，嗨，我怎么揣摩起来了！我早就知道了嘛，当兵打仗原本就逃不脱吃苦受罪。要不是想到这一点，我怕早就在这儿活活气死了。"

听了这话，当侍从的不得不问："老爷，照您说，这些苦头都让当骑士的包揽了，那请您告诉我，会不会接二连三地撞上啊？撞上以后有个完没有？因为我琢磨着，包揽两次以后，只怕第三次咱们俩就都报销了。除非上帝大慈大悲，帮咱们一把。"

"你听着，桑丘老兄，"堂吉诃德说，"一当上游侠骑士，就有成千上万的危险和磨难等着他。不过也恰恰只有游侠骑士能指望当上国王和皇帝，许许多多、各式各样骑士的经历已经证明了这一点。说到这些事情，没我不知道的。要不是我身上疼得厉害，我真想给你讲上一两个人的事。他们都是凭自己臂膀的本事登上我刚才说的那些显赫地位的。可是他们在这前后都遇到过各式各样的灾祸和磨难。比方阿马迪斯·德·高拉就曾经落入他的死敌魔法师阿尔卡劳斯之手。有据可查的说法是，此人抓到他以后，把他绑在院子的木桩上，用他自己的马缰绳足足抽了二百多下。还有一个记述详实的匿名作者是这样讲到太阳骑士的被俘经过的：在某座城堡里，他掉进脚下的陷阱，落到底了，才发现自己手脚被捆，躺在地下深渊里。在那儿人家给他灌了一通雪水掺沙做成的药水，差点把他折腾死。在这百般无奈的时候，幸亏他的一位大学者老朋友赶来救了他，不然那倒霉的骑士可真要遭殃了。我跟这些人相比就够侥幸的了。他们受的凌辱比咱们眼下这点事要厉害得多。桑丘，我得让你明白，叫人家用顺手抄起的家伙打伤，算不得什么丢人的事。决斗规则上写得清清楚楚，鞋楦子虽说是木头做的，可是鞋匠顺手抡起它给人一下，不能因此就说挨打的人吃了板子。我说这个是叫你别瞎想，以为一仗下来，咱俩差点给碾成肉泥，就丢了什么脸面。那些人用来捶打咱们的武器不过是几根木棍。我好像记得，他们谁手里也没有大刀、长剑和匕首。"

"我哪里有工夫看得这么仔细，"桑丘说，"我还没来得及拔出宝剑，那些人的松木棒子就劈头盖脸地落到我身上了。结果我眼也花了，腿也软了，一头栽倒就躺到现在。哪里顾得上琢磨挨棒打算不算丢人！我只知道打得够疼的，只怕脊梁骨上和脑子里的伤疤永世也抹不去了。"

"这没关系，桑丘老兄，你听我说。"堂吉诃德劝他，"日子长了忘疮疤，死人身上怎会疼。"

"难道我就这么倒霉？"潘沙说，"非得熬到死才能忘记伤疤疼？要是咱们的棒伤能用一两剂药膏治好也就罢了。可是依我看，整整一个医院的膏药只怕也治不好咱们的伤喽！"

"别说这些，桑丘，你该强打精神。"堂吉诃德劝他，"你瞧，我给你做出个样子。咱们先看看洛西南特怎么样了。我觉得这个倒霉蛋遭的罪也不小。"

"这不值得大惊小怪，"桑丘说，"谁叫它也是游侠骑士呢。不过我总觉得有点怪：咱们的肋条骨都快全折了，可是我的毛驴一点没折本。"

"这就是运气，遭殃的时候它总要开个口子，好让你脱身。"堂吉诃德说，"我是说，这头小牲口倒满可以替换洛西南特，把我从这儿驮到某个城堡去养伤。我也不觉得骑上它有损身份，因为我记得在哪本书里读过，西勒诺斯①，就是抚养和教育喜气洋洋的欢乐之神②的那个好心的老头，他走进百门之城③的时候，就舒舒坦坦地骑在一头漂亮的毛驴背上。"

"他兴许像老爷您说的那样是一路骑驴的，"桑丘说，"可是一路骑驴是一回事，跟破麻袋一样搭在驴背上，又是另一回事。"

堂吉诃德听了，回答他说："在战场上受伤是荣耀，不是丢人。所以，桑丘老兄，别再跟我争了。听我说，赶紧挣扎着站起来，把我扶上驴背，你爱怎么搭就怎么搭。咱们得趁天黑之前离开这儿，别落

---

① 西勒诺斯：罗马神话中酒神巴克斯的抚养者和伙伴。

② 欢乐之神：即酒神巴克斯。

③ 百门之城：本是埃及古城底比斯的别称，此处塞万提斯指的是古希腊的第比斯，即酒神狄俄尼索斯（罗马神话中称作"巴克斯"）的故乡。

得在这野地里遭劫。"

"我听老爷您说过,"潘沙突然想起,"游侠骑士都时兴整年大半时间睡在荒山野地里,觉得那样才有滋味。"

"是这么回事,"堂吉诃德说,"可那是因为不得已,要么就是害了相思病。还真有那么一位骑士,在一块大石头上白天黑夜、风吹雨打地待了整整两年,可是他的意中人连知道也不知道。阿马迪斯就这么干过。他给自己起了个雅号'阴郁的美男',就在'荒岩'上待下去了,不记得是八年呢还是八个月,我记不清楚了。不知道他的意中人奥丽亚娜给他什么钉子碰了,反正他是上山苦修去了。咱们别再扯这些了。桑丘,趁小毛驴没像洛西南特那样倒什么霉,快把我扶上去吧。"

"真是活见鬼!"桑丘嘴里嘟囔着,不停地唉声叹气,一连串该死混蛋地骂那个把他弄到这步田地的家伙,最后总算站起来了,可是背驼腰弯像一张土耳其弓,半天伸不直。不过费了好大劲,终于还是给驴备好了鞍子。那牲口一整天无人管束,着实四处胡闹了一阵。接着,桑丘又帮着洛西南特站起来。可怜的马如果能开口叫苦,只怕桑丘和它主人都要望尘莫及了。末了,桑丘把堂吉诃德扶上驴,把洛西南特拴在驴后面,大致估摸了一下通往大路的方向,便牵起缰绳上路了。这回他可算是时来运转了,刚走了短短一莱瓜,就上了大路,而且看到一家客店。堂吉诃德不由桑丘分说那是客店,喜滋滋地认定那是一座城堡。主仆二人就一路争辩着直到客店门口,桑丘连个招呼也没打,带着他的一队人马,大摇大摆地闯了进去。

Capítulo XVI · 第十六章

奇思异想的绅士
在他认定是城堡的客店里遇到的事情

客店老板见堂吉诃德横着趴在驴背上，就问桑丘他出了什么事。桑丘告诉他没什么大事，不过是从一块大石头上摔下来，肋条骨出了点毛病。店主的女人跟常见的老板娘不一样，很可怜受苦的人们，赶紧过来给堂吉诃德治伤，还叫她女儿，一个模样不错的年轻姑娘也来帮忙照顾客人。在店里帮工的是一个阿斯图里亚斯①女子，长了一张宽脸盘，扁脑勺，塌鼻子，一只眼看不见，另一只也有毛病。不过说真的，身段倒挺顺溜，总算弥补了种种不足。你瞧她，从头到脚不到七拃，还有些驼背，害得她不得已老是看着地上。这位可爱的女子也来帮店家小姐的忙。两个人在阁楼里胡乱给堂吉诃德支起一张床。这屋子以前显然堆了多年干草，里面还住着一个赶脚的，他的床靠里一些，离堂吉诃德不远，虽说上面铺的不过是牲口鞍具的披毯之类，那也比堂吉诃德的床强多了：四块不怎么平整的木板架在两个高矮不齐的长凳上；床垫薄得像布单，还到处疙里疙瘩，用手摸摸，硬得卵石似的，只能从几处破了的地方看出是羊毛做的；上面铺了两层做盾牌用的牛皮，一条毛毯经纬分明，简直可以一根不落地数得清清楚楚。

---

① 阿斯图里亚斯：西班牙北部大西洋沿岸的一个地区。在塞万提斯生活的时代，人们通常认为此地居民的后脑勺大多是扁平的。

堂吉诃德就在这张糟糕的床上躺下了。老板娘和她女儿给他从头到脚敷满了膏药，玛丽托尔内斯（阿斯图里亚斯姑娘的名字）在一边给照亮。上药的时候，老板娘见堂吉诃德浑身上下青一块紫一块，就说那分明是打的，不会是摔的。

"不是打的，"桑丘说，"都怪那块大石头又是尖又是棱，碰一下就紫一块。"接着又说，"太太，劳驾您想法剩下几块软布，说不定还有人用得着，我的脊背也有点疼。"

"这么说，"老板娘问，"你也摔着了？"

"我不是摔着了，"桑丘·潘沙说，"我是见主人摔下来，吓得我浑身疼起来，就像是挨了一千根棍子的打。"

"有这种事情，"店家小姐在一边说，"比方我，老是梦见从高塔上掉下来，总也落不到地上。一睡醒，就觉得浑身散了架子，像真摔着了似的。"

"太太，您瞧是吧？"桑丘·潘沙赶紧接过话茬儿说，"可我还不是在梦里，我像这会儿一样瞪着两眼醒着。这不，我身上的青紫疙瘩只比我老爷堂吉诃德少一点点。"

"这位先生叫什么来着？"阿斯图里亚斯姑娘问。

"堂吉诃德·德·拉曼却，"桑丘·潘沙告诉她，"是一位四处闯荡的骑士。古往今来的骑士里面，数他最棒、最勇敢了。"

"什么是四处闯荡的骑士呀？"那丫头又问。

"你难道刚刚来到这个世上，怎么连这个都不知道？"桑丘·潘沙说，"告诉你吧，我的小妹妹，四处闯荡的骑士是这么回事：两句话不对就挨一顿棒打，可转眼又成了皇帝；今天还是世上最可怜、最没人搭理的主儿，明天就弄到手两三个国王的宝座送给他的侍从。"

"那你给这么好的老爷当侍从，"老板娘说，"可看起来，好像也没混上个侯爷管块小地方什么的？"

"还没到时候，"桑丘告诉她，"我们出来闯荡还不到一个月，到现在没闯出什么名堂。有时候你要这个，偏碰上那个。老实说吧，打伤也好，摔伤也好，只要我老爷堂吉诃德能养好，我也不至于变成残废，就是给我全西班牙最了不起的爵位，我也不要了。"

堂吉诃德一直静静地听他们说话，这时候费了半天劲从床上坐起来，抓住老板娘的手对她说："美丽的夫人，请听我说，您应该觉得幸运，能在您的城堡里接待我本人。我当然不好夸赞我自己。常言说：自夸者自轻自贱。我的侍从会告诉您我是谁。现在我只想对您说，有劳大驾，我将永志不忘，终生感激。苍天在上，容我祷告，愿我不再听命受制于爱情的铁律和我此时齿间喃喃提及的冰雪美人那双漂亮眼睛，而让这位美丽姑娘的双眼全权支配我重获的自由。"

老板娘、她女儿还有老实巴交的玛丽托尔内斯莫名其妙地听着游侠骑士的这番宏论，一点也不明白他在说些什么，简直就像他讲的是希腊语。不过她们总算知道无非是一些表示愿意效劳之类的献殷勤的话。她们哪里听到过这种言辞，只是惊奇地盯着他，心想眼前这位可跟她们常见的男人大不一样。最后她们用车马店里的客套话感激了他的好意，就走开了。阿斯图里亚斯姑娘玛丽托尔内斯又去给桑丘治伤。他的伤势也不见得比主人轻。

当天晚上，那个赶脚的和这位姑娘说好了要在一块痛快痛快。姑娘答应了，单等客人们歇了、主人们睡了就去找他，由他随心所欲地摆布。都说这个老实巴交的丫头在这种事上从来是说话算数的，哪怕是在荒山野岭打的交道，旁边一个证人也没有，以此表明自己是个一诺千金的大家闺秀。她并不觉得在客店里帮工有失身份，谁让自己倒霉、诸事不顺，落到这步田地了呢。

堂吉诃德的床又硬、又窄、又寒酸、又不牢靠，首当其冲放在马圈一样的房间当中，抬头可以看到满天星斗。往里紧靠着他的是桑丘的床，上面只有一张草席和一条毛毯；毛毯哪里还有什么绒毛，简直像一块磨得光溜溜的粗麻布。这两张床里面就是脚夫的卧榻。前面说过了，铺的盖的都是两匹精壮骡子鞍具上的披毯之类。他一共有十二只骡子，个个都毛亮膘肥、滚瓜溜圆。这部传记的作者说，这个脚夫在阿雷瓦洛镇①上也是算得上的富户了，并且在书里专门提了几笔，因为他深知其人根底，而且还有点沾亲带故。更何况西德·阿麦特·贝嫩赫里是个对什么都喜欢刨根问底、一丝不苟的历史作者。他的记述就清楚地表明了这一点，不论多么琐碎无聊的事情他都不愿略去不录。不少一本正经的历史作者真该学学他的样子。这些人给我们讲述的史实总是那么三言两语、一笔带过，结果作品的主干部分还没等我们听到就掉进墨水瓶里。这都怪作者粗心大意，要么就是成心隐瞒，也可能出于孤陋寡闻。看来真该不厌其烦地称赞《塔布兰特·德·里卡蒙特》②的作者和那位记述托米里亚斯伯爵③事迹的作者，瞧他们把一切都描述得多么详尽如实啊！

好了，接着刚才的说。脚夫去看过他那一群骡子，喂了两遍料，就在鞍具披毯上躺下，专心等待玛丽托尔内斯准时到来。这会儿，桑丘已经敷好膏药躺下了。他想快点睡着，可是肋条骨疼得受不了。堂吉诃德也疼得够呛，始终像兔子一样大睁着两眼。整个客店一片安静，只有挂在门洞当间的一盏灯还亮着。四周一片难得的寂静，不由得又勾起我们这位骑士的缕缕思绪，揣摩着那些叙述他种种不幸的作者该在书里写下些什么，于是各式各样稀奇古怪的胡思乱想便顺理成章地钻进他的头脑。我们已经讲过多次，凡是他落脚的客店，在他眼里都是城堡。这会儿他又觉得自己走进了一座知名的城堡。店主女儿便是城堡主人的千金，被他的优雅风度折服，已经深深爱上了他，答应当晚背着父母上床陪他一段时间。他就这样一厢情愿地想入非非，

---

① 阿雷瓦洛镇：西班牙马德里西北阿维拉省的一个村镇，居民多为脚夫。

② 《塔布兰特·德·里卡蒙特》：16、17世纪的法国小说，以其主人公名字为书名。

③ 托米里亚斯伯爵：16、17世纪法国小说中的人物。

最后干脆信以为真了，开始忧心忡忡地考虑自己的节操和忠贞正面临着危险的考验。他暗暗下定决心，永不背叛意中人杜尔西内亚·德尔·托博索，哪怕送上门来的是由侍女金塔尼奥娜陪伴着的西内布拉王后。

他正在琢磨这些荒唐事，倒运的时刻就来了。阿斯图里亚斯姑娘穿着睡袍、光着两脚走了进来，她用绒线网套罩住头发，蹑手蹑脚地摸索着钻进三个男人睡觉的房间来找那个脚夫。她刚进门，堂吉诃德就听见了。他顾不得浑身的膏药和疼痛难忍的肋条骨，马上从床上坐起来，伸出两只胳膊去迎接那位美丽的小姐。阿斯图里亚斯女子大气不敢出，正小心翼翼地伸手向前想摸着她的情人，恰好撞上堂吉诃德的胳膊，当下一只手腕便被紧紧抓住，整个人给拽了过去。那女子什么话也不敢说，被摁着坐在床上。堂吉诃德开始上下摸索起睡袍。那一身粗布让他觉得简直是上好的细绸软缎。那姑娘腕子上戴着一串玻璃珠子，他却像是隐约瞥见了珍贵的东方明珠。满脑袋粗硬的头发跟马鬃差不多，他却偏偏当成闪闪发亮的阿拉伯金丝，足以使太阳的光芒黯然失色。嘴里喷出的分明是隔夜的拌凉菜味儿，可他闻到的是小嘴里飘出的阵阵幽香。总之，他脑子里把那个姑娘的容貌和举止描绘得跟他读过的书上的那位公主一模一样。公主相思难耐，跑去看望身负重伤的骑士，当时就是这副打扮。可怜的绅士完全昏了头，这位难得的好姑娘的身体、气味，还有别的东西都不足以使他清醒。除了那个脚夫，换个别人恐怕早就恶心得吐出来了。可是他满心以为搂在怀里的是个天仙美女，紧紧抓住不放，还柔情蜜意地低声说："高贵美丽的夫人，鄙人本愿鼎力效劳，以报惠赐瞻仰阁下秀色之殊荣。无奈专事残害忠良之劫数将我置于病榻，遍体鳞伤，僵卧难起。只恐心有余而力不足，无法使阁下尽兴。再者，另一无法逾越的屏障在于，本人已矢志于暗暗选中的唯一心上人、举世无双的杜尔西内亚·德尔·托博索。若无此事相阻，本骑士尚不致如此愚钝，白白放过随阁下惠顾而至的天赐良机。"

　　玛丽托尔内斯见自己被堂吉诃德紧紧抓住，急得浑身冒汗，一点听不懂也根本不想听他不断唠叨的那些辞令，只是一声不吭地设法挣脱。脚夫那小子心急火燎地一直合不上眼，相好的一进门他就觉出来了，正仔细听着堂吉诃德的一番话。他没想到阿斯图里亚斯女子居然撇开他去找别人，顿时醋意大发，不由得慢慢靠近堂吉诃德的床边，悄悄等着，且看这通他怎么也听不明白的高论到底是冲着什么。这会儿见那姑娘挣扎着想脱身，可堂吉诃德死命抓住不放，脚夫觉得未免胡闹得太不像话，马上高高举起胳膊，狠狠一拳抡下去，打在情意绵绵的骑士那干瘪的腮帮子上，顿时让他满嘴鲜血直流。可他还不觉得过瘾，又踩到肋条骨上，两脚小跑似的上下左右连踢带踹。那张床本来就晃晃悠悠的很不牢靠，怎么经得起脚夫的一通折腾，转眼便倒塌在地上。轰隆一声吵醒了店老板，他当下断定是玛丽托尔内斯在惹事，因为叫了她好几声都没人搭理。想到这里，他连忙起身，点着油灯，朝有响动的地方走去。那丫头见主人来了，深知他脚气暴躁，吓得慌了手脚。旁边床上，桑丘睡得正香，她赶紧蹦了上去，缩成一团躲在那儿。

　　店主一进门就说："臭婊子，你在哪儿？准是又来这儿弄你那些名堂了。"

　　桑丘这时候也醒了，觉得一大堆东西压在身上，寻思别不是魔住了，就左右开弓抡起拳头，当然总有打中的时候。玛丽托尔内斯不知挨了多少下揍，疼得受不了，也顾不得脸面了，开始如数回敬桑丘，最后折腾得他不得不完全清醒过来，见自己受到如此对待，也不知道是谁干的，连忙用力挺起身子，紧紧抱住玛丽托尔内斯，两人扭作一团，一场妙不可言的厮打真是世间少有。

　　脚夫借着老板油灯的亮光，看清自己的心肝儿吃亏了，便丢下堂吉诃德凑上去帮她一把。店主也走过去，只是打算不同：他想着实教训那丫头一顿，因为这场热闹眼看都是她挑起的。结果，就像大伙儿常说的那样：老猫追耗子，耗子咬绳子，绳子缠棍子；脚夫扑向桑丘，桑丘拳打姑娘，姑娘还手捶他，店主教训姑娘，几个人忙得手脚不停，连喘气的工夫也没有。最妙的是店主的油灯突然灭了，四下里黑咕隆咚，一伙人不分青红皂白、下狠心连捶带踹，不管拳脚碰上谁，都甭想落个囫囵个儿。

说来凑巧，托莱多老教友公堂①巡逻队的头目当晚正好也在店里投宿。他不知道为什么那儿打得山响，当即抄起短杖和官印盒，摸黑走进房间，说道："你们都要听王法的，听教友公堂的！"

他头一个撞上刚挨了一顿拳打脚踢这会儿正毫无知觉地仰面躺在倒塌的床上的堂吉诃德。他伸手摸到一把胡子，嘴里不停地说着："公堂上去说理！"可是他发现手里抓着的人没有一点动静，心想大概是死了，屋里那几个兴许就是凶手。这么一琢磨，便提高声音说："把店门关严，谁也甭想出去。这儿杀人了！"

这声音把那伙人吓了一跳，刚一听到就个个马上撒手。店主溜回自己的房间，脚夫一头躺在那堆鞍具披毯上，姑娘也钻进她的草屋，只剩下倒霉的堂吉诃德和桑丘没法离开那地方。巡逻队长松开堂吉诃德的胡子，出去找灯，好搜捕罪犯，不料一盏也没找到。原来有心计的店主溜回房间的时候，把灯吹灭了。巡逻队长只好摸到火炉旁边，费了不少力气和时间，总算点起一盏油灯。

---

① 老教友公堂：指 13 世纪已经存在的教友公堂的同名机构，以区别于 15 世纪组建的教友公堂。

CAPÍTULO XVII · 第十七章

好样的堂吉诃德错不该把客店当作城堡，和他忠实的侍从桑丘·潘沙在那儿接着受尽种种磨难

这时候，堂吉诃德从突发的昏迷中苏醒过来，叫了几声他的侍从，那腔调跟他躺在木棍丛里哼唧的时候一模一样。他说："桑丘老兄，你睡着了吗？你睡着了吗，桑丘老兄？"

"我还能睡得着？真是倒霉！"桑丘回答说，憋了一肚子委屈和不痛快，"好像今天晚上所有的魔鬼都跑到这儿找我做伴来了。"

"可不是嘛，难怪你这么想。"堂吉诃德说，"除非我糊涂了，我看这座城堡准是中了魔法。你知道吗？……不过我这会儿告诉你的事情，你得发誓直到我死也不说出去。"

"行，我发誓。"桑丘说。

"我得说清楚了，"堂吉诃德解释道，"我最恨的就是败坏别人的名声。"

"我说了，我愿意发誓。"桑丘又重复了一遍，"我一直把嘴闭到您过世以后。但愿上帝明天就叫我说出去。"

"我就这么亏待了你，桑丘？"堂吉诃德问，"你干吗这么着急盼我死？"

"不是这个意思，"桑丘说，"我最恨把话憋在肚子里，怕早晚在那儿捂烂了。"

"不管怎么说吧，"堂吉诃德打住他，"我信得过你对我的情分和

尊重。你猜怎么着？今天晚上我可是撞上了难得的稀罕事，弄得我真不知道怎么说才好。告诉你一个大概吧：你知道吗？刚才城堡主人的女儿来找我了。恐怕走遍世上多少地方也难遇到这么优雅漂亮的女子。你想不出她那模样有多俊俏，心眼儿有多机灵，还有那些包着裹着的好处，我没摸没碰也就不提了，不能对不住我那心上人杜尔西内亚·德尔·托博索啊！我只能告诉你，老天嫉恨运气送到我手里的好事，要么就像我刚才说的，肯定是这座城堡中了魔法。你听啊，我一直没有看清她，也不知道她是怎么来的，反正我们在一起说了一大堆甜甜蜜蜜的情话。突然，一个山一样的巨人抡起长在他胳膊上的大手，一巴掌打在我的腮帮子上，顿时我就满脸鲜血。他接着拳打脚踢，弄得我比昨天还惨。你知道，当时洛西南特胡闹，招惹了那帮加利西亚人，也没把我作践到这步田地。所以我想，准是哪个摩尔人金屋藏娇，施展魔法把持了这位漂亮小姐，不能归我消受。"

"也不归我，"桑丘说，"因为整整四百多摩尔人狠狠地揍了我一顿。这么一来，昨天挨的棒打，简直跟吃花花绿绿的甜点心一样。老爷，您能不能告诉我，咱们都成了这副模样，怎么还说是难得的稀罕事呢？老爷您倒也罢了，总算摸了摸您说的那个谁也比不上的美人。可我得了什么好处？一辈子也没想到让人这么狠命地捶打！我真倒霉！我妈也是，干吗生下我？我又没当游侠骑士，永生永世也不想当，可每次都让我赶上最倒霉的事！"

"这么说，你也挨打了？"堂吉诃德问他。

"我这不是刚说过嘛。真的！我又没那个身份。"

"别难过，老兄，"堂吉诃德劝他，"我这就来做那种灵极了的药水，保准一眨眼工夫就能把咱俩的伤治好。"

这时候，巡逻队长点亮了油灯，走回来想看看他以为死了的那个人。桑丘见他进来，身上穿着内衣，头上裹着块布，手里举着油灯，一脸凶相，就问他主人："老爷，莫非这就是那个使魔法的摩尔人，觉得刚才少打了几拳，这会儿又来收拾咱们了？"

"不会是那个摩尔人，"堂吉诃德回答道，"施展魔法的家伙是不会让别人看见的。"

"不让别人看见，可是能让人疼。"桑丘说，"不信，问问我的脊梁骨就知道了。"

"问问我的脊梁骨也一样，"堂吉诃德说，"不过，光凭这个还不能断定来的这人就是施展魔法的摩尔人。"

巡逻队长走到跟前，见两人正安安静静说话呢，不免一下子惊呆了。当然，堂吉诃德仍然仰面躺在那儿，被满身的伤口和膏药弄得动弹不得。巡逻队长走到他身边，对他说："嗨，我说，你怎么样啊，伙计？"

"我要是你，"堂吉诃德顶了他一句，"会把话说得客气点。你们这地方就兴这样跟游侠骑士讲话？混蛋！"

这么一副德行的家伙竟然这样对待他，巡逻队长哪里受得了。他马上举起满当当的油灯往堂吉诃德脑袋上砸去，将他头皮打伤好大一块。屋里当下一片漆黑，那人便出去了。桑丘·潘沙说："老爷，这家伙准是那个使魔法的摩尔人。他的宝贝都是留着给别人的，留给咱们的只有拳头和油灯。"

"是这么回事，"堂吉诃德回答说，"不过别去理睬这些施展魔法的事，也犯不着为这个生气发火。既然是装神弄鬼，看不见摸不着，你再着急，也不知道找谁去算账。桑丘，你要是还行，就赶快起床，去把城堡侍卫长叫来，想法求他弄点油、酒、盐和迷迭香，咱们好做那种起死回生的药水。我觉得这会儿实在太需要这东西了。刚才那个幽灵打得我到处是伤，鲜血直流。"

桑丘忍着浑身筋酸骨痛爬起来，摸黑去找店主人，结果偏偏撞上巡逻队长在外面偷听自己的对手打算干什么。桑丘对他说："老爷，不管您是谁，有劳大驾，千万请发善心给我们一把迷迭香，一点油、盐和酒，这里等着急用，给世上数一数二的游侠骑士治伤。他受了重伤躺在那张床上。这都是客店里那个施魔法的摩尔人一手干的。"

巡逻队长一听这话，心想这人一定是脑袋里缺根弦。正好天已经亮了，他打开客店大门，喊来店主，告诉他那宝贝要什么东西。店主把一切都备齐了，桑丘拿着去交给主人。堂吉诃德正双手抱着脑袋喊疼。其实油灯并没把他怎么样，只是砸出了两个鼓鼓的大包。到处湿乎乎的，他以为在流血，其实不过是那通折腾挤出来的一身汗水。

他把那几味药材兑成混合物，一边搅弄，一边在火上煮了好一会儿，直到他觉得火候差不多了。接着他说要一只瓶子装药水，可是客店里没有，最后决定用一个洋铁皮做的醋罐油壶之类的东西代替。店主就白送了他一个。然后他冲着小罐念诵了八十遍《吾父天主》，还有同样次数的《万福玛利亚》《圣母颂》和《信条经》，每念一个字，都画一次祝福的十字。桑丘、店主和巡逻队长都在场眼睁睁地瞅着他。这时候，脚夫正在心平气和地照看他的骡子。

一切就绪，堂吉诃德想亲自试试药效如何，他确信一定十分灵验。恰好小罐装满了，煮药的锅里还剩下一些，他就一口灌下去差不多一升，可是还没等他喝完，马上大口大口吐起来，弄得胃里什么也没剩下。他一边抽搐一边呕吐，浑身大汗淋漓，最后不得不叫人把他盖严实了，让他独自静躺一会儿。那几个人按他的话做了。他倒头一睡就是三个多小时。等他终于醒过来的时候，觉得浑身十分舒坦，伤口不再疼了，便以为已经完好如初，而且确信自己成功地炮制出了费也拉布拉斯神水。有了这剂灵丹妙药，从今往后，不管碰上多么危险的争斗、厮杀和拼搏，他都可以毫无顾忌地冲上前去。

桑丘·潘沙见主人奇迹般地好起来，锅里的药水还剩下不少，就恳求赏他一些。堂吉诃德答应了。他满心欢喜，满脸堆笑，两手端起锅子就往肚里倒，灌下去的药汤不比他主人少到哪儿去。大概是因为桑丘的肠胃不像他主人那么娇贵，他没有一下子吐出来，只是一个劲儿地恶心干呕，一身冷汗出得差不多要晕过去。他打心眼儿里相信自己的日子真是到头了。见自己受的这份折腾、遭的这份罪，他不停地臭骂那药汤和给他喝药汤的混蛋。堂吉诃德见他这样，就对他说："依我看，桑丘，毛病出在你没有受封当骑士。我想，这种药水给没当骑士的人喝下去是不管用的。"

"我和我们全家不知道是倒了什么霉！"桑丘驳了他一句，"老爷您明明知道是这么回事，干吗还要我尝那玩意儿？"

正说着，刚灌下去的汤水开始药性发作，可怜的侍从上下两头双管齐下，忙不迭地往外喷水。他一头倒在床上，弄得身下的草席和身上的粗麻毯都没法再用了。他冷汗热汗没完没了地冒出来，一次次昏死过去。不光他自己，在场的所有人都以为他没命了。就这样天昏地暗地足足折腾了两个钟头，最后总算安稳下来，可他已经筋疲力尽、全身瘫软，连站也站不起来了，远远不能和他的主人相比。前面说了，堂吉诃德觉得自己通体舒泰、病痛全无，便想立即上路，再去闯荡。他认为，自己一天不离开这里，整个世界和世上所有弱小无援者就一天得不到他的帮助和保护。如今又随身带着灵丹妙药，当然更是勇气十足、信心百倍了。

他是如此迫不及待，亲自鞴好洛西南特，又给侍从的毛驴系紧驮鞍，还帮助桑丘穿戴整齐，扶他上了驴背。然后他骑上马，见客店一角有根木棍，便走过去顺手抓起，准备当长矛使用。客店里总共有二十多人，都站在一边望着他，在那儿观看的还有店主的女儿。堂吉诃德的两眼始终盯着那姑娘，还时不时长吁短叹一声，那简直是发自肺腑的哀怨。可是别人都以为那是肋条骨太疼的缘故，至少那些在夜里看见给他敷膏药的人是这么想的。主仆二人跨在各自的坐骑上，已经走到客店大门了。堂吉诃德叫来店主，慢条斯理、一本正经地对他说："侍卫长先生，我在阁下的城堡里受到多方慷慨恩惠，铭感斯切，终身不忘。若有狂妄无礼之徒曾经玷辱阁下，我愿襄助雪耻，以图报答。阁下须知，本人的唯一职责即在于救助弱小、昭雪无辜、惩处恶行。务请阁下仔细回想，如能记起此等可委托之事，只管吩咐。我以受封之骑士称号起誓，必将全力图报，令阁下心满意足。"

店主也同样心平气和地回答他说："骑士先生，我不需要阁下给我报什么仇。就是有人惹了我，我也知道该怎么以牙还牙。我只求阁下把一晚上住店的花销给我算清：二位的晚饭和床位加上两头牲口的草料。"

"怎么？这是家客店？"堂吉诃德嚷嚷起来。

"对了，名气还不小呢。"店主答道。

"这么说，我一直蒙在鼓里。"堂吉诃德说，"我确实以为是座城堡，而且还挺不错。既然这会儿不是城堡而是客店了，我看也没有别的办法，算账的事只好请您多包涵了。我总不能违反游侠骑士的规矩。这我可就太清楚了，直到眼下也没见哪本书上改了章程。游侠骑士不管在哪儿住店，从来没付过房钱或者别的什么开销。他们有权利享受这种优待，无论到哪儿都应被尊为上宾，以此来报偿他们忍受的千辛万苦：他们四处闯荡，不管昼夜冬夏，严寒酷暑，骑马步行，忍饥挨饿，尝遍天下的苦难和地上的折磨。"

"这跟我有什么相干！"店主驳道，"欠账付款，咱们少来这些骑士不骑士的废话。我就知道开店挣钱。"

"你这个开店的真是又蠢又赖。"堂吉诃德说完，两腿一夹洛西南特，扛起木棍走出了客店。谁也没法拦住他，他也不管侍从是不是跟在后面，一口气走出去老远。

店主见他没清账就走了，只好跑去找桑丘·潘沙讨债。得到的答复是：既然他主人没掏钱，他也不会掏的。他是游侠骑士的侍从，得按同样的规矩和道理，分文不付地住进旅馆和客店。店主听了大为光火，便威胁他说，要是不马上掏钱，他自有办法算账，到时可别后悔。桑丘回答说，他凭主人受封的骑士称号发誓，哪怕是要了他的命，他也锎子儿不掏。自古就有的游侠骑士的好章程不能毁在他手里；他可不愿意落下埋怨，让后世一代代骑士侍从怪罪他把这么理所当然的好处给弄丢了。

倒霉的桑丘真是不走运。在客店里落脚的人中间偏偏有四个塞哥维亚的拉毛匠，三个在科尔多瓦马驹泉卖针线的小贩，还有两个塞维利亚大市场的住户。他们心眼不算坏，就是喜欢打趣逗乐，玩个恶作剧，拿人开心。这会儿，他们好像都想到一处、来了劲头，结伙走到桑丘跟前，把他从驴背上拽下来。其中一个进屋去拿了一条客房床上的毯子，然后一起动手把桑丘放了上去。他们抬起头张望了一下，见屋顶低了一些，未免太碍手碍脚，就决定到院子里去，上面只顶着青天。他们把桑丘兜在毯子中间，开始往高处扔，就像狂欢节捉弄野狗那样拿他取乐。在毯子里蹦跶的倒霉蛋大呼小叫，终于让他的主人听见了。堂吉诃德勒住马想听个仔细，以为又有什么拼搏厮杀的事等着他呢，最后才听清楚原来是他的侍从在喊叫。于是他掉转马头，吭哧吭哧地跑回客店，可是发现大门紧闭，只好绕着房子兜了一圈，想找个地方进去。没等他走进院子——幸好围墙不算太高——就看到自己的侍从正在受人捉弄，眼见他轻巧灵敏地在半空中忽上忽下，要不是一阵火气冒上来，我想堂吉诃德准会开怀大笑的。他试着想从马背上爬到墙头，可是浑身酸疼，连下马的力气都没有，只好骑在马上对那些用毯子抛扔桑丘的家伙破口大骂。这里就很难一一形诸笔墨了。可是那伙人照旧哈哈大笑地干他们的事。不论飞舞的桑丘怎么大喊大叫，一会儿恶声恶气，一会儿好言央告，他们根本不理会，一直闹到他们自己累了，才算作罢，这才牵来毛驴，搀扶桑丘骑上去，还给他披上大衣。好心的玛丽托尔内斯见他累成那样，觉得至少得给他弄口水喝喝，就从井里打来一罐清凉的水。桑丘接过罐子，刚端到嘴边就停下来，因为他主人在一边大声嚷嚷起来：“我的好桑丘，千万别喝水；好孩子，别喝那玩意儿，那会要了你的命！你瞧，我带着灵丹妙药呢(他指了指装那种汤水的小罐),只要喝上两滴,你就会全好的。"

听了这话,桑丘斜瞪了他一眼,嚷嚷的声音更大:"老爷您难道忘了我不是什么骑士?您是想叫我把昨晚剩下的肠肚子也都吐出来还是怎么的?留着您那见鬼的药水吧,别管我的事。"

说完就端起罐子喝起来。吞进去一口才发现是凉水,说什么也不愿再喝了。他求玛丽托尔内斯弄点酒来,那姑娘很乐意地照办了,而且还是她自己掏的腰包。难怪大伙儿都说,她干的虽然是那么个行当,心底里还蛮有点基督徒的味道。桑丘喝完了酒,用脚板踢了踢毛驴,见两扇大门洞开着,便高高兴兴窜了出去。最叫他称心如意的是,居然一个子儿也没掏。当然,这次像往常一样,受委屈的还是他那倒霉的脊梁骨。

其实店主为了抵账,已经扣下了他的褡裢。不过桑丘慌里慌张走了,根本没发觉。店主见他出去了,想把大门紧紧顶住。可是那几个用毯子扔人的家伙说是没必要,就算堂吉诃德真是圆桌骑士的一员,他们也一点不把他放在眼里。

Capítulo XVIII · 第十八章

桑丘·潘沙和他主人的一席议论
以及其他值得一提的故事

　　半死不活的桑丘简直连毛驴也吆喝不动了，不过总算追上了主人。堂吉诃德见他这副模样，便对他说："我的好桑丘，我可算是看清楚了，不管那是城堡还是客店，反正肯定是中了魔法。就说那些狠心耍弄你的家伙吧，他们不是冥界的幽灵鬼怪，又能是什么呢？事实能证明我的想法：我明明隔着院墙见你在那儿受折磨，可怎么也爬不到墙头上，更甭说从洛西南特背上下来了，准是有人给我施了魔法。我凭我的身份起誓：但凡我能爬上墙头，要么从马背上下来，我一定会为你报仇，叫那些流氓恶棍一辈子忘不了自己玩的鬼把戏。当然，这就难免违背骑士的章程。我给你说过好多次了，按规矩，骑士不能跟不是骑士的人动手，除非万分紧急，性命交关，迫不得已。"

　　"我要是行，会自己报仇的。我才不管什么封不封骑士呢。可是不行啊！我倒觉得，那些拿我取乐的家伙，不像老爷您说的那样，不是妖魔鬼怪，也不会使什么魔法。和咱俩一样，他们都是有骨头有肉的大活人。他们折腾我的时候，我还亲耳听到，每个人都有自己的名字。一个叫佩德罗·马丁内斯，另一个叫特诺里奥·艾尔南德斯，我还听到店主名叫左撇子胡安·帕洛麦克。所以，老爷，跳不上墙头也好，下不了马背也好，都另有缘故，和魔法不相干。我也总算看清楚了，咱们四处闯荡、自讨苦吃。早一天、晚一天，非得招来没完没了的大苦头。到时候只怕连自己的脚长在哪儿也不知道喽。我这人见识短，可我觉得最好还是回村去才是正理。这会儿正赶上麦收，也该理理家业了。何必像老话说的那样：东跑西颠，自找麻烦。"

"桑丘啊，说起骑士这档子事，"堂吉诃德说，"你知道得还太少！你别说了，耐着点性子吧。迟早有一天你会亲眼看到干这一行有多光彩。你倒说说看，世上还有什么比打胜仗、降服敌人更让人高兴和欢喜的事呢？没有，我敢肯定。"

"也许是这样，"桑丘回答道，"反正我不清楚。我只知道，自打咱们当上游侠骑士，不对，我说的是老爷您，我说什么也沾不上这份光彩的边儿，打一开始，咱们就没打过一次胜仗，除了比斯开人那次。饶这么着，您还丢了半拉耳朵，少了半片头盔。从那儿往后，就一直是左一棍子、右一棍子，这儿一拳头、那儿一拳头。我还多了一桩在毛毯上蹦跶的事，而且是会魔法的人干的，我都没处去找他们算账。我倒想知道，老爷您说的那种降服敌人的欢喜在哪里呢？"

"我也正为这个难过呢。桑丘，看来你也一样。"堂吉诃德说，"不过，从今往后，我要想法弄到手一把做工精巧的佩剑，一拿上它，什么魔法也不管用了。我还说不定会赶上阿马迪斯的好运气，那时候他自称'热剑骑士'。世上还没有别的骑士得到过像他那样的一把好剑，不光有我刚才说的那种神通，而且快得跟剃刀一样，再结实的盾牌，哪怕受到魔法保护，也对付不了。"

"只是我的运气太好了，"桑丘说，"就算是这么回事，老爷您弄到这么把神剑，可也只有受封骑士使得上、用得着，就像那神水似的。当侍从的呢，只好活该倒霉了。"

"这你用不着担心，桑丘，"堂吉诃德说，"老天会照看你的。"

堂吉诃德和他的侍从就这样一路走一路聊。突然，堂吉诃德看到大路那头一大团尘土飞扬，滚滚而来。见这情景，他马上转向桑丘，对他说："哦，桑丘，机遇来了。我总算看到了自己时来运转的日子。

听我说，今天和往常一样，我要显示一下我这双胳膊的本领，我建立的伟业必将载入史册、千古留名。桑丘，你看见那团飞扬的尘土了吗？就是说有数不清的各色人等的一大群人马朝这边走来。"

"照这么说，应该是两大群。"桑丘回答道，"您瞧那边，也扬起了一大团灰尘。"

堂吉诃德回头一看，果然如此，顿时兴高采烈起来，心想准是两队人马来此交锋，要在这片一马平川上大战一场。他时时刻刻都在幻想着骑士小说上讲到的那些厮杀呀、魔法呀、奇迹呀、失误呀、相思呀、决斗呀，他想的、说的、做的全是按这一类模子套的。他见到的两团尘土是两大群绵羊掀起的。它们分别从大路的两头走来，一直被灰沙遮盖着，到了跟前才让人看清楚。可是堂吉诃德一再坚持说是两支军队，弄得桑丘最后只好信他，于是问道："那么老爷，咱们该干什么呢？"

"干什么？"堂吉诃德说，"当然是帮助和救援受欺凌的弱小者喽。你知道吗，桑丘，咱们面前的这支队伍是由阿里妨罚龙皇帝率领和指挥的，他是特拉破瓦拿①大岛子上的君主。咱们身后的那一支是他的敌人，噶拉芒塔斯②的国王，名叫'捋胳膊笨塔破铃'，因为每次交战的时候，他总是捋起袖子露出右胳膊。"

"那这两位老爷干吗这么不对劲儿呀？"桑丘问道。

"他俩不对劲儿，"堂吉诃德回答说，"是因为这个阿里妨罚龙本是凶狠的异教徒，却爱上了笨塔破铃的女儿，一位美丽可爱的女士，笃信基督。她父亲不愿把她交给异教国王，除非这人事先丢掉假先知穆罕默德的信条，皈依基督。"

"我拿我这大把胡子担保，"桑丘说，"笨塔破铃没什么错呀！看

---

① 特拉破瓦拿：应为"塔普罗瓦纳"，是当时欧洲人对锡兰岛（今斯里兰卡）的称呼。
② 噶拉芒塔斯：当时欧洲人对非洲腹地某些部族的称呼。

来我得拼命帮他一把。"

"这回你完全可以尽力而为，桑丘。"堂吉诃德说，"跟这种人打仗，不用事先受封骑士。"

"这个我很明白，"桑丘应道，"可是咱们把这头驴子放到哪儿才能一干完仗就找到它呀？我想从来还没有跨着这种坐骑拼杀的规矩吧。"

"是这么回事，"堂吉诃德说，"你还不如干脆由它去，丢了也不要紧，只要咱们打赢了，不知会有多少战马弄到手。保不准连洛西南特都要被替换掉。你瞧那边，仔细听我说，我要叫你见识一下两支军队里的主要骑士。你要是想看得更清楚明白，咱们最好爬上那边的小岗子，两支队伍就都在眼底下了。"

两人掉过身，走上小山包，一眼便看到两大群绵羊。都怪沙尘飞扬迷漫，遮蔽得他俩目光蒙眬，否则堂吉诃德也不会错以为是军队。不管怎么说吧，反正所有无影无踪的东西都能让异想天开的堂吉诃德看得一清二楚。于是他提高嗓门，信口说来："你看见那个身披深黄色盔甲的骑士了吗？盾牌上有一只戴皇冠的狮子，拜倒在一位小姐的脚下。他是勇敢的劳尔卡勒克①，银桥国的君主。另一个，盔甲上装点着金花，盾牌上是衬着蓝底的三顶银冠，他就是可怕的米科科棱波，吉罗西亚的大公爷。他右边那个四肢长且大的，是永不畏缩的布郎达瓦尔瓦兰·德·波里切，阿拉伯三大郡的主子。他的盔甲是蛇皮做的，用一块门板当盾牌。据说就是参孙②推倒的那座神庙的门板。当时他为了报仇雪恨，跟自己的敌人同归于尽了。你转过脸去看那边。你瞧在队伍前面打头的那位，他是新比斯开的王子，战无不胜的提莫乃勒·德·卡尔卡霍纳。他披的那身盔甲分成黄、白、蓝、绿

---

① 劳尔卡勒克：骑士小说中的人物。
② 参孙：《圣经》里的大力士。

四格，盾牌上画着一只金猫，衬底的是一片棕红色，还写着一个'喵'字，是他意中人姓名的第一个字，都说她是阿勒费尼肯·德尔·阿勒嘎尔贝公爵的女儿，举世无双的喵丽娜。你再看另一位，骑着一匹高头大马，紧紧夹着马背，他的盔甲雪白耀眼，盾牌也是白的，而且没有徽记。他是一名骑士新手，祖籍法国，名叫皮埃尔·帕平，乌特里克封地的男爵。那边一位，骑在布满花纹的轻巧斑马上，正在用钉掌的马靴踢坐骑的肚子，盾牌上画着一对对蓝色小钟。他是乃尔比亚封地的公爵，势力显赫的埃斯帕尔塔非拉尔多·德尔·包斯克。他盾牌上的徽记是一畦芦笋，还用卡斯蒂利亚语写了一句话：我的命运贴地而行。"

　　他就这样一个接一个地点着名，都是他自己想出来的这一方和那一方两支队伍里的骑士。他疯疯癫癫、想入非非，给每个人披甲戴盔，涂上颜色，标明徽记，顺口胡诌个绰号，然后又没完没了地说下去："咱们面前这支队伍是由许多不同民族凑起来组成的。他们中间有的常饮著名的桑索斯河甘甜的流水，有的是来往于马西里克原野的山民，有的致力于筛取阿拉伯福地的细腻金沙，有的常年受用清澈的特尔莫东特河两岸凉爽的胜地，有的四处开凿渠道吸吮金色帕克托洛河的宝藏，还有说话不算数的努米底亚人，善于弯弓射箭的波斯人，一边打仗一边逃跑的帕提亚人和米堤亚人，携带住室迁徙的阿拉伯人，白净而凶残的西徐亚人，嘴唇上穿孔的埃塞俄比亚人，以及其他不计其数的各种民族，他们的面孔我都看得见认得出，就是名字想不起来了。另一边这支队伍里，有的人依靠流水明澈、灌溉橄榄林的贝提斯河滋润；有的用金色塔霍河丰腴的琼浆洗面护肤；有的受用着神圣的赫尼尔河健身养生的流水；有的在塔尔特西奥原野丰茂的草场上放牧；有的在乐土般的赫雷斯草原上愉快度日。还有富足的曼却人，顶着金色麦穗的冠冕；古哥特人的血亲苗裔，常年披坚执锐；有的在以流水平缓著称的匹苏埃尔加河里沐浴；有的在蜿蜒的瓜的亚纳河两岸无边的牧场上饲养牛羊，它以那段暗藏的流水而闻名于世；有的在森林密布的比利牛斯山上迎着寒风战栗；有的在高耸的亚平宁山顶冒着皑皑白雪发抖。总之，这支队伍里囊括和包容了全欧洲的各个民族。①"

我的上帝！他一口气点出了那么多地区，罗列了那么多国家，还口若悬河地指明它们各自的特点，忘乎所以地沉浸在他从书上读到的连篇谎言里。桑丘一声不吭，竖起耳朵听他高谈阔论，时不时转动脑袋想看看主人提到的那些骑士和巨人都在哪里，不料一个也没见到。他说："老爷，真是活见鬼，您说了这半天巨人呀、骑士呀，可是没见一个露面，反正我没看到。莫非又像昨晚那些魂灵儿似的，都是魔法在作怪？"

"你是怎么了？"堂吉诃德问他，"难道你没听见马嘶号鸣、战鼓隆隆吗？"

"我没听见别的，"桑丘说，"只听见公绵羊、母绵羊咩咩乱叫。"

他没说错：两大群羊越走越近了。

"桑丘，我看你是吓坏了，"堂吉诃德说，"所以才看不见听不清。要知道，人一害怕就头脑发昏，结果所有的东西都走了样。你要是真这么害怕，就快躲一边去，让我一个人在这儿。我看足够了，我帮哪一方，哪一方准赢。"

说着他便用马刺夹了一下洛西南特，平端长矛，闪电一般冲下小山坡。桑丘大声冲他嚷嚷道："堂吉诃德老爷，您快回来。上帝做证，那明明是公羊母羊，您去冲杀什么！快回来！哎呀，生我养我的亲爹也不知作了什么孽！您这是发的什么疯啊！您好好看看，哪里有什么巨人、骑士、金猫、盔甲呀？哪里有什么半拉和整块的盾

---

① 这一自然段杂糅了传说、历史和杜撰，河流和地区均在西班牙境内，只有亚平宁山在意大利。

牌呀、蓝色的小钟呀？鬼影也没有！您这是干什么呀？也不知我怎么得罪了上帝！"

堂吉诃德根本不理会这些，只是一路大声喊道："嗨，诸位骑士，凡是在英武的大皇帝将胳膊笨塔破铃麾下效力的都跟我来。我要马到成功，狠狠教训你们的敌人特拉破瓦拿岛子上的阿里妨罚龙。"

话音未落，他已经扑进羊群，伸出长矛，威风凛凛地乱刺起来，真像是刺杀他的死敌一样。跟在羊群后面的牧羊人和牧主大声嚷嚷叫他住手，可是一点用处也没有，他们只好解下弹弓，只见拳头大的石块接连飞过堂吉诃德的耳边，频频向他致意。可他根本不在意那些石子，只顾东闯西冲，嘴里说道："狂妄无礼的阿里妨罚龙，你在哪里？快过来，这里只有我单枪匹马一名骑士。我要和你一对一地较量一番，结果你的性命，好为受你凌辱的勇士笨塔破铃·噶拉芒塔斯报仇。"

正说着，一块河里的卵石飞来，打中他上半身的一侧，顿时两条肋骨就深深塌陷下去。他当下疼得以为自己要死了，至少是受了重伤，便想起他的药水，马上掏出小罐，端到嘴边就往肚里倒。可是还没等他吞下自己定的足够剂量，一块杏子大小的卵石飞来，正好打中他手里的罐子，立刻砸了个粉碎，还捎带着嘴里的三四颗门牙和大牙，连手指头也跟着遭了殃。第一块石头打得很重，第二块也不轻，可怜的骑士当即就从马背上摔下来。牧羊人走到跟前一看，都认为他死了，就慌忙扛起死羊，轰着活羊，二话不说，匆匆逃走。

桑丘一直站在山坡上看着主人的疯狂举动，同时不断地揪着胡子诅天咒地，埋怨自己背时倒运，不知在什么钟点什么地方认识了这么个人。这会儿见他倒在地上，牧羊人也都走了，才跑下山坡凑到跟前。他见主人的光景实在不妙，可是并没有失去知觉，便对他说："堂吉诃德老爷，我不是一直嚷嚷着叫您'回来，回来'，告诉您要去打的不是军队，只是两群绵羊吗？"

"专门跟我作对的贼骨头魔法师有本事把什么都变来变去。告诉你，桑丘，这些家伙想叫咱们看见什么就看见什么，一点不费力气。这个紧盯着我不放的恶棍，生怕我打了这场胜仗名声大振，就把对阵交战的两支军队变成了羊群。桑丘，你要是不信，看在我的面上不妨试试，就知道你错了，我说的不假。你骑上驴，悄悄跟上他们。你看吧，不等走出多远，就都会现出原形，不再是绵羊，而是货真价实的一帮人，跟我刚才告诉你的一模一样。对了，你先别走，我得求你帮点忙。你靠近点，看看我缺了几颗大牙和门牙。我总觉得满嘴一颗牙也没剩下。"

桑丘凑得那么近，简直把两只眼睛都探进他嘴里去了。偏偏这时候堂吉诃德肚里的汤水药力发作，桑丘正往嘴里瞧呢，突然像枪弹出膛一样，里面的东西一下子全都喷了出来，好心的侍从弄个满头满脸汤水。

"圣母玛利亚哟！"桑丘喊起来，"我这是怎么回事呀？这个作孽的人准是伤着要命处了，怎么嘴里吐出血来了？"

可是再仔细看看，才知道颜色、滋味和气味都不对，不是血，而是他刚见主人喝下去的那罐药汤。他当即恶心得胃里乱翻腾，哗的一口吐出，全浇在他老爷头上。两人这下子都合算了。桑丘赶紧跑到毛驴那儿，想从褡裢里掏出点什么擦擦干净，再找点给主人治病的东西。可是他发现连褡裢也不见了，差点没急得发疯，又暗自骂起来，决定丢下主人回老家去，这段时间的工钱不打算要了，答应封他的小岛总督也不指望了。这时候堂吉诃德自己站了起来，左手紧紧捂住嘴，怕满口的牙全掉光了，右手去抓马缰绳。洛西南特还真是被调教得忠心耿耿，始终没有离开主人一步。他走到侍从身边。那人一只手支着腮帮扒在驴背上，一副苦苦思索的模样。堂吉诃德见他满脸愁容，就对他说："你知道吗，桑丘，不做超人事，难为人上人。别看咱们老是赶上电闪雷鸣，这说明很快就要雨过天晴了。咱们总会有赶上好事的时候，因为好事坏事都是有头的，既然坏事拖了这么长时间，好事也就不远了。所以我说，你别为我赶上的这些倒霉事难过，反正你也没沾上边。"

"怎么没有？"桑丘顶了一句，"难道昨天毯子里扔的是别人，不是我亲爹的儿子？难道褡裢和里面的财宝都不见了，也都是别人的，不是本人的？"

"怎么，桑丘，你的褡裢丢了？"堂吉诃德问。

"可不是嘛。"桑丘说。

"这么说，咱们今天没的吃了。"堂吉诃德提醒他。

"这倒不至于，"桑丘说，"反正野地里有的是您说自己认得出的那些草。碰上啥也没有的时候，像您一样背时的游侠骑士总好对付。"

"说是这么说，"堂吉诃德回答道，"我这会儿更情愿大口吞下一块面包，不拘好坏，再加上两个干沙丁鱼头。青草野菜之类这次就免了吧，哪怕是迪奥斯科里斯①写进书里的，或者是拉古纳②大夫绘成图片的。算了，别说这些了。我的好桑丘，快骑上你的毛驴，跟着我走吧。上帝养育着世上万物，眼看咱们四处奔波为他效劳，是绝不会亏待咱们的，因为连空中的飞蚊、地里的蛆虫、水下的蝌蚪他都从来没亏待过。他是那么慈悲为怀，让阳光同样普照好人和坏人，把雨水同样洒向仁者和恶棍。"

"老爷您啊，"桑丘说，"不该当游侠骑士，做个布道神甫倒更合适一些。"

"桑丘啊，游侠骑士什么都会，也应该什么都会。"堂吉诃德回答他说，"古时候有不少游侠骑士在大路上一站，就开始传经布道了，简直就像从巴黎大学毕业出来的一样。这会儿你总该明白了吧：枪尖

---

① 迪奥斯科里斯（约40—约90），希腊医生、药理学家。

② 拉古纳（1499？—1560），西班牙学者和医生，曾将迪奥斯科里斯的著作译成西班牙文。

磨不秃笔尖，笔尖也磨不秃枪尖。"

"好吧，老爷您说的哪能不对。"桑丘说，"这会儿咱们得快点离开这地方，想法找个夜里的落脚处。上帝保佑，可别再冒出什么毛毯呀、扔人的无赖呀、妖魔鬼怪呀、玩魔法的摩尔人呀！要是再出这种事，我可就破罐破摔，整个见鬼去了。"

"求上帝保佑吧，小伙子，"堂吉诃德说，"你来带路，愿上哪儿随你的便，这回我让你来挑过夜的地方。不过，你先伸过手来，用指头摸摸我这右边的上头缺了几颗门牙和大牙。我觉得挺疼的。"

桑丘把手指头塞进去捅咕了半天，然后问道："您这地方往常有几颗牙？"

"四颗，"堂吉诃德回答说，"除了智齿，别的都完整无损。"

"老爷您再想想，没说错吧？"桑丘问他。

"我说四颗，再不就是五颗。"堂吉诃德说，"反正无论大牙门牙，我这一辈子也没拔过一颗，也没磕掉过，也没得虫牙风湿什么的坏掉过。"

"告诉您吧，"桑丘说，"这边下头只有两颗半大牙。上头呢，别说半颗了，影儿都没有，光光的跟手心儿似的。"

"哎哟我完了！"听了侍从告诉他的不幸消息，堂吉诃德喊了一声，"我倒更情愿丢掉一只胳膊，当然，不能是握剑的那只。桑丘，你听我说，嘴里没有大牙，就像磨坊没有石碾一样。一颗牙齿比一块钻石还值得珍惜。没办法，干游侠骑士这个苦行当就免不了这些事。老兄，骑上驴带路吧，你走到哪儿我跟到哪儿。"

桑丘照办了。他瞅准了方向便径直走去，一心想在大路边上找到个住处。他们走得很慢，因为堂吉诃德牙疼得心烦意乱，哪里顾得赶路。桑丘想对他说点什么，也好排遣解闷。他都说了哪些事，就是下一章要讲的了。

CAPÍTULO XIX · 第十九章

桑丘和主人逗乐的妙语，
他们跟一具死尸相遇以及其他重要事件

"老爷，这几天咱们总是碰上倒霉事，我看准是因为您忘了骑士的规矩，该当受罚。您根本就没做到当初发的誓，说是再也不铺上桌布吃饭，也不和王后一起取乐，还有一长串别的事情，除非有一天夺到那顶头盔。就是那个摩尔人的，叫什么'蚂螂得理喽'，我也记不清楚了。"

"桑丘，你说得对。"堂吉诃德说，"实话对你说吧，我确实忘得一干二净。不过你也有错，干吗不及时提醒我？正因为这个，你才出了毛毯那档子事。这件事我会想法补救的。骑士这一行，不论干了什么，都有认错赎罪的办法。"

"莫非我也发过什么誓吗？"桑丘顶了一句。

"你发不发誓关系不大，"堂吉诃德说，"反正我心里明白，弄不好你就是个涉嫌犯。不管是不是吧，想法补救一下总没错。"

"要真像您说的那样，"桑丘劝他，"您可得留点心，别再忘了自己起过的誓。说不定那些鬼怪一高兴，又要拿我开心了。他们见您那么死不回头，保不住连您也捎带上。"

两人东一句西一句地说着话，走到半路上天就黑了，一直也没找着夜里落脚的地方。尤其糟糕的是两人都饿得不行。褡裢一丢，所有的干粮吃食也就都没影儿了。可这还不算晦气透顶，偏偏又一次碰上了意外。这档子事，不用添油加醋，就足够稀奇古怪的了。这会儿天色已经很黑了，可他俩照旧一路走去。桑丘总以为，既然他们走的是一条大路，出不去一两莱瓜准会遇见个客店什么的。四周一片漆黑，他俩就这样走啊走啊，侍从饿得要死，主人也饥火难耐。突然他们发现一大片火光从大路的另一头飘飘而来，像一堆浮动的星星。桑丘一见就吓呆了，堂吉诃德心里也七上八下。他们一个揪住毛驴的缰绳，一个抓紧瘦马的辔头，大气不出地睁眼看着，不知道那究竟是什么东西。他们见火光越来越近，越到跟前，就越是耀眼。桑丘见这情景，马上像吞了水银似的浑身抖个不停。堂吉诃德也毛发直竖，可他还是强打精神，说道："桑丘，看来这回又得冒险大战一场，我必须使出全部的勇气和本领。"

"又该我遭殃了！"桑丘嚷嚷起来，"我看这回准是又撞上鬼了，可是我哪儿还剩下挨棍子的肋条骨啊？"

"管他什么鬼不鬼的，"堂吉诃德说，"连你衣服上的线头我也不准他碰一下。上一次他们作践了你，是因为我没法跳过院墙。可这回是在野地里，我可以方方便便抡起佩剑。"

"要是他们像头回那样施魔法把您弄瘫了，"桑丘说，"在不在野地里又有什么用呢？"

"甭管这些，"堂吉诃德劝他，"桑丘，我求你打起精神。你会亲眼看到我有多大本事。"

"但愿上帝帮忙，我会打起精神的。"桑丘说。

两人闪到大路一边，想再仔细看看那片移动的火光究竟是什么。不一会儿工夫，就有一大帮身罩白衬衣的人[①]走近了。桑丘·潘沙一见又吓得魂飞魄散，像打摆子似的上牙直磕下牙。等两人最后终于看清楚了，桑丘的上下牙齿更加厉害地磕碰起来。他们看到二十多个身

[①] 当时士兵在夜间偷袭中须身罩白衬衣，以互相辨认。

罩白衬衣的人，个个骑在马上，手里举着明晃晃的火把，后面紧跟一副黑布包裹的担架，再后面是六个骑马人，黑色丧服一直垂到骡子的踝骨（从慢悠悠的步态看出，显然是骡子，不是马）。那些身罩白衬衣的人，一路走一路凄凄切切地嘴里低声念诵着什么。深更半夜，又在大野地里，猛然撞见这么怪模怪样的一群，怎么能不让桑丘吓得心惊胆战！恐怕连他主人心里也得咯噔几下。不过堂吉诃德终究是堂吉诃德，尽管桑丘连壮胆的力气也没有了，他的主人却正好相反。在这个节骨眼儿上，那些他在书上读到的拼搏厮杀，又活灵活现地从他的脑子里冒了出来。他把担架想象成轿子，认为里面肯定躺着一位身受重伤或者已经死去的骑士，就等着他担当起报仇雪恨的重任呢。于是他不想再费神细究，立即在马鞍上坐直了，平端长矛，神气十足地堵在大路中间，十拿九稳地等着那伙白衣人过来。见他们走近了，便提高嗓门说道："众骑士请止步！不论诸位是何许人士，立即向我通报各自姓名，来自何处，前往哪方，肩舆内装载何物。种种迹象表明，若非诸位加害于人，便是诸位受人之害，此刻必须——对我讲明，本人自会严惩尔等恶行，抑或襄助雪耻。"

"我们有急事。"一名白衣人回答道，"客店离这儿很远，不能从命止步，——通报恁多事情。"说着便踢了骡子一脚，径直向前走去。

一听答话，堂吉诃德大为光火，一把揪住骡子的笼头说："别动，好生无礼！按我的问话从实招来。否则我必与尔等大战一场。"

没想那头骡子胆子很小，见有人抓住笼头，当下就惊了，前蹄蹦起老高，把主人从后臀甩到地上。一个步行的小伙计，见白衣人倒在地上，破口大骂堂吉诃德。我们的骑士顿时兴起，二话不说，端着长矛便向一个身穿丧服的猛扑过去。那人当即身负重伤倒翻在地。堂吉诃德接着转身去对付别人。只见他迅猛地冲锋刺杀，连洛西南特也变得神气十足、行动敏捷起来，似乎眨眼工夫生出了翅膀。那些白衣人本来就胆小怕事，又个个手无寸铁，哪敢轻易恋战，不大工夫便举着明晃晃的火把，满野地四处逃窜，简直就像喜庆的节日夜晚，在假面舞会上互相追逐打闹一样。那些身着丧服的人，被长袍肥裙包裹纠缠得行动不便，所以堂吉诃德轻而易举地把他们挨个狠狠揍了一通，逼得他们垂头丧气、落荒而逃。他们个个满心以为，这回撞见的不是凡人，而是地狱钻出的魔将，专门来抢夺担架里的死尸。

桑丘在一旁看着，十分钦佩主人那股不要命的劲头，不免自言自语道："没错，我这位老爷真像他自己说的那样，胆子又大，劲头又足。"

一开始被骡子甩在地上的那位，身旁的火把还没灭，堂吉诃德借着光亮看到了他，便走过去，把矛尖伸到他眼前，叫他服服帖帖投降，不然就结果了他。那人躺在地上回答道："我早就服帖了，连动都没法动：我折了一条腿。您这位先生要是信奉基督，就求您千万别杀我，不然您要犯渎神罪的，因为我是神学硕士，刚刚当上见习辅祭。"

"那么是什么鬼把你弄到这儿来了？"堂吉诃德问他，"而不好好在教堂供职。"

"唉，先生，没别人，"摔在地下的那位回答说，"都怪我自己倒霉。"

"那还有更倒霉的事等着你呢，"堂吉诃德说，"就看你肯不肯一五一十回答我刚才的问话。"

"这个方便，您马上就会如愿的。"教士说，"而且我还要告诉您，刚才我说自己是硕士，其实不过是个学士。我叫阿隆索·洛佩斯，阿勒科本达斯人氏，从巴埃萨城来，同行的还有另外十一名教士，就是打着火把跑掉的那些。我们准备把担架里的尸体送到塞哥维亚城去。这位绅士死在巴埃萨，暂时在那儿掩埋了。我说了，我们要把遗骸送到塞哥维亚去埋葬，因为他出生在那里。"

"那么是谁杀死他的呢？"堂吉诃德问。

"是上帝让他得了一场瘟病死的。"学士说。

"这么一来，"堂吉诃德说，"我们的天主倒免了我一桩差事。要是有人杀了他，我自然是要为他报仇的喽。如今既然是老天要了他的命，咱也只能耸耸肩膀，没什么好说的。就算摊到我自己头上，也只能这样。教士阁下，我要告诉您，本人是拉曼却的骑士，名叫堂吉诃德，我的营生和职责就是走遍天下惩恶除害。"

"我不懂您是怎么除害的，"学士说，"反正我本来什么事也没有，您跑来把我害得好苦，弄断了我的一条腿，恐怕这辈子再也甭想挺直了。您跑来替我除害，结果是害得我一辈子唉声叹气。我真是撞上鬼了，碰见您这个满世界闯荡的人。"

"世上的事情嘛，总是千变万化的。"堂吉诃德解释说，"阿隆索·洛佩斯学士先生，你们实在不应该深更半夜跑到这里，还罩上一身白教士袍，打着明晃晃的火把，戴着孝一路祈祷，看起来活脱是冥界的鬼怪嘛。我当然必须履行自己的职责，所以就向你们直扑过去。即使我明知你们就是地狱的撒旦魔王，我也照样会这样干的。我确实一直把你们当成了魔鬼。"

"也是命该如此啊！"学士说，"这会儿只好求求您了，游侠骑士先生，您差点叫我悠下地狱去，快把我从骡子底下拽出去，我的一条腿夹在脚镫和鞍子中间了。"

"您怎么不早点说啊！"堂吉诃德抱怨道，"怎么到这会儿才把您的难处告诉我呀？"

他说着就大声喊起桑丘·潘沙，叫他过来。可是他的侍从并不着急过去。原来，那些大人先生的一匹备用骡子满满驮的都是吃的东西，桑丘正忙着往下卸货呢。他把自己的大衣扎成口袋，拼命往里面塞东西，然后往自己的驴子背上一搭，这才朝着大声喊他的主人跑去。他帮忙把学士先生从骡子身下拖出，放到骡子身上，又捡起火把交给他。堂吉诃德叫他赶快去追伙伴们，并代他赔个不是，方才有所冒犯，实属无意。桑丘在一边说："说不定诸位先生想知道，是哪位好汉把他们吓成这样的。有劳您告诉他们是大名鼎鼎的堂吉诃德·德·拉曼却，外号'苦脸骑士'。"

学士离开以后，堂吉诃德问桑丘，为什么不早不晚，偏偏这个时候想起来叫他"苦脸骑士"。

"您听我说，"桑丘回答道，"那个倒霉蛋不是举着火把吗，我借着亮光着实把您好好瞧了一阵子。说实在的，您那副哭丧相我还从来没见过。八成是因为打仗太辛苦了，再不就是因为少了好些大牙门牙。"

"都不对，"堂吉诃德说，"是负责记载我的丰功伟绩的那位魔法师想出的主意。他觉得应该给我起个绰号，就像古时候的骑士们那样，有的叫'热剑骑士'，有的叫'独角兽骑士'，这个叫'艳福骑士'，那个叫'凤凰骑士'，你叫'飞狮骑士'，我叫'死神骑士'……他们就是靠这些别名雅号威震天下的。所以我说，你突然想起叫我'苦脸骑士'，就是因为那个魔法师把这个名字塞进了你的脑袋，推上了你的舌尖。好吧，从今往后我就用这个绰号了，而且为了郑重起见，我打算一有机会，就请人在盾牌上画一张满面愁容的苦脸。"

"没必要画这张脸，又费钱又耽误工夫，"桑丘说，"到时候老爷您只要露露本色，让别人看看您自个儿的脸，用不着什么盾牌上的画像，谁都会便便当当喊出'苦脸骑士'的。尽管信我的话没错。老爷，说句逗乐的话，又渴又饿、缺齿少牙的，您那副模样本来就够苦的了，所以我说，根本用不着再画一幅什么苦脸像。"

桑丘一路打趣，逗得堂吉诃德大笑起来，心里拿定主意，说什么也要用上这个绰号，而且非得把相应的标记画到盾牌上不可。

"我忘了提醒老爷一件事：您动手对神物施暴，是要被逐出教门的。'**据此，凡受魔鬼教唆者**'①，还有什么来着？"

"我不懂你这句拉丁文，"堂吉诃德说，"不过我很清楚，我没动手，动的是这支长矛。再说，我当时并不知道是在攻击教士或是教会

---

① 原文为拉丁文。

的别的神物。我一向笃信天主，忠于基督，对圣器神物从来毕恭毕敬。当时我确实以为他们是冥界的妖魔鬼怪。说起逐出教门，倒叫我想起熙德·鲁依·迪亚斯的事。那天，他当着教皇大人的面，砸碎了国王一个使者的椅子，因此被逐出了教门。按说呢，好汉罗德里格·德·维瓦尔[1]那天的所作所为，挺符合勇敢体面的骑士身份。"

前面说过，学士先生听了话，未置可否便径自走了。堂吉诃德突然想到要看看担架里的遗骸究竟是骨头还是别的什么。桑丘不答应，对他说："我说老爷，您总算平安无事地熬过了一场大乱子，以前还没见过这样的好事呢。可是别看这些人吓得四散了，说不定一会儿就明白过来，原来对付他们的只是一个人，到时候难免又羞又恼地跑回来找咱们算账，给咱们点颜色瞧瞧。不如趁毛驴还算停当，近处就是野山，咱俩又饿得半死，消消停停迈脚撤走，像老话说的那样：死人埋下地，活人填肚皮。"

说着就跨上驴背，回头叫主人后面跟上。堂吉诃德觉得桑丘说得有理，便一声不吭地紧随而去。他们在两座小山之间走了没多一会儿，就来到一片隐蔽而开阔的山谷，两人立即跳下坐骑。桑丘从驴背上卸下东西，便一头倒在绿莹莹的草地上。两人正在饥不择食的节骨眼儿上，便把早饭、午饭、晚饭，外加午后茶点并作一顿，大嚼起来。主仆两人往肚子里塞进了不止一筐熟肉。这还得感谢那些教士老爷，他们很少亏待自己，让备用骡子驮了几大筐。不过他们还是遇到一桩不如意的事，桑丘认为比什么都糟：他们没有酒喝，连润润舌头的水都没有，两人渴得实在受不了。桑丘见地上长满了绿油油的小草，立刻说出一席话来。请接着看下一章。

---

① 罗德里格·德·维瓦尔：即熙德。

● 138 ●

CAPÍTULO XX · 第二十章

世上任何著名骑士都未经历、少见罕闻的怪事，让威武的堂吉诃德·德·拉曼却赶上了，但无甚风险

"我说老爷，地上这些水灵灵的小草分明告诉咱们，跟前准有泉眼河沟什么的。最好再往前走几步，肯定能找到有水的地方，到时候非得美美地喝一通。咱俩都渴得要命，这简直比挨饿还难受呢。"

堂吉诃德觉得这主意不错，牵起洛西南特就走。桑丘把吃剩的东西放回驴背，也抓起缰绳。主仆二人顺着草坡往上走，天黑得什么也看不见，只能摸索着迈步。还没走出一二百步，就听到一阵轰隆巨响，像是水流从高大的岩石上坠落下来的声音。这片轰鸣叫他们喜出望外，立刻停下来想听听声音是从哪儿来的。偏偏这时候又听到一阵噼噼啪啪山响，往两人找水的热切心情上浇下一桶凉水。桑丘本来就胆小，经不起事，这下更甭提了。我说了，那是一阵阵有节奏的拍打，夹杂着铁片和铁链的嘎吱声，在狂鸣怒吼的水声衬托下，除了堂吉诃德，谁听了都会吓得心惊胆战。刚才说过，时过深夜，四周一片漆黑，他们恰好走到几棵大树底下。轻柔的晚风吹得树叶沙沙作响，听着够瘆人的。总之，一切都叫人毛骨悚然：身处荒山野岭，周围一片漆黑，水声隆隆，晚风簌簌；而且他们也看出，阵阵拍打无意终止，飒飒夜风不想停歇，曙光晨曦姗姗来迟。最糟糕的是他们连自己在什么地方都弄不清楚。可是堂吉诃德始终怀着一颗无畏的心，这时，他跨上洛西南特，一手抓圆盾，一手持长矛，说道："桑丘老兄，你想

必知道，老天把我生在这黑铁时代，是为了在世上恢复黄金时代，就是人们常说的光明时代。我这人是专门来承担艰难险阻、建树丰功伟绩的。我再说一遍，我要让圆桌骑士、'法兰西十二骑士'和'世界九大豪杰'的事业重放异彩；我要压倒什么普拉提尔呀、塔布兰特呀、奥利万特呀、提兰特呀、太阳骑士呀、贝利亚尼斯呀等等古代那一大帮赫赫有名的游侠骑士。我生逢其时，定要建立更伟大罕见的武功，让他们当中最光彩夺目者也相形见绌、黯然失色。我忠实本分的侍从啊，你大概已经看出，夜晚一片漆黑，周围静得吓人，树林低沉地呜咽。我们觅水来此，却听到它发出骇人的轰鸣，像是远远从月亮的高山上倾泻奔流而下，还有那不停的拍打声震撼刺穿了我们的耳朵。所有这些，无论是单个出现还是一起涌来，连战神本人也会吓得肝破胆裂、魂飞魄散，更何况没见识过此种场面和怪事的人们呢。可是，我给你描述的这一切，只能使我精神大振、勇气倍增，迫不及待地要去冒险厮杀，连心都恨不得从胸膛里蹦出来。好了，快帮我紧一紧洛西南特的肚带。这会儿我只好暂且把你托付给上帝了。在这儿等着我，三天之后如不见我回来，你尽管回村去吧。不过承蒙施惠照看：往托博索跑一趟，无论如何告诉我的心上人、举世无双的杜尔西内亚，由她主宰的骑士成就了一番事业，壮烈死去，可以被她毫无愧色地称为自己的情人。"

桑丘见主人说出这般言语，马上痛哭流涕，伤心极了。他说："老爷，我不明白您干吗非要去干这件冒险厮杀的事。这会儿深更半夜的，谁也看不见咱们，便便当当就可以绕道躲开麻烦，哪怕三天不喝水也认了。既然没人看见咱们，也就没人把咱们当成胆小鬼。再说，村上的神甫是老爷您的熟人了，我听他布道的时候说过：自找麻烦，迟早完蛋。我看最好别去干这种无法无天、冒犯上帝的事，万一陷进去，只怕得等老天开眼才能脱身。按说，老天对您够好的了，没像我似的，让人兜在毯子里乱扔；刚才又让您稳稳当当打败了运死人的那帮对手。要是我这番话还不能把您的硬心肠说动说软,那就务必请您替我着想一下,只要您一离开这儿,我非得吓得把魂灵儿交给鬼不可。我走出老家,撇下老婆孩子来侍奉老爷,本来以为是上算不吃亏的事。可是,俗话说,贪心撑破口袋,我就是让贪心把指望给划拉没了。您几次三番应了我一个该死的晦气岛子,害得我心急火燎地想赶紧弄到手。不承想,您不等把岛子交给我,倒先打算把我扔在这没有人烟的野地里。我说老爷,看在上帝的分上,千万别对我干这种缺德事。要是您非得建立什么功业,那就等到天亮再说吧。凭我放羊的时候学的那点本事,我敢说离天亮不到三个钟头了。您瞧,小北斗的口正好在我脑袋顶上,刚才半夜的时候还在左胳膊那边呢。"

"桑丘啊,你怎么看得见呢?"堂吉诃德问,"这边那边在哪儿?你说的口儿啊底儿啊在哪儿?深更半夜一片漆黑,天上一颗星星也没有!"

"这倒不假,"桑丘说,"可人一害怕就长出好多眼睛,连地底下的东西都看得见,甭说头顶的天上了。不管怎么说吧,反正从这会儿到天亮没多远了。"

"远也罢近也罢,"堂吉诃德一点不退让,"这会儿也好,往后也好,我都不能在世上留下话柄,叫人家说我一见含泪央告就心软,宁肯丢下骑士的本分。所以,桑丘,我求你什么也别说了。上帝既然叫我心里认准去冒这次前所未有的大险,他会想法保我平安无事,也不会让你太伤心难过的。这会儿你还是帮我把洛西南特的肚带勒勒紧吧,然后待在这里。死也罢活也罢,我反正很快就会回来的。"

桑丘见主人拿定了主意,他哭也好,劝也好,求也好,都没多大用处,于是便决定要点小花招,想法叫他尽量耽搁到第二天清早。他去勒紧马肚带的时候,顺手神不知鬼不觉地用缰绳拴住洛西南特的两只前脚。结果,等堂吉诃德要走了,却怎么也不行:他的马只能蹦蹦跳跳地前进。桑丘见自己的鬼点子成功了,就说:"瞧见了吗,老爷?

我流着眼泪祈祷，老天爷还真心软了，就弄得洛西南特动弹不得。您要是不认输，硬是踢它抽它，最后惹恼了神明，岂不像老话说的那样，双脚跺尖刺吗？"

堂吉诃德急得不行，怎么使劲用两腿夹马肚子，它也不走。他哪里想到有缰绳捆着呢，只好暂且静下心等天亮，或者等到洛西南特愿意迈步的时候。他肯定又往别的事上琢磨了，一点没怀疑是桑丘捣的鬼。他说："桑丘，既然洛西南特不能动弹，我也只好耐着性子等朝霞露出笑脸。可它迟迟不来，我只好摆出一张哭脸了。"

"干吗哭呢？"桑丘劝他，"从这会儿到天亮，我一直给您讲故事解闷儿。除非您想下马，按游侠骑士的规矩，躺在绿草地上睡一会儿，专等着明天一大早精神头十足地去见识那桩出格的怪事。"

"你说什么下马睡觉！"堂吉诃德接过话茬儿就驳道，"难道我是那种在危难中偷闲的骑士吗？要睡你去睡，反正你生来就是个瞌睡虫，爱干什么，随你的便。我是非干自己打算干的事不可。"

"老爷，您别发这么大火呀！"桑丘赶紧说，"我可不是有意惹您生气的。"

说着他走到主人身边，一手抓住前鞍架，一手抓住后鞍架，紧紧贴在主人的左大腿上，不敢离开一分一毫。响响停停的拍打声就把他吓成了这副模样。

堂吉诃德要他按开头答应下的讲个故事解闷儿。桑丘说他是要讲的，只是那一阵阵拍打声吓得他静不下心来。

"不过我还是壮起胆子讲个故事吧。要是我能都讲对了，不丢三落四，保准是个最棒的故事。老爷您仔细听着，我开讲了。好事人人摊上一份，坏事专找是非之人。从前啊，有一回……我说老爷，您知道吗，古人讲故事开头不能乱说，得用罗马'奸傻官'①加图的一句

---

① 桑丘想说"检查官"。

古话：坏事专找是非人。用到咱们这儿简直太对路了。就是说老爷您最好安分点，别到处招惹是非。咱们还是绕道走别处，谁也没逼咱们非来这块吓得人一惊一乍的地方。"

"接着讲你的故事，桑丘，"堂吉诃德说，"咱们该往哪条路上走，我自有道理。"

"那我就讲下去了，"桑丘说，"在埃斯特雷马杜拉的一个村子里住着一个放山羊的羊倌，就是说，看管山羊的。我故事里这个放羊的，这个羊倌，名叫洛佩·鲁依斯，这个洛佩·鲁依斯看上了名叫托拉勒瓦的放羊姑娘，这个名叫托拉勒瓦的放羊姑娘是一个有钱的牧场主的女儿，这个有钱的牧场主……"

"桑丘，照你这个讲法，"堂吉诃德提醒他，"每句话都说两遍，恐怕两天也讲不完。你能不能像个明白人那样，讲得顺溜点。要不，还是不讲的好。"

"我们那地方，"桑丘说，"所有的故事都是这个讲法，我不会别的讲法。老爷您甭想叫我学什么新花样。"

"好了，随你的便吧。"堂吉诃德只好认了，"既然我活该要听你的，你就接着讲吧。"

"那我就接下去，我的好老爷，"桑丘说，"我刚才说了，羊倌看上了放羊姑娘托拉勒瓦。这丫头很壮实，性子又野，一副假小子样儿，还长了点胡子。这会儿我就像眼前看着她一样。"

"这么说，你认识她喽？"堂吉诃德问。

"我不认识她。"桑丘答道，"不过给我讲这故事的人说，所有的事都千真万确。我给别人讲的时候，完全可以赌咒发誓说都是自己亲眼见过的。这不，一天来两天去的，总不偷懒睡觉的小鬼儿把什么都一点点慢慢攒着。那羊倌开头本是喜欢牧羊姑娘的，最后对她又恨又恼。怎么回事呢？听长舌碎嘴的人们说，那姑娘不本分、不检点，让羊倌好生吃了一阵醋，打那往后就对她腻味透了，很是见不得。他想离开村子，跑到眼不见心不烦的地方去。可托拉勒瓦那丫头，见洛佩瞧不上她了，反倒真心爱上了小伙子，不像从前那样有一搭没一搭的。"

"这就是女人的天性，"堂吉诃德说，"谁爱她，她嫌谁，谁嫌她，她爱谁。往下讲，桑丘。"

"后来，"桑丘说，"羊倌真的按自己的想法做了。他赶着羊群，一路穿过埃斯特雷马杜拉大平川，朝着葡萄牙地界走去。托拉勒瓦那丫头知道了，就去追他。她光着脚，一步一步老远跟着，手里拎着拐杖，脖子上挂着褡裢。都说里面放的是一块小镜片、一把梳子，还有一小罐擦脸的油什么的。管他是什么呢，我也不想费神去弄个明白。我只说故事里是怎么讲的：羊倌赶着羊群到了瓜迪亚纳河边。当时河水上涨，都快溢出岸来了。他到河边一看，没有小船，也没有筏子，谁能把他和羊群摆渡到河对岸去呢？他着急得不行，眼看着托拉勒瓦那丫头就追上来了，回头又哭又闹的，真够烦人的。他东张西望半天，总算看到一个钓鱼的身边有只木船，可是小得只能容下一个人和一只羊。尽管这样，他还是跑去求那人，最后说妥把他和三百只山羊都渡过河去。钓鱼的上了船，捎过一只羊；然后回来，再捎过一只；再回来，再捎过一只。老爷，您可把账算清了：钓鱼的来回捎过去多少只羊，要是少算一只，故事可就完了，甭想我接着讲一个字儿。我往下说了。噢，还有，对面渡口是一片滑不唧唧的烂泥，钓鱼人来回要耽搁好些时间。尽管这么着，他还是回来又捎走一只，然后又是一只，然后又是一只。"

"你就权当都摆渡过去了。"堂吉诃德说，"照你这样来来回回的，只怕一年也摆渡不完。"

"到这会儿摆渡过去多少只了？"桑丘问。

"鬼才知道呢！"堂吉诃德说。

"您瞧，我说了吧，叫您把账算清了。上帝啊，故事到头了，再也讲不下去了。"

"这是怎么说的?"堂吉诃德不明白,"听你这故事非得把摆渡过去多少只山羊记得一清二楚?弄错一只,你的故事就没法讲下去了?"

"可不是嘛,老爷,实在没办法。"桑丘回答说,"我问您摆渡过去多少只山羊,您告诉我不知道,就在这个节骨眼儿上,底下要讲什么我全忘了。老实说吧,还没讲出来的才是最要紧的,特别有意思。"

"这么说,"堂吉诃德问,"这故事就算完了?"

"全完了,跟我那老娘似的。"桑丘回答道。

"说句心里话,"堂吉诃德发议论了,"你讲的这个寓言也好、传说也好、故事也好,实在太新鲜了,只怕世上还没人能想得出。就说那个开头和结尾吧,我今生今世都没见识过,也甭想见识。其实我也没指望你那伶俐的脑瓜里能钻出别的什么。这也不奇怪,我看准是那没完没了的噼噼啪啪的声音吓得你昏了头。"

"也许是吧,"桑丘说,"反正我只知道我那故事就是这样,多会儿把过河的山羊算错了,故事也就完了。"

"谢天谢地,完了就完了吧,"堂吉诃德说,"还是让咱们看看洛西南特是不是能动弹了。"

他于是又用两腿去夹,那马呢,又是蹦跶几下,照样原地不动:它被捆得太紧了。正在这时候,也不知道是桑丘着了清早吹来的凉风呢,还是头天夜里吃了什么滑肠的东西,不过倒更像是在所难免的常规,总之,他忍不住要做一件谁也不能替他包揽的事情。可是他心里始终怕得要死,紧紧贴着主人,连黑指甲缝的空儿都不敢留出来;撂下那件急赤白脸的事吧,又不行。最后他想出一个两全其美的主意:右手松开原先抓得死死的后鞍架,便便当当地悄悄解开裤腰带的活扣;唯一用来束腰的东西一松,裤子就整个掉了下去,像一副镣铐似的套住双脚。然后他把衬衫尽量高高掀起,两块个头不小的后臀就完全暴露无遗了。做完这件事，他以为难关已过，不必再受那份百般无奈的憋屈罪了。不料，更大的难题还在后面：方便的时候怎么才能不噼啪乱响呢？他只好咬紧牙关、缩起双肩、使劲屏住呼吸。可是尽管他想尽了办法，末了还是在劫难逃，多多少少弄出点响动，和把他吓得心惊肉跳的拍打声相比，自然是大不一样。堂吉诃德听到了，便问："桑丘，这是什么声音？"

"我不知道，老爷，"桑丘说，"八成又是什么新花样儿吧。怪事也罢，坏事也罢，只要一开头，可就大发了。"

这回他想再试试运气怎么样，结果不错，没有上次那些动静了。他终于卸下了包袱，顿时轻松了许多。哪知道堂吉诃德的鼻子和耳朵一样好使，加上桑丘离他那么近，简直就像缝在他身上了；一股热气直溜溜升了上来，总得有一些钻进他的鼻子里。他连忙想法自卫，用两个指头捏住鼻孔，嗡声嗡气地说："我说桑丘，你大概是吓坏了。"

"可不是嘛，"桑丘承认了，"老爷您怎么到这会儿才看出来？"

"因为这会儿你身上有股味道，我想总不是香水吧？"堂吉诃德说。

"这就难说了，"桑丘辩解道，"可这不能怪我。谁叫您老人家深更半夜带我到这种犄角旮旯来呢！"

"老兄，快后退三四步，"堂吉诃德命令他，说话的时候，始终用手捏着鼻孔，"从今往后，你得注意点自己的身份，也别忘了我是你的什么人。都怪我老跟你随便聊天，把你惯得如此放肆起来。"

"我敢说，"桑丘并不服气，"老爷您一定以为我做了什么不合身份的事了。"

"听着，桑丘老兄，别越涂越黑了！"堂吉诃德打断了他的话。

主仆两人就这样你一言我一语过了一晚上。桑丘见天已经大亮，抽空儿偷偷给洛西南特松了绑，自己也赶紧系好裤子。洛西南特生来就不是什么烈性子，这会儿见自己能动弹了，不知怎么突然来了股劲儿，前蹄乱蹬，只是没能腾空而起。倒不是小看它，它还真没这本事。堂吉诃德发现洛西南特动起来了，觉得兆头不错，准是到了前去冒险厮杀的时候。正好晨曦完全露了头，周围的东西看得一清二楚，堂吉诃德才发现自己是在几棵大树中间，那是几棵遮天蔽日的栗子树。他还觉察到，那阵阵拍打声一直没停，可就是弄不清是什么人搞的名堂。他毫不迟疑地用马刺戳了一下洛西南特，回过头跟桑丘告了别，像头天夜里说的一样，叫他在那儿等着，最多不超过三天。如果到日子不见他回来，那他准是按上帝的旨意，在这场冒险厮杀中走完了自己一生的路；还一再吩咐嘱托，一定要把口信亲自捎给他的心上人杜尔西内亚。至于辛苦一场应得的工钱，也不必多虑，因为他离村之前已经留下遗嘱，要按桑丘当差的时间，一天天算准付清。当然，如果上帝让他从危难中安然脱身，那他多次应下的岛子肯定十拿九稳地落到桑丘手里。桑丘一听自己的好主人又说起这番让人心酸的话，不免又是一通啼哭，而且决心一路紧紧跟随主人，直到他办完该办的事。

桑丘·潘沙的泪水和真诚的决心，让传记作者觉得他准是生在体面人家，至少得是正宗基督徒。侍从的一片深情也打动了主人的心，只是他不愿露出心慈面软的样子罢了。只见他强作镇静，朝水声和拍打声传来的方向走去。桑丘在后面步行跟着，像往常一样牵着毛驴的缰绳。一帆风顺也罢，磕磕绊绊也罢，这牲口可总是寸步不离地陪着他。他们在那片遮天蔽日的栗树林里走了好一阵，来到一小块草地上。紧贴边上矗立着几块高大的岩石，一道气势磅礴的瀑布从上面直泻而下。岩石脚下有几间破屋子，其实倒更像一片废墟。两人发觉，那一阵阵噼噼啪啪、始终不停的拍打声就是从破屋里传出来的。洛西南特被轰鸣的水声和震耳的拍打声吓惊了，堂吉诃德设法使它平静之后，一步步向那些房子走去，十分虔诚地把自己托付给心上人，求她在这危险的处境和关头暗中庇护，当然，他顺便也向上帝祈祷，求他千万莫将自己丢弃。桑丘一直紧跟着他，伸长了脖子，瞪大了眼睛，想从洛西南特的腿缝里张望一下，究竟是什么东西把他吓得这么提心吊胆。他们又走了一百来步，绕过一个拐角，才终于一览无余看清了事情的真相。那可怕的声响吓得他们整夜魂不守舍，可是来源却毫无惊人之处。读者也许会失望见怪：原来是漂布机的六个大木槌交替拍打发出那震耳欲聋的响声。堂吉诃德一眼看清了原委，立刻目瞪口呆，从头顶凉到脚心。桑丘看了他一眼，见他脑袋垂到胸前，满面羞愧。堂吉诃德也看了桑丘一眼，见他闭嘴鼓腮，显然是叫强忍的大笑憋的；一不小心，就会冲口而出，笑破肚皮。他虽说心里懊丧，眼瞅桑丘那副模样，也忍不住笑起来。桑丘见主人开了头，顾忌全无，开怀大笑，最后不得不用双手捂住肚子，怕它真的爆裂开来。他笑笑停停，停停笑笑，来回折腾了四次，每次都是那样带劲。堂吉诃德早就心里十分窝火，这会儿又听见他怪腔怪调地学起舌来："桑丘老兄，你想必知道，老天把我生在这黑铁时代为了在世上恢复光明时代，也叫黄金时代。我这人是专门来承担艰难险阻、建树丰功伟绩的……"他就这样，把头天晚上两人听到可怕的响声以后，堂吉诃德对他说的话，一句不落地学了一遍。

堂吉诃德见桑丘居然取笑自己，顿时恼羞成怒，举起长矛狠狠给了他两下。幸亏是打在脊背上，要是打在脑袋上，那份工钱也用不着付了，除非转给他的财产继承人。桑丘见自己的玩笑被当了真，生怕主人跟他没完没了，赶紧赔着小心说："老爷息怒，上帝做证，我只不过是开个玩笑。"

"你开玩笑，我可不开玩笑。"堂吉诃德回答说，"过来听着，开心先生。要是眼前不是漂布机的木槌，而真是一场危险的厮杀，你以为怎么样？难道我没有足够的勇气冲上去拼命吗？我身为骑士有必要学会辨别哪些是漂布机的声响哪些不是吗？再说，兴许我生来也没见过这种东西呢。——我还真的没见过。——不像你，一个下等人，生在、长在、活在这些东西之中，你当然见惯了。你要有本事，让这六个木槌变成六个巨人，叫他们一个接一个，要么六个一起，扑到我身上，到时候我如果没法把他们打得人仰马翻，你爱怎么取笑都行。"

"算了算了，我的老爷，"桑丘一再告饶，"我承认刚才一心想逗乐，玩笑开过了头。现在就算讲和了。往后不论遇到什么险事，但愿上帝都像今天这样让您平安无事地躲过去。不过我还想问您一件事，您说咱们吓成那样，讲给别人听是不是怪可笑的？反正我是吓坏了。至于老爷您呢，我知道您是不怕的，您也不知道什么叫心惊肉跳。"

"我也觉得咱们这事是有点可笑，"堂吉诃德说，"不过最好还是别讲给别人听，因为不是所有的人都那么明白，什么事一看就准。"

"依我说，老爷，"桑丘接过话茬儿，"您那长矛倒戳得挺准！本来是瞄着脑袋的，偏偏落在脊梁上！知道吗？亏了上帝保佑，让我留了心眼儿赶紧往旁边一闪。得了，碱水一泡，脏渍全掉。我常听人说：真心爱你，惹你掉泪。还听说，那些大户人家的主子骂完了奴才，少不了赏给他一条裤子什么的。可我不知道一顿棒打完了，该赏什么呢？说不定游侠骑士抢了一阵棍子以后，总喜欢赏个海里的岛子呀、地上的王国呀。"

"只要时来运转，"堂吉诃德说，"你说的那些都会变成真事。刚才实在对不住你。不过你是个明白人，懂得火气一上来就由不得自己。从今往后，你要控制住自己，尽量少跟我聊天。我还得告诉你一件事，我读过的骑士小说数也数不清，可没见过哪个侍从像你似的，跟主人说个没完。当然，你有错，我也有错。你错在不尊重我；我呢，也没想法叫你尊重。就说阿马迪斯·德·高拉的侍从甘大林吧，最后被封在大地岛当了伯爵。书上说，他跟主人讲话的时候，总是按土耳其人的礼数，手里拿着帽子，低着头，弯着腰。噶萨巴勒就更值得一提了，他是堂加拉奥尔的侍从，总是一声不吭。在那部长长的传记里，总共只有一次提到了他的名字，可见他是多么沉默寡言，真是难得！桑丘，我说这些是想让你明白，一定要分清主人和仆人、老爷和奴才、骑士和侍从。从今往后，咱们之间得有点分寸，不能随便逗着玩。不管怎么说吧，只要你惹恼了我，总是'瓦罐碰不过石头'。我答应给你的赏赐和好处，早晚会到手的；即使到不了手，我说过多少次了，工钱总不会欠你。"

"老爷说的都在理，"桑丘说，"可是万一赏赐什么的没了指望，还得靠那点工钱，所以我想知道，从前游侠骑士的侍从挣多少钱？是按月算呢，还是像干泥瓦活的壮工那样，按天算？"

"我不认为，"堂吉诃德说，"那时候的侍从能指望什么工钱，怕只能等着赏赐。可我还是要给你说定一份工钱，而且已经写在遗嘱上，封好了放在家里。这是因为天晓得会出什么事；我也不清楚，如今这么糟糕的世道，干骑士这一行到底行不行。我可不愿意等去了另一个世界以后，为了这点小事灵魂不得安宁。总之，桑丘，你应该知道，在咱们这个世界上，没有比四处闯荡更危险的事了。"

"可不是嘛，"桑丘说，"漂布机的木槌一砸，您这位到处闯荡的大胆游侠就吓得六神无主了。不过您尽管放心，往后我再也不开口拿您的事逗乐了。您是我的主子，生就的老爷，我只能恭恭敬敬。"

"这就对了，"堂吉诃德说，"这样，你的日子在地上就得以长久。除了孝敬父母，还应该像对待父母一样，孝敬主子。"①

---

① 堂吉诃德是在套用《摩西十诫》里的话。原文说："当孝敬父母，使你的日子……在地上得以长久。"

Capítulo XXI · 第二十一章

我们这位战无不胜的骑士奋力拼搏，
夺得曼布里诺头盔以及其他事情

这时候下起小雨。桑丘想两人进漂布机的房子里躲一躲。可是刚才一场虚惊弄得堂吉诃德对那地方腻味透了，说什么也不愿进去。他俩便向右一拐，离开了那里，很快找到了头天的路。往前走了没多远，堂吉诃德看到对面有人骑马过来，头上顶着一个亮闪闪的东西，像是金子做的。刚瞅了一眼，他马上转身对桑丘说："桑丘，我觉得谚语说的都是真话，因为它们是经验之谈，而经验正是一切学问之母。有一句谚语说得特别对：天无绝人之路。你瞧，昨晚咱们运气不好，一路不顺，最后上了漂布机的当。可现在，一条宽宽的大路在眼前伸开，无疑是通向一场更美妙的奇遇。这回我要是不抬腿跨上去，最后就只能怪自己，再也找不到天黑看不清、没见过漂布机之类的借口了。我是说，如果我没弄错，对面有个人朝咱们走来，头上戴的正是曼布里诺头盔。你是知道的，我发誓要弄到这东西。"

"老爷，您得留神自己说些什么，更得留神自己做些什么，"桑丘提醒他，"别又像昨晚的漂布机，噼噼啪啪震得咱们昏头昏脑。"

"我看你是白日见鬼，"堂吉诃德说，"头盔跟漂布机有什么相干？"

"我不知道，"桑丘回答说，"老实讲，我要能像往常那样多说几句话，准保搬出一堆道理来，叫老爷您明白自己又弄错了。"

"我怎么会弄错了？你简直是挖空心思跟我作对！"堂吉诃德急了，"告诉我，你看没看见朝咱们走来的那个骑士？骑着一匹浑身花点的白马，头上戴着一顶金盔。"

"我看见了，瞅见了，"桑丘说，"不过是个人，跟我一样骑一头灰驴，头上扣着一个明晃晃的玩意儿。"

"那就是曼布里诺头盔呀！"堂吉诃德说，"你躲一边去，让我一个人对付他。瞧着吧，我不费口舌不花时间就把这件事了结，盼望已久的头盔就成我的了。"

"好嘞，我这就躲开。"桑丘应声答道，"不过我再说一句：上帝保佑，这回该是香草鲜花了，别再冒出什么漂布机来。"

"您这位仁兄，我已经说过了，敬请莫再向我提起漂布机的事。"堂吉诃德说，"但愿……底下的我不说了，但愿漂布机砸烂你的灵魂！"

桑丘一句话也不敢说了，生怕主人顺口甩出的囫囵个儿诅咒变成真事。

那么，堂吉诃德看到的头盔呀、马呀、骑士呀，究竟是怎么回事呢？

原来，这附近有两个村子，一个很小，没有药房和理发师①；离它不远的另一个村子却挺齐全，所以大村子的理发师也得去小村子干活。这一天，正好有个病人要放血，还有一位顾客该刮脸，理发师拿起铜盆就上路了。老天偏偏这时候下起雨来，他怕那顶看来挺新的帽子淋湿了，顺手把铜盆扣在头上。这件明光锃亮的铜器，在半莱瓜以外就能看见。桑丘说得没错，他确实骑着一头灰驴。这几样一凑，就让堂吉诃德当成花点白马、骑士和金子头盔。他那颠三倒四的头脑，可以毫不费力地把他看到的一切都编进荒诞不经的骑士故事

———————————

① 按当时惯例，理发师通常兼任药剂师和医生。

里。现在他见那个倒霉的骑士离得不远了，二话没说，任凭洛西南特尽力奔跑，矛尖向下直指对手，打算把他整个刺穿。到了那人面前，他也不勒住狂奔的马，只是对他说："呔，你这贱种，快前来应战！要不就将理应归我之物老老实实交出来。"

理发师一路无忧无虑走着，哪里想到猛然一个怪物向他扑来。为了不让长矛戳着，他只好一骨碌从驴背上滚下来，没等双脚落地，就像野鹿一样在那片平川上飞跑起来，只怕连风也追不上他。铜盆早被甩在地上不管了，有了它，堂吉诃德也就心满意足了。他心想，这个异教徒还挺乖的，居然学了海獭的样：它生来就知道猎人是冲什么来的，一到走投无路，先用牙把身上的宝贝撕破咬碎。

他叫桑丘把头盔捡起来。桑丘双手一捧便说："哈哈，这盆儿还真不错，说什么也值一雷阿尔，就是八马拉维迪。"

说着他交给了主人。堂吉诃德立刻往头上一戴，还四下里摸着找面罩，到了儿也没找着，于是他说："这顶举世闻名的头盔，起初肯定是按哪个异教徒的尺寸铸造的。那家伙的脑袋真够大呀！糟糕的是缺了半拉。"

明明是铜盆，他偏说是头盔，桑丘一听又憋不住要笑了。可是他马上想到主人的火气，半道上赶紧打住。

"你笑什么，桑丘？"堂吉诃德问他。

"我一想就得笑，"桑丘回答说，"这盔盖的原主、那个异教徒怎么会有那么大的脑袋！这玩意儿简直跟理发师的铜脸盆一模一样。"

"桑丘，你猜我在琢磨什么？这顶有法力的头盔举世闻名，不知怎么稀里糊涂落在不懂行、不识货的人手里。那人不明白是干什么用的，只认得是纯金的，就化掉一半去卖钱，留下另一半，像你刚说的，大概是当理发师的铜盆使了。算了，不管这些。反正我识货，不怕它走样。回头哪个村子有铁匠，我得好好把它拾掇一下。到时候，只怕火神给战神锻造的那顶头盔也超不过它，连比都没法比。眼下嘛，我先凑合着戴吧，总比没有强。我想，说什么也可以用它抵挡一阵飞来的石子。"

"也许吧，"桑丘说，"就看人家用不用大弹弓了，像上次两家军队打仗的时候那样。那次不光敲掉了您满嘴的大牙，还砸碎了那个小罐，结果那害得我把下水都呕出来的宝贝药水全洒没了。"

"洒没了就洒没了，桑丘，你知道我一点也不可惜，"堂吉诃德说，"反正配方都在我脑子里。"

"也在我脑子里，"桑丘说，"可我宁肯眨眼工夫死掉，这辈子也不想再配这种药，更不想再喝了。况且，我会想办法叫自己永远也用不上那玩意儿；我要把全身的本事都使出来，叫谁也伤不着我，我也不去伤别人。是不是还会让人家兜在毯子里乱扔，我说不准，因为这种倒霉事很难事先知道。要是真赶上了，那也没别的办法，只好闭上眼睛、缩起肩膀、紧紧憋口气，任凭毯子和老天摆布呗！"

"桑丘，你不是个像样的基督徒，"堂吉诃德听完他的话以后说，"人家招惹了你一次，你老也忘不了。你要知道，宽宏大量的心胸是不计较无聊的小事的。你哪只脚伤了？哪条肋骨断了？头上什么地方破了？害得你老也忘不了那场恶作剧。其实，仔细想想，不过是一场恶作剧，闹着玩而已。我就这么看，否则，我早就折回去替你报仇了，恐怕比希腊人为了被劫持的海伦还要折腾得更厉害一些。那个海伦要是生在如今，或者我的杜尔西内亚生在那时候，哪儿轮上她当有名的美人啊。"说到这儿，他不禁深深叹了口气，连九霄云外都能听见。

这时候桑丘说："好吧，就算是闹着玩，反正没法当真去报仇。可是我自己心里明白，什么叫当真，什么叫闹着玩。我也很清楚，那天的事，我脑子里忘不了，脊梁骨也忘不了。算了，咱们别说这个。老爷您能不能告诉我，咱们怎么处置那匹挺像大灰驴的红花点白马。

您打败的那个'马耳提篓'①扔下它不管了，只顾自己脚底抹油、溜之大吉，看样子是不会回来找他的牲口了。我敢说，这头灰牲口还真不赖。"

"把人家打败了再去抢人家的东西，这种事我从来不干。"堂吉诃德说，"再说，夺过别人的马让他步行，这也不合骑士的规矩，除非打赢的人作战的时候失去坐骑，那他夺过手下败将的那匹马，就算正式作战中的合法战利品。所以，桑丘，不管你说那是马也好驴也好，反正别去碰它。主人见咱们走远了，会回来找它的。"

"上帝啊，我真恨不得把它牵走，"桑丘嘟囔道，"哪怕拿我这头次点儿的调换也行。骑士的规矩确实太严了！既然按规矩不准驴换驴，对调一下鞍子披毯什么的总是可以的吧？"

"这我就不太清楚了，"堂吉诃德回答说，"这个疑问我得想法弄明白。不过你如果急着要使，就先对换了再说。"

"可急着呢！"桑丘说，"哪怕是给我自己换一身穿戴也没这么心切。"

主人已经发了话，他麻利地给自己的驴子换了披挂，披红挂彩地打扮一番，确实比原先好看一些。做完这事，见上次从驮给养的骡背上缴获来的吃食还剩下不少，两人用了餐，喝了河里的水，不过始终没有回过脸去看上游的漂布机。那玩意儿吓得他们至今心里还憋着火。慢慢火消了，气儿也顺了，两人就骑上牲口，也不事先商量到哪儿去（这才是游侠骑士的派头：不择去处），而是任凭洛西南特随心所欲，主人乐得随遇而安，毛驴跟着也心甘情愿：它处处追随瘦马，真是一名亲密的伙伴。这样走了一程，又上了大路，他们仍然是信马由缰，毫无定向。走着走着，桑丘不由得又对主人说："老爷，您能准我说几句话吗？自从您严加管束，不准我开口以来，已经有三四桩

---

① 桑丘想说"曼布里诺"。

事情烂在我肚里了。这会儿又有一桩爬上我的舌头尖，说什么我也不愿把它糟践了。"

"说吧，"堂吉诃德命令他，"尽量说得短一点。再好的话，说长了也不讨人喜欢。"

"那好老爷，我就说了。"桑丘赶紧接茬儿，"好几天了，我老在琢磨一件事。您老跑到这野地里的三岔路口来闯荡，捞到的好处实在太少。就算您闯过最大的难关、打了胜仗，没人看见、没人知道，岂不辜负了您那一番志向，而且怪可惜了的，把您那些丰功伟绩永生永世给埋没了。不知道您老人家有没有更好的主意，反正我觉得咱们最好去给哪个皇帝呀、大王子什么的当差，赶上他们要打仗，您不妨拿出浑身力气、全部本事和满脑子计谋，给他们露一手。那些老爷见咱们干得不错，保准会论功行赏。再说，肯定有人把您的丰功伟绩写进书里，世代流传。我的事儿呢，就不好说了，怎么也超不出侍从的本分。不过我敢说，要是骑士这一行也兴写侍从的功劳，我想总不该把我落下吧！"

"你说得不错，桑丘。"堂吉诃德回答道，"不过在这一天来到之前，还是先得四处闯荡，像考试一样饱经磨难。早晚有一天功成事就、遐迩闻名了，就可以登上某个伟大君王的朝廷。你瞧吧，骑士一走进京城的大门，就让满街的孩子们看见了。他们围着他、跟着他，还一个劲儿地嚷嚷'这是太阳骑士'，再不就是'长蛇骑士'，或者别的让他的武功传遍四方的雅号。他们还会说：'这一位，经过一场激战打败了力大无比的巨人布罗卡布鲁诺，波斯的马迈鲁克①大帝中了魔法长达九百年之久，也是他给解救出来的。'他的武功就这样一传十、十传百地宣扬开了。听到大人小孩吵吵嚷嚷，这个王国的

---

① 马迈鲁克：本指充当中世纪埃及苏丹王御林军的奴隶兵，堂吉诃德把它当作波斯大帝的名字。

国王走到王宫的窗口，一眼看到这位骑士，就从盔甲和盾牌上的徽记辨认出他，不由得喊起来：'嘿，快点！朝廷里所有的骑士都出来迎客！骑士的精英来了！'圣旨一下，大家纷纷出来。国王走到石阶中间，紧紧拥抱这位骑士，吻着他的脸祝他平安无恙，然后拉着手带他去王后大人的寝宫。我们的骑士在那里见到了公主殿下。走遍大半个天下，恐怕也难找到像她那样漂亮完美的女子。紧接着事情就发生了：公主两眼直盯着骑士，骑士两眼直盯着公主，两人都觉得对方来自仙界，不是凡人。一来二去，两人不知不觉被密密麻麻的爱情之网紧紧缠住，不能自拔。他们内心经受着巨大折磨，因为找不到机会交谈，无法相互倾诉衷肠。然后，骑士肯定又要被带到王宫的某个陈设华丽的房间去。别人帮他卸下盔甲，又送来一件华贵的红袍叫他穿上。方才浑身披挂，自然是气宇轩昂；现在换上便装，更是风流倜傥。当天晚上，他跟国王、王后和公主共进晚餐。席间，他的两眼始终离不开公主，但却没有引起同桌人的注意。公主跟他一样，干得也很巧妙。我刚才说了，她是个伶俐懂事的姑娘。一时饭毕，杯盘撤去。大厅的正门突然打开，闯进一个又小又丑的侏儒，后面跟着一位漂亮的侍女，两旁各有一名巨人护卫。侍女说远古时期某魔法师制造了一个大难题，谁能把它解决，就将被尊为世界上最杰出的骑士。国王命令在场的人一一试过，无一人能善始善终，唯有做客的骑士马到成功，名声更为之大振。公主因此十分欢喜，而且为自己倾心于如此出类拔萃的人物感到庆幸和满意。

　　"凑巧这位国王也好、王子也好——管他是什么呢！——当时正在跟一个势均力敌的对手频繁交战。做客的骑士在王宫里住了几天以后，求国王恩准他去战场上效劳。国王十分爽快，当即答应。骑士千恩万谢，毕恭毕敬亲吻了君主的手。那个夜晚，他去跟自己的心上人公主殿下告别，走到花园一角公主卧室窗口的铁栅栏下面。——两人已多次在这里幽会过了。——公主的一个心腹侍女包揽一切，为他们传话递信。这时候，骑士声声叹息，公主阵阵晕厥，侍女往来端水。眼看天快亮了，她心急如焚，生怕被人发现，毁了小姐的名声。最后公主终于苏醒过来，把她白皙的双手伸给栅栏外面的骑士，任他千遍万遍地亲吻和串串泪珠的浸润。两人约定，不论吉凶祸福，要始终互通音信。公主命骑士事成即归、切莫迟延；骑士则山盟海誓，应允绝不违约，然后又一次次亲吻那双玉手，这才柔肠寸断地离开，一副命在旦夕的模样。他从那儿回到自己的住所，一头倒在床上，可是离别的痛苦使他无法入睡。第二天他起了个大早，去向王室一家告别，却只见到国王和王后。他们对他说，公主殿下玉体不适，不能见客。骑士当然知道她是忍受不了离别之苦，一时不免又肠断心碎起来，几乎形于颜色。为他们牵线搭桥的侍女也在场，她把这一切看得一清二楚，都去告诉了小姐。公主听了，又一次泪流满面，而且说最使她苦恼的是不知道这位骑士究竟是什么人，是不是王孙贵胄。侍女说她那位骑士如此优雅潇洒、英俊威武，肯定是帝王将相之后。伤感备至的公主听了后才稍觉心安。她要设法振作起来，免得父母发现她内心的苦恼。两天以后，她又露面了。骑士走上了战场，开始了厮杀，战胜了国王的敌人，夺得许多城池，打了不少胜仗，最后回到王宫，在老地方见到他的情人。两人商定，由骑士去要求国王犒赏他的卓著武功，把公主嫁他为妻。国王不答应，因为不了解他的身世。然后，抢也罢夺也罢，公主终于还是成了他的妻子，她父亲最后也十分心满意足：他打听到消息，原来这位骑士是另一个威武的国王之子，所辖国度说不清楚，因为我想地图上是没有的。国王去世，公主继位，这位骑士眨眼儿工夫当上了一国之君。接着就是赏赐侍从和所有提携他飞黄腾达的功臣元老。他做主叫侍从娶了公主的一名侍女，肯定就是那个为他们的爱情穿梭牵线的。她还是一个大公爵的千金呢。”

　　“我就要这个，足够了！”桑丘说，“我不等别的了。老爷，但愿所有这些，都能在您这位大名鼎鼎的‘苦脸骑士’身上一五一十地应验。"

"这你放心,桑丘。"堂吉诃德告诉他,"游侠骑士都像我刚说的那样,是一步一步地当上国王和皇帝的。现在就是要打听一下,哪个基督教国王或者异教国王正在打仗,而且有个漂亮女儿。不过咱们有的是时间琢磨这些事情。我刚跟你说了,进王宫之前,先得让自己名扬四海。我还缺一样东西,就算咱们碰上一个国王在打仗,他又有漂亮女儿,我自己也名震寰宇,可我上哪儿去找那个王公门第呢?哪怕是皇帝的远房表亲也好啊!不管我多么战绩赫赫、功德圆满,国王不把这些事情弄清楚,说什么也不肯把女儿嫁给我。就因为欠缺这样东西,我用双臂赢来的功劳,只怕到头来都算白费。当然,我的确出身大户,远近闻名,有田庄和房产,还有资格领取五百苏埃勒多的罚金①。说不定将来给我立传的魔法师会把我的族系家谱查清,发现我居然是国王的第五或第六代嫡孙。桑丘,我告诉你吧,世上有两种门第。一些人身为王室贵胄之后,世代相传、生而有之,可是时间一长,慢慢衰败下来,最后到了顶就完了,像个底儿朝上的金字塔。还有些人出身低微,可是他们一级一级往上爬,终于成了显赫人物。这两种人的区别在于:前一种坐吃山空,后一种白手起家。我们祖上大概属于前一种。一旦查明我们当年也是名门大户来着,那个要当我岳父的国王也只好认了。他不认也没关系,反正公主爱上了我,哪怕我爸爸是个卖水的,她也会违背父命,把我尊为夫君主公的。实在不行,还可以抢婚,带她去浪迹天涯,时间长了,她父母的火气自然就消了,再说,他们迟早还有个死呢。"

"这让我想起一些坏心肠的人说的话,"桑丘说,"求人麻烦,抢来方便。还有一句话更应景儿:求人高抬贵手,不如迈脚快走。您听

---

① 西班牙中世纪法律规定,凡侵犯贵族人身者,应按受害对象的身份高低交纳相应数量的罚金,而受害贵族则按其身份高低从中领取相应数额的赔偿费。

我说，这位国王老爷、您的岳父大人要是不乖乖把咱们的公主殿下交出来，那就得像您说的那样，只有抢来带走。不过这样做也有坏处，连您都得等着跟丈人讲和，才能安安稳稳登上宝座，侍从的那份赏赐不更得干瞪眼了吗？除非那个早晚得嫁给他的牵线侍女随公主一块离家，跟着侍从去吃苦受罪，一直等到老天解救他们。当然，这还要看老爷是不是真把侍女交给他做正式老婆。"

"这当然不在话下。"堂吉诃德说。

"那就好了，"桑丘赶紧接上，"不过眼下也只能祷告上帝、听天由命，但愿咱们能赶上好运气。"

"上帝圣明，"堂吉诃德回答说，"会照顾我的愿望和你的要求的，桑丘。老天不负有心人嘛。"

"但愿上帝保佑！"桑丘说，"反正我是个正宗基督徒。当个伯爵，有这条足够了。"

"绰绰有余！"堂吉诃德说，"即使当不上伯爵也没什么了不起。我一做国王，什么爵位不能封给你？用不着你花钱去买、费力去挣。你一当上伯爵，可就是个人物喽。别人爱说什么就说什么，就是气死了，见了你也得叫一声'阁下'。"

"我的妈！有了这'嚼号'，瞧我的威风吧！"桑丘说。

"应该是爵号，不是'嚼号'。"主人纠正他。

"就算是吧。"桑丘·潘沙并不在乎，"我是说，我还是挺有些派头。不是吹的，我还真在教友会当过一阵听差的。那身听差衣服我穿上合适极了，大伙儿都说，我那股架势就是当个教友会的总管也够格。想想看，什么时候把公爵的貂皮袍子往肩上一披，再像个外国伯爵一样穿金戴银，那是什么劲头啊！我琢磨着，恐怕一百莱瓜以外，别人就能看见我了。"

"肯定派头十足，"堂吉诃德说，"可是你得经常刮刮胡子。瞧你那胡子，又浓又乱，还四处挓挲。你至少每两天得用剃刀好好刮刮，不然的话，几箭路之外，也能认出你是谁。"

"这有什么难的？"桑丘说，"只要花钱在家里雇个理发师就是了！必要的话，我让他老跟在我后面，就像大人物的马弁。"

堂吉诃德不禁诧异地问："你怎么知道大人物身后头跟着他们的马弁呢？"

"您听我说呀。"桑丘回答他，"几年前，我在京城待过一个月。在那儿我看见一个小小的老爷，可别人都说他是大大的人物，他正在街上散步。不管他转悠到哪儿，总有个人骑马跟在他后面，简直就是他的尾巴。我就打听了，他干吗不和那个老爷一块儿走，总是跟在他后面呀？人家就告诉我他是马弁，大人物出门的时候都兴带上他们。自打那次我记住了，就再也没忘记。"

"我得承认你说得有理，"堂吉诃德说，"你尽管带上你的理发师吧。本来嘛，规矩不是一块儿冒出来的，也不是在一天里定出来的。你就算第一个出门带理发师的伯爵吧。再说，刮胡子的人比备马的人还显得更亲近一些。"

"理发师这档子事交给我吧。"桑丘说，"老爷您还是赶紧想法当上国王，好封我个伯爵啊！"

"这好说。"堂吉诃德回答他，说着抬眼一看……这就是下一章要讲的了。

CAPÍTULO XXII · 第二十二章

一伙倒霉鬼如何硬是被送往他们不想去的地方，堂吉诃德又如何把他们都放了

曼却的阿拉伯作家西德·阿麦特·贝嫩赫里接着往下讲这个内容严肃、字句铿锵、描绘入微、委婉动人、奇想连篇的故事。上一章提到，鼎鼎大名的堂吉诃德·德·拉曼却和他的侍从桑丘·潘沙两人发了半天议论，这时候突然抬起眼睛，看到从大路的另一头一步步走来大约十几个人，像一串珠子似的，被套在脖子上的铁链一个接一个地拴在一起，手上还戴着镣铐。另外还有两人骑马、两人步行。骑马的扛着转轮火枪；步行的攥着投枪和短剑。桑丘·潘沙一见这伙人就说："这一长溜都是判了刑的苦役犯，国王逼他们去划海船。"

"什么逼他们？"堂吉诃德驳了他一句，"国王什么时候逼过别人？"

"我不是这个意思。"桑丘辩解道，"我是说，这帮人犯了罪，被判了刑，这会儿要去海船上为国王效劳，而且非去不可。"

"总而言之，"堂吉诃德一口咬定，"不管是为了什么事，反正这帮人是硬被别人看押着，心里肯定不乐意。"

"没错。"桑丘也同意了。

"既然是这样，"他主人马上说，"这会儿又该轮到我干自己的本行了：剪除强暴，扶助弱小。"

"老爷您可想好了，"桑丘劝他，"国王的话就是金科玉律，他可

不是欺负和逼迫这帮家伙。他们犯了法，罪有应得。"

正说着，那一长溜苦役犯就到了跟前。堂吉诃德客客气气地对看守们发了话，请他们务必劳神告诉他，他们押送的这些人都犯了哪条王法，或者哪几条王法。一个骑马的看守回话说，这是一伙苦役犯，国王陛下给定了罪，叫他们去海船上服刑。他就说这些，别人也不必再问什么。

"说是这么说，"堂吉诃德并不甘心，"我还是想挨个儿听听，他们每个人都是为什么落到这步田地的。"

接着他又和颜悦色地讲出一大堆道理，设法打动看守们给他说明原委。末了，另一个骑马的看守对他说："这些无赖的判决书和证明我们倒是随身带着，每个人的都有。可是这会儿我们不能一张张掏出来，再一张张念给您听。您还是到跟前去问问他们自己吧，也许他们乐意说。嗨，他们一定乐意说。这些家伙就喜欢干了坏事再到处去吹嘘。"

见看守松了口（其实不松口也一样），堂吉诃德便大摇大摆地走到那一溜人跟前，逮住一个就问他到底犯了什么罪，弄得来受这份苦。那人回答说，他就因为爱心太切才落到这步田地。

"就为这个？"堂吉诃德非常吃惊，"要是凡有爱心的人都受罚到海船上去当苦工，我恐怕早就去了。"

"我说的不是您想的那种爱心，"苦役犯对他说，"我嘛，是爱上了满满一筐浆洗得干干净净的衣裳，把它紧紧搂在怀里不放。要不是法官硬给我夺走，直到这会儿我还不愿意松手呢！当场拿获，人赃俱在，用不着上刑逼供；审完了案子，给了我脊梁上一百皮鞭，外加整整三年的'骨拉趴'。就这么回事。"

"'骨拉趴'是什么？"堂吉诃德问。

"'骨拉趴'就是海上苦役啊！"苦役犯回答说。

小伙子大约二十三四岁，自称家住界石村。堂吉诃德又向另一个人提出同样的问题，那人却垂头丧气、一言不发。第一个人就替他回答说："老爷，这小子想当金丝雀，就是说：弹弹唱唱。"

"怎么？"堂吉诃德又不明白了，"想当音乐家唱唱歌儿也得去做苦工？"

"对喽，老爷。"苦役犯说，"受刑熊包相，开口啥都唱，没有比这个更糟糕的了！"

"我倒常听人说，"堂吉诃德又开始较真儿，"张口唱开怀，去病又免灾。"

"可这儿正好相反，"苦役犯说，"一回开口唱，终生泪汪汪。"

"我不懂。"堂吉诃德说。

这时候一个卫兵对他说："绅士先生，按这些二流子的黑话，'开口唱'就是受刑的时候招供。这个犯人就是一受刑马上招供的。他是盗马贼，其实什么牲口都偷。他这么一招，就被判了六年苦役，外加二百鞭子——他的脊梁早就认领了。他老是这么愁眉苦脸的，因为别的小偷，不管当初在监狱里，还是如今同路来了，都打他骂他、欺负他、糟践他。就因为他招供了，没勇气死不认账。他们都说，招也罢不招也罢，都是把嘴张一下。一个有本事的犯人应该靠自己的舌头来决定死活，而不是靠人证和物证。依我看，他们说的不见得是歪理。"

"我看也是。"堂吉诃德表示赞同，然后他又向第三个人提出同样的问题。

那人立刻满不在乎地回答说："我就因为缺了十个金币，得去'骨拉趴'银铛上五年。"

"我情愿拿出二十个金币赎你脱难。"堂吉诃德说。

"这倒叫我想起一个比方，"苦役犯说，"一个有钱人漂在大海上，快要饿死了，可是上哪儿去买他急需的东西？我是说，我要是能早点得到您打算给的这笔钱，就可以用它来润润法庭书记的笔尖，激激辩护律师的脑瓜，那我这会儿就会在托莱多的索克多维尔市场上溜达，而不是像狗一样被拴着给牵到这条路上。不过上帝威力无边，耐心熬着就是了。"

堂吉诃德又去问第四个人。那是一个面貌庄重的男子，雪白的胡须一直垂到胸下。他听有人问他为什么来到这里，一句话没说先哭了起来。于是第五个犯人就当了他的舌头，说道："这个老实人被判了四年苦役。临来之前，还穿上过节的衣裳、骑上马，好好逛了一趟大街呢！"

"我明白。"桑丘·潘沙说，"听这话的意思，就是被拉出去游街了。"

"对喽。"苦役犯点点头，"他被判刑是因为他当捎客，而且是人肉捎客。干脆说吧，这位绅士是因为拉皮条犯了事，还因为他多少有点装神弄鬼的神汉手段。"

"要不是因为这点外加的手段，"堂吉诃德说，"一个清清白白拉皮条的人不该去服苦役、划海船，倒是有资格当个指挥舰队的司令。老实说，拉皮条这一行不像人们想的那样，其实只有牢靠人才干得来。一个井井有条的国家少不了这种行当，而且要由身世清白的人来干；得像别的行业那样，设专人查询监督；还得像交易所雇佣经纪人那样，限定人数，精心挑选。只有这样才能避免眼下的一大堆毛病。现在把持这行当的尽是些不谙人事的蠢货：不三不四的娘儿们呀，没见过世面的毛头小伙子、小流氓呀。这些人，到了紧要关头该拿大主意了，就连自己的手在哪儿也说不清楚；送到嘴边的面包都结冰了，还不知往哪儿塞。我真想接着讲下去，好好说明一下，既然国家这么需要这个行当，就应该选派合适的人去干。不过，现在不是时候也不是地方。要是有人能想法改变这种局面，总有一天我会跟他说的。现在我只想说，仅仅因为拉了皮条，一个白发苍苍的正经人就该来受这份罪，实在叫我心里难过。不过，他又兼做神汉，这就不太好了。我很清楚，在这个世界上，无论怎么装神弄鬼，也不能让人动心更不能让人变心。要是有人以为行，那就太傻了。每个人都有自己的主意，草药也好魔法也好，都拿它没办法。不少蠢娘儿们和骗人的坏蛋们搞的那些名堂，不过是毒药杂烩，灌下去能叫人发疯，他们却故弄玄虚，说什么药力能把冤家变成相好。其实呢，我刚说过，人心是强迫不得的。"

"没错。"可怜的老头说，"老爷，讲真话，说到神汉，我没什么不对的；说到拉皮条，确实干过。可我怎么也没想到这是件坏事。我一心盼望大家都能男欢女爱，日子过得平安和顺，不打架也不惹麻烦。可我一片好心一点没管用，最后还得上那有去无回的地方去，我这大把年纪了，小便又有毛病，疼得我一刻不得安宁。"

说到这儿，他又像开头似的，呜呜哭起来。桑丘看着实在可怜，就从兜里掏出半雷阿尔施舍给他。

堂吉诃德接着又问另一个人犯了什么罪。这位答起话来，比起先头那位更是潇洒大方："我到这儿来，是因为我把我的两个表姊妹和两个不是我的表姊妹，耍弄得过了点头；我接连耍弄这个、耍弄那个，末了表姊妹多得连鬼也数不清。事儿一下全发了，我一没后台、二没钱财，还差点没叫人把喉咙给勒断了。最后判了我六年苦役，也只好认了，罪有应得呀。我还年轻，来日方长，总会有办法的。绅士先生，您要是有什么手段来解救我们这些可怜虫，将来上帝会在天国报答您的；我们在地上，也会惦记着时时祷告上帝保佑您这位仪表堂堂的先生，让您身体健康，长命百岁。"

答话的人一身学生打扮，一个看守说，此人话多鬼点子也多。

走在这溜人末尾的是个相貌不错的男子，三十来岁年纪，就是看人的时候有点对眼。他与众不同，枷锁比别人的都严实：长长的脚镣链子在身上绕了几道；脖子上套着两个铁圈，一个上拴着脚镣链子，另一个叫"护颏"，也叫"下巴托儿"，上面拴着两根铁链，直垂腰间，紧紧系在吊着大锁的手铐上。这样一来，他抬手摸不到嘴，低头碰不到手。堂吉诃德问，为什么这个人跟其他人不一样，要如此严加防范呢？看守告诉他，此人独个儿犯的罪比所有人加起来还多，而且他胆大包天、诡计多端。饶是看管得这么严，他们还是不放心，生怕稍有疏忽就叫他给溜了。

"他能犯多大的罪？"堂吉诃德问，"最终不也只判他去划海船吗！"

"一去就是十年！"看守告诉他，"等于世上没他这个人了。这样吧，您只要知道他是谁就足够了：这位好汉是人人皆知的西内斯·德·帕萨蒙特，人称'西内斯哟·德·啪啦噼啦'。"

"我说看守老爷，"苦役犯不乐意了，"咱们别这样好不好？犯不着给别人更名改姓嘛！我名叫西内斯，不是'西内斯哟'；祖上传下来就姓帕萨蒙特，也不是你老说的'啪啦噼啦'。咱们各人都盯着自己那摊子事，也就够忙的了。"

"甭用这口气说话，特大号的贼骨头先生，"看守的火气上来了，"再不闭嘴你就后悔莫及了。"

"好说。"苦役犯还是顶了一句，"上帝谁也不会亏待。迟早有人会知道我究竟是不是叫'西内斯哟·德·啪啦噼啦'。"

"大伙儿就是这么叫你的嘛，混蛋！"看守说。

"是这么叫的，"西内斯答道，"不过我会让他们改口的，不然我发誓把自己的胡子一根根揪光。您这位绅士先生要是想给我们点什么，就快拿出来，然后尽管走开，干吗这么刨根问底地打听别人的事，怪讨厌的！想知道我是谁？告诉您，我叫西内斯·德·帕萨蒙特，我已经亲手把自己的事都写下来了。"

"是这么回事，"看守说，"他确实给自己立了传，简直是独一份！他在牢里把那本书抵押了，得了二百雷阿尔。"

"哪怕是二百金币，我也要把它赎回来！"西内斯说。

"就这么好？"堂吉诃德问。

"那还用说！"西内斯回答道，"只怕有些书要卖不出去了，像自古以来写了一大堆的《托梅斯河上的小癞子》①什么的。告诉您老吧，书里讲的全是实话，又中听又逗乐的大实话，瞎话编得再好也比不上。"

"书名是什么？"堂吉诃德问。

"《西内斯·德·帕萨蒙特的一生》。"那人答道。

"写完了吗？"堂吉诃德又问。

"怎么能写完呢？"犯人说，"我的一生还没到头，只从出生写到这又一次判了苦役为止。"

"这么说，你以前就被判过了？"堂吉诃德接着追问。

"很荣幸能为上帝和国王效力，上次是整整四年，我已经知道硬面包和牛皮鞭是什么滋味了。"西内斯说，"这次又来了，我一点也不后悔，因为可以有时间把书写完。该讲的事情还多着呢，在西班牙服苦役有的是用不完的闲工夫。不过说实在的，我要写的也费不了多大事，反正都在我心里。"

"你还挺有本事。"堂吉诃德夸了他一句。

"也挺倒霉，"西内斯回答说，"倒霉事总是缠着机灵人。"

"缠着浑小子！"看守插嘴说。

"看守老爷，"帕萨蒙特一点不客气，"我说了，咱们犯不着这样。上头把这根棍子交给您是为了押送我们去国王陛下指明的地方，不是叫您冲我们这些可怜虫耍威风的。不然的话，他娘……算了！别等着有一天把上次客店里的那点猫腻全抖搂出来！最好还是大伙儿安分点、客气点，都别提了；赶快上路要紧，耽搁的时间也不少了。"

看守见帕萨蒙特居然要挟他，举起棍子想打，可是堂吉诃德往中间一站，叫他别动手：一个手脚上绑的人动动舌头也不为过。然后他

---

① 《托梅斯河上的小癞子》：16 世纪西班牙流浪汉小说的代表作。

转过脸对其他犯人说："诸位亲弟兄，听了你们的话，我一切都明白了。虽说是事出有因，法网难逃，可你们谁也不愿意去服苦役，而是无可奈何、被迫上路的。你们有的是屈打成招，有的是没钱通融，有的是无人说项，总之最终都怪法官徇私枉法，错判了诸位，才落得如此下场。这一切都要我、劝我，乃至逼我在诸位面前一露真容。上天令我降生于世，至死置身骑士行列，立志铲除强暴、扶助弱小。当然我也懂得，还是谨慎从事为妙，如能善了，绝不蛮干。所以，我想求求卫兵看守先生们，有劳大驾打开枷锁让这些人自便，他们会找到更好的门路为国王效力的。上帝本来要人们自由地生活在天地之间，如今却偏偏逼其为奴，我总觉得太残忍了。"

然后他又接着说："诸位看守先生，再说，这些可怜人也没做什么对不起诸位的事。各人有过各人当，我主在上自会惩恶扬善。诸位跟他们无冤无仇，放着清白人不做，何苦去当害人的刽子手！我在这里苦苦好言相劝，诸位若能赏脸，自是感恩不尽。如果好说不行，我强壮的臂膀必将举起这支长矛和这把佩剑，迫使诸位从命。"

"天大的笑话！"一个看守说，"绕了半天，原来逗的是这个闷子！叫我们把国王定了罪的犯人给您放了！是上头有人吩咐我们这样做，还是您有资格命令我们这样做？老天照应，先生您还是乖乖走自己的路吧！对了，先把头上那个尿盆儿扣正了，别四处踅摸三只爪子的猫了。"

"你才是癞猫、耗子、混蛋！"堂吉诃德大骂起来，而且说着就动手，猛一下子扑了上去。那人还没来得及挡驾，就被长矛狠狠戳伤，摔倒在地上。而且恰恰是那个扛枪的：堂吉诃德算是碰对了。

事情突如其来，其他几个看守都被惊呆了，一时不知该干什么。不过他们很快就醒过味儿来，骑马的抽出佩剑，步行的举起投枪，蜂拥扑向堂吉诃德。只见他沉着应战，不慌不忙。不过他最后肯定是要吃大苦头的，幸亏犯人那里闹腾起来：见逃跑的机会到了，个个忙着砸碎把他们拴成一串的铁链子。这一下可就乱了套：看守们又想去收拾四散的犯人，又想去对付堂吉诃德，结果是手忙脚乱、一事无成。桑丘也没闲着，他帮西内斯·德·帕萨蒙特砸开了枷锁，让他第一个放开手脚参战。他便直奔躺在地上的看守，夺下佩剑和火枪，左瞄一个，右指一个，不过始终没有开枪。不一会儿，看守们全不见了：眼看帕萨蒙特举着火枪，其他松了绑的犯人又扔过来满天的石块，他们只好落荒而逃。桑丘见这阵势，一下子发起愁来，因为他突然想到，逃跑的人肯定要去教友公堂告状，然后他们马上会钟声齐鸣，集合起来追捕逃犯。他把这话告诉主人，提议两人赶紧离开，及早躲进不远处的山里去。

"你说得也对，"堂吉诃德答复他说，"不过我最明白现在该干什么。"

这时候犯人们正乱哄哄抢看守身上的东西，直到把他剥了个精光。堂吉诃德喊了几声，他们听到后，都跑过来把他团团围住，想知道他有什么吩咐。于是他对他们说："体面人都应该懂得报答恩德，忘恩负义是上帝最不能饶恕的一种过失。我的意思是，诸位已经清楚地亲眼看到，我为大家做了些什么。作为回报，我希望你们能帮我了却一桩心愿。请诸位扛起刚从脖子上摘下的铁链，立即上路前往托博索城去拜见杜尔西内亚·德尔·托博索女士，就说听命于她的苦脸骑士把自己的整个身心交付给她，然后再向她讲述今天这件举世闻名的武功，要完整详细，一直讲到你们如何如愿以偿、重获自由。做完这件事，你们就可以各奔东西、自谋前程了。"

西内斯·德·帕萨蒙特替大伙儿回答了他："我们的救命恩人老爷，您托付的事是万万办不到的。我们不能成群结伙地走在大路上，只能分头各走各的，而且恨不得钻到地底下，免得让教友公堂抓去。我敢说他们马上就要出来追我们了。老爷您正经应该打消这个主意，别去朝拜和供奉这位杜尔西内亚·德尔·托博索女士，改成念几遍《万福玛利亚》和《信条经》，那我们保准念来向您谢恩。这件事怎么都好办，夜里也好、白天也好，跑着也好、歇着也好，平时也好、打仗也好，反正误不了。可是想让我们回到埃及的肉锅①旁边，就是说，扛起铁链上路去托博索，办不到！除非您有本事把这会儿的上午十点钟变成深更半夜！这简直是叫我们去找榆树讨梨吃。"

"我发誓，"堂吉诃德怒气冲冲地说，"就叫你一个人去，还得两腿夹着尾巴，肩上扛着铁链！你这个婊子养的绅士，堂西内斯哟·德·啪啦噼啦，管你叫什么鬼名字！"

帕萨蒙特早就看出堂吉诃德的脑子不怎么明白，否则哪能干出放走他们的荒唐事，况且他也不是好惹的，见居然如此对待他，便使了个眼色，一大帮人呼啦一下闪到一边，开始把石块雨点般地向堂吉诃德扔去。他连忙抓起盾牌，抵挡不及，而倒霉的洛西南特这会儿像铁浇铜铸似的，怎么踢它也不理睬。桑丘赶紧躲到他的毛驴身后，总算避开了向两人头顶落下的那片石子云雾。堂吉诃德却没有那么好的护身盾牌，不知有多少石子狠狠打到他身上，终于把他砸倒在地上。他刚倒下，那个学生就扑了上来，一把拽下他头上的铜盆，使劲在他脊背上摔打了三四下，又在地上摔打了三四下，差点给砸得粉碎。一伙人蜂拥而上，扒去了罩盔甲的布褂，还想脱下他的长袜，无奈护膝挡着，只好作罢。桑丘的大衣也被抢走，只给他留下内衣内裤。一伙人瓜分完所有的战利品之后，就四散而逃，各奔东西。他们最关心的是别让教友公堂逮住，哪里还想到扛起铁链去拜见杜尔西内亚·德尔·托博索女士！

最后只剩下毛驴和洛西南特，桑丘和堂吉诃德。毛驴做低头沉思

---

① 埃及的肉锅：典出《圣经·出埃及记》。摩西率领以色列人逃出埃及，来到沙漠，"以色列全会众在旷野向摩西、亚伦发怨言，说：'巴不得我们早死在埃及地，耶和华的手下，那时我们坐在肉锅旁边，吃得饱足，你们将我们领出来，到这旷野，是要叫这全会众都饿死啊！'"

状，时不时晃晃耳朵，以为一直在耳边轰鸣的石块风暴还没有停息。洛西南特也被石头砸倒，躺在它主人身旁。桑丘几乎光着身子，战战兢兢生怕教友公堂找来。堂吉诃德心灰意懒，没想到得了他好处的人却对他下如此毒手。

CAPÍTULO XXIII · 第二十三章

这部传记里最稀奇的事件之一：
著名的堂吉诃德在黑山

堂吉诃德见自己被打成这样，就对他的侍从说："我总是听人说，对小人行善，等于往海里泼水。我要是早听了你的劝告，也就不至于遭这个殃了。咳，已经晚了，就认了吧，往后学乖点得了。"

"老爷您要能学乖，我也就成了土耳其人了。"桑丘回答他，"不过您刚才说要早听我劝，就不至于遭这个殃；那现在就听我一次，免得遭更大的殃。我得告诉您，教友公堂可不吃骑士那一套；所有的游侠骑士加在一起，他们也不放在眼里。您猜怎么着，我觉得他们的箭头已经在我耳边嗖嗖响开了。"

"桑丘，你的胆子确实太小。"堂吉诃德说，"不过，为了不让你说我死倔、从来不听劝，这回咱就按你说的办：躲开把你吓成这样的凶神恶煞。但是咱先得说好了：不管是今生来世，你都应该告诉别人，我不是因为害怕而从这儿撤走、躲开危险的，纯粹是看在你一再央求的分上。你要是不这么说，那就是撒谎。从今往后、由后溯今，不管你什么时候这么想、这么说，我都要戳穿你、指出你在撒谎。你就别再犟嘴了。一想到危险来了，尤其是这次多少有点吓人味道的危险，居然不得不撤走、躲开，我就恨不得留下来，只身一人守在这儿，不光对付你说得那么吓人的教友公堂，还捎带上以色列十二族、犹太马加比七兄弟①、卡斯托耳和波吕丢刻斯②，加上全世界所有的教友和公堂。"

"老爷，"桑丘回答道，"撤走不等于逃跑；明知凶多吉少，还要硬挺，可不算聪明。明白人都懂得，过着今日，想着明朝，不能一天把什么都耗费光。告诉您吧，我虽说是个粗鲁小人，还多少懂得一点居家过日子的道理。好了，听我劝您不会后悔的。要是您还行，赶紧骑上洛西南特；要是不行，我来帮您一把。然后，跟着我走。我的脑袋瓜告诉我，这节骨眼儿上，脚的用处比手大。"

堂吉诃德一言不发，悄悄上了马，桑丘骑驴走在前面，两人抄近道进了黑山。桑丘打的主意是越过山去，一直走到埃尔维索，或者阿尔莫多瓦尔·德尔·康波。如果教友公堂派人搜捕，就在山沟沟里先躲几天，免得被他们抓去。还有一件事更加增强了他这次跋涉的决心：经过苦役犯们一通哄抢，能摸到的东西都让他们拿走了，可是他的驴背上驮的干粮袋居然完好无损，他认为这只能说是奇迹。

当天夜里，他们到了黑山深处。桑丘决定就在那儿过夜，说不定还再多待几天，就看干粮能支撑多长时间。于是两人便在一片软木树林里的两块大石头中间露宿了一晚上。

那些没有被真正的信仰之光照亮的头脑总认为命运是不可抗拒的，它随心所欲地操持一切、安排一切、指引一切。这不，鼎鼎大名的骗子和强盗西内斯·德·帕萨蒙特被疯疯癫癫、仗义执言的堂吉诃德从枷锁下解救出来之后，理所当然地害怕教友公堂的追捕，也决定躲进深山里，而且鬼使神差，他偏偏来到堂吉诃德和桑丘·潘沙所在的地方，恰巧赶上他们睡着了，可可儿地借着天色认出了他们。坏人都是忘恩负义的，现在又处在穷途末路，更是不择手段，只顾眼前，

---

① 马加比七兄弟：指巴勒斯坦地区耶路撒冷附近的犹太教世袭祭司长家族，曾领导过抗击外族的斗争。

② 卡斯托耳和波吕丢刻斯：希腊神话中的孪生兄弟。

哪管日后。西内斯本来就心术不正,更不懂得感恩,这时候竟然打主意要偷桑丘·潘沙的毛驴。他根本看不上洛西南特:这么糟的货色典也典不出去、卖也卖不掉。于是趁桑丘睡得正熟,牵走了他的驴,天亮之前,他已经跑出老远,肯定是追不上了。

朝霞露出,大地一片欢快,可是桑丘·潘沙却满腹愁苦,他发现自己的牲口不见了。等他最后明白过来确实是丢了,立刻发出一声人世间最凄惨、最揪心的哭号。堂吉诃德被哭声吵醒了,耳朵里马上就听到:"噢,我的心肝宝贝,在我家里长大的小淘气,陪我的孩子们蹦蹦跳跳的小伙计,我老婆的开心果子,邻居们的堵心疙瘩,我的好壮工,我的半拉膀子,你一天挣的二十六马拉维迪顶了我一半的开销!"

堂吉诃德听了这通哭诉,明白了是为什么,便尽量安慰桑丘,好言好语相劝,叫他别着急,还答应给他开一张欠条,从家里的五头驴驹当中挑出三头给他。桑丘听了这话才安静下来,擦干了眼泪,抽抽搭搭地谢了堂吉诃德的善心。骑士先生呢,自打进了山,心里畅快了不少,觉得这地方倒是个探险猎奇的好去处。于是,游侠骑士在深山野岭的种种奇妙遭遇,一下子全都涌进了他的脑子。他一路走,一路想着这些事情,全神贯注、忘乎所以,别的什么他也不操心了。桑丘一弄明白他们是到了保险的地方,也不操别的心了,只想着填饱肚子:好在上次从教士那里抢来的吃食还剩下一些。他跟在主人后面步行,把本来驴子驮的东西全都扛在自己肩上,时不时从布袋里抓出一把干粮就往肚里塞。这种时候,他可一点也不想沾什么探险猎奇的边。突然他一抬眼,见主人停了下来,正想用长矛把掉在地上的一堆东西挑起来。他连忙跑过去看看是不是要帮一把。可他一赶到,主人已经用矛尖挑起了一只鞍垫,和捆在一起的小箱子。这堆东西已经烂得差不多了,可以说全烂得一塌糊涂,可是分量不轻,桑丘只好下地去捡。主人叫他看看箱子里面有什么,桑丘手脚麻利地照办了。箱子用铁链捆着，还上了锁，不过终归是破烂不堪了，里面的东西都看得见。原来是四件薄麻纱衬衫，还有别的麻纱衣物，都挺干净考究，另有一块手绢，里面包着不小的一堆金币。桑丘一见这玩意儿，马上说："谢天谢地！咱们总算赶上一桩好处不小的奇事！"

他又接着翻腾，找到一个装潢精美的笔记本。堂吉诃德把这个要了过去，叫他把钱收好归己。桑丘吻了主人的手表示感谢，然后掏空了箱子里的所有衣服，全都塞进自己的干粮袋里。

这些，堂吉诃德都看在眼里。他说："桑丘，我猜准是这么回事：哪个走岔了路的路人钻到这山里来了，结果撞上了土匪，把他杀了，又弄到这块僻静地方给埋了。"

"我看不像，"桑丘不同意，"土匪干吗不把钱拿走？"

"你说得对，"堂吉诃德回答道，"那我就猜不透、想不出是怎么回事了。不过等一等，咱们瞧瞧这笔记本上写着什么没有，也许能顺藤摸瓜，帮咱们解开这个哑谜。"

他打开笔记本，看到一页字体工整的手稿，写的是一首十四行诗。他便高声朗读起来，为的是让桑丘也听听。诗里是这么说的：

> 是因为爱神麻木不仁，
> 还是由于他心肠太狠？
> 抑或是我所受的折磨，
> 不与他宣判的刑罚相称？
>
> 爱神既然被尊为神灵，
> 那他显然能够统观世情；
> 神祇也不该如此残酷，
> 令爱情给我切肤之痛。

莫非一切都应怪罪于你，费利？
至善丽质怎能蕴涵如许祸祟？
难道上天也执意与我作对！

我很快就要死去，毫无疑问。
病魔肆虐，却不知晓病因；
对症下药？且待神明施恩。

　　"就凭这段顺口溜，啥也弄不清，"桑丘说，"除非是到那块'黑呢'里去找线头。"

　　"这儿哪来的什么'黑呢'啊？"堂吉诃德问他。

　　"您刚才念的时候，"桑丘说，"好像提到什么'黑呢'了。"

　　"别不是'费利'吧？"堂吉诃德明白了，"这看样子是一位女士的名字，作者在诗里抱怨她呢。说真话，诗还写得确实不赖。要不，就得怪我不懂行了。"

　　"这么说，"桑丘接荏儿就问，"老爷您也会编顺口溜喽？"

　　"你想不到的事还多着呢，"堂吉诃德回答他，"等着瞧，哪天我叫你给我的心上人杜尔西内亚·德尔·托博索捎封信，从头到尾都用诗写。桑丘，我得告诉你，所有古代的游侠骑士，至少大部分吧，都是顶呱呱的游吟诗人，顶呱呱的音乐家。这两种本事，也许说'灵气儿'更合适一些，是所有害相思的游侠不可缺少的。不过说实在的，古代骑士的诗歌心气儿太盛，不讲章法。"

　　"老爷您再念点别的，"桑丘建议，"也许能碰上什么帮咱们开窍的。"

　　堂吉诃德翻过一页，说："这篇是散文，像是封信。"

　　"是平安家信吗，老爷？"桑丘问。

　　"看样子像是情书。"堂吉诃德回答道。

"那快大声念啊！"桑丘催他，"我就喜欢这些谈情说爱的事情。"

"好吧，我念了。"

堂吉诃德说完，就按桑丘的要求高声朗读起来。信里说：

　　你的虚情假意和我命定的苦难已经把我送到远方。传入你耳际的将不再是我凄苦的诉说，而是我夭折的噩耗。负心人啊，你竟然为了一个家产富足而德才欠缺的人把我抛弃。如若世人以人品为贵，我何需羡慕他人之福而悲叹自身之苦呢！你的容貌唤起的崇尚景仰，已被你的行为踏入泥淖。你的容貌曾使我误认你为天使，可你的行为却使我看清你原来不过是个女人。你虽然扰乱了我的宁静，我却祝愿你安详度日。愿上天永远把你丈夫的真相遮蔽，使你因此不为自己的抉择懊悔，我心已死，并不想从中得到什么快慰。

信念完了，堂吉诃德说："信也好诗也好，都只能说明作者是个失意的恋人。"

他翻遍了整个笔记本，又找到一些诗和信，有的看得清，有的看不清。不过无非都是一些苦诉呀、哀叹呀、猜忌呀、销魂呀、失意呀、垂青呀、冷漠呀；有的语句庄重肃穆，有的格调哀怨凄婉。在堂吉诃德翻看小本子的当儿，桑丘也把箱子翻了个遍，每个犄角旮旯都搜到了，连马鞍垫也没放过。他到处找，到处摸，到处掏，撕开一道道针脚，扯碎一团团羊毛，他可不想由于粗心大意而落下点什么。他意外捡到一百多金币，反而更加贪心不足起来。虽然到末了他并没有翻出别的新东西，也不觉亏得慌，连以前那些毯中飞人、药汤催吐、木棍洗礼、骡夫拳脚、褡裢丢失、大衣被抢，还有为了伺候难得的主人过的那些没吃没喝、疲于奔命的日子，一下子都觉得合算了。主人把捡到的东西全给了他，足够把这笔账勾销。

可我们的苦脸骑士却满心只想弄清楚谁是箱子的主人。从诗呀、信呀，还有那些金币和考究的衬衫来看，想必是一个相当有身份的恋人，因为受到心上人的冷眼和亏待，一时想不开走上了绝路。然而，深山野岭杳无人迹，上哪儿去打听？于是堂吉诃德决定接着往前走，还是由着洛西南特的性儿，走到哪儿算哪儿，心想在那些野树林、荒草丛里总少不了冒出点什么稀奇古怪的事情。他正这样一路琢磨一路走，突然看见就在眼前的小山包上，有个人在满山的石头和草丛之间蹦来跳去，动作轻巧极了。他觉得那人好像是光着上身，满脸又浓又黑的胡子，长长的头发蓬松披散，脚上没穿鞋，赤裸着两腿；裤子只能遮盖大腿以上的部位，似乎是棕色丝绒做的，已经千疮百孔，到处露出肉来；头上也没戴帽子。刚才说了，此人动作轻巧，飞快跳过，不过苦脸骑士还是把上面那些细节都看得一清二楚。他本想追上那人，可是不行：洛西南特瘦弱无力，一向只会慢条斯理地迈碎步，哪能在崎岖的山路上奔跑。堂吉诃德认定那人就是马鞍垫和小箱子的主人，暗自打定主意，哪怕在这深山里转悠一年，也得设法找到他。他叫桑丘从驴背上下来①，沿着山这边包抄；他自己走另一边。用这种办法说不定能撞上那个转眼就不见了的人。

"我不行，"桑丘拒绝了，"一离开老爷您，我就会吓得心惊肉跳、见神见鬼。劳驾您千万记住我这会儿说的话：从今往后我一步也不离开您。"

"好吧，"苦脸骑士说，"你想靠我壮胆，我当然很高兴；你即使吓破了胆，有我在旁边就不碍事。现在你慢慢在我后面走，只要能跟上就行，可是两只眼要张得跟灯笼似的。咱们绕这小山包走一圈，也

---

① 此处为作者的疏忽，他忘了桑丘的毛驴已被人盗走。作者在第二部第四章做了说明。

许能碰上刚看见的那个人。咱们捡到的这堆东西的主人肯定是他。"

桑丘却说："我看最好别去找他。您想，要是找到了，他又正好是那堆钱的主人，我当然是应该还给他喽。所以，还是别费这事的好，让我心安理得地把钱揣起来。原主迟早会露面的，何苦钻隙觅缝地去找呢！说不定到时候钱都花光了，国王总不会叫我赔吧！"

"桑丘，这可就不对了。"堂吉诃德回答说，"既然咱们已经估摸着原主是谁，而且就在眼前，那可是非得找到，把东西还人家。要是不去找的话，心里就老得嘀咕，越来越觉得他是原主，这跟真的昧别人东西没什么两样。所以，桑丘老兄，去找他你不乐意，可是不去找他我不乐意。"

他说完催着洛西南特就走。桑丘呢，多谢西内斯哟·德·帕萨蒙特，这会儿只好迈开双脚、扛起一大堆东西紧紧跟在后面。两人绕着小山走了一圈，最后在个小河沟里发现一头死骡子，已经被野狗、乌鸦吃去了大半，可是鞍子和缰绳还在。一见这情景，两人更加确信不疑：骡子和鞍垫的主人肯定是那个飞快跑走的人。他们正在发愣，忽然听到一声呼哨，像是牧羊人在赶牲口。接着，冷不丁地，一大群山羊从他们左边钻了出来，跟在后面的牧羊人也在山顶露了头，看来年龄不小了。堂吉诃德冲他喊了几声，叫他到山下他们那儿去。那人也大声问他们怎么钻进这种人迹罕至的地方来了，因为平常只能看到山羊、野狼和其他猛兽的足迹。桑丘叫他快下山，他们会给他说个明白的。牧羊人下了山，来到堂吉诃德身边，对他说："我敢打赌，您准是在看这头死在沟里的租赁骡子。少说它也在这儿待了六个月了。请问，二位是不是碰见它的主人了？"

"我们谁也没碰见，"堂吉诃德回答他，"只是在离这儿不远的地方看到一副马鞍垫和一只小箱子。"

"我也看见过，"牧羊人说，"可是我从来没到跟前去捡，怕惹出麻烦，回头人家告我偷东西。要知道，魔鬼总是变着法儿坑人，给你脚下使绊子，弄得你摔倒了还不知是怎么回事。"

"我也是这么说的，"桑丘插嘴了，"我也看见了，只是老远扔一块石头过去，就再没理它，到现在还原封不动地待在那儿。我可不想要带铃铛的看家狗。"

"老人家能不能告诉我，"堂吉诃德问，"您知道这些东西的主人是谁吗？"

"就说我知道的吧。"牧羊人说，"差不多是六个月以前，离这地方大概三莱瓜的羊倌棚里，来了一个模样身材都挺好的漂亮小伙儿，骑的就是死在那儿的那头骡子，您说看见过可没碰过的鞍垫和箱子也是他的。他问我们这山里什么地方最荒凉僻静。大伙儿告诉他就是咱们现在待的这个山沟。真的，不信您再往里走半莱瓜，保准找不到回头路。所以我很奇怪，你们怎么钻进来的。不光没有大路通到这儿，连羊肠小路也没有。我说到哪儿了？对了，小伙儿听了我们的话，缰绳一勒，直冲我们指点的地方走去。大伙儿都很喜欢他的模样，可是不明白他的问话是什么意思，干吗要那么着急往深山里跑。从那以后再也没见他。过了几天，他半道上截住我们一个羊倌，二话不说，上去就是一顿拳打脚踢，完了就跑到驮干粮的毛驴旁边，一股脑儿抢走了所有的面包和干酪，最后手脚麻利地又钻回山里去了。听说了这件事，我们几个人在山高林密的地方转悠了差不多两天，最后才找到他，见他躲在一棵又粗又高的软木树洞里。他低眉顺眼地出洞来迎我们，破衣烂衫的，被太阳晒黑的脸也走了样，我们差一点没认出来。他那身衣服虽说是破了，可还能看出个大概，这才知道他就是我们要找的人。他客客气气跟我们打了招呼，没用几句话就给我们讲清了原委。说是他这副模样跑到山里来让大伙儿担惊受怕，不过他只能这样做，他欠下的一大笔冤孽债要靠修行赎罪来还清。我们一遍遍问他究竟是谁，怎么也没能叫他开口。我们还告诉他，不吃东西是活不下去的，所以，他想吃什么，就事先说好他待在哪儿，我们会心甘情愿地给他送去。要是他不愿意这样，也可以尽管找羊倌要，千万别再抢了。他谢过了我们的好意，还说前几次真不该打劫，请我们原谅，只求往后看在上帝的面上周济他就行了，他保准不再胡来。至于他待的地方，就很难说了，只能每天夜里赶上哪儿就是哪儿。话刚说完，马上伤心地哭起来。就算我们长了一副铁石心肠，听了也得陪他流泪。想想看，头一次见他是什么光景，这会儿又是什么模样。我先头说了，他是个挺英俊的漂亮小伙儿，说起话来斯斯文文，头头是道，分明是个有身份的体面人。他为人那么和气文雅，我们这些听他说话的尽管都是粗鲁的乡下人，也能一眼看出。他讲得正起劲的时候，半道上猛地打住，一声不吭了。好一会儿工夫，只顾两眼盯着脚下。我们谁也不言语，蔫不悄儿地等着，不知道他为啥发呆，怪可怜见的。瞅他瞪圆了眼睛，死死盯着脚下，眼睫毛半天不眨一下；接着又合上眼睛，皱起眉头，闭紧嘴唇，真让人担心他要犯什么疯病了。我们果然没想错：只见他一头栽倒在地上，又抽冷子跳了起来，发狂似的朝身边的人扑过去，真是气势汹汹。要不是我们赶紧拽开，他真会把那人连捶带咬地毁了。他当时还不停地嚷嚷：'你这个丧尽天良的费尔南多！坑得我好苦啊！我这会儿要找你算账。世上所有的坏水都窝在你心里发臭了，你变着法儿地招摇撞骗。现在我要用双手把你的黑心挖出来！'他还说了好多别的话，都是骂那个费尔南多的，说他坑蒙拐骗、没有良心。我们好不容易把他拉开，心里很不是滋味。他呢，再没说别的，撇下我们噌的一下就钻进野树林、荒草堆里，叫我们追也追不上。这么着，我们才揣摩着，他的疯病大概是时好时犯，不过实在是病得不轻，真不知道那个叫费尔南多的怎么狠狠地算计了他。从以后好多次的事情来看，我们一点没猜错。他有时候跑到山路上问羊倌们讨吃的，可有时候就是硬抢。反正只要疯病一犯，你好好给他东西他不要，非得动拳头夺不行。赶上脑袋清楚的时候，他会规规矩矩求人看在上帝的面上给他点吃的，还一边眼泪汪汪地千恩万谢。"

牧羊人接着讲下去："实话告诉二位吧，昨天我和四个牧羊的——两个是我的伙计，另外两个是朋友——商量定了，说什么也得想法找到他。然后管他乐意不乐意，先送他去阿尔莫多瓦尔再说。从这儿走，也就是八莱瓜的路程。要是他的病还有治，就在那儿给他治治看。再不就趁他脑袋清楚的时候，打听一下他到底是谁，有什么亲戚没有，也好捎个信去说说他受的这份罪。二位刚才问的事情我就知道这些。你们看见的那堆东西的主人就是你们撞上的那个人，整天光着身子在山上飞跑（堂吉诃德已经告诉他了，说是刚看到有人在山上蹦来跳去）。"

堂吉诃德听完牧羊人的话，感叹不已，越发想知道那个不幸的疯子到底是谁。他像先前一样再次打定主意，非得满山搜遍找到他不可，一个沟坎、一个山洞也不放过。可是没想到，他的运气还真不错。正在这个节骨眼儿上，他要去找的那个年轻人就在他们左近的山沟里露面了。只见他一边走一边嘴里嘟嘟囔囔，甭说离那么老远，就是走近了也听不清他说些什么。他的一身打扮正是刚才描述的那样。等走到跟前，堂吉诃德才看出，他穿的那件小褂原来是熏香皮子做的。很显然，能衬这身行头的人绝非等闲之辈。

年轻人走上前来跟他们打招呼，嗓音嘶哑刺耳，不过礼数周全。堂吉诃德也彬彬有礼地问候了对方，还特意从洛西南特背上下来，和蔼优雅地拥抱了他，紧紧搂了好一会儿，像是多时不见的老熟人一样。对方呢（仿照堂吉诃德的"苦脸"雅号，我们不妨称他"愁容褴褛人"），摆脱了那双胳膊之后，把堂吉诃德稍稍往外一推，两手搭在他肩上，仔细端详了半天，想认认到底是谁。等他看清了堂吉诃德披甲戴盔的那副模样装扮，脸上露出的惊讶一点不亚于堂吉诃德看他的表情。一番问候拥抱之后，头一个开口说话的是"褴褛人"。他都说了些什么？请接着读下一章。

CAPÍTULO XXIV · 第二十四章

接着讲述黑山奇遇

　　书上讲，堂吉诃德专心致志倾听了山林潦倒绅士的一席话，他是这么说的："先生，说真话，我不认识阁下，不知道您是什么人，不过我十分感谢您如此和蔼友善地对待我。承蒙阁下好意相迎，但愿我能切实效劳以表谢忱，而不仅仅是在内心感恩图报。无奈命运作梗，难以回报他人恩泽，只能铭感五中，没齿不忘。"

　　"本人心愿亦在为阁下效劳，"堂吉诃德回答说，"为此，我早已决定暂不离开这荒山野岭，直到与阁下相见。先生择此奇特生涯，必有满腹酸楚，不知可否寻求某种解脱之策。如有可能，本人愿尽力设法襄助。若阁下处境确属穷途末路，求助无门，本人则可分担些许哀痛，相伴而泣。须知，身遇不幸，能得他人分忧，也不失为一种宽慰。我知道先生深明大义、知恩图报，所以若问我此番好意应得何种回报，我只有一事相求，先生倘若果真眷顾此生始终珍爱不舍之物，务请告知尊姓大名，何故来此荒僻之地与飞禽走兽同生共死，与之朝夕相处，置自身于不顾，如今容颜衣着已面目全非。"堂吉诃德接着又说，"我自知卑微不才，但仍愿以所获之骑士称号以及游侠骑士之天职起誓：如若先生应允，我将以我辈应有之热忱鼎力效劳。凡有一线希望，定为先生排忧解难；或如先前所言，与先生分忧、相伴而泣。"

山林绅士听了苦脸骑士的一番言语，一声不吭地把他左看右看、上下打量，直到最后看了个够，才说："各位要是有什么吃的，看在上帝的分上，快给我一点。等我吃饱了，叫我干什么都行，也算是对各位一番好心的谢意。"

　　于是，桑丘去解他的布袋，牧羊人去开他的皮囊，拿出吃食为褴褛人充饥。他接过来就痴呆呆地往嘴里塞，急得恨不能两口并成一口，哪里是往下咽，简直是往里填。他不言不语地吃着，别人也一声不吭地看着。吃完了伸出手来还要，于是又给了他一些。然后他领着大伙儿走到旁边一块大石头背后，那儿有一小片绿油油的草地。他跨上去就咕咚一下坐在草地上，其他人也默默无语地跟着他坐下。褴褛人安顿好了，便说："各位要是想叫我一口气儿讲完自己道不尽的苦难，先得答应绝不半截发问插话，免得打乱我这段伤心事的头绪。不然，只要有人打岔，我的话也就到头了。"

　　听褴褛人这么一说，堂吉诃德马上想起他的侍从讲的那个故事。因为他没记清多少只羊过了河，故事就在那儿断了线。不过还是听褴褛人的吧，他说："我这样提醒大家，是想三言两语把辛酸事讲完。每想起一次，我就伤心一次。你们问话越少，我就能越快讲完。放心，要紧的事我一件也落不下，保管大家都满意。"

　　堂吉诃德替大伙儿做了保证，他这才放心地讲起来："我名叫卡尔德尼奥，我的家乡是安达卢西亚的名城之一。我出身高贵，双亲富有，可是我却遭此不幸，害得父母伤心流泪，全家痛苦不安，纵有万贯家财，终是一筹莫展，因为天降的灾祸根本不理会世俗的金钱。城里住着一位天神，那是我全部爱心和幸福向往之所在，她就是美丽绝伦的露丝辛达，一位与我同等高贵富有的小姐。她比我走运，但是缺少我衷心瞩望于她的坚贞不渝。从幼嫩的童年时代起，我就一直喜欢、崇拜、爱慕这位露丝辛达，她也一直以孩提特有的淳朴童心爱着我。双方的父母都看出了我们的心思，觉得没什么不好，深信随着年岁渐长我们迟早是要结婚的，再说，两家门第财产相当，本来就是势在必行。

"我们慢慢长大了，两人的爱情也逐年增强。露丝辛达的父亲觉得，按历来的风俗教化，应该禁止我踏入他们家门了。他其实是在模仿诗人们传诵的提斯贝①故事里的做法，那位姑娘的父母就是这样干的。哪知这么一禁止，反而火上添油、炉中炽炭。我们的舌头虽然不得不沉默，可我们手里的纸笔还能说话，而且比舌头能更加挥洒自如地表白埋藏在心底的想法。通常是，心爱的人往眼前一站，最坚定的决心也会摇摆，最大胆的舌头也要支吾。天哪，我不知给她写了多少情书！也不知收到多少甜蜜而真诚的答复！不知编出多少歌曲、写下多少情诗，任凭自己的心灵吐露深藏的情怀、描绘热烈的思恋、回味甜蜜的往事、重振受挫的意志！

"最后，我实在受不了了，心急如焚地想见到她。我已经想好怎样才能顺利得到渴望已久、受之无愧的最高奖赏，便决定当机立断，付诸实施。我去找她父亲，要求娶她为妻。得到的答复是：十分感谢我这番为他的门楣增光的盛情，他也愿奉献出自己的宝物为我添彩，但是，既然我父亲还在世，照说应该由他前来提出要求。万一老人看不上相不中，他们的露丝辛达绝不是那种可以偷偷摸摸抢去拐走的姑娘。我谢过他的好心提醒，觉得他说的都很在理。至于我父亲，只要我一说明，他肯定前去求婚。这么一想，我便当即去找父亲吐露心思。我走进他的屋子，见他手里拿着一封拆开的信。不等我说话，他就递过来对我说：'卡尔德尼奥，看看这封信吧，里卡尔多公爵有心提携你呢！'各位也许知道，这位里卡尔多公爵可是西班牙的一名显贵人物，他的封地在安达卢西亚最富庶的区域。我接过信来读了一遍。信里说得那么恳切，如果我父亲不照吩咐去办，连我

---

① 提斯贝：传说故事中的古巴比伦少女。

都觉得说不过去。写信人叫我父亲立即打发我去他那儿，给他大儿子做伴。——不是当仆人。——还说他很器重我，要负责给我安排合适的差事。我看信的时候，从头到尾一句话没说，然后又一声不吭地听我父亲讲：'卡尔德尼奥，两天之后你就动身去听候公爵安排吧。你应该感谢上帝为你打开了这条通道！我知道你是个有出息的孩子，早晚会混出名堂的。'接着他又给了我不少为父的忠告。眼看动身的日子快到了，一天晚上我找露丝辛达谈了，把一切都告诉了她。我还找了她父亲，求他等几天，暂时延缓一下女儿的婚事，看看里卡尔多到底想叫我干什么。老人答应了。她也重申了对我的忠贞，一遍遍发誓，一次次晕倒。

"我到了公爵家，受到殷勤款待，自然很快也就引起一些人的嫉恨。那些老家人见公爵对我另眼相看，就觉得自己遭到冷遇。在那一家里，最欢迎我的就是公爵的次子费尔南多。他是个风流倜傥、慷慨多情的年轻人。没几天他就和我形影不离，因此招来不少闲言碎语。当然他大哥对我也不错，多方照顾，可怎么也比不上堂费尔南多待我的那股亲热劲。一来二去，堂费尔南多不再把我看成心腹下人，而是亲密朋友。好朋友之间自然无话不谈，他便向我吐露了他所有的心思，特别是那段叫他坐卧不宁的儿女私情。他非常喜欢他父亲某个下属的女儿，虽说是乡下姑娘，却也家道殷实，相貌秀丽，而且规规矩矩，温柔可人；谁也说不清究竟哪项长处更明显、更占上风。这样一个漂亮难得的农家姑娘招得堂费尔南多饥渴难耐，可是姑娘却严加防范。为了能最终得手，他只得答应娶她为妻，否则他知道是一点指望也没有的。作为好友，我不得不劝说阻拦，叫他打消这种念头，真是说尽了道理、举遍了例证。可是眼见一点用处也没有，我只好决定把一切都告诉他父亲里卡尔多公爵。堂费尔南多是个机灵人，早就想好了防着这一招。因为他知道，像我这样本分的下人，有事不会瞒着主人的，何况是有损公爵老爷名声的事呢。他连哄带骗，告诉我，要想摆脱那姑娘美色的缠绕，最好的办法就是离家出走几个月，叫我陪他在我父亲家先躲上一段时间。我们家乡出产骏马，良种传遍了全世界，这就给他提供了方便的借口：告诉公爵他要去挑几匹好马买下来。这个主意其实不怎么样，不过正中我的下怀，所以一听我就答应了，以为没有比这更加两全其美的办法了，我趁这个机会可以回去见见我的露丝辛达。打着这个主意，我不仅赞成他的决定，还一再撺掇催促叫他尽快成行，只要两人不见面，再深的相思也能治好。其实，他跟我说这话的时候，早就以丈夫的名义受用了那个乡下姑娘。他深知父亲公爵大人一旦听说他如此胡闹，肯定毫不客气，打算等到合适的机会再把事情挑明。说实在的，大多数小伙子的所谓爱情，不过是一种欲望，唯一的目标就是寻欢作乐，及至得手，立刻消退，所谓的爱情也随着溜之乎也。天性所追求的目标达到了，何必再继续向前。而堂费尔南多追求的目标恰恰不是真正的爱情，所以受用了那姑娘过后，欲望得到满足，原先那股热乎劲也就冷了。如果开头是假装无奈躲避，现在却是成心逃脱责任。

　　"公爵答应了他的要求，叫我陪他一起去。两人到了我们家，我父亲把他当贵客款待。我接着去见露丝辛达。尽管我对她的热恋从未消弱减退过，可是还是像又一次重新体验那种神摇魂荡的心情。千错万错，我不该把这些告诉堂费尔南多！都怪我当时只顾他对我的一片厚谊，觉得不能向他隐瞒此事。我还一再对他夸奖露丝辛达的容貌、风度和教养，结果说得他动了心，非要见见这位天造地设的好姑娘不可。又怪我自己背时，竟然顺从了他：一天晚上，在我们俩经常幽会的窗户下面，我借着烛光指给他看了。他见露丝辛达穿了一身那样的长裙，顿时把他以前看到过的所有美人佳丽都忘得一干二净。他一言不发、丧魂落魄、精神恍惚，终于深深陷入情网。这，只要各位往下听我这段不幸的遭遇就会知道的。

　　"他的这桩心事自然只有老天知道，对我他始终守口如瓶。命运似乎有意要扇旺邪火，不知怎么的，一天他看到露丝辛达给我的纸条，叫我去找她父亲谈两人的婚事，措辞委婉、得体而又含情脉脉。他一口气读完了，然后对我说，分散在世间所有女子身上的绰约风姿和聪慧灵性都集大成于露丝辛达一人。应该承认，我当时确实觉得这些赞誉对露丝辛达来说是受之无愧的，可是出自费尔南多之口又叫我感到很不自在。我慢慢开始怀疑他、防备他。只要两人在一起，他就把话题往露丝辛达身上引，每次都是他开头，有时简直是生拉硬扯。这不能不在我心里荡起一种说不清道不明的酸溜溜的滋味。我当然不是担心善良忠诚的露丝辛达会有什么变故，不过尽管如此，我还是不得不为自己的命运担忧起来。堂费尔南多总是想方设法要看我和露丝辛达的来往信件，口口声声说他很喜欢我们两人那种机敏的笔触。露丝辛达爱读骑士小说，有一次她说想借一本去看，就是《阿马迪斯·德·高拉》……"

堂吉诃德没等他说完那本骑士小说的名字，就忙不迭地插上嘴："如果您在故事开头就告诉我露丝辛达女士喜欢读骑士小说，无须赘言，我自会看出该女子才智超人。若她不喜好此种意趣隽永的书籍，任凭阁下如何赞颂，我也看不到她有多少出众之处。因此，就我而言，不必多费口舌描绘她的容貌、身价和才智。只要得知她有这项爱好，我便能认定她是世间最美丽最聪慧的女子。我真希望您送去《阿马迪斯·德·高拉》的时候，捎带上另一部杰作《堂卢赫勒·德·希腊》。我相信露丝辛达女士一定会读得津津有味，比如达莱达和噶拉亚的故事，牧童达利内勒的连珠妙语，还有他那些牧歌里的佳句，再由他随意自如地一演唱，更是优美动听，意趣横生。我看迟早得想法弥补这个缺憾；其实也不费什么事，只要您劳驾跟我去村里走一趟，到时候我可以给您拿出三百多本书，都是我生活的乐趣、心灵的珍宝。噢，对了，我一本也没有了，全是那些存心不良的混蛋魔法师捣的鬼！请原谅我违约打断了您的话。一听到骑士小说和游侠骑士这些事我就不能不开口议论几句，就像太阳光不能不把东西晒热、月亮光不能不把东西润湿一样。总之，很对不起，请您接着讲下去，这才是最要紧的。"

就在堂吉诃德说这些话的时候，卡尔德尼奥把头垂到胸前，似乎陷入深深的沉思。尽管堂吉诃德连说了两次，叫他接着讲下去，可他既不说话也不抬头。等了好一会儿，他才仰起头来说："我始终坚持一个看法：大流氓埃里萨巴特师傅是马达西马王后①的姘头。谁也不能让我改变看法，世上没人能做到！如果有人想法和看法跟我不一样，那他就是个混蛋！"

堂吉诃德一听，大为光火，又像往常那样赌起咒来："我他妈的发誓，这话不对！纯属恶意中伤，简直卑鄙至极！马达西马王后是皇亲国戚，怎么可以设想一位一品夫人竟和江湖郎中私通呢！谁的想法不一样，那才是满口胡言的大混蛋。我自有办法让他明白过来，骑马也行、下地也行，动家伙也行、动拳头也行，白天也行、晚上也行，随他的便。"

卡尔德尼奥紧紧盯着他看了半天，显然是疯病又犯了，怎能接着讲故事？再说堂吉诃德也不想听了，他正为马达西马的事生气呢。真是奇怪，他居然如此上心地护着那个女人，似乎她确实与自己息息相关。瞧，那些歪门邪道的书就把他弄到这步田地。刚才说了，卡尔德尼奥疯病复发，一听有人说他撒谎、骂他混蛋，还有别的不怎么入耳的话，哪里受得了，当即从身边捡起一块石头，照着堂吉诃德前胸扔过去，砸得他仰面倒在地上。桑丘·潘沙见主人吃了亏，攥起拳头就向疯子扑过去。褴褛人迎面给了他一拳，立刻把他打翻在脚下，又一跨，骑了上去，痛痛快快拾掇起左右肋条。牧羊人上去帮忙，结果落了个同样下场。他把所有的人都打了个落花流水，这才最后撒手，没

---

① 两人均为骑士小说《阿马迪斯·德·高拉》中的人物。

事儿人似的扬长而去，钻进了深山。

桑丘从地上蹦起来，见自己无缘无故挨了一顿打，气得不行，冲过去就拿牧羊人撒气。说是都怪他事先没有说清那个人时不时发疯，他要是早知道，就可以提前防备了。牧羊人回答说，他提醒过了，别人没听见，他有什么错？桑丘·潘沙又跟他论理，牧羊人也不示弱。你来我去，最后两人揪着胡子动起拳头。若不是堂吉诃德连忙劝解，两人说不定就互相撕了个粉碎。

桑丘紧紧抓住牧羊人，说："别管我，苦脸骑士老爷。这家伙跟我一样，也是村夫小人，没有受封骑士。如今我受了欺负，只有找他算账。我想两人总算旗鼓相当，可以体体面面干一仗了。"

"这倒也是，"堂吉诃德说，"不过就我所知，刚才的事不是他的错呀！"

最后好歹叫两人消了气，堂吉诃德又去问牧羊人怎么才能找到卡尔德尼奥，因为他急于要知道故事的结尾。牧羊人说，我早就讲了，谁也说不清那人的窝在哪儿；当然，要是老在这周围转悠，发疯的也罢，清醒的也罢，总是能撞上他的。

CAPÍTULO XXV · 第二十五章

勇敢的曼却骑士在黑山的种种奇遇，
以及他如何仿效"阴郁美少年"① 苦修赎罪

  堂吉诃德告别了牧羊人，又骑上洛西南特，叫桑丘随后跟上。桑丘老大不乐意，可也只好跨上毛驴②。两人慢慢进入山上最险峻的去处。桑丘一心想跟主人说话，急得要死，巴巴地盼着他先开口，免得自己触犯禁令。可是一路悄然无声，他实在憋不住了，便对主人说："堂吉诃德老爷，请您为我祈祷一句，就打发我走吧。我想离开这儿回家去，跟老婆孩子在一起。我至少可以跟他们说话，愿意聊什么就聊什么。您老人家叫我跟着白天黑夜地在这荒山里转悠，又不许我随便跟您说话，这简直就跟把我活埋了一样。要是像'鸡锁'③在世那样，老天让牲口讲话也行啊！心里想到什么，总算可以和毛驴聊上两句，遭再大的罪，也多少好受一些！这没日没夜地满世界乱闯荡，到处尽碰上马蹄子、大拳头、毯子兜人、砖头乱飞。这还不算，如今又得把嘴缝起来，心里有话不许说，像哑巴似的！这样的事可就太苦了一些，再安分的人也受不了！"

  "我明白你的意思，桑丘，"堂吉诃德回答说，"你急着想打开我前些日子挂在你舌头上的那把锁。好吧，你就权当打开了，有话就说

---

① 阴郁美少年：阿马迪斯的雅号。

② 作者还没记起桑丘的毛驴已被人偷走。

③ 桑丘想说"伊索"。

吧。不过先得讲明，什么时候咱们离开这山里，什么时候再锁上。"

"行啊，"桑丘说，"这会儿能说话就够了。以后的事儿，上帝会安排的。你这会儿给开了关，我可就敞开说了，您为那个叫什么来着……'马鸡骂杀'王后操那么多心干吗？那个'阿爸的'①是不是她的相好又怎么样？您又不给他们判官司，犯不着管那些事。要不，疯子早把故事讲完了，咱们也省了挨这顿打，又是扔石头，又是尥蹶子，还给脑袋上六七拳头。"

"桑丘，平心而论，"堂吉诃德回答说，"你如果跟我似的，明白马达西马王后是多么正派多么高贵的女子，你准会说我太客气了，居然没有打烂那张亵渎神明的嘴。一位王后怎么能和一个大夫私通？想想都是极大的罪过，更何况大声说出来！故事里本来是这么讲的：疯子说的那个埃里萨巴特师傅是个头脑精明、颇有见识的人物，兼任王后的太傅和御医。怎么能说王后是她医生的情妇呢？这种胡说八道的人真该严加惩处。不知你看出来没有，卡尔德尼奥说这话的时候已经神志不清了，所以你该懂得，他完全是在胡说。"

"可不是嘛，"桑丘马上接茬儿，"何苦把一个疯子的话当真呢！要是老爷您运气差点，石头不是打在胸上，而是打在头上，咱们可就热闹了！图个什么？就为那么个老天都不待见的太太！到末了，谁也不能把卡尔德尼奥怎么样，他是个疯子！"

"不管是疯子还是好人，只要牵涉到随便哪位女士的名声，游侠骑士都得跟他们计较，更何况事关马达西马王后这样高尚善良的王室人物呢！我特别看重她那难得的人品：她不仅相貌美丽，而且精明谨慎；她饱经磨难，始终坚韧不拔。她之所以能从容不迫地渡过种种难关，主要是得益于在她身边拿主意的埃里萨巴特师傅。大概就是因为这个，那些无知之辈、恶毒之徒才想当然地说什么王后是他的情妇。

---

① 桑丘顺口杜撰的人名。正确的说法就在下面堂吉诃德的话里。

这纯粹是谎言！我再说一遍、一百遍、二百遍，凡是这么想这么说的，都是一派胡言！"

"我没这么想也没这么说，"桑丘赶紧搭茬儿，"各人自想办法，各家有啥吃啥。他们是不是娴头，自己会向上帝禀明。我刚收完葡萄，啥事也不知道。我可不爱打听别人的隐私。买了东西少给钱，口袋也说太丢脸。再说呢，我赤条条来，赤条条去，不亏不赚多惬意！他们是娴头，又干我什么事？还说不定，明明没吃肉，偏抹一嘴油。更何况，谁能给野地安上门？连上帝还有人说闲话呢！"

"我的上帝！"堂吉诃德喊了一声，"你怎么一张嘴就是一长串蠢话，桑丘！你这连珠炮似的谚语跟咱们讲的事有什么相干？饶了我吧，桑丘，快闭上嘴。从今往后，专心赶你的驴子，少管闲事。你浑身的耳朵都给我竖起来听着：我过去、现在和将来所做的一切都永远在理，都符合骑士的规矩。这种事情我比世上所有的骑士都更明白。"

"老爷，"桑丘问他，"莫非骑士的规矩说了，我们该钻进这连路都没有的深山里，来找一个疯子？什么时候找到了，他说不定心血来潮，要把开了头的事干完；可不是把故事讲完，是接着拾掇您的脑袋和我的肋条骨，一直到砸个稀巴烂。"

"桑丘，我再说一遍，你给我闭嘴。"堂吉诃德说，"告诉你吧，我来这地方不光是为了找一个疯子，还打算干一件叫我扬名天下、流芳万古的大事。这件壮举就像一枚大印，真正的杰出骑士名分得由它来认可。"

"这件壮举很危险吗？"桑丘·潘沙问。

"不危险。"苦脸骑士回答说，"可是跟掷骰子一样，输赢难定，就全靠你帮忙了。"

"靠我帮忙？"桑丘问。

"对了，"堂吉诃德说，"只要你早点去我派你去的地方，我的苦日子就早点结束，好日子就早点开始。瞧你那样子怪难受的，瞪着两眼想知道我究竟打的什么主意。我这就告诉你，桑丘。你知道，鼎鼎大名的阿马迪斯·德·高拉是一个十全十美的游侠骑士。我说得不对，不是一个，是当时天下所有骑士中仅有的一个，头一个，独一无二的，居高临下的。他把堂贝利亚尼斯比了下去，把别的骑士也都比了下去。如果谁说总有人能多少和他相提并论，我可以十拿九稳地发誓，那就大错特错了。我还想说，一个画家若想在艺术界出名，只有努力模仿他所知道的杰出画家的原作。凡是为国增光添彩的重要行业和部门都用得上这套办法。凡是想以明智坚忍著称于世的，就去学乌利西斯。荷马正是通过他的为人和所经历的磨难，给我们活生生地描绘出他那明智而坚忍的性格。同样，维吉尔也借助埃涅阿斯这个人物向我们展示了一个孝顺儿子的勇武和一名称职骁将的睿智。他们刻画描绘的并非人物本来是什么样子，而是应该是什么样子，从而使这些美德成为后世仿效的楷模。阿马迪斯也正是因此被尊为光辉的太阳、指路的明星。我们这些高举侠骨义胆、忠贞爱情大纛而战的勇敢多情的骑士，都应该以他为典范。桑丘老兄，按这个道理，我觉得，一个游侠骑士越是用心仿效他，就越能靠近骑士道的峰巅。有一件事最能显示这位骑士的智慧、勇气、胆识、毅力、决心和爱情：他受到情人奥丽亚娜的冷遇，隐退穷石岛去苦修赎罪，改名为'阴郁美少年'，就他选定的苦修生活而言，这个名字确实恰如其分、意味深长。看来我仿效他的这件事倒挺方便，何必去刀砍巨人、斩首毒蛇、杀死恶龙、打败敌军、击溃舰队、驱散魔法呢！现在咱们恰好来到这地方，干我说的这事是再合适不过了。机遇女神正好把她的头发甩过来，我当然要紧紧抓住不放。[①] "

"那么，说到底，"桑丘问，"老爷您究竟想在这僻静的地方干什么呢？"

---

① 传说中机遇女神是秃子，所以很难抓住。

"我不是跟你说过了吗？"堂吉诃德回答，"我要在这儿仿效阿马迪斯肝肠寸断的凄惶相，还要模拟英勇的堂罗尔丹的疯狂劲儿。他在泉水边发现大美人安赫丽卡和梅多尔干丑事留下的痕迹，当时就难过得发疯了。他连根拔掉大树，搅浑清清的泉水，屠杀牧人，摧残羊群，烧毁草棚，推倒房屋，拖死马匹，还有其他成千上万的疯狂举动，统统值得大书特书、永载史册。不过，罗尔丹、奥尔兰、罗兰托——这三个都是他的名字——想过、说过、做过的疯狂事太多，我不能一一模仿，只想拣我看来最要紧的几项，大致走个过场。或许学学阿马迪斯的样子就够了，不必疯疯癫癫地去伤人，自个儿躲起来伤心落泪也照样大出风头。"

"我觉得呀！"桑丘说，"那几个骑士干那些苦修蠢事都有个缘故，别人招惹他们了嘛！可老爷您，好端端发的什么疯啊？是哪位女士给您冷眼了？还是您看出什么兆头，心里嘀咕着杜尔西内亚·德尔·托博索小姐跟一个摩尔人也好、基督徒也好，干了那个了？"

"名堂就在这儿，"堂吉诃德回答他，"这正是我这一招的高明之处。一个游侠骑士为点什么事发疯，理所当然，毫无新意，要的就是无缘无故地癫狂起来，好叫我那心上人明白，大晴天尚且如此，真有个风风雨雨还了得！更何况，我已经那么久没有见到时刻主宰着我的杜尔西内亚·德尔·托博索，这就足够使我发狂了。前些日子你不是也听那个牧羊人昂布罗西奥说了：见不到情人更容易疑神疑鬼。这次前所未有、世间罕见、恰合时宜的装疯卖傻我是干定了。所以，桑丘老兄，你的规劝纯粹是白费时间。我就是要发疯，而且一直疯到你把我的信交给我的心上人杜尔西内亚，再带回她的答复为止。若最后一切都如我心愿，疯病和苦修均可宣告结束。若有悖我愿，那我可要当真发疯，便从此对一切无知无觉。总之，不管得到什么样的答复，我反正是要摆脱你走的时候我所处的痛苦和磨难：要么头脑清醒地领略你带来的福音，要么神志昏聩地无视你传达的灾祸。桑丘，我问你，你是不是把曼布里诺头盔收起来了？我看到你从地上捡起来的。那个忘恩负义的家伙居然想砸碎它，结果白费劲，可见是一件千锤百炼的精品。"

桑丘听了，回答说："苦脸骑士先生，有上帝做证，您说的这些事情真叫我受不了，没法再听下去。听着听着，我就不免琢磨起来，您说的什么骑士道呀，赢来领土帝国呀，分封海岛呀，发放赏赐呀，加爵升官呀，既然都是游侠骑士的名堂，恐怕也就是没影儿的鬼话，吃人喝梦，痴人说梦，怎么说来着？您瞧，明明是理发师的铜盆，硬认成曼布里诺头盔，而且整整四天不改口！谁听见了都会说这人脑袋有毛病。铜盆早给砸瘪了，叫我塞进布袋里，打算拿回家去拾掇一下好刮胡子用。当然，但愿上帝发慈悲，让我迟早再见到老婆孩子！"

"听着，桑丘。"堂吉诃德说，"我也照你的样对你发誓，无论以往还是现在，你是世上见识最短的侍从。怎么搞的？你跟了我这么长时间，硬是没弄明白，跟游侠骑士沾边的事儿看起来都那么虚飘飘的，荒诞不经，好像一切都倒了个儿。其实并非如此，都怪一大帮魔法师老缠着咱们，不停地变换眼前的东西，而且随心所欲，全看他们是想帮忙还是想捣乱。所以，你觉得是理发师的铜盆，可我看着是曼布里诺头盔，也许另一个人又当成别的东西。那个护着我的智者用他罕见的法力，把货真价实的曼布里诺头盔变成人们眼里的铜盆，免得他们紧追着我来抢夺这件稀世珍宝。他们一看不过是个铜盆，就不想费事弄到手了。你没见那家伙想把它砸碎，最后扔在地上自个儿走了。他要是知道底细，才不会放手呢！老兄，你好好收着吧，眼下我不光用不着它，连身上的盔甲什么的都得脱下来，赤条条像刚出生一样，因为说不定我突然变了主意，放下阿马迪斯，去学罗尔丹的样子苦修。"

两人一路说着，来到一座高高的山峰脚下。这山峰像利刃削出的巨石，孤零零矗立在重峦之间。沿山坡流淌着一条潺潺的小溪，山脚四周是一片碧绿茂盛的草地，看着令人赏心悦目，丛丛野树，点点繁花，更增添了几分幽静情趣。打算修行赎罪的苦脸骑士一眼就看中了这块地方，刚一走到就发疯似的大喊大叫起来："哦，众天神啊！你们令我罹此磨难，我只有选中并抢占此处来哀叹自己命乖运蹇。我要在这里任凭自己的泪水涨满这小溪的流水，任凭深沉的吟啸不断震撼野树的枝叶，以证实并表达这颗破碎的心饱尝的辛酸。哦，你们这些寄身荒野的山林神祇，不管你们是谁，仔细倾听这个不幸恋人的喟叹吧！长久的分离和满腹的狐疑逼他来此荒僻之地暗自饮泣，哭诉妙丽而无情的美人之尤的铁石心肠。哦，纳皮阿斯、得律阿得斯①两位仙子，你们总是隐遁在深山密林之中，因为淫荡而矫捷的萨堤罗斯②一厢情愿地追求你们，可你们却不愿自己的安闲恬静被他扰乱。请你们也同声哀叹我的不幸吧，至少莫要厌烦我的唏嘘！哦，杜尔西内亚·德尔·托博索，我黑夜里的光明，苦难中的抚慰，迷途时的北斗，命定了的福星，但愿你只需向上天祈求，就能得到好运。可你我长久不得相见，令我颓丧沦落至此，还望你垂怜眷顾，给我这片至诚以应得的回报！哦，与世隔绝的棵棵野树，从今往后你们将是我这孤寂生涯的唯一伴侣，请你们轻轻摇晃一下枝条，以表示你们并不讨厌与我为伍！哦，还有你，我的侍从，无论顺利还是坎坷，你始终在我身边释忧解愁。你很快就会看到我在此间的所为，你务必牢牢记清，以便如实禀报给这场磨难的总根子！"

说完他便跨下洛西南特，眨眼工夫解开了缰绳鞍辔，然后轻轻拍打着后臀对它说："失去自由的人给你自由，哦，功勋卓著却命运不济的骏马！信步走去吧。你额头的标记说明，你的灵巧矫捷不仅超过阿斯托勒佛的飞马伊波格里佛，而且压倒了尽人皆知的佛隆提诺，尽

---

① 纳皮阿斯、得律阿得斯：希腊神话中的树仙。
② 萨堤罗斯：希腊神话中半人半羊的怪物，森林之神，以淫荡著称。

管布拉达曼特①为它付出了昂贵的代价。"

桑丘见这情景，不由得说："得亏有人帮忙，省了给大灰驴卸鞍子的麻烦，不然，少不得也要拍打拍打，说上几句夸奖的话。不过，那牲口要真在这儿，我可不答应给它卸鞍子。为了啥？什么相思难耐了、寻死觅活了，它可与此案无涉，因为它的主人从来没过这种事情。上帝明鉴，我当时还是它的主人哪。说真的，苦脸骑士老爷，要是您非得发疯，我非得上路，都不是闹着玩的，那最好再给洛西南特系上鞍子，好叫它顶灰驴的缺呀。这样我来回就省了时间。想叫我走着去，那可就难说什么时候走到，什么时候折回。反正我腿脚不行。"

"我说，桑丘，"堂吉诃德回答道，"你看着办吧，你这主意我觉得不错。我叫你三天以后动身，是因为我想让你看看，在这段时间我都为她说了些什么、做了些什么，回头你好讲给她听啊！"

"我还要看什么？"桑丘问，"我看得够多的了！"

"这倒也是，"堂吉诃德说，"不过还差几样：浑身衣服得撕得粉碎，全副盔甲得扔得老远，脑袋得使劲碰撞石头，还有别的叫你大吃一惊的事情。"

"我的上帝！"桑丘喊道，"老爷您可要看好了再把脑袋往上撞，不然，撞在哪块石头的哪个棱角上，这套苦修赎罪的把戏就全都完蛋了。要是老爷您觉得事到如今非撞脑袋不行，不然您那件大事就办不成，我看这么着吧，反正都是自找的、没影儿的、假装的事，我说您就凑合着跟水撞撞，再不就往像棉花那样的软东西上撞，剩下的事由我来办。我向女主人禀报的时候，会告诉她您是往比金刚钻还硬的石头尖上撞来着。"

"桑丘老兄，你的好意我领情了。"堂吉诃德回答他，"可是我得让你知道，我干的这些事可不是假装的，全是真的，否则就违背了骑

---

① 以上均为《疯狂的罗兰》中的人物及他们的坐骑。

士的规矩。按规矩，我们不能说谎；说谎要按再次犯罪论处，加重刑罚。以假充真，跟说谎一样。所以这撞脑袋也得来真的，实打实，个儿顶个儿，不能有一点虚的假的。你得给我留下一些布头什么的，到时候好裹伤。谁叫咱们倒霉，把那神水给洒光了呢！"

"更倒霉的是丢了毛驴，"桑丘告诉他，"捎带着把布头什么的也全丢了。求老爷您别再提那该死的混汤汤了！一听别人说到它，我整个魂儿都翻腾起来，就甭说肚子了。我还得求您一件事，您不是给了三天期限叫我看您怎么发疯吗？您就权当三天过去了，我也权当都看到了。'此案已定，宣布休庭。'我会给女主人说个天花乱坠的。快把信写了，打发我走吧。我急着要赶回来救您出炼狱呢！"

"你管这叫'炼狱'，桑丘？"堂吉诃德说，"你最好叫它'地狱'，甚至比地狱更糟的东西，只可惜没有！"

"我听人家说，"桑丘回答他，"一入地狱，无望朝土。①"

"我不懂'朝土'是什么意思。"堂吉诃德问他。

"'朝土'嘛，"桑丘回答道，"就是说，谁只要一进地狱，就甭想再出来见脚下的土了。可老爷您不一样啊！我得拼命用马刺蹬洛西南特，催它快跑，最后把自己的脚都踢疼了；这样一步步走到托博索，站在女主人杜尔西内亚面前，向她禀报您已经做过和正在做的又疯又傻的事（其实都一样）；一开始她的心还硬得像面团，听到这个，就软得像棉花了；然后我带着她那甜得像蜜水的回信，学巫师的样从天上飞回来，把您救出这炼狱——看来像地狱，其实不是，因为还有指望出来。我刚说了，进了地狱，可就没这个指望了。我想老爷您也是这么看的吧！"

"是这么回事，"苦脸骑士承认，"可咱们拿什么写信呢？"

"是不是也该写张驴驹欠条啊？"桑丘提醒他。

---

① 应为：一入地狱，无望超度。

"都一块儿写，"堂吉诃德回答道，"既然这儿没纸，咱们不妨学古人的样子写在树叶上，再不就是蜡版上，可是眼下这东西比纸还难踅摸。我想起来一个好主意，这主意简直绝了！写在卡尔德尼奥的记事本上呀！然后你别忘了请人誊到纸上，字体一定要工整。这件事你到了有小学老师的村子就可以办；要不，随便找个教堂司事也行。你可千万别找村公所的文书来誊信，那一手连笔字，鬼都不认识！"

　　"落款签名怎么办？"桑丘问。

　　"阿马迪斯的信从来没有落款签名。"堂吉诃德回答说。

　　"好吧。"桑丘说，"可是欠条说什么也得有签名。只怕誊写的时候叫别人一抄，回头说是假的，我的驴驹可就黄了。"

　　"欠条写在记事本上，我再签上名。我外甥女见了，二话不说，就会照办的。至于我那封情书，你就请人给这么落款：'对你至死不渝的苦脸骑士。'就算是别人的手笔也无关紧要，反正我记得杜尔西内亚不识字，她生来还没见过我的亲笔信呢。我对她的爱、她对我的爱从来都是柏拉图式的。最多不过是规规矩矩看上一眼，就这个，还不知多长时间才赶上一回。我敢发誓，不骗你，十二年了！我时时惦记着她，我自己这双迟早要在土里烂掉的眼睛也没叫我这么惦记过！可我总共才见过她四次，而且就在这四次里，她说不定一次也没发现我在看她。她就是这样一位端庄正派的闺秀。她父亲罗伦索·科尔却罗和她母亲阿勒东萨·诺嘎莱斯管教得很严哪！"

　　"有意思！"桑丘喊起来，"原来罗伦索·科尔却罗的女儿就是杜尔西内亚·德尔·托博索小姐呀！她是不是也叫阿勒东萨·罗伦索？"

　　"就是她，"堂吉诃德回答，"她完全可以当全世界的女皇。"

　　"她呀，我可太熟了。"桑丘说，"告诉您说吧，玩起扔铁棒来，她敢跟村上最壮的小伙子比试比试。真是个难得的姑娘，堂堂正正，有股丈夫气。游侠骑士也好、在家骑士也好，要是娶了她，就甭怕掉进泥坑里，她准保拽着胡子就给提溜出来！他娘的，瞧那力气！

听那嗓门！告诉您说吧，有一天她爹雇的短工在地里干活，她跑上村里的钟楼去喊他们，少说也离着有半莱瓜多吧，可地里的人居然都听见了，好像他们就站在钟楼底下一样。她最大的好处是一点也不装腔作势，人家见过世面，跟谁都敢逗个乐，挤眉弄眼地开开心。所以我说，苦脸骑士老爷，为了她您不光应该发疯，正经地应该上吊寻死才对。要是有人说您这样做不妥，那就让他去见鬼。我恨不得这会儿就上路，好早点见到她。好些日子没见她了，说不定模样变了不少。女人家的脸蛋经不起成天在野地里风吹日晒的。堂吉诃德老爷，实话对您说吧，我到现在一直蒙在鼓里，满心以为杜尔西内亚小姐是您爱上的哪家公主，要么就是别的有身份的女子，反正得配得上您送去的那些厚礼，像比斯开人呀、苦役犯呀，想必还有别的好东西，因为在您收我这个侍从之前，一定也来来回回打过不少胜仗。可是仔细想想，您以前总是——怕以后也少不了——打发手下败将去跪拜阿勒东萨·罗伦索小姐，我是说，杜尔西内亚·德尔·托博索小姐，您觉得她稀罕这个吗？也许那些人到的时候，她正在低头理亚麻，再不就是忙着打场呢。您送去的那些礼物一慌神不知道该干什么，说不定惹得她又好气、又好笑！"

"桑丘，我以前不知给你说过多少次，"堂吉诃德说，"你的话太多，脑袋瓜不怎么灵，还老是自作聪明。听我讲个小故事，你就会明白我的话有道理，你自己有多蠢。你大概听说过，从前有个年轻漂亮的阔寡妇，无拘无束，什么她也不在乎，不知怎么爱上了一个在俗教士，是个人高马大、又粗又壮的秃小子。教士的头儿知道了这事，就找到小寡妇，大哥似的规劝她说：'太太，不是我大惊小怪，像您这样漂亮、有钱又有身份的女人，怎么会看上那个又粗又蠢的下贱小子？咱们这儿这么多有本事、有靠山、有学问的，您可以跟买梨一样挑来拣去，说：我要这个，不要那个。'小寡妇大大方方、伶牙俐齿地回答他：'这位先生阁下，您这就错了，脑袋过时了。您觉得我不该挑上这小子，因为他是个蠢货。可是要论让我看上的那些长处，他的学问比亚里士多德还大呢！'所以，桑丘，杜尔西内亚·德尔·托博索身上叫我看上的那些长处，至少不比天下最了不起的公主差。别看诗人总是要找个贵夫人来赞颂，随意给她起个名字，往往并非确有其人。书本上、歌谣里、理发店和喜剧院常常提到的一些女人，像什么阿玛利丽呀，费丽呀，西尔维亚呀，狄安娜呀，伽拉苔亚呀，阿丽达呀，还有其他好多好多，你以为都是有血有肉、确有其人？而且都真的倾心于那些古往今来绵延不断的赞颂者？根本不是那么回事！大都是他们自己编出来好借题发挥写诗，好叫人家觉得自己是情种，而且还不惮相思之苦。我呢，只要自己心里想着好姑娘阿勒东萨·罗伦索又漂亮又贤淑就够了。至于出身门第，可有可无，犯不着为了抬高她的身价非得查个水落石出，反正在我眼里，她就是世上最高贵的公主。桑丘，你应该知道，要是不知道，我现在就告诉你，有两样东西比什么都招人喜爱，一是好看的相貌，二是清白的名声。这两样，杜尔西内亚都占齐全了。要说漂亮，举世无双；要论清白，人间少有。总而言之，我刚才说的这些，都一点不增不减地存在我心里了。相貌也好，门第也好，我希望她是什么样，就在心里把她想成什么样。不光海伦、卢克雷蒂娅比不上她，古代希腊、罗马和蛮族的任何名媛淑女都比不上她。别人爱说什么，由他们说去。也许无知的傻瓜们要指指戳戳，可是认真挑剔的人却不能把我怎么样。"

"我知道您说的全在理，"桑丘回答他，"我是头蠢驴。瞧，这'驴'字偏偏从我嘴里出来！吊死鬼家里不提'绳'字嘛！好了，快写信吧！上帝保佑，我得挪挪窝了。"

堂吉诃德取出记事本，找了个地方，安安静静写起信来，不一会儿写完，叫桑丘过去，说是想念给他听听，让他牢牢记住，防备半道上把信丢了；他既然那么倒霉，什么事不会发生！桑丘听了便对他说："您在本子上写个两遍三遍，交给我就是了，我会好好保管的。您真想得出来，叫我记在脑子里！我的记性太糟，好些时候连自己叫什么名字都忘了。说归说，您还是念一遍吧，我很想听听，准是像印在书上的一样。"

"听着啊，是这么说的。"堂吉诃德就念了起来：

堂吉诃德致杜尔西内亚·德尔·托博索的信

至高无上的女士：

深受离愁别恨之戕，肝肠寸断、身心交瘁之人，遥祝你，可爱的杜尔西内亚·德尔·托博索健康愉快。你的花容月貌对我不屑一顾，你的贤淑高洁与我毫无缘分，你的坚冰寒霜将我无情折磨。我纵然生性刚毅，也难忍受此种惨烈且持久之痛苦。凡此种种，我的侍从桑丘将一一告知于你。哦，迷人的冤家，可心的仇敌，我永远任凭你摆布。如有意拯救，我将随时听命；否则，也将悉听尊便。我的生命结束之日，即是你的铁石心肠满足之时，亦是我终生夙愿实现之际。

至死属于你的

苦脸骑士

"我的老爹！"桑丘听完信不禁喊起来，"我从来还没听到过这么高明的东西。见鬼！您怎么在信里想说什么就说什么呢！'苦脸骑士'这个落款也妙极了！说真的，老爷您简直像是鬼神变的，没您不知道的事情。"

"干我这一行的，"堂吉诃德回答说，"什么都得来两下子。"

"对了，"桑丘突然想起，"您翻过一张，把三头驴驹的欠条写上，落款得特别清楚，叫人一看就认得出来。"

"这好说。"堂吉诃德立即答应，写完之后从头到尾念了一遍：

甥女小姐：

　　见此驴驹欠条，即从家中托你照管的五头驴驹中牵出三头，交予我的侍从桑丘·潘沙，以偿付我在此当面承诺的债务。凭此张欠条并桑丘的收条，可证明款项业已交割。

本年八月二十二日于黑山深处

"太好了！"桑丘说，"劳驾您落上款吧。"

"不必了，"堂吉诃德回答说，"画上个花押跟签名一样，别说三头驴驹，就是三百头也管用。"

"那我就听您的了。"桑丘说，"请稍候，我去给洛西南特备鞍，您先想好了怎么为我祈祷吧。我回头就上路，不想看您打算干的那些稀奇事了。当然我会说我见多了，都腻味了。"

"不过桑丘，还有一件事是逃脱不了的。我是说你非得看看我一丝不挂地发一二十次疯，不到半个钟头就完了。你只要亲眼见到这一两件事，剩下的随你去添油加醋。我敢保证，我想干的那些事，你怎么也说不全。"

"我的老爷，看在上帝的分上，别让我见您光身子好不好？我要难过得哭个没完。昨晚上丢了驴，我哭得脑袋发胀，这会儿不想再掉眼泪了。要是老爷非叫我看您的疯癫把戏，还是穿着衣服，干脆利索地来几样拿手的就得了。其实，依我看，这些全可以免了。我说过，早去早回嘛。您也该当早点听到天天盼望的好消息了。杜尔西内亚小姐可得仔细点，她要不像模像样地回话，叫我指着什么赌咒发誓都行。我就是拳打脚踢，也得从她肚子里把回话掏出来。凭什么？老爷您这么有名的游侠骑士，不招谁不惹谁，好好的干吗发疯？就为一个……？那位小姐还是别逼我说出来的好！反正上帝知道我管不住这

• 205 •

张嘴，也不怕折本连窝端，干这事我可在行得很！她太不知我的底儿了，但凡知底儿，她就得小心着点。"

"我敢说，桑丘，"堂吉诃德打断了他，"看样子，你的脑子不比我清楚多少。"

"我这不是发疯，"桑丘回答，"实在太气人了！咱们不说这个了。我不在的时候，老爷您吃什么呀？莫非打算像卡尔德尼奥那样，截住一个羊倌就抢吗？"

"你就别为这个操心了。"堂吉诃德说，"有东西我也不会吃的。这地方有的是青草，树上有的是果子，还不够我吃的？再说我这档子事要的就是这股劲头：不吃不喝，加上其他类似的苦头。好了，再见吧。"

可是桑丘又提起一件事："可我还有一桩不放心。这地方这么僻静，回来的时候找不着您怎么办？"

"你想法认清了路；我呢，也尽量不离开这左近。"堂吉诃德告诉他，"我再留点意，时不时爬到高高的石头顶上，看看你回来了没有。不过，为了避免你迷路走失，还有个最保险的办法：这儿到处都是金雀花，你一路走一路撷，隔几步往地上丢一把，一直到走出深山。这样你回来的时候就有了路牌和标记了，就像帮珀耳修斯①走出迷宫的那根长线一样。"

"我照您说的做。"桑丘·潘沙回答道，然后真的摘了一些，又求主人为他做了祈祷，主仆两人挥泪告别。堂吉诃德还千嘱咐万叮咛，说要像照看他本人一样好好照看洛西南特。桑丘这才上马启程，往山下走去，隔几步就按主人的吩咐扔下几枝金雀花。他已经走在路上了，堂吉诃德又想起来叫他看自己一两样疯癫事。结果他走出去百十

---

① 珀耳修斯：应为"忒修斯"，希腊神话中的英雄，被关进克里特迷宫的时候，用一路松开线团的办法标记通往出口的道路。

来步，又折回来说："这么着吧，老爷，您说得很对，我总不能昧着良心发誓赌咒，说是见您怎么发疯来着，还是最好看上哪怕一眼。嗨，就冲您想出这一招来，也看出您疯得够可以的了！"

"你瞧我说了吧？"堂吉诃德很得意，"你等一等，桑丘，不到念一段《信条经》的工夫就完了。"

他眨眼间把裤子褪下，露出光光的下半身，接着冷不丁地两脚踢踏着蹦了几下，又来了两个倒立，把腿举得高高的，难免露出一些东西。桑丘不愿意再看下去，就勒紧缰绳，叫洛西南特掉头走了。他想，这回总可以心安理得地赌咒发誓说主人确实发疯了。我们且等他一路走去直到返回，时间不会很久。

CAPÍTULO XXVI · 第二十六章

堂吉诃德情思绵绵，
继续在黑山辗转反侧

    等到只剩下苦脸骑士只身一人，他又干了些什么？传记原文是这样说的：他上身穿衣、下身赤裸，倒立和蹦跳了几次以后，见桑丘不愿再看他的疯癫举动，已经远去，便爬上一块高大岩石的顶端，重新思索起他再三考虑过却一直没能解决的问题——究竟怎样才更恰当、更合适：是像罗尔丹那样无法无天地发狂呢，还是像阿马迪斯那样独自黯然销魂呢？想着想着，就自言自语说起来："都说罗尔丹是个了不起的勇敢骑士，可是他并没有什么过人之处，只不过靠魔法护身，谁也杀不死他，除非把一根大钉子戳进他的脚心，而他穿的那双鞋又老是衬着七层铁底！尽管如此，他的浑身解数还是叫贝尔纳多·德尔·卡尔皮奥——识破，终究无奈，在龙塞斯瓦列斯山口被人家夹在胳膊里弄死了。不过咱们且不管他是不是勇敢无比，先看看他是怎么发疯的吧。疯确实是疯了，因为他在泉边发现了一些蛛丝马迹，又听牧羊人说什么安赫丽卡不止一两次陪梅多尔睡午觉，就是那个卷毛摩尔人、阿格拉曼特的年轻随从。既然他当时信以为真，觉得意中人做了对不起自己的事，理所当然地要气得发疯。可我呢，找不来相同的理由，怎么能跟他一样发疯？要说我的杜尔西内亚·德尔·托博索，我敢发誓，自打她出世怕也没见过一个模样打扮地地道道的摩尔人，直到如今还完整得跟生她养她的亲娘一样。我不能胡猜乱想，学疯子罗尔丹的样儿癫狂起来，那分明是糟践她嘛！再说，我看阿马迪斯·德·高拉虽然没有发疯犯浑，不也照样得到'头号情种'的美名？据史书记载，情人奥丽亚娜对他冷眼相待，说是不经许可，不得前去会她。他见如此，也只是一人躲进穷石岛，和一个山僧结伴，在那儿祈祷上帝，哭了个痛快，直到苍天把他救出难忍的痛苦熬煎。这一切，看来都确有其事。我又何必费事脱个精光，好端端去打搅这些野树，它们又没招我惹我！也犯不着去搅浑清清的溪水，必要的时候我还得靠它解渴呢！牢牢记住阿马迪斯吧，堂吉诃德·德·拉曼却就是要一丝不苟地仿效他，来日也好让人们把纪念前者的话同样用在后者身上：他并未成就大功大业，可是至死都在为此努力。我虽说没有遭到我的杜尔西内亚·德尔·托博索的冷遇和厌弃，难道永远跟她天各一方？还不够我受的！好了，说干就干。让阿马迪斯的所作所为一起涌进我的头脑，告诉我从哪儿开始仿效他吧！可我知道他也就是不断祈祷，恳求上帝怜悯。我这儿没有念珠，怎么办呢？"

他很快就想出了办法：他看到奄拉着的衬衫下摆，便顺手扯下一条，一连打了十一个结子，其中一个比别的都大。那段时间，他就靠这串代用念珠，千遍万遍地背诵《万福玛利亚》。唯一苦恼的是找不到一个山僧倾听他的忏悔、抚慰他的心灵。他就这样打发着时光，在草地上走来走去，还写了许多诗，有的刻在野树皮上，有的画在细沙滩上。所有的诗都倾诉了他的悲哀，也有几首是赞颂杜尔西内亚的。不过等别人找到他的时候，唯一完整清晰的就是下面的一首：

> 参天的大树，如茵的绿草，
> 还有遍布满山的灌木藤条，
> 你们从四面八方把我围绕。
> 但愿你们不会讪笑我的不幸，
> 耐心倾听我这坦诚的哭号。

请莫为我的苦难惊愕，
纵然它是灭顶的灾祸。
深深感谢这样宽厚待我；
堂吉诃德在此涕泗滂沱，
远远离开杜尔西内亚·

　　　　　德尔·托博索。

世间无与伦比的钟情恋人，
只身进入这荒僻的山林，
躲避心上人来此隐遁。
为什么他惨遭如此不幸？
他自己也说不清是何原因。

只因爱情乖戾而难以捉摸，
戏弄得他像只眩晕的陀螺，
他的泪水灌满木桶铁镬。
堂吉诃德在此涕泗滂沱，
远远离开杜尔西内亚·

　　　　　德尔·托博索。

他云游四处猎奇探险，
踏遍八方的万壑千岩，
一次次喟叹那铁石心肝。
从这个山巅走到那个险峰，
一路所遇是无边的苦难。

爱神用皮鞭把人折磨，

这绝非软腰带的舞影婆娑，

它瞄准后脑狠狠降落。

堂吉诃德在此涕泗滂沱，

远远离开杜尔西内亚·

德尔·托博索。

　　那些看到这首诗的人，见每次提到杜尔西内亚，都在后面加上"德尔·托博索"，不禁大笑起来。他们想大概堂吉诃德认为，光说"杜尔西内亚"，不加上"德尔·托博索"，这首诗就没法看懂。后来他本人果然承认是这么回事。他写了好多诗，可是刚才说了，除了这三段短歌，其余的都残缺不全、字迹模糊了。他就这样写诗消磨时光，再不就是长吁短叹，呼唤林子里的牧神、树精，河中的仙子，特别是那个噙泪欲哭的回声女神厄科①，求他们倾听他，应对他，抚慰他。桑丘不在的这段时间，他只能找一些野菜来充饥。幸亏桑丘三天之后就回来了，要是他三个星期以后再回来，苦脸骑士还不定成了一副什么模样，只怕连生他养他的亲娘也认不出来了。

　　我们还是让他沉浸在诗歌和叹息中去吧，抽空去看看桑丘·潘沙的差事办得怎样了。他一上了大路就想法找到去托博索的道，第二天就看到一家客店，正是他被兜进毯子大倒其霉的那地方。他一眼认出来之后，马上觉得又在半空中上上下下了，所以尽管已经到了吃饭的钟点，他来得正是时候，也不得不打消走进去的念头。一连好几天塞的都是些冷东西，他早就想热热乎乎地吃一顿了。想到这里，他不由得朝客店跟前蹭了几步，可是还拿不定主意，到底进去还是不进去。正在这时候，客店里出来两个人，一下子认出了他，其中一个对另一

---

① 厄科：希腊神话中，厄科是一位山林女神。她受罚失去了正常的说话能力，只能重复别人的话的最后三个字，其名"Echo"即英文的"回声"。

个说："硕士先生，您说说看，那个骑马的是不是桑丘·潘沙？据我们那位冒险家的女管家说，他当了侍从，跟着她家老爷一块儿走了。"

"可不是嘛，"硕士说，"他骑的马也是我们堂吉诃德的。"

两人跟他很熟，因为他们是村上的神甫和理发师，就是在书房实行大清点大处决的那二位。他们认出了桑丘·潘沙和洛西南特，急于想知道堂吉诃德的消息，赶紧迎了上去。神甫叫了一声他的名字，对他说："桑丘·潘沙老兄，你的主人在哪儿啊？"

桑丘·潘沙也立刻认出了他们，当即拿定主意绝不说出主人在什么地方和在干什么。他回答说他主人正在某处忙一件很重要的事情，不过他不能说出来，即使剜了他的眼睛也不行。

"不行。"理发师说，"桑丘·潘沙，你要不告诉我们他在哪儿，我们就会怀疑——其实我们这会儿就是这么想的——准是你杀了他，抢了他的马骑着跑回来了。听着，你一定得把这匹马的主人交出来；要不然，咱们等着瞧！"

"别跟我来这一套！我可不是那种杀人越货的主儿。生死有命，上帝做主。我那主人正在那边深山里自由自在苦修赎罪呢！"

接着他一口气不停把什么都说了，他主人碰到了什么事，这会儿在干什么，他如何指来一封信，要交给杜尔西内亚·德尔·托博索，就是罗伦索·科尔却罗的女儿、他主人心窝窝里的情人。两人听桑丘这么一讲，不免大吃一惊。尽管他们知道堂吉诃德发了疯，而且也明白他得的是哪种疯病，可是每次听到的有关他的事，都出乎他们的意料。他们叫桑丘把那封给杜尔西内亚·德尔·托博索小姐的信拿出来看看。他说信写在记事本里，主人吩咐他一到合适地方就求人给誊到一张纸上。神甫马上说快让他看看，他会工工整整地抄出来的。桑丘·潘沙伸手摸了摸胸前，想掏出小本，可是发现小本不见了。其实他就是一直找下去，也找不到，因为那封信还在堂吉诃德手里，根本没给他，桑丘当时也忘了要。这会儿一看那小本没了，他脸色立刻变得跟死人一般灰白。他一遍遍浑身上下乱摸，可死活就是没有。最后急得他两手抓住胡子就拽，差点给揪下来一半，接着又攥起拳头，劈头盖脸冲自己就打，弄得满鼻子满嘴的血。神甫和理发师见这情景，就问他出了什么事，把他急成这样。

"出了什么事？"桑丘说，"一眨眼一倒手的工夫，我丢了三头驴驹，个个都像城堡那么大！"

"怎么回事？"理发师问他。

"我把记事本给弄丢了。"桑丘回答，"上面写着给杜尔西内亚的信，还有一张主人亲笔签名的借条，叫外甥女从家里的四五头驴驹当中挑出三头给我。"

他于是捎带着把怎么丢了灰驴也讲了。神甫安慰了他几句，说只要找到主人，他负责叫堂吉诃德认账，再按规矩在纸上写一张正式的欠条，因为写在记事本上的谁也不认，不管用。听了这话桑丘才放下心来，说既然是这样，他也不必为丢了杜尔西内亚的信发愁，反正他背得下来，到时候找个地方一抄不就行了。

"那就快背吧，桑丘，"理发师催他，"好让我们抄出来呀！"

桑丘·潘沙待了半天，抓耳挠腮地记不起信上说了些什么。他一会儿扭到左边，一会儿扭到右边，不是看天，就是看地，眼见着要把一个手指头蛋咬去一半了，害得那两人呆呆盯着他，就等那封信从他嘴里出来。过了好一会儿，他才说："上帝啊！硕士先生，我脑子里本来记得信上的话来着，怎么这会儿叫鬼叼去了！我只想起来开头说'知道捂上的女士'。"

"不对吧，"理发师说，"不是'知道捂上'，是'至高无上的女士'。"

"没错。"桑丘说，"下面……让我想想，接着是……让我想想，'肝肠撑断，困得要命，受了伤吻您的手；冤家，没见过这么漂亮'，还有祝她健康、生病什么的。就这么一路讲下去，一直到落款：'至死属于你的苦脸骑士'。"

　　两人见桑丘的记性这么好，都笑了起来，而且连连夸奖，叫他把信再背两遍，他们记住了好找时间抄出来。桑丘又把信背了三遍，信口开河胡诌了一大堆。然后他还讲了主人的好多事情，但是对毯子兜人的把戏只字不提，而且由于就发生在眼前的客店里，他连进都不想进去。他说，等他把杜尔西内亚·德尔·托博索小姐亲亲热热的回信一捎到，他主人立刻就会上路，去想法子当上皇帝，或者至少一方的君主。就凭他主人的胆略勇气和强壮的臂膀，这不过是举手之劳。到时候，他桑丘说什么也得成为鳏夫，因为主仆之间早已商定，主人负责帮他成婚，娶皇后的侍女为妻。他这位夫人还继承了一大片富庶的领地，坐落在稳稳当当的陆地上。什么湖岛海岛的，他一概不要了。桑丘一面讲着，一面时不时擦擦鼻子，脸上一本正经，嘴里一派胡言。那两人在一旁感叹不已，没想到堂吉诃德疯得这么厉害，连可怜的桑丘的脑子也叫他给搅昏了。他们不想费力气跟他分辩个青红皂白，反正他也没做什么伤天害理的事，还不如干脆由他去吧，他们时不时听他说点蠢话不是也挺有意思！于是他们便叫他祈祷上帝保佑主人身体健康；照这样下去，不定哪一天真像他自己说的那样当上皇帝，或者至少主教之类的头面人物。

　　桑丘听了赶紧问："二位老爷，要是我主人命里注定不愿当皇帝，只当主教，我倒想请问一下，游侠主教总是给他们侍从些什么呢？"

　　"按通常规矩嘛，"神甫回答说，"不是给一笔赏赐，就是批一份年俸，再不就封个教堂司事做做，除了固定收入，还要加上数量相当的祭坛小费呢！"

　　"可要干这一行，"桑丘想起来，"侍从就不能成家，还得会在做弥撒的时候帮忙。这么一来，我可就惨了！第一，我成了家；第二，我连字母表的开头都念不下来。我怎么办呀？说不定主人真会变主意，不像往常的游侠骑士那样去当皇帝，偏偏要当主教！"

"你别着急，桑丘老兄。"理发师安慰他说，"你主人那边，由我们去劝、去求，一定叫他凭良心起誓，绝不当主教，只当皇帝。这对他更便当，因为他的武艺比学问强。"

"我也这么觉得，"桑丘说，"可是说真的，他干什么都有两下子。这会儿我该做的事就是求我主派他去那种地方：他呢，能大显身手；我呢，能大捞好处。"

"你说得很在理，"神甫夸奖他，"你做的也准合教规。可眼下要紧的是想法把你主人找回来，别让他再干那你刚说的苦修赎罪的蠢事了，有什么用处！不过咱们最好还是进客店里去琢磨出个主意来，再说，也是吃饭的时候了。"

桑丘叫他们俩进去，他一个人待在外边，以后再告诉他们他为什么不能也不该进去；还求他们拿出点热东西给他吃，再给洛西南特要些草料。两人就丢下他进去了，不一会儿理发师端来了吃的。接着，两人在一块儿商议了半天，用什么办法实现他们的打算。最后神甫有了个主意，既符合堂吉诃德的口味，又能达到他俩的目的。他把想法告诉理发师：他本人打扮成流浪少女，理发师想法乔装成侍从，然后一起去找堂吉诃德。遭难的少女一副悲伤绝望的样子，向堂吉诃德求助，他那样一位勇敢的游侠骑士自然不会拒绝。少女要他紧紧跟随自己去找一个欺负过她的坏骑士算账，而且一再叮嘱，在那个坏骑士得到应有的教训之前，不能让她摘下面罩，也不能打听她的身世。神甫坚信堂吉诃德准会乖乖地照这个要求去做，这样就可以先把他引出山来，带回村里，然后再看看是否有法子治好他那古怪的疯病。

CAPÍTULO XXVII · 第二十七章

神甫和理发师如何实行自己的打算，
以及其他值得在这部伟大传记里记述的事情

　　理发师觉得神甫的计谋不错，妙极了，于是两人说干就干。他们向老板娘要了一条裙子和几块头巾，交出神甫的一件新教士袍当抵押。店主有一把灰褐色的牛尾巴毛，平常在上面插梳子什么的，理发师借去当大胡子用。老板娘问他们要这些东西干什么。神甫三言两语给她说明了堂吉诃德正如何在山里发疯，他们如何想装扮成那副样子把他弄出来。这时候店主夫妻俩才恍然大悟，原来发疯的就是那位熬药汤的客人、兜在毯子里的侍从的主子。两口子把什么都讲给神甫听了，自然也没落掉桑丘闭口不提的那些事情。

　　末了，老板娘把神甫打扮得甭提有多好看了：给他穿上一条毛料裙子，上面缝满了一拃来宽的一道道黑丝绒，尖尖的下端锯齿般排列在裙子边缘；上面是一件绿丝绒的紧身袄，临时加上了白缎镶边。这套衣服说不定还是万巴王①那年月传下来的呢。神甫不让给他裹上头巾，顺手把一顶有衬里的麻布帽子捂在脑袋上，那是晚上睡觉的时候戴的。脑门上紧紧扎着一根黑绸袜带，又用另一根系住面罩，正好遮住脸和胡子。再把大得像阳伞似的草帽往头上一扣，披风往身上一裹，最后跳上骡背，像女人那样横坐着。理发师也骑上骡子，灰褐相

---

① 万巴王：672 年到 680 年统治西班牙的西哥特族国王。

间的大胡子一直垂到腰下。刚才说了，这胡子是用泥土色的牛尾巴毛做的。

他们跟客店里的人们告别的时候，玛丽托尔内斯那位好姑娘也在场。她说自己虽然屡屡作孽，但是愿意手捏念珠为他们祈祷，说他们要办的这件救人的善事确实不易，她一定恳求上帝保佑他们顺利办妥。

他们刚刚离开客店，神甫突然想起来：他不该打扮成那副模样；就是遇到天大的事，一个教士这样做也是不体面的。他把这想法告诉了理发师，说是最好两人调换一下，由理发师装扮遇难少女，而他自己充当侍从更为合适，才不致过于有损身份。要是对方不乐意，哪怕堂吉诃德落到魔鬼手里，他也不打算接着干下去。

这时候，桑丘过来了，一见两人的打扮，不由得大笑起来。最后，理发师依从了神甫，两人调换了角色。神甫一路向理发师交代该如此这般，要对堂吉诃德说些什么话，才能打动他，哄着他跟自己走，不再赖在他选中的那地方搞什么苦修赎罪的蠢事。理发师回答说，他不用别人指点，明白该怎么办。可是暂时不想换那身衣裳，等快见到堂吉诃德的时候再说吧。说着就把衣服折起来，神甫也把胡子收好。两人由桑丘·潘沙打头，继续赶路。桑丘慢慢给他们讲着主仆两人如何在山里发现了一个疯子，可是一点没提那只箱子和里面的东西。这小子傻是傻，不过真够贪财的。

第二天，他们走到桑丘为了能找见主人用树枝做记号的地方。他马上认了出来，告诉那两人再往前就进山了，赶紧把那身衣裳穿起来，装扮好了去救他的主人。他已经听他们说了：主人自讨苦吃，现在得想法把他解救出来，这身穿戴、这副打扮都是至关重要的。两人还一再关照，别告诉主人他们是谁，也别说自己认识他们。要是主人问他（肯定是要问的）信交给杜尔西内亚没有，就回说交给她了；可她不识字，只能传个口信，叫堂吉诃德立刻去见她，不然就等着颜色瞧吧。所有这些对他桑丘都关系重大，因为用这种办法，再加上他们的苦苦劝说，肯定会让他主人回心转意，赶紧出山去找当上皇帝或者君主的门路，至于是不是会当主教，他完全不用担心。这些话桑丘听得很仔细，而且都牢牢记在脑子里。特别让他感激的是两人答应劝主人一定不当主教，只当皇帝。在他看来，要想酬谢侍从，皇帝的本事自然比游侠主教大得多。他还建议最好先叫他一个人进山去找。只要把那位女士的口信一说，就足够方方便便把他主人引出山来，用不着他们两位再费什么事了。两人觉得桑丘·潘沙说得有理，便决定暂时待在山下，等他见了主人回来，看结果怎样再说。

　　桑丘沿着一道深沟进山去了，那两人就在山口的一条缓缓流淌的小溪边上歇下脚。这地方四周有巨石大树遮挡，显得特别凉爽舒适。当时正是八月份赤日炎炎的一天，那一带地区一向燥热难耐，又赶上是午后三点钟光景，于是更让人感到这个小角落的可爱之处。在这里等着桑丘返回是再恰当不过了，而他们也正是这样拿定了主意。

　　两人刚在阴凉里喘过气来，突然听到一阵歌声，尽管没有什么乐器伴奏，依然是那么柔美悦耳。两人十分奇怪，那种地方怎么会有人唱得这么好听？常常听说田野山林里不乏嗓音绝妙的牧人，恐怕大都是诗人夸大其词，不可能是真的。他们再仔细听听歌词，也不像野调俚曲，而是敦厚文雅的诗句。他们的判断果然没错，那歌词是这么说的：

　　　　　是什么把我的幸福毁坏？
　　　　　　　冷眼相待。
　　　　　是什么把我加倍煎熬？
　　　　　　　妒火中烧。
　　　　　是什么使我坐卧不安？
　　　　　　　不得相见。

就是说我得了这相思征候，
任何灵丹妙药也无力拯救。
希望被射来的冷眼击碎，
阻隔扇旺炉火将我焚毁。

是什么折磨得我肝肠寸断？
　　　　　　痴情绵绵。
是什么阻塞我去天国的路？
　　　　　　命运定数。
是什么对我施加如此刑罚？
　　　　　　天神造化。

就是说我遭遇到罕见的祸祟，
自知死期临近，绝非疑神疑鬼。
绵绵痴情冥冥定数恢恢造化，
携起手结成伴决意将我戕杀。

是什么能最后消除我的痛苦？
　　　　　　投入坟墓。
是什么会再带来爱情的甘甜？
　　　　　　另寻所欢。
是什么可以治愈失恋的绝望？
　　　　　　彻底癫狂。

就是说不能依靠头脑清醒，
去医治胸中火样的恋情。
要么另寻所欢，要么死亡癫狂，

舍此别无神奇灵验的良方。

　　在那样的季节和钟点，身处那样的荒僻之地，听到歌唱者那样的
嗓音和技巧，在一旁欣赏的两位不能不感到陶醉和叹服。他们静静等
候着，希望接着听下去。见半天没有声音，便打算去寻找那位歌喉如
此美妙的乐手。刚想迈步前往，又重新响起的歌声制止了他们。这次
听到的是下面一首十四行诗：

十四行诗

圣洁的友情展开轻盈的翅膀，
欢快地升入天神的殿堂，
伴随无瑕的心灵在穹宇遨游，
只把薄薄的躯壳留在人间地上。

你在高处展现着完善的和谐，
却用一层帷幕把我们与它隔绝。
于是恶行便顶着善行的光环，
通行无阻地在世上随意肆虐。

友情，快从天庭返回大地，
莫再让欺骗佩带你的徽记，
继续扫荡人间的真情实意。

快把你留下的躯壳剥开，
否则世界必在争斗中毁灭，
重现混沌初开的无序状态。

歌声刚一结束，就听到一阵深深的叹息。两人又屏息谛听了一会儿，看看是否还要唱点什么，结果代替歌声的是一阵啜泣和伤心的唉声叹气。他们决定前去弄清是哪位断肠人有这么美妙的歌喉，却在那里痛苦呻吟。没走多远，便绕过一块岩石，看到那人，身体和模样都像桑丘在故事里描述的那个卡尔德尼奥。那人见他俩走近，却一点不惊慌害怕，仍然脑袋垂在胸前一动不动，像是在沉思什么。只是在两人突然出现的一刹那，抬眼瞥了他们一下，以后就再也没昂起头来。神甫已经通过种种迹象认出了他是谁，也事先听说了他遭遇的不幸，便毅然走上前去。他本是个很会说话的人，出口就是一番言简意赅、娓娓动听的道理。他劝告，甚至恳求那人，别再那样自我折磨了，继续下去他会送命的，而这才真正是不幸之中的大不幸。

卡尔德尼奥经常疯病发作，神志昏迷，可这会儿恰恰处在头脑清醒的间歇阶段。他见来的两人那身装束，在荒僻的山野里十分罕见，难免多少有些惊讶。可是听神甫说得头头是道，显然很熟悉他的事情。于是他便说了下面一番话："二位先生，不管你们是谁，我也能看出个究竟。上天总是要救助好人的，经常也惠及坏人。我虽问心有愧，他仍派人来此荒无人迹的偏远之处将我寻访，并侃侃而谈、据理规劝，使我看清自己如此自讨苦吃，毫无理由，进而试图令我离弃此处，好自为之。不过，想必二位尚不知晓，我自知一旦离此逆境，必遭更大厄运。二位或许以为我头脑昏聩，甚至理智全无。纵使如此，亦非怪事。我本人十分清楚，每逢想起自身不幸，我便心旌摇荡，不能自持，失去一切神志和感觉，变成顽石一块。这景象我只能事后得知，因为总会有人对我讲述昏迷癫狂之际我的所作所为及其后果。而我却无可奈何，只能空自嗟悔，徒劳哀伤，而且为了博得谅解，不得不无数次向外人解释自己癫狂的根源。晓事者既明其因，便不嗔其果；即便无良策相助，至少不过分怪罪于我，由恼怒我的莽撞一跃而为怜悯我的不幸。如若二位先生来此见我的用意与众人相同，切莫急于开口好言相劝，请听我把自己的无尽苦难从头讲来，二位听明之后，或许可以免去抚慰之劳。一切宽解之词对本人的不幸均属无效。"

那两人正巴不得听他亲口讲事情的缘由，于是连连求他快讲，至于如何宽慰解救，他们完全尊重他本人的意愿。那个可怜人见如此，立即开始讲述他那段凄惨的经历，几乎一字不差地复述着几天前向堂吉诃德和牧羊人讲过的故事。正像前面说过的那样，讲到埃里萨巴特师傅的时候，一本正经的堂吉诃德为了捍卫骑士的尊严突然插嘴，把故事打断了。这一次他幸好没有半道上疯病发作，总算把故事讲了个有头有尾。他讲到，堂费尔南多在《阿马迪斯·德·高拉》那本书里发现了一张便笺，他还清清楚楚记得是这样写的：

露丝辛达给卡尔德尼奥的信

我越来越熟悉你的人品，因此我对你的敬重就不能不与日俱增。你完全有能力帮我摆脱这负债似的躁动，而又不损害我的名声。我有一个熟知你又喜欢我的父亲。他一定会既满足你想必早有的心愿，又不强我所愿。当然，这就要看你是否像自己说的那样，也像我揣测的那样敬重我。

"我已经说过，就是这封信促使我去露丝辛达家求婚，也正是这封信使堂费尔南多觉得露丝辛达是他所认识的女子当中最稳重最聪慧的一个，还是这封信叫他产生了在我的心愿实现之前抢先毁了我的念头。我告诉堂费尔南多，露丝辛达的父亲提出的条件是叫我父亲出面议婚，可我怕父亲不同意，一直没敢向他挑明。倒不是说他不知道露丝辛达是多么善良、贤淑、美貌的难得的姑娘，她的人品足以给西班牙任何一家望族增添光彩。我了解我父亲的心思，他不愿意我这么快结婚，想等等看里卡尔多公爵怎么差遣我，然后再说。就是说，我告诉费尔南多，我没敢冒冒失失去找父亲谈，不光是由于刚才那个原因，还有好多我说也说不清的事妨碍我鼓起勇气。我总觉得自己的愿望大概永远也实现不了。堂费尔南多一听，满口应承说，他去找我父亲谈，催他去找露丝辛达的父亲。啊，你这野心勃勃的马里奥①！你这残酷无情的喀提林②！你这凶狠邪恶的西拉③！你这满嘴谎言的加拉隆④！你这弑君投敌的维利多⑤！你这怀恨报复的胡里安⑥！你这贪财不义的犹大！你这不义之辈、残暴之徒，落井下石、口蜜腹剑，我这可怜人对你还不够忠心耿耿吗？连心中的喜悦和秘密都向你和盘托出！我有什么对不起你的地方？我给你的哪句忠言和劝告不是为你增加好处、抬高身价？算了，我这是自找倒霉，还抱怨什么！是啊，这是一股带来祸殃的灾星洪流，来势凶猛，从天而降！世人的智谋不足防止，世人的力量无法抵挡！可是谁能想到，欠了我这么多人情的堂费尔南多，一个知书达礼的名门子弟，一个不论到了哪儿都能随意满足情欲的权贵，居然像常说的那样，丧心病狂地来跟我争夺一只还不属于我的羔羊呢？

"不过这番议论纯粹是废话，说也没用，还是回过头讲我自己那段伤心经历吧。刚才说到，堂费尔南多假惺惺的样子，其实想干什么，坏主意已经打定。他嫌我在跟前碍事，就说买了六匹马要付账，打发我去他大哥那儿要钱。这完全是为了支开我玩的鬼把戏。就在他

①　马里奥（前157—前86），罗马大将，武功卓著。
②　喀提林（约前108—前62），罗马共和国末期的贵族，曾策划推翻元老院的未遂政变。
③　西拉（前136—前78），罗马独裁者，马里奥的政敌。
④　加拉隆：骑士小说人物，由于他的背叛，招致"法兰西十二骑士"在龙塞斯瓦列斯阵亡。
⑤　维利多：熙德传说中杀害国王桑丘的叛臣。
⑥　胡里安：摩尔人侵入西班牙之前任安达卢西亚总督。史传因国王对其妻（一说对其女）施强暴而怀恨在心，便于711年与摩尔人结盟，将其引入西班牙国土。

自告奋勇要找我父亲谈的当天，巴巴儿跑去买了马，然后再派我回家取钱。我哪里知道他在骗我？我怎么能想得到呢？我可没那么多心眼儿！我还高高兴兴答应他立刻动身，说他这笔买卖做得不错。当晚我找了露丝辛达，告诉她我和堂费尔南多是怎么商定的，叫她坚信我们正当而善良的愿望一定会如期实现。她跟我一样，一点也没有提防堂费尔南多设下的圈套，只是让我早点回来，因为她想，一旦我父亲和她父亲谈妥，我们俩的事马上就成了。可是不知怎么回事，她说完这话眼里就噙满了泪水，嗓子里像堵上了一块疙瘩，一句话也说不出来了，尽管我知道她要跟我说的话还多着呢。这种事以前从来没有过，我心里很是吃惊。往常不管凑巧也好，我想方设法也好，我们总能找到在一块儿说话的机会。每当这时候我们美滋滋、乐呵呵地说个没完，哪里有什么眼泪呀、叹息呀、疑心呀、猜忌呀、担忧呀！我这里是不停地庆幸自己福星高照，老天给了我这样一个意中人，于是便使劲夸奖她美丽的容貌，赞叹她的人品和才智。她那边也如数奉还，把热恋少女能想到的一切赞许称颂统统加到我身上。我们还津津乐道邻居和熟人那些数不清的家长里短。我最大胆的举动不过是抓住她那一双雪白漂亮的小手中的一只，然后几乎是硬从隔在我们中间的狭窄铁栅栏里拽出来，贴到嘴上亲一亲。我临走的那个倒霉日子的头天夜里，露丝辛达又是眼泪汪汪，又是唉声叹气，末了一声不吭地离开我，弄得我心乱如麻，惴惴不安，不明白为什么露丝辛达突然悲伤难过起来。不过我还是尽量往好处想，觉得这都是因为她爱我太深，恋人分别总不是好受的事。尽管如此，我走的时候仍然是满面愁云，心事重重，脑子里尽是自己也说不清道不明的猜测和预感。这分明是不幸和灾难即将来临的征兆！

"我到了派我去的地方，把信交给堂费尔南多的哥哥。他殷勤周到地迎接款待我，却拖拖拉拉地处理我的事情。他叫我等上八天，我一听就很不高兴；还要我躲到他父亲公爵大人见不着的地方，因为他弟弟信里说捎钱的事不能让父亲知道。这又是骗子堂费尔南多搞的名堂,其实他哥哥并不缺钱,本可以马上打发我走。一开始,我真不打算按他的吩咐做:叫我这么多天见不着露丝辛达那怎么行!更何况我刚才对您说了,我走的时候她是那副凄惶模样。可是我毕竟是个忠实的奴仆,明知这样做会要了我的命,最后还是乖乖服从了。我到了那儿的第四天,有人来找我,交给我一封信。一看信封我就知道是露丝辛达的,因为上面的一行字分明是她的手笔。我急忙战战兢兢地拆开,心想我在家的时候她也很少给我写信,如今出门了反而大老远托人捎信来,说不定出了什么大事。看信以前,我问捎信人是谁交给他的,在路上耽搁了多长时间。他说那天中午他走过城里的一条街,一位非常漂亮的小姐站在窗口叫住了他,满眼泪水,急匆匆地对他说:'大哥,你想必是个基督徒。看在上帝分上求你帮忙捎封信。地址和姓名都在信封上写得清清楚楚。就算是为天主辛苦一趟吧!请收下这小包里的东西,好做办事的开销。''说着就从窗户里扔下一个小包,里面有一百雷阿尔,外加这只金戒指和我刚交给你的信。她见我拾起了信和小包,而且做手势说一定照办,这才从窗口走开。我得了她的报酬,自然该跑一趟把信捎到。而且一看信封,知道是给你的;我认识你,先生。再说那位小姐满面泪水的样子也叫我于心不忍。于是我打定主意绝不转托别人,而是亲自走一趟。我拿着就上路了,一口气走了十六个钟头。你想必知道,这段路程足足有十八莱瓜。'

"那个好心肠的临时信差讲这番话的时候,我一直大气不出地盯着他,两条腿抖个不停,简直站也站不住了。最后我拆开信,见里面是这样写的:

堂费尔南多答应找你父亲,催他去跟我父亲谈,这诺言他已经履行了,不过不是为了帮你的忙,而是他自己另有打算。我在此知会于君:他已求我为妻。我父亲见堂费尔南多比你强，便立即应允，而且急急忙忙决定两天之后完婚。婚礼不张扬、不请客，只需家人在场，指天为证。你可以想到我此时此刻的心情。你是否该回来一趟，请你自己定夺。至于我爱你与否，事后你会知晓。愿上帝保佑，你收到这封信的时候，我还没有被迫与那个背信弃义之徒结合。

"这些就是信里的话。我看过后马上动身返回，不再等什么回话和款子。我心里已经很明白，堂费尔南多打发我去找他哥哥，哪里是为了买马，纯粹是另有所图！当时我真恨透了堂费尔南多。眼看我向往已久、苦心经营多年才获得的宝物就要失去，我简直像长了翅膀一样一路飞了回去，第二天就到家了，而且正赶上能方便地跟露丝辛达会面的时候。我把骑回来的骡子寄放在捎信的好心人那儿，独自悄悄进了城。不知那天怎么那么走运，恰好碰见露丝辛达站在栅栏里面。这栅栏目睹了我们多少次缠绵的幽会啊！露丝辛达一眼就看见了我，我也当即看见了她，但是双方的神情都和往常会面时大不一样。世上有谁能自诩可以猜透女人那捉摸不定、变幻多端的心思和脾性呢？我敢说，没有一人！露丝辛达看了我一眼，说：'卡尔德尼奥，我一身新娘打扮，就要举行婚礼了。奸诈的堂费尔南多和我那贪财的父亲正等着我呢；还有几个证婚人，看来他们只好证明我的死因，而不能证明我的婚约了。我说朋友，别在那儿发呆，想法目睹这场祭奠仪式吧。如果我的哀求不能阻止它的降临，那么就让这把暗中揣好的短刀来抵挡凶猛的暴力吧！我将用它结束自己的生命，同时叫你看清我对你始终如一的真心。'

"我生怕时间紧迫、无暇细说，慌忙而急促地回答道：'小姐，但愿你说到做到。既然你自己暗揣短刀来守卫贞洁，我也要手持佩剑将你保护。万一时乖命蹇，则可用来自刎而死。'

"她大概根本没来得及听完我的话，因为我突然感到有人催她快去，说是新郎已等待多时。她一走，凄惨的黑夜立即把我紧紧笼罩，欢乐的太阳顿时在我心头消失。我眼前漆黑无光，脑际一片虚空，既没想到随她进去，也不愿移步前往别处。最后才终于领悟到，当晚的事情关系重大，我无论如何必须到场。我便鼓足勇气潜入她家。我本来就十分熟悉所有的出口入口，加之当时宅中外松内紧的一片忙乱，结果是谁也没看见我进去。大厅的一扇窗户正好被两边的壁毯遮住，我神不知鬼不觉地躲到窗前，还可以透过缝隙看清大厅里的一切而不被人发觉。谁能说得清我藏在那里是多么心神不宁、思绪万千、穷竭心计！那情景、那滋味真是无法道出，还是不说为妙！我只告诉二位，这时候新郎进来了。他除了平日穿的那身衣服，并未特意修饰，只带来露丝辛达的一个表弟充当伴郎。大厅里无一宾客，唯有仆人出出进进。不一会儿，露丝辛达由她母亲和两个使女陪伴从内室出来；她的衣着装束与她的相貌人品相得益彰，越发显得华贵优雅。我当时百感交集、如痴似呆，哪里看得清究竟如何穿戴。我只记得红白两种颜色从我眼前飘过，还有满头满身的金银珠宝熠熠闪烁。不过在这一切当中，最最光彩夺目的还是她：一头秀美无比的漂亮金发，不仅压倒了珠玉钻石，而且使得厅里的四根巨大的多芯蜡烛也黯然失色。哦，该死的记忆！为什么折磨得我不得安宁？似乎必置我于死地而后快！事到如今，何苦向我再现那个迷人冤家的无双容颜呢？狠心的记忆啊，你其实更应该向我提示和再现她当时的所作所为，那么这一明白无误的背叛行径，即使不激励我设法报复，至少会催促我一死了之。请二位不要厌烦我这些离题的话，因为我的这段痛苦经历非同一般，不能也不该轻描淡写地一笔带过，其中的每个情节我觉得都应细细讲来。"

于是神甫回答他说，他们不仅不厌烦，反而很欣赏他讲得如此细致入微；正因为是细枝末节，更不应该略而不顾，要像故事主干一样受到重视。

"这时候,"卡尔德尼奥接着讲下去,"人们都在大厅里等着,教区的神甫进来了。他按照婚礼常规拉起一对新人的手,问道:'露丝辛达小姐,你是否愿意按照慈母般神圣的教会之命,选择你身边的堂费尔南多先生做你的合法丈夫?'我把脑袋和脖子都从壁毯缝里伸出去,竖起耳朵悬着心,想听清露丝辛达怎么答复,等待她开口宣判我的死刑或者赦免我的生命。唉,我当时为什么就不敢跑出去大声喊道:'露丝辛达,露丝辛达呀,你可要三思而行,想想你是怎么对我说的,别忘了你是我的人,不能再是别人的!要知道,你"愿意"二字一出口,就等于立即结束了我的性命。你这奸诈的堂费尔南多呀,你窃取了我的幸福,杀害了我的性命!你还要怎么样?你还想图什么?你应该冷静想想,按教会规定,你最终是无法如愿以偿的,因为露丝辛达是我的妻子,而我才是她的丈夫。'咳,我真是疯了!我现在不在那儿了,一点不冒危险,所以才大谈当时本应如何如何;我让人家轻易夺走了心爱的宝物,却只会事后抱怨抢劫者。要是把这抱怨的心劲用对了地方,恐怕早就报仇雪恨了。总之,既然当初就是个愚蠢的懦夫,如今羞愧交加、疯癫死去,又有什么了不起呢!

"神甫等着露丝辛达回答,可她一直不作声。我以为她终于要拔出短刀剖明心迹了,再不就是开口戳穿骗局、说出真相,叫我立即时来运转,可我却听到她有气无力地说:'愿意。'堂费尔南多也说了同样的话,而且给她戴上戒指。两人就这样紧紧被拴在一起,不能分离了。新郎上前去拥抱他的妻子,而她却一手捂着胸口,晕倒在母亲怀里。

"现在该说说我听了她那一声'愿意'以后是什么感觉了:我终于明白自己的一片痴情受到戏弄,露丝辛达的甜言蜜语全是假的;我的幸福顷刻消失,而且永无复得之望。我顿时觉得茫然不知所措,头顶失去蓝天的覆盖,支撑我的大地也反目为仇;空气不再供我呼吸,甚至阻断了我的哀叹；双眼的泪水干涸，浑身只有怒火和妒火熊熊燃烧，而且越烧越旺。

"人们在晕倒的露丝辛达周围忙作一团。她母亲解开她胸前的衣扣叫她透气，结果发现里面有一张折叠的纸条。堂费尔南多一把夺过去，靠近烛光读起来。读完之后，在一张椅子上坐下来，一手托腮，显出心事重重的样子；别人都在忙着救护他昏迷的妻子，他却毫不过问。

"我见全家上下乱糟糟的，就壮着胆子离开藏身处，也不管会不会有人看见。我打定主意，要是被人看见，我就豁出去了，也好让大家都明白，我的义愤填膺理所当然，因此有权严惩伪善的堂费尔南多和晕倒在那儿的水性杨花的不忠女人。我不知道世上是不是还有更大的灾难，反正我的命运执意要留下我去经历新的痛苦。瞧见吗，我这会儿时时神志不清，可那会儿头脑却突然空前清醒起来。就凭当时我那种不管不顾的劲头，为自己报仇本来是很容易的事。可我却不想找两大仇人算账了，而是要跟自己过意不去，把本应由他们承受的刑罚全都加到自己身上，甚至更加严酷。如果我当初趁其不备杀了他们，两人立即死去，痛苦也就结束了。可我现在是活生生遭受凌迟，折磨还不知延续到何时。

"还是回到正题。我离开那座宅邸，找到寄托骡子的人家，叫那人给我备好鞍子，连句告别的话都没说，便翻身跨上，离城而去。我像罗得①一样，始终没敢回头张望一下。等我只身走到野外，漆黑的夜幕已经把我密密包裹。周围一片死寂，可以毫无顾忌地大声号叫，而不怕被人听到或认出。我于是放开嗓门，拨动舌头，尽情咒骂起露丝辛达和堂费尔南多，似乎这样可以抹去他们给我造成的伤害。我骂

---

① 罗得：《圣经》中的人物。所多玛被毁时，他得到天使救助而幸免。出逃之前，神告诉他不可回头张望，也不可在平原上停步，而是径直向山上跑去。他妻子不听神谕，半途回头张望，结果立即变成一根盐柱。

露丝辛达虚伪无情、忘恩负义，尤其是贪图钱财，所以被我仇人的家产迷住了心窍，把爱心从我身上移走，转交给一个幸运的富贵公子。可是在这信口而出的怒斥诅咒之余，我又竭力为她开脱，比如说她并没有做什么过分的事。本来嘛，一个在父母家深居简出的姑娘，自然习惯于循规蹈矩，听命于父母。如今二老要她嫁给一位高贵、富有、英俊的年轻绅士，她当然只能服从他们的心愿。如果她拒绝，别人会以为她要么是犯浑，要么是暗中看上了另外的什么人，这岂不有损她的清白名声？可我又转念一想，她完全可以告诉父母，她已经选定我做她的丈夫。老人们见女儿的眼力不错，也就会原谅她自作主张了。只要他们能清醒地斟酌权衡，在堂费尔南多登门求婚之前，他们再也找不到比我更合适的人来做他们女儿的丈夫了。露丝辛达即使在被逼婚的最后关头，也可以说她和我已经私定终身。反正这种时候她编出的一切谎话我都同意和认可。这样想来想去，我只能认为她一不爱我，二没头脑，再加上心气儿太高，贪图荣华富贵，所以才把她那些花言巧语忘得干干净净，而我却信以为真，始终满怀希望、一片痴情。

"那天晚上我就这样一路走，一路思前想后、自言自语，天亮的时候到了进山的入口。山里大小路径全无，我胡乱转悠了三天，最后找到一片草地，我也说不清在山的哪边。在那儿我向牧羊人打听怎么才能走进山里最荒僻险峻的地方。他们让我往这边走。于是我就一路过来，打定主意在这里结束自己的生命。这一带山势崎岖陡峭，我的骡子又累又饿，终于倒下死了。我想它大概是要最后卸下我这个没用的包袱吧。我只好靠自己的两脚，自然更是累得筋疲力尽，饿得前胸紧贴后背，可是无处求助，我也不想求助。就这样，我在地上不知躺了多长时间，后来终于起来的时候居然一点不觉得饿。我看到跟前有几个牧羊人，准是他们给了我吃的。他们还讲了是如何发现我的，又如何听我满嘴胡言乱语，明显是发疯的征兆。从那以后，我自己也感觉出，我的脑袋有时候不怎么对头，似乎有些恍恍惚惚、迷迷瞪瞪，甚至做出种种癫狂举动，不是撕碎自己的衣服，就是对着寂静的山林狂呼乱叫，抱怨命运不济，呼而无应地一遍遍重复我那可爱冤家的名字。好像我这时唯一的想法和意图就是号叫而死。每次一清醒过来，只觉得浑身累得酸疼，简直都没法动弹了。

"我平常睡觉的地方是一个软木树洞，刚好容得下我这不幸的躯体。在山里看管牛羊的牧人们心肠慈善，全靠他们养活着我。他们知道我经常在哪里出没，就把吃食放在路边或者石头上，叫我一走过便看得见。即使在我神志不清的时候，天生的需求也照样叫我活下去，唤醒我的胃口，逼着我去寻找食物，设法弄到东西吃。有时趁我清醒过来，他们就告诉我一些事情，说有些牧羊人从村里往山上草棚运干粮，我经常突然挡住他们的去路，硬是跟他们抢吃的，即使他们心甘情愿给我，也不行。我就这样苟延残喘着，一直要到老天发慈悲把这一切最后结束，或者至少彻底抹去我的记忆，叫我想不起露丝辛达是那么漂亮，可又那么无情无义；也叫我忘记堂费尔南多是怎样坑害了我。要是老天能让我这样活下去，也许我的脑子会慢慢好起来。不然的话，我只有祈求上帝宽恕我这不幸的灵魂了。就听任我忍受这自找的折磨吧，我没有勇气和力量求得解脱！

"二位先生，这就是我这个苦命人的辛酸史。二位不妨说说，你们见我如此悲痛欲绝，是不是觉得太过分了？请你们别再劳神规劝和说服我了。你们的一番道理自然是为了拉我一把。可是对我而言，已经没有什么用处，因为一旦病人拒绝服药，医生开再好的药方，也终属徒劳。失去露丝辛达，我还要健全的体魄干什么？她本来该是我的，却心甘情愿地归了别人；我呢，本来该是个幸运儿，也只好心甘情愿地自认倒霉。她反复无常，铸成我永生的沉沦；我呢，也将自甘沉沦，她便从此可以称心如意。对于后世来说，这还是一种先例：所有失意者的长处正是我的短处；他们只有彻底失去慰藉才能最后安静下来，而我却因此备受摧残折磨，即使死后也不得超脱。"

　　卡尔德尼奥长长的独白和他那柔情缱绻的辛酸史到此结束了。神甫刚打算说上两句宽慰的话，却突然打住，因为他听到了别处有人声传来。可是博学而慎重的历史作家西德·阿麦特·贝嫩赫里叫故事的第三部在这里收尾，所以那凄惨的声音到底说了些什么，请看下面第四部。

CAPÍTULO XXVIII · 第二十八章

神甫和理发师在黑山新鲜而有趣的经历

勇敢无畏的骑士堂吉诃德·德·拉曼却得以出世的那个年代实在是余荫无穷。他志向可嘉,决意在世上恢复和重建湮没已久、几乎销声匿迹的骑士道。多亏了他,在这个赏心悦目的消遣欠缺匮乏的年头,我们不仅有幸品尝有关他自己的那部余味无穷的真实传记,而且其中还穿插着许多奇闻逸事,而就意趣横生、构思巧妙、叙事真实而言,并不比正文逊色。

且说这部写实传记继续按照自己迂回曲折、多头并进、盘根错节的叙事线索向前继续发展,讲到神甫正准备对卡尔德尼奥说几句宽慰的话,却半道打住了,因为他忽然听到有人用凄惨的声音这样说:"上帝呀,我的躯体已经成了难以承受的沉重负担!我当真在这里找到埋葬它的僻静场所了吗?看来确实如此,这寂静的山林是不会欺骗我的。啊,我真不幸,只有这些乱石荒草才是与我相投的伴侣,完全符合我的心愿,因为我可以在这里尽情地向苍天哭诉我的不幸。我再也无须与世人为伴;天底下有谁能拨开迷雾、减轻创痛、消弭灾祸呢!"

这些话神甫和跟他在一起的那两人都听得清清楚楚。他们判断那人显然就在附近,便站起来去找。果然走了不到二十步,绕过了一块大石头,立即看到白蜡树底下坐着一个农夫打扮的小伙子。他正低着头在流过他面前的河沟里洗脚,所以没法看清他的脸。那三人静悄悄地走近，他一点没有觉察，再说他的注意力也全放在如何冲洗那两只脚上了。在溪底石块衬托下，他那两只脚简直像一对无瑕的白玉。

雪白漂亮的双脚使他们三人很吃惊，心想别看那一身穿戴，两只脚可从来没有跟在犁铧和耕牛后面踩过土坷垃。走在前面的神甫见他们还没被发现，就给另外两人做手势，叫他们弯下身子躲到附近的石头后面。三人便这样暗中留意观察小伙子究竟在干什么。只见他穿一件两侧开衩的棕色短袄，腰里紧紧束着一条白色汗巾，下身是棕色毛料的裤子和裹腿，头上一顶棕色的帽子。这时裹腿解开，露出的小腿简直比雪花石膏还洁白。他洗完了那双秀气的小脚，从帽子底下抽出一块包头布擦了擦。他正好在抽出那块布的时候扬起脸来，总算让三个盯着他的陌生人看清了那副俏丽无比的容貌。卡尔德尼奥不禁低声对神甫说："这人不会是露丝辛达。那肯定是个神仙，不是凡人！"

小伙子摘下帽子，左右晃了晃脑袋，抖散了一头长长的金发。此时此刻连太阳光都为之黯然失色了。他们这才看出原来那农夫是个娇嫩的女子，而且容貌是那样出众，不仅神甫和理发师未曾见识，要是卡尔德尼奥没有领略过露丝辛达的风采，恐怕也会大吃一惊的。后来他承认，也只有露丝辛达能与之媲美。长长的金发又浓又密，沿肩头垂下，遮盖了她整个身体，仅仅露出两只脚。她正在用两手梳理头发。如果说浸在水里的脚像两块白玉，那么拢头的小手就是雪团捏成的。三个人越看越惊讶，也就越想知道她是谁。他们决定上前去搭话。刚刚往起一站，那漂亮姑娘便抬起头，双手撩开遮眼的金发，想看看是谁弄出的声响。她发现了那三人，一下蹦了起来，鞋也没穿上，头发也没盘好，慌忙抓起身边的一包衣服，大惊失色地撒腿就跑。可那双娇嫩的小脚怎么受得了满地的石头碴子，所以没迈出五六步，便摔倒在地上。三人一看，连忙跑过去，神甫头一个说："姑娘别怕！我们三个虽然不知道你是谁，可都打算帮你的忙。你何苦一定要逃跑呢？你自己的脚受不了，我们也不答应。"

那女子只是一声不吭地听着，一副惶惑惊恐的样子。三人走到她身边，神甫拉起她的手，又说："你的穿戴想掩盖的一切，都让你的头发讲明白了。很显然，你一定是碰到了什么非同小可的事情。否则，是不会用这身不像样的衣服遮挡自己的绰约丰姿的，也不会跑到这杳无人迹的地方来。幸好我们在这里遇见了你！我们或许没法帮你摆脱灾难，可是至少能为你出点主意。只要人活着，遇到任凭什么样的灾难，也不至于垮得一败涂地，弄得连好心出的主意都不想听！所以我说，你这位小姐也好，先生也好——就看你自己打算叫别人如何称呼了——完全不必害怕我们。不论你遇到了好事坏事，都不妨讲给我们听听。我们要么一起、要么各自分头设法帮你分担一些忧愁。"

神甫说这番话的时候，那位女扮男装的姑娘只是呆呆地听着，目不转睛地盯着他们三人，始终没有开口说话，就跟乡下佬猛然看到从未见过的稀罕物一样。神甫接着又说了好多话，用意都差不多。这时候，姑娘才深深叹口气，打破了沉默，说道："既然连这荒山野岭也没把我藏住，这一头披散的长发又不许我的舌头接着说谎，我再瞒下去有什么用处？即使你们勉强信了我的话，那也是出于礼貌，不愿深究罢了。事情到了这地步，我只能说，我非常感谢各位的一片好心。而且礼尚往来，不得不答应各位的要求。不过我怕你们一旦听了我这段悲惨的身世，在同情怜悯之余，只能无端增添苦恼，因为不论各位如何想方设法，我的不幸已经毫无安慰补救的余地。但是你们已经看出我是个女人，年轻姑娘，只身在这里，又是这副打扮。这些怪事甭说凑在一起，只其中一桩就足够毁了好端端的名声。所以，为了不让你们猜疑我的清白，只好把我本想闭口不谈的事告诉你们了。"

姑娘一口气说完了这些话。一个如此姣好的女子，又有如此甜美的嗓音和流利的口才，使在场的三人不仅赞叹她的美貌，而且为她的才智所折服。他们再一次表示愿意出力效劳，求她快快讲述自己的身世。姑娘便不再推辞。她先规规矩矩穿好鞋子、绾起头发，在一块石头上坐下，那三人也在她身边安顿好了。她强忍住涌入眼眶的泪水，用平静而清晰的声调开始叙述自身的经历："人们常说的西班牙几大家族当中有一位公爵，他的领地就在我们安达卢西亚。他有两个儿子。大儿子不仅要继承他的爵位，看来也继承了他的好品德。小儿子呢，说不上继承了什么，倒更像奸臣维利多和叛徒加拉隆的嫡亲子孙。我父母是这位老爷的下属。他们虽然出身低微，却非常富有。要是他们有跟家产相称的门第，一来他们本人再也别无所求，我呢，也就不至于担心落个眼前这种下场。我之所以这么不走运，恐怕跟他们没有出生在名门望族有关。当然并不是说他们的出身下贱到难以启齿的地步，不过确实不够高贵，否则我何苦左思右想，总觉得是他们的卑微身份造成了我的不幸。我的父母就是平平常常的庄稼人，从祖上到他们从没干过什么见不得人的事，而且像大伙常说的那样，是正宗的陈年老基督徒。他们十分有钱。他们不仅富足，而且待人宽厚，所以慢慢赢得了乡绅的名声，简直算得上当地的大户了。不过他们认为自己最大的财富和荣耀还数有我这样一个女儿。我的父母本来就是宠爱孩子的人，加上再没有别的儿女，我大概是天下最受父母溺爱的女孩了。我是他们映照往事的镜子，我是他们晚年的依傍，他们把上天允许的一切美好心愿全都寄托在我身上。我也深知他们处处为我着想，所以从不抗拒违拗。实际上，我不仅左右了他们的意志，也能支配他们的财产。他们按我的意愿雇人和辞人；要经我手的还有：播种和收获的安排及账目、榨油酿酒的筹划、大小牲畜和蜂群数目。就是说，像我父亲那样的殷实农民所要操持的一切都由我管理。我既是女管家又是女主人。我尽职尽责，他也称心如意，一切都顺顺当当。每天我给管事、牧人和短工吩咐完他们该做的事之后，就回屋干点闺女们的本分，不是拿出针线，就是捡起纺锤。我有时也放下活计，找点消遣，要么读读祈祷书，要么弹弹竖琴。我深深体会到，音乐能扫除郁闷烦躁，让消沉的心情振作起来。这就是我在父母身边的日常生活。我之所以特别讲到这一点，并不是为了炫耀，叫各位看看我有多阔，而是为了说明，本来好端端的，突然落了个如今的悲惨下场，并不是我自己的过错。

"我的日子就这样一天天忙忙碌碌地过去了。我从不出门，简直就像关在修道院里一样。我敢说，除了家里的佣人，谁也见不着我。赶上做弥撒，我也是一大早去，有母亲陪着，前后左右还尽是家里的女佣人。我捂得严严实实，目不斜视地一路走去，两眼只看见脚踩的那块地方。尽管这样，世上毕竟有山猫也比不上的眼睛，那就是怀春多情的眼睛，也许说成'饱暖思淫'的眼睛更合适一些。用这么一双眼睛紧紧盯上我的人名叫堂费尔南多，是我给你们说的那位公爵的小儿子。"

那姑娘一提到堂费尔南多的名字，卡尔德尼奥立刻脸色大变，周身躁动得冒出汗来。神甫和理发师看得一清二楚，生怕他犯了疯病，因为他们已经听说他是经常发作的。幸好卡尔德尼奥只是出了点汗就安静下来，目不转睛地盯着那位农家女，心里琢磨着她究竟是谁。姑娘丝毫没有觉察出卡尔德尼奥的动静，只管接着讲自己的事。

"后来他亲口说，他一见我，就身不由己地爱上了，而且马上表露出来。堂费尔南多究竟用了哪些心计向我表白自己，我看就略过不提吧。我想早点结束这段说不尽道不完的伤心故事。

"他收买了我们家所有的人，还给我们的亲戚送礼许愿。我们那条街上天天都像过节似的一片喜气洋洋，到了夜里，吹拉弹唱吵得谁也睡不着觉。我没完没了地收到一封封情书，也不知是怎么到我手里的。满篇的柔情蜜意、海誓山盟，往往是言语虽尽，余音缭绕。可这一切都没有打动我的心，反而叫我硬下一副心肠把他当死敌看待。他为了博得我的欢心所做的一切努力，最后完全适得其反。倒不是我讨厌堂费尔南多的气派和风度，也不是嫌他殷勤过头了。讲老实话，见自己竟博得一位名门公子的倾心喜爱，还真有那么点说不上来的高兴，那些写在纸上的奉承话看着也挺舒服。在这一点上，所有的女人都一样。无论美丑妍媸，我们都喜欢听人家说自己漂亮。不过我始终靠自己的尊严操守把关，更何况还有父母不停地忠告呢。他们早就看出了堂费尔南多的心思，因为他本人巴不得闹得满城风雨。父母告诉我，他们的名望身份就靠我的端正品行来维护，叫我好好想想我和堂费尔南多之间的门第之别。光凭这一点，可以清楚知道，不管堂费尔南多自己怎么说，他脑子里想的是称他的心，而不是如我的意。他们还说，只要我愿意，马上可以想出法子来打消对方的邪念，那就是立即把我嫁给我喜欢的人，不论本地还是外地的大户人家，任我挑选。就凭家里的财产和我的名声，这没什么难办的。父母如此切切实实为我着想，而且说得入情合理，我心里当然更有底了，所以始终也没搭理堂费尔南多，连一点痴心妄想的余地也不给他留下。可他把我的自尊自爱错当成对他有意冷遇，反而越发扇旺了他那股邪火。——我只能这么称呼他对我所打的主意。——他当初的想法要是规矩的话，你们诸位又上哪儿去听这故事呢？总之，堂费尔南多听说我父母正忙着给我操办婚事，即使不能完全打消他想强占我的念头，至少可以多一个人来保护我。这件事，不管他是听到的还是猜到的，反而更催着他一不做二不休。马上你们就知道了。一天晚上，我一个人和伺候我的女孩在自己的房间里。门窗全都关得严严的，防备我的清白遭到无妄之灾。可饶是这样严加防范，又是夤夜深闺，不知怎么回事，他突然出现在我面前。我一见他，顿时吓得两眼发黑，舌头也木了，怎么也喊不出声来。其实他根本不会让我喊的。他走过来，使劲把我搂进怀里。我刚说了，我吓得木呆呆的，哪里还有力气挣扎。这时候他对我说了一大堆话，想想真不明白，他说谎的本事怎么这么大，硬是把瞎话编得跟真的一模一样。那坏小子眼泪汪汪地发誓赌咒，唉声叹气地剖明心迹。可怜的我，从来只跟家里人打交道，何曾见过这种场面，听着他那连串的鬼话，不知怎么稀里糊涂地竟然信以为真了。这并不是说他那些哼啊哎呀还有眼泪引得我可怜他了。这时候一时的惊慌失措已经过去，我便尽力使自己恢复平静，结果还真的不知从哪儿来了那么股劲头。我对他说：'先生，要是一只凶残的狮子像你这样紧紧抱住我，说它可以放我走，但我必须说话行事不顾廉耻，你以为它办得到吗？办不到！因为我是我，绝不能变成别人。你要知道，我的身子虽然被你紧紧搂在怀里，可我的心里却牢牢把握住规规矩矩的想法，这和你的打算就相去甚远了！你要是横下心蛮干下去，咱们就等着瞧！我是你的下属，但不是你的奴隶。你的血统再高贵，也没有权力蔑视和玷污我这血统低微的人。我是乡下丫头农家女，可也懂得自尊自爱，一点不亚于你这位贵族老爷。我不害怕你的势力，不稀罕你的财产，不相信你的花言巧语，不在乎你的泪水叹息。我父母给我挑选的人不论具备上面的哪一条，我都会对他百依百顺、寸步不离。你现在想用暴力得到的东西，我完全可以很顺从地给你。我不一定要求合乎心意，但必须合乎礼法。我这番话的意思很清楚：除了我的合法丈夫，谁也甭想在我身上得到什么。'

"'迷人的多洛苔亚（这是我这个不幸少女的名字），'那轻薄公子说，'如果你就对这个不放心，瞧见吗，我把手伸给你，答应做你的丈夫。就让无所不知的苍天和你身边的圣母像当咱们的证婚人。'"

卡尔德尼奥听说她名叫多洛苔亚，又开始躁动不安起来，他起初的猜测果然没错。尽管下面的事情他几乎全都知道，可他不想打断姑娘的话头，他倒要听听究竟是怎么回事。不过他还是说了几句："怎么？小姐你叫多洛苔亚？我听说过一个同名姑娘，说不定她的遭遇和你的一样凄惨。接着讲下去吧。待会儿我再告诉你一些事情，准叫你又吃惊又伤心。"

听到卡尔德尼奥说话，多洛苔亚才开始留意他那一身褴褛的古怪装束。她求那人，如果知道什么有关她的事情，就请快说。命运对她唯一的宽厚之处，就是让她有勇气忍受落到她身上的任何灾难，而且她坚信，不论发生了什么，也不能使她已有的苦难增添一分一毫了。卡尔德尼奥回答说："小姐，要是我没猜错的话，我会把我所想的都告诉你，不过现在还没到时候，你知道了也没用处。"

"随你的便。"多洛苔亚说，"那我就接着往下讲。房间里有尊圣母像，堂费尔南多拿过来当了我们婚礼的见证。他发誓做我的丈夫，话说得动听入耳，咒赌得斩钉截铁。不过没等他说完，我就提醒他三思而行，想想看，他居然娶自己的下属、一个农家姑娘为妻，他父亲该会多么恼火。我劝他别被我的漂亮模样迷了心窍，光凭这一点，他也没法为自己的过失开脱。他要是真爱我，想为我做点好事，那还是贵贱由命，让我安分守己吧。门不当户不对的婚姻也许开头很热火，可是好不了也长不了。这些话我都跟他说了，还有好多别的话，可他就认准了一个主意，别的什么也不顾。如果一个人根本不打算履约，你无论提出什么条件，他统统不在乎。这一瞬间，我突然有了个念头，我对自己说：'其实，女子靠嫁人从下层爬到上层，我不是第一个；公子哥儿贪恋女色，或者一时狂热——大多是这样——娶个身世不般配的女人为妻，堂费尔南多也不是第一个。既然我又不是开天辟地弄出什么新花样，干吗不接过命运送来的这份光彩呢！'我知道，这人一旦遂了心愿，眼下这副殷勤面孔就长不了了。但是不管怎么样，上帝已经让我做了他的妻子。要是我冷言冷语轰他走，估计他肯定会抛开礼法施加强暴。我遭到玷污之后，怎么洗刷自己，向不明底细的人说清是无辜受害呢？我怎么才能叫父母和别人相信这位先生是未经许可私闯闺房呢？我就这样在脑子里自问自答、反复掂掇。就在这时候，我觉得身不由己地被一股力量推向毁灭。那就是他的山盟海誓，他滚滚而下的泪水，他指定的证婚人，尤其是他的一表人才和那副柔情蜜意的样子。任何一个心无所托的女子，即使比我更加严守礼法，也会为之动容的。我叫来使女，也算苍天圣母之外，一名尘世的见证。堂费尔南多重申和确认了自己的誓言，又列出一串圣徒的名字作为追加的见证，还说如果有朝一日失信违约，甘愿承受各种神谴天罚，说着眼泪又出来了，接二连三地长吁短叹。他一直没有松开我，这时就搂得更紧了。使女一离开闺房，我就不再是闺女了，他也马上露出言而无信的骗子原形。我看得出，堂费尔南多只嫌我失身的那个夜晚太长，怎么也盼不来天亮。一旦欲望满足了，最大的快意莫过于早点离开满足欲望的地方。我之所以这么说，是因为堂费尔南多那么着急地要走。想法带他进来的是我的使女，这会儿又是她趁天亮之前悄悄把他送到大街上。他告别的时候已经没有来的时候那股热切心劲了，只是叫我相信他，说他的誓言都是发自内心的，说到做到。为了证实这些话，他从手指上摘下一枚贵重的戒指给我戴上。就这样，他走了。我也说不清自己究竟是难过呢还是高兴。不过有一点很清楚，我心乱如麻、思绪万千，突如其来的变故弄得我像掉了魂似的。我也不知道是没有心思呢，还是没有想起来责怪使女，说她不该背着我把堂费尔南多藏进我的房间。归根结底，我自己也拿不准这一切究竟是祸是福。堂费尔南多临走的时候，我告诉他，反正我已经是他的人了，往后每天晚上他不妨照样来找我，就看他打算什么时候把这事公开了。可是他第二天晚上来过以后，再也没露过面。整整一个多月，教堂里、大街上都见不着他的人影。我不厌其烦地到处找他，但是毫无结果。我知道他在镇里，他喜欢打猎，几乎天天都去。

"只有我自己知道那些日日夜夜是多么痛苦难熬。那些日子，我心里越来越不踏实，终于怀疑起堂费尔南多是不是可靠。也是那些日子，我开始责怪使女不该那样大胆妄为。可我得强忍泪水，脸上什么也不能表露出来，免得父母问我为什么不高兴，还得编瞎话搪塞。

"不过事情总得有个头，终于到了忍无可忍的时候，我不得不丢掉尊严，不顾体面，把自己的隐私全都抖搂到光天化日之下。

"过了没多久，镇子里就纷纷传说堂费尔南多在附近一个城市结婚了。娶的姑娘甭提有多美，娘家也算是当地的大户，不过家产稍逊。凭她的嫁妆，能结上这门亲就算是高攀了。说是那位姑娘名叫露丝辛达。另外，还传来了好多他们婚礼上的新闻。"

卡尔德尼奥听到露丝辛达的名字，倒没什么大动静，只是耸耸肩膀，咬咬嘴唇，皱皱眉毛，然后任凭两行眼泪直流下来。不过这并没有妨碍多洛苔亚继续讲她的故事："这可悲的消息最后传到我耳朵里。我听到后，并不是感觉心寒气馁，而是怒火中烧，气得我差一点跑到大街上大喊大叫，让人人都知道他如何欺骗和坑害了我。不过我还是尽量平息了怒火，琢磨出一个主意，决定当晚就干。我向我父亲的一个雇工要了这身衣服穿上，又把我如何不幸前前后后都告诉了他，求他陪我去城里找我那个仇人。他先是教训我，说这样做不仅莽撞危险，而且不成体统。后来见我主意已定，只好答应。照他自己的话说：打算陪我走到天涯海角。我急忙找来一个麻布枕套，往里塞了一身女人衣裳、几件首饰和一点现款，以备路上不时之需。我没向那个出卖我的使女透露丝辛达毫风声，趁着夜深人静，悄悄走出家门，伴着我的只有那个雇工和满腔心思。我一路朝城里走去，恨不得插翅飞到，即便阻挡不了已成之事，至少问问堂费尔南多，他这样做究竟安的什么心肠。

"两天半之后，我到了地方。一进城，便开始打听露丝辛达父母的住处。我问到的第一个人，也不管我想不想听，开口就说个没完。告诉我那家在哪儿，他们女儿的婚礼上出了什么事，整个城里无人不知、无人不晓，到处三五成群地议论纷纷。他对我讲，堂费尔南多娶露丝辛达的那天夜里，新娘'愿意'刚一出口，就当场昏死过去。新郎上前想帮她解开胸衣透透气，不料却发现了一封露丝辛达的亲笔信。上面明明白白写着，她不能做堂费尔南多的妻子，因为她已经许给卡尔德尼奥了。——那人告诉我这位也是城里的名门子弟。——她之所以对堂费尔南多说'愿意'，是因为她不想违抗父母之命。他说字条上大致就是这些话，显然姑娘早拿定了主意，婚礼一完就自杀，而且还说明了这样做的原因。看来这些话不是随便说说，因为听说在她身上不知什么地方找到一把短刀。一见露丝辛达居然瞧不起他，还想耍弄他，堂费尔南多哪里受得了！没等姑娘醒过来，他抄起刚找到的那把短刀上去就捅。幸亏姑娘的父母和其他在场的人动手拦住了，不然他还真的什么都干得出来。还听说，堂费尔南多一转眼就不见了。露丝辛达第二天才醒过来，告诉她父母她其实是刚提到的那个卡尔德尼奥的妻子。我还听人说，举行婚礼的时候，那个卡尔德尼奥也在场。他万万没有想到自己的未婚妻嫁了别人，一气之下离城出走，事先还给露丝辛达留下一封信，说既然遭到如此坑害，不如躲到远离尘世的地方去。

"这些事路人皆知，满城风雨。后来听说露丝辛达弃家离城而去，哪儿也找不到她的踪影，人们议论得就更热闹了。她父母都急疯了，也没办法把她找回来。我知道以后，心里不免活泛起来。即使再也见不到堂费尔南多，也比眼见他跟别人结婚好得多。就是说我眼前的路没完全堵死，事情还有希望补救。我觉得真是老天有眼，没让他这第二次婚事办成。这岂不是在提醒他，自己已经有了家室，别忘了身为基督徒，更应着力于灵魂得救，而不是肉体安逸。我翻来覆去琢磨着这些事情，分明是无人宽解，聊以自慰；其实早就活得厌烦了，还偏要靠诱人而渺茫的希望来苟且偷生。

"我找不到堂费尔南多，待在城里不知干什么好。正在这时候，听到宣读口头告示的声音，说是凡知我的下落者可得重赏，还详细描绘了年龄衣着各种特征；说我被那个同来的长工从父母家拐走。这个说法深深刺伤了我的心，这简直是叫我名誉扫地。本来私自出逃就足够招惹非议，现在又加上一个我始料未及的下贱同伙！一听这告示，我急忙出城，当然还是那个雇工陪着。他这时候慢慢不如当初应承时那么忠心耿耿了。因为怕被人发现，那天晚上我们钻进了深山。常言说，祸不单行。小灾还没过去，大难接着又来，都让我赶上了。那个规规矩矩的仆人，本来一直忠实可靠，一见这荒山野岭，我又只身一人，觉得有机可乘。与其说他是见色起淫心，不如说是他的下贱本性发作。他不畏神明、不顾廉耻，更不管我的尊严，公然向我求欢。他见我词严色厉地斥责他这无耻的妄想，便一改起初的涎脸纠缠，干脆动起武来。然而，天道公正，似乎从来都是眷顾和庇佑正义之举，这次及时助我一臂，使我一柔弱女子居然轻易将那人推下悬崖，究竟是死是活，至今不得而知。我当时又怕又累，可不知怎么变得那么灵巧，飞快地向山上跑去，脑子里只有一个想法和念头：躲进深山，别让我父亲和他派来的人找到我。我就打定这个主意待在山里，已经不知过了几个月了。有个牧主雇我做工，把我带到尽里面的山坳里。这段时间我就一直给他放羊，设法独自一人满山游荡，免得让别人看见这一头长发，可是没想到还是叫你们认出了。其实，尽管我费尽心机，终归用处不大，因为我的主人早就猜出我不是男人，也像那个雇工一样生了邪念。可人不能回回福星高照、逢凶化吉，我这次也没恰好碰上悬崖峭壁，像对付雇工一样，把主人也推下去。我既无力抵抗又不愿顺从，还不如躲开他，重新隐蔽在这险峻荒凉的地方。所以，我又藏到这里，想用自己的叹息和泪水乞求上天怜悯我这遭难之人，要么启示我如何解脱，要么吩咐我葬身荒野。让人们忘记我这不幸的女子吧！我清白无辜，为什么要成为本土和外乡人们说道和议论的话题呢？"

CAPÍTULO XXIX · 第二十九章

巧施妙计良策，
终于使我们害相思的骑士摆脱修炼赎罪的自我折磨

　　"各位先生，这就是我悲惨身世的真情。各位不难判断，无论你们耳闻的叹息，聆听的倾诉，还是我眼中涌出的泪水，并非无缘无故，而且毫不过分。只要想想我遭遇的是什么样的不幸，你们就会明白，既然一切毫无指望，那么宽慰又有何用！我只有一事相求——也是各位应该而且能够便便当当做到的——请指点一个容我度过余生的安身之处，免得整日里提心吊胆怕被寻访的人找到。我知道父母十分钟爱我，深信他们诚心盼我回家。可是一想到回到他们身边的不再是他们心目中的女儿了，我就羞愧难当，宁肯远远避开他们的两眼，异地漂流。我没有勇气直视他们的面孔，因为他们在注视我的时候，怎么能想到我已经失去他们瞩望于我的贞洁呢！"

　　说到这里，她便不再作声了。脸上泛出的红晕明显透露出她内心的羞愧和痛苦。听她讲话的几位也百感交集，深深为她的不幸所震撼和打动。神甫本想说几句宽慰的话，可是卡尔德尼奥却抢先开了口："这么说，小姐你就是漂亮的多洛苔亚，财主克莱纳尔多的独生女？"

　　多洛苔亚大吃一惊，没想到有人叫出她父亲的名字，而且出自那样潦倒的角色之口（前面已经说过卡尔德尼奥是如何衣衫褴褛）。于是她说："这位兄弟是什么人？怎么会知道我父亲的名字？我讲自己的不幸身世的时候，好像从头到尾都没提到过。"

"我就是那个不走运的人，"卡尔德尼奥回答道，"你提到的露丝辛达正是我的妻子。我就是不幸的卡尔德尼奥。那个坑害了你的不义之徒也同样叫我落到眼前这步田地：穷途潦倒、衣不蔽体、远离亲朋好友，尤其糟糕的是脑袋出了毛病，只有老天高兴的时候，才能清醒那么一时半会儿。多洛苔亚，是我亲眼看到堂费尔南多的恣意妄为，亲耳听到露丝辛达说愿意嫁他为妻。我没有勇气接着看下去，所以不知道她晕倒以后怎样，在她胸口发现的那张字条又是怎么回事。这么多灾难一起降临，我的心可真受不了。我离开她家的时候，已经完全绝望，只留下一封信，求一家客店主人务必亲自交到露丝辛达手里，然后就径自来到这荒山野岭，打算在这里了却残生，因为从那一刻起我就把自己的生命看作死敌了。可是命运并不想夺去我的生命，它只是夺去了我的神志。看来是有意要我存活，今日才得有幸与你相见。我相信你的话句句属实。如此看来，说不定正在你我二人觉得走投无路之时，上天已经安排了时来运转之机。既然露丝辛达不能嫁给堂费尔南多，因为她是我的人；堂费尔南多也不能娶她，因为他是你的人；而且露丝辛达把这一切都明明白白说穿了，完全可以指望老天把分属你我的归还原主，事情还没到木已成舟、不可收拾的地步。咱们这线希望不是渺茫的梦幻，也不是荒诞的臆想，所以我已经决定另做打算，也劝小姐你改变主意，准备迎接好运来临。我是一名绅士，又是基督徒，在这里向你起誓：我将负责保护你，直到把你交到堂费尔南多手里为止。如果好言相劝不足以使他认清自己对你应负的职责，那我作为一名绅士，有权名正言顺地提出挑战跟他决斗，惩戒他对你犯下的恶行。为了在人世给你申冤，我将把为自己复仇之事交付上天。"

卡尔德尼奥一席话打消了多洛苔亚的疑虑，一时不知如何感谢这番慷慨相助的好意，便上前去想亲吻恩人的脚，卡尔德尼奥自然没有答应。神学硕士在一旁对两人说了话，他先是夸奖了卡尔德尼奥的高尚决定，然后着力劝说、告诫、恳求二人跟他回村去，先添置一些必不可少的东西，再设法寻访堂费尔南多，或者送多洛苔亚回父母家，就看他俩的意思了。卡尔德尼奥和多洛苔亚谢过了他，接受了他的好意邀请。理发师一直一言不发，在一边静静听着，这时候也好言好语说了几句，表示愿意尽力效劳，一片诚心不亚于神甫。他还简单说明了他们上山的缘由：堂吉诃德古怪的疯病、他的侍从不得不进山寻找、他们二人正等他回来。卡尔德尼奥影影绰绰记得似乎在梦里跟堂吉诃德发生过什么争执，便向两人叙述了一遍，可怎么也说不清究竟是为什么。

这时突然听到有人喊叫，两人听出是桑丘·潘沙，因为在原来分手的地方看不到他们，就大呼小叫起来。他们赶紧迎了上去，问他堂吉诃德怎么样了。桑丘回答说，只见他穿着衬衣，下身赤裸，又黄又瘦，饿得半死，一个劲儿唉声叹气地念叨着意中人杜尔西内亚。尽管把杜尔西内亚吩咐他离开那里赶回托博索见她的话说了，可他的答复是，除非他建树几项堪获眷顾的功业，否则绝不在她的芳容之前露面。照这样下去，不光本该当的皇帝没指望了，怕连最起码的大主教也当不成了。所以，桑丘说，得赶快想法把他从山里弄出来。神学硕士叫他别担心，不管堂吉诃德乐意不乐意，他们一定会把他弄出来的。他转过来对卡尔德尼奥和多洛苔亚讲他们打算怎么给堂吉诃德治病，至少先把他送回家。多洛苔亚听了就说由她来装扮受难女子比理发师合适多了，何况她自己有现成的衣服，穿戴起来更像那么回事。就全交给她吧，她也知道怎么做戏才能奏效，因为她读过不少骑士小说，知道落难女子向游侠骑士求救的时候要用什么腔调。

"那就什么也不缺了。"神甫说，"干吗不马上动手！这可真是福星高照：没料到一下子你们的处境露出一线转机，我们的事情也有了更好的办法。"

多洛苔亚当即从包袱里抽出一条质地精美的长裙和一块华丽的绿披肩，又从一个小匣子里取出一串项链和其他首饰，转眼工夫穿戴打扮起来，变成一位雍容华贵的仕女。她说她从家里带来这类东西是以防万一的，可是一直也没能派上用场。大家见她那么明丽娟秀、仪态优雅，都不胜喜爱，一致认为堂费尔南多不知好歹，居然把这样的美人弃之不顾。不过最为赞赏不已的还要数桑丘·潘沙，他觉得自己一辈子也没见过这么漂亮的人儿（确实如此）。于是他问神甫那位漂亮小姐是谁，跑到荒山沟来干什么。

"这位漂亮的小姐嘛，"神甫回答说，"桑丘老兄，你猜怎么着，她是猕虼猕蚣王国父系嫡传王位女继承人。有个坏蛋巨人仗势欺负她，她就跑来找你主人帮她去报仇。如今普天下都知道你主人是个了不起的大骑士，所以这位公主慕名从几内亚赶来找他。"

"她找对了，也碰巧了。"桑丘·潘沙接茬儿说，"要是我主人把您刚说的那个婊子养的巨人杀掉，帮忙报了仇、雪了恨，那他可就走运了！只要那巨人不是鬼变的，我主人一碰上，就能把他杀死。可是对付鬼他一点办法也没有。硕士先生，我想先求您一件事。我是说，可别叫我主人变主意去当什么大主教，我最怕的就是这个。求您务必劝他赶紧跟这位公主结婚，这样，大主教他就当不成了，只能顺理成章登上王位，我也就可以称心如意了。这件事我好好掂量了一阵，心里琢磨着，为我着想，千万不能让我主人当大主教。因为我结了婚，教会不能用我。我又有老婆孩子要养活，为了领教会的薪俸还得去办特许，那就没完没了了。所以，老爷，最最要紧的是叫我主人跟这位小姐结婚。我还不知道她的尊姓大名，只好这么称呼。"

"她的名字嘛，"神甫说，"就叫猕虼猕蚣娜公主。既然她的国家叫猕虼猕蚣，她自己肯定是要这么称呼的喽。"

"这没错。"桑丘说，"我就见过不少人把自己的出生地名加在姓上，比方叫什么佩德罗·德·阿尔卡拉，胡安·德·乌贝达，迭哥·德·巴利亚多利德。几内亚准是也有这种规矩，王后把国名加在自己的姓上。"

"想必是这么回事。"神甫说，"至于你主人结婚的事，我是要使出全身力气的。"

桑丘听了自然十分高兴。神甫想不到他竟如此糊涂，脑子里也灌满了他主人那些痴心妄想，认准了他是一定要当皇帝的。

这时多洛苔亚已经骑上神甫的骡子，理发师也装上了牛尾巴毛做的胡子，就叫桑丘带路，进山去找堂吉诃德；还一再嘱咐千万不能露出认识神甫和理发师的样子，因为只有装着不认识他们，他主人才当得上皇帝。神甫和卡尔德尼奥不打算跟他们同时上山。卡尔德尼奥是怕堂吉诃德想起两人争吵的事；神甫呢，这会儿也不必急于露面了。他们就叫三人先走，他们在后面慢慢步行跟着。当然，神甫免不了要叮咛多洛苔亚几句该如何行事。姑娘便让他放心，说她自会分毫不差地按他们的要求和骑士小说的描写办理的。

他们走了大约四分之三莱瓜的路程，就在一堆乱石里发现了堂吉诃德。他已经穿好了衣裳，只是还没有披上盔甲。多洛苔亚一眼看到了，又听桑丘说那就是堂吉诃德，她便加鞭催促坐骑。大胡子理发师紧紧在后面跟上。两人走到跟前，乔装的侍从从骡背跳下，准备把多洛苔亚抱下来，可她已经很灵巧地翻身下地了，而且马上跪倒在堂吉诃德膝前。任凭他一个劲儿想扶她起来，那姑娘硬是一直跪在地上对他说："勇敢顽强的骑士，在阁下应允赐予之前，我决计不再站立起来。乞求阁下以慈悲热忱之心救助一名普天之下最为孤苦无告的落难女子，此举必将使阁下荣耀倍增、英名大振。设若阁下果真如举世赞誉，勇力过人，当义不容辞庇护我这命途多舛之人，拯救我于水火之中，方不致辜负长途跋涉、慕名而来的一番苦心。"

"美丽的小姐。"堂吉诃德答道，"您若不从地上站起，我也决计只字不答，而且拒不听取您的诉说。"

"我绝不站起，"那悲苦的姑娘回答说，"除非尊驾应允我所乞求之恩惠。"

"我可应允效劳，"堂吉诃德说，"但须所行之事无损于我邦国君主及支配我自由意志之人。"

"好心的先生，绝不会有损于您所说的一切。"落难女子说。

这时候，桑丘·潘沙凑近主人的耳朵，悄声对他说："老爷尽管答应她求您的事吧，没什么大不了的，不过是杀死一个大个儿巨人。求您帮忙的是猕蚳猕蚣娜公主大人，是埃塞俄比亚猕蚳猕蚣王国的女王。"

"不管是谁，"堂吉诃德回答说，"我只能按自己的职责行事，不能有违良心，有辱身份。"然后又对那姑娘说："请这位美貌的小姐站起来，我答应您的请求。"

"我有一事相求，"姑娘说，"一名奸贼冒犯天意人心，篡夺了我的王位。因此有劳大驾随我走一趟，前去报仇。望阁下在事成功就之前暂不为别人拼搏厮杀。"

"我答应您的请求。"堂吉诃德说，"从今往后小姐就不必如此伤心劳神，而要摆脱绝望的困扰重新振作起来。上帝的庇佑和我的一臂之力，必将使您尽快重返王位，登上您那古老伟大王国的宝座，一切作乱的贼子终将无可奈何。赶快动身吧。常言说：迁延误大事。"

遭难的女子一再坚持要亲吻他的双手，可堂吉诃德事事处处都是个温良的谦谦君子，始终执意不肯，而是伸手把她扶了起来，并且彬彬有礼地拥抱致意。他叫桑丘查看一下洛西南特的肚带，并且尽快帮他披挂整齐。桑丘先把像战利品一样挂在树上的盔甲摘下，又去摆弄了一下洛西南特的肚带，眨眼工夫帮主人披上盔甲。堂吉诃德见一切就绪，便说："咱们按上帝的旨意离开这里去援助这位小姐吧。"

理发师还在地上跪着，使劲憋住笑声，又怕大胡子掉下来。因为这一掉，他们的一番好意可就要完全落空了。他见堂吉诃德已经答应效劳，便趁他一本正经收拾停当准备前去履约的工夫站了起来，拉住小姐的另一只手，和堂吉诃德一起把她扶上骡背。然后堂吉诃德骑上洛西南特，理发师也在自己的坐骑上安顿好了。桑丘只好步行，不免又勾起他的心思：正是用得着的时候，偏偏把个大灰驴给丢了。不过这一切他都心甘情愿地认了，心想反正主人已经上路，眼看就要当皇帝。他琢磨着主人肯定会娶那位公主，至少做猕豆猕豆的国王不成问题。可是一想到那个国家在黑人的土地上，心里又不自在起来：将来封给他的臣民岂不都是一些黑人吗？他又转念思忖了一阵，找出了个好办法，便自言自语说："就算我的臣民都是些黑人又能怎么样？全都包圆儿带回西班牙不就得了？在这儿把他们都卖了，弄到一笔现款，然后捐个官爵、谋个营生什么的，后半辈子可以过个安稳。我还不至于那么迷瞪，连这点办事的心计和能耐都没有！不就是一眨眼儿工夫卖掉一万三万臣民吗？上帝保佑，我准能连大带小，一下子出手！怎么卖不行！他们再黑，我也要让他们变成白的黄的。来吧，我还没呆得只会嗑指头蛋儿呢！"

这么一想，他一路上倒也欢天喜地，把腿脚受苦忘得一干二净。

卡尔德尼奥和神甫躲在乱草岗子里，见他们一行人过来，一时不知道怎么凑上去搭话才好。不过神甫到底是主意多，马上就想出了随机应变的办法。他从随身带的布套里抽出一把剪刀，手疾眼快地绞光了卡尔德尼奥的胡子，给他穿上自己的深灰色短衫，又在上面披上一件黑色外套，他本人脱得只剩下坎肩和内裤。卡尔德尼奥立刻变了一副模样，恐怕连他自己照着镜子也认不出来了。就在他们俩化装的当儿，那一行人已经走了过去。他们连忙赶在前面上了大路，因为在道路崎岖、杂草丛生的山上步行总比骑马方便多了。他们已经到了山口平地，才见堂吉诃德一行人出来。神甫走上去仔细端详起来，似乎在想法认出什么人。就这么左看右看好一阵子，最后伸开双臂迎了上去，大声说道："真走运，竟在这儿遇见骑士的典范，我的好老乡堂吉诃德·德·拉曼却，谦谦君子中的精华，受苦受难者的庇护人和大救星，游侠骑士的楷模。"

说着，便一把抱住堂吉诃德的左腿膝盖，堂吉诃德冷不丁眼见耳闻那人的言谈举止，顿时惊呆了，只是眼睁睁地瞅着他。等到最后认出来了，更是惊诧不已，连忙使劲想从马上下来，神甫阻止了他。堂吉诃德便说："硕士先生，让我下来吧。我骑在马上，而您这样德高望重的人却站在地上，太不成体统了。"

"说什么也不能让尊驾下马，"神甫说，"您就骑在马上吧，因为只有在马背上，才能成就当代见所未见的丰功伟绩。我不过是个区区教士，如果随您同行的那位先生不介意，我只要跨上骡背，骑在鞍后就足够了。即使这样，也会叫我觉得骑的是双翼神马珀伽索斯，再不就是有名的摩尔人穆萨拉盖骑过的那匹斑马或者神骏。这摩尔人中了魔法，至今还躺在离孔普卢屯大城不远的苏莱玛高山坡上。"

"硕士先生，我可没想到这些。"堂吉诃德回答道，"不知公主大人能不能看在我的面上，命她的侍从把骡鞍让给您，自己骑到鞍后，当然这要看骡子是不是受得了。"

"我觉得受得了，"公主说，"我还觉得不必命令我的侍从先生，他本是个晓事知礼之人，不会容许神职人员有马不骑而一路步行的。"

"说得对。"理发师应声道。说着便翻身跨到地上，请神甫骑上鞍子。他也不多推辞，随即骑了上去。可是等理发师想跳到鞍后的时候却出了麻烦，原来那骡子竟是租来的，自然十分刁钻难缠，只见它后臀一抬，腾空尥了两下蹶子。多亏没踢着尼古拉斯师傅的胸口或脑袋，不然他真要诅咒自己不该出门来找堂吉诃德。饶是这么着，也吓得他够呛，摔在地上的时候连胡子也顾不上了，结果弄得掉在地上。他见自己没了胡子，只好慌忙用两手捂住脸，哼哼唧唧说磕掉了几颗大牙。

堂吉诃德眼看那大把从下巴颏甩掉的胡子，滴血不沾地飞出侍从的面孔老远，就说："我的老天，这可真是神妙！一大把胡子从脸上连根脱落，简直像精心刮过一样。"

神甫见自己的计策就要败露，立马捡起胡子，攥着跑到躺在地上的尼古拉斯师傅身边，把他脑袋往怀里一抱，给重新安装好了。又念念有词地叽咕了几句，还说你们瞧瞧，这粘胡子的咒语确实灵验。收拾妥当了，他便起身离开。公主侍从照旧满脸胡须，跟先前一样完好无损。对此堂吉诃德惊叹不已，求神甫抽工夫把那咒语教给他。他寻思怕不光有粘胡子的功效，说不定能派更大的用场，因为胡子一掉下来，皮肉上肯定会留下创口损伤什么的，可是也眼见给治好了，显然不光只管粘胡子。

"没错。"神甫说，并且答应一有空就教给他。

他们商定先让神甫骑骡子，走一段路之后，再跟其他两个人倒替，就这样一直走到两莱瓜以外的小客店。当时骑牲口的是三个人：堂吉诃德、公主和神甫；步行的也是三个人：卡尔德尼奥、理发师和桑丘·潘沙。堂吉诃德对那姑娘说："公主大人，您要带我们去哪儿，就请便了。"

没等她答话，硕士先搭了腔："殿下要带我们去哪个王国呀？莫非是猕犵猕蛥吗？我想准是，除非我对这些国名一无所知。"

那姑娘事先很清楚，知道她应该回答"是"，便说："对了，先生，我就是要去这个王国。"

"要是这样，"神甫说，"就得从我们村子穿过。从那儿可以一直走到卡塔赫纳，然后凑巧的话就能登船出海。如果风顺浪平，不遇风暴，大概不出九年就能望见美欧纳大湖，不对，是叫美欧提德斯大湖。到了那儿，离殿下的国家就只有一百多天的路程了。"

"先生，您这就说错了。"姑娘说，"我离家还不到两年，而且从来没赶上过好天气，可我已经到了这儿，看到了我梦寐以求的人，堂吉诃德·德·拉曼却先生。我一踏上西班牙国土，就耳闻了许多关于他的事情。我便慕名来找他，乞求他的热忱帮助，依靠他无敌的勇力为我主持正义。"

"可以了，请不要再夸奖我。"堂吉诃德听到这儿便说，"我最讨厌各式各样的奉承。即使不是奉承，我这双腼腆的耳朵也受不了类似的话语。尊贵的小姐，我只想对您说，不管我有没有勇力，有也罢，无也罢，反正我都要用来为您效劳，直至献出生命。好了，这些留待以后再说。现在我想请硕士先生告诉我，为什么只身跑到这种地方，也没个仆人陪伴，衣衫又这么单薄，真叫我担心。"

"简单点对您讲吧，"神甫回答道，"是这么回事，堂吉诃德先生，我和咱们的朋友理发师尼古拉斯师傅打算去塞维利亚取一笔钱。是好些年以前去美洲的亲戚给捎来的，数目不小，有六万银比索呢，成色都经过检验了，相当大的一笔款子啊。昨天走到这一带地方，迎面扑过来四个强盗，把我们洗劫一空，连胡子都揪光了。揪光了胡子怎么办？理发师就想法戴上一副假的。这个小伙子（他指了指卡尔德尼奥）就更惨，弄得都认不出来了。有意思的是，这一带地方人人皆知抢劫我们的是一帮苦役犯，都说是被一个非常勇敢的人放了。那人硬是当着警官和看守的面给他们一个个松了绑。我看这人准是疯了，要么就跟那些强盗一样也是个坏蛋，一个没有心肝丧尽天良的家伙，居然把恶狼轰进羊群，把黄鼠狼塞进鸡窝，把苍蝇放进蜂蜜。这分明是违反法令，目无纲纪，对抗天降的主子国王陛下；分明是想砍掉海船的腿脚①，惊动多年无事可干的教友公堂。总之是干了一件既有损心灵又无益肉体的坏事。"

原来桑丘已经对神甫和理发师讲过他主人如何为放走了苦役犯而洋洋自得，所以神甫特别恶狠狠地提起这件事，想看看堂吉诃德究竟怎样对答反驳，却只见他脸上红一阵白一阵地听着，始终不敢承认是

---

① 这批犯人要服的苦役就是划海船。

他放走了那帮宝贝。

"知道了吧?"神甫说,"就是这帮家伙打劫了我们。但愿上帝慈悲为怀,饶恕那个让他们逃脱应有惩罚的人。"

Capítulo XXX · 第三十章

美人多洛苔亚的机巧应对
和其他妙趣横生的事件

神甫的话刚说完，桑丘就接了茬儿："实话告诉您吧，硕士先生，干这件好事的就是我的主人。我可是事先再三提醒叮嘱他仔细想想自己要干什么。那帮家伙都是些坏透了的恶人，才落得那样的下场。放走他们可是罪过啊。"

"混蛋！"堂吉诃德一听就急了，"游侠骑士犯不上也用不着打听那些人有什么过错、有什么功劳，他只知道他们戴锁链、受欺压、吃苦头，一路那么恓恓惶惶地走来。他的职责就是帮助那些遭罪的人，眼睛只盯着他们的苦难，哪管他们的劣迹。我遇到了一长串愁眉苦脸、垂头丧气的人，就按我信仰的宗旨解救了他们。别的事与我何干？硕士先生圣明尊贵，我没说得。其他人，凡是不以为然的，我就得说他对骑士这一行一窍不通，只会像个婊子养的贱坯满嘴胡说。他要不信我这话，就让我的佩剑跟他仔仔细细地对证一番。"

说到这儿，他踩着马镫挺了挺身子，又正了一下顶盔。那个被他认作曼布里诺头盔的理发铜盆依旧挂在鞍架前面，自从遭到苦役犯作践以来，还没来得及修复呢。

多洛苔亚生性乖巧，又喜欢打趣。她知道堂吉诃德头脑不大清楚，除了桑丘·潘沙，人人都拿他逗乐，这会儿也不愿错过机会，见他如此光火，便说："骑士先生，别忘了您答应帮忙的事噢！您说过暂不参与别的厮杀拼搏，不管事情多么紧急。快快平息胸中的怒火吧。要是硕士先生事先知道苦役犯是您用一双无敌的臂膀放走的，他肯定宁可在嘴上缝三针，把舌头咬三下，也不会说出惹您生气的话来。"

"这一点我完全可以发誓。"神甫说，"我甚至连胡子也愿意揪掉。"

"小姐，那我就不多说了。"堂吉诃德说，"我会尽力忍住在胸中腾起的义愤之火，保证一路心平气和，一直到履行了我对您承诺的义务。不过，作为这番诚意的回报，我想您如果不介意的话，就请告诉我，您到底遇到了什么不幸？您需我帮忙给以公正、圆满、彻底惩处的都是谁？什么身份？人数几何？"

"我非常情愿回答您，"多洛苔亚说，"只是怕您听了这些伤心不幸的事心里烦恼。"

"我不会烦恼的，小姐。"堂吉诃德回答道。

于是多洛苔亚说："既然是这样，诸位就仔细听我讲吧。"

这话刚一出口，卡尔德尼奥和理发师就连忙凑到她身边，急切地想知道机灵的多洛苔亚怎么编造自己的身世。桑丘也靠拢过来，不过他跟他主人一样对那姑娘一点不明底细。女子在鞍子上坐稳了，又是咳嗽又是挤眉弄眼地磨蹭了一阵，这才非常俏皮地讲出下面的话："先生们，首先我要告诉诸位，人们叫我……"

说到这儿，她骤然停下来，想不起神甫给她起了个什么名字。神甫知道她哪儿出了毛病，赶紧开口圆场："公主大人，这不足为怪，提起伤心事，难免要心烦意乱、欲言又止。遭受苦难的人往往连记性也没了，甚至想不起自己的名字。这会儿您准是也忘了自己名叫猕蛇猕蚣娜公主，是伟大的猕蛇猕蚣王国的合法王储。我这么一提醒，可以帮您恢复受损伤的记忆，您就能顺利地接着讲下去了。"

"是这样。"姑娘回答道，"我想往后就用不着提醒了，我会把自己的亲身经历好好讲到头的。我这就开始了：我的父王名叫老灵通提纳克里奥，十分精通魔法方面的学问。他靠这个本领掐算出我母亲、王后哈拉米里亚要在他之前死去，过不了多久他自己也会离开这个世界，我就成了父母双亡的孤女了。不过他说这倒不怎么叫他发愁，他测准的另一件事才真弄得他心神不宁。原来跟我们的国土毗邻的大岛上的郡主是个庞大无比的巨人，名叫贼眼蹒大肥烂多。尽人皆知，他的两眼虽然端端正正长得是地方，可是总跟得了斜眼病似的朝东看西。其实他完全是出于心术不正，有意吓唬见着他的人。我是要说，我父亲知道，这个巨人一旦见我孤苦无告了，就会大举进犯我们的国土，夺走我的一切，连个容身的小村子也不给我留下。当然，如果我答应嫁给他，就可以免遭如此一败涂地。我父亲很清楚，知道我绝不会同意这个不相称的婚姻。他的想法完全正确，我从来就没有想过嫁给那个巨人，也不会嫁给任何一个高大凶狠的巨人。我父亲还说，他死后，一旦我见贼眼蹒大肥烂多开始进攻我国了，千万不能坚守抵抗，那等于自取灭亡。不如干脆把国家拱手让给他，否则善良忠实的臣民就要全体毁灭了，因为我是无力抵御那个凶猛强悍的巨人的。我必须带上少数几个随从，立即上路直奔西班牙，只有在那儿才能找到摆脱灾难的办法。那儿有个游侠骑士，当时已经名扬全国。我要是没记错的话，他的名字好像是堂阿索德，再不就是堂蜥割德。"

"应该是堂吉诃德，小姐。"桑丘·潘沙这时在一边搭了话，"还有个雅号，叫苦脸骑士。"

"这就对了。"多洛苔亚说，"我父亲还说，他是细高个，瘦长脸，身体右侧，左肩膀下边，反正是离那儿不远的地方，有一个暗红色的痣，上面长着毛，跟猪鬃似的。"

听到这儿，堂吉诃德对他的侍从说："过来，桑丘，小伙子，帮我脱光衣服，我想看看我究竟是不是那位博学的国王预言的那个骑士。"

"您干吗要脱光衣服？"多洛苔亚问他。

"我想看看我是不是真有您父亲说的那颗痣。"堂吉诃德回答。

"不用脱衣服了，"桑丘告诉他，"我知道老爷您脊梁骨当间有那么颗一模一样的痣，是主身强力壮的。"

"这就行了。"多洛苔亚说，"朋友交往不必关注这些小事情，在肩膀上也好，在脊梁骨上也好，都无关宏旨。只要有这颗痣，管它在哪儿呢，反正是在同一条肉身上。我那老爹掐算得很准，我来找堂吉诃德先生求援也做对了。他就是我父亲说的那个人，相貌也与传闻相符。他的大名不仅传遍西班牙，而且传遍整个曼却地区。我在奥苏纳^①一登陆，就听到一大堆他的丰功伟绩，我心里马上豁亮了：这就是我要找的人。"

"小姐，您怎么是在奥苏纳登陆的呢？"堂吉诃德问，"那并不是海港呀？"

没等多洛苔亚答话，神甫连忙抢在头里说："公主大人想必是要说她在马拉加登陆以后，头一次听到有关您的传闻是在奥苏纳。"

"是这意思。"多洛苔亚说。

"这就对了，"神甫说，"您接着往下讲吧。"

"不用往下讲了。"多洛苔亚回答道，"最后我有幸遇到堂吉诃德先生，这会儿我简直觉得自己已经当上女王，成了一国之主。他热忱慷慨地答应随我前去，我只需带他找到贼眼骗踽大肥烂多，杀死那家伙，那么被无理夺走的一切岂不又归我所有了！做成这件事肯定不费吹灰之力，因为我的老父亲、老灵通提纳克里奥早就这么预言了。我父亲还留下一份遗嘱，也不知道是迦勒底文还是希腊文，反正我看不懂，说是他预言的这位骑士拧断巨人的脖子以后，要是愿意跟我结

---

① 奥苏纳：西班牙南部安达卢西亚地区塞维利亚省的城镇，离海岸近百公里。多洛苔亚在取笑堂吉诃德，故意信口胡诌。说到那颗痣的位置时，也是这样。

婚，我必须二话不说嫁他为妻，把王位连同我本人交付于他。"

"桑丘老兄，你瞧怎么样？"堂吉诃德连忙说，"你听明白了吗？我一向怎么对你说来着？你瞧，咱们一下子就有王位可坐，有王后为妻了。"

"没错，我敢打赌！"桑丘说，"谁要是劐开'蹒大一瘌多'①先生的喉咙眼以后不赶紧结婚，准是个傻蛋！莫非这样的王后还嫌赖吗？我简直像被满床跳蚤咬得浑身痒痒了！"

说着，他脚跟噔噔两下跳起老高，欢天喜地，忘乎所以，马上跑到多洛苔亚身边抓住骡子缰绳让牲口停下，然后跪在地上，求姑娘伸出手来叫他亲吻，表示他归顺自己的王后和女主人。见到如此疯癫的主人和憨傻的仆人，在场的人没有不发笑的。多洛苔亚果真把手伸给他，而且答应一旦老天赐福让她收复国土登上王位，一定委他以高官要职。桑丘说了一番话表示感谢，又惹得大家一阵大笑。

"诸位先生，这就是我的身世。"多洛苔亚接着说，"最后还得告诉各位，我从国内带来的人，现在只剩下这位大胡子侍从了。我们已经望见港口的时候突然起了风暴，所有人都沉海死了，只有我和他抓住两块木板漂上陆地，可真是奇迹！我的生活中确实充满了神奇奥妙的事情，想必各位已经感觉到了。要是有什么地方我说得不对，或者过了头，那都怪我的脑子不好。正像硕士先生在我开始讲之前说的那样，一个人接二连三遇到大灾大难，记忆力必然受到损伤。"

"至高无上的公主，"堂吉诃德说，"为了给您效劳，哪怕我遇到见所未见的再大的磨难，我的记忆力也不会受到损伤。不过我还是愿意重申我的许诺，发誓跟您走到天涯海角，直到与您的凶恶敌人遭遇。我要砍下他那轻狂倨傲的脑袋，靠的是上帝的庇佑和自己的勇力，还有这柄锋利的……叫我怎么说呢！都怪西内斯·德·帕萨蒙特

---

① 桑丘想说"蹒大肥烂多"。

把我的宝剑夺走了。"他咬牙切齿地说了这句话，又接着讲下去，"一旦我砍下那颗脑袋，让您安稳地登上王位，您就可以随心所欲安排自己的前程了。至于我嘛，只要我还在身不由己、失魂落魄地思念那位……算了，不说它了！反正即使飞来个金凤凰，我也不会结婚，连想也不能想。"

桑丘听到主人最后居然说出不想结婚的话，觉得简直是糟透了，就气鼓鼓地大声嚷嚷起来："我敢把老命也赌上，老爷您准是昏了头。要嫁给您的是一位公主大人，怎么可以三心二意？您以为眼前这样的好事随便在哪个路口都能捡到？我的女主人杜尔西内亚不见得更漂亮吧？可不是嘛，连一半也抵不上。我看呀，连眼前这位的鞋帮子都够不着。您要是老惦记着去海底捞月，我指望的那块领地只能泡汤了。真是见鬼！您快结婚吧，结婚吧，快收下从天上掉到您手里的王国吧。您一当上国王，就封我个伯爵、总督什么的，以后哪怕什么都叫鬼叼去，我也认了。"

堂吉诃德一听自己的心上人杜尔西内亚受到如此亵渎，哪里忍得下！他根本不搭理桑丘，连嘴都懒得张一下，顺手举起矛杆，抡过去就给了他两下子，当即把桑丘打翻在地上。要不是多洛苔亚嚷嚷叫他住手，他准会就地要了那人的命。等了一会儿，他才说："你这个贱坯，非得逼得我揪住胯裆把你甩出去！不能你回回胡闹、我回回宽容！你这个离经叛道的坏蛋，就凭你满嘴胡吣骂了举世无双的杜尔西内亚也该被逐出教门！你这个畜生、无赖、恶棍！你知道吗？要不是她使我勇气倍增，我连个跳蚤也不敢捏死！说说看，你这阴险的毒蛇，你以为是谁杀死了巨人、收复了王国，又封你当了伯爵？——这事我完全可以认为已经成了，'此案已定，宣布休庭'。——那都是靠杜尔西内亚的威力成就的功业，我的双臂不过是工具而已。她使用我来克敌制胜，我依靠她生息存活。你这个婊子养的混蛋，居然以怨报德！你忘了是谁把你从泥土里提拔到显要的地位，竟对恩重如山的人口出狂言！"

桑丘并没有受什么伤，主人的话他句句都听得明明白白。他相当灵敏地跳起来，赶快躲到多洛苔亚坐骑的后面，然后才对他主人说："老爷，请您告诉我，您既然不打算跟公主大人结婚，怎么当得成国王？当不成国王，您又怎么赏赐我？我就为这心烦。反正这位公主像天上掉下来似的站在咱们面前了，您还不如干脆就娶了她，然后再去找我女主人杜尔西内亚。三妻六妾的国王世上有的是！要说谁比谁更漂亮，我不想多嘴。要是硬叫我说两人当中谁强，说实在的，我还从来没见过杜尔西内亚小姐呢！"

"你怎么没见过她？你这个信口胡言的刁徒！"堂吉诃德问他，"你不是刚刚给我带来她的口信吗？"

"我是说我没仔仔细细端详过她，"桑丘辩解说，"没有一处一处地留意她美在哪儿好在哪儿。我只是囫囵看了一眼，觉得还不错。"

"这会儿我原谅你了，"堂吉诃德说，"别在意我对你发这么大的火，心血来潮的时候是由不了自己的。"

"我明白，"桑丘说，"我也是一时心血来潮就想说话。话到了舌头尖上再让我吞回去可不行。"

"可我说，桑丘，"堂吉诃德劝他，"你还是想好了再说。常言道：瓦罐回回去泉边……①我就不往下说了。"

"反正啊，"桑丘回答道，"上帝在咱们头顶上，毛病他看得清清楚楚的，他会断出咱俩谁捅的娄子多，是我说糟的，还是您弄糟的。"

"别再争了。"多洛苔亚说，"桑丘，快跑过去吻吻主人的手，请他原谅。从今往后，不论夸人还是骂人，都得谨慎从事。别再说那位托博索小姐的坏话了；我虽然不认识她，却很尊重她。你要相信上帝，迟早会有一块领地把你像王子一样供养起来。"

---

① 完整的谚语是"瓦罐回回去泉边，总有一回要摔烂"。

桑丘垂着脑袋走过去，请主人伸出手。堂吉诃德很和蔼地伸过去让他亲吻，还为他祝福，然后又叫他往前走几步，他有话要问，还想说点要紧的事情。桑丘照办了，两人便向前走出去几步。堂吉诃德对他说："你来了之后，我还一直没机会单独跟你谈谈，仔细问问你往返捎信的事办得怎么样了。这会儿正好有了机会，咱俩能单独谈谈了，求你快把好消息告诉我，也让我高兴高兴。"

"老爷您尽管问吧，"桑丘回答说，"我保准字字听清楚，句句答明白。不过老爷，我得求您以后别再找碴儿算老账。"

"这是什么意思，桑丘？"堂吉诃德问。

"依我说，"桑丘回答，"刚才那几下子其实是冲着那天夜里魔鬼挑拨咱俩斗的那场嘴，对女主人杜尔西内亚不敬倒还在其次。对她我一向当成圣物似的小心仔细地守着护着，只可惜她归了您，没法成圣物了。"

"桑丘，我求你别再扯这个话题了，"堂吉诃德说，"我可不爱听。我刚刚原谅了你，你别忘了一句老话：再犯罪，重受罚。"

正说着，他们看见对面过来一个骑毛驴的人，到跟前一看，像是个吉卜赛人。桑丘·潘沙不论在哪儿见到毛驴就马上两眼放光、神色飞动。这次他刚看到那人，立刻认出来是西内斯·德·帕萨蒙特，于是他顺藤摸瓜，透过乔装的吉卜赛人，看到了自己的驴子。果然如此！帕萨蒙特骑的正是桑丘的灰驴。那小子这会儿想把它卖掉。他怕别人认出自己，就弄了一身吉卜赛人的衣服穿上，他还会说吉卜赛话和好多别的语言，讲得跟他的家乡话一样流利。桑丘一眼就认出了他，立刻大声冲他喊叫起来："嗨，西内斯哟你这个贼坏！留下我的宝贝，放开我的心肝，还回我的腿脚！把小毛驴给我，把心头肉给我！交出不该归你的东西！快滚，趁早离开这儿，你这狗娘养的贼坏！"

其实根本没必要费这么多口舌骂大街，西内斯刚听了一句，就从驴背上蹦下来，撒腿一路颠颠小跑，眨眼工夫，就远离那帮人，没影了。

桑丘走到灰驴身边，一把搂住说："你还好吗？我的宝贝疙瘩，我的好伙计，我越看越爱的小灰子！"

说着，就像搂着个人似的又是亲又是摸。毛驴一声不吭，任凭桑丘亲吻和抚摸，始终没有搭腔。其他人也赶过来祝贺他终于找到了灰驴。堂吉诃德当然更不用说了，而且表示并不因此撤销用三头驴还债的欠条。桑丘自然十分感谢。

在他们主仆两人说话的工夫，神甫告诉多洛苔亚，她的故事编得恰到好处，简明扼要，学骑士小说也学得挺到家。多洛苔亚说她闲来无事常读这种书，不过就是弄不明白那些省份呀、海港呀究竟在哪儿，就顺口说什么在奥苏纳登的陆，想碰碰运气。

"我也琢磨着是这么回事，"神甫回答，"所以赶紧说了那几句话打打圆场。可是不管你怎么胡编乱造，只要符合书上那些荒唐故事的腔调和格式，就能便便当当让那位倒霉的绅士信以为真，你说怪也不怪？"

"确实很怪，"卡尔德尼奥说，"真是见所未见。我不知道世上会不会有头脑伶俐的人把这些都编织演绎成一部故事呢？"

"这其中还需要说明一点，"神甫说，"我们这位绅士只有涉及到他痴迷的话题才满口胡言，谈起别的事情他能说得头头是道，对一切都理解透彻、脑筋清醒。总之，只要不碰有关游侠骑士的话题，谁都会认为他是个很有见识的人。"

这两人聊天的时候，堂吉诃德还接着跟桑丘交谈。他说："潘沙老兄，咱们还是把两人吵架的事扔进大海里去吧。这会儿请你别生气也别记仇，好好告诉我，你什么时候、在哪儿、怎么找到杜尔西内亚的？她当时在干什么？你对她说了些什么？她又是怎么回答的？她看我的信的时候脸色怎么样？谁替你抄的信？总之，你该向我回复、禀报、说明所见到的一切，不许添油加醋讨我喜欢，也不许遮遮掩掩扫我兴致。"

"老爷，"桑丘回答说，"实话说吧，谁也没有帮我誊信，因为我根本没带什么信。"

"确实像你说的，"堂吉诃德说，"你走后两天，我才发现上面写着信的记事本一直在我手里。当时真把我急坏了，不知道你一旦找不到信该怎么办。我总以为你不论在哪儿觉察到了，会马上返回来的。"

"我肯定会这么做的，"桑丘告诉他，"不过幸亏老爷您念给我听的时候，我留心把它背下来了。后来我就一句一句说给教堂司事听，他就按我记的一字一字写下来。他说自己虽然读过好些革除教籍的手谕，可是从来还没有见过也没有读过像这样漂亮的信。"

"你现在还能背得下来吗，桑丘？"堂吉诃德问他。

"不行了，老爷。"桑丘回答说，"我告诉他之后，觉得再没什么用处了，就忘得一干二净。不过我还多少记得一点，比方什么'知道捂上'，不对，是'至高无上的女士'，还有最后：'至死属于你的苦脸骑士'。在这两句话当间，我填进去三百多个'心肝儿''宝贝儿''眼珠儿'什么的。"

CAPÍTULO XXXI · 第三十一章

堂吉诃德和他的侍从桑丘·潘沙之间
饶有兴味的谈话和其他插曲

"这些听着都很舒心，接着往下讲。"堂吉诃德说，"你到的时候，那位美人之尤在干什么？你肯定看见她在穿珍珠串，再不就是为我这个降顺于她的骑士用金线刺绣徽记。"

"我见她的时候，"桑丘回答说，"她正在她家后院，面前整整两法内加的麦子等她筛呢。"

"你应该知道，"堂吉诃德告诉他，"那一粒粒麦子一碰到她的手就变成一颗颗珍珠。老兄，你没看看麦子怎么样，是白的还是黑的？"

"我只见是黄灿灿的。"桑丘回答。

"我敢给你打保票，"堂吉诃德说，"经她手筛出的面一准能做雪白的面包。好了，接着讲，你把信交给她的时候，她拿在手里吻过吗？她高高举上头顶了吗？她是用什么礼节接过那封信的？她是怎么做的？"

"我把信递过去的时候，"桑丘告诉他，"她正起劲儿地晃着满满一箩麦子，对我说：'老兄，你把信搁在那个粮袋上。我这会儿没工夫看，得等这儿这些麦子筛完了。'"

"多机灵的女子！"堂吉诃德说，"她这是为了能不慌不忙地看信，好好品品滋味。说下去，桑丘。她忙着干活的时候，跟你聊了些什么？她是怎么问起我的？你对她说了些什么？快说呀，快都告诉我，肚里一点货也不许留下。"

"她什么也没问我，"桑丘说，"是我对她说了老爷您怎么为了她苦修赎罪，上身脱得精光，像野人一样钻进深山里，不上桌吃饭、不上床睡觉、不刮胡子，哭呀喊呀地怨自己不走运。"

"这你就说错了，我并不怨自己不走运。"堂吉诃德告诉他，"我将永生永世庆幸自己如此走运，竟然爱上了杜尔西内亚·德尔·托博索这样一位高不可攀的女士。"

"她是挺高，"桑丘说，"我敢说她至少超出我一拃来。"

"怎么，桑丘？"堂吉诃德问，"你跟她比了个儿了？"

"我是这么和她比的，"桑丘回答，"我得帮她把一袋麦子扛上驴背，两人当然站在一起了，这么着我才瞧出她整整高过我一大截子。"

"可不是嘛，"堂吉诃德议论上了，"陪衬装点这伟岸身材的是千万种妩媚。不过桑丘，有一件事你不得不承认：你跟她站在一起的时候，肯定闻到了阿拉伯萨巴味，一种芬芳的香味，说不出来的美妙，我真不知道怎么描述才好！我是说，你没闻到一股气息、一股味道，就像走进考究的手套店一样？"

"我只能说，"桑丘告诉他，"我闻到的是股男人味儿。八成是因为她干了半天活儿，浑身黏糊糊地出汗了。"

"这不对，"堂吉诃德驳斥他说，"准是你鼻子不通气，再不就是你闻到了自己的味儿。我很熟悉那带刺玫瑰、野谷百合、龙涎香水是什么气息。"

"怎么说都行，"桑丘回答道，"有时候明明是我自个儿身上发出的味儿，我还以为是杜尔西内亚女主公大人身上发出的。不过这也没什么奇怪的，魔鬼的模样都差不多。"

"好吧。"堂吉诃德接着问，"就说她筛净了麦子，送进了磨坊，然后又怎么看我的信的？"

"信嘛，"桑丘说，"她根本就没看。她说她不识字，就把信扯了，撕成碎片，说是不想叫别人捡去看了，她不愿村里人知道她的事情。反正我已经告诉她老爷您多么爱她，又怎么巴巴地为她苦修赎罪，她知道这些也就足够了。末了叫我捎话给您，说是亲您的手，还说就不回信了，只是急着想见到您。她央告您、吩咐您，一见我的面就赶快离开乱草岗子，别再干蠢事了；除非出了火急火燎的事，您得立马赶路回托博索，因为她急着要跟您见面。我还告诉她，您有个雅号叫'苦脸骑士'，她听了哈哈大笑。我问她比斯开人是不是五花大绑地去见她了，她告诉我去了，还说那人挺老实。我也问起那帮苦役犯，她说一个也没见着。"

"你说的这些都挺对头，"堂吉诃德说，"你还得告诉我，你给她捎去了我的消息，临走的时候她想必给了你一件什么珠宝。这是古代传下来的规矩：游侠骑士和游侠贵妇得靠侍从、侍女和侏儒往来递信传话，所以常奖赏他们贵重的珠宝，表示对他们辛劳的谢意。"

"那敢情好，我觉得这规矩太棒了！不过看来这都是老辈子的事了，现时大概就兴给一块面包和干酪。我临走的时候，女主人杜尔西内亚从后院墙头递过来的就是这两样东西，而且还是一疙瘩羊奶干酪。"

"她一向非常慷慨大方，"堂吉诃德说，"她没给你什么金首饰，准是当时手头上没有。不过'复活节一过，穿长袖也太热'。等我见着她，再照章办理吧。桑丘，你知道我在为什么事纳闷吧？我觉得你好像来回都是在天上飞的。你从这儿到托博索往返只用了三天时间，可这整整是三十多莱瓜的路程啊！所以呀，我猜准是那个能预卜生死的魔法师跟我有交情，在操心我的事。我身边准得有这么个主儿，非有不可，不然我还能算像样的游侠骑士吗？我是说，肯定是这位老兄帮你走了一路，只是你自个儿不觉得罢了。就有这样的魔法师，他们能把在床上熟睡的游侠骑士带走，结果他自己还不知怎么回事呢，一觉醒来才发现离他入梦的地方已经一千多莱瓜了。游侠骑士经常需要互相求助，要是没有这一手，他们怎么能相帮摆脱危险呢？比方说，有个骑士在亚美尼亚土地上跟妖魔鬼怪或者另一个骑士恶战，他居于劣势，眼看就要被杀死了，突然不知道怎么弄的，只见飞来一片云彩或者一辆火焰战车，他的一位骑士朋友，刚还在英国，这会儿跑来帮他，救了他的命。于是他才能当天夜里在一家旅店里有滋有味地吃上一顿晚餐，而从此地到彼地往往有两三千莱瓜之遥。那些魔法师为了照应勇敢的骑士，就能靠自己的学问和本事做出这种事情来。所以嘛，桑丘老兄，我一点也不奇怪这么短时间你就从这儿到托博索打了个来回。我刚说了，指不定哪个跟我有交情的魔法师托着你驾云呢，你自己还不知道。"

"八成是吧，"桑丘说，"怪不得我总觉得洛西南特走起来像是耳朵里灌了水银①，跟吉卜赛人的驴一样。"

"何止是灌了水银！"堂吉诃德说，"还有一大团队魔鬼在身后催着呢！这些家伙不光自己能随心所欲不停地赶路，还能让别人也这么干。好了，咱们不说这个了。既然我的心上人吩咐我去见她，你看我该怎么办？我当然觉得应该听从她的吩咐，可眼下又不行，因为我已经答应要救援这位同路来的公主。按骑士的规矩，履行诺言比贪图个人快活更要紧。一方面我无时无刻不在心急如焚地想见到我的情人，可另一方面肩负的重任又召唤激励我去完成一项十分荣耀的功业。看来我只能快快赶路，早点到达那巨人所在的地方。一到达，我就砍下他的头，替公主安邦定国，然后立即返回来参拜那照亮我周身的太阳。我将向她细细解说，让她明白我迟迟未到的原因，懂得我所做的一切都是在为她增光添彩。我已经委身于她，并得到她的庇佑，所以此生此世，过去、现在和将来凭兵器所获取的一切，都应归功于她。"

---

① 据说吉卜赛人用这种办法催牲口快跑。

"哎呀！"桑丘嚷嚷起来，"我看老爷您脑瓜的毛病还真不轻！您说说看，您打算就这么白白走一趟？轻易放过和丢掉这桩富贵体面的婚事？新娘的陪嫁是整整一个国家！实话告诉您，我听说方圆有两万多莱瓜呢，而且满地都是人们过日子需要的各种物产，是个比葡萄牙和卡斯蒂利亚加起来还大的国家！您说这种话不觉得害羞吗？看在上帝的分上，别再说了！请原谅，还是听我劝吧，赶上有神甫的村子，就马上结婚。赶不上也没啥，咱们的硕士先生正好在这儿，他会把一切办得妥妥帖帖。您该知道，我这岁数的人，满可以给人忠告了。我现在就给您出个地平天成的主意：宁要手中雀，不要天上鹰；有好偏挑坏，再生气，好的也不来。①"

"桑丘你听着，"堂吉诃德回答说，"我知道你劝我结婚的用意，无非是叫我杀了巨人当国王，好便便当当赏赐你，把答应下的东西兑现。那我就告诉你吧：不结婚，我也能毫不费力地满足你的心愿。我可以在开战之前提出一个附加要求：一旦得胜，不结婚，只要一块国土，由我随意赏人。这块国土到了我手里，你想想，除了给你，还能给谁？"

"那还用说！"桑丘回答，"不过老爷您留神挑块靠海的地方。万一我在那儿住着不舒坦，马上可以带着我的黑人臣民坐船离开，然后照我刚才说的那样打发他们。老爷您这会儿就甭惦记着去见我的女主人杜尔西内亚了，赶紧去把巨人杀了，了结这件事，我琢磨准能又扬名又得利。"

"桑丘，我觉得，"堂吉诃德说，"你讲得很对。那我就听你的劝，先去帮公主，再去见杜尔西内亚。不过你听着，刚才咱俩一块商量定的事，千万不能告诉别人，包括这几个跟咱们同路的。杜尔西内亚是个良家女子，她可不愿意自己的心思人人都知道，无论是我还是别人

---

① 这条谚语的正确说法是"有好偏挑坏，遭殃莫嗔怪"。

都不该四处张扬。"

"要真是这样的话，"桑丘问他，"老爷您每次一挥胳膊打败了谁，干吗总让他去见我女主人杜尔西内亚呢？这不等于您亲笔签名告诉人们您爱她、为她害相思吗？再说，那些去见她的人还非得跪下来说是您派他们去归顺的，您二位的心思怎么瞒得住人呢？"

"嗨，你真是又蠢又傻！"堂吉诃德说，"桑丘，你难道看不出来，这其实是给她增添了光彩！你不知道在我们骑士这一行，一位女士身旁有许多骑士为她效劳是一件十分荣耀的事。这些人就因为敬重她，心甘情愿为她效力，并没有别的非分念头。他们常年不懈、忠心耿耿，不为什么犒劳奖赏，仅仅求她接纳他们做身边的骑士就行了。"

"我听布道神甫说，"桑丘回答，"对上帝我主，就应该这样去爱，要心里充满敬重，别指望得到恩惠，也别害怕受到责罚。不过说实话，我一片爱心为上帝效力之后，真指望能得点好处。"

"你这个乡下佬还真鬼！"堂吉诃德说，"有时候说话还真有道理！听起来蛮有学问。"

"可说真的，我连字也不识。"桑丘答道。

这时候，尼古拉斯师傅嚷嚷着叫他们停下来，说是想歇一会儿，到跟前的小泉眼里喝几口水。堂吉诃德果然停下来。这正合桑丘的心意，他谎话已经编累了，生怕叫主人逮住什么破绽。他只知道杜尔西内亚是托博索的一个农家女，可是从来也没见过她。

在这段时间里，多洛苔亚被发现时穿的那套衣服已经换到卡尔德尼奥身上。尽管算不上考究，比他脱下的那一堆总是强多了。大家在泉水边下了马，一路上早就饥肠辘辘了，可只能靠神甫从客店带出的吃食稍微点补一下。

在这个节骨眼儿上，有个赶路的男孩经过那里，停下来仔细端详泉水边的那伙人，然后猛地扑向堂吉诃德，紧紧抱住他的两腿，成心大声哭喊着说："我的好老爷呀！您不认识我了吗？好好看看，我就是您从橡树上解下来的那个男孩安德列斯呀！"

堂吉诃德终于认出来了，便一把抓住男孩的手，转身朝其他人说："我要让诸位知道游侠骑士在世界上是多么重要：邪恶狂妄之辈横行天下，全靠他们去惩戒匡正。告诉诸位吧，前些日子，我经过一片树林的时候，听到从里面传出来遇难求救者的凄厉哭喊声。我受责任心驱策，立即向悲切呼救声发出的方向赶去，结果看到咱们眼前这个男孩被绑在一棵橡树上。他在这儿露面使我感到由衷的高兴，因为他可以证实我不是在说谎。这不，就是他被捆在橡树上，上身扒得精光。一个乡下佬——后来我才知道就是他的东家——正用马缰绳抽得他皮开肉绽。我见这情景，就问他为什么这么狠命地打人。那恶棍回答说，他抽打的是他的长工，都怪这孩子干活总不经心，倒不光是因为蠢，而是生就是一个无赖。孩子听了就说：'老爷，他打我，是因为我问他要工钱。'主人不知说了一大套什么理由，我都听到了，就是一点不信。最后我叫那乡下佬松绑，逼他发誓带孩子回家，工钱要照付，一个子儿不能少，还得个个儿熏得香香的。好孩子安德列斯，是不是这么回事？你没见我是多么严厉地吩咐他的、他又是多么老老实实答应下来的吗？他当时保证一定按我的命令、口谕和意愿去办。你说呀，别担心害怕什么，把经过告诉这些先生，好让他们明白和懂得，正如我刚才说的，游侠骑士一路闯荡过去，确实大有神益。"

"您说的这些确实都不假，"男孩回答道，"只不过事情的结尾跟您想的正好相反。"

"怎么正好相反？"堂吉诃德问，"你是说那乡下佬没给你工钱？"

"不光是没给我工钱，"男孩告诉他，"而且，您一出林子，只剩下我们俩了，他重新把我绑到同一棵橡树上，又是一顿抽打，最后我简直就跟被剥了皮的使徒巴多罗买①一样。他每抽一鞭子，都要对我说上一句俏皮话，把老爷您狠狠挖苦一番。要不是我疼得厉害，听了准会哈哈大笑的。老实讲，那坏蛋真把我打坏了，直到现在我还得去医院治伤。这一切都怪您这位老爷。想当初，您要是只管走自个儿的路，别到处乱钻，掺和别人的事情，我东家无非是抽我一二十鞭子，最后还得放了我，工钱照付。可是您呢，没头没脑地骂了他一通，说了那么多难听话，结果把他惹火了。他当然不能把您怎么样，单等到就剩下我和他的时候，把一肚子气全撒在我身上。看来我这辈子再也成不了男子汉了。"

"糟就糟在我说完马上走了，"堂吉诃德说，"我其实应该等他给了你工钱再离开。凭多年的经验，我本该知道卑贱小人从来是说话不算数的，更何况是要他干于己不利的事呢！不过，安德列斯，也许你还记得，我当时发誓说，他如果不给你工钱，我就再回去找他。哪怕他藏进鲸鱼肚子里，我也要把他弄出来。"

"这都是实话，"安德列斯说，"可是一点用处也没有。"

"马上你就会知道有没有用处了。"堂吉诃德回答他。说着，噌的一下站起来，叫桑丘牵过洛西南特，那牲口趁人们吃东西的工夫，也在一边啃起草来。多洛苔亚问他想干什么，他说要去找那个乡下佬。哪怕天底下所有的乡下佬都跑出来阻拦，他也要好好教训那个不仗义的坏蛋，逼他把工钱付给安德列斯，一个子儿也不能少。姑娘一听，立即提醒他这样使不得，因为他已经说好，在替她报仇之前，暂不为别人拼搏。这个道理他比谁都清楚，所以还是尽量平息胸中的怒火，等从她的国土返回以后再说。

"说得对，"堂吉诃德回答道，"正像公主您说的一样，安德列斯

---

① 巴多罗买：耶稣十二门徒之一，巴多罗买意为"多罗买之子"，其名为拿但业。最后在亚美尼亚被异教徒棍打、钉十字架、用刀杀死。

必须耐心等待我回来。我可以向他重新起誓，再一次保证：不帮他出气而且要回工钱绝不罢休！"

"我不信这些发誓赌咒的话，"安德列斯说，"我只想马上弄到去塞维利亚的盘缠，出天大的气我也不稀罕。要是手头方便，还是现在就给我一点饭钱和路费吧。愿老爷您和上帝同在，就叫天下的游侠骑士自个儿好好去瞎游吧，可别再为我行好了。"

桑丘从储粮袋里掏出一块面包和一块干酪交给那孩子，对他说："拿上这个，安德列斯小兄弟。你倒霉，我们也都跟着遭殃。"

"你遭什么殃了？"安德列斯问。

"少了一块干酪和面包呗！"桑丘回答他，"老天知道我什么时候也就没吃的了。告诉你吧，伙计，我们这些给游侠骑士当侍从的总逃脱不了忍饥挨饿、受苦受难。还有更惨的事呢，说都说不出来，自个儿心里明白就是了。"

安德列斯接过他的面包和干酪，见再没有别人给他东西，便低下头，像俗话说的那样，恨不得双手着地，准备上路了。不过临走还是对堂吉诃德说了几句："游侠骑士先生，看在上帝分上，下次您要是再遇见我，哪怕人家把我大卸八块了，您也别帮忙救命，叫我自个儿受罪算了。我再怎么倒霉，也比您帮倒忙强。上帝要叫您还有天底下所有的游侠骑士都不得好死。"

堂吉诃德打算站起来狠狠教训他一顿，可是那孩子撒腿就跑，没人能追上。听了安德列斯这一通数落，堂吉诃德顿时羞愧难言。在场的人强忍住笑声，免得他无地自容。

Capítulo XXXII · 第三十二章

堂吉诃德一行人在小客店里遇到的事

　　他们吃完了那顿美味佳肴，骑上各自的骡马，一路没什么大事可记，于次日到了叫桑丘·潘沙担惊受怕的小客店。他自然十分不情愿进去，但是终究没法躲开。老板娘、老板、他们的女儿和玛丽托尔内斯见堂吉诃德和桑丘来了，都欢天喜地地出去迎接。堂吉诃德一本正经地点头答谢，并叫他们为他铺好一张像样的床，别跟上次似的。女主人听了答话说，只要比上次多付钱，她准备给他拾掇出一张王子的床。堂吉诃德说没问题，于是一张还说得过去的床铺好了，还在那间他挨棒打的阁楼里。堂吉诃德早就筋疲力尽、昏昏欲睡，所以便一头倒在上面。老板娘随手把房门关好，立刻朝理发师冲过去，抓住他的胡子说："咱们有话直说吧，别再拿我的尾巴当你的胡子用了，快把尾巴还给我。不然我男人那玩意儿整天撂在地上，真不像话！我是说我男人的梳子，从前总是挂在我那条漂亮尾巴上的。"

　　任凭那女人怎么拽，理发师就是不愿给她，最后硕士告诉他交出来拉倒，反正再也用不着那把戏了，已经不必瞒下去，干脆露出真相，对堂吉诃德说遭到苦役犯那帮匪徒抢劫，不得不躲进客店。要是他问起公主的侍从，大伙儿就说已经被派回国去通告臣民们，公主带着国人的救星将随后赶到。理发师这才放心地把尾巴还给老板娘。他们为了解救堂吉诃德借走的其他东西也都物归原主了。

客店里的人见到漂亮的多洛苔亚和英俊的牧人卡尔德尼奥，个个都惊呆了。神甫吩咐尽客店所有安排大伙儿吃饭。店主指望多来钱，很麻利地准备好一顿还算可以的饭食。这工夫，堂吉诃德一直在睡觉，大家都觉得不必叫醒他，因为这会儿他更需要的是睡觉，而不是吃饭。他们一行人，当着店主、他女人、他女儿和玛丽托尔内斯的面，在饭桌上议论起堂吉诃德的古怪疯病以及他们如何找到他。老板娘给他们讲了堂吉诃德和脚夫的那场乱子，然后看了看眼前有没有桑丘，见他不在，又说了毛毯兜人的事。大伙儿听了都很开心。神甫说堂吉诃德是因为读了骑士小说才昏了头的，店主便接上话茬儿："我真不懂怎么会是这样。说老实话，依我看，世上就数这种书最好。我这儿就有两三本，还有一些手抄的，确实叫我提神过瘾。不光我这么觉得，好多人都一样。每年赶上麦收，我这儿总是热热闹闹地住一大帮麦客，常有个把识字的，顺手抄起一本这种书。我们三十来个人一起围住他，有滋有味地听他念，听得白头发都变少了。反正说心里话，我本人听到那些骑士怎么狠捶猛打，就恨不得自己也比试两下。真想白天黑夜地听下去！"

"我真巴不得是这样！"老板娘说，"在这家里我简直没个安稳的时候，只有等着你听人念书。瞧你愣着神那副样子，连骂人也顾不上了。"

"没错。"玛丽托尔内斯说，"老实说，我也蛮喜欢听这些玩意儿，棒极了！特别是讲到那位小姐在柑子树底下搂着自己的骑士，她的嬷嬷在近处望风，眼馋得要死，可又担惊受怕。我说呀，这简直比吃蜜糖还来劲。"

"你呢，这位小姐阁下，你觉得怎么样？"神甫问店主的女儿。

"先生，我说不清，"姑娘回答道，"打心眼儿里说，我也愿意听。尽管我不太懂，可是老实讲，我还真喜欢。不过，不像我父亲，我不喜欢打来打去。骑士们见不到自己的心上人，在那儿唉声叹气，那才叫我受用。有时候我真可怜他们，不觉就流出眼泪了。"

"这么说，小姐，"多洛苔亚问她，"假若他们为你伤心，你准会想法温存他们喽？"

"我不知道该怎么办，"姑娘回答说，"我只觉得那些女人实在太狠心了，怨不得她们的骑士叫她们'狮子''老虎'什么的，还有好多好多更难听的名字。耶稣啊！我不明白她们都是些什么人，怎么那么不通人情、没有心肝。挺体面的男人，她们就是不想见，逼得人家死去活来，最后发疯。我不懂这装的是哪门子正经！要么她们真是些规矩女人，那就结婚好了，人家也不求别的。"

"行了，丫头，"老板娘说，"你倒挺懂得这些事的！一个闺女家懂得这么多又这么饶舌，实在不像话！"

"这位先生在问我嘛！"姑娘顶了一句，"我怎么能不答话呢？"

"好吧。"神甫说，"店主先生，请把那些书拿来，我想看看。"

"这没的说。"那人答道。

他走进房间，取出一只用链子锁着的旧箱子。打开以后，就见里面有三本大书，还有好些字迹工整的手稿。翻开第一本，题目是《堂西隆希里奥·德·色雷斯》，另一本是《费里克斯马尔特·德·伊尔卡尼亚》，再一本是《大将领贡萨罗·费尔南德斯·德·科尔多瓦[①]的传记附迭哥·加尔西亚·德·帕莱德斯生平》。神甫看完头两本的题目，转过脸去对理发师说："咱们这儿就缺我这位朋友的女管家和外甥女了。"

"不缺。"理发师回答他，"我也会往后院扔、往炉膛丢。瞧吧，这儿的炉火还挺旺呢。"

"您这是想烧我的书？"店主问。

---

① 贡萨罗·费尔南德斯·德·科尔多瓦（1453—1515），西班牙将领，在驱逐摩尔人的战争中武功卓著。

"不都烧，"神甫回答他，"就这两本：《堂西隆希里奥·德·色雷斯》和《费里克斯马尔特·德·伊尔卡尼亚》。"

"怎么了？"店主问，"莫非我的书都是些邪书？再不就是搞教会粪劣的？您就为这个要烧？"

"老兄，你得说'教会分裂'，"理发师告诉他，"不是'粪劣'。"

"是的。"店主应道，"不过您要是非烧不可，就挑这个大将领和这个迭哥·加尔西亚吧。我宁愿把儿子送给你们去烧，也不许烧另外两本。"

"我的老兄，"神甫对他说，"这另外两本纯粹是瞎编的，满篇的胡说八道。这大将领才是真人真事，说的是贡萨罗·费尔南德斯·德·科尔多瓦的功勋。冲着他的大功大德，世人才称他'大将领'，也只有他才配得上这么光彩的英名。这位迭哥·加尔西亚·德·帕莱德斯是个显赫的骑士，生在埃斯特雷马杜拉的特鲁希略城，一名勇猛无敌的战士，生来力大无比，在火头上能用一只手指头顶住水磨轮子。有一回他手持长剑站在桥头，硬是把一支千军万马的队伍挡住没让过去。他的战功多着呢！幸亏他是个谦谦君子，又是在写自己的传记，要是换个无拘无束的人去写，早就把赫克托耳、阿喀琉斯①和罗尔丹的战绩掩盖下去了。"

"你们去哄我的老爹吧！"客店主人说，"这有什么了不起！不就是顶住水磨轮子吗？上帝知道，我读过费里克斯马尔特·德·伊尔卡尼亚的事，您这会儿也该读读。他宝剑横着一扫，就把五个巨人拦腰斩断，就像对付孩子们用豌豆荚做的小人一样。有一次，跟他交手的是一支人多势众厉害极了的军队，一百六十多万士兵呀！从头到脚都有盔甲护着。他全当是一群羊，把他们打得落花流水。还有，你们知道好汉堂西隆希里奥·德·色雷斯的本事吗？他可是个勇气十足的英雄，

---

① 赫克托耳、阿喀琉斯：希腊传说中的人物。

书上都写着呢。说是有一次他在一条河里乘船，突然从水里冲他蹿出来一条火蛇。他一见，噌地蹦过去，就骑在鳞甲片片的蛇背上，两只手紧紧掐住那怪物的喉咙。蛇眼看要憋死了，只好沉到水底。那骑士一直不松手，也就跟着下去了。到了水底，原来是一片宫殿，还有漂亮的花园，真是美极了。那条蛇当下变成一个老人，给骑士说了一大堆稀奇古怪的事情，那才值得听一听呢！算了吧先生，您要是听到这些，准会喜欢得发疯。您说的什么大将领呀、迭哥·加尔西亚呀算什么稀罕玩意儿！"

听到这儿，多洛苔亚悄悄对卡尔德尼奥说："咱们的店主差一点就写出《堂吉诃德》第二部了。"

"我看也是，"卡尔德尼奥说，"听他这口气，他还真相信这些书上说的确有其事，连赤脚修士①也没法叫他变主意。"

"听我说，老兄。"神甫又搭上话，"世上根本就没有什么费里克斯马尔特·德·伊尔卡尼亚，也没有堂西隆希里奥·德·色雷斯，更没有骑士小说上胡诌的那一大堆骑士。那都是无聊的头脑凭空捏造出来的。他们编出这些东西，就像你说的那样，纯粹是为了解闷。你的那些麦客就是靠看这种书解闷的。我可以向你发誓，世上从来没见过这类骑士，他们那些武功战绩、离奇遭遇也从来没发生过。"

"您把这根骨头扔给别的狗吧！"店主驳斥道，"您以为我不知道几加几是五、不知道自己的鞋哪儿夹脚？上帝啊，别喂我糊糊吃，我不是白痴。您算是白费心了，甭惦记着叫我相信这些有意思的书上说的都是胡诌瞎扯。它们可是得了枢密院老爷们恩准才印出来的。他们不是普通人，随便允许一股脑儿印出那么多谎话、厮杀、魔法，弄得人头昏眼花！"

"老兄，我已经说了，"神甫还在解释，"这都是给无聊的脑袋瓜

---

① 赤脚修士在塞万提斯的时代很受尊崇。

解闷的。再井井有条的国家也得允许人们下棋、玩球、打弹子，因为有些人只惦记散心解闷，不想、不必，也不能干活儿。准许印刷、出版这种书，也是同样道理。想必不会有那么愚蠢的家伙，把书上说的全当成真人真事。要是这会儿合适，各位也愿意听，我完全可以多说几句，谈谈骑士小说怎么才能写好，或许对某几位不失一种裨益和乐趣。不过还是让我等待合适的机会，跟在这方面能有所作为的人好好探讨。眼下嘛，店主先生，请你相信我刚说过的话。书你尽管拿走，里面的真话也罢谎言也罢，你自己会有判断的，愿你获益匪浅。上帝保佑你别像你那位客人堂吉诃德似的栽他那种跟头。"

"不会的，"店主回答，"我还不至于发疯去当游侠骑士。我很清楚如今不时兴前时兴过的东西。据说过去那些尽人皆知的骑士确实是满世界逛荡。"

他们正聊着，桑丘进来了，听了这些话，大吃一惊，顿时犯起嘀咕。原来现如今不时兴游侠骑士那一套了，骑士小说不过是胡诌乱扯。于是心里打定主意，先看看他主人这趟出游到底会弄出个什么结果。要是不像他想的那么如意，就干脆丢下主人，回家跟老婆孩子还干原先的营生去。

店主正想把箱子和书拿走，可是神甫对他说："等一等，我想看看这些纸上写的是什么，字迹还蛮工整的。"

老板取了出来，交给神甫看，原来是七八张手稿，开头的大字标题写着：《死乞白赖想知道究竟的人》。

神甫瞄了三四行，说道："我觉得这故事的题目确实不错，真想看看全文。"

店主一听马上应声："那您老就念念吧。我可以告诉您，有些来这儿住店的客人看过了，都挺喜欢，一个劲儿想从我这儿讨走，我始终没答应。那个把这一箱子书和纸丢在这儿的人说不定还会再来，我打算物归原主。我再舍不得这些书，也得还给人家。我虽然不过是个开店的，可到底是个基督徒啊。"

"这话在理，老兄。"神甫说，"不过，要是我确实喜欢这故事，请允许我抄一份。"

"那没的说。"店主立即答应了。

他们两人说话的时候，卡尔德尼奥拿起那故事看起来。跟神甫一样他也很喜欢，就请神甫念给大伙儿听听。

"我当然很乐意，"神甫说，"就看诸位是想睡觉呢还是想听故事。"

"就我而言，"多洛苔亚说，"这会儿听故事就是最好的休息。我还有点心神不定，想睡也睡不着。"

"既然是这样，"神甫说，"我也要知道个究竟，从头读它一遍，说不定很有意思呢。"

尼古拉斯师傅和桑丘也都求他快念。见这光景，神甫知道大伙跟他一样都会喜欢的，就说："那好吧，都仔细听着，故事是这么开始的——"

Capítulo XXXIII · 第三十三章

这里讲到一个死乞白赖想知道究竟的人

意大利的托斯卡纳省有一个闻名于世的富庶都市佛罗伦萨。城里住着两位名门富家子弟安塞勒莫和罗塔里奥。两人交往密切。所有的熟人见他们友情甚笃，便以号代名，称他们为"那俩朋友"。两人风华正茂，同年出生，习性相近，都未婚配，从而更能以诚相待。只是安塞勒莫热衷于花前月下式的消遣，而罗塔里奥则喜爱打猎。不过许多时候，安塞勒莫放弃自己的乐趣去陪伴罗塔里奥；罗塔里奥也一样会丢下自己的嗜好去陪伴安塞勒莫。两人就是如此志同道合，连最精确的钟表也无法运转得这么协调。

安塞勒莫神魂颠倒地爱上了本城一位漂亮的名门闺秀。她父母为人很好，本人也很贤淑。安塞勒莫无事不和朋友罗塔里奥商量，征得他的同意之后，便决定向女方父母求亲，而且立即着手办理。代他出面说合的就是罗塔里奥。他按朋友的心愿办成了此事，使他很快如愿以偿。卡米拉嫁了安塞勒莫这样的丈夫十分满意，总是不断地感谢上天和罗塔里奥，因为靠他帮忙自己才有今天。像所有的新婚夫妇一样，头几天自然充满欢乐。罗塔里奥也一如既往常去他朋友安塞勒莫家，尽一切努力为他增添荣耀、欢快、喜庆的气氛。婚礼庆典一过，前来拜访祝贺的客人慢慢少了，罗塔里奥也开始故作漫不经心，尽量少去安塞勒莫家了。他认为（所有明事理的人都应这样想），朋友已经结婚，不该像过去单身的时候那样老去他家。虽说真正的好朋友之间不必也不该有什么顾忌，可是一旦有了妻室，名誉一事就得小心对待。亲兄弟都会有误会，更何况是朋友呢。

安塞勒莫觉出罗塔里奥不怎么登门了，对他大加抱怨，说是要早知道一结婚两人就没法跟从前似的来往了，他何必走这一步呢。想当初他单身的时候两人关系那么好，得到"那俩朋友"的美名；如今无缘无故，就为了谨小慎微，从此丢掉这个人所共知的美好称呼，那他可不答应。最后又说，要是他们两人之间也非得用"请求"两字，那就请求他一如既往像主人一样出入这个家。妻子肯定一切都顺从丈夫的喜好。她早就知道他们俩是莫逆之交，如今见他躲躲闪闪，内心十分不安。安塞勒莫还对罗塔里奥讲了许多别的道理，劝他照常来家。罗塔里奥回答得十分机巧谨慎，出言中肯。安塞勒莫对朋友的一番好意也无话可说。最后两人商定，每周两天再加上过节的日子，罗塔里奥来家吃饭。尽管两人这样说妥了，罗塔里奥还是决定见机行事，以朋友的名誉为重，这比他自己的身家性命更为要紧。他有一番话十分在理：靠上天赐福，一个娶了美貌女子为妻的人，一要小心自己带回家的都是些什么朋友，二要留意妻子跟什么样的女伴交往。丈夫无法总是禁止妻子去市场、教堂、公众庆典和节日祈祷，更何况世上很多事情并非在这些地方议定和成交，而是在可心的女伴或亲戚家商谈办理的。罗塔里奥还认为，成家的人必须有个把朋友，时时提醒他行为举止上的不当之处。做丈夫的往往囿于对妻子的热恋，对她的所作所为要么熟视无睹，要么怕惹出不快，就不告诫她什么该做、什么不该做，什么是体面的、什么是不光彩的。这种时候，有了朋友的忠告，一些事就很容易避免了。

可是罗塔里奥说的这种善解人意、忠实诚挚的朋友到哪儿去找呢？我实在说不清楚。恐怕只有罗塔里奥了。他一心为朋友的名誉着想，防患于未然，竭力缩短、减少、避免去他家相聚的时间。他一个出身名门、风流倜傥的富家公子，深明自己的身价，出入美貌妇人卡米拉家门的时候，应防备那些无聊的小人和一双双贼溜溜四处窥探的眼睛。尽管女子本身的贤惠端庄足以止住所有恶毒的舌头，但是他还是要尽量设法使自己和朋友的清名不遭非议。所以往往一到相约聚会的日子，他便有意安排别的事情，然后推辞说有急事无法脱身。有时候两人偶尔相会，也总是一个抱怨、另一个致歉，就这样打发光阴。某天，两人在城里一片草坪上散步，安塞勒莫对罗塔里奥说了下面的话：

"好朋友罗塔里奥，你知道吗？靠上帝恩惠，我才能出生在我父母这样的好人家；上帝还慷慨大度地赐予我天生的禀赋和人世的资财。我对这些恩宠正不知如何报答呢，他又赏给我你这样的朋友和卡米拉这样的妻子，更是两样我心爱的珍宝。很可能我对你们有不到之处，但我确实是尽己所能了。总之，通常人们认为可以心满意足过活的一切条件我都具有，可在天底下我的日子却过得最不痛快、最没有滋味。不知道从什么时候起，一个异乎寻常的古怪疑团重重压在我的心头，弄得我心力交瘁。我自己也很吃惊，一直暗中呵斥责怪自己，竭力想悄悄把它掩埋在心底。可这隐秘硬是要冒出来，似乎逼我想方设法把它公之于世。那么与其叫它成为街谈巷议，何不由你存进心里替我保管？你是我的挚友，一旦知道了，肯定会竭尽全力设法帮我，叫我早日摆脱这个疑团对我的折磨。如今我被自己的疯癫念头搅得痛苦难耐，但是靠你的热忱帮助我肯定又会快乐异常的。"

罗塔里奥听着安塞勒莫的一番诉说，不免满腹疑窦，不明白他滔滔不绝地绕这么大弯子究竟想说什么。他绞尽脑汁想揣测到底是什么苦恼困扰着他的朋友，可是无论如何也摸不到底细。他想早点摆脱费心揣度的苦恼，就对安塞勒莫说，为了道出一点心底的隐秘，居然如此拐弯抹角，岂不有辱两人之间深厚的友谊；对朋友本应满怀信任，总是会得到宽慰的忠告，甚至解决问题的办法的。

"这话有理。"安塞勒莫回答道,"我当然信得过你,好朋友罗塔里奥,所以我这就告诉你是什么疑团在折磨我。我一直在琢磨,我妻子卡米拉到底是不是我想象的那样贤良和完美无缺。我眼下无法判断真假,除非对她考验一番,而考验的结果确实能表明她贤良的成色,就像烈火炼出真金那样。好朋友啊,我觉得,一个未经别人追求过的女人,未必像表面上看来的那样贤良。只有面对死死纠缠的情人,不为诺言、馈赠和泪水所动的女人才算得上真正的坚贞可靠。"

他接着说:"有一个清白的妻子,算不上什么天赐的恩惠,不过是因为没人引诱她失足罢了。一个没有机会放荡的女人,行为谨慎规矩又有什么了不起?她知道自己有丈夫,一旦撞着她的不检点之处,肯定会要了她的命。所以说,出于畏惧或者由于缺少机会而不得不规规矩矩的女人,并不值得我敬重;倒是摆脱了纠缠和追求、戴着胜利桂冠的更令我佩服。这就是我的想法,我还可以说出好多好多道理证明我是言之有据的。总之,我希望有人引诱和追求我的妻子卡米拉,使她经受一番艰苦的磨难,在烈火中锻造并提高成色;而这个打她主意的人还必须跟她身份相称。如果她赢得了这场恶战——对此我深信不疑——我将感到无比的幸福。到那时我就可以说我是真正心满意足了。我将宣告,智者所说的'谁能得着'①的坚贞女子,我有幸得着了。如果结局和我的预料相反,我也会庆幸自己的揣测得到证实,这次代价昂贵的试验必然造成的痛苦就不至于那么难以承受了。我先告诉你,无论你怎么劝说我放弃实施这个打算,都是没有用的。我已经决计按自己的心愿去做这件事情。好朋友罗塔里奥,你就准备好充当我的工具吧。为了你能着手,我会给你提供一切方便的。凡是用来追求一个诚实、清白、端庄、淡泊的女人所需的一切,你都不

---

① 出自《圣经》第三十一章《论贤妇》:"才德的妇人谁能得着呢?她的价值胜过珍珠。"

会缺乏。

"我之所以把这件棘手的事交你去办，还有另一个考虑：万一卡米拉败在你手下，你出于尊重，一定会适可而止，绝不至于穷追不舍、必夺全胜。我虽然受到损伤，但结果毕竟是有心无实，而我的耻辱也会为你高尚的缄默所掩埋。我很清楚，对我如此重大的事件你是至死也不会张扬出去的。现在，如果你想叫我活得像个样子，就请务必投身到这场爱情的恶战中去，而且不能漫不经心、无精打采，必须遵循我的心愿，本着我们朋友之间的交情，拿出全部的劲头和热忱来。"

安塞勒莫说这些话的时候，罗塔里奥始终注意听着。除了上面提到的那几句插话，他一直到听完再也没开口。现在他见对方不言语了，先是像盯着一个从未接触过的稀奇而可怕的怪物一样，仔细把他朋友端详了好一阵子，然后才说："我的好朋友安塞勒莫，我简直怀疑你对我说的这些话是在开玩笑！要是早知道你很当真，我本不该叫你讲下去。只要我不听，岂不就堵住你这通长篇大论了吗？现在我好像觉得，要么是你不认识我，要么是我不认识你。可是不对，我清清楚楚知道你是安塞勒莫，你也知道我是罗塔里奥。糟糕的是我感到你已经不是往常的安塞勒莫了。大概你认为我也不是原先的罗塔里奥了。你对我说的这些话不可能出自我那位朋友安塞勒莫之口；你提出的那些要求也不该向你熟知的那个罗塔里奥提出。有一位诗人说得好，对朋友无论考验还是求助，只能限于'可登祭坛'①的事。这就是说不该利用友谊来违反上帝。一个异教徒尚且如此看待友谊，基督徒难道不该高出一筹吗？因为他懂得不应为尘世的情感丢弃对我主的情感。退一万步讲，即使迫不得已置对上天的敬畏于不顾，以便去照

---

① 可登祭坛：此语并非出自诗人之口，而是古代雅典政治家伯里克利的名言，曾被罗马作家普卢塔克引用过。

应朋友，那也不该是在无关紧要的轻微小事上，只能是为了维护朋友的名誉和生命。那么，安塞勒莫，现在你告诉我，这两者之中，你究竟遭到了哪方面的威胁？为什么需要我冒险为你效劳？你为什么求我干一件如此可憎的事情？实话说吧，你什么事也没有。依我看，你其实在苦苦哀求我毁掉你的名誉和生命，同时连我自己的也一起毁掉。很显然，我要是毁掉你的名誉，自然也就毁掉了你的生命，因为失掉名誉比死去还糟。你还要拿我当工具一手造成自己的这场灾难，最后我岂不也将名声扫地，从而使生命失去意义？好朋友安塞勒莫，你听着，先别忙着搭茬儿，等我把话讲完。你说心里有疑团困扰，那我就来谈谈自己的看法。然后，你有的是时间驳斥我，我也有的是时间听你的。"

"这再好没有了，"安塞勒莫应道，"你尽管说吧。"

于是罗塔里奥接着说下去："依我看，安塞勒莫，现在你的头脑就跟通常的摩尔人一样。无论是引证《圣经》，还是思辨推断讲道理，抑或是借助天经地义的信条，都不足以叫他们明了他们那种邪教的谬误。对他们必须用例证说话，例子还得实实在在、简单明了、显而易见、举一反三、毋庸置疑，甚至得求助无法驳倒的数学证明。比如说：'相等之数减去相等之数，余数依然相等。'实际上有很多人光听你嘴说还不明白，那就得把手伸到他们眼前比画一番。即使这样，也很难使他们信服咱们圣教的真理。看来我得对你使用同样的手段和办法了。你冒出的那个念头实在离常情太远，连一点合理的影子都没有。眼下我只能用'愚蠢'一词来称呼它，而且花力气给你指出这一点都是白费时间。我真想由你去胡闹，最后自食恶果。可是我对你的友情不允许我如此残忍，我不能眼看你走上自取毁灭的道路。

"安塞勒莫，在给你讲清道理之前，请你先告诉我，你是不是要我去追求一个规矩的女人？去征服一个清白的女人？去诱惑一个淡泊的女人？去讨好一个谨慎的女人？没错，你是这么说来着。既然你明白自己娶了一个规矩、清白、淡泊、谨慎的女人，你还想要什么？你认为她毫无疑问一定会战胜我的一切攻势，那么，在她现在已有的美名之上，你又能增添点什么呢？她本人又能和现在有什么不同呢？不是你不相信目前自己对她的评价，就是你不清楚自己到底要干什么。如果你不相信自己对她的评价，又何苦去考验她呢？按照对坏女人的办法随你去处置就是了。要是你确实认为她很贤良，干吗非去验证确凿的事实呢？这岂不是无事生非？最后不是还得跟以前一样敬重她吗？所以，结论很清楚，明明知道事情有害无益，还执意去做，不啻癫狂的莽撞行为。更何况并非什么别无选择、非做不可的事情，这简直分明是发疯了。

　　"人们投身艰苦的事业，有的旨在效力上帝，有的出于世俗追求，有的则二者兼顾。圣徒们致力的就是为上帝效劳的事业，他们生为俗骨凡胎，却有天使一般的操守；热衷世俗追求的人为了获取尘世福禄，不惮远涉重洋，忍受严寒酷暑，走遍异国他乡；兼顾上帝和世俗的是那些勇敢的战士，他们一见敌方的城池被炮火轰开弹丸大小的缺口，便恐惧全消，为信仰、为祖国、为君王捐躯的热忱使他们如虎添翼，甘冒燃眉的危险冲锋陷阵、视死如归。这些才是通常人们应该致力的事业。尽管致力于这些事业充满了艰难险阻，却最终会赢得名誉、光荣和利益。而刚才说的自己想极力做成的事情，既不会使你赢得永恒的功名，也不会给你带来尘世的财富和声誉。就算结果如你所愿，你也不会比现在更顺心、更富足、更光彩。而要是事与愿违呢？那就很难设想你的尴尬处境了。光靠无人知晓你的不幸遭遇是不能自我安慰的。你自己心里很清楚，这种痛苦和折磨已经足够了。为了说明这个道理，我想引用著名诗人路易斯·谭西洛①的一段诗，就是《圣佩德罗的泪水》第一部分的末了几句。是这么说的：

---

①　路易斯·谭西洛：16 世纪意大利诗人。

佩德罗注视着天色大亮，

痛苦与羞愧不断增长。

举目四周虽无一人窥探，

也不能饶恕可耻的不端。

即便过错不为外人知晓，

宽厚的胸怀仍如火燃烧。

深深懊悔自己不慎失足，

哪怕面前只有皇天后土。

　　"就是说，无人知晓丝毫不能减轻你的痛苦，你终究要不停地哭泣，即使眼中不流泪，心内也要流血。你将哭得像我们的诗人^①讲述的那位糊涂的博士一样，只因他当真去试验魔杯的功效^②，而谨慎的列伊纳勒多却明智地拒绝这样做。故事当然不过是诗人的虚构，却包含着深刻的寓意，值得人们领会、记取并引以为戒。我还要接着讲下去，好叫你看出自己将犯一个多么严重的错误。安塞勒莫，你说说看，如果上天和好运道使你合法地拥有一块精美的钻石，而且所有的宝石商对它的质地和成色都十分满意，众口一词地称道，就成色、质地和精美而言，它已经达到这类石头的极致。你自己对此也深信不疑，可是偏偏心血来潮，拿起这块钻石塞进铁砧和锤子之间，举起双臂奋力捶打，想试试它究竟是不是如人们所说的那样纯真坚硬。这难道合乎情理吗？再进一层，假设你果真这样做了，钻石最后经受住这场愚蠢的考验，又能在它原有的价值和光彩上增添点什么呢？可是它也完全可能被砸碎，那你岂不要落个两手空空吗？而且钻石的主人将

----

① 我们的诗人：指意大利诗人卢多维柯·阿里奥斯托。

② 魔杯的功效：指传说中可测妻子忠贞与否的魔杯，妻子不忠者用它饮酒时，酒到嘴边必定泼溅。塞万提斯引用的是阿里奥斯托诗作《疯狂的罗兰》中的故事，只是把其中提到魔杯的两个情节混淆了。

被众人看作一个地道的大傻瓜。我的朋友安塞勒莫，你好好想想吧，卡米拉就是精美的钻石。你这样看，别人也这样看。没有道理叫她去冒被砸碎的危险。即使她最后确实坚不可摧，也不能再抬高她现有的身价。可万一她抵御不住失败了，你现在就不难想象她失身之后会是怎样。而你自己将理所当然地后悔莫及，因为是你毁了她也毁了自己。要知道人世间没有比贞洁清白的女人更贵重的东西了，而女人的名誉又全靠世人的尊重来维系。你很清楚你妻子的贤良美名是人所共知的。那为什么还要怀疑这确凿的事实呢？朋友，告诉你吧，女人是件不完美的造物，不能成心设置障碍叫她跌撞摔跤，而应扫除障碍、廓清道路上的一切磕绊，使她不费力气、顺顺当当达到完美无缺的境界，也就是说，成为贤良贞洁的女人。据博物学家们说，银鼬是一种披一身雪白皮毛的小动物，猎人追捕的时候需略施小计，先把它们经常出没的道路用烂泥堵塞，然后再向那里驱赶它们。银鼬看到烂泥，立即止步不前。它宁愿被捕被囚，也不愿穿过那堆污秽，免得弄脏和损坏自己洁白的皮毛，因为它觉得这比自由和生命更为宝贵。清白贞洁的女人就是银鼬，她的贞操比雪还要洁白纯净。如果不想叫她失去贞操，必须好好看管保护，绝不能采取对待银鼬的办法，不得让情人用献媚讨好之类的污泥挡住她的去路。说不定——甚至可以肯定——她生来就不具备那么坚定的操守，自己无力克服和超越路上的障碍，必须要靠别人清除，引导她去追求与贤良的美德相伴而行的好名声。贤惠的女人又像一面光洁明亮的玻璃镜子，哈上一口气就变得昏暗模糊起来。对待女人要像对圣徒遗物一样，只许瞻仰不许触摸。看管和爱护女人还得像看管和爱护开满鲜花的花园一样，主人绝不能允许外人进去乱踩乱摘，他们只能站在远处隔着铁栅栏消受园中的美色和芳香。

"这会儿我又想起几句诗，再念给你听听。是我从新近一出喜剧里听到的。我觉得挺适合咱们现在谈到的话题。一位明智的老者规劝另一位，叫他小心看管、守护、约束自己的女儿。他讲了许多道理，其中有这么几句：

> 女人全是玻璃做成，
> 别去试验是否坚硬。
> 或者破碎或者幸存，
> 什么事情都会发生。
>
> 更是容易摧折破碎，
> 贸然尝试岂非昏聩？
> 明知此物质的脆弱，
> 一旦开裂终难弥合。
>
> 我说此话言之有据，
> 还望众人仔细记取；
> 达那厄①尚存人间，
> 天上仍降绵绵金雨。

"安塞勒莫，说到这里还只是为你着想。下面求你听听我说说自己。如果话太长，就请你多包涵。你已经钻进了死胡同，要把你拽出来得费一番力气。你把我当成朋友，可你想毁坏我的名誉，完全违背了交友之理。这还不够，你甚至打算叫我毁坏你的名誉。说你想毁坏我的名誉，道理很清楚：一旦卡米拉见我按你的要求去纠缠她，毫无疑问会认为我是一个不知自尊自爱的人，居然干出这种既有失身份又

---

① 达那厄：希腊神话中的人物。因神预言她的儿子将杀害自己的外祖父，国王便把她幽禁在铜塔里。宙斯化作金雨和她幽会。

辜负你我交情的事。至于说到你打算叫我毁坏你的名誉，道理也很显而易见。卡米拉见我纠缠她，肯定会想到我准是在她身上发现了什么轻浮之处，才如此大胆地向她流露自己的邪念。她不仅会感到自己受到侮辱，还会因为同时玷污了你而内心不安。常有这样的情形：妻子与人通奸，丈夫一无所知。尽管妻子的这种不轨行为，并不是他有意造成的，也不能怪他疏忽和不检点，他也无法防止发生这种不幸，可是外人仍然把一些难听下流的名称加到他头上。人们很清楚，都怪他那位不贤的内助恣意放荡才使他如此倒运，他本人并没有过错，然而还是瞧不起他，谁也不会表示丝毫同情。

"我想给你细细讲一些道理，为什么坏女人的丈夫也不光彩，尽管他对一切都茫然无知，也没有任何过错，更没有处心积虑地引诱妻子学坏。你别嫌我啰唆，这都是为了你好。据《圣经》记载，上帝在人间天堂造出我们最早的祖先亚当之后，先是让他睡觉，趁他还在梦中，取出他左侧的一条肋骨，又造出我们的第一个老祖母夏娃。亚当醒来一见她便说：'她是我的肉里肉，骨中骨。'于是上帝说：'男人要离开父母去找女人，两人将合为一个肉体。'神圣的婚姻大礼从此确定下来，男女双方被婚约紧紧维系，直到死后才能分开。这个天定的大礼具有神奇的功效，能使两个不同的人合并成一个肉体；如果婚姻美满，两颗心灵的意愿也毫无二致。既然妻子的肉体就是丈夫的肉体，一旦妻子玷污了自己的身子，那么正像刚才说过的，不管丈夫有没有过错，污点和缺陷照样要落在他身上。比如一个人脚疼，或者其他部位不适，全身都能感到，因为它们同属一个肉体；头部尽管清白无辜，照样得忍受脚踝的伤痛。所以，妻子一旦丢脸，丈夫也有一份，因为两人已经合为一体。世间的功德和丑行都是血肉之躯所为，坏女人的丑行正是这样，所以必然要牵连到丈夫，即使他毫无所知，照样难免蒙受耻辱。

"想想看，安塞勒莫，你执意扰乱妻子安静的生活将会冒多大的风险。想想看，你贤良的妻子本来心境平和，你却要故意骚扰，无事生非地去寻根究底，实在无聊透顶。我得提醒你，结果必是侥幸所获甚微，而损失巨大。我只能说到这个份上，再也找不出合适的言辞把话说得更清楚一些。要是我这番规劝还不足以打消你的荒唐念头，那你就另找帮自己出丑倒霉的工具吧。我可不打算干！当然也许我会因此失去你的友谊，这对我来说是难以想象的巨大损失。"

正派而慎重的罗塔里奥说完这话不再吭声。安塞勒莫也心事重重，半天无言以对，等了好一会儿才说："我的朋友罗塔里奥，你看到了，我是一直用心听着你这一番话的。通过你的例证和比喻，可以看出你确实很有见识，对我的一片真心也无可挑剔。我明白也承认，要是再不听你劝告，一意孤行，那可真是避善趋恶。不过呢，你就权当我得了一种女人常得的怪病，一心一意想吃泥土、石灰、煤炭，还有别的更糟的东西，看着都觉得恶心，甭说吃了。所以，得想点办法把我治好。其实也没什么难的，你只要开个头，装模作样地试探着去纠缠卡米拉。我想她还不至于那么脆弱，头几个回合就脸面不顾、败下阵来。到此为止，我就心满意足了。你呢，也尽了朋友的本分，不仅使我重获生机，而且确信自己完全可以体体面面地过活。

"这件事你是非做不可了，原因很简单：我已经下决心进行这次试验，你总不能让我把自己的荒唐念头再告诉另外一个人吧？那你极力为我维护的名誉岂不就保不住了？至于你纠缠卡米拉的时候，她是否会误解你，这你倒不必担心，完全不必担心。不出多久，你就会看到她正像咱们瞩望的那样坚贞不移，那时立即把咱们这场把戏的真相告诉她。你的名声就又完好如初了。你其实并不用冒多大的险，可是你冒了这点险，却能给我带来满意的效果。所以，不管有多少不妥之处，你也别再推辞了。我已经说过，你只要开个头，我就宣布试验圆满结束。"

罗塔里奥见安塞勒莫决心已定，再也举不出例证来说服他，也讲不出道理来劝阻他放弃打算，又怕他真的向别人透漏自己的馊主意。为了避免事情弄得更糟，便决定不如干脆依了他，照他的要求去做。不过暗中谋划着尽量稳妥从事，既不扰乱卡米拉宁静的心绪，又使安塞勒莫满意。于是便特别告诫说，千万不要把这个计划透露给任何人，就由他把事情承担起来，等他看到适当的时机，会马上着手进行。

安塞勒莫十分亲热地拥抱了他，感谢他答应帮忙，似乎自己获得了多大的恩惠。两人商定第二天立刻动手。安塞勒莫自会巧做安排，让他单独跟卡米拉说话；还说要给他点钱和首饰，以备慷慨馈赠之用；又出主意说最好来点歌谣小曲，写点奉承的诗句，要是罗塔里奥懒得动笔，就由他本人代劳。罗塔里奥都一一答应下来，可心里想的却和安塞勒莫的意图完全不同。两人商量好了，便一起回到安塞勒莫家，见卡米拉正焦急不安地等待自己的丈夫，不明白他为什么那天比往常晚回来。

安塞勒莫那天回到家里自然是称心如意，可罗塔里奥回家路上却始终忧心忡忡，他实在不知道怎么处置这件麻烦事。不过当天夜里他还是想出了一个办法，既能骗过安塞勒莫，又不至于伤害卡米拉。

第二天他又去朋友家吃饭，卡米拉殷勤地接待他。卡米拉知道他和自己丈夫之间的交情，所以总是这样热忱地迎接和款待他。顿时饭毕，撤去杯盘。安塞勒莫叫罗塔里奥陪一会儿卡米拉，他自己要去办一件急事，一个半小时以后回来。卡米拉求他别走，罗塔里奥也说愿意跟他一块儿出去，可是安塞勒莫一点听不进去，还死乞白赖叫罗塔里奥留下来等他，说有要紧事跟他商量。他又叫卡米拉陪着罗塔里奥等他回来。他顺嘴胡诌出一个借口走开，装得还挺像，谁也没发现破绽。

安塞勒莫走了以后，就剩卡米拉和罗塔里奥坐在桌旁，因为家里的佣人们都去吃饭了。罗塔里奥觉得自己已经按照朋友的意愿走进比武场，对手就在眼前，只凭她的美貌就能战胜整整一队全副武装的骑士。诸位说说看，罗塔里奥的担心是不是有道理？这时候他只好两肘支在椅子扶手上，一手托腮，求卡米拉原谅他失礼，因为他想在安塞勒莫回来之前稍微休息一会儿。卡米拉告诉他最好去女眷会客室，比坐在椅子上舒服，再三请他去那儿午睡。罗塔里奥不肯，就坐在椅子上睡着了。安塞勒莫回来见卡米拉在自己房间，罗塔里奥在外边打瞌睡，便以为自己耽搁的时间太长，两人不仅聊过了，还能腾出点工夫小睡一会儿。他急着等罗塔里奥醒来，好一块儿出去问他成败如何。如他所愿，罗塔里奥很快醒了。两人刚走出家门，他就连忙打听结果。罗塔里奥回答说，他觉得第一次就单刀直入，怕不怎么合适，所以只是恭维了一番卡米拉如何漂亮，还说全城都众口一词地称道她的美貌和贤惠。他说这样开头不错，先讨得欢心，下一次对方就能听进他的话了。魔鬼就是用这种花招对付挂笏看山、洁身自好之士的。冥界的阴魂装扮成光明的天使，一副善良面孔出现在人们面前，只要诡计不被一眼看穿，他必将阴谋得逞，最后现出原形。

　　安塞勒莫听了十分满意，就说往后可以天天提供同样的机会，即使不出家门，他也会设法妥善安排，叫卡米拉发现不了他们的计策。

　　结果是好几天过去了，罗塔里奥没有跟卡米拉说过一句话，不过总是告诉安塞勒莫他们聊过了。可是对方没有一丝一毫踏上邪路的表示，也没有给他的痴心妄想留下哪怕一丁点儿活口。她倒是常常口气严厉地告诫，要是他再不丢掉那满脑子邪念，她可要去找丈夫把事情捅开了。

　　"很好。"安塞勒莫说，"到此为止，卡米拉已经抵挡住了甜言蜜语，还需要看看她能不能抗住钱财诱惑。明天我给你两千埃斯库多金币，你拿去恭恭敬敬奉献给她，再给你两千购买珠宝首饰去引她上钩。女人们，特别是漂亮的女人，不管她们有多贞洁，都喜欢穿着打扮，花枝招展地四处走动。如果她能抵御住这类诱惑，我就心满意足了，再也不会麻烦你。"

罗塔里奥说既然已经开了头，他只好干到底了。不过他很清楚，最后是要把自己弄得心力交瘁的。第二天他拿到两千埃斯库多金币，同时心里也千头万绪地翻腾起来。他不知道该怎么接着编谎话，不过还是决定向朋友谎称，和甜言蜜语一样，许诺馈赠也没能使卡米拉动心，所以，干脆别再费事了，何必白白糟蹋时间。可是天意偏偏另有安排。一天，像往常一样，安塞勒莫又把罗塔里奥和卡米拉两人撇在房间，自己躲进一个小屋，透过钥匙孔偷看和窃听两人在干什么。他发现半个钟头过去了，罗塔里奥没跟卡米拉说一句话，而且看样子，即使再待一个世纪，他也不打算开口。安塞勒莫这才发现原来他朋友转述的所谓卡米拉的答复都是编出来骗他的。为了证实这一点，他走出小屋，把罗塔里奥叫到一边，问他有什么进展，卡米拉的态度怎样。罗塔里奥回答说他不想再掺和这档子事了，因为卡米拉严厉凶狠地斥责了他，他没有勇气再同她谈下去。

"好啊！"安塞勒莫说，"罗塔里奥，罗塔里奥呀，原来你就是这样应付许下的诺言和我对你的信任的！我刚才透过这个钥匙孔什么都看见了，你一句话也没跟卡米拉说。我总算明白了，前几次你也根本没对她说什么，准是这么回事！你干吗欺骗我？你干吗耍花招阻碍我设法达到自己的预定目标？"

安塞勒莫再没说别的。不过就这几句已经够罗塔里奥受的了，他惊慌失措、羞愧难当，觉得自己的谎话被当面戳穿，实在是大献其丑，不得不向安塞勒莫保证，从今往后一定认真按他的要求办，再也不骗他了。不信他下次再偷看就明白了。其实大可不必再费这事。他已经想好了一个主意，准能叫他疑虑全消、心满意足。安塞勒莫信了他的话。为了让事情方便顺当、不慌不忙地进行，他准备外出八天，到城郊一个村子的朋友家去。还叫那个朋友再三邀请，好找一个出门的借口向卡米拉交代。

糊涂倒运的安塞勒莫啊！你这是在干什么？你在鼓捣些什么名堂？你想折腾出什么结果？瞧着吧，你这分明是在坑害自己，筹划自个儿丢脸，安排自个儿毁灭。你妻子卡米拉是个挺好的女人，由你安安静静地受用，谁也不会骚扰你的欢娱。她的全部心思都用在你家的四壁之内。你就是她在人间的天堂，她一切追求的归宿，她全部欢乐的极致，她所有心愿的标尺。她的所作所为只求符合你的好恶和上帝的准则。她本是一个蕴藏着美色、尊严、贞洁、娴静的宝矿，毫不吝惜地向你奉献她所有、你所需的一切财富，那你为什么执意要掘地三尺，寻找新的矿脉和隐蔽的宝藏呢？你这种冒险行为可能导致整个矿井的坍塌，因为支撑它的不过是脆弱的人性。想想吧，一心寻求不可能得到的东西，结果会连可能得到的也失去。有一位诗人说得好：

> 我向死亡祈求生命，
> 我要健康却身染疾病，
> 我在狱中寻找自由，
> 摸索四壁觅出口；
> 指望叛徒诚实忠厚。

> 无奈生来身世坎坷，
> 从不奢望上天恩泽。
> 冥冥之中早有定数：
> 只因刻意求虚无，
> 叫你吃尽现世苦。

　　安塞勒莫第二天去了郊外的村子，给卡米拉留下话说，他不在期间，罗塔里奥来家照看，每日陪她用餐，她必须像对待他本人一样尽心照顾。卡米拉是个规矩本分的女人，听了丈夫的吩咐内心很是不安，劝他仔细想想，他不在期间由外人占据他在餐桌上的席位是否妥当。要是他不放心妻子的治家能力，那就不妨试这一次，事实将证明，再繁难的家事她也承担得了。安塞勒莫一口咬定他就想这么安排，她只管俯首帖耳照办就是了。卡米拉最后不得不听命，尽管心里很不乐意。

安塞勒莫走了。第二天罗塔里奥如约来到，卡米拉殷勤大方地接待了他。她还从来没有单独跟罗塔里奥在一起过，因为身边总是有男女仆人出出进进，尤其是一个她十分喜欢的贴身侍女，名叫莱奥乃拉。两人是在卡米拉娘家一起长大的。卡米拉嫁给安塞勒莫的时候，便把她带了过来。

头三天里，即使有机会，罗塔里奥也一直没跟她说什么。按卡米拉吩咐，杯盘撤走以后，仆人们应该尽快把饭吃完。她还特别安排莱奥乃拉先吃饭，然后就过来陪她。可这丫头想的是自己寻欢作乐，正想利用饭后的时间和机会好好痛快一下，所以并非每次都按太太的意思行事，经常撇下他俩走开，简直就像有人特意指使过一样。不过卡米拉毕竟是太规矩了，那副不苟言笑的面容，那种端庄安详的举止，足以紧紧钳住罗塔里奥的舌头。然而，卡米拉的诸多贤良品德虽能强迫罗塔里奥的舌头沉默，却没有给两人带来什么好处，反而恰恰贻害无穷。口舌无言，可是思绪翻滚，正有助于默默地逐一领略卡米拉超群的美貌和善良，即使一尊石像也要为之动心，更何况血肉之躯呢！一遇机会和空当，罗塔里奥一言不发，只是静静地看着她，发现她确实令人爱怜。这个念头逐渐压倒了他对安塞勒莫应有的尊重。多少次了，他真想远远离开城里，跑到安塞勒莫见不着他、他也见不着卡米拉的地方去，可是他已经被紧紧拴住、无力摆脱：他实在太喜欢看卡米拉了！他奋力拼搏，想尽量消除和摆脱依恋卡米拉的欲望；他暗中责备自己犯浑；他骂自己不够朋友，不配当个基督徒；他思前想后，把自己和安塞勒莫相比，可是每次总是归结到一点：只怨安塞勒莫的荒唐嘱托，不怪他本人缺乏信义。如今他已经欲罢不能，可是在上帝和世人面前完全可以心安理得，不必为自己的过失担惊受怕。

　　就是说，卡米拉的美貌和贤德，加上她那位糊涂丈夫拱手送上的机遇，已经把罗塔里奥的信义打翻在地。他除了想满足自己的欲望，别的什么也不顾忌了。安塞勒莫离家已经三天。这期间他确实跟自己的欲念进行了不懈的搏斗，可最终还是慌手忙脚、柔情蜜意地向卡米拉求起爱来。卡米拉吓坏了，只好马上从椅子上站起来，跑回自己的房间，始终没说一句话。不过罗塔里奥并没有因为这冷漠的拒绝而心灰意懒，反而更加欲火如炽，下大力气纠缠起来。卡米拉没想到罗塔里奥竟然如此妄为，顿时慌了主意，只觉得不该再冒险给他提供单独交谈的机会了，并且决定当天夜里派一个仆人去给丈夫送信，信中的内容请看下章。

Capítulo XXXIV · 第三十四章

下面接着讲一个死乞白赖想知道究竟的人

常言道：千军不可一日无帅，城堡不可一日无主；若非刻不容缓之事，已婚的年轻女子更不可一日无夫。君不在，我甚感不适，已无力承受此等孤凄。君若不尽快返回，我将去娘家暂住。届时，君室即无人看管。君所托之人徒有其名，意不在君之所嘱，而在自身快活。君本为明晰之人，无须赘述，且此时亦不宜多言。

安塞勒莫见信，明白罗塔里奥已经开始行动，而卡米拉的反应果然不出他所料。他得知后，自然欣喜异常，立即捎口信给卡米拉，叫她千万不要离家，他很快就会返回。卡米拉想不到安塞勒莫这样答复，因此更加茫然不知所措，既害怕留在自己家，又不敢去她父母处。留下来清白难保，回娘家有违夫命。最后还是采取了对她最不利的一着，就是留下来。她觉得不能突然回避罗塔里奥，免得佣人们多心。她后悔给丈夫写了那封信，这岂不是惹他猜疑自己有什么不检点之处被罗塔里奥抓住了，所以才敢如此轻薄。不过她深知自己无辜，打算依靠上帝和自身的正派默默抵御罗塔里奥的种种挑逗，不再对丈夫说什么，免得引起麻烦和纠纷。万一安塞勒莫问起为什么写那封信，她甚至准备设法替罗塔里奥开脱一番。

这个主意固然出自好心，却未必恰当合适。一天，罗塔里奥又开口倾诉起来，而且步步紧逼。卡米拉觉得自己有些招架不住了。她想到为人妇的本分，百般克制，才勉强阻止住情意绵绵的同情泪水涌上眼眶：罗塔里奥的哀求和眼泪确确实实打动了她的心。罗塔里奥把这一切看得一清二楚，因此越发欲火中烧。他认为必须利用安塞勒莫外出的机会和条件，加紧攻坚，夺取堡垒。他首先冲向虚荣心这个缺口竭力奉承对方的容貌。对付虚荣心，世上没有比谄媚的巧舌更强大的武器了；任何美妇人，即使身居高塔，戒备森严，也会顷刻溃败，缴械投降。罗塔里奥正是用这套武器巧妙地摧毁了坚硬的岩石。哪怕卡米拉是铜浇铁铸，最终也要败下阵来。罗塔里奥又是流泪，又是央告，又是讨好，又是奉承，装疯卖傻，死死纠缠，显得那么一往情深、真心诚意，终于冲破卡米拉的操守，夺取了求之不得、意想不到的胜利。卡米拉投降了！卡米拉缴械了！可这又能怎么样呢？罗塔里奥不也从此信义扫地了吗？这件事清楚地向我们表明，战胜情欲的唯一途径就是躲避它。谁也不该贸然听任这个强大敌人的摆布，否则只有借助神力才能制伏自身柔弱的天性。

只有莱奥乃拉看出太太的心病。这种负旧友、寻新欢的私情是瞒不过她的。罗塔里奥已经不打算把安塞勒莫的计策告诉卡米拉，讲明是她丈夫一手酿成了如今的结局，免得她把自己的真情当成假意，还以为他是逢场作戏、佯装求爱。

几天之后，安塞勒莫回到家里，一点也没发现缺了什么恰恰是他视如珍宝却弃若敝屣的东西。他马上去罗塔里奥家登门拜访，两人紧紧拥抱之后，便问起那件对他生死攸关的事情。

"我的朋友安塞勒莫，"罗塔里奥回答说，"我只能告诉你，你娶的女人堪称世上一切贤惠女人的典范和顶峰。我对她所说的甜言蜜语她只当作耳旁风，我的山盟海誓她根本不理睬，礼物一件也没收下，偶尔挤出的几滴泪水也成了她的笑柄。总之，卡米拉不仅姿色超群，而且是清白贞洁、端庄娴静的活标本，一个正派女子令人爱慕和敬重的所有美德她都具备。朋友，把你的钱拿回去吧，我一直带在身上，没机会碰它们。卡米拉太坚贞了，是不会为小恩小惠这类下作把戏打动的。安塞勒莫，你该满意了，所谓考验就到此为止吧。人们常常由于猜忌自己的女人而身陷风狂浪大的苦海，你如今连脚都没沾湿就安然渡过了。千万别再无事生非，重堕深渊。上天特别垂青，赐你一艘精良坚固的航船，载你跋涉人生的汪洋，你就别再另觅水手去试航了。你应当看到自己已经抵达安全的港湾，放心大胆地抛锚停泊，安然度日，等待上帝传唤。人不分贵贱，谁也逃不脱这一天。"

安塞勒莫听了罗塔里奥的一席话十分欣喜，如同得到神谕一般，坚信不疑。不过他还是要求罗塔里奥别忙收场。不妨当作消遣再继续一段时间，看看到底会怎样。当然，往后就不必那么煞费苦心地玩花招了。他叫罗塔里奥写几首恭维奉承的诗，诗中可以虚构一个名叫格洛丽的女人。他会告诉卡米拉，自己的朋友爱上了一个姑娘，就用这个代称在诗中赞美她，免得有损她的名誉。要是罗塔里奥不愿费这个心，他本人可以代劳。

"那倒不必，"罗塔里奥说，"诗神缪斯们还不至于那么讨厌我，她们每年总要来看望我几回。你就按刚才编的话，告诉卡米拉说我恋爱了。诗嘛，我自己来作。写出来的东西可能配不上赞颂的对象，我还是要尽力而为的。"

两人就这样商量定了。一个死活不知好歹，一个存心欺骗朋友。安塞勒莫回到家里，问起捎给他那封信的来由。卡米拉正为他没有提及此事而不安呢，这时候便回答说，她觉得罗塔里奥对她过于随便，跟丈夫往常在家时相比有点异样。不过她现在已经放心了，可能是自己多虑，因为最近罗塔里奥总是躲着她，不愿单独跟她在一起。安塞勒莫说他根本不必多那个心。据他所知，罗塔里奥爱上了本城的一位名门闺秀，经常假托格洛丽这个名字颂扬她。即使罗塔里奥没爱上谁，她也完全可以信任他朋友的纯真和他俩之间的交情。要不是罗塔里奥早给卡米拉打了招呼，说他有意假托爱上格洛丽来哄安塞勒莫，好借机对她说几句心里话，卡米拉准会被醋意折磨得天昏地暗。如今她已经知道底细，听到这话一点也不伤心难过。

一天，三人坐在桌旁。安塞勒莫叫罗塔里奥念几首写给他亲爱的格洛丽的情诗，反正卡米拉不认识那个女孩，他可以尽管放心大胆地念。

"认识也没关系，"罗塔里奥说，"我用不着遮遮掩掩。赞扬自己情人的容貌，同时抱怨她冷酷无情，并不是玷污她的名声。且不管这些吧！正好我昨天想到格洛丽那么寡情，就写了一首十四行诗，是这么说的：

十四行诗

夜晚是那样悄然无声，
世人都投入甜蜜的睡梦，
我却诉说着无尽的痛苦，
乞求苍天和格洛丽倾听。

朝阳正在缓缓地露面，
东方之门透出绯红的光焰。
我连连叹息，声声啜泣，
昨夜的哀怨有增无减。

太阳登上它灿烂的宝座，
万道光芒向大地直射。
我泪水潸潸，泣声哽塞。

夜幕重降我又重罹伤悲，

　　　辗转反侧，肝肠欲摧，

　　　上天不睬，她不应对。"

　　卡米拉听了十四行诗自然十分欢喜，而安塞勒莫更是欣赏，赞声不绝，还说那位女士实在心肠太狠，面对如此真诚的情义居然无动于衷。这时卡米拉问道："这么说情意绵绵的诗人讲的都是真话喽？"

　　"如果单以诗人身份讲话，未必句句属实，"罗塔里奥回答说，"但如果他真是情人，那就远远没有道出全部衷肠。"

　　"确实是这样。"安塞勒莫连忙接茬儿，竭力在卡米拉面前替罗塔里奥帮腔。其实他这套把戏毫无意义，因为卡米拉已经真的爱上了罗塔里奥，对他的一切都感兴趣，心里又明白他的心思和情诗都是冲自己来的，真正的格洛丽就是她本人。于是她问罗塔里奥是不是还记得别的十四行诗或者其他作品，不妨再读几首。

　　"当然记得，"罗塔里奥说，"只是我怕不会像刚才那首那么好，不过至少不比它更糟。你们看看这一首怎么样：

十四行诗

　　　我已死期将临，尽管你不以为然。

　　　我必死无疑，且听这最后的心愿：

　　　哦，我要倒在冷酷美人的脚下，

　　　为崇仰你而死，方能永世无憾？

　　　我宁可被世人遗忘，置身荒漠，

　　　丢弃生命、荣誉和你的恩泽。

　　　可我将永远敞开我的胸襟，

你的玉容已在我心底深深铭刻。

这是我仔细珍藏在怀中的圣物，
将伴我踏上自择的悲惨归宿，
你的无情正加快着我的脚步。

可怜的人儿在夜幕中独自航行，
只见茫茫大海一路险象环生，
港湾在哪里？哪里有导航的明星？"

像对第一首一样，安塞勒莫也称赞了这第二首。他就这样一环一
环地串成一条锁链，把耻辱在自己身上拴牢扣紧。罗塔里奥越是给他
增添耻辱，他就越觉得自己光彩。同样的，卡米拉沿着这些环节每向
堕落的深渊下滑一步，在她丈夫心目中就是向贤良美名的高峰上升了
一层。

一天，家里只剩下卡米拉和她的使女。她说："莱奥乃拉小妹，
想想我居然如此不知自重，真是又羞又愧。我至少应该叫罗塔里奥
多花些时间嘛！可我那么快就把整个心都给了他。只怕他这么轻而易
举地把我弄到手，肯定会瞧不起我的。他哪里想到自己下了那么大力
气，我怎么抵挡得住！"

"不必为这个担心，太太，"莱奥乃拉回答说，"这没什么要紧的。
人们未必不看重很快弄到手的东西；这要看东西本身好不好，值不值
得看重。俗话说：及时送礼，一份顶俩。"

"可是俗话也说：容易到手的不稀罕。"卡米拉回答道。

"这话搁不到你身上。"莱奥乃拉说，"我常听人讲，爱情这东西
有时候在天上飞，有时候在地下走；遇上这个跑着追，遇上那个慢慢
蹭；对有些人冰冷，对另一些人滚烫；弄得你浑身是伤，弄得他死去

活来；有时候看准一个人刚想拔腿扑过去，可转眼工夫又作罢；有时候早上进攻堡垒，晚上就拿下来，谁也甭想挡住它。爱情趁老爷不在家的工夫把你们俩一起制伏了。其实他跟你一样，有什么值得你担惊受怕的？本来早该按你们的心思，趁安塞勒莫不在的时候，赶快把事办妥，结果你们偏偏磨蹭到他回家，只好半道停下。两人相好就得瞅准节骨眼儿，才能称心如意。这种事就靠会逮工夫，特别是刚开头的时候。这道理我可是太明白了，还不是听别人说的，我自己就是过来人。改天再仔细说给你听吧，太太，我也是个有血有肉的年轻女人。

"再说呢，我的太太卡米拉，你也不是那么随便把什么都交给了他。先是罗塔里奥用那种眼神看你，唉声叹气，再三央告，发誓赌咒，送这送那，你这才懂得了他的心，看出他的种种好处，明白他值得一爱。既然是这样，你大可不必思前想后地顾忌那么多。你就该认准，罗塔里奥很敬重你，就像你敬重他一样。这会儿爱情已经用绳子紧紧捆住了你，那人的身份和人品又配得上，何必不痛痛快快地消受一番！常听人说，可意的相好有'四心'：用心、专心、上心、细心。我还能给你说上一长串'心'，外加几个'有'，你听着，我一口气给你背下来。我想大概是这样的：将心比心、好心、热心、善心、贴心、恒心、诚心、忠心、实心，有风度、有名望、有壮志、有门第、有权势、有家产、有钱财；加上刚才说的'四心'；对了，还得算上：匠心、真心。'野心'放不进去，太不好听；'可心'就不用说了。末了还有一个：'经心'保护你的名誉。"

使女说了这么一大套，卡米拉不禁笑了起来，心想要论谈情说爱，她指不定比自己说的还在行。那女子也果然向卡米拉道出了实情，说她如何正在跟本城一个出身不错的小伙子来往。卡米拉听了很是不安，担心这么下去自己的名声可真是难保了。于是便追问他们是不是只在一起说说话而已。那女子满不在乎，顺口答道他们在一起不光是说话。尽人皆知，要是女主人不检点，女佣人自然也就毫无顾忌了。这些人见太太本人歪歪斜斜，哪里还怕她们知道自己瘸瘸拐拐。此时卡米拉已经完全无奈了，只能求莱奥乃拉别把自己的事告诉她那个情人，跟那人来往也得小心行事，千万别叫安塞勒莫和罗塔里奥发觉。莱奥乃拉尽管嘴上答应了，可是实际上干的恰恰应验了卡米拉对自己名声的担忧。寡廉鲜耻的莱奥乃拉见太太已经不像往常那么规矩了，干脆任凭她的情人在家里出出进进。她料定即使太太看到了，也不敢声张出去。女主人行为不端真是贻害无穷，这就是其一。她们变成使女的奴隶，不得不替她们遮掩那些下流勾当。卡米拉正是这样。她尽管一次又一次看到莱奥乃拉把相好引进自己的房间，却不仅不敢责骂她，反而想方设法替她藏掖，掩人耳目，生怕丈夫有所发觉。可是那人一次天亮前离开的时候偏偏让罗塔里奥撞见了。他起初没看清楚，还以为遇见鬼了，后来见那人总是遮头盖脸、躲躲闪闪的，这才知道自己把事情想得过于简单了，从而起了疑心。要不是卡米拉及时亲自出面收拾，当时大伙儿就都遭殃了。罗塔里奥见那人黑摸咕咚地走出安塞勒莫家门，哪里会想到他是去找莱奥乃拉的？他甚至于根本不记得世上还有这么个女人。他于是怀疑到卡米拉。既然他自己那么轻易便当地把她弄到手，为什么别的男人就不行呢？这就是轻浮女人轻浮举动的附加后果：连百般纠缠使她失身的男人也不相信她的贞操了，总觉得她肯定会同样随随便便委身于别人，因此只要看到一点蛛丝马迹，就立刻信以为真。这会儿的罗塔里奥一点高明见识的影子也没有了，把自己说过的那些至理名言忘得一干二净。他当即认准了死理，根本不打算好好想想，因为满腹妒火完全蒙住了他的眼睛，一门心思要报复没招他惹他的卡米拉。安塞勒莫还没起床，他便迫不及待地闯进去就说："你听着，安塞勒莫，好几天了，我一直克制自己，忍了又忍，不想把这话告诉你。现在看来不能也不该再瞒着你了。你知道吗？卡米拉已经缴械投降，完全听我摆布了。我迟迟没有对你讲明真相，是因为还弄不清楚，她究竟是一时心血来潮呢，还是在试探我按照你的要求向她求爱的举动是不是出自真心。我想，她要是果真像你我估计的那样安守妇道，早就该把我纠缠她的事告诉你了。可是见她迟迟不这么做，我只能认为她对我说的一些话是真的。她约我趁你下次出门跟她幽会，地点就在你收藏珠宝的小房间（他俩确实经常在那儿见面）。不过我劝你先别忙着收拾她，因为终究还只是一个有心无实的过失。说不定没等来真格的，卡米拉就心生懊悔，改变主意了。既然你一向，至少很多时候是听我劝的，这回就再听一次，按我说的办。咱们稳稳当当把事情弄清，然后该怎么着，就随你了。你还照过去那样，假装要离家两三天，想法躲进你那个小房间，用那里的壁毯或者其他合适的东西把自己遮盖严实。到时候你我都能亲眼看到卡米拉究竟想干什么。但愿结果别那么糟！不过要是真那样，你就可以无声无息、巧妙谨慎地为自己报仇雪耻了。"

安塞勒莫完全惊呆了，只是瞪着两眼静悄悄地听罗塔里奥说下去。他根本没有想到会听见这么一席话，还满心以为卡米拉已经战胜了罗塔里奥故作的求爱攻势，正准备好好品味胜利的喜悦呢。他两眼一眨不眨地紧盯着地面，半天一声不吭，过了好一会儿才说："罗塔里奥，你把这事告诉我，做得够朋友。这次我就全听你的，你看着办好了，事情这么突然，你也知道不能露出一点风声。"

罗塔里奥向他做了保证，可是刚一分手就后悔自己不该说那番话，眼看着是办了一件大蠢事。卡米拉固然该受到惩罚，但是手段未免太狠毒、太不光彩了。他埋怨自己昏了头，糊里糊涂地轻率行事，可是一时又想不出像样的办法来收拾局面，最后决定还是先给卡米拉打个招呼。这种机会倒是不难找，当天就又单独跟她在一起了。卡米拉拣了个开口方便的工夫对他说："亲爱的罗塔里奥，你知道吗？我心里很难过，憋得胸口都要爆了。但愿老天显灵别这么折磨我。那个莱奥乃拉真是不要脸，每天都把她的相好领到家来，跟他鬼混到天亮，一点也不顾我的名声。万一有人看到那家伙黑摸咕咚地从我家出去，还不知胡思乱想些什么呢！可是最叫我为难的是既不能骂她也不能打她。咱俩的事她都知道，我怎么能张口说她呢？我怕事就要坏在这上。"

听卡米拉这么一说，罗塔里奥起初还以为她在耍花招，谎称他在门口碰到的那个人是来找莱奥乃拉的，不是来找她的。后来见她哭得那么伤心，一再求他给想办法，这才明白她说的是真话。知道了实情，他更加惊慌失措、后悔莫及。不过他还是宽慰了卡米拉，叫她别难过，他自会设法杀一杀莱奥乃拉的气焰。然后又告诉她，自己如何醋意大发，对安塞勒莫说了一番话；又如何商定让安塞勒莫躲进小屋偷看，好弄清楚妻子如何不忠。他求卡米拉原谅自己冒失，赶快想办法收拾局面，把自己昏头昏脑惹的这场乱子平息下来。

卡米拉听了罗塔里奥的话，简直吓坏了，便怒气冲冲地骂起他来，好一通振振有词的数落，斥责他心眼儿太坏，尽干蠢事惹乱子。不过，不论遇到好事坏事，女人的脑子毕竟比男人转得快，尽管叫她们静下心来思考问题不行。当时局面看来简直不可收拾，而卡米拉却转眼有了主意。她让罗塔里奥劝安塞勒莫第二天藏进原定的地方。她自会叫这次暗中偷听为他们俩铺平坦途，从此男欢女爱不再提心吊胆。她没有向罗塔里奥讲明全部计策，只是交代说，趁安塞勒莫躲起来的工夫，一听到莱奥乃拉召唤就赶紧过来；然后不论她卡米拉问什么，只管回答，就权当根本不知道安塞勒莫躲在一边偷听。罗塔里奥再三要求她说清楚到底打算怎么办，好让他心里有底，见机行事，密切配合。

"我说过了，"卡米拉回答他，"没什么好配合的。我问什么你答什么就是了。"

卡米拉不愿意事先透露想法，怕罗塔里奥不接受自己的妙主意，而去自说自话地想出一些不怎么妙的主意来。罗塔里奥只好就这么走了。第二天，安塞勒莫口称要去乡下朋友家，出去转了一圈，就进屋躲起来。一切都很顺利，因为卡米拉和莱奥乃拉早就做好了精心安排。

安塞勒莫藏好之后，心里那种滋味可想而知。他要在那儿等着亲眼看看，卸下光彩的门面，揣在里头的都是些什么货色。说不定他马上就会失去他的至宝：他亲爱的卡米拉。

卡米拉和莱奥乃拉见安塞勒莫已经躲好，这才放心地走进小房间。卡米拉刚刚跨进脚去，就大声叹了一口气说："唉，莱奥乃拉我的小妹！我这会儿要干的事真不想叫你知道，你准会挡住我的。我问你要来了安塞勒莫的这把短剑，还不如干脆你拿起它刺进我这下贱的胸口吧！噢，你先别动手，我凭什么该代人受过？我得先弄清楚，罗塔里奥那双无耻的贼眼到底在我身上看到了什么，叫他那么胆大包天地向我吐露他的邪念？他这样做，一是辜负了朋友，二是侮辱了我。莱奥乃拉，你去那边窗口喊他一声。他肯定就在大街上，正打算把坏心变成真事呢。瞧着吧，我这颗忠心也自有狠心的打算。"

"我的太太呀，"伶俐的莱奥乃拉心里很明白，"你想用这把短剑干什么呢？你是想要自己的命，还是想要罗塔里奥的命？不管你要了谁的命，到头来都是毁了你自己的名誉家声。我看还是最好忍了这口气吧。这会儿千万别叫那个坏家伙进这个屋门，见只有咱们两个女人在家。想想吧，太太，你我是两个弱女子，可他是个男人，心里早就打定了主意，这回正心急火燎、不管不顾准备得手呢。只怕不等你遂心，他倒如了意，叫你落个比死还糟的下场。咱们老爷安塞勒莫也真是作孽，偏偏把这么个不要脸的家伙招进家里！我看太太你还真想杀了他！可你把他杀死以后，尸体怎么办？"

"怎么办？"卡米拉说，"丢在那儿让安塞勒莫去埋呗！按说他也该心甘情愿地把自己的家丑埋进土里。去叫那人，快点！他这么欺负我，我非报这个仇不可！再磨蹭下去，可就太对不住我丈夫了。"

这些话安塞勒莫都听见了。卡米拉说的每一个字都在他心里搅起千头万绪。最后他终于明白卡米拉横下心要杀罗塔里奥，就想跑出去说明真相，阻止她这样做。可是他克制住了，打算看看这真诚壮烈的决心到底是怎么回事，只要能及时赶出去阻止她就行了。这时候卡米拉猛的一下晕过去了，扑到一张床上一动不动。莱奥乃拉立即伤心地哭起来，说道："天哪，我怎么办呀！她可千万别死在我怀里呀！她可是世上最干净的一朵花儿，贤惠女人里的尖子，规矩媳妇的好样子！"

她就一个劲儿这么念叨着，谁听了都会觉得她是世上最忠诚、最伤心的使女，而她的女主人则是不堪纠缠的珀涅罗珀①转世再生。

卡米拉很快就苏醒了，一醒过来便说："莱奥乃拉，你怎么还不去叫那个自称朋友的人？像他这样没良心的朋友，太阳还未曾照见过，黑夜也未曾窝藏过。快去，快走，快跑，别耽搁！再拖延，我这满腔的怒火会冷下来，弄得仇报不成，只好空喊空骂一阵。"

"我这就去叫他，太太。"莱奥乃拉说，"不过你先把这支短剑交出来，别趁我出去的工夫，你干点什么，弄得凡是爱你的人一辈子哭个没完。"

"你放心去吧，莱奥乃拉小妹，我不会那么干的。"卡米拉回答说，"虽说你觉得我为了挽回自己的名誉有些冒冒失失、不管不顾，可我还不至于像那个卢克雷蒂亚②。人们都说她清白无辜的，干吗自杀；倒是该把那个坑害了她的家伙先宰了。我反正是要死的，可是我先得报仇，结果了那小子。我又没理睬他，是他心起邪念害得我如今哭哭啼啼。"

虽经再三恳求，莱奥乃拉就是不肯出去找罗塔里奥，不过最后

---

① 珀涅罗珀：希腊传说中奥德修斯的妻子，丈夫远征特洛伊期间，拒绝了无数求婚者的纠缠。

② 卢克雷蒂亚：传说中的古罗马烈女，因被人奸污，要求父亲和丈夫为其复仇，随即自戕。

还是去了。卡米拉一边等她回来，一边自言自语地说："上帝呀，我干吗不早点把罗塔里奥顶回去，其实我好多次就是这么干的。结果我迟迟不把话对他说明，弄得他还以为我是个不规矩的坏女人。早点顶回去当然有好处，只是便宜了那小子。他可以洗手不干，跟从前一样大摇大摆，好像从没生过坏心似的。可我这口气怎么出？我丈夫的名誉怎么说得清？这个没良心的家伙居然如此色胆包天，就叫他以命相抵吧！万一传出去点风声，别人也会知道卡米拉不光对她丈夫从一而终，而且还狠狠教训了想糟蹋他名誉的坏蛋。不过我好像应该把这些想法都告诉安塞勒莫。算了，反正我在那封寄到村里的信上都写了，告诉他要出一些乱子。奇怪，他怎么不赶回来想办法呢？八成是他心太好、太轻信，想不出也料不到有多年老交情的朋友居然打歪主意糟蹋他的名誉。连我也是，过了好久都没往那上想。要不是他那些送不够的礼、许不完的愿、流不尽的泪让我明白过来，我一辈子也想不到那上去。得了，都这会儿了，说这么多废话干什么？反正我已经横下一条心了，难道还等着听谁的劝告不成？用不着！扯后腿的念头统统滚开，我非报仇不可！让那个骗子进门、过来、靠近、倒下、完蛋！往后的事再说！我既然干干净净地归属了上天替我选定的夫君，也得干干净净地离开他。不过看来浸润我身体的不光是我自己贞洁的热血，还有世间伪善友人之最的肮脏血水。"

她一面说着，一面挥动出鞘的短剑在屋里走来走去，步履沉重，东倒西歪，手舞足蹈；一副发疯的模样，哪里像个柔弱的女子，简直是个狂怒的暴徒。安塞勒莫躲在小屋的壁毯后面把一切都看得一清二楚，惊奇得目瞪口呆。他觉得就凭眼下的所见所闻，再大的疑团也该消除了，用不着等罗塔里奥出面提供更多的证据，免得措手不及真的出了祸事。他正想出场露面，拥抱妻子说明真相，却突然停住脚步，因为他看见莱奥乃拉牵着罗塔里奥的手走进来。卡米拉一见他，马上用短剑在自己脚前的地上画了一条线，说道："罗塔里奥，仔细听我说：你休想越过地上的这条线。只要我见你抬脚，不等你踩上，我就会用手里这把短剑刺穿自己的胸口。你先别说话，听我接着讲下去。待会儿你爱说什么就说什么。第一，罗塔里奥，我要你告诉我，你是不是认识我丈夫安塞勒莫，你觉得他这人怎么样？第二，我想知道你究竟认不认识我。现在你回答吧。不是什么难题，不用着慌，也不用想来想去。"

罗塔里奥一点也不笨，从一开始卡米拉吩咐他设法让安塞勒莫藏起来，他就猜出她想干什么，所以这会儿很能及时而巧妙地配合她的意图，两人假戏真做，还颇像那么回事。他回答卡米拉说："我说美人卡米拉，我今天来这里是另有打算的，没想到你把我叫来问这些问题。你这样做如果是为了拖延答应下的好事，就尽管玩你的花招吧。不过你想必知道，朝思暮想的好事眼看快成的时候，心里最是焦躁着忙。不过我还是先回答你提出的问题吧，省得你埋怨。我可以告诉你，我认识你丈夫安塞勒莫，我们俩从小小的年岁就互相了解。我们俩之间的交情你也知道，我就不多说了，那岂不是更加衬托出我和你相好有违交友之道？不过为了爱情，犯再大的过失也值得。你呢，我也很了解，我跟他一样敬重你。你要是没有这么多的好处，我哪里至于如此妄为，不顾自己的身份，不顾对朋友的神圣职责！现在这一切都叫我践踏毁坏了，就因为无上的爱情俘获了我。"

"你这个世上一切值得钟爱之物的死敌啊！"卡米拉说，"你既然承认这一点，怎么还有脸站到我面前？要知道，我是他心灵的镜子。他又是你心灵的镜子。你真应该在他面前好好审视一下自己，你是如何轻率地伤害了他。不过我想起来了，唉，我真倒霉！我现在明白是什么叫你那么不知自尊自爱：可能我难免有些随便，还不能称为轻佻，因为不是有心而是无意的；女人在跟无须提防的熟人打交道的时候往往容易不知不觉地这样做。除了这个还能有别的吗？你这个没良心的倒说说看：我什么时候明里暗里答应过你的要求，叫你觉得自己的下作打算有了指望？哪一回不是你那些甜言蜜语还没出口，就让我冷冰冰、恶狠狠地斥责给噎了回去？你的那些海誓山盟我什么时候信过？你的那些金银珠宝我什么时候碰过？不过我回头又想了想，要是心里一丁点指望都没有，单相思也拖不了这么长时间。你这么死乞白赖地没完，大概也有我的不是：这么长时间了，八成是我的无意造成了你的有心。所以，明明是你的过错，我宁愿自己受罚。可是你瞧着吧，我对自己这么狠心，也不能轻饶了你。我的丈夫一向很有名望，如今他的名望受到玷污，而且是你处心积虑一手造成的；也跟我的疏忽大意有关：我本该避免跟你接触，省得唤起和助长你的邪念。事已如此，我当然要为他禳灾，所以叫你来看看我献出什么样的祭品。再说一遍，我总担心是自己有时太随便才引得你胡思乱想起来。一想到这，我就坐立不安，更觉得应该亲手处治自己，因为找人代劳，岂不要把事情弄得沸沸扬扬？不过既然是别人把我推上了绝路，我在处治自己之前，先要报仇，吐尽心头的怨气，随身带走罪人去接受公正无私的天道之罚。"

话音未落，她便举起出鞘的短剑，以出人意料的敏捷和凶猛扑向罗塔里奥，眼看就要刺穿他的胸膛。罗塔里奥不免一怔，弄不清那股架势是真是假，只好用力巧妙抵挡卡米拉的刺杀。卡米拉把这场骗人的把戏演得惟妙惟肖，而且为了更加煞有介事，她甚至不惜舍出点自己的鲜血来增色。这时，她见自己没有刺中罗塔里奥，其实是假装没法刺中，便说："天意不遂！我虽然满腔义愤，终不能如愿以偿。不过我还有几分余地，想必天意无力阻挠。"

她奋力挣扎，握短剑的手腕摆脱了罗塔里奥的掌心。她趁势把剑锋指向自己左腋下靠近肩膀的部位，特别留意不扎得太深，然后一头倒在地上，好像昏死过去了。莱奥乃拉和罗塔里奥目瞪口呆地注视着眼前的一幕，一时还辨不清真假。直到看见卡米拉浑身溅满自己的鲜血倒在地上，罗塔里奥才连忙惊慌失措、气喘吁吁地扑上去夺下短剑。他见伤口不大，这才放了心，又一次暗暗赞叹美人卡米拉的沉着、机巧和多谋。他知道现在轮到他出场了。好像卡米拉真的已经亡故，他守着遗体长时间地悲泣，不断地责怪自己，同时也诅咒酿成这场悲剧的祸首。他知道自己的朋友安塞勒莫就在跟前，有意说给他听，好叫他觉得，连死了的卡米拉也不如他罗塔里奥可怜。

莱奥乃拉把卡米拉抱起来放到床上，求罗塔里奥赶紧悄悄找人来抢救；还请他帮忙出主意，万一安塞勒莫在卡米拉痊愈之前回家，她该怎么交代女主人受伤的事。罗塔里奥回答说，随她们俩怎么说都行，他这会儿哪有心思出什么有用的主意，只是吩咐莱奥乃拉快点想法止血，他自己反正是打算躲到谁也找不到他的地方去了。说着，摆出一副痛苦欲绝的样子走出屋门。直到见四周无人了，才连连画起十字，庆幸卡米拉的好计策和莱奥乃拉的密切配合，心想这一下子安塞勒莫肯定确信自己的妻子简直不啻珀尔霞①第二。他真想两人在一起好好庆贺一下这场真假难辨的绝妙演出。

莱奥乃拉按照吩咐很快给太太止住了血。其实也没流出多少，刚够假戏真做罢了。然后又用酒洗了洗伤口，尽量给包扎好了。她一边忙活一边嘟囔。即使她在这之前什么也没说，这会儿的自言自语也足够叫安塞勒莫坚信卡米拉是个头号贞洁女人。莱奥乃拉嘟嘟囔囔的时候，卡米拉也没闲着，一直骂自己是胆小鬼，没有勇气，错过了难得的良机，没能结束自己可厌的生命。她还问使女，要不要把这件事告诉自己亲爱的丈夫。那丫头说不必了，那岂不是逼他去找罗塔里奥算账，弄不好反而吃亏；还说什么贤惠的女人不该挑拨自己的丈夫去打架，而是尽量设法息事宁人。卡米拉夸她的主意不错，自己打算照办。不过不管怎么说受伤的事瞒不过安塞勒莫的眼睛，总得找个说法

---

① 珀尔霞：古罗马政治家布鲁图的妻子，使用苦肉计从丈夫口中得知其刺杀恺撒的计划。

搪塞一下。莱奥乃拉回答说，就算是闹着玩，她也说不出谎来。

"我的好妹妹呀！"卡米拉对她说，"我还不是吗？就是要了我的命，我也编不出谎也说不圆谎！要是咱们实在没辙，还不如干脆实话告诉他，免得说谎被他看穿。"

"别着急，太太。"莱奥乃拉说，"到明天还有时间，让我想想怎么对他说。再说你的伤口也不显眼，完全可以捂严了不让他看见。咱们一片好心好意，老天总会帮忙的吧！别担心，我的太太，别老这么失魂落魄的，叫老爷看出你心里有事。剩下的事交给我；还有上帝呢，他老人家总是帮好人的忙。"

安塞勒莫一直全神贯注地聆听和观看着这场几乎断送他名誉的悲剧。剧中人的表演精彩绝伦，连他们自己都觉得弄假成真了。这时他只盼望天快点黑下来，他好溜出家门去找好朋友罗塔里奥，两人好好庆贺一番，因为他通过对妻子忠贞的考验，终于发现了一枝奇葩。两个女人特意为他提供了出门的机会和方便，他瞅准空子连忙离家去找罗塔里奥。见面之后，甭提他有多么高兴了。他紧紧拥抱自己的朋友，向他诉说满意的心情，还赞不绝口夸奖卡米拉。听着这些，罗塔里奥可一点也高兴不起来，心里只想着是自己不仁不义，欺骗了朋友，害得他甘愿上当。安塞勒莫也看出罗塔里奥无精打采，还以为他在责怪自己导致卡米拉受伤，于是百般劝解，叫他别为卡米拉担心，看来伤势不重，主仆二人正商量怎么瞒他呢。所以完全用不着难过，从此只管跟他一起分享生活的乐趣。还说多亏他帮忙施计，他安塞勒莫终于攀上了难以企及的幸福顶峰。又说他可以写诗赞美卡米拉，让她的美名流芳千古，难道还有比这个更好的消遣？罗塔里奥很称赞他的想法，说自己一定尽力而为把这块丰碑树立起来。

就这样，安塞勒莫成了世上少有的欣然上当受骗的丈夫。他亲手把断送自己名誉的工具搬进家门，还以为是可以用来摘取荣耀光环的阶梯。在家里，卡米拉一直愁脸苦眉地对待他，可心里却十分快意。

骗局维持了一段时间。几个月以后，命运之神的车轮突然转弯，如此精心掩饰的丑事终于张扬开来。安塞勒莫死乞白赖地想知道究竟，结果是连自己的性命也搭上了。

CAPÍTULO XXXV · 第三十五章

堂吉诃德勇猛大战红葡萄酒皮囊
和《死乞白赖想知道究竟的人》故事结尾

故事还有一点就读完了，桑丘·潘沙突然从堂吉诃德睡觉的阁楼慌里慌张跑出来，大声喊道："诸位先生，快去帮我老爷的忙！他这一仗打得难解难分，我还是头一次看见。我的上帝！欺负猕虬猕蚣娜公主殿下的巨人挨了他狠狠的一剑，脑袋就像萝卜似的齐根儿掉下来了！"

"你说什么，老兄弟？"神甫丢下没读完的故事问道，"你别不是糊涂了吧？你满嘴里说些什么胡话啊？巨人离这儿有两千多莱瓜呢！"

这时候里面传来一阵响动，接着就是堂吉诃德的喊声："站住！你这个强盗、恶棍、坏蛋！这下我可逮住你了，看你的弯刀还有什么用处！"

然后是一阵用刀砍墙的声音。桑丘马上说："诸位不能光站在这儿听啊！快进去把他们撕掳开，帮我主人一把。不过看样子兴许不必了，巨人八成已经死了，正在上帝那儿交代他一辈子干的坏事哩。我看见满地淌的都是血，砍下的脑袋滚到一边去，足足有葡萄酒皮囊那么大个儿。"

"真要命！"店主这时候说了话，"准是这位堂吉诃德还是堂妖魔鬼怪戳破了葡萄酒皮囊！他床头上就放着灌得满满的几袋。这儿这位老兄把流出来的红葡萄酒当成血水了。"

　　说着他就走进屋里，大家也紧随而去，见堂吉诃德一身世上少有的古怪打扮：只是上身穿着一件尺寸不足的衬衫，前面勉强遮住大腿，后襟还短了六指；两腿又细又长，毛乎乎的，一点也不干净；头上顶着店主的粉红小睡帽，油渍花拉的；左胳膊上裹着床上的毛毯，桑丘一见就心里腻味，只有他自己明白是怎么回事；右手握着出鞘的佩剑，正在四处乱砍，嘴里骂骂咧咧，真像跟什么巨人搏斗似的。有意思的是他两眼紧闭，因为他其实是在睡梦里跟巨人作战。他梦里这一仗打得真够激烈的，眼看就要收场了。他觉得自己确实到了猕虼猕蚣王国，正在跟敌手交战。他把皮囊当成巨人戳来戳去，弄得满屋子地上淌的都是红葡萄酒。店主一见大为光火，扑到堂吉诃德身上，攥起拳头就是一顿捶打。要不是卡尔德尼奥和神甫连忙拽开，这场巨人之战就由他来收场了。尽管这样，那位可怜的骑士还是没有醒过来。最后理发师只得从井里打来一桶凉水，满头满脸地泼上去，才算把堂吉诃德激醒了。不过他仍然迷迷瞪瞪，始终不明白是怎么回事。

　　多洛苔亚见他几乎赤身裸体，就没进去看她的救援者和死对头怎么打仗。桑丘在一边忙着满地寻找巨人的脑袋，可是怎么也找不到，就说："我就知道这所房子中了魔法。上一次，就在我现在站着的地方，有人手拿木棍齐上，狠狠打了我一顿。我怎么也没弄明白是谁，始终没看清楚一个人。这会儿呢，又找不见那个脑袋了。我刚才明明亲眼看到它被砍下来了，那一股股血啊，就像从泉眼里喷出来的一样！"

　　"你说什么血呀泉眼的？你这个不敬上帝和圣徒的奸贼！"店主对他说，"贼坏，你难道没看见，哪里有什么血呀泉眼的？是这些戳破了的皮囊，红葡萄酒把整个屋子都淹了。那个戳破皮囊的家伙真该淹死在地狱里！"

　　"我不管这个，"桑丘回答说，"我只知道这回我又要倒霉了。要是找不到那个脑袋，我的伯爵封地可就像盐掉进水里一样全化没了。"

　　醒着的桑丘比睡梦里的主人还糟糕，主人许下的愿就把他弄得如此神魂颠倒。店主见主子一个劲儿惹祸，侍从又这么胡搅蛮缠，真是气得没辙，发誓说这回可不能像上次那样，不收钱就放他们走。什么骑士特权不特权的，他再也不理那一套了，欠的账得一笔笔还清，还要算上刺破酒囊的补丁费。堂吉诃德的双手被神甫紧紧抓住，还以为搏斗已经结束，自己正站在猕猴猕猕娜公主面前，便跪倒在神甫面前说道："伟大、高贵、杰出的公主大人，您从此可以平安度日，不再担心那个下贱坏来捣乱了。我也从此解除了对您的许诺；承蒙至尊上帝的庇佑和赋予我生命和灵气之人的热忱襄助，我已经圆满履约。"

　　"瞧我怎么说来着？"桑丘一听就嚷嚷起来，"我根本没有喝醉嘛！你们看看我主人是不是宰了巨人又把他腌上了？好戏就要开场，我的伯爵封地十拿九稳！"

　　见主仆二人满嘴胡言，谁能不笑呢？所有的人都在开怀大笑，只有店主直骂见鬼。理发师、卡尔德尼奥和神甫忙活了半天，费了不少劲儿才把堂吉诃德抬到床上。看来他确实累得够呛，倒头就睡着了。他们见他睡了，就出来回到客店门廊里劝解桑丘·潘沙，叫他别为找不到巨人脑袋难过。不过更让他们费劲的是平息店主的怒火。他的不少酒囊突然遭难，所以一直在大发雷霆。老板娘也在那儿大喊大叫个没完："这是什么遭殃的时辰、倒霉的钟点呀！怎么偏偏这个游侠骑士闯进了我家！但愿我这辈子再也见不着他！他让我破费得好苦啊！上回他和他的侍从，还有一匹瘦马一头驴子，在这儿又吃、又睡，又是草料、又是大麦，到末了一个子儿没给就跑了。说是什么四处闯荡的骑士。上帝叫他和所有满世界瞎逛的家伙去四处撞丧吧！说是不能问他要钱，因为游侠骑士的要钱章程上是这么写的。前些日子为了找他，又来了这位先生，拿走了我的牛尾巴，还回来的时候，毛少了一半，光秃秃的，又亏去我两文钱，我男人也没法拿它派用场了。这还不够，到头来又戳破了我的酒囊，洒光了我的葡萄酒。我真恨不得酒出来的全是他的血！想得倒美！我凭我爹的老骨头和我妈的在天之灵起誓，要是不一个子儿不少地算清这笔账，我就改姓更名，不再是我爹妈的女儿了！"

老板娘气鼓鼓地数落个没完，那个贴心的丫头玛丽托尔内斯还在一边帮腔。只有她女儿一声不吭，时不时地笑一笑。最后神甫总算消了他们的气，答应尽量赔偿他们的损失，比方皮囊呀、葡萄酒呀，特别是那根缺皮少毛的宝贝牛尾巴。多洛苔亚也再三安慰桑丘·潘沙，说只要好歹能证实他主人确实砍了巨人的头，她自己一坐稳了王位，马上就把他们国内最好的伯爵封地划给他。桑丘这才放下心来。他告诉公主，他确确实实看见了那巨人的脑袋，他还能加上一个线索：那家伙的胡子长长的，一直搭到腰上。之所以找不到，是因为这所房子里发生的一切都是魔法在作怪。他上次在这儿投宿的时候，就亲自尝到了滋味。多洛苔亚说这些她都相信，他桑丘不用难过，一切都会称他的心，不过是举手之劳罢了。

大家都心平气和了，神甫就想把故事念完，反正剩下不多了。卡尔德尼奥、多洛苔亚和其他人都求他念下去，他呢，一来很愿为大伙儿效劳，二来自己读得也很有兴味，便立刻接着读起那故事。

安塞勒莫对卡米拉的贤良贞洁十分满意，从此过起了舒心又宽心的日子。卡米拉成心不给罗塔里奥好脸子瞧，在安塞勒莫面前掩饰她的真实感情。为了装得更像样子，罗塔里奥干脆提出不愿再登门了，因为看来卡米拉实在见不得他。可是蒙在鼓里的安塞勒莫说什么也不答应。就这样，实际上是安塞勒莫本人千方百计、心甘情愿地编织着自身的耻辱。这期间，莱奥乃拉也非常如意，认为自己与人偷情的事反正得到认可，只管放心大胆地寻欢作乐。她看到女主人不仅在设法替她遮盖，而且还告诉她怎么做更稳妥。

一天夜里，安塞勒莫听到莱奥乃拉屋里有脚步声，就想进去看看是谁在那儿走动，可是他觉得门被顶住了，于是越发下决心要推开。他用了很大力气终于推开门，走进屋里正好看到一个男子在跳窗户出去，便连忙打算上去抓住他看看是谁，可是不行，因为莱奥乃拉紧紧抱住他说："老爷，别着急也别发火！也别追赶逃出去的人！这是我的私事，那人是我丈夫。"

安塞勒莫正在火头上，哪里听她的，抽出短剑就要刺莱奥乃拉，叫她快说实话，否则就杀了她。那女子吓坏了，一时没了主意，就说："老爷千万别杀我！我还会告诉你更要紧的事情哩，只怕你连想也想不到。"

"快说！"安塞勒莫喝道，"不然就要了你的命！"

"这会儿不行，"莱奥乃拉说，"我心慌意乱的。等明天早上吧，你听了我说的事，准会大吃一惊。不过请你放心，刚才跳窗出去的是本城的一个小伙子，他已经答应娶我了。"

听了这话，安塞勒莫多少平静了一些，觉得等到明天也可以，只要跟卡米拉无关就行。他对贤惠的妻子实在太满意太放心了。于是便离开房间，把莱奥乃拉锁在里面，告诉她不说出实情不准离开。接着他去找卡米拉，一五一十讲了使女那儿发生了什么，还有她如何答应要交代更重大的事情。

卡米拉惊慌的心情自然不必细说。她怕得要死，知道莱奥乃拉理所当然会把她的不忠行为和盘托出，全都告诉安塞勒莫。她甚至没有勇气等着验证自己的猜测是否正确，当天夜里，见安塞勒莫已经入睡，匆忙拾掇好自己最珍贵的首饰和一些钱，趁着家里无人知晓的工夫出门去找罗塔里奥，告诉他出了事，求他把自己藏起来，或者两人一块逃到安塞勒莫找不到的地方去。罗塔里奥听了卡米拉的话顿时惊慌失措，不知说什么才好，更拿不出像样的主意。最后决定送卡米拉去一座修道院，他姐姐在那儿当院长。卡米拉同意了。情况紧急，罗塔里奥当即带她去了，把她安顿在修道院里。他本人也不辞而别，离城出走。

第二天清晨，安塞勒莫根本没注意到卡米拉不在身边，一心只想知道莱奥乃拉会告诉他些什么。他一起床就去锁着的房间找她，开门进去以后却看不见莱奥乃拉，只见几条拴起来的床单系在窗框上，清楚表明人是顺那儿逃走的。他满心不痛快，想对卡米拉诉说，可是见她不在床上，屋子里也没人影，不免十分吃惊。他问了家里的佣人，谁也说不出个究竟。他到处寻找卡米拉，偶然发现所有的首饰匣子都开着，里面什么也没有，这才明白自己遇到了灾祸，而且祸根不在莱奥乃拉身上。他垂头丧气、满腹心事，连衣服也来不及穿好，就去找朋友罗塔里奥诉说自己的不幸。结果见他不在家，仆人们说头天晚上就出门了，随身带走了所有的钱财。安塞勒莫差一点疯了，可是这还没到头。他回到家里，男女仆人全无踪影，整所房子空空荡荡。他真不知道该想什么、说什么、做什么，就这样他的神志慢慢昏迷起来。转眼工夫他发现自己形影相吊，没了妻子，没了朋友，没了仆人，觉得连头上的苍天也抛弃了他。尤其糟糕的是他完全身败名裂了，卡米拉的消失就是他自身的毁灭。他考虑了很长时间，最后只能决定去找那位乡下的朋友，当初正是在他那儿精心策划了如今的凄惨结局。他锁紧屋门，跨上马，拖着颓唐的年轻躯体启程了。走到半路，他只觉得万箭穿心，不得不跳下鞍子，把马拴在一棵树上，一头倒在树下伤心地声声哀泣，一直到天色渐渐黑下来。这时他见一个人骑马从城里走来。他向来人致意过后，便问他佛罗伦萨城里有什么新闻。那人回答道："好久以来城里没听说过这种大怪事了，大家都在纷纷议论，说是罗塔里奥，就是住在圣胡安附近的阔少安塞勒莫的好朋友，昨天夜里带走了安塞勒莫的女人卡米拉，那男的从此也再没露面。这些都是卡米拉的使女说出来的。她昨晚抓住床单从安塞勒莫家窗口溜出来的时候被总督发现了。不过我也说不清事情的详细经过，我只知道全城的人都感到十分意外，没想到竟出了这种乱子，那两人交往甚密，亲如兄弟，人们都叫他们'那俩朋友'。"

"那么请问，"安塞勒莫说，"有人知道罗塔里奥和卡米拉去哪儿了吗？"

"大家一无所知，"那人答道，"总督正在想方设法找他们呢。"

"再见吧，先生。"安塞勒莫说。

"上帝保佑您。"那人说完就走了。

听了这不幸的消息，安塞勒莫精神恍惚，几乎丧命。他费力站立起来，终于走到朋友家。那朋友还不知道他的不幸遭遇，见他面容憔悴、气息奄奄，还以为是什么大病把他折磨成这样。安塞勒莫要求赶紧扶他上床躺下，再为他预备下书写用具。他朋友按他的要求办了，让他独自躺在床上，最后他还叫把房门闭紧。只剩下孤零零一人的时候，他的全部凄惨经历便重重地压上心头。他很清楚自己已经命在旦夕。他决定留下遗言，说明突然身亡的原因，便动手写了起来，可是没等把心里要说的话全部写下，就陡然断了气，悲痛而死。这就是他死乞白赖想知道究竟所导致的结局。

那家主人见天色已晚，始终听不到安塞勒莫的声息，决定进屋去看看他是否病情加重。结果发现他下半身坐在床上，上半身趴在书桌上，面前摊着一张写了字的纸，手里还握着笔。那家主人走到跟前叫了几声，不见答应，又拽了拽他的手，觉得冰凉，这才知道人已经死了。他大吃一惊，十分难过，立即叫家里人来见证安塞勒莫的不幸亡故。他看了一下字条，认出是安塞勒莫亲笔写的，上面说：

　　断送我性命的是自己愚蠢而可恶的念头。如果卡米拉知道了我的死讯，请转告我原谅她。她没有义务创造奇迹，我也没有必要逼她这样做。我亲手酿成了自身的耻辱，又何苦……

到此为止，安塞勒莫没有写下去。就是说，彼时彼刻，要说的话尚未结束，可是他的性命已经结束了。

　　第二天，那位朋友向安塞勒莫的亲属通告了他的死讯。他们都已经知道了所发生的不幸，以及修道院里的卡米拉也如何险些伴随丈夫踏上这条人生难免的旅途。不过那倒不是因为丈夫死去的消息所致，而是因为她听说情人失踪了。传闻说，她成了寡妇以后，既不愿离开修道院，又不愿当修女。几天以后，她得到消息，说罗塔里奥在一次战斗中阵亡了。原来这位后悔莫及的朋友跑到那不勒斯，参加了正在那儿进行的罗特莱①先生和大将领费尔南德斯·德·科尔多瓦之间的战争。卡米拉听说之后，立即发愿当了修女，没过多久，也被哀伤和痛苦无情折磨死了。那个荒唐的开端注定了他们几个人只能有这样的下场。

　　"我觉得这故事写得倒不错，"神甫说，"不过我很难相信会真有这种事情。无非是作者编的，只是编得很糟。不可想象会有这么愚蠢的丈夫，跟安塞勒莫一样进行代价如此昂贵的试验。类似的情况，在偷情的男女之间或许可以发生，可是在夫妻之间就有些不合情理。说到叙事方式，我觉得还过得去。"

---

① 罗特莱：法国元帅。

Capítulo XXXVI · 第三十六章

客店里发生的其他稀奇事

这时候，一直站在客店门口的老板说："好漂亮的一路人马朝这边走过来了。他们要能在这儿住店，咱们可就火爆了！"

"是些什么人？"卡尔德尼奥问。

"有四个骑马的男人，"店主回答，"配的是短镫鞍，拿着长矛和盾牌，戴着黑面罩。跟他们一起来的还有一个穿一身白的女人，骑在配鞍椅的马上，也戴着面罩。另外还有两个步行的脚夫。"

"离得很近吗？"神甫问。

"太近了，"店主说，"他们已经到了。"

多洛苔亚一听，连忙把脸遮上。卡尔德尼奥也赶紧钻进堂吉诃德的房间。就在他们慌乱的当儿，店主说的那伙人马已经走进客店。四个骑马的男子率先下了地，个个身材挺拔，举止优雅，一起走过去帮骑在鞍椅上的女子下马。其中一个伸开双臂把她抱了下来，放在卡尔德尼奥刚走进的房间门前的一张椅子上。这期间，那女子和四个男人都没有摘下面罩，而且始终没说一句话。只是那女人在椅子上就座之后，深深叹了一口气，接着垂下双臂，一副病恹恹的样子。两个脚夫把马匹牵进了马圈。神甫见这情景，很想知道如此装束、不言不语的是些什么人，就去找脚夫，向其中一个提出了问题。那人答道："天知道，老爷，我也说不上他们是什么人。只是看样子都挺有身份，特别是把小姐抱下马的那位，您都看见了。我这么说，是因为另外几位对他恭恭敬敬，不管什么事都听他的吩咐。"

"那位小姐是谁？"神甫又问。

"这我也说不上，"脚夫回答，"一路上我就没看见过她的脸，倒是老听见她唉声叹气，每次哼唧的时候，就像要断气了一样。我们就知道这些。这也没什么奇怪的，我和我这位伙计两天前才跟了他们。他们半道上碰见我们，就又劝又求，叫我们陪他们去安达卢西亚，答应给我们不少工钱。"

"你们也没听到他们之中哪个人的名字？"神甫问。

"还真没有。"脚夫回答，"怪得很，一路上他们一声不吭，就光听见他们那位可怜的小姐哼哼唧唧地叹气，真让人心里难受。我们揣摩着她八成是叫人家逼着去什么地方。看那身打扮，挺像个修女，再不就是要去当修女。对，准是这么回事。大概是她自己心里不愿意干这一行，所以老是那么伤心。"

"都有可能。"神甫说。

然后他离开那儿，回到多洛苔亚身边。多洛苔亚听到那蒙面女子老是叹气，不由得生了同情心，便走过去对她说："小姐，您哪儿不舒服？说不定是女人常有的毛病，女人自然也知道怎么对付。我本人很乐意为您效劳。"

可那位伤心的姑娘始终不言语。多洛苔亚再三表示可以帮忙，她就是一直默不作声。这时候那位蒙面绅士（就是脚夫说别人都顺从的那位）走过来，对多洛苔亚说："小姐，您不必费神了，用不着这么好心对待这个女子。不管别人怎么帮忙，她从来不知道领情。您最好也别想听她说什么，从她那张嘴里出来的都是谎话。"

"我从来没说过谎。"一直闭口无言的女子这时突然说话了，"正因为我始终说真话，一点谎话的边也不沾，才落得如今的悲惨下场。我说的这些，我想你都亲身经历了。正是我的一片真诚才更加衬托出你的伪善和虚假。"

这几句话卡尔德尼奥听得一清二楚。他实际上离说话人很近，中间只隔着堂吉诃德房间的那扇门。他听完以后，立即大声喊起来："上帝啊！我听到了什么？这传进我耳朵的是谁的声音？"

听到喊声，那姑娘吓了一跳，连忙回过头去，可是没看到是谁在喊叫，于是便站起来朝屋里走去。那位绅士见她这样，立即上前一把抓住，不许她迈步。在惊慌忙乱之中，姑娘遮脸的纱巾掉了，露出的那张美丽的面孔真是天神一般无与伦比。尽管显得苍白惊恐，骨碌碌转动的眼珠四处张望搜寻，那种焦躁急切的神情很有几分疯癫的样子，谁也猜不透她为什么是这样。多洛苔亚和在场的人都很可怜她。绅士只顾从背后紧紧抓住姑娘，面罩脱落了，也没法扶一扶，最后整个掉了下来。正搂着那姑娘的多洛苔亚抬头一看，原来在背后紧紧抓住不放的人是自己的丈夫堂费尔南多。刚一认出，就从她心底发出一声长长的惨叫，当即仰面倒下，晕厥过去。要不是身边的理发师一把扶住她的胳膊，她就一头倒在地上了。神甫也赶过来摘去她的面罩，往脸上泼水。多洛苔亚的面孔一露出，正抓着另一个女人的堂费尔南多就认出她了，顿时僵若死尸，可是并没有因此松开紧搂着的女子。那是露丝辛达，正拼命在他怀里挣扎。她听到声音，就认出了卡尔德尼奥。对方也认出了她。卡尔德尼奥听见多洛苔亚晕倒时的惨叫，还以为是他的露丝辛达，马上慌慌张张跑出房间。他第一眼看到的是搂着露丝辛达的堂费尔南多。堂费尔南多也认出了卡尔德尼奥。露丝辛达、卡尔德尼奥和堂费尔南多三人都惊呆了，简直不明白究竟是怎么回事。大家都不说话；你望着我，我望着你。堂费尔南多望着卡尔德尼奥，卡尔德尼奥望着露丝辛达，露丝辛达望着卡尔德尼奥。末了，首先打破寂静的是露丝辛达。她这样对堂费尔南多说："放开我吧，堂费尔南多先生，即使你不顾别的体面，至少也该想想自己原来的身份。我本是墙上的常春藤，还让我回到墙上去吧。我只能攀附在那里，你怎么也不能把我扯下，纠缠也好，威胁也好，哄骗也好，利诱也好。你难道还看不出？沿着奇妙而隐蔽的通道，苍天终于把我真正的丈夫送到我的面前。难道惨痛的教训还不足以使你明白只有死后他才能在我的记忆中消失？如今我清清楚楚表白了自己的心迹，你已经别无选择，只能把情欲化作怒火，把一厢情愿变为满腔怨恨，就此结束我的生命吧！我在亲爱的丈夫面前死去，也算死得其所，或许还能以此证明我对他的忠贞一直保持到生命的最后一刻。"

在这当儿，多洛苔亚苏醒过来了，正静静听着露丝辛达讲话，所以终于明白了她是谁。她见堂费尔南多仍然紧紧抓住露丝辛达不放，就使劲挣扎着站立起来，向前跪在他的脚下，美丽的双眼涌出一串串伤心的泪水，开始说道："我的夫君，若非被你禁锢在怀里的这颗太阳的光芒耀花了你的眼睛，你定会看到跪在你脚下的正是不幸的多洛苔亚，等着你来裁决她的祸福。我就是那个卑微的农家女。你不知是出自仁慈的善心，还是一时兴致所至，总之曾想将我高高提携，据为己有。我本来一直蜷缩在贞洁的护栏之内，愉快度日。不料你千呼万唤、百般纠缠，用你貌似正当的爱恋之情打开我的羞涩之门，使我交出守卫全部身心的钥匙，而你却丝毫不珍惜这一馈赠。这一切必然把我推向如今你所见到的境遇，也必然给你造成目前我所看到的局面。不过，尽管如此，你也不要自以为是地想象，怀疑我是踏着失节的步履来到这里的，不！我是踏着被你遗弃后的悲愤沉痛的步履走来的。你曾经坚持要我归你所有，而且你确实做到了，所以你也就成了我的人，即使现在反悔，也改变不了既成事实。

"我的夫君，想想吧，不必丢下我去追求别人的美貌和门第，我对你的一片忠贞可以抵偿一切。你不能做美人露丝辛达的丈夫，因为你是我的丈夫；她也不能做你的妻子，因为她是卡尔德尼奥的妻子。你如果仔细想想，更方便的倒是回心转意去爱那个崇仰你的人，而不是一心一意设法让一个讨厌你的人爱你。你看准我不谙世故，趁机纠缠；知道我坚贞自爱，接连央求；清楚我出身卑微，佯装不晓。你总该记得我最后是怎么委身于你的。总之，你拿不出任何理由和借口说自己上当受骗了。事情到了这种地步，你一个笃信基督的绅士，为什么起初那么急不可耐，而最后却一再拖延，迟迟不给我以幸福呢？虽然我确实已经是你的正式妻子了，可是你要是不愿以这种身份容纳我，那么至少收下我做你的女奴吧！我只要能听命于你，就觉得十分幸运和满足了。

"你不能撒下我不管，任凭人们三五成群地议论我的丑事。你不能让我父母的晚年这么凄惨，他们一直是规规矩矩的下属，一生为你的父母忠心效劳，不该受到这样的待遇。也许你认为与我的血统相混，有辱你的家世。其实，不妨想想，世上的贵族都是沿着这条路走过来的，很少例外，简直没有例外！从女方承袭下来的血统在高贵的族谱中根本是不予考虑的。再说，一个人高贵与否的真谛在于他的品德。你如果言而无信，不履行对我的承诺，岂不有损人品？那我在人品上就要大大高出你一筹。总之，我的夫君，我最后还要告诉你，你乐意也罢，不乐意也罢，我反正是你的妻子了，有你的诺言为证。你既然自诩高贵，嫌我低贱，那就更没有理由撒谎。可以做证的还有你的亲笔签名，以及你对我海誓山盟之时指为证人的苍天。如果这一切你都不理睬，你的良心自会不断发出呼唤的，它将时时打断你的欢娱，提醒你我说过的这番肺腑之言，让你在最为洋洋自得的时刻不得安生。"

不幸的多洛苔亚接着又说了许多别的话，泪流满面，感人至深，连堂费尔南多的同伴们和所有在场的人都在陪着她落泪。堂费尔南多默默地听着，始终一言不发。多洛苔亚讲完了，开始伤心地哀叹和啜泣，见她如此痛苦凄惶的样子，除非是铁石心肠，谁都会受到触动。露丝辛达一直注视着她，不仅同情她的辛酸经历，而且深深为她的美貌和聪慧所感动，很想走到她身边说几句安慰的话，可是被堂费尔南多的双臂紧紧搂住不放。那人完全惊呆了，不知所措，只是目不转睛地盯着多洛苔亚，过了好一会儿才张开手臂，放走了露丝辛达。他说："你赢了，美丽的多洛苔亚，你赢了！你一口气说了那么多真话，没人胆敢否认。"

露丝辛达刚刚受了强烈刺激，所以堂费尔南多一松手，她就倒在地上。幸好卡尔德尼奥就在跟前——他为了不让堂费尔南多认出，始终站在他身后——这时候也管不得那些了，抛下一切顾虑，冲上去抓住露丝辛达搂在怀里，对她说："我忠实、坚贞、美丽的姑娘，如果慈悲的苍天有意安排给你片刻的安歇，就请放心投入这双拥抱你的臂膀吧！昔日它们也这样拥抱过你，当时我曾有幸把你称作'我的妻子'。"

露丝辛达听到这话已经认出卡尔德尼奥的声音，便把目光转过去，果然亲眼看到他本人，顿时如痴似狂，也顾不得羞涩，当着众人一把搂住他的脖子，两张面颊紧紧贴在一起，说道："我的夫君，不管命运如何作梗，百般阻挠，不管我的生命受到多少威胁，只要仰仗你我才能存活，只有你才是眼前这个女奴的真正主人。"

此情此景出乎堂费尔南多和在场所有人的意料，大家都被这难以想象的突变惊呆了。多洛苔亚见堂费尔南多面无血色，似乎打算对卡尔德尼奥动武，因为看他一只手抓住了佩剑。她一猜出这个意图，连忙手疾眼快地抱住他的膝盖，紧紧抓住不让他动弹，一面亲吻，一面泪眼汪汪地说："我唯一的庇护人，在这突如其来的变故面前，你想干什么？你自己的妻子就在你的脚下，而你硬要强占的那个女子在她丈夫的怀里。仔细想想，你究竟该不该、能不能违拗天意安排？人家排除了种种障碍，始终如一，坚贞不渝，正在你眼前，用从自己眼中流出的爱情甘露滋润着她真正丈夫的面颊和胸膛，你却非要逼人家跟你一样改变初衷，你觉得这样合适吗？如果你还敬畏上帝，并且自珍自爱，就请听听我的哀告和乞求吧：不要由于事与愿违而大发雷霆。

你应当尽量克制自己，心平气和地允许这对恋人遵照天意终成眷属、白头到老。这样方能显出你宽厚高贵胸怀的慷慨大度，世人将会说你明理克己、深知大义。"

多洛苔亚说这番话的时候，卡尔德尼奥一直抱着露丝辛达，不过两眼始终盯着堂费尔南多，准备只要见他稍有暴烈之举，就挺身自卫，舍出性命回击胆敢侵犯他的人。这时候，堂费尔南多的朋友们走上来，神甫、理发师，当然也少不了好样的桑丘·潘沙，也一直在场。大家把堂费尔南多团团围住，求他至少可怜可怜哭成泪人的多洛苔亚，而且大伙儿都相信她说的是真话，既然如此，就别再让她这合情合理的心愿落空了。他应该认真考虑一下：他们几人意想不到地聚集在一起，看来绝非偶然巧合，而是上帝有意安排。神甫还特别指出，露丝辛达是至死也不会离开卡尔德尼奥的，即使两人在锋利的剑刃下面粉身碎骨，他们也会含笑赴死。神甫又说，凡遇无可奈何之事，最聪明的办法莫过于努力克制自己，表现出宽厚胸怀，心甘情愿地允许他们两人受用上天赋予的幸福。他真应该睁眼看看多洛苔亚是多么美丽，很少能有她这样的女孩子，超过她的就更是绝无仅有了，而且她不仅容貌超群，为人也谦恭，对他一往情深。尤其重要的是，他既然以笃信基督的君子自居，就必须履行诺言，而履行诺言也就是敬畏上帝，会得到一切有识之士的赞许。人所共知，美貌的女子即使出身卑微，但只要操守可嘉，完全有权昂首挺胸地与贵族匹配，而把她提高到与自己同等地位的男士绝不会因此损伤自己身价的一丝一毫。只要不掺杂渎神的邪念，一个人顺从爱情的铁律，并非什么过错。

神甫说完之后，其他人也纷纷讲了各自的看法，振振有词，入情入理。堂费尔南多毕竟出身名门，心胸高贵，听了这许多无可辩驳的肺腑之言，终于被打动了。为了表示他已经认输，愿意听从大家的好心劝告，他便俯身抱起多洛苔亚，对她说："我的姑娘，赶快站起来！叫我的心上人跪在我的脚下，实在太不应该。我直到现在才对你说这番话，怕也是上天的安排，好让我真正看清你对我执着的爱心，然后才能报之以相应的珍惜。我求你不要责备我的轻率和劣迹。开始我坚持娶你做我的妻子，后来又百般拒绝成为你的丈夫，都是出自同一个居心和打算。不信就请回过头去看看露丝辛达心满意足的双眼，你就会原谅我的过错了。她找回并且得到了她的所爱，我也在你身上发现了我的所求。但愿她和卡尔德尼奥平安顺心，永享幸福，我也祈求上帝保佑我和我的多洛苔亚白头到老。"

说着，他又一次拥抱多洛苔亚，把自己的脸颊紧贴着她的脸颊，心里充满温柔体贴，若不是极力克制，表明他幡然悔悟的多情泪水就要从两眼喷涌而出了。不过露丝辛达、卡尔德尼奥和所有在场的人并没有强忍各自的泪水，而是任它尽情流洒。有的是为自身的幸福激动，有的是受他人幸福的感染，结果人人泪流满面，好像有什么大祸临头。就连桑丘·潘沙也哭个没完，不过他后来承认，他之所以哭，是因为他知道多洛苔亚原来不是他想象中的猕虮猕蚣娜公主，他还一直等着恩赐呢。大家的惊喜和悲伤就这样延续了很长时间。

卡尔德尼奥和露丝辛达上前去跪在堂费尔南多脚下，再三感谢他的恩惠，说得那么诚恳得体，弄得堂费尔南多不知如何回答。他只好扶他们起来，和蔼亲切地一一拥抱他们。然后他又转过去问多洛苔亚是怎么跑到离家乡这么远的地方来的。那姑娘便简明扼要地重述了一遍曾对卡尔德尼奥说过的话。堂费尔南多和他的朋友们都听得入了神，真希望故事能接着讲下去。多洛苔亚居然把自己的不幸遭遇讲得如此活灵活现！她一说完，堂费尔南多又讲起后来城里发生的事情：他在露丝辛达衣服胸口里发现了那张字条，上面明确宣布自己是卡尔德尼奥的妻子，而绝不能是他的妻子。还说他本想杀了她，若不是她父母阻拦，恐怕早就如愿了。堂费尔南多最后不得不懊丧羞愧地离家出走，不过他下决心定要寻找时机报仇雪恨。第二天他又听说，露丝辛达也离开了父母家，谁也说不清楚她去哪儿了。几个月之后，他终于打听到她在一家修道院里，而且她说，如果不能和卡尔德尼奥一起生活，她准备在那里待一辈子。他一听说，立即请那三位绅士陪同他找到那地方。他没有去见露丝辛达，怕的是走漏了消息，修道院会加强防范措施。一天，他见院门打开了，便留下两人在门外守候，他和另一人潜入修道院去找露丝辛达，结果撞见她正在回廊里跟一个修女谈话。他们当即劫持了她。没等她明白过来，他们已经到了一个镇子，在那儿置办了带她上路必备的东西。一切都很顺利，因为修道院在郊外，离镇子有相当一段路程。他说，露丝辛达一发现自己又落入他的手中，当即昏死过去，醒过来之后，她一言不发，只是不停地哀叹和啼哭。就这样，他们一路未闻话语，只听哭声，最后来到客店。对他而言，不啻来到天堂，因为世间的一切不幸都在这里结束了。

CAPÍTULO XXXVII · 第三十七章

这里接着讲猕屹猕蚣娜大公主的故事
兼述其他奇遇

听了这一切，桑丘心里十分痛苦，眼看着自己封侯的希望烟消云散了。他那位猕屹猕蚣娜公主居然变成了多洛苔亚，巨人竟是堂费尔南多，而他的主人美梦正酣，哪里管得这些变故。多洛苔亚本人还弄不清楚这到手的幸福究竟是不是梦境，卡尔德尼奥的想法一样，露丝辛达也差不多。堂费尔南多不断感谢上天恩泽，终于把他引出迷魂阵，否则名声和灵魂都难以保全。总之，一场复杂棘手的纠纷终于圆满解决，小客店里人人兴高采烈。善解人意的神甫一向办事周全，特别向女士们一一恭贺她们如愿以偿。不过最欣喜若狂的还要数老板娘，因为堂吉诃德给她带来的所有开销和损失，卡尔德尼奥和神甫都答应如数偿还。

刚才说了，唯一悲哀、伤心、懊丧的就是桑丘。他满面愁容走进房间，见主人已经醒了，便对他说："苦脸先生，您完全可以一直睡下去，用不着去杀死什么巨人、夺回公主的国土，事情全都成了。"

"这还用说，"堂吉诃德回答，"我跟巨人狠狠地斗了一场，这辈子也没打过这么凶的仗，我佩剑一挥，咔嚓一声，他的脑袋就掉在地上，喷出的血小河一样满地淌，跟水似的。"

"您还不如说像红葡萄酒似的，"桑丘顶了他一句，"您要是还不知道，就听我说说：您砍死的巨人不过是截破的酒囊，那些血是装满那个大鼓肚子的六阿罗瓦红葡萄酒，砍下来的脑袋嘛……算我是婊子养的，真他妈见鬼！"

"你在胡说些什么？你疯了？"堂吉诃德问，"你脑子还管用吗？"

"您还是快起来吧！"桑丘说，"看看您留下的大账单，咱们可得破费了；再看看王后陛下怎么变成了百姓女子，名叫多洛苔亚。还有好多别的事情，您要知道了准会吃惊的。"

"我不觉得这有什么奇怪的。"堂吉诃德驳了他一句，"你兴许还记得，上次咱们在这儿我跟你说过，这里发生的事情都是魔法作怪。如今不外乎又是这么回事。"

"我倒巴不得信您的话，"桑丘说，"但愿把我兜在毯子里乱扔也是这码事！可惜不是，那次真得不能再真了。就说这家店主吧，这会儿他就站在那边；我当时亲眼看见他抓住毯子的一头，挺麻利地使劲把我往天上扔，一边用力，一边大笑。我虽说是个老天不待见的傻瓜，可总还认得出谁是谁。反正我看不是什么魔法，我只觉得浑身生疼，真是倒了邪霉！"

"好吧，上帝总会有办法的。"堂吉诃德说，"这会儿先帮我穿上衣服，让我出去看看。我倒想见识一下你说的那些变来变去的怪事！"

桑丘把衣服递给他。在他穿衣服的工夫，神甫向堂费尔南多和其他人讲了堂吉诃德的疯癫举动，说他如何自作多情，想象自己不堪心上人的冷遇而只身躲进穷石山，以及他们几人如何使用计策把他哄了出来；又转述了从桑丘那儿听来的种种稀奇遭遇。大家听了惊诧不已，捧腹大笑。他们跟所有人一样觉得，头脑如此错乱、行为如此怪诞的疯子确实少有。末了神甫说，既然多洛苔亚小姐已经苦尽甘来，原先的计策行不通了，必须另想办法把堂吉诃德弄回家乡。卡尔德尼奥主张按原计划进行，由露丝辛达串演多洛苔亚的角色。

"不用了，"堂费尔南多说，"何必改变做法？我看还是叫多洛苔亚接着把戏演下去。只要这位老兄的家乡离这儿不远，我很乐意帮忙治好他的病。"

"也就是两天多的路程。"

"即使再远点儿，我也可以绕道走一趟。这是一桩善举嘛！"

这时候堂吉诃德露面了。只见他全身披挂，连瘟瘐的曼布里诺头盔也扣在脑袋顶上；一手端圆盾，一手握长矛（就是他那根长木棍）。一见他那副古怪模样，堂费尔南多和所有的人都惊呆了：半莱瓜长的脸又黄又瘦，浑身的披挂七拼八凑，满面庄重严肃的神情。大家都静悄悄地等着他开口说话。他两眼盯着美丽的多洛苔亚，一本正经、不紧不慢地对她说："美丽的小姐，我从侍从处得知，公主大人已经消失，您的正身解体了；说是您从昔日王后贵妇的身份一变而为平民女子。如若是您那位预卜生死的父王，因疑我无力提供必要的适当援助而有意为之，我敢说他实在过于一知半解，太不精通骑士的历史了。他如果同我一样潜心专注地研读过这类史实，就会随处看到，许多声威远不如我的骑士也成就过远为艰难的功业，杀死一个不自量力的区区巨人又算得了什么呢？其实几个小时以前，我已经跟他较量过了。然而……不去说它了，我不愿听人家说我撒谎。不过，天长日久终会披露，不定什么时候就尽人皆知了。"

"跟你较量的是两只酒囊，不是什么巨人。"店主这时候插嘴说。

堂费尔南多叫他住嘴，千万别打断堂吉诃德说的话。只听他接着讲下去："总之，王位被篡的公主大人，如果您的父王是出于上述原因改变了您的正身，您完全可以不理睬他的失误。面对世间的任何艰难险阻，我的佩剑都能杀出一条生路。我既然曾用它把您敌手的头砍落在地上，就同样也能靠它在短短几天内把王冠戴在您的头上。"

堂吉诃德再没说话，等着公主答复。那姑娘知道堂费尔南多打算继续哄骗堂吉诃德，直到把他送回家乡，便大大方方、一本正经地答道："勇敢的苦脸骑士，不管是谁告诉您我变换更改了正身，他说的都不是实话。因为我昨天是我，今天依旧是我。当然，意想不到的好运确实带来一些变化，使我与往昔有所不同，可是我的身份和想法依然如初，过去和现在始终寄希望于您骁勇无敌的双臂。所以，可敬的先生，请您务必尊重生我养我的父王，坚信他的智慧和远见，正是他靠自己的学识找到了这条拯我于苦难的真正坦途。我相信，若非与您相逢，我将永世难有目前的机遇。我说的都是肺腑之言，几乎所有的在场诸君可以做证。最后我想建议明天咱们再上路，今天已经来不及了。至于我所指望的如意结局，就只有依靠上帝和您宽厚无畏的胸怀了。"

机敏的多洛苔亚一口气说了这番话。堂吉诃德一听，马上转向桑丘，怒气冲冲地对他说："听我说，我的小桑丘，你是全西班牙最大的小混蛋。你这个游手好闲的贼坏倒说说看，你不是刚讲过这位公主变成了一个名叫多洛苔亚的姑娘吗？还有什么我亲手砍下的巨人脑袋是养下你的婊子，以及别的一长串胡言乱语，弄得我从来没有像今天这么糊涂过。我发誓……（说着便咬牙切齿地朝天上望了一眼），要好好收拾你一顿，叫天下游侠骑士的那些说谎的侍从，打今日开始多长点脑子！"

"我的老爷，请您息怒。"桑丘回答说，"说到猕㞗猕蚣娜公主大人变了样，也许我弄错了；可是说到巨人的脑袋也好，戳破的酒囊也好，葡萄酒变血水也好，我可一点也没错。老天有眼，捅出窟窿的酒囊就在您的床头，红葡萄酒都把屋子灌成水塘了。您要是不信呀，到煎鸡蛋的时候就知道了[①]；我是说，等店主老爷要您赔钱的时候，您就知道了。至于说王后太太跟先前一样，我听了打心眼儿里高兴，这样一来，是人都有好处，当然也少不了我的一份。"

[①] 西班牙民谚。相传有人在一家的厨房偷了煎锅，出门正好撞见女主人。女主人问他背后藏着什么，他回答说："到煎鸡蛋的时候就知道了。"

"桑丘呀！"堂吉诃德说，"这会儿我只能叫你一声'大笨蛋'，原谅我吧，算了。"

"算了，"堂费尔南多说，"别再说这个了。既然公主小姐觉得今天晚了，明天才能上路，那就照办吧。一晚上咱们可以痛痛快快聊到天亮，然后都去陪堂吉诃德先生走一趟。他肩负着这么重大的责任，我们都想亲眼见见他一路建树亘古未有的丰功伟绩。"

"该是我有幸陪您走一趟。"堂吉诃德回答道，"十分感谢您对我的赞誉和高度评价，我将努力使自己受之无愧，不惜为此献出生命，如有可能，甚至献出更为宝贵的东西。"

堂吉诃德和堂费尔南多又说了好多客套话，一再表示愿为对方效劳。可是突然大家都安静下来，因为这时有人走进客店。从来人的装束看，显然是刚从摩尔人的土地上赶到的基督徒：身穿一件蓝呢外套，下摆很短，半截袖子，没有衣领；裤子也是蓝色布料，戴一顶同样颜色的小帽，脚上是一双枣红色的短筒靴子，斜挎在胸前的肩带上挂着一把摩尔弯刀。一名女子骑着驴紧随而至，一身摩尔妇人打扮，包头蒙面，戴一顶锦缎小帽，一件长袍从肩头到脚踝把她严严包裹。那男子身体健壮挺拔，四十来岁年纪，黑红脸膛，长髭美髯。总之，就仪表而言，如果有一身合适的服装，准会被看作是出身高贵的上等人。他一进来就要房间，听说客店住满了，显出为难的样子，走到摩尔人打扮的女子面前，把她抱下驴背。露丝辛达、多洛苔亚、老板娘和她女儿，还有玛丽托尔内斯，见了新奇稀罕的摩尔服饰，一起上前把摩尔女子团团围住。多洛苔亚总是那么可爱、和善又机灵，知道那女子和陪同她的男子都在为定不上房间着急，便对她说："亲爱的夫人，不必为这个担心，客店原本就不是什么方便舒适的地方。不过这也好办，只要您不介意，可以和我们俩一起住宿（她指了指露丝辛达）。恐怕你们二位一路走来还很难遇到这么好的接待呢。"

蒙面女子没有答话，只是从坐着的地方站起来，双手交叉在胸前，低头弯腰表示感谢。见她始终沉默不语，大家琢磨她肯定是摩尔女子，不会讲西班牙语。那个战俘一直在忙别的事，这时候才走过来。他见几个妇人把他带来的女子围住说东道西，而她只是一声不吭，便对她们说："我的小姐们，这姑娘多少懂点我的话，她就会讲她的家乡话。要是各位问了她什么，她准是没做回答，也回答不出。"

"没问她什么事情，"露丝辛达回答，"只是建议她跟我们做伴，今晚和我们歇在一处，准叫她感到舒适便当。凡是外国人有难处，我们都愿意帮忙，更何况是个女人。"

"我的好小姐，"战俘说，"请允许我为了她也为我自己吻您的手，我十分感谢您。在这种时候，有您这样身份的人愿意帮忙，真是大恩大德。"

"先生，请问，"多洛苔亚说，"这位小姐是基督徒还是摩尔人？看她这身装束，又始终不言不语，我们真怕她是那种我们不愿见到的人。"

"从身上的装束看她是摩尔人，可心里头她是十足的基督徒，她正迫切希望皈依呢。"

"这么说，她还没有受洗？"露丝辛达问。

"一直没遇到机会，"战俘回答，"自从离开她的家乡故土阿尔及尔到现在，还没有发生迫在眉睫的变故逼她非得匆忙受洗不可，所以不如等到她学会我们慈母般的神圣教会规定的各种仪式之后再说。不过上帝保佑，她会很快受洗的，而且要体体面面，完全符合她的身份。要知道，我们俩的装束都不足以表明我们的身份。"

这番话引起在场所有人的兴趣，大家很想知道摩尔女子和战俘的来历。可是谁也没有立即提出问题，因为大家觉得当时更要紧的是让他们安顿下来休息，而不是打听他们的身世。多洛苔亚拉起女子的手，叫她坐在自己身边，然后请她摘下盖头。她看了看战俘，好像在问他这些人说的是什么，她该怎么做。男子用阿拉伯语说人家叫她摘下盖头，她可以照办。她于是拿去面罩，露出一副姣美的容貌。多洛苔亚觉得她比露丝辛达还漂亮；露丝辛达觉得她比多洛苔亚还漂亮。其他所有人一致认为，能和她们俩媲美的也只有这摩尔女子，甚至有人在某些方面更喜欢后者。美丽的容貌真是得天独厚，具有抚慰心灵、赢得好感的魅力。大家立即为之倾倒，人人争相恭维和照看摩尔美女。堂费尔南多问战俘她叫什么名字，答复是蕾拉·索莱达。她本人听到后，明白别人问了她那位基督徒什么话，马上焦急而嗔怪地纠正："不，不索莱达；玛利亚，玛利亚。"

她是想让别人知道，她叫玛利亚，不叫索莱达。摩尔女子说这句话时的一片真情，使所有听到的人都没少流眼泪，特别是生性柔弱善感的女人。露丝辛达亲热地搂着她说："对，对，是玛利亚，玛利亚。"

摩尔女子接着应道："对，对，玛利亚；索莱达'马康赫'。""马康赫"就是"不"的意思。

这时天色已晚，店主遵照堂费尔南多同伴们的吩咐，尽其所有殷勤周到地准备好了晚餐。时辰一到，大家便在一张下人常用的那种长条桌子周围就座，因为客店里既没有圆桌也没有方桌。尽管堂吉诃德一再推辞，还是被让到桌首的主宾席上。他请猕虼猕蚣娜公主坐在身边，好随时守卫她。依次就座的是露丝辛达和索莱达。她们对面坐着堂费尔南多和卡尔德尼奥，接着是战俘和其他男士。神甫和理发师分别坐在两位女士身旁。就这样，大家高高兴兴地共进晚餐。热烈气氛很快达到高潮，因为堂吉诃德突然中断用餐。他出于上回跟牧羊人共进晚餐时的同样心境，开始大发议论："说真话，诸位先生，仔细想想，只要干上游侠骑士这一行，就会见识亘古未有的重大事件。不然就请告诉我：不论当今世人中谁走进这座城堡，见我们大家这样聚集在一起，是否能够判断出我们各自的身份呢？有谁能够想到，坐在我身边的这位小姐就是我们大家熟知的伟大女王，而我则是那个有口皆碑的苦脸骑士呢！如今必须承认，我们这种职业和行当凌驾于人所创建的所有职业和行当之上。而且唯其充满着艰难险阻，更应受到加倍的尊崇。谁要是说文人优于武士，那就请他从我面前走开。不管他们是谁，我都要说他们是在信口雌黄。说这种话的人深信不疑的论据是：脑力优于体力，而武士只不过是使用体力混口饭吃而已，有一身力气就足够了，似乎干我们武士这一行不需要坚韧不拔的毅力，而毅力是靠信念支撑的。似乎将帅不必开动脑筋，其实率军守卫被围困的城池是要脑体并用的。否则，不妨想想，光凭体力，如何揣度和识破敌人的意图、谋略、计策和困境？如何预先避免可能遭受的伤亡？这些都是头脑的责任，体力派不上用场。既然是这样，既然作战时需要才智和学问，那就不难看出究竟是谁更必须动用头脑，文人还是武士？再看看他们各自追求的目标和理想，这一点就更清楚了。目的越高尚，行为就越应受到尊崇。我这里暂不涉及神职文人，他们的理想是为上帝而战。这个至高无上的理想，世上尚无可与之匹敌者。我只讲讲世俗文人：他们的目标和理想是确立赏罚分明的正义，让人人各得其所，努力使法律得以贯彻执行。这种理想无疑十分高尚恢宏，值得大加赞誉。不过比起武士的追求还略逊一筹。武士们追求的是天下太平，这是人一生中能够企望的最大幸福。世间万众头一次听到的福音，是在我们盛大节日①的夜晚，天使们从空中齐声唱出的'在至高之处荣耀归于神，在地上平安归于他所喜悦的人'②；还有人间和天上最杰出的导师教给他的追随者和门徒们走进别人家门时的问候语：'愿这一家平安！'③他还不止一次地对他们说：'我留下平安给你们，我将我的平安赐给你们，愿平安与你们同在！'④这才是他亲手赏赐的珠玉

---

① 指耶稣诞生的日子。
② 出自《圣经·路加福音》第二章第十四节。
③ 出自《圣经·路加福音》第十章第五节。
④ 出自《圣经·约翰福音》第十四章第二十七节，但原文没有"愿平安与你们同在"一语。

宝物。没有这件宝物，无论人间天上，都不可能有任何幸福。和平才是打仗的真正目的，而武士正是为这个才打仗的。说明了这条真理，即打仗的目的是和平，武士的追求高于文人，我们再来对比一下：文人不必用力，而武士却必须用脑，孰优孰劣，岂不一目了然了？"

堂吉诃德就这样侃侃而谈，一气呵成，大家静静地听着，谁也不觉得他是个疯子。而且在场的大多是绅士，本来就须兼习武艺，所以人人听得津津有味。于是他又接着说下去："我现在要说说，读书人苦在什么地方，最主要的是穷。我不是说他们个个都穷，只不过是拿他们之中最穷的例子来说明问题就是了。既然说他们受穷，受苦就是不言而喻的了，因为穷人总是无福可享的。他们时时处处尝到穷困的滋味，不是挨饿，就是受冻，再不就是衣不蔽体，还有时候全都赶上。尽管如此，怎么也到不了什么都吃不上的地步。无非是比常人晚点，捡点阔佬的残羹剩饭。读书人最大的不幸也就是'觅施粥'了。他们时不时可以凑到别人家的火盆或炉灶旁边，即使热气很小，至少寒气不大。反正到了晚上，他们总能找到有遮拦的地方睡觉。他们的困顿潦倒，我就不一一细说了。比方缺衬衫，少鞋子，衣裤单薄，赶上好运有人请吃，就狼吞虎咽地撑个半死。

"他们就沿着我描绘的这条崎岖不平的道路，跌跌撞撞，刚站起来又摔倒下去，一直到获得学位。我们可以看到，他们之中很多人经历了百般磨难、千辛万苦，到了这一步，就开始驾着幸运的翅膀飞腾了。我是说，就可以看到他们高高在上地管辖治理天下了。于是饱食终日代替了饥肠辘辘，冬暖夏凉驱散了严寒酷暑，绫罗绸缎掩盖了衣不蔽体，鸭绒被褥更换掉破席旧毡。当然，就品德学识而言，这一切他们都受之无愧。不过他们所受的磨难与武夫士卒相比，那可就差远了。且听我接着讲下去。"

CAPÍTULO XXXVIII · 第三十八章

堂吉诃德关于文武两行的有趣议论

堂吉诃德接着讲下去:"我们刚才谈到读书人如何穷困,以及他们的种种窘况。那么士兵是否稍稍富有一些呢?我们都知道他们是穷得不能再穷了。他们巴巴盼望的那点军饷,不是被拖欠就是被克扣。当然不妨自己动手瞅空儿捞点什么,那就难免有违良心,还往往把命也搭上。他们经常连件囫囵衣裳都没有,一件东拼西凑、满是窟窿补丁的破坎肩既当衬衫又当礼服。隆冬季节,也得待在毫无遮拦的野地里,只能靠嘴里呵气来御寒。可是我亲自试过,从空荡荡的肚子里呼出的气儿,也一反常态,变得冷冰冰的。不过等到了晚上,他就可以好好享受一番:有一张大床等着他舒舒服服躺上去。要是这样一张床还嫌窄,那只能怪他自己了!他在上面想占多大地方就有多大地方,可以随心所欲地翻来滚去,还不怕揉皱了床单。

"他扛过了这一切,终于到了结业领文凭的日子和时辰,也就是他作战受伤的日子,不是子弹穿颅而过,就是缺胳膊少腿,脑袋上包扎伤口的纱布权当是博士帽吧!即使老天慈悲,让他完好无恙地躲过这一切,他多半还是跟过去一样穷。他还是一次次冲锋陷阵,一次次死里逃生,或许最后能捞点什么好处。不过这可是百年不遇的奇迹。不晓得诸位是否留意过,一仗打下来,究竟是阵亡的多呢,还是立功受奖的多?诸位肯定会说,死去的不计其数,而活着受奖的最多不超过三位数。可是文人的情况就大不相同了。且不说各式各样的外快，光是薪水就够他们富富裕裕过活了。所以说，当兵的吃的苦头多，得的报酬少。当然完全可以这样解释：酬劳两千文人容易，而酬劳三万士兵太难。对前者，反正是要给他们差事的，所以只需安置好就算是给了酬劳。可是对后者的犒赏却要他们的主子掏腰包。这个大难题越发证明了我说得有道理。不过这是个很难钻出去的迷魂阵，咱们还是抛开不谈吧，回头看看武士究竟是不是比文人强。这问题到目前还没弄清，人们看法不同，各执一端。我刚才已经提到，文人们说，没有他们，武士们寸步难行，因为打仗也有它的章法，一定要遵守，而章法是由文人掌管的。武士们却说，没有他们，什么章法也没用处；要靠武士们来保护国家，捍卫疆土，镇守城池，巡视道路，清剿海盗。总之，没有他们，国家、疆土、王室、城池以及海上和陆地通道必将常年遭受战乱的骚乱和破坏，暴力将恣意肆虐八方。按常规，费力越多，身价越高，越应受到尊崇。想成为杰出的文人固然要付出代价，诸如下功夫、开夜车、忍饥挨饿、衣不蔽体、头晕眼花、呕吐腹泻，以及其他类似的事情，前面我已经讲过。可是想按部就班成为像样的士兵，所付出的代价就不能和读书人等量齐观了，而是大得无法比拟，因为随时都有丧命的危险。读书人无论在怎么样的穷困窘况中挣扎，难道能比得上士兵的境遇？他有时会被围困在碉堡里面；有时正在月形堡或者高台公事上站岗放哨，感觉敌人在他脚下埋地雷，而他却无论如何不能逃离，躲开迫在眉睫的危险。他唯一的职责就是向长官报告敌情，由上级决定是否提前引爆。他本人只能待在原处，提心吊胆等着轰然一声，不用插翅就飞上九霄云外，然后不用请求又堕入无底深渊。如果这还不足于使人心惊胆战，那就看看另外有过之而无不及的险境：试想在无边的汪洋之上，两艘战船头对头互相攻击，舰首纠缠在一起难解难分；士兵只有冲角板上两尺宽的立足之地，面对一杆之遥的敌舰炮火，身陷讨命鬼的重重包围，稍有失误，就会落入尼普顿①的无底怀抱。尽管如此，他还是以力夺战功的无畏精神，冒着密集的炮火，设法越过两船之间的缝隙跳上敌舰。最令人钦佩的是，眼看前面一个倒下，永生永世不再起来，后面一个马上顶上去；一旦他又掉进虎视眈眈的大海，他身后的人自会接连而上，根本不顾及个人的生死存亡，在战斗的紧要关头表现出罕见的勇气和胆量。

"古时有过值得祝福的美好岁月，人们不曾见识邪恶炮火的可怕威力。发明这种武器的人只配在地狱里领取魔鬼的奖赏，因为是他使得卑劣懦夫以举手之劳戕害勇敢骑士的生命。胸怀壮志的豪杰也许正在英气勃勃地厮杀，突然一颗凶残的子弹飞来，顷刻间断送和毁灭了一位本该与世长存的英灵。而开枪射击的家伙，一见到这该死的劳什子冒出火光，说不定就吓得落荒而逃了。这么一想，我不得不承认，在我们生活的这个丑恶时代当上游侠骑士，真叫我满心懊悔。虽说我并不惧怕任何危险，可我担心火药和铅丸迟早不会饶过我；我靠无敌的臂膀和锋利的佩剑驰名天下的心愿怕是没有指望了。不过，但愿上天恩赐，叫我如愿以偿。而且因为我要比古时的游侠骑士冒更大的风险，必将更加受人赞赏。"

就这样，在别人用餐的当儿，堂吉诃德滔滔不绝地长篇大论，一口饭也没顾得吃。桑丘·潘沙一再提醒他吃点东西，以后有的是机会说个没完。其他人听他不停地絮叨，怜悯之情油然而生。没想到他谈起别的事情总是那么思路清晰、言之有理，可是一涉及晦气倒霉的骑士道，就昏聩得无以复加。神甫说，他赞誉武士的议论很有道理，他本人尽管是有学位的读书人，也完全同意他的看法。

晚餐用毕，杯盘撤去，老板娘、她女儿还有玛丽托尔内斯忙着拾掇堂吉诃德·德·拉曼却住过的阁楼，准备专门叫女客们在那儿过夜。堂费尔南多请战俘讲讲自己的经历，想来一定十分奇特而有趣；就凭

---

① 尼普顿：罗马神话中的海神，即希腊神话中的波塞冬。

他伴随索莱达而至，就已经看出个究竟了。战俘回答说他非常乐意照办，只是担心自己讲不好，不能尽如人意。不过，尽管如此，恭敬不如从命，他还是讲出来听听。神甫和其他人一面道谢，一面再三恳求。战俘见不好推辞，便说大家同声请求，他哪里担当得起。

"那就有劳诸位听我细讲。这可是一段真人真事，绝非挖空心思编造出来的奇谈。"

听了这话，人们赶紧安顿下来，静静地等他开讲。他见大家都不说话了，一心盼他讲故事，便用徐缓悦耳的声音说出自己的身世。

CAPÍTULO XXXIX · 第三十九章

战俘讲述他的生平和遭遇

　　"我祖上住在莱昂的一个山村。我们家道殷实，只是命运欠佳。在那样的穷乡僻壤，我父亲也算得上远近闻名的富户，而且完全可以当上名副其实的财主，只可惜他挥霍有术，持家无方。他年轻时候当过兵，从此养成大手大脚花钱的习性。凡经过军旅生涯熏陶的人，小气的会大方起来，大方的会更加挥金如土。很少看到斤斤计较的士兵，那会被别人当成怪物的。我父亲何止是大方，简直是一掷千金。这对于一个结了婚、有儿子等着继承家业的人来说真是有百害而无一利。我父亲有三个儿子，都到了成家立业的年龄。照我父亲本人的说法，他深知自己积习难改，打算彻底铲除奢靡慷慨的病根；唯一的办法就是舍弃家产，这样一来，即使亚历山大大帝在世，也得精于算计了。一天，他把我们三人叫进厅里，对我们说了一番话，大致是这样的：'孩子们，你们是我的亲生儿子，我自然喜爱你们；可我管不住自己，挥霍了你们的家产，这分明又是亏待了你们。为了从今往后让你们知道我这个当爹的真心爱你们，不愿像个后爹似的毁了你们，我想跟你们干一件大事。我已经考虑周全了，打定了主意。你们都到了成家立业的年纪，至少也该选定一个营生，日后年纪再大些，也好有个功名利禄。我想好了：把财产分成四份，三份给你们，一人一份，不多不少，我自己留下一份过日子，颐养天年。不过每人拿到他该得的一份以后，都必须按我指出的路走下去。咱们西班牙有很多老话说得很对，因为都是来自长年生活经验的至理名言。我现在告诉你们一句是这么说的：进教堂，漂大海，要么国王家里去当差。说得更明白一些就是：谁要想发财做人上人，要么当教士，要么航海去经商，要么到国王家里出力效劳。常言道：宁要国王的残羹，不要爵爷的垂青。我说这话的意思是想叫你们三个人一个读书，一个经商，另一个呢，去为国王打仗，因为看来进王室供职很难办到。打仗自然是挣不了多少钱，却可以有名望受器重。不出八天，我就把你们每人该得的现款一分不少地交出来，等你们拿到手，就知道我办事公道了。现在你们不妨说说，愿不愿意按我提出的想法和主意办？'

"他让我先回答，因为我是老大。我便劝他不必分家，留给自己随意花销，我们年纪轻轻都能挣钱，末了告诉他我愿按他的心意去当兵打仗，为上帝和国王效劳。二弟也表示愿意遵从父命，带上分给他的家产去美洲。我看还是小弟弟最灵，说他想去教会，不过先得去萨拉曼卡结束学业。

"我们就这样一商量，各自选定了职业。父亲一一拥抱了我们，短短几天之内把他答应的事情办妥了，分给每人一份家产。为了保住祖上的家业，我们的一个叔叔买走了我们三人的份额，而且当场立即交割。我记得他给了我们每人三千金币的现款。当天我们哥儿仨告别了亲爱的老父亲。我觉得给父亲留下那么点家产去度过晚年，实在不合孝道，便在临走之际，劝他从我的三千金币里拿去两千，剩下的足够我置办当兵所需的一切了。我的两个弟弟也学我的样，每人给他留下一千。我父亲没有卖掉他份额中的不动产，也值三千金币，这会儿又多得了四千。

"我说了，最后我们辞别了父亲和刚才提到的那个叔叔，大家依依不舍、含着泪水分手了。他们一再嘱咐，不管我们境遇好坏，一定设法经常捎信回来。我们都应允了。他们拥抱过我们，祝我们一路顺风。我们仨一个直奔萨拉曼卡，一个取道塞维利亚，我呢，到了阿利坎特。在那儿听说一只装满羊毛的热那亚商船正准备驶回热那亚。

"我跟父亲分别，离家出走已经整整二十二年了。这期间，我写过几封信，可一直没得到过他老人家和弟弟们的音信。我这就简单讲讲这段时间里我的种种遭遇。

"我从阿利坎特上船，一路顺风到了热那亚。从那儿我又去了米兰。在米兰我置办了一些武器和几件漂亮军服，便准备去皮埃蒙特投军。走到去亚历山德里亚·德·帕里亚的路上，我听说阿勒瓦大公爵正在向弗兰德斯进发，便当即改变主意，投奔了他，参加了他的征讨，亲眼目睹了埃格蒙和奥尔诺斯两位伯爵被处决。我还当上了瓜达拉哈拉著名将领迭哥·德·乌尔比那手下的少尉军官。我到弗兰德斯之后不久，传来消息说，神圣教皇庇护五世与威尼斯和西班牙顺利达成协议，决定组成联军攻打共同的敌人土耳其。当时土耳其已经依仗海军实力占领了威尼斯治下的著名岛屿塞浦路斯，造成极为可悲而惨重的损失。

"不久又有确切消息说，咱们圣明国王堂菲利普的庶出胞弟堂胡安·德·奥地利殿下将要就任联军司令，还盛传他正在大规模备战。我听到后士气为之一振，决心参加这次势在必行的征讨。当时我已经预感到，一有机会我就会十拿九稳地被提升为上尉。尽管如此，我还是去了意大利。我运气不错，赶上堂胡安·德·奥地利刚到热那亚，正准备开拔到那不勒斯与威尼斯海军会合。不过后来是在墨西拿会合的。我是说，我终于参加了那场辉煌的战役，当上了步兵上尉。我之所以荣幸受到提升，与其说得益于我的功劳，不如说得益于我的好运。那一天对于基督教世界来说真是个大好日子，所有的国家都从以往的悖谬中清醒过来，看出原来土耳其并不是不可战胜的海上霸王。我是说，那一天土耳其终于威风扫地，再也不那么神气十足了。基督徒都交了好运，阵亡的比活着的胜利者更是福星高照。倒运的只有我一人。我本指望像罗马帝国时代那样得到一顶海战桂冠，可我却在那个光辉日子的夜晚被套上脚镣和手铐。事情是这样的：阿尔及尔王乌恰里那个大胆而又走运的海盗击败了马耳他旗舰。船上只有三名士兵活下来，而且都受了重伤。胡安·安德列阿的旗舰前去救援。我和我的中队就在那条船上。在这紧急关头，我履行了自己的职责，率先跳上敌舰。可它立即避开战败的舰只，结果我的部下没能跟我上去，我便只身陷入敌阵，最后因为寡不敌众而身负重伤、沦为俘虏。诸位或许听说过，乌恰里和他的舰队得以逃生，我呢，便成了他手中的战俘。众人都欢天喜地，唯有我垂头丧气；许多人重获自由，而我却成了囚徒。大家知道，那天有一万五千名为土耳其舰队划桨的基督徒获得了盼望已久的自由。

"我被带到君士坦丁堡。我的主人为了证实他的战绩，特别缴获了一面马耳他武装教士团的旗帜。土耳其大苏丹塞林穆念他作战有功，提升他为海军司令。

"过了一年，也就是七二年，我在那瓦里诺港的一艘三盏灯标旗舰上划桨，亲眼看到我们如何失去一次良机，没有及时把整个土耳其舰队围困在海港里。当时他们所有的水兵和渡海步兵都深信将在港口内遭到袭击，纷纷卷起衣物和'帕撒马克'——就是他们的鞋子——准备在战斗打响之前上岸逃跑。他们实在太害怕咱们的舰队了！可是老天偏偏另有安排。倒不是因为我们自己的将领有什么过错和失误，而是由于基督教世界罪孽深重，上帝才不得不经常指派刽子手来惩戒我们。结果乌恰里躲进离那瓦里诺不远的莫东①岛，命令全体人员登陆，在港口修筑工事，静待堂胡安大人撤军回国。大人的舰队在回程中，截获了一艘名叫'俘虏号'的船只，船长就是著名海盗红胡子的儿子。截获海盗船的是那不勒斯母狼号旗舰，舰艇指挥是军中雷霆、士

---

① 莫东：即今希腊半岛南部的港口麦西尼，不是海岛。

兵之父、圣克鲁斯的侯爵、天助的常胜将军阿勒瓦罗·德·巴桑。我认为必须讲讲俘虏号俘虏们的遭遇。红胡子的儿子十分残暴，百般虐待手下的囚徒。这些人正在划桨，看见母狼号紧随其后，眼看就要追上了。这时候船长在指挥台上大声命令他们快划。他们却同时丢下船桨，一把抓住船长，一面狠命咬他，一面把他从一个座位传到另一个座位，一直从船尾扔到船头。没等过了桅杆，他的灵魂就进了地狱。我说了，他待人残暴，所以大家对他恨之入骨。

"咱们还是回到君士坦丁堡。第二年，也就是七三年，听说堂胡安殿下攻占了突尼斯，从土耳其人手里夺回这个王国，交给穆雷·阿麦特治理。世上最强悍残暴的摩尔人穆雷·阿米达从此断绝了重新登基的妄想。这次失败使得土耳其大苏丹大为沮丧。不过这个家族一向十分机灵，他见威尼斯人比他更加求和心切，立即与对方签订了合约。可是七四年刚过，他便调兵攻打贾利塔岛和堂胡安殿下在突尼斯附近建造了一半的要塞。这些事件接连发生的时候，我一直在船上划桨，毫无获释的希望，至少不会有人为我赎身，因为我决计不把自己的不幸遭遇写信告诉父亲。

"贾利塔岛失守了，要塞失守了。攻打这两处的有土耳其雇佣兵七万五千，从全非洲调来的摩尔和阿拉伯士兵四十万。这么庞大的兵力，配备这么大量的武器弹药，再加上为数众多的敢死队，每人双手抓一把土就足够把贾利塔岛和要塞掩埋了。一直被认为固若金汤的贾利塔岛首先失守。这一点不怪守城的士兵，他们个个都在保卫战中尽了自己的最大努力。本来以为在那片沙滩上，挖下去两拃就出水，可是土耳其人挖下去两巴拉①也没见水，所以很方便地筑成了战壕。他们又用无数的沙袋把壕壁垒得比要塞的城墙还高，等于站在高台堡垒上往下射击，守城者怎么能抵挡得了呢？一般人都主张我们的士兵

---

① 巴拉：长度单位，1 巴拉约合 0.8359 米。

不该死守在要塞里面，而应该部署在旷野等待敌人登陆。说这种话的人远在千里瞎议论，根本没有作战经验。要知道，在贾利塔和要塞里只有不足七千士兵。这么少的兵力，即使个个骁勇无畏，如何能够暴露在旷野之中抵挡庞大的敌军？一支孤立无援的守军怎么可能不失败呢？要知道，围城的敌军，不仅人数众多、攻势凶猛，而且又是在他们自己的土地上作战。我很认同不少人的看法：这次失败实际上是老天对西班牙的恩惠和眷顾，从此荡平了那个罪恶的渊薮和庇护所，那个吞噬了无数钱财的蠹虫、饕餮和无底洞；而如此巨大的耗费无非是为了让天下无敌的查理五世英名长存，似乎他那理应永垂不朽的业绩要靠那堆石头来支撑。要塞当然也失守了，不过那是土耳其人一寸一寸地攻占的。守卫在里面的将士们浴血奋战，打退了敌人二十二次强攻，杀死了两万五千敌兵。活下来的三百多名战士被俘时，个个体无完肤，清楚表明了他们的英勇顽强，以及如何出色地保卫了自己的阵地。巴伦西亚骑士、杰出军人堂胡安·萨诺盖拉率部守卫一个位于要塞中心的小小堡垒或者瞭望塔，敌人是经过一番谈判才把它占领的。

"贾利塔岛上的驻军司令堂佩德罗·普埃尔托卡雷罗尽职尽责地保卫了要塞，最后还是被俘了。他因为自己的失败而痛心疾首，结果死在被押送去君士坦丁堡的路上。被俘的还有要塞的另一名将军嘎布里奥·塞尔维里昂，他是米兰骑士，不仅作战英勇，而且精通工程技术。在这两处要塞保卫战中阵亡了许多重要人物，其中就有圣胡安教团骑士帕甘·德·奥里亚，他为人豪爽慷慨，对他兄弟——著名的胡安·安德莱阿·德·奥里亚表现出的宽厚胸怀就是明证。最令人痛心的是他竟然死在几个阿拉伯人手里。要塞失守之后，他听信了这些人的诺言，准备乔装成摩尔人随他们去塔瓦尔卡。那是一个沿海小港，采珊瑚的热那亚人在那儿建立了住处。结果阿拉伯人砍下他的首级交给土耳其舰队司令。不过他们几个的下场也应了咱们西班牙的一句谚语：奸细办事好，奸细为人糟。据说司令大人下令绞死送晋见礼的那几个人，因为他们没有抓活的。

"在要塞中阵亡的基督徒中间有一个名叫堂佩德罗·德·阿吉拉尔，出生在安达卢西亚某地，是要塞驻军少尉，一位聪明过人的杰出战士，诗写得特别漂亮。我提到他，是因为命运安排他跟我在同一条船上服苦役，坐在同一个桨位上，为同一个主子当奴隶。在我们离开港口之前，这位绅士写了两首十四行诗，作为墓志铭献给贾利塔岛和另一个要塞。我真想给诸位背一背，因为我都牢牢记住了。我敢说，准会叫各位听了喜欢，而不是惹大家伤心。"

战俘一提到堂佩德罗·德·阿吉拉尔的名字，堂费尔南多看了他的伙伴们一眼，三人都露出了笑容。后来又说到十四行诗，他们其中一个便开了口："稍等一会儿，先别接着讲下去。请您告诉我，您提到的这位堂佩德罗·德·阿吉拉尔后来怎样了？"

"据我所知，"战俘回答道，"他在君士坦丁堡待了两年，就乔装成阿尔巴尼亚人跟一个希腊间谍逃跑了。我不清楚他是不是获得了自由，我想是吧。一年之后，我又在君士坦丁堡遇到了那个希腊人，可没来得及问他们逃跑以后的事。"

"他确实得到了自由，"那位绅士说，"因为这位堂佩德罗就是我的兄弟。如今在我们家乡过得很好，很有钱，还结了婚，生了三个孩子。"

"感谢上帝，"战俘说，"赐给他这么大的恩惠。依我看，世上没有比重获失去的自由更让人感到幸福了。"

"还有，"那位绅士又说，"我兄弟写的十四行诗我也背得出来。"

"那就请您背给大家听听，"战俘恳求道，"您肯定比我强多了。"

"好吧。"绅士马上答应了，"贾利塔岛的那首是这么说的。"

Capítulo XL · 第四十章

战俘接着讲他的身世

十四行诗

幸福的灵魂尽了报国的义务，
从此摆脱凡胎俗骨的束缚，
离开低微的人间升腾而去，
在辉煌天宇高处随意漫步。

你们义愤填膺怒火熊熊燃烧，
奋力拼搏把躯体的精力消耗。
自己和他人的鲜血流成一片，
浸透了沙滩，也染红了海涛。

你们生命将尽而不乏骁勇，
双臂疲惫垂危却依然高擎，
举起胜利的旌旗面对绝境。

你们悲壮地倒下永不生还，
捍卫着城垣，抵挡着枪弹。

从此名扬天下，誉满人间。

"我记得的那首就是这样的。"战俘说。

"关于要塞的那首，"绅士说，"如果我没记错的话，是这么说的：

十四行诗

这块贫瘠的土地满目疮痍，
遍布四野的只有残垣断壁。
三千勇士的英灵飘然而上，
在天神住处得到永生和安息。

他们的顽强拼搏终归徒劳，
尽管他们勇猛过人不屈不挠。
他们精竭力尽更兼寡不敌众，
个个迎着锋利的剑仆地而倒。

这块土地就是如此多灾多难，
把无数悲惨回忆充塞人们心间，
从茫茫远古一直延伸到今天。

这坚硬荒漠支撑过英灵万千，
如今又把一批亡魂送上青天，
他们个个真正无私勇敢强悍。"

两首十四行诗听来还不错，战俘听到他伙伴新近的消息也很高兴，便接着把故事讲下去。他说："贾利塔和要塞失陷以后，土耳其人下令拆除贾利塔的工事，至于要塞，早就夷为平地了。他们为了更快更省事，干脆环城墙三面埋上地雷，可是看来不怎么结实的建筑却无论如何也炸不毁，比方老城墙。而小修士^①建造的新碉堡很容易就坍塌了。最后土耳其舰队凯旋，回到君士坦丁堡。几个月之后，我的主人乌恰里死了。生前人家都称他'乌恰里法尔塔克斯'，意思是'叛教的痲痢头'，倒也名副其实。土耳其人总是喜欢按一个人的长处和短处，互相起外号，因为他们总共只有四个姓，都属于大苏丹皇族血统。其他人就像我刚说的那样，就靠身体缺陷和性格特征命名来代替姓氏。这个痲痢头给大苏丹当了十四年奴隶，一直为他划海船。三十四岁上，挨了另一个土耳其划桨手一巴掌，一气之下就叛了教。他放弃信仰主要是为了复仇。土耳其大苏丹的大部分红人是通过不光彩的手段和途径，一点点往上爬的。而此人却靠自身的勇猛强悍终于当上了阿尔及尔王，后来又成了海军司令，等于他们国家的第三把手。他出生在意大利卡拉布里亚地区，其实心眼不错。他手下的囚徒最多的时候达到三千，个个都受到仁慈的待遇。他死后，这些人按遗嘱移交给隶属于他的叛教者和大苏丹，因为大苏丹有权在部下死后与其子嗣均分遗产。我就这样归到一个威尼斯叛教者名下。此人在一艘船上当见习水手的时候被乌恰里俘获，很快受到宠幸，成了主人最喜爱的侍童。他最后变得十分凶狠残暴，这在叛教者中间实属罕见。他名叫阿萨那嘎，后来发了财，还做了阿尔及尔王。我满心欢喜跟他离开君士坦丁堡，心想总算又朝西班牙靠近了一步。不过我并不准备把自己的不幸遭遇写信告诉什么人，只是想看看到了阿尔及尔会不会比在君士坦丁堡运气稍好一些。当初我曾经千方百计设法逃跑，可是每

---

① 小修士：哈克麦·帕雷阿罗的绰号。此人曾是西班牙国王查理五世和菲利普二世时的军事建筑工程师。

回都由于没赶上机遇而失败。我想在阿尔及尔另做打算实现自己的心愿，因为我从未放弃重获自由的希望。尽管我一次次想方设法，又一次次事与愿违，可我并不因此罢休，而是装作若无其事的样子，重新点燃微弱渺茫的希望之光。

"我就这样硬撑着活下来，一直被关在囚禁基督徒的监牢里，也就是土耳其人称作'栏圈'的营房里。我们之中有国王的奴隶，也有私人奴隶，还有一种'后备囚徒'，属于市政机构。这些人专门从事城市公用建筑方面的劳役和其他一些杂务。他们极难获释，因为他们是公共财产，没有具体主人，即使弄到赎金，也不知道找谁去交涉。

"我刚说了，这种栏圈里也常有城里大户的私人囚徒，特别是那些等着赎身的。这地方比较安全，所以主人在赎金到手之前，就让他们在那儿闲待着。国王的囚徒要是等着赎身，也可以不跟其他倒霉蛋一起去干活；除非赎金迟迟不到，那他们可就得跟其他人一样去砍柴了；活很重，逼得他们不得不一再写信催促。我当时也正等着赎身。尽管我声明别指望我拿出多少赎金，可他们知道我是上尉军官，还是满不在乎地把我归在等待赎身的绅士们之中。

"他们给我套上镣铐，这与其说是为了防备，不如说是一种赎身的标志。我就这样在栏圈里，和那些有望获释的绅士和显要人物待在一起，一天天地度日。我们当然难免饥寒之苦，但是更令人难以忍受的还是时时处处目睹我们的主人如何虐待基督徒，其残暴凶狠实在罕见。每天都有人遭殃，不是被割去耳朵，就是被绞死，甚至被穿在尖木桩上。起因往往无足轻重，或者干脆毫无缘由，土耳其人会靠这个消磨时光，他们生性喜欢残害他人。只有一个名叫德萨维德拉的西班牙战俘未受虐待，尽管多少年来，为了帮助难友重获自由他出了不少力气，博得众人怀念。我们其他人，别说做他那种事情，稍有不慎，就会被穿在尖木桩上。他自己也不止一次担心落个这样的下场。可是主人从来没打过他，也没叫人打过他，甚至没骂过他一句。要不是时间不够，我真想讲讲这个战俘做过的事，管保比我的身世更新奇、更有意思。

"紧靠我们牢房院子有一排窗户，那是一个有钱有势的摩尔人的家。摩尔人的住家通常只是打开一些洞，就算是窗户了，还要用厚实密集的窗棂挡住。一天，在牢房院子的平台上只有我和另外三个难友，其他人都去干活了。为了消磨时光，我们戴着镣铐比赛跳高。我偶然一抬眼，看到从一个紧闭的小窗洞里伸出一根苇秆，头上绑着一个小布包。苇秆轻轻晃了几下，好像在招呼我们上前去抓它。这么一琢磨，我们之中有个人就走到苇秆下面，想看看苇秆是放下来呢，还是怎么的。可是他刚一靠近，苇秆就被提上去，还左右摇晃了几下，像是摆头说'不'。那位基督徒一回身，苇秆又垂下来，像先前一样轻轻晃动。我的另一个难友走过去，遭遇和头一个相同。紧接着第三个又去了，结果跟头两个人一样。看到这情景，我想不妨去碰碰运气。果然我刚走到跟前，苇秆就掉了下来，落在我脚边的地上。我连忙上前摘下布包，解开疙瘩，见里面包着十个西亚尼，是摩尔人使用的一种低成色金币，每个合咱们的十雷阿尔。碰到这样的事情，就甭提我心里有多么高兴了。我又欢喜又惊奇，想不出战俘怎么会有这等福气，而且恰恰摊到我身上。苇秆是冲着我才放下来的，显然是特意赐给我的恩惠。我抓起那堆数目可观的金币，折断苇秆，又回到平台。我往窗洞那儿看了一眼，只见伸出一只白净的小手，匆忙打开窗棂又赶紧合上。这就叫我们看出，或者至少猜出，是住在那所房子里的某个女人给我们送来了那笔钱。我们按照摩尔人的礼节，双臂交叉在胸前，低头弯腰表示了谢意。不一会儿从那扇窗户里又伸出一个苇秆做的小十字架，不过很快就收回去了。这个信号似乎告诉我们那所房子里囚禁着一位女基督徒，就是她想帮我们的忙。可是那双雪白的手和胳膊上的镯子又否定了这个猜测。或许这个女基督徒已经叛教，成了她主人的正式妻子。这也是常有的事，摩尔男子很乐意这么做。

比起本国妇人来，他们更看重基督徒女子。

　　"实际情况远远不是我们瞎猜的那样。不过从那以后，我们唯一的消遣就是仰望那扇窗户，就像追寻北斗一样；而从那儿伸出的苇秆确实给我们送来了福星。可是整整过了十五天，手也罢，别的踪迹也罢，我们什么也没见着。我们一直费尽心机想弄清楚住在房子里的是什么人，有没有叛教的女基督徒，最后总算是得到一个答复：房主人是有钱有势的摩尔人阿吉莫拉托，曾经当过帕塔的要塞司令。这在他们当中就算是要职了。

　　"我们已经不指望再有西亚尼从天而降了。突然又意想不到地见那根苇秆垂下来，头上捆着打结的布包，比上一次的大了一些。跟上次一样，栏圈里除了我们几个没别人。我们按老规矩，其他三个人在我之前，走过去试探，谁也抓不到苇秆。最后还得是我，我刚一走过去，秆子就落了下来。我打开包袱，里面有四十个西班牙金币和一张用阿拉伯语写的字条，末尾画了一个很大的十字。我吻过十字，抓起金币，回到平台，几人一起行了礼。那只手又伸出来了，我比比画画表示要读字条，窗子便立即关上了。眼前这一切弄得我们又欢喜又着急。我们很想知道字条上写的是什么，可是我们谁也不懂阿拉伯语，找人来念就更不好办。最后我决定把这事托付给一个叛教的穆尔西亚人。他跟我很有交情，而且有求于我，肯定会保守秘密。原来叛教者如想回到基督教国家，最好随身携带有身份的战俘为他开具的证书——格式不限——说明他是好人，经常帮助基督徒，而且早就存心趁机逃走。有的人弄到这种证书是为了派正经用场，而有的人却是用它来耍花招的。这后一种人其实是去基督教国家抢劫，一旦失利被俘，他们就掏出证书，表明自己早有归顺的打算，所以才搭土耳其海盗船，准备一登陆就留在基督徒的国土上。他们就这样避开惩处，闯过第一关，得到教会的宽恕；然后一有时机，再返回北非重操旧业。当然不少诚心诚意把这种证书派上正经用场的人，是真的留在基督徒的土地上了。我说的这位朋友就属于这种叛教者。我和我的难友们都给他开具了证明，尽量为他说好话。摩尔人要是发现了这些纸片，准会把他活活烧死。我知道他阿拉伯语很好，不光会说，还会写。不过我不准备把底儿都亮给他，只说我无意中在牢房墙洞里捡到那张纸，请他替我念念。

"他打开字条，仔细看了好一阵，嘴里念念有词地读着每个句子。我问他看得懂吗，他说很好懂，不过如果想叫他一字一字地讲出来，最好给他准备笔和墨写在纸上。我们拿来了他要的东西，他便一点点翻译起来，最后说道：'我用西班牙语一字不差地翻译出这张阿拉伯语字条的内容。事先说明一点，凡是碰到"蕾拉·玛利亚"字样，就是"圣母玛利亚"的意思。'

"我们一看那张纸，上面是这么说的：'我小的时候，我父亲有个女奴。她用我们国家的语言教给我基督徒怎么祈祷，还告诉我许多蕾拉·玛利亚的事。这个笃信基督的女子已经死了。我深信她没有堕入地狱之火，而是跟真主在一起。她死后我见过她两次，每次都劝我去基督徒的国度，去找我喜爱的蕾拉·玛利亚。可我不知道怎么去。我在这个窗前看到过许多基督徒，我觉得只有你像个绅士。我是个漂亮的年轻姑娘，可以带走好多钱。你想想办法，叫咱们离开这儿。到了那边，你要乐意的话，就当我的丈夫吧。不乐意呢，我也不在乎，反正蕾拉·玛利亚会把我嫁给合适的人。这字条是我自己写的，你可别随便找人念，尤其不能托付给摩尔人，他们的心眼都坏透了。我最担心的是你把这事告诉别人。我父亲知道了，一准把我扔进井里，再用一大堆石头埋上。苇秆头上拴着一根线，你就用它绑回信。你要是找不到会写阿拉伯文的人，就给我打手势吧。蕾拉·玛利亚会帮我弄懂你的意思的。让圣母和真主保佑你。我要一遍又一遍吻这个十字架。这也是那个女奴教我的。'

"诸位想想，读了字条上的话，我们怎能不又惊又喜。那个叛教者看到我们的神情，立刻明白，那张字条并不是无意中捡到的，而是专门写给我们之中某人的。他说，如果他没猜错的话，希望我们能信得过他，把真情全讲出来，他准备豁出命帮我们得到自由。说着从胸前掏出一个金属十字架作为上帝的象征，满含泪水宣了誓，说他虽是个可恶的罪人，却仍然一心一意信仰上帝。如果我们对他透露什么秘密的话，他一定守口如瓶、竭力效忠。他似乎已经猜出，有那位写了这字条的女子帮忙，他，还有我们这些战俘准会重获自由。而他这个由于自身的无知和罪孽与母体分离脱落的朽坏躯干，又可以重新皈依圣教，实现多年的夙愿。叛教者泪流满面，真心悔悟，结果我们几个都动了心，一致同意对他说出实情，便一字不漏地把什么都告诉他了。我们指给他看伸出苇秆的小窗户，他站在那儿仔细端详了一番那所房子，答应一定要想方设法打听出住户是谁。我们又一商量，觉得最好给摩尔女子一个答复。我们反正有叛教者代笔，他不一会儿工夫就把我口述的话都写了下来。我马上就原原本本背给你们听。这段经历的所有重要事件，只要我活着，就一桩也不会忘记。我记得，给摩尔女子的答复是这么说的：'小姐，愿真正的真主保佑你。那位神圣的玛利亚正是上帝的生身之母，是她在你心里唤起了去基督徒国度的愿望，因为她太爱你了。祈祷吧，既然她这样吩咐你，也一定会告诉你该怎么办。她慈悲为怀，准会帮你的。我和我的基督徒伙伴们愿竭力为你效劳，至死不渝。你不论想出什么样的主意，务必写信告诉我，我也一定回信。万能的真主给我们找到一个信奉基督的囚徒，他会说你们的话、会写你们的字，你看了这封信就知道了。所以，你完全不必担心，有什么话尽管跟我们说。你不是说过，一到基督徒国度，就愿意嫁我为妻吗？那好，我以虔诚的基督徒身份，就此和你说定了。你知道，跟摩尔人不一样，我们基督徒是说到做到的。小姐，愿真主和他的母亲玛利亚保佑你。'

"我把写好的信封起来，等了两天，栏圈又像前几次那样空荡荡的了，我便跟往常一样走到平台上盼着苇秆出现；果然不一会儿就伸出来了。我尽管看不到人，不过一见苇秆，我就举手扬了扬纸片，意思是让她拴上线。其实苇秆头上本来就有一根线，我随即绑好了字条。没过多久，洁白的包裹就像报平安的福星似的又降临了。等它一落地，我就一把抓住，见里面是各式各样的金币银币，大概有五十多埃斯库多。这不啻五十倍加添了我们的喜悦、增强了我们重获自由的希望。当天夜里，我们那位叛教者朋友来告诉我们，他打听到，房子的主人就是我们听说过的那个名叫阿吉莫拉托的摩尔人，是个家财万贯的富户，独生女儿是唯一的财产继承人。阖城公认，这姑娘是整个柏柏尔①地区最漂亮的女子。许多总督都特意前去向她求婚，可她始终表示不愿嫁人。还听说她曾经使过一个笃信基督的女奴，现在已经死了。所有这些，都和她那封信上说的完全一致。

"我们随后跟叛教者商量，怎么才能帮摩尔女子逃出家门，带她去基督徒国度。末了决定还是先等索莱达回话。索莱达是她的名字，可是她更喜欢人家叫她玛利亚。大家都很明白，除了她，谁也解决不了我们的难题。这么商定以后，叛教者叫我们别担心，说他宁可搭出性命，也要帮我们重获自由。接着一连四天栏圈里一直有人，这期间苇秆自然无法露头。四天之后，栏圈终于安静下来，苇秆又出现了，垂下的包裹鼓鼓囊囊，预示它包孕丰富。苇秆和包裹朝我落下，我看到里面有一封信和清一色的金埃斯库多，整整一百个。正好叛教者在我们身边，我们把他带进牢房去看信。信上说：'先生，我实在想不出怎么才能去西班牙。我问过蕾拉·玛利亚，她也没告诉我。眼下我能做的就是从这个窗口送下去许许多多金币。你和你的朋友们先赎身，派一个人回到基督徒的国土，在那儿买只船，然后再来接其他人。我在我父亲的花园里等你们，就在巴巴松城门外的海边上。我和

---

① 柏柏尔：非洲北部的别称。

我父亲以及家里的佣人整个夏天都在那儿。你们可以趁黑夜放心大胆地把我从那儿带到船上。你可是说好了要做我的丈夫，不然我就叫玛利亚好好教训你。你要是不放心让别人去买船，那你就赎身自己去。你是基督徒又是绅士，我知道你比别人更妥当，会早早回来。你要事先认准花园在什么地方。只要我见你在这底下转悠，准是栏圈里没别人，我马上给你送下钱去。先生，愿真主保佑你。'

"这些就是第二封信里面的话。我们大家听了，都争着首先赎身，说保证准时往返，我当然也是这么说的。可是叛教者一点也不赞成，说无论如何不能先放走一个人，要走大家一起走。以往的教训太多了：获得自由的人很少履行当囚徒时许下的诺言。过去不少有身份的战俘就用了这种办法，先赎出一人，派他去巴伦西亚或者马略卡岛，还交给他一大笔钱置办船只，然后回头来接其他出资为他赎身的人。可结果呢，这人害怕失去刚刚获得的自由，即使承担着天大的义务，他也会忘得一干二净。为了证明他的话不假，他还给我们举了一个简短的例子，是刚刚发生在几个基督教绅士身上的事，真是离奇古怪，即使在这块无奇不有的土地上，也是罕见的。末了他说，不如把那笔赎身的钱交给他，就近在阿尔及尔买只船，就说他要在得土安①一带沿海地区做买卖。他一当上船主，就不难设法把我们大家救出栏圈、送上船去。而且，如果摩尔女子真的像她说的那样，打算出钱替我们赎身，那一旦成了自由人，我们更可以光天化日之下、大摇大摆地上船了。当然他也有难办的事：摩尔人不允许叛教者购买和拥有船只，除非是大型海盗船。他们知道这些买船的人，尤其是西班牙人，是打定主意要逃回基督徒的国土。不过他已经有了对付的计策：他可以找一个塔咖里诺摩尔人②跟他合股买船、合伙经营买卖；有了这层掩护，

---

① 得土安：摩洛哥北部城市，现属西班牙。
② 塔咖里诺摩尔人：西班牙境内与基督徒混居的摩尔人。

他就做稳了船主，其他的事就都好办了。我和我的伙伴们觉得，还是按照摩尔女子的主意，派人去马略卡岛买船更为妥当，可是我们谁也不敢反驳他，怕他见我们不顺从而把事情泄露出去。索莱达跟我们打交道的事一旦泄露，我们几人固然不惜为她送命，可是只怕连她自己也难保。我们只好把自己的命运托付给上帝和那个叛教者。

"我们还当即给索莱达写了回信，告诉她我们决计按她的吩咐去做。她的主意好得很，简直就像跟蕾拉·玛利亚商量过似的。这件事是当机立断还是从长计议，就听她一句话了。我还再一次答应娶她为妻。第二天，恰好栏圈里又没有外人了，苇秆和包袱上下了好几回，她总共交给我们两千金埃斯库多。她在回信上说，下个星期五做胡玛^①，她要去父亲的花园，去之前，再给我们一些钱；要是还不够，就及早通知她，要多少给多少。她父亲钱多得根本数不清，而且所有的钥匙都在她手里。我们给叛教者五百埃斯库多去买船，我留下八百准备为自己赎身。我把钱交给当时正在阿尔及尔的一个巴伦西亚商人，由他出面跟国王交涉我赎身的事，先把我保出来，答应巴伦西亚商船一到就立即付清赎金。这样做完全是为了防止国王猜忌，因为如果当面交割，他还以为赎金早已汇到阿尔及尔，被商人悄悄挪用生利了。总之，我的主人鬼心眼太多，我说什么也不敢轻易掏钱给他。

"美人索莱达说好星期五去别墅花园，到了星期四，她又给了我们一千埃斯库多，还告诉我们她什么时候出发。她特别叮嘱我，一旦赎了身，千万记住她父亲的花园在哪里，无论如何也要设法去找她。我在简短的回信里保证一定按她的话去做，希望她用上从女奴那儿学到的所有祈祷词，祈求蕾拉·玛利亚保佑我们。在这之后，我赶紧替其他三个同伴赎了身，帮他们顺顺当当离开栏圈，免得他们见我有钱为自己赎身却不管他们，一气之下鬼迷心窍，干出坑害索莱达的蠢

---

① 胡玛：即伊期兰教的礼拜。

事。就我对他们人品的了解，确信他们还不致如此。不过为了万无一失，我还是按照给自己赎身的办法，一一为他们赎了身，把钱全部交给那个商人，由他出面放心大胆地做保。只是我们商定的秘密计划一点也没向他透露，免得惹出麻烦。"

Capítulo XLI · 第四十一章

战俘继续讲他的遭遇

"没出十五天，我们那个叛教者就买到一艘挺不错的船，可以载客三十多人。他为了得到认可，有意大肆张扬，驾着船去了一趟萨尔赫勒①。那地方在阿尔及尔去奥兰的路上大约三十莱瓜处，是大宗无花果干的集散地。他往返了两三次，每次都由那个塔咖里诺人陪伴。在北非这一带，把阿拉贡的摩尔人称作'塔咖里诺'，格拉纳达的摩尔人就是'穆德哈雷斯'。可是在非斯王国，穆德哈雷斯人被称作'埃勒切斯'，常被国王招去当兵打仗。咱们还是回去说叛教者驾船往返吧。他每次都把船停在一个小码头上，离索莱达的花园不过两箭之地。他故意带着划桨的摩尔少年们滞留在那里，不是做祈祷，就是顺便演习一下他们计划中想做的事情。他们时不时跑进花园里要点水果什么的。索莱达的父亲倒是每次都给，尽管根本不认识他。后来他对我讲，他很想跟索莱达说上话，点明是我委派他护送索莱达去基督教国家，也好叫姑娘不再悬心挂念，可是总也找不到机会。因为摩尔女子，不经丈夫或父亲允许，是不能跟别的摩尔男子或土耳其男子见面的。她们跟被俘的基督徒倒是常打交道，甚至可以毫不拘束地交谈。他幸亏没跟那姑娘说上话，否则我还要多一桩心事：索莱达一见连叛

---

① 萨尔赫勒：今舍尔沙勒，在阿尔及尔以西。

教者都知道她的事，还不得吓坏了。然而上帝却另有安排，我们的那位叛教者始终没等到机会兑现他那份好心。这段时间他只管放心大胆地往返于去萨尔赫勒的路上，而且可以随时、随处，任意停泊；那个跟他合伙的塔咖里诺人对他言听计从；我呢，也已经赎身；只要再找几个划桨的基督徒，就一切齐备了。他叫我考虑考虑，除了几个赎了身的，还准备带走哪些人，及早跟他们约好时间，他打算定在下星期五出发。听他这么一说，我设法找到了十二个西班牙人，个个都是好样的划桨手，而且都可以自由进出城门。那个季节一下找到这么多划桨手，并不是一件容易事，因为正好有二十艘海盗船云集在港口，把所有能划桨的都招募走了。我是凑巧才找到了那十几位。他们主人的海船还在造船厂，尚未完工，所以那年夏天没有出海掠夺。我对他们没多说什么，只吩咐他们星期五下午一个一个悄悄离开，到阿吉莫拉托花园拐角处去集合，一直等到我露面。我是一个个分头通知的，还嘱咐他们，要是遇到别的基督徒，只说是我叫他们去那儿等候的。

"这么安排妥当以后，我还得做一件事，也是最要紧的：告诉索莱达计划进展到什么地步，叫她事先有个准备。不然，她心里想着基督徒的船且到不了呢，我们却突然闯进去带她走，岂不要把她吓坏了。我决定去花园走一趟，看看能不能跟她说上话。临出发的前一天，我去了，假装在那儿摘野菜。结果我碰到的第一个人却是她父亲。他就盘问起来，说的是摩尔人和囚徒交谈时使用的特殊语言，流行于整个柏柏尔地区，甚至包括君士坦丁堡。既不是阿拉伯语，也不是西班牙语，也不是别的什么语言，而是一个大杂烩，可我们都互相听得懂。就是说，他用这种语言问我在他花园里干什么，我的主人是谁。我告诉他我的主人是阿尔巴尼亚人马米，因为我很清楚此人跟他交情不错；我想在花园里摘点野菜做拼盘。他又问我是不是等着赎身，我的主人要价多少。我们两人正一问一答呢，美丽的索莱达从别墅里面出来了。她已经好久没见我了。我前面说过，摩尔女子见了基督徒不怕羞也不躲避，所以她毫不在乎地朝她父亲和我站着的地方走来。
她父亲见她走得很慢，还喊了一声叫她快点。

"可爱的索莱达一出现在我眼前，我简直不知道如何描述她那秀
丽的容貌、优雅的丰姿和华贵的服饰。我只能说，她漂亮的脖子、耳
朵和头上缀满了珍珠，比头发还多。她的脚踝按当地习俗裸露着，戴
着两个卡尔卡赫，在摩尔话里就是脚镯或者脚环的意思；是用纯金做
的，镶满了钻石。她后来告诉我，她父亲估计这对首饰能值一万多
乌拉①金币。她手腕上的镯子也值这么多钱。她浑身上下都是上等珍
珠。对于摩尔女子来说，最富丽堂皇的装饰品莫过于各式各样的大小
珍珠，所以摩尔人收藏的珍珠比其他任何民族都多。尽人皆知，在整
个阿尔及尔，索莱达的父亲在这方面的收藏，不仅数量多，而且质量
好。他还有二十万埃斯库多的西班牙金币。而这一切都属于如今我的
妻子所有。虽说多日来的忧心忡忡难免在她的容颜上留下些许痕迹，
可是她一身盛装走来，仍然那么楚楚动人，不难想象一旦安享富贵又
会是一种什么情景。大家知道，不少女人的美色，在不同的日子和场
合，是会随着景况而增减的。很显然，内心的激情可以使她容光焕
发，也可以使她面色憔悴，甚至往往使得红颜消殒。

"我是说，她走过来了，一身盛装，光艳照人，至少是我看到的
第一个美人。这一切再加上我对她的感激心情，简直叫我觉得面前是
一位从天而降的仙子，来到人世来抚慰我、拯救我。她一来到跟前，
她父亲便用他们的语言说我是他朋友阿尔巴尼亚人马米的奴隶，在花
园里摘野菜。她于是开口讲话，说的是我刚提到的那种混合语，问我
是不是绅士，为什么还没有赎身。我告诉她我已经赎了身，主人的要
价是一千五百索勒塔尼小金币，可见他多么看重我。她听了就说：'说
实话，你要是在我父亲手下，他就是再要两千金币，我也不叫他放了

————————————

① 多乌拉：西班牙古金币。

你。你们这些基督徒尽说谎话，故意装穷哄骗摩尔人。'

"'说不定有这种事情，小姐。'我回答道，'不过我可确实对主人说了真话，而且今生今世对天下任何人都这么做。'

"'你什么时候走？'索莱达问我。

"'我想是明天吧。'我说，'这儿正好有只法国船明天起航，我准备搭乘。'

"'等西班牙船到了再走不是更好吗？'索莱达问，'干吗搭法国船？你们两家可不是朋友。'

"'不行。'我回答说，'就算是听说有西班牙船快到了，说心里话，我也不愿意等，因为反正我明天准能走成。我急着要回到故乡跟家人团聚。别的便当机会再好都不是现成的，我可等不及。'

"'你显然是在家乡结过婚的，'索莱达说，'所以急着去跟妻子团聚？'

"'我没结过婚。'我说，'不过我已经答应别人，一到家就结婚。'

"'你答应娶的那位小姐漂亮吗？'索莱达问。

"'太漂亮了，'我说，'不是我夸奖她，讲真话，她挺像你。'

"她父亲一听，高兴地笑起来，说：'我的真主，好一个基督徒！那位女子想必是真的很漂亮，不然怎么会像我女儿。她可是我们国内最漂亮的姑娘。不信你好好看看她，就知道我说的不假。'

"我们的大部分对答靠索莱达的父亲翻译，因为他会说咱们的话。姑娘本人虽然也能讲我提到的那种通用混合语，可是她更多是用表情，而不是用话语表达心意的。

"我们正东拉西扯地说着话，突然跑来一个摩尔人，大声喊叫说，四个土耳其人跳进花园围墙，到处乱摘半生不熟的果子。老头吓了一跳，索莱达也一样，因为通常摩尔人似乎生来就怕土耳其人，特别是当兵的，个个都那么粗暴。他们对自己治下的摩尔人为所欲为，简直比对奴隶还糟。这时候，索莱达的父亲对她说：'孩子，快进屋去，把门关严。我去跟这些狗东西论论理。你这位基督徒，摘完野菜快走吧。但愿真主顺顺当当把你送回家乡。'

"我躬身致过意，他便匆匆去找土耳其人了，撇下我和索莱达。看样子她似乎要按父亲的吩咐进屋去，可是老人刚一隐没在花园树丛里，她就转过身来，眼泪汪汪地对我说：'基督徒，阿麦克西？'

"'阿麦克西'的意思是：'你要走了？基督徒，你要走了吗？'

"我回答她说：'是的，小姐，可我绝对不会撇下你的。下一个胡玛日你等着我，见着我们的时候千万别害怕，咱们一定会到基督徒的国土的。'

"我尽量把这番话说得明明白白，她果然句句听懂了，一把搂住我的脖子，慢腾腾朝屋里走去。可是我们险些倒了运，幸亏老天另有打算。我是说，我们两人正那副样子走着，她一只胳膊搂着我的脖子，她父亲劝走了土耳其人转回来了。他把我们那番情景看得一清二楚，我们也知道他都看到了。索莱达到底是聪颖机灵，她不仅没把胳膊从我脖子上松开，反而靠得更紧，干脆把头倚在我的胸前，蜷起双膝，分明一副马上要晕倒的样子。我也故作为难，可又不得不扶着她。她父亲连忙跑到我们身边，见他女儿这样，就问她怎么了，可是得不到回答，便说：'一定是那些狗东西闯进来把她吓晕过去了。'

"他说着，把她从我怀里接过去搂在自己胸前。她呢，叹了一口气，两眼泪水未干，又对我说：'阿麦克西，基督徒，阿麦克西。你走吧，基督徒，你走吧。'

"她父亲听了对她说：'孩子，不用撵这位基督徒走，他并没有欺负你。土耳其人都走了，你不必怕什么，没什么值得烦心的了。我这正是告诉你，经我劝说土耳其人都顺原路出去了。'

"'老爷，'我对她父亲说，'你说得很对，那些人把她吓坏了。既然她叫我走，我想不便再惹她烦心。你安安静静歇着吧。也许我还要

来花园摘野菜，你看可以吗？我的主人说了，要论做拼盘，哪里的野菜也比不上这里的。'

"'你尽管来，摘多少都行。'阿吉莫拉托回答说，'我女儿这样说，并不是因为她讨厌你或者别的基督徒。她的本意是叫土耳其人走开，嘴里却说出叫你走开，也许她觉得你该去摘野菜了。'

"于是我很快辞别了父女二人。索莱达随她父亲走的时候简直就像心碎肠断了。我假装接着摘野菜，自由自在绕花园走了整整一圈，仔细观看了所有的出入口和整所房屋的安全设施，谋划着怎么才能便便当当实施我们的打算。然后我回去把一切经过告诉叛教者和我的朋友们。命运把幸福化作娇美可爱的索莱达赏赐给我，我简直是眼巴巴地盼着如愿以偿的时刻。

"时光总算熬到头了，终于盼来了我们朝思暮想的日子。我们经过深思熟虑、长时间反复商议，定出一套计策和日程，大家都严格遵照执行，结果一切遂心。星期五，就是我跟索莱达在花园谈话的第二天傍晚，叛教者把船停泊在约定地点，几乎正对着美丽的索莱达的住处。划桨的几个基督徒也都准备好了，分别在四周隐蔽起来。人人都兴奋紧张地等待着我。船就在眼前，他们恨不得一跃而上。他们一点也不知道叛教者的计策，还以为先得赤手空拳干掉船里的摩尔人，才能获得自由。这时候，我和我的伙伴们到了。那几个躲起来的一见我们，马上迎了上来。当时城门早已关闭，那一带郊野看不到一个人影。大家会合以后，不知是先去找索莱达呢，还是先去收拾船里划桨的摩尔人。我们正犹豫着，叛教者走过来问我们干吗站着不动，说是时候了。他手下的摩尔人一点没有防备，大部分睡着了。我们告诉他我们不知道怎么干更合适。他说最要紧的是把船弄到手，这可以轻而易举地办到，毫无危险，然后再去找索莱达。大家都觉得他说得有道理，于是便动作起来，跟随他走到船边。他第一个跳上去，举起一把弯刀用摩尔话说：'谁也不许动，否则要了他的命！'

"这时候，其他基督徒也差不多都上了船。摩尔人本来胆子就不大，又见头儿那样冲他们说话，顿时都吓呆了。他们似乎根本没人带武器，所以谁也没能抄家伙，只是一声不吭，听任摆布。基督徒很快就把他们捆绑起来，还一边威胁说，哪怕发出一点声响，就全把他们乱刀捅死。然后，我们的一半人留下看守他们，另一半还由叛教者带路，直奔阿吉莫拉托的花园。我们运气不错，门一推就开了，好像根本没上锁。我们就这样悄然无声地走了进去，谁也没发觉。美丽绝伦的索莱达正在窗前等着我们，一听到人声就低声问我们是不是'尼萨拉尼'，就是说问我们是不是基督徒。我回答她'是的'，并且叫她快下来。她认出是我，一刻也没耽误，一声不响地马上走下来，打开屋门，浑身盛装、美艳无比地出现在我们大家面前。我这会儿真不知怎么赞颂她才好。我一见到她，就拉起她的一只手不断亲吻，叛教者和我的难友们也这样向她致意。其他人不知道是怎么回事，只好学我们的样子，心想是她恩赐给我们自由，所以一一向她表示谢意。叛教者用摩尔语问她父亲在不在花园别墅。她说在，正睡觉呢。

"'那可得喊醒他，'叛教者提议，'我们必须带走他，还有漂亮别墅里所有值钱的东西。'

"'不行。'她说，'说什么也不许碰我父亲。这房子里没有别的东西了，我都准备带走，足够让你们大家发财致富、心满意足。你们等一等就知道了。'

"他说完走进屋里，告诉我们马上就出来，叫我们别动也别出声。我问叛教者是怎么回事，他如此这般解释了一番。我便对他说绝对不许做索莱达不情愿的事。这时候，索莱达捧着一个小箱子出来了，里面装满了金埃斯库多，沉甸甸的，她几乎拿不动。

"不凑巧，她父亲偏偏这工夫醒了，听到花园里有响动，就从窗口探出身来，一见满园的基督徒，开始用阿拉伯语拼命大声喊叫起来：'基督徒，基督徒！强盗，强盗！'

"他这一通嚷嚷，弄得我们措手不及，惊恐万分。叛教者见我们处境危急，得趁惊动他人之前，赶紧避开一场乱子，便噌的一下蹿上阿吉莫拉托的住室，我们之中有几个也跟随而去。我不能丢下索莱达不管，因为她当即晕倒在了我怀里。最后，跑上去的人把事办得很麻利，转眼工夫押着阿吉莫拉托下来。只见他双手被捆，嘴里塞着一块手帕，一句话也说不出来。他们还威胁他说，只要一出声，就得把命搭上。他女儿见这情景，连忙捂上眼睛不愿再看。她父亲顿时惊呆了，哪里想得到女儿是心甘情愿地落进我们手中的。接下来，脚的用处就大了，我们三步两步地匆忙跳上船去。留在船上的人正提心吊胆地等着我们，生怕出了什么意外。

"天黑之后不过两个钟头，我们就全都上了船。有人给索莱达的父亲松了绑，又掏出他嘴里的手帕，叛教者再一次告诉他不许说话，否则就要了他的命。他见女儿也在那里，只能一个劲儿伤心地叹气。可是他很快发现我紧紧搂着那姑娘，而她呢，不哭不喊，不挣扎，也不躲避，始终安安静静。他当然不敢开口，怕的是不停威胁他的叛教者真的动手。索莱达在船上安顿下来，见我们准备放桨起航。可是她父亲和几个五花大绑的摩尔人还在那里，就叫叛教者向我求情，放了摩尔人，饶了她父亲。她宁可跳海自尽，也不愿眼看着连累自己慈爱的父亲当囚徒。叛教者给我翻译了她的话，我说当然可以。他却说不行，因为在那儿把他们一放走，他们会立即惊动全城，召集起这一带的居民，然后派快艇追捕我们，封锁海陆通道，那时候我们可就逃命无门了。所以最好是等到了基督徒的国土再放他们走。

"大家都觉得这主意不错。索莱达听了解释以后，也认为很有道理，我们是不能马上按她的请求做。我们强悍的划桨手个个暗自庆幸、欣然尽职，立即握起船桨。我们虔诚地向上帝祷告过后，便开始向距离最近的基督教国土马约卡岛驶去。可是偏偏刮起北风，海面也不太平静，我们没法继续朝马约卡方向航行，不得不沿着海岸漂往奥兰,不免都有些忧心忡忡,因为离阿尔及尔六十海里就是萨尔赫勒,很可能被人发现。我们还害怕遇见经常在这一带海域活动的来自得土安的载货船。不过我们所有的人都各自在心里盘算着,但愿遇到的载货船不在海盗手里,那我们不仅不会遭殃,反而能登上大船,更顺利地结束我们的航程。一路上,索莱达始终把头藏在我的掌心里,怕看她父亲。我听到她不停地向蕾拉·玛利亚求助。

"我们航行了三十多海里,天慢慢亮了,我们看到离岸边只有三箭之地。岸上一片荒凉,不会有人发现我们。尽管如此,我们还是奋力划桨朝远海驶去。这时海面已经平静了一些。前进了大约两莱瓜,大家决定替换着划桨,好分批吃点东西。船上的给养倒是很充足。可是划桨手们说还不到歇气的时候,不妨叫不划桨的人喂他们吃东西,他们说什么也不能放下船桨。于是就这么办了。这时候刮起了强风,我们只好扯起船帆,放下船桨,直奔奥兰,因为不可能去别处了。我们的一切行动都很迅速,扬帆航行的速度是每小时八海里多。我们唯一担忧的就是遇到海盗船。我们给摩尔划桨手吃了东西。叛教者安慰他们说,他们不是囚徒,一有合适机会就放他们走。他也对索莱达的父亲说了同样的话。那人回答说:'诸位基督徒,我知道你们正直慷慨,相信你们是会尽量善待我的。可别说什么放我走。我还没那么傻,连这都不懂。你们冒着很大危险抓住我,难道就是为了随后潇洒大度地放我走?而且你们很清楚我是谁,这笔交易会给你们带来什么好处。你们到底要什么?我不妨在这里把话说明白,只要你们放了我和我这可怜的女儿,要什么我给什么。或者说放她一个人走也行,因为她是我心里最重要最珍贵的宝物。'

"说到这里,他干脆放声哭起来,而且哭得那么伤心。我们大家不由得可怜他。于是索莱达不得不抬起头来看他,见他哭成那样,自己也动了感情,便从我脚边站起,跑过去抱住老父亲。两人面颊贴着面颊,齐声痛哭,害得我们不少在场的人也陪着他们流泪。可是她父亲见她一身盛装，珠光宝气，就用他们自己的语言问道：'这是怎么回事，孩子？昨天傍晚，在咱们遇到眼前这场大难之前，我见你还是平日的家常打扮。怎么这会儿一下子换了一身最好的衣服？咱们光景好的时候，我确实留心给你做了好些这样的衣服。你遇到什么值得庆贺的欢喜事非得这么刻意修饰打扮一番？而且你哪来的工夫换装呢？你说呀，是怎么回事？这简直比眼前这场灾祸更叫我惊慌糊涂。'

"摩尔人对他女儿说的话，叛教者都一句句翻译给我们听。那姑娘始终只字未答。这时候他看到船舱一边有一只小箱子，正是他女儿平时存放首饰的那只。可是他清楚记得是留在阿尔及尔城里了，并没有带到别墅去。于是他就更糊涂了，便问那箱子是怎么落到我们手里的，里面装的是什么。没等索莱达回答，叛教者抢先说道：'先生，你不必费心问你女儿索莱达这么多问题。我只要回答你一句，你就全都明白了。告诉你说吧，你女儿已经成了基督徒。我们依靠她才慢慢锉断了枷锁，摆脱了囚徒生活。她是自愿来这里的。我想她一定对眼前的一切都很满意，就像一个人离开黑暗见到光明，摆脱死亡重获新生，丢弃痛苦永享欢乐。'

"'这人说的都是真的，孩子？'摩尔人问。

"'是的。'索莱达回答。

"'就是说，'老人接着问，'你果真成了基督徒，而且把自己的父亲拱手交给了敌人？'

"听了这话，索莱达便说：'我是成了基督徒，可并不是我害得你落到这步田地。我从来没有想到抛弃你或者伤害你，我只是要给自己找到幸福。'

"'孩子，这就是你找到的幸福啊？'

"'是的，'姑娘说，'你问问蕾拉·玛利亚吧，她会比我说得更明白。'

"摩尔人没等听完，就一头栽到海里，快得出人意料。幸亏他那身碍手碍脚的长袍子托着他在水面浮了一阵，不然当下准会淹死无疑。索莱达大喊大叫，求我们救他出来。我们一齐扑过去，揪住长袍把他拽上来，见他已经淹得半死，失去了知觉。索莱达伤心极了，抱住他哭得好不凄惨，就像他真的死了一样。我们把他翻转过去，嘴朝下，结果他吐出好些水，两个小时以后总算苏醒过来。

"这段时间里，风向变了，我们只得朝岸边靠拢，可是必须用力倒着划桨，免得撞上去。不过我们运气不错，驶进依傍着一个小小岬角的港湾。摩尔人把那个岬角称作'卡瓦·鲁米亚'，用咱们的话说，就是'基督徒荡妇'。根据摩尔人的传说，那个导致西班牙亡国的祸根卡瓦①就埋在那里。'卡瓦'在他们的话里是'荡妇'的意思；'鲁米亚'是'基督徒'。他们认为迫不得已把船停泊在那儿实在是不祥之兆，所以除非走投无路，他们绝不这么办。可是当时我们一行人哪里管它是什么荡妇的葬身之处，在波涛汹涌的汪洋之中，它就是使我们免于遭难的安全港湾。我们在岸边设下岗哨，船上的人也始终桨不离手，又从叛教者储备的食品中拿出一些吃饱了肚子，然后诚心诚意地祈求上帝和圣母施恩襄助，保佑我们善始善终。由于索莱达一再央求，说是手脚被捆的父亲和同胞就在眼皮底下，她实在不忍心继续看下去，于是我们决定送他们上岸，答应临出发的时候放走他们，反正那地方荒无人烟，对我们不会有什么威胁。看来我们的祈祷没有白费，老天都听到了。不一会儿，风向顺了，海面一片平静，召唤我们继续踏上幸运的旅途。既然如此，我们便给摩尔人松了绑，把他们一个接一个送上岸去。他们自然感到十分惊喜。轮到索莱达的父亲的时候，他已经很清醒了。他下船之前对我们说：'你们这些基督徒知道吗？这个刁丫头为什么叫你们放我走？你们以为是她可怜我吗？根本不是！她这样做是嫌我在这儿碍事，她那丢人现眼的打算就要落空

---

① 卡瓦：胡里安（见 223 页注⑥）的妻子或女儿。

了。你们别以为她改换教门是因为她觉得你们的信仰比我们的强，她只知道在你们的国土上可以恣意放荡，在我们这儿却不行。'

"我和另一个基督徒紧紧抱住他，怕他蛮干。这时他转向索莱达说道：'你这个不要脸的女子，不知好歹的丫头！你瞎了眼、昏了头！这些家伙是咱们天生的仇人，你听他们摆布能有什么好结果？我真不该生你养你，真不该娇生惯养地把你拉扯这么大！'

"看来他是要没完没了了，我就赶紧把他送到岸上。他接着在那儿大叫大骂，祈求穆罕默德借助真主，叫我们沉没、完蛋、灭亡。我们扬帆起航以后，虽然听不见他在说什么，却能看见他在干什么：他又是揪胡子，又是拽头发，扑在地上乱爬。他突然提高了声音，我们都听得清清楚楚：'快回来，我心爱的女儿，快上岸来！我什么都能原谅你。把钱给那些人，反正也是他们的了。快回来安慰你这可怜的老爹吧！你要是真的撇下他，他就要把命丢在这片荒凉的沙滩上了！'

"这些话索莱达都听见了，也不知道回答什么好，只是说：'父亲呀，你求真主吧。是蕾拉·玛利亚叫我变成基督徒的，她会抚慰你的凄苦。真主清楚我只能这样做。这些基督徒并没有逼迫我，我没法不跟他们来而一直待在家里，因为我自己心里急切地要做成这件事。亲爱的父亲，尽管你觉得这样很糟，可我却认为是再好不过的了。'

"这番话她父亲根本没有听见，因为我们已经看不到他了。我尽量安慰着索莱达，大家慢慢把心思都放在航行上。风向很顺，看来第二天破晓我们肯定能到达西班牙海岸。然而，好运很难轻而易举地得到，总是要受到结伴而行或者跟踪而至的灾难的扰乱破坏。也不知道是我们自己命里注定了呢，还是摩尔人对女儿的诅咒应验了——恐怕任何一个父亲的诅咒都不该等闲视之——我是说，当时四周一片汪洋，入夜已经三个多小时了，船帆上下都绷得紧紧的，桨柄也在船舷上拴牢了，顺风驶船省了我们不少力气。借着皎洁的月光，我们看到近处驶来一艘方帆大船，篷帆涨满、舵翼微偏，从我们面前穿行而过。因为距离太近，我们连忙降下风帆，免得相撞。他们也用力转舵好让我们过去。他们那边有人探出船舷问我们是什么人，从哪儿来，到哪儿去。一听他们讲的是法语，叛教者便说：'谁也别搭腔！这些家伙准是法国海盗，个个都是不要命的。'

"他这么一提醒，我们谁也没说话。一小会儿之后，那只大船走到下风，突然朝我们射出两发链子弹。其中一发把我们的桅杆拦腰击断，带着船帆一起掉进海里。接着又是一发，正好打在我们的船体中央，把它一劈两半。尽管没有造成伤亡，可是我们眼看要沉到水里去了。我们大声呼救，求大船上的人们打捞我们，否则我们就要淹死了。他们这才落下帆，放下小艇，跳上去十一二个法国人，个个全副武装，端着火枪，点着火绳。他们靠近一看，见我们没几个人，船也快沉了，就把我们打捞起来，说我们不回答问候，实属无礼，该当如此。我们船上的叛教者拿起索莱达的珠宝箱就丢进海里，谁也没注意他在干什么。

"最后我们都上了法国船。他们像对待敌军俘虏一样，把我们详细盘问了一番，然后夺走了我们所有的东西，连索莱达腿上的脚镯也没放过。索莱达自然难过极了，可我倒不为这个可惜。我担心的是那些人抢完了贵重的珠宝之后，还会要她身上绝无仅有、心中无比珍视的财富。幸好那些人并不贪恋金钱以外的东西，他们对于财货是永无餍足之时的。我们穿的那身囚徒服装，只要他们认为能派上用场，就都给我们剥得精光。他们之中有人提议把我们用帆布裹起，丢进大海。他们本来打算冒充布列塔尼商人到西班牙一些港口去做买卖。如若把我们这些活人带过去，一旦泄露了他们的劫掠行为，岂不要受到严惩？可是船长——就是他洗劫了我亲爱的索莱达——说，捞到这么多东西，他已经心满意足了；他不想靠近什么西班牙港口，而是打算趁黑夜想方设法穿过直布罗陀海峡，直奔拉罗谢尔；他就是从那儿出来的。最后他们商定，一望见西班牙海岸，他们就给我们一只小艇和短短的航程必备的一切。第二天他们果真依言照办了。远处的西班牙国土一进入我们的视野，我们就把一切痛苦磨难忘得一干二净，似乎从来没在我们身上发生过一样。重获自由就是这样令人欣喜若狂！

"大约中午的时候，他们让我们上了小艇，给了我们两桶水和一些饼干。船长不知怎的生了怜悯心，在美丽的索莱达上船之前，送给她四十金埃斯库多，而且不允许他的手下人剥去她现在穿的这身衣裳。我们登上小艇，对他们的善举一再表示谢意，简直是一片感激，哪里还有一点抱怨。他们的大船便径直朝海峡驶去。这时候我们的唯一目标就是眼前的陆地，只顾一个劲儿地划桨，结果日落以前已经离得很近了，看来不用等到深夜，准可以抵达。可是那个夜晚没有月亮，天很黑。我们也弄不清楚到了什么地方，觉得急着登陆怕不甚妥当。我们当中还是有不少人主张登陆，说是哪怕攀上远离人烟的巉岩也好，至少可以躲开肯定会在那一带转悠的得士安海盗。他们总是夜宿柏柏尔，晨至西班牙，然后抢掠一番再回家去睡觉。最后我们采纳了一种较为稳妥的办法，那就是慢慢靠岸，趁着海面平静的时候随便找个地方登陆。事情就这么办了。午夜时分，我们到了一座高耸险峻的山峰脚下，幸好不是那么紧贴海岸，总算给我们留出一块便于登陆的平地。

"船一撞上沙滩，我们就跳上岸去亲吻脚下的土地，人人欣喜若狂，满含泪水，感谢我主上帝给了我们如此难得的恩惠。我们取出船里的给养，再把它拖上岸边，顺山坡爬了好长一段路。即使到了这时候，我们心里还在犯嘀咕，简直不敢相信脚下踩的真是基督徒的土地。我好像觉得左盼右盼了好长时间，天才总算是亮了。我们爬上山顶，想眺望一下周围有没有村庄或者牧人的草棚。可是我们举目四望了半天，什么也没发现，村庄、人影、大道、小径统统没有。尽管如此，我们还是决定继续往前走，迟早总会碰上个把人问问路吧。最让我难过的是眼见索莱达在崎岖的山地跋涉，我只得不时地把她背起来。可是她见我吃力，自己更吃力，一点不觉得轻松，说什么也不愿再叫我费那个劲了。她凭着一股韧劲，心甘情愿地由我牵着手，一路走去。这样走了大约不到四分之一莱瓜，我们听到一阵小铜铃的声音，清楚表明附近有放牧牲口的。大家留心张望了一番，看看有没有人露面。果然一棵软木树底下有个少年牧人，正悠然自得、漫不经心地用刀子削木棍。他一抬头，立刻很轻巧地跳了起来。后来我们才知道他第一眼先看到叛教者和索莱达，见他们一身摩尔装束，还以为全柏柏尔的居民都向他扑来了。他眨眼工夫噌的一下蹿进跟前的树林，扯着嗓子大喊大叫：'摩尔人，摩尔人上岸了！摩尔人，摩尔人，快抄家伙！快抄家伙！'

"他这么一通嚷嚷，弄得我们慌了手脚，不知怎样才好。接着一想，牧人的喊声肯定会惊动这一带的居民，海岸巡逻马队很快就会赶来过问。于是我们叫叛教者脱掉他的土耳其服装，我们之中有人把身上的囚徒坎肩给他穿上，自己只留一件衬衫。我们眼看牧人沿着一条路逃跑了，便一面祷告上帝，一面紧随而去，一直等着海岸巡逻马队过来拦截我们。果然不出所料，走了不到两小时，我们钻出树丛，来到一片平地，见大约五十来个骑兵，半勒缰绳、一路小跑迎面而来。一打照面，我们立即停下来等着。他们到了跟前，发现并不是他们要找的摩尔人，而是一群疲惫潦倒的基督徒，个个显得迷惑不解。他们其中一个问道，是不是我们吓得牧人乱喊乱叫，招呼人们抄家伙。

"'是的。'我说。我正打算给他讲我的遭遇，告诉他我们是什么人，从哪里来，跟我们一起来的一个基督徒认出了问话的骑兵，便抢在我头里开了口：'先生们，可得感谢上帝把咱们带到了好地方！我没弄错的话，咱们脚下就是维雷斯·马拉加的土地。当了这么多年的囚徒，可是我脑子里还记得清清楚楚，这位问话的先生就是我舅舅，佩德罗·德·布斯塔曼特。'

"基督徒战俘话音未落，骑兵立即跳下马，跑过来抱住小伙子，对他说：'我的外甥啊，我心里天天惦记着你！可不是你吗！我还以为你死了，真是没少流眼泪。我姐姐还有所有活着的家人也一样。多亏上帝让他们活到今天，能高高兴兴地看到你。我们知道你在阿尔及尔。瞧你跟伙伴们的模样和一身衣服，你们准是好不容易才逃出来的。'

"'可不是吗，'小伙子说，'以后有的是时间仔细说道。'

"别的骑士一听说我们是基督徒战俘，都纷纷跳下马来，请我们骑上他们的马，一块儿去维雷斯·马拉加城里，不过一莱瓜半的路程。我们说船还在岸边，他们之中有几个便负责往城里运送。我们一个个跨马骑在鞍后，索莱达跟那个基督徒的舅舅骑一匹。有人先头赶回去通报消息，所以全城的人都出来迎接我们。这一带沿海居民见惯了获释的囚徒和被俘的摩尔人，对我们一行人并不感到惊奇。倒是索莱达的容貌叫他们惊叹不已。这姑娘在那个节骨眼上简直令人叫绝。她见自己终于到了基督徒的国家，不必再担惊受怕，心情十分激动，再加上旅途劳顿，脸庞上泛出一片红晕。但愿不是偏爱迷惑了我的眼睛，反正我敢说世上还没有比她更美的，至少我自己没有见过。

"我们先直接去教堂感谢上帝的恩赐。索莱达一走进去就说那儿有很多面孔很像蕾拉·玛利亚。我们告诉她那都是圣母像。叛教者尽量一一给她做了解释，说她尽可把每个圣像都当成以前听说过的蕾拉·玛利亚真身，都可以虔诚膜拜。她生来头脑灵巧机敏，所以很快就明白了有关圣像的种种解释。

"接着人们把我们带进城里，邀请我们分别住在不同人家。跟我们同来的基督徒领着叛教者、索莱达和我去了他父母家。那是一个财产颇丰的优裕之家，他们十分亲切地款待了我们，就像对待自己的儿子一样。

"我们在维雷斯逗留了六天。这期间，叛教者打听到他都该办些什么手续，独自去了格拉纳达，准备通过宗教法庭重新皈依神圣教会。其他获释的基督徒也都各得其所。最后只剩下索莱达和我，身上除了通情达理的法国人送给索莱达的那点金埃斯库多，别无分文。她骑的马就是用那点钱买的。眼下我还不过是她的父亲和侍从，不是丈夫。我们想去看看我父亲是否还活着，再不就是哪个弟弟是否比我运道好一些。不过上天既然让我做了索莱达的伴侣，恐怕碰到再好的机遇，我也不会稀罕了。一路的困顿和随之而来的种种艰辛，索莱达都默默熬过来了。她是那么热切焦急地要成为基督徒，确实令我钦佩，促使我终生终世为她效劳。我能娶她，她能嫁我，固然令我十分欣喜，可同时也使我忧心忡忡，因为我不知道在自己的国土上是否可以为她找到一个安身的角落。这么长时间了，父亲和弟弟们生死如何，家道有什么变化，这些都不得而知。要是找不到他们，我可就再也没有亲人了。

　　"先生们，这就是我的经历。是否新奇有趣，诸位自有高见。就我本人而言，我倒想讲得更简短一些。因为怕惹各位厌烦，不少想要叙述的情景都到了嘴边，又叫我咽下去了。"

Capítulo XLII · 第四十二章

接着在客店里发生的事情
和其他值得一提的情节

　　战俘讲到这里就不言语了。于是堂费尔南多对他说："上尉先生，您确实把自己的这段经历讲得跟事件本身一样新鲜有趣。从头到尾都是那么异乎寻常，闻所未闻，而且充满了曲折的情节，谁听了都会兴味十足，为之入迷。我们太喜欢听您讲了。要是明天您还讲同一个故事，哪怕从头开始我们也乐意。"

　　然后堂费尔南多和所有其他人都表示愿意竭尽全力为他效劳，话说得十分恳切真挚，一片好意使战俘深受感动。堂费尔南多还特别表示，如果战俘愿意随他回家，他将求自己的侯爵哥哥当索莱达受洗仪式的教父。他本人准备资助战俘不失身份地体面还乡。那人对这一切十分感激，但却都客客气气地谢绝了。这时候天色已晚，夜幕中，一辆马车来到客店，随行的还有几个骑马的人。他们也是来投宿的，老板娘告诉他们客店连一寸空地也没有了。

　　"就算是这样。"已经进了门的一个骑马人说，"法官大人到了，总得有个地方安顿。"

　　一听这官衔，女主人慌了手脚，连忙说："老爷，是这么回事，我们这儿没铺盖。要是法官老爷阁下自己带着，我想他一准带着，那就劳驾请进，我和我男人把房间腾出来安顿大人。"

　　"那就多谢了。"随行的侍从说。

这时候，从马车上下来一个男子，一身服饰衣着立刻显示出他的职业和地位。只见他穿着长袍，打褶紧口袖，正像他的仆人说的，的确是位法官。他手里牵着一个姑娘，十六七岁光景，一身出远门的打扮，娇艳秀丽，丰姿不凡，使所有见到她的人都为之一震。如若不是已经在客店里认识了多洛苔亚、露丝辛达和索莱达，大家准会以为，很难遇到第二个像她那样的漂亮姑娘。堂吉诃德正好看到法官和姑娘进来，便说："您尽可以走进这座城堡松快松快。这里地方狭窄，又有诸种不便，不过世上再狭窄不便的地方也容得下文人与武士，特别是由美女陪伴和引导的文人与武士。陪伴和引导您这位文人的既然是一位这么漂亮的姑娘，不仅所有的城堡要大门洞开、盛情邀请，为了迎接她，连岩石也要让道，高山也要低头。我再说一遍，请您走进这个极乐世界，这里自有星辰璀璨，阳光耀眼，来点缀随您而至的明丽的天。这里武士英勇盖世，美人娇艳绝伦。"

法官听了堂吉诃德这番宏论自然十分诧异，便瞧着他仔细端详起来，结果他的模样比他的话语更令人惊讶。法官正在那里不知如何对答，眼前出现了露丝辛达、多洛苔亚和索莱达，又使他惊诧不已。原来老板娘告诉她们来了新客人，还特别提到那位姑娘多么漂亮，她们便一起出来迎接，想看个究竟。当然，堂费尔南多、卡尔德尼奥和神甫也按照常规客客气气欢迎新客人到来。法官大人尽管迈步走进，可是心里一点也不明白所见所闻是怎么回事。这时几个丽人一起上前迎接那位美丽的姑娘。法官最后看出客店里住的都是些有身份的人，唯独堂吉诃德的模样、装束和神态叫他有些莫名其妙。大家客套寒暄了一番，便因地制宜，按原先的办法一一安置下来：女的去那间阁楼歇息，男人们都留在外间，就算是守护她们吧。法官见他女儿（就是那位姑娘）跟小姐们去了，十分放心，姑娘本人也很高兴。她们有了店主两口子那张窄窄的床，再加上法官带来的铺盖，一晚上过得比预料的好多了。

法官刚进门，战俘心里就一跳，觉得那人像他弟弟。他问随行的一个仆人，那人叫什么名字，是什么地方人。仆人回答说是胡安·佩雷斯·德·别德马硕士，听说是莱昂山区人。听了这话，再加上刚才的观察，战俘终于判定那人无疑是他弟弟，就是按父亲吩咐念书的那位。他欢喜异常，便把堂费尔南多、卡尔德尼奥和神甫叫到一边，实情相告，说法官就是他弟弟。据那个仆人说，他已经被任命为墨西哥法院法官，要去美洲赴任；还说，那个姑娘是他女儿，母亲生下她就死了，给女儿留下大笔嫁妆，使主人成了巨富。

战俘向他们几位求教，是直接上前相认呢，还是首先试探一下，弄清他弟弟见他如此穷困潦倒，究竟会是羞与为伍呢，还是热忱接纳。

"还是让我来试探吧，"神甫说，"不过我觉得，上尉先生您准会得到善待的。您弟弟面目和善，举止庄重有礼，不像个狂妄无知之辈，肯定懂得如何对待人生的悲欢沉浮。"

"即便是这样，"上尉说，"我看我们兄弟相认还是委婉一点好，别太冒失了。"

"我不是说了嘛，"神甫答道，"我会想办法叫大家都满意。"

这时候，晚饭准备好了，大家入席就餐，只有战俘躲在一边。女眷们就在自己房间进晚餐。席间，神甫开口说道："法官大人，我在君士坦丁堡当过几年战俘，结交了一位难友，跟您一个姓。在西班牙步兵的战士和上尉里面，数他最勇敢了。论顽强骁勇他数得上，论倒霉他也数得上。"

"先生，这位上尉叫什么名字？"法官问。

"他的名字是，"神甫说，"鲁伊·佩雷斯·德·别德马，出生在莱昂山区某个村子。他给我讲了他父亲和他们兄弟几个的事。要不是听他这么个老实人亲口说，我准会以为是老婆婆们冬天守着火炉讲古呢。他告诉我，他父亲把财产分给三个儿子，还给了他们不少忠告，句句都比加图的那些格言强。依我看，他决定当兵去打仗还真做对了。他无人帮衬扶持，只靠自己的勇敢顽强和人品，在短短几年里当上了步兵上尉，而且眼看可以指望被提升为陆军中校。可是他实在命运不济，正等着走运的时候，偏偏倒了霉，连自由也失去了，而且恰恰发生在别人重获自由的欢乐时刻，就是勒潘托战役。我自己是在贾利塔被俘的。后来又经过一系列曲折遭遇，我们两人最后在君士坦丁堡成了难友。他不久从那儿去了阿尔及尔，接着就发生了他那段世上罕见的奇特经历。"

就这样，神甫一口气简单扼要地讲起他哥哥和索莱达的事情。法官一直仔细听着，就连他执法判案的时候也没这么专注过。不过神甫只讲到法国人如何洗劫了船上的基督徒，他的难友和那个漂亮的摩尔女子如何困顿艰难，也不知道他们流落到了何方，是抵达了西班牙呢，还是被法国人带到法国去了。战俘这时也躲在一边听着神甫的话，并且观察着他弟弟的一举一动。法官见神甫说完了，便两眼满含泪水，长叹了一声说："先生啊，您带来的消息实在跟我休戚相关！我本该稳健持重为宜，可是也不得不伤心得流出泪水。您提到的这位勇敢的上尉就是我的大哥。比起我和我弟弟[①]，他身体更强壮，追求更崇高，所以选择了当兵打仗的道路，这是我父亲给我们指出的三条道路之一。我想，您觉得像讲古的难友身世里也是这么说的。我走上念书求学的路；各位已经看到，依靠上帝恩宠和我自己的努力，我终于获得了如今的地位。我弟弟在秘鲁发了财，不断给我父亲和我寄钱过来，数目早就超过了他带走的那笔款子。于是我父亲又可以大手大脚地过日子；我自己也宽裕体面地完成了学业，得到了眼下的职务。

"我父亲还活着，朝思暮想地惦记着他的长子，不停地祈祷上帝别让死神过早合上他的双眼，他还想活着跟儿子见面。我这位哥哥一

———————————

① 按战俘的自述，去美洲经商的应为法官的二哥。

向很懂事，所以我想不通，他遭难受罪也罢、一帆风顺也罢，怎么就是不给父亲捎个信儿来？要是父亲和我们弟兄俩知道他的景况，就不至于苦苦熬到苇秆奇迹般地出现才得以赎身。我现在担心的是，那些法国人究竟是把他放了呢，还是为了灭口把他杀了。我本是满心欢喜地踏上这次旅途的，可现在却要悲伤忧愁地走完剩下的路程了。我的好哥哥呀，谁能知道你如今在哪里呢？我真想亲自去找你，帮你摆脱苦难，哪怕豁出性命，也在所不惜！谁又能给咱们的老父亲捎个信儿，说你还活着；哪怕是关在柏柏尔最漆黑的牢房里，他、我和弟弟有的是钱把你赎出。美丽宽厚的索莱达，谁能偿付你赏赐给我哥哥的恩惠呢？谁又能亲眼看见你的灵魂再生，参加你那众人同庆的婚礼呢？"

法官听到他哥哥的消息很是伤心，一口气说了不少话。大家听着十分感动，深表同情。神甫见事情进展正如所料，也完全符合上尉的心愿，不打算让大家老是这么伤心下去，便从桌旁站起，进屋去找索莱达。不一会儿，牵着手领她出来，后面跟着露丝辛达、多洛苔亚和法官的女儿。上尉在一边等着，不知道神甫往下要干什么。只见神甫走过来用另一只手牵住他，一面拉着两人朝法官和其他绅士走去，一面说道："法官大人，擦干泪水吧，您最大的夙愿已经实现了！站在您眼前的正是您亲爱的哥哥和亲爱的嫂子。您看这位，正是别德马上尉；这位呢，就是帮了他大忙的摩尔美人。我刚说了，那些法国人把他们洗劫得身无分文，正好可以让您向他们敞开慷慨的胸怀。"

上尉走过去一把抱住弟弟，可他弟弟却双手撑在他胸前，把他稍稍推开一点，仔细端详了一阵。一看果真是他，便紧紧把他搂住，高兴得热泪涌流。几乎所有在场的人都不得不陪着他流泪。兄弟俩千言万语说不尽悲欢离合，想象都很困难，更别说描述了。

他们简略地叙述了各自的经历，他们表明了兄弟间的骨肉深情；法官拥抱了索莱达，应允与她分享家产；法官又叫自己的女儿拥抱了她，一边是基督徒丽人，一边是摩尔美女，大家见了，不免又一次热泪盈眶。堂吉诃德一言不发，默默观察着这些怪事，认为这都是游侠骑士行当中常见的梦幻场景。此时此刻，大家一致的看法是，上尉和索莱达应该和他弟弟去塞维利亚，并且通知父亲他已经获释归国，还喜得美眷，如有可能，请他前去参加索莱达的洗礼仪式和两人的婚礼。法官得到消息说，月内将有一支舰队离开塞维利亚去新西班牙①，所以他无论如何不能改变行程，否则错过这次机会将造成极大不便。

总之，人人都为战俘交了好运而满心欢喜。这时候，夜晚已经过去了三分之二，大家决定在天亮之前稍微休息一下。堂吉诃德自告奋勇守护城堡，免得什么巨人或者游侠恶棍贪恋云集在城堡中的美色，趁机发动偷袭。所有了解他的人都对他表示了谢意，然后向法官说明了堂吉诃德的古怪癖性，这使他很感兴趣。只有桑丘·潘沙见人们迟迟不去睡觉，早就腻味了，这时候赶紧把自己安顿好了，比谁都舒服：原来他身下垫的是毛驴的全副鞍具。下文我们将看到，他要为这副鞍具付出很大的代价。

女眷们已经在自己的房间里安歇了，其他人也将将就就安顿下来。堂吉诃德按照许诺，走出客店去为城堡站岗放哨。

天将破晓的时候，女眷们听到了一阵婉转悦耳的歌声，不禁仔细欣赏起来，特别是多洛苔亚。她早就醒了，睡在她身边的是法官的女儿，堂娜克拉拉·德·别德马。谁也不知道是什么人唱得这么好，而且是不带伴奏的清唱。她们觉得歌声一会儿来自后院，一会儿来自马圈，正在仔细揣摩是怎么回事呢，卡尔德尼奥走到门前说道："没睡着的人都听听，有个骡夫小伙子在唱歌，唱得真好听。"

"先生，我们听到了。"多洛苔亚说。

于是卡尔德尼奥走开了。多洛苔亚屏气凝神听了一阵，终于听懂了歌曲的内容。

---

① 新西班牙：即今墨西哥。

Capítulo XLIII · 第四十三章

这里讲到青年骡夫的有趣经历和
客店里发生的其他妙事

我驾着爱情的小舟，
在无边的汪洋漂流。
我茫然地四处张望，
哪里有宁静的港口？

我追寻着一颗明星，
她悬在遥远的天穹。
谙熟夜空的帕里努洛[1]，
也被她的绚丽震惊。

我不知随她走向何处，
漫无目标，不辨航路。
我表面上若无其事，
却全身心由她摆布。

---

[1] 帕里努洛：也译作"帕里努鲁斯"，罗马诗人维吉尔的作品《埃涅阿斯纪》
中的舰队舵手。

她冷冰冰令人生畏，

她羞答答有逾常规。

每当我仰望她的光彩，

总有乌云把她遮蔽。

哦，绚丽的星辰，

我投向你灿烂的胸襟！

而你却在我眼前隐没，

岂非宣告我死期来临？

多洛苔亚听到这里，觉得不该叫克拉拉错过这么美妙的歌声，就来回晃动着把她喊醒，对她说："对不起，小姑娘，我把你叫醒了，我是想让你品味品味一副好嗓子，恐怕你长这么大也没听到过。"

克拉拉睡眼惺忪地醒过来，可头一遍没听懂多洛苔亚的话，就问是怎么回事。她又说了一遍，克拉拉这才凝神听起来。刚听了两句，就不知道为什么浑身发抖，像是得了四日疟①一类的重病。她紧紧搂住多洛苔亚说："小姐你这不是要我的命吗！干吗要叫醒我？我只盼着老天行好，蒙住我的眼睛、捂住我的耳朵，再也不见不睬这个倒霉的歌手！"

"你在说些什么呀，小姑娘？要知道人们都说这唱歌的是个青年骡夫。"

"哪里哟！"克拉拉回答说，"他不仅掌管着大片田庄，还牢牢掌管着我的心，只要他自己不撒手，今生今世也甭想把他轰走。"

姑娘的一席伤心话使多洛苔亚大吃一惊，想不到她小小年纪居然

---

① 四日疟：每四天发烧一次的重病。

还懂得这个，就说："克拉拉小姐，你这话说得我摸不着头脑。能不能讲得更明白一些，告诉我心呀田庄呀的是什么意思？为什么听了这歌手的嗓音你那么心慌意乱？不过这会儿你先别说话，不能因为你害怕，耽误我的耳福。好像歌手又在唱新词新调了。"

"随你的便。"克拉拉说。

她果真一点也不想听，两手紧紧捂住耳朵，弄得多洛苔亚更是莫名其妙。不过她这时候已经在专心听歌了。那人接着唱道：

我满怀甜蜜的希望，
披荆斩棘，跨越屏障。
我心中铺下一条坦途，
然后坚定地迈开脚步。
幻灭紧随，伴我而行，
我并不因此胆战心惊。

闲散懒惰虚度了时光，
胜利的荣耀岂从天降？
面对命运不敢奋力抗争，
如何去赢得幸福和恬静？
沉湎安逸，随波逐流，
哪里还会有高尚的追求？

为爱情付出高昂代价，
理所当然，何须惊诧？
世间万物怎能论贵贱？
心之所爱便是金不换。
得来容易可顺手丢弃，

无人不懂这浅显道理。
真情受挫我并不气馁，
继续向前去踏破壁垒。
爱心带我走上的路途，
布满可怕的艰难险阻。
不过我依然满怀希望，
终要从人间登上天堂。

　　歌声到此结束，克拉拉便开始哭泣。多洛苔亚越发感到纳闷，急于想知道为什么一个唱得这么哀怨，一个哭得如此凄惨，于是又问克拉拉刚才的话是什么意思。小姑娘似乎不愿叫露丝辛达听见，就紧紧抱住多洛苔亚，嘴唇贴在她耳朵上，以防别人知晓。

　　她说："小姐，这个唱歌的人，他父亲是阿拉贡地区的一位绅士，掌管着两处田庄。他们也住在京城，跟我父亲家对门。我父亲家的窗户，冬天有布帘遮着，夏天有木棍隔着。可是我也不知道是怎么回事，这个青年去上学的时候居然看到了我，也不知道是在教堂里呢，还是在别的什么地方。反正他是爱上我了，老是站在他们家窗口，又是比画又是流泪，向我表明他的心意。我当然最后就信了他，而且也稀里糊涂地爱上了他。他给我打手势的时候，常常一只手攥起另一只手，意思是说想跟我结婚。我心里自然也很乐意，可是一个没娘的女孩儿找谁去谈心事呢？我就一直这么拖着，也不知怎么回报他，只能趁我父亲和他父亲都出门的时候，掀开布帘或者打开木棍，让他把我看个仔细。每逢这时候，他都高兴得要发狂。不久，我父亲该起程了。他不知从哪里得到了消息，反正不是我告诉他的，因为我始终没能跟他说上话。于是他病倒了，依我看，是心病。我们出发的那天，我一直没见着他，所以在分手前连看他一眼的机会也没有。我们走了两天路，到了一个离这里有一天路程的村子。进客栈的时候，我见他站在门口，一身骡夫打扮，确实挺像。要不是我心里牢牢记得他的模样，简直会认不出来的。我认出了他，又惊又喜。他也看了我几眼，可是没让我父亲发现。一路上或者在客店里，他总是避开我父亲从我面前走过。我当然知道他是谁，也清楚他是为了我，才一路步行跟随我们，吃了不少苦头。我心疼极了。他走到哪儿，我两眼就盯到哪儿。我不知道他跟来干什么，也不明白他是怎么背着他父亲跑出来的。他父亲就他这么一个儿子，所以十分疼爱他。当然，他也确实值得疼爱。你回头见到他就知道了。我还得告诉你，他唱的那些歌都是他自己脑子里想出来的。我听说，他是个好学生，诗也写得不错。还有，每次我见到他或者听他唱歌，我都吓得浑身发抖，生怕我父亲认出他，识破我们的心思。我还从来没跟他说过一句话，可是我非常爱他，没有他，我就活不下去。

"小姐，这个歌手的事我只能告诉你这些。你那么喜欢他的歌喉，可见他不是你说的什么骡夫，而是我说的那个一片田庄和一颗心灵的主人。"

"堂娜克拉拉小姐，不用再说了。"多洛苔亚打断她的话，还一遍遍地亲吻她，"听我的，不用再说了。等天亮了再看。我相信上帝会妥善安排你们的事的。你们既然一片纯真地开了头，理应有个圆满的结局。"

"唉，我的小姐！"克拉拉说，"还能指望什么结局啊？他父亲又有钱又有地位，准会觉得我连当他儿子的丫鬟都不配，更不用说嫁给他了！可是叫我背着父亲嫁给他，那说什么也不行！我现在只盼望这小伙子离开我回去。我们越走越远，只要看不见他，也许我心里慢慢就不这么难过了。不过我明白，我想出的这个办法不会有多大用处。我真不知道是见了什么鬼，怎么就糊里糊涂爱上了他。我还是个小姑娘，他还是个小小子。真的，我们还是同岁呢！我还没满十六岁。我父亲说，要到圣米盖勒节^①才是我的生日。"

多洛苔亚听了堂娜克拉拉那番孩子气的话禁不住笑了起来，对她说："小姐，我看晚上剩的时间不多了，咱们还是歇会儿吧。上帝会让天亮的，办法也是会有的，除非我这人连这点手段也没有。"

说完两人就慢慢入睡了，一片寂静笼罩着整个客店。只有店家闺女和她的丫头玛丽托尔内斯还醒着。两人知道堂吉诃德的古怪癖性，这会儿正全身披挂、骑着马在客店外面站岗，当下商定取笑他一番，再听听他那些疯话来消磨时光。原来，整个客店没有一扇朝外开的窗户，只有堆麦秸的小屋的墙洞通向院子，是用来扔干草的。两个半老闺女往洞口一凑，就看到堂吉诃德骑在马上，挂着长矛，不时发出痛苦深沉的叹息，一副肝肠欲摧的样子。接着就听他细语款款、柔情蜜意地说："哦，我的杜尔西内亚·德尔·托博索小姐，你是美人之尤，聪慧之巅，优雅之最，清白之极，总之，你是世上一切可贵、可嘉、可爱之物的化身！贵人你现在正在做什么？你是否也在思念被你俘获的骑士？他专心为你效劳，甘愿遭受千难万险。哦，你这三易其面的光轮^②啊，快给我带来她的消息吧！或许你这时正在注视她那张令你羡慕的面容；而她，要么沿着豪华宫室的游廊漫步，要么正在凭栏沉思，既想保全自己崇高的贞操，又要抚慰我这颗为她受尽折磨而破碎的心。她正在斟酌如何消除我的痛苦，平息我的焦虑，奖赏我的辛劳，最终使我起死回生。而你，明日的太阳，或许正在匆忙备马，打算赶个大早，出门去瞻仰我的心上人。求你见到她的时候，替我问候一声。不过你要留神，见着她并且问候她的时候，不许抚摩她的脸颊。否则我会嫉恨你的，比你嫉恨那个健步如飞的无情女子还要厉害。当时你汗流浃背跟在她后面，不知是跑遍了色萨利平原呢，还是

---

① 圣米盖勒节：也译作"圣迦勒节"，基督教纪念天使长圣米盖勒的节日，西方教会定于每年 9 月 29 日。

② 三易其面的光轮：指月亮圆、亏、钩的三种状态。

皮尼奥斯河谷①，我记不太清了，反正你又爱又恨使劲追赶。"

听堂吉诃德伤感备至地说到这里，店家女儿"嗨嗨"喊了几声，对他说："尊敬的先生，劳驾请您靠近一些。"

听到这些动静，堂吉诃德立即回过头去。这时恰好明月当空，他看到有人透过墙洞喊他，只是他觉得那分明是一扇窗户，而且有镀金的护栏；既然他把客店当成华贵的城堡，这一切就都是不可缺少的了。紧接着，就跟上次一样，从他那疯癫的头脑里冒出一个活灵活现的念头：那个漂亮姑娘是城堡女主人的女儿，如今落入情网不能自拔，又来纠缠他了。尽管这样，他也不愿显得无情无义，便立即勒缰掉转洛西南特，走到洞口跟前，对里面的两个女子说道："美丽的小姐，我深为您感到遗憾：您把一腔柔情寄托在不当之处，所以您尽管品貌超群，也无法得到应有的回报。求您千万不要为此怪罪这个可怜的游侠骑士，他已受到爱神的严密管束，不能任意委身别人，因为自从他的双眼看到另一位小姐的一瞬间起，他就捧出整个心灵，沦为她的忠实奴仆。原谅我，好心的小姐，请回闺房安歇吧！莫再继续向我倾诉您的爱慕之心，逼我做出更加无情无义之举。承蒙垂青，如有他事相求，只要无涉儿女私情，请您尽管道来。我以我那个不在眼前的甜蜜冤家的名义起誓，即便您要的是墨杜萨②满头变成活蛇的头发，或者是封进小罐的阳光，我都会立即取来给您。"

"这些东西我们小姐都不要，骑士先生。"这时候玛丽托尔内斯插嘴说。

"那么聪慧的嬷嬷，你家小姐究竟要的是什么？"堂吉诃德问。

"她只要您一只漂亮的手，"玛丽托尔内斯回答，"那就足够平息她的欲火了。她正是为这跑到洞口来，连体面也不顾了。叫她父亲大

---

① 色萨利平原、皮尼奥斯河谷均在希腊半岛。此处典出希腊神话中太阳神阿波罗追逐女神达佛涅的故事。

② 墨杜萨：也译作"美杜莎"，希腊神话中的怪物，头发是一条条毒蛇。

人听到动静，少说也会割下她的一只耳朵。"

"我倒真想见识见识！"堂吉诃德说，"不过我谅他不致如此。否则，只要他碰一下多情女儿的娇嫩皮肉，他立即就会成为世上最倒霉的父亲。"

玛丽托尔内斯料定堂吉诃德一准会乖乖把手伸进洞口，便在脑子里盘算好了要做的事。她从洞口跳到马圈，一把抓起桑丘·潘沙的毛驴缰绳，然后又赶快回到洞口。正赶上堂吉诃德直直站在洛西南特的鞍子上，一心想够着带护栏的窗户，那里面有一位他想象中的伤心姑娘。他伸过手去说道："小姐，请握住这只手吧，它是世间所有坏蛋的灾星。我说了，请握住这只手吧，至今还不曾有女人碰过它，包括占据了我整个身心的那位。我向您伸过手去，并非让您亲吻它，而是叫您看看密布的青筋、盘结的肌肉和粗壮的血管，您由此便可以想象出连接它的臂膀该有多么强壮。"

"让我们瞧瞧吧。"玛丽托尔内斯一面说，一面在缰绳上打个活扣，套进堂吉诃德的手腕，然后跳下洞口，把另一头紧紧跟小屋的门环拴在一起。

堂吉诃德的手腕被粗糙的绳子磨疼了，便说："您这哪里是在用手抚摸我，分明是在锉我的肉。您干吗虐待我的手啊？伤害您的是我的心，又不是它！再说，您把满腔的怒气撒在一只小小的手上，也未必合适呀！更何况，痴情恋人怎能如此狠心报复呢？"

然而堂吉诃德的这番宏论谁也没听到。玛丽托尔内斯把他绑好之后，主仆两人捧腹大笑，扬长而去。他就这样被紧紧捆住，无法解脱了。刚才说了，他直直站在洛西南特背上，整只胳膊伸进洞口，手腕上绑着绳子，另一头系着门环。这时候他提心吊胆，生怕洛西南特左右挪动一下，那他可就要吊着胳膊悬空了。他只好一动不动。幸亏洛西南特生性安详温顺，完全可以指望它一辈子也不挪动一分一毫。最后，堂吉诃德见自己被捆住了，两位女士也走了，于是又一次想到，准是魔法作怪。上回也是这样，在这同一个城堡里，那个变成骡夫的摩尔法师把他揍了个半死。他心里责骂自己不够谨慎精明，既然在这个城堡里遭过一次殃，干吗又要冒险来第二次？按游侠骑士的老经验，凡冒险之事，经尝试结果不妙，即证明应由别人问津，无需第二次尝试。这么琢磨了一阵，他又抽了一下胳膊，看看绳子是不是松开了。结果表明他被紧紧捆住，一切挣扎终属徒劳。当然，他在抽动胳膊的时候很小心，免得惊动了洛西南特。他很想弯下身来，坐在鞍子上，可是不行，他只能站着，除非下狠心把手揪断。

于是，他开始向往可以消除魔法的阿马迪斯神剑；他开始诅咒自己的命运；他开始确信自己中了魔法，越发觉得世界缺了他，一定不可收拾；他又一次怀念起亲爱的杜尔西内亚·德尔·托博索；他再一次呼唤起忠实的侍从桑丘·潘沙，而那人却躺在驴子的鞍具上酣睡，连生养他的亲娘也记不起来了；他开始祈求魔法师里尔干德奥和阿尔吉非来救援；他开始盼望好友乌尔干达女法师来帮忙。最后天亮了，他仍旧惶惶然困在那里，急得像公牛似的直吼。他深信自己中了魔法，被永远定在那里，即使白日来临，也终无解救之策。他见洛西南特果真一动不动，越发证实了自己的猜度。他琢磨着，恐怕自己和那匹马就得这样一直待下去，不吃，不喝，不睡，等着灾星的影响消除，等着一位更有学问的魔法师前来解救。

可是他又弄错了。天刚亮，就有四个骑马的男子来到客店，穿着打扮都很讲究，马鞍带上挂着火枪。客店大门紧闭着，他们就在外面大敲大喊。还在坚守哨兵岗位的堂吉诃德看见了他们，便很不客气地高声说道："不管你们是骑士、侍从还是别的什么人，不许敲这座城堡的大门。明摆着，时候还早，里面的人都在睡觉，通常要等到阳光照遍大地，城堡才开门哩。请你们退回去，等着天大亮吧。到时候咱们再看该不该给你们开门。"

"什么鬼话！哪里来的什么城堡？"他们之中一个人说，"规矩还不少哩！你要是店主人，赶快吩咐把门打开。我们路过这里，只想给马喂点草料，然后接着赶路，我们有急事。"

"我说骑士们，莫非你们觉得我像店主吗？"堂吉诃德问道。

"我不知道你像什么，"那人回答说，"我只知道你满嘴胡话，管客店叫城堡。"

"城堡就是城堡，"堂吉诃德反驳道，"而且是这一带地方最出色的，里面有人曾经手握权杖，头顶王冠。"

"八成你说反了，"那赶路的说，"别不是头撞权杖，手捧王冠吧！说不定碰巧里面住着个什么戏班子，倒是常带着你说的那种王冠、权杖什么的。这么个小客店，里面静悄悄的，我看不会有戴王冠拿权杖的大人物来投宿。"

"看来你不太懂得世间的事，"堂吉诃德说，"你一点也不知道游侠骑士们常碰到些什么。"

多嘴家伙的同伴们没耐心听他跟堂吉诃德纠缠不清，又径自气冲冲地敲起门来，终于把店主和里面的人都吵醒了。店主爬起来问是谁，正好这时候，那四个人骑的马当中有一匹凑近洛西南特，上下左右地闻起来。这瘦马当时一动不动，两耳下垂，无精打采地驮着它那位抻直身子的主人。它虽然看来像一堆干柴，可终归是血肉之躯，哪能无动于衷，于是也伸出鼻子去回报前来爱抚它的同类。它其实并没有挪动多少，只是稍微偏离了堂吉诃德并拢的双脚，结果使他整个身子失去鞍座的支撑。多亏他一只胳膊吊着，否则就摔倒在地上了。这一来，可把他疼坏了，他觉得不是手腕折了，就是胳膊断了。他实际上离地面很近，脚尖可以蹭上泥土。不过这对他更糟：他见差一点脚掌就着地了，于是拼命抻长身子往下够，真是费了老劲。就像那种"吊滑轮"酷刑，眼看着够着地面又够不着，心想只要稍微抻直一下身子就落地了，结果是每用一次力，就增加一分疼痛，纯粹是自己折磨自己。

Capítulo XLIV · 第四十四章

这里接着讲述客店里的怪事

堂吉诃德实在疼得受不了，就大呼小叫地喊起来。店主吓坏了，急忙开了门，跑出去看究竟是谁这样号叫。那几个赶路的也凑了过去。这片喊声也吵醒了玛丽托尔内斯。她很清楚是怎么回事，径直跑进堆干草的小屋，趁没人注意的工夫解开拴堂吉诃德的缰绳。于是店主和那些赶路的眼睁睁见他掉在地上，一起赶上前去问他怎么了，为什么喊叫。他一言不发，从手腕上褪下绳子，站起来跨上洛西南特，端起圆盾、抓起长矛，沿着空场走出去一段路程，然后催马小跑，转回来说："谁要是敢说我刚才活该中了魔法，我就不得不恳请猕虵猕蚣娜公主大人恩准，当面戳穿那人的谎言，向他发出挑战来一场殊死搏斗。"

刚到的几个过路人听了堂吉诃德的话都大为惊讶。店主马上给他们讲明了原委，说此人是堂吉诃德，头脑不太清醒，不必与他计较。于是他们便问店主客店里是否来了一个十五岁光景的少年，一身骡夫打扮，还提供了别的特征，都很符合堂娜克拉拉的情人的模样。店主回答说投宿的客人很多，他没专门留意过他们打听的那个人。这时候，他们之中有人看到法官乘坐的马车，就说："那孩子一定在这儿。都说他一直是跟着这辆马车的。咱们门口留一个人，其他的进客店去找。对了，最好再留下一个看着客店四周，别叫他跳院墙跑了。"

"就这么办。"另一个人应道。

于是两个人进了客店，一个人站在门口，还有一个绕着房子巡视起来。店主都看在眼里，可他不明白干吗费那么大事，不就是要找那个他们打听的小伙子吗？

这会儿天已经大亮，更何况刚才堂吉诃德一通乱吵吵，客店里所有的人都醒过来而且起了床。堂娜克拉拉和多洛苔亚自然不必说了：一个离情人那么近，心里很难平静；另一个着急要见到小伙子。两人一晚上都没睡好。

堂吉诃德见那四个过路人一点也不理睬他，对他的挑战毫无反应，急赤白脸地气得要死。恨只恨骑士的规矩太严，在他立誓对别人承诺的义务尽到之前，绝不能另辟战场；否则他会立即和那些家伙交手，就是强拉硬拽，也得逼他们应战。但是他很明白，他首先必须扶助猕虾猕蚣娜公主登上王位。在这期间，不该也不能节外生枝，只好忍气吞声，悄悄待着，且看那些过路人在忙活什么名堂。他们当中的一个终于找到了他们跟踪的少年。那孩子正安然睡在一个骡夫身边，哪里会想到有人跟踪他，更不用说找到他了。

那人一下抓住他的胳膊说道："我说堂路易斯少爷，你这套行头倒挺合乎你的身份啊！你母亲把你娇生惯养一场，原来就是叫你睡到这样的床上呀？"

小伙子揉了揉睡意惺忪的眼睛，把那个抓住他不放的人端详了好一阵子，原来是他父亲手下的佣人。这一惊非同小可，吓得他半天说不出一句话来。那佣人又接着说："堂路易斯少爷，这会儿你就甭想别的了，乖乖离开这里回家去。我想你不会眼看你的父亲、我的老爷离开人世吧！他因为找不到你伤心得就差走这条路了！"

"我父亲怎么知道我换了这身衣服到这里来了？"堂路易斯问。

"你跟一个同学谈过自己的心事，"佣人回答说，"是他说出来的。你父亲想你想得好苦，他实在看不下去了。这不，你父亲派了四个佣人来找你。就是我们四个，都是来服侍你的。没想到这档子差事办得挺顺利，马上可以把你送到亲人的眼前，我们真是太高兴了！"

"这得看我自己乐意不乐意，还得看老天怎么安排。"堂路易斯说。

"你有什么不乐意的？再说老天除了叫你回家去，还能有什么安排？甭再打别的主意了！"

他们两人之间的对话，都让堂路易斯身边的骡夫听到了。他连忙跳起来，跑去把一切都告诉了堂费尔南多、卡尔德尼奥和其他所有已经起床穿好衣服的人，说那人如何用"堂"称呼小伙子，两人又如何对答，一个叫一个回家，另一个又如何不愿意。大家都知道那小伙子有一副天赐的好嗓子，听说这回事以后，就更急于要打听清楚他是什么人，而且一旦有人强他所难，还打算帮他一把。他们一起走了过去，见他还在不停地跟仆人论理。这时候，多洛苔亚走出房间，堂娜克拉拉六神无主地紧跟在后头。多洛苔亚把卡尔德尼奥叫到一边，三言两语讲了讲歌手和堂娜克拉拉的来历。卡尔德尼奥也说了说歌手的父亲如何派佣人来找他，可是他没有压低嗓门，结果堂娜克拉拉全都听到了，心里一急，差点摔倒在地上，幸亏多洛苔亚一把扶住了她。卡尔德尼奥叫多洛苔亚她们俩回房间去，说他自有办法，两个姑娘便依从了他。

那四个来找堂路易斯的佣人都进了客店，把他团团围住，劝他别再迟疑，赶紧回家去让父亲放心。小伙子一再回说万万不能，因为他还有一段与性命和声誉有关的心事未了。可是几个佣人逼得更紧，说他们绝不能空手折回，管他情愿不情愿，反正得把他带走。

"这你们办不到，"堂路易斯说，"除非是拖着我的尸体回去。你们要是硬来，就别想让我活着到家。"

他们正在纠缠不清呢，住在客店里的大部分人凑了上去。最先露面的是卡尔德尼奥、堂费尔南多和他的伙伴们、法官、神甫、理发师，还有堂吉诃德，他觉得已经没有必要站岗守卫城堡了。卡尔德尼奥刚听说了那小伙的来历，就问那几个执意要带走他的人，为什么非得逼那少年回家。

"我们是想救他父亲一命，因为这位绅士一跑，老人简直活不成了。"他们当中一人回答道。

堂路易斯一听马上说："没必要在这里谈论我的事情。我是自由的，如果我愿意，自己就回去了；如果我不愿意，你们谁也甭想强迫我。"

"你总得讲点情理吧。"那人对他说，"你不讲，我们还讲呢。我们就是冲这个来的，所以非把你带走不可。"

"讲讲看，到底是怎么回事？"法官这时候开口了。

那佣人见他是主人家的邻居，就说："法官大人，您难道不认识这位绅士？他就是您邻居的儿子。您这不是看到了，他换上这一身有失体面的衣服，背着父亲从家里跑出来了。"

法官仔细看了看，果然认出来了，便一把抱住他说："堂路易斯少爷，你穿着这套人家说不怎么体面的衣服跑到这儿来，是要小孩子脾气呢，还是出了什么大事？"

小伙子两眼泪水直流，并不回答法官的问话。法官叫那四人放心，说事情总会解决的。然后他拉起堂路易斯的手，把他领到一边，问他到底为什么离家出走。正在他问这问那的工夫，突然听到客店门口大吵大闹起来。原来是头天晚上住店的两个客人，趁大伙儿忙着打听那四个人来干什么，想不付店钱偷偷溜走。可是店主毕竟更关心自己的生意，也就顾不得别人的闲事了，跑上去一把抓住，把他们堵在门口讨账，还骂他们用心下作，话说得很难听，惹得那两人对他拳脚相报，大打出手。可怜的店主最后不得不大声呼救。老板娘和她女儿见别人都没空，只有堂吉诃德一个闲人能帮上忙。店主女儿便对他说："骑士老爷，既然上帝给了您那么大本事，求您赶快救我那可怜的父亲一命，两个坏蛋快把他捶成肉末了。"

听了这话，堂吉诃德却一点也不着急，不慌不忙地答道："美丽的小姐，您的这番请求来得不是时候。我对另一个人的承诺还没有了结，所以这会儿不能掺和别的事情。不过我倒可以想个法儿帮您，我看咱们这样吧，您跑去告诉您父亲，叫他尽量坚持拼搏，千万不能败下阵来。我趁这工夫去求猕虼猕蚣娜公主恩准我助他一臂之力。只要公主大人发话，您就尽管放心，我一定帮他脱难。"

"真是作孽啊！"玛丽托尔内斯在一旁搭了话，"不等您得到恩准，我老爷怕就一命归天了。"

"小姐，您就容我去试试，我肯定会得到恩准。"堂吉诃德说，"一旦我得到恩准，您父亲即使归了天也没有关系，我一定会把他从那儿弄回来，老天挡也挡不住。最起码我也会狠狠教训那些把他送上天的人，多少给您出口气。"

说完，他就过去跪在多洛苔亚面前，满嘴游侠调、骑士腔，求公主大人恩典，允许他前去帮助救援身罹大难的城堡主公。公主大人很痛快地恩准了他。于是他便端起圆盾，举起佩剑，奔到客店门口，两个住店的正狠命地收拾店主呢。可是他到了那儿并不动手，只是呆呆地站着。玛丽托尔内斯和老板娘在一边问他干吗发愣，一个催他帮主人，一个求他救丈夫。

"我是在想，"堂吉诃德说，"我不能持剑对付侍从阶层的人。快把我的侍从桑丘叫来，这场保卫战和讨伐战该是他分内的事。"

他们几个就在客店门前，那里拳来脚去从不落空，店主一直吃亏。而缩手缩脚的堂吉诃德，惹得玛丽托尔内斯火冒三丈，急得老板娘和她女儿死去活来，干瞅着各自的主人、丈夫和父亲遭受折磨。

不过我们还是由他去吧，反正少不了有人帮他一把；要么就叫他忍气吞声，挨着吧，谁让他不自量力、贪得无厌呢！我们还是后退五十步，回头看看刚才丢下的堂路易斯。当时法官问他干吗穿一身下等人的衣服，步行跑到这儿来，咱们且看他是怎么回答的。小伙子听到问话，紧紧抓住法官的双手，泪流满面，十分痛苦，对他说道："先生，看来我只好实话实说了。天意安排咱们两家做了邻居，叫我见到您的女儿、我的心上人堂娜克拉拉小姐。从那一瞬间起她就占有了我的心灵。您作为我的父辈尊长如不反对，我今天就可以娶她为妻。为了她，我背着父亲离家出走；为了她，我换了这身衣服一路追随，犹如飞镝奔向目标、水手盯着北斗。她本人并不知晓我的心意，不过多次见我眼泪汪汪地站在远处，她或许能猜出个大概。先生，您想必了解我父母的家产和门第，也知道他们只有我这一个继承人。如果您觉得就凭这些，不妨尝试着成全我一番，那就先收下我做儿子吧。或许我父亲另有打算，不满意我为自己找到的幸福，那就让时光去说服和改变他吧；人心是拗不过岁月的。"

多情的少年说完这话就不再言语。法官惊愕得目瞪口呆，事情是那么突如其来，而且堂路易斯竟能如此委婉得体地倾吐自己的心曲，他一时确实不知该怎么办，只好先劝慰对方平静下来，设法稳住几个佣人别当天把他带走，这样才能有时间想出对大家都妥善的办法来。他的双手被堂路易斯强拉过去亲吻，而且浸满了泪水。即使是铁石心肠，见了这场面也会软下来，更何况是法官呢。他很清楚这桩婚姻对他女儿有多大好处。当然他要尽最大努力争得堂路易斯的父亲同意。他还听说那人正活动着为儿子弄个爵位呢。

堂吉诃德这次并没有怎么嚷嚷着动武，而是极力好言相劝，终于叫房客跟店主讲和，如数付清了欠款。堂路易斯家的几个人正等着法官说完话，看他们的小少爷拿什么主意。这时候，从不闲着的魔鬼又招事了，偏偏客店里来了一个理发师，正是堂吉诃德和桑丘·潘沙都见过的那个：一个夺了人家的曼布里诺头盔，另一个跟人家交换了毛驴鞍具。那理发师牵着驴子走进马圈的时候，正碰上桑丘·潘沙在收拾鞍具。他一眼就认了出来，当即扑上去说道："啊，强盗先生，可让我在这儿逮住你了！你夺去了我的铜盆、鞍子和整套家什，快都还我！"

桑丘见有人冷不丁扑上来，嘴里还一个劲骂着，一只手急忙紧紧抓住鞍子，另一只手一甩，给了理发师一个大嘴巴，当下就打得他牙齿出血。可那人并没有因此放松紧抓在手里的鞍架，还一边大声喊叫起来。客店里的人们听到吵闹，纷纷闻声而至，只见理发师说道："这里还有没有王法！这个截道的家伙抢了我的东西不算，还想杀了我！"

"你胡说！"桑丘应道，"我不是什么截道的！这些东西都是我主人堂吉诃德打仗赢来的战利品。"

堂吉诃德都看在眼里了，十分满意他的侍从居然如此能攻能守，果真是个有出息的角色，心里暗中决定，一有机会就马上封他做骑士，想来他绝不致辱没了骑士精神。那理发师还在争吵，嘴里不停地数落着，正说道："先生们，这副鞍子是我的，就像我的命是上帝的一样。我一眼就认出了，简直跟从我肚里生出来的差不多。我的驴子也在圈里，它绝不容我撒谎的。不信可以试试嘛，要是跟它不般配，算我是个无赖。还有呢，他们抢走我鞍子的那天，还夺走了我的铜盆，崭新崭新的，一次也没用过，花了整整一个金埃斯库多呢。"

这时候，堂吉诃德忍不住说话了。他往两人中间一站，把他们推开，然后拿起鞍子放在地上，让大家看个清楚，那到底是什么。他说："我要请诸位仔仔细细看个明白，这位侍从老先生显然是弄错了。他称作'铜盆'的那东西，分明是古往今来、一成不变的曼布里诺头盔。那是我打了胜仗从他那儿赢来的，合理合法地归我所有。至于那副鞍具嘛，我不打算掺和。不过我可以告诉你们，这个吃了败仗的孬种倒有一副很漂亮的马具，我的侍从问我可不可以缴获过来装备他的坐骑，我说可以，他就拿了。要问马具怎么变成了驴鞍，那我只能按老套路回答了：干骑士这一行的常遇到这些变幻莫测的怪事。不信你们等着瞧。我的好桑丘，快跑去把头盔取来，就是这位老先生说的铜盆。"

"哎呀，我说老爷！"桑丘喊了一声，"除了您的话，我们拿什么来证明啊？您那个'蛮梨挪'头盔明明是铜盆，这位老先生的马具也确实是驴鞍子嘛！"

"照我说的去做，"堂吉诃德吩咐他，"我不信这城堡里所有东西都听魔法摆布。"

桑丘只好去找铜盆，当即取了来。堂吉诃德见了，接过拿在手里说："诸位瞧仔细了，这就是我说的头盔。且看这个侍从还有没有脸说它是铜盆。我以我的骑士身份发誓，这就是我从他那儿夺来的头盔，既没多出什么，也不缺少什么。"

"这倒是真的。"桑丘插嘴说，"从我老爷赚来它到现在，就用它打过一次仗，就是放走那伙倒霉罪犯的那次。还真多亏了这个头盔盆儿，他那次才没遭大殃，那可真是石块满天飞哟！"

CAPÍTULO XLV · 第四十五章

曼布里诺头盔和驴鞍疑案终于水落石出
并兼叙其他确实发生过的事情

"先生们，你们看见了吗？"理发师说，"这两位绅士说什么来着？他们还是一口咬定这是头盔，不是铜盆。"

"不管谁持相反看法，"堂吉诃德说，"要是骑士，我就说他撒谎；要是侍从，我就说他成心骗人。"

我们的理发师也一直在场，他很清楚堂吉诃德的毛病，想有意助长他的混话，叫他接着胡闹下去给大家取乐，于是便对另一个理发师说："理发师先生，不管你是谁，告诉你，我跟你是同行。我领到营业执照已经二十多年了，非常熟悉理发行业的所有家什，一样也不会认错。恰恰我年轻的时候又当过兵，知道什么是头盔，什么是高顶盔，什么是面罩盔，还有其他军队里的事情，比方说吧，各种各样的兵器。要是有人见多识广，我愿意求教，不过眼下依我说呀，这位老先生手里拿着的根本不是什么理发师的铜盆，差得远着呢，就像黑白真假一样，一眼能看分明。我还想说，头盔倒是头盔，可不怎么齐全。"

"可不是嘛，"堂吉诃德说，"少了下半截的护颌。"

"没错。"神甫说，他已经明白了他朋友理发师的用意。

卡尔德尼奥、堂费尔南多和他的伙伴们也都跟着随声附和。连法官大人，要不是一心惦记着堂路易斯的事，也会帮腔凑趣的。可是他脑子正转悠来转悠去呢，顾不上跟大家一起逗乐。

"我的上帝！"受捉弄的理发师喊起来，"这是怎么回事？这么多正经人都说这是头盔，不是铜盆！整所大学的聪明人都来了，也会给弄糊涂的。得，要是这铜盆是头盔，那这驴鞍，也像这位先生说的，是马具喽？"

"我看是驴鞍，"堂吉诃德说，"不过我已经说过了，我不想掺和这事。"

"究竟是驴鞍还是马具，"神甫声明，"就看堂吉诃德先生怎么说了。要论游侠骑士方面的学问，我和这些先生都不如他。"

"先生们，上帝保佑我！"堂吉诃德说，"这城堡里发生了这么多怪事，我来这里投宿两次，两次都是这样。所以，凡是这里的事情，不管你们问什么，我都没法说准。我看这里的一切都是由魔法摆布的。上一回，这里有个摩尔人施展魔法，把我足足折腾了一通。他的好些走卒又把桑丘害得好苦。昨天晚上，我这只胳膊整整被吊了两个钟头，我一直弄不明白为什么赶上这桩倒霉事。现在要我就这桩糊涂案子谈谈自己的想法，岂不是强人所难？至于说这玩意儿是铜盆还是头盔，我已经答复了。而要弄明白那东西是驴鞍还是马具，我可就不敢妄加判断，我看还是由诸位的高见来决定吧。各位不像我封过骑士，也许与此处的魔法无涉，可以清醒地观察思考，如实判断这里的种种事情；不像我，看到的都是幻象。"

"毫无疑问，"堂费尔南多接上茬儿，"堂吉诃德先生说得很在理，如今轮到咱们来判明这桩疑案了。为了可靠起见，由我来暗中征集大伙儿的看法，然后我再把结果原原本本公布出来。"

所有知道堂吉诃德毛病的人，不过是借此好好戏耍一番。可是不明真相的人觉得这简直是世间罕见的荒唐事。他们当中有堂路易斯的四个佣人，堂路易斯本人，还有另外三个凑巧刚刚赶到的客人，看样子挺像巡逻队员，而且果真就是。不过最气得要死的还是那个理发师，他眼看着自己的铜盆在鼻子尖底下变成了曼布里诺头盔，而那架驴鞍也保不准会变成华贵的马具。堂费尔南多煞有介事地挨个儿咬着耳朵询问人们，要他们悄悄说出，那个争来抢去的宝贝到底是驴鞍还是马具。大伙儿你看我，我看你，觉得十分有趣。他把所有认识堂吉诃德的人都问了一遍，然后大声说道："我说老兄，我看不必再多问了。凡是我问过的人，个个都告诉我，说这是驴鞍简直是胡扯，明明是马具嘛，而且是给名贵骏马用的。所以呀，你就认了吧，只好对不起你和你那头驴子了：这是马具，不是驴鞍。谁让你拿不出像样的证据为自己辩解呢！"

"我敢说，你们诸位全都弄错了。"可怜的理发师喊道，"不然，我情愿不进天堂。就是我的灵魂到了上帝那儿，这玩意儿在我眼里也是驴鞍，不是马具。不过，'国王说话……'①算了，我不说了。我可真的没喝醉，肚里还空空的呢，只不过是装了点儿罪孽罢了。"

理发师死不开窍，堂吉诃德满嘴胡言，都惹得大家捧腹大笑。这时候，堂吉诃德又说："事情到此为止，各人拿走各人的东西得了。上帝赐福，圣彼得祝福。"

堂路易斯的一个仆人开口了："除非这是成心逗着玩，不然我真想不通，眼前站着的都像是些明白人，可怎么就是一口咬定这东西不是铜盆，那玩意儿不是驴鞍？既然这半天一直见你们众口一词这么说，我心里难免琢磨起来：事情明摆着，谁都清楚，可硬是睁着眼瞎说，这其中必有奥妙。我敢赌咒（他接着就撂出一句囫囵个儿的咒语），这世上谁也甭想叫我相信这不是理发的铜盆，那不是叫驴的鞍子！"

"也完全可以是草驴的！"神甫说。

"反正一样，"那仆人说，"咱们争的不是这个。各位说不是驴鞍，

---

① 完整的谚语是"国王说话就是法"。

我说是的。"

那几个巡逻队员早就进了屋，一直在听他们吵什么。这时候其中一个怒气冲冲地喊起来："驴鞍就是驴鞍，就像我的亲爹是我的亲爹一样，谁要说不是，那他准是喝得烂醉了。"

"胡说！你这个下贱的混蛋！"堂吉诃德当下给了他一句。

说着便举起永不松手的长矛，冲着脑袋打下去，幸亏巡逻队员连忙往边上一闪，不然就会当场倒下去。长矛在地上摔成了几截。其他巡逻队员见自己的伙伴险些遭殃，一起大声呼叫教友公堂的成员前来帮忙。店主正好是他们一伙，进屋去找来了权杖和佩剑，赶紧站在自己人身边。几个佣人团团把堂路易斯围住，生怕他趁乱跑掉。理发师见屋里热闹起来，顺手一把抓住他的驴鞍，桑丘也使劲摁住不放。堂吉诃德抽出佩剑刺向巡逻队员，卡尔德尼奥和堂费尔南多也冲上去帮忙。堂路易斯大声嚷嚷着，叫佣人们丢开他去支援他们。神甫吆喝，老板娘尖叫，她女儿抽泣，玛丽托尔内斯哭号，多洛苔亚惊呆了，露丝辛达吓坏了，堂娜克拉拉晕倒了。理发师棒打桑丘，桑丘乱捶理发师。一个佣人居然放肆地揪住堂路易斯的胳膊怕他跑掉，结果被堂路易斯一拳打得满嘴流血，法官也帮着他动手。堂费尔南多踩着一个巡逻队员，两脚在他身上来回踢了个痛快。店主又一次大声吼叫，向教友公堂求援。总之，整个客店里，有人哭，有人喊，有人叫，有人惊呆了，有人吓坏了，有人晕倒了，有人遭殃了；刀捅棒击，拳打脚踢，头破血流。在这不可开交的一片混乱当中，堂吉诃德的脑海里又浮现出一番情景：他是连腿带身子陷入了阿格拉曼特军营内讧①。于是他大吼一声，震动了整个客店。

"统统住手！把剑插进鞘里，别再打了！要是还想活命，就都得听我的！"

————————

① 阿里奥斯托作品《疯狂的奥尔兰多》中的情节。

他这么一喊，大家都停下来了。于是他接着说："先生们，我不是已经对诸位说过了？这个城堡中了魔法，说不定里面住着整整一个魔鬼军团。证据就在眼前，各位都看到了，阿格拉曼特军营的内讧钻进这里，渗透到我们之中。你们瞧见了吗？你为一匹马，他为一把剑，这儿为老鹰，那儿为头盔，咱们大伙儿互不相让、打成一团。请您过来，法官大人，还有您，神甫先生。您二位，一个当阿格拉曼特国王，一个当索布里诺国王①，叫大家讲和吧。看在万能的上帝面上，我们这么多体面人在一起，居然为区区小事互相残杀，实在有失身份。"

巡逻队员们不明白堂吉诃德在唠叨什么。他们吃了堂费尔南多、卡尔德尼奥和他们一伙的亏，心里还不服气呢。理发师这下可老实了，反正一架打下来，他的驴鞍也撕破了，胡子也揪断了。桑丘到底是个规矩仆人，主人一出声，他就言听计从。堂路易斯的四个佣人也住手了，他们知道再不安分点儿，实在捞不到什么好处。只有店主还在嚷嚷要好好收拾那个惹是生非的疯子，就是他把客店搅得没有一刻安宁。最后吵闹总算暂时平息下去。可是即使到了世界末日，在堂吉诃德的头脑里，驴鞍终归还是马具，铜盆依然是头盔，客店仍旧是城堡。

经法官和神甫劝说，大家总算安静下来讲和了。堂路易斯的佣人们又纠缠起来，叫他立刻跟他们一起回去。就在他们主仆论理的当儿，法官把堂路易斯的一席话告诉了堂费尔南多、卡尔德尼奥和神甫，正跟他们商量这事该怎么办。几人最后商定，堂费尔南多把自己的身份告诉堂路易斯的佣人，就说他想带着堂路易斯一起去安达卢西亚；到了那儿，就凭堂路易斯的身份，一定会受到他的侯爵哥哥的盛情款待；还说他这样做，是因为听说，堂路易斯宁愿被撕得粉

---

① 《疯狂的奥尔兰多》中的人物。

碎，这次也不想回家去见父亲。那四个人弄清了堂费尔南多的地位，也明白了堂路易斯的主意，几人一商量，决定回去三个向主人禀报，留下一个伺候堂路易斯，一直等到捎信的人返回，看主人有什么吩咐再说。

就这样，多亏阿格拉曼特国王的威望和索布里诺国王的机智，一场混战终于平息了。然而，那个专门挑拨离间、惹是生非的家伙①见自己受到冷遇和嘲弄，并没有从刚才挑起的天昏地暗的乱子里捞到多少好处，便打算再次插手试试，重新煽起一场纠纷和争斗。事情是这样的：几个巡逻队员在一旁听到，原来跟他们打架的都是些有身份的人，觉得还是躲开麻烦为妙，因为不论结局如何，打下去反正最后遭殃的是他们。可是他们之中的一个差点被堂费尔南多拳打脚踢地揍散了架子，这时候突然想起来，在通缉捉拿的罪犯当中有堂吉诃德。由于他放跑了苦役犯，教友公堂正四处追捕他呢。看来桑丘的担忧完全有道理。想到这里，他打算核实一下，通缉令上描述的堂吉诃德的面目特征，能不能跟本人对上茬。于是他从怀里掏出一张羊皮纸，一眼就看到他要找的名字，嘴里慢慢念起来。他读得很吃力，一字一顿，两眼老是盯着堂吉诃德的面孔，一点点地跟通缉令核对。最后断定，通缉令上说的显然就是这个人。这下他放心了，一边折起羊皮纸，攥在左手里，一边用右手紧紧揪住堂吉诃德的衣领，掐得他没法喘气，同时大声喊道："都来帮教友公堂一把！我可不是说着玩的，你们看看这张通缉令，上面要抓的就是这个拦路土匪。"

神甫接过那张纸一看，巡逻队员说的果然是真话，上面的字字句句都跟堂吉诃德的面貌相符。堂吉诃德见那下作的坏蛋居然跟他动手动脚，顿时气得怒不可遏，浑身的骨节都咯吱咯吱响起来。他拼了老命，用两手掐住巡逻队员的喉咙。要不是同伙们上去帮忙，

---

① 此处指魔鬼。

他即使当场断了气，堂吉诃德也不会松开的。店主自然是向着自己帮派里的人，赶紧上去援助。老板娘见丈夫又跟人打架了，就又尖叫起来。玛丽托尔内斯和她女儿马上跟她一唱一和，齐声向老天呼救，向在场的人们求援。桑丘见这情景，就说："有上帝做证，还真让我主人说准了，这个城堡果然中了魔法，想在这儿安安稳稳待一个钟头都办不到！"

堂费尔南多只好把巡逻队员和堂吉诃德撕捋开。他们俩一个揪住对方的衣领，另一个掐紧敌手的脖子。当堂费尔南多最终掰开他们手指头的时候，两人都轻松地舒了口气。可是几个巡逻队员还是一个劲儿嚷嚷要抓罪犯，说是请大家帮忙捆绑起来交给他们处治，这才是为国王和教友公堂效劳的正理。说着，又再一次以他们团体的名义要求人们支持援助，尽快捕获那个沿着大路和小道打劫的土匪强盗。

堂吉诃德听了他们这番话，不禁笑起来，心平气和地对他们说："听我说，你们这些下贱东西，你们管这个叫作'拦路抢劫'吗？这叫作：砸碎锁链，解放囚犯，接济困苦，扶持病残，救助弱小。你们这些下等人哪！生来脑子低下愚钝，老天不会让你们懂得游侠骑士的价值的，当然也不会让你们明白：不晓得膜拜游侠骑士的身影已经是莫大的罪过了，更何况是不尊重游侠骑士本人呢！听我说，结伙偷盗的贼坏们！你们哪里是什么巡逻队，分明是教友公堂纵容的一伙拦路匪帮！告诉我，是哪个混蛋签发通缉令，追捕我这样一名骑士！是哪个混蛋，难道不知道游侠骑士是不受法律制裁的？难道不知道他们的利剑就是法律，他们的勇气就是纲纪，他们的意志就是宪章？我再说一遍，是哪个蠢货，难道不知道，不管是谁，只要一受封骑士，投身到游侠骑士的艰苦行当，他就能享受有爵位的贵族也不敢奢望的特权和豁免？请问哪个游侠骑士交纳过产业税、经商税、王室婚礼税、臣服君主税、关卡税、渡口税？哪个裁缝给他做了衣服之后要过工钱？哪个主公在城堡里款待他之后要过饭钱？哪个国王没邀请他同席用餐？哪个大家闺秀没有爱上他，而且以身相许、听任摆布？还有，古往今来，凡是游侠骑士，哪个不是勇气十足地面对四百个巡逻队员，单枪匹马地给他们四百大棒呢？"

Capítulo XLVI · 第四十六章

巡逻队员的奇特经历，
我们的大骑士堂吉诃德的雷霆之怒

　　趁着堂吉诃德絮叨个没完，神甫正对几个巡逻队员好言相劝，告诉他们堂吉诃德头脑不清醒，这只要看他说话行事就知道了，因此，这桩公案到此了结就算了。不然，即使把他抓起来带走，考虑到他是个疯子，迟早还是要放了的。可是那个携带通缉令的老兄回答说，堂吉诃德疯不疯，他管不着，他只知道执行上司的命令。他这次逮住犯人之后，哪怕别人放走三百次，跟他也没什么关系。

　　"你说得也对，"神甫承认，"可是这次你最好还是别抓走他，而且依我看，他也不会轻易让你抓走的！"

　　到末了，一来神甫确实很会说话，二来堂吉诃德真的也太疯癫，要是巡逻队员们再看不出他的毛病，八成是他们自己也疯得差不多了。所以他们最后决定，还是息事宁人为妙，甚至自愿充当理发师和桑丘·潘沙之间的和事佬。那两人还在怒气冲冲地吵个没完。巡逻队员们毕竟是执法机构的成员，很快就公平合理地判完了案子。最后双方虽不能说兴高采烈，至少部分满足了各自的心愿。他们对调了驴鞍，但是不包括肚带和笼头；至于曼布里诺头盔，神甫瞒着堂吉诃德给了理发师八雷阿尔的铜盆钱。收款人还写了收据，表明账款已清，永不反悔。

　　这两项最主要最麻烦的争端解决了，如今就看堂路易斯的佣人是不是按他们商定的回去三个，留下一个陪少爷去堂费尔南多要带他去的地方。看来，客店里的情人们和勇士们确实时来运转了，屏障接连坍塌，困难相继解决，一切都朝着美满的结局发展。几个佣人同意按堂路易斯的意思办，堂娜克拉拉听了，自然十分高兴。这时候不管谁把目光投向她，都能从脸上看出她内心的喜悦。索莱达虽说不完全明白跟前发生的事情，可是也跟随着别人的面部表情，伴同大家忽忧忽喜。当然，她两眼更多的是盯着她那个西班牙人，简直可以说她把自己的心都系在他身上了。

神甫送给理发师那笔不小的偿金怎能逃过店主的眼睛！他开口向堂吉诃德要账了，其中包括戳破的皮囊和流光的酒。他赌咒说，如果不分文不差地付清欠款，洛西南特和桑丘的毛驴就甭想离开客店。神甫又一次好言相劝，堂费尔南多支付了这笔开销。当然法官先生也表示愿意解囊。最后大家终于都心平气和了，客店不再像堂吉诃德说的那个内讧的阿格拉曼特军营，而呈现出屋大维①太平盛世的一片宁静。人们一致认为这一切都归功于神甫先生的热心和口才，还有堂费尔南多无与伦比的慷慨大方。

堂吉诃德见自己终于身无羁绊，摆脱了本人和侍从的种种麻烦，于是便想到该继续赶路了，把他有幸应召受托的大事办完。只见他一副义无反顾的模样，走上去跪在多洛苔亚面前。姑娘坚持说他不站起来，就不听他说话，堂吉诃德只好从命，站起来对她说："美丽的公主，常言道，勤奋是好运之母。凡是饱经大事的人都知道，只要认真努力，再棘手的问题也能顺利解决。对于作战打仗来说，这话更是千真万确。行动迅速敏捷，就可以先发制人，趁敌人不备之时出奇制胜。尊贵高尚的公主，我这样说，是因为我觉得，继续滞留在这个城堡里已经毫无意义，有百害而无一利。我们迟早会看到这点的。说

---

① 屋大维：罗马皇帝。

不定跟您作对的巨人已经暗中派来了精明的探子，得知我要前去摧毁他，抓紧时间修筑起牢不可破的城堡和壁垒。到那时候，任凭我不倦的臂膀多么强壮机敏，也终究无济于事。所以，我说公主呀，咱们还是按我刚才说的，勤快点儿，抢先挫败他的意图，赶紧上路去追随好运。只要我跟您的仇人交上手，殿下您就可以称心如意、安享太平了。"

堂吉诃德闭上嘴，再也不说什么了，静静等着美丽的公主答复。那姑娘一副君王派头，学着堂吉诃德的腔调，回答他说："骑士先生，十分感谢您为我排忧解难的满腔热忱，不愧是以救助孤苦弱小为己任的真正骑士。望上天保佑，助你我二人如愿以偿。届时您将看到人间尚存知恩必报的女子。至于我是否应该立即启程，这方面我完全遵从您的心意，您可以随心所欲地支配我。既然我已经把自身的安危和王位的恢复完全托付给您了，自然绝不会违拗您的种种明智举措。"

"一切都靠上帝安排。"堂吉诃德说，"您一位公主待我如此谦卑，更催我及早扶您站立起来，登上世袭王位。咱们要立即出发，我已经迫不及待地等着上路了。常言道，迁延误大事。无论是上天入地，我都绝不退缩畏惧！桑丘，快给洛西南特套上鞍辔，备好你的毛驴和女王的驯马，咱们辞别这个城堡和诸位先生，尽快离开这里。"

桑丘一直在旁边盯着这个场面，这时候，左右摇了摇头，说道："哎呀呀，老爷呀老爷！村里丑事多，处处都听说。我说这话还请各位规矩小姐别见怪！"

"世上的村里和城里能有什么丑事？就算处处听说，又能碍着我什么？你这个混蛋！"

"老爷您要生这么大气，我可就不说了。"桑丘应道，"把有些话告诉主人，本来是好侍从和好仆人分内的事。"

"有话尽管说，"堂吉诃德催他，"可别想用你的话来吓唬我！你要是害怕，那是你的事，我可不害怕，因为我就是这么个人。"

"不是这意思。哎呀，我真不知是作了什么孽！"桑丘回答道，"我已经打听清楚了，这位自称是猕虼猕蚣王国公主的小姐，跟我亲娘一样，什么也不是，她要真是她说的那样，只怕不至于没完没了地回过头去，背着大伙儿，跟这圈儿里的一位啃来啃去！"

桑丘的一席话，说得多洛苔亚满脸通红。确实，她丈夫堂费尔南多不时避开外人的目光，用嘴唇满足一下自己热切的欲望，结果桑丘都看到了。他觉得这种轻佻举动倒更像个风尘女子，哪里是什么伟大王国的女王啊！多洛苔亚不想也不能驳斥桑丘，只好由他数落下去。桑丘接着说："我是说，老爷，咱们走遍了大路小道，晚上受罪，白天遭殃，末了，叫一个跑到这客店来取乐的家伙沾了光。我干吗要着急给洛西南特套上鞍子、备好毛驴和驯马呀？我看咱们都老实待着得了！婊子纺线，大伙儿吃饭！"

我的上帝啊！堂吉诃德的火气好大呀！他没想到自己的侍从竟然说出这么一长串不成体统的话。我是说，他大发雷霆，声音也变了，舌头也不管用了，两眼几乎喷出火来。他说："你这个贱坯、流氓、不要脸的、蠢货，你烂了舌头、满嘴胡呲、大胆妄为、喊喊喳喳、毁人名声！你怎么胆敢当着我的面、当着诸位名门闺秀的面说出这种话来？你居然胡思乱想、琢磨出这些下流念头来？快从我眼前滚开！你这丑八怪、骗人精、谎话王，你满肚子坏水，满心眼毒汁，满嘴巴蠢话，竟敢亵渎王室贵人！快滚开！不许再到我面前来，别再惹我发火！"

说着，他眉头一皱，腮帮子一鼓，向四周扫了一眼，然后用右脚狠狠踢了一下地面，表明他内心是多么怒不可遏。这一番话再加上那副暴跳如雷的样子，吓得桑丘连忙缩起脖子，恨不得脚下的地面当即裂开把他吞下去。他一时不知如何是好，只得掉转身去，躲开怒气冲冲的主人。可是机灵的多洛苔亚十分了解堂吉诃德的癖性，这时便设法平息他的怒火："苦脸骑士先生，完全不必为您可怜的侍从说的蠢话大动肝火。或许他这番话不是无缘无故说的。他是个明白人，又有基督徒的良心，绝不会任意诽谤别人。骑士先生，恐怕还是您刚才说得对，这个城堡里的一切都是听魔法摆布的。说不定桑丘就是这么鬼迷了心窍，才看见了他说的那些有损我清白的事情。"

"万能的上帝明鉴，"堂吉诃德喊道，"殿下您一下就说到点子上了！这该死的桑丘准是白日见鬼了；要不是魔法作怪，他怎么会看到这些事情？我可了解这个没用的家伙，他老实巴交，没什么心眼儿，是不会瞎说坑人的。"

"没错，这种事还会有呢！"堂费尔南多建议，"所以我说，堂吉诃德先生，您得趁魔法把他折腾得发疯之前，赶紧原谅他，跟他言归于好，'*依然如故*'①。"

堂吉诃德回答说他准备原谅他，于是神甫去找桑丘。只见他低眉顺眼地走来，跪倒在地上求主人把手伸出。堂吉诃德伸过手去叫他亲吻，对他祝福过后说道："我的好桑丘，我对你说过多少遍了，这会儿你总该信了吧？这城堡里的所有事情，都是魔法作怪的结果。"

"我当然信了，"桑丘回答说，"不过得刨去毛毯那回事。那可是实打实，人世间的名堂。"

"不一定，"堂吉诃德告诉他，"要真像你说的，不管当时还是现在，我总可以替你出出气吧。可是不行，当时也好，现在也好，我真看不出能在谁身上为你出这口气！"

大伙儿很想知道那毛毯是怎么回事。店主就一五一十地讲了桑丘·潘沙飞上飞下的故事，惹得人们开怀大笑。要不是他主人一再坚持那是魔法捣鬼，桑丘真得臊死了。不过桑丘傻是傻，可从来没怀疑过这个千真万确、毫不掺假的事实，那就是，把他兜进毛毯乱甩的不是他主人一再坚持认为的阴魂魔影，而是有血有肉的大活人。

---

① 原文为拉丁文。

这些贵宾在客店里住了两天，觉得已经是上路的时候了。大家认为，不必再玩解救猕虼猕蚣娜公主的把戏了，免得多洛苔亚和堂费尔南多绕道陪堂吉诃德回村去，不如由神甫和理发师按原先的设想带他回家去治疯病。正好有个赶牛车的从那儿经过，大伙儿一商量，想出个好办法：用木棍做一个大笼子，可以宽宽绰绰把堂吉诃德装进去；然后，堂费尔南多和他的朋友们，加上堂路易斯的佣人、巡逻队员们以及客店老板，一起按照神甫的主意蒙面，装扮得奇形怪状，让堂吉诃德认不出他们是那个"城堡"里的人。一切准备停当，他们便悄悄走进房间。堂吉诃德一整天打来打去，实在累了，睡得正熟。他哪里会防备有这么一手，只顾放心自在地睡大觉。一伙人走过去，紧紧抓住他，把手脚一捆。等他惊醒过来，再也动弹不得，除了惊讶地呆呆望着眼前的一群怪物，别无对策。不过他很快就明白了，当然又是从他那不断胡思乱想的疯癫头脑里冒出的幻象。他深信那憧憧身影不过是中魔城堡里的鬼魂，而他自己肯定也是中了魔法，不能动弹，更不能反抗。这正是精心策划这套计谋的神甫要达到的目的。

所有的人中间，只有桑丘头脑清醒，模样如故。尽管他也快染上主人的疯病了，可是还没有糊涂到认不出那群丑八怪的地步。然而，他一直不敢开口，想看看那些扑上去把主人捆起来的家伙到底打算干什么。他主人这时候也一言不发，静待这场灾祸的结局。木笼抬过来了，他被关在里面，外头钉死了木条，随他怎么摇晃，也很难弄断。然后他被扛在肩上抬出了屋子。这时候，理发师（不是驴鞍的主人，而是另一个）极力发出阴森恐怖的声音说道："哦，苦脸骑士，请不要在意被装进牢笼。只有这样，你义无反顾承担的伟业才能尽快完成。有朝一日，曼却的猛狮将会同托博索的白鸽，一起低垂高昂的头颅，套上柔情蜜意的婚姻之枷，同床共衾，合二而一，那将是你成就伟业之时。这亘古未有的结合将为世间带来一群勇猛的幼狮，他们定会模仿威武的父亲挥舞锋利的尖爪。只消逃逸仙子的追逐者在他造访众星辰的日常轨道上绕行两圈①，这一切就将应验。而你，剑在腰，髯在颊，又如此嗅觉灵敏，不愧为世上最高贵温顺的侍从，万不可垂头丧气，尽管你眼看骑士之精粹如此被押走。造物者兴致所至，你很快就会跃居高位、身价百倍，恐怕连你自己也认不出来了。你那位难得的主人许下的诺言绝不会落空。我以博学的谎言仙姑的名义向你保证，你必定分文不少地拿到工钱，只需等着瞧就是了。亦步亦趋地跟随这位中了魔法的勇敢骑士吧，无论走到哪里，你们二人必须结伴同行。我不便多说，愿上帝保佑你们，而我自己将哪里来哪里去。"

说到最后他猛然提高了嗓门，接着又一下变成柔声细语，连明白这场恶作剧底细的人们也差点以为真是预言家的声音。堂吉诃德听了预言之后自然放下心来，因为他完全懂得其中的含义，知道这是告诉他必将和亲爱的杜尔西内亚·德尔·托博索缔结神圣合法的婚约，然后从她丰腴的腹部生产出一群狮崽，作为后继人使拉曼却的荣耀永垂不朽。他对此坚信不疑，于是长叹一口，大声说道："我虽然不知道预言我幸福未来的这位是谁，不过请你代我恳求主管我生平行状的魔法大师，千万别让我死在如今禁闭我的牢笼里，因为我一定要看到这无比可喜的预言变为现实。设若果真如此，监禁之苦对我不啻天赐福分，枷锁之累也只当轻柔抚慰。我置身其上的木板不再是艰苦的战场，而变成柔软的卧榻和欢畅的婚床。你方才还宽慰了我的侍从桑丘·潘沙，我本人也一贯深信他的善良和诚实，不论我境遇好坏，他绝不会离我而去。如果万一他不走运或者我本人晦气，我无力履约赐给他一个岛屿或者其他等价之物，至少工钱不会少他的。我早已立下遗嘱，明确规定了他应得的份额，尽管不足以偿付他多时的尽心照料，至少我是尽力而为了。"

---

① 此处指太阳的昼夜运行，典出希腊神话中太阳神阿波罗追逐女神达佛涅的故事。

桑丘·潘沙连忙规规矩矩弯下腰去，亲吻了他的双手，因为两手捆在一起，他没法单吻一只。这时，憧憧鬼影把木笼扛到肩头，安放在牛车上。

CAPÍTULO XLVII · 第四十七章

堂吉诃德·德·拉曼却古怪的中魔方式
以及其他趣闻

堂吉诃德见自己就这样被关进笼子、装上牛车，便说："我读过许多游侠骑士的正史，可是还从来没读过、没看到，也没听说这样运送骑士：把他托付给显然只会懒洋洋、慢吞吞磨蹭的牲口。通常总是让他们轻轻升到空中，裹进一团浓密的乌云里，要么塞进一辆火焰战车，或者驮在神马之类的异兽背上。如今却叫我乘牛车！上帝啊，这可真把我弄糊涂了！也许现在的世道不同以往，骑士章程和魔法妖术都变了。也可能因为当今世上我这个新骑士崭露头角，第一个率先恢复了已无人知晓的骑士冒险行当，所以随之也就更新了劫走中魔者的魔法。你说呢，我的好桑丘？"

"我不知道该说什么好，"桑丘回答，"我不像老爷您念过那么多骑士书。不过呢，我敢发誓，我心里明白，这些在咱们身边晃来晃去的妖魔鬼怪不能说是地道的正经东西。"

"正经东西？我的老爹啊！"堂吉诃德说，"怎么能是正经东西？分明都是些魔鬼，变成奇形怪状的模样，跑来弄这种勾当，把我害到如此田地。你要是想知道真情，只需碰碰他们，摸摸他们，就清楚了。他们哪里有身子，不过是一股气儿，虚有其表罢了。"

"老爷，有上帝做证，"桑丘应道，"我早就摸过了。就说这个忙忙叨叨的鬼吧，身上的肉还挺结实。再说，还有跟鬼不一样的地方呢。我常听人们说，所有的鬼都有一股硫黄味，还有别的难闻的气味。可这个鬼身上是龙涎香味，半莱瓜以外都闻得到。"

桑丘说的是堂费尔南多，一个公子哥儿，当然有桑丘讲的那种味了。

"桑丘老兄，你不必大惊小怪，"堂吉诃德告诉他，"你听我说，魔鬼的本事大着呢。就算他们身上有气味，谁也甭想闻出来，因为他们不过是些阴魂罢了。即便有气味，绝对不会好闻，只能是难闻的臭气。道理很简单，他们走到哪儿，地狱就跟到哪儿，他们总要不停地遭受折磨，不得安生。香味是让人舒服欢喜的，他们怎么能有香味呢？你觉得刚才那个鬼身上有龙涎香味，八成是你弄错了，再不就是他哄你，叫你认不出他是鬼。"

主仆两人就这样你一言我一语地对答。堂费尔南多和卡尔德尼奥担心桑丘真的看穿他们的把戏——其实他早就猜了个八九不离十——两人当下决定赶紧出发。他们把店主叫到一边，吩咐他给洛西南特备好鞍辔，把桑丘的毛驴也收拾停当。那人很快把事办妥了。这当儿，神甫也跟几个巡逻队队员商量好了，叫他们陪同回村，按天付他们工钱。卡尔德尼奥把圆盾和铜盆分别挂在洛西南特鞍架两边的钉子上，然后做了个手势叫桑丘骑上驴，牵住洛西南特的缰绳，又让两个巡逻队员扛起火枪，守在牛车两边。牛车刚要走起来，老板娘、她女儿和玛丽托尔内斯跑出来跟堂吉诃德告别，还假装可怜他的惨境，哭得泪人似的。堂吉诃德对她们说："莫要哭泣，好心的夫人们。凡是干我这一行的都得遭受类似的苦难。不遇到这样的祸殃，我岂能成为四方驰名的游侠骑士？那些默默无闻的骑士永世也碰不到此等事情，因为世上无人惦记他们。而强悍骁勇者却不然，他们的品德和武功招致了许多王公和骑士的嫉恨，于是这些人便用尽歹毒手段来陷害优秀骑士。然而，高尚的品德是无敌的。有了它，哪怕面对开山鼻祖琐罗亚斯德①的全部妖术，骑士也能战无不胜，在世上大放光彩，就像太阳辉耀天穹一样。美丽的夫人们，如果我有所疏忽开罪了诸位，就敬请原谅，因为我从来不会明知故犯，对任何人失礼。还要恳请诸位祈求上帝拯我于羁绊，此番遭遇无疑是某个心术不正的魔法师所为。一旦我重获自由，绝不会忘记诸位在这个城堡中给我的种种恩惠，而且必将感恩戴德，设法效力、酬谢、报答。"

　　城堡命妇们跟堂吉诃德周旋的当儿，神甫和理发师也正在辞别堂费尔南多和他的朋友们，还有上尉和他弟弟，以及那些如愿以偿的小姐，特别是多洛苔亚和露丝辛达。大家拥抱之后，约定互通音信。堂费尔南多把地址告诉神甫，请他务必通报堂吉诃德的景况，还说没有比得到这方面的消息更令他感兴趣的事了。而他也将把自己认为会使对方高兴的新闻及时告知，比如他自己如何结婚，索莱达如何受洗，以及堂路易斯的难题怎么解决，露丝辛达怎么回家。神甫答应他一定句句照办。于是大家又一次互相拥抱，又一次互相许诺。店主走到神甫身边，交给他一沓稿纸，说是在箱子夹层里找出来的，就是装《死乞白赖想知道究竟的人》故事的那只箱子。既然原主一直再没露面，还不如都带走算了。他自己反正不识字，用不着收藏。神甫谢过之后，翻开一看，见开头写着:《林高奈特与戈尔达迪略的故事》②。从题目可以看出是篇小说。他想，既然《死乞白赖想知道究竟的人》很有些意思，这一篇保准也错不了，说不定都是一个作者写的。于是便收了起来，打算有空的时候拿出来读读。然后他跨上马，他朋友理发师也一样，两人都戴着假面，免得堂吉诃德认出来。就这样他们跟在牛车后面上路了。一伙人顺序前行:牛车主人走在头里;刚才说了，车身两边是巡逻队员们，都扛着火枪;紧接着是骑驴的桑丘，手里还

---

① 琐罗亚斯德:传说中古波斯拜火教的创始人。

② 《林高奈特与戈尔达迪略的故事》:塞万提斯本人的作品，收录在《训诫小说》里。

牵着洛西南特的缰绳；尾随的是骑着高大骡子的神甫和理发师。刚才说了，他们都戴着面具，神态安详庄重，跟着几头牛笨重的步伐缓步前行。

堂吉诃德坐在笼子里，两手被缚，双腿伸直，靠在木栏上。他一声不吭，听任摆布，简直不像血肉之躯，完全是一尊石雕。他们就这样静悄悄、慢吞吞走了大约两莱瓜路程，来到一道山谷。牛车夫觉得地方不错，正好可以歇口气，叫牛吃点草，于是便对神甫说了。可理发师主张再往前走走，他知道不远处那个山坡后头有个山坳，水草更加丰美，比眼下看中的这个强多了。车夫采纳了理发师的建议，一行人接着继续赶路。这时候，神甫回过头去，见身后走来六七个骑马的男子，穿戴行装都很考究，不一会儿就追赶上来，因为他们不像懒洋洋的牛车走得那么慢，都骑着教长专用的大骡子，而且急于赶到不过一莱瓜之遥的客店去歇晌。于是勤快的追上了懒散的，大家互相彬彬叙礼。他们之中有个还真是托莱多城的教长，其他旅伴都是他的下属。他看到巡逻队员、桑丘、洛西南特、神甫、理发师一伙人跟着牛车列队而行，尤其是被缚的堂吉诃德关在木笼里，禁不住要询问为什么这般押送此人。其实他已经猜出个大概：从巡逻队员的徽记可以判断出，准是抓住了某个截道的无赖或者别的什么罪犯，准备交给教友公堂去惩处。一个巡逻队员听了他的问话，这样回答道："为什么这位绅士要这样上路，让他自己说好了。我们一点也不知道。"

堂吉诃德听见他们的对答，便说："诸位绅士先生是否也熟悉精通游侠骑士的事啊？设若如此，我自可告知本人的不幸。不然，何必劳神多言。"

这时候，神甫和理发师走上来，见那些行路人正在跟堂吉诃德·德·拉曼却交谈，准备随时插嘴回答，尽量设法不泄露他们的计谋。他们只听教长正对堂吉诃德说："我的弟兄，说实在的，比起维亚勒潘多①的《逻辑学概论》来，我更熟知骑士小说。所以，如果您只要求这个，那尽可以跟我无话不谈。"

"上帝保佑，"堂吉诃德回答，"的确是这样，绅士先生。我要对您说，恶毒的魔法师出于嫉妒，施展诡计，使我中魔被关进这个笼子里。德高望重者诚然会受好人敬爱，但更多受到坏人迫害。我是游侠骑士，不是那种无人知晓、无人铭记的无名之辈，而是堪称后世典范，足以作为楷模引导志向远大的晚辈游侠骑士迈步向前，去攀登武士荣耀的崇高峰巅；哪怕红眼女神暴跳如雷，也不管波斯的巫师、印度的婆罗门和埃塞俄比亚的裸仙人②如何掣肘作梗，我们这些人的英名最终将被供入不朽者的殿堂。"

"堂吉诃德·德·拉曼却说得对，"这时候神甫插嘴说，"他是中了魔法，被装进这辆牛车。他自己并没有什么过错和罪愆，而是那些嫉妒贤能、憎恶勇士的家伙在陷害他。先生，这位就是苦验骑士，也许你曾经听说过这个名字。他光辉的武功和伟大的业绩终将镌刻在坚固的青铜和不朽的大理石上，无论奸佞小人如何竭力玷污，歹毒坏人如何百般涂抹，都将无济于事。"

教长听了笼里笼外两人的这番言语，简直要惊讶得画十字了。他不知道身边究竟发生了什么事情。伴他同行的人们自然也感到十分惊讶。这时候桑丘·潘沙已经凑过来听了半天，便也掺和进来说道："先生们，如今我也顾不得各位是不是高兴听我的话，反正我很清楚，要说我老爷堂吉诃德中了魔法，那我过世的老娘也差不多了。其实他明白得很，他又能吃又能喝，还时不时跟别人一样方便方便，比方昨天进笼子以前就是这样。事情明摆着，怎么能让我相信他中了魔法呢？我可是听不少人说过，中魔的人不吃、不喝，也不睡觉，也不说话。

---

① 维亚勒潘多：西班牙神学家。《逻辑学概论》是他的主要作品。

② 裸仙人：希腊、罗马人对印度婆罗门教徒的称呼。这里堂吉诃德又张冠李戴了。

我的这位老爷啊，要是不管着他点儿，说起话来，三十个律师也比不上。"

说着，他转身看了看神甫，又接着讲下去："哎呀，神甫先生，神甫先生呀！您以为我认不出您来？您以为我猜不透鼓捣出这套魔法来干什么？告诉您说吧，您把脸捂得再严实，我也认得出来；您编得再好，我也明白您那些瞎话。干脆讲吧，小人嫉恨，义士吃亏，穷得当当响，自然不大方。这可真是见了鬼，要不是您神甫大人捣乱，我老爷这会儿早跟猕狂猕蚣娜公主成亲了，我至少也是个侯爵了。就凭我老爷苦脸骑士的好心肠和我对他一场尽心服侍，这些根本都不在话下。可是我看出来了，真像大伙儿常说的那样，运道轮子飞快转，水磨轮子干瞪眼；昨儿个天上飞，今儿个嘴啃泥。我真为我的老婆孩子难受。他们本来完全可以指望我跨进家门的时候已经当上岛子领地的总督主管什么的，可待会儿进屋的不过是个马夫。神甫先生，我说这些，不过是求老爷您心里明白，您可是亏待了我的主人。您现如今把我老爷关起来，小心过世以后上帝找您算账。您把我老爷堂吉诃德捆在这儿，叫他这么长时间不能救人行好，这个罪过你可都得兜着。"

"你在胡说些什么呀，桑丘！"理发师这时候说话了，"莫非你跟你主人是一伙儿的？我的上帝，我看你八成也得进笼子去跟他做伴了！他的那些毛病、那些骑士梦你都沾染上了，简直跟他一样中了魔！见鬼！他许下的那些愿把你弄得神魂颠倒。那些该死的岛子居然钻进了你的脑瓜，你还那么惦记着！"

"谁也没把我弄得神魂颠倒，"桑丘反唇相讥，"就是国王也没本事糊弄我。我穷是穷，可也算正宗基督徒了。我不该谁，不欠谁。我只不过想要几个岛子，有人还想要更糟的东西呢！行什么事，成什么人；我一个男子汉，没准还能当上教皇，区区小岛总督算什么！说不定我老爷赚来的岛子多得不知送谁呢！理发师先生，您说话好听点儿。世上的事不光是刮胡子，人和人还不一样呢。我这么说，是因为咱们谁都知道谁的底细，可别把假骰子丢给我。说到我主人是不是中了魔，上帝自知内情。得了，还是别再搅和的好。"

理发师不打算理睬桑丘，免得那小子蠢话连篇，把他和神甫极力想掩盖的事情全都抖搂出来。神甫也很担心，就让教长跟他一块儿往前多走几步，好告诉他笼内关人的奥秘，还有其他逗人的事情。教长便听了他的，和自己的随从向前赶了几步，专心致志听了神甫的一席话，从堂吉诃德的身份、生平讲到他的习性和疯病，简单叙述了他癫狂的原因，怎么开的头，以后又一步步干了什么，一直到被关进笼子；还有他们如何设计把他带回家乡，看看是不是有法子治好他的疯病。教长和他的随从们听了堂吉诃德的古怪事不免又是一阵惊诧。听完了，就说："说真的，神甫先生，我本人觉得，所谓骑士小说对国家实在是有害无益。我闲来无事，一时好奇，几乎浏览了所有这种出版物的开头，可是没有一本能叫我耐着性子从头读到尾。依我看，这本和那本都差不多，都是一路货色，这本不比那本强，新的不比旧的好。我认为，这类文字和作品还不如常说的米利都①低级无聊故事。这些就够荒唐的了，只供消遣，毫无教益，完全不同于那些劝善故事，既能供人消遣，又能给人教益。就算这类书籍的主要旨趣在于供人消遣，可我弄不明白，那满纸的胡言乱语怎么能够达到这个目的？因为只有目光所及、想象所至，看到的事物是美好而和谐的，人的心灵才能得到欢娱。凡是丑陋畸形的东西都不能唤起我们的愉快感觉。那么请问，要是一本书或者一则故事，讲到一个十六岁的小伙子一刀下去把个高塔似的巨人砍成两截，就像切甜点心一样，这种东西能给人什么美感呢？它的部分和整体之间或者整体和部分之间能有什么和谐的比例？假如描写的是一场战争，告诉我们敌方有雄兵百万，书中的主人公只是单枪匹马对付他们，然后强迫我们相信，他仅靠强壮的

---

① 米利都：小亚细亚的古代希腊城邦。

臂膀，最后必将大获全胜，这种东西有什么意思呢？一位女王储或者女皇储居然随随便便投入素不相识的游侠怀抱，对此我们又能说些什么呢？一座高塔满载着骑士在海上乘风前进，今天夜里抵达伦巴第[①]，明天一早就到了印度祭司王约翰的国土，或者托勒玫[②]未曾提及、马可波罗也没见过的别的什么地方，这种东西，除了粗鄙无知的头脑，谁读了能心悦诚服呢？也许会有人驳斥我说，炮制这些书的作者动手写的时候就明知自己是在胡说，所以没必要关心细节是否真实。可我认为，即便是胡说，也要编得像模像样，因为越是真假难辨的东西越能引起兴趣。虚构的故事必须得到读者的理解和认可，让子虚乌有触手可及，变恢宏威严为平凡可亲，这样才能引人入胜，造成始料莫及、喜出望外、震慑和愉悦并行的效果。不懂得逼真描摹的人自然做不到这一点，而这又恰恰决定了作品是否成功完美。

"可我看过的骑士小说没有一本是部分和整体协调一致的。它们都做不到主干与开头呼应，结尾又与开头和主干呼应。它们往往是七拼八凑，似乎作者有意造就一个妖魔和怪物，而不是尽心描绘一个完美匀称的形象。除此之外，还大抵文笔艰涩，情节荒诞，充满放荡的情爱、做作的礼节、冗长的拼杀、愚蠢的说教、离奇的旅程；总之，完全背离了得体的创作手法，因此在基督教国家，应该像对待废物一样把它们清除干净。"

神甫一直专注地听他讲完，觉得他显然是个很有见识的人，说得合情合理；而且声明他本人大有同感，也十分讨厌骑士小说，甚至焚烧了堂吉诃德所有的这类藏书，数量相当可观。他向教长讲述了那次大清点，说哪些书被判了火刑，哪些得以逃命。教长听了开怀大笑，说他虽然狠狠褒贬了这类书，可是发现它们也有一样好处：它们提供

---

① 伦巴第：意大利城市。
② 托勒玫（约 90—168），古希腊天文学家、数学家、地理学家和地图学家。

了广阔无边的场所，让才情出众的头脑大显身手，无拘无束地飞笔疾书，描述什么海难呀、风暴呀、交战呀、拼杀呀！刻画出十全十美的典型骁将，不仅智谋十足，能及时识破敌人的诡计，还能言善辩，成功地说服和鼓动自己的士兵，而且循循善诱，当机立断，精于攻守；有时描绘出一个可歌可泣的场面，有时虚构出一副喜出望外的情景；还有美貌、贞洁、聪颖、守礼的仕女，虔诚、勇敢、谨慎的骑士，狂妄粗野的吹牛大王，斯文、无畏、英明的君主；再不就是展现善良忠诚的臣民，高尚慈祥的爵爷。作者还可以炫耀星象学、超群的地图学知识，或者他的音乐特长和治理国家的才能；兴致所至，他也许有机会当一当魔法师。他还可以表现乌利西斯的狡黠、埃涅阿斯的慈悲、阿喀琉斯的勇气、赫克托耳的不幸、西农的背叛、欧利亚洛①的友情、亚历山大的慷慨、恺撒的无畏、图拉真②的宽宏和诚挚、索皮罗③的忠贞、加图的谨慎，总之一句话，所有那些使伟人完美无缺的品格，作者有时叫它们集于一人之身，有时则分摊在众人身上。这一切，再加上流畅的文笔，奇巧的构思，并且尽可能地显得真实，那么肯定会是一篇色彩斑斓、优美无比的锦绣文章。一旦完稿，必然完美可嘉，同时给人以愉悦和教益。我刚才说了，这才是天下文章所应追求的最高旨趣。通常这类书籍用的是散文体，作者可以自由自在地写出史诗、抒情诗、悲剧、喜剧，总之，美妙可爱的文学创作和修辞法所能包容的一切门类。要知道史诗既可以写成散文，也可以写成诗体。

---

① 以上均为希腊传说人物，有的载入荷马史诗中，有的载入维吉尔的长诗《埃涅阿斯纪》。
② 图拉真（53—117），罗马皇帝。
③ 索皮罗：古波斯国王大流士手下的督军。

CAPÍTULO XLVIII · 第四十八章

教长继续谈论骑士小说
及对其他事情的高明见解

"您的话很在理，教长先生。"神甫说，"正因为如此，实在有必要好好教训教训那些迄今为止编造这类书籍的家伙。两位希腊文和拉丁文诗坛泰斗①之所以成名，是因为他们认真思考，并且遵循一整套技巧和规则，可是我们提到的那些家伙们却对此毫不理睬。"

"就我本人而言，"教长说，"还真有过这样的念头，想写一部骑士小说，把我刚才列举的全都囊括进去。老实说吧，我还确实写下了一百来页。为了验证我自己对它们的评价是否恰当，特意拿出给热衷于这类读物的人们看，其中既有渊博的有识之士，也有专门喜好荒唐故事的无知之辈。他们都众口一词地称赞。不过，尽管如此，我也没再继续写下去，因为一来我觉得这不是我分内的事，二来我看出糊涂虫比明白人多得多。我宁愿只得到寥寥几个博学之士的称道，不愿去上芸芸群氓的当。凡是热衷此类读物的，大都是些头脑昏聩的俗人，我何必投其所好呢？不过另有更主要的原因叫我撒手不写，甚至下决心就此收场，那是我看了如今上演的戏剧之后得出的结论。我对自己说，现在时兴的这些名堂，虚构的也好，基于史实的也好，全都是，至少大部分是公然胡诌、颠三倒四。尽管这样，

---

① 指荷马和维吉尔。

老百姓还是喜欢看，而且齐声叫好、赞不绝口。实际上远不是那么回事。剧本的作者和台上的演员还说只能这样，因为老百姓喜欢，否则就不行。谁要是正儿八经，按艺术原则编写故事，那就只能供三四个懂行的明白人欣赏，其他人一概看不出门道来。眼下这些编剧，感兴趣的是靠在多数人身上混饭吃，哪里还听少数人的批评？所以，即使我绞尽脑汁，按艺术原则写出书来，又能怎样？还不是个贴钱搭料的裁缝。

"有时候，我也试着说服演员们改变他们的糊涂观念，叫他们别演胡诌的剧本，改演艺术水平高的作品，这样兴许更能上座，更容易成名，可是他们的偏见根深蒂固，再明显的道理也不能使他们信服。

"记得有一天，我对一个这种执迷不悟的人说：'请告诉我，你是不是记得几年前，在西班牙上演了国内一位著名诗人创作的三部悲剧，结果凡是看过的，人人叹服、个个欢喜，全都着了迷，不分智愚雅俗。演员们单靠这三出戏赚的钱，超过了从那以后上演的整整三十部优秀作品带来的收入。''显然，'那位编剧说，'您指的是：《伊萨贝拉》《费利斯》和《阿莱辛德拉》①。''就是这几出。'我回答说，'您看看它们是不是很符合艺术原则，是不是由于遵循了这些原则就不是好戏，没人欣赏了？喜欢荒唐玩意儿的老百姓并没有过错，戏剧家没给他们拿出别的东西嘛！可是也有不荒唐的，《惩戒负心人》②就是其一，《奴曼西亚》③也是，还有《痴情的商人》④，更不用说《有利的冤家》⑤了。当然还有其他一些由懂行的诗人编写好的剧本。他们不仅因此自身名声大振，还使演员们获得收益。'这之后

---

① 这三部悲剧均为西班牙作家阿尔艮索拉（1563—1613）的作品。
② 《惩戒负心人》：维加的作品。
③ 《奴曼西亚》：塞万提斯本人的作品。
④ 《痴情的商人》：西班牙作家嘎斯帕尔·德·阿吉拉尔的作品。
⑤ 《有利的冤家》：西班牙作家佛朗西斯科·德·塔拉嘎的作品。

我又发了不少议论，看来把他弄得无言以对。不过结果不令人满意，我怀疑他是否改变了错误想法。”

　　“教长先生，”神甫这时候说话了，“您的话题勾起了我旧日对如今流行戏剧的厌恶之心，简直跟对骑士小说差不多。根据图利奥[1]的见解，戏剧应该是人生的镜子、习尚的基准、真理的反映。可是当前上演的却都是荒诞的镜子、愚妄的准则和放荡的反映。我们现在谈论的行当里，就有这样的事，比如：第一幕第一场里还是包在小毯子里的娃娃，到了第二场就长成了胡子拉碴的大男人，还有比这个更荒唐的吗？再比如：叫我们看到老头勇猛，小伙儿怯懦，跟班能言善辩，小厮循循善诱，国王来回跑腿，公主扫地洗碗，还有比这个更荒唐的吗？说到再现古代和当代事件时必须遵守的时空一致规则，我就看过这样的戏，第一幕在欧洲开始，第二幕就到了亚洲，第三幕在非洲结束。要是再有个第四幕的话，只怕还得挪到美洲去，一下跑遍世界四大洲！如果说戏剧主要就是模仿现实，那么有些情节连稍有见识的人都难以接受。本来讲的是佩皮诺王[2]和查理大帝时代的事情，却硬说剧中的主要人物是希拉克略[3]皇帝，而且高举十字架开进耶路撒冷，像格多弗尔·德·布永[4]一样收复了圣陵，其实这些事件之间不知相隔了多少年月。剧情完全是虚构的，却偏偏说它有史实根据，再七拼八凑地掺和一些发生在不同时代、不同人身上的事情，没有一点可信的影子，满纸都是明知故犯、显而易见的胡扯。然而糟糕的是，却有不少无知之辈盛赞这才是完美无缺的，再强求便是无事生非。那么宗教剧的情况又怎么样呢？且看里面瞎编了多少伪托的奇迹吧！明明是这个圣徒的奇迹，却自作聪明，硬把它归于另一个圣徒名下！连世

---

①　图利奥：即西塞罗。

②　佩皮诺王：假托的古代国王。

③　希拉克略（约575—641），拜占庭皇帝。

④　格多弗尔·德·布永：前文中“世界九大豪杰”之一，第一次十字军的将领。

俗剧里他们也胆敢塞进个把奇迹，丝毫不考虑尊重事实，也不想想加上这种奇迹或者他们玩弄的类似把戏是否合适，反正只要能叫座，吸引无知的观众去看戏就行了。这无疑是歪曲事实、糟蹋历史、贬低西班牙人的才情，因为严格遵守戏剧创作原则的外国人见咱们搞这些荒诞不经的名堂，肯定会把咱们看成一群无知的蛮人。有人辩解说，一个井井有条的国度里之所以允许演戏，主要意图是为了给公众以正当的消遣和娱乐，及时驱散他们在闲暇时光滋生的邪火燥热。可这也不足以为他们自己开脱，因为既然不拘好戏坏戏都可以做到这一点，何必确立规则来束缚编剧和演员，逼迫他们照章行事呢？反正像我刚说的那样，随便什么戏都行嘛。可是依我说，比起不怎么样的戏来，好戏更能达到这个效果。人们看过构思奇巧、顺理成章的戏，会为噱头欢笑，因箴言获益，叹服剧情的曲折，学会明智地思索，警惕谎言欺骗，领受榜样的感召，怒斥恶习，归顺美德。一出好戏必定在人的心灵里唤起这种种情感，不管他是多么粗鄙而愚钝。一出好戏只要具备上述特点，无论如何也会给人以欢快和愉悦。而大部分如今经常上演的，正因为缺乏这些优势，就远远达不到这个目的。不过这并非剧作者的过错。他们之中不少人知道毛病出在哪儿，也十分明白该怎么做。可是戏剧已经成了可以兜售的商品，人们常说——而且说得在理——不如此这般，戏班子就不收购。剧作者为了向演出者抛售自己的作品，也只能投其所好。我说得究竟属实与否，只消看看国内一位大手笔①那些数不清的剧作就一目了然了。他的文笔华丽精巧，词曲优美，娓娓动听，充满了庄严的警句，总之风格高雅流畅，从而得以誉满天下。可是为了迎合戏班子的口味，他的剧作并非全都达到应有的完美高度。

"可是确实有不少作者不管不顾地胡编乱造，结果一旦上演，演

---

① 指维加。

员们不得不逃走躲起来，生怕受到惩罚。这种事还真的屡有发生，因为他们损伤了王公，诋毁了世家。这些麻烦层出不穷，我不想一一列举。其实本来完全可以避免，只需宫廷里聘请一位精明的行家，由他来审查准备上演的剧本，不仅负责京城，还要管整个西班牙上演的剧目。未经他签字画押核准，地方官府不得允许任何剧目上演。这样一来，戏班子就得小心翼翼地把剧本送往京城，还要确信定能获准上演；剧作者们也会因此仔细从事，认真写作，因为他们的作品必须经过内行的严格审查。这样自然会有好的剧目，而这门艺术本身的目标也就容易达到了，既有益于陶冶人们的性情，又能为西班牙才子们增誉，还保证了演员们的收入，避免他们受到惩罚。

"若能委托同一个人或者别人来审查今后创作的骑士小说，无疑会有您说的那种完美的作品问世，丰富咱们的语言宝库，使其更加悦耳动听；新书不仅会把旧书比得黯然失色，还为人们提供健康的娱乐，既满足闲暇者，又照顾忙碌者。人不能总把弦绷得那么紧，软弱的天性还是得靠合理的消遣来调剂。"

教长和神甫谈论到这里，理发师走上前来对神甫说："硕士先生，这就是我说过的那个好地方，咱们可以歇个响，也让几头牛饱饱吃一顿青草。"

"我看也是。"神甫回答，并把这想法告诉教长。他老人家放眼望去，见一带山谷赏心悦目，很愿意停下来跟大家一起休息。一来他流连这地方的风光，二来他也很想跟神甫继续谈下去，更详细地打听一些堂吉诃德的逸事，于是便吩咐陪同的手下人到前面不远的客店去一趟，尽其所有给大家弄点吃的，说他打算在这地方好好歇个响。一个手下人说，驮给养的牲口说不定已经到了客店，他们自己有足够的干粮，只需去客店要点草料就行了。

"那就这样吧。"教长决定，"把所有的坐骑都牵过去，再把驮给养的牲口牵过来。"

趁别人商议的工夫，桑丘觉得可以避开他信不过的神甫和理发师，单独跟主人说上话了，就走近关主人的笼子对他说："老爷，我可不愿意良心有愧，所以想絮叨一下您中魔的事。要知道，这两个蒙住脸跟着咱们的是村里的神甫和理发师。他们装扮成怪模怪样这么把您押走，纯粹是心里害怕您抢在他们头里干下一番惊天动地的大事。要真是这样，事情就很清楚了，您哪里是中了魔，分明是傻瓜似的上了当。不信我问您一件事，您要是答上来了——我保准您答得上来——那就算是戳穿了骗局，证明您根本不是中了魔，是叫他们给弄糊涂了。"

　　"我的好桑丘，你尽管问吧。"堂吉诃德回答，"你问什么我都可以回答，包你满意。至于你说在咱们身边来来回回的两人是神甫和理发师，咱们的乡亲和熟人，可能看样子确实像他们。不过要说一点不错准是他们，那你可千万别这么认为。这事儿呀，你得这么看，要是你觉得他们像你说的那两人，没准是那些给我施魔法的家伙装扮得跟他们一模一样。魔法师可以随心所欲地装扮成什么都行，便当得很。他们当然也能变成咱们的那两位朋友，糊弄得你冒出刚才那些想法，其实是引你胡思乱想，掉进迷魂阵，就是攥着忒修斯之索你也逃不出来。他们这样做也说不定是为了搅昏我的头脑，让我弄不清楚自己为什么遭殃。要是真像你说的那样，跟着咱们的是神甫和理发师，那我是怎么进的笼子呢？经验告诉我，若非魔力，光靠人力，是无法把我关进笼子的。你能叫我怎么想怎么说呢？明摆着，我这次中魔，可真跟我在书上读到的那些游侠骑士中魔大不一样。所以说，你就别再折磨自己了，丢开你说的那些想法吧。说那两人是他们二位，就等于说我是土耳其人。你不是有话要问我吗？问吧！你就是从现在问到明天，我也一一作答。"

　　"圣母保佑我！"桑丘大声喊叫起来，"您怎么这么死心眼、缺脑子啊？您难道看不出我说的全是大实话吗？您这次倒霉给圈了起来，不是什么魔法作怪，是有人使了坏心。我求上帝把您救出这场磨难，转眼间让我的女主人杜尔西内亚把您抱进怀里。我是说，为了清清楚楚证明您没中魔，请您告诉我……"

"别再央天告地了，"堂吉诃德说，"有话快问！我已经答应了，一定仔细回答。"

"我要的就是这个，"桑丘赶紧接茬儿，"我求您一字不少、一字不多地实话告诉我……我想，像老爷您这样干武士行当的，又得了游侠骑士头衔的，一准说实话，也的确说实话。"

"告诉你我什么时候也不会撒谎，"堂吉诃德回答，"赶紧开口问吧！我说桑丘，你又是赌咒，又是祈祷，又是提醒，真把我烦透了！"

"我是说，我信得过主人您心好、人老实。是这样的，这事对咱们可要紧了，我就规规矩矩地开口问了：自从您进了笼子，也就是您说的中了魔法以来，您是不是想过……就是人们常说的那个……要大方便和小方便？"

"我不懂什么是大方便和小方便。桑丘，你是不是说清楚点儿，好叫我照直回答你呀！"

"老爷您怎么会不明白大方便和小方便啊？小孩一断奶一上学就懂得这个……您听着，我是说，您是不是想过要干那件谁也逃不脱的事呀？"

"啊，我明白了，桑丘。好多次了，这会儿还想呢。快给我这个难题想个法子吧，别弄得到处怪脏的。"

Capítulo XLIX · 第四十九章

桑丘·潘沙对他主人说了一番很有见地的话

"瞧啊！"桑丘说，"这下我可把您逮住了！这就是我一心一意想知道的事。老爷您听着啊，您兴许也听说过一句俗话吧？要是有人心里不好受，大伙儿就说：'这小子也不知怎么了，不吃、不喝、不睡，别人问他什么也不搭理，简直像是中了魔。'从这话可以看出，不吃、不喝、不睡、不干我刚说的那些常人干的事情，凡是这样的人准是中了魔。可是像您那样想干这些事的人就不一样了，人家给水就喝，有东西就吃，别人问什么就答什么。"

"桑丘，你说得很对。"堂吉诃德承认，"可是我也告诉过你，有这样中魔的，也有那样中魔的。说不定世道变了，花样也不同了。如今中魔的人，像我似的，什么都干，不像从前那些，什么也不干。眼下就时兴这个，没别的办法，用不着费心思琢磨。我心里明白，知道自己中了魔。清楚这点，心里挺踏实。假如我老想自己没中魔，脑袋瓜可就没个安生了。我不能逆来顺受叫别人关在笼子里。就在这会儿工夫，世上有多少受苦受难的眼巴巴地等着我去帮助保护，我岂不有愧于他们？"

"说是这么说，"桑丘还想劝他，"可是我总觉得多往别处想想不会吃什么亏。您干吗不试试从这监牢里逃跑？我保证豁了命帮忙把您救出来。然后您再试着骑上洛西南特。看它那副愁眉苦脸的样子，这牲口八成也中了魔。要是这些事儿成了,咱们就再试着跑出去重新闯荡一番。就算全都弄糟了,咱们有的是时间回到笼子里去。我这个死心塌地跟着您的好侍从答应陪您一起关进去。到那时候,就只能怪老爷您太倒霉;我呢,也太蠢,出了个傻主意。"

"我很愿意照你说的办,我的好兄弟桑丘。"堂吉诃德回答,"等你看准了救我出去的机会,我老老实实听你的。可是我说你呀,桑丘,迟早会明白,你还是没弄清楚我到底遭了什么殃。"

游侠骑士和瞎游侍从就这样说着说着,走到神甫、教长和理发师跟前。他们已经下马等了一会儿。车夫把几头牛从车辕上卸下,让它们在那片恬静的绿草滩上随意逛荡。像堂吉诃德那样中了魔的人固然对那种清新凉爽的去处毫不在意,可是像他的侍从那样清醒明白的人却打算好好放松一下。他求神甫把主人从笼子里放出来一会儿,不然的话,牢房里就干净不了了,这岂不有损他主人的骑士身份。神甫明白他的意思,说很乐意满足他的要求,只是怕他主人一出来又犯了老毛病,一下子跑到谁也看不到他的地方去。

"我向您担保他不跑。"桑丘说。

"我也敢担保,"教长说,"只要他以骑士身份答应不经许可绝不远离咱们。"

"我答应,"堂吉诃德应声道,那些人的话他都听见了,"再说像我这样中了魔的人根本无法随意支配自己的躯体,因为施展魔法的家伙有定身法,叫你三个世纪也挪动不了。即使逃跑,他也能架着你再送回来。"

既然如此,又何必不把他放出来,这对大家都有好处。其实再不放他出来,他们的鼻子也受不了了,除非远远避开他。教长相信他说话算数,揽起那两只捆在一起的手,帮他走出笼子。堂吉诃德到了外边自然欢喜异常,头一件事就是伸了个大懒腰,接着走到洛西南特跟前,拍了拍后臀对它说:"骏马的精华和典范啊,我坚信上帝和圣母很快就会叫咱俩如愿以偿、再次聚头。你背上驮着主人，我骑在你背上，继续履行上帝派我来世上承担的职责。"

堂吉诃德说完这话，就跟着桑丘找了个僻静地方。不一会儿浑身通畅地走出来，越发急于把侍从的主意付诸实现。教长看着他，暗自奇怪他居然疯得如此非同小可、异乎寻常。跟人谈话对答，看来满有见识，可只要一提到骑士行当，就像以前多次说过的一样，他就跟掉了魂似的。教长见大伙儿都在绿草地上坐下，等待吃食送到，便不无怜悯地对堂吉诃德说："绅士先生，那些艰涩无聊的骑士小说果真有这么大本事搅昏您的头脑，弄得您真的相信自己中了魔法，以及诸如此类荒诞不经的胡言乱语？常人的头脑怎么可以认为世上真的出现过子孙绵延的阿马迪斯家族、成群结伙的著名骑士，还有什么特拉布松皇帝、什么费里克斯马尔特·德·伊尔卡尼亚、什么驯马、什么游荡淑女、什么毒蛇怪兽、什么巨人、种种怪诞的冒险、花样翻新的魔法、激烈的战斗呀、凶猛的厮杀呀、奇装异服、多情公主、当伯爵的侍从、出洋相的侏儒、书来信往谈情说爱、女人称雄，等等，总之，骑士小说上那些连篇的胡说八道？就我本人而言，我读这种书的时候，总是避免去想那都是些信口开河的胡扯，这样，倒还觉得蛮有意思。可一旦认真起来，我就会抓起哪怕是最精彩的一本往墙上摔；要是跟前有火炉，就会毫不犹豫地一烧了事。这些随心乱编的骗人货色，完全违背常理，就该受到这种惩罚，因为它们连篇的蠢话居然欺蒙得无知的老百姓信以为真，恶果不亚于鼓吹异端、标新立异的家伙。它们甚至胆大包天，竟然蛊惑出身名门、知书识礼的绅士，您阁下的遭遇就足够说明问题了。这不，它们把您坑害到这步田地，最后被关进笼子，装上牛车，像杂耍班子拖着一只狮子或老虎走村串镇、供人观赏、赖以糊口似的。嗨，堂吉诃德先生，珍重自己吧，快幡然悔悟，正当使用上天恩赐给您的才情，把得天独厚的头脑花费在别的读物上，既能有益身心，又能提高声誉。如果您生性偏爱记载征战讨伐、丰功伟绩的书籍，那就请读《圣经》里的《士师记》，那才是撼动人心的箴言，确凿而宏伟的史实。卢西塔尼亚出了个维里亚托[①]，罗马出了个恺撒，迦太基出了个汉尼拔[②]，希腊出了个亚历山大，卡斯蒂利亚出了个费尔南·贡萨莱斯[③]，巴伦西亚出了个熙德，安达卢西亚出了个贡萨罗·费尔南德斯，埃斯特雷马杜拉出了个迭哥·加尔西亚·德·帕莱德斯[④]，赫雷斯出了个加尔西亚·佩雷斯·德·瓦尔加斯[⑤]，托莱多出了个加尔西拉索[⑥]，塞维利亚出了个曼努埃勒·德·莱昂；读读他们的英雄业绩方能使才情出众者得到消遣、教益、愉悦和惊喜。我的堂吉诃德先生，这些才是与您的卓越见识匹配的读物。您必将因此精通历史，崇德向善，慈悲为怀，谨言慎行，勇敢而不鲁莽，大胆而无畏。这一切才是崇奉上帝的正理，既为自身增利，又为拉曼却添彩，听说这地方正是您出生的祖籍家乡。"

堂吉诃德一直屏息倾听着教长的一席长谈。见他讲完了，先是把他仔细端详了一番之后，才说："绅士先生，看来您这一席话无非是要告诉我，世上未曾有过游侠骑士，所有的骑士小说都是任意杜撰的，谎话连篇，对国家无用而有害；我阅读它们已属悖谬，相信它们就更加荒唐，当然糟糕透顶的还是我居然学起样子，干起书上描述的艰苦卓绝的骑士行当。您断然否认世上曾经有过阿马迪斯家族，无论是高拉的一支，还是希腊的一系，也就是说，书上满篇都是的那些骑

---

① 维里亚托（？—前140），卢西塔尼亚（葡萄牙古称）人反抗罗马统治的军事首领。

② 汉尼拔（前247—前183或182），迦太基统帅。

③ 费尔南·贡萨莱斯：传说中10世纪卡斯蒂利亚王国独立的奠基人。

④ 迭哥·加尔西亚·德·帕莱德斯（1466—1530），西班牙军事将领，费尔南德斯的战友。

⑤ 加尔西亚·佩雷斯·德·瓦尔加斯：13世纪卡斯蒂利亚地区的军事首领。

⑥ 加尔西拉索：西班牙军将领，曾在围困格拉纳达摩尔人的战争中建立过功勋，从而成为民谣中的英雄人物。

士，一个也未曾有过。"

"您说得一字不差，这正是我的意思。"教长回答他。

于是堂吉诃德又发话了："阁下您还加上了一条，说这些书害得我好苦，搅昏了我的头脑，把我关进了笼子，又劝我改弦更张，看别的书，才能读到真话，领受更多的愉悦和教益。"

"不错。"教长回答。

"可依我看来，"堂吉诃德告诉他，"昏了头、中了魔的是阁下您本人，居然费了那么大力气亵渎世人坚信不疑、衷心喜爱的东西。您读了这类书大为恼火，对其施加鞭挞，其实像您这样拒斥它们的人才该受到这种惩罚。向人们宣称世上不曾有过阿马迪斯，不曾有过这类传记里比比皆是的冒险骑士，不啻硬让人们相信太阳不再光芒万丈，冰雪并非寒气逼人，万物失去大地的支撑。世上岂有哪个智者能向众人证明，佛罗里佩斯公主和古伊·波尔郭尼亚的事不是真的？发生在查理大帝时代的费尔拉布拉斯和曼提布勒大桥的事也不是真的？我敢发誓，这些事千真万确，就像现在是大白天一样！如果认为这些都是谎言，那么赫克托耳、阿喀琉斯、特洛伊战争、'法兰西十二骑士'、英国亚瑟王也就都不复存在！然而这后一位自从变成乌鸦以来，至今臣民们还盼他随时返回呢。有人甚至会妄称瓜里诺·梅斯吉诺的生平和《求圣杯记》的历史也是假的，堂特里斯坦和女王伊塞奥、西内布拉王后和朗萨洛特之间的爱情也纯属伪托，然而却有人记得，明明亲眼见过金塔尼奥娜嬷嬷那位大不列颠顶呱呱的斟酒女士。事情明摆着，我记得连我的老祖母看到那些端庄威严的嬷嬷，总是对我说：'小孙孙，那位很像金塔尼奥娜嬷嬷。'因此我猜想，她老人家肯定也见过，至少有幸看到画像什么的。还有，谁能说皮埃尔和美丽的玛嘎洛娜①的逸事不是真的？勇敢的皮埃尔开动木马飞上天时用过的那个旋

---

① 以上提到的人名均为骑士小说中的人物。

钮，至今还可以在王室军械库里看到，比车辕还要大一些。跟旋钮放在一起的还有熙德坐骑巴别卡的鞍子。在龙塞斯瓦列斯还保存着罗尔丹的号角，像一根房梁那么粗。这就表明有过'十二骑士'，有过皮埃尔，有过熙德们，有过人们传说的那些跋涉冒险骑士。再请告诉我，曾经当过游侠骑士的勇敢的西塔尼亚人胡安·德·梅尔洛是否确有其人？他到过波尔郭尼亚，还在阿拉斯城[1]作过战，对手就是著名的查尔尼郡主皮埃尔爵爷；后来又去巴西莱阿城[2]与恩里克·德·雷梅斯坦爵爷较量，在这两次拼搏中都击败了敌手，英名大振。此外，还有勇猛的西班牙人佩德罗·巴尔巴和古铁雷·吉哈达——我本人的父辈正是这一家族的嫡传子孙——在波尔郭尼亚进行的冒险和厮杀，并且大败圣珀罗伯爵的儿子们。

"再向我否认这件史实吧，说是堂费尔南多·德·格瓦拉没有专程去德国冒险，在那里跟奥地利公爵家族的骑士霍尔赫大人交战。同样告诉我，苏埃洛·德·吉尼奥内斯爵爷在光荣关的比武也是胡扯吧！路易斯·德·法勒塞斯大战卡斯蒂利亚骑士贡萨罗·德·古斯曼[3]的业绩也是瞎编吧！总之尽情否认国内外所有基督徒骑士凿凿有据的丰功伟绩吧！不过，我还要再说一遍：凡是否认这些事实，都是信口开河，毫无道理。"

教长完全被堂吉诃德这一席真假掺杂的宏论惊呆了，没想到关于游侠骑士的行状他居然知道那么多事情，于是便说："堂吉诃德先生，我不否认您说的不少是确有其事的，特别是涉及西班牙游侠骑士。我也承认真的有过'法兰西十二骑士'，但是我不相信图尔平大主教写下的那些事他们都做过。历史真相是：法兰西国王挑选出他们，把他们统称为'十二骑士'，因为就胆略、勇气和人品而言，他们并驾齐

---

① 阿拉斯城：法国北部城市。
② 巴西莱阿城：莱茵河畔的瑞士城市。
③ 以上都是被涂上骑士神秘色彩的历史传奇人物。

驱。即使并非如此，按章程也得这么对待，就像个武装教团一样，比如当今常见的圣地亚哥骑士团，或者卡拉特拉瓦骑士团。按章程加入进去的成员一律应该，而且必须是勇敢、果断、有身份的骑士。就像我们眼下称什么圣胡安骑士、阿勒坎塔拉骑士，那时候称'十二骑士'，因为被选进那个严密的武装团体里去的是十二名不相上下的勇士。

"毫无疑问熙德确有其人，更不用说贝尔纳多·德尔·卡尔皮奥了。至于传说他们建树的那些业绩，我相信是非同小可的。说到阁下您提及的皮埃尔的旋钮，还有跟它一起保存在王室军械库里的巴别卡的鞍子，有劳恕我罪过，在下孤陋寡闻，鞍子倒是见过，可从来没发现旋钮，虽然阁下说它大得非同一般。"

"肯定就在那儿，"堂吉诃德把握十足，"对了，说得更详尽一点，是裹在一张熟牛皮里，免得朽了。"

"也可能。"教长回答，"不过我敢以自己的教职发誓，反正我是从没见过。权且就说它在那儿吧，那也没法叫我相信书里讲的那些数不清的阿马迪斯们和成群结伙的骑士们的故事，更没法叫我理解，像阁下您这样一位正直、高尚、聪明的先生，居然把荒诞的骑士小说里那些痴人疯话当成真事。"

CAPÍTULO L · 第五十章

堂吉诃德和教长之间的机巧争辩
和其他事件

　　"太妙了！"堂吉诃德喊起来，"须知这些书是经国王恩准、审查官赞同才出版的，而且人人喜读、交口称赞，不分长幼贫富、智愚雅俗，总之是贵贱高低各色人等，居然会是满篇谎言？实际上一眼就看出是真的。书里每次提到某个骑士或某些骑士，总是详细讲明其父亲、母亲、祖籍，而且一丝不苟、按天按日指出他们建树业绩的时间和地点。我劝您还是住口，别再随意亵渎。听我的忠告，像个聪明人那样行事。不信，您好好读读那些书，就知道其中的乐趣了。我马上可以举一个其乐无穷的例子。比如说，咱们面前突然出现了一个大湖，里面油脂滚沸，游来穿去的都是些蛇虺蜥蜴，以及其他凶恶可怕的怪兽。这时从湖心传来一阵阴森的声音说道：'你这位盯着骇人湖面的骑士，不管你是谁，如想得到深藏在湖底的幸福，就请充分显示你那无畏的胸襟，跳进这乌黑滚烫的汁液吧。在这一片漆黑的湖下坐落着七巫女的七城堡，你若不听我吩咐，将无福领略其中隐蔽包容的绝世奇观。'骑士刚刚听完这可怕的话音，便不顾自身安危，不管面临的险境，甚至来不及卸去坚固沉重的盔甲，一面祈求上帝和意中人护佑，一面纵身跃入沸腾的湖中。没等他看清自己究竟到了何处，脚下已是一片繁花似锦的田野，天堂乐土也无法与之比拟。他觉得那里的天空分外明净，阳光更加灿烂。他眼前是一带恬静的丛林，长满了青翠葱茏的树木，绿荫浓密，赏心悦目。无数色彩斑斓的小鸟在纵横交错的枝叶间穿梭来往，唱着无师自通的甜美歌曲，十分悦耳。近处他又发现一道小溪，水晶一样的清冽溪流淌过金粉似的细沙和珠玉般的碎石。再远处他看到一座人工喷泉，镶嵌着各色玉块和光洁的大理石；另一边还有一座，装修得颇有野趣，错落有致地点缀着细小的贝壳和黄白相间的蜗牛螺纹小房，还夹杂着闪烁的玻璃碴和璀璨的翡翠片，显然是变换手法，刻意效仿天然，却远胜荒山野涧。更远一些的地方，突然一座坚固的城堡或是壮丽的宫殿映入他的眼帘。金块垒就的高垣，钻石雉堞，紫晶城门，总之是一座绝妙的建筑，材料均是钻石、黑玉、红宝石、珍珠、纯金和翡翠，而结构更堪赞叹。没想到在观赏了这一切过后，又眼见从城门里走出一大群仕女，服饰绚丽华贵。我不能在这里一一转述传记故事里的全部描写，否则将永无结束之时。仕女之中有一位显然地位最高，上前拉住跃入火湖的大胆骑士的手，默然无语地引他步入华丽的宫殿或者城堡，然后把他脱得一丝不挂，如同刚从娘胎里出来，接着用温水沐浴，又浑身涂上香膏，穿上芬芳扑鼻的薄纱衬衫。最后又一名仕女上前给他肩头披上长袍，据说至少价值连城，恐怕还要贵重。

　　"可是还有呢，书上接着说，这之后他又被引进大厅，餐桌上杯盘摆放得有条不紊，简直令人惊叹不已。这时他见送上净手的清水，原来竟是龙涎香水和蒸滤的鲜花汁液。他被让上一张象牙座椅，一群仕女在身旁来往服侍，却始终悄然无声，甚是奇妙。用以款待他的肴馔各色各样，烹调精美，他虽然胃口大开，却不知先向哪方伸手。用餐期间，耳际响起了乐声，可是不知谁在歌唱，又是从何处传来。宴席结束，杯盘撤去，骑士斜倚在座位靠背上，像往常那样剔着牙齿，不期厅门里走进一位姑娘，容貌秀美，超过前面所有那些。她坐在骑士身边，开始说明城堡的来历，她自己又如何中魔幽禁其中，还有其他许多骑士意想不到、读者惊叹不已的事情。

"所有这些我不想一一赘述了,反正从中可以看见,不论是谁读了骑士小说的随便哪一部分,都会感到新奇有趣。我已经说过了,您信我的话没错,读读这些书吧。到时候您就会知道,不论您多么郁闷忧伤,都会顿觉释然,再大的烦躁焦虑也会顷刻消解。

"就我本身的经验而言,自从当上游侠骑士,我变得勇敢而谨慎,慷慨兼大度,斯文且有礼,强悍却慈悲,不急不躁,坚韧地承受着辛劳、囚禁和魔法的摧残。尽管不久前我被当作疯子关进笼子,可是只要上天垂顾辅佑,命运不再作梗,我还想凭借臂膀的勇力,在近日内当上某国的君主,以便我充分显示胸中包容的全部感激之情和慷慨大度。先生,我深信,处境窘迫者无力对他人乐善好施,即使他生性极为大方。只知内心感恩的人,如同木桩石块,就像空头信仰,毫无意义。所以我切盼时运疾转,给我机遇登上皇位,使我尽心为朋友效力,特别是对我的侍从,可怜的桑丘·潘沙,他可是世上拔尖的好人。我极想把应允多时的领地赏赐给他,不过我很担心他是否有能力治理自己的疆土。"

桑丘恰好听到主人最后几句话,便对他说:"堂吉诃德先生,您就劳驾把这领地赏给我吧!您答应了多时,我也等了好久。我敢跟您保证,治国的本事我一点也不缺。就算没这本事,我还听说世上有人专门从爵爷们手里租赁封地,每年交出一些钱,然后他们自己想法管起来;而爵爷本人,舒舒坦坦,到时候收租吃租,什么也不操心了。我也打算这么干,根本不管那些鸡毛蒜皮,当个甩手掌柜,像个大老爷吃租子就是了。别的事由他去吧!"

"桑丘老兄,"教长告诉他,"光吃租子,这样干还好说。可是一方之主还得执法办案,那可就用得着头脑和本事了,特别是要小心不出差错。要是他根本不理会这些,那就得没完没了地举措失当,结果极糟。须知上帝总是拉好心的傻瓜一把,踢歹毒的聪明人一脚。"

"我不懂得这些学问。"桑丘·潘沙回答,"我只知道领地一到手,我保准能管好。我跟别人一样有脑子，跟大家一样有手脚。他人能做一国之君，我也能当一方之主。有了这，我就按我的主意办；按我的主意办，就事事顺心；事事顺心，自然就高兴；一高兴就不求别的了。得，两个瞎子说话：上帝保佑，咱俩分手。"

"你这一套学问也不错嘛，桑丘！可就封地这个话题而言，还有不少说头呢。"

这时候堂吉诃德开了口："我看不出还有什么可说的。我反正是按伟大的阿马迪斯·德·高拉的规矩办。他既然封自己的侍从做了陆地岛的伯爵，我当然可以毫无顾忌地也赏给桑丘·潘沙一个伯爵头衔。要说游侠骑士的侍从，他算得上最好的一个了。"

这一切都出乎教长的意料。没想到堂吉诃德满嘴胡言，却振振有词，把个湖中骑士的冒险经历描绘得有声有色，对他读过的书里那些精心编织的谎言居然深信不疑。桑丘的愚昧也使他大吃一惊，居然一门心思盼着主人许给他的封地。

这时候，教长的下属们回来了，从客店牵来了驮给养的牲口。他们在绿草如茵的地上铺开地毯，权当饭桌，大家在树荫底下就座，动手吃起来，而且像刚才讲过的那样，也让车夫好好舒展一下。就在他们用餐的当儿，突然从近处的杂草堆、灌木丛中传来轰然巨响和一阵铃铛声，紧接着就见树丛里钻出一只漂亮的山羊，浑身黑、白、褐相间的斑点。牧羊人随后跟来，大声吆喝着，用他们常说的话叫山羊停下，回到羊群里去。可是那个逃亡者只顾惊慌失措地钻进人群寻找保护，便在那儿站住不动了。牧羊人赶上去一把抓住犄角，仿佛那牲口通人性、懂人话似的对它说："嗨，我说小花儿呀小花儿，你真是个野丫头！这几天你是犯了什么病？是让狼吓着了，我的宝贝儿？你干吗不告诉我这到底是为什么，我的漂亮妞儿？对了，都怪你是个雌儿，所以不得安生。瞧你那份德行！还有你的那一伙儿！你也不学点好样儿！快回去，快回去，我的小心肝！进了羊栏，跟伴儿们在一起，哪怕不自在，总还保险吧？要是连你都不引着她们走正道，自己没头没脑地乱窜，她们可就更了不得了！”

大家觉得牧羊人的话说得有趣，教长尤其感到新鲜，便对他说：“哎呀我的好兄弟，别那么着急，不必催这只羊回去。既然你说她是个雌儿，生性如此，你拿她也没办法。过来吃点东西，喝两口，气自然就消了。让那只羊也歇歇吧。”

说着，就用刀尖递过去一块兔脊肉。牧羊人接在手里，道了谢，喝了酒，定了神，然后说：“我是正儿八经跟这小牲口说话来着，可各位千万别以为我是个傻子。老实讲，我这话里有话。我是个粗人，可还不至于分不清怎么跟人打交道，怎么跟牲口打交道。”

“这我相信，”神甫说，“经验告诉我，荒山养文士，牧人的草棚里藏着哲学家。”

“是的，先生。”牧羊人回答，“至少躲着醒过味儿的人。您就会看到我说得不假，都是些伸手摸得着的事。也许我太冒昧，诸位还没说什么，我就上赶着自己唠叨起来。请诸位先生别在意，耐会儿性子听我讲件真事，就会知道这位先生（他指了指神甫）和我刚说的都不假。”

堂吉诃德听了接茬儿说：“听这话音多少有点骑士冒险故事的味道。兄弟，就本人而言，很乐意洗耳恭听。在场的这些先生都是明白人，也会这样做的。他们都爱好给人惊喜、欢乐和消遣的新奇趣闻。我想您的故事一定是这样的。那就开始吧，朋友，大家都听着呢。”

“我撤出这一盘，”桑丘在一旁说，“我得拿着馅饼去小河边，吃它整整三天。听我老爷堂吉诃德说，游侠骑士的侍从逮住空儿就得撑个半死。不然，三天两头不定什么时候钻进密密麻麻的树林里，六天六夜出不来。要是肚子没塞饱，褡裢又是空的，那不就得待在那儿，三番五次地变成干尸了吗？”

“你说得对，桑丘。”堂吉诃德告诉他，“你上哪儿都行，吃多少都可以。我反正肚子是饱的，需要给精神一点营养了，所以得听听这位好兄弟讲的故事。"

"我们的精神也需要营养。"教长说，接着就求牧羊人快开始讲他的故事。

牧人手里还抓着羊犄角，轻轻在它背上拍了几下说："小花儿，躺在我身边。咱们待会儿再回栏里去。"

那羊似乎听懂了，主人一坐下，它就老老实实躺在身边，还始终盯着那人的脸，好像是在说，它也留心听着呢。牧羊人就讲了下面的故事。

CAPÍTULO LI · 第五十一章

牧羊人给押送堂吉诃德的
一行人讲的故事

"离这个山沟三莱瓜有个村子,虽然不大,也算得上这一带地方最富庶的了。村里住着一位忠诚老实的农民,当然家境好的通常都很忠诚老实,可他主要还是人品好,有钱倒还在其次。按他自己说,最让他顺心的莫过于生了一个容貌出众、聪明过人、文雅端庄的女儿。凡是认识和见过她的人都夸奖说,天地神明格外大方,把所有难得的好处全给了这姑娘。她从小就漂亮,而且越长越好看,到了十六岁上,更是出落得不同一般。周围的大村小镇都知道有这么个美人。嗨,我怎么只说周围的大村小镇呢? 连老远的城里也有所风闻,还传到了王室公府,各式各样的人都知道了。人们从四面八方跑来见她,就跟看会显灵的圣像和别的什么稀罕物儿似的。她父亲管教很严,她本人也很自重。说实话,闺女自家谨慎,比什么铁锁门闩和管教都顶事。

"父亲有钱,姑娘漂亮,村里村外不少人动了心,都想娶她。数不清的人跑来纠缠,把个当爹的弄得眼花缭乱,不知手里这贵重的宝物该交给谁才好。一心想着这好事的人很多,我就是其中一个。而且看来我最有指望:老天作美叫我们成了乡亲,她父亲对我知根知底,晓得我出身清白,年纪轻轻,家境富裕,脑子机灵。同村有个小伙子跟我不相上下,也来求过婚。这可叫她父亲费了斟酌,很是为难,因为他觉得我们两个跟他女儿都很般配。他一时不知道该怎么对付这个难题，心想还是当面跟莱昂德拉——就是把我折磨成这样的有钱姑娘——说清，告诉她，既然我们两人势均力敌，最好让他心爱的女儿自己随意挑选。依我看，所有想给儿女成亲的父母都该这么做。当然我不是指在不成体统的坏事上撒手不管，我是说把好事摆在面前，叫儿女们好里挑好。

"我不知道莱昂德拉怎么回的话，只知道她父亲就这么一直拖着，告诉我们两人他女儿还小，说了些含含混混的话，既不让他自己为难，也不让我们两人死心。我的对手叫安塞勒莫，我叫欧赫尼奥。这场悲剧还远远没有到头，不过结局想必是很惨，各位先记住我们两人的名字就是了。就在这节骨眼儿上，村里一个穷人家的儿子回乡了。他叫维辛特·德拉·罗萨，一直在意大利那块儿，还有别的地方当兵。他十二岁还小的时候，有个上尉领着一连人从我们村经过，就把他带走了。又过了十二年，他长大成人回到老家，穿一身五颜六色的军服，挂的满是玻璃珠子和细细的铁环子。他那些行头一天一套，都又轻又薄，花里胡哨，没一件值钱的。乡下人本来就鬼心眼儿多，闲来没事更要瞎琢磨了，有人干脆把他那些细软首饰数了个一清二楚，原来总共就是三套，颜色都不一样，再配上长袜和丝带什么的。可是他想尽办法搭来配去，要不仔细数，保不准会有人发誓说，他来回换过二十多套衣服，外加二十多根野鸡毛什么的。各位别以为我唠唠叨叨讲他的衣服都是些没用的废话，其实这在故事里可要紧了。村里广场上的大杨树底下有个石凳，他动不动就坐在那儿给我们大伙儿讲他的那些功劳，人人都张着大嘴听得入神。

"照他自己说，这世上没他没见过的地方，没他没打过的仗，他杀死的摩尔人比整个摩洛哥和突尼斯的人口还多，人间少有的厮杀他都参加过，连干特和鲁纳①，迭哥·加尔西亚·德·帕莱德斯，还有他

---

① 干特、鲁纳可能都是当时因好斗著名的剑客之类的人物。

指名道姓的成千上万的军人都没法跟他相比。而且他每次都打赢，从来没流过一滴血。可说着说着，他又要给我们看连影儿也没有的伤疤，告诉我们那是一次次交火拼搏的时候中的火枪子弹。一句话，没见过那副神气样，跟熟人和一般人都是'你呀你'的，说什么他的亲爹就是那一双胳膊，他的身价就靠自个儿的功劳，他这个当兵的连国王也不放在眼里。还有更神气的地方呢，吹拉弹唱也有两下子，把吉他拨弄得活灵活现，照不少人讲，那简直比得过说话。他的本事多着呢，又会写两句诗，村里屁大点事，也能让他编成一莱瓜半长的小曲。

"就我说的这个当兵的，这个维辛特·德拉·罗萨，这个好汉，这个小白脸，这个唱小调小曲的，总是站在广场上，想法让对面屋里的莱昂德拉透过窗户看见他。结果姑娘看不够他那身亮闪闪的衣服，听不腻他那些花样翻新的歌词，也知道了他那些自己瞎编的战功，最后没等他心生妄想跑去胡缠，先鬼使神差地爱上了他。这男女偷情，只要女方乐意，就好办得多。莱昂德拉和维辛特就这样勾搭上了。一大群求亲的还没有一个人明白是怎么回事呢，莱昂德拉就拿定了主意，丢下亲爱的父亲——她没有母亲了——跟着那个当兵的从家里逃走，离开村子一去不回头。那当兵的给自己胡诌了那么多战功，恐怕唯独这一次最光彩。

"且不说村里，有所风闻的人都惊呆了。我这里失魂落魄，安塞勒莫六神无主，她父亲伤透了心，亲戚们气得要死，法院也过问了，巡逻队也来了，查封了路口，搜遍了树林，东寻西找。整整三天过去了，才在一个山洞里找到自作自受的莱昂德拉，浑身上下只剩一件短衫，从家里带走的钱和贵重的首饰也差不多光了。大伙儿把她带回可怜的父亲身边，问她是怎么落到这步田地的。她不等别人追逼就一一招认了，说维辛特·德拉·罗萨骗了她，答应要娶她为妻，哄她离家出去，准备带她去人间最豪华最放荡的城市那不勒斯。她全信了，就这样稀里糊涂上了当。偷了父亲的钱财，临走的那天晚上，都交给了那人，跟他上了一座荒山，被关进山洞。——大伙儿就是在那儿找到她的。——她还说，当兵的并没有糟蹋她的清白，只是抢走了钱物，就把她丢在山洞里自个儿走了。大伙儿听她这么一说，又不免一阵惊叹。

"谁也很难相信那小子居然是个憋得住的君子，可她就是一口咬定，最后她那心如刀割的父亲总算安下心来，也不在乎那些丢掉的钱财，反正没摸没碰他女儿这颗珍宝就行了，这可是丢了再甭想捡回来的东西。就在找到莱昂德拉的那天，她父亲把她从我们眼前带走，关进附近镇上的修道院里，心想过一段时间他女儿招来的那些闲言碎语也许就慢慢消停了。不过莱昂德拉终归年幼无知，人们也就见怪不怪，特别是不少人，才不操心她是好是坏呢。可是明知她聪明懂事的人，一点也不认为她这次胡闹是因为无知，而是因为她太轻佻，像大多数女人一样生来毛病太多，又没有头脑。

"莱昂德拉给关起来了。安塞勒莫好像突然双目失明，至少没什么舒心的东西值得看了；我也眼前一片漆黑，见不到一丝暖心的光亮。莱昂德拉走了，我们的烦恼一天天增多，脾气一天天暴躁，又是咒当兵的那身花哨衣服，又是怨莱昂德拉的父亲太不仔细。最后安塞勒莫和我一商量，两人就离开村子跑到这山沟里。在这儿他看着一大群家养的绵羊，我也守着一大群自个儿的山羊。我们整天在林子里混日子，想吐尽心里的怨气，时不时唱上两句，不是夸莱昂德拉漂亮，就是骂她狠心。我们躲在这里自个儿长吁短叹，冲着老天诉苦。好多想跟莱昂德拉攀亲的人也学我们的样儿，跑到这荒山野岭来打发日子。一下子来了那么多人，简直把这地方变成了牧人的世外桃源，满山的牧人，满坡的羊圈，到处都有人喊着美人莱昂德拉的名字。有人咒她，骂她水性杨花，不守妇道；有人嗔她轻浮放荡；这个要饶恕她，那个想原谅她；有好心开脱的，也有咬牙切齿的；你夸她漂亮，我贬她人品。总之，人人糟践她，人人迷恋她，大家都昏了头、发了疯。有人从来没跟她说过话，却怪她不理自己；有人根本没有靠近过她，却嚷嚷醋意大发。我已经说过，许多人一点也不知道她看上了谁，只知道她做了丑事。每一个石洞里，每一条小溪边，每一片树荫下，都有一个牧人朝天哭诉。凡是有回声的地方都不停地响着莱昂德拉的名字。山峰喊叫着莱昂德拉，小溪低唤着莱昂德拉。莱昂德拉使我们大家失魂落魄、如痴似狂，怀着无望的希望，担着无名的惊恐。在这一群疯子当中，我的对手安塞勒莫最不清醒，也最清醒。他本有说不尽的苦楚，可他只说见不到情人的苦楚。他三弦琴弹得很在行，就伴着琴声唱出哀怨的诗句，很能显示他的才华。而我挑的是更便当的做法，看来我是做对了。我专讲女人的坏话，说她们轻浮多变，两面三刀，背信弃义，滥用感情。先生们，这就是为什么我刚来的时候对山羊说那些话、讲那些道理。尽管她是羊群里最好的一只，可她是母的，我就瞧不起。我答应要讲的故事完了。我讲得太仔细了，不过我会更周全地服侍诸位的。我的草棚离这儿不远，里面有新鲜羊奶和香喷喷的干酪，还有各式各样熟透了的果子，又好看，又好吃。"

Capítulo LII · 第五十二章

堂吉诃德和牧羊人大打出手，
又异想天开地招惹一队苦行者，
末了自己大汗淋漓圆满收场

　　大家听了牧羊人的故事都觉得很有意思，特别是教长。他心中甚是诧异，没想到故事居然讲得那么动听，远远不是一个粗鄙的牧羊人的口吻，分明是一位有教养的朝臣。神甫果然没说错，山林养文士。大家都表示愿为欧赫尼奥效劳，不过最殷勤的还是堂吉诃德。他说："老实讲，牧人兄弟，假如我现在能再次开始远征，我恨不得立即上路，为你做好事。莱昂德拉显然不愿幽禁在修道院，那就让我把她救出来。不管院长嬷嬷和别的什么人如何竭力阻挠，我一定把姑娘交到你手里，往后怎么办，就看你的心思和意愿了。当然必须严守骑士规章，不得对姑娘们胡作非为。可是如今我只能寄希望于上帝我主了。我不相信坏心肠的魔法师比好心肠的魔法师更厉害。但愿迟早我能为你尽力效劳，因为我们这一行的本分就是救援遭罪受难的人们。"

　　牧羊人看了堂吉诃德一眼，见他装束奇特，模样怪异，不免大吃一惊，就问站在身边的理发师："先生，这人是谁呀？怪里怪气，还这么说话！"

　　"还能是谁？"理发师回答，"大名鼎鼎的堂吉诃德·德·拉曼却，专门铲除强暴，匡正不义，庇护弱女，惊吓巨人，攻克顽敌。"

　　"我琢磨就是这么回事，"牧羊人回答，"您说这个人干的事，骑士书上都有。不过我觉得，不是您老在逗乐，就是这位绅士的脑袋瓜给掏空了。"

"你是个大混蛋！"堂吉诃德突然喊起来，"你才是个空脑壳、傻瓜！我的脑袋满得很，只怕那个婊子养的养你的婊子也比不上！"

他一边叫骂着，一边顺手抓起跟前的一块面包，怒气冲冲地照牧羊人的脸上摔过去，差点把他鼻子给砸扁了。牧羊人可不吃这一套，见对方当真跟他较上劲儿了，也不管脚底下是地毯，是桌布，还有那些正吃东西的人，蹦起来扑到堂吉诃德身上，两手紧紧捏住他的脖子，想当下掐死他。幸亏桑丘·潘沙及时赶到，揪住肩膀，把他摁倒在一堆吃食上面，顿时杯盘粉碎，饭洒汤流。堂吉诃德一腾出手来，窜过去就骑在牧羊人身上。那人叫桑丘一顿拳打脚踢，满脸是血，正在席间爬来爬去，想找把刀子，索性血战一场。可是教长和神甫及时制止了。偏偏理发师做了个手脚，牧羊人趁机把堂吉诃德压在身下，一顿捶打，结果可怜的骑士跟他一样，也满脸鲜血淋淋了。教长和神甫几乎笑破了肚皮，巡逻队员蹦蹦跳跳叫好，你煽火，他助威，就像在看两只咬成一团的野狗。只有桑丘急得要死，因为教长的一个下属挡住他，他不能去帮主人的忙。

总之两人打得不可开交，看热闹的兴高采烈。这时候突然听到一阵凄厉的号角声，大家都冲有响动的地方转过脸去。不过听到这响声，最忙活的还是堂吉诃德。他被牧羊人压在下面，没少挨打，真是百般无奈。这时便说："魔鬼兄弟——我想你准是——反正你的勇气和力量都压倒了我，求你暂时跟我讲和一个钟头怎么样？咱们耳里听到的这阵悲惨的号角声，看来是在唤我重上战场。"

牧羊人打了人，也挨了打，确实累得够呛，当下撒了手。堂吉诃德站起来，朝传来响声的地方扭过脸去，一眼看到山坡上下来不少人，个个一身素白，像是一队苦行者。原来那年天上的云彩不曾向大地洒下一滴甘露。这一带地方的大小村庄的居民统统列队出动，自我鞭笞，虔诚祈祷，呼唤上帝敞开慈悲的胸怀，遍洒甘霖。有个村庄的居民正是因此聚集起来，列队去朝拜山上一座灵验的寺庙。堂吉诃德一见苦行者那身古怪装束，想也不想这是他屡见不鲜的景象，一门心思以为又碰上了奇遇，只等他这位身为游侠骑士的人前去闯荡。他看到那些人扛着一尊披丧服的圣像，更对自己的奇思异想坚信不疑，当下认定那是一位名门贵妇，遭到那伙为非作歹的强人匪徒的暴力劫持。他心里抱定了这个念头，麻利地跑向正在吃草的洛西南特，从鞍架上解下圆盾和缰绳，牢牢攥在手里，叫桑丘递过佩剑，说着就上了马，端起盾牌，大声对在场的人们喊道："尊贵的伙伴们，各位立刻就会看到世上多么需要履行游侠骑士义务的骑士。我是说，一旦那位被劫持的贵妇人获得自由，诸位就明白该如何敬重游侠骑士了。"

只因鞋后没有马刺，说完这话他便双腿夹紧洛西南特的肚子。在这部真实传记里，那匹马从未腾蹄飞跃过，这时候也一如既往，一路小跑，向苦行者冲过去。神甫、教长和理发师竭尽全力也没能阻挡住，桑丘冲他大声喊叫就更没有用处了。只听桑丘说："堂吉诃德老爷，您想去哪儿？是什么鬼迷了您的心窍，挑唆您跟咱们的天主正教作对？我真不知倒了什么邪霉！您瞧仔细了，那是一队苦行者，架子上扛的那位夫人是消难解灾的贞洁圣母。老爷，好好想想，您这是在干什么呀？这次您可真是犯糊涂了！"

桑丘纯粹是在白费力气。他主人只管径自朝那群披白床单的人走去，一心要解救服丧的贵妇，耳里哪里听得进劝告，即便是国王下命令，他也绝不回头。他已经走到那些人面前，勒住洛西南特，其实那马早就盼着消停一会儿了。只听他声嘶力竭地说："吠！你们这伙蒙面遮脸的家伙肯定不是好人！仔细听着，我有话要说。"

扛圣像的几个人率先停下来，还有四个念诵祷词的教士。其中一个，见堂吉诃德怪模怪样，洛西南特骨瘦如柴，接着又在堂吉诃德身上发现诸多滑稽可笑之处，于是回答说："我的好兄弟，有话快说。你没见这几个伙计把自己打得皮开肉绽，本不该叫我们停下来听你说道。快点，三言两语说完了算！"

"我就一句话，"堂吉诃德说，"我要你们立刻放了这位美丽的夫人。从她愁容满面、泪水涟涟的样子来看，显然是被你们强行劫持的，而且受到你们极大的欺侮。我来到世上，就是专门铲除这类暴行的。你们如不规规矩矩放了她，我绝不许你们往前迈出一步！"

人们听了这番言辞，看出堂吉诃德准是个疯子，便都开怀大笑起来。这一笑，不啻给堂吉诃德火上加油。只见他闭口不言，抽出佩剑朝木架砍去。一个扛圣像的把自己的担子让给别人，朝堂吉诃德走去，顺手抄起个木叉或木棍之类的东西，那是路上休息的时候用来支撑架子的。不料堂吉诃德一剑把木叉砍成两截，可是那人还是用手里握着的那截狠狠还击，恰恰打在他掌剑一侧的肩头。堂吉诃德自然无法举盾抵挡这股蛮劲，立即从马背翻滚而下，倒在地上。桑丘·潘沙见他摔倒，连忙气喘吁吁跑上前去，大喊大叫求对手别再打了，说可怜的骑士中了魔法，而且生来从未亏待过别人。那村夫并不打算理睬桑丘的呼叫，可是他见堂吉诃德手脚不再动弹，还以为他真的死了，慌忙撩起长袍，掖进腰间，兔子一样朝野地跑去。

这时候，陪伴堂吉诃德的一伙人赶到出事地点。求雨的人群见他们跑过来，还跟着几个手持弓箭的巡逻队员，自知大事不妙，一时乱糟糟地围着圣像，掀掉头上的高帽子，握紧手里的鞭子。教士们也举起大烛台，横下心静待来犯者，准备随时奋起自卫，如有可能，干脆击溃敌手。不过天运的安排却比人们预料的好得多。且说桑丘这时候只知道扑在主人身上一个劲儿哭号，听起来又凄惨又可笑。他满心以为主人确实死了。

碰巧求雨队伍里的神甫认出了我们的神甫。这一来，慌乱的双方才慢慢平静了。我们的神甫三言两语向另一个神甫说明了堂吉诃德是谁，于是这位和他那一大帮苦行者才急忙凑上去，看看堂吉诃德是不是真死了。只听桑丘·潘沙泪眼汪汪地说："哦，骑士的尖子，就这么一闷棍断送了你辛苦一生赚来的功名！哦，你为自家光宗耀祖，为拉曼却，还有全世界挣来名声和光彩！如今世上没了你，恶人可就无法无天、四处横行了！哦，所有的亚历山大也比不上你慷慨大方！我不过服侍了你八个月，就从你手里得到四面水汪汪的最棒的海岛！哦，你见了厉害人老老实实，见了老实人神气十足！①你闯过了千险万难，受尽了打骂折磨，无缘无故害相思，一心一意学好样，专打坏蛋，最恨小人，一句话，你这个游侠骑士啊，我还能说些什么呢？"

桑丘正起劲地又哭又喊，堂吉诃德却醒了过来，头一句话就说："甜蜜的杜尔西内亚，我与你至今不得相见，难道还有比这更大的苦难吗？桑丘我的好伙计，快扶我爬上中魔的牛车。我再也没力气跨上洛西南特的鞍子了，我这半拉肩膀怕是全碎了。"

"我的老爷，我这就照办！"桑丘应声答道，"咱们跟这些先生回村去吧，他们可是一心为你好。到家咱们想法再出去一次，一定弄个名利双收。"

"桑丘，你说得对。"堂吉诃德很赞成，"如今灾星当头，聪明的办法是先避过这股子邪气。"

教长、神甫和理发师也告诉他这样做最妥不过。他们一面暗笑桑丘·潘沙的憨傻愚钝，一面按老样子把堂吉诃德抬上牛车。求雨的人群又排好了队伍重新上路了。牧羊人跟大家辞别而去，巡逻队员也不想接着往前走了。神甫按事先说的付了他们工钱。教长要神甫勤通音信，及时告诉他，堂吉诃德究竟是治好了疯病，还是继续癫狂，说罢便告辞接着走自己的路。

人们就这样分道扬镳了，只剩下神甫、理发师、堂吉诃德、潘沙和老实巴交的洛西南特。它跟自己的主人一样，对跟前的一切始终是逆来顺受。

---

① 桑丘显然说反了。

车夫套上牛，又给堂吉诃德身子底下垫上一把干草，然后按神甫的吩咐，照旧慢条斯理地上路了。六天以后，他们回到堂吉诃德的家乡。进村的时候刚好是中午，又赶上星期日，全村的人几乎都聚集在广场上，堂吉诃德的牛车就从当间穿行而过。一群人围上来，想看看车上装的是什么，不料一眼认出了自己的街坊，个个都惊呆了。一个男孩连忙跑去告诉堂吉诃德的管家太太和外甥女，说是她们各自的老爷和舅舅面黄肌瘦地回来了，坐着牛车，身下是一堆干草，真是让人心碎啊！两个可怜的女人又哭又喊，捶胸顿足，又一次大骂该死的骑士小说。堂吉诃德走进院门的时候，那场面越发热闹起来。

堂吉诃德回乡的消息一传出去，桑丘·潘沙的女人闻声而至，她早就知道丈夫是跟出去当侍从了。她一见桑丘，头一句话先问，毛驴是不是还好。桑丘回答说，比起主人要强多了。

"那可得好好谢谢上帝！"她嚷嚷着，"真是多亏老天照应。那么好吧，老伴，这会儿你说说看，你侍从了一趟，都捞了些什么？给我带回裙子了吗？给孩子们带回鞋袜了吗？"

"这些一样也没带回，"桑丘告诉她，"可我的好老婆啊，我带回了更贵重起眼的东西。"

"那我就放心了。"女人说，"好老伴，快把那些贵重起眼的东西拿出来给我看看，也让我心里高兴高兴。你好像离家几百年了，你不知道我有多么伤心难过。"

"你这娘儿们，待会儿到家再说，"桑丘嗔她，"你只管高兴就是了。上帝保佑，下次我们再出去闯荡，你瞧着吧，我转眼准能当上海岛伯爵、总督什么的。还不是随随便便的海岛，一准是世上顶呱呱的。"

"但愿老天行好，我的好爷们儿，咱们就盼着这个呢！可你告诉我，这海岛是怎么回事啊？我一点不懂。"

"真是'有蜜不往驴嘴填'！"桑丘说，"到时候你就知道了，娘儿们！还有你想不到的事呢：一大堆下人赶着管你叫'夫人'。"

"你都说些什么呀，桑丘？什么夫人不夫人，海岛不海岛，下人不下人的？"胡安娜·潘沙问他。

这是桑丘女人的名字。他们夫妻俩不是本家亲戚，可是按拉曼却的风俗，女人都跟丈夫姓。

"胡安娜，你别着急啊！不能一下子什么都知道。我告诉你一句大实话，你先闭上嘴。我想顺便告诉你，世上最美的事就是给四处闯荡的游侠骑士当一个老老实实的侍从。说真的，闯荡来闯荡去，回回总是不怎么顺心。比方闯荡了一百次，就有那么九十九次吃亏倒霉。我可是尝过那滋味，有时候让人家兜在毯子里乱扔，还有时候挨揍。饶是这么着，心里还是美滋滋的，老盼着新鲜玩意儿，整天价翻山头，钻林子，爬石坡，进城堡，还能大摇大摆地住店，一个鬼铞子儿也不掏。"

桑丘·潘沙和他老婆胡安娜·潘沙聊得正起劲的时候，堂吉诃德的女管家和外甥女却忙着把他扶进屋里，帮他脱了衣服，让他躺在往日那张床上。他一直斜眼瞅着她们，怎么也弄不明白自己已到了哪儿。

神甫一再嘱咐外甥女精心照料她舅舅，留神别再放跑了他，还特别说明，他们费了好大劲儿才把他送回家。于是两个女人又一次仰天哭喊，又一次大骂骑士小说，求老天把那些胡言乱语、编谎骗人的作者深深地打入地狱。末了，她们两人又担起心来，不知如何是好，只怕她们各自的主人和舅舅一旦身体复原，又要跑个没影儿。果真还叫她们猜对了。

然而这部传记的作者尽管费尽心机搜集堂吉诃德第三次出游的资料，可是一点线索也没找到，至少没发现可信的书面记载。而拉曼却地区却一代代传诵着，说是堂吉诃德第三次离家出走，去了萨拉戈萨，参加了在那个城市举行的几次颇负盛名的大比武。他在那里的所作所为完全符合他的胆略和才情。不过他一生怎么终结、怎么辞世却一直无从知晓，看样子将永世不得知晓了。幸亏他总算走运：有个老医生保存下一只铅皮匣子。据那人自己说，是在修复一座坍塌的古老山僧寺的时候，从废墟中找出来的。匣子里有几张羊皮纸，上面用花体字抄写了卡斯蒂利亚语的诗文，其中包括不少堂吉诃德的事迹，还提到杜尔西内亚·德尔·托博索的美丽容貌，以及洛西南特是什么样子，桑丘·潘沙如何忠诚，堂吉诃德本人的墓地在何处，有几篇关于他生平习性的墓志铭和挽诗。这部新颖而罕见的传记的作者一向尊重事实，于是便把能够辨认读懂的几篇抄录在书后。该作者不辞辛劳搜寻翻阅了曼却地区所有的文献，才终于使得这部传记问世。他只要求读者坚信不疑，因为一切明白人读到在世间经久不衰的骑士小说的时候，都是这么做的。这才是对他的最大奖赏，他将因此感到劳而有获、心满意足，并且信心百倍地再去寻找、搜集新的资料，即使不尽详实，至少同样新颖有趣。

铅皮匣子里发现的羊皮纸上写的头几行字如下：

特为英勇的堂吉诃德·德·拉曼却的生荣死哀而作

拉曼却阿尔嘎马西里亚村诸院士敬献

猫腻公公，阿尔嘎马西里亚村院士吊堂吉诃德墓

墓志铭

干打雷滚滚响彻整个拉曼却，

扫千军胜过伊阿宋·德·克里特[①]；

头脑机敏灵活犹如风信鸡，

---

① 伊阿宋·德·克里特：希腊传说人物。他是忒萨利亚王子，不是克里特王子。

箭头所指却总是南辕北辙。

他臂短力大威名震撼远方，
从契丹国延伸到加埃塔①港；
他聪颖智慧，才思出众骇世，
铜镌的杰作也为之失去辉煌。

他坚强无畏又柔情似水，
阿马迪斯氏怎能望其项背！
加拉奥尔族唯有自惭形秽，
贝利尼亚斯们知趣闭口无言。
他曾骑着洛西南特八方盘旋，
如今在冰冷的墓石下长眠。

怕你呀嘎马西里亚村院士礼赞

杜尔西内亚·德尔·托博索

十四行诗

且看这位女士粗眉大眼宽脸盘，
高耸胸脯，雄赳赳赛过男子汉。
杜尔西内亚，托博索的女王，
伟大的堂吉诃德把她深深爱恋。

为心上人他足迹踏遍四方，
从险峻黑山到蒙帖尔大荒，

---

① 加埃塔：意大利海港城市。

穿过绿草如茵的阿兰胡埃斯，
你心力交瘁，徒步跋涉多凄凉，

这一切全是洛西南特的过错，
命运对他俩确实冷酷吝啬，
曼却贵妇的玉容忽在英年殒殁。

我们无往不胜的游侠骑士，
虽在大理石上镌刻业绩姓氏，
却永无摆脱爱恨痴迷之日。

卡不理巧索，阿尔嘎马西里亚村院士颂扬
堂吉诃德·德·拉曼却的坐骑洛西南特

十四行诗

金刚石的宝座虽然桀骜耸立，
却被战神踏上血污的足迹。
曼却的狂人以罕见的勇猛，
在此高悬他那得胜的旌旗。

这里陈列着他的利剑锋刃，
他曾经摧折、扫荡、砍杀随心。
新型的勇士创建了新型武艺，
兵法史册增添了新的奇迹。

昔日高拉曾因阿马迪斯自豪，
希腊也为他的英勇子孙骄傲，

他们屡建战功，威震天涯海角。

如今吉诃德却独占桂冠，
那是战神殿堂的荣耀花环。
希腊和高拉怎与高贵的曼却比肩？

他的英名不会被遗忘掩埋，
且看神骏洛西南特的气派，
也使得前辈名驹喟叹无奈。

薄儿拉朵儿，阿尔嘎马西里亚村院士凭吊桑丘·潘沙

十四行诗

桑丘·潘沙胆大个矮，
这话听来有些奇怪。
要论侍从，我敢担保：
数他老实，从不使坏。

差一丁点，当了伯爵，
只怨年月轻狂格涩，
有人成心捣乱作梗，
连个傻瓜也不放过。

骑驴走路（说法含混），
驯马在前，忠仆紧跟，
洛西南特驮着主人。

人生在世就是做梦，

昼想安乐，夜思荣升，

到得头来，烟云空影。

卡奇底压不咯，阿尔嘎马西里亚村院士祭
堂吉诃德·德·拉曼却

墓志铭

骑士长眠此处，

瞎游伤筋断骨。

坐骑洛西南特，

驮他踏遍歧路。

傻瓜桑丘·潘沙，

也在身边躺下。

人间侍从无数，

忠厚谁人过他？

提起脱壳，阿尔嘎马西里亚村院士悼
杜尔西内亚·德尔·托博索

墓志铭

杜尔西内亚在此安息，

她体壮肉瓷有力；

死神张牙舞爪来临，

她也化成灰土一堆。

地道纯种血统清白，
本可一露贵妇丰采。
堂吉诃德被她点燃，
家乡故土名扬四海。

　　能够辨认出来的只有以上几首，其他的一概字迹模糊，只好委托
一位院士去揣测考证。据说这位先生夙夜不寐，煞费心血，目前已经
大功告成，只待堂吉诃德第三次出游时一并公之于世。

　　但愿别人用更好的拨子来弹唱。①

　　［第一部完］

---

① 原文为意大利文。摘自《疯狂的罗尔丹》。

DON QUIJOTE

DE LA MANCHA

堂吉诃德

第二部

[西]塞万提斯 ·············· 著　董燕生 ·············· 译

作家出版社

一场空前未有的恶战 …… 400

DEDICATORIA AL CONDE DE
LEMOS

致雷莫斯伯爵的献词

　　日前曾将几部已出版而未上演的剧作敬送阁下。记得
当时我似乎说过，堂吉诃德已经穿上马靴，准备前去亲吻
阁下的双手。现在我则可以说，他不仅穿好了靴子，而且
已经上路。他如果能到您眼前，就算我对阁下尽了一份心。
现在居然有人冒称堂吉诃德第二[①]，满世招摇，甚是可厌。
为了清除这个祸害，四面八方都催我把自己的堂吉诃德拿
出来。最急切的莫过于中国大皇帝了。一个月以前，他用
中文给我写了封信，亲自派人送来，要我，更确切地说是
求我给他捎去一本《堂吉诃德》，因为他想建立一所卡斯蒂
利亚语学校，打算拿《堂吉诃德》当课本，同时他还聘请
我当校长。我问来使，是否随身带着皇帝陛下给我的路费。
那人回说根本就没想到这事。于是我说："老兄，您怎么从
中国来的还怎么回中国去。这么长途跋涉，我的身体可受
不了。再说我不光体弱多病，而且身无分文。管他皇上也
好，君主也好，反正我可以倚仗那不勒斯的雷莫斯伯爵，
他才不操心什么学校职位和校长头衔，照样资助我、保护

[①] 塞万提斯的《堂吉诃德》第一部出版九年以后，于1614年在塔拉戈纳
　　出版了所谓《堂吉诃德第二部》，作者署名是阿隆索·费尔南德斯·阿维
　　亚内达。

我，给了种种我自己都不曾奢望过的恩惠。"我就这样送走了他，也这样跟您告别，不过事先向阁下许诺：一定奉送《贝雪莱斯和西吉斯蒙达历险记》①。如果上帝开恩，这本书再过四个月就能完工了。这在用西班牙语创作的消闲作品里，不是最糟的一部，便是最好的一部。其实，我真不该说"最糟"这话。我的朋友们都认为，这本书无疑是精彩到顶了。祝阁下健康如意。贝雪莱斯盼望亲吻阁下的双手，阁下的奴仆也盼望亲吻您的双脚。一千六百一十五年十月底，于马德里。

阁下的奴仆

米盖尔·德·塞万提斯·萨维德拉

---

① 塞万提斯这部描写离奇历险的小说，于其去世后的 1617 年出版。

PRÓLOGO AL LECTOR

前言
—— 致读者

　　实在对不住，读者你是雅士也罢、俗人也罢，恐怕早就盼着这篇前言了。只因到处盛传有个作家在托德西利亚斯孕育了堂吉诃德第二，又在塔拉戈纳生出了他，你准以为我会借机臭骂挖苦苦一通，出出恶气。说实话，我还真不能叫你满意。再窝囊的人受了欺负也会发火的，可我是个例外。你恨不得叫我骂那人几句蠢驴、混蛋、不知天高地厚。不过我不打算这么干。他会自作自受的，让他吃不了兜着走，犯不着我操心。

　　最叫我受不了的是他居然指指戳戳说我老了，还缺一只胳膊。[1]挡不住时间从我身边流逝莫非也是我的过错吗？他难道不知道我的胳膊不是在酒店打架掉的，而是在古往今来人生最辉煌的时刻失去的？这残疾在一般人眼里当然不会熠熠生辉，但是知道它来历的人们见了自会敬重。一名战士宁可在战斗中死去，也不愿当逃兵求生。这就是我的志向。如果时光倒转，要我重新选择，我还是要置身于那个壮丽的战场，绝不为了保全身体而逃避。战士脸上和胸部的伤疤犹如天上的明星，激励人们的荣誉感，引导他们上进。我还要说明一点：写作诚然不是一件倚老卖老的事，是要动用聪明才智的，而聪明才智却是

---

① 塞万提斯 1571 年在雷邦多战役中受伤，左手残废。

伴着年龄增长的。

他还说我求全责备，这也叫我受不了。他还像教训无知之辈似的，详细解释什么是求全责备。说句老实话，在两种不同的求全责备当中，我只知道一种：那就是责备我自己在上帝面前还不够纯洁、善良。既然如此，我怎么还可能去攻击一名教士，更何况他还是宗教裁判所的管事①呢？他这样说我显然是有所指的。如果他指的果真是那个人，那他可就大错特错了。殊不知我不仅崇仰此人的才气，而且佩服他的作品和坚持不懈的善举。不过我还是十分感谢这位作者先生，因为他说我的"训诫小说"都不错，只是讥讽有余，劝善不足。那就行了，正因为两者兼而有之，才能称得上"不错"。

读者你或许觉得我太缩手缩脚了，总是那么细声柔气，不敢给倒霉的人雪上添霜。依我看，这位先生就够倒霉的了。你瞧他，没胆量在光天化日之下露面，姓名也不告诉别人，连出身籍贯也是伪托的，仿佛犯下了弑君的弥天大罪似的。要是你碰巧能见着他，请替我转告：我一点不生他的气。我很清楚魔鬼的诱惑是怎么回事，其中最难抵挡的莫过于勾引一个人心萌奇想，觉得自己有能力写书出书，出名又得利，得利又出名。为了让他明白我的意思，你不妨以你特有的机巧和诙谐讲讲下面的故事。

塞维利亚有个疯子，突然琢磨出世上任何一个疯子都想不到的稀奇古怪的事情。他呢，拿着一头削尖的苇秆在大街小巷走来走去，只要碰上狗，他就脚踩一只狗腿，手提一只狗腿，然后方便把苇秆插进一个地方往里吹气。等狗胀成圆鼓鼓的球，他便在肚皮上轻轻拍两下放它走开。看热闹的人照例很多，他就对他们说："你们以为吹胀一只狗一点都不费事吗？"你以为写一本书一点都不费事吗？

要是这个故事对他不合适，亲爱的读者，你就给他讲另一个，也

---

① 宗教裁判所的管事：此处指维加。

是说疯子和狗的。

科尔多瓦也有一个疯子，平日总喜欢脑袋上顶一块大理石或是别的不太轻的石板。每当碰上一只迷迷瞪瞪的狗，他就凑到跟前，猛地一下把重重的石头砸在它身上。狗当然疼得要命，又嚎又叫蹿出去三条街。他就这样来来回回用石头砸狗，正好有一回碰上帽店老板的爱犬。石头掉下去，砸在脑袋上，狗疼得嚎叫起来。主人见了很生气，抄起一把尺子冲疯子走去，差点儿打断了他浑身的骨头。而且每打一下，就说一句："你这狗东西，欺负我的小猎犬？你好狠心啊！你没见我的狗是一只小猎犬吗？"他就这么"小猎犬、小猎犬"地吆喝着，直到把疯子打散了架子。疯子这下可学乖了，跑回家去，一个多月没出屋门。后来终于又露面玩他那套把戏了，这次顶的石头更沉。他走到一只狗跟前，两眼直勾勾地瞅了半天，心里也拿不定主意该不该把石头甩下来，只顾嘴里说："留神，这只狗是小猎犬！"结果，凡是他撞见的狗，不管是丹麦獒还是小巴儿狗，他都说是小猎犬，从此再没把石头甩下来。

那位作者说不定也会出这种事情，所以他最好还是收敛一点，别再费脑筋写什么书了。书写糟了，比石头还难啃。他扬言说，他的书一出版，我就没处挣钱去。你告诉他，我才不怕他威胁呢！《拉·培壬登嘎》①著名的幕间短剧里有句话可以套用来回答他："我的市议员老爷长命百岁，基督保佑大家！"雷莫斯伯爵大人万岁！我虽然命途多舛，多亏他尽人皆知的乐善好施，我才得以挺了过来。慈祥的托莱多大主教堂贝尔纳多·德·桑多瓦勒·伊·罗哈斯②万岁！就算没有印刷术，又能怎样？就算攻击我的书加起来比《明戈·热乌勒戈》③小

---

① 《拉·培壬登嘎》：不详，可能是当时风行过的作品。

② 堂贝尔纳多·德·桑多瓦勒·伊·罗哈斯：罗马教会红衣大主教，托莱多大主教，宗教裁判所的首席审判官，当时权贵莱尔马公爵的叔父。

③ 《明戈·热乌勒戈》：一部讽刺西班牙国王恩里克四世的诗集，作者不详。

曲的字数还多，又能怎么样？这两位贵人，不用我阿谀奉承、苦苦哀求，仅仅出于好心就主动来关心照顾我。即使有朝一日，命运果真叫我一步步飞黄腾达，我也不会像现在这样感到欣喜和富足。穷人照样可以很体面，小人却不行。困顿难免遮盖高士的些许风采，但绝不能把它全部抹去。美德自会发出光芒，而且必将穿透陋室的缝隙和重重阻隔，从而受到高贵的有识之士的敬重和爱护。

你不用再跟他说别的，我也不跟你说别的了，只想提请你注意，我奉献给你的《堂吉诃德》第二部和第一部一脉相承，是同一位大师用同一块料子裁剪出来的。不过在这里我给你展现出的堂吉诃德形象更加恢宏，最后他终于咽气入土了，免得有人多事，再一次无中生有地诽谤他。他有自己一生的经历就够了，有一个好心人把这些意趣横生的疯癫举动公之于世也足够了，不必再喋喋不休下去。再好的东西一多，人就不稀罕了；可是糟糕的东西一缺乏，反而能引起一些注意。对了，我还忘了告诉你，等着《贝雪莱斯》吧，我马上就写完了，还有《伽拉苔亚》第二部。

CAPÍTULO I · 第一章

神甫和理发师跟堂吉诃德谈他的病

西德·阿麦特·贝嫩赫里在这部传记的第二部分记叙了堂吉诃德的第三次出游。据他说，神甫和理发师整整等了一个月才去看堂吉诃德，生怕去早了又招惹他想起往事。当然，他们还是时不时去看看他的外甥女和管家太太，嘱咐她们细心照看病人，多给他吃点补心养脑的东西；很显然，他的毛病就出在这两个地方。俩女人说她们正是这么做的，以后还要尽心尽力做下去，因为眼看着老爷一点点清醒过来。那两人心里庆幸当初叫他中魔、装上牛车拉回来，实在是做对了。这一点，在这部伟大而详实的传记的第一部分最后一章已经讲过了。

神甫和理发师决定去看望他，瞧瞧是否真有好转。不过两人清楚，要想彻底治愈怕是没有指望了，所以拿定主意只字不提游侠骑士，免得新伤嫩肉，一不小心又给捅破。他们进去的时候，见堂吉诃德坐在床上，穿一件绿色的粗羊毛内衣，戴一顶托莱多产的红色小睡帽，浑身干瘪得像一具木乃伊。客人受到热忱欢迎，接着便问起主人的健康，他讲了自己的近况和身体，思路清晰，语句优雅。

他们聊着聊着，就说起立国治民之道，针砭弊端，抨击苛政，评说时尚，怒斥恶习。三人个个都俨然是崭露头角的立法官，转世再生的李库尔果①，发硎新试的梭伦②。他们对国家实行了彻底的改革，仿佛回炉重锻，面貌一新。不论涉及什么话题，堂吉诃德都说得头头是道。两个去探听他病情的人不得不承认他头脑清醒，已经完全复原。他的外甥女和管家太太一直在旁边听他们说话，眼看她们家老爷那么明白，便不厌其烦地向上帝谢恩。可是神甫这时候改变了开头的想法，打算有意把话题引向游侠骑士，彻底核实一下堂吉诃德病情好转的真假虚实。只见他东拉西扯，慢慢讲到从京城传来的新闻。其中一条说，根据可靠消息，土耳其人集结了强大的海军力量，但是不清楚意图何在，也不知道这场风暴将袭击哪里。几乎年年受到骚扰的整个基督教世界都在提心吊胆，不得不严阵以待。国王陛下已经加强了那不勒斯、西西里沿岸和马耳他岛的防卫。

堂吉诃德一听就说："国王陛下不愧是英明将领，懂得及早加强国家防卫，避免敌人攻其不备。要是我有幸献计，倒真不乏良策，只是陛下此时此刻万万想不到罢了。"

神甫听了这话，心里暗想："可怜的堂吉诃德，但愿上帝保佑你！看来你不光是疯到头，而且还要傻到底！"

理发师也跟神甫想到一处了，不过他还是问堂吉诃德打算给朝廷献出什么样的计策，说实在的，给君王们乱出点子的人数不胜数，他莫非也准备置身其间？

"剃头匠先生，"堂吉诃德说，"我可不是乱出点子，都是些对症下药的办法。"

"我并非有意冒犯您，"理发师解释说，"我的意思是，从多年的经验看，向国王陛下提出的建议，几乎全部，或者至少大部分荒谬绝伦，根本行不通；即使照办了，也只能有害于国家和君王本人。"

① 李库尔果（前9世纪），古希腊立法家。
② 梭伦（约前630—前560），古希腊雅典政治家和诗人，制定过宪法和法典。

"可我的建议不同，"堂吉诃德回答，"既不荒唐，也不难办，只怕别的进谏者还没有想到过这么简明、便当、合理、巧妙的主意。"

"堂吉诃德先生，您就干脆说出来吧。"神甫催他。

"不行啊，"堂吉诃德说，"我这里开口一讲，明天一早就传进王室参事诸君耳朵里，最后岂不是我费心，他们得好？"

"我在这儿，"理发师说，"当着上帝的面跟您担保：绝不把您的话告诉世上任何人，哪怕他是天王老子。我是从小曲里学会这样赌咒的；只是小曲里的那个神甫最后还是在做弥撒的时候把什么都告诉国王了，说是谁偷了他一百个金多乌拉和那头健走如飞的骡子。"

"我没听说过那么多故事，"堂吉诃德回答，"但是我信得过理发师先生赌的咒，因为我知道他是说话算数的。"

"万一他食言，"神甫说，"还有我做他的保人呢！我敢说，他不会比哑巴更饶舌，否则按照判决赔偿损失就是了！"

"可是神甫先生，谁做您的保人呢？"堂吉诃德问。

"我是神职人员，"神甫回答，"有责任为别人保守秘密。"

"那就看在耶稣圣体的分上，一言为定！"堂吉诃德终于放心了，"国王陛下只需派人当众传令遍布全西班牙的游侠骑士于指定日期会集朝廷，哪怕只召来五六个，他们其中一个就足够摧毁土耳其的全部兵力。请二位仔细听我说，一名游侠骑士单枪匹马打败二十万大军，仿佛他们都是甜面团做的，而且只有一个喉咙，这难道还算什么新闻吗？二位不妨说说看，连篇累牍记载这类奇迹的传记难道还少吗？咱们不妨设想一个对我自己很不利的局面——当然更不用说对别人了——假如堂贝利亚尼斯，或者绵延不断的阿马迪斯·德·高拉家族的某人生活在当今，而且出面跟土耳其人较量，那这些家伙就没什么便宜好占了！上帝总在照看自己的信徒，及时给他们派来救星，即便不如昔日的游侠骑士强悍，至少勇气不比他们差。上帝明白我想说什么，我就不多嘴了。"

"天啊！"他外甥女突然喊了起来，"这简直是要我的命，看样子我舅舅又要去当游侠骑士了！"

堂吉诃德马上应声道："我到死也得是游侠骑士。就让土耳其人随时北上南下吧！叫他们到处逞威风吧！我再说一遍：上帝明白我的意思。"

这时候理发师说："阁下能不能让我讲个短短的故事？是发生在塞维利亚的。太对眼前的景儿了，我觉得非讲不可。"

堂吉诃德说可以，神甫和其他人也都静静地听着。理发师就这样开了头："有个人脑袋出了毛病，家里人就把他送进塞维利亚疯人院。他是奥苏纳大学的毕业生，学的是宗教法。不少人说，哪怕他是萨拉曼卡大学的，他终归还是个疯子。这位硕士在那儿关了几年，觉得自己心里明白了，头脑清醒了。他这么一想，就给大主教写了一封信，情真词切，言之成理，要求离开那种鬼地方，说是多亏上帝慈悲，他曾经昏聩的神志已经恢复正常，可是亲戚们贪图他的家产硬逼他待在那儿，而且一口咬定他的疯病到死也治不好。大主教多次收到他的书信，被其中清晰雄辩的言辞打动，便派他手下一名教士到疯人院院长那里去打听，想知道那位硕士信上的话是否属实，然后再跟疯子本人面谈一下，要是觉得他果真头脑清醒，就放他出院算了。教士一一照办了。院长说那人跟先前一样疯癫，有时候说起话来好像很明事理，可是过不了一会儿就又开始信口胡说，荒诞不经远远抵消了刚刚讲过的至理名言。这只要跟他当面谈谈就可以看出了。教士决定试一试，就走过去跟疯子谈了一个多小时，一直没听到什么胡说八道，谈吐始终有条有理。教士不得不承认疯子的神志已经正常了。谈话之间，疯子说，院长得到他家亲戚们的不少好处，所以就对他恶意中伤，说他疯癫如初，只是偶尔清醒；还说他之所以倒霉，最主要是因为他那一大笔家产，人人都想抢占，不惜弄虚作假，甚至闭眼不看天主早已降下洪恩，把他从狂兽变成了好人。总之，他振振有词，说院长暗中捣鬼，亲戚们贪婪狠心，而他本人确实已经完全清醒。教士决定带走他，让大主教亲自过问判明事情的真假虚实，于是教士便出于这种好心，吩咐院长命人把硕士入院时穿的衣服还给他。院长一再劝他三思而行，因为那位硕士明明是个疯子。结果院长的劝告提醒都毫无用处，教士坚持要带走那人。院长知道他是大主教委派的，也只好从命，叫人拿出硕士的衣物，看来都很考究而且崭新。那人见自己脱下疯子服，穿起常人装，便求教士稍候，他想去跟自己的疯子伙伴们告别。教士说他正好打算一块儿去看看住院的疯子。于是当时在场的几个人陪他俩上了楼。硕士走近木笼，里面关着一个动武的疯子，不过当时还算安详老实。硕士对他说：'我的好兄弟，有什么事托我吗？我要回家了。上帝真是大慈大悲、恩德无边，终于让我头脑清醒了，真是受之有愧啊！你瞧，我的病好了，心里清亮了；靠上帝的威力，没有办不到的事。你就放心大胆地指望和信赖天主吧！他已经治好了我的病，一定也会治好你的病的，你等着瞧吧。我想法给你捎来些好吃的东西，你可千万都吃下去。我是过来人了，告诉你我是怎么想的吧，咱们之所以癫狂，就是因为肚里空空，脑里刮风。打起精神！打起精神！倒霉的时候心灰意懒，没有比这更伤身折寿的了。'

"武疯子对面的笼子里关着另一个疯子，一直赤条条躺在一张旧席子上。他听完硕士的话，便翻身站起来，大声问道是谁病好脑清要回家。硕士回答说：'是我，兄弟。我要走了，不必接着在这里待下去。上天如此开恩，我真是感激不尽。'

"'硕士啊，你在说些什么？真是鬼迷心窍了！'那疯子议论开来，'我劝你歇会儿脚，安稳待在自个儿屋里，省得再往回跑。'

"'我很清楚自己好了，'硕士驳道，'用不着来回折腾。'

"'你好了？'疯子说，'得，上帝保佑你，咱们等着瞧。我是朱比特①在人间的威严代表，所以这会儿以他的名义发誓：塞维利亚居然胆敢说你头脑清醒了，把你放出疯人院！就凭这桩罪过，我要狠狠惩罚它，叫它永生永世不得忘记，阿门！可怜的硕士小子，你难道不相信我有这个本事？我已经说过了，我是雷霆大神朱比特，手握熊熊闪电，可以随时用来威慑和摧毁世界。不过我还是用另一样东西来惩戒这座愚妄的城市吧。我将在整整三年之内不为它和周围的城镇落下一滴雨水，日子就从我发出警告的当天算起。你出院了，你病好了，你脑子清楚了？可我还疯着，我还病着，我还捆着？哼，我宁肯上吊，也绝不下一滴雨！'

"疯子高声絮叨着，在场的人都听得入了神。这时候，我们的硕士先生转过身去抓住教士的双手，对他说：'先生，您千万别担心，别理睬疯子的话。他不是说自己是朱比特，不打算下雨吗？可我是尼普顿②，水的父亲和海神。需要的话，我想什么时候下雨，就什么时候下雨。'

"教士一听，马上回答说：'这么说来，尼普顿先生，咱们还是别惹恼了朱比特先生。您就先待在自己屋里吧。改天方便有空的时候我们再来看您。'

"院长和在场的人都笑了，弄得教士很不好意思。于是硕士又被扒光了衣服，继续待在疯人院。故事完了。"

"理发师先生，这就是您的故事？"堂吉诃德问，"而且正对眼前的景儿，所以非讲不可？哎呀，我说，剃头匠先生呀剃头匠先生，筛网一挡什么也看不见的人，也就瞎得差不多了！您怎么不明白，拿才情比才情、品德比品德、容貌比容貌、门第比门第，实在令人恶心生厌！我不是水神尼普顿，也不是机灵人，所以也不指望别人夸奖。我

---

① 朱比特：罗马神话中的主神，即希腊神话中的宙斯。
② 尼普顿：罗马神话中的海神，即希腊神话中的波塞冬。

只操心一件事：向世人指出，他们不设法返回盛行游侠骑士的美好年月，实在是大错特错了。那时候，游侠骑士主动担起重任，负责保卫疆土、庇护弱女、扶助孤苦幼童、惩戒狂徒、奖赏忠良。如此美好的光景，当今堕落的世人怎得有福消受？现在那些骑士，只听他们浑身绫罗绸缎窸窣，哪里还有钢盔铁甲的叮当？哪里还有骑士从头到脚全身披挂、不论寒暑风餐露宿？哪里还有人脚不离镫、肩贴长枪，只像昔日游侠骑士那样打个盹儿？再也不会有人出了密林进深山，然后再踏上荒芜凄凉的海滩，只见风急浪大，波涛汹涌，他在岸边找到一只小船，没有桨舵、风帆、桅杆和绳索，但他毫无畏惧之心，跳上船去，迎着狂风巨浪驶向汪洋大海。他忽而被抛向天空，忽而被甩进深渊，可是他始终昂首挺胸，面对怒吼的风暴，转眼工夫，他已经远离上船的地方三千多莱瓜了，他踏上一块遥远而陌生的土地，接连发生的事情都值得镌刻在青铜上，而不是仅仅写在羊皮纸上。

"可是如今，懒惰吞噬了勤奋，闲散消融了辛劳，恶习战胜了美德，傲慢超过了勇敢，纸上谈兵代替了弄枪舞棒。习武这一行只有在黄金时代和游侠骑士的年月才得以走红而大放异彩。难道不是这样吗？请告诉我，谁能比鼎鼎大名的阿马迪斯·德·高拉更正直勇敢？谁能比帕尔梅林·德·英格兰更聪明谨慎？谁能比提朗特·埃尔·布兰柯更随和机敏？谁能比李苏尔特·德·希腊更风流倜傥？谁能比堂贝利亚尼斯更伤痕累累又杀人如麻？谁能比佩利翁·德·高拉更无所畏惧？谁能比费里克斯马尔特·德·伊尔卡尼亚更能知难而上呢？谁能比埃斯普兰迪安更真挚坦率呢？谁能比堂西隆希奥·德·色雷斯更奋不顾身呢？谁能比罗达蒙特更强悍？谁能比索布里诺国王更仔细呢？谁能比雷纳尔多斯更大胆呢？谁能比罗尔丹更无敌于天下呢？谁能比儒赫若费斯文优雅呢？据图尔平在他的《宇宙志》里说，这最后一位还是当今的费拉拉公爵家族的先祖呢！

"神甫先生，所有这些骑士，我还可以列出好多来，都是游侠骑士的光辉榜样。我要向国王引见的就是他们这些人，或者跟他们一样的人。如果君王采纳了我的建议，必将大得裨益，省去不少花销，土耳其人就只好待在那儿揪自己的胡子了。好了，既然教士先生不愿带我出去，我只好蹲在自己家里了。要是真像理发师说的那样，朱比特不想下雨，还有我在这儿呢，我想什么时候下就什么时候下。我这么说是叫铜盆老爷知道，我明白他的意思。"

"堂吉诃德先生，"理发师说，"老实讲，我一点没想冒犯您。上帝做证，我真是一片好心。阁下何必动怒呢？"

堂吉诃德回答说："我动没动怒，自己清楚就行了。"

这时候神甫搭茬儿了："到现在我还没怎么说话呢。听了堂吉诃德先生的高见，总有个疙瘩解不开，还有劳指教，否则老憋在心里痒抓抓的日后不好受。"

"有话尽管说，"堂吉诃德回答，"神甫先生请便。就讲讲您那解不开的疙瘩吧，老憋在心里确实不自在。"

"您既然发了话，"神甫说，"那我就开口了。这个解不开的疙瘩是，我怎么也没法相信，堂吉诃德先生您提到的那一大堆游侠骑士都是些有血有肉的真人，确实到过这个人世。我总觉得是些瞎编出来糊弄人的故事，都是些白日说梦，更确切地讲，都是半醒半睡的癔症。"

"很多人都犯了这个错，"堂吉诃德回答，"他们不相信这些骑士曾经来过人世。我屡次在不同场合跟各式各样的人们谈过，力图给他们指破谜团，可有时候成功，有时候不成功。我每次讲的时候，都是有根有据的，而且事实确凿。我简直可以说亲眼看到过阿马迪斯·德·高拉。他是个高个儿，白净脸儿，黑胡子修得很整齐，目光庄严而温和，言语不多，不爱生气，能很快压住怒火。我不光能仔细描述阿马迪斯，还能勾勒出书上说的遍布全世界的所有游侠骑士。我知道书上是怎么讲的，他们都有哪些丰功伟绩以及人品如何，有了这些，再好好揣摩一下，就不难再现他们的容貌、肤色和身材了。"

"这么说来，我的堂吉诃德先生，"理发师问，"您以为巨人摩尔刚特真的有那么高大吗？"

"至于巨人嘛，"堂吉诃德回答，"说法不一样，你说有，他说没有。不过《圣经》总不会说一丁点假话吧？它给我们指出，是有过巨人。非利士大个儿歌利亚就是明证。他的个头足有七腕尺①半，高大得够出奇了。在西西里岛还发现过巨型大腿骨和肩胛骨，那么大，肯定是跟高塔一样的巨人身上的。这可以用几何原理推算出来。尽管如此，我还是说不清楚摩尔刚特到底有多大，不过我总觉得他不会太高。我之所以这样想，是因为专门记载他事迹的书上说，他经常在房子里睡觉。他既然能找到装得下他的房子，个子显然不会太高。"

"没错。"神甫说。

他觉得堂吉诃德满嘴胡吣确实有趣，就故意问了他许多别的游侠骑士的相貌如何，比如雷纳尔多斯·德·蒙塔尔班、堂罗尔丹，以及其他"法兰西十二骑士"。

"雷纳尔多斯嘛，"堂吉诃德回答，"我敢保准他是个宽脸盘，面色红润，眼珠子滴溜儿乱转，还有点鼓出来，爱找茬儿，常发火，专门结交不三不四的贼坏。说到罗尔丹，也叫罗托兰、奥尔兰，这些名字书上都用过，我觉得他肯定是中等身材，宽肩膀，稍微有点罗圈腿，紫铜色脸膛，黄胡子，身上毛发很重，目光咄咄逼人，话不多，斯文沉着。"

"照您这么说，"神甫开始议论，"罗尔丹可不怎么英俊，怪不得美人安赫利卡瞧不上他，甩下他一头扎进刚长胡子的摩尔小伙子怀里，那人又漂亮，又潇洒，又英气勃勃。她挺机灵嘛！扔下干巴巴的罗尔丹，缠上了温柔多情的梅多尔。"

"这个安赫利卡呀，"堂吉诃德说，"告诉您吧，神甫先生，可是

————————————

① 腕尺：长度单位，即由肘到指尖的长度。

个糊里糊涂、到处乱跑、喜欢耍小性儿的女子。她就靠自己的容貌和任性放纵，弄得世上无人不知。成千上万的君王、勇士和才子，她都不放在眼里，偏偏看中一个小白脸侍从。这人既无财产，又无声望，唯一可以称道的就是对朋友知恩必报。这位女士委身一个贱坯之后又做了哪些不怎么体面的事，连颂扬她的美色的大诗人、著名的阿里奥斯托都不敢也不愿提及，他只写了两行：

> 她是如何得到契丹国的权杖，
> 别人会用更好的拨子来弹唱。

就把她丢下不管了。不过作者显然是预言了后事。有时诗人也被称为'先知'，就是预言家的意思。还果真如此，后世确实有个著名的安达卢西亚诗人哀怨地吟唱了安赫利卡的眼泪，卡斯蒂利亚独一无二的著名诗人则颂扬了她的容貌。"

"堂吉诃德先生，请您告诉我。"理发师这时候插嘴说，"难道光有人赞扬这位安赫利卡女士，就没有哪个诗人讥讽她吗？"

"依我看，"堂吉诃德说，"如果萨克里潘特或者罗尔丹是诗人的话，恐怕早就把这女子的脸抹得黢黑了。凡是诗人选定了意中人，不管是匪夷所思也罢，确有其人也罢，一旦遭到冷遇和拒绝，很自然是要写诗嘲讽，借以报复的。不过，心胸宽广的人是不屑这么做的。总之，尽管这位安赫利卡女士把世界搅得不甚太平，可眼下我还没听说有谁写诗骂她。"

"真怪！"神甫说。

管家太太和外甥女听了一半谈话就出去了，这时突然在院子里大呼小叫起来，大家闻声连忙跑去看个究竟。

CAPÍTULO II · 第二章

**桑丘·潘沙跟堂吉诃德的外甥女和女管家大吵一场，
以及其他有趣的事情**

据这部传记说，堂吉诃德、神甫和理发师突然听到一阵吵闹声，原来是桑丘·潘沙要闯进去看望堂吉诃德，可是外甥女和管家太太却堵住门口，而且对他大喊大叫："你这个乡下佬来我们家干什么？老兄，还是回你自己家去吧！不怪别人，都怪你，调唆撺掇我家老爷满世界乱跑。"

桑丘一听，就跟她顶了起来："你这个该死的管家婆，让人家调唆撺掇得满世界乱跑的是我，不是你们家老爷，是他带我四处逛荡来着。你们把事情全弄拧了。他玩了个小心眼儿把我哄出家，说是要赏给我一个海岛，我到现在还等着呢！"

"叫那些见鬼的海岛把你噎死！"外甥女说话了，"你这个老不死的桑丘！海岛是什么玩意儿？能吃吗？你这个馋鬼、饭桶！"

"不能吃，"桑丘告诉她，"可能管，比管四座城还威风，比四个京官加起来还神气。"

"任你说什么，"女管家说，"就是不许你进来，你这个满脑子馊主意、满肚子坏水的东西。回去管你自个儿的家去，种你自个儿的地去，别再指望什么海岛、河岛了！"

神甫和理发师津津有味地听着那三人拌嘴，可是堂吉诃德却生怕桑丘信口开河说走了嘴，冒出一大堆刁钻古怪的蠢话来，岂不有损他本人的名声？于是他打了一下招呼，叫两个女人别吵了，放他进来。桑丘进了屋，神甫和理发师便向堂吉诃德告辞了。他们已经不再指望他的病好了，因为眼看着他满脑子装的还是那些胡思乱想，一心沉醉于瞎游骑士的荒唐玩意儿。神甫对理发师说："你瞧着吧，老伙计，指不定什么时候，咱们这位绅士就又要插翅飞过河了。"

"我一点不觉得奇怪。"理发师回答说，"不过主人是个疯子也就罢了，没想到那个侍从也傻得出格，居然把海岛什么的全当真了，只怕再碰得头破血流，也改变不了他这个死脑筋！"

"托付给上帝算了，"神甫说，"咱们只能在一边瞧着，且看该骑士和该侍从的疯傻戏如何收场。我倒觉得他们俩是一个模子铸出来的。主人的疯癫要是不配上仆人的憨傻，怕就一钱不值了。"

"没错。"理发师说，"我真想知道，两人这工夫又在叽咕什么呢！"

"我敢担保，"神甫回答，"外甥女和女管家随后就会告诉咱们的。她们俩可不是那种不偷听别人讲话的人。"

这时候，只有堂吉诃德和桑丘两人在房间里。他关上门，说道："桑丘啊，我心里太不好受了。你居然一个劲儿地说是我把你哄出了自家的草窝，你明明知道我也没待在家里嘛！咱们一起离家，一起远行，一起游荡，两人始终同甘共苦。毯子兜你不过一次，可我挨了一百次棍子。这就算我比你多占了点便宜吧！"

"事情原本该当如此啊！"桑丘回答他，"老爷您不是说过嘛，当游侠骑士就得倒霉，可当侍从的就不一定了。"

"你这就错了，桑丘。"堂吉诃德对他说，"古语说：'首疾……'①什么什么的。"

"我只懂得咱们说的话。"桑丘不理他那个茬儿。

---

① 原文为拉丁文。堂吉诃德只说了半句。

"我的意思是，"堂吉诃德说，"头疼的时候，浑身上下都得疼。我是你的主人和老爷，自然就是你的脑袋，你呢，就是我的身子，得听我支使。所以呢，我不管哪儿不舒服，都得牵扯到你，反过来，你也得牵扯到我。"

"也许是吧。"桑丘说，"可是毯子兜着我这个身子的时候，我的脑袋悄悄躲在墙外边，眼瞅着我飞上飞下，就是一点不觉得疼。您说了，脑袋疼的时候，身子得跟着疼，那么身子疼的时候，脑袋就不该跟着疼了？"

"桑丘，听你这话好像是说，"堂吉诃德回答，"人家兜着你乱扔的时候，我一点也不心疼？要是真有这个意思，我劝你别再说了，你根本就不该这么想。你不过是皮肉受点苦，可我心里疼得更厉害。眼下咱们先不说这个吧，以后有的是时间好好追究，弄个水落石出。现在我要你告诉我，桑丘好老弟，村子里都怎么议论我来着？老百姓怎么说？乡绅们怎么说？骑士们怎么说？他们对我的胆略、武功和教养都是怎么看来着？我打算在世上恢复失传的骑士道，他们又是怎么想的？一句话，桑丘，你都耳闻了些什么，全告诉我。好话不许添油加醋，坏话也不必躲躲闪闪。忠心的下属在主人面前必须说实话，既不许夸大其词讨好，也不许藏藏掖掖护短。桑丘，你听我说，如果君王耳里听到的都是赤裸裸的真话，不再披上阿谀奉承的外衣，世道就会大不一样。当然，还有比咱们这个黑铁时代更糟的年月，这么一想，现如今简直称得上黄金时代了。桑丘，我这是提醒你，回答我问话的时候，知道什么，就如实说出来。好心的明白人都该这么做。"

"我的老爷，我正巴不得这么干呢！"桑丘赶紧接茬儿，"不过咱们先说好了，老爷您听了千万别生气。这可是您自己要我听到什么，就照原样说什么，不许遮呀盖呀的。"

"我保准不生气。"堂吉诃德回答，"桑丘，你尽管放心大胆，照直说来。"

"那我就开口了，"他说，"是这样的，老百姓都说您是个头号疯子，我是个拔尖的傻瓜。乡绅们说，您撑死了也不过是个穷乡绅，可偏要给自己加上'堂'的名号，就靠着四架葡萄、两亩瘦地，胸前胸后披上破布去充什么骑士。骑士们说，他们不喜欢乡绅们跟他们瞎掺和，更不用说那些只配当侍从的了，说这些人往皮鞋上涂锅底灰，黑袜子破了找绿线补。"

"这些话跟我不相干，"堂吉诃德说，"我一向穿戴整齐，衣服上从没有补丁。当然也有破的时候，可那是因为打仗的缘故，不是穿旧磨破的。"

"别的嘛，"桑丘接着讲下去，"比方说到您的勇气、教养、武功什么的，花样就多了。有的说疯是疯，可是挺有趣；有的说很勇敢，可也够倒霉的；有的说蛮懂礼的，就是不知好歹。反正这么说吧，村里七嘴八舌，老爷您也好我也好，脊梁骨都叫人家戳破了。"

"桑丘，你该知道，"堂吉诃德说，"好人一出名，闲话就来了。很少有先贤不受恶意中伤。尤里乌斯·恺撒明明是个勇敢坚强又机智的统帅，却偏偏说他野心勃勃，还有什么衣着习性都不怎么干净。亚历山大，因为战功卓著被世人称作'大帝'，可是也有人说他多少沾点酒鬼的边儿。赫丘利出了那么大的力气，不是也照样有人说他懒散好色吗？就连堂加拉奥尔和阿马迪斯·德·高拉弟兄俩，也有不少闲话，说弟弟太好斗，哥哥太爱哭。所以呀，我说桑丘，这么多好人叫人家说三道四，我这点算得了什么？不就你讲的那点东西吗？"

"哎呀，我老爹的在天之灵啊！这才刚刚开头哟！"桑丘告诉他。

"怎么？还有呢？"堂吉诃德问。

"尾巴长得割也割不断，"桑丘说，"我刚才说的那些，不过是小菜一碟罢了。您要是想知道所有的'重赏'①，我马上给您带来一个

———————————
① 桑丘想说"中伤"。

人，叫他滴水不漏地把什么都说了。昨天夜里巴尔托洛美·卡拉斯科的儿子回家了。他在萨拉曼卡上完了大学，当上了学士。我去看望他的时候，他告诉我，老爷您的故事都写进书里了，书名叫《奇思妙想的绅士堂吉诃德·德·拉曼却》。书里还提到我，就叫我本来的名字桑丘·潘沙，还有杜尔西内亚·德尔·托博索小姐，还写了好多只有咱俩经受过的事情，吓得我直画十字，那个写书的人怎么知道的呢？"

"桑丘，我敢担保，"堂吉诃德说，"写这本书的准是个魔法博士。什么事也别想瞒住这些人，他们都能给你写进书里去。"

"怪不得呢！"桑丘喊道，"原来是个博士又会魔法，听参孙·卡拉斯科学士——就是我刚提到的那人——说写书的人叫什么西德·阿麦特·白嫩鳄梨！"

"这是摩尔人的名字。"堂吉诃德告诉他。

"我看准是，"桑丘点点头，"我老是听人家说摩尔人最喜欢白嫩鳄梨。"

"桑丘，我觉得，"堂吉诃德说，"你一准是把这位西德（阿拉伯语'先生'的意思）的姓给弄错了。"

"保不准，"桑丘承认，"老爷您要是想见这个人，我眨眼工夫就把他叫来。"

"我的好伙计，我正巴不得呢！"堂吉诃德说，"你刚才的话弄得我心神不定。不把这问明白，再香的东西我也一口吃不下。"

"那好，我就去喊他。"桑丘应道。

他离开主人去找那位学士，没多一会儿就把他带来了。三个人一起说的话就更有意思了。

CAPÍTULO III · 第三章

堂吉诃德、桑丘·潘沙和参孙·卡拉斯科学士交谈，令人忍俊不禁

听桑丘说自己被写进书里，堂吉诃德一时思绪万千，盼着卡拉斯科学士快到，好亲自听他说说书上都写了些什么。他简直不能相信居然已经有人为他立了传！要知道他杀敌无数，剑刃上的血迹还未拭干，人们就迫不及待地把他高尚的骑士行状印到纸上。最后他琢磨，肯定是有个魔法师，也不知是出于善意还是恶意，施展魔法刊行出版了他的业绩。善意者自然是把这一切称作"最杰出的骑士武功"加以颂扬，恶意者无非是着力抹杀，把他贬得还不如两个行为猥琐的卑贱侍从，不过（他又对自己说），还没听说有谁写过什么侍从的事迹。若是果真有人写了这部传记，既然讲的是游侠骑士，那必定是一部优雅、高尚、杰出、精彩而又写实的作品。这么一考虑，他多少放下心来。可是一想作者称作"西德"，肯定是个摩尔人，他心里又别扭起来，谁也甭想指望摩尔人说真话，他们就会编谎、造假、骗人。他担心讲到他的爱情时笔调流于轻佻，那岂不玷污损伤了他心上人杜尔西内亚·德尔·托博索的清白！他希望书里特别点明他如何为她忠贞不渝、自重自持，拒绝了多少女王公主和五花八门的大家闺秀，始终克制着自己情欲的本能冲动。正在他这样专心致志、胡思乱想的时候，桑丘和卡拉斯科到了，堂吉诃德便十分礼貌地接待了客人。

这位学士虽然名叫参孙，却个头不高①，很是玩世不恭。他面色苍白，为人机敏狡黠，也就二十四岁光景，圆脸、扁鼻、大嘴。从模样看就知道他鬼心眼儿很多，喜欢跟人打趣逗乐，所以一见堂吉诃德，就连忙跪在他面前说道："堂吉诃德·德·拉曼却先生，请允许我亲吻大人您的双手。虽说我尚需连升四级才能当上教士，但是我毕竟披着圣彼得的教士袍②，所以我完全可以凭此发誓说，阁下您是普天下空前绝后最著名的游侠骑士之一。多谢西德·阿麦特·贝嫩赫里将您的丰功伟绩载入史册！又多亏有个好事之人设法将其由阿拉伯语译为我们俚俗的卡斯蒂利亚语，使得大家都能读懂！"

堂吉诃德扶他起来说道："这么说来果真有我的传记，而且立传者是个摩尔博学之士？"

"先生，一点不错。"参孙说，"我想时至今日，这部传记怕已经发行了一万两千多册了。不信，可以去葡萄牙、巴塞罗那和巴伦西亚打听，那里都出版过。而且据传闻，连安特卫普也正在印刷。要按我猜啊，只怕各个国家都有了他们本国语言的译本了。"

"对贤达之士来讲，"堂吉诃德接着说，"最称心如意的事情莫过于在世的时候亲眼看到自己的美名印在书上，受到人们的赞誉。我说的是美名，不然的话，比不得好死还糟糕！"

"就清名和美誉而言，"学士说，"阁下您一人就远远凌驾于所有的游侠骑士之上。无论是摩尔人用自己的语言写，还是基督徒用他们的语言译，他们都刻意向我们生动描述了阁下您的英武潇洒、不畏艰险的巨大勇气、面对挫折的坚忍不拔、受伤遇难时的沉毅刚强，以及您对堂娜·杜尔西内亚·德尔·托博索小姐那一腔纯柏拉图式的挚爱，一直忠贞不渝，自重自持。"

---

① 参孙是《圣经》里面的大力士，塞万提斯将其与巨人相混。

② 当时大学生也穿教士袍。

"我可是从来没听说过，"这时候桑丘·潘沙插嘴了，"没有人管我的女主人杜尔西内亚叫'堂娜'，都是直截了当地称呼她'杜尔西内亚·德尔·托博索小姐'。这地方书上准错了。"

"这没什么要紧的。"卡拉斯科回答。

"可不是嘛！"堂吉诃德也说，"不过学士先生，请您告诉我，书上写的我的哪些丰功伟绩最受人们称道？"

"这个嘛，"学士回答，"因为喜好不一样，说法也就不一样了。有的不能忘怀您把风车当成布里亚柔斯巨人的那场恶战，有的说是漂布机之夜，这个夸奖栩栩如生的两军对垒——后来又不知怎么突然变成了两群羊——那个称赞赴塞哥维亚的尸体迁葬，也有人说您最引人注目的功勋就是放走了苦役犯，还有人说哪一件也比不上路遇两个本笃会巨人和大战比斯开莽汉。"

"学士先生，您说说看，"桑丘这时候插嘴说，"是不是也提到杨瓜斯人的那档子事了？就是我们可怜的洛西南特想吃天鹅肉的那次。"

"这位博学之士什么都没漏掉，"参孙回答，"他什么都讲到了，什么都说明了，连桑丘老兄在毯子里蹦蹦跳跳的事也写上了。"

"我没在毯子里蹦蹦跳跳，"桑丘订正说，"是在半空里。可不是我自个儿乐意的啊！"

"照我的想法，"堂吉诃德说，"世人的经历大都是坎坷的，游侠骑士就更不用说了，从来也不能一帆风顺。"

"话是这么说，"学士告诉他，"可是不少读过这本传记的人，倒是更希望作者译者略去一些情节，比方屡次遭遇中堂吉诃德先生挨的那些数不清的棍棒。"

"这地方书上说的倒是真话。"桑丘赶忙加上一句。

"按理完全可以不提。"堂吉诃德说，"有些细枝末节无碍传记的真实，何苦一一写来损伤主人公的尊严呢？我敢打赌，埃涅阿斯绝非维吉尔描绘的那样慈悲，乌里西斯也不像荷马形容的那么谨小慎微。"

"没错。"参孙说，"不过诗人写诗是一回事，史家写传又是另一回事。诗人所述所咏并非事情本是什么模样，而是应为什么模样。史家却不该按应是什么模样来写，而按本是什么模样来写，不能对事实有丝毫增减。"

"要是这位摩尔老爷确实只讲真话，"桑丘说，"那他提到我主人挨棍子的时候，肯定也有我的份儿。凡是他老人家脊背遭殃的时候，我准会全身遭殃。这也没什么好奇怪的，我老爷亲口告诉过我：要是脑袋疼，手脚也得分摊着点。"

"桑丘，你这个滑头！"堂吉诃德说，"我敢打赌，只要你乐意，你什么都记得住。"

"我倒挺想把挨的那些棒打忘了呢！"桑丘回答，"可是肋条骨不肯啊！它们还青一块紫一块呢！"

"行了，桑丘，"堂吉诃德吩咐他，"别再打断学士先生。我得求他接着讲下去，那本传记里还说了我些什么？"

"还有我呢！"桑丘说，"我听说我也是里头的一个主要'神乎'呢！"

"人物，不是'神乎'，桑丘老兄。"参孙告诉他。

"瞧，又来了一个挑字眼儿的！"桑丘说，"您就使劲挑吧，我看这辈子也没个完！"

"我包你是书里的二号人物，桑丘。"学士回答说，"不然，上帝会叫我一辈子倒霉的。有人还就喜欢听你讲话，说是连书里最棒的家伙也比不上你。不过也有人说你太傻了，居然真想管上一个小岛。眼前这位堂吉诃德先生不是答应赏给你一个吗？"

"墙头上还有太阳呢！①"堂吉诃德说，"随着桑丘年岁增长，他就更有本事当个称职的总督，比现在要强多了。"

---

① 指黄昏时刻阳光照在墙头上，意即还有时间。

"我的上帝啊！"桑丘说，"老爷，要是我这大把年纪还管不了海岛，只怕到了玛土撒拉①的岁数也照样不行！其实毛病不在我有没有当总督的脑瓜，天知道那个海岛躲在哪儿跟我藏猫猫呢！"

"你就听上帝的吧，桑丘。"堂吉诃德对他说，"事情会遂你的心愿的，也许比你想的还好。要知道，没有上帝安排，连树上的叶子也不会动的。"

"可不是嘛，"参孙说，"只要上帝乐意，桑丘能管上一千个岛子，一个算什么！"

"总督我见得多了，"桑丘说，"有些连我的脚后跟都够不着，可是还不是照样当'大人'，吃饭用银盘。"

"这些人不是海岛总督，"参孙告诉他，"他们的地盘好管。要想管好海岛，至少得懂得语法。"

"'鱼'我倒是挺喜欢，"桑丘说，"可是'法'就跟我没缘了，我一点也不懂得。不过咱们还是把这管海岛的事托付给上帝吧，他老人家知道该在什么地方给我派上用场。我说，参孙·卡拉斯科学士先生，我真是高兴得没治了，写书的人不光提到了我，而且还没说什么不中听的话。老实讲，我可是个少有的侍从，要是他说了什么糟践我这个正宗基督徒的话，我可要大喊大叫，让聋子都听得见！"

"那可就太神了。"参孙回答说。

"神也罢，不神也罢，"桑丘说，"反正说别人和写别人的时候得留点神，不能红口白舌乱说一气。"

"据说这书毛病不少，"学士说，"其中之一就是作者硬插进一段故事，叫什么《死乞白赖想知道究竟的人》。倒不是说故事不好，也不是写得不好，而是穿插得不是地方，再说，和堂吉诃德先生阁下的事情也没什么关系。"

---

① 玛土撒拉：《圣经》中的人物，据说活了九百六十九岁。

"我敢打赌,"桑丘说,"那狗娘养的准是把白菜草席一锅煮了。"

　　"这会儿我看出来了,"堂吉诃德说,"给我立传的根本不是什么博学之士,而是一个无知的饶舌鬼。他是想碰碰运气,事先也不好好考虑就动手写起来,写出什么样就算什么样。就跟乌韦达城的那个画家奥尔巴内哈一样。人家问他画的是什么,他说:'画出什么就是什么。'也许他画的是只公鸡,结果很糟,一点不像,只好在旁边用花体字写上:'这是公鸡。'给我立传的大概也是这样,总得不断地解释,才能叫人看懂。"

　　"这倒不是,"参孙回答,"描写挺清楚,没什么难懂的。孩子们翻,年轻人看,成年人心领神会,老年人赞不绝口,总之这本书无人不翻阅,无人不知晓。只要看见一匹瘦马,立刻就有人说:'瞧,洛西南特来了。'不过看得最来劲的还是那些侍童。达官贵人的客厅里几乎都有一本《堂吉诃德》。你刚放下,他就拿走了;这儿借出借进,那儿争来抢去。一句话,闲书里面还从来没有过这么一本,趣味盎然,有益无害,至于污言秽语、渎神连教之事就更是连影儿也没有。"

　　"书只能这么写,"堂吉诃德说,"否则就不是立传,而是造谣。靠造谣过日子的传记作者就跟铸伪币的人一样,应该被活活烧死。我不明白作者干吗要找来那些不相干的小说故事,我一个人的事就够他写的了。我想他肯定是依了那句老话:麦秸干草……①其实他只需写出我的思虑、我的叹息、我的眼泪、我的善良愿望和我的勇敢征战,就是一部巨著了,至少比得上'焦黄脸'②的全集。这么说吧,学士先生,不论是写传记还是别的什么书,都需要才识出众、构思周全,只有大才子才能说出和写出连珠妙语。喜剧里最聪明的人物就是傻瓜,因为越能装出一副傻呵呵样子的人就越不傻。编史立传是很神圣

---

① 完整的谚语是"麦秸干草,都能填饱"。

② 焦黄脸:此处指西班牙阿维拉城的主教阿隆索·德·马德里嘎勒,据传是个多产的作家。

的事，因为必须道出真理，而真理所在便有上帝的身影。说是这么说啊，可是照样有人胡写乱编，出起书来就像买油炸果子一样。"

学士说："再糟的书也总有点长处。[①]"

"毫无疑问，"堂吉诃德回答，"不过也常有这种事情，有人在作品出版之前便已明明白白地名声大噪，可是一印成书却往往一落千丈，或者至少大不如以前。"

"这道理很简单，"参孙说，"印好的书可以慢慢看，所以就容易挑毛病了。而且作者的名声越大，别人就挑剔得越厉害。凡是靠才情出名的人，像大诗人和杰出的历史学家什么的，总是免不了招人嫉恨。而有些人，虽然从没有自己的作品问世，却专门喜好对别人评头品足，乐此不疲。"

"这不值得大惊小怪，"堂吉诃德说，"不少神学家上了讲道台不行，论起旁人的长短得失可是头头是道。"

"堂吉诃德先生，您说的都在理。"卡拉斯科回答，"但愿那些评论家宽厚为怀，别太吹毛求疵，专门诋毁别人的作品，在太阳的光辉里寻找黑点。更何况，'巨匠荷马亦有困乏之时'[②]。说实在的，他在作品问世之前，为了尽量减少瑕疵，可是没少费心机。再说，有些人挑出来的毛病，也许恰恰就是美人脸上的痣，能平添几分妩媚。总之，我是想说，出书的人很难摆脱风险，因为无论如何，他也没法使所有的读者都心满意足。"

"写我的那本书，"堂吉诃德说，"只怕满意的更少。"

"哪里！恰恰相反！由于'愚蠢之辈数不胜数'[③]，喜欢这本传记的人也数不清。不少读者还埋怨作者记性太差，居然忘了说明究竟是谁偷了桑丘的大灰驴。反正是不明不白，只能从上下文揣测是让人偷

---

① 此处引用为古罗马作家老普林尼的话。
② 原文为拉丁文。罗马作家贺拉斯的名言。
③ 原文为拉丁文。出自《圣经·传道书》。

走了。可是过不了一会儿桑丘又骑到驴背上，也不知道它是从哪儿冒出来的。还有人说，桑丘把在黑山找到的那只箱子里的一百金币拿去干什么了，也没交代清楚，而且以后再也不提了。大家都很想知道那笔钱的下落，是怎么花的。这可是书里的一个主要漏洞。"

桑丘回答说："参孙先生，我这会儿可没心思算旧账、说废话，我肚子一下子不自在了，要是不赶紧用两口老酒暖一暖，难免要倒大霉。我家里什么都齐全，老伴还等着我呢。我吃饱喝足了再回来，到时候，先生您也好，别人也好，有话尽管问吧，什么驴子是怎么丢的，一百金币是怎么花的，我包各位称心如意。"

说完他不等别人搭腔，就径直奔家去了。堂吉诃德一再恳求学士留下吃顿便饭。学士接受邀请留下了，于是又在平日的饭菜之外增添了一对鸽子。席间话题还是游侠骑士，卡拉斯科很是凑趣。一时饭毕，睡过午觉，桑丘来了，三人又接着谈下去。

CAPÍTULO IV · 第四章

桑丘·潘沙回答了参孙·卡拉斯科学士的问题，解开了他的疑团，以及其他值得讲述记载的事

桑丘又来到堂吉诃德家，接着前面的话题说道："参孙先生不是说他很想知道是谁、什么时候、怎么样偷了我的灰驴吗？那就听我说吧，那天晚上，我们要躲开教友公堂，就进了黑山，都怪我们撞丧撞上了苦役犯，又半道碰上去塞哥维亚的死人，我和我主人钻进深山，两人连着挨打，又疼又累。主人倚着长矛，我骑着灰驴，就这么睡熟了，简直比躺在鸭绒褥子上还自在。我呢，就更不用说了，睡得死死的，就是有人走过来，竖起四根木桩把驴鞍架在上面，就这么托着我，从我身下牵走大灰驴，我也一点觉不出来。"

"这事便当得很，一点不新鲜。萨克里潘特在围困阿尔布拉卡的时候就遇到过同样的事情。著名大盗布儒内罗就是用这种办法把马硬从他腿底下牵走了。"

"天亮了，"桑丘接着说，"我刚伸了个懒腰，四根棍子就倒了，把我整个摔在地上。我一看，毛驴不见了，眼睛里马上满是泪水，我就大哭了一场。要是写书的没把这个写进去，那他的笔下可就没什么好东西了。又过了不知多少天，我们正跟猕蛇猕蛇娜公主在一起呢，我突然碰到我的毛驴了。原来是西内斯·德·帕萨蒙特那小子骑着它，一身吉卜赛人打扮。这个骗子、大坏蛋，还是我和主人给他松的绑呢！"

"毛病不是出在这儿，"参孙告诉他，"问题是早在毛驴露面以前，作者就说桑丘骑着它呢！"

"这我可就说不清了，"桑丘回答，"反正不是作者糊涂了，就是印书的时候弄错了。"

"八成是这么回事，"参孙说，"可那一百金币呢？不见了吗？"

桑丘回答："我全都花在我本人、我老婆和孩子们身上了，所以我老婆才耐着性子眼看我伺候堂吉诃德老爷，跟着他大路小道地四处乱跑呀！要不然哪，出门这么长时间，没带回家一个子儿，连毛驴也丢了，还有好果子等着我吃吗？趁我就在跟前，还想知道什么，尽管问，就算国王本人来了我也答得上。我是不是带回钱了，是不是都花了，别人管得着吗？就说这几次出门我换的那些打吧，要是都用钱来赔，先算它一棍子值四文，再拿出一百金币也不够赔一半的！大伙儿还是先摸摸自个儿的良心，别去掺和旁人的是非黑白、黑白是非。你我都是上帝造的，也许你还不如我呢！"

"我得留点神，"卡拉斯科说，"找机会提醒传记作者，重印的时候别忘了把桑丘老兄刚说的话加进去，那一定会比原来增色不少。"

"学士先生，这本书还有该修改的地方吗？"堂吉诃德问。

"我想还有吧，"他回答道，"不过最要紧的还是刚才说的那些。"

"顺便问一句，"堂吉诃德说，"作者打算出第二部吗？"

"有这个打算，"参孙回答，"不过他说还没找到手稿，也不知在谁手里，所以出不出就在两可之间了。更何况还有人说：'第二部从来好不了。'也有人说：'堂吉诃德的事情嘛，有写出来的就足够了。'看来，能不能出第二部真是难说了。不过总有人不那么丧气，他们嘻嘻哈哈地说：'再多来点堂吉诃德的名堂，叫堂吉诃德冲锋，叫桑丘·潘沙饶舌，凡是诸如此类的东西，我们都喜欢。'"

"那么作者自己怎么想呢？"

"他自己嘛，"参孙回答，"眼下正在钻隙觅缝地找手稿，一旦找到，马上就送印。他关心的只是出书后的好处，别人赞扬不赞扬倒在其次。"

桑丘一听便说："这个作者只图钱财和好处哇？那他要是不弄砸了才怪呢！瞧着吧，他就像复活节前几天的裁缝似的紧赶慢赶，慌手忙脚干出来的活儿还能好得了？我看这位摩尔老爷，还是别的什么老爷，可得仔细着点。我和我老爷可亏待不了他。什么冒险啊，五花八门的名堂呀，有的是，甭说凑个第二部，就是一百部也行。没准儿这位老兄还以为我们俩躺在草垛上睡大觉呢。那好吧，抓住蹄子钉马掌，看看哪只不灵光。反正我觉得呀，要是主人听我劝，说不定这会儿我们早就上了阵，像好样的游侠骑士那样，正按章程除强暴、匡不义呢！"

桑丘的话音未落，他们耳里就听到洛西南特的一阵嘶鸣。堂吉诃德认为这是绝妙的兆头，当即决定三四天之后再次出游。他向学士说明了自己的打算，还询问对方这次远征先到哪里最好。学士回说他看还是先去阿拉贡王国，直奔萨拉戈萨城。几天之后圣霍尔赫节①期间那里将举行隆重的大比武。他要是在那儿比赢所有的阿拉贡骑士，就等于比赢了全世界的骑士，便可以从此名扬四方。学士还夸赞说这实在是个光彩而大胆的决定，不过劝他冲锋陷阵的时候还是谨慎为宜，因为他的生命不属于他个人，而是属于所有受苦受难、等待他前去庇护解救的人。

"参孙先生，我也常提醒他这个。"桑丘这时候插嘴说，"我这位老爷呀，会不要命地朝一百个浑身披挂的汉子扑过去，就像馋嘴孩子扑向六七个大甜瓜似的。就甭提那股劲头了，我的学士先生！可我说了，该冲的时候冲，该退的时候退，总不能老是'圣地亚哥

---

① 圣霍尔赫节：阿拉贡国王堂佩德罗曾于 1096 年大败摩尔人，并将战功归于圣霍尔赫的保佑，便每年举行比武以示纪念。

在上，西班牙是我们的'！①更何况，我还听说，其实我记得就是老爷自己说的：一头是胆小鬼，一头是冒失鬼，站在当间的才是好汉。照这个道理，我觉得他当然不该随便逃跑，可是明知不行还往前冲也不对。不过我想特别提醒一件事，要是老爷打算带我出门，那咱们可得事先说清楚，所有打仗的事都归他，我只管他干干净净、舒舒服服就行了，干这件事我包管手脚不停。想叫我举剑砍人，没门！即便是对付戴铁盔、拿斧头的土匪流氓也不行！

"参孙先生，我这个人不想挣个什么好汉名声，只要能在伺候过游侠骑士的侍从里面算得上顶呱呱最牢靠的一个就行了。我老爷堂吉诃德说了，他一准会弄到好多海岛。要是他念我一直尽心服侍他，赏我个把，那就是很大的恩德了；要是不给呢，我一个大活人靠上帝总能过日子，哪里会赖在别人身上！再说，总督那碗饭未必好吃，不当总督面包啃起来说不定更香。谁知道呢，没准当着当着官儿，魔鬼给你使个绊子，叫你跌一大跤，连大牙都磕没了。我活着是桑丘，死了也得是桑丘。不过话又说回来，要是不费力气、不担风险，老天白给一个岛子，要不就是别的差不离的东西，那我也不会放过，我还没那么傻呢！常听人说，有人给你小牛，牵起缰绳就走，还有，碰到好处，拽着进屋。"

"桑丘老兄，"卡拉斯科说，"听你说这番话，简直像个大学教授。不管怎么着，你得相信上帝和你主人堂吉诃德，他会给你整整一个王国，何止一个小岛呢！"

"大一点小一点都没啥！"桑丘回答，"我可以向卡拉斯科先生担保，老爷要是把王国交给我，可算是找对了主儿。我早就掂量过自己了，凭我的本事，管上个把王国海岛什么的不在话下。这话我跟老爷

① 圣地亚哥是西班牙的保护神。西班牙士兵与摩尔人交战时常高喊这个口号来激励士气。

说过好多遍了。"

"桑丘，你可得留神。"参孙说，"一当上官儿，人可就不一样了。说不定你一就任总督，只怕连生你养你的亲娘也不认了。"

"这是那些出身下贱的人干的事，"桑丘顶了一句，"像我这样的正宗老基督徒的血脉，是不会的。您瞧瞧我的为人嘛，我可不是那种对人忘恩负义的家伙！"

"上帝会安排的，"堂吉诃德说，"到时候自有总督好做，我好像已经眼看着这个光景了。"

说完，他求会写诗的学士劳神给他编几句，说说他是怎样跟心上人杜尔西内亚·德尔·托博索告别的，还特别提出，每句开头必须用上她名字里的字母，最后把各句起首连起来，就成了：杜尔西内亚·德尔·托博索。学士回答说，尽管他不是西班牙的著名诗人（据说只有三个半），他还是要尽量写一首这种格律的作品。不过就是太难了一些：名字一共是十七个字母，要是写四段八言四行诗，就多出一个字母没处放；要是写五段八言四行诗呢，却又少了三个字母。但是没关系，他会想法巧妙地去掉一个字母，叫杜尔西内亚·德尔·托博索的名字正好放进四段八言四行诗里。

"无论如何得是这样。"堂吉诃德说，"要是名字不能清清楚楚显示出来，女人们不会相信诗是为她们作的。"

他们就这样谈妥了。堂吉诃德决定八天以后出发，还求学士保守秘密，尤其得防着神甫、尼古拉斯师傅、外甥女和管家太太，别让他们妨碍他这次光彩而大胆的举动。卡拉斯科都答应了，临走的时候嘱咐堂吉诃德，不管吉凶祸福，只要方便，千万及时通个音信。三人分手之后，桑丘就去准备上路用的东西了。

CAPÍTULO V · 第五章

桑丘·潘沙和他妻子特莱萨·潘沙一番机敏有趣的谈话，以及其他应该永志不忘的事情

到了这第五章，传记译者怀疑这段文字是伪造的，因为桑丘·潘沙说话的口气一下子变了。他这种没见识的人怎么能说出那么精辟的话来？只怕连想也想不到。不过他考虑到译者的责任，还是照译不误，于是便接着写下去。

桑丘兴高采烈地回到家里，他老婆在一箭路之外就看出他的欢喜劲儿，憋不住问了起来："桑丘我的老伴，你这是怎么了，高兴成这样？"

他马上回答说："哎呀，我的老婆呀！我倒是指望上帝别让我显得这么高兴呢！"

"我不懂你这是什么意思，"那女人对他说，"我不明白，为什么你指望上帝别让你显得那么高兴。我虽说是蠢了点，还不至于不知道人不高兴是什么滋味。"

"听我说呀，特莱萨，"桑丘回答，"我高兴是因为我打定主意再去伺候我主人堂吉诃德。他想第三次出门去闯荡，这次我还要去陪他。我非得这么干不行。咱们不是刚花了一百个金币吗？说不定还能再弄来这么多，一想到这，我心里就痛快得很。当然，离开你和孩子们也确实叫我难过。我倒是挺愿意脚不沾泥待在家里吃现成饭，其实上帝完全可以做到这一点，不费什么力气，那才真叫高兴，又踏实又

放心。可如今我得离开你，喜中有悲，所以才说但愿上帝别叫我这么高兴。"

"瞧你呀，桑丘。"特莱萨说，"自从你成了游侠骑士的一伙，尽绕着弯说话，弄得谁也听不懂。"

"你这女人！上帝听得懂就行了，"桑丘回答，"他什么都懂。好了，咱们不说这个了。听我说，老伴，这三天你得好好照看大灰驴，要叫它随时都能上路。多喂它点草料，拾掇一下鞍子和缰绳什么的。要知道我们不是去喝喜酒，我们得满世界乱跑，跟巨人呀、妖魔鬼怪呀拳来脚去，耳朵里听的都是蛇嘶虫叫、狮吼狼嗥。其实这些加起来也不过是小菜一碟，就怕我们还得跟杨瓜斯人和摩尔魔法师打交道呢！"

"老头子，我看得出，"特莱萨说，"游侠侍从这碗饭不容易吃。我要时常祷告天主叫你趁早躲开这些倒霉事。"

"告诉你吧，我的老婆，"桑丘回答，"我这里只盼着早早当上海岛总督；要不然，我就一头栽倒在这儿死了。"

"别这样，我的老伴，"特莱萨劝他，"不怕鸡得瘟病，凑合活着就行。我只要你活着，让世上的总督都去见鬼吧！你从娘肚子出来的时候不是总督，一直活到现在还不是总督，日后，自己乐意也好，听上帝吩咐也好，人家把你埋进土里的时候，你也不会是总督。世上不当总督的人多着呢，不也都活得挺好、也都算个人吗？在这世上，肚子一饿，吃什么都香。穷人还能短得了这个？所以不愁没胃口。当然喽，桑丘，要是你赶巧弄上个总督当当，可别忘了我和孩子们。要知道，桑奇克整整十五岁了，早该去上学了；他那个当修道院长的舅舅不是打算在教堂里给他找个差事吗？还有咱们的闺女玛丽·桑恰也早盼着嫁人呢。只怕她想找男人比你想当总督还心切！反正啊，宁肯嫁个丈夫不遂心，也不养汉听人嚼舌根。"

"老实讲，"桑丘回答她，"要是上帝真给我弄个什么官儿当当，我就叫咱们女儿玛丽·桑恰嫁个上等人家，到时候，谁要是不称呼她两声'夫人'，就甭想靠近她。"

"这可不行，桑丘，"特莱萨说，"我看还是嫁个门当户对的更妥当些。你不能猛地一下把她的木头鞋换成胶皮鞋，把本色粗毛裙换成带裙撑的绸子礼服，把'你这个丫头'换成'堂娜夫人'，那准会弄得咱们闺女没了主意，没完没了地露怯，叫人一眼看出她是个粗笨的乡下姑娘。"

"别胡说了，傻娘儿们，"桑丘回答道，"最多两三年，什么都惯了。到时候大太太的派头就有了，好像天生这副模样似的。即便差一星半点，也没什么。她先当她的夫人，慢慢走着瞧。"

"桑丘，你还是好好掂量一下自己的身份，"特莱萨告诉他，"别想攀得太高了。要知道常言说得好：街坊儿子流鼻涕，一把擦净领家去。姑娘能嫁个爵爷大户什么的敢情美得很！人家一高兴把她作践得死去活来，骂她是乡下丫头，有个敲土坷垃的爹、抢纺锤的娘！不行，老伴，只要我活着，就甭想这种事！我把女儿拉扯这么大，难道就为了这个？你只管弄钱，桑丘，嫁闺女的事我来操持。眼前有现成的人，胡安·托却的儿子洛佩·托却。小伙子壮壮实实的，咱们也知根知底。我瞅着他是看上咱们闺女了。嫁给他最合适，门当户对，女儿还老在眼皮子底下；爹妈、儿女、女婿、孙子都在一起，亲亲热热一家子人，上帝保佑咱们安安稳稳过日子。别老想着把她嫁到城里那些王爷府上；到了那儿，人家不待见她，她自己也没了主意。"

"行了，你这个蠢女人，鬼婆娘！"桑丘嚷嚷起来，"你干吗无缘无故挡我的道儿？不让我给女儿找个好主儿，到时候外孙子一生下来就是老爷！听我说，特莱萨，老辈子人常教训我，有福不享，自找饥荒。说不定这会儿好运正在叫门，咱们偏偏堵住不让它进来。咱们得机灵点，顺风好使船。"

（听桑丘这种口气，还有往后要说的话，传记译者就觉得这一章是伪造的。）

只见桑丘接着说："你这个笨蛋！难道你不指望我赶紧撞上一个肥缺吗？那咱们就用不着脚踩烂泥了，也能把玛丽·桑恰嫁给我看得上的人了。到时候你瞧人家怎么称呼你'堂娜特莱萨·潘沙'吧！一进教堂就能坐在带穗穗的毯子和软垫上，叫村里那些太太小姐气得干瞪眼。可是你呀，老是那么不争气，像画上的小人一样不长也不缩！这话就说到这儿！不管你怎么讲，反正桑奇卡得当伯爵夫人。"

"瞧见吧，老伴，连你自己也说不清了！"特莱萨顶他一句，"不管怎么着吧，我担心这伯爵什么的准会毁了咱们闺女。随你的便吧，你想让她当公爵夫人也好，公主小姐也好，反正我把话说在头里：不是我的主意，我也不答应。老伙计，我一向是个本分人，看不惯硬撑门面、空摆架子。我生下来爹妈起名叫'特莱萨'，干净利索，用不着加上'堂'呀'堂娜'呀那些花里胡哨的东西。我娘家姓本来是'卡斯卡赫'，嫁给你改成'特莱萨·潘沙'。按说该叫我'特莱萨·卡斯卡赫'才对。不过国王有法就是话[1]，叫现在的名字就算了，可别在我头顶放个'堂娜'什么的，沉得把我压趴下！我可不想听别人的闲话。回头我捯饬得像个伯爵夫人、总督太太似的，人家该说了：'瞧那个喂猪婆娘的神气劲儿！昨儿个还没完没了地纺麻线呢，去做弥撒的时候，连个头巾都没有，只好用裙子捂脑袋；今儿个就又是裙撑，又是项链，神气得不行，好像大伙儿不知道她的老底！'只要上帝保住我的六神，还是五神，还是我所有的神，我才不自找着去受那份罪呢！你呀，老伙计，当你的总督去吧，尽管去抖你的威风吧。我和我女儿，看在我过世的老娘分上，我们死了也不离开咱村一步。正经女人缺条腿，在家乐意；清白姑娘找活儿干，心里舒坦。你和你的堂吉诃德四处闯荡吧，叫我们娘儿俩在家喝我们的清汤吧。上帝见我们是

---

[1] 这条谚语本来是"国王说话就是法"，被特莱萨说反了。

好人，迟早会照看我们的。照实说吧，也不知道是谁给他加上了那个'堂'，反正他爹和他爷爷几辈子都没有。"

"依我看呀，"桑丘说，"你准有家鬼附身。上帝可得保佑你这个娘儿们！你说了一长串子什么乱七八糟的东西呀？什么'卡死恰好'①哇、项链呀、常言说呀、神气不神气呀，这跟我那些话都挨得上边儿吗？听着，你这个屁事儿不懂的傻娘们，如今我只能这么称呼你，你一点不想想我讲的道理。眼看着好运气来了，你一个劲儿往远处躲。我又不是叫咱们闺女从高塔上往下跳，也没要她学那个公主堂娜乌拉卡的样子去串街走巷，那你不乐意倒也说得通。我这是三下两下，一眨眼工夫，就往她头顶上安上个'堂娜夫人'头衔，省得以后再去拾麦穗了；我还要把她举上高台，叫她坐在帐子底下，客厅里毛茸茸的垫子比摩洛哥阿勒莫阿达斯王朝②几代的摩尔人还多。你干吗偏偏不乐意，非得跟我作对不行呢？"

"老头子，你知道为什么吗？"特莱萨回答他，"还是那句老话：盖被的是他，掀被的也是他。你穷的时候，别人的眼睛往你身上一扫就过去了，可你一阔起来，那就要盯住不放了。特别是穷人暴富，那喊喊喳喳、闲言碎语就没个完了。要知道爱嚼舌根的人满街都是，跟成堆的苍蝇似的。"

"听着，特莱萨，"桑丘说，"我这会儿要给你说的话，也许你自打生下来还没听见过。而且我说的也不是自己的话，我想告诉你的全是上次四旬斋期间布道神甫在村里宣讲的训词。要是我没记错的话，他说我们眼前看到的东西比起以往的东西，能更容易、更执拗、更生动、更持久、更顽强地刻在脑子里。"

（桑丘这一串话显然是学舌，他哪有这么大本事，所以译者再一

---

① 桑丘在用特莱萨的娘家姓"卡斯卡赫"的谐音打趣。
② 阿勒莫阿达斯王朝：该王朝名在西班牙语里是"枕头""软垫"的同音词。

次以此为证说这一章是伪造的。）

桑丘还接着说下去："正因为如此，每当我们看到有人穿着考究、服饰华贵、前簇后拥地过来，一种敬畏之情便油然而生。即便此时此刻我们记起此人也曾经是个微贱之辈，不管是因为门第也罢，穷困也罢，反正有过不光彩的经历。可是这毕竟是过去的事，因此无关紧要，管用的还是我们眼前看到的情景。我这会儿说的一字一句全是神甫的话。他还说：既然命运叫这块毛坯摆脱了卑贱，把他扶上富贵的高位，那么只要此人不乏教养，对人慷慨有礼，又不跟世袭的贵人们争高低，告诉你吧，特莱萨，再也不会有人记起他以往怎么了，大家都冲着他如今的身价顶礼膜拜。当然要除去那些心怀嫉妒的小人，富贵者对他们是防不胜防的。"

"老头子呀，我不知道你在说什么，"特莱萨回答他，"你爱干什么，随便好了。别再哩哩啰啰地搅得我头疼。你要是'嚼鸡'非干你说的……"

"你该说'决计'，娘儿们，"桑丘告诉她，"不是'嚼鸡'。"

"别再跟我吵了，老头子。"特莱萨说，"上帝就教给我这么说话，我不想再跟你白费唾沫星子。听我说，你要是认准了非得当官儿，那就带着你儿子桑丘一块儿去，让他打现在开始也学着当官儿。儿子本来就应该学会干老子的行当。"

"只要我一上任，"桑丘回答，"马上派人来接他，顺便给你捎点钱。到时候我准有的是，因为总督一旦缺钱花，不怕没人借给他。你得把孩子打扮得像他日后的模样，别让人看出他的本相来。"

"你只管捎钱来就是了，"特莱萨说，"到时候我会把他拾掇得漂漂亮亮的。"

"那咱就这么说定了。"桑丘又叮嘱了一句，"咱们闺女得当个伯爵夫人。"

"什么时候我见她成了伯爵夫人，"特莱萨回答，"我就权当把她埋进土里了。算了，还是那句话，你随便想干什么都行。我们女人家生来就这个命，哪怕丈夫是傻蛋，我们也得听他们的。"

她说着就哭起来，伤心得好像桑奇卡真的入土过世了。桑丘在一边劝说，告诉她反正女儿迟早得当上伯爵夫人，他这会儿尽量拖拖也没啥。两口子就这样说完了话。桑丘又去找堂吉诃德商量启程的事。

CAPÍTULO VI · 第六章

全书最重要的章节之一：
堂吉诃德跟他外甥女和女管家的谈话

　　刚才讲了，桑丘·潘沙正跟他老婆特莱萨·卡斯卡赫没完没了地拌嘴呢，这时候，堂吉诃德的外甥女和管家太太也没闲着。她们看出了数不清的苗头，越来越觉得她们各自的舅舅和主人又要第三次远走高飞了，照她们的话说，再去干他那瞎游骑士行当。她们千方百计想叫他打消这个倒霉念头，可是一切都白费，就像站在野地布道，夹块冷铁乱捶。尽管这样，她们还是一再劝说。有一回管家太太这么对他说："老实讲，我的老爷，您最好安安静静在家里歇歇脚，别再沟里坡里像个冤魂似的乱跑，说是什么四处闯荡，依我看是满世界撞丧。不然的话，我可要大喊大叫，告到上帝和国王那里，求他们出面想办法。"

　　堂吉诃德便回答她说："管家太太，上帝听了你告状会说什么，我不知道；国王陛下会说什么，我也不知道。我只知道，我要是国王呀，才懒得搭理呢；天天缠着他求情的人数也数不清。国王的公务多得很，其中最苦的就是听大伙儿唠叨，然后一一作答。如此说来，我可不愿意拿自己的事去给他添麻烦。"

　　于是女管家问他："老爷，您说说看，陛下的朝廷里有没有骑士呀？"

　　"当然有，"堂吉诃德回答，"而且多的是。正是他们装点着君主的伟大和王室的威严。"

"这么说，"那女人又问，"老爷您干吗不想法安安稳稳待在朝廷为国王效力呢？"

"是这么着，大姐，"堂吉诃德回答她，"并非所有的骑士都能当朝臣，也并非所有的朝臣都必须得是游侠骑士。这世上什么人都得有点。就算我们都是骑士吧，人和人之间也大有差别。那些待在朝廷的，不用走出厅堂和宫室门槛，只要看着一张地图，就可以周游世界，不仅一个子儿不花，还避开了严寒酷暑、饥渴辛劳。可我们这些地地道道的游侠骑士，就得顶着烈日，冒着狂风，迎着扑面的雨雪，不分白天黑夜，不论骑马步行，一个脚印一个脚印地踏遍大地。我们遇到的敌人不是画在纸上的，而是活生生的；我们要随时随地、不管不顾地扑将过去，不必留意啰里吧唆的比武规则之类的东西。比方枪剑的长短是不是合适啦，是不是随身藏着符咒和暗器啦，两人是不是同样避开了晃眼的阳光啦，以及诸如此类的讲究，都是一对一比武的时候少不了的。你当然一点不知道，我可是太清楚了。我还可以告诉你：有时迎面遇上十个巨人，个个不仅高耸入云，而且脑袋都钻出了云彩；每条腿都像高塔似的，胳膊就跟粗壮结实的桅杆一样；眼睛比磨盘还大，而且像玻璃冶炼炉一般熊熊燃烧；即便是这样，好样的游侠骑士也一点不害怕。只见他从容不迫、毫无畏惧，冲上去就厮杀，而且设法在极短的时间里把敌人击败摧毁。要知道，这些家伙的盔甲是一种鱼鳞做的，据说比金刚钻还硬；手上的武器不是锋利的大马士革钢刀，就是布满钢刺的大铁锤。这种东西我见过不止两三次了。

"管家太太呀，我说这些是要叫你看明白，骑士和骑士有多大不同。按说，所有的君主早就该器重这第二类骑士了；不管哪里，游侠骑士该是头一类才对。我读过不少有关传记，被这些人拯救过的国家何止一两个，多了去了！"

"哎呀我的舅老爷呀！"外甥女这时候说话了，"您难道还不明白，什么游侠骑士！统统都是胡说八道！那些传记即使不该全扔进火里烧了，也该个个给披上罪人服，再不就刻上个记号，让人一眼看出是个伤风败俗的下贱玩意儿。"

"天父上帝做证，"堂吉诃德说，"你要不是我妹妹的骨肉、我的亲外甥女，就凭你如此放肆渎神，我非得狠狠教训你一顿，让全世界都知道。太不像话了！你一个黄毛丫头，连摆弄钩针还没学会呢，就胆敢摇唇鼓舌议论起游侠骑士的传记来了！阿马迪斯先生听到你的话，会说些什么呢？不过我想他一定会原谅你的，因为他是当年最谦恭和蔼的骑士，而且是年轻姑娘们的头号保护人。可是如果你的话被别的骑士听到，那你就没那么自在了。要知道他们并非人人都那么文质彬彬、客客气气，有不少是相当粗鲁狂暴的。自称是骑士的人也并非都那么地道，确实有纯金的，但是也不乏赝品。看着都像骑士，可要来真格的了，并非都能经得起试金石的检验。出身卑贱的俗人费尽心机想叫自己像个骑士，而高贵的骑士却好像迫不及待地成心要变成卑贱的俗人。前者或靠争强好胜，或靠品德超人终于得到升迁，而后者或因懈怠懒散，或因恶习缠身最后堕落沉沦。没有足够的才能和知识是无法分清这两类骑士的，他们名称相同，表现迥异。"

"我的上帝！"外甥女喊起来，"舅老爷，您怎么知道那么多事？用得着的时候，您满可以走到讲坛上，大街小巷去布道。不过可惜这些本事了，您还是什么也看不清，净睁着眼说瞎话。这不，明明是个弱老头儿，偏要充好汉；明明生着病，硬说有力气；自己一大把年纪腰弯背驼的，还想去匡正别人。最要不得的就是，明明不是骑士，非得自封；就算您有个绅士门第配得上当骑士，您也没那个财力呀！"

"外甥女，你的话说得很在理。"堂吉诃德回答她，"我要是说起家世门第的事准叫你听得发呆。可是我还是不说的好，免得把神界和人间搅和在一起。嗨，我说你们俩都仔细听着。世上的门第大致可以分成四种：一种人起家微贱，后来慢慢发达扩张，直到登上显贵的顶峰；另一种人，祖上就是大户，后代一直维持下来，保存守护了前辈的基业；还有的人，尽管开头煊赫一时，末了只剩下金字塔尖，因为家族一路凋零衰败，到头来成了一个小小的塔尖，跟原先的底座一比，简直微不足道；剩下的就是大多数了，祖上没有留下高贵的门第和像样的财产，自始至终都跟平民百姓一样默默无闻。第一类，就是起家卑微、慢慢登上高位，并且延续至今的，我可以给你举出奥斯曼皇室为例，他们祖上只是低贱卑微的牧人，而现在我们看到他们是如何地高高在上。第二类世家始终显赫，而且不增不减维持着，如今许多世袭贵胄就是这样，他们安分地守着家传基业，不增不减，世代如一。说到起家荣耀、最后只剩下一个小尖的世族，例子何止千万：埃及的所有法老和托勒密家族，罗马的世代恺撒，还有古代米堤亚、亚述、波斯、希腊和蛮邦那些数不清的皇亲国戚、王公贵族，说得难听一些，简直多如牛毛。所有这些世家贵胄最后都湮没无闻，连他们显赫的祖先也无人知晓了，至于他们的后人更是无处寻找，即使偶尔碰上一两个，肯定都是些下贱低微之辈。对于平民家世，我没什么好说的，他们无声无息，微不足道，不过是混在芸芸众生里充数罢了。傻女子们，我说这些话是想让你们明白，所谓'家世门第'是一笔糊涂账，其实只有慈善高尚的富贵人家才算得上杰出的望族。身为望族而行径恶劣，只能称之为恶霸；家财万贯却不慈善，不过是个悭吝的乞丐。掌握钱财并不意味着幸福，只有花费钱财方能换来幸福，当然不是任意乱花，而要花得是地方。可是贫穷的绅士只有凭借高贵的品德，来显示自己的君子身份了。他必须和蔼、有礼、谦恭、勤谨、仔细，绝不能狂妄傲慢，到处散布流言蜚语；最要紧的是他一定得慈悲为怀，哪怕只给穷人两分钱，心里也得高高兴兴，就像敲钟放赈一样慷慨大方。有了这些品行，即使素不相识的人见了，也会敬仰钦佩，认定他出身高贵，否则就不可思议了。赞扬从来都是对德行的奖赏，而有德之人总免不了要受到赞扬。

"告诉你们俩，世人通向富贵和荣耀的途径有两条：一是当文人，二是做武士。我的武艺比文章好，我这么偏好习武，准是在战神星照临下降生的。看来我是非走这条路不可了，世上谁也甭想阻挡。你们就别白费气力劝说我改变主意了。这本是上天乐意、命里注定、顺理成章，尤其是我自己心中向往的事情。我很清楚，干游侠骑士这一行，总免不了要吃尽千辛万苦。可我也知道随之而来的是无尽福祉。我也懂得，美德只能走在狭窄的小径上，而罪孽却沿着宽敞的大道横行。可我心里有数，两条路的终点和归宿完全不同：罪孽之路虽然宽敞，却最终导向灭亡；而美德的小径尽管狭窄崎岖，但一直通往新生，不是有限的新生，而是没有止境的永生。就像咱们卡斯蒂利亚一位大诗人①说的那样：

> 沿着这条崎岖的小径
> 步入天国，获得永生，
> 从此是一颗不落的星。"

"哎呀，我的天哪！"外甥女喊道，"我这位舅舅老爷居然还是个诗人！他什么都懂，什么都会。我敢打赌，他要是当上泥瓦匠，造起房子来准比编鸟笼子还便当。"

"我可以给你打保票，外甥女，"堂吉诃德回答，"要不是这满脑子的游侠骑士弄得我魂牵梦系的，这世上还没有我做不了的事，我手里还不定出多少精巧的活儿呢！特别是鸟笼和牙签。"

---

① 指西班牙诗人加尔西拉索·德·拉·维加（1503—1536）。

这工夫有人敲门了。他们问是谁，桑丘·潘沙答说是他。女管家一听，连忙跑出去躲起来，生怕看见他，那女人真是烦透了他。外甥女过去开了门，堂吉诃德先生伸出双臂迎上去。然后两人关在房间里又是一番长谈，而且绝不比前番逊色。

CAPÍTULO VII · 第七章

堂吉诃德和他的侍从商谈及其他重大事件

　　管家太太一见桑丘·潘沙和她家老爷关在房间里，马上就明白他们要鼓捣些什么。她揣摩着两人商量到最后准是决定第三次出游，赶紧抓起披巾，心急火燎地去找参孙·卡拉斯科学士，心想这人能说会道，又跟老爷刚交上朋友，指不定可以劝他别再去干蠢事。她见那人正在自家院子里踱步，连忙上前跪倒在脚下，这时候她已经急得满头大汗了。卡拉斯科见她又难过又慌张的样子，就问："这是怎么了，管家太太？出什么事了吗？您看上去像是连魂儿也没了似的！"

　　"没什么大事，我的参孙先生。都是我家老爷，看样子他又要出蹊跷了！"

　　"是七窍出血吗，大娘？"参孙问，"是不是身上什么地方受伤了？"

　　"不是七窍出血，"那女人回答，"是七窍冒疯劲！我的大学士先生，我是说，他又要出门了，这已经是第三次了！照他自己说，就是满世界四处逛荡。我真不懂这是什么意思。头一回，差点没让人揍死，是横搭在驴背上给我们驮回来的。第二回，干脆塞进木头笼子，放在牛车上拉回家了，他还一个劲儿说自己是中了魔法。那副可怜样儿呀！只怕连生他养他的亲娘也认不出了：又黄又瘦，两只眼睛都陷到后脑勺子上去了。我用了整整六百多个鸡蛋才慢慢让他缓过来。

这事上帝和大伙儿都能做证；还有我那些老母鸡，它们才不准我撒谎呢！"

"这话我信。"学士说，"您把它们调理得很好，个个又肥又乖，哪怕撑破了肚皮也绝不会胡说八道。这么说，管家太太，并没有出什么大不了的事，您只是担心堂吉诃德先生又要搞什么名堂了，是不是？"

"可不是呗，先生。"那女人回答。

"别着急，"学士劝她，"只管放心回家去，给我弄顿热热乎乎的饭吃，顺带冲圣女阿珀罗尼亚念几句祷词①，不知道您会不会。我说话就到，您等着瞧我的神通吧。"

"我的老天呀！"管家太太嚷嚷起来，"您是叫我给圣女阿珀罗尼亚念经？可我家老爷得的不是牙病，他是脑袋瓜出了毛病。"

"管家太太，照我说的办！快回去，别跟我拌嘴。要知道我是萨拉曼卡大学毕业的学问人，莫非您比我还有学问不成？"卡拉斯科对她说。

学士打发走了女管家，当即就去找神甫，两人商量到时候该说些什么。

堂吉诃德和桑丘关在房间里究竟说了哪些话，传记都如实地做了详细交代。

桑丘对他主人说："我已经'捉福'了我老婆，您带我去哪儿她都不管。"

"应该是'说服'，桑丘，"堂吉诃德订正他，"不是'捉福'。"

"我好像记得，"桑丘顶撞说，"有好几次了，我求老爷您别挑我的字眼。懂得我的意思不就得了？要是不懂，您只管说：'桑丘你这个鬼东西，我不懂你的话。'要是我还说不明白，您就尽管挑刺吧，

———————

① 向圣女阿珀罗尼亚祈祷可治牙疼。

我这人'为命吃葱'……"

"我听不懂，桑丘。"堂吉诃德马上打断他，"我不明白'我这人为命吃葱'是什么意思。"

"'为命吃葱'嘛，"桑丘回答说，"就是我这人特那个。"

"这回我就更不懂了。"堂吉诃德告诉他。

"您要是还不懂。"桑丘说，"我能有什么办法？我就知道这些。我想上帝是明白的。"

"对了，我猜出来了，"堂吉诃德恍然大悟，"你原本是想说，你这人唯命是从，很听话，很乖巧，我说什么你都听，总是按我的吩咐办。"

"我敢打赌，"桑丘说，"您打一开头就听懂了，猜出了我的意思。您这是成心难为我，逼我没完没了地出洋相。"

"也许是吧。"堂吉诃德承认，"好了，还是讲讲，特莱萨都说了什么？"

"特莱萨说，"桑丘回答，"叫我紧紧把您抓在手心；口说无凭，要看明证；事先说好，免得瞎吵；好话两筐，不如好事一桩。依我说，女人的主意未必对，男人不听也吃亏。"

"我看也是，"堂吉诃德说，"说呀，桑丘老兄，接着往下讲，你今天简直是字字珠玑呀！"

"是这么回事，"桑丘告诉他，"老爷您很清楚，咱们早晚都得死；今儿个好好的，明儿个就没了；老羊前脚走，小羊后脚跟；上帝让你活多长，谁也甭想多饶几个钟头；死神不光是个聋子，他来家催命的时候总是心急火燎，求也不行，抗也不行，官也不行，僧也不行。反正大伙儿到处都这么说，神甫布道也这么讲。"

"这些都是实话，"堂吉诃德对他说，"可我还是不知道你到底要干什么。"

"我要的是，"桑丘答道，"这回不管伺候您多长时间，老爷给我说个每月工钱的准数，到时候用家产来抵。我不想指望赏赐了，老也到不了手，就是到手了也未必称心，还说不定根本就没个盼头。有了钱上帝就会扶我一把了。明说了吧，我想知道我到底能挣几个钱，多少都不要紧。老母鸡一次也只下一个蛋，可是积少成多嘛，赚一点是一点。我反正是不相信也不指望老爷答应给的那个海岛了，不过万一要是成了真的，我还不至于那么忘恩负义，把事情做绝了，我一准仔细把岛上的租税折成工钱，多下来的'如鼠'退还。"

"桑丘老兄，"堂吉诃德提醒他，"我看猫比鼠更好。"

"我知道了。"桑丘回答，"我大概是该说'如数'，不是'如鼠'。不过这没什么要紧的，反正您听懂了。"

"何止是听懂了！"堂吉诃德说，"我都钻进你肚子里去了，一眼看透你连珠炮似的说出一大套是冲着什么。听着，桑丘，我倒是挺愿意给你说定个工钱，可是不知道哪本骑士小说上有这样的例子，哪怕给我一丁点开导指引，说说侍从每年也好、每月也好都挣多少钱。可是我差不多看遍了这种书，就是不记得哪位游侠骑士给他的侍从说定过工钱。我只知道他们服侍主人就图个赏赐。不定什么时候主人交了好运，赏给他们一个海岛什么的，至少也得个爵位官衔吧。桑丘，你要是就凭着这点指望和好处愿意来伺候我，那就多谢了。想叫我打破游侠骑士的老章程、老规矩，可是一点门儿也没有。这样吧，我的好桑丘，你回家去把我的想法告诉你的特莱萨，要是她乐意，你自己也肯等我的赏赐，则妙乎哉①。不行呢，咱们照样还是老朋友。窝里有食吃，不怕没鸽子。知道吗，好伙计？手里攥个糟的，不如盼个好的；宁肯着急骂见鬼，也不到时再后悔。桑丘，我这么说话是为了叫你看看，跟你一样，我也能像喷水似的嘴里吐出一串串的谚语。末了我还有一句话，就是告诉你，如果你不愿为图赏赐陪我出门去闯荡，

---

① 原文为拉丁文。

那就让上帝保佑我，把你变成个圣人。我反正总能找到侍从，而且肯定比你更听话、更勤快，还不像你那么笨手笨脚、多嘴多舌。"

桑丘听主人说得那样斩钉截铁，心里咯噔一下，顿时觉得连天都暗下来了。他原先以为，哪怕有全世界的财宝等着，主人没有他桑丘陪着，也是不会出门的。他一时不知如何是好，正在琢磨，参孙·卡拉斯科进屋了。管家太太和外甥女正着急想听听他怎么规劝老爷别出门去闯荡。一肚子鬼主意的参孙跟上次一样，走过去紧紧抱住堂吉诃德，高声对他说："啊，游侠骑士的精华，武士的明星，西班牙民族的典范和荣耀！设若有一二人士胆敢妨碍和阻止你第三次出游，我将祈求无所不能、无所不包的上帝干预，叫他们绞尽脑汁无计可施，痴心妄想永难实现。"

然后他转向女管家，对她说："管家太太不必再祈祷圣女阿珀罗尼亚了。我知道天意难拗，阻挡不了堂吉诃德先生再次去追求他高尚新奇的理想。我可不愿日后良心不安，所以要劝说和督促这位骑士，别再让自己威武坚强的臂膀和英勇慈祥的心胸长期蜷缩蛰伏了！因为延迟就是渎职，谁去匡正不义、爱抚孤儿、保护弱女、救济寡妇、帮助婚嫁呢？谁去做许许多多诸如此类与游侠骑士相伴、相连、相关、相系的事情呢？我说，我亲爱的堂吉诃德先生，英俊的武士，您大人阁下何待明日？今天就上路吧！如果此行还缺什么，我可以拿出身家性命来补足。若需本人为高士充当侍从，将使鄙人感到不胜荣幸。"

堂吉诃德听了这话，转过脸去对桑丘说："我跟你说什么来着，桑丘？我是不会缺侍从的！瞧瞧是谁争着要当吧！是想也想不到的学士参孙·卡拉斯科呀！他可是常年在萨拉曼卡古城校园里取笑逗乐的人，身体健康，手脚灵便，不说废话，还经受得了饥渴寒暑的折磨，总之，当游侠骑士侍从的本事他全有。不过老天怕是不会答应的。哪能为了我称心如意，摧折文坛砥柱，埋没学界泰斗，委屈身怀绝技的才子？新近还乡的参孙还是留在故土为家园和年迈的父母争光吧。既然桑丘不屑伴我同往，我随便找个侍从就行了。"

"我跟您去，"桑丘连忙对答，他显然是动了感情，两眼噙着泪水又说，"'面包吃完，没人做伴'，这话可不是冲我说的。我们家祖祖辈辈还没出过忘恩负义的人呢。大伙儿都知道，特别是村里的乡亲们，从我往上，潘沙家世世代代人品怎么样！再说，就凭您做的那些好事，特别是那些好话，我明明白白看出您是一心想提携我。我刚才抠抠搜搜跟您算工钱全是因为听了我老婆的调唆。她呀，只要心里有了个主意，就把你勒住不放，一直到她称心，再紧的桶箍也没她勒得紧。可是呢，话又说回来，男人还是男人，女人总归是女人。到了哪儿我也得是个男子汉，这没得好说，当然在家里也一样，不管旁人乐意不乐意。所以呢，只要老爷您立个遗嘱，加上一条，免得到时'胡笑'。然后咱们马上动身，也省得参孙先生不受用，他不是说自己的良心要'秃粗'①您第三次离家出门闯荡吗？我在这儿说好了，名正言顺，我还是您死心塌地的侍从，敢和古往今来伺候过游侠骑士的所有侍从比个高低。"

学士听了桑丘·潘沙说话的用语和腔调简直惊呆了。他尽管读过传记第一部，可是总觉得书上把此人描绘得那么有意思实在难以置信。这会儿亲耳听他把"遗嘱加上一条，免得到时无效"说成"遗嘱加上一条，免得到时胡笑"，才明白书上说的原来没错，更加看清此人本是当今世上最难得的傻瓜。他心想，主仆二人如此疯癫实属罕见。

这时候堂吉诃德和桑丘两人紧紧拥抱，言归于好，并且从此对卡拉斯科奉若神明。此时便遵照他的吩咐和建议，决定三天之后动身上路。临行之时自然得置备旅途所需的一切，包括一顶带面罩的头盔，那是堂吉诃德认为必不可少的。参孙答应从他朋友那儿弄来一顶，估

———————————

① 桑丘想说"督促"。

计他这个面子还有；再说那玩意儿早已经黑黢黢布满锈斑，根本看不出当年钢盔的色泽和亮光了。管家太太和外甥女于是大骂学士，闹得不可开交。她们揪断了头发，抓破了脸皮，就像常见的哭丧妇那样；她们又号又叫，似乎老爷这次出门是必死无疑了。

其实参孙劝堂吉诃德再次出门是另有用意的，书里以后会讲到。他事先跟神甫和理发师商量过，这都是他们的主意。

三天里头，堂吉诃德和桑丘备齐了他们所需的一切。桑丘哄好了他老婆，堂吉诃德也安抚住外甥女和管家太太，两人便趁傍晚时分出发了。当时只有学士一人知道此事，他还送他们出村走了半莱瓜。两人打算直奔托博索。堂吉诃德骑着老实巴交的洛西南特，桑丘骑着旧日的大灰驴，身后的褡裢里装满了填肚皮的东西和堂吉诃德交给他的钱袋，以备不时之用。参孙跟他们拥抱告别的时候，叮嘱千万捎信回来，那他就能为他们倒运高兴，为他们发迹分忧①，也不枉大家朋友一场。堂吉诃德都一一允诺。于是参孙转身回村，主仆二人直奔托博索名城而去。

---

① 参孙有意把这句话说反了，以取乐。

CAPÍTULO VIII · 第八章

堂吉诃德在去看望心上人
杜尔西内亚·德尔·托博索的路上

"赞美万能的真主！"阿麦特·贝嫩赫里在第八章开头这样说。"赞美真主！"他连续重复了三遍。他说他感到由衷的高兴，因为眼看着堂吉诃德和桑丘又来到荒郊野外，这部有趣传记的读者们可以指望再次欣赏堂吉诃德和他侍从的战功和趣闻。他劝大家暂且忘掉这位奇思妙想的绅士以往的骑士行状，睁大眼睛盯着他今后的作为。他前次骑士生涯是在蒙贴儿原野上开始的，这一次却是在去托博索的路上。作者声明他绝非虚张声势，而是确实大有看头。于是他接着讲下去。

参孙告辞了，就剩下堂吉诃德和桑丘。突然洛西南特叫了一声，灰驴也吼了一声。骑士和侍从都认为是大好兆头，预示着吉祥如意。不过说实话，灰驴大吼大嗥远远压过了瘦马的嘶鸣，因此桑丘揣摩着自己这次的好运道要抢先凌驾于主人之上了。他确实懂一点占星巫术，是不是就靠这个推算出来的，不得而知，反正传记上没有明说。以前倒是听他说过，每次绊倒摔跤，他都庆幸自己没出远门，不然磕磕碰碰的，不是撕破鞋袜，就是摔折肋骨。他虽说是傻了一些，可这话说得还不算离谱。这时候，堂吉诃德对他说："桑丘老兄，咱们眼看着这天色晚了，一下子黑成这样，只怕不能趁亮赶到托博索了。但是在漫游闯荡之前，我是非去那儿一趟不可，我一定要举世无双的杜尔西内亚给我祝福和赞许。只要她一发话,我心里就有了准主意,肯定能闯过千难万险。这世上只有一件事能让游侠骑士勇气倍增,那就是得到意中人的眷顾。"

"我也是这么想的,"桑丘回答,"只是看来有点难办,不知道老爷您能在哪儿跟她见面和说话?她又在哪儿给你祝福呢?除非是隔着院墙头上的蒺藜,我上一次就是这么见着她的。就是捎信告诉她您在黑山深处发疯犯傻的那次。"

"桑丘,你管那叫院墙头上的蒺藜?"堂吉诃德说,"你就是在那儿、从那儿看到了那位怎么颂扬都不为过的淑女美人?我看准是豪门府邸的走廊、游廊、门廊或者别的什么廊。"

"这也难说,"桑丘回答,"可是我当时确实觉得是蒺藜,要么就是我记错了。"

"不管怎么着吧,桑丘,咱们先去了再说。"堂吉诃德告诉他,"只要能见着她,管它隔着是蒺藜还是窗户,再不就是花园的墙缝和栅栏!只要她那鲜艳夺目容颜的一丝光芒射进我的双眼,就足以照亮我的心胸、增强我的勇气,顿时使我聪慧过人、强悍无敌。"

"说实在的,老爷。"桑丘回答,"我看到杜尔西内亚·德尔·托博索小姐容颜的时候,不觉得怎么鲜艳夺目,也没见有光芒射出来。我不是说过小姐她正在筛麦子,八成是暴土扬尘的,把她的脸遮得发不出光了。"

"怎么?我的心上人在筛麦子?"堂吉诃德嚷嚷起来,"桑丘,你为什么死乞白赖地这么想、这么看、这么说呢?她和这种粗活儿脏活儿根本沾不上边。贵人们生来就有另一些营生和消遣等着,叫大伙儿老远就看出他们不同于一般人。桑丘,你忘了咱们的诗人[①]是怎么说来着?他给咱们描绘了水晶宫里四仙女都干些什么活儿;她们

---

① 指加尔西拉索·德·拉·维加。

从可爱的塔霍河里钻出来，坐在绿草地上编织华贵的衣料。奇思异想的诗人是这样给咱们描绘的：全都是金线、丝线，再穿上珍珠编织而成。你看见我的心上人的时候，她肯定也在忙这个。只可惜有个恶毒的魔法师嫉恨我，总跟我捣乱，凡是我喜欢的东西，他都要折腾鼓捣得面目全非。不是说我的功勋已经印成书四处传播了吗？如果传记作者果真是个仇视我的学者，我想他准要歪曲事实，塞进满篇谎言，而且不顾纪实作品应有的前后衔接，离题万里穿插许多不相干的故事。嫉妒心真是万恶之源，再高贵的心灵也会受到侵蚀！要知道，桑丘，其他恶习多少能带来某种满足，可是嫉妒心只会使人气恼、窝火、暴跳如雷。"

"可不是嘛！"桑丘说，"我想这本闲书还是传记什么的，就是卡拉斯科学士说他见过里面讲咱们俩的那本，一准是一会儿叫我体体面面地骑大马坐轿车，一会儿又像常说的那样，糟蹋得我名誉扫地。说句心里话，我可从来没骂过哪个魔法师，也没阔到让人眼红的地步。确实，我是会耍点小心眼，多少有些刁，可我一副傻乎乎的样子，像个大斗篷似的，把什么都遮住了。这可是天生的，装是装不出来的。就算我没别的长处吧，我总还一直真心实意地信上帝，凡是咱们神圣罗马天主教会叫信的我都信。我还跟犹太人势不两立，真的，我一直是这样。就凭这点，那些写书的就应该对我大发慈悲，别在文章里亏待我。不过呢，他们爱说什么，就说去好了。我光着身子来到世上，现如今还光着身子活着，没亏也没赚。就算是把我写进书里了，在世人手里传来传去，他们爱说什么就说什么，我才管不着呢！"

"桑丘，这倒叫我想起一件事。"堂吉诃德说，"当今一位名诗人写了一首讽刺诗挖苦世间的烟花女，其中没有指名提到一位女士，因为还没弄清她的身份。这位女士见自己没被列进名单，便抱怨诗人，问自己有什么毛病，不能跟他人为伍？她要求诗人再多写几行，把自己加进去；不然，可就没好日子过了。诗人照办了，写了好些连泼妇都说不出口的话，那位女士这才满意，因为她要的就是出名，哪怕是臭名也行。另外还有一个类似的故事，说的是供奉狄安娜的著名殿堂曾经被认为是'世界七大奇迹'之一，可是叫个牧人一把火给烧毁了，因为他想留名千秋。尽管为了不让他称愿，当时曾经明令严禁口传笔录他的姓名，最后人们还是知道他叫厄洛斯特拉托①。跟这差不多的还有大皇帝查理五世和一位罗马绅士的逸事。皇帝想去看看有名的圆圈庙②，古时候称作'万神殿'，现在改了更恰当的名字，叫'万圣殿'。这是古罗马异教时代的建筑物中保存得最完整的一座，确实反映了建造者气度不凡，名不虚传。它的形状像奇大无比的半个橘子，里面光线十分充足，可是透亮的只有一扇窗户，说得更确切些，就是屋顶上一眼圆形的天窗。皇帝就是在那儿俯瞰全殿的。站在他身边的一位罗马绅士正在一一指点那座宏伟庞大的古代建筑是如何精巧瑰丽。两人离开天窗的时候，他对皇帝说：'神圣的陛下，有个念头千万次闪过我的脑子：我想拥抱陛下一回，然后就从那个天窗跳下，从此万古留名。'

"'谢天谢地，'皇帝回答他，'你幸亏没有真的照这个馊主意办！从今往后，我不再提供机会叫你表达忠诚了，所以特地命令你，不准再靠近我，不准再跟我讲话。'

"这几句话可以算是对那人很大的赏赐了。

"桑丘，我是想告诉你，人们成名的愿望往往是很强烈的。贺拉斯全身披挂从桥上掉进特韦雷河，你以为是有人推了他吗？穆西奥把自己的手和胳膊放进火里烧，你以为是谁逼他的吗？库尔西奥纵身跃入罗马城中烈火熊熊的无底深渊，你以为是谁强迫他了吗？恺撒不顾

---

① 厄洛斯特拉托：希腊神话中的人物。
② 圆圈庙：古罗马供奉主神朱比特和其他诸神的庙宇。

明显的不祥征兆，执意抢渡鲁比孔河，难道是有人催促他吗？①再举几个现代的例子：温文尔雅的科尔特斯②率领英勇的西班牙人到新大陆后，是谁逼他击沉战舰，使得下属只能滞留陆地，背水一战？古往今来，这一切形形色色的英雄壮举都是为了成名啊！世人凡有惊人之举，都是为了赢得不朽的功名。不过我们信奉天主的基督徒和游侠骑士们更看重在明净的天国享有的与世长存的英名。我们并不追求转瞬即逝的尘世虚荣；这种名声不管有多久远，因为人世终究有限，迟早也要随之同归于尽。所以，桑丘，咱们的所作所为得有个规矩方圆，不能违背咱们信奉的基督教。我们应该谦虚谨慎，戒除巨人的狂妄；慷慨大度，防止心胸偏狭；稳重沉静，克服粗鲁暴躁；以节食代贪吃，用熬夜抗困乏；对我们选中的意中人忠贞不渝，远离淫乱放荡；踏遍世界各地，而绝不懒惰偷闲。总之，我们要寻找一切机会，把自己不仅修炼成真正的基督徒，而且还要做个知名的骑士。

"瞧见吗，桑丘？通过这些途径就可以获取美名，受到世人的高度赞誉。"

"老爷，您说的这些话我听得很明白。"桑丘回答，"不过我心里这会儿还有点糊涂，老爷能不能给我'誊清'一下？"

"你是想说'澄清'吧，桑丘？"堂吉诃德纠正他，"你放心问吧，我尽量回答你。"

"请老爷告诉我，"桑丘说，"你说的这些'该杀该宰'们③，所有这些有本事的骑士，不是都死了吗？他们现在都在哪儿呢？"

---

① 以上均为古罗马历史或传说中的人物。

② 科尔特斯：征服美洲的西班牙名将之一，其姓氏"科尔特斯"意即"有礼貌的，有教养的"。此处显然是文字游戏。

③ 原文中桑丘把恺撒的名字"尤里乌斯"与"七月"一词相混，可是上文堂吉诃德的话里并未提及这个名字，似为作者疏忽，译者只好做此变通，以"该杀"谐音"恺撒"。

"其中的异教徒，"堂吉诃德回答他，"肯定都进了地狱。基督徒凡是好样的，不是在炼狱，就是在天堂。"

"那好吧。"桑丘又说，"可是还有件事，那些埋这些大老爷的坟前面是不是点着银灯？灵堂墙上是不是都挂着拐杖、裹尸布、头发，还有蜡做的腿呀眼或什么的？要是没这些，那么墙上靠什么装点呢？"

堂吉诃德回答说："异教徒的坟墓大都是些宏伟壮丽的庙宇。比方尤里乌斯·恺撒的遗骸就存放在一座奇大无比的石塔里面，今人把它称作'罗马的圣彼得尖塔'。哈德良皇帝墓简直就是个城堡，比一个村子还大，所以也叫'哈德良巨堡'，就是如今罗马的桑坦赫勒城堡。阿蒂密斯王后①埋葬她丈夫摩索拉斯的陵园被后世称作'世界七大奇迹'之一。不过无论是这些坟墓，还是异教徒的其他许多坟墓，都不用裹尸布或别的供品装点。只有坟里埋的是圣人，才能加这些标记。"

"我正要问这个呢，"桑丘马上接茬儿，"您说说看，哪样更了不起？是起死回生呢，还是杀掉巨人？"

"事情明摆着，"堂吉诃德回答，"当然是起死回生了。"

"这下可让我逮住了，"桑丘说，"那就是说，谁要是能让死人活过来、瞎子睁开眼、瘸子站直了、病人好起来，他的坟前就能点上灯，他的灵堂里就老挤满了善男信女，跪在地上参拜他的圣物。今生也好，来世也罢，他的名声更是了不起，压倒所有的皇帝、异教徒和游侠骑士。"

"我得承认你说得有理。"堂吉诃德回答。

"这么一来，"桑丘接着说，"只有埋着圣人、供着他们物件儿的地方才有名气，才能显灵，才该受到敬重；咱们慈母般的神圣教会才

---

① 阿蒂密斯王后：古希腊时代小亚细亚一城邦国的王后。

特别允许给他们燃灯点蜡，供上裹尸布、拐杖、画片儿、头发、眼呀腿呀的，一来叫大伙儿更是信服，二来也让他们好基督徒的名声传遍四方。连国王们都抢着扛圣人的尸体和他们的物件儿，不光凑上去亲他们的骨头片儿，还拿来装点自己的经堂和最心爱的祭坛。"

"桑丘，你这一通唠叨到底想说什么？"堂吉诃德问他。

"我是要说，"桑丘回答，"咱们还不如去当圣人，那咱们出名的打算很快就能成真了。告诉您吧，老爷，也不知道是昨天还是前天，反正是新近的事，册封了两个赤脚小修士当圣人。当初他们箍在身上折磨自己的铁链子如今成了圣物，人人都争着抢着去摸去亲。告诉您吧，简直比罗尔丹的宝剑还灵验呢，就是放在上帝保佑的国王军械库的那把。所以呀，我的老爷，还不如当个不起眼的小修士呢，不拘是哪个教派的都行，比勇敢的游侠骑士强多了。上帝更看重有人往自个儿身上抽二十几下赎罪皮鞭，只怕比冲着巨人和妖魔鬼怪戳两千多枪要管用多了。"

"这话也不错，"堂吉诃德承认，"不过这修士也不是你我人人都做得来的。上帝引他的孩子们上天的门径多得很。骑士道也是一门宗教，骑士圣人照样也有上天的。"

"也对，"桑丘说，"不过我听人讲，天上的修士终归比游侠骑士多。"

"那当然喽，"堂吉诃德回答，"因为世上的教士比骑士多。"

"可是游侠也不少啊！"桑丘说。

"是不少，"堂吉诃德回答，"可是称得上是骑士的并不多。"

他们就这样说这说那，过了一个夜晚和一个白天，什么值得一讲的大事也没发生，堂吉诃德不免有些扫兴。又过了一天，大约傍晚时分，他们终于望见托博索名城了，堂吉诃德顿时精神大振，桑丘却忧心忡忡，因为他不知道杜尔西内亚的家在哪儿，不光他从来没见过，他主人也没见过。这时候两人都急得心里七上八下，一个恨不得赶紧找到，另一个不知道上哪儿去找。一旦主人吩咐进托博索去报信该怎么办，桑丘一时还没个主意。这时候堂吉诃德决定天黑了再进城，两人便在托博索城外的几棵大橡树底下等候。时候一到，两人走进城里，就又有了值得大讲特讲的事了。

Capítulo IX · 第九章

这一章看了就知道

约莫午夜时分，堂吉诃德和桑丘离开小树林，走进托博索。村里静悄悄的，大家都在安歇，就像常说的那样，人人高枕无忧。当时夜色朦胧，稍有微光。桑丘却希望最好漆黑一片，那样他就可以借口天黑看不见路为自己开脱了。此时此刻村里响起一片狗吠声，堂吉诃德只不过觉得震耳欲聋，可是桑丘却吓得心慌意乱。间或也听到几声驴吼、几声猪哼、几声猫叫。这种种响动在夜晚的寂静中越发听得真切，在情思绵绵的骑士看来都是不祥之兆。不过他还是对桑丘说："我的好桑丘，快领我去杜尔西内亚的府邸吧，说不定咱们正赶上她彻夜不眠呢。"

"天哪！叫我领着去哪个府邸呀？"桑丘对他说，"我上次是在一个小房子里看见那位大小姐的！"

"那她准是在休息，"堂吉诃德回答，"大城堡里总会有一些小房间，公主贵妇们通常总在那儿跟自己的贴身使女散心。"

"老爷，"桑丘说，"既然您不听我的，硬说我的女主人杜尔西内亚住在城堡里，那就请问一下，现在是什么时候，难道城门能开着吗？咱们过去把门环拍得山响，大喊'开门开门'，叫嚷得人人不得安宁，这样难道合适吗？要么咱们就学那些偷情的人去叫相好的家门，上去就敲门，敲开就进去，不管有多晚，不管什么钟点，您说行吗？"

"咱们先挨家找到城堡再说。"堂吉诃德吩咐,"桑丘,到时候我会告诉你怎么做的。桑丘,听我说,除非我是个瞎子,我看前面黑乎乎的一大片准是杜尔西内亚家的宫殿。"

"那老爷您就带路吧,"桑丘回答,"但愿是这么回事!其实就算我亲眼看见、亲手摸到,我也不信,就像我不信这会儿是大白天一样!"

于是堂吉诃德带路,两人走了大约两百步,便钻进那一大片黑影里,原来是一座高塔。这时候堂吉诃德才弄清,那幢房子不是什么城堡,而是村里的大教堂。他说:"桑丘,咱们居然撞上教堂了!"

"我知道,"桑丘回答,"谢天谢地,咱们没跑到自个儿的坟里去!再说,这钟点在坟地里乱转悠也不是什么好兆头。要是我没记错,我可是给老爷您说过,那位小姐的家是在一条死胡同里。"

"你这个该死的蠢家伙!"堂吉诃德骂道,"你在哪儿见过把城堡和王宫修在死胡同里的?"

"老爷,"桑丘回答,"各处有各处的风俗。也许托博索这儿就兴在死胡同里修宫殿和大楼房。求老爷让我一个人钻进周围这些大街小巷去找找吧,说不定在哪个旮旯里就碰上个倒霉的城堡。真该叫狗吃了它,害得我们满世界乱跑。"

"桑丘,说起我心上人的事,你可得放尊重点。"堂吉诃德提醒他,"咱们最好别伤了和气,弄得丢了吊桶又扔绳子。"

"我尽量忍着点就是了,"桑丘回答,"可老爷您的事也实在让人着急。我就去过女主人家一次,哪就记住了,有本事深更半夜找到?老爷您自个儿都去过千次万次了,还找不到呢!"

"桑丘,你真得气死我了,"堂吉诃德说,"就会胡搅蛮缠!听着,我已经给你说过几千遍了,我这辈子一次也没见过举世无双的杜尔西内亚,从来没有跨进过她府上的门槛。我只是听说了她漂亮聪明的美名才仰慕渴念的。"

"原来是这样！"桑丘说，"那我也老实承认吧，老爷您没见过她，我也一样。"

"这不可能，"堂吉诃德不相信，"至少你告诉过我，你见她在筛麦子。记得吗？就是我打发你给她捎信儿的那次，你还带给我回话呢！"

"老爷您就别认这个死理儿啦！"桑丘告诉他，"对您直说吧，见面也好，捎的回话也好，也都是听说的。让我上哪儿去找这位杜尔西内亚小姐？这简直就像伸出拳头往空中乱捶一样！"

"桑丘呀桑丘，"堂吉诃德说，"逗乐也得分个场合，有时候开玩笑是很糟糕的。不能因为我说了自己没跟心上的小姐见过面、说过话，你也随着说没跟她见过面、说过话。你心里明白到底是怎么回事。"

两人正说着，见有人牵着两头骡子朝他们走过来，从铁犁划在地上的声音，他们猜想准是个庄稼汉，起了个大早去下地干活儿。结果还真是这样。那农夫一路走，一路唱着小曲：

> 法国人真是遭了大殃，
> 在龙塞斯瓦列斯吃了败仗。①

"桑丘，咱们甭指望了！"堂吉诃德一听就说，"今天夜里不会有什么好事了！你听听这乡下佬一路唱的是什么？"

"听见了，"桑丘回答，"龙塞斯瓦列斯败仗跟咱们有什么相干？哪怕他唱卡拉伊诺斯小曲呢，也没什么了不起，也管不着咱们运气的好坏。"

这时候农夫走来了，堂吉诃德便问他："好心人，愿上帝叫你走运！请问举世无双的堂娜杜尔西内亚·德尔·托博索的府邸在这一

---

① 讲述查理曼大帝事迹的民谣。下文的卡拉伊诺斯，也是这类民谣中的人物。

带什么地方？"

"先生，"小伙子回答说，"我是外乡人，几天前才来到这村里，给一家富户帮工种地。他们家对门住着村里的神甫和教堂司事。他们俩不管哪一个，手里都有托博索村的花名册，想必能告诉您这位公主小姐在哪儿。不过我觉得这村里好像没什么公主。太太小姐们倒是不少，都挺了不起的，在自个儿家里大概都算是个公主吧。"

"老弟呀，我打听的这个人说不定就在她们当中。"堂吉诃德说。

"没准儿。"那人回答，"再见，天亮了。"

他说完就赶着骡子走了，根本不理会对方是不是还想问什么。桑丘见主人怪不痛快地在那儿愣神，就对他说："老爷，天眼看就大亮了，咱们总不能站在当街让太阳晒着。咱们最好先出城，老爷您在近处找个林子待着。等天亮了我再过来，村里的哪个叽里旮旯我也不会放过，一定想法找到女主人，不管她住的是小房子、大宫殿还是老城堡。找不到呢，算我晦气；找到了呢，我就想法跟大小姐说上话，告诉她您在什么地方、多么着急地等着她发话，只盼着见一面，保准不会碍着她清白的名声。"

"桑丘啊，"堂吉诃德说，"你短短几句话道出了数不尽的至理名言。你的劝告说到我心眼儿里了，我这回老老实实听你的。走吧，好伙计，咱们先找个我能待着的地方。你说了，你随后就过来，想法找到我那位小姐，跟她见面谈谈。她那么聪明贤惠，说不定给我的恩赐我连想都不敢想呢！"

桑丘一心想把主人从村里引出去，免得他识破自己编的瞎话，说什么杜尔西内亚托他往黑山捎去了回话。所以他急匆匆地离开，很快就出了村。在不到两米里亚的地方有个小树林，堂吉诃德先进去等着，桑丘自己又回到村里去找杜尔西内亚说话。他这趟差事办得怎么样，还得仔细听才能明白。

Capítulo X · 第十章

桑丘用计,
杜尔西内亚小姐中魔以及其他趣闻实录

  关于本章内容,这部伟大传记的作者说他真想略去不提,因为他担心没人会相信。很难想象堂吉诃德居然疯癫到如此程度,不仅赶上世上所有的大疯子,而且远远把他们甩出两箭路以外。不过顾虑归顾虑,作者还是如实记述了主人公的所作所为,并没有因为怕被别人斥之为谎言而任意增删。他做得很对,真理是颠扑不破的,将永远高居谎言之上,就像油浮在水面一样。他于是接着把传记写下去。

  堂吉诃德一钻进托博索名城脚下的灌木丛、橡树林抑或别的什么隐蔽之处,就立即吩咐桑丘转回城里替他给小姐捎话,求她务必开恩见一面她所俘获的骑士,并且屈驾给他一句祝福,使他从此不畏艰险,战果辉煌。还说桑丘必须办妥此事,才能回去见他。桑丘答应一定照主人的话办,像前次一样带回喜讯。

  “那你去吧,好伙计。”堂吉诃德催促说,“走到那个光彩照人的绚丽太阳面前的时候,不要过于慌张。世上所有的侍从当中,数你最幸运!留点心,别忘了她是怎么接待你的;传我的话的时候,看看她的脸色有没有变化;听到我的名字,她是不是显出羞涩不安。像她这样的身份,一定是在富丽堂皇的客厅里见你;要是她坐着,看看她是不是在坐垫上扭动;要是站着,就看看她是不是一会儿这只脚使劲,一会儿那只脚使劲;听听她是不是再三重复要你捎的回话;说起话来,是不是一会儿温柔、一会儿生硬，一会儿冷淡、一会儿亲热；尽管头发整整齐齐的，她是不是老是伸手去梳理。总之，老伙计，她的一举一动你都得看仔细了，回头给我如实讲来。我对她一往情深，她内心究竟是怎么想的，我就可以揣摩个大概了。桑丘，你要是不懂得，就听我说，情人们的心里到底有什么，只要看看他们外表上的一举一动就完全明白了。快走吧，老兄，叫我一个人在这儿提心吊胆地等待吧。但愿你的运气比我好，带回来的消息比我指望的强多了！"

"我快去快来，"桑丘说，"老爷您把心放宽点！我琢磨着它这会儿准是抽抽得跟颗榛子似的。想想吧，常言说：横下心来闯难关；不吃肥猪肉，不抹一嘴油。老话还说：不定哪儿窜出个兔子来。我是说，夜里虽然没有找到小姐的宫殿、城堡什么的，现在是大白天，说不定就能找到。到那时候，就看我的了！"

"说真的，桑丘。"堂吉诃德回答，"咱们不论谈什么，你都能顺口一串对景儿的常言老话。但愿这回上帝发善心叫我走运！"

两人说完，桑丘转过身，赶着毛驴走了。堂吉诃德独自骑在马背上，倚着长枪休息，又在那儿凄凄惨惨地胡思乱想起来。不过咱们先撇下他，跟桑丘·潘沙走。他呢，离开主人上路以后，心里也乱糟糟的不知如何是好。他出了林子，回头一望，不见主人了，便跨下驴背，靠一棵树坐下，自言自语地念叨起来："桑丘老兄，请问您老人家这是上哪儿去？您是去找丢了的毛驴吗？当然不是。那您去找什么呢？我呀，告诉您说吧，去找个公主。她呢，漂亮得跟晃眼的太阳似的，整个是天上的仙女。桑丘，你打算到哪儿去找呢？到哪儿？托博索名城呗！是吗？你替谁去找她呢？替鼎鼎大名的骑士堂吉诃德·德·拉曼却呀！他专门铲除倒霉蛋，谁渴了他给谁吃的，谁饿了他给谁喝的。这很好啊！那么桑丘，你知道公主家在哪儿吗？我老爷说了，不是在皇上的宫殿里，就是在又高又大的城堡里。你以前见过她吗？我也好、老爷也好，都从来没见过她。你觉得这样做合适吗？

妥当吗？要是托博索的老乡们知道你跑到这儿来，打算勾引他们的公主小姐们，搅和他们的贵人太太们，准得抡起大棍子砸折你的肋条，叫你浑身剩不下一根完整骨头！那他们就太不讲理了，难道他们不知道我是听喝的？没听小曲里唱：

老兄你是送信跑腿，

出事怎能拿你问罪！

"桑丘，你可别太死心眼儿！要知道拉曼却人又好面子又爱发火，千万招惹不得。上帝保佑，要是他们闻出点什么味道，你可就要倒霉了。去他娘的！让雷劈别人吧！算了吧，我可不能为了别人高兴没事找事！跑到托博索来找杜尔西内亚，简直就跟在城里满街找玛利亚一样，就像跑到萨拉曼卡去找这个那个学士一样。见鬼！准是鬼迷了我的心窍，没错！"

桑丘就这么自言自语地嘟囔着，慢慢有了主意，心想："得了，什么事都会有个办法，除非是人死了，这个关口可是谁也逃不脱的：不管你愿意不愿意，都有个活到头的时候。事情明摆着，我这个主人疯到家了，早该用绳子捆起来。当然，我也不比他差到哪儿去，我比他更浑，居然跟着他、伺候他。有句老话还说得真对：知人要想知根底，看他跟谁在一起；还有：不管生在哪一窝儿，只看吃草跟哪拨儿。我这主人疯到这般田地，把什么事都弄得颠三倒四，白的当成黑的，黑的当成白的，比方一会儿说风车是巨人，教士骑的不是骡子，是骆驼，羊群是敌人的军队，还有好多这种名堂。这么说，想骗他一点不难。对！回头只要我在这儿碰上一个乡下娘儿们，就告诉他是杜尔西内亚。他要是不信，我就赌咒发誓；他赌咒说不是，我就赌咒说是；他硬说不是，我就硬说是。反正我一口咬定了，管他呢！没准儿这么硬顶下去，早晚逼得他再也不打发我来回跑腿捎信儿，免得再给他捎来不中听的回话。我琢磨着，他说不定会想，准是有个恨他的魔法师把什么都变了样儿来坑害他。"

想出这个主意，桑丘·潘沙心里踏实下来，觉得差事差不多办妥了。他在那儿一直磨蹭到下午，好叫堂吉诃德相信他是来回跑遍了托博索。他的运气还确实不错，他站起来去骑驴，见托博索村口有三个乡下姑娘朝他走来。她们骑的是公驴驹还是母驴驹，作者没说明白。不过八成应该是母驴驹，因为这是乡下女人常用的坐骑。反正这事无关紧要，不必弄个水落石出。总之是桑丘一看见三个女人，就麻利跑去找他主人堂吉诃德，正赶上那老先生长吁短叹，自言自语地倾吐衷肠呢。他见桑丘过来，就问："怎么样，桑丘老兄？我到底该怎么着标记今天这个日子，用白石子儿还是黑石子儿？ [1]"

"依我看，"桑丘回答他，"老爷您最好用红赭石，就像大学'发胖[2]'那样，好叫人人都看个清清楚楚。"

"这就是说，"堂吉诃德问，"你带来的是好消息喽？"

"好得没治了！"桑丘回答，"老爷您赶紧夹夹洛西南特的肚子，跑到空地上去见杜尔西内亚·德尔·托博索小姐吧。她带着两个丫鬟来找您了！"

"上帝呀！你在说些什么呀，桑丘老兄。"堂吉诃德嚷嚷起来，"你可千万别骗我，编一些假喜讯来戏弄我的真相思！"

"我骗了老爷您，自己能得什么好处？"桑丘问他，"再说您马上就能戳穿我呀！快夹夹马肚子跑过来，咱们的公主大人驾到了，就凭穿戴打扮，一眼能看出她是谁。她跟两丫鬟都是一身金光灿灿、珍珠成串、钻石红玉、十层锦缎。长长的头发披在肩上，跟太阳光似的亮闪闪的，还在风里飘飘忽忽。瞧瞧她们骑的是什么？三匹花点子'群

---

[1] 古罗马人迷信，用白石子儿标记好日子，用黑石子儿标记坏日子。

[2] 桑丘想说"发榜"。

马'，简直太好看了！"

"桑丘，那叫'骏马'。"

"差不了多少，"桑丘说，"不是'群马'就是'骏马'。不管她们骑的是什么吧，反正三人漂亮得没个比了，特别是我的女主人杜尔西内亚公主，简直叫人头昏眼花。"

"我说桑丘，好伙计，"堂吉诃德告诉他，"你带来这么意想不到的好消息，该得重赏。回头不论遇到什么战事赢得战利品，我一定挑最好的给你。要是你觉得这还不够，就再加上几个马驹。你知道，村公所草场上有我们家三匹母马，年内都要下驹儿了。"

"有马驹儿就行了。"桑丘回答，"回头战利品是好是坏，我看很难说。"

说着说着，他们已经走出树林，见三个农家姑娘离得很近了。堂吉诃德睁大两眼使劲张望，顺着大路一直看到托博索村口，最后只看见三个村姑，就慌里慌张地问桑丘那三人是不是早就离城走远了。

"怎么离城走远了？"桑丘说，"莫非老爷您的眼睛长在后脑勺子上了？您没见那几个，正往这儿走呢，亮闪闪的比中午的太阳还耀眼！"

"我怎么没看见，桑丘？"堂吉诃德回答，"我只看见三个骑驴的农家姑娘。"

"噢，求上帝快把魔鬼给我赶开！"桑丘嚷嚷道，"难道那三匹村马，再不就是随便什么马吧，雪白雪白的，在老爷您眼里就成了毛驴？真要是这样，就叫天主把我的胡子一根根揪光！"

"可是按我说呀，桑丘老兄，"堂吉诃德回答他，"确确实实是毛驴，不是公的，就是母的。确确实实，就像我是堂吉诃德，你是桑丘·潘沙一样，反正我觉得是这样。"

"算了，老爷。"桑丘说，"可别再说这话了！快揉揉眼睛，你的心上人过来了，快上去行礼吧！"

说着，他自个儿先冲那三个村姑走过去，从灰驴上下来，一把抓住一个村姑的驴缰绳，然后双膝跪在地上说："漂亮的女王、公主、公爵夫人，劳贵人玉体大驾好好接见一下您所俘获的骑士吧！他急着跟您见面，心慌意乱的，连脉搏都不跳了，变成了一块大理石。我是他的侍从桑丘·潘沙。他就是四处乱窜的骑士堂吉诃德·德·拉曼却，外号人称'苦脸骑士'。"

　　这时候堂吉诃德已经过来跟桑丘跪在一起，瞪圆了眼睛，莫名其妙地盯着桑丘说的那个女王和夫人。可是他看来看去，依然不过是个村姑，而且长相不怎么样：圆脸盘，塌鼻子。他只是痴呆呆地瞅着，也不敢开口说话。另外两个农家姑娘也惊慌失措望着这两个跪在地上的怪人，不知道为什么挡她们伙伴的道。最后还是那个被拦住的女人忍不住了，气鼓鼓地冲他们发了火："快让开道，你们这两个该死的！叫我们过去，我们还有急事呢！"

　　可是桑丘回答她说："噢，掌管托博索全城的公主！您那颗了不起的心还不赶紧软下来？要知道跪在大人您面前的是游侠骑士的定心骨和顶梁柱！"

　　一听这话，另一个女人说："嗨，我说，公公的驴儿莫跳，我在给你刷毛！如今这些阔老爷倒会拿咱们乡下娘儿们开心啊！说实在的，骂娘谁还不会！快赶你们的路去，给我们让开道，趁早学乖着点！"

　　"快起来，桑丘。"这时候堂吉诃德说，"看来命运要没完没了地跟我作对，堵住了所有的去路，不许这皮囊里的孤魂找到一点幸福。哦，你呀，世间最高品德的顶峰，贵人风范的极限，我这颗受苦受难的心崇仰你，而也只是你才能解救它。可如今对我穷追不舍的恶毒魔法师用云翳蒙住了我的眼睛，使你举世无双的美丽容颜在我眼里面目全非，变成一个村姑农妇，尽管别人看来还依然如故。不过幸好我在你眼里还没有变成狰狞可怖的妖魔，那么就请你尽量温柔多情地望着我吧。你定会看出，尽管你芳姿扭曲，我却仍然谦卑地拜倒在你脚下，可见这颗崇仰你的心是多么驯顺。"

"哎呀，我的老爷爷！"那乡下女人喊起来，"听你这么'哄承①'我还真来劲儿呀！快闪开，叫我们过去！太多谢你了！"

桑丘赶紧闪开，叫她过去了，眼看自己的花招成功了，心里十分得意。那个当了半天杜尔西内亚的乡下丫头见没人挡道了，就用木棍的尖头戳了一下她的"群马"，顺着野地跑走了。哪里知道毛驴感到棍子戳得比往常疼多了，连着炮了几下蹶子，结果把"杜尔西内亚小姐"摔到地上。堂吉诃德见这情景，匆忙跑过去扶她，桑丘也赶紧帮着把滑到驴肚子下面的驮鞍扶正捆紧。堂吉诃德见鞍辔停当，打算伸出双臂把那位中了魔法的小姐抱回驴背。可人家却不想麻烦他，从地上蹦起来，往后退了几步，然后一阵小跑，两手往驴臀上一搭，整个身子就跳到鞍子上了，简直比鹞子还轻巧，末了像男人似的骑在驴背上。于是桑丘喊道："我的妈呀！咱们这位小姐大人比老鹰还轻巧哪！要论骗腿儿跨马，科尔多瓦和墨西哥的行家也得跟她学两手呢！瞧她一蹦就跳过鞍子的后梁，不用马刺，就让骏马跑得比斑马还快。那两个丫鬟也一点不比她差劲，跑起来能赶上风了！"

确实如此。那两个一看"杜尔西内亚"骑驴跑了，也慌忙催着自己的牲口，一溜烟儿窜走了，一口气跑出半莱瓜，连头都不回。堂吉诃德目送她们远去，直到看不见人影了，才转身对桑丘说："桑丘，你看是不是？这些魔法师简直跟我摽上了！你瞧他们是怎么给我使坏的吧。他们就是不许我称心如意当面见见我的心上人。确确实实，我这人纯粹生来一个倒霉蛋，各种晦气的事总是紧紧盯住我，拿我当靶子打。你大概也看出来了，桑丘，这些混蛋不光改变了我的杜尔西内亚的模样，还特别把她鼓捣成一个低贱的乡下丑女人。同时他们还夺

---

① 乡下女人想说"奉承"。

去了她这种名门闺秀特有的好处：整天熏着龙涎香和鲜花，身上总是散发着芬芳。告诉你吧，桑丘，刚才我走过去想把杜尔西内亚扶上骏马——这是你说的，我只觉得是头草驴——结果一股大蒜味儿直冲鼻子，把我熏得差点没背过去。"

"这些混蛋！"桑丘大喊一声，"该死的魔法师，狼心狗肺！真想跟对付沙丁鱼一样，用草绳穿鳃把你们捆成一串儿！你们懂得太多，会得太多，坏事也做得太多！你们这些孬种也太过分了！你们把我女主人一双珍珠似的眼睛变成一堆烂糊糊的鱼鳃，把她一头比纯金还亮的秀发变成牛尾巴上的红鬃，一句话，让她迷人的脸蛋丑得吓人。可是怎么说也不该换掉她的气味呀！那样我们至少可以猜出难看的皮儿包着好货呢！不过说实在的，我一点也没看出她丑，只觉得她漂亮得很。还有一样东西更叫她添了成色，高人一筹，那就是嘴唇右边的黑痣，像撇胡子，还长了七八根黄毛，跟金丝似的，足有一拃多长。"

"这种痣啊，"堂吉诃德告诉他，"是脸上和身上对生的。那就是说，杜尔西内亚还有一颗，长在跟脸对应的大腿根儿上。只是你说的那些毛略长了一些，不像是长在痣上的。"

"可是我告诉老爷您，"桑丘回答，"我觉得长得正是地方。"

"那还用说，老兄，"堂吉诃德承认，"老天爷赐给杜尔西内亚的样样东西都是完美无缺的。所以，即使有一百颗你说的那种黑痣，长在她身上就不是黑痣了，就变成闪闪发亮的月亮和星星。不过，告诉我，桑丘，你帮她备好的鞍子，我看着像毛驴驮鞍，到底是平鞍呢还是鞍椅呢？"

"都不是。"桑丘回答，"那是一架高桥鞍子，上面铺着上路用的毛毯，看样子贵重极了，只怕半个王国换不来。"

"桑丘啊，可这些偏偏我都看不见！"堂吉诃德叹道，"我又得没完没了地说了，我真是世人当中最倒霉的一个！"

使了鬼主意的桑丘好不容易才憋住不笑，没想到他主人满嘴胡言乱语，乖乖地上了当。主仆两人就这样你一言我一语说了不少话，最后才骑上各自的牲口，取道直奔萨拉戈萨。他们打算及时赶到，去参加每年都在那座名城举行的隆重庆典。不过在他们到达之前，又遇到不少重大而新奇的事情，值得记述，以飨读者。诸位读下去便知分晓。

Capítulo XI · 第十一章

勇敢的堂吉诃德途中奇遇：
马车或大车上的《死神的随行》

　　一路上堂吉诃德始终怅然若失，来回琢磨着魔法师的恶作剧，把他的心上人杜尔西内亚变成相貌丑陋的村姑，而且想不出能有什么办法使她恢复原来的模样。他心烦意乱，慢慢走了神，不知不觉撒开洛西南特的缰绳。那牲口见主人不管它了，那一带野地里又有的是青草，就三步两步地停下来啃几口。最后还是桑丘·潘沙打断了他的沉思，对他说："老爷，牲口是不发愁的，只有人才发愁。可是人要是愁得太厉害了，就跟牲口差不多了。老爷，想开点，放宽心，抓紧洛西南特的缰绳，拿出精神和心气儿，叫人瞧瞧您那游侠骑士的威风。见鬼！这算是哪档子事啊？干吗蔫儿成这样？咱们是在自个儿家乡还是在法国？叫撒旦叼走世上所有的杜尔西内亚吧！只要天下还有一个游侠骑士健在，就不怕它魔法把人变来变去。"

　　"别说了，桑丘。"堂吉诃德有气无力地吩咐，"别说了，听见吗？别再咒那位中魔的小姐了！她遭殃受罪全怪我，都是那些嫉恨我的坏蛋坑害了她。"

　　"可不是吗，"桑丘应道，"谁见了她以前那样，现在这样，都会伤心流泪的！"

　　"桑丘，你说得不错，"堂吉诃德回答，"你是原封不动地见识了她多么漂亮的。魔法总算还没有蒙蔽你的眼睛，遮住她的美貌。魔法是冲我一个人的，它的毒性只伤害我的目光。不过我突然想起一件事，你描述她的容貌的时候说得不对。要是我没记错的话，你说她的两眼像珍珠，那是鱼眼睛，不是美人眼睛。我琢磨着，杜尔西内亚的眼睛得是翡翠绿的，大大的，两道弯弯的眉毛就像天上的霓虹。你最好还是把珍珠从她眼里取出来，放到她牙齿那地方。桑丘，你显然是迷糊了，把牙齿当成了眼睛。"

"也没准儿，"桑丘承认，"老爷您见她丑，吓迷糊了，我是见她美，惊呆了。算了，咱们还是把这些事都托付给上帝吧！只有他老人家明白咱这没边的苦海里都会弄出些什么名堂。在咱们这个糟糕世道上，什么事能少得了坑蒙拐骗呀？不过，老爷呀，我如今倒不怕别的，只有一件事不放心。我寻思得想个办法。赶明儿老爷您打败了什么巨人呀、骑士呀，打发他去晋见美人杜尔西内亚小姐，这个吃了败仗的可怜巨人，再不就是倒霉的骑士，可上哪儿去找啊？我这会儿就好像看见他们傻头傻脑地在托博索到处乱撞，也找不到杜尔西内亚小姐。就算是在当街遇上，也像是见了我那亲爹似的，认不出来呀！"

"可是，桑丘，"堂吉诃德回答，"没准儿魔法管不着那些吃了败仗去晋见的巨人和骑士，他们照样认得出杜尔西内亚。回头我制伏一两个，咱们打发他们去试试，吩咐他们务必折回来如实禀报，那不就知道他们认得出还是认不出了？"

"我说老爷，"桑丘告诉他，"我觉得您出的主意挺好。用这个办法咱们准能摸出底细来。要是只有老爷您一人看不到她的真相，遭罪的就您自个儿，没她的事。只要杜尔西内亚小姐没病没灾，高高兴兴，咱们怎么都好说，痛痛快快过日子，只管四处闯荡就是了。剩下的事就听天由命吧，日子长了什么绝症都治得好，甭说这点毛病了。"

堂吉诃德正打算回答桑丘·潘沙，却见迎面过来一挂大车，顿时不言语了。车上坐的人五花八门、奇形怪状，实在难以描述。赶骡子的车夫是个面貌丑陋的魔鬼。车身大敞四开，没遮没拦。堂吉诃德一眼就看到坐在上面的死神，却分明一张活人脸。旁边有个天使，插着一对花花绿绿的大翅膀。另一边是皇帝，头上的皇冠像是金子做的。死神脚下坐着爱神丘比特，眼上没蒙布，只带着弓、箭和箭筒。车上还有一名骑士，浑身披挂，可是就缺顶盔和面罩，却戴着一顶帽子，上面插满了五颜六色的羽毛。另外还有好几个人物，面貌不同，服饰各异。猛然间撞上这么一伙，堂吉诃德不免吃惊，桑丘心里更是怕得要死。不过堂吉诃德很快就精神大振，满心以为又赶上新奇而危险的遭遇了。这么一想，马上拿定迎着艰险上的决心，往大车前面一站，气势汹汹地高声喊道："不管你是掌鞭的、车把式，还是别的什么鬼东西，快从实招来：你是谁？到哪里去？你这辆破车上拉的都是什么人？我觉得你这不像常见的大车，倒像卡隆①的摆渡船。"

赶车的魔鬼听到后，乖乖把车停下，回答说："先生，我们是坏蛋安古罗②的戏班子。今天是圣体节第八天，上午我们在山那边的村子里上演了寓言戏《死神的随从》，下午还要到前面那个村子去上演。反正路不远，我们懒得来回换衣服，就这么穿着戏装来了。那个小伙子扮的是死神，另一个是天使。坐着的老婆，就是那个女人，扮的是王后；还有士兵、皇帝；我自己是魔鬼，还是戏里的主角呢。我在戏班里算是台柱子了。您还想打听我们的什么事，尽管问我好了。我一定有问必答。我是魔鬼嘛，无事不晓。"

"凭我这游侠骑士的良心说，"堂吉诃德回答道，"我一看见这辆大车，就满心以为又碰上什么奇遇了。这会儿，我不得不承认，眼见为虚，手触为实。上帝保佑你们这些好人，去玩个痛快吧！如果有需要我帮忙的地方，尽管吩咐，我一定心甘情愿地效劳。我从小就喜欢看热闹，年轻时候，见了戏班子眼珠子就不动弹了。"

---

① 卡隆：希腊神话中在冥河上渡亡魂去冥府的神。
② 坏蛋安古罗：当时一个戏班子的头儿，可能经常扮演反面角色。

两人正说着，又走过来一个戏子，一身小丑打扮，挂满了小铃铛，手里的棍子头上挑着三个牛尿脬，吹得鼓鼓的。那个丑角走近堂吉诃德，一面挥动木棍，在地上拍打尿脬，一面蹦蹦跳跳，晃得铃铛乱响。那副怪样子吓坏了洛西南特，嘴里咬紧缰绳，把它从堂吉诃德手中挣脱出来，撒腿就往野地里跑，没想到它那一身骨头居然也这么灵巧。桑丘知道他主人难免要摔下来，连忙跳下驴背，跑过去帮忙。可是等他到了，主人已经倒在地上，洛西南特也随着躺在他身边。它每次逞能显威风，总是落个这样的下场。

可是桑丘刚离开自己的坐骑去帮堂吉诃德的忙，那个举着尿脬蹦蹦跳跳的鬼东西就蹿到灰驴背上，抢着尿脬乱赶。牲口被打疼了倒在其次，光那阵响声就把它吓得冲着野地飞跑起来，戏班子要去的村子正好在那边。桑丘见灰驴跑了，主人倒了，一时不知道先照顾哪头才好。不过他终究是个像样的侍从、忠实的仆人，最后还是对主人的依恋战胜了对毛驴的关心，尽管他看到那些尿脬在空中上上下下，不断拍打着驴臀，就浑身一抽一抽的，心疼得要命，情愿自己的眼珠子挨打，也别叫人碰他灰驴尾巴上的一根毛。他心慌意乱地跑到堂吉诃德身边，见主人这回摔得真够呛，连忙把他扶上洛西南特，对他说："老爷，鬼抢走了灰驴。"

"什么鬼？"堂吉诃德问。

"就是举尿脬的那个。"桑丘回答。

"我这就找他算账，"堂吉诃德说，"哪怕他带着驴子钻进地狱最深最黑的牢房里。跟我来，桑丘。大车走得很慢，咱们拿那些大骡子换丢了的驴。"

"老爷，我看不必费这事了。"桑丘回答，"您还是息息火儿吧。好像鬼已经放开毛驴，它自个儿回来找咱们了。"

果然如此。原来跟堂吉诃德和洛西南特一样，魔鬼和毛驴也双双摔倒。魔鬼只好步行往村子走，那牲口就回来找它主人了。

"没那么便宜！"堂吉诃德说，"即使逮不住那个胡闹的魔鬼，也得好好教训一下大车上的人，管他是皇帝还是什么！"

"老爷您还是丢掉这个念头吧！"桑丘劝他，"听我的没错，要知道，从来没人跟戏子们计较，他们可都是些宝贝。我就见过有个戏班子的，杀了两个人被抓起来，可是很快就放了，一个钱也没花。告诉您吧，他们是些会取笑逗乐的人，大家喜欢，谁都护着、帮着、捧着；特别是国王恩准的名牌戏班子，瞧瞧他们个个那身穿戴、那副做派，简直跟王子一样！"

"那也不行！"堂吉诃德回答，"就算全世界都宠着他们，那个鬼戏子也甭想给我得意！"

说完，他就朝大车走去；当时离村子不远了。他一路走一路大声喊道："站住，等一等！你们这帮嬉皮笑脸的家伙！我要教给你们怎么对待游侠骑士侍从的坐骑，不管它是驴子还是别的什么牲口。"

堂吉诃德喊叫的声音很大，车上的人听得清清楚楚。他们很明白说这话的人打的是什么主意，转眼工夫，死神跳下车来，紧跟着的是皇帝、赶车的魔鬼和天使，连王后和爱神丘比特也没等着看热闹。他们捡起石子，排成一溜儿，准备甩出石弹去迎接堂吉诃德。

堂吉诃德见他们阵容威严、高举手臂、随时都能狠狠把石块抛出，便立即勒住洛西南特，考虑怎么冲上去才能少受伤害。就在他迟疑的工夫，桑丘过来了，瞧他摆出架势要冲向严阵以待的敌人，赶紧说："您真是疯了，别胡来！我的老爷，您瞧仔细了！世上还找不到别的家伙来对付满天乱飞的卵石，除非钻进一口严严实实的铜钟里。再好好想想，您这不是威武，这是莽撞！一个人对付整整一群人马，领头的是死神，连皇帝们都亲自出马了，还怕天神和恶魔不一起出来帮助！要是这么想还不能叫您罢休，那您就再瞧瞧：那里面尽管都是些君主、王子、皇帝什么的，可是准保没有一名游侠骑士！"

"桑丘呀，"堂吉诃德回答，"这回你算是说到点子上了，逼得我不得不变主意。我确实屡次对你说过，我不能拔出剑跟没有受封骑士的人较量。桑丘，怎么着，这回该你为自己受欺负的灰驴出气了。叫我站在这儿给你呐喊助威，出些高明的点子。"

"老爷呀，何必呢！"桑丘告诉他，"干吗非得拿人出气？虔诚的基督徒即使受了欺负也不该那么干。再说，灰驴准会听我劝的，它受的那点委屈就由我一手做主了。可我呀，只要老天还给我阳寿，我就打算安安稳稳活到底。"

"既然你拿定了这个主意，"堂吉诃德回答，"好桑丘，精桑丘，老实又心善，咱们还是丢下这些鬼魂，上别处去找更好更够份儿的奇遇吧。这地方扮神弄鬼的，怕是少不了各式各样稀奇古怪的事情。"

于是他便掉转缰绳，桑丘也骑上灰驴。死神和他那一群漂泊不定的同伙又坐上大车接着赶他们的路。死神大车的一场虚惊就这样圆满结束了，当然多亏桑丘·潘沙对主人好言相劝。第二天，堂吉诃德遇到一个害相思的游侠骑士，于是又引出一段意趣不减前番的故事。

CAPÍTULO XII · 第十二章

威武的堂吉诃德和强悍的镜子骑士奇妙相遇

碰见死神的当天晚上，堂吉诃德和他的侍从是在一片高大浓密的树林里度过的。经桑丘一再劝说，堂吉诃德总算吃了一点灰驴驮着的干粮。用餐期间，桑丘对他主人说：“老爷，幸亏我要了您那三匹母马的小驹子当赏金，没要您头一场仗的战利品！要那么着我就太傻了。照实说吧，天上飞的老鹰虽好，哪比到手的家雀？”

“其实呀，”堂吉诃德回答他，“要是你当时让我冲上去，桑丘，你至少能摊上两样战利品，我说什么也得把皇后的金冠和丘比特的花翅膀夺过来，一起交到你手里。”

“戏里皇上用的权杖和皇冠从来没有真金的，”桑沙·潘沙告诉他，“都是铜箔和铁片做的。”

“这倒是真的，”堂吉诃德承认，“戏装之类的东西也不该弄得那么贵重，用假的装装样子就是了，反正是演戏。不过桑丘，我希望你爱看戏，也敬重演戏的和编戏的。这些人很有用，对国家的好处大着呢。他们就像眼前的一面镜子，叫我们随时随地看到活生生的人间万象。演员们在戏里把咱们本是什么模样和该是什么模样表演得活灵活现，别的什么也没法跟他们比。不过，你不是也看过戏吗？那里面又是君主，又是皇帝，又是教皇，还有什么骑士、贵妇和其他形形色色的人物；有的扮乌龟，有的扮骗子，这个是经商的，那个是当兵的，你是大智若愚的傻瓜，他是死心眼儿的情人。可是等戏一演完，一起脱下戏装，大家又都是清一色的戏子了。"

"我看过这种戏。"桑丘回答。

"演戏是这样，"堂吉诃德说，"人生舞台也是这样，有的当皇帝，有的当教皇，总之跟戏里的角色一样。可是最后活到头了，生命结束的时候，死神扒掉他们身上各式各样的衣服，一进坟墓全都一样。"

"您这比方太好了！"桑丘喊道，"不过也没什么新鲜的，我也到处老听人们说差不离的比方，就是跟下棋相比。一盘棋正下着的时候，个个棋子都能派上它的用场。等棋局完了，就把它们乱七八糟混在一起塞进口袋，就像坟里埋死人一样。"

"桑丘呀，"堂吉诃德说，"你的傻气一天天少了，心眼儿一天天多了。"

"可不是，我总得沾点您的灵气儿吧。"桑丘回答，"本来干巴巴的荒地，只要耕一耕，上点粪，总会有好收成。我是说，老爷您的话就是撒在我脑袋瓜这块荒地上的粪肥，自打我跟您打交道伺候您以来，又不停地翻呀耕呀的。这么一来，还怕我拿不出老天夸奖的收成？我这脑袋瓜虽说是又干又瘦，有老爷您的好样摆着，我从今往后还不至于太离谱丢了老爷您的份儿。"

堂吉诃德听了桑丘这一番绕口的宏论，不免哑然失笑，不过他觉得这小子说自己大有长进也是实话，时不时发一些议论，的确叫他意想不到。可是几乎每次桑丘一拿出答辩论文的掉书袋腔调侃侃而谈，最后总叫人看出他愚妄绝伦、无知透顶。他就是成语格言说得漂亮，记得也多，根本不管用的是不是地方。这在本传记里已经可以看出，今后还会不断遇到。

他们就这样聊着聊着过了大半夜。桑丘突然想起要把两眼的闸门放下（他瞌睡了常这么说）。于是他卸下灰驴的鞍子，由它随意去吃满地都是的青草。可是他没有解开洛西南特的鞍辔，因为主人明白告诉过他，凡是在野地游荡不能进屋睡觉的时候，不必给洛西南特卸鞍。这是自古定下的规矩，游侠骑士始终恪守不违：缰绳可以摘下来挂在鞍架上，取下鞍子那绝对不行！桑丘只能照章办事，让马和灰驴一样去自寻方便。那驴儿跟他和洛西南特的交情之深简直绝无仅有，而且父子相袭，尽人皆知。这部忠实传记的作者专门在一些章节里提到，可是考虑到记载英雄业绩应有的庄重严肃，最后定稿中忍痛割爱了。不过他也常常忽略这个原则，比方这次就写道：两头牲口凑到一块儿便互相挠起痒痒，最后双双舒坦了，也累了，洛西南特就跟灰驴交颈而立，尽管一个脖子比另一个长出半巴拉①，就这样双双盯着地面，往往一待就是三天；至少，要是没人打搅，或者不是饿了找食吃，它们就一直这么站着。总之，据传，作者笔下把它们的交情跟涅索斯和欧律阿罗斯②、皮拉得斯和俄瑞斯忒斯③相比。假若果真如此，则可以断言，这两只温顺畜生之间的牢固友谊应受到举世称赞，同时人类也该因此感到羞愧不安，因为他们一点不懂得如何忠于友人。所以有诗云：

> 朋友和朋友难久长，
> 抄起苇秆当投枪。

还有人说：

> 朋友都是眼中钉。

但愿不要有人觉得作者把牲口的友情和人相比未免有些离谱，其

---

① 巴拉：长度单位，1 巴拉合 0.8359 米。
② 涅索斯和欧律阿罗斯：维吉尔的史诗《埃涅阿斯纪》里的人物。
③ 皮拉得斯和俄瑞斯忒斯：希腊神话中的人物。

实人类从动物那儿得到过不少教益，学了许多有用的东西，比方：像白鹳那样洗肠清胃，模仿狗的呕吐疗法以及知恩必报，还有仙鹤的机警、蚂蚁的深谋远虑、大象的正派、战马的忠诚，等等。

这工夫，桑丘在一棵软木树脚下睡着了，堂吉诃德也在一棵粗壮的橡树底下打盹儿。可是没等过多少时间，背后一阵响动吵醒了他。他大吃一惊，跳起来张望，想听听声音是从哪儿来的，结果看到两个骑马的男子。其中一个从鞍子上翻身跳下，对另一个说："伙计，下来吧，把马缰绳解开。我看这地方牲口有的是草吃，而且空旷僻静，我正好可以安心思念情人。"

话音未落他就一头躺在地上，倒下去的时候，浑身的盔甲不免叮当作响。堂吉诃德一看光景，便猜想肯定是一位游侠骑士，便走到酣睡的桑丘身边，抓起他的胳膊，费了不少劲儿才把他叫醒，低声说道："桑丘老兄，咱们又赶上奇遇了。"

"但愿上帝送来个美差，"桑丘回答，"可是，老爷您说的这位奇遇娘娘在哪儿呢？"

"你问在哪儿？"堂吉诃德对他说，"桑丘，你转过脸看看，瞅瞅那个躺在地上的游侠骑士。我瞧他那模样，心里不像是很痛快。我眼见他跳下马，一头栽在地上，心事重重的样子，还把盔甲弄得咯吱咯吱响。"

"老爷，您怎么知道，"桑丘问，"这一定又是个奇遇呢？"

"当然我不是说，"堂吉诃德回答，"我敢打这个保票，不过至少能算个开头吧，奇遇开始都是这样的。你好好听着，他像是在拨弄琵琶弦子什么的，一边清着嗓子挺起胸脯，准是打算唱点什么。"

"可不是嘛，"桑丘说，"说不定是个害相思的骑士。"

"游侠们没一个不是这样的。"堂吉诃德告诉他，"咱们先听听，顺着解开的线团就能摸清他的心思了。看他唱什么吧，舌头自会道出满腹衷肠的。"

桑丘刚想回主人话，就让那位林中骑士的声音堵住了嘴。那人的嗓子还马马虎虎，两人静静听他唱出下面一段：

十四行诗

> 姑娘，请你给我指出一条通路，
> 莫再像以往那样执意将我拦阻。
> 我一定循规蹈矩遵循你的心愿，
> 绝不会偏离你划定的轨道一步。
>
> 你情愿我默默死去含恨无言，
> 此时此刻我确已夭亡称你心愿，
> 你要求我不落俗套倾吐衷肠，
> 我捧出一颗爱心可算别致新鲜？
>
> 我生就忍受厄运的禀性，
> 心比蜡柔软又比钻石坚硬，
> 逆来顺受迎接严酷的爱情。
>
> 我献给你这又软又硬的心，
> 任凭你在上面雕凿刻印，
> 我立誓永存你不朽的作品。

接着是一声发自内心的长叹夺腔而出，林中骑士的歌唱完了，稍顿了一下，又用悲伤凄惨的声音说："哦，世上最美丽也最冷酷的女人啊！娴静的卡西勒德亚·德·汪达丽亚啊！究竟是怎么回事？你怎么可以听任被你俘获的骑士漂流不定、受尽苦难、日渐憔悴凋零？难道你还不满意吗？我已经逼迫纳瓦拉所有的骑士、莱昂所有的骑士、塔尔特西奥所有的骑士、卡斯蒂利亚所有的骑士，甚至拉曼却的所有骑士，异口同声承认你是世间无双的美女。"

"啊！有这等事？"堂吉诃德立即搭上茬儿，"我就是拉曼却的骑士，可我从来没有承认过，而且不会也不能承认这种有损我心上人美誉的事情。桑丘，你看到了吗？那个骑士模样的家伙信口胡言。不过咱们还是再听听，也许他还要说点什么。"

"没错。"桑丘回答，"瞧架势他打算在那儿嘟囔上整整一个月呢！"

可是不然，林中骑士觉得近处有人说话，就没再接着叹息下去。他站起来，声音洪亮但彬彬有礼地问："是谁在那儿，什么人？是一个幸运儿还是一个断肠人？"

"也是一个断肠人。"堂吉诃德回答。

"那就请到我这里来，"林中那位邀请他，"见识一下什么叫作怨愤悲伤。"

堂吉诃德见对方答话柔顺和气，便立即走了过去。桑丘紧紧跟在后面。

唉声叹气的骑士一把抓住堂吉诃德的胳膊对他说："请坐下来，骑士先生。在这种地方相遇的人无疑也是从事骑士行当的。这里只能以荒野和寂静为伴，因为它们是游侠骑士理所当然的去处和卧榻。"

堂吉诃德听了后回答道："我是骑士，正是你说的那一行。尽管我自己内心也充满了悲伤、痛苦和不幸，可这并没有淹没我对别人厄运的同情。从你刚才的话里，我推想你正遭受着爱情的折磨；就是说，你爱上了那位冷酷的美人，所以不断念诵着她的名字哀叹。"

两人就这样坐在干硬的地上，安详亲热地交谈起来，似乎并不打算天一亮就打个头破血流。

"骑士先生，顺便请教一事，"林中骑士问堂吉诃德，"你也有幸爱上了什么人吗？"

"我也不幸爱上了一个人，"堂吉诃德回答，"不过只要选对了情之所钟，为此受点苦并非不幸，反倒是有幸。"

"确实如此，"林中骑士表示赞同，"可是始终遭到对方冷眼，备受折磨，也难免令人神昏意乱。"

"我可从没有遭到心上人的冷眼。"堂吉诃德声明。

"那倒是。"桑丘在一边插嘴说，"我那位女主人简直像只百依百顺的小绵羊，比猪油还软和。"

"他是你的侍从吗？"林中骑士问。

"是的。"堂吉诃德回答。

"我还从来没见过这样的侍从，"林中骑士说，"竟敢在主人说话的时候插嘴。这不，我的侍从就在那边，长得跟他父亲一样高了，可是还从来没见他在我说话的时候开过口。"

"老实讲，"桑丘回答，"我总是要说话的，哪怕是当着再那个的……算了我不说了，越搅和越乱。"

林中骑士的侍从走过来抓住桑丘的胳膊对他说："咱们俩找个地方去敞开说咱们的侍从话，叫咱们的主人头对头讲他们的相思故事吧。我保准就是整整一天过去了，他们也说不完。"

"这主意不错。"桑丘马上答应，"我会告诉你我是谁，到时候你就知道我是不是算得上话最多的侍从。"

说完两人就走开了。两位主人谈正经事的当儿，两个侍从聊的话题却十分逗乐。

CAPÍTULO XIII · 第十三章

接着讲述有关林中骑士的奇遇
以及两个侍从之间别致诙谐的友好谈话

两位骑士和他们的侍从就这样分开了。主人们倾诉着各自的情思，仆从们叙说着每人的经历，不过传记里首先记载下后者的议论，然后才提到前者的谈话。作者说，走开以后，林中骑士的侍从对桑丘说："先生啊，咱们跟着游侠骑士当侍从，整天东奔西跑，实在是辛苦。真像当初上帝诅咒咱们的祖爷爷的时候说的那样：要得面包吃，满头汗水湿。"

"其实还不如说，"桑丘回答他，"冰碴贴身子，为的是填肚子。给游侠骑士当个可怜的侍从，老得挨饿受冻，谁能吃得消！能吃上东西就算不错了：面包塞进肚，再苦也不慊。只怕连着一两天空着肚子喝西北风儿，也是常有的事。"

"这些都能受得了、挨得过，"林中侍从说，"反正咱们可以指望受赏。只要侍从伺候的游侠骑士不算太倒霉，好歹闯荡几次，总能混上个海岛总督的美差，再不就是弄一块挺像样的封地。"

"我嘛，"桑丘告诉他，"老是跟主人说，只要管上一个海岛就够了。他是个好心人，又大方，一回又一回地给我打保票。"

"我呢，"林中侍从说，"能混上个教会的差事，就算没白辛苦一场。主人已经跟我说定了，这就足了！"

"您这位主人，"桑丘说，"准是个教会一路的骑士，所以能给自己可心的侍从许这种愿。我主人可纯粹是个在俗的。我记得有那么几个精明人劝他想法当上主教，我看明摆着是没安好心。幸亏他自己不乐意，他一心想当皇帝。当时吓得我直发抖，真怕他心血来潮往教会钻。我这人没本事吃教会这碗饭。实话对您说吧，我看着挺像个人的，可是要给教会干活儿，就跟个牲口一样了。"

"那您可就真错了，"林中侍从告诉他，"要知道，管那些岛未必有什么好赚头，有的乱，有的穷，有的叫人心里凄惶；就算最像样最体面的，也照样带来一大堆麻烦，让人伤透脑筋，谁赶上了才是倒了大霉。咱们这伺候人的行当真是该死！我看咱们最好还是回家去，痛痛快快干点舒心活儿，比方说，打打猎，钓钓鱼。世上再穷的侍从，总还有一匹瘦马、几只猎狗、一根钓鱼竿，可以在自个儿村里打发日子吧！"

"我倒是不缺这些，"桑丘说，"只是我没有瘦马，可我有一头驴，比我主人那匹马要强出两倍去。除非上帝叫我下个复活节倒霉，我才不拿驴换他的马呢！哪怕再饶上四法内加大麦！说不定您觉得我把灰儿说得那么值钱是闹着玩儿——对了，我那头驴的毛色是一身灰——猎狗我是不缺的，我们村里有的是。再说，趁着旁人打猎的工夫跟着蹭一下，更来劲。"

"说句掏心的话吧，"林中侍从回答，"侍从先生，我早就打定主意不再跟这些骑士瞎混了。我得回村去养活自个儿的宝贝儿子；我有三个呢，个个都像东方明珠。"

"我有俩，"桑丘告诉他，"我敢把他们带到教皇本人面前去显摆，特别是那个丫头。只要上帝答应，我打算把她调理成伯爵夫人，可她妈就是不乐意。"

"您打算调理成伯爵夫人的姑娘多大了？"林中侍从问。

"十五岁上下，"桑丘回答，"可是个头比支长枪还高，水灵儿得像四月的清早，力气大得赶得上个壮工。"

"可真是难得。"林中侍从说，"怕不光能当上伯爵夫人，简直是林子里的仙女呀！嚯，这婊子养的小婊子！鬼丫头力气够大的！"

桑丘一听就恼了，回答说："她不是婊子，她妈也不是，两人都不是！这种事，只要我还有一口气儿，上帝就不答应。请您说话好听一点！您好歹也受过游侠骑士的调理，他们可都是文明人。我看您刚才的话说得不妥。"

"嗨，真弄不明白您这个人。"林中侍从解释道，"侍从先生，您难道连好话坏话都分不清？真怪！您想必是知道，比方斗牛场上有个骑士漂漂亮亮扎了公牛一枪，不管谁吧，反正事情做得地道，大伙儿就说：嘿，婊子养的，这王八蛋，还真有两下子！这话听起来像是骂人，其实分明是夸奖。要是儿女们做了什么事，别人不用刚才那些话夸奖爹妈，我劝您就别认这样的儿女。"

"那倒是。"桑丘回答，"照这么说来，您尽可以满嘴'婊子婊子'地说我，说我的儿女和我的老婆。不管他们干什么，都配得上这样的夸奖。我真想赶紧回去见他们，所以老是祷告上帝别让我犯下不敬神的滔天大罪，我是说，别再让我干这给人当侍从的要命差事了。我这是第二次上钩了。都怪那天钻进黑山捡了一口袋金币，足足一百个，心里就糊涂了，老是觉得不是这儿就是那儿，魔鬼总在我面前丢下满满一口袋金币，走一步就撞上，一伸手就能抓住，抱紧了往家跑，然后放债吃利息，日子过得跟个王爷似的。一想到这儿，跟我那位呆主人一块儿受的那份罪好像就容易挨过去了。他呀，哪里是什么骑士，纯粹是个疯子！"

"可不是嘛，"林中侍从答道，"常言说：贪财撑破口袋。说起疯子，我那位主人算得上世间的头一号。他是人们常说的那种：闲事管得宽，驴儿也完蛋。他为了治另外一个骑士的疯病，自己倒先疯了。不知道四处腹摸什么，只怕到头来碰个鼻青脸肿。"

"他是不是也害相思？"

"可不！"林中侍从说，"看上了那个卡西勒德亚·德·汪达丽亚。世上还没见过她那么凶的恶婆娘。不过他的毛病倒不出在那婆娘太凶上，他肚里的花花肠子多着呢。瞧着吧，早晚能看个明白。"

"世上路不平，"桑丘告诉他，"处处挨磕碰。家家难免麻烦，我家天天不断。疯子比明白人更容易落好得伴儿。还是老话说得对：难中有伴，心里舒坦。跟您一块儿我就想得开了，您伺候的主人跟我那位一样浑。"

"我主人浑是浑，可是勇敢，"林中侍从回答，"说浑和勇敢，还不如说鬼心眼儿多。"

"我伺候的那个可不这样，"桑丘说，"我的意思是，他可没什么鬼心眼儿。他是个大好人，谁也不欺负，就知道行善，一点不耍花招，连个小孩子都能哄得他把白天当成黑夜。就冲他这傻乎乎的劲儿，我才像自个儿的心尖一样护着他，不管他干多少疯癫事，我也不使坏把他甩下。"

"话是这么说，老兄先生，"林中侍从劝他，"瞎子领着瞎子，两人保不住都掉进坑里。①咱们不如消停地迈脚走开，回到自个儿的老窝去。出门闯荡，不总能碰上好事。"

桑丘时不时吐痰，像是那种又黏又稠的口水。好心的林中侍从见他这样，就说："八成是咱们话说得太多，舌头都在嘴里粘住了。我带着化痰生津汤，就挂在鞍架上，可管用！"

说着就站起来，不一会儿拿过来一只大酒囊和一个足有半巴拉的馅饼。一点不带唬人的，那馅是一只大白兔的肉。桑丘摸了一下，心想准不是小羊羔，说不定是只大公羊呢。见这派头，桑丘又有话了："先生，您还随身带着这个？"

"您以为怎么？"那人回答，"莫非我是那种喝凉水、披老羊皮的

---

① 出自《圣经·马太福音》第十五章十四节，但与原文稍有出入。

侍从吗？我那鞍子后头还驮着更好的吃食呢！只怕大将军上路也不过如此。"

桑丘不等别人说"请"就吃起来，闭上眼睛囫囵个儿往下吞，咬下的每口馅饼都比马腿绊子上的疙瘩还大。然后他说："就凭这顿筵席，看得出您是个地地道道、像模像样的侍从，了不起，有出息！就算您这一手不是变戏法吧，我看也差不多。哪像我呀，又穷酸又倒霉。我那褡裢里只有一小块干酪，硬邦邦的，足可以砸破巨人的脑袋；再就是几十粒豌豆、几十颗榛子，还有几个核桃。都怪我主人太抠门儿，可他讲头挺多，什么游侠骑士的规矩就是靠吃干果和野菜度日活命。"

"要叫我说，老兄。"林中侍从告诉他，"我的肚子里可装不得蓟菜和野梨，更不用说树根了。叫咱们的主人讲究他们的骑士规矩去，爱吃什么随他们便。我可是带着一篓子熟肉，还有挂在鞍架上的酒囊，总得有个防备嘛！这酒囊可是我的天神，我爱得不行，过不了多一会儿，我就得亲它一千遍、搂它一千遍。"

他说着，就递过去放在桑丘手里。只见他嘴对嘴把酒囊高高举起，仰头看了半天星星。等喝足了，才把脑袋往旁边一歪，深深出口长气儿说："他妈的这婊子养的！酒还真不错！"

"瞧见吗？"林中侍从一听桑丘骂"婊子养的"，就对他说，"您夸这酒好不也叫它'婊子养的'吗？"

"是呀，"桑丘回答，"我得承认我知道说别人是'婊子养的'不算骂人，只要真的用来夸奖就行了。先生，看在您祖辈在天之灵的分上，请告诉我，这酒是不是雷阿尔城出的？"

"好家伙，真在行！"林中侍从说，"还确实不是别处的酒，而且是多年的陈酒了！"

"这事可难不倒我！"桑丘回答，"您别小看，还没有我尝不出的酒呢！侍从先生，您觉得怎么样？我品酒的本事大着呢，天生就有，只要用鼻子一闻，就能说准是哪儿出的、是哪一种、味儿正不正、陈了多久、酒桶翻过几次个儿，一句话，酒的成色好坏这些事情，这也没什么稀奇的，我父亲这一支祖上出了两个了不起的品酒行家，在拉曼却是多年少见的。不信我这就给您讲讲他们的事。人家从桶里舀出点酒来叫他们尝，想请教酒是不是够日子了、成色怎么样、有什么长处和毛病。他们俩，一个只用舌尖舔了一下，另一个把鼻子凑上去闻了闻。头一个说酒有铁锈味儿，第二个说有羊皮味儿。主人说酒桶干干净净，酒里也没加过别的配料，哪儿会来铁锈味儿和羊皮味儿？可是两个行家就是一口咬定他们说过的话。过了好些时候，酒卖光了，该刷木桶，才在里头找出拴在羊皮带上的一个小钥匙。您想想，他们的后代在这种事上总能说出个究竟吧。"

"对呀，"林中侍从说，"所以我的主意就是咱们别再四处闯荡了。家有黑面包，不求大蛋糕，咱们还是回自个儿的草窝去吧。在家，上帝什么时候都能看望咱们。"

"我得先陪主人去萨拉戈萨，到时候咱们再商量。"

最后，两个好样的侍从话也说够了，酒也喝足了，直到瞌睡上来才把舌头拴住，打算在梦里接着生津润喉，因为想要彻底解渴看来是不行了。于是两人便倒头大睡，手里还紧紧抓住瘪了的酒囊，嘴里含着没嚼烂的吃食。我们先撇下他俩，去看看林中骑士和苦脸骑士都说了些什么。

CAPÍTULO XIV · 第十四章

下面接着讲有关林中骑士的奇遇

　　据书上记载，堂吉诃德跟林中骑士有一席长谈。只听林中骑士对堂吉诃德说："这么说吧，骑士先生，我希望你能明白，是命运，或者更确切地讲，是我自己的选择，使我爱上了举世无双的卡西勒德亚·德·汪达丽亚。我说她举世无双，是因为就身材高大、地位尊贵、容貌秀丽而言，她都是无可比拟的。让我慢慢讲这位卡西勒德亚是如何回报我的。尽管我对她一片深情、规规矩矩，她学赫丘利后娘的样儿，没完没了地打发我去冒各种各样的危险。每干完一件这种事情，她都答应干完下一件，我就可以如愿以偿了。就这样，我的苦差事连成一串，都数不清了。我不知道究竟有没有尽头终于可以叫我得到心之所愿。有一次，她命我去塞维利亚，向闻名于世的女巨人西拉尔达①挑战。她犹如铜浇铁铸，又强壮又勇敢，虽然老站在一处不挪地方，可世上再也找不到比她更变幻无常、捉摸不定的女人了。我到了那儿，见着了她，打败了她，②我逼她老实待着，不许乱动。正好那以后整整一个多星期始终刮的是北风。还有一次她指派我去把吉桑多的大公牛——其实是世世代代矗立在那儿的几块大石头——举起来。

---

① 女巨人西拉尔达：此处指塞维利亚大教堂塔顶上的信仰女神雕像，兼有风向标的功能。
② 此处套用了恺撒的名言："我到了，见了，胜了。"

这种事怎么能让骑士干？派几个壮工去还差不多。另一次冒险更是吓人，闻所未闻，她叫我纵身跳下羊山村的无底洞，然后回去告诉她那漆黑的深渊里都藏着些什么。我定住了女巨人西拉尔达，举起了吉桑多的石头公牛，跃入了无底深渊，探明了里面都埋藏着些什么。可是我的希望一次比一次渺茫，而她的要求和冷漠一次比一次增添。到头来，她又命我跑遍西班牙的所有省份，强迫所有四处游荡的骑士承认：只有她在世间美人里是拔尖的，而我则是天下最勇敢、最多情的游侠骑士。我按她的要求，踏遍了大半个西班牙，一路上打败了许许多多敢于跟我唱反调的骑士。不过，我最称心如意的还是在一次激战中制伏鼎鼎大名的骑士堂吉诃德·德·拉曼却，而且逼他承认我的卡西勒德亚比他的杜尔西内亚更美。我看这一次胜仗足够了，等于我征服了世上所有的骑士，因为我说的这个堂吉诃德把他们都打败过，如今我打败了他，就夺取了他的战功、名声和荣誉，使它们统统转到我的名下。

> 手下败将名声高，
> 方为胜者添荣耀。

就是说，刚才提到的堂吉诃德虽有数不清的丰功伟绩，现在都写进我的功劳簿，属于我了。"

堂吉诃德听了林中骑士的一番话自然是大吃一惊，一次又一次想驳斥他的胡言乱语，可是话都上了舌尖，他又尽量忍住，为的是让对方自己戳穿谎言。于是他便心平气和地说道："骑士先生，您究竟是不是打败了全西班牙乃至全世界的游侠骑士，我没什么好说的。可是讲起您打败了堂吉诃德·德·拉曼却，我实在不能相信。说不定是个跟他长相差不多的人吧！不过跟他相像的人太少了。"

"你居然不信！"林中骑士回答他，"我指头顶的青天发誓，我的的确确跟堂吉诃德打过仗，而且把他战胜降服。他高个头儿、干瘪脸、灰白头发，四肢细长枯槁，弯弯的鹰钩鼻子，又长又黑的八字胡朝两边耷拉。他上场较量时，自称'苦脸骑士'，随身带一个名叫桑丘·潘沙的农夫做侍从，他腿间缰下是名马洛西南特。他选定的意中人是那位杜尔西内亚·德尔·托博索，以前名叫阿勒东萨·罗伦索。我那位也是这样，原名叫卡西勒达，是安达卢西亚人，所以我改称她'卡西勒德亚·德·汪达丽亚'[①]。如果这些证据还不足以说明我所言属实，那么我的佩剑在这里，再固执的人也得信服它吧！"

"别性急，骑士先生。"堂吉诃德对他说，"先听听我想说些什么。老实讲，你提到的这位堂吉诃德是我今生今世最看重的朋友，以至于可以这样说，我简直把他当成我本人。你刚才对我描绘了他，既真实又详尽，我不得不承认你打败的确实是他。可从另一方面讲，我眼观手摸一下，又觉得怎么也不可能是他。不过有不少的魔法师嫉恨他，特别有一个老是盯着他。说不定他们之中哪一个装扮成他的模样，成心吃个败仗，借此诋毁他靠骑士的高风亮节在普天下争得的殊荣。我还能举出一个证据，告诉你吧，不过两天以前，这些跟他作对的魔法师，居然改换了漂亮的杜尔西内亚·德尔·托博索的模样和身份，把她变成一个丑陋下贱的村姑。他们完全可以用这种办法装扮成堂吉诃德。要是这些还不足以叫你相信我说的是实话，那么堂吉诃德本人就在这儿，准备拿起武器来揭示真相。是在地上较量还是骑马厮杀，抑或是采取别的什么方式，悉听尊便。"

他说着就站立起来，握紧剑柄，等待林中骑士拿主意。那人也一样用不慌不忙的语调回答他说："债能还得清，不怕抵押重。堂吉诃德先生，本人既然打败过你的替身，如今降服你真人也完全不在话

---

① 安达卢西亚也被摩尔人称作"汪达丽亚"，源自欧洲北部的蛮族名称"汪达尔"。

下。不过骑士们不该像土匪和流氓那样深更半夜动武，最好等到天亮，叫太阳做咱们行为的见证。咱们先说好条件：一仗打下来，谁输了就得听任赢家随心所欲处置，但是他的骑士身份不得受到辱没。"

"事先讲定这个条件实在太好了！"堂吉诃德回答。

两人商量妥了，就去找他们的侍从。见那两个正鼾声大作，还保持着刚睡着时的姿势。主人们叫醒了他们，吩咐立即备好坐骑，太阳一出，将要有一场激烈、血腥、前所未有的厮杀。桑丘没想到会有这事，顿时惊得目瞪口呆，很为主人的安危担忧，因为听林中侍从说他主人可是个莽汉。两个侍从一言不发，走去找各自的牲口。那三匹马和灰驴已经互相闻过了，紧紧挨在一起。一路走过去的时候，林中侍从对桑丘说："老兄，您知道吗？安达卢西亚有个决斗的规矩：两人决斗的时候，在场的两个证人也不能手叉手闲待着。我的意思是告诉您，等咱们的主人开始决斗了，咱们俩也得干一架，打个头破血流。"

"侍从先生，"桑丘回答说，"这规矩怕只在您说的那些流氓坏蛋里头管用时兴，要拿到游侠骑士的侍从当中，没门儿！反正我没听我主人说起过这种规矩；游侠骑士的所有章程他可是条条都背得下来。再说，就算真有这个规矩，白纸黑字写着，主人打架的时候，侍从得跟着打，我也不打算照办。要是文静的侍从都得受罚，我认罚就是了。我心里有数，不过是两磅蜡①罢了，我情愿拿出这两磅蜡来。我清楚得很，这能花多少钱？可是比方这会儿我脑袋给打开了瓢，成了两半，那得花多少钱买棉纱裹伤啊？还有，决斗起来我也没有佩剑啊！我这辈子也没带过那玩意儿。"

"我倒有个好主意，"林中侍从建议，"我带着两只一样大小的麻袋，您拿一只，我拿一只，使一样的家伙，咱们就抡起麻袋干一场。"

"那才有了意思！"桑丘说，"怎么也不会打得头破血流，不过是

---

① 两磅蜡：当时教会对不出席宗教仪式的教徒施行的一种惩罚。

掸掸身上的灰罢了。"

"不是这么着，"对方告诉他，"空麻袋轻飘飘的不行，得装进去十来个光溜溜的漂亮卵石。当然，两个麻袋的分量要一样重。咱们就这样甩麻袋决斗，打不疼也打不伤。"

"哎呀我的老爹呀！"桑丘喊起来，"他还说打不破脑袋、砸不碎骨头呢？里面装的又不是'自掉皮'①和软棉絮！告诉您吧，先生，就是里头塞满了丝团儿，我也不打。叫主人们自个儿打去吧，他们乐意！咱们还是喝酒过日子。早晚有个活到头的时候，何必没事找事，跑到头里去抢死！到了季节，果子一熟，自个儿就掉下来了。"

"不管怎么说，"林中侍从还不肯让步，"咱们好歹总得打上半个钟头吧！"

"不行。"桑丘回答，"我可不是那种忘恩负义的蛮人。咱们俩一块儿吃喝过，我怎么能找您的麻烦呢？再小的麻烦也不行！再说咱们又没吵没闹，哪有人平白无故地找茬儿打架啊？真是见鬼！"

"我看这么着，"林中侍从说，"找茬儿有的是。打架之前，我冷不防走到您跟前，上去就是三四个耳光子，把您打翻在我脚下。您的火气哪怕也瞌睡虫还懒，也得让我给打惊醒了。"

"对付这个我有我的办法，"桑丘答说，"不比您那一套差哪儿去。我先抄起一根大棍子，没等您打醒我的火气，几棍子抡过去，您的火气就睡得死死的了，只怕到来世也甭想醒过来。到那时就都会知道，我可不是那种随便让人揉脸蛋儿的汉子。大家都自个儿防备着点，最好人人都把火气压下去。知人知面不知心，出门本想剪羊毛，自个儿剃光往回跑。上帝叫讲和的享福，打架的遭罪。猫儿给追赶得走投无路了，也能变成狮子，更甭说我一个堂堂男子汉，上帝知道我会变成什么！所以，侍从先生，我从现在把话给您挑明了：一旦咱们打起

_____

① 桑丘想说"紫貂皮"。

来，有个三长两短，可就都由您兜着了。"

"行啊，"林中侍从答应了，"上帝会叫天亮，咱们自有吉祥。"

这时候，千万只羽色斑斓的小鸟开始在树枝间鸣啭，用它们各自的欢快曲调祝福和欢迎绚丽的黎明女神。此时此刻，她正从东方的门隙和窗缝悄悄显露出娇艳的面容，一边甩开金发，洒下无数晶莹的露珠；于是百草便沐浴在甜蜜的琼浆之中，仿佛它们自己向外喷发泼洒着细细的珠粒；垂柳蒸腾出芬芳的仙醪，清泉欢唱，小溪潺潺；黎明给森林带来了欢乐，晨曦使草地更加丰茂。天刚刚透亮，多少能看见并分清四周的东西了，桑丘·潘沙的目光一下子就撞到林中侍从的鼻子上。好大的鼻子啊！简直把整个身子都遮住了！据记载，确实是太大了一些，鼻梁中间还拱起来，疙里疙瘩的，颜色青紫，像只茄子，鼻尖伸到嘴巴下面两指多的地方。这样一个颜色青紫、满是疙瘩、当间拱起的特大鼻子把那张脸弄得奇丑无比。桑丘见了这副模样，顿时像得了小儿癫痫似的，手脚抽搐起来。他情愿白挨两百个嘴巴子，也不敢惹恼这么个怪物去跟他打架。

堂吉诃德看了一眼他的对手，见那人已经把头盔戴好、面罩拉下，所以没法认清他的面貌，只发现是个身材不高、敦敦实实的汉子。他在盔甲外面还披着一件罩衫或是外套，像是细细的金线织成的，上面缀满了镜片，犹如小月亮似的闪闪发光。这身鲜亮的服饰，使他平添了几分英气；头盔上一大堆黄、绿、白三色羽毛迎风摇曳；靠在树上的刺枪又粗又长，枪头上的钢刃足有一拃宽。堂吉诃德把这一切都看在眼里、记在心里。从外表判断，他估摸那骑士肯定力气很大。不过，他不像桑丘·潘沙，他一点也不害怕，而是泰然自若地对镜子骑士说："骑士先生，我深知你求战心切，但还不至于因此忽略必要的礼仪。能否有请你稍稍掀开面罩，令我见识一下你的面貌是否跟身材一样英武？"

"骑士先生，"镜子骑士回答说，"这仗下来，你无论胜败，都有的是机会和时间仔细看我。我现在不能满足你的要求，因为那样做太怠慢我的美人卡西勒德亚·德·汪达丽亚了。与其耽误时间掀起面罩，还不如及早逼你承认适才已经告知的话。"

"那么趁咱们上马的工夫，"堂吉诃德说，"请你确认一下，我究竟是不是那个你自以为打败过的堂吉诃德？"

"且听朕回答，"镜子骑士应道，"鸡蛋都一个模样，你和那个我降服的骑士确实很像。不过，你自己说了，老有魔法师盯着你，所以我不敢断定你究竟是不是那个敌手。"

"这就够了，"堂吉诃德回答，"看来你还蒙在鼓里。不过，我会叫你整个儿明白过来的。上马吧！只要上帝和我的心上人保佑，再加我的臂膀争气，我用不着等你掀起面罩，就能看清你的面目；也会让你看清，你自以为曾经打败的那个堂吉诃德并不是我。"

说到这里，两人不想多言，便很快骑上马。堂吉诃德勒紧缰绳让洛西南特掉过头去。他打算跑出去相当距离，然后转身朝对手迎面扑过去。镜子骑士在另一头也是这样做的。堂吉诃德策马前行了不到二十步，就听到镜子骑士喊他。两人划定疆界之后，镜子骑士说："骑士先生请记住，我已经说过，这次决斗定下的条件是：谁输了，就得乖乖听赢家处置。"

"我记得。"堂吉诃德回答，"只是赢了的不能硬逼着输了的做有违骑士规章的事。"

"是这么说的。"镜子骑士进一步证实。

这时候，那位侍从古怪的大鼻子映入堂吉诃德的眼帘，他惊诧得不亚于桑丘，认定那人不是妖魔便是世上少见的怪异种族。桑丘很害怕单独跟那个大鼻子待在一起，担心那鼻子一甩过来，不是把自己打翻在地，就是吓得一头栽倒，从此什么架也甭打了。这会儿见主人掉转身往外跑，便连忙跟上去紧紧抓住洛西南特的马镫皮带，等到主人打算回头冲锋了，就对他说："我的老爷，求求您了，您冲杀之前先帮我爬上那棵软木树。在高处看您怎么给那个骑士耍威风，比在地上更来劲。"

"桑丘啊，"堂吉诃德告诉他，"依我看，你是想爬得高高的，安安稳稳地坐山观虎斗。"

"实话对您讲吧，"桑丘回答，"那个侍从的鼻子实在大得出奇，吓得我连气儿都没了，我可不敢跟他在一起。"

"那鼻子确实太怪，"堂吉诃德也承认，"我要不是个骑士，也会吓一跳的。好吧，过来，就按你说的，我把你扶上树。"

就在堂吉诃德停下来扶桑丘上软木树的工夫，镜子骑士也量出了足够的距离。他认为理所当然堂吉诃德也该这么做，所以不等喇叭响或者别的信号发出，便勒缰掉转马头。他的坐骑并不比洛西南特更灵巧漂亮，即使它想尽全力奔驰，也只能来个不紧不慢的碎步走，逐渐向对手靠近。可是他见堂吉诃德正忙着帮桑丘上树，赶紧勒住缰绳，停在半路上。他的马本来就走不动了，这样一来当然求之不得。堂吉诃德却觉得对手迎面飞奔而至，麻利地用马刺使劲夹紧洛西南特的干瘪肚皮。据书上记载，那马被扎得生疼，这回总算腾蹄跑了那么几步，以往每次分明都不过是疾走而已。它以罕见的猛劲转眼冲到镜子骑士跟前。那人几乎把马刺连根扎进马肚子，可是那马就是原地不动，一步也前进不了。他不仅坐骑止步不前，长枪也死活不听使唤，不论他怎么摆弄，终究无法把它插进盔甲上的矛托里。堂吉诃德正是在这个要命的节骨眼儿上冲了过来。堂吉诃德才管不着敌手遇到了什么麻烦，他安然而便当地扑向镜子骑士，来势如此迅猛，结果那人根本来不及抵挡就从马臀上跌落在地上，扑通一声倒在那里，手脚僵直，看样子是猝然断气了。桑丘一见那人倒在地上，连忙顺着软木树溜下来，三步两步跑到主人身边。这时候堂吉诃德已经跨下洛西南特，走近镜子骑士，解开他的头盔带子，看看是不是真死了，要是还活着，也好给他透透气儿。于是他看见……不管谁说出这会儿他看到了什么，都会让听的人备感惊诧、奇怪、意外！书上说，无论他远看近瞧，那面孔、模样、眉眼、表情都跟参孙·卡拉斯科学士毫无二致。见这情景，他立即高声喊道："桑丘，快过来！你得仔细看看，简直没法相信！别磨蹭，伙计！瞧瞧妖术、神汉和魔法师有多大本事吧！"

桑丘跑过去，一看是卡拉斯科学士那张脸，就不停地画十字、不停地祷告起来。这当儿，那翻倒在地上的骑士毫无苏醒的迹象。桑丘对堂吉诃德说："老爷啊，要按我说，管他三七二十一，您先把佩剑戳进这个挺像参孙·卡拉斯科学士的家伙嘴里，捅他几下，说不定交代了他，也就交代了跟您作对的那个魔法师。"

"说得有理，"堂吉诃德回答，"仇人嘛，少一个是一个。"

他说着抽出佩剑，打算照桑丘的主意和劝告办理。这时候，镜子骑士的侍从匆匆跑来，那个弄得他奇丑无比的大鼻子也没了，只听他大声喊叫着："堂吉诃德先生，千万手下留情！躺在您脚下的那位是您的朋友参孙·卡拉斯科学士，我就是他的侍从呀！"

桑丘见他不像先前那么难看了，就问他："那鼻子呢？"

他回答说："我塞进衣服口袋了。"

他说完就伸手从右边口袋掏出那个大鼻子，原来是面团和油漆捏出来的鼻形面具，那样子前面已经描述过了。桑丘把那人左看右看，终于吃惊地大喊起来："圣母玛利亚保佑我！这不是我的街坊老伙计托美·塞西亚勒吗？"

"没错，是我！"那个摘了鼻子的侍从回答，"我正是托美·塞西亚勒，你桑丘·潘沙的老伙计、好朋友。待会儿再告诉你我是怎么想起来装扮成这样跑到这儿乱掺和的。你还是先快点求求你的主人老爷，别碰、别打、别伤着、别弄死镜子骑士，就是躺在他脚下的那位，他确实是咱们那位冒冒失失打错了主意的老乡参孙·卡拉斯科学士呀！"

正在这时候，镜子骑士苏醒过来。堂吉诃德一见，立即把佩剑的利刃逼近他的面孔说道："快说：举世无双的杜尔西内亚·德尔·托博索比你那个卡西勒德亚·德·汪达丽亚要漂亮多了，不然，马上叫你完蛋！如果你在决斗中经过如此摔打尚能侥幸活命，那你还得答应去托博索名城走一趟，代我拜见那位女士，乖乖听她发落。设若她饶恕你由你自便，你必须再回头来找我。我一路的累累战功自会留下痕迹，带领你最后找到我，并向我禀报与她相见的情景。这样做完全符合决斗前咱们说定的条件，一点也不违背游侠骑士的章程。"

"我承认，"摔倒在地的骑士说，"杜尔西内亚·德尔·托博索小姐的破鞋脏袜也比卡西勒德亚乱蓬蓬的干净胡子值钱。我也答应，一定来往于她和你之间，把你想知道的一切一一详尽禀报。"

"你还得承认，"堂吉诃德接着说，"你曾经击败的那个骑士，不是也不可能是堂吉诃德·德·拉曼却，只不过是另一个长得像他的人。正如依我看来，你虽然酷似参孙·卡拉斯科学士，但却不是，而是容貌相像的另一个人。我的仇人们把他变成你的模样，为的是让我及时止怒息火，一旦得胜便手下饶人。"

"你怎么想、怎么说、怎么认为，我就怎么想、怎么说、怎么认为。"那个摔得不轻的骑士回答，"不过先求你允许我站起来。我这一跤摔得够狠的，浑身架子都散了，还不知能不能站起来！"

堂吉诃德和侍从托美·塞西亚勒扶他站立起来。桑丘一直两眼盯着那侍从，没完没了地问东问西。听他答话，倒清清楚楚表明的确像他自己说的那样，是托美·塞西亚勒。可是听主人老是说魔法师把镜子骑士变成了卡拉斯科学士的模样，桑丘心里也不免犯起嘀咕，不敢相信眼见的实情了，结果是到末了主仆二人也没明白过来。镜子骑士和他的侍从自认倒霉、垂头丧气地离开堂吉诃德和桑丘，打算快点找个地方理顺一下筋骨，贴点膏药。堂吉诃德和桑丘接着上路奔萨拉戈萨而去。这时候，传记作者撇下他们来交代镜子骑士和他那大鼻子侍从究竟是谁。

CAPÍTULO XV · 第十五章

这里讲述并说明谁是镜子骑士和他的侍从

　　堂吉诃德认定镜子骑士本是强悍无比的武夫，结果也败在他的手下，因此一路走去，显得那么乐滋滋、喜洋洋、轻飘飘。更何况那人以骑士身份担保，一定帮他弄清意中人是否还受魔法摆布。虽沦为败将，那人仍不失骑士身份，所以肯定要返回向他禀报与小姐相见的情景。不过，堂吉诃德想的是一回事，镜子骑士想的又是另一回事。刚才说过了，他此时此刻，一心只想找个地方治伤。

　　书里讲，参孙·卡拉斯科学士当初劝说堂吉诃德恢复中断了的骑士生涯是有他的一番打算的。事先他早就跟神甫和理发师凑在一起商量妥了，要想点办法让堂吉诃德安稳下来，老老实实待在家里，别再胡思乱想，到处去惹是生非。商量的结果，大家都同意，卡拉斯科尤其赞成，那就是：既然根本无法阻挡，还不如干脆撺掇堂吉诃德出游，然后卡拉斯科也装扮成游侠骑士迎面拦住他的去路，随便找个借口，两人大战一场，看来打败他也不是什么难事，当然得事先讲好条件，谁输了必须听任赢家发落。只要堂吉诃德一吃败仗，学士骑士就命令他还乡回家，两年之内不得出门，总之期限由赢家来定。很显然，失败的堂吉诃德肯定是会服从的，因为他绝不愿抗拒和违背骑士的章程。说不定这样隐居一段时间，他就慢慢忘了那些荒诞的念头，而且还备不住能治好他四处乱跑的疯病。卡拉斯科都答应下来，还有人自愿当他的侍从，就是桑丘·潘沙的街坊老伙计托美·塞西亚勒，也是个爱逗乐的精灵鬼儿。

　　参孙披挂停当，就是上文描述的那副模样。托美·塞西亚勒在自己天生的鼻子上面安装了刚才提到的那个鼻形假面，这样见面的时候，他的老哥们儿就认不出来了。他们紧紧跟随堂吉诃德走了一路，也差点碰上死神大车那档子奇遇，末了，在林子里追上了那俩。以后的事，细心的读者都读到了。幸亏堂吉诃德的头脑不同于一般人，死死认定了那位学士并不是学士，否则学士先生一辈子也甭想得到硕士学位了，谁叫他"掏鸟儿认错了窝儿"呢！

　　托美·塞西亚勒见两人错打主意，落了个这么惨的下场，就对学士说："说实在的，参孙·卡拉斯科先生，咱们也是活该。事情总是想想没啥，动手也不难，可要收场就没那么容易了。堂吉诃德是疯子，咱们是明白人，可他浑身好好的笑着走了，咱们倒挨了打，倒了霉。现在倒说说看，谁疯得更厉害些？是真疯子还是假疯子？"

　　参孙回答他说："这两种疯子不一样。真疯子老得疯下去，可是假疯子随时都能明白过来。"

　　"这就对了。"托美·塞西亚勒马上接茬儿，"我心甘情愿假装疯子当了您的侍从，这会儿我也心甘情愿地明白过来，赶紧回家。"

　　"你可以如愿了，"参孙告诉他，"不过我嘛，不把堂吉诃德乱棍打成肉酱是绝不回家的。这回我再去找他可不是给他治疯病了，我要找他算账。我的肋条骨疼得太厉害了，没心思对他发慈悲。"

　　两人一路说道着走进一个村镇，碰巧找到一位接骨大夫，给倒霉的参孙治好了伤。托美·塞西亚勒撇下他，自个儿回家了。参孙一门心思琢磨着怎么出这口恶气，到时候传记自会详细讲述，这会儿咱们还是去找堂吉诃德开开心。

Capítulo XVI · 第十六章

堂吉诃德遇到拉曼却的一位有识之士

上文已经说过，堂吉诃德继续他的行程，一路上十分欢畅、高兴、得意。他认为自己打了这次胜仗就一跃而为当今世上最勇敢的游侠骑士，往后再有什么厮杀较量，肯定都会旗开得胜、马到成功。什么魔法师连同他们的妖术，他统统都不放在眼里了，而且再也记不得他在自己的骑士生涯中挨的那些数不清的棍棒、那些从天而降砸掉大牙的石块、那些苦役犯如何以怨报德、那些杨瓜斯人如何胆大妄为挥舞木桩。不过最后，他还是想到杜尔西内亚身上：要是能找到计策、办法和途径替她驱魔，那么，即使是世世代代最走运的游侠骑士得到的最大幸福他也不羡慕。他正在那里浮想联翩，桑丘突然开口说道："老爷您说怪不怪？我街坊托美·塞西亚勒那大得出奇的鼻子老是在我眼里晃来晃去！"

"桑丘，难道你真以为镜子骑士是卡拉斯科学士，他的侍从是你的街坊托美·塞西亚勒？"

"我也说不清、道不明。"桑丘回答，"我只知道他把我家、我老婆和孩子的事说得那么清楚，除了他还能是谁？再说那张脸，把鼻子一摘，就跟托美·塞西亚勒一模一样。在村里我天天见他，我们两家就隔一堵墙。那说话的腔儿，也活脱一个人。"

"桑丘，咱们来讲讲道理。"堂吉诃德对他说，"你好好听着，参孙·卡拉斯科学士有什么必要浑身扛着进攻和防卫的武器来和我打仗？我难道是他的仇人吗？我什么时候招惹得他这么嫉恨我？我跟他作过对吗？还是他眼红我四处征战赢来的名声，所以也拿起武器想争个高低？"

"可是老爷，这到底是怎么回事啊？"桑丘问，"咱们且不管那骑士是谁，他怎么那么像卡拉斯科学士啊？他的侍从干吗那么像我的街坊托美·塞西亚勒呀？照您说，这都是魔法妖术，那干吗不像别人，偏偏像他们两呀？"

"这全都是鬼花招，"堂吉诃德回答，"统统都是那些死死盯住我的歹毒巫师弄出来的。他们早料到这一仗我准打赢，就事先安排好，让吃败仗的骑士变成我那位学士朋友的模样。我一想到两人的交情，手就软了，剑也就戳不下去了，心里的火气也随着消了，于是便保全了设计谋害我的那家伙的性命。哦，桑丘，你的亲身经历就摆在那儿，总不会错吧！你很清楚，那些魔法师便便当当就能叫人的相貌走样，让美的变丑，丑的变美。这不，两天前，你还亲眼看到举世无双的杜尔西内亚，见识过原封不动的她是多么美丽优雅；可我却眼见她变成一个粗笨的乡下女人，又难看，又俗气，眼里布满云翳，口中臭味熏人。既然那个丧心病狂的魔法师胆敢玩弄这么恶毒的花招，那他装扮成参孙·卡拉斯科和你街坊的模样来抢夺我到手的战功，又有什么奇怪的呢？可是不管对手装扮成什么模样吧，反正我打败了他，也就心满意足了。"

"上帝知道是怎么回事就行了。"桑丘回答。

他心里很明白，杜尔西内亚变成那副模样全是他自己一手鼓捣出来的鬼花招，所以一点不信服主人那套梦话。不过他不打算顶撞，免得说话不小心自己露马脚。

两人正说着话，后面有个同路人赶上了他们。那人骑一匹黑白花的漂亮母马，穿一件带黄丝绒穗子的绿呢大衣，头上的猎帽也是黄丝绒的。马背上的鞍具是远游时用的高鞍短镫，也是黄绿相间。一把摩尔弯刀挂在金绿斑驳的宽宽的皮肩带上，一双皮料和做工相同的短筒靴。马刺并未镀金，却漆成绿色，明光锃亮，与身上的服饰十分相称，倒比纯金的还漂亮。那人赶上来，客客气气打过招呼，便策马径直前去了。可是堂吉诃德叫住了他："优雅的绅士先生，如果您和我们同路，又没有什么急事，能不能赏光相伴一程？"

"当然啦，"那人答道，"我之所以急匆匆走开，是怕这匹母马惊扰您的坐骑。"

"老爷，没事，"桑丘插嘴说，"您只要抓紧母马的缰绳就行了，我们这匹马是世上最老实、最规矩的。它还从来没干过这种丑事呢！只有一回它想撒野乱来，老爷和我狠狠收拾了它一通。这会儿，您尽管放心大胆地等着我们就是了。您即使是把母马端在银盘子里送上门，我看这家伙也再没这贼胆了。"

同路人勒住马，惊奇地打量着堂吉诃德的模样和装束。碰巧他摘了头盔，交给桑丘当行李挂在灰驴鞍前。绿衣人不停地端详堂吉诃德，堂吉诃德更是不停地端详绿衣人。看来他是个正路人，年纪五十岁上下，稍有几根白发，容貌棱角分明，目光里透出几分戏谑、几分庄重。总之，从服饰和做派来看，显然是个有身份的人。

可是在绿衣人看来，堂吉诃德真是稀奇古怪：没见过那么干瘪的马，那么细长的身材，那么黄瘦的面孔，还有那身盔甲，那副神情姿态。总之他那副尊容在这一带地方已经多少年没见过了。堂吉诃德看出那人在仔细端详他，也知道他默默不语地等着什么。他一向礼数周全、善解人意，所以不等对方发问，自己就抢先答复了："我这副模样在您看来确实新奇稀罕，所以我不奇怪您觉得奇怪。不过我要是告诉您我是骑士，您也许不至于如此惊诧：

四处探奇冒险，

人人交口称赞。

"我离开故乡，变卖家产，抛弃安乐窝，投入造化的怀抱，听凭它任意摆布。我一心要重建衰亡已久的游侠骑士行当。不少时日以来，我东磕西碰，这里摔倒了，那里站起来，总算差不多如愿以偿了。我接济过寡妇，保护过弱女，成全过婚嫁，帮助过孤儿、幼童，总之尽了游侠骑士的天职和本分。我的武功和善举不计其数，所以有幸被载入书本，几乎扬名世界各国。我的传记已经刊印了三万多册，而且看架势，只要老天不半道变卦，还得接着这么刊印三万次。长话短说吧，只消道出几个字甚至一个字就够了：我是堂吉诃德·德·拉曼却，外号人称'苦脸骑士'。我知道自吹自擂不甚光彩，可是既然没人出面引见，我只好自我介绍了。绅士先生，您现在知道我是谁，干的哪一行，就不必奇怪我的战马、长矛、古盾、侍从、浑身的盔甲、焦黄的面孔、干瘦的四肢了。"

堂吉诃德说完这话便不再言语。绿衣人半晌不作答，想必是不知说什么好。过了好一会儿，他才开口："骑士先生，您确实猜准了我默默不语在等待什么，可是您的一席话并没能消除我见到您所感受的惊讶。照您说，一旦知道您是谁，我就不奇怪了，可结果并非如此。听了您的话我反倒更加迷惑不解了。是怎么回事？难道当今世上还有游侠骑士？还有把他们的真人真事印成书的？我不能相信如今天底下还有人接济寡妇、保护弱女、成全婚嫁、帮助孤儿。可是我却眼睁睁看到了您，真是难以置信！谢天谢地，如果您说的那本传记里真的如实记载了您高尚的骑士行状，但愿它能一举扫荡那些数不清的假游侠骑士小说！它们充斥世间，败坏良好习俗，辱没写实传记。"

"此话大可商榷，"堂吉诃德回答，"我是指小说里的游侠骑士到底是真是假。"

"怎么？"绿衣人问，"您居然不认为那些书里说的都是假话？"

"我不这么认为，"堂吉诃德回答，"不过先说到这儿吧。要是咱们的行程再长一些，我会叫您明白，确实有人认为那些书里说的不是真话，可您不该跟他们一般见识。"

听了末了几句，同路人开始揣摩堂吉诃德是不是有些疯癫，想接着听下去再做定论。可是两人没能继续谈论这个话题，因为堂吉诃德介绍完他的生平和职业之后，便求对方也讲讲自己是谁。于是绿衣人回答说："我嘛，苦脸骑士先生，是个乡绅，家就在前面的村里。如果上帝乐意成全，咱们今天可以一块儿去那里进餐。我名叫堂迭哥·米朗达，家境还算富裕，守着妻子、儿女和几个老朋友度日，不过是时常打打猎、钓钓鱼。可是我没养猎鹰和猎犬，只有一只温驯的游子①和一头冒失的白鼬。我还有百十来本书，有西班牙文的，有拉丁文的，有讲历史的，也有讲信仰的。骑士小说嘛，还从没有跨过我们家门槛。我不大读神学，更多是翻阅一些世俗的书，当然是在其中寻求正当的娱乐、优美的文笔和新颖奇巧的构思。这种书在西班牙实在是太少见了。有时候我跟邻居和朋友们一起吃饭，更多的时候是我请他们。我家的饭菜干净清爽、丰美可口。我从不背后议论别人，也不允许别人在我面前喊喊喳喳。我不打听别人的隐私，也不两眼老盯着别人在干什么。我每天做弥撒。我拿出一些家产接济穷人，但是从不炫耀自己做的好事，免得沾染上伪善和虚荣的恶习；怕是最谨慎的心灵，也很容易不知不觉受到这类毛病的侵袭。我总是尽力说和闹纠纷的人。我虔诚信仰圣母，衷心依靠我主上帝的大慈大悲。"

桑丘专心致志地倾听乡绅讲述自己的日常起居和消遣，觉得他简直是个慈善的圣人，肯定有创造奇迹的本领，于是从驴背上翻身而下，匆忙跑上前去抓住那人的右马镫，一遍又一遍地亲吻他的脚，泪水盈眶，充满虔敬之情。乡绅见这情景，便问道："老兄你这是干什

---

① 游子：打猎时用来引诱同类的活鸟，也作诱鸟。

么？你吻我的脚是什么意思？"

"请您尽管让我亲吻吧！"桑丘回答，"我活了这么大岁数，还是第一次看见骑马的圣人。"

"我不是圣人，"乡绅告诉他，"我作的孽多了。老兄，你才像个圣人呢！瞧你这么实诚，肯定心眼儿很好。"

桑丘重新跨上驴鞍。他这一招逗乐了满腹心事的主人，也使得堂迭哥更加惊诧。这时堂吉诃德问乡绅有几个儿女，而且接着说，古代哲人不懂得有至高的上帝，便认为世间至善在于得天独厚的禀赋、左右逢源的财货，以及众多的朋友和绵延不断的好儿孙。

"堂吉诃德先生，"乡绅回答，"我只有一个儿子。说不定一个也没有，我会比现在更幸福一些。不是说儿子不好，可总不怎么合我的心意。他眼看就十八岁了，已经在萨拉曼卡学了六年拉丁语和希腊语。我有心叫他再钻研点别的学问，可是发现他迷上了诗，不知道这算不算一门学问。我本来想叫他学法律，要么就是神学，这可是一切学问里的至尊，可是他怎么也钻不进去。我指望他能光宗耀祖，我知道咱们赶上了好时候，朝廷重赏德才兼备的文士，因为有才无德者就像掉进垃圾里的珍珠。可我儿子就会整天追究荷马在《伊利亚特》里的某句诗写得好还是不好，马尔西阿勒①的某首讽喻诗是否太猥亵了，维吉尔的这几句诗该这样还是那样理解。反正他的话题总离不开上面这些诗人的作品，当然还有贺拉斯、佩尔西乌斯②、尤维纳利斯③、提布卢斯④。他看不上现代西班牙语作家，可是尽管他不怎么喜欢西班牙语诗作，最近还是被那么四句诗弄得神魂颠倒，说是要写一篇韵体诠释。这活儿是受萨拉曼卡大学之托，我想是准备参加什么文学竞

---

① 马尔西阿勒（43？—104），古罗马诗人。
② 佩尔西乌斯（34—62），古罗马诗人。
③ 尤维纳利斯（55/60—约127），古罗马诗人。
④ 提布卢斯（约前55—约前19），古罗马诗人。

赛吧。"

堂吉诃德听他讲完，回答说："先生，儿女们是父母身上的肉，好也罢赖也罢，都得像命根子一样喜欢。父母有责任从小指引他们走正道，使他们受到良好教育，养成良好的基督徒心肠，只有这样，他们长大之后，才能成为年迈父母的依托和子孙后代的光辉楷模。硬逼着他们钻研这门或者那门学问，我看未必妥当。当然恰如其分地劝说引导也没什么坏处。不少年轻人福气好，有父母栽培，读书不是为了混饭吃，我看倒不如听其自然爱好，想学什么由他们自己去。研究诗学固然只能供消遣，不怎么实用，但是终归不是那种学了有伤体面的行当。依我说，绅士先生，诗歌这东西像个娇嫩的小姑娘，美艳绝伦，其他学问是她的一群使女，专门致力装点、修饰、美化她，供她驱遣，也因她增彩。可是这个姑娘不愿被人把玩于掌心，也不愿被炫耀于通衢闹市，更不愿被收藏于深宫密室。她的质地具有十分特殊的性能，精通者可以把她锻造成无价的纯金。对她千万要着意调理，要防止沦为粗鄙的讽喻和暴虐的宣泄。除了英雄史剧、可歌可泣的悲剧和欢快有趣的喜剧，一般的诗作不应该拿来赚钱，绝不允许油腔滑调之辈和愚鲁无知之众染指，他们怎能了解和品味诗中的精髓真谛！我所说的'无知之众'不仅仅指微贱的平民百姓，凡是不懂行的，哪怕他是王孙公子，也应当而且必须归于无知之众。只要按照我说的这些原则学诗写诗，必能成名，受到世上各个文明民族的敬仰。先生，您似乎说过，令公子看不起西班牙语诗作，他这想法就不太对了。道理很简单：伟大的荷马不用拉丁文写作，因为他是希腊人；维吉尔不用希腊文写作，因为他是罗马人。一言以蔽之，所有的古代诗人都是用吸吮母乳时学会的语言写作的，他们不必使用外语来表达自己高超的思想。既然是这样，同一做法理应适用于当代各国。德国诗人不应该因为用德语写作而遭蔑视，卡斯蒂利亚诗人也好，比斯开诗人也好，都一样。先生，我猜想您的儿子并非厌恶西班牙语诗作，而是受不了那些只会家乡话的诗人。这些人不懂外语，又缺乏别的知识，因此即使颇有天分，也得不到发扬光大和升华。不过即便您儿子这样想，也仍然欠妥。人所共知，诗人是天生的，换句话说，一个天才诗人从娘胎里出来就是诗人了。他单凭上天恩赐的禀赋，不用苦学什么技巧，写出来的东西就能证实那句名言：上帝寓于吾人①。当然我也承认，天才诗人掌握了技巧则能好上加好，会远远超出仅靠技巧撑门面的诗人。道理也很简单：技巧不能超越天赋，只能完善天赋。所以，只有天赋加技巧或者技巧加天赋，才能造就一个完美无缺的诗人。

"因此，绅士先生，我这番话的结论在于：叫您的儿子沿着命运指引的道路走下去吧。我想他无疑是个好学生。已经掌握了古典语言，这等于顺利攀登学问的第一层阶梯。从此开始，自然早晚会置身文学的顶峰，这对剑袍绅士来说是很高的荣誉，如同冠冕之于主教、礼服之于法官，是光荣、声望和身价的象征。如果您的儿子写讽刺诗败坏别人的名声，您尽可以责骂他，惩罚他，撕碎他的作品。可是如果他像贺拉斯那样劝诫世人，谴责常见的恶习，而且文笔也同样优美，那您就该赞扬他。诗人有权利反对嫉妒心，在诗中指出嫉贤妒能的坏处，并且批评其他种种恶习，当然不必指名点姓。不过确实有些诗人专喜欢恶语伤人，哪怕因此被流放到彭托岛②，他们也在所不惜。行为检点的诗人，写诗的时候也会很检点。笔是心灵之舌，心里产生了什么想法，笔下自然就写出什么。只要掌握神奇诗艺的是贤德稳健之士，君王贵胄就会器重他们、褒奖他们、赏赐他们，甚至给他们戴上桂冠。据说雷电不击桂树，那么凡是头顶桂冠者，也就无人胆敢攻击了。"

绿衣人听了堂吉诃德的一番宏论不禁目瞪口呆，甚至开始觉得他

---

① 古罗马诗人奥维德语。
② 彭托岛：位于黑海地区。此处指的是奥维德的遭遇，但流放的原因不符史实。

不像是个疯子。桑丘却听得不耐烦，见路边有牧人在挤羊奶，便离开主人去讨点奶喝。乡绅发现堂吉诃德颇有见地、谈吐不俗，内心十分欣喜，打算跟他继续交谈下去。偏偏这时候堂吉诃德一抬头，看到路上迎面驶来一辆大车，上面挂满了国旗，心想又有新的奇遇了，便大声喊叫桑丘，吩咐他把头盔送过来。桑丘听见唤他，慌忙离开牧人，催着灰驴就往回跑。这次他主人又有了一遭荒唐而可怕的经历。

Capítulo XVII · 第十七章

堂吉诃德胆量超群，空前绝后，
路遇猛狮，结局圆满

据传记里说，堂吉诃德大声吩咐桑丘把头盔拿来，可是那人正在买牧羊人的鲜奶酪，见主人催得紧，一时找不到东西盛，急得不知如何是好。已经掏了钱，扔掉太可惜，突然想起干吗不装进老爷的头盔里！然后才如同礼品匣子似的提着跑过去看到底有什么事。主人见他到了，就说："老伙计，快把头盔给我！除非我算不上是什么冒险行家，否则我敢说眼下又有机会了，十万火急地需要我拿起武器！"

绿衣人一听这话，放眼四处望了望，结果只看见一辆大车向他们驶来，上面悬挂着两三面小旗，于是他猜想那车里装的准是国王陛下的钱粮，便立即把自己的想法告诉堂吉诃德。可是对方一点也不信，因为在他的头脑里心目中，四周的一切除了厮杀就是拼搏。他回答乡绅说："早做打算，成功一半。我提前做好准备总没有什么坏处。经验告诉我，我的仇人有看得见的，也有看不见的，很难说他们在什么时候、什么地点，钻什么空子、扮什么模样朝我猛扑过来。"

他说着就转向桑丘要头盔。那人当然来不及取出鲜奶酪，只好满当当地递过去。堂吉诃德接到手里，也不看看里面有什么就匆忙往头上一扣。鲜奶酪经这么一挤一压，汤汤水水的，顺着堂吉诃德的脸和胡子直流下来。他不禁吓了一大跳，对桑丘说："桑丘，这是什么？莫非我的脑壳化了？还是脑浆子流出来了？我怎么从头到脚地出汗呀？我出这么多汗，绝不是因为害怕，尽管我清楚自己面临着一场吓人的厮杀。快拿什么东西给我擦擦，这哗哗的汗水迷住了我的眼睛。"

桑丘一声不吭，递过去一块布，心里暗暗感谢上帝没叫主人明白是怎么回事。堂吉诃德擦干净以后，摘下头盔想看看那叫他头顶觉得冰凉的到底是什么，才发现头盔里满是白花花的黏疙瘩。他凑近鼻子一闻，知道是什么气味了，就说："我凭心上人杜尔西内亚·德尔·托博索的名义发誓，你把鲜奶酪给我倒进去了。你这个该死的混蛋侍从，专门跟我捣乱！"

桑丘却在一旁装疯卖傻，不紧不慢地回答说："要真是鲜奶酪，老爷您就拿过来我把它吃了。不过还是让鬼去吃吧，准是他放进去的。我哪有那么大胆量弄脏老爷您的头盔？您什么时候见我这么放肆过？实话说，老爷，上帝总算叫我开了窍，准是也有魔法师盯着我呢！我是长在您身上的胳膊腿儿嘛！这脏兮兮的东西准是他们放进去的，好惹您发火，像往常那样打折我的肋条骨。可我看他们这回是白费心思，我知道老爷通情达理，明摆着我这儿没有奶酪、没有奶，什么也没有。真要是有的话，我早就放进肚子了，干吗倒进头盔里？"

"这倒也是。"堂吉诃德说。

那位乡绅把这一切都看在眼里，觉得十分稀奇，特别是堂吉诃德的举止。这时候，他擦净了头、脸、胡子和头盔，重新戴上去，踩着马镫挺起身子，要过佩剑，抓起长矛，然后说道："好了，该来的都来吧！就是魔王撒旦亲自出马，我也敢跟他比试比试！"

这工夫，插旗的大车走近了。上面没几个人，只有车夫骑在打头的骡背上，另外一个人坐在车前面。堂吉诃德当路一站，说："弟兄们，你们去哪儿？这是什么车？你们在运送什么？这都是些什么旗子？"

车夫回答道："车是我的，上面装的是两只关在笼子里的狮子，可凶了。是奥兰总督进贡朝廷，送给国王陛下的。旗子是当今皇上的，告诉大伙儿车里的东西是他老人家的。"

"狮子很大吗？"堂吉诃德问。

"大得很，"坐在车门前的那人回答，"从非洲运到西班牙的狮子当中还没见过这么大的呢！我是看管人，以前运送过好多，还没见过这样的。有一公一母。公的在前面这个笼子里，母的在后面的笼子里。今天一点东西没吃，肚子正饿着呢。所以，老爷您最好躲开点，我们得赶紧找个地方给它们喂食。"

听了这话，堂吉诃德微微一笑说："光天化日之下，拿狮崽子吓我？我怕狮崽子？上帝做证，我得告诉这两位押车的先生，我可不是见了狮子就发抖的人。你既然跟着一路看管，那就请打开笼子，给我把两头野兽放出来。咱们就在这块野地里给你们瞧瞧堂吉诃德是什么人！那些魔法师弄两只狮子来也不能把我怎么样！"

"啊哈！"这工夫乡绅心里暗想，"咱们这位大骑士总算露了真容！一点不假，鲜奶酪弄化了他的脑壳，捂烂了他的脑浆！"

桑丘赶紧走过来对他说："老爷，看在上帝的分上，您千万想想办法，别叫我主人堂吉诃德招惹这些狮子。弄不好，咱们都会给撕成碎块的！"

"你主人果真疯成这样？"乡绅问，"你担心害怕他真的要跟这两只凶猛的野兽打架？"

"他不是疯，"桑丘回答，"他是天不怕地不怕。"

"我想法劝劝吧。"乡绅说。

堂吉诃德还在催看管人打开笼子，他便走过去说道："骑士先生，游侠骑士只是看准有成功希望的时候才去冒险，绝不干无望取胜的事。勇敢一旦越过界限变为鲁莽，就不再是自信的表现，而是疯狂举动。再说，这两只狮子也没招惹您，恐怕连想也没这么想过。它们是送给皇上的贡品，挡住去路、耽搁行程未必妥当吧！"

"绅士先生，"堂吉诃德回答说，"您还是回去照看您驯良的游子和莽撞的白隼吧，让别人干自己的活儿。这是我的事，我心里明白这对狮公狮母究竟是否是来找我的。"

然后他又转向看管人，对他说："堂混蛋先生，我要指天发誓，你若不立即打开笼子，这支长矛，可就把你钉在车上了！"

车夫见那全身披挂的怪物一本正经，便说："我的好老爷，您能不能发慈悲叫我解开这些骡子，跟它们一起躲得远远的，省得狮子窜出来把它们吃了，那我这辈子可就没指望了！除了这辆车和这几头骡子，我再没有别的家产了。"

"哼，你这个孬种！"堂吉诃德回答说，"随你的便，快下来，解开骡子。不过你马上就会明白这完全是白费劲，还不如省了这份麻烦。"

车夫跳下地，匆忙解开骡子。这时，看管人大声喊道："跟前这几位可要为我做证啊！打开笼子、放出狮子是别人逼的，我自己一点也不愿意。跟这位先生，我得把话挑明，这两只野兽要是闯祸伤人，可都由您担着，还得包赔我的工钱和别的损失。各位先生请快躲远点，我这就开笼子了。我反正不怕，它们是不会伤我的。"

乡绅还在劝堂吉诃德别干这种蠢事，这简直是触犯天怒、发疯找死。堂吉诃德回答说他干的事自己心里有数。乡绅又劝他好好想想，明摆着这样做不行。

"先生，"堂吉诃德告诉他，"想必您是认准我非遭殃不可了，您要是不忍心看下去，快赶着您的黑白杂毛找个保险地方躲起来。"

桑丘听他这么说，眼含泪水求他千万别这么干。相比之下，风车大战也好，吓人的漂布机也好，总之他生来遇到的所有拼搏厮杀都不过是小菜一碟。

"老爷，想想吧，"桑丘对他说，"这儿可没有魔法什么之类的东西。我从笼子的栅栏缝里看到真狮子的一只爪子。我琢磨着，那狮子要是长着这么一只爪子，个头儿还不得跟一座山似的！"

"你是吓的，"堂吉诃德告诉他，"它在你眼里指不定比半个世界还大呢！桑丘，你走开，别管我！要是这回我死了，你反正知道咱们原来是怎么说定的：去找杜尔西内亚。别的我就不多说了。"

他又接着议论了一大通，看来想叫他回心转意、别干蠢事是毫无指望了。绿衣人想跟他动硬的，可是赤手空拳对付一个疯子未必是聪明的举动。他已经看清，堂吉诃德是个彻头彻尾的疯子。只见他使劲催促看管人，一副气势汹汹的样子。乡绅很知趣，赶着马走开了。桑丘轰着灰驴，车夫吆喝着骡子，大家都打算尽早离开那辆大车，不然狮子就从笼子里面窜出来了。桑丘放声大哭，认定主人这回落入狮子爪下是必死无疑了。他埋怨自己命不好，赶上这么个倒霉时候，偏偏心血来潮跟着出门当侍从。可是哭归哭，他一点也没忘记鞭打灰驴催它快点躲开那辆大车。看管人见大伙儿都走远了，回头又向堂吉诃德重复了一遍原先的警告和要求。堂吉诃德回答他说都听到了，继续枉费口舌没多大用处，还是快点把事办了。

趁看管人打开第一个笼子的工夫，堂吉诃德考虑着是在地上还是马上打仗。末了他决定步战，免得洛西南特被狮子吓惊了。于是他跳下马，丢掉长矛，抽出佩剑，举起盾牌，勇气十足、镇定自若地一步步向车前走去，暗自祈求上帝和心上人杜尔西内亚保佑。需要指出的是，这部实录传记的作者写到这里，禁不住惊呼起来："噢，力大无比、勇气超群的堂吉诃德·德·拉曼却！你是世间所有勇士的楷模、西班牙骑士的光荣典范堂曼努埃勒·德·莱昂的转世再生！我用什么语句来描绘这场骇人的壮举呢？我怎样讲述才能让后世人相信呢？我即使列出所有的夸张比喻来赞扬，你也是当之无愧的！你只身一人站在地上，英勇无畏，气吞山河，你举起的那支佩剑并非名牌快刀，你端着的古盾也非寒光逼人的精钢锻造，可是你等待迎战的却是非洲丛林养育出的两只最凶猛的狮子。拉曼却勇士啊，你本人的战功自会将你赞颂，何须我这里笨嘴拙舌、搜索枯肠呢！"

作者的感叹到此为止，又接着把中断的故事讲下去。看管人见堂吉诃德已经摆好架势，他要是再不放出狮子，那位胆大包天的骑士一发火就会对他不客气了，于是就让第一只笼子大敞四开。上文说了，里面是一只公狮子，身体庞大，不同一般，样子狰狞可怕。它本来是躺着的，这会儿站起来，在笼子里转了几圈，绷直一只爪子伸了个懒腰，然后张开嘴，不慌不忙地打了个哈欠，舌头伸出两拃多长，接着又是洗脸、揉眼睛。这样忙活了半天，才从笼子里探出脑袋四处张望，两眼像火球似的，再天不怕地不怕的人见了也会吓得心惊胆战。只有堂吉诃德敢紧紧盯着它，盼望它从车上跳下，前来交手，落个大卸八块的下场。

世上真少见他这种疯癫绝顶的人。可是那只狮子却显得大度而平和，一点也不想耍威风，根本不理会无聊的招惹冒犯。上文说了，它东张西望了一番，就转过身来，把屁股冲着堂吉诃德，又满不在乎地在笼子里躺下了。堂吉诃德见这情景，便叫看管人戳它几棍子，激它跳出笼子。

"这事我可不干。"那人回答，"我要是跑去激它，会头一个让它撕成碎片。骑士先生，您到这儿可以收场了，要论胆儿大，这还有什么好说的？劝您别再去碰第二次运气了。狮子眼见门开着，出来还是不出来，全在它了。它要是到现在还不出来，只怕今天就甭指望了。您是个了不起的人，这一点都看得清清楚楚。打起架来，就是再有胆量，总得先冲着对手骂阵，等他出场吧？他不应战，就是自个儿丢人；胜利的桂冠当然该归那个先挑过战的人喽！"

"是这么回事。"堂吉诃德回答，"朋友，那就请你把笼子关上。不过，说什么你也得想法给我做证。我干了什么，你都亲眼看见了。你说是不是这样：你打开狮子笼，我等了一会儿，它不出来；我又等了一会儿，它还不出来，反而转身躺下了。我可是尽了心，也没魔法作怪，全靠上帝主持正义和真理，佑护地道的骑士。我再说一遍：把笼子关上。我这就打个信号把逃跑藏起来的人招呼回来，你亲口把我的壮举告诉他们。"

看管人照办了。刚才擦净淌了满脸奶酪的那块布还在，堂吉诃德把它系在枪尖上，用来招呼逃跑的人。他们由乡绅打头，一边跑还一边回头张望。突然桑丘发现有块白布在晃荡，就说："准是我主人打败了那两只凶极了的狮子，正叫咱们回去呢！不信，你们宰了我！"

一伙人都停下来，立即看出打信号的果真是堂吉诃德。他们多少放了点心，转身慢慢走过去，这才清清楚楚听到堂吉诃德招呼他们的声音。他们最后走到大车旁边，堂吉诃德见人齐了，就对车夫说："老兄，套上你的骡子，接着赶你的路吧。桑丘，拿出两个金币给他和那个看管人。他们为我耽搁了半天，我得赔偿。"

"这钱我乐意掏。"桑丘回答，"不过那两只狮子怎么了？死了还是活着呢？"

于是看管人一五一十、详详细细讲了一遍那场厮杀，而且不遗余力地吹捧堂吉诃德的勇气，说狮子怎么一见他就吓坏了，缩在笼子里不敢出来，尽管笼子门一直在那儿大敞四开着；还说那位骑士如何叫他激激狮子，逼着它出笼，可他回答说不行，这简直是触犯天怒；最后骑士先生满心不乐意，出于无奈，也只好允许他关上笼子。

"桑丘，你看怎么样？"堂吉诃德问，"什么魔法能对付得了真有胆量的人？那些魔法师尽可以夺走我的好运，可他们拿我的毅力和勇气一点办法也没有！"

桑丘拿出了金币，车夫套上了牲口，看管人直亲堂吉诃德的双手，感谢他的赏赐，答应一进宫里，就向国王本人禀报刚才那场威武的壮举。

"一旦陛下问起是谁干的，你就告诉他是'狮子骑士'。从今往后，我不再是'苦脸骑士'了，而要改成、换成、变为、易为'狮子骑士'。我完全是在沿袭游侠骑士的老做法，他们只要自个儿乐意，或者觉得合适，可以随时更名改姓。"

大车接着赶路，堂吉诃德、桑丘和绿衣人也继续往前走去。堂迭哥·米朗达已经好长时间没有开口说话了，只是专心致志地把堂吉诃德的所作所为看在眼里，记在心上。他觉得此君是个疯癫的高明人、高明的疯子。他还没见过此人传记的第一部，当然无从研读，不懂得这其实是一种疯病，难怪他会为所见所闻感到惊骇诧异。由于他不明底细，所以时而觉得那人高明，时而又深感其疯癫。说起话来，句句在理，措辞确切高雅，可是做起事来，总是那么鲁莽荒诞，愚不可及。乡绅心里暗想："这人也疯得真够可以！明明是头盔里灌满了鲜奶酪，他却以为是自己的脑壳让魔法师给弄化了！他也真够胆大包天、荒唐绝伦，居然硬要跟狮子打架！"

　　他正在沉思默想，堂吉诃德打断他，说道："堂迭哥·德·米朗达先生，毫无疑问，您一定认为我是个瞎胡闹的疯子。这也没什么奇怪的，因为我的行为又能表明什么呢？不过我希望您能觉察出，我并不像一眼看上去那么疯癫愚鲁。一名威武的骑士在斗牛场，当着国王的面，一枪刺中凶猛的公牛，光彩不光彩？在欢腾的比武式上，骑士披着耀眼的盔甲，高举旌旗，走过如云仕女面前，光彩不光彩？那些以习武操练或者类似的活动为王官府邸增添娱乐、喜庆和荣耀的骑士，光彩不光彩？可是，比起所有这些人，最为光彩的还是游侠骑士。他们踏遍荒原田野、大路小径、深山密林，四处寻奇探险，决意攻无不克、战无不胜，赢得与世长存的美名。依我说，在荒郊野外救援孤寡的游侠骑士要比在繁华都市追求姑娘的朝廷骑士光彩多了。骑士们都有各自不同的专职：朝廷骑士听命于仕女贵妇的驱遣，身着礼服为朝廷装点门面，用餐桌上的佳肴美馔周济穷苦绅士，安排比武，举行操练，总之，只要他显得慷慨乐施、大度容人、虔信基督，那他就算是尽职尽责了。可是游侠骑士却须走遍天涯海角，身陷丛林迷津，冲破艰难险阻；酷夏中要头顶荒漠上灼人的阳光，严冬里则要面临无情风霜的袭击；他不惧虎豹，不畏妖魔，不怕鬼怪；他的本分义务和主要职责恰恰就在于追捕它们、攻击它们、战胜它们。我既然有幸成为游侠骑士行列中的一员，攻击进入我辖区的任何敌人，就是我义不容辞的责任。所以，我刚才攻击那两只狮子，不过是做了我职权范围以内的事。我承认此举过于鲁莽，因为我很清楚什么是真正的勇敢。这种品格介于两个不足取的极端之间，一头是怯懦，一头是鲁莽。不过，一个勇士宁可凑上去靠近鲁莽，也不掉下来迁就怯懦。挥霍无度的人也容易乐善好施，可悭吝的守财奴就不行；可以把一个鲁莽的汉子造就成一名真正的勇士，却不能指望懦夫攀上勇气的顶峰。堂迭哥先生，请相信我说的话：在打仗厮杀这类事情上，宁可失之以过头，而不失之以不及。哪句话灌进耳里更好听一些，是'某骑士鲁莽轻率'呢，还是'某骑士胆小怯懦'？"

"我承认，堂吉诃德先生，"堂迭哥回答道，"您所说所做的一切都很合乎情理。我想，即使游侠骑士的规矩和章程全都失传了，还有您心里这个储存所和档案库呢！我看咱们还是快走吧，天色已经晚了。咱们得早点进村回家，好让您阁下及时休息休息。您这一天也够劳累的了，尽管没用多少体力，可是消耗了精力，照样也会使身体疲倦的。"

"堂迭哥先生，十分感谢您盛情相邀！"堂吉诃德说。

于是他们几人快马加鞭，大约午后两点钟光景，到了堂迭哥家园所在的村庄。堂吉诃德给东道主起了个名字，叫"绿衣骑士"。

CAPÍTULO XVIII · 第十八章

堂吉诃德在绿衣骑士的城堡或庄园做客，兼叙其他奇闻异事

　　堂吉诃德看出堂迭哥·米朗达的家是个宽敞的乡间宅邸，临街的大门虽是粗石料砌成，上面却镂刻着族徽。酒窖在院子底下，大门道底下是地窖子。到处都堆放着许多大坛子，因为是托博索出产的，不禁又使他想起他那位中魔走样的杜尔西内亚。他叹了一口气，也不管眼前是不是还有别人，径自吟起诗来：

> 为何偏偏此时发现昔日的信物？
> 美好岁月里给我多少欢乐和幸福！①

　　"哦，托博索的坛子啊，你们叫我想起那个给我带来无尽辛酸的甜蜜伴侣！"

　　堂迭哥的儿子，那位学生诗人和他母亲一起迎出来，正好听到这句话，再一看堂吉诃德的古怪模样，母子二人顿时惊呆了。堂吉诃德跨下洛西南特，毕恭毕敬地前去亲吻女主人的双手。这时堂迭哥说："夫人，请像往常待客那样，好好照看堂吉诃德·德·拉曼却。你眼前这位先生是当今世上智勇双全的游侠骑士。"

---

① 此为西班牙诗人加尔西拉索的诗句。

夫人名叫堂娜克里斯提娜，十分亲切殷勤地对客人表示欢迎，堂吉诃德也彬彬有礼地说了一番愿尽力效劳的答谢后，然后同样跟那位学生客套寒暄了几句。对方听他的谈吐，觉得他是一个头脑聪颖、思路敏捷的人。

作者紧接着描绘了堂迭哥家里的种种陈设，向我们展示了乡间富绅宅邸的情景。可是传记译者认为最好略去这些细枝末节，因为与本传主旨不甚相干。立传的关键在于真实，何需无用的铺陈！

堂吉诃德被让进一间厅堂，桑丘帮他解下盔甲，最后只剩下肥腿裤和羚羊皮紧身上衣，已经被肮脏的盔甲蹭得油渍花拉；学生装式的大翻领既没有上浆也没有花边；枣红色的软皮靴外面套着打蜡的硬皮鞋。都说他多年来肾有病，所以只能使用海狼皮做的肩带，那把好剑就佩戴在上面。他还披着一件灰色细呢斗篷。他用了五六桶清水（究竟是多少桶，说法不一）才把头和脸洗净，洗下来的水始终是白花花的。这都怪桑丘贪嘴，买了那倒灶的鲜奶酪，给主人刷了一层大白。堂吉诃德就穿着上面说的这一身，潇洒倜傥地走进另一间厅堂。那个学生正等着趁饭前的工夫陪他说话解闷儿。女主人堂娜克里斯提娜见来了贵客，打算好好显示一下，她懂得如何款待来访者。

还在堂吉诃德卸甲轻装的当儿，堂罗伦索（就是堂迭哥的儿子）对他父亲说："父亲大人，您带回家的这位先生到底是什么人呀？他的模样和姓名都不同一般，还说是游侠骑士，我和母亲都有些摸不着头脑。"

"我也说不清楚，孩子，"堂迭哥回答，"我只能告诉你，我见他行起事来，简直是世间头号大疯子，可是说起话来又那么头头是道，根本不像个刚做过疯癫事的人。你跟他聊一会儿，探听一下到底是怎么回事。你很机灵，会想法判断出他究竟是神志清醒呢还是头脑昏聩。不过，老实说吧，我看他不像个明白人，倒更像个疯子。"

前面已经说过，堂罗伦索过去跟堂吉诃德聊天。他们你一言我一语，只听堂吉诃德对堂罗伦索说："令尊大人堂迭哥·德·米朗达先生曾对我说起过阁下的奇才绝技，还特别提到，您是位了不起的诗人。"

"诗人也许算得上，"堂罗伦索回答，"可要说了不起，就不敢当了。说句实话，我的确相当喜欢诗歌，爱读优秀诗人的作品。不过怎么也到不了我父亲说的那种了不起的地步。"

"您这么谦虚，真让我高兴。"堂吉诃德说，"通常人们总是自负得很，个个都以为自己是世上的天字第一号。"

"什么事都少不了个例外，"堂罗伦索回答，"总会有大诗人不以此自居吧。"

"太少了。"堂吉诃德说，"我有一事想请教，听令尊大人讲，阁下手头上正忙着写诗呢，是什么诗呀？记得好像是韵体诠释。这种体裁鄙人略知一二，倒很想领教领教。要是准备参加赛诗，劝您设法得个第二名就行了。第一名总是有来历的要人得的，第二名才靠的是真本事。所以，第三名其实是第二名，第一名充其量不过是个第三名。大学里授学位也是这么回事。不过，不管怎么说吧，第一名总还是出人头地。"

"直到这会儿，"堂罗伦索心想，"我还不能说你是个疯子。咱们接着来。"

"您好像也是有学历的人。您研究的是什么学问呀？"

"游侠骑士，"堂吉诃德回答，"这门学问和诗学不相上下，甚至多少还高出一筹。"

"我不懂得这算是什么学问，"堂罗伦索说，"我还从来没听说过呢！"

"这种学问呀，"堂吉诃德告诉他，即便没有包容世间所有的学问，我看也差不多了。干这一行的，一得是个法学家，既懂得赏罚分明，又知道酌情减刑，让人人各得其所、各司其职；二得是个神学家，所到之处能头头是道地讲清，自己干这一行，就是替基督行道；三得是个医生，特别要懂得草药，一旦身处荒山野岭，也好晓得什么野草有愈合伤口的效能，游侠骑士要碰上给他治伤的人可没那么方便；四得是个星象学家，一看星星就知道是半夜几点了，还能判断出自己在世界上的什么方位和地带；他还必须懂得数学，因为随时随地都用得上。总之他得符合神德和原德①的要求，这就不用说了。咱们再提点小事，比方他得会游泳，就像'人鱼'尼古拉斯②还是尼古拉奥那样；他得会钉马掌，会修理鞍子和嚼子。再回到大事上，他得忠于上帝和自己的心上人，心地纯洁、谈吐文雅、待人慷慨、敢作敢为、吃苦耐劳、慈悲为怀，还有他必须坚持真理，甚至不惜为此舍弃生命。

"一个像样的游侠骑士就应该具备这些品格和本领。堂罗伦索先生，您倒说说看，这门学问难道是小孩子玩意儿吗？学游侠骑士这一行，不仅要融会贯通，还要学以致用。这门学问可以跟竞技场和学院里教授的一切显姓扬名的学问相提并论。"

"要真是这样，"堂罗伦索说，"那我可得说这门学问比其他所有的都强。"

"干吗'要真是这样'呀？"堂吉诃德反问。

"我的意思是，"堂罗伦索回答，"我不知道这么圣明能干的游侠骑士过去是不是有过，现在是不是还有。"

"有句话我不知说过多少遍了，可是还得说一遍。"堂吉诃德应道，"世人大都认为天下从来没有过游侠骑士。依我看，除非上天显灵告诉他们确实有过，而且如今还有，别人就不必白费口舌了。我已经多次尝过这种滋味。您跟常人一样也错了，可我这会儿不想仔细同您论理。我只求上帝给您指点，让您看出，游侠骑士对古代是如何有用，于当今又是如何急需，只可惜现在不时兴了，所以才弄得人欲横

---

① 神德指信念、希望、仁慈；原德指慎重、公正、坚定、节制。
② 尼古拉斯：也叫尼古拉奥，传说中的人物，水性极好。

流，吃喝玩乐，淫逸放荡。"

"得，咱们的贵客脱缰了。"堂罗伦索心想，"不过他是个了不起的疯子，不承认这点，我就太愚不可及了。"

两人聊到这儿，该吃饭了。堂迭哥问他儿子客人的神志怎样，是否理出头绪了。堂罗伦索回答说："他疯得一塌糊涂，连医生和法官都甭想理出头绪。不过他时疯时好，有时候相当明白。"

他们一起在餐桌就座。正像堂迭哥一路上说的那样，他款待客人的饭菜清洁、丰盛、可口。不过最叫堂吉诃德称心的是整所宅子安静得出奇，简直像个深山修道院。一时饭毕，撤去碗盏，谢过上帝，洗了双手，堂吉诃德便恳求堂罗伦索吟诵他参赛的诗作。那年轻人说："不少诗人，别人求到了，他拿糖；别人不求，他反而满嘴叨叨个没完。我可不学他们的样，就念一首我的韵体诠释吧。我写它只是为了活泛一下脑子，并不指望得什么奖。"

"我有个挺精明的朋友，"堂吉诃德突然想起，"主张不必费神去写什么韵体诠释。他的道理是：诠释诗无论如何比不上原诗，而且几乎总要偏离原诗的主旨和意图。再说，诠释诗的格律实在太严，不能设问，不能用'他曾说''我要说'，不能把动词变成名词，不能更改含义，还有其他许多无法躲避的束缚紧紧捆住作者的手脚。我想您一定深有体会。"

"坦率地讲，堂吉诃德先生，"堂罗伦索告诉他，"您一引经据典，我就想留神找点纰漏，可是没法，您总是像泥鳅一样从手里滑跑。"

"我不明白，"堂吉诃德回答，"您说我'从手里滑跑'是什么意思。"

"以后再解释吧，"堂罗伦索转了话题，"这会儿您还是仔细听我读诠释诗吧。原诗是这么说的：

　　但愿时光能够倒转，

往昔就在眼前重现；
但愿来日刹那即至，
揭示未然于顷刻间。

诠释诗

世间万事终会飞逝而去，
美好时光早已销声匿迹。
往日的生活充满了幸福，
一去不返再也无法期冀，
整体消散亦未残留点滴。
我向命运女神匍匐乞怜，
岁月流逝依然延颈切盼：
快快归还我旧日的幸福，
我要恢复那欢乐的笑颜。
'但愿时光能够倒转'。

我不贪图享乐不求荣耀，
无须争强好胜崭露头角，
战场夺魁也非我的意愿。
以往的幸福在心头缭绕，
折磨得我日夜梦断魂劳。
甜蜜记忆并未烟消云散，
但需命运女神引我回还。
只要心之所盼即刻成真，
足以抚慰我的一切磨难，
'往昔就在眼前重现'。

我要求的事情永无可能：
时光奔驰流转岁月变更，
年华倏忽而过不留踪影。
世间怎有这等神奇力量，
能够扭回过往唤来未曾？
流年似水奔今日成昨日，
轻似云渺如烟转瞬即逝。
两种痴心妄想同样荒诞：
希望光阴逆行重温往事；
'但愿来日刹那即至'。

生活里充满不安和惶惑，
如何耐得憧憬疑虑交错！
早日死去胜似活受折磨，
最好安安静静告别世界，
才能终于从痛苦中解脱。
一死了之本是我的心愿，
可眼前的一切把我阻拦，
劝我思前想后再做决断。
不过我怕生活就在此时，
'揭示未然于顷刻间'。"

　　堂罗伦索一念完他的诠释诗，堂吉诃德就站立起来，一把抓住他的右手，几乎是在呼叫，对他说："高居天国的诸神啊！您真是位才华横溢的少年，世间最杰出的诗人。您不该去塞浦路斯或者加埃塔接受桂冠，尽管有个诗人主张这样，所以我祈求上帝宽恕他。如果雅典的那些学院延续至今，您应该去那里接受桂冠，要么就去当代的巴黎、博洛尼亚和萨拉曼卡大学①！赛诗会裁判胆敢剥夺您的头奖，我就祷告上天让太阳神弯弓射杀他们，让缪斯女神们永不踏进他们的家门！先生，请您再费神读几首长言诗，我打算全面探询一下您的惊人才情。"

据说堂罗伦索明明把堂吉诃德看成个疯子，可是照样爱听他的恭维，这不是挺有意思吗？唉，阿谀奉承真是力大无边哪！它走遍天下，到处都有人爱听它那悦耳的声音！瞧吧，堂罗伦索就是明证，他依从了堂吉诃德的要求和愿望，又给他念了一首十四行诗，写的是皮拉莫和提斯贝②的传说故事：

十四行诗

美丽的姑娘终于在墙上凿开洞隙，
要看到那英俊的皮拉莫肝胆披沥。
远在塞浦路斯的爱神也匆匆赶来，
见识了那条小小裂缝狭窄却神奇。

两位情人隔墙而立久久沉默不语，
缝隙狭窄难以沟通即便话音如缕。
两颗心灵自能交流不管屏障阻隔，
爱情确能创造奇迹例证不胜枚举。

轻率无知的女子自以为如愿以偿，
哪里知道却同时招致了过早夭亡，

---

① 欧洲中世纪有名的三所大学。博洛尼亚是意大利城市。

② 皮拉莫和提斯贝：希腊传说中古巴比伦的一对相爱的年轻人。

莫非是咎由自取？多么凄惨悲伤！

把他们双双砍死的是同一把利剑，
他们又双双在同一时间盖棺入殓，
双双同在传说中永生，多么奇幻！

"噢，圣明的上帝！"堂吉诃德听完堂罗伦索的十四行诗不禁叹道，"在如今众多被人捧红的诗人当中，我总算看到一个本该走红的诗人，那就是阁下您，我的先生。有这首精巧的十四行诗就足够了！"

堂吉诃德在堂迭哥家里受到无微不至的款待，四天之后向东道主辞别说十分感谢府上的关怀照顾，不过游侠骑士不便长时间沉湎于闲暇舒适，他必须前去履行自己的职责，四处探奇冒险。据说这一带地区是不乏机会的，他打算试试运气，等到了萨拉戈萨的比武日期，他再径直赶去。他想先去蒙特西诺斯山洞看看，因为他沿途听到许许多多相关的奇妙传说；他准备借机探访人们统称为瑞德拉的"七潭"，找出它们的源头活水所在。堂迭哥和他儿子十分欣赏这个可嘉的主意，并说他们家里和庄上应有尽有，他可以任意择取所需，他们将尽全力为他提供方便；面对他难得的人品和高尚的职业，他们必须这样做。

起程的日子终于到了，堂吉诃德兴高采烈，桑丘·潘沙却垂头丧气。他在堂迭哥家酒足饭饱，十分称心，如今又要重返荒山野岭去忍饥挨饿，只能靠干瘪的褡裢里那点可怜巴巴的东西度日，他当然是老大不乐意。不过他也没有别的办法，只好尽其所能把褡裢塞得满满的。即将分手的时候，堂吉诃德对堂罗伦索说："我不记得以前对您说过没有；即使说过，也不妨再说一遍。那就是，一旦有朝一日，您想省力走捷径，早点攀上高不可及的荣誉殿堂顶层，那您只消离开狭窄的诗坛小径,踏上更加狭窄的游侠骑士之路,眨眼工夫您就可以登上皇帝宝座了。"

就凭这几句话,堂吉诃德究竟是不是疯子的官司本来也可以结案了,可是他还要加添一些证据,只听他说:"不知上帝是否有意允许我带走堂罗伦索先生,好教给他如何宽恕降服者、威慑镇压狂妄者,干我们这一行的都必须具备这种心胸。不过他终究年纪太轻,而且不能撇下他可嘉的学业。看来我只有奉送一句忠言:若想在诗坛享有盛名,不能坚持己见,只能投人所好。须知,世上绝无觉得自己儿女丑陋的父母。就头脑的产儿来看,人们更经常犯这个毛病。"

父子两人不由得再一次表示出惊奇不已。堂吉诃德忽而道出至理名言,忽而满嘴胡言乱语,变幻莫测,难以捉摸。不过总是三句不离本行,说了归齐,还是认准了一个目标和宗旨,那就是非要撞丧般地四处闯荡。宾主又互相说了一番客套话,田庄女主人也亲自出来送行。最后,堂吉诃德骑上洛西南特,桑丘跨上灰驴,两人再次上路了。

Capítulo XIX · 第十九章

这里讲述多情牧人的遭遇
和其他确实有趣的事情

　　堂吉诃德离开堂迭哥的庄子走了没多远，就遇到两个又像教士又像学生模样的人，还有两个农夫，他们四个骑的都是驴。其中一个学生随身带着绿细亚麻布包袱，多少露出一点里面裹着的白色细呢和两双线袜。另一个学生只有两把黑铁铸成的剑，是训练用的，崭新崭新的，尖上都套着皮鞘。两个农夫的东西挺多，一看就知道是刚在城里买了捎回村里的。凡是第一次见到堂吉诃德的人都会大惊小怪，这几个学生和农夫也一样，心里急于想知道这位不同凡响的人到底是谁。堂吉诃德跟他们一一打过招呼，听说大家都是同路的，就提出相伴而行，还求他们放慢速度，因为那几头驴子比他的马快多了。为了跟他们搭上话，他先三言两语说明自己是谁，干的哪行哪业，说自己是走遍天下四处闯荡的游侠骑士。还告诉他们，他本名叫堂吉诃德·德·拉曼却，外号人称"狮子骑士"。在两个农夫听来，他简直是在讲希腊语，再不就是绿林黑话。两个学生就不同了，他们很快看出堂吉诃德的脑袋有毛病。不过，他们尽管很吃惊，还是毕恭毕敬地瞅着他。其中一个说："骑士先生，四处闯荡的人通常都是没有定向、随遇而安的，阁下想必也是如此，何不跟我们一起去呢？去见识一场豪华隆重的婚礼，无论是在拉曼却还是方圆左近都是空前未有的。"

　　堂吉诃德问："这么大排场，莫非是哪家皇亲国戚？"

"哪里！"学生回答，"不过是一个乡下汉子和一个乡下丫头。男的是这一带的首富，女的呢，是少见的美人。这次婚礼的场面大得出奇，要在新娘家村外的草地上举行。人们都管新娘叫'大美人契特丽亚'，可见她有多漂亮。新郎的名字是'财东卡马却'。女的十八岁，男的二十二岁，两人是天生的一对儿。不过有些好事者，谁的家世门第他们都记得清清楚楚，照这些人的说法，美人契特丽亚的门第比卡马却高多了。其实如今谁还管这个！大把银钱一拿出，什么窟窿都能堵。说实在的，这位卡马却也真够大方的，不知怎么想起来搭个棚子把整个草地遮住。结果您猜怎么着？那太阳要想钻进去晒一晒满地的青草还真得费点劲儿呢！还备好了几个跳舞的班子，什么剑舞呀，小铃铛舞呀，村里有的是这种能人，把满腿的铃铛晃得丁零零乱响。至于踢踏舞就更不用说了，谁都知道，专门招了一大批人来干这个。可是这些名堂，不管是我提到的还是没提到的，都算不了什么。要让这次婚礼成为日后人们的话题，我看只需一件事就够了：气疯了的巴西里奥肯定是要闹事的。这个巴西里奥是放羊的，契特丽亚的同村街坊。他家和契特丽亚父母家就隔一道墙，于是才出了这段风流史，使人重新想起湮没已久的皮拉莫和提斯贝那笔冤孽债。打一开头，小小年纪的巴西里奥就爱上了契特丽亚，那小姑娘也万般温存地给以回报。结果两个孩子卿卿我我的，成了村里人闲聊逗乐的话题。契特丽亚慢慢长大了，她父亲开始防备巴西里奥，不再让他随便进出家门。老头也不愿总是提心吊胆地盯着两人，干脆着手操办起他女儿跟财东卡马却的婚事。他觉得这比跟巴西里奥结亲强多了。这小伙儿虽说人品还可以，就是家产上欠缺点。说实在的，平心而论，还很少见他这么灵巧的小伙子：玩起扔木棒没得比，又是难得的摔跤手和球场好手，跑得比野鹿快，跳得比山羊高，玩起九柱戏更是神了，歌喉赛云雀，吉他能叫他弹得说出话来，他的剑术尤其高明，谁都佩服。"

"就凭这一项本事，"堂吉诃德听了马上说，"要是美艳绝伦的西内布拉王后在世，这小伙子都有资格娶她为妻，郎萨洛特也好，其他人也好，谁也挡不住。"

"我老婆可听不进这一套，"桑丘·潘沙一直不吭声地听着，这时候插嘴说，"她就喜欢门当户对，照那句老话说的：羊配羊，才像样。我觉得我越来越喜欢巴西里奥这好小伙儿了，我看他才该娶契特丽亚小姐。谁要是不让相好的成亲，就叫他正寝寿终（他显然是说反了）。"

"要是所有相好的都能成亲，"堂吉诃德说，"做父母的就没有权力为儿女择亲、挑选良辰吉日了。要是让女孩儿们自个儿去找可心的丈夫，那她们不是相中父亲的佣人，就是看上街上的过路人，反正只要模样又英俊又精神就行了，哪怕是个惹是生非的混混儿呢！儿女私情这种事最容易让人鬼迷心窍，可是终身大事还就要头脑清醒，一不小心就会酿成大错，非得自个儿十分留神，老天格外照应，才能挑对选准。一个人要走远道，但凡谨慎一点的，上路之前还得找个放心可靠的伴儿呢！更何况是一辈子一块儿走到死呢？夫妻两人得同床共衾、同桌吃饭，处处形影不离。娶妻不是买东西，不合适可以退回去，或者对换一个。这可是一沾身就甩不掉的东西，活多久在一块儿待多久。你一旦把这根绳索套上脖子，它就打上了死结，除了死神的镰刀，谁也甭想割断。要论这个话题，我可以说个没完，不过我更想知道硕士先生是不是把巴西里奥的故事讲完了。"

被堂吉诃德称作"学士"或"硕士"的那个学生听了之后回答说："没剩下多少，唯一没讲到的就是，自从巴西里奥知道美人契特丽亚准备嫁给财东卡马却了，就再也没见他笑过一回，也没听他说过一句头头是道的话。他整天垂头丧气的，自个儿在嘴里嘟嘟囔囔，明摆着是脑袋瓜出了毛病。饭不好好吃，觉也不好好睡。吃就吃一些果子什么的，睡嘛就睡在硬邦邦的野地里，简直成了一头牲口。不是呆呆地望着天，就是死死地盯着地，像一尊穿衣服的泥塑，只有衣角不时在风里摆动。一句话，他显然是太痴心了。凡是认识他的人，心都悬着呢！只怕明天美人契特丽亚一答应那门婚事，就等于宣布了他的死期。"

"上帝总会有办法的，"桑丘说，"上帝叫你疮流脓，也给你灵丹来止疼。过了今天有明天，后天怎样先别管。墙倒屋就塌，转眼一堆瓦。我还见过下雨出日头呢！今晚临睡还硬朗，明早再也起不了床。说说看，谁有本事把气数的轮子钉上不让它转悠？谁也不行，对吧？女人嘴上说乐意，心里不情愿，两个主意当间窄得插不进针尖，反正我知道容不下。我就觉得契特丽亚一心喜欢巴西里奥，我真想给小伙子一口袋好运气。我还听说，情人都是戴着眼镜看东西，弄得铁疙瘩变得金光闪闪，穷鬼成了富汉，眼屎像珍珠连成串。"

"桑丘，你这个该死的！还有个完没有？"堂吉诃德不耐烦了，"只要你一来劲，老话顺口溜就连成一串，只能盼着犹大把你劫走。你这个畜生倒说说看，又是气数呀轮子呀的，你懂得什么？"

"各位要是听不明白，"桑丘回答说，"也就难怪把我说的这些老辈子话当成满嘴胡诹了！不过，这也没什么，我自个儿明白就行了。我知道自个儿刚说的不是什么蠢话。只是不管我说什么做什么，老爷您总是'追猫揪刺'。"

"你该说'吹毛求疵'，"堂吉诃德告诉他，"不是'追猫揪刺'。再文雅的话也叫你说得四不像，你这个上帝不待见的糊涂虫！"

"您就别跟我较真了！"桑丘求他，"您知道我一不是在京城长大，二没在萨拉曼卡上过大学，不会咬文嚼字。真是的！上帝保佑吧！总不能指望萨亚格人说起话来跟托莱多人一样吧？就算是托莱多人吧，舌头也有个闪失呀！"

"要论说话文雅不文雅，还真是这么回事。"硕士也同意，"就算都是托莱多人吧，在硝皮作坊和菜市场长大的人说起话来，怎么能跟整天在大教堂回廊里踱步的人相比呢？即便是出生在马哈达翁达小镇的人，一旦成了机灵的朝臣，就能说出一口纯正、地道、优雅、清晰的话来。我特别指出'机灵'两字，因为有许多人并不机灵。有口才的人，一要机灵，二要常练。诸位先生，鄙人不才，也曾在萨拉曼卡学过宗教法，所以也多少有点这毛病：说话的时候喜欢用明白易懂、清清楚楚的字眼儿。"

"可惜你的毛病更多是在摆弄黑铁练习剑，而不是摆弄舌头。"另一个学生说，"不然你早就跑到硕士榜的头上去了，不至于待在尾巴上。"

"你听着，学士，"硕士回答说，"你要是觉得剑术没什么用处，那可就大错特错了！"

"不是我觉得，确确实实就是这么回事。"学士回答，他名叫壳儿缺咯，"不信，你可以亲自试试嘛。你反正随身带着几把剑，方便得很；我有的是力气和手劲，勇气也不小，准保能叫你承认我说得不错。快下地，把你的本事全使出来，什么脚步呀、旋刺呀、侧刺呀之类的学问。就凭我新近学的这笨手笨脚的两套，也足够叫你在光天化日之下两眼冒金星。我敢说，除了上帝，能逼我转身逃跑的人还没生下来呢！世间不论谁来跟我比试，都得叫我刺倒。"

"我才不操心你是不是转身逃跑哩。"那位击剑能手说，"还说不定你的脚刚一落地，墓穴就打开了。我是说，就凭你那点破本事，非得当场完蛋不可。"

"咱们走着瞧。"壳儿缺咯回答他。

他说着便十分麻利地从驴背上跳下，使劲一抽，从硕士的驴背上取下一把剑。

"这样不行，"堂吉诃德这时候说话了，"得由我来主持这场击剑比赛，同时裁判一个悬而未决的疑案。"

他从洛西南特背上翻身下地，抓起长矛，走到大路中间。这时候，硕士已经劈开两腿，摆出威风凛凛的架势应战壳儿缺咯。那人呢，也确实正向他猛扑过来，而且像常言说的那样，两眼都在冒火。

一路陪伴他们的两个农夫一直骑在驴上观赏这场你死我活的惨剧。只见壳儿缺咯又砍又刺，又拍又戳，一会儿上下挥舞，一会儿双手握柄，刀光剑影不断，比雹子还密集，比大雨还迅猛。他像一头发怒的狮子穷追不舍。不料硕士的剑头皮套打在他的脸上，虽说正在火头上，他也不由得一愣，而且像遇到圣物似的亲吻了一下，只是不像亲吻圣物那么心怀虔敬。硕士趁机伸出剑头，把他那件短道袍上的扣子挨个儿划拉了一遍，顺手又把下摆撕成一缕一缕的，就像章鱼的条条触角。

对方还两次蹭落他的帽子，最后他实在受不了了，又气又急又愧，便紧握剑柄用力向外抛去。两个看热闹的农夫当中有一个是法官的录事，他连忙跟过去捡回来，事后证明说那把剑被抛出了整整四分之三莱瓜。由此可以叫人们认清一个确凿的真理：蛮劲敌不过巧劲。壳儿缺咯累坏了，一屁股坐在地上。桑丘走过去对他说："瞧见吗，学士先生！您要是听我劝，从今往后别再争着跟别人比剑。还是摔跤和扔木棒好，您正年轻，有的是力气。要论那些击剑好手，我听说他们能把剑头戳进针眼里去。"

"我认输了，"壳儿缺咯回答，"摔下驴背，长了学问。我算是亲自尝到滋味了，原先我真糊涂啊！"

他跳起来，一把抱住硕士，两人的交情比以前更进了一层。他们觉得那个跑去拾剑的法院录事耽搁得太久，懒得再等，便决定继续赶路，好早点到达契特丽亚的村子，他们都是同村街坊。还剩这最后一段路程，硕士一路走，一路给大家讲解剑术的妙处，不仅旁征博引，还指手画脚地用几何图形说明，说得大家不得不承认这是一门了不起的学问，壳儿缺咯从此不再坚持己见了。天色慢慢暗下来，他们已经到了村边，只见眼前的天空上缀满了无数闪闪发光的星星，还隐约听到各种乐器发出的柔美声响，其中有笛子、双管、古琴、长鼓、手鼓和串铃。他们走到近处，发现村口用树枝人工搭成的凉棚上挂满了小灯笼，一点没有被风吹得摇曳晃动的样子，原来当时只有极轻的微风吹过，连树叶都无力掀起。

吹鼓手们越发增添了婚宴的喜庆色彩。只见他们三五成群地分布在那块宜人的村外空地上，有的跳舞，有的唱歌，有的拨弄上面提到的种种乐器。总之，一眼望去，那片草地上充满了喜悦和欢乐。还有人忙着搭看台，好让宾客们观赏第二天的舞蹈戏剧表演。这都是财东卡马却的隆重婚礼和巴西里奥的葬礼上的必备节目。

任凭别人怎么盛情邀请，堂吉诃德就是不愿进村去。他觉得自己的道理十分充足：按规矩，游侠骑士只能在山林野地就寝，不能进入村镇，金碧辉煌的宫殿也不行。说着，他便离开大路朝野地走去。这时候桑丘当然是满心不乐意，他是多么怀念在堂迭哥的城堡或庄园受到的款待啊！

CAPÍTULO XX · 第二十章

这里讲述财东卡马却的婚礼
和穷人巴西里奥的遭遇

　　洁白的黎明女神还没来得及叫光灿灿的太阳神用四射的灼热光线炙干她金发上的晶莹水珠，堂吉诃德已经伸展过四肢，站立起来去喊自己的侍从。他见桑丘正在鼾声大作，就没忙着喊醒他，而是在一旁说道："你呀，真是天底下最幸运的人儿了！你不嫉恨别人，也不受人嫉恨，可以放心安睡，既不担心魔法师捣乱，也不害怕魔法作怪！睡吧，我再说一遍，还可以重复一百遍，睡吧！你不会为心上人的忠贞担忧而彻夜不眠，不会为还不清债务而整宿苦思，也不会为你本人和你那拮据的小家庭次日的温饱焦虑操劳。你不追名逐利，不为世间的浮华所累。你最大的心愿不外乎照看好你的毛驴，你却把自己的身家性命托付在我的双肩上。我们做主人的历来都要挑起上天交给的这副重担。仆人睡觉，主人熬夜，思索着怎么养活他、善待他、赏赐他。一旦天公板起铁青的面孔，不向大地降下必不可少的甘霖，仆人无须不安，主人却要忧心忡忡，因为丰裕富贵之时别人伺候他，荒年饥馑之日他便要养活别人。"

　　桑丘对此当然是一言不发，因为他睡得死死的。要不是堂吉诃德动用长矛戳醒了他，只怕他一时半会儿还不会有什么知觉。他总算睡眼惺忪、懒洋洋地醒过来，扭头四处张望了一番，说："要是我没弄错，从凉棚那儿传来一股股气味，不是灯芯草和百里香的味儿，分明是在烤肥猪。一闻见这味儿，准是结婚宴席开始了。我的老天！看来很有气派很丰盛嘛！"

"行了，馋鬼！"堂吉诃德说，"快起来，咱们去看看这场婚礼，不知道人不待见的巴西里奥会干些什么。"

"他爱干什么就干什么吧！"桑丘回答，"他要不是这么穷，早就娶上契特丽亚了。谁让他一个子儿没有还想攀高枝儿呢？老爷，依我看哪，人要是穷，就干脆安心守着自己的那点家当吧，别癞蛤蟆想吃天鹅肉了！我敢豁出一条胳膊打赌，卡马却有本事用钱把巴西里奥裹起来。我看他准能。这样的话，除非契特丽亚是个傻丫头，她才不会放走卡马却呢！那是使不尽用不完的绫罗珠宝啊！她干吗要看上巴西里奥？不就是会扔个木棒、耍个黑剑吗？木棒扔得再好，黑剑耍得再妙，在酒店里连一小杯酒也换不来。靠有些本事和手艺是挣不来钱的，只有迪尔罗斯伯爵①才有资格玩这些东西。腰里揣着大把大把票子，又有那些手艺，我要能过那日子可就好喽！打好像样的地基，才能盖起像样的楼房，世上最像样的地基就是钱哟！"

"我的上帝！"堂吉诃德连忙打住他，"桑丘，你怎么叨叨个没完啊？你随时随地都能发一通议论，要是任凭你讲下去，我琢磨着，只怕你连吃饭睡觉的时间都没有了，光顾着说话了。"

"老爷，要是您的记性不错的话，"桑丘回答说，"咱们这次离家出门的时候，说定了好几条。当中有一条就是得让我敞开说话，只要不碍着别人、不伤老爷的面子就行了。我想眼下就这条而论，我还没有出格吧？"

"我不记得有这么一条，桑丘。"堂吉诃德说，"就算是有吧，可我这会儿要你住嘴跟我一块儿来。昨晚咱们听到的音乐又热热闹闹在坡里沟里响起来了。婚礼肯定要趁清早凉快的时候举行，不会拖到中

---

① 迪尔罗斯伯爵：当时流行的民谣中的贵族人物。

午的大热天。"

　　桑丘听从主人的吩咐,备好了洛西南特的辔头,捆紧了灰驴的驮鞍。两人骑上去,一步一步走到凉棚底下。桑丘一眼就看到一整棵榆树做的大木叉上穿着一整头小公牛,架在半个小山似的柴堆上准备烧烤。火堆周围的六口大锅可不是一般的尺寸,简直是六尊大缸,每口都容得下一个肉铺的肉;整只整只的绵羊抛下去、扔进去,就像小鸽子一样转眼不见了。树上挂的都是剥了皮的野兔、燎了毛的鸡,准备随时往锅里丢;飞禽野味数也数不清,也都挂在树上晾着。桑丘顺便点了一下,发现有六十多个皮囊,每只都是两阿罗瓦装的,全都灌得满满的。不一会儿他就知道了,统统是上好的葡萄酒。一摞一摞的面包雪白雪白的,堆得比场院上的麦垛还高,一块块干酪垒成一堵花墙。两只油锅比染缸还大,里面满当当全是橄榄油,是用来炸甜面点的。炸好了就用铁锹似的大勺子捞出来,马上浸入旁边的一口蜂蜜锅里。男女厨师一共五十多人,个个干净利索、喜气洋洋。小公牛宽敞的肚子里填进十二只嫩嫩的小乳猪,然后再紧紧缝起来,这样烤出的肉又嫩又香。各式各样的香料,不像是一磅一磅地买来的,而是一阿罗瓦一阿罗瓦地趸来的,都堆在一个敞开的条柜里。总之,这顿喜酒虽然办得土里土气,可是丰盛异常,足够填饱一支军队。桑丘·潘沙东看看,西瞅瞅,样样都喜欢。他先是拜倒在大锅面前,真想一口吞下半锅肉去,接着又看中了酒囊,最后盯上了炒勺里的油炸果子(其实那些大肚子铁锅哪里是什么炒勺!),末了他实在憋不住了,没有一点别的办法,就蹭到一个手脚不停的厨子跟前,客客气气说了一番自己如何饥肠辘辘的话,说只求在大锅的油汤里浸一浸干面包。厨子一听便回答说:"好兄弟呀,今天可不是挨饿的日子。这就得多谢财东卡马却了!快下地来,去看看那边有没有个勺子,捞上一两只鸡来美美吃一顿吧!"

　　"我没见有什么勺子。"桑丘说。

"等一等，"厨子告诉他，"我真该死！你又何必这么多穷讲究呢！"

他说着抄起一只铁锅，伸进一口大缸里就舀，转眼捞出三只鸡、两只鹅，对桑丘说："吃吧，伙计，先用这点汤水垫垫底儿，等着待会儿入席吧。"

"我没家伙盛啊！"桑丘告诉他。

"连锅端走吧。"厨子说，"卡马却有的是钱，又人逢喜事，不在乎这点东西。"

桑丘忙这个的时候，堂吉诃德在向别处张望。他看见十二个村民，骑着一色漂亮的骒马，走到凉棚底下。马具华贵鲜艳，胸带上还挂满了小铃铛。骑马人也个个穿着节日的盛装。他们排成整齐的队列，绕草地一连跑了好几圈，还一路热火朝天地又喊又叫："卡马却万岁！契特丽亚万岁！财主配美人！她可是世上最漂亮的姑娘！"

堂吉诃德一听这话，心想："这些人准是没见过我的杜尔西内亚·德尔·托博索。他们只要看她一眼，就知道这么夸契特丽亚太过分了！"

不一会儿，又从凉棚底下过来好几拨人，跳着各式各样的舞蹈，其中就有剑舞。那是二十四个精壮漂亮的小伙子，个个身穿轻柔的雪白麻布衣服，头上包着彩色丝线刺绣的花巾。领头的是个矫健的青年，骑骒马的一行人问他，舞到现在有没有人受伤。

"谢天谢地，眼下谁也没受伤，我们大伙儿都好好的。"

说完他就钻进伙伴群里，只见他们又转圈又舞剑，灵巧自如。尽管这种场面堂吉诃德是司空见惯了，可是他从来没看到过这么精彩的。紧接着上场的舞蹈也很精彩。那是一群美艳绝伦的姑娘，个个都是妙龄少女，没有一个小于十四岁，也没有一个大于十八岁。身上的衣裳是清一色的淡绿薄呢，头发一半结成辫子，一半披散，也都是清一色的金发，简直可以压倒太阳的光辉。头上戴的花冠是用茉莉、玫瑰、苋菜花和忍冬花编制成的。领队的是一位威严的老公公和一位庄重的老婆婆，没想到他们这大把年纪，居然还那么轻巧灵活。一支萨莫拉风笛为他们伴奏，他们脸上眼中透出稳重，脚步轻盈，个个都有世上第一流的舞技。

下面上场的是舞剧，也叫歌舞剧。八个仙女排成两队，一队由爱神带领，另一队由财神带领。爱神插着翅膀，还带着弓、矢和箭囊。财神的华丽服饰是用金线和彩色丝线织成的。跟在爱神身后的仙女们背着白色羊皮纸，上面大字标出她们各自的称呼。第一个叫"诗才"，第二个叫"聪颖"，第三个叫"家世"，第四个叫"英勇"。财神后面的仙女们也都有各自的名字，第一个是"豪爽"，第二个是"馈赠"，第三个是"财宝"，第四个是"无忧"。两列队伍前头有一座木制的城堡，由四个身披藤萝和麻布片的野人牵引，个个都涂成鲜亮的绿色，活灵活现的，真把桑丘给吓坏了。城堡的正面和其他各个墙面上都写着：深闺城堡。四个熟练的吹鼓手用鼓点和笛声伴奏。爱神首先开始起舞，他转悠了两圈，便抬起双眼准备弯弓射箭，原来有位姑娘从城堡的雉堞间探出身来。只听爱神对她说：

> 我是最强大的神明，
> 管辖着地面和空中，
> 汪洋的波涛汹涌，
> 地狱的无底深洞，
> 对我都俯首听命。

> 我不知什么是退缩，
> 凡我所求必有所获，
> 哪怕是镜花水月。
> 我到处发号施令，

我随意生杀予夺。

他唱完小曲，朝城堡顶端射了一箭，便退回原地。财神接着上前舞了两圈，鼓乐中止，于是他说：

我比爱神更加威武，
他在前面为我引路。
上天派我的家族，
下界来作威作福。
谁人不把我仰慕。

鼎鼎大名我是财神，
颐指气使苦煞世人，
若不想大海捞针，
膜拜我必有好运，
一辈子荣华不尽。

财神退回，"诗才"迈向前来。她也同样舞了几圈，然后双眼盯着城堡上面的姑娘，对她说：

甜蜜动人我叫诗才，
缠绵缱绻情思满怀，
吟诵高雅的商籁，
字奇词新诉衷肠，
把心扉向你打开。

莫因我的执着厌烦，

多少人在暗自喟叹，

羡慕你事事遂愿。

如今我来到身边，

更叫你洪福齐天。

　　然后"诗才"让开，又从财神率领的队伍里走出"豪爽"。她也
照样舞了几圈之后说：

莫说过正才能矫枉，

恰到好处方是豪爽。

既不要挥霍铺张，

也不能走向极端，

费心思锱铢较量。

可是为你增添荣耀，

我又何妨大手大脚。

伸进自己的腰包，

为的是表明心迹：

我只奉献不索要。

　　就这样，两行队伍里的人物走出来又退回去，各自跳完舞唱完
歌。有的歌词优雅动听，有的歌词粗鄙可笑。堂吉诃德虽说记性不
错，可也就背下了上面那几首。两行队伍忽而并拢，忽而交错，舞姿
优美自如。爱神每次经过城堡前面，都要向顶端射箭，而财神却是冲
墙上摔碎一个个金灿灿的扑满①。财神又跳了好一会儿舞，最后取出

----

① 扑满：存钱的瓦器，可放入钱币，要打破后才能取出。

一个口袋，是一整张大山猫皮做的，里面塞得满满的，似乎全是钱。他把钱袋冲城堡使劲扔过去，结果木板脱落，城堡坍塌，露出里面的姑娘。她不知去哪里躲藏。财神和他的一行随从走过去，把一根金锁链套在姑娘脖子上，做出捆绑、降伏、拿获她的样子。爱神和他的帮手们见这情景，一起拥上去，表演解开锁链的姿态。这一切都是踏着鼓乐节奏的舞蹈动作，十分整齐划一。几个野人上前止息了他们的争斗，并且很快竖起木板，重新搭好城堡。姑娘又一次被幽禁在里面，舞蹈便结束了，观众欢喜雀跃。

堂吉诃德问一个扮演仙女的，是谁编排的舞蹈。回答他说是村里的受俸神甫，只有他那伶俐的头脑才想得出这些新奇玩意儿。

"我敢打赌，"堂吉诃德说，"这位学士也好，受俸神甫也好，准是帮卡马却来贬巴西里奥的。我看他做晚祷不行，写诗挖苦人倒挺在行。不过巴西里奥的灵气儿和卡马却的财富在舞剧里都演得恰到好处！"

桑丘·潘沙听见这话，立即说："这只公鸡准赢，我把宝押在卡马却身上。"

"瞧见吗，桑丘？"堂吉诃德告诉他，"很清楚，你是那种谁赢跟谁走的势利小人！"

"我弄不清我是哪种人，"桑丘回答，"我只知道卡马却锅里这香喷喷的油水，在巴西里奥的锅里是捞不出来的。"

他举起那满满一锅鹅肉鸡肉，抓出一大块就有滋有味地吃起来，还一边说："叫巴西里奥的灵气儿去见鬼吧！你有多少就值多少，你值多少就有多少。我老奶奶说了，世上只有两种人：有钱的和没钱的。她当然是向着有钱的喽。我的老爷堂吉诃德，这年头，只看钱袋，不看书袋；浑身包银裹金的毛驴，赛过木鞍铁镫的马驹。所以呀，我再说一遍：我把宝押在卡马却身上。他的锅里油水肥，又是鸡又是鹅，家兔野兔也不缺。巴西里奥的锅里能有什么？就凭他那一手，还是那一脚，只不过是清汤寡水罢了。"

"桑丘，你唠叨完了吗？"堂吉诃德问他。

"我还真不想刹住！"桑丘回答，"可我眼见着老爷您不耐烦了。不然的话，我备好了整整三天的话题。"

"我的上帝，"堂吉诃德说，"桑丘，但愿我死之前能亲眼见你变成哑巴！"

"照眼下的情景，"桑丘告诉他，"不等您死，我就先埋进土里了。那时候，我准会把嘴一直闭到世界末日，至少闭到末日审判那一天。"

"我说桑丘呀，"堂吉诃德回答，"即便是这样，你闭嘴的日子也抵不过你一生过去、现在和将来絮叨个没完的日子。再说，很显然，我总得死在你的前头。所以呀，我不指望见你变成哑巴了。话说得再绝一点：你就是喝醉了睡着了，嘴也不闲着。"

"说实在的，老爷。"桑丘接过话茬儿，"谁也信不过那位白骨娘娘，我指的是死神，她老少肥瘦都能吃。我还听咱们神甫说过，她跨上王爷的高楼也好，踏进穷人的草房也好，迈的都是那只脚。这位太太可厉害了，她才不装腔作势、挑三拣四呢！她什么都敢吃，什么都敢干。她的裙褶里塞满了各式各样的人，男女老少、高低贵贱都有。她一抡起镰刀，就再没个歇响的时候，只是不停地割呀、砍呀，也不管是青草还是干草。眼前的东西只要叫她逮住，她哪里还来得及嚼呀，干脆囫囵个儿往下吞。她跟只饿狼似的，没个填饱的时候。别看她没肚皮，可分明得了浮肿病。她恨不得一口气喝干所有活人的血，就像喝一罐凉水似的。"

"就此打住吧，桑丘。"堂吉诃德打断他，"见好就收，免得出丑。老实说，你刚才讲死神那番话，土是土了点儿，可像模像样的布道神甫也不过就说到这份儿上。我说你呀，桑丘，你这人生来心好，又懂事，要是手里提上讲经台，满世界去布道，准错不了。"

"为人好，胜讲道。"桑丘回答，"除了这个，我不懂得别的神道。"

"你也用不着懂，"堂吉诃德告诉他，"可就是我怎么琢磨也弄不明白，都说敬畏上帝是智慧之源，可你呢，哪里敬畏他老人家呀！你倒是更怕蝎虎子。"

"老爷，您只管讲究自个儿的骑士道吧，"桑丘说，"别去操心别人怕什么不怕什么。我跟所有的街坊邻居一样，规规矩矩地敬奉上帝。老爷，您还是先让我把这锅肉汤拾掇净了。别的都是废话，说多了，到阴间是要找你算账的。"

他说着就又朝那锅肉扑过去，大嚼大咽起来，招得堂吉诃德也馋了，真想上去跟他一起分享，可是偏偏这时候被别的事岔开了。且听下面接着讲。

CAPÍTULO XXI · 第二十一章

接着讲卡马却的婚礼和其他趣闻

　　上一章里讲到，堂吉诃德正和桑丘说话，突然听到人声嘈杂。原来是骑骡马的那帮人又喊又叫、疾奔过去迎接新郎新娘。两人在各式各样的吹鼓手和不同扮相的人群簇拥下走来了。陪着他们的还有神甫、双方的亲属和邻村的要人，大家都是一色节日盛装。桑丘一看见新娘就说："明摆着，她这哪是乡下丫头打扮，简直是皇宫里的美女嘛！上帝啊，要是我没看错的话，她胸前挂的不是铜锁片，是一串贵重的珊瑚珠子；她那一身昆卡细呢是三十层绒面的丝绒；天哪！谁敢说那花边是一条一条的白麻纱，我赌咒：那分明是缎子的！再瞧瞧那双手吧，戴满了黑玉镏子；不对，我弄错了，那是金戒指，纯金的，还镶着鲜奶酪似的白玉，恐怕比人的眼珠子还要贵重。哎呀，这婊子养的！瞧瞧那头发！除了假发，我这大把年纪了，还没见过这么长、这么金灿灿的！再瞧那派头、那身段，一点毛病也挑不出来！像不像一棵挂了果的椰枣树在风里摆来摆去？她头上脖子上挂的那些丁零当啷的首饰不就是一颗颗椰枣吗？我敢打赌，像她这样了不起的姑娘，连荷兰的险滩都跳得过去！"

　　堂吉诃德只觉得桑丘·潘沙满嘴村俗的夸奖十分可笑，好像他除了杜尔西内亚·德尔·托博索小姐再没见过别的漂亮女人似的。美人契特丽亚显得有些面色苍白，大概是夜里没睡好觉的缘故；做新娘的都是这样，要忙着为第二天的婚礼梳洗打扮嘛！他们一行人走到草地边上的台子跟前，上面铺着地毯，装点着树枝什么的。待会儿就是在那儿举行婚礼，看歌舞戏剧表演也是在那儿。他们刚刚靠近台子，就听见身后一片喊声，一个人的声音说："等一等，你们这些胡作妄为的人，着什么急呀！"听到这喊声，大家都回过头去，见那个叫嚷的人穿一身长褂，黑底上一条条火红的道道，后来又发现头上戴的是丧服标志柏树冠，手里还拄着一根大拐杖。他走到跟前，大伙儿才看出原来是漂亮小伙儿巴西里奥。于是人们都紧张起来，不知道他嚷嚷一通以后又要干什么，心里都想，他这时候跑来准没好事。可是他显得疲惫不堪，气喘吁吁的，站在一对新人面前，把拐杖的钢尖往地上一戳，两眼盯着契特丽亚，话音嘶哑颤抖，说道："负心的契特丽亚，你很清楚，按照咱们共同信仰的神圣教规，只要我活着，你就不能嫁人。你也很明白，尽管我十分勤奋，可还得一段时间才能振兴家业；不过我始终耐着性子苦熬，从没有动过非分的念头去玷污你的清白。我这片好心本应得到你的回报，可你把这一切统统抛到脑后，把本该属于我的拱手让给了别人，就因为他有钱，所以该当处处遂心，事事如意。好吧，那就让他来个心满意足吧！倒不是我认为他理应如此，可是终究天意难违啊！我在这里显然碍手碍脚挡他的道，那就叫我亲自动手除掉我自己吧！愿财主卡马却和负心的契特丽亚幸福美满、白头偕老！就叫可怜的巴西里奥死了吧，快死了吧！谁让他穷得够不着幸福，只够得着坟墓呢？"

　　说着，他使劲一抽稳稳插在地里的拐杖，结果抽出来的是皮鞘，而里面套着的一把长剑，柄朝下立在地上。他坚决果断、动作敏捷地扑了上去。眨眼儿工夫半截剑身戳进胸膛，脊背上露出了血淋淋的剑头，那可怜的人顿时倒在地上，浸在一片血泊之中。他用自己的武器穿透了自己的胸膛。他的朋友们连忙拥上去救护，都为这悲惨的结局感到痛心。堂吉诃德也离开洛西南特前去帮忙，他把那人搂进怀里，发现他还没有断气。大伙儿打算把长剑抽出来，可是身边站着的神甫主张还是先叫临终者忏悔过后再说，否则，剑一抽出，人马上就没气儿了。这时候，巴西里奥醒了过来，他有气无力、奄奄一息地说："狠心的契特丽亚，我眼看是非死不可了，你就答应做我的妻子吧！这样我就不至于白白轻生，因为我终于有幸成了你的丈夫。"

神甫听了这话，立即规劝说，灵魂升天比肉体的欢愉更为重要，还是赶紧诚心诚意祈求上帝饶恕自己的一切罪过和这种绝望的举动吧。可巴西里奥回答说，如果契特丽亚不答应做他的妻子，他绝不忏悔。只有满足他这个心愿，他才能有精神和力气忏悔。堂吉诃德听了临终者的请求，大声喊着说，巴西里奥的要求正当合理，而且也不难办；卡马却先生娶勇敢的巴西里奥的遗孀契特丽亚为妻一点不伤体面，跟直接从她娘家娶来没什么两样。

"这会儿要的就是说声'愿意'，如此而已，因为紧接着新郎的婚床就是他的坟墓了。"

卡马却听着这些话，显得那么愕然而惶惑，一时不知道说什么和做什么。巴西里奥的朋友们又在一旁异口同声地催促他让契特丽亚答应一声算了，免得死者失望地离开人世，灵魂不得安宁。最后卡马却被说动了，只好宣布，如果契特丽亚同意这样做，他也不反对，无非是稍微延迟一下他的喜庆时刻罢了。于是那伙人又拥到契特丽亚身边，有的苦苦哀求，有的满面泪水，有的振振有词，都在设法劝说她答应嫁给可怜的巴西里奥。可那姑娘比石头还硬，比雕像还冷，完全是一副不能、不会也不想回答的样子。见她老是默不作声，神甫就催她快下决心，巴西里奥的最后一口气已经到了牙关，没时间等她思前想后了。美人契特丽亚像是被触动了，显得十分悲伤难过。她一声不吭，走到巴西里奥身旁，见他两眼无神，急促地喘息着，嘴里不停地念叨契特丽亚的名字，显然是完全不顾基督徒的本分，打算像个异教徒那样死去。契特丽亚走过去，双膝跪下，始终没有开口，只是示意他伸出手来。巴西里奥瞪大了眼睛，死死盯着她说："哦，契特丽亚，你的善心来得太晚了，因为这时候它只能像把刀一样结束我的生命。你虽然选择我做你的丈夫，可我已经没有力气承受这种欢乐。我也没有力气阻挡致命的创痛用死亡的可怕阴影蒙住我的双眼！哦，我命里的灾星啊，我现在只求你别出于怜悯再次欺骗我，你必须公开声明，你答应嫁我为妻并非出于无奈，你是真心诚意委身于我，选择我做你的合法丈夫。你实在不该欺骗一个弥留之际的人，不该对一个诚心待你的人玩弄花招！"

他说这些话的时候晕过去好几次。每次晕过去，在场的人都以为他真的断了气。契特丽亚神情庄重，又带几分羞怯，用右手抓住巴西里奥的右手对他说："什么样的外力也改变不了我的心愿。我接受你的请求、答应做你的合法妻子完全出于自愿。希望你的抉择也是发自内心的，而不是你鲁莽自戕后的昏聩呓语！"

"当然是发自内心，"巴西里奥回答，"我既不昏聩，也不说胡话，老天还从来没叫我这么清醒过！我答应娶你，做你的丈夫。"

"我答应做你的妻子。"契特丽亚对他说，"不管你是长命百岁，还是马上就被人从我怀里夺走送进坟墓！"

"这小伙子真怪！"这时候桑丘·潘沙插嘴说，"伤得这么重，还能说这么多话！快叫他别光顾着谈情说爱了，还是小心那最后一口气吧！我看是到了舌头上，不是到了牙关上。"

巴西里奥和契特丽亚手拉着手，神甫在一旁感动得眼泪汪汪，连忙对他们表示祝福，祈求上帝让新郎的灵魂安息。那人刚一接受祝福，就十分灵巧地跳了起来，满不在乎地把插进胸膛的长剑拔出。四周的人群顿时惊呆了。有那么几个，也不问个究竟，只顾傻呵呵地大声喊叫起来："显灵了！显灵了！"

可是巴西里奥告诉他们："不是显灵了，显灵了！是真灵啊，真灵啊！"

神甫目瞪口呆，不知道是怎么回事，就伸手去摸伤口，结果发现，长剑刺穿的不是巴西里奥的肉和肋骨，而是一根里头灌满鲜血的铁管。后来才知道，血水封闭在那里面，一时半会儿凝不起来。当然，神甫、卡马却和不少在场的人都觉得自己受到戏弄嘲笑，可是新娘没有露出一点恼怒的神情。而且她一听有人说，他俩的婚约是胡闹，不算数，马上声明，她本人再一次确认婚约有效。大家这才看出，原来是两人事先策划好的计谋。卡马却和他的亲朋好友不免恼羞成怒，决定动手报仇，一时间都拔出明晃晃的佩剑扑向巴西里奥。他那一方也不示弱，立刻举剑迎战。可是堂吉诃德却抢在他们头里，只见他扛枪骑马、高举盾牌，请求大伙儿让路。

　　桑丘向来不喜欢掺和这类乱子，赶紧躲到那些大缸后面。他觉得这个供应他肉汤的地方应该是不能亵渎的圣殿。这时候只听堂吉诃德大声喊道："住手，各位请住手！情场无论得失，都是动不得武的。须知，恋爱就跟打仗一样；既然战争中设计克敌是理所当然的常规，那么在争夺情人的较量中，玩弄一点骗人的花招来达到目的，也没什么不好，只要不玷污和损害爱人就行了。多亏慈悲公道的天意，契特丽亚成了巴西里奥的妻子，巴西里奥成了契特丽亚的丈夫。卡马却有的是钱，可以随时随地随意买到他喜欢的东西。可是巴西里奥只有这只羔羊，不管权势多大的人，也不该跟他争夺。神配合的，人不可分开。①谁胆敢这样做，那就请他尝尝这支矛尖。"

　　说着他便使劲舞动起长矛，而且十分在行，当下就把那些不知底细的人给唬住了。卡马却见契特丽亚居然当众给他白眼，受到很大震动，顿时从心头抹去对她的依恋。当然神甫的规劝也管了用，不仅卡马却自己听了这位明智好心的长者的话，他的那些亲朋好友也都心平气和了。于是出鞘的剑重新回到原处。人们不再谴责玩花招的巴西

---

① 出自《圣经·马太福音》。

里奥，而是责怪水性杨花的契特丽亚。卡马却静下心来一想，既然契特丽亚做姑娘的时候喜欢巴西里奥，婚后也必定旧情难忘，所以他实在该为失去这个女人而不该为得到她感谢上苍。于是卡马却一帮火消了，气顺了，巴西里奥一伙也心平气和了。财主卡马却为了表明他不在乎这场胡闹，根本不把它放在心上，决计接着大宴宾客，全当他的婚礼还在照常进行。可是巴西里奥和他妻子，以及他的那些伙伴却不情愿再待下去，便回到自己村里去了。不光富豪们有人恭维奉承，正直的穷汉也自有人跟随、陪伴和敬重。他们还带走了堂吉诃德，认为他是个有身份的堂堂君子，可是桑丘气得两眼发黑，因为他赶不上卡马却的丰盛喜酒了，据说一直到深夜才收场。他只好垂头丧气跟着主人随巴西里奥一伙去了，不得不丢下埃及的肉锅，只是心里始终念念不忘；一想起那锅眼看就要享用完的肉汤，由不得他不心疼错过的美味佳肴。尽管他肚皮已经填饱，可是还是痛心疾首，恋恋不舍，一路骑着灰驴，亦步亦趋地跟在洛西南特后面。

CAPÍTULO XXII · 第二十二章

英勇的堂吉诃德·德·拉曼却在拉曼却腹地
顺利结束蒙特西诺斯洞穴奇遇

　　一对新人热情周到地款待了堂吉诃德，因为他们十分感谢这位成全他们的恩人。他们称赞他智勇双全，论武艺不亚于熙德，论辩才堪与西塞罗媲美。新郎新娘还慷慨解囊，让走运的桑丘整整大嚼了三天。这时，一对新人才告诉他们，契特丽亚其实并不知道佯装自戕的把戏，那都是巴西里奥一个人的花招，结局还果真如他所料。当然巴西里奥承认他向几个朋友透露过自己的打算，求他们必要时助他一臂之力，好使他的骗术得逞。

　　"这不能也不该称作骗术，"堂吉诃德说，"因为它追求的是正当目标。难道还有比有情人终成眷属更加正当的目标吗？"

　　不过他指出，爱情最大的障碍莫过于天长日久的饥饿和困顿，因为伴随爱情的本应是欢快、幸福和享乐，对一个如愿以偿的情人来说，尤其是这样。这时候，困顿和窘迫便是他不共戴天的死敌。堂吉诃德说这些话的用意是告诉巴西里奥先生，他擅长的那些本事只能给他带来名声，可是挣不到银钱，最好还是丢弃为妙。他应该选择正当便捷的途径努力发财致富，像他那样勤勉聪慧的人是不乏其术的。一个体面的穷汉（不知身为穷汉是不是也算体面）娶了漂亮的女人就更有了身价，所以一旦有人夺走他的妻子，就等于夺走并且毁坏他的名誉。穷丈夫的妻子要是既漂亮又清白，真该像个优胜者一样得到桂冠和奖赏。单凭她的美貌就足以逗引邻居和路人，使他们像鹰隼和猛禽扑向美味的饵食一样纷至沓来。如果在美貌之外再加上度日艰难拮据，那么连老鸹、鹞子和所有的野鸟都想乘虚而入了，能坚决顶住这类进攻的女人不啻是丈夫头上的王冠。

"听我说，聪明的巴西里奥，"堂吉诃德接着讲下去，"我不记得是哪位智者说过：世上只有一个贤良女人；他劝诫大伙儿，人人都应该一心以为这唯一的贤良女人就是自己的妻子，这样就终生放心了。我没结婚，眼下也还没往这上想。尽管如此，我也不妨指点指点打算择妻成婚的人。我首先要忠告的是：女方的名声比她家的财产更要紧，而且贤良的名声要靠她的一举一动来赢得，光有端正的品行还不够。须知，玷污女人清名的与其说是暗中的丑事，不如说是人前的轻浮放荡。你如果娶回一个贤良女人，那么让她始终如一甚至好上加好并不费事。要是你娶的是个糟糕女人，想叫她变好可就吃力了，把她从这头推到那头绝不是轻而易举的事。我不是说做不到，反正是够难的。"

桑丘听到这里，心里暗自想道："每次我把什么道理说到点子上了，我这位主人总说我可以两手端起讲经台，满世界去布道，准错不了。可我说他呀，听他字字有道理，句句是忠言，他不光能双手端起讲经台，简直每根指头都可以顶着两个，满世界去讲道，我这张嘴算得了什么？真是见鬼！一当上游侠骑士就知道这么多事情！我还满心以为他就知道骑士那点事。不承想什么事他都能插上嘴神侃一阵。"

桑丘在一边嘴里嘟囔着，主人听见了就问他："桑丘，你在嘟囔什么？"

"我没说什么，也没嘟囔什么。"桑丘回答，"我只是心想，我要是结婚以前听听老爷您的指点就好了。说不定这会儿我要说：脱缰牛，吃个够。"

"莫非你的特莱萨就这么糟吗？"堂吉诃德问。

"不是很糟，"桑丘回答，"可也不是很好，反正不是我想的那么好。"

"桑丘，你这就不对了，"堂吉诃德说他，"怎么可以讲老婆的坏话呢？好歹她是你孩子们的妈。"

"我们俩谁也不该谁，"桑丘回答，"她来了劲也说我的坏话，特别是吃醋的时候，连魔王撒旦都受不了她。"

他们在一对新人家里住了整整三天，人家把他们伺候款待得跟皇上一样。堂吉诃德求那位剑术师给他找个向导，带他去蒙特西诺斯洞穴。这一带的人们传说那是一个奇妙的地方，他很想钻进去，亲眼看看是不是真的。剑术师答应把他的表弟找来。小伙子是大学里的好学生，特别爱读骑士小说，肯定会很乐意把他一直带到洞口，还可以引他去看瑞德拉七潭。那地方不仅仅是拉曼却的名胜，全西班牙都知道。还说这向导可以一路给他解闷，因为小伙子会写书，还印出来送给达官贵人。这位表弟果真来了，牵着一头怀崽的草驴，驮鞍上铺垫的是一块五颜六色的毯子或毯子之类的东西。桑丘鞴好了洛西南特，又把灰驴拾掇停当，往褡裢里塞满了干粮；表弟的褡裢也一样塞得满满的。他们祈祷过上帝，便和众人告别上路，直奔著名的蒙特西诺斯洞穴。

路上堂吉诃德问那位表弟钻研哪一行学问，有什么爱好和专长。对方回答说，他是专攻文学典籍的，喜欢而且擅长写书出书，他的作品意趣横生，对国家大有裨益。其中有一部题为《武士礼服指南》，书里描述了七百零三种礼服，以及相应的颜色、标记和徽章。每逢节日庆典，宫廷骑士可以按己所需任意挑选，不必低三下四地去借别人的，或者像常说的那样，绞尽脑汁自己设计裁剪。

"我设计的礼服适合各种境遇，无论是猜忌怀疑、遭到冷眼、被人遗忘，还是有意躲避，穿上它都既合身又不丢份儿。我还写了一本书，标题可以是《变形记》或《西班牙的奥维德》。这本书构思新颖奇巧，我在其中用戏谑的笔调模仿奥维德，追根溯源描述了塞维利亚的西拉尔达，马格达莱娜圣女教堂的天使，科尔多瓦的味腥格拉阴沟，吉桑多的大公牛，黑山地区，马德里的莱噶尼托斯和拉瓦皮埃斯清泉，当然我也忘不了虱蚤泉、金沟泉、修女泉。①我还使用了各种象征、比喻和借代，同时给读者以愉悦、惊喜和教益。我还有一本书，题目是《维吉尔·珀里多罗②增补篇》，讲的是各种发明创造。这可是一部高深的学术著作，凡是珀里多罗遗漏的重要项目，我都一一考证，然后用优美的文笔记载下来。比方维吉尔忘了告诉我们世上是谁首次得了感冒，又是谁首次用水银涂身治好了高卢疮③。这些我都一一如实撰写出来，为此还援引了不下二十五部不同作家的作品。您且说说我是不是在认真工作，这本书对世人有没有用处？"

桑丘一直在专心听这位表弟的话，这时候便问他："但愿上帝保佑您的书都顺顺当当印出来。先生，您想必是什么都知道喽，那么请告诉我，是谁第一个在脑袋上抓痒痒的？我心里琢磨，八成是咱们的老祖宗亚当。"

"没准儿就是他，"那位表弟回答，"不用说亚当是长脑袋的，也有头发。既然是这样，那他这世上第一人总有个挠痒痒的时候吧！"

"我也是这么想的。"桑丘说，"请您再告诉我，谁是世上第一个翻跟头的？"

"老兄，说实话，"那表弟不得不承认，"我一时也讲不清，等我考据考据吧。我一回家就去查书。我想咱们不至于就见这一次面吧！下次再碰着的时候，我一定叫你满意。"

"我看，先生，"桑丘对他说，"您就不必费这个事了。我刚问过，

---

① 以上均为西班牙各地的名胜景点。

② 维吉尔·珀里多罗：应为"珀里多罗·维吉尔"，15世纪意大利学者，这里指的是他的拉丁语著作《论发明创造》。

③ 高卢疮：即梅毒。

就一下子自个儿琢磨出来了。告诉您说，世上第一个翻跟头的是魔鬼路西非尔。他被从天堂里轰出门，赶下界，就连翻带滚掉进地狱。"

"老兄言之有理。"那表弟说。

这时候堂吉诃德说："桑丘，这问话和答话都不是你说的，我在别人那儿听到过。"

"您就别说了，老爷。"桑丘顶了一句，"老实讲，我一高兴，又问又答，从这会儿到明天也说不完。真的，要论张口乱问、满嘴胡答，我还用不着别人帮忙。"

"桑丘，就你那点学问而言，你说得够多的了。"堂吉诃德告诉他，"不少人不厌其烦地探问这打听那，可是探问过打听到之后呢，学问和知识却没有一丁点长进。"

他们就这样神聊了整整一天，晚上是在个小村子里过的夜。那表弟告诉堂吉诃德从那儿到蒙特西诺斯洞穴也就是不到两莱瓜的路程，要是他真的想下到深处，必须置备足够的绳索，好捆住身子慢慢出溜下去。堂吉诃德说哪怕就是直通地狱，他也要看看究竟有没有个底。于是他们买了一百多寻的绳子，第二天下午两点到了那个洞穴。洞口又宽又大，只是长满了荆棘刺梨、蒺藜蒿草，横七竖八、密密麻麻把个通道堵得死死的。见到了洞口，那表弟、桑丘和堂吉诃德都下了地，两人把堂吉诃德紧紧用绳子捆住。桑丘一面又绕又勒，一面说："我的老爷，您到底打算干什么？还是好好想想吧！别把自己给活埋了！也别弄得像拔在井里的一瓶酒！真的，您摊不上也犯不着到这儿来踅摸什么，这黑洞洞简直比地牢还吓人！"

"系你的绳子，别多嘴！"堂吉诃德训他，"告诉你吧，桑丘老弟，和往常一样，此等大事是专门等着我去做的。"

向导这时候说话了："堂吉诃德先生，求您务必睁开浑身的眼睛，仔仔细细看清楚里面都有些什么，说不定在我的《变形记》里还能加进不少东西哩。"

"你算是找到干这种事的行家了！"桑丘·潘沙对他说。

说话的工夫，绳子已经捆好打结了，不过不是系在胸甲上，而是绕在里面的紧身袄上。堂吉诃德突然想起："咱们忘了带一个小铃铛绑在我身边的绳子上。它一响，就知道我还活着，正往下出溜呢。不过算了，反正也来不及了，只好听天由命吧！"

然后他双膝跪下，低声朝天念了一句祈祷辞，求上帝保佑，帮他顺利完成这次凶多吉少的奇特冒险，接着又大声说道："啊，我行为举止的主宰，洁白无瑕、举世无双的杜尔西内亚·德尔·托博索！能成为你的情人，我真是三生有幸；但愿你能听到我的祈望和恳求。空前绝后的美人哟，你千万要仔细倾听！我并无奢求，只希望你不要拒绝给我救助和庇护。这正是我此时此刻的迫切需要，我立即就要坠入、落进、消失在面前的深渊里，为的是让世人知晓：以你为后盾，我必然攻无不克、战无不胜。"

他说着便走近洞口，这才发现，若不扒开或者砍去荆棘，根本无法置身其间。于是他抽出佩剑，开始砍伐、艾夷堵塞洞口的蒺藜蒿草。随着一阵噼啪乱响，硕大无比的乌鸦、蝙蝠从洞里仓皇飞出；它们成群结队、密密麻麻，一下就把堂吉诃德掀翻在地上。不过他终究笃信基督而不迷信征兆，否则真要把这一切看作不祥之兆，再也不会钻进那种鬼地方了。最后他从地上站起，见乌鸦飞尽了，连昼伏夜出的蝙蝠也跟着逃光了，就叫那表弟和桑丘一点点松开绳子，转眼便消失在那可怕的洞口深处。他下去之前，桑丘特意为他祝福，不停地在他身上画十字，还说："但愿给你引路的不光是上帝，还有法国崖上的圣母，加埃塔的圣父、圣子、圣灵！游侠骑士里就数你拔尖、冒顶、出格了！去吧，人间的大好汉，你长的是铁心铜臂呀！我再祝愿上帝给你引路，把你平平安安、没病没灾地带回来！谁叫你偏偏要离开亮堂堂的人间，自找着往漆黑一片的地方钻呢！"

那表弟也差不多是这样祈祷和祝愿的。

堂吉诃德一路下去，不断喊着给他松绳子，再松绳子，那两人就不停地一点点松开。顺着洞口传上来的声音慢慢听不见了，长达一百寻的绳子也到头了。他们俩甚至觉得该把堂吉诃德拽上来，反正绳子也不够用了。不过最终他们还是静静等了半个小时，才开始往回收绳子。没想到很轻松，底下没有一点分量，这等于告诉他们，堂吉诃德留在那下面了。这么一想，桑丘不禁伤心地哭起来，连忙更快地往上抽绳子，满心指望是自己弄错了。末了，绳子收回了八十来寻，才感到底下有分量了，两人顿时大喜。十点光景，他们便清清楚楚看见堂吉诃德了。桑丘大声嚷嚷着对他说："老爷您可算是回来了！我们还以为您留在下面传宗接代了呢！"

　　可是堂吉诃德却一声不吭。等把他全拽上来之后，那两人才发现他两眼紧闭，像是睡着了的样子。他们把他放倒在地上，又给他解开绳子，这期间他一直没醒。两人便又推又搡、又晃又摇，过了好一会儿他总算有了知觉，仿佛刚从深沉的梦境中走出来，只见他伸了伸懒腰，东看一眼，西看一眼，显出十分惊诧的样子，说："但愿上帝饶恕你们二位！你们真不该把我拽上来，我正在那儿过得美滋滋的呢，经历了世上谁也没经历过的好事。说真的，我这会儿总算明白了，人生的欢乐确实就跟过眼烟云似的，转瞬即逝，又像田野的花朵儿，顷刻凋零。哦，命途多舛的蒙特西诺斯！哦，身负重伤的杜让达尔特！哦，凄惨惨的贝莱尔玛！哦，泪涟涟的瓜迪亚纳！哦，你们这些瑞德拉的不幸女儿，看看你们那浩荡的湖面，就知道你们美丽的眼睛里流出了多少泪水！"

　　那表弟和桑丘十分专注地倾听着，堂吉诃德的每句话语似乎都在撕裂肝胆、夺腔而出。两人求他解释一下自己的话，告诉他们，他在那座地狱里看到了什么。

　　"你们说那是地狱？"堂吉诃德喊道，"你们不该这样说，这称呼不合适，你们马上就会明白的。"

他说自己饿极了，就先要了点吃的。他们把表弟的鞍垫铺在草地上，取出褡裢里的吃食，三人和和美美地坐在一起，午饭晚饭并成一顿吃了。堂吉诃德·德·拉曼却见鞍垫已经撤去，就说："小伙子们，都别动，仔细听我讲来！"

CAPÍTULO XXIII · 第二十三章

空前绝后的堂吉诃德讲述他在蒙特西诺斯洞穴深处所见的稀奇景象，此次遭遇离奇绝伦，几近谵语

　　大约午后四点钟光景，太阳裹在云团里，射出的微弱光线不再灼人，堂吉诃德趁这凉爽舒适的当儿，对他那两位尊贵之极的听众讲述了他在蒙特西诺斯洞穴的所见所闻。他开口说道："在这个黑洞口下面十来丈的地方，右边凹进去一大块，宽绰得容得下几头骡子拉的大车。一道微光从老远射下来，看来上头有小洞或缝隙直通地面。我吊在绳子头上往下出溜，周围一片漆黑，也不知道自己究竟会落到哪里，正又烦又躁呢，恰好看到这块凹进去的地方，就当即决定停在那儿歇一会儿。我喊了几声，叫你们先别放绳子了，等我需要的时候再说。可是你们好像是没听见。我只好把你们送下来的绳子收拢，一圈一圈盘起来，然后坐在上面开始琢磨：这会儿没人替我拽绳子了，可怎么下到底呢？我想来想去一点主意也没有，突然不知怎么弄的，一下子就死死地睡过去了。接着又糊里糊涂不知是怎么回事，猛地醒了，发现自己来到一片漂亮的草地，幽静宜人，真是天底下少有，就是再灵的脑袋瓜也想象不出来。

　　"我睁大了眼睛，还使劲揉了几下，明白自己不是在梦里，而是确确实实醒着。可我还不放心，又摸了摸自己的头和胸，好确认站在那儿的就是我本人，不是什么幽灵鬼怪。经过这么眼观手摸，再加上心里仔细盘算，结果证明当时那儿的我就是现在这儿的我。于是

我看到一座富丽堂皇的宫殿或城堡，城垣墙壁似乎是由光洁透明的水晶筑成。两处殿门打开了，出现了一位威严的老者，向我走来。他穿一件深紫色粗呢长袍，一直拖到地上，绿缎子学士绶带紧紧扎在肩头和胸前，头上戴着黑色的米兰圆帽，雪白的胡子垂到腰间。他没拿任何武器，手里只攥着一串念珠，每个珠子都比中等个儿的核桃还大，在每十个的分节处，都有一颗像鸵鸟蛋那么大的珠子。他气宇轩昂、步履稳健。他的一举一动和浑身的派头都令我肃然起敬、叹为观止。他走到我跟前，先是紧紧把我抱住，然后才说：'威武的骑士堂吉诃德·德·拉曼却，亘古以来，我们中了魔，被幽禁在这里与世隔绝。我们始终盼望着你的到来，好向世人公布这蒙特西诺斯洞穴里深深隐蔽和埋藏着的一切，如今你终于进洞了。只有像你这样气吞山河、英勇无敌的人才能完成此次壮举。至尊的先生，请跟我来，我要带你去见识这座水晶城堡包藏着的种种奇景。我是这里的终身主管和卫士：我就是蒙特西诺斯，洞穴也因此得名。'

"我一听他是蒙特西诺斯，立即向他打听洞外人世间的传闻是否属实，说他用一把小小的匕首剖开好友杜让达尔特的胸膛，掏出心来，并按他临终的吩咐，跑去交给贝莱尔玛女士。那人回答我说，确实如此，不过匕首一事稍有出入，他使用的不是匕首，更不是小小的；那是一把锋利的短刀，比锥子还尖锐。"

"这把短刀啊，"桑丘这时候插嘴说，"说不定就是塞维利亚人拉蒙·德·奥塞斯造出来的。"

"不太清楚。"堂吉诃德回答，"不过不太可能是这位制刀人，因为拉蒙·德·奥塞斯简直就是昨天的事，可是这里说的惨剧，是好多好多年以前发生在龙塞斯瓦列斯的。再说也无须弄清这个，反正不会影响和改变整个故事的真实性。"

"是这样，"那表弟也赞同，"堂吉诃德先生，请您接着讲下去，我正听得津津有味呢。"

"我也正讲得津津有味呢。"堂吉诃德说,"我好像是讲到威严的蒙特西诺斯把我领进水晶官,跨入一间低矮的厅堂,全用暗纹大理石砌成,里面凉爽异常,中间一座大理石坟墓,建造精巧。墓上直挺挺躺着一位骑士,可不是通常墓石上那种雕像,不是铜铸,就是石雕玉雕,这里却是一个骨肉俱全的真人。他的右手放在心口上。我记得那只手毛茸茸的,青筋鼓胀,足见那人身强力壮。蒙特西诺斯见我望着墓石上的人直发愣,就对我说:'这就是我的朋友杜让达尔特,堪称当时勇敢多情骑士之精华和典范。他跟我和其他许多男男女女一样,也是中魔在此滞留。这都是那个法国魔法师梅尔林所为。据说此人是魔鬼的儿子,可是依我看呀,他哪里是什么魔鬼的儿子,他分明是常言说的那样,比魔鬼还高出一筹哩!他是如何又为何给我们施展魔法的,谁也说不明白,只好等着岁月去廓清了。我想这日子也不会太远了。我只觉得有一件事十分蹊跷:我明明亲眼看到杜让达尔特在我怀里咽了气,就像我现在眼看着是大白天一样;而且他死后我又亲手掏出他的心——老实讲,足足有两磅重呢!听博物学家们说,心大胆儿也大,心小胆儿也小。总之经过就是这样,这位骑士的的确确是死了,可是怎么搞的?他一直时不时地叹息呻吟,就跟活着一样!'
　　"话音未落,就听见可怜的杜让达尔特粗粗叹了口气,说道:

　　　　蒙特西诺斯我的表哥,
　　　　听我这最后一次诉说:
　　　　一旦你见我不幸死去,
　　　　灵魂远远逃离开躯壳,
　　　　你必须立即剖胸取心,
　　　　送到贝莱尔玛的住所。
　　　　究竟用短刀还是匕首,
　　　　凭你本人去自由选择。

"威严的蒙特西诺斯听了，连忙跪在受到重创的骑士面前，两眼含泪说道：'我最最亲爱的表弟杜让达尔特先生，就在咱们不幸受挫的那天，我已经遵照吩咐，仔仔细细取出了你的心，没在胸膛里留下一星半点，然后用一块花边手绢把它擦得干干净净。我的双手在你体内忙活了半天，沾满了血迹，可是我在掩埋你的时候流了那么多眼泪，竟然把它们冲洗一净。于是我捧着那颗心向法国跑去。我心爱的表弟，还得告诉你一个细节：在出了龙塞斯瓦列斯的第一个村子时，我给你的心撒了点盐，免得它有味；就算不能新新鲜鲜地送到贝莱尔玛夫人手里，至少让她得到一个盐渍的。可是她也好，你也好，我也好，还有你的侍从瓜迪亚纳，嬷嬷瑞德拉和她的七个女儿、两个外甥女，以及许许多多你的熟人和朋友，全都中了魔滞留在这里了。这是好多好多年以前，梅尔林博士干的好事。五百多年过去了，可是咱们中间谁也没死。就是缺了瑞德拉和她的女儿、外甥女们。她们哭呀哭的，终于叫梅尔林动了心，把她们变成一些湖泊。如今在上面的活人世界里，在拉曼却省，大家称它们"瑞德拉群湖"；七个女儿属于西班牙历代国王，两个外甥女归了神圣的圣胡安教团。你的侍从瓜迪亚纳也常为你的不幸伤心流泪，于是被变成一条同名的河流。它一流出地面，见到天上的太阳，立即想起自己居然把你抛下不管，心里十分难过，便再次钻入地下。可是它终归不能长久脱离天定的流向，时不时还得爬上地面，在阳光下和人们面前滚滚而去。上面提到的那些湖泊，还有许多别的湖泊，都跟这条河流交汇，使它的水量越来越大，浩浩荡荡、威风凛凛地进入葡萄牙。不过总的来说，它不论到了哪儿，老是那副栖栖惶惶、满面愁容的样子，甚至没心思在流水里养育美味可口的鱼类，净出产一些粗糙无味的品种，在这方面，根本没法和金色的塔霍河相比。我的表弟呀，我现在这些话不知给你说过多少遍了，可你总不搭茬儿。于是我想，要么是你不信，要么是你没听见。反正我心里难受得很，上帝可以做证。这回我打算给你说点新鲜事，当然未必会让你得到多少安慰，可总不至于增添烦恼吧。你知道谁在你面前吗？睁开眼睛好好看看他，就是那位大骑士。梅尔林博士早就预言了他的好多事情。我说的是那位堂吉诃德·德·拉曼却，他如今在世上重新恢复了失传的骑士道，而且比古代更加大放异彩。靠他帮忙，或许咱们能想法破除魔法。要知道，伟大的事业都是由伟大的人物完成的。'

"'万一不行呢，'身受重伤的杜让达尔特有气无力地低声说，'我说表哥，万一不行呢，耐心等待，再抽好牌。'

"然后他就转过身去，像往常那样沉默不语了。这时候我突然听到一阵大声哭喊，其间还夹杂着深沉的叹息和伤心的抽泣。我回过头，透过水晶墙看到另一个房间里有一队人走动，原来是两行美丽无比的姑娘，个个一色丧服，还像土耳其人那样用白巾缠头。走在队伍最后的一位，神色庄重，显然是个贵夫人。她当然也穿一身黑色丧服，白色头饰长长地垂下，一直拖在地上。她的裹头巾比众人之中最长的还长出两倍。只见她双眉紧蹙，鼻梁塌陷，大嘴朱唇，时不时露出稀疏参差的牙齿，不过却白得像刚刚剥开的杏仁。她手里捧着一块薄巾，我似乎看见里面是一团干瘪的肉，想必是那颗腌制过的心。

"蒙特西诺斯告诉我，那些列队而行的人都是杜让达尔特和贝莱尔玛的奴仆，也跟他们的男女主人一样中了魔滞留在那儿。走在最后，用薄巾裹心捧在手里的那位就是贝莱尔玛夫人。每周有四天，她都和自己的使女们列队走一圈，还一路歌唱，其实更确切地说，是哭号着哀叹那重创的心和躯体。当时我觉得她相当丑，不像传闻的那么漂亮，大概是中魔以后，在那地方日夜苦熬的结果吧。只要瞧瞧她那两大块黑眼圈和病歪歪的脸色就够了。她脸色蜡黄、眼圈乌黑，并非女人月月都有的毛病引起的；实际上，已经好几个月，甚至好几年了，这种事连影子也没从她身体里露出来过。她是心里太难过了，她老是看到手里捧着的那颗心，就会回想起自己倒霉情人的不幸遭遇。不然的话，要论容貌、风度和气派，连备受境内外称道的大美人杜尔西内亚·德尔·托博索也算不了什么。

"'莫要打岔，'我当时对他说，'堂蒙特西诺斯先生，正经八百讲您的故事。您该知道，乱攀比是最讨厌的了，所以劝您别拿人比人。举世无双的杜尔西内亚·德尔·托博索是谁就是谁；堂娜贝莱尔玛夫人如今是谁、曾经是谁，也由她去吧。'

"他一听就回答我说：'堂吉诃德先生，请原谅，我承认自己是走了火。我不该说杜尔西内亚小姐和贝莱尔玛夫人相比算不了什么。其实不知道为什么，我早就揣摩着您是她的骑士，我在多嘴之前，本该咬咬舌尖，拿她跟天相比还差不多。'

"既然豪爽的蒙特西诺斯赔了不是，我也就马上心平气和了。刚才听他拿我的心上人跟贝莱尔玛相比，还真叫我很不受用。"

"真奇怪！"桑丘说，"老爷您怎么不一下子扑到那老家伙身上，三腿两脚踢断他的骨头，再把他的胡子揪个一干二净？"

"不行啊，桑丘老兄。"堂吉诃德回答他，"我不能这么干。咱们无论如何也得尊重老年人嘛，哪怕他不是骑士呢！至于老年骑士，又是中了魔的，就更不用说了。我心里很清楚，我们俩你一言我一语，双方都说了不少话，看来谁也不欠谁了。"

这时候表弟开口了："我弄不明白，堂吉诃德先生，您在下面只不过待了很短时间，怎么就能看到那么多东西，连问带答说了那么多话？"

"我下去了多长时间？"堂吉诃德问。

"也就一个来钟头吧。"桑丘告诉他。

"这不可能。"堂吉诃德回答，"我在那儿明明看到天黑又天亮、天亮又天黑，来回整整三次。我估摸着在那世人见不到的深处待了整三天。"

"没准儿老爷说得也对。"桑丘解释说，"您的事全是沾了魔法的。大概在我们这儿不过是一个钟头，到了您那儿就成了三天三夜。"

"可能是吧。"堂吉诃德回答。

"先生，这段时间里您吃东西了吗？"表弟问。

"我一口东西也没吃，"堂吉诃德回答，"再说我也不饿，连想也没想过。"

"那些中魔的人吃饭吗？"表弟又问。

"他们不吃饭，"堂吉诃德说，"也不见他们大便，不过听说他们的指甲、胡子和头发还照样长。"

"老爷，那些中魔的人总该睡觉吧？"桑丘问。

"还真不睡，"堂吉诃德告诉他，"反正我在那儿跟他们待了三天，没见一个人合眼的，我自己也没有。"

"这儿用得上那句老话了，"桑丘说，"看你跟着谁，便知你是谁。您跟着那些挨饿熬夜中了魔的，自个儿当然也就不吃不睡了。不过老爷您别见怪：您说的这一套，我一点也不信。不然就让上帝把我劫走——我差点就说出'让鬼把我劫走'。"

"干吗不信？"那表弟问，"堂吉诃德先生干吗要编这个谎儿？就算他有这个打算吧，哪来的工夫一下子琢磨编造出这么一长串呀？"

"我的意思不是说我老爷撒谎。"桑丘解释道。

"那你是什么意思？"堂吉诃德问。

"我是说，"桑丘回道，"照您讲的，您在下头跟那么多人见了面聊了天。那个梅尔林也好，还是别的什么一伙子魔法师也好，让他们一大帮人都中了魔，当然也能想法把您讲过和打算接着讲的那套花样塞进您的心窝里和脑瓜里。"

"这倒也难说，桑丘，"堂吉诃德承认，"可明明不是这么回事嘛！我刚才说的那些都是我亲眼看见、亲手摸过的。我再告诉你一件事，看你还有什么好说的。那个蒙特西诺斯引我去看的那些稀奇古怪的事数也数不清，有好多不便在这儿讲，等以后咱们上了路我再慢慢说给你听。有一回他指给我看三个乡下女人，当时她们正在那片幽静的田野上山羊般蹦蹦跳跳。我一眼看上去，就认出了举世无双的杜尔西内亚·德尔·托博索，还有那两个跟她一块儿的乡下姑娘。咱们还在托博索村口跟他们说过话哩。我问蒙特西诺斯是不是认识他们，他说不认识，不过他想，准是中魔的几位贵夫人。她们是前几天刚在这片草地上露面的。我听了一点也不觉得奇怪，因为那儿有不少古代和现今的贵夫人，都中了魔，变成五花八门的怪样子。他就认识当中的西内布拉王后和她的嬷嬷金塔尼奥娜，曾经斟酒款待过郎萨洛特：

　　大不列颠是故乡……"

　　桑丘·潘沙听主人说到这里差点没发疯似的笑个半死。他很清楚杜尔西内亚中魔的把戏是怎么回事，他自己既是魔法师又是见证人。于是他终于明明白白看出主人确实完全昏了头、发了疯，便对他说："我亲爱的老板呀，您真是挑了该死的日子、糟糕的时辰、要命的工夫往阴曹地府跑了一趟，又在糟糕的节骨眼儿上碰到蒙特西诺斯先生，叫他把您弄成这样打发回来了。您在上头本来好好的，托上帝的福，心明脑清的，总是嘴里不断至理名言、忠告劝说。哪像如今，净说些谁都想不出来的胡话。"

　　"桑丘，我是知道你的，"堂吉诃德告诉他，"所以不打算理睬你说的话。"

　　"我也是，"桑丘回答，"要是您一直嘴硬，不更改自己的话，我也不打算理睬您，哪怕您因为我刚说过的话和待会儿还要说的话把我打伤杀死！不过，趁咱俩还没翻脸，您能不能告诉我：您凭什么一眼就认出那位小姐是咱们的女主人呢？您跟她搭上话了吗？都说了些什么？她是怎么回答的？"

"我是从衣服上认出她的，"堂吉诃德告诉他，"跟你当初指给我看她的时候穿的一模一样。我跟她说话来着，可她根本不搭茬儿，反而掉头就跑，快得连支飞箭也追不上。我想去攥她，可是蒙特西诺斯劝我别劳那个神，反正是白费劲。再说也到了钟点，我该从洞底返回了。他还说日后慢慢给我捎信，告诉我贝莱尔玛、杜让达尔特和所有那里的人是怎么摆脱魔法的。不过还有一件更叫我伤心的事。我正和蒙特西诺斯说话呢，不幸的杜尔西内亚的一个女伴趁我不留神走到跟前，两眼满含泪水，支支吾吾悄声对我说：'我们小姐杜尔西内亚·德尔·托博索在此亲吻您的双手，并恳请您务必向她转告您的近况。再者，她因手头十分窘迫，急切地向您求助，请借给她六个雷阿尔，或者尽您所有吧，暂且就用这条厚棉布衬裙作抵押，她保证尽快如数偿还。'

"听了这个口信，我不由得大吃一惊，便转身问蒙特西诺斯先生：'蒙特西诺斯先生，莫非中魔的贵人们也会手头窘迫？'

"他回答我说：'堂吉诃德·德·拉曼却先生，您信我的话没错。说起这手头窘迫，真是无处不有，无处不在，连中魔的人也逃脱不了。既然杜尔西内亚·德尔·托博索小姐派人来借六个雷阿尔，还留下挺不错的抵押，我看就借给她吧。她准是遇到了很大的难题。'

"'抵押就免了吧，'我回答，'可是我拿不出那么多钱来，我只带着四个雷阿尔，都给她吧。'桑丘啊，就是上次你给我准备一路施舍穷人的。然后我又说：'姑娘，请转告你家小姐，听说她有这么多难处，我心里很不是滋味。我恨不得自己变成银行家富格尔①，帮她解忧。我还想告诉她，不见她的花容月貌，不听她的妙语箴言，我就不得身心健全。我恳切万分地央告她，务必让这个被她俘获的奴仆、疲

---

① 富格尔：德国银行业和实业家族，15、16 世纪控制着欧洲货币市场。

于奔命的骑士见一面、说句话。再请转告她，不定什么时候她就会听说我已经模仿曼图亚侯爵发誓立志了。他在深山遇到自己垂死的外甥巴多维诺的时候，横下心为他报仇，否则绝不在铺台布的桌子上就餐，以及其他诸如此类的事情，就不必细说了。反正我打算照此办理，一口气不歇地踏遍世界七大洲，比葡萄牙王子堂佩德罗还要一丝不苟，直到驱散她身上的魔法为止。'

"'您本该这样为我家小姐效劳，更何况还远远不够呢！'那姑娘回答我。她说着抓起那四个雷阿尔，凌空一蹦，足有两巴拉高，就算是对我行礼告别了。"

"哦，贤能的上帝啊！"这时候桑丘大声喊叫起来，"世上怎么会有这种事情？那些魔法师的魔法真的就那么灵验，果然搅昏了我老爷的脑瓜，弄得他疯疯癫癫？我说老爷呀老爷，看在上帝的分上，想想您的身份和名誉吧，别再把这些鬼名堂当真，弄得自己神魂颠倒啦！"

"桑丘，我知道你说这些是为我好。"堂吉诃德告诉他，"不过世上的事情你见的还是太少，稍微有点出格，你就大惊小怪了。我刚说了，日子还长着呢，我会把在下面看到的事慢慢讲给你听的。到时候你自会明白，我刚说的那些都是确有其事、不容置辩的。"

CAPÍTULO XXIV · 第二十四章

这里讲了一大堆无关紧要的七零八碎，
可是为了真正理解这部伟大传记还必须提及

　　据这部伟大传记的译者说，他把原作者西德·阿麦特·贝嫩赫里的手稿翻译到蒙特西诺斯洞穴奇遇一章，见阿麦特本人在书页边上亲笔写下这样的话："我不明白也不相信上一章讲的堂吉诃德的那些事情居然真的发生过。道理很简单，直到目前，所有他那些奇遇冒险都是可信的，至少是可能的。可是洞穴这一场却怎么说也不像是真的，因为实在太离奇古怪了。然而我又不能设想是堂吉诃德在撒谎，他分明是当时最诚实的绅士和最高贵的骑士，即使被乱箭射死，他也不会说一句谎话。从另一方面看，他讲的时候列举了那么多细节，怎么可能一眨眼工夫编造出那么一大套胡言乱语呢！总之，即便这段故事有伪托之嫌，那也不是我的过错，我只能不论真假，照录不误。读者你知事晓理，自会有所明断。我无能为力，不便多言。不过确实也有人说过，堂吉诃德临死之时、弥留之际自己承认撒了谎，说他是照着读过的小说的模子精心编造出来的。"

　　然后作者接着写下去。

　　那表弟见桑丘·潘沙如此放肆，而主人却一再忍让，感到十分吃惊，心想，别看杜尔西内亚中了魔，堂吉诃德见她一面也照样引为乐事，一下子性情也显得那么柔顺了。不然的话，桑丘如此忤逆不敬，还不招来一顿乱棍捶打？表弟觉得桑丘对主人确实过于冒犯，就说：

"堂吉诃德·德·拉曼却先生，就本人而言，陪您来这里一趟获益匪浅，至少得到四样好处。其一，认识了阁下，实在三生有幸。其二，得知蒙特西诺斯洞穴内所藏何物，以及瓜迪亚纳河和瑞德拉群湖的来源，我手头上正写的《西班牙的奥维德》又有了新材料。其三，看出纸牌游戏历史久远，至迟到了查理大帝时代就有人玩了。您讲到蒙特西诺斯跟杜让达尔特说了半天话，末了他醒来冒出一句：耐心等待，再抽好牌。这种说法他绝不是在中魔期间学来的，准是中魔以前，查理大帝时代在法国学的。考据出这件事简直叫我喜出望外，又可以加进我写的另一本书《维吉尔·珀里多罗论古代发明创造增补篇》。我敢说，珀里多罗在他的书里准是把发明纸牌的事给漏掉了，我如今把它补上去。这可是件大事，而且来自严肃诚实的杜让达尔特之口，肯定可靠。其四，是我弄清楚了至今无人知晓的瓜迪亚纳河的源头。"

"言之有理。"堂吉诃德说，"但愿上帝施恩，叫您的这几本书能获准出版——我看是有点悬！——不过我很想知道，您打算把它们献给谁啊？"

"献给达官贵人呗，西班牙有的是。"表弟回答。

"未必很多。"堂吉诃德告诉他，"倒不是说他们不够身份，只怕他们不愿意接受；作者苦心孤诣一片热忱，他们岂不要欠下人情？我倒认识一位贵人，他一个就顶他们所有的了，而且他的好处多着呢；我要是一条条说出来，只怕不少有气量的人也会心里不受用的。算了，以后有时间再细谈这些吧，咱们还是去找找今晚在哪儿过夜。"

"离这儿不远有个小寺庙，"表弟回答，"里面住着个山僧，据说从前当过兵，人人都夸他是个好基督徒，见识广，心肠善。庙边上有一所小房子，是他自己花钱盖的，地方虽然不大，还能住下几个客人。"

"您说的这位山僧是不是养鸡呀？"桑丘问。

"很少有山僧不养鸡的，"堂吉诃德告诉他，"如今的山僧和那些住在埃及沙漠里的不一样了。那时候都兴棕榈叶子当衣穿，挖出草根当饭吃。你们别以为我说那时的山僧好，就是在说如今的不好。我只是想说明如今山僧修行不像先前那么清苦艰辛了，可这不等于说他们不好，至少我本人觉得他们都挺好。年月不清平的时候，即使当个伪君子，总比公开作恶好吧！"

这时候他们见有人朝他们走来。那人一面匆匆步行赶路，一面抡起棍子催促满驮着刀枪剑戟的骡子快走。经过他们身边，打了个招呼，就又径直向前去了。于是堂吉诃德对他说："老乡，等一等。你好像太着急了，我看这头骡子受不了。"

"老爷，我不能等啊！"那人回答，"您没见我在运兵器吗？都是明天要用的，所以我不能耽搁，再见了。不过，我今晚打算在山上那个客店过夜，您要是想知道我运这些兵器到底干什么，顺路的话，就去那儿找我吧。我会告诉您不少有趣的事。再说一遍，回头见！"

他说完就连忙赶着骡子走了，堂吉诃德根本来不及问他想讲什么有趣的事。他一向很好奇，总喜欢没完没了地探听各种新闻，就建议立即上路，也去那家客店过夜，绕过表弟打算投宿的那个小寺庙。三人议定，跨上坐骑直奔客店去了，眼看天黑了才赶到。

半路上，表弟提议三人进山寺去喝一杯。桑丘·潘沙一听，连忙赶着灰驴往那儿跑，堂吉诃德和表弟便紧紧跟在后面。可是都怪桑丘的命运不济，偏偏山僧不在寺里。不过当时有人在替山僧看门，是他这么说的。他们说想要值钱的酒喝，那人回答他主人没有值钱的酒，不过如果他们需要不值钱的水，他倒很乐意提供。

"我要是想喝水，"桑丘回答他，"一路上有的是井，早就喝了个够。卡马却的喜酒哟！堂迭哥家的宴席哟！我什么时候才能不想你们呀？"

他们只好离开山寺朝客店走去。不一会儿就看见前面有个小伙子，不慌不忙地走着，所以很快就叫他们追上了。小伙子肩膀上挎着一把剑，还有一个包袱之类的东西，像是随身带的衣服，不外乎衬裤、套裤、披风、衬衫什么的。他身上穿一件丝绒短上衣，不少地方已经亮光光的跟缎子似的，下摆也未能遮住里面的衬衫。脚上穿的是丝袜和京城时兴的方头鞋。他年纪有十八九岁，一副喜笑颜开的模样，看来行动也很灵巧。他还一路唱着小曲给自己解除旅途劳顿。那三人赶上来时，他刚刚唱完一支，表弟记住了歌词，是这样的：

> 穷人只好去当兵，
> 有钱谁肯来卖命。

还是堂吉诃德首先开的口，他说："漂亮小伙儿先生，您穿这一身上路真够轻便呀！您这是去哪儿啊？不知道是不是愿意告诉我们。"

于是年轻人回答说："轻装上路，是因为一来天热，二来人穷。要问去哪儿，我这是去打仗。"

"这与人穷何干？"堂吉诃德问，"天热倒还说得通。"

"先生，"那小伙儿回答，"这包袱里塞着一条丝绒套裤，是跟这件上衣配套的。我不能在路上磨破它，那进城的时候就不体面了。我又没钱再买一套新的。所以，一为节省，二为风凉，我就这么上路了。我还得赶上十二莱瓜的路才能追上前面的兵团。只要我一投军，往后去港口的路上就不缺辎重骡队了。听说我们要在卡塔赫纳上船。我宁愿打仗为国王老爷效劳，再也不想待在京城伺候穷光蛋了。"

"有没有人赏给过您额外津贴啊？"表弟问。

"可惜我没伺候过西班牙的什么达官贵人，"小伙子回答，"不然我准会得到额外津贴。伺候好主儿就有这种甜头：一走出大宅的灶间，马上混个少尉上尉当当，军饷也丰厚。可我真够倒霉的，净伺候一些谋官差的和碰运气的主儿，他们自己的口粮和赏钱还少得可怜呢，浆一浆衣领就能花掉一半。给这些人当侍童又想捞到像样的好处，那才是见鬼了呢！"

"老弟，请您照实说，"堂吉诃德问，"您辛苦了这么多年，难道连件号衣也没混到手吗？"

"有过两件，"那侍童回答，"可是就像有些教派一样，你一离开它，就得扒下教士服，换上原来的衣裳。我的那些主人就是这样叫我又穿上原来的旧衣服。他们进京办完事，该回家了，马上把那些装门面的号衣收走。"

"这可正像意大利人说的'抠门到家'了！"堂吉诃德议论道，"不过值得庆幸的是您总算离开了京城，而且有了这么可嘉的打算。世上最光彩最有用的营生一是为上帝效力，二是为神赐的主子国王效力，特别是干武士这一行的。当兵打仗不一定能挣多少钱，可比耍笔杆子光荣多了。我总是这么说的。尽管文官世家的数量远远超过武官世家，可是不知怎么回事，武士就是比文人光彩，把他们整个儿都压下去了。希望您牢牢记住我的这些话，将来吃苦头的时候，会给您排忧解难的。您想想，将来什么不顺心的事都可能发生，其中最糟糕的莫过于送命了；可是只要死得痛快，岂不又成最幸运的事？有人问杰出的罗马皇帝尤里乌斯·恺撒，怎么死最痛快，他回答说最好是意想不到、突如其来、始料莫及。他虽是个异教徒，还不知道上帝是唯一真正的主宰，可这话说对了，因为这样免去了精神折磨。比方一开战交火您就阵亡了，不是中了炮弹，就是踩了地雷，反正都一样，无非是一死，一切全结束了。按泰伦提乌斯[1]的说法，一个士兵宁肯死去横卧沙场，也不愿活着临阵逃脱。越是服从将领指挥，就越能获得好战士的光荣称号。年轻人，您要记住，对一名战士而言，最好是一身火药味，而不是麝香味。如果您步入暮年，可还在这个光荣岗位上，即便是伤痕累累、缺胳膊少腿，然而却能始终面无愧色，穷困潦倒也

---

[1] 泰伦提乌斯（前190？—前159），古罗马喜剧作家。书里的话不是他说的。

不能把您折服。不过现在好了，已经开始颁布法令接济救助老年伤残士兵。过去那样漠视他们是不对的，就像蓄奴的人们对待他们手下年老无用的黑奴一样，名为解放奴隶，其实是想节省开支，把他们赶出家门任饥寒摧残。到那时，这些可怜人只有最后死去才能彻底解放。好了，我不再多说了，请您上马骑在我的鞍后，咱们同去客店，在那儿咱们还可以共进晚餐。明天一早再继续赶路，愿上帝不负您一腔雄心，叫您一路顺风。"

那侍童没接受骑在鞍后的邀请，但是同意去客店共进晚餐。据说这工夫桑丘心里暗想："上帝保佑你，我的老爷！同是一个人，怎么一会儿说出这么多、这么好、这么头头是道的话来，一会儿又瞎掰一气，说是在蒙特西诺斯洞看到了那些稀奇玩意儿？得了，咱们等着瞧！"

他们到了客店，天慢慢黑下来。这次桑丘特别高兴，因为他主人也认为那是个真正的客店，不像往常那样说是什么城堡了。刚一进屋，堂吉诃德就向店主打听那个运送刀枪剑戟的男子。得到的回答是他正在马厩安顿自己的骡子呢。于是表弟和桑丘也照此办理，把两头毛驴牵进马厩，又为洛西南特物色到最好的地方和最棒的食槽。

CAPÍTULO XXV · 第二十五章

这里记叙学驴叫的逸事、傀儡戏趣闻
以及猴子先知如何大显神通，令人难忘

　　堂吉诃德一心想听听那个运送兵器的男子到底能讲些什么有趣的事，像俗话说的那样，急得恨不得一口吞下一块热面包。从店主那里一打听到那人的去处，马上跑去找他。一见面就催他快讲路上探问过的新闻，还说迟讲不如早讲。那人回答说："我要讲的故事不能站着听，得舒舒服服仔细听。我的老先生，好歹等我喂完了牲口，一定把那些怪事讲给您听。"

　　"不会误您的事的，我来帮您干活。"堂吉诃德说。

　　他说着就筛大麦、洗马槽。那人见他如此谦恭随和，心里很是抹不开，只好痛痛快快按他的要求讲起来。他往石条凳上一坐，堂吉诃德紧紧凑在他身边。在场的听众还有表弟、侍童、桑丘·潘沙和店主。故事就这样开了头："诸位也许听说过，离这个客店四莱瓜半有个村子，村公所管事手下的丫头刁钻古怪。不过这话说起来就长了，简单讲，这丫头弄丢了管事的驴，尽管她千方百计想找回来，可就是找不着。按众所周知的流行说法，毛驴丢失之后大约过了十五天，村公所的另一位管事在广场上遇到失主，对他说：'老哥们儿，好好酬谢我吧，你的驴露面了！'

　　"'我会酬谢你的，重重地酬谢，老哥们儿。'失主回答，'不过请告诉我，它在哪儿？'

"'在山里，'发现驴子的那位回答，'我是今天早上看见的，它身上的驮鞍辔头全都没了，瘦得一塌糊涂，看着都心疼。我本想一路赶着它给你送回来，可它的性子已经野了，很怕见人。我一靠近，它就逃跑，最后钻进深山里去了。你要是愿意，咱俩一块儿再去找找。不过我得先把这头小草驴送回家，马上就过来。'

"'你实在是太好了，'毛驴主人说，'我将来一定尽力报答。'

"凡是知道实情的人都是这么一五一十地讲的，所以我也学他们的样儿。却说那两个管事就这样结伴进了山。到了估摸驴子露面的地方一看，什么也没有，四处找了半天，还是没影儿。见驴子不出来，那个报信儿的管事对失主说：'听着，老伙计，我有主意了，这回准能找到那头牲口。别说它跑进山里，就是钻到地底下也跑不了。要知道，我学驴叫的本事特棒。要是你也有两下子，这事就成了。'

"'不是你说的有两下子，老伙计，'对方告诉他，'上有天主，谁也比不过我，连真驴子也不行！'

"'那咱们就试试看。'另一个管事说，'我是这么打算的，你往山这边走，我往山那边走，咱们俩绕一整圈。一路上你学驴叫，我也学驴叫，那驴子早晚会听见的。只要它还在山里，准会搭茬儿。'

"毛驴的主人回答道：'老伙计，我看这主意不能再好了！你不愧是个机灵人。'

"两人说定，就这么分头去了。结果他们差不多同时你一声驴叫他一声驴叫，听到对方的吼叫都以为是真驴在搭茬儿，连忙闻声而至走到一处了。两人一打照面，失主就说：'老伙计，这是怎么回事？原来叫唤的不是我的驴？'

"'那是我。'另一位回答。

"'我得承认。'失主说，'要论伙计你这两声吼叫，还确实跟真驴一样，简直像极了，我还是头一次领教。'

"'哪里，老伙计！'出主意的那个应道，'我不行，该这样夸奖抬举你才对！送我来世上的天主做证，就凭你那两声，天下最有本事的大叫驴也比不上。你吼得那么响亮，拖腔又长又均匀，拐的弯儿又多又快。反正我是服了，第一把交椅得让给你这位身手不凡的行家。'

"'这么说，'失主马上接茬儿，'从今往后我就有了自夸的本钱。想想吧，我总算会点什么、有点灵气儿了。以前我也知道自己能学驴叫，可是怎么也没料到像你说的那样，倒成了我的绝活儿。'

"'可不是嘛！'另一个接着说，'世上不知埋没了多少难得的本事，再不就是没用到地方上，白白糟蹋了。'

"'就说咱俩这本事吧，'失主讲，'要不是眼下碰到这种麻烦，也派不上多少用场。但愿上帝保佑，这回能帮咱们点忙。'

"说完，两人再次分手，一路学着驴叫走了，可还是弄错，又迎面相遇。最后他们只好说定一个暗号，两人先后吼叫，每次连续两声，表明叫唤的是他们自己，不是驴子。他们就这样绕了一圈又一圈，那头走失的驴子始终没有回应，踪影全无。也难怪，那可怜的家伙已经夭折，怎么能搭茬儿呢！他们在山林深处只找到被狼群吃剩的残骸。失主见原来如此，就说：'我正奇怪它怎么不答应呢，闹了半天已经死了。听到咱们的声音，它说什么也要叫的，不然还算头驴子吗？得了，老伙计，虽说是只找到一头死驴，可我领教了你那两口活灵活现的驴叫声，也就算没白跑一趟。'

"'你算是说对了，老伙计，'另一个回答，'可俗话讲：教长唱得棒，徒弟也不瓢。'

"他们两手空空、喉咙生疼回到村里，给朋友、街坊和熟人讲了他们进山找驴的经过，各自着意渲染对方学驴叫的本领。大伙儿都知道了这事，而且还传到了临近的村子。哪知魔鬼从不闲着，总喜欢到处搬弄是非，挑拨离间，他们无中生有，唯恐天下不乱，这回他们又鼓动调唆外村人，一见我们村的就不停地学驴吼，分明是当面糟践我们的两位管事。最后连小孩子们也跟着凑热闹，简直就像地狱里所有的鬼怪都手拉手跑出来张口大叫。结果是村村镇镇到处一片驴吼声，弄得我们这'驴叫村'的乡亲们特别扎眼，就像白人群里的黑人似的，老远就能认得一清二楚。这么乱哄哄的，终于事闹大了。每回他们寒碜我们，大伙儿就抄起家伙，成群结队跟那些瞎起哄的大干一场，体面王法全不顾了，就算皇上出面也劝解不开。我看也就是今明两天，我们驴叫村的要全体出动，去对付另一个村。他们离我们有两莱瓜。要论欺人太甚，他们也算数一数二了。各位见我买来的刀枪剑戟，就是为这个预备的。这就是我要给诸位讲的有趣的事。也许你们觉得不怎么样，那我就没别的好说了。"

那汉子话音刚落，从客店大门又走进来一个人，坎肩、套裤和长袜都是羚羊皮做的，只听他大声问："店家先生，有铺位吗？猴子先知和《梅里森德拉得救》傀儡戏班子就要到了。"

"我的老天！"店主喊了起来，"这不是佩德罗师傅吗！今晚上咱们可有热闹了！"

我忘了说明，这位佩德罗师傅的左眼上贴着一张绿色膏药，差不多遮住了半边脸，像是那半拉有什么毛病似的。只听店主接着说："欢迎光临，佩德罗师傅！猴子和傀儡戏在哪儿？我怎么没看见？"

"这就到。"一身羚羊皮的客人说，"我特意赶在头里来打听一下有没有铺位。"

"就是阿尔瓦公爵也得把铺位让给佩德罗师傅，"店主回答，"快叫猴子和傀儡戏班子来吧。今晚上有的是客人愿意花钱看傀儡戏和猴子的本事。"

"那敢情好。"脸上贴膏药的人说，"我准降价，只要够本，我就心满意足了。我马上去催催拉猴子和傀儡戏台的小车子。"他说着就离开客店出去了。

堂吉诃德问店主佩德罗师傅是谁，他带来的是什么样的傀儡戏和什么样的猴子。于是店主告诉他："他演傀儡戏可是出了名的。不少日子了，他一直在临近阿拉贡的拉曼却一带转悠，给人们演傀儡戏，戏名是《鼎鼎大名的堂盖非若斯解救梅里森德拉》。多少年以来，这地方还没看见过这样的好戏，演得真棒！他还随身带着一只猴子。那家伙本事大着呢，别说猴子里少见，就是人里头也未必有。谁要是问它点什么，它总是先仔细听着，然后就跳到主人肩膀上，凑近他耳朵，告诉他怎么回答人家的问题，末了由佩德罗师傅说出来。不过它答得上来的大都是以往的事情，将来的事不多。当然不是说回回答对，可也总是八九不离十。我们大伙儿觉得它准是有鬼附身。要是猴子答对了，就是说，它咬完耳根以后，主人替它把话传对了，每问一次交两个雷阿尔。所以，大伙儿揣摩着，这个佩德罗师傅准是发了大财。照意大利人的说法，他可是有'大家子气'，是个'痛快人'，日子过得大手大脚，说起话来一个顶六个，喝起酒来赛过十二个。这都多亏了他那根舌头、那只猴子和那台傀儡戏。"

正说着，佩德罗师傅回来了，身后的车上拉着傀儡戏台和一只没尾巴的大猴子，屁股像两块硬毡子，面孔还不算吓人。堂吉诃德一看见它，就问："先知先生，请您告诉我，**鱼汛如何**①？我们的运气怎么样？瞧好了，这是我的两雷阿尔。"

他吩咐桑丘把钱交给佩德罗师傅，那人替猴子答道："先生，这猴儿不回答将来的事情。过去的事它知道一些，现在的也差不多。"

"见鬼！"桑丘说，"叫人给我讲我过去的事？我才不花一个子儿呢？难道还有人比我自己更清楚？花钱找人把我知道的事告诉我，未免太蠢了一些！不过，它总算还知道现在的事情，那就把我这两个雷阿尔拿去！可是请告诉我，猢狲老儿先生，我老婆特莱萨·潘沙这会儿干什么呢？她是怎么打发日子的？"

佩德罗师傅没把钱接过去，他说："我是先效力，后收钱。"

———————————————

① 原文为拉丁文。

他说完用右手拍了两下左肩，猴子就一下蹦了上去，把嘴往他耳朵上一凑，上下门牙来回紧碰。它这么忙活了大约一段《信条经》的工夫，又一下子蹦到地上。于是一眨眼间，佩德罗师傅跑到堂吉诃德面前，双膝跪下，紧紧抱住他的两腿说："我要像拥抱赫丘利双柱①一般紧搂这两条腿。啊，你这重建失传游侠骑士制度的伟人！啊，你这永远超越一切赞颂之上的堂吉诃德·德·拉曼却！你鼓励气馁者，搀扶失足者，托着沉沦者，救助和安慰一切不幸者！"

他这一招弄得堂吉诃德愕然，桑丘咋舌，表弟纳罕，侍童骇怪，驴叫村的诧异，店主惊讶，总之，那个演傀儡戏的口若悬河，所有在场的人都觉得莫名其妙。可是他还接着说："还有你，啊，好样的桑丘·潘沙，世上杰出骑士的杰出侍从！尽管放心吧，你那好老婆特莱萨一切都好。这会儿她正抓起一把亚麻在那儿梳理呢。说得再详细点，她左边有一个破嘴儿陶罐，里面装了不少葡萄酒，她干活儿的时候就靠这解乏哩。"

"这我信。"桑丘回答，"她呀，真是个有福气的人！她就是有点好吃醋，不然什么女人也顶替不了她，连女巨人鹤蛋多拿②也不行。照我主人说，这娘儿们可是十全十美，太难得了。我的特莱萨是那种绝不会亏待自个儿的女人，哪怕为这个花光子孙的家产她也不在乎。"

"这可真是，"堂吉诃德这时说话了，"读万卷书，行万里路，就能见多识广。我这么说，是因为要不是我亲眼看见，怎么也不会相信世上真有无所不知的猴子。我的确就是这只灵兽说的那个堂吉诃德·德·拉曼却，不过它对我实在有些过奖了。且不管我是否受之有愧吧，反正我得感谢上苍，多亏造物主，我才生性柔顺慈善，一心济世，绝不害人。"

---

① 赫丘利双柱：指直布罗陀海峡地中海入口处南北对峙的两块大岩石。

② 鹤蛋多拿：骑士小说里的人物。

"真可惜，我没钱！"侍童感叹道，"不然我想问问猴子先生，我这次长途跋涉的结果怎么样？"

这时候佩德罗师傅已经从堂吉诃德的脚下站起来，听到这话便说："我讲过，这只小畜生不回答有关未来的事情。即便偶尔回答一次，也不收钱。再说能为眼前的堂吉诃德先生效劳，世上的所有钱财我都可以舍弃。我对他感恩未报，正想借此机会博他一笑，所以这就去搭好傀儡戏台，让旅舍的全体宾客消遣一番，分文不取。"

店主一听这话，不禁欢喜雀跃，连忙告诉他在哪儿搭戏台最合适。眨眼儿工夫，一切收拾停当。

堂吉诃德对猴子猜谜的把戏很不以为然。他觉得，一只猴子无论是未卜先知还是洞悉往事都不是正道。于是他趁佩德罗师傅去搭台的工夫，叫着桑丘，两人一块儿躲进马房一个角落，免得被别人偷听。他说："桑丘，你知道吗？我好好琢磨了一下这只猴子的奇怪本领，心里不免有个想法，它那个主人佩德罗师傅准是跟魔鬼签过协约，即便不是明文，也是默契。"

"既然是'邪月'，又有'魔气'①，又牵涉着魔鬼，"桑丘回答，"那保准是晦气十足。可是，这位佩德罗师傅鼓捣出个'邪月'来，干什么用呀？"

"你没听懂我的话，桑丘。我只是想说，他准是跟魔鬼勾搭上了，所以那只猴子才有了如今的本事，来给他挣饭吃。一旦他发了财，就把灵魂交给魔鬼。这正是这个人类的大敌所要求的。我之所以这么想，是因为眼见那猴子只回答过去和现在的事。魔鬼的能耐也就是这么大，它没法知道将来的事，除非是瞎蒙胡猜，而且还不能回回蒙准。这古往今来的事是专由上帝管的。对他老人家来说，没什么过去和将来，始终都是现在。我敢担保，准是这么回事。这猴子显然是

---

① 桑丘想说"协约""默契"。

照魔鬼的腔调说话的。我奇怪，怎么没人把它告到宗教裁判所去，好好查一查，弄个水落石出，究竟是谁给了它这种本事？这猴子总不会是个观星算命的吧？它也好，它主人也好，都不懂得什么灾星福星之类的卦辞。现如今西班牙可时兴这一套了，随便一个小娘儿们、小侍童、修破鞋的统统自吹会起课，好像这比抓到一张好牌还容易。他们凭空捏造，信口胡言，把这门美妙的学问糟蹋得面目全非。我认识一位太太，她跑去问那么一个看相的，她的小叭狗是不是会怀崽生养，能生下来几只，都是什么颜色的。那位算命先生起了一课，回答说，小母狗准会怀崽，一窝生下三只狗崽儿，一只绿毛、一只红毛、一只杂毛；不过配种时间必须在白天或夜里十一到十二点之间，还非得是星期一或者星期六。可是偏偏两天之后，那只狗撑死了，于是就像几乎所有的算命先生一样，那位算命先生在当地得了个卦卦皆准的名声。"

"话是这么说呀，"桑丘求他，"可我还是想叫老爷您吩咐佩德罗师傅问问他的猴子，您在蒙特西诺斯山洞的事到底是真是假。反正说句心里话，不怕冒犯老爷您，我看都是胡诌八扯，至少是些梦话。"

"这也没准儿。"堂吉诃德回答，"这回我还是听你的吧，不过我心里总有那么点不得劲儿。"

正说着，佩德罗师傅来找堂吉诃德，告诉他戏台已经收拾妥当，请他老人家去看戏，本来就是专门为他准备的嘛。堂吉诃德对他说了自己的心思，求他待会儿务必问问那只猴子，打听一下蒙特西诺斯洞穴里发生的某些情节究竟是白日梦呢还是确有其事。他本人觉得是真假参半。佩德罗师傅听了，一声不吭地牵来猴子，当着堂吉诃德和桑丘的面对它说："听着，猴子先生，这位骑士想知道，他在一个称作蒙特西诺斯的洞穴里经历过的事情是真是假。"

他又跟往常一样做了个手势，猴子跳上他的左肩，像是凑近他的耳朵说了点什么。于是佩德罗师傅开口了："猴子讲，您在那个山洞看到或经历过的事儿，有的是假的，有的是真的。您的问题它只能回答这些。要是您打算知道得更多一些，那就等下个星期五吧，您问什么，它答什么。这会儿它的灵气儿用尽了；刚说了，得等到下个星期五。"

"瞧我怎么说来着？"桑丘马上接茬儿，"我就是没法信嘛！您讲的洞里的那些事，怎么能全是真的呢？有一半就不错了！"

"咱们走着瞧吧，桑丘。"堂吉诃德回答，"日子长了，什么事也瞒不住；哪怕是深深埋在地底下，早晚也得出来见天日。好了，就先说到这儿吧。咱们还是去看佩德罗大师傅的傀儡戏。我琢磨着，准得有点新鲜玩意儿。"

"您说有点？"佩德罗师傅搭腔了，"我这出戏里，新鲜玩意儿不下六万种。老实对您说吧，堂吉诃德先生，这可是当今世上最值得一瞧的东西了。'我若行了，你们纵然不信我，也当信这些事。'①动手吧，天时不早了，咱们还有好多要做的、要说的、要演的。"

堂吉诃德和桑丘按他说的做了，果然看见搭好的戏台立在那里，被四周点燃的小蜡烛照得明亮辉煌。佩德罗师傅走过去，钻到台子底下，准备摆弄那些木制的小人。佩德罗师傅的小伙计站在台边，专管说明和解释剧情，手里还举着一根木棍，用来指点出场的木偶。客店里所有的人都到了，有的就站在戏台面前。堂吉诃德、桑丘、侍童和表弟享用着最好的座位。于是宣讲童子开讲了。欲知所闻所见，请继续阅读下一章。

---

① 出自《圣经·约翰福音》第十章第三十八节。

CAPÍTULO XXVI · 第二十六章

**下面接着讲演傀儡戏的趣闻
和其他着实妙极了的事情**

提尔人和特洛伊人都悄然无声①，就是说，所有前来观看傀儡戏的人都静静地盯着宣讲童子，等他开口说出奇妙的故事。只听台上一片鼓号喧闹，枪炮噼啪。一阵嘈杂过后，那童子便大声说道："现在给各位看官演出的这件真人真事，一字不差地来自法兰西编年史和流传乡里、妇孺皆知的西班牙民谣。讲的是堂盖非若斯老爷的妻子梅里森德拉被摩尔人俘获，囚禁在桑苏埃尼亚城，也就是如今的萨拉戈萨，后来丈夫设法解救了妻子。诸位请看，堂盖非若斯正在掷骰子玩，有诗为证：

> 堂盖非若斯桌旁赌兴浓，
> 哪把梅里森德拉存心中。

"这会儿出场的是查理大帝，他头戴王冠，手持权杖；他是梅里森德拉的义父，见女婿居然如此悠闲自得，十分恼火，上前去骂他。各位瞧仔细了，他骂得又凶又狠，简直要抡起权杖在他脑袋上敲打几下。有些本子上说确实敲打了，下手还很重。他把女婿数落了半天，

---

① 出自维吉尔的史诗《埃涅阿斯纪》。

说是再不想法去救妻子，做丈夫的名声可就难保了。然后又说：'我说得够多了，你好好想想！'

"诸位请看，皇帝这会儿转身走了，撇下堂盖非若斯独自在那儿大发脾气。瞧他怒气冲冲，把骰子和骰子盘扔出老远。他催人拿来盔甲，还想借他堂兄堂罗尔丹的杜林达纳宝剑。罗尔丹不愿借给他，只是打算陪他去完成这次艰难的征伐。可是这位血气方刚的汉子不要人陪，说是哪怕妻子被囚在深深的地下，他单枪匹马也足以把她救出。说着他进屋去披挂停当，准备上路。请各位把目光移向那边露出的高塔。据说那就是萨拉戈萨城堡的塔楼之一。这塔楼如今名叫阿勒哈非瑞亚。那位站在阳台上的贵妇，一身摩尔女子打扮，她就是举世无双的梅里森德拉，她经常在那儿远眺去法国的大路，思念着巴黎和她丈夫，聊以排解囚禁的苦恼。快瞧，有意思的事来了，真是前所未有！看见那个摩尔人了吗？他的食指压着双唇，悄然无声、蹑手蹑脚走到梅里森德拉身后。请看呀，他竟然对着嘴亲了她一下；可那女子连忙唾了一口，抬起洁白的衣袖擦嘴。瞧她又哭又喊，气恼得直揪自己的一头秀发，似乎那是一切灾难的根源。诸位再看回廊里那神情庄重的摩尔人，他就是桑苏埃尼亚城的马尔西里奥王。他见自己的亲戚和宠臣，就是前一个摩尔人，竟然如此放肆无礼，下令立即逮捕，抽打二百鞭，拉去闹市示众：

> 报子呼叫前面走，
> 差役持棍跟在后。

"大家看见吗？罪行刚刚开头，罪犯就已经受审判刑。摩尔人跟咱们不一样，无须现场侦查，也无须在押听证。"

"我说孩子，"这时候堂吉诃德大声喊道，"直截了当把故事讲下去！别拐弯，也别抄近道儿。要想审清一个案子，左听证右听证，可就没个头儿了！"

台子底下的佩德罗师傅也告诉他："小伙子，别来花哨的，照这位老爷说的做，不会错的。你别添油加醋，反而说不清楚。"

"我照办就是。"那男孩子回答，于是接着讲下去，"现在出场的这位，骑着马，披着加斯科尼斗篷，他不是别人，正是堂盖非若斯。这工夫，他妻子见那个殷勤过头的摩尔人受到惩戒，心情平静舒坦多了，正站在高塔的阳台上跟她丈夫说话呢，不过她还以为那是个不相干的过路人，便像歌谣里唱的那样，对他说了下面的话：

> 骑士也许去法兰西，
> 代我问候盖非若斯。

"他们两人还说了很多话，我这里不便一一列举，因为冗长会使人生厌。大家且看堂盖非若斯这时摘下头盔面罩。从梅里森德拉欢天喜地的模样咱们就知道她认出了自己的丈夫。大家接着看，她顺绳索滑下阳台，打算骑在她忠实丈夫的鞍后。可是，真倒霉！她裙子的一角挂在阳台的铁栏杆上，悬在空中下不来了。不过大家瞧呀，仁慈的苍天总是在千钧一发的时候助一臂之力！请看，堂盖非若斯走过去，顾不得那件华贵的裙子会不会撕破，一把抓住妻子，使劲把她拽到地上，接着向上一耸，把她安放在鞍后，叫她像男人那样劈开腿骑马，吩咐她千万坐稳了，并且把双臂从他背后绕过，紧紧抱在胸前，免得掉下去。他知道梅里森德拉夫人不惯于这样骑马。诸位再听听那匹马的嘶鸣，它背上驮着英勇的男主人和美丽的女主人，因此感到十分洋洋自得。请看他们转身出城而去，欢天喜地地前往巴黎。祝你们一路顺风！愿你们这对举世无双的忠实情人旅途无阻、平安返回久违的家乡。愿你们像涅斯托耳[①]一样长命百岁，在亲朋好友的关注下悠然平

---

① 涅斯托耳：希腊神话中的人物，特洛伊战争中的名将，据说活了三百年。

静地度过余生！"

这时候佩德罗师傅又开口大声说道："讲大白话，小伙子，别拽文！拿腔拿调太糟糕！"

宣讲童子没搭茬儿，只是一个劲儿说下去："哪里都有闲人转悠，什么也逃不过他们的眼睛。有人看到梅里森德拉下楼上马，就向马尔西里奥王通风报信。于是他连忙集结军队。请看他是多么着急！从所有清真寺的尖塔里传出警钟，全城似乎都要被轰鸣的钟声震塌了！"

"这不对！"堂吉诃德突然又说话了，"佩德罗师傅提到这钟声可就不妥了。摩尔人不敲钟，只敲鼓，再不就是吹一种竖笛，很像咱们的笛号。所以，桑苏埃尼亚城里传出钟声，显然是胡扯！"

佩德罗师傅听他这么说，就不再敲钟。不过他说："您不该操心这些不起眼儿的小事，堂吉诃德先生。太较真儿了，事情就没法办了。成百上千的戏到处演，成千上万的胡说八道那里面有的是，不是照样常演不衰，百看不厌，有人喝彩，有人为之倾倒吗？小伙子，接着讲，别听闲话！哪怕咱们演的胡说八道像太阳光那样满世界洒呢！只要我的钱袋塞瓷实了就行。"

"这倒也是真话。"堂吉诃德承认。

于是那孩子又说："瞧，大队骑兵多么神气！他们紧紧追赶那对基督徒情人。听，多少号角奏响，多少竖笛齐鸣，多少大鼓小鼓擂动！我看他们就要被抓住了，然后被捆在自己的马尾巴上拖回来。那情景可就太惨了！"

堂吉诃德一见这么多摩尔人，密密麻麻，吵吵嚷嚷，该帮帮那对逃跑的情人了，于是他站起来大声喊道："当我盛世，我不能眼看着堂盖菲若斯遭殃，他可是个有名的骑士、无畏的情人！站住，你们这帮下贱流氓！不许再继续追赶了，不然，咱们就较量一番！"

他说到做到，当即拔出佩剑，一步蹦到戏台跟前。从来还没见他那么凶狠敏捷过，一阵砍杀雨点般落在那些木偶摩尔人头上。它们有的被打翻在地，有的掉了脑袋，有的缺胳膊少腿，有的粉身碎骨。在这一片刀光剑影之中，他突然狠狠向下一劈，要不是佩德罗师傅连忙弓背弯腰蹲下，只怕他的脑袋就被旋下来了，简直比切开甜点心还方便。佩德罗师傅一个劲儿大喊大叫对他说："住手吧，堂吉诃德先生！您瞧仔细了，您又打又砍又杀的这些摩尔人不是真的，不过是些木偶罢了。您好好看看，哎呀，我作了什么孽了！您把我的全部家当毁了个一干二净！"

任他怎么说，堂吉诃德还是像阵旋风似的，切呀、砍呀、拍呀、戳呀。也就是念两句《信条经》的工夫，整个戏台七零八碎，全倒在地上。那些木偶和它们身上的绳呀线呀的也一团稀烂。马尔西里奥王遍体鳞伤，查理大帝的王冠和脑袋都劈成了两半。在场的观众乱成一片，猴子蹦出窗口上了房顶，表弟惊呆了，侍童吓坏了，桑丘·潘沙也一样大惊失色。乱子过后，他赌咒发誓说，还从来没见过主人这么不管不顾地大发雷霆呢。直到把整个戏台都砸了个稀巴烂，堂吉诃德才安静下来，说道："有些人就是不信，也不愿相信世上是缺不了游侠骑士的。我真希望他们这会儿就在眼前！各位说说看，要不是我在场，好端端的堂盖非若斯和漂亮的梅里森德拉还不知会怎么样！说不定这会儿已经让那帮狗东西追上了，正在受折磨呢！所以呀，世上万物之中，唯有游侠骑士应该永远生存下去！"

"是该叫他生存下去，"这时候佩德罗师傅有气无力地说，"我只好完蛋了。我真倒霉透了，就像国王堂罗德里格[1]说的那样：

> 昨天我还是西班牙的君主，
>
> 如今连城垣上的雉堞，
>
> 也没有一个归我所有。

---

[1] 堂罗德里格：西哥特人在西班牙建立的王朝的末代国王。

"半个钟头以前，其实就是几分钟以前，我还掌管着一大帮国王皇帝什么的，我的马房里牲口齐全，箱子和包袱里塞满了华贵的礼服。可现在我一败涂地、一无所有，成了个穷要饭的。最糟糕的是，我的猴子跑了。要想把它找到，只怕大牙也得累出汗来。都怪这位骑士不管不顾大发雷霆！听人说，他专门救助孤苦，匡正不义，还有好多别的善行。可怎么偏偏一碰上我，就没有慈心热肠了？高高在上的天神啊，求你们千万为我做主！苦脸骑士啊苦脸骑士，他是非叫我也露出一副苦脸不可！"

佩德罗师傅的一席哭诉，说得桑丘·潘沙心里直发酸，他只好连忙劝解："别哭了，佩德罗师傅！别这么抽抽噎噎的，弄得我的心都碎了。告诉你吧，我老爷堂吉诃德笃信天主，是个毫不含糊的基督徒。他一旦明白自己坑害了你，一定会按数赔偿，准叫你加倍满意。"

"堂吉诃德先生毁了我那么多东西，只要多少赔我一点，我就心满意足了，您老人家也可以心安理得。要知道，强行糟蹋别人的东西又不赔偿，是登不了天的。"

"这话很对。"堂吉诃德回答，"可说来说去，我还不明白，我糟蹋您的什么了，佩德罗师傅？"

"您还不明白？"佩德罗师傅问他，"那么这又光又硬的地面上躺满了的殉道者是什么？是谁结果了他们，杀得他们横七竖八地倒下？难道不是您那双力大无比的强壮臂膀吗？这些死去的人本来都是谁的？是我的！我不靠他们过日子，靠谁过日子呢？"

"我懂了，"堂吉诃德说，"这种事我经历过多次了。又是那些死缠着我的魔法师！他们总是先让不论什么东西的本来模样在我眼前一晃，接着就随心所欲地给它们改头换面。诸位听仔细了，我原原本本告诉你们吧，我清清楚楚记得刚才的事是这样的：梅里森德拉就是梅里森德拉本人，堂盖非若斯就是堂盖非若斯本人，马尔西里奥就是马尔西里奥，查理大帝就是查理大帝。所以我一时性起，决定履行我这个游侠骑士的义务，伸手助逃跑的情人们一臂之力。我做的事大家都看见了，纯粹是一片好心。不承想却事与愿违，那就不是我的错了，都怪那些坑害我的坏蛋。尽管我不是成心作恶，可还是惹了乱子，我情愿认罚赔偿。佩德罗师傅，我打碎了您这么多小人儿，您就说个价钱吧，我马上交出咱西班牙通行的纯成色银钱。"

佩德罗师傅弯腰致意，说道："我原知威武的堂吉诃德·德·拉曼却有一副难得的基督心肠，一贯真诚救援和帮助四处游荡的危难困厄之士。我恳请在场的店主先生和桑丘大人秉公明断，为阁下和我裁决，看看这些破碎的小人儿能值多少，该值多少。"

店主和桑丘同意了，于是佩德罗师傅从地上捡起掉了脑袋的萨拉戈萨马尔西里奥王，说道："很清楚，要让这位国王恢复原样分明是不行了。不知道各位怎么想，反正我觉得我得为他的断气、夭折和死亡索赔四个半雷阿尔。"

"说下去。"堂吉诃德吩咐。

"这个嘛，从上到下给劈成了两半，"佩德罗师傅接着估价，这回手里拿着的是一分为二的查理大帝，"我要五雷阿尔二十五文总不算过分吧！"

"不算少。"桑丘告诉他。

"也不算多，"店主接茬儿说，"去掉零头，就算五雷阿尔吧！"

"把五雷阿尔二十五文全给他，"堂吉诃德决定，"他惨遭如此不幸，何必再为几文钱争来争去呢！佩德罗师傅，您得快点，吃晚饭的钟点到了，我好像有那么点饿了。"

"这个小人儿嘛，"佩德罗师傅又捡起一个，"没了鼻子，还少了一只眼，噢，原来是美人梅里森德拉！我就不多算了，只要两雷阿尔加十二个铜板。"

"您真比饿鬼还贪心！"堂吉诃德说，"只怕这会儿梅里森德拉和她丈夫怎么着也到了法国边境。依我看，他们俩骑的那匹马哪里是跑哟，简直是飞起来了！所以呀，您别兔子换成猫，给我乱调包，找个没鼻子的梅里森德拉来糊弄我。其实要是顺利的话，她的真身早就到了法国，正叉开两腿跟她丈夫在一起，好不快活！守着自个儿的摊儿，上帝才照看。佩德罗师傅先生，我说咱们还是心上正点、脚下稳点。接着说！"

佩德罗师傅见堂吉诃德又来了旁门左道，像开头那样说起昏话，生怕他胡搅蛮缠，赶紧就势说："那这个准不是梅里森德拉，大概是一个伺候她的使女。六十个铜子儿赔一个丫鬟足够，我就不多要了。"

他就这样给那些破碎的傀儡一个个定下价钱。两个中人稍微往下杀了一点，双方都满意了，总数是四十雷阿尔七十五文。桑丘掏钱付清之后，佩德罗师傅又要了两雷阿尔，说这是去找回猴子的花销。

"给他吧，桑丘。"堂吉诃德吩咐，"他不是要找猴，分明是在耍猴。说实在的，我这会儿真想一下子拿出两百赏金！但愿有人能告诉我准信儿，说是堂娜梅里森德拉太太和堂盖非若斯先生已经回到法国的亲人们中间了。"

"那谁也没我的猴子清楚！"佩德罗师傅说，"只可惜连鬼也逮不住它了！不过我琢磨，就凭情分，它今晚饿了准来找我。上帝会叫天亮，咱们自有吉祥。"

傀儡戏风波就这样平息了。一向慷慨大方的堂吉诃德掏腰包，请大家和和美美吃了一顿晚饭。天还没亮，运送刀枪剑戟的男子先走了。天刚刚亮，表弟和侍童前来跟堂吉诃德告别。他们一个要返回家乡，一个要继续赶路。堂吉诃德还帮衬了侍童十来个雷阿尔。佩德罗师傅深知堂吉诃德的毛病，不想再跟他惹是生非，一大清早，太阳还没出来，他就拾掇起傀儡残骸，牵着猴子去别处碰运气了。店主摸不准堂吉诃德底细，见他虽然疯疯癫癫，手头却十分大方，不免暗自惊诧。临走的时候，桑丘按主人交代，重赏了店家。早上八点左右，主仆二人告辞离开客店，又重新上路了。咱们且让他们径自前去，正好抽空儿谈谈这部著名传记里需要交代的其他事情。

Capítulo XXVII · 第二十七章

**这里说明佩德罗师傅和那只猴子的来历，
并且讲述堂吉诃德如何介入驴叫事件，
结果事与愿违，惹了麻烦**

　　这部伟大传记的作者西德·阿麦特在这章开头说："我像信奉天主的基督徒那样起誓。"于是译者解释道，西德·阿麦特明明是个摩尔人，却说要像个信奉天主的基督徒那样起誓，这无非是在表明，他要像信奉天主的基督徒起誓那样，真心诚意；无论说什么，都得像起过誓的虔诚基督徒那样，句句说实话；为堂吉诃德立传当然也不例外；涉及佩德罗师傅和他那只未卜先知、语惊四座的猴子究竟是怎么回事，那就更是凿凿有据了。作者提醒读过传记第一部的诸君，想必还记得那个西内斯·德·帕萨蒙特，就是堂吉诃德在黑山释放的那群苦役犯当中的一个。只可惜后来那伙怙恶不悛的坏蛋忘恩负义、以怨报德。这个西内斯·德·帕萨蒙特被堂吉诃德称作"西内斯哟·德·啪啦噼拉"，就是他偷了桑丘·潘沙的灰驴。可是印第一部的时候，排字工人一时疏忽，竟然遗漏了偷驴的时间和方式。害得好些人把这个印刷错误归罪于作者，怪他记性不好。简单点说，西内斯是趁桑丘·潘沙在驴背上睡觉的时候偷的，他采用了萨克里潘特围困阿尔拉布拉卡期间布儒内罗的计策，硬从主人腿底下牵走了坐骑。不过后来桑丘还是把它找了回来，这在前面已经讲过了。这个西内斯作恶多端，罪行累累，他自己甚至写了一大本书来讲述这一切。他知道自己受到追捕，生怕落入法网，就决定潜入阿拉贡境内，用一块膏药把左眼一遮，操起演木偶戏的行当。干这个，还有变戏法，他都十分拿手。至于那只猴子，他是从几个获释离开柏柏尔回国的基督徒手里买来的。然后又教给它，怎么一看手势就跳上主人的肩头，做出凑近耳朵说悄悄话的样子。他就这样带着傀儡戏台和猴子走村串镇。每次进村之前，先在临近的地方尽量逢人便打听那里都出过些什么特别的事情和有名的人物，然后牢牢记在心里。他总是先演傀儡戏，有时候演这出，有时候演那出，反正都是些诙谐欢快、广为流传的剧目。戏演完了，他就介绍猴子的本事，告诉观众它对以往和当今的事无所不知，可是涉及将来的事它不怎么灵。每答对一个问题收费两雷阿尔，有时候也会便宜一些，他随时根据提问人的模样身份来定夺。有些住家的事情他打听得很清楚，到了之后，尽管人家不愿花钱提问，他就自说自话地给猴子做手势，然后告诉那家人它说了这事那事，都跟真情分毫不差。他就这样名声大振，处处吸引大批观众。他为人很机灵，总是把问题回答得恰到好处。幸好从来没人寻根究底，追问他那只猴儿为什么无所不知，所以他就一直把大伙儿当猴儿耍，腰包始终塞得满满的。这回他一走进客店，马上认出堂吉诃德和桑丘·潘沙，因此把他俩的事说得一清二楚，不仅镇住了他们本人，所有在场的人都很佩服。不过他也差一点连本钱也赔了，幸亏堂吉诃德削了马尔西里奥王的脑袋、摧毁了他的全部马队之后，手再没往下砍。这些在前一章已经讲过了。关于佩德罗师傅和他的猴子要说的就是这些。

现在回头再讲堂吉诃德·德·拉曼却。他离开客店，决定先去看看埃布罗河两岸和周围地区，然后再去萨拉戈萨，反正比武的日子还远着呢，他有的是时间。打定了主意，他便继续赶路。两天过去了，也没发生什么值得记载的事情。第三天头上，他爬上一个小山包，只听一阵鼓号齐鸣、火枪砰砰。起初他以为有士兵团队走过，为了看得更清楚点，他刺了一下洛西南特，催它快些上山。到了顶上，他看见山脚下有二百来人，手持各式各样的武器，比如长矛、弩弓、梭镖、钢戟、扎枪、火炮，以及不少圆盾。他下了坡，朝那支队伍走去，终于看清了旌旗，辨明了颜色，区分了上面的徽记。有一面白缎旗或者幡很特别，活灵活现地画着一头驴，像头小驹子，昂着头，张着嘴，伸出舌头，那神情姿态像是在大声吼叫。周围还大字写着两句诗：

两个村长学驴吼，
不相上下有两手。

一看这标记，堂吉诃德知道那必是驴叫村的老乡们。他把这想法告诉桑丘，还给他念了旗子上的诗句。他又说，那个讲了这件趣闻的人说得不对，学驴叫的不是管事；从旗子上的诗句看，他们是村长。可是桑丘回答他说："老爷，这没什么要紧的。说不定当初学驴叫的两个管事后来当上了村长，所以两种称呼都没错。不管学驴叫的是村长也罢管事也罢，那件事还是那件事，反正他们俩都学过驴叫了。再说，村长也好管事也好，当初学驴叫都是为了正事嘛！"

末了他们终于打听出来，原来邻村的老乡不顾街坊情面，把驴叫村的人糟践得太过分了，他们受不了这种糟践，就全体出动来打群架。见堂吉诃德一个劲儿往跟前凑，桑丘心里很不对味，他从来不喜欢掺和类似的乱子。那伙人让堂吉诃德走进自己的队伍，还以为他是来帮忙的呢。只见他不慌不忙地掀开面罩，走到画着毛驴的旗子下面。村里的头面人物都跟着围上去看他，像所有第一次遇见他的人一样，个个都面带惊诧。堂吉诃德见他们都紧紧盯着他，谁也不开口发问，干脆趁着一片寂静，自己先开口大声说道："尊敬的先生们，我有几句话想跟诸位说说，恳切请求大家不要中途打断。如果各位实在觉得不入耳，不愿接着听下去，只需稍有表示，我便立即封住双唇，锁紧舌头。"

人们回答说，有什么话尽管讲吧，他们很想听听。堂吉诃德得到许可，就继续讲下去："各位先生，我是一名游侠骑士，舞枪弄棒是我的行当，扶危济困是我的本分。几天以前我就听说了你们的烦恼，以及你们为什么隔三岔五地抄起家伙收拾你们的对头。我一次又一次地思忖你们的这场纠纷，结果发现，按照决斗规则，你们本不该这么大动肝火，因为单独一个人是不能惹火整个一村人的。除非他是冲一个逆臣贼子挑战决斗，可又说不清是谁，那倒不妨干脆把全村都捎上。我们倒是有这种先例，比方堂迭哥·奥尔多涅斯·德·拉腊就是向萨莫拉全城发出挑战的，因为他不知道暗害国王的只有叛臣维利多·多勒佛斯①一人。既然他向全城人挑战了，全城人就该一起应战参加决斗。不过，说实在的，这位堂迭哥先生也做得太过分了，远远越过了决斗规则划定的界限！完全没有必要牵扯上泉水、面包、死人和尚未出生的孩子，还有其他好多无须一一列举的七零八碎。可也难怪，火气一上来，舌头就压不下去了，缰绳铁链也拿它没办法。总之就是说，单独一个人是不能惹火一国一邦、全省全城、整村整镇的。所以，道理很清楚，本来没什么大不得了的，何必大动肝火，全村聚拢去打群架呢？要是为个诨名外号捅起刀子，那可就太热闹了！全城全镇被人取笑的名儿多了：什么挂钟大妈、碎嘴子大叔、茄子迷、鲸鱼崽儿、胰子大王，还有成群的孩子和不三不四的人们常挂在嘴上的那些绰号别名。要是这些古城名镇的人们也受不了这点无聊小事，成天跑去找人家算账，动不动白刀子进红刀子出，那可确实太热闹了！不行呀，上帝是不会答应这种事的！深明大义的君子、政通人和的邦国，只有在四件事上才能不顾生命财产损失抽出刀枪奋起而战：第一，保卫基督教信仰；第二，顺乎天理人情保卫自己的生命；第三，保卫自己的荣誉、家人和财产；第四，为皇上效力参加义战。我还想加上第五条，其实应该算第二条，那就是，保卫自己的国土。这五项是最

---

① 维利多·多勒佛斯：熙德传说中杀害国王桑丘的凶手。

主要的，当然还可以加上一些别的，只要合情合理就行。只有为这些事可以义不容辞地拿起武器。可是也有不少无聊小事，无非是打趣逗乐，犯不着大动肝火。为这种事兵戎相见，一点道理也没有。再说，动辄报复，很不应该；其实无论如何都不应该报复。这种行为完全违背咱们信奉的圣教。教规告诫咱们善待仇敌、以德报怨。这一条乍一看似乎很难做到，其实只有一部分人不免违戒，因为他们重尘世轻天国，要肉身不要灵魂。耶稣基督是上帝，也是有血有肉的人，他从不撒谎，不会也不能撒谎。他在给我们订立戒律的时候曾经说过，他的'轭是容易的'，他的'担子是轻省的'①。因此，他命令我们做的事绝不会是做不到的。所以，诸位先生，天上的神谕和世间的法律都要求你们平静下来。"

"真是见鬼了！"这时候桑丘心里暗想，"我这位主人怎么不当个肾血②博士呢？嗨，即便不是，他和这些讲道的学问人站在一起，也跟俩鸡蛋似的，一模一样。"

堂吉诃德这时候停下来喘了口气，见那些人依然静悄悄地盯着他，就想接着把话说下去。可他刚要张嘴，桑丘却掺和进来充机灵了，他趁主人喘气的工夫，接过话荏儿说："我的这位老爷堂吉诃德·德·拉曼却，从前还有个名字叫'苦脸骑士'，现如今又叫'狮子骑士'。他可是个晓事明理的绅士，满肚子拉丁语和西班牙语，比学士还棒。他是个了不起的武士，懂得怎么劝人教人。那些什么决斗的章程呀规定呀，他顺手就能拈出来。所以，只管按他说的办就是了，我担保没错。反正，他刚才都说了，听一声驴叫就吃心，太不值得。记得年轻时候，我一高兴也时不时学声驴叫；谁也比不上我。我那两声驴叫简直像绝了，我一叫，村里所有的驴都跟着

① 出自《圣经·马太福音》第十一章第三十节。
② 桑丘想说"神学"。

叫。可我照样是我爹妈的儿子，他们也都是体面人。我这点本事确实召来村里那么几个小心眼儿的家伙嫉恨，我才不在乎呢！你们等会儿听听，就知道我说的是实话。这种本事呀，就跟浮水一样，只要学会了，就再也忘不了。"

接着，他一只手捂着鼻子使劲来了几声驴叫，弄得漫山遍野一片回响。可是他身边那个人以为他在寒碜他们，举起手里的大棍子就抡了过去，打在别的东西上也许没什么，可是桑丘·潘沙顿时倒在地上。堂吉诃德见桑丘吃了这么大亏，便手里端着长矛朝那人扑过去。可是他们那一大帮都挡在中间，这口气终于没能出了。而且，一片石子雨点似的朝他飞过来，还有密密麻麻的弓箭和数不清的火枪也瞄准了他。他只好勒缰掉转洛西南特，催它一路尽量快跑，从那群人里冲出去，还一个劲儿虔诚祷告上帝救他脱险，每跑一步，都担心会有子弹射进脊梁、穿透前胸，又时不时长喘一下，看自己断了气没有。幸好那伙人见他逃跑，也就住手了，没冲他开枪。他们还把迷迷瞪瞪的桑丘扶上驴背，让他跟随主人而去。虽说他昏昏沉沉握不了缰绳，可那头灰驴向来寸步不离洛西南特，自己踩着蹄印儿跟上了。堂吉诃德跑出去好一截子路，才想起回头看看，发现桑丘跟在后面。他见没人追上来，就停下来等候。那队人马在那儿一直待到天黑，可是他们的敌手没出来应战，于是便扬扬得意地回村了。要是他们听说过希腊人的古老习俗，准会在那地方竖立一块石碑的。

CAPÍTULO XXVIII · 第二十八章

贝嫩赫里说：用心细读，自会明了

要是勇士逃跑，准是他识破了敌方设下的埋伏，决定好汉不吃眼前亏。堂吉诃德的举动就证明了这一点。他惹恼了整整一村人，眼看那伙人马怒气冲冲、来者不善，立即脚底抹油溜之乎也，哪里还记得桑丘正身处险境呢！他一口气跑出去老远，直到自己觉得保险了才停下。前面已经说过，桑丘横卧在驴背上紧随而来，走到跟前，才完全苏醒，便从驴背上翻下，倒在洛西南特脚边，浑身酸疼，满脸愁容。堂吉诃德下马去看他的伤口，结果发现他从头到脚完好无缺，顿时火气上来，说道："你真会挑时候学驴叫，桑丘！你是从哪儿学的专在吊死鬼家里提'绳'字？一听你那段驴小曲，人家不用大棍子来帮腔才怪呢！你真该感谢上帝，桑丘，人家只用木棍给你画了几个十字，还没想到抡起弯刀在你脸上刻下十字！"

"我现在没法搭茬儿，"桑丘告诉他，"我觉得自己的气儿都捅到后脊梁骨上去了。咱们还是上马离开这儿吧！我不打算再学驴叫了，可是有句话不能不说出来，游侠骑士还兴逃跑，扔下贴身侍从，叫他们在仇人手里磨成粉儿、碾成泥儿。"

"撤退不是逃跑。"堂吉诃德驳斥他，"告诉你吧，桑丘，勇而无谋、锐而易摧是谓'鲁莽'。鲁莽者也偶有所得，但那靠的是运气，不是勇气。我承认我是撤了，但没当逃兵。我不过是在效仿那些保存实力等待时机的勇士而已。史书上满是这类记载，我这会儿不想一一列举，你听了没用处，我说着也没意思。"

这工夫，堂吉诃德挽着桑丘爬上驴背，他自己也骑上洛西南特。他们见离那儿四分之一莱瓜的地方有片白杨林，两人便慢慢走了过去。桑丘时不时发出低沉的呻吟，哎哟哎哟地喊疼。堂吉诃德问他怎么那么难过，他说从脊梁骨尖到脖颈，疼得他简直要晕过去了。

"我看你要是真这么疼，"堂吉诃德告诉他，"准是那根棍子从上到下，把你整条脊梁骨都照应到了。凡是它碰过的地方你都疼，碰的地方越多，疼的地方也越多。"

"我的上帝啊！"桑丘说，"您可算帮我解开了个大难题，说得头头是道！我的老天爷！我还真懵里懵懂不明白自己干吗疼成这样！多亏老爷您告诉我，凡是棍子打着的地方，准疼！我又不是脚脖子疼！那也许得费心思琢磨个究竟。可我明明是让棍子打疼的，难道还要费那个脑筋吗？明摆着，我的大老爷，别人的苦处，头发尖上的水珠。我是越来越看出来了，跟您搭伴，实在没多大指望。这回把我甩下，任人乱棒捶打，那么下一回，下一百回，就又是你我都明白的毛毯兜子，再不就是别的什么瞎胡闹。这次是冲着脊梁，往后说不定要冲眼睛来了。我可不想再当傻瓜了，弄得一辈子什么正经事也干不成！我看我最好还是，我再说一遍，我最好还是回家跟老婆孩子待在一起，托上帝的福，养活老婆，管教儿女。我再也不跟老爷您满世界乱跑了，专找没路的路走，专挑没道的道钻，饥一顿渴一顿的。就说这睡觉吧，嗨，侍从老弟，量出七尺地界，要是嫌不够，再量七尺，反正自个儿掂量吧，然后就舒舒坦坦躺下！也不知道是谁头一个鼓捣出这游侠骑士的名堂，又是谁头一个想起来给他们当侍从，我真恨不得大火把他们烧成灰！这些混蛋！——我是说古时候那些游侠骑士——提起现如今的，我没什么好说的，老爷您跟他们一伙，所以我得敬重着点。我知道老爷您说话想事比鬼还精明呢！"

"我敢跟你下一大笔赌注，桑丘！"堂吉诃德接过话茬儿，"你这会儿嘴上挺利落，谁也比不上，八成是身上哪儿也不疼了。说吧，小伙子，把你心里和嘴里所有的话都说出来。只要你身上哪儿也不疼了，我心甘情愿叫你这套蠢话惹一肚子气。要是你真那么想回家去找老婆孩子，上帝是不会允许我阻挡你的。反正我的钱在你手里，你算算看，咱们这第三次离村有多长时间了，再算算你每月能挣多少、该挣多少，自个儿取钱就是了。"

"我伺候过托美·卡拉斯科，"桑丘回答，"就是参孙·卡拉斯科学士的老爹，您是认识的。我那时候每月挣两杜卡多，人家还管饭。跟着老爷您我不知道能挣多少钱，我只知道给一个游侠骑士当侍从比伺候乡下佬要辛苦多了。我伺候乡下佬的时候，白天活儿再多再累，到了晚上总有顿大锅杂烩吃，有张床躺上去睡吧！可是自从跟了老爷您以来，除了在堂迭哥·德·米朗达家那短短的几天，我就再也没上过床；吃的就更甭说了，除了卡马却的喜酒，我总算从大锅里舀出点肉汤，再就是在巴西里奥家又吃又喝又睡的那几天。别的日子里，我只能铺地盖天，睡在硬邦邦的土坷垃上，像常说的那样，任凭风吹雨打。饿了只能吃几片干酪和几块干面包，渴了呢，只能喝口凉水，反正咱们漫山遍野跑，不是遇见河沟就是碰上泉眼。"

"桑丘，"堂吉诃德说，"我承认你说的都是实话。你要个价，我得比托美·卡拉斯科多给多少钱？"

"依我看，"桑丘回答，"每月您给我多加两雷阿尔，就算不错的工钱了。这只是我干活该挣的，老爷您还封官许愿，答应赏我一个海岛哩！您总得说话算数吧？我看折成钱，您再加六雷阿尔，总共是三十。"

"很好。"堂吉诃德表示同意，"咱们离村整整二十五天了，就按你说定的工钱，桑丘你一个子儿一个子儿地算，看看我该你多少钱，我刚说过，你自己从口袋里掏就是了。"

"我的老天，不行啊！"桑丘又说，"您这种算法错了。您许愿给的海岛，得从您出口说定一直算到今天这会儿。"

"那你说说看，桑丘，从我说定到现在有多少日子了？"堂吉诃德问。

"要是我没记错的话，"桑丘回答，"差不多有二十年零三天左右。"

堂吉诃德一巴掌拍在自己脑门上，开怀大笑起来，他说："咱们一次次出门，包括我进黑山，到现在也不过两个月时间！桑丘，你怎么说我二十年前就答应给你海岛了？干脆说吧，你是想把我交给你的那些钱全都当工钱拿走。要是我没说错，你真这么打算的话，我这会儿就送给你，拿去好好花吧！我哪怕当个身无分文的穷光蛋，也得赶快甩掉这么糟糕的侍从。你呀，给游侠骑士当侍从的好规矩全让你践踏尽了！你说说看，哪兴游侠骑士的侍从跟他主人斤斤计较，说什么'我伺候了你，你得按月给我这么多这么多工钱'？你是在哪儿看到过还是读到过？你这个坏蛋、流氓、妖魔鬼怪，说你什么也不为过！游侠骑士的传记浩如烟海，你认真钻研一下，看看到底有哪个侍从想过、说过你刚才那些话。你要是能找到例子，就一个字一个字地刻到我脑门子上吧。要是还嫌不够，再把手伸到我下巴颏上摩挲四下①。勒紧你那头灰驴的缰绳也好、嚼子也好，回你家去吧！反正别想再跟着我往前走一步了！我真是白糟蹋了面包，指望错了人！说你是人，你还不如头牲口！眼看着我要抬举你，不管你老婆乐意不乐意，给你加上'大人'头衔，你偏偏甩手不干了！我正一心一意、诚心诚意打算叫你当上天底下最棒的海岛主人呢，你偏偏要走了！一句话，就像你自己屡次说过的那样，蜂蜜不是喂……驴就是你，你就是驴，直到你活到头的那天，也还是一头驴！要按我说，即使你活到头了，你也

---

① 摩挲别人的下巴是一种轻佻的侮慢举动。

看不清楚、弄不明白自己是头牲口。"

桑丘目不转睛地盯着堂吉诃德，听他这番训斥，最后难过得泪水从眼里流了出来，惭愧地低声说道："我的老爷呀，我承认，我整个是头驴，就差根尾巴。您要是能给我安上一根，我看就齐了。这后半辈子，我就给您当驴骑得了。老爷您海涵，就饶了我这没见识的人吧！您很清楚，我什么也不懂，有时候嘴是碎点，就那毛病，其实没什么坏心眼儿。一句话：知错必改，上帝也爱。"

"桑丘呀，你说起话来要是不塞进个把谚语什么的，我准会纳闷的。好了，只要改了，我就原谅你。从今往后，别再那么财迷心窍，把眼光放远点，鼓足劲、耐下心等着我许的愿兑现。也许得拖一段时间，可早晚能到手。"

桑丘回答说他一定照办，硬撑着也得等到头。说着，两人走进了树林子。主仆二人都找好了安歇的地方：堂吉诃德在一棵榆树脚下，桑丘在一棵山毛榉脚下。因为这些树，还有别的那些树，只有脚，没有手。桑丘整整苦熬了一夜，潮气一上来，挨了棒打的身体就更加不自在了。堂吉诃德又是一宿不停地苦苦思恋。不过，最终两人还是合眼入梦了。第二天清晨接着赶路，朝名"川埃布罗河"的岸边走去。在那儿他们又发生了什么事情，请看下面一章。

CAPÍTULO XXIX · 第二十九章

著名的魔船奇遇

　　堂吉诃德和桑丘走了一程又一程，终于在离开杨树林两天之后到了埃布罗河岸边。堂吉诃德举目望去，欣喜异常。他左右环顾，只见两岸凉爽幽静，清澈的河水缓缓流淌，宽广的河面仿佛一片闪光的水晶。如此美好的景色不免又在他心头唤起无数甜蜜的思念，特别是在蒙特西诺斯洞穴的所见所闻反复在他脑际萦绕。尽管佩德罗师傅的猴子说那些事情是真假参半的，他还是宁肯信其真，不信其假。他可不像桑丘那样，干脆认为那全都是胡扯。

　　他这样边想边走，突然一只小船映入他的眼帘，无桨无舵，贴边拴在岸旁的树桩上。他四处一看，寂静无人，便麻利地从洛西南特背上跳下，吩咐桑丘也跨下灰驴，把两头牲口一块儿拴在近处的杨柳树下。桑丘问他干吗那么着急下马拴驴。堂吉诃德回答说："桑丘，看见眼前那只船了吗？告诉你吧，我敢担保，它准是在招呼我，叫我上去，然后载我前去救援某个骑士或者某个陷入困境的贵人，情况肯定十分危急。书里写到游侠骑士的经历和那些专门跟他们纠缠捣乱的魔法师的时候，总会有这样的事：某个骑士遭难了，自己无力解脱，必须靠另一名骑士助他一臂之力，哪怕两人相距两三千莱瓜之遥，甚至更远。这另一位骑士不是腾云驾雾，就是登舟远航，空中也罢，海上也好，一眨眼儿工夫就到了需要他大显身手的地方。桑丘，你瞧见了吗？那只船放在那儿就是为了这个。我敢指天发誓，绝对没错。趁天黑之前，你快把灰驴和洛西南特拴好。靠上帝指引，咱们走吧！我这次是非要登舟而去不可了，赤脚修士来阻挡也不行！"

"可不是嘛，"桑丘说，"我也不知道该不该开口，反正这回您又要干傻事了。有什么法子呀？我只好俯首帖耳听您的，照老话说的那样：听你主人呵，跟他坐一桌。不过话又说回来，我可不愿意良心有愧，所以还得提醒老爷您一句，依我看，那儿那只船跟魔法不沾边，准是来这条河里打鱼的人用的。这儿出产天下闻名的鲱鱼啊！"

桑丘边说边把两头牲口捆好，听任魔法师去照看保护，心里真是说不出的难过。堂吉诃德告诉他别担心那两头牲口没人管，千里迢迢带他俩远行的人会及时喂料的。

"我不懂什么叫'千里条儿'，"桑丘说，"我自打生下来还没听过这话呢！"

"千里迢迢嘛，"堂吉诃德给他解释，"就是'很远很远'的意思。也难怪你不懂，你没有必要学拉丁语。有不少人装出会拉丁语的样子，其实一窍不通。"

"牲口捆好了，"桑丘告诉他，"这会儿咱们干什么呢？"

"干什么？"堂吉诃德回答，"画个十字，马上起锚。就是说，走上船去，把那根拴在树上的绳子解开。"

他说着一脚蹦到船上，桑丘只好紧跟。绳子一解开，小船就慢慢离开岸边。桑丘眼看朝河心漂了两巴拉，吓得浑身发抖，以为自己从此完蛋了。不过最让他受不了的还是耳里听着灰驴"喔哇"乱叫，眼里看着洛西南特挣扎着想松绑。于是他对主人说："灰驴见咱们走了难过得直叫，洛西南特想挣脱绳子跟在咱们后面跑。我的宝贝伙计们呀，放心待着吧！我们这会儿昏了头撇下你们，待会儿明白过来，准会回来找你们！"

接着他就伤心得放声大哭起来。堂吉诃德很恼火，怒气冲冲地问他："怕什么呀，你这个胆小鬼？哭什么呀，你这个脓包？莫非有人追你赶你了，你这个老鼠胆？缺什么少什么了，你这个身在福中不知福的贱骨头？你又不是赤脚步行，沿瑞非尼亚斯①山麓跋涉，分明像个大公爵，坐在木船上，沿着清亮平缓的河水漂流，转眼工夫咱们就要驶进无边的大海了。说不定这会儿咱们至少走出去七八百莱瓜了。可惜我手头没有星盘来测量天极高度，不然我一定能给你说个准数。不过我多少还是知道一些，我看咱们要么已经穿过，要么马上要穿过赤道线，就是把南北两极等距离分割开的那地方。"

"等到了老爷您说的那个'赤豆馅'②，"桑丘问，"咱们走出去多远了？"

"很远了。"堂吉诃德回答，"按照历史上最伟大的宇宙学家托勒密的假设，地球上的陆地和海水被划分成三百六十度。就是说，到了我讲的那条线，咱们差不多走了一半路程。"

"我的上帝！"桑丘不由得喊起来，"老爷您找来的这位证人真了不起，又有'家舍'又有'鱼头'，末了把煤也给驮走了！还有什么来着？"

堂吉诃德听了桑丘胡解释宇宙学家托勒密的名字、假设和计算，不禁大笑起来，对他说："你知道吗，桑丘？西班牙人凡是在加的斯③登船出海去东印度群岛，只要看到一个迹象，就知道已经过了我刚说的赤道线，那就是，听有船员身上的虱子全死光了，一个也剩不下来。即便是像称金子一样把整只船从头到尾称一遍，也甭想找出一只来。不信，桑丘你伸手摸摸大腿，要是摸到什么活物，咱们心里也就明白了；要是摸不着，准是过了那条线。"

"这一套我一点也不信。"桑丘回答，"我可以照您说的办，只是

---

① 瑞非尼亚斯：古代地名，指欧亚接壤处的崎岖山地。

② 桑丘想说"赤道线"。

③ 加的斯：西班牙南部主要海港之一。

我想不通试这个有什么用处，我亲眼看见咱们离岸不过五巴拉，离开两头牲口也就是两巴拉，咱们刚刚把洛西南特和灰驴撇在那上面。就我用两眼估摸一下，我敢打赌，咱们这么磨蹭着漂啊，比蚂蚁的步子还慢哩！"

"桑丘，按我说的办法试试看，别的你就甭操心了。你又不懂得什么是二分圈呀、经线呀、纬线呀、黄道呀、十二宫呀、南北极呀、两至呀、赤道呀、标记呀、方位呀，还有划分天球和地球的度数呀。你要是懂得这些，哪怕是其中的一部分，你就会清楚知道咱们穿过了几度纬线，看到十二宫的哪一宫，超越了哪些星座，又正在经过哪些星座。我再说一遍，你伸手抓抓试试。我估摸着，你怕是比一张光溜溜的白纸还干净呢！"

桑丘伸进手去，挺顺溜地就摸到左腿根儿上，然后抬头看了一眼主人，说："要么是这办法不灵，要么是咱们还没到您说的那地方，差老远呢！"

"怎么！"堂吉诃德问，"你摸到一点什么？"

"好多点呢！"桑丘回答。

他说着甩了甩手指头，把整只巴掌浸到河水里涮了涮。小船一直在河心缓缓地漂流，推动它的既不是什么神秘的机关，也不是隐蔽的魔法师，而是正在轻柔徐缓流动的河水。这时候他们发现前头河面上伫立着几个巨大的水磨。堂吉诃德刚一看见，就大声对桑丘说："嗨，老兄，看见那边了吗？分明是一座城池、古堡或炮楼。那里面准有个受难的骑士，再不就是某个遭殃的女王、命妇或者公主。我就是被带到这儿来救他们的。"

"您说的那鬼城池、炮楼和古堡在哪儿呀？"桑丘问他，"您可看清楚了，那是河上的水磨，是用来磨面粉的。"

"去你的，桑丘。"堂吉诃德回答，"看着像水磨，其实不是。我早就给你说过了，所有东西的本来面目都能叫魔法给掉个儿换样儿。

这不等于说真的变出什么新东西，只不过是叫人们觉得像那么回事罢了。我唯一的慰藉杜尔西内亚走形就是个明证。"

正说着，小船漂到河水中央，而且不再慢吞吞地行驶了。见那只小船顺流而下，眼看就要卷入推动水磨轮子的湍流之中，不少磨坊工人连忙抄起大木棍打算挡住它。这些人浑身沾满了面粉，脸上衣服上白花花一层，看上去确实不怎么美妙，而且还一个劲儿大声嚷嚷着："这俩冒失鬼！你们上哪儿去？你们不要命了？你们想淹死、叫这些轮子碾成肉泥？"

"我对你说什么来着，桑丘？"堂吉诃德这下来劲儿了，"咱们到这儿来就是为了显示我这双强壮的臂膀有多大本领！你瞧瞧，这么一大帮坏蛋恶棍冲我来了！你瞧瞧，多少妖魔鬼怪来对付我一个人！你瞧瞧，这么多青面獠牙想吓唬咱们！好吧，咱们等着瞧，你们这些混蛋！"

于是他在小船里站起来，开始高声威胁磨坊工人说："你们这帮长歪了心肠、打错了主意的下贱坯！你们这座炮楼也好牢狱也好，里面关押的是什么人？不管他是上等人还是下等人，地位高低、身份贵贱，你们马上给我把他放了，由他自便！我是堂吉诃德·德·拉曼却，雅号'狮子骑士'，秉承上天旨意，特意来此圆满完成这项使命。"

话音未落，他便抢起佩剑，冲着磨坊工人在空中舞弄个不停。那些人听他满嘴胡言，一点也不懂得是什么意思，只顾忙着用棍子去拦小船，只见它正朝着水磨轮子周围那股湍急的水流冲去。桑丘双膝跪下，满心虔诚地祈求上天把他救出这场迫在眉睫的灾祸。还果然灵验，多亏机敏灵巧的磨坊工人，小船总算被几根长木棍挡住，停在那里。不过他们却无力阻挡小船翻个儿，顷刻间把堂吉诃德和桑丘折进水里。堂吉诃德倒不怕这个，要论水性，他跟只鹅似的，只是沉重的盔甲两次把他拖入河底。磨坊工人纷纷跳下去，两人终于被托出了水面。不然的话，那地方就成了主仆二人的特洛伊城①。两人被救上岸，浑身精湿，可是喉咙干渴。桑丘又一次双膝跪下，两手合十，眼睛盯着天上，做了一次长长的虔诚祈祷，求上帝从此让他远离主人大胆的奇想和行为。这时候，打鱼的船主赶到了，可是小船早被水磨轮子打得粉碎。他们见自己的家当毁了，一起扑上去扒桑丘的衣服，嚷嚷着要堂吉诃德赔偿。他呢，好像什么事也没发生过似的，心平气和地说，船他当然是要赔的，不过他们先得把关押在城堡里的那个人或那些人放了，听其自便。

"你说些什么呀，又是关押又是城堡的？"有个磨坊工人问他，"你这人脑袋有毛病！莫非你想把那些来磨坊磨面的人带走吗？"

"算了。"堂吉诃德心想，"劝这帮混蛋做点好事，简直就跟对着野地讲道一样。这回准是有两个手段高强的魔法师在斗法，互相掣肘呢！一个给我送来小船，另一个偏偏把我折进水里。让上帝去想办法吧！这世上总是你算计我、我算计你，互相捣鬼，我可是一点辙也没了。"

于是他提高嗓门，对着水磨大声喊起来："关在这座牢狱里的弟兄们，我也不知道你们是谁，只好请你们多包涵了。我的事不顺，你们的命也不济，这会儿我不能为你们排忧解难。看来这功劳是专门留着给另一个骑士的。"

说完，他就去跟渔夫们商量赔船的事，决定掏出五十雷阿尔。桑丘很不情愿把钱交出来，还说："再这么坐两次船，咱们那点家当全都得哗哗流走了！"

渔夫和磨坊工人们莫名其妙地看着那两个怪人，觉得他们太特别了，而且始终不明白堂吉诃德又问又说的都是些什么意思。最后大伙

---

① 指成了他们的葬身之地。此处典出希腊传说中特洛伊城被希腊联军设计攻克的故事。

儿认定这两人准是疯子，就丢下他们走了，该回磨坊的回磨坊，该回家的回家。堂吉诃德和桑丘重新骑上他们的牲口，又跟牲口一样去瞎撞了。魔船冒险就这样收场了。

Capítulo XXX · 第三十章

堂吉诃德路遇美貌女猎手

骑士和侍从主仆二人垂头丧气地走过去找他们的牲口。桑丘尤其懊恼，掏出那点钱比掏他的心还难受，他觉得这简直就是剜去了他的眼珠子。两人一言不发，骑上牲口，离开了那条名川大河。堂吉诃德默默思念着情人；桑丘暗暗盘算着发财，只是觉得太遥遥无期了。他是有点蠢，可心里挺明白，主人干的那些事几乎全是胡闹，所以打算看准时机、招呼也不打、蔫不悄地溜回家去。哪知命运另有安排，也由不得他自己。

且说又过了一天，太阳落山时分，他们刚好走出树林。堂吉诃德见眼前一片绿莹莹的草地，远处像是有一群人。走到跟前才知道是一伙人在放鹰捕猎。又往前走了几步，便看清在人群当中有位漂亮的夫人，骑着一匹驯马或是牝驹，毛色雪白锃亮，墨绿的鞍鞯，银色的坐鞍。那夫人也是一身绿色服饰，优雅华贵，无与伦比。见她左手举着一只苍隼，堂吉诃德便猜测她准是那群猎人的女主人，事实果然如此。于是他对桑丘说："好桑丘，快跑过去告诉那位骑驯马举苍隼的夫人，就说我，狮子骑士亲吻美丽夫人的双手。如果贵人应允，我还想亲自过去亲吻，并且等候吩咐，全力为她效劳。桑丘，替我报信的时候留点神，别塞进一大堆你那些老话顺口溜。"

"您什么时候见我硬塞来着？"桑丘回答，"不用您嘱咐，这又不是头一次！给这些有身价的贵夫人捎话，我以前也干过。"

"就是给杜尔西内亚小姐捎过一回呗！"堂吉诃德说，"我不记得还有别的，反正我没托过你。"

"是这么回事。"桑丘回答，"债能还得清，不怕抵押重；囤里满是粮，做饭也便当。我是说，不用叮咛嘱咐我什么，我什么都懂，什么都会一点。"

"桑丘，那我就托付给你了。"堂吉诃德说，"快去吧，上帝保佑你！"

桑丘当下就朝那边跑去，一路上直催他的灰驴。他走到漂亮的女猎手跟前，跳下地，弯膝跪下，说道："美丽的夫人，那边那位骑士是我的主人，名叫'狮子骑士'。我是他的侍从，家里人都叫我桑丘·潘沙。那位狮子骑士前不久还有个名字，叫'苦脸骑士'。他派我前来求贵夫人恩准、赞成、允许、欢迎他前来实现自己的心愿，就是说，为您这位高高在上的美人效力。反正他是这么说的，我也是这么想的。一旦尊贵的夫人恩准，他将获益匪浅、喜悦异常、荣幸之至。"

"好样的侍从，说实话，"夫人回答，"你真是个礼数周全的使节。快快站起来！我们这里已经屡屡听说了这位伟大的苦脸骑士，你身为他的侍从是不该这么跪着的。快起来，朋友，去告诉你的主人，我们正盼着他光临呢。我和我丈夫公爵先生希望能在这里的别墅里款待他。"

桑丘从地上站起来，没想到那位了不起的夫人是那样漂亮又和蔼，而且居然说已经耳闻了他主人苦脸骑士的大名。'狮子骑士'是个刚起的雅号，不然她也准能脱口而出。这位姓名不详的公爵夫人问他："这位侍从兄弟，请问你主人是不是印到书里的那位？书名叫《奇思妙想的绅士堂吉诃德·德·拉曼却》。他还选中了那个杜尔西内亚·德尔·托博索姑娘做自己的意中人？"

"正是他，夫人。"桑丘回答，"说不定也在那本书里来回晃悠的侍从，就是我。人们都管我叫桑丘·潘沙。我也不知道是不是改了我的家世，我是说，是不是书里给我改了。"

"听了你这番话我真是太高兴了！"公爵夫人告诉他，"快去，潘沙老兄，对你主人说，十分荣幸欢迎他来我们田庄。这可真是件令我喜出望外的乐事。"

桑丘得到如此痛快的答复，欢喜雀跃地回到主人身边，向他一五一十地禀报了那位高贵的夫人说的话，还用一些土里土气的言辞把她捧到了天上，说她如何漂亮、如何有派头、如何礼数周全。堂吉诃德潇潇洒洒地在马鞍上挺直了身子，戴正了面罩，踩紧了马镫，策动了洛西南特，精神抖擞地前去亲吻公爵夫人的双手。这工夫，夫人已经命人喊来她丈夫公爵大人，告诉他堂吉诃德捎来了什么话。他们两人都读过这个传记的第一部，已经知道堂吉诃德的疯癫癖性，当然巴不得能早点见到他本人。他们打算好了，客人到了，他们就投其所好，随声附和。在他应邀逗留期间，始终把他尊为游侠骑士，完全按照骑士小说上描写的种种规矩予以接待。这类书他们读过不少，而且也很喜欢。

这时候，堂吉诃德走到眼前，掀开面罩，斜着身子准备下马，桑丘打算上前帮他抓紧马镫。可是不巧，他刚想跳下驴背，偏偏一只脚绊着鞍旁的绳子，怎么也抖搂不开，结果就倒挂在那儿头朝下栽了个嘴啃泥。堂吉诃德呢，从来都是要别人抓紧马镫，才能下地。这回他以为桑丘已经过去扶好了，猛地一侧身，不承想鞍子没有捆紧，就跟随他从洛西南特背上滑下，于是鞍子和骑手一起摔在地上。他真是躁极了，心里咬牙切齿地直骂该死的桑丘。可那人自己的一只脚也还套在镣铐里。

公爵命自己手下的猎人去帮骑士和侍从一把。堂吉诃德摔得够呛，被他们扶起以后，一瘸一拐、费劲巴拉地上前去要跪在两位贵人脚下。可是公爵说什么也不答应，他慌忙下马，紧紧拥抱堂吉诃德，对他说："真太抱歉了，苦脸骑士先生，您头一次来我庄上，就碰上这么糟糕的事。不过，粗心大意的侍从还往往弄出更大的麻烦呢！"

"尊贵的王爷，"堂吉诃德回答，"只要能见到您，哪里还会有什么糟糕的事！哪怕我一跤摔进无底深渊，就凭见到您这份荣耀，我也会一跃而起蹦上来的。我的那个侍从呀，真该受到上帝诅咒！他摆弄舌头胡说八道倒还有两下子，用绳子把鞍子捆紧就不行了。但是，不管我怎么样，摔倒了还是站起来，踏着地还是骑着马，我都永远听从阁下您和公爵夫人的差遣。您的夫人堪称人间美女的极致，世人礼让的楷模，两位真不愧是良缘佳偶。"

"慢着点，我的堂吉诃德·德·拉曼却先生，"公爵对他说，"只要世上还有杜尔西内亚·德尔·托博索小姐，就不该赞扬别的美人。"

这时候，桑丘·潘沙已经解开脚绊子，走到跟前来了，没等主人开口，他先搭了茬儿："那是没得说的，是得承认我的女主人杜尔西内亚·德尔·托博索小姐很漂亮。可是也难说，不定什么地方猛地窜出个兔子。我听人说，这老天爷就像个做泥盆的匠人，既然能做出一个好看的，也就能做出两个、三个、一百个。我这么说，是因为我敢打赌，拿咱们的公爵夫人跟我的女主人杜尔西内亚·德尔·托博索小姐比一比，也差不到哪儿去！"

堂吉诃德对公爵夫人说："尊贵的夫人恐怕想不出世上哪个游侠骑士的侍从像我手下这个那么会饶舌逗趣。足下不信请留我在这里供您差遣几日，他自己会证明我说的是实情。"

公爵夫人听了回答说："正因为桑丘老兄会逗乐，我才特别敬重他，这说明他是个伶俐人。堂吉诃德先生，阁下想必是懂得，笨头笨脑的人是不会说笑话逗乐的。好样的桑丘既然会说笑话逗乐，我由此便知道他很伶俐。"

"也很饶舌。"堂吉诃德提醒道。

"那就更好了，"公爵说，"一肚子俏皮话，三言两语怎么说得完？瞧，咱们把时光都耽搁在说话上了，还不赶紧请伟大的苦脸骑士……"

"大人您该说'狮子骑士'，"桑丘告诉他，"如今他的脸已经不苦了，苦的倒是那两只狮子。"

于是公爵接茬儿说下去："那就请狮子骑士先生去我家的一个城堡，离这儿不远。像您这样的贵宾将要受到应有的款待。我和公爵夫人经常这样迎接来到此地的游侠骑士。"

他们说话的工夫，桑丘已经系好捆紧了洛西南特的鞍子，堂吉诃德又骑了上去。公爵也跨上他的骏马，公爵夫人骑马走在中间，一行人直奔城堡。公爵夫人命桑丘离她近些，想听听他那些有趣的言谈。桑丘一点不带推辞的，插上嘴就说起来，逗得公爵和公爵夫人十分快活。他们觉得实在是天赐良机，能够在城堡里接待这位游侠骑士和这位瞎游侍从。

CAPÍTULO XXXI · 第三十一章

下面将谈到许多重大事件

　　桑丘觉得自己特别受到公爵夫人的垂青，真是欣喜异常，心里盘算着，当初在堂迭哥家和巴西里奥家享用过的一切，在她家城堡里一定也应有尽有。他一向喜欢过舒坦日子，一遇到能美美犒劳自个儿的机会，他就紧紧抓住不放。传记里说，在大队人马到达那座不知是别墅还是城堡之前，公爵本人已经先头赶到，向众家人奴仆交代应该如何接待堂吉诃德。客人随同公爵夫人刚刚走到城堡门外，里面便出来两个跟班或马弁模样的人物，一身洋红细缎长袍直垂脚面，就是那种起床时穿的晨衣。两人搀扶堂吉诃德下马，同时暗中悄悄告诉他："劳驾大人把公爵夫人抱下马。"

　　堂吉诃德便照吩咐去做，于是宾主二人不免着实客套谦让了一番。最后还是公爵夫人坚持不肯，说只能由公爵本人充当马弁扶她下马着地，她一个区区妇人怎好劳动伟大的骑士。末了当然是公爵本人把她抱下马。他们步入宽敞的大院，立即有两个秀丽的使女迎上去，把一件质地细腻的猩红大氅披在堂吉诃德肩上。这当儿，四周的游廊里突然挤满了主人家的男女仆人，他们一起高声喊道："欢迎出类拔萃的游侠骑士光临！"

　　他们还几乎人人手捧小碗，往堂吉诃德和公爵夫妇身上喷洒香水。此情此景，使堂吉诃德受宠若惊；这是他第一次完完全全感受到自己的游侠骑士身份是真实的而非虚幻的。在他读过的书上，以往世世代代的骑士受到的都是这种礼遇。

桑丘这会儿也不管他的灰驴了，只顾紧紧跟在公爵夫人身后，走进城堡。可是他又觉得把驴子孤零零撇下，实在于心不忍，正好看到在出来迎接公爵夫人的仆妇之中有一位威严端庄的嬷嬷，便凑上去对她低声说道："贡萨雷斯太太，实在对不住，我不知道您的尊姓大名。"

"我叫罗德里格斯·德·格瑞哈勒巴。"那嬷嬷回答，"大哥，有什么吩咐吗？"

桑丘求道："劳您大驾去城堡门外看看，我的灰驴在那儿。麻烦您叫人把它牵进马房，您亲自动手也行。我那小可怜儿胆儿太小，说什么也不敢自个儿孤零零地待着。"

"不知道那主人是不是跟这听差的一样聪明伶俐，"嬷嬷回答他，"那我们可就热闹了！一边儿去吧，我说老兄。你和那个带你来的家伙都够背时的！你自个儿去管那头驴吧！我们这种人家的嬷嬷们可从来没干过这种活儿！"

"老实对您讲吧，"桑丘反唇相讥，"我老爷可是个通今博古的行家，我听他说起过郎萨洛特的故事：

> 大不列颠是故乡。
>
> 嬷嬷屈驾秣瘦马，
>
> 贵妇侍奉在身旁。

"要论我的毛驴呀，想拿郎萨洛特的坐骑来换，我还不肯呢！"

"老兄，看样儿你是个唱小曲儿的，"那嬷嬷嘴也不饶人，"留着你那点本事到有人掏钱的合适地方使去吧！我可是连个鸟儿也不会给你！"

"太好了！"桑丘更来了劲，"那准是个老家伙喽。要是数着各人的年岁比输赢，您老准吃不了亏！"

"你个婊子养的！"嬷嬷顿时气得满脸紫胀起来，"我老还是不老，上帝心里有数，跟你什么相干？你这个满嘴蒜臭味的混蛋！"

她说这句话的声音很大，结果被公爵夫人听见了。夫人一回头，见嬷嬷气鼓鼓的，两眼直冒凶光，就问她跟谁干仗呢。

"还能跟谁？"嬷嬷回答，"这个老小子说他的毛驴在城堡门外，死缠着叫我替他牵到马房去，还不知道从什么地方搬弄来古训，说是贵妇怎么伺候一个叫什么郎萨洛特的，嬷嬷怎么照看他的瘦马。这还不算，末了还骂我是个老婆娘。"

"我看这话也太伤人，"公爵夫人说，"别的不论什么话也就罢了。"

然后她转向桑丘说道："桑丘老兄，你该知道堂娜罗德里格斯还年轻着呢。她之所以头巾包得严严的，按时尚，那是表明她的身份，并不是说她上了年纪。"

"我也不是那个意思，不然就叫我后半辈子没好日子过。"桑丘辩解道，"只是我太心疼我的毛驴了，除了托付给堂娜罗德里格斯太太这样心肠慈善的人，我还能托付给谁呢？"

堂吉诃德在一边全都听见了，便说："桑丘，你怎么在这个地方提这种事情呢？"

"老爷，"桑丘回答，"人不管到了哪儿，总会碰上一些急事。我在这儿想起我的灰驴，也就在这儿提起了它。要是我在马房里想起它，当然也就在马房说起它咯。"

这时候公爵说话了："桑丘很有道理，不该这么责怪他。灰驴一定要按他的吩咐给喂足草料，得像款待他本人一样好好照看。"

就这样你一言我一语，说得大家都很开心，只有堂吉诃德不以为然。说话的当儿已经到了楼上，堂吉诃德被让进客厅，里面挂满了金光灿灿的锦缎幔子。六位姑娘代替了侍童帮他解盔卸甲，她们经过公爵夫妇指示调教，都知道该干些什么，怎么服侍堂吉诃德，好让他切实觉得自己这个游侠骑士受到应有的款待。卸去盔甲，堂吉诃德身上就剩下套裤和羚羊皮短袄，更是显得细长干瘦，深陷的腮帮子恨不得在口腔里紧紧贴在一起。见他这副尊容，那些伺候他的姑娘差一点就憋不住放声笑破肚皮，可是她们知道男女主人事先清楚交代过的话，只好始终强忍。她们叫他脱光了换件衬衫，可他死也不肯，说是游侠骑士既要有勇气，又要知礼仪。最后他求姑娘们把衬衫交给桑丘，主仆二人躲进一个房间，里面放着一张十分考究的大床，他这才开始脱衣换衣。他见屋里没有外人，就对桑丘说："你这个新恶棍、老混蛋，你倒是说说看，那样侮辱糟践一位庄重可敬的嬷嬷，你觉得合适吗？你干吗偏偏那个时候想起你的灰驴？东道主既然如此慷慨地款待咱俩，难道还会亏待咱们的牲口吗？看在上帝的分上，我求求你了桑丘，你是不是悠着点？别露出太多的破绽，让人家一眼看出你原本不过是个又粗又糙的下贱坯。听着，你这个孽障，仆人越体面越有教养，主人也就越光彩。跟其他人相比，王公贵族占了一个很大的便宜：那就是他们手下使的人跟他们本人一样文质彬彬。你难道还看不出，你土头土脑把我也给连累了？人家见你是个粗鲁的乡下佬，一个出洋相的小丑，肯定会认为我是个江湖骗子、冒牌骑士。这样不行啊，桑丘老兄，你千万得改掉那些坏毛病，别再那样贫嘴饶舌、插科打诨，不定什么时候绊个跟头，就成了个背时的小丑。想法捆住你的舌头，趁一句话还没冲到嘴边，先好好掂掇思量一下。你要知道，咱们可是到了好地方，靠上帝保佑和我浑身的勇气，咱们准会名利双收的。"

桑丘发誓赌咒地向他保证，往后一定把嘴缝起来，再不就按主人吩咐，说话以前先咬咬舌头，免得不过脑子信口胡说；在这件事上主人尽管放心，他绝不会叫别人看出他们的老底。说话工夫，堂吉诃德已经穿好衣裳，系上肩带，挂起佩剑，又把猩红大氅披在肩头，还戴上姑娘们给他的一顶绿缎小帽。他打扮停当，就朝大厅走去。只见众侍女已分两翼排开，两边人数相等，个个手里都捧着盥洗用具，毕恭毕敬地伺候他洗手。随后，餐厅管家领着十二个侍童来请他前去就餐，说是公爵夫妇已经恭候多时。一伙人前呼后拥把他夹在当间，庄严隆重地步入餐厅。杯盘已经摆好，只有四个座位。公爵夫妇特意走出厅门去迎接他，身边还有一位神色严肃的教士。通常贵族之家都有一位这类人物负责指导家政，这些人自己并非出身贵族，所以也就不知道如何教导生就的贵族们恰如其分地行事。这些人只会以小人的狭窄心胸去衡量大人物们的宽广襟怀；这些人本想教给他们指导下的人家学会节俭，结果却弄得他们锱铢必较。陪同公爵夫妇上前迎接堂吉诃德的那位不苟言笑的教士想必就是这些人当中的一个。三人对他一番恭维客套之后，便把他簇拥在中间，走过去入席。公爵请堂吉诃德坐主宾席，尽管他一再推辞，可是终究拗不过毫不让步的主人，只有从命。教士坐在他对面，公爵夫妇也在左右两边入席了。

桑丘眼看着这一切，惊讶得张大了嘴，没想到那些大人先生竟如此抬举他的老爷。他见公爵和堂吉诃德你推我让，谁也不肯坐首席，就说："说到这座位，我想讲讲我们村里的一件事，也不知各位老爷愿不愿意听。"

一听桑丘的话，堂吉诃德就不由得一颤，琢磨着他肯定又要露怯了。桑丘瞅了他一眼，明白他在想什么，于是便说："老爷您别担心我走火说出不得体的话来。我忘不了您刚刚给我的忠告，什么话多话少、话好话坏！"

"我不记得有这么回事，桑丘。"堂吉诃德顶了他一句，"你爱说什么，尽管说，可是得快点。"

"我要说的呀，"桑丘还没个完，"可是件真事。我老爷堂吉诃德就在眼前，我怎么敢撒谎呢！"

"你撒不撒谎，干我什么事！"堂吉诃德说，"我才不管你呢，桑丘！只是说话的时候多留点神就是了。"

"我前后左右都留着神呢，再说，'爬上楼顶敲钟最保险'，诸位听我说就知道了。"

"依我说，"堂吉诃德提议，"二位贵人最好把这个傻瓜从这儿轰走，省得他满嘴胡诌。"

"看在公爵的面上，"公爵夫人说，"不能让桑丘离开我一步，我很喜欢他，知道他是个明白人。"

"您圣驾准能一生一世都这么明白，"桑丘回答，"多谢您这么器重我，真叫我抱愧。我要讲的故事是这样的：我们村里有位绅士请客，他是个有钱的贵人，是梅迪那·德尔·坎波城阿拉莫斯家族的嫡传子孙，娶的是堂娜门西亚·德·奇尼翁内斯，她是圣地亚哥教团骑士堂阿隆索·德·马拉尼翁的女儿。她父亲末了是在埃拉杜拉海边淹死的。为这事好多年以前我们村还打过一架，记得我老爷堂吉诃德也掺和进去了，结果是铁匠巴勒巴斯特罗的儿子捣蛋鬼托马西约受了伤……我说的这些是不是真的，我的主人老爷？求您千万说一句，免得各位先生以为我啰里巴唆净胡说。"

"听到这会儿，"教士开口了，"我倒觉得你没怎么胡说，就是太啰唆。再往下就不知道会怎么样了。"

"你提到那么多人名，说得那么详细！我不得不承认，桑丘，你说的八成是真的。接着讲，尽量短点，照你这样只怕两天也讲不完。"

"要依我说，干吗要尽量短点？"公爵夫人说，"叫他爱怎么讲就怎么讲，哪怕六天也讲不完呢！他果真能讲这么长时间，那才是我这辈子过的最有意思的一段日子呢！"

"那么先生们，我就接下去了。"桑丘说，"提到这位绅士，我可是太熟了。他家到我家也就是一箭路。他请的客人是个穷庄稼汉，可是个体面人。"

"快讲吧，老兄，"教士催他，"照你这么下去，一辈子也完不了。"

"靠上帝帮忙，有半辈子就够了。"桑丘回答，"我刚说了，那庄稼人来到那位请客的绅士家里——他已经不在世了，愿他的灵魂安息；对了，还有，都说他死的时候安安静静，像个天使，可惜我那几天去腾布雷盖割麦子了，没赶上……"

"真要命！伙计你快从腾布雷盖赶回家吧，快把故事讲完！莫非你还想等着那位绅士入殓，然后再给更多的人办丧事？"

"当时嘛，是这样的，"桑丘接着讲，"两人正要入席，我这会儿就像眼前还清清楚楚看着他们呢……"

桑丘啰里巴唆讲着，又时不时乱打岔，那位教士大人很是不耐烦，公爵夫妇二人觉得十分有趣。堂吉诃德在一边又急又火，如坐针毡。

"我是说，"桑丘继续讲，"他们俩正要入席呢，庄稼汉推呀让呀，非叫绅士坐首席；绅士也推呀让呀，非叫庄稼汉坐首席，还讲，在他家里当然是他说了算。庄稼汉认为自己还是有教养、懂礼貌的，说什么也不肯。最后绅士急了，两只手摁着他的肩膀，硬让他坐下，还告诉他：'坐下吧，真烦人！我坐在哪儿都一样，反正总是你的上首。'这就是我的故事，我敢说，眼下还挺应景儿的呢！"

这工夫堂吉诃德的脸上说不清是什么颜色，他的肤色本是黑黝黝的，这会儿却青一块白一块，还来回变幻。男女主人怕堂吉诃德听出桑丘的话里带钩儿，真的恼起来，只好使劲憋住不笑。他们又赶紧转了话题，省得桑丘再接着说出什么蠢话。公爵夫人问堂吉诃德知道杜尔西内亚小姐的什么消息吗，近来是不是又俘获了几个巨人恶棍之类的奉献给她了；不用说，他准是又打败了不少这种家伙。堂吉诃德回答她说："夫人呀，我的灾难一旦开了头就没个收尾的时候。我打败过巨人，也俘获过恶棍歹徒给她献礼。可是，上哪儿去找她哟？她已经中了魔法，变成一个奇丑无比的乡下女人了！"

"我怎么看不出？"桑丘·潘沙插嘴说，"我倒觉得她是世上最漂亮的姑娘，反正蹦跶两下，腿脚还真灵巧。我敢说，她比戏台上翻跟头的还高出一筹。公爵夫人，我敢担保，她站在地上一蹦，就骑上驴背了，简直跟只猫似的。"

"桑丘，你看她是中了魔法吗？"公爵问。

"什么我看呀！"桑丘回答，"撞上那小小戏法的，我还是头一个！她要是中了魔法，那连我的老爹也差不多了！"

教士满耳朵听到什么巨人呀、歹徒呀、魔法呀，顿时醒过味来，原来眼前就是堂吉诃德·德·拉曼却。他见公爵老是读那本传记，不知说过他多少次了，告诉他读这种胡言乱语实在是胡闹。他揣摩着自己准没猜错了，便十分气愤地对公爵说："我说先生，阁下可要为这位仁兄的所作所为在我主面前做个交代。这位是叫堂吉诃德也罢，堂傻瓜蛋也罢，还是堂别的什么，我想还不至于像您指望的那么浑吧，您就别紧着撺掇他装疯卖傻了！"

然后他又冲堂吉诃德说："你这个昏头昏脑的糊涂虫，是谁把这念头塞进了你的脑袋，说你是游侠骑士，打败过巨人，俘获过恶棍？趁早收场吧！听我说，赶快回家去，要是有儿女，就好好培养他们，用心管家理财。别再满世界乱逛荡，喝一肚子西北风，招得生人和熟人都笑话你。真见鬼！过去也好，现在也好，你在什么地方见过游侠骑士？西班牙哪儿有巨人？拉曼却哪儿有歹徒恶棍？哪儿有什么中魔的杜尔西内亚，还有关于你的那一大堆胡说八道？"

堂吉诃德始终静静地听着那位正人君子的一席宏论，这会儿见他说完了，也顾不得在座的公爵夫妇，气鼓鼓、怒冲冲地跳起来说……不过他的答话只好放在下一章了。

CAPÍTULO XXXII · 第三十二章

堂吉诃德如何答复对他的责难
以及其他有趣的正经事

却说堂吉诃德站了起来，浑身从头到脚直抖，仿佛吞了水银。只听他急赤白脸地说："眼下的地点、场合以及我对阁下身份的尊重逼迫我强压满腔的义愤之火。出于这种考虑，再加上，众所周知，一穿上道袍，就只能挥舞女人家的武器，那就是舌头。所以，我打算公平合理地跟阁下舌战一场。本指望能从阁下嘴里听到善意的忠告，不承想却是一长串辱骂。用心高尚良苦的责备未尝不可，但也要看什么场合、有没有道理。无论如何，您当众如此粗暴地责骂我，远远超出了善意劝说的界限。要知道，循循善诱总比恶语伤人更有说服力。再说，您连自己指责的过错究竟是什么还没弄清楚，张口就骂别人傻瓜混蛋，也太不合适了吧！不妨请教请教阁下，我到底干了什么蠢事，招来您这一通谴责和辱骂，还打发我回去管家理财、照看妻子儿女，事先也不弄清我是不是结婚、生儿育女了？有些人在穷酸的寄宿学校长大，除了方圆二三十莱瓜的乡下地界，没见过别的世面，却偏要不管三七二十一闯进别人家去指教那里的主人，还打算指手画脚，评说骑士道，议论游侠骑士，不觉得太过分吗？一个人不贪图安逸享乐，吃尽千辛万苦去闯荡天下，最后功德圆满、名垂千秋，莫非是光阴虚掷、毫无意义吗？如果是英雄豪杰王公贵胄骂我傻瓜，我只好忍辱含恨、无可奈何；而一个跟骑士道根本不沾边的书呆子笑话我糊涂，简直就无须理睬。只要高高在上的造物主恩典，我必将作为骑士而生，作为骑士而死。有的人踏上雄心勃勃的坦途，有的人攀登趋炎附势的阶梯，有的人依靠伪善狡诈的手段，有的人虔诚敬神走向天国；而我，由福星指引，选择了游侠骑士的崎岖小径；为了事业，家业财产可以弃之不顾，但是名誉不容分毫有损。我救助过困厄之人，匡正过不义之举，惩戒过狂徒，战胜过巨人，摧毁过妖魔。我满怀绵绵情思，因为所有的游侠骑士都必须是情种。我尽管缱绻缠绵，却绝非那种轻薄之辈，而是心神向往、恪守礼仪。我从来都是一心向善，设法有利于天下，而绝不加害于人。一个这样想、这样做、这样律己的人是否就该被称作傻瓜白痴，还请公爵及夫人二位贵人明断！"

"天哪，太棒了！"桑丘喊道，"老爷，我的主人，您不必再多说什么来护着自己了；世人该想的、该说的、该争的全都齐了。这位先生刚才已经说了，他压根儿不承认以往也好、现在也好，世上有什么游侠骑士，他张口胡说一气也就难怪了！"

"请问，"教士又搭茬儿了，"老兄莫非就是那个桑丘·潘沙？听说你主人答应赏给你一个海岛，是吗？"

"正是我。"桑丘回答，"别人能得到海岛，我当然也能。我呀，跟着好人走，学好不犯愁；还有什么来着？对了，不管生在哪一窝儿，单看吃草跟哪拨儿；背靠大树好乘凉。我靠的就是我的主人。我陪他出来已经好几个月了。只要上帝乐意，我也一准做个他那样的人。只要他活着，我也活着，总缺不了他的皇帝宝座，也缺不了我的海岛总督。"

"那还用说，桑丘老兄。"这时候公爵发话了，"我正打算以堂吉诃德先生的名义，派你去管一个海岛，挺不错的，我反正也是撂在那儿。"

"快跪下，桑丘。"堂吉诃德吩咐，"还不赶紧亲亲大人的脚，瞧他给了你多大好处！"

桑丘听命照办了。教士见这情景，很是恼火，马上站起来说："我要凭这一身教士袍起誓，我只能说，阁下您跟这两个糊涂虫一样昏了头。瞧瞧吧，明白人跟着凑热闹，那疯子不就更疯得名正言顺了！阁下就跟他们为伍去吧！只要他们待在这里，我只好回自己家。反正是没办法的事，我何必煞费苦心！"

然后他二话不说，离开饭桌就走了，公爵夫妇怎么挽留也无济于事。其实公爵本人并没有多说什么，他见教士莫名其妙地光火，差一点憋不住笑出声来。最后他忍住笑对堂吉诃德说："狮子骑士先生阁下，您这番应答真是妙极了，痛快淋漓。不过别看他那样，其实一点没有冒犯您。阁下很清楚，教士和女人一样，都无力冒犯别人。"

"是这样，"堂吉诃德回答，"道理很简单，不该受到冒犯的人也不会冒犯别人。女人、孩子和教士受到欺负时无力自卫，当然也就不该受到凌辱。阁下很清楚冒犯和凌辱不一样。凌辱总是来自强者，而且是明知故犯。任何人都可能冒犯他人，但他并不是存心凌辱。比方说，有人漫不经心地走在街上，突然上来十个手持棍棒的要打他；他想拔剑自卫，可是对方人多势众制伏了他，使他还手无力；这人只是受到冒犯，却没受到凌辱。还可以用另一个例子说明，有人好好站在那儿，突然背后冒出个家伙给了他几棍子，打完不等他回头撒腿就跑，他跟着追上去，可是没逮住。这人挨了一顿棒打，只是受到冒犯，并没有受到凌辱，因为对方打完就跑了。要是有人从背后偷偷地给了你几棍子，接着又拔出剑，昂首挺胸地站在那儿向你挑战示威，那你就不仅挨打受到冒犯，而且同时受到凌辱。说是冒犯，因为他是趁人不备；说是凌辱，因为他打完人并不回避逃跑，而是站在那儿等着。按照讨厌的决斗规则来看，我这回可以说是受到冒犯，但没受到凌辱。因为孩子不懂事，女人既逃跑不了也无须站在那儿等什么，在神圣教会供职的人们也属于这种情况。这三种人既不能进攻也无力防卫，即使他们有权自卫，也对付不了别人。我刚说自己可以算是受到冒犯了，现在想想，连这也算不上，因为不该受到凌辱的人，自然也就无力凌辱别人。如此说来，我不该为那位老好人的一番话生气，这会儿我也确实消气了。他要是能多待一会儿就好了，我得想法告诉他，认为过去和现在世上从没有什么游侠骑士的想法和说法是错的。要是这话让阿马迪斯或者他那些绵延不绝的子孙当中什么人听到了，他老人家可就不怎么妙了。"

"没错！"桑丘说，"准是一刀下去把他从上到下劈成两半，就像切石榴和熟透了的甜瓜似的。他们可受不了这种风言风语。我敢打赌，要是雷纳尔多斯·德·蒙塔尔班听见小老头说这话，准把他的嘴严严堵上，叫他三年说不出话来。他想招惹这些人？我看他怎么逃出人家的手掌心儿！"

公爵夫人听了桑丘的一席话，差点没笑死，觉得他比那位主人还疯癫有趣。当时确实有不少人是这么想的。

堂吉诃德总算消了气。这时候饭也吃完了，杯盘也撤走了，只见走进四个姑娘。一个手捧银盆，一个手提银壶，还有一个肩上搭着两条漂亮的雪白毛巾，第四个半挎起袖子，白嫩的（确实白嫩）双手上捧着一块圆圆的那不勒斯肥皂。举银盆的先上前去，轻盈灵巧地把小盆塞到堂吉诃德的下巴底下。客人不敢多言，不懂得这是什么礼节，还以为当地风俗就是洗胡子不洗手，便使劲把胡子伸过去。这时候，银壶的水也往出倒了，拿肥皂的侍女紧着往胡子上打肥皂，顿时冒出雪团般的泡沫，满胡子、满脸、满眼睛都是白花花的一片。我们的骑士只是乖乖地任人摆布，最后不得不紧闭双眼。

公爵和公爵夫人事先一点也不知道，猜不透这种少见的洗洗涮涮到底是什么意思。摆弄胡子的姑娘，见肥皂沫已经堆起了一拃多厚，突然装作水用完了，叫那个捧银壶的再去取点，并劳驾堂吉诃德先生稍候。事情就这么办了，堂吉诃德只好一副怪模样在那儿等着，真是可笑到了极点。在场的人很多，大家都盯着看他，见他那黝黑的脖子伸出半巴拉长，两眼紧闭，胡子上涂满了肥皂，居然没人笑出声来，真是难为了他们如此循规蹈矩。那几个恶作剧的姑娘低头垂眼，不敢直视男女主人。他们俩觉得又好气又好笑，坐在那儿很是不安，不知如何是好，是责备姑娘们胡闹呢，还是奖赏她们想出好主意，叫大伙儿看堂吉诃德那副怪样子取乐？

提银壶的侍女转回来，总算最后给堂吉诃德盥洗完毕。这时拿毛巾的姑娘上前慢慢地给他又揉又擦。末了四个人齐刷刷地深深弯腰鞠了一个大躬，准备退下去。可是公爵怕堂吉诃德看出这纯粹是拿他取笑，便叫住捧小盆的侍女，对她说："过来给我也洗洗，小心别半道儿又没水了！"

那丫头很精，当下就跑过去，照摆弄堂吉诃德的样子，把小盆放到公爵下巴底下，其他几个很麻利地打肥皂、洗净擦干、收拾妥当，最后鞠躬离去。后来听说公爵曾经警告她们，要是不照样给他洗涮一遍，非得好好教训她们这种放肆举动不可。她们总算乖巧，给主人也涂了肥皂，才终于得以幸免。

桑丘在一旁静观这套洗洗涮涮的规矩，心里暗想："我的上帝呀！不知道这地方是不是也兴给骑士的侍从这么洗胡子？上帝明鉴，说实话，我还真得这么来一下。当然，要是能用刀子给刮一刮就更好了！"

"桑丘，你在嘟囔什么？"公爵夫人问。

"夫人，我是想说，"他回答，"我只听说在别的王爷府上都兴撤去席面、上水净手，可没见用碱水洗胡子的。这可真是活得长见识广！当然也有人说，寿命长了有甚好？吃苦受罪更不少！可依我看，时不时这么洗涮一下，倒挺自在的，怎么是受罪呢！"

"你别着急，桑丘老兄。"公爵夫人告诉他，"我让丫鬟们也给你洗洗，要是你乐意，还可以在碱水里泡泡。"

"收拾一下胡子我就知足了，"桑丘回答，"反正眼下就这么着吧，往后怎么着，上帝会安排的。"

"听见了吗，管家？"公爵夫人转过去说，"桑丘大哥已经说了，照他的意思办，一点不得有误。"

管家应声说桑丘先生会一切称心的，说完就退下去吃饭了，顺手带走了桑丘。堂吉诃德还和公爵夫妇坐在桌旁东拉西扯地说着话，不过来来回回讲的都是武艺呀、游侠骑士呀之类的话题。公爵夫人求堂吉诃德给她详细描绘一下杜尔西内亚·德尔·托博索小姐的姿色容貌，他一准刻骨铭心地牢记在心里。到处都在传颂她如何娇艳动人，想来肯定是世上最漂亮的人儿了，只怕连整个拉曼却地界也找不出第二个。

听了公爵夫人的请求，堂吉诃德长叹了一声说："可惜我不能掏出自己的心，端在盘子里放在夫人眼前的桌子上，那岂不省得我白费口舌！她的容貌是无法想象的，只能叫夫人您看它刻在我心上的印记！再说，一丝不苟地描绘举世无双的杜尔西内亚的美貌也非我能为之事，这副重担我的双肩如何挑得起来？有义务完成这项重任的应该是帕拉修斯①、提曼特斯②和阿佩莱斯③的画笔，利西波斯④的镂刀。她的容貌必须镌刻在木板、大理石和青铜之上，再用西塞罗式和狄摩西式的辞令来赞美！"

"请问什么是'狄摩西式'，堂吉诃德先生？"公爵夫人问，"我生来还没听说过这么个词呢！"

"狄摩西式的辞令嘛，"堂吉诃德回答道，"就跟说狄摩西尼⑤的辞

---

① 帕拉修斯：古希腊画家，活动时期大约在公元前 5 世纪。
② 提曼特斯：古希腊画家，帕拉修斯的竞争对手。
③ 阿佩莱斯：希腊化时代早期画家，活动时期大约在公元前 4 世纪。曾经为马其顿腓力二世及其子亚历山大大帝充当宫廷画师。
④ 利西波斯：古希腊雕刻家，活动时期大约在公元前 4 世纪。
⑤ 狄摩西尼（前 384—前 322），古希腊政治家，著名的雄辩家。

令一样，西塞罗式就是西塞罗的。这两位可是世上最著名的辞令专家了。"

"是这么回事。"公爵说，"你怎么糊涂了，提出这种问题？不过尽管堂吉诃德先生这么说，还是请您给我们描绘一番，哪怕是大致勾勒个轮廓呢，我想她的模样准会叫所有的美人都气疯了。"

"我其实满可以这样做的，"堂吉诃德说，"可惜不久前她遭了大难，连她在我心中的身影也给抹去了。如今我哪里有心思描绘她呀！哭她还来不及呢！二位贵人也许听说过，前些日子我曾打算去亲吻她的双手，求她祝福、首肯、恩准我第三次出游，结果遇到的却是我意想不到的另一个人。她中了魔，公主变村姑，美人变丑妇，天使变魔鬼，香喷喷变臭烘烘，言谈文雅变满嘴粗话，矜持娴静变胡蹦乱跳，光明变黑暗，总之杜尔西内亚·德尔·托博索变成了麻袋镇的野婆娘。"

"我的上帝呀！"听到这里，公爵不禁大喊起来，"是谁如此祸害这个世界啊？是谁夺去了使人悦目的容貌、给人欢娱的妩媚、令人叹服的节操？"

"谁？"堂吉诃德回答，"还能是谁！准是某个该死的魔法师，这种嫉恨我的小人多的是，总在不断地坑害我！这些可恶之辈来到世上就是专为抵消和抹杀好人的壮举，宣扬和吹捧坏人的恶行。过去有魔法师坑我，现在有魔法师坑害我，将来还会有魔法师坑害我。不把我本人连同我赫赫的骑士功勋打入地狱深层，他们是绝不会罢休的！他们懂得冲着要害部位刺我截我：夺去游侠骑士的意中人就等于夺去他引路的眼睛、光明的太阳和滋补的食品。我过去屡次说过，这会儿还想重申：失去意中人的游侠骑士仿佛落尽叶子的树、没有地基的楼、脱离实体的影。"

"这还用说吗！"公爵夫人接过茬儿，"不过我们似乎更应该相信堂吉诃德先生的传记，就是前不久刚刚问世、备受欢迎的那本书。要是我没弄错的话，按书上说，阁下您从来就没见过杜尔西内亚小姐，而且世上根本就没有这么一位小姐，不过是位子虚乌有的女士罢了。阁下在自己的头脑里孕育了她，然后生下了她，还随心所欲赋予她完美无缺的容貌和才华。"

"这话可不是一两句能说清的。"堂吉诃德回答，"上帝很清楚世上究竟有没有杜尔西内亚，她是子虚乌有还是非子虚乌有，这种事情是没法寻根问底的。不过我的心上人既不是我孕育的，也不是我生下的，我只知道我看着她，而且就是那个样子，人间出类拔萃的贵妇应有的一切品格她都具备，不妨列举一下：美丽得挑不出瑕疵，端庄稳重而不倨傲，多情而又自爱，温良和蔼，彬彬有礼，尤其是出身高贵，于是纯洁的血统使得她的容貌更加光彩夺目、完美无缺。这是小家碧玉无法企及的。"

"是这样，"公爵夫人说，"不过我还是要求堂吉诃德先生原谅，因为我读了您的传记，有些话看来非说不可。按书里的说法，就算在托博索也好，或者别的什么地方也好，有那么个杜尔西内亚，而且也确实如您所说，美艳绝伦。可是提到出身是否高贵，恐怕她未必能和奥丽亚娜、阿拉斯特拉哈瑞阿斯、马达西马，还有其他这类贵夫人同日而语。阁下读过的那些书上这种人物多得很。"

"这个嘛，我是这么看的，"堂吉诃德回答，"杜尔西内亚也属于功成名就的一类人。品德可以改良血统，一个品德端正的平民应该比一个高高在上的恶棍受到更多的尊重。更何况，杜尔西内亚还有那么一点气质，完全有资格当上头顶王冠、手持权杖的女王。一个漂亮端庄的女人注定会创造奇迹，前途远大。别看她没有什么正式名分，其实骨子里她才真是个大福大贵的人哩！"

"堂吉诃德先生，"公爵夫人感叹道，"我看您说得都很对，真是常言说的那样，稳打稳拿、字字千钧哪！从现在起，我信您的话了，我还要叫我们全家人都信，必要的话，还得拉上我丈夫公爵大人。就是说，托博索确实有个杜尔西内亚，她活在当今世上，她容貌美丽、出身高贵，完全有资格叫堂吉诃德先生这样一位骑士侍奉她。指出这点，我也就把赞颂她的话说到顶了。可是我心里总有个疙瘩，也说不上为什么有点腻味那个桑丘·潘沙。书上说这个桑丘·潘沙替您给杜尔西内亚小姐捎信那次，看见她正忙着筛一大口袋麦子，而且还特别说明是荞麦。这不由得叫我犯起嘀咕，弄不清楚她到底出身高贵不高贵。"

堂吉诃德听后回答说："我说夫人，大人您也许知道，凡事出在我身上就离谱，跟别的游侠骑士全不一样。这要么是命运安排、难以捉摸，要么是心怀嫉妒的魔法师成心捣乱。众所周知，几乎所有的著名游侠骑士都各有绝招，有的能避魔法，有的皮肉坚硬，捅不破戳不烂，比方'法兰西十二骑士'之一、鼎鼎大名的罗尔丹就是这样。据传，他浑身哪儿也伤不着，就左脚掌例外，可是还非得用粗别针的尖儿扎进去才行，别的什么武器都白搭。所以贝尔纳多·德尔·卡尔皮奥在龙塞斯瓦列斯跟他打了半天，见铁器伤不着他，就把他抱住从地上举起，硬是给卡死了。赫丘利就是这样杀死了传说中的大地之子、凶猛的巨人安泰。我说这些无非是告诉您，看来我大概也有这种天赐的绝招。我显然不属于那种伤不着的，多次经历已经表明，我的嫩皮软肉，抵挡不住任何武器。我开始也不能避魔法，因为我有次不知怎么就被关进了笼子，要不是魔法作怪，我想世上还没人有本事把我硬塞进去。可是那次魔法让我破除了，我觉得自那以后就再也没有别的魔法能整治我了。这么一来，那些魔法师们见用他们那套鬼把戏对付不了我本人，就想到冲我最心爱的人逞威风。杜尔西内亚是我的命根子，他们折磨她就等于要我的命。所以我琢磨着，早在侍从替我捎信那回，他们就把她变成了村姑，叫她干筛麦子那种下贱活儿。不过我当初就说过，那麦子既不是荞麦也不是小麦，那是一颗颗东方明珠。二位显赫的贵人，我可以举出好多例子，证明我说的句句是实情。不久前我去托博索走了一趟，可怎么也找不到杜尔西内亚的宫殿。第二天，我的侍从桑丘见到的明明是她的真身，那个人间头号美人，可在我眼里却是个又土又丑的乡下婆娘，而且蛮不讲理。她本来是多么聪明贤惠呀！照理说，我没有中魔，也不能再中魔了，那只能是她中了魔，受了害，变了样，走了形，掉了个儿。我的仇人们把对我的满肚子恶气都撒在她身上。要是她不能恢复原貌，我将永世永生为她浸泡在泪水里了。我说这些是要告诉人们别理睬桑丘那些胡诌八扯，说什么杜尔西内亚用箩筛麦子。既然她在我眼里变了样，那么在桑丘眼里走了形又有什么奇怪的呢？杜尔西内亚出身高贵，是托博索一户名门世家之后。这种世代相传的大家族那儿有的是。我敢打赌，日后这地方主要得靠举世无双的杜尔西内亚名扬天下，就像特洛伊靠海伦传世，西班牙因卡瓦出名，不过她们两人的身份和名誉可就差远了。

"另外，我还想告诉二位大人，在所有侍奉过游侠骑士的侍从当中，桑丘怕是最有意思的了。他常把一些蠢事办得很机灵，要琢磨透他究竟是蠢蛋还是机灵鬼，就够人乐一阵子的。他心眼儿多得简直就是个滑头，可是糊涂起来纯粹是个傻瓜。什么他都提防，什么他都信。

"有时候你觉得他笨得简直会一跟头栽进深沟里，可突然间一步登天，满嘴的至理名言。一句话，我说什么也不会拿别的侍从换他，就是再搭上一座城池我也不干！所以眼下我很犯踌躇，不知道该不该让他去管大人您赏给他的那个岛子。我看他还真有那么点当官的材料，只要把他那脑袋瓜好好调理调理，管一方百姓不在话下，准跟国王征收市场税一样便当。再说，凭咱们多年经验知道，当个总督什么的也无需多大的本事和学问。这不，上百的总督连书也没念过，不也神气十足地当他的官吗？要紧的是心术得正，尽力把什么事都办好。不论他们干什么，总缺不了给他们出主意想办法的人。不少不识字的绅士当上总督，就是靠幕友判案子的。我准备给桑丘一些忠告，比方'不收贿赂，不忘俸禄'，还有我存在肚里的其他一些七零八碎，到时候都一股脑倒出来，对桑丘本人有用处，对他治下的海岛也有好处。"

公爵、公爵夫人和堂吉诃德正聊着呢，突然听到城堡里面一片人声嘈杂，接着桑丘冷不丁窜进大厅，慌里慌张的，胸前像围嘴似的挂着一块粗麻布。他身后跟着一大帮佣人，其实全都是在厨房打杂的，还有别的一些混混。其中有个端着一小盆水，从那脏兮兮的颜色看，显然是刷锅水。那人紧跟在桑丘后面直追，一个劲儿举起木盆往他下巴底下送，另一个混混就做出打算给他洗胡子的架势。

"小弟兄们，这是怎么回事呀？"公爵夫人问，"这是怎么了？你们想把这位老大哥怎么着？怎么，难道你们不知道他马上要就任总督了？"

打算给桑丘洗胡子的小子说："这位先生不愿意让我们照规矩给他梳洗。咱家公爵老爷和他家老爷刚才都洗过了。"

"我怎么不愿意了？"桑丘气鼓鼓地驳斥，"可是毛巾总得干净点吧？碱水总得清亮点吧？巴掌也不能脏成那样呀！对我和对老爷也太不一样了：洗他用的是天使水，洗我怎么就使魔鬼汤了？王爷地界和府上的规矩准都是挺好的，哪兴糟践人的？可是你们这儿的洗脸规矩简直比苦修赎罪还糟糕。我的胡子干净着呢，用不着旁人给我侍弄。谁要是敢过来给我洗，哪怕动我头上一根毛，不对，哪怕动我胡子上一根毛，说得客气点，我就一拳抡过去，把拳头砸进他脑壳里。这种抹肥皂的'泥式'①哪里是款待客人，分明是胡闹！"

公爵夫人眼见桑丘暴跳如雷，耳闻他振振有词，差点没笑死。可是堂吉诃德却没有心思凑趣，他觉得那帮厨房的闲人给桑丘围上一块油渍花拉的破布，又死死缠着他不放，实在看不下去。他向公爵夫妇深深鞠了个躬，请求允许他说几句话，然后和和气气对那帮无赖开了

---

① 桑丘想说"仪式"。

口:"嗨,我说诸位绅士先生,高抬贵手放开这个小伙子吧,劳驾各位从哪儿来回哪儿去,或者随便去哪儿,悉听尊便。我的侍从跟别人一样干净。这些小木盆叫他觉得像细脖小口的酒罐子一样憋屈。请诸位听我劝,放开他。他也好我也好,可都不喜欢闹着玩。"

桑丘从他嘴里接过话茬儿说下去:"去找窝囊废闹着玩吧,光天化日的,我可不吃这一套!不信你们拿来个梳子拢子什么的,篦篦我这胡子,要是能弄出什么不干净的东西,乱剪子给我绞个犯人头都行!"

这时候公爵夫人一边笑一边说:"桑丘的话很对,他说什么都对。他很干净,所以像他说的那样,用不着洗呀涮呀。既然他不喜欢咱们的规矩,那就别强求了。再说,你们本来就是专管盥洗的,也实在太不勤谨经心,我觉得你们这简直是玩忽职守!为这样一位客人清洗他的高贵胡须,怎么可以不准备纯金的脸盆和水壶,还有德国毛巾,而是提来一堆木盆、木桶、擀面杖什么的?也难怪,你们本来就是些下贱的坏蛋,处处都显出你们的恶棍本色,怎么能不嫉恨游侠骑士的侍从呢!"

这帮嬉皮笑脸的听差和跟他们一起来的管家觉得公爵夫人是真的动了气,慌忙从桑丘胸前摘下那块破布,丢下他,一个个甚是无趣地溜走了。桑丘一看自己总算摆脱了一场大难,走过去跪在公爵夫人脚下说:"大家子的太太施恩也大方。夫人此次恩德不知如何相报,我只盼自己也能被封为游侠骑士,今生今世为贵夫人您效劳。我是个庄稼汉,名叫桑丘·潘沙,妻子儿女俱全,眼下正当着侍从。我这么个人怎么才能给您派上用场,贵夫人只要吩咐一声,我马上照办。"

"桑丘啊,"公爵夫人回答,"你真像是在专门的礼貌学校里学得这么彬彬有礼的。我是说,你真像由堂吉诃德亲自哺育成人的。他本人就是谦谦君子的楷模,礼法仪式,或者像你说的,礼法'泥式'的传人。你们主仆二人真是相得益彰,一个是游侠骑士中的北斗,一个是忠诚侍从里的明星。快站起来，桑丘老兄，你对我礼数周全，我也要对你以礼相待，催促我丈夫公爵大人尽快把他许下的官位交给你。"

　　谈话到此结束，堂吉诃德想去睡午觉。公爵夫人问桑丘是不是也想睡午觉，何不跟她及个把侍女，找间凉爽的厅堂一起消磨午后的时光呢？桑丘回答说，实话讲，夏天里他总是要睡四五个钟头午觉的，不过公爵夫人的盛情难却，这次他打算硬撑着一个钟头也不睡了，一定奉命相陪，说完先走了。公爵又一次吩咐下去，必须好好接待堂吉诃德，严格遵循相传古时款待骑士的规矩，不得丝毫有误。

Capítulo XXXIII · 第三十三章

公爵夫人及侍女们和桑丘·潘沙之间妙趣横生的闲谈，值得阅读品味

　　书上记载，桑丘那天果真没有睡午觉，而是按事先说好的，一吃完饭就去找公爵夫人。夫人很喜欢听他说话，就让他坐在身边的一张矮椅子上。可桑丘非常客气，说什么也不肯坐下。于是公爵夫人命他以总督的身份就座，以侍从的身份讲话，还说这两样凑在一起让他完全有资格登上熙德·儒伊·狄亚斯·坎波阿多尔的象牙座椅。桑丘只好耸耸肩头从命，坐下了。公爵夫人的侍女嬷嬷们围拢过来，静悄悄地等他开口。可是公爵夫人先说了话："这会儿就咱们几个，不怕外人偷听，我有些事情不明白，还望总督先生指教。都是我读了广为流传的伟大的堂吉诃德的传记之后生出的疑问。头一个问题就是：桑丘老兄从来没见过杜尔西内亚，我是说，杜尔西内亚·德尔·托博索小姐，也没把堂吉诃德先生写的信捎到，因为用来写信的笔记本始终没有离开黑山，可他怎么胆大包天地编造了一封回信，还说什么亲眼看见小姐在筛麦子？这分明是胡诌出来骗人的，而且十分有损举世无双的杜尔西内亚的名誉。忠心耿耿的正经侍从怎么可以做这种事情呢？"

　　听了这些话，桑丘一言不发，从椅子上站起来，弓背弯腰，蹑手蹑脚，一只手指压着嘴唇，满屋子走了一圈，把所有的布幔子都掀开看了一遍，这才回到座位上说："好了，夫人，我看了一遍，除了眼前几个人，没旁人偷听咱们说话。这会儿我不用担惊受怕了，您

问过和没有问过的事我都可以放心讲了。我先得告诉您,我看我那主人堂吉诃德真是疯得够呛。当然,有时候他说出话来句句有理、头头是道;不光我这么看,所有听到的人都这么看。就连魔王撒旦也未必能说得那么中听。可是呀,老实讲不怕您笑话,我早就看出他脑袋瓜有毛病。我心里明白了这一点,才撒手编了一些根本没影儿的事来哄他,比方那封回信,还有七八天前的一档子事,准还没写进书里呢,我不妨讲讲,就是堂娜杜尔西内亚小姐怎么中的魔。是我哄他,说中魔了什么的,其实哪有那回事呀!都是我鼓捣出来的。"

公爵夫人求他仔细讲讲那哄人的中魔到底是怎么回事,于是桑丘就一五一十把那天的情景絮叨了一遍,叫在场的人听得有滋有味。公爵夫人接过话茬儿又说:"听桑丘老兄这么一说,我心里不免犯起嘀咕,耳朵里好像有个声音悄悄对我说:'看来堂吉诃德确实疯癫憨傻,他的侍从桑丘·潘沙明明知道,可是还照样跟着他、伺候他,还一直盼着他那个没影儿的许诺,那他显然比他主人更疯更傻。既然明摆着是这么回事,公爵夫人你还要把岛子交给这个桑丘·潘沙去管,岂不是自寻倒霉吗?他连自己都管不好,怎么能管别人?'"

"上帝明鉴,高贵的夫人,"桑丘回答,"那还用说,您心里肯定要犯嘀咕。您就告诉那个声音叫它说清楚点,其实不说清楚也没什么,反正我承认它说的是实话。我但凡是个明白人,早就甩下主人自个儿走了。可是我命该如此,天生的倒霉蛋。我没别的办法,只能跟着他。我们是同村的,我又吃过他的面包,跟他挺有交情。他也挺讲情义,把他的驴驹儿都给了我。我算是死心塌地了,所以想把我们两人分开,非得等到铁锹和洋镐挖坟坑儿的那天了。那个说好了的总督官职,要是高贵的夫人您现在又不想给我了,我一点也不亏什么。还保不定不当那个官儿,我心里更踏实些。我虽说是很蠢,可是还懂得那句老话:蚂蚁想倒霉,插翅天上飞。说不定当侍从的桑丘比当总督的桑丘更容易进天堂。咱们这儿的面包不比法国的差;夜里猫儿都是

灰的；还有更倒霉的人呢，熬到下午两点都吃不上早饭；人的肚皮一
样大，难得有谁宽一拃；常言说，麦秸干草，都能填饱；野地里的小
鸟找上帝要吃要喝；四巴拉的昆卡粗呢比四巴拉的塞哥维亚细呢更暖
和；总有一天过世入土，王子和短工走一条小路；教皇和司事贵贱难
比，两人的坟茔一样占地；一进坟坑儿，都得缩脖子蜷腿将就将就，
不然别人就让你缩脖子蜷腿将就将就，管你乐意不乐意，黑咕隆咚地
待着吧！要是夫人您嫌我傻不愿交出岛子，我也知趣识相，绝不伸手
去讨。我还常听人说：十字架后头有魔鬼；闪亮的不一定都是金子；
古时候传下来的小曲里说的八成不是瞎话：摆弄犁铧、套包、二牛抬
杠的庄稼汉万巴一下子当上了西班牙国王，可是绫罗绸缎、吃喝玩乐
的罗德里格落了个喂蛇的下场。"

"什么瞎话不瞎话的！"那位堂娜罗德里格斯也在旁边听着，这
时候插嘴说话了，"有一支小曲说，罗德里格王是活活给埋进坟里的，
里面净是毒蛇、癞蛤蟆、蝎虎子。两天以后，还听见国王在坟里小声
哼唧着：

　　　　它们要把我活活撕碎吃光，

　　　专门咬那个作孽最多的地方。

"照这么看来，难怪这位先生宁肯当庄稼汉，也不当国王，省得
让毒虫儿给吃了嘛！"

公爵夫人听了嬷嬷这番蠢话禁不住笑了起来，桑丘的那些谚语顺
口溜也让她十分开怀，于是便说："桑丘老兄想必是知道，骑士们说
话是算数的，哪怕丢了性命也绝不食言。我丈夫公爵大人虽说不是游
侠，可还总是个骑士。他答应赏一个海岛，就一定会给的，他才不
管旁人是不是气不忿呢！桑丘可别泄气呀！不定什么时候他就一下子
登上海岛总督的交椅，神气十足地掌权行令了；哪怕拿另一个铺锦垫

绣的高背交椅来换，他也是不会撒手的！我只想交代一句，好好治理手下的子民，他们可都是些清清白白的忠顺百姓。"

"这个不用给我交代，"桑丘回答，"我会好好治理他们的。我这人生来心软，怜贫惜老。人家又是和面又是烤，怎好去他那儿偷面包；我敢举着十字架发誓：别想给我的骰子里灌水银；狗老会听唤，谁也甭想骗；节骨眼儿上我机灵着呢，谁也甭想在我眼皮子底下耍花架子；鞋一穿上，我就知道哪儿夹脚。我这话的意思是，见了好人我相帮又掏心，可是坏人就甭想跟我套近乎。依我看，当官这事只要开了头就行。没准儿当上总督不到十五天，我就能干得顺心又顺手，只怕比我一出生就干惯了的庄稼活儿还得劲儿呢！"

"桑丘，你说的极是，"公爵夫人告诉他，"没有人是生而知之的。只要是人就说不定能当上主教，石头可不行。不过咱们还是回头再讲杜尔西内亚小姐中魔的事吧。桑丘哄他主人说那个乡下丫头是杜尔西内亚，他主人反正没见过面，就错以为是魔法在捣鬼。其实想出这个主意的恰恰就是老缠着堂吉诃德先生不放的某个魔法师。这事我已经打听得清清楚楚，准错不了。我还可以十拿九稳地说，那个噌的一下就蹦上驴背的乡下女子当初就是杜尔西内亚·德尔·托博索，如今还是。桑丘老兄本想骗人，结果自己反倒受了骗。要知道，好多事情是看不见也摸不着的。我看他这会儿得明白过来了。桑丘·潘沙先生想必知道，我们大伙儿身边都有个把好心的魔法师，他们原原本本把世上的事告诉我们，不胡诌乱扯、添枝加叶。所以桑丘得信我的话，那个蹦蹦跳跳的乡下女子当初就是杜尔西内亚·德尔·托博索，现在还是，只不过是像那生养她的亲娘一样中了魔。不定什么时候我们就能看到她恢复原样。到那会儿桑丘准会明白自己原来一直蒙在鼓里。"

"没准儿这都是真的。"桑丘回答，"这么一说，那我主人讲他在蒙特西诺斯山洞看到的那些事我也得信了。他说在那儿见着了杜尔西内亚·德尔·托博索小姐，一身衣服和打扮就跟我一时心血来潮给她施了魔法那会儿一模一样。不过夫人您刚说过，没准儿都叫我给弄颠倒了。我这个破脑袋瓜，哪那么大本事眨眼儿工夫琢磨出那么花哨的主意来！再说，我也不信我主人就傻成那样，听我磕磕巴巴一叨咕，就把那种少有的怪事当真了！不过，夫人，您千万不要因为这个，就觉得我的心眼儿很坏。不能指望我这么个笨蛋去猜透黑心的魔法师们那些鬼点子馊主意。我是怕挨堂吉诃德先生的骂才想出那一套的，一点没有作践他的意思。不承想事情整个倒了个个儿，这可真是天主在上，自会明鉴的。"

"这就对了。"公爵夫人说，"不过现在请桑丘告诉我，蒙特西诺斯山洞是怎么回事呀？我很想听听。"

于是桑丘如此这般讲了一遍那次奇遇的经过，这在前面已经说了。公爵夫人听完后又说："这件事情表明，大骑士堂吉诃德在那儿看到的和桑丘在托搏索村口看到的是同一个乡下姑娘，显然就是杜尔西内亚喽！没错，这里肯定又有又精明又多事的魔法师在捣鬼。"

"我也是这么说的。"桑丘回答，"要是杜尔西内亚·德尔·托博索小姐中了魔，那是她的事，我可犯不着去找主人的冤家们算账，他们人又多心又狠。实话实说，反正我看见的是个乡下姑娘，就认她是个乡下姑娘，说她是个乡下姑娘。要说她就是杜尔西内亚，那可就不是我的事了，甭想跟我啰唆！得，美人，瞧您的了！可是人们就是跟我没完！三天两头找我麻烦：'这是桑丘说的，这是桑丘干的，这也是桑丘，那也是桑丘。'好像桑丘可以随便叫人家扒拉来扒拉去。其实我桑丘·潘沙呀，也不是等闲之辈，早写进书里满世界转悠了。这是参孙·卡拉斯科告诉我的，他可是萨拉曼卡的大学士，这些人平常是不会撒谎的，除非突然心血来潮想弄点什么名堂。所以我说，谁也甭想跟我找茬儿！我可是个名声清白的人。我常听主人说，名誉比钱财更要紧。二位放心把海岛交给我管，等着瞧我的本事吧；能当好侍从，就能当好总督。"

"桑丘老兄说的这一席话，"公爵夫人告诉他，"都是加图式的格言，至少也是从英年早逝的米盖勒·维日诺①肚子里掏出来的警句。好了好了，咱们还是照桑丘的话说吧：别看大氅破，好酒全尝过。"

　　"这倒是真的，夫人。"桑丘说，"可是我从来不贪杯，口干的时候才喝点。我这人不愿装腔作势，想喝就喝；不想喝可有人请怎么办？总不能扭扭捏捏显得那么各色吧！朋友要给你敬酒，你能一副铁石心肠不搭理人家吗？不过我这人哪，只穿袜子不弄脏袜子。再说给游侠骑士当侍从的，平常总是喝凉水，因为跑来跑去无非是些野地呀、林子呀、草场呀、荒山呀、石滩呀什么的。你就是掏出一只眼睛去换，也没人舍给你一杯酒水。"

　　"是那么回事。"公爵夫人回答，"这会儿请桑丘去歇一会儿，以后咱们再慢慢长谈。我们会按桑丘的意思，尽快安排就任总督的事。"

　　桑丘又一次亲吻了公爵夫人的双手，还求她务必托人照看好他的灰子，那可是他的心肝宝贝呀。

　　"什么灰子？"公爵夫人问。

　　"我的毛驴呀！"桑丘回答，"我不愿老叫它驴呀驴的，就叫他'灰子'。我刚才一进城堡，就求这位嬷嬷太太照看一下，不承想她当时就火了，好像我骂她丑说她老了似的。其实嬷嬷们喂驴子倒比坐在客厅里当摆设更合适、更像样。我的上帝啊！我们村里有个绅士可见不得这些嬷嬷们了！"

　　"那他准是个无赖，"堂娜罗德里格斯嬷嬷立即接茬儿说，"他要真是出身名门的绅士，准会把嬷嬷们供到天顶上去！"

　　"好了好了，"公爵夫人赶紧劝说，"别再吵了！堂娜罗德里格斯也别说话，潘沙先生也别着急。照看灰子的事就交给我去办。它既然是桑丘的宝贝儿，我也会把它揣在怀里的。"

────────────

①　米盖勒·维日诺：15 世纪意大利诗人，擅长用拉丁文写作。

"把它牵进马房就足够了。"桑丘回答，"它也好我也好，都不配在夫人您怀里待上哪怕一眨眼儿的工夫，就是拿刀尖逼着我，我也不会答应这样做。我老爷说过，讲礼貌宁肯失之以过，而毋失之以不足。可我看，论起骡马毛驴什么的，还是得用尺子量仔细了，得讲个分寸。"

　　"我说桑丘，"公爵夫人告诉他，"你上任的时候也带着它吧。到了那儿你想怎么照顾它都行，到时候还可以让它告老还乡。"

　　"公爵夫人，您别以为这有什么了不起，"桑丘说，"我就见过不止一两头驴子跟着主人去上任。所以这回带上我的，也不算什么新鲜事。"

　　公爵夫人听了桑丘的这些话又高兴得笑了起来。她打发他去歇着，然后就对公爵讲了方才的事情。两人商量出一套捉弄捉弄堂吉诃德的计谋，而且完全符合游侠骑士的路数，结果轰动一时。其中不少细节既逼真又得体，不愧为本传记里最有兴味的部分。

CAPÍTULO XXXIV · 第三十四章

本书最著名的故事之一：
终于听说有有一种办法可以解除举世无双的
杜尔西内亚·德尔·托博索身上的魔法

公爵和公爵夫人觉得跟堂吉诃德和桑丘·潘沙几番交谈其乐无穷，因此越发来了劲头，决计好好捉弄捉弄两人，仿照冒险猎奇那一套，导演几场假戏真做。他们已经听堂吉诃德讲了蒙特西诺斯洞穴的遭遇，决定先就这个题目做文章，弄它个轰动一时。公爵夫人怎么也想不到桑丘居然如此憨傻，明明是他自己捣的鬼，到末了却信以为真，认定杜尔西内亚·德尔·托博索无疑就是中了魔法。公爵夫妇给仆人们交代了应该如何行事，六天之后便带着堂吉诃德去围猎。浩浩荡荡的扈从和猎手队伍看上去就像王室出猎一样。他们给了堂吉诃德一套猎装，桑丘也得了一套，是绿色细呢的。可是堂吉诃德不愿意穿，说是过不了几天他要重返艰苦的武士生涯，总不能随身带上一大堆箱柜衣橱吧。桑丘却毫不推辞地接受了，打定主意一碰到合适的机会就把它卖掉。

盼望已久的围猎日子到了。堂吉诃德披上盔甲，桑丘穿起猎装，骑上灰驴加入了猎手的队伍；本来人家有马给他骑，可他说什么也不愿丢下自己的宝贝。公爵夫人也是一身出猎装束，潇洒飘逸。堂吉诃德彬彬有礼地在一旁为她牵着缰绳，公爵当然不免又要跟他彼此推辞谦让一番。最后一队人马来到两座高山之间的一片森林，猎手们纷纷选定了各自的位置，有的观察，有的埋伏，有的准备堵截。围猎在一片嘈杂呼喊中开始了，号角吹起，群犬乱吠，吵嚷得震耳欲聋，谁也甭想听到别人的说话声。

公爵夫人下了马，手里攥着一支尖利的投枪。她知道一处地方经常有野猪出没，便在那里站住了。公爵和堂吉诃德也下了马，一边一个站在她身旁。桑丘躲在人群后面，而且一直骑在驴背上。他生怕那牲口碰上什么倒霉事，所以一刻也不敢撒下它。

他们几人刚刚站定，一大队仆人也在两旁排列整齐，就看见一只硕大的野猪向他们奔来。它被猎犬和猎手们追赶得走投无路，口吐白沫，獠牙吱吱作响。堂吉诃德见这情景，立即端起盾牌，高举佩剑，迎面冲了上去。公爵也攥着投枪紧紧跟随。公爵夫人差一点就抢在他们头里，末了还是被公爵挡住了。只有桑丘，一见那头气势汹汹的野兽，撇下灰驴，撒腿就跑。他打算爬上一棵大橡树，可怎么也上不去，半截上抓住一根树枝，拼命挣扎着想攀上树顶，可是偏偏该当他背时倒运，咔嚓一声树枝断了，他当即向地面落去，可是半路上，又让树杈钩住，就这样悬在半空中。他正不知如何是好呢，又眼看着那身绿猎装要撕破了，而且心想，那只恶狠狠的野兽一到，准能够着他，于是便开始大喊大叫，没命地求救。大伙儿只闻其声，未见其人，还以为他真的落进了什么猛兽的獠牙之间。这时候，密密麻麻的尖利投枪刺过去，穿透了挥动獠牙的野猪。堂吉诃德听到一阵呼救声，知道准是桑丘，回过头一看，果然见他头朝下倒挂在橡树上。在这危难时刻灰驴也没撇下他，紧紧守在一旁。西德·阿麦特说，桑丘在哪儿，灰驴就在哪儿；灰驴在哪儿，桑丘就在哪儿；他们俩就这样情长意深，从不分离。堂吉诃德过去帮他下了树，桑丘平安无事地回到地上，见自己的猎装撕成那样，真是心疼极了，他原本以为自己得了一笔不小的家产。这工夫那只庞大的野猪被架到骡背上，身上铺满了迷迭香和爱神木的枝叶，如同凯旋者的战利品一般。他们回到林中，那里已经支起了不少大帐篷，里面桌椅齐备，馔肴就绪。从精美丰盛的席面足以看出东道主的阔绰和慷慨。桑丘指着衣服上的裂口对公爵夫人说："要是逮个兔子打个鸟儿什么的，我这身衣裳怕不至于遭这份罪。我真不知道在那儿候着这种野家伙有什么好玩的；让它那大獠牙戳上一下子，准能要了人命。我听人唱过一支古时候传下来的小曲，是这么说的：

> 叫几只大熊把你吞下，
>
> 就像那有名的法比拉。"

"这是一位哥特国王，"堂吉诃德告诉他，"在一次围猎的时候，被熊吃了。"

"我要说的正是这个。"桑丘马上接茬儿，"我可不愿眼看王公贵人们干这种悬乎事，不就是图个一时痛快吗？再说也不该呀！干吗平白无故地杀死一个活物？它又没招谁惹谁！"

"桑丘，你这就有所不知了，"公爵回答他，"对王公贵人们来说，没有再比围猎更合适、更必要的营生了。打猎有点像打仗，得讲究谋略呀、计策呀、埋伏呀，想法打败敌人又不伤害自己。打猎常要冒着严寒酷暑，还得起早贪黑，可以活动腿脚，增强体力。总之，干这种营生，一来不碍什么人的事，二来又给不少人带来乐趣。而且围猎和放鹰打猎跟通常的狩猎还不一样，不是所有的人都干得来的，只有王公贵族才行。所以呀，桑丘，你得换换脑筋了。等你当上总督，没事就去打打猎，瞧着吧，那滋味才不同一般呢！"

"那不行。"桑丘说，"好样的总督缺条腿，在家乐意。不然，别人心急火燎地去找他判官司，老碰上他在山里闲逛，那像话吗？公事岂不都耽误了？大人，要按我说呀，打猎这种戏耍玩意儿还是叫懒汉们去干吧，当总督的可不行。我闲下来要解闷，不过是复活节的时候赌赌纸牌，过别的节和星期天玩玩九柱戏。什么打猎、大蟞的，不合我的胃口也不对我的心思。"

"桑丘，但愿上帝保佑你说到做到。可是，说是说，做归做，相符难得。"

"不管怎么说吧，"桑丘回答，"欠债还得清，不怕抵押重；没有上帝拉一把，起早贪黑也白搭；肚子支撑两脚，不是两脚支撑肚子。我是说，一靠上帝帮衬，二靠自个儿用心，我准能当个挺像样的总督。谁要是不信，就请把手指头伸进我嘴里，看我咬还是不咬。"

"该死的桑丘！但愿上帝和他身边的圣徒们都来咒你！"堂吉诃德火了，"我说过多少次了，到哪一天你才能像模像样地说话，不再满嘴的谚语顺口溜？二位大人别理这个混蛋。只要上帝让他活一天，他一张嘴随便就是一连串成百上千的谚语，二位早晚叫他絮烦死，连我也得捎上，幸亏我不听他的。"

"桑丘·潘沙说的这些谚语，"公爵夫人开口了，"比起希腊骑士教团首领①来说，是多了一些，可是句句都简明扼要，也挺难能可贵。我觉得，不管别人把谚语用得多么应景对茬儿，我还是更喜欢桑丘说的。"

他们就这样一边说笑逗乐，一边走出帐篷，在林子里查看了几处埋伏观察哨位，天很快就黑了下来。时值仲夏，与这个季节通常的日子相比，当晚的暮色既不更为明亮，也不过于朦胧，而这种姗姗而至的空蒙明灭正中公爵夫妇的下怀。夜幕刚刚降临，暮霭尚未消退，突然仿佛林中四面八方顿时起火，接着便是远远近近、此起彼伏的无数号角声和其他军乐声，犹如千军万马从林中奔驰而过。他们一行人只觉得火光照得眼花缭乱，鼓号响得震耳欲聋，接着又是响成一片的呐喊，就像摩尔人冲锋陷阵时那样。一时间，号角齐鸣，战鼓咚咚，银

---

① 希腊骑士教团首领：指费尔南·努涅斯·德·古斯曼，16世纪西班牙的希腊语学者，也是圣地亚哥教团的首领。

笛高奏，急促的嘈杂声持续良久。任何一个神志清醒的人听了各种家什这阵乱哄哄的响声，都会被震得头晕目眩。公爵瞪圆了眼睛，夫人屏住了呼吸，堂吉诃德大吃一惊，桑丘浑身发抖，末了连这套把戏的知情者也心里扑腾起来。正在大家惊魂未定的时候，鼓乐戛然而止，一名驿使，一身魔鬼打扮从他们面前走过，还一路吹着空心大牛角做成的号角，发出低沉可怖的声响。

"喂，信使弟兄，"公爵问他，"你是什么人？要到哪里去？好像有军队穿过树林，他们又是哪里来的？"

那信使的嗓音真是令人寒战，只听他漫不经心地答道："我是魔鬼，来找堂吉诃德·德·拉曼却。随后而来的是六队魔法师，他们把举世无双的杜尔西内亚·德尔·托博索装进战车带来了。她中魔多时，由法国勇士蒙特西诺斯陪同，前来告知堂吉诃德怎么才能使她摆脱魔法。"

"听了你的话，再看你的模样，你定是魔鬼无疑了。堂吉诃德·德·拉曼却就在你眼前，你想必早就认出来了。"

"有上帝做证，"魔鬼回答，"凭良心说，我还真没留心。我脑袋里装满了有趣的事，结果把正经营生倒给忘了。"

"我看呀，"桑丘说，"这魔鬼一准是个好人，虔诚的基督徒。不然的话，他怎么会拿上帝和良心赌咒呢？这会儿我才明白，原来地狱里没准儿也有好人。"

那魔鬼一直没下马，这时候目光盯着堂吉诃德对他说："你这个真该落到狮子利爪下面的狮子骑士听着，是遭殃的勇敢骑士蒙特西诺斯派我来找你传他的话。他叫你就地等候，他立刻就把那个名叫杜尔西内亚·德尔·托博索的女子带来，然后告诉你怎么帮她解除魔法。我就是为这个来的，不想在此久留。愿我的魔鬼伙伴都来与你为伍，而叫所有的善良天使都来陪伴公爵大人夫妇。"

说完他又吹起那只硕大的号角，也不等对方答话，转身走了。大家越发惊诧不已，特别是桑丘和堂吉诃德。桑丘明知杜尔西内亚是怎么回事，人家却非说她中了魔不可。堂吉诃德呢，心里还在嘀咕，弄不清蒙特西诺斯洞穴里的事到底是真是假。他正在浮想联翩呢，只听公爵对他说："堂吉诃德先生，阁下打算在这儿等候吗？"

"为什么不呢？"他回答，"哪怕整个地狱的鬼都扑过来，我也会岿然不动地在这儿恭候。"

"要是再来另一个魔鬼，也吹起那么个大牛角，就是叫我在天边等着也没门儿！"桑丘说。

这工夫天已经全黑了，树林里到处浮动着火光，就像地面的热气腾上天空，在人们眼里变成飘摇的星星。同时又听到一阵骇人的轰隆声，牛车的实心木轮轧在地面发出的就是这种声响，嘎嘎吱吱十分刺耳，据说连路边的狼和熊听了都会吓跑的。在这一片轰鸣之中又加入了别的爆裂声和呼啸声，益发增添了那种撼天震地的威力。好像林中的四面八方真的同时爆发了激烈的交锋和战斗，这边是可怕的隆隆炮声，那边是无数火枪齐发；近处肉搏中的呼号如在耳边，远处不断传来摩尔人的呐喊。总之，长号、小号、喇叭、牛角、海螺、军鼓、火枪、大炮，特别是令人胆战的滚滚车轮，汇成一片瘆人的嗡嗡呼啸。甚至堂吉诃德也得鼓足全部勇气才能勉强支撑，可是桑丘早已吓得魂飞魄散，晕倒在公爵夫人的衣裙边上。夫人用裙子兜着他，连忙命人往他脸上喷凉水。这样过了一会儿，他才终于苏醒过来，正赶上轮子嘎吱乱响的大车来到他们面前。拉车的是四头懒洋洋的耕牛，身上都盖着黑色的披毯，每只犄角上都捆着明晃晃的大蜡烛。车上有一把高高的座椅，上面坐着一位威严的老者，雪白的胡须长长地直垂腰间，身穿一件黑色粗麻布长袍。车上烛火通明，所以能把一切都观察分辨得一清二楚。赶车的是两个面貌丑陋的魔鬼，也穿着同样的麻布衣服。他们的模样实在太丑，桑丘瞥了一下就连忙紧闭双眼，不敢再看第二次。大车到了他们面前，威严的老者从高高的座椅上站起，大声说道："我是智者里尔甘德奥。"

然后他不再说话，牛车继续前行。后面紧跟着另一辆一模一样的牛车，上面也高高坐着一位老者。他叫车停下，语调跟前面一位同样庄重，说道："我是智者阿尔吉非，陌生女乌尔干达的老朋友。"

他说完也过去了。接着又来了同样一辆车，可是坐在高椅子上的不是老者，而是一个粗壮的大汉，面目相当可憎。他一到跟前，也像前面那两位一样，站立起来嘶哑而粗暴地说："我是魔法师阿尔卡劳斯，阿马迪斯·德·高拉和他整个家族的死敌。"

他说完也往前去了。三辆牛车走出不远便停下来，车轮的刺耳噪音也跟着止息了。可是立即又有了响动，但这回不是噪音，而是轻柔和谐的乐曲。桑丘顿时来了精神，认为是好兆头到了。他始终站在公爵夫人身边，寸步不离，便把自己的想法告诉了她："夫人，听到乐曲的地方绝不会有坏事。"

"看到灯火亮光的地方也一样。"公爵夫人补充说。

可是桑丘不同意："有光必点火，有亮必烧柴；瞧咱们周围全是呼啦啦的火焰，一不小心就烧伤。可是一听见乐曲就知道有快活喜庆的事。"

"咱们等着瞧。"堂吉诃德说，他一直在旁边听着呢。

他说得很对。咱们且看下一章。

CAPÍTULO XXXV · 第三十五章

本书最著名的故事之一：
下面接着讲堂吉诃德如何得知为杜尔西内亚驱魔的方法
和别的古怪事

　　动听的乐曲一响起，大家就看到一辆所谓的战车向他们驶近。拉车的六匹骡子都是深棕色的，却统统披着白麻布，背上各自驮着一名示众的罪人。他们也都穿着素白衣裳，手中举着明晃晃的大蜡烛。这辆车比刚才过去的几辆要大出两三倍，上面另外十二名罪人分两行站在两侧，也都是一身雪白的衣服，高举明晃晃的蜡烛。真是一副令人惊恐交加的场景。一位仙子坐在车中高高的椅子上，身披一层层缀满金箔的银纱。这身服饰虽然谈不上富丽堂皇，也算是相当光彩夺目了。一块薄薄的透明纱巾垂在面前，丝毫没有遮住她的芳容；透过纵横交错的丝线可以清楚窥见她那少女的朱颜。四周通明的灯火不仅让人们看清了她的美艳姣好，而且断定她的年龄在十六岁到二十岁之间。她旁边有个身影，黑纱紧裹头脸，长袍式的服装直垂脚面。大车走到公爵夫妇和堂吉诃德面前，上面的笛号立即停止吹奏，接着竖琴和琵琶也哑然无声了。穿长袍的身影站起来，敞开衣襟，摘下面纱，赫然露出死神的尊容，枯骨仅存，狰狞丑陋。一时间，堂吉诃德黯然销魂，桑丘惊恐失色，连公爵夫妇也多少有些惴惴不安。这个活生生的死神笔直地站立起来，舌根僵硬，嗓音滞涩，唱出下面一段：

　　　　我梅尔林早已载入史书，

传说魔鬼是我的生身之父，
岁月悠悠谎言也牢牢立足。
我是魔法的主宰和君王，
妖术的秘诀在心中深藏，
我永恒的威力地久天长。
时光滚滚欲把万事湮灭，
却无损游侠勇士的伟业，
只因我始终如一拳拳关切。

人都说魔法师生性残暴，
心肠凶狠戕害苍生知多少？
唤鬼神弄妖术邪门歪道。
唯有我重情义面慈心软，
坚定不移地在人间行善。

我正在冥府的阴暗洞穴，
百无聊赖不知如何宣泄，
信手画符随口念诵秘诀。
忽听得叹息声来自托博索，
举世无双的美人凄然诉说。

我得知她中魔不幸罹难，
贵人女变村姑丑陋不堪，
我怎能不为她叫苦连天。
我的灵魂需要一具躯体，
便在这狰狞的骷髅中栖息，
紧接着又翻阅古书典籍，

重温这粗鄙的鬼蜮伎俩，
为的是来此处施展一场，
医笃疾还须用虎狼药方。

你是披坚执锐者的光荣，
你是日夜操劳者的明灯，
你是浴血奋战者的首领。
你丢弃柔软舒适的衾枕，
却把冰冷沉重的武器握紧；
你辞别混沌虚妄的梦幻，
誓做一名武士不避艰险。

哦，勇敢机智的堂吉诃德，
如何将你颂扬赞美都不为过。
拉曼却的光辉西班牙的明星，
哦，你这位堂堂君子听我说：
美人杜尔西内亚来自托博索，
如何恢复她昔日的无比姿色？
需要你的侍从桑丘出力相助，
褪下裤子露出肥硕的大屁股，
挥动皮鞭狠狠地抽打他自己，
三千三百下不得丝毫有误，
直至火辣辣地尝尽皮肉痛苦。
有道是自己作下孽自己承受，
且莫说早知有如今何必当初！
我已奉告诸位此行的意图。

"没门儿！"这时候桑丘喊起来，"别说三千下，就是抽上三鞭子也跟挨了三刀子一样。什么驱魔不驱魔的，见你的鬼去吧！凭什么把我的屁股跟魔法连在一块儿？要是梅尔林先生找不到更好的办法给杜尔西内亚·德尔·托博索小姐驱魔，那就叫她把魔法带进坟坑里去吧！"

"那我就揪住你！"堂吉诃德说，"你这个浑身蒜臭味的土鳖大爷！我要把你捆在树上，扒得光光的，就像你亲娘刚养下你似的！那我就不是抽三千三百鞭子了，六千六百下也说不准，还得狠狠地抽，把你撕成三千三百块！别跟我犟嘴，看我要了你的命！"

梅尔林一听这话马上说："这可不行！桑丘老兄得自己乐意挨鞭子才行，不能硬逼他；也不能给他划定日子，得看他自己什么时候方便。当然，他要是嫌麻烦，打算把笞刑减免一半，也可以让旁人代劳，只是得抽得更重一些。"

"旁人也好自己也好，重也好轻也好，"桑丘的倔劲儿上来了，"谁也甭想碰我一下。杜尔西内亚·德尔·托博索小姐又不是我生养的，她的眼睛出了毛病干吗拿我的屁股去抵？我的主人老爷跟她两人才是连在一起分不开呢，成天嘴里喊着：我的心肝，我的宝贝，离了你我活不了！为了给她驱魔，甭说挨鞭子了，只要是非干不可的事，他都心甘情愿。可是，让我挨鞭子？'树窝补葱'①！"

桑丘刚说完，阴魂梅尔林身边那个披金挂银的仙子腾的一下站起来，摘掉遮脸的纱巾，露出的那张面孔真是少见的漂亮，把在场的人都给镇住了。她那股满不在乎的劲头很有点男人味道，声音也不太像女子的，她直冲桑丘·潘沙说："你这个倒运的侍从，你不识好歹、见死不救、狼心狗肺！你这个没脸没皮的贼骨头！难道有人叫你从高塔顶上往地下跳了吗？你这个人间的孽障，莫非有谁叫你一口吞下十几只蛤蟆、两个蝎虎子、三条蛇了吗？也不是撺掇你拿吓人的尖刀去宰

---

① 桑丘想说"恕我不从"。

掉自己的老婆孩子！那你吓成这样，死活不肯，倒也没什么奇怪的。连三千三百鞭子也受不了！这种事，最不起眼的孤儿在受戒期间，每个月都能赶上。凡是心肠慈善的人，不管是现在的，还是往后世世代代的，听了你这些话都会惊呆、吓坏、气疯的！你这个下贱的偏牲口，我叫你看着我，用你那两只贼溜溜的夜猫子眼盯着我这两颗堪与明星比拟的瞳仁吧！瞧瞧泪珠是怎么成串成缕地流出来，在我平展的美丽脸颊上画出一道道沟渠、大路和小径。你这个老滑头，满肚子坏水的妖魔，至少可怜可怜我嘛！我正青春年少，今年不过十……来岁，我是说，我刚满十九岁，还不到二十岁，就在土里土气的乡下女人的糙脸皮下一点点凋零憔悴下去。我这会儿这副样子，完全是眼前这位梅尔林先生的特殊照顾，为的是用我漂亮的容貌打动你的心。一个美女愁苦的泪水足以把顽石变成棉球，把猛虎变成羔羊。你这头犟牛，快抽打你的大屁股蛋呀！你这个懒虫，把你吃饭的时候那股狼吞虎咽的劲头拿出来呀！快让我的皮肤光滑细腻起来，让我的性情柔顺温和起来，让我的容貌光彩夺目起来。就算你不心疼我，不听我劝，那你至少得为那个可怜的骑士着想吧？他是你的主人，就在你身边。我敢说，我简直看见他的心了，已经提到嗓子眼儿上了，离嘴唇不过十指远，就等着你回话呢；你要是绝情绝义，它就从嘴里蹦出来；你要是古道热肠，它就再回到肚里。”

堂吉诃德听了这话，连忙摸了摸自己的喉咙，转身对公爵说：“上帝呀，大人您瞧，杜尔西内亚说得真准，我的心真提到嗓子眼儿上了，像个投石器的弹丸！”

“桑丘，你看怎么办？”公爵夫人问。

“我说夫人，”桑丘回答，“我还是那句话，叫我挨鞭子？‘树窝补葱’！”

“桑丘，你该说，恕我不从。你那说法不对。”公爵告诉他。

“大人您就别管这个了！”桑丘回答，“我这会儿可顾不得伸捉①字眼儿，这别人要抽的鞭子还是我自己要抽的鞭子都把我弄糊涂了，一点也不知道自个儿在说什么干什么。不过我很想请教夫人一下，我这位女主人堂娜杜尔西内亚·德尔·托博索是在哪儿学会这么求人的？她跑来求我把我自己打得皮开肉绽，可满嘴喊我什么犟牛、不知好歹，反正是一长串难听的话，鬼才受得了呢！好像我的皮肉是铜铸的！好像她中魔不中魔跟我有什么相干！连一筐见面礼也没见她拿来，比方干净衣服啦、衬衫啦、头巾啦、袜子啦，哪怕用不着呢，至少心里痛快呀！她倒好，张口就一句接一句地骂人。她总该知道那些常说的老话吧：毛驴驮金子，上山不费事；礼物送足，石头让路；嘴里只管求上帝，手中大锤不能离；说千道万，不如实事一件。还有我这位主人老爷，本来应该捋捋我的鬃毛，套套近乎，这样我才能乖乖地听话，就跟弹过的羊毛和棉花一样。可他呢？说什么要把我抓住捆在树上，扒得光光的，还把抽打我的次数翻了一番！我这二位男女主人也该想想，他们要用鞭子抽的不光是个侍从，还是个总督呢！莫非他们以为这样款待官员就是酒加樱桃、锦上添花了吗？真见鬼！我看这二位得好好学学，学会怎么求人办事，总得有个礼貌吧？说话办事得瞅准节骨眼儿，谁都有个心里不自在的时候。本来眼看我的绿袍子撕破了，一直别扭得没处撒气儿呢，他们倒好！巴巴儿地跑来叫我用鞭子抽自己，还得心甘情愿！哼！我倒情愿四处横行霸道呢！"

"桑丘老兄，我可得把话挑明了。"公爵对他说，"你的心肠要是不软得像烂熟了的无花果，就甭想掌岛上的大权。我可不能随便把岛上的老百姓交给一个铁石心肠、残酷无情的总督，连姑娘们悲切的眼泪都打动不了他的心，就更甭说古代那些睿智的魔法大师了，他们太咄咄逼人了。总之一句话，桑丘，要么别人抽打你，要么你自己抽

---

① 桑丘想说"斟酌"。

打，否则就甭想当总督。"

"大人，"桑丘回答，"能不能给我两天期限，让我好好想想该怎么办？"

"那可不行！"梅尔林说，"就得这会儿工夫，在这儿当场把这件事说定了。要么杜尔西内亚再变成那个乡下女人，回蒙特西诺斯山洞；要么保留现在这副模样，先去福地洞天待着，一直等到鞭子抽打的次数凑够了。"

"嗨，好样的桑丘，"公爵夫人又开口了，"打起精神！堂吉诃德先生是个好人，又是个高尚的骑士，大家都应该尽力款待侍奉他；你吃了他的面包，更得好好报答！小伙子，这挨鞭子的事你就快答应了吧！遇事快决断，省得鬼捣乱；犹犹豫豫的人没出息。你想必是知道，勇气带来运气。"

听了这一席话，桑丘突然转向梅尔林，没头没脑地问他："梅尔林老爷，您能不能告诉我一件事？刚才送信的魔鬼到这儿给我主人捎来蒙特西诺斯先生的口信，说是叫他等着，待会儿就来告诉他怎么给杜尔西内亚·德尔·托博索小姐驱魔。可是为什么到现在也没见着蒙特西诺斯，连个影子也没有呀？"

梅尔林回答说："桑丘老兄，魔鬼他什么也不知道，是个大混蛋。是我派他来找你主人的，带的是我的口信，跟蒙特西诺斯毫不相干。蒙特西诺斯自己还在洞里等着，其实该说'盼着'摆脱魔法，尾巴长得且得砍一阵呢！要是他欠你什么，或者是你想跟他打什么交道，我待会儿就去找他，就看你想在哪儿见他了。不过眼下，你还是把这上刑的事答应下来吧！听我的没错，这对你的身心都有好处。就心灵而言，这等于做了一件善事；就身体而言，我知道你是多血质的，放点血也没什么坏处。"

"世上的大夫实在是太多了，连魔法师也当起大夫。"桑丘不由得议论起来，"既然大家都这么劝我——可我自个儿还是不怎么服气——

就算我情愿抽自己三千三百鞭子吧！不过先说明了，要随我自己挑时间，不能给我定下日子和期限。我当然会想法早点把这笔账还清，让世人好好消受堂娜杜尔西内亚·德尔·托博索小姐的漂亮脸蛋。看来是我把事弄颠倒了，她确确实实是个美人。还有件事得讲清楚了，不能逼我非得打出血来，哪怕跟轰苍蝇似的晃一下，也得算数。还有，一旦我数错了，梅尔林先生是个万事通，务必留心记准了，多了少了都得告诉我。"

"多出来的就算了，"梅尔林回答，"反正一凑够了数，缠住杜尔西内亚小姐的魔法就会一下子没了，马上感激地跑来找好心的桑丘道谢，说不定还要论功行赏呢！所以，多了少了都不必计较。老天是不准我坑人的，哪怕一根头发的便宜我也不占。"

"好吧，只好听天由命啦！"桑丘说，"我自认倒霉呗！我是说，我就按商量定的办法认罚吧。"

桑丘的话音未落，笛号又吹了起来，数不清的火枪又响了起来。堂吉诃德搂住桑丘的脖子，在他的脑门和腮帮子上没完没了地亲来亲去。公爵夫妇和所有在场的人都显出十分高兴的样子。牛车又走起来，美人杜尔西内亚到了跟前，向公爵夫妇点头致意，还冲着桑丘深深地鞠了一躬。

这时候喜笑颜开的黎明女神匆匆来临，于是地里的野花挺起腰杆，钻出草丛。晶莹清澈的溪水汩汩低鸣着流过黑白相间的石子，前去汇入期盼水源的大河巨川。大地欣欣向荣，天色晴朗明净，空气清新宜人，阳光温煦柔和。这种种景象汇聚在一起，清清楚楚预示着，踏着黎明女神的裙裾，新的一天降临了，而且是那么的明丽而平静。公爵夫妇心满意足，一来围猎收获颇丰，二来他们的意图也不露痕迹地顺利实现了。他们回到城堡，打算把这场玩笑接着开下去，觉得无论干什么也找不来这么大的乐趣。

CAPÍTULO XXXVI · 第三十六章

"伤心嬷嬷"又名"三尾裙伯爵夫人"匪夷所思的奇特遭遇以及桑丘·潘沙写给他女人特莱萨·潘沙的家信

公爵有一名管家性情滑稽诙谐，头天夜里那套名堂都是他策划的，诗是他写的，梅尔林是他串演的，还找了个侍童装扮成杜尔西内亚。后来公爵夫妇亲自参与，协同他又导演了一场新奇有趣的惊人把戏。

第二天，公爵夫人问桑丘，为了给杜尔西内亚驱魔，他答应体罚自己的事开始了没有。桑丘说开始了，头天夜里他就抽打了自己五下。公爵夫人又问他是用什么抽打的，他回答说用手。

"这么说，"公爵夫人不以为然，"你不过是拍了几巴掌，这哪里是笞刑呀？你这么下不了狠心，依我看梅尔林法师是不会满意的。按理，你得像受戒一样用上铁蒺藜和皮带环儿，要觉得疼才行。流点血水，换来学问。想叫杜尔西内亚这样高贵的小姐摆脱魔法，哪有那么容易啊！花那么点本钱怎么行？你应该明白，行善事不能三心二意、无精打采，那就算不上什么功德了。"

桑丘听了回答说："夫人能不能给我一根合适的鞭子、缰绳什么的，用来抽打我自己，可是又打得不太疼。告诉夫人说吧，我虽然是个粗人，可我的皮肉倒更像棉花，不像大麻。我可不能为了别人糟践自己呀！"

"那行啊，"公爵夫人说，"明天我给你一根鞭子，包你称心，准像亲姐妹一样体贴你那细皮嫩肉。"

这时候桑丘又说:"高高在上的尊贵夫人,我还想告诉您,我给我那口子写了封信,把我离开她以后所有的事情都细细讲了一遍。信在我怀里揣着,只差写信封了。我想劳驾高明的夫人您看看,要紧的是得有点总督的口气,我是说,得像当总督的写下的东西。"

"信里都是谁的话呢?"公爵夫人问。

"在下不才,除了我的话还能有谁的呢?"桑丘回答。

"也是你亲笔写的?"公爵夫人又问。

"我哪有那本事!"桑丘说,"我大字不识一个,就会签名。"

"把信拿来咱们瞧瞧,"公爵夫人吩咐,"那信里肯定满篇都透出你才情十足,聪明过人。"

于是桑丘掏出那还没封好的信,公爵夫人接过去一看,是这么说的:

桑丘·潘沙写给他女人特莱萨·潘沙的家信

我得狠狠挨上一顿鞭子,才能当上像样的骑士;我想捞个像样的官职,就得狠狠挨上一顿鞭子。我的好特莱萨,眼下你还弄不懂这个,往后你就明白了。告诉你吧,特莱萨,这回我是非让你坐上马车不可,这才像个样子。走路的时候两脚蹬地,那简直是狗爬!你现在是总督太太了,可别叫旁人戳着脊梁说三道四。公爵夫人赏给我一件绿猎装,随信捎回去。你想法改一改,给咱们闺女做一套合她身份的衣裳。我听这个地方的人们说,我的主人堂吉诃德是个有见识的疯子、有意思的傻瓜;还说我也不比他差到哪儿去。我们去过一回蒙特西诺斯洞穴,梅尔林法师一把抓住我不放,说是得靠我给杜尔西内亚·德尔·托博索驱魔;

其实就是咱们那块儿的一个丫头，名叫阿勒东萨·罗伦索。我得抽自己三千三百鞭子（这会儿得扣掉五鞭子），那姑娘就会像生养她的亲妈一样把魔法轰走了。这事你可千万别说出去。常言道：自家事情自家忙，莫让他人说短长。过不了几天我就要走马上任当总督了，我打定主意得大捞一笔。大伙儿都说，新上任的总督没一个不打这个主意的。我得先摸摸底，然后再说是不是把你接到这儿来过。灰子挺好，它还老惦记着你。就是哪天我当上土耳其大皇帝，我也不想丢下它。我的女主人公爵夫人说要把你的手亲一千次，那你就该亲她两千次。照我主人的说法，礼数周全比什么都强，又不花钱，又顶大事。这回上帝没有开恩再给我一只装着一百金币的箱子，就像上次用麻绳捆着的那只。不过我的好特莱萨，你先别难过。反正爬到楼顶打钟的最保险，官位坐稳了咱们再说。就是有件事我不太放心，我听人说，一旦尝到做官的滋味，只怕我美得连自己的胳膊腿儿也不想要了，要真是这样，那我可就亏大发了！当然，缺胳膊少腿儿可以去要饭，钱来得更容易。这么说吧，不管走哪条道儿，你早晚会发财享福的。愿上帝多多给你福气，也保佑我好好照看你。

你的丈夫

总督桑丘·潘沙

一六一四年七月二十日于公爵府

公爵夫人看完了信，对桑丘说："总督大人有两件事不甚妥当：一是话里话外让人觉得，你这官职是靠抽打自己换来的。其实事情很清楚，不可置否，我的夫君公爵大人许愿的时候，做梦也没想到世上有什么抽鞭子一说。二是信里的口气有些贪财，所以我担心说不定是种下了祸害。贪财撑破口袋，见钱眼开的总督难免要贪赃枉法。"

"我可没想那么多，夫人。"桑丘回答，"要是您觉得这封信有什么不妥，撕了拉倒，再写一封。只怕我这脑袋瓜不灵，越写越糟。"

"那倒不必，"公爵夫人连忙说，"就这样挺好。我想叫公爵也看看。"

说着两人便往花园走去，当天的午饭就准备在那儿吃。公爵夫人把桑丘的信给公爵看了，大人很是开心。一时饭毕，杯盘撤去，夫妇二人又听着桑丘的连珠妙语消遣了一阵。冷不丁响起了一声凄厉的笛鸣，还伴随着沉闷凌乱的鼓点。听到这混杂、生硬而又凄厉的乐曲，在场的人都显得很不安，尤其是堂吉诃德，左顾右盼，坐不安席。桑丘就更不用说了，吓得又往老地方钻，赶紧躲到公爵夫人的身旁和裙边。平心而论，那声音也确实太凄惨阴森了。大家还惊魂未定呢，只见两个男子长驱直入走进花园，他们那身丧服长长地拖在地上。他们一路走来，还敲着两面大鼓，也蒙着丧服般的黑布。走在他们身边的是吹笛人，跟其他人一样，也是一身玄黑。跟在这三人后面的是一个身材高大的角色，深黑的道袍并未穿在身上，只是随意披着，下摆也一样又宽又长。道袍外面紧紧系着一条宽宽的斜搭佩剑带，也是黑的，上面挂着一把甚是长大的弯刀，同样是一色的黑刀把黑刀鞘。脸上遮着一块透明的黑纱巾，可以隐约窥见里面一丛长长的雪白胡子。那人踏着鼓点走来，庄重而安详。这么说吧，他那伟岸的身材、摇头晃脑的姿态、一身黑色的服饰，还有伴随他的仪仗，都足以使不相识的人们望而生畏。公爵和其他人一样站着，静静地等待。那人从容不迫地走过来双膝跪下，不过公爵坚持要他站起来说话。那个神秘的怪人便站直了，摘下蒙面巾，立即露出一大把浓密的胡子，又白又长，那副怪样子真是世间少见。一阵低沉洪亮的声音通过他的喉管夺腔而出，只见他两眼盯着公爵说道："高贵威严的大人，人家都叫我'白胡子三尖裙'。我是三尾裙伯爵夫人的侍从，她的另一个名字是'伤心嬷嬷'。她托我给大人捎来口信，说她现在十分难过，受的那份折磨真是世上少有、天下罕见，恳求贵人务必恩准她前来诉说。不过，她想先打听一下，那位百战百胜的勇士堂吉诃德·德·拉曼却是否还在贵府。她为了找到此人，从坎大亚王国出发，一路不吃不喝步行来到阁下的领地。这分明应当看作是一件奇迹，再不就是有魔法暗中相助。她这会儿正在别墅城堡门外等候，只要大人发话，她就进来。我的话说完了。"

他接着咳嗽了一声，用双手从上到下捋了捋胡子，静静等待答复。公爵说："白胡子三尖裙侍从老兄呀，好几天以前我们就听说三尾裙伯爵夫人太太遭了不幸。魔法师们通常总叫她'伤心嬷嬷'。好样的侍从，赶快去叫她进来。勇敢的骑士堂吉诃德·德·拉曼却正好在这儿，他为人一向宽厚慈悲，肯定会大力救援帮助的。你还可以传我的话，如果需要我出力，请她尽管放心。作为一名骑士，我应当承担责任，义不容辞地保护各式各样的女子，特别是像你女主人这样受人欺凌、痛苦伤心的寡居嬷嬷。"

三尖裙一听这话，弯下双膝致谢，同时示意吹笛敲鼓的奏乐，然后像刚才进来的时候一样，踏着节拍缓步离开花园。目睹他那副神情姿态，所有在场的人都觉得惊诧不已。公爵转向堂吉诃德说道："名扬天下的骑士啊，无论是居心叵测还是愚钝麻木都不能用它们的阴霾掩盖或磨灭仁义和勇气的光彩。这话并非随意而说，大善人您来这城堡不过六天，就有人从偏远的国度千里迢迢慕名而至了，而且不是乘车或者骑骆驼，而是忍饥挨饿、步行跋涉。这些悲戚无助的人深信您那强壮的臂膀定能把他们从苦难和困境中解救出来。这说明您的赫赫战功已经传布和散播到全世界四面八方。"

"公爵大人，"堂吉诃德回答，"那位可敬的教士这会儿要是在场就好了！前些日子在餐桌上，他可是对游侠骑士大为不满、厌恶透顶。现在真该叫他亲眼看看世间是多么需要我们这样的骑士！让他就近体味一下吧，极端悲惨无助的人们，一旦遭遇大难无以解脱的时候，他们不去求救于文人学士、村里的神甫，也不去寻找从未离开过家乡的绅士们，更不用说那些懒散的朝臣了。这些人只会热衷于打探奇闻逸事，然后四处传播议论，根本不打算建功立业，让他人口传笔录。如此看来，只有游侠骑士才会挺身而出为人排忧解难，保护弱女，抚慰孤孀。本人承蒙上天恩赐，有幸成为此中一员，从事如此荣耀的行当，因此甘愿经受所有的艰难困苦。快请这位嬷嬷进来，有事尽管道出，我自有强壮的臂膀和百折不挠的勇气帮她摆脱困境。"

Capítulo XXXVII · 第三十七章

下面接着讲伤心嬷嬷的奇异遭遇

公爵夫妇见堂吉诃德的答话正中下怀，真是乐不可支，这时候桑丘说话了："我可不愿意这位嬷嬷太太当中插一杠子，误了我到手的官职。托莱多有个药房伙计，舌头比黄莺儿还灵。我听他说过，只要嬷嬷们一掺和，准没好事。我的上帝！甭提这个卖药的多么腻味这种女人了！我琢磨着，不管什么模样什么脾性的嬷嬷，反正都够讨厌烦人的，那些恓恓惶惶的就更不用说了！刚才不是说这位三裙还是三尾伯爵夫人名字叫伤心嬷嬷吗？我们那儿管裙子叫尾巴，尾巴叫裙子，都是一回事。"

"桑丘老兄，你少说点吧！"堂吉诃德开了口，"这位嬷嬷太太是从那么千里迢迢的地方来的，没准儿不是药房伙计说的那种。再说，这位是伯爵夫人。伯爵夫人当嬷嬷，伺候的都是些王妃诰命，自己在家里也都是贵人一样，手下也有嬷嬷哩。"

这节骨眼儿上站在一旁的堂娜罗德里格斯搭了腔："要是老天开眼，我们公爵夫人手下的嬷嬷们没准儿也能当伯爵夫人哩！不过，国王说话就是法，谁也甭讲嬷嬷们的坏话，尤其是那些上了岁数的老姑娘。尽管我算不上这一号，可我心里清明透亮着呢，知道老姑娘嬷嬷比守寡的嬷嬷强得多。拿剪刀给我们剪毛的，小心戳了自己的手。"

"可按说呀，"桑丘也嘴不饶人，"照那个卖药的话，嬷嬷们身上该剪的毛多了去了！不过，哪怕米饭要粘锅，也别再去乱搅和。"

"这些个侍从哪，"堂娜罗德里格斯应道，"从来都是我们的死对头！他们就像前厅里的游魂，寸步不离地盯着我们。大部分工夫，他们不用在祈祷上，专门在背后叽咕我们，挖我们的祖坟，坏我们的名声。告诉你们这些榆木疙瘩吧，哪怕你们气死了，这世上和贵人府邸里也少不了我们。我们情愿半饥半饱，用乌黑的修女服遮盖我们细嫩或不怎么细嫩的皮肉，就像圣周游行的时候用毯子捂住粪堆一样。老实说吧，但凡有个合适的机会、恰当的场合，我准会向在场诸位和全世界说个明明白白，任何一个嬷嬷身上都样样美德俱全。"

"我看呀，"公爵夫人说，"我们这位好样的堂娜罗德里格斯说得很对，太对了！不过，她还是稍微等一等吧！有的是时间细细讲说她本人和别的嬷嬷们，好好驳斥药房坏蛋那套胡说八道，也帮我们的桑丘·潘沙大人根除偏见。"

桑丘一听马上说："自打我有了点总督的派头，我就丢掉了侍从的傻气。什么嬷嬷不嬷嬷的，我才不管这些鸡毛蒜皮呢！"

嬷嬷话题大有没完没了的架势，幸好这时候笛号和战鼓又响起来，大伙儿知道伤心嬷嬷到了。公爵夫人问公爵是不是该上前去迎接，人家是伯爵夫人，也算个贵人呀。

"凭她的伯爵夫人身份，"桑丘抢在公爵头里答道，"我觉得二位大人应该上去迎接。可她又是个嬷嬷，我看还是站在那儿别动的好。"

"谁让你说这些废话了，桑丘？"堂吉诃德骂他。

"老爷您问谁吗？"桑丘回答，"我自己呀！我自己就不能叫自己说了？我是您的侍从，跟您学到不少礼数。您可是斯文人当中最懂礼貌、最有教养的骑士。我亲耳听您说过，在这种事情上，宁可失之以过，不可失之以不足，好了，明人不必细说。"

"桑丘说得很对。"公爵表示，"咱先瞧瞧伯爵夫人的派头怎样，再说用什么礼数待她。"

正说着，敲鼓的和吹笛的又走了进来。

　　作者在此处结束了这简短的一章，又开始了新的一章，讲的还是同一个故事，不过却是全书里最引人注目的情节。

CAPÍTULO XXXVIII · 第三十八章

伤心嬷嬷讲述她的倒霉经历

　　紧跟在凄恻的乐队后面，十二个嬷嬷排成两行长驱直入地走进花园。她们一律穿着宽大的修女袍，衣料看来像是擀出来的毡子，白布头巾很薄，长长的几乎遮盖住修女袍的最下端。她们后面就是三尾裙伯爵夫人，由白胡子三尖裙侍从牵着手走来了。她那身极精致的黑粗呢衣裳幸亏是平绒面，要是经过卷结处理的话，准会露出比马尔托斯产的鹰嘴豆还大的羊毛球。她那尾巴或者裙子（怎么称呼都行）分出三个尖岔儿，分别由三个侍童牵着。他们三个也如同服丧一样一身玄黑，跟那三个尖岔儿的锐角一起构成非常醒目的几何图形。大家一见那裙子的尖岔儿，立刻领悟出为什么叫她"三尾裙"伯爵夫人，实际上等于叫她"三岔儿裙"伯爵夫人。看来贝嫩赫里的推断是对的，按她本来的姓该称她"狼布娜"伯爵夫人，因为她的领地上有不少狼。要是那儿出产的不是狼，而是狐狸，那她或许就该称作"狐儒娜"伯爵夫人。他们那一带就这风俗，贵族们总是用领地上盛产的一样或几样东西为自己命名。不过这位伯爵夫人更偏爱她那条新颖的裙子，所以就把"狼布娜"换成了"三尾裙"。

　　十二个嬷嬷和她们的女主人迈着圣周游行的步伐，慢慢走进园里，脸上都蒙着黑纱，可是不透明，不像三尖裙的那条。她们几个都捂得严严实实，一点也看不清她们的模样。

这支嬷嬷队列一露面，公爵、公爵夫人和堂吉诃德立即站起来，其他观看这缓步行进队列的人们也只好仿效。十二名嬷嬷停下来，两列分开，留出通道，于是伤心嬷嬷便一路前行，始终由三尖裙牵着手。见这情景，公爵、公爵夫人和堂吉诃德连忙向前走了十几步去迎接。她双膝往地上一跪，发出的不是柔声细语，而是沙哑低沉的嗓音。只听她说："各位大人无须屈尊如此错爱手下的小厮，不对，我是说小婢。我实在太伤心了，简直不知道该怎么客套应对。我突然遭到飞来的横祸，顿时连头脑也不知跑到哪里去了，准是丢到老远老远的地方了，我越是找，越是没影。"

"伯爵夫人太太，"公爵说，"谁要是不能从您的气度上判断出您的身份，他才是没有头脑哩！一眼就可以看出，您不同凡俗，应该享受最为隆重的礼仪和最高规格的接待。"

他说着便挽扶她站起来，并请她在公爵夫人身边的椅子上就座。公爵夫人同样彬彬有礼地欢迎她。堂吉诃德始终没有开口。桑丘急得要死，只想看看三尾裙太太的模样和那一群里随便哪个嬷嬷的长相。可是不行，他得耐心等到人家自己心甘情愿地露出真容。大家都安顿下来之后沉默了好一阵子，都等着别人来打破寂静。最后还是伤心嬷嬷开口说了下面的话："尊贵极了的大人，美丽极了的夫人，高雅极了的众宾客们，我深信，我这个悲惨极了的人，一定会在各位宽厚极了的心胸里找到深切的同情、慷慨的援助和安详的休憩。我的处境足以撼动山岩、软化钻石、融解世上最坚硬的铁石心肠。不过，在我诉诸各位的听觉器官——我不愿说耳朵——之前，我想先请教一事，不知高尚极了的骑士堂吉诃德·德·拉曼却极了和他的侍从潘沙极了在不在这群、这帮、这伙儿里？"

"这个潘沙，"桑丘抢在别人头里说了话，"就在这里，那个堂吉诃德极了也在眼前。所以呀，伤心极了的嬷嬷极了，有话尽管说极了。我们大家都等着呢，洗耳恭听极了。为您效劳，我们都愿意极了。"

这时候堂吉诃德站了起来，面对伤心嬷嬷说道："悲戚的夫人，如果依靠某个游侠骑士的勇气和力量，有望帮您摆脱目前的处境，那您就对我说吧。尽管我势单力薄，可很愿意竭尽全力为您效劳。我正是堂吉诃德·德·拉曼却，我的职责就是扶危济困。情况既然是这样，夫人呀，您完全不必低三下四、拐弯抹角了，干脆利索地把您的苦处讲出来吧！大家听了即便是帮不了忙，安慰几句也好嘛！"

一听这话，伤心嬷嬷打算扑倒在堂吉诃德的脚下，而且也果真这样做了，还使劲蹭过去抱住他的双腿说："无敌的骑士啊，我必须拜倒在这双腿和这双脚下，因为它们是游侠骑士的基石和支柱；我必须亲吻这双脚，因为我期待和盼望它们迈步走起来以解救我于水火之中。骁勇的游侠啊！你那些确凿无疑的武功远远超过所有的阿马迪斯、埃斯普兰迪安和贝利亚尼斯那些传说中的事迹，使它们变得黯然失色！"

然后她又从堂吉诃德转向桑丘·潘沙，紧紧抓住他的双手说："还有你，在古往今来侍奉过游侠骑士的侍从当中唯有你最忠心耿耿。要历数你的好处，那可就没个头了！简直比我的随从三尖裙的大胡子还要长！你完全可以毫无愧色地宣称，你侍奉了伟大的堂吉诃德就等于侍奉了全世界摸过刀枪的所有骑士。就凭你这忠实极了的好品德，我求你在主人面前替我说情，务必请他救助这个卑微极了、倒霉极了的伯爵夫人。"

于是桑丘回答她说："历数我好处的话是不是真像您那侍从的胡子那么长，这个我倒不操心。只要我灵魂上天的时候，须眉齐全就行了；活在尘世胡子多点少点我不在乎。用不着您这些哭哭咧咧的花招，我也会求主人尽力而为帮您救您。我很清楚他跟我的交情，特别是眼下，他还得靠我办件大事呢。您有什么难处全抖搂出来，说给我们听，咱们好商量，您就别操心了。"

公爵夫妇和所有知道这些名堂底细的人听了这一席对答，差一点没笑破了肚皮，个个心中都在夸奖伶俐的三尾裙装得真像。她本人呢，又回到座位上，说道："在特拉破疤衲大岛和南海之间，咳魔刃角那一边两莱瓜的地方，有个著名的国家坎大亚。一国之主是女王堂娜麻滚虾，国王阿饵鳍撒痫的遗孀。她与这位夫君联姻的结果是生下公主鞍驮挪马下，也是唯一的王位继承人。由于我是女王手下资历最长、身份最高的嬷嬷，所以公主大人一直是在我的监护培养下成长起来的。

"日子一天天过去，公主鞍驮挪马下满十四岁了，那副容貌简直无可挑剔，连造物主也没法使它增添一分一毫。当然我们不是说才德无关紧要；实际上，她还真的才貌双全，简直在人间是拔尖的了。她确实是这样，不过，只怕邪恶狠毒的命运女神这会儿已经割断了她的生命之线。不行啊！上帝怎么可以允许这种暴殄天物的事情发生？怎么能够在世上最甜美的葡萄成熟之前就把它从藤架上摘走呢？我这人笨嘴拙舌，实在不知怎么描绘她的秀色。爱上她的王公贵族数也数不清，有国内的，也有国外的。这其中有一个胆大妄为的家伙，居然抬起眼睛盯上这天国才配有的美色。那是个出入朝廷的平头骑士，不过是仗着自己年轻漂亮，天生一副机灵脑瓜，还会点讨人喜欢的玩意儿。各位大人要是不嫌絮烦，我还可以多说几句：这人能把吉他弹得说出话来；他还会写诗、跳舞；编出来的鸟笼子就更甭提了，一旦日子实在混不下去了，就可以靠这个挣饭吃。他这些本事和灵性，甭说一个柔弱的姑娘，就是一座大山也叫他制伏了。只是我们公主的心气儿高着呢，根本不把他的模样、派头、灵性和本事放在眼里。哪里知道那小滑头想办法先把我给制伏了！那个流里流气没有心肝的坏蛋想方设法讨我的喜欢，终于叫我这个堡垒卫士把手里的钥匙交了出去。干脆说吧，他不断送给我东西，又是首饰，又是珠宝，弄得我昏头昏脑地听他摆布。不过，最叫我招架不住，终于一败涂地的还是他唱的小曲。有天夜里，他站在我那扇临街的窗户栅栏外面唱起来，我记得词儿是这样的：

> 我的沉疴来自甜蜜的冤家，
> 它刺伤我的心灵如同刀扎，
> 我感受到痛苦却不能呻吟，
> 而这正是对我最大的刑罚。

"我觉得歌词字字珠玑，哀叹的嗓音又甜润悦耳。从这以后，我是说，从那以后，我就被他一首接一首的诗给坑了。所以我说，治理有方的正经国度里，应该遵照柏拉图的建议把诗人们都驱逐出去，至少是那些风格轻浮的。曼图亚侯爵编的小曲至少还能供妇女儿童消遣，感动得他们落泪。可是不少诗人只会说些俏皮话，让它们像柔软的芒刺似的钻进人们心里，或者像雷电一样伤人不毁衣。还有一次，他是这么唱的：

> 悄悄靠近我吧，死亡，
> 莫叫我感到你的脚步响！
> 否则死期濒临的欢愉，
> 又将唤起我对生的渴望。

"就这样，今天几段小曲，明天几支歌谣，都是些唱出来让人销魂，写下来让人入迷的玩意儿。这些诗人要是屈尊编几首坎大亚时兴的那种连环曲，就更了不得了！那准是弄得人神魂摇荡、心花怒放、通体激昂、眉飞色舞。所以我说，诸位先生，真该把这些编小曲的发配到蝎虎子岛去，他们罪有应得！不过，也不能全怪他们，谁让傻男人捧他们、蠢女人信他们来着！我但凡能尽职尽责，是个像样的嬷嬷，也就不会上那些陈词滥调的当，听了那些鬼话也不会信以为真，比方：我死去就是活着；我在冰雪里燃烧；我在火堆里发抖；无望就是希望；走就是留下，还有好多这类莫名其妙的东西。那小子的小曲里全是这个！还有呢，他们动不动就许给你什么阿拉伯的凤凰、阿里阿德涅的冠冕、太阳神的驷马、南海的珍珠、提巴尔河的黄金和潘卡亚①的香料。这种时候他们是一点也不吝惜笔墨的，反正是空口说白话也不费劲。唉，我这是扯到哪儿去了！我真该死！我干吗疯疯癫癫地净数落旁人的不是？其实自个儿作的孽说也说不完！唉，再说一遍，我真倒霉！其实坑了我的不是人家的歌谣，只能怪我自个儿太糊涂！害了我的不是人家的小曲，全怨我自个儿太轻浮！我又蠢又笨，不知不觉地开路搭桥，一步一步引进来那位堂喀拉围阖——这就是我提到的那位骑士的名字——就这样，由我从中牵线，那人一次又一次地走进鞍驮挪马下的闺房。骗姑娘的是我，不是那个男人。他答应做她的丈夫，否则，连舔姑娘的脚跟我也不会允许他。我再糊涂，这点还明白。凡是我撮合的事情，在这一点上是不能含糊的：一定得先结婚才行。难办的是两人不怎么匹配，堂喀拉围阖是个平头骑士，可是鞍驮挪马下是位女王储。我刚才说了，她早晚是一国之主。幸亏我这人精明能干，这偷偷摸摸的勾当好歹藏掖遮盖了一阵子。可是，日子一天天过去，鞍驮挪马下的肚子不知道怎么慢慢肿起来。眼看事情就要败露了，我们仨吓得慌了手脚，得想办法对付这个难题，免得丑事张扬出去。堂喀拉围阖赶紧去找神甫，表示要娶鞍驮挪马下为妻，还拿出公主自愿下嫁的字据。这都是我设法一手操办的，总之是铁板钉钉，连大力士参孙也推翻不了。该办的事就这么开始了。神甫看过了字据，问过了原委，公主和盘托出，神甫叫她暂且躲进一个宫廷卫士家里，那人很老实……"

---

① 以上都是古代传说中的地理名称，前者是非洲的一条河流，后者在阿拉伯半岛。

这时候桑丘开口了:"这么说坎大亚也有宫廷卫士、诗人、连环曲这些东西喽? 所以呀,我敢打赌,我看全世界都一个样。不过,三尾裙太太,您还是快点讲吧! 我都急死了,真想一下子知道这个老长的故事最后怎么收场。"

　　"我这就讲下去。"伯爵夫人回答。

Capítulo XXXIX · 第三十九章

下面三尾裙太太接着讲她那精彩难忘的故事

不论桑丘说什么，公爵夫人都觉得有意思，可堂吉诃德却气得要死。他叫桑丘住嘴，于是伤心嬷嬷便接着讲下去："最后，不管怎么盘问，公主反正是铁了心，一点也不打算放弃或改变她的初衷。神甫只好答应堂喀拉围阖的请求，把姑娘嫁给他做合法妻子，公主鞍驮挪马下的母亲麻滚虾听说后气得要死，不到三天我们就把她埋葬了。"

"那她准是死了。"桑丘说。

"那还用说！"三尾裙回答，"在我们坎大亚不埋活人，只埋死人。"

"侍从先生，"桑丘说，"也有过这样的事情，有人晕过去了，结果被当死人埋了。我倒觉得麻滚虾女王不该那么着急死，先晕过去再说嘛！只要人活着，什么事都好办。公主也没闯下什么大祸，至于气成那样吗？要是她女儿嫁的是一个侍童，再不就是他们家的哪个佣人，那倒真是糟得没治了。这种事我听说还不少哩！可公主嫁的是个骑士，而且照刚才说的，又有派头又有本事，当然也够荒唐的，可也不算太出格。我老爷就在眼前，我可不敢瞎说。照他的说法，既然文人可以当主教，那么骑士——要是游侠就更好——想必是能当上国王呀、皇帝呀什么的。"

"桑丘，你说得对。"堂吉诃德告诉他，"一个游侠骑士哪怕沾上一星半点的运气，那他离世界霸主的宝座也就是咫尺之遥了。不过，还是让伤心太太讲下去吧。这故事听到现在倒是挺缠绵，我猜想，她大概就要讲凄惨的部分了。"

"何止是凄惨哟！"伯爵夫人回答，"简直是苦到顶了！相比之下苦瓜和夹竹桃都成了香甜可口的东西。

"我们埋葬了女王。她确实死了，不是晕过去了。我们刚给她盖上土，最后说了声'永别了'，突然——唉，谁人言此不落泪？[①]——巨人麻狼怖蠕挪骑马踏上女王的陵墓。他是麻滚虾的表哥，不光狠毒残忍，还懂得魔法。他来为自己的表妹报仇，惩罚大胆的堂喀拉围阖，教训任性的鞍驮挪马下，所以就施展法术，当场使两人中魔定在陵墓上，把女的变成一只铜猴，把男的变成一条狰狞的鳄鱼，是一种不知名的金属做的。他们俩中间竖着一根金属柱子，上面刻着叙利亚语铭文，先是译成坎大亚语，如今又译成卡斯蒂利亚语。铭文说：

命运之神把一场史无前例的恶战留给了一个伟人；拉曼却的勇士来此与我激烈交手之日，方是这对狂妄恋人恢复原貌之时。

"然后巨人从皮鞘里抽出一把又宽又大的弯刀，揪住我的头发，摆出架势要齐脖根儿削下我的脑袋。我吓坏了，声音憋在嗓子眼儿怎么也喊不出来，真是倒霉透顶了。不过我还是用尽全身的力气，颤颤巍巍地再三哀求，他总算暂且延缓了对我的严酷惩处。接着，他把宫里所有的嬷嬷都召集到他面前，就是眼前这些。他先是大肆渲染我们几人的过错，辱骂所有当嬷嬷的人如何诡计多端、狡诈可恶。因为我一个人作孽，把她们都牵扯进来。他说不打算用极刑来惩罚我们，而

---

① 原文为拉丁文。出自维吉尔的《埃涅阿斯纪》。

是要慢慢折磨，永无休止，叫我们虽生犹死。就在他说完话的一眨眼儿工夫，我们大伙儿觉得自己脸上的毛孔一下子张开了，仿佛有无数尖针在皮肤上乱扎。我们伸手一摸面孔，发现模样大变，诸位马上就会看到。"

话音未落，伤心太太和其他嬷嬷们一齐掀开遮脸的面罩，露出各自的真容，原来她们全都是胡子拉碴，有的黄，有的黑，有的白，有的灰。一见这幅情景，公爵和公爵夫人呆了，堂吉诃德和桑丘傻了，所有在场的人都愕然了。只听三尾裙接着说："那个狠心恶毒的麻狼怖蠕挪就是这样惩罚我们的，在我们白嫩细腻的脸蛋上栽满了硬邦邦的鬃毛。哦，老天呀！还不如叫他用那把吓人的弯刀砍下我们的脑袋呢！可他偏偏用这毛茸茸的东西遮住我们光彩照人的容颜！说起这些，我本该泪如泉涌，可是一次次咀嚼我们的不幸，一回回伤心得泪泛江海，我们的双眼早就枯竭干涸如衰草一般，所以我只好无泪哭诉了。我是想说，仔细琢磨一下，一个胡子拉碴的嬷嬷还能有什么指望呢？哪里有疼她的爹妈呢？谁能帮她一把呢？想想吧，就算当初她涂上各式各样的脂粉，把个面皮折腾得又白又光，又有几个人待见她呢？如今满脸密密麻麻的胡子，就更甭提了！哦，我的嬷嬷同伴们，咱们的父母真是在该死的钟点、倒霉的时辰孕育和生养了咱们！"

话刚出口，她就做出要晕过去的样子。

CAPÍTULO XL · 第四十章

跟这个奇闻和难忘故事连带相关的其他细节

说实在的，所有爱好这类故事的人都应该深深感谢原作者西德·阿麦特。他是那样不厌其烦地给我们讲述一切细枝末节，把最微不足道的情节都展现到光天化日之下。他描摹心理，揭示隐情，应答诘问，澄清疑点，平息争端，总之，苛刻的读者想知道的一切，他纤毫不漏。名扬天下的作者啊！鸿运高照的堂吉诃德啊！尽人皆知的杜尔西内亚啊！滑稽逗人的桑丘·潘沙啊！但愿你们几位个个都留名千古，永远给世人带来愉悦！

书上讲，桑丘一见伤心太太晕过去了，就说："我这个规矩人敢打赌，凭我们潘沙家的代代祖宗发誓，眼下这事我从来没听过没见过，我主人也没讲过，只怕连想也没想过。你这个麻狼怖蠊挪呀！冲你又是巨人又是魔法师，我哪敢骂得太狠！可你真比一千个魔王撒旦还厉害呀！你难道就不能用别的办法教训这些孽障女人吗？干吗非得给她们栽上胡子呢？真是的！你换个花样也许对她们更合适一些，比方切掉她们的上半截鼻子，也就是说话齉声齉气的，总比胡子拉碴强吧？我敢打赌，她们就是倾家荡产，也找不来刮脸师傅。"

"先生，您算是说对了，"十二个嬷嬷当中有人回答说，"我们还没那么多家产能花在刮毛上。所以我们有人就想出了省钱的办法：用一种膏药，其实就是胶布，往脸上一贴，再刺啦一下揭开，我们就顿时变得平整光滑了，跟蒜捣子底儿似的。当然，我们坎大亚有那么种女人，专门走家串户，给姑娘媳妇们拔毛剃须、涂脂抹粉。可是我们不愿意跟她们打交道，这些人大都是自己先失身，然后就来回拉皮条叫别人失身。要是堂吉诃德先生不救我们一把，只怕我们得带着胡子进坟墓了。"

"要是我不能把你们的胡子去掉，"堂吉诃德马上表示，"我就把自己的揪光，学摩尔人着急的样子。"

这工夫三尾裙太太醒了过来，她说："威武的骑士，我虽说是晕过去了，可是您答应得这么嘎嘣脆，我都听到了，所以我才一下子醒过来，心明眼亮。杰出的游侠、无敌的好汉啊！我再次恳求您，务必把您爽快答应下的事情付诸实行。"

"我这里反正是不会耽搁的。"堂吉诃德回答，"夫人，请指教吧，我该干些什么？我已经迫不及待地想为您效劳了。"

"这么说吧，"伤心太太说，"从这儿到坎大亚国，要是走陆地，大概有五千莱瓜的路程，多点少点也就差出两莱瓜。要是在天上飞呢，可以走直道，也就是三千二百二十七莱瓜。对了，还得说一件事，麻狼怖蠕挪告诉我，要是我有幸找到我们那位大救星骑士，他会送一匹棒极了的马来，绝不会像租赁的牲口那么刁钻，正是勇士皮埃尔劫持美人马嘎罗娜骑的那个木马。驾驭这马不用缰绳，只要摆弄它脑门子上的旋钮就行了。在天上飞起来又轻又快，就像有一群魔鬼托着似的。根据古代传说，这木马是那位梅尔林法师制作的。后来他朋友皮埃尔借去出了好几次远门。刚才说了，还骑上它劫持了美人马嘎罗娜，让她坐在鞍后，两人一起飞上天。凡是在地上看到这情景的全都惊呆了。梅尔林只向他看上的人或者肯出好价钱的人出借。据我们所知，从那时候到现在，除了皮埃尔还没有别人骑上去过。麻狼怖蠕挪是靠耍花招弄到手的，一直把持着。他时不时满世界乱逛，每次远游都骑上，今天在这儿，明天就到了法国，后天又去了波托西。这匹马的最大好处就是不吃、不睡、不用钉掌。它不长翅膀，可是能在空中飞快奔跑。骑在上面的人手里就是捧着满满一杯水，也可以点滴不洒，可见它跑得是多么平稳。所以，美人马嘎罗娜骑在上面可自在了！"

桑丘听到这里马上说："我的灰子虽说不上天，只在地上跑，可也够平稳的了。不信比试比试，世上无论谁飞快奔跑起来保准都不如它。"

大家哄堂大笑。伤心太太接着往下讲："要是麻狼怖蠕挪真的想叫我们脱离苦难，半夜之前他就会把那匹马送来的。他告诉我，不论我到了哪儿，只要见他便便当当地很快把马送了过来，就表明我找到的那位骑士确是其人。"

"那匹马能驮几个人呀？"桑丘问。

伤心太太回答说："两个，一个骑在鞍上，一个坐在鞍后。一般说来，只要不是劫持妇女，这两人就是骑士和他的侍从。"

"伤心太太，"桑丘又问，"我很想知道这匹马叫什么名字。"

"名字嘛，"伤心太太说，"不像柏勒洛丰的马，名叫珀伽索斯；也不像亚历山大大帝的那匹，叫作布塞法罗；也不像疯狂的罗尔丹的那匹，叫布瑞亚多若；也不叫巴亚尔特，那是雷纳尔多斯·德·蒙塔尔班的坐骑；也不是儒赫若的骏马佛隆提诺；更不是常说的太阳神的布托斯和珀瑞特阿；当然也不是奥若里亚，哥特人的末代国王、那个不幸的罗德里格就是骑着这匹马在最后一次战斗中失去了王位和性命。"

"我敢打赌，"桑丘说，"既然没有给它起上这些名马的大号，那保准也不像我主人这匹洛西南特的称呼。要论起名合适，刚才提到的那些，没有一个比得上。"

"可不是嘛，"大胡子伯爵夫人回答，"不过它的名字还算相称，叫'飞马喀拉围赖钮'。这名字也挺符合它的身份，一来木头喀拉响，二来脑门子上有旋钮，三来跑得飞快。我看这名字完全可以和尽人皆知的洛西南特媲美。"

"这名字还凑合，"桑丘说，"可是驾它的时候使什么缰绳和嚼子呢？"

"我不是说了嘛，"三尾裙太太回答，"靠旋钮呀！背上的骑手把它左右一扳，木马就乖乖地走起来。高入云霄也行，掠地滑翔也行。不过凡是预先安排好的大事，通常总喜欢在半空飞奔。"

"我还真想见识见识，"桑丘来劲了，"不过要叫我骑上去，不管是鞍上还是鞍后，得了！找榆树讨香梨去吧！就说我的灰驴吧，驮鞍比丝垫儿还软和呢，我骑着都不怎么自在。这会儿倒好，叫我蹭着木头屁股，什么衬的垫的都没有！见鬼！就为了拔掉别人的胡子去受那份罪！谁爱怎么刮胡子那是他的事！我可不愿意陪着老爷走这么长的路。再说剃不剃那些大把大把的胡子跟我什么相干？要说给女主人杜尔西内亚驱魔倒还沾点边儿。"

"当然跟你相干喽，老兄，"三尾裙告诉他，"太相干了！我琢磨着，没你在场，我们什么也做不成。"

"这儿还有没有王法？"桑丘喊起来，"主人们瞎闯荡，干吗要侍从去掺和？噢，他们功成名就，我们去受罪？想得倒美！哪怕立传的人说上一句：'某骑士做成了这一件那一件大事，多亏他的侍从某某帮了大忙，要不，根本不行。'可书上顶多干巴巴地写上'三星骑士啪啦痴破没脓结果了六个妖怪'，提也不提当时在场的侍从，好像世上根本就没有他！各位大人，我再说一遍：让我老爷自个儿去吧，但愿他马到成功。我要留在这儿陪着我的主子公爵夫人。没准儿等老爷回来的时候，杜尔西内亚小姐的官司也多少有了点眉目。我打算闲来没事抽空儿抡上几鞭子，叫身上不剩一根汗毛。"

"好桑丘，说是这么说呀，可看样子你还是得陪着走一趟。你瞧，这么多好心人在求你。没什么好害怕的嘛，你总不能眼睁睁看着这些夫人老这么胡子拉碴下去，也太不成体统了！"

　　"再说一遍，还有没有王法了？"桑丘回答，"要是牵涉到被逼修行的姑娘，再不就是孤儿院的小闺女，这种善事倒不妨做做，男子汉豁出来受点罪也没什么。可为刮掉嬷嬷们的胡子去吃苦，没门儿！我倒情愿她们个个满脸大胡子，管他是老的少的，皮儿薄的皮儿厚的。"

　　"桑丘老兄，你对嬷嬷们也太狠了点。"公爵夫人说，"你别跟那个托莱多卖药的学呀！我敢说，这就是你不对了。我们家就有不少嬷嬷，都是嬷嬷群里拔尖的。眼前这位堂娜罗德里格斯，我就找不出她的一点不是来。"

　　"承蒙贵夫人您夸奖，"罗德里格斯说，"反正上帝无所不知。我们这些当嬷嬷的好也罢坏也罢，胡子拉碴也罢面皮光滑也罢，也都跟别的女人一样，是亲娘生养、上帝带到世上的。他老人家自会安排，我只指望上天慈悲，可管不着别人的胡子。"

　　"好了，罗德里格斯太太。"堂吉诃德说，"三尾裙夫人还有随行的各位，我深信上天是会顾及各位的苦衷的。桑丘得听我的指使，快叫喀拉围赖钮来吧，我倒要见识一下这位麻狼怖蠕挪。我很清楚，我这把佩剑随便就能把麻狼怖蠕挪的脑袋从他肩头剃下来，准比给诸位刮胡子还容易。上帝容忍坏蛋，并非永世不变。"

　　"哦！"伤心嬷嬷这时开了口，"威武的骑士，让天国所有的星辰都睁开和善的眼睛注视您这个伟人吧！叫它们给您带来好运和勇气吧！您千万要救援和保护我们这些嬷嬷之辈！可怜我们备受欺凌作践，遭到药房伙计辱骂、侍从诋毁、小厮戏弄。唉！谁叫我们自相轻贱，不趁豆蔻年华去当修女，偏来当嬷嬷呢！我们这些嬷嬷真是倒霉透了！从父系直线上溯，我们可都是特洛伊王子赫克托尔的嫡传后裔，可是我们的女主人照样对我们'你呀你'地吆喝，好像不这样她们就当不了女王似的！哦，巨人麻狼怖蠕挪，你虽说是个魔法师，可还是说话算数的！快把独一无二的喀拉围赖钮送来消除我们的灾难吧！不然，天气一转暖，我们还这么满脸大胡子，那可怎么了得呀！"

三尾裙把这番话说得那么动情，所有在场的人无不眼泪汪汪，连桑丘也不禁潸潸，心里暗下决心，不惜跟主人走到天涯海角，也要把那些庄严面孔上的长毛剃光刮净。

Capítulo XLI · 第四十一章

喀拉围赖钮上场，没完没了的故事终于结束

天黑了，到了神驹喀拉围赖钮该露面的时候。见它迟迟不至，堂吉诃德很不耐烦，弄不清麻狼怖蠕挪磨磨蹭蹭不赶紧送来，是因为他自己并非那个被选中来完成这件壮举的骑士呢，还是因为麻狼怖蠕挪实在不敢跟他大战一场。正在这时候突然有四个野人，浑身披着翠绿的藤萝闯进花园，肩上扛着木制的高头大马，往地上一放，其中一个野人说道："哪位骑士有胆量，就跨到这怪物身上去吧。"

"那上面呀，"桑丘连忙开口，"我可不去！我没那个胆儿，也不是骑士。"

野人又说："要是带着侍从，就让他骑到屁股上。麻狼怖蠕挪说话算数，他只用剑戳人，绝不用别的家伙，也不耍花招。扳一扳马脖子上的旋钮，它就升到天上，带二位去找麻狼怖蠕挪。不过，一路上腾云驾雾，得把眼睛蒙严了，免得头晕。只要马一叫，就是走到头了。"

话一说完，几个人又大摇大摆地从原路出去了。伤心嬷嬷见了木马差一点泪流满面，她对堂吉诃德说："威武的骑士，麻狼怖蠕挪果然说到做到，木马就在眼前，可我们的胡子还一个劲儿地往上长。我们个个都在求你，请看在我们每根胡子的分上，快给我们剃光刮净吧！也没什么难的，你带着侍从骑上马，就顺顺当当上路了。"

"三尾裙伯爵夫人太太，我会照办的，打心眼儿里情愿。为了不耽搁时间，我既不铺坐垫也不戴马刺了。我真盼望早日见到夫人您和所有这些嬷嬷脸面光洁、皮肉润滑。"

"我可是打心眼儿里不情愿，"桑丘说，"绝不照办，说什么也不行。要是我不骑上马屁股，她们就刮不成脸，那我老爷干脆找别的侍从陪去吧，这些太太也可以想别的办法锉光面皮嘛。我又不是兴妖作法的，不喜欢满天飞来飞去。要是岛上的臣民知道他们的总督随风乱飘，还不知道说什么呢！再说，从这儿到坎大亚有三千多莱瓜的路程，没准儿马累了，要么就是巨人闹别扭了，那我们还不得耽搁上五年六载才能回来！到时候世上哪里还有什么海岛河岛认我这个人？常言说：磨蹭误大事；有人给你小牛，牵起缰绳就走。我只好对不起这些太太的大胡子了！圣彼得待在罗马最自在。就是说，我待在这里的府上最自在，得到这么多好处，还盼着大恩大德的东道主封我当总督呢！"

听了这话，公爵说："桑丘老兄，我答应给你的海岛漂不走也逃不脱，它的根子深深扎在地底下，哪怕使劲拽上三次，也甭想把它从原地拔出来挪一边去。你心里该很清楚，据我所知，凡是高官厚禄，都得靠贿赂才能到手，多点少点倒没什么。为这把总督交椅，我只要你跟主人堂吉诃德走一趟，圆满结束这件永世留名的壮举。喀拉围赖钮这物件看样子很灵巧，你准能眨眼儿工夫就转回来。万一时运不济，你落了个步行朝圣的结局，一路上不得不投宿舍住旅店，只要你一到，海岛总在原地，还怕找不着？岛上的臣民也会一如既往拥戴你当他们的总督，我也照样初衷不改。我说的都是实话，桑丘先生，你可不能再迟疑了，那岂不是辜负了我帮衬你的一番好意？"

"老爷，别再说了。"桑丘回答，"我不过是个区区侍从，怎么担得起您如此抬举！让老爷先骑上去，快蒙上我这双眼睛，请诸位替我祈祷上帝。我还要请教一件事情：我们在顶上飞的时候，我能不能祈祷我主，再不就是求求天使好生照应？"

于是三尾裙告诉他："桑丘，你满可以祈祷上帝，求谁帮忙都行。麻狼怖蠕挪虽说是魔法师，可他也笃信基督呀。他施魔法的时候还是挺谨慎小心的，并不想难为谁。"

"那好吧，"桑丘说，"就让上帝和加埃塔的圣父、圣子、圣灵拉我一把。"

"自从那次难忘的漂布机之遇以来，"堂吉诃德说，"我还没见过桑丘像今天这么胆怯过。幸亏我不信吉利不吉利那一套，不然他那战战兢兢的样子，还真会弄得我心里犯嘀咕哩。我说桑丘，你过来。请诸位允许我单独跟他说两句话。"

他把桑丘引到花园里的几棵树跟前，两手抓住他说："我的好兄弟桑丘，你瞧咱们眼看要出远门了，上帝知道什么时候才能回来，也说不准干这差事是不是还有清闲工夫。所以我求你回屋一趟，假装去收拾上路用的东西，然后三下五除二，按你答应下的三千三百鞭子，好好抽自己一通，哪怕就打五百下呢！反正是早晚的事，动手干，成一半。"

"我的上帝！"桑丘喊道，"老爷您可真是缺根弦！这不就应了那句话了：又要着急抱孙子，又怕丢了姑娘身子！眼看我就要坐上硬光板了，您还偏偏叫我把屁股蛋儿打烂！我说呀我说，您这就不对了。咱们还是赶紧去给这些嬷嬷刮脸吧。等折回来的时候，我拿自个儿的命给您担保，一定麻利还清这笔账，叫老爷您称心如意。别的我就不多说了。"

堂吉诃德回答："好桑丘，有你这句话，我就可以放心上路了，我相信你是说话算数的。实话讲吧，你傻是傻点，可到底是个言而有信的人。"

"我的颜色不新，黑黢黢的。"桑丘说，"不过就算新旧各半吧，我也还是说到做到。"

说着，两人就准备骑上喀拉围赖钮。刚要上去，堂吉诃德又说："桑丘，蒙上眼睛快爬上去。有人这么千里迢迢地来接咱们，总不会诓咱们吧？诓一个老老实实信他的人有什么光彩的呢？就算结果正好跟我的打算相反，可也还是义无反顾地干了一番大事，这份荣耀谁也甭想耍花招把它抹杀。"

　　"老爷，快走吧。"桑丘催他，"这些太太的胡子和眼泪都快成了我的一块心病了。不眼看着她们像当初一样光光溜溜，只怕我饭也吃不香。老爷您先上去蒙紧了眼睛。我反正是得骑在屁股上，当然是使鞍子的先上喽！"

　　"你说得对。"堂吉诃德回答。

　　他从口袋里掏出一块手帕，求伤心嬷嬷紧紧给他蒙上眼睛。可是等人家都系好了，他又摘开来说："要是我没记错的话，我读过维吉尔写的特洛伊帕拉狄翁那段，就是希腊人献给帕拉斯女神的那匹木马。马肚子里装满了武装骑士，最后彻底摧毁了特洛伊城。所以，最好先看看喀拉围赖钮的肠胃里是不是也有点什么。"

　　"大可不必，"伤心嬷嬷说，"我给您打保票，我知道麻狼怖蠕挪不是那种使坏坑人的主儿。堂吉诃德先生，您尽管放心大胆地骑上去吧，出了事由我担着。"

　　堂吉诃德觉得再接着啰唆什么安全呀保险的就丢了他好汉的份儿，于是不再多嘴，立即骑上喀拉围赖钮，试了一下旋钮，扳起来还挺灵活。由于没有马镫，他的两条腿只好空悬着，就像是佛兰德壁毯上画的或织的罗马凯旋图里的人像。桑丘可是满心不情愿，磨磨蹭蹭地总算骑了上去，好歹在屁股上坐稳了。他觉得木板太硬，实在硌得慌，就问公爵能不能给他一块坐垫铺陈什么的？比方公爵夫人椅子上的或者哪个小厮床上的都行。按他说，那马屁股哪里是木头的，简直就是一块石板。可是三尾裙告诉他，喀拉围赖钮不许人家用马具披毯之类的东西装点它。最好的办法就是像女人那样侧歪坐着，就不会硌得那么厉害了。桑丘也只好这样，说了声再见，让别人把眼蒙上。可是刚蒙上，他又摘下来，满含泪水、恋恋不舍地看了一眼花园里所有的人，说是叫大家务必帮忙多念几回天主经和圣母万福为他消灾解难。往后他们有了同样的难处，上帝也会找人为他们念经的。

堂吉诃德听了便说："你这个贼坯！你这是上了绞架还是眼看快断气了？用得着这么求神拜鬼的吗？你这个没良心的胆小鬼！瞧瞧你不是正好坐在美人马嘎罗娜坐过的地方吗？要是史书没有撒谎，她并不是从这儿跳下就进了坟墓，而是当了法国的王后！我紧挨着你，两腿夹着威武的皮埃尔夹过的地方，我也不比他差到哪儿去啊！蒙上眼睛，快蒙上！你这头吓破了胆的畜生！即便是你害怕，也别当着我的面喊叫！"

"快蒙上我吧！"桑丘连忙答复，"不许我祷告上帝，也不许旁人替我祷告，叫我怎么能不害怕呢？说不定这周围就有大队魔鬼，早晚把咱们押到佩拉勒维约①去！"

两人蒙上眼睛，堂吉诃德觉得自己已经坐稳了，就伸手去摸旋钮。指头刚刚一碰，就听所有的嬷嬷和在场的人同声高喊："威武的骑士，愿上帝指引你！无畏的侍从，愿上帝与你同在！瞧呀，你们已经升腾而起，像飞矢一样刺破晴空！所有在下面注视着你们的人都惊讶得屏住了呼吸！勇敢的桑丘，千万坐稳了，小心别掉下来！想想那个莽撞的小伙子打算驾他父亲太阳神的战车，结果是怎么掉下来的吧！你会摔得比他更惨的！"

桑丘听到这些喊声，慌忙贴近主人，紧紧抱住他说："老爷，照这些人说，咱们飞得很高了，可怎么还听得见他们的声音呀？明明好像他们就在咱们跟前说话嘛！"

"桑丘，你别操这闲心。学老鹰飞这类事情本来就有悖常理，所

---

① 佩拉勒维约：处决犯人的地方。

以即便相隔一千莱瓜，你照样什么都看得见、听得着。你别这么使劲抱住我好不好？简直都要把我拽倒了！说实话，我真不知道你一惊一乍的干什么。我敢打赌，我这辈子还从来没骑过步子这么稳的马，我觉得咱们简直就像没挪地方一样。老兄，壮起胆子吧！事情办得挺如意嘛，咱们一帆风顺！"

"这倒是真话，"桑丘回答，"我这边的风吹得真紧，好像有一千个风箱在扇我。"

确实如此，有几架大风箱正在给他扇风。公爵夫妇和他们的管家把这场把戏操办得十全十美，什么细节都考虑到了。堂吉诃德也感到风呼呼地吹，他说："桑丘，毫无疑问咱们准是到了第二层天，就是冰雹和雪花生成的地方。雷电风暴是在第三层生成的。要是咱们就这么一直升上去，很快就能到火焰层了。可我不知道怎么摆弄这旋钮，免得咱们钻进大火烧身的地方。"

这时候，旁边一根竿子上挑着一点就着的麻束，正远远地在烤他们的脸。桑丘觉得一阵热烘烘的，就说："我敢拿命担保，咱们准是进了火焰层，至少是很近了，我的好多胡子毛都烤焦了。老爷，我真想摘下蒙眼布看看咱们究竟到了哪儿。"

"你可别这么干！"堂吉诃德连忙制止，"你该知道托拉勒瓦硕士其人其事吧？他曾经骑着一根竿子，紧闭双眼，被魔鬼托上天空，十二个小时就到了罗马。他降落在城里的诺纳尖塔大街，目睹了波旁如何被围，最后失败死去。第二天他又回到马德里，禀报了他的见闻。这个人曾经说过，他正在天上飞呢，魔鬼叫他睁开眼睛。他睁开一看，觉得好像就在月亮旁边，一伸手就能抓住它似的。可是他怕头晕，怎么也不敢往下面看。所以，桑丘，咱们不能摘下蒙眼布。负责运送咱们的人自会照管咱们的。说不定咱们就这样上升呀上升，然后突然一下子就降落在坎大亚王国了，就像老鹰和鹞子不管飞得多高，也能突然扑下去抓住苍鹭一样。别看咱们觉得离开花园不过半个钟头，告诉你吧，咱们可是走了好长一段路了。"

"这我说不清。"桑丘回答，"我只知道，那位马嘎牙馁死还是马嘎罗娜太太要是骑在这种马屁股上还觉得挺舒服，那她准不是什么细皮嫩肉的人。"

两个好汉的这番交谈，公爵、公爵夫人和花园里的其他人听得很清楚，人人都觉得十分有趣。他们决定让这场精心策划的古怪把戏圆满结束，就用点着的麻束去烧喀拉围赖钮的尾巴。那木马肚子里塞满了烟花爆竹，顿时噼啪乱响腾空而起，把堂吉诃德和桑丘·潘沙摔在地上。两人几乎被烧得半糊半焦了。这时候大胡子嬷嬷小队和三尾裙等等都从花园里消失了，其他人都横七竖八地卧倒在地上，像是晕了过去。堂吉诃德和桑丘狼狈不堪地爬了起来，四处一张望，发现原地未动，还待在花园里，而且满地躺的都是人，当下就惊呆了。尤为蹊跷的是眼见一根长矛插在地上，顶端用绿丝带系着一张洁白光滑的羊皮纸，上面烫金大字写了如下的话：

> 杰出的骑士堂吉诃德·德·拉曼却马到成功，圆满完成了一项伟业，解救了三尾裙伯爵夫人（又名伤心嬷嬷）及其随从。麻狼怖蠕挪如愿以偿、心满意足，嬷嬷们的胡须已经刮光剃净，国君堂喀拉围阃和王后鞍驮挪马下亦恢复原貌。仅待侍从笞刑兑现，白鸽便将摆脱恶毒鹫鸟的追逐，投入卿卿我我的恋人怀抱。魔法师之精粹梅尔林博士切切此布。

堂吉诃德读完羊皮纸上的字句，当然明白那指的是为杜尔西内亚驱魔一事。他真是对上天感恩戴德，没想到这么轻而易举完成了如此重大的伟业，使那些庄重可敬的嬷嬷重获旧日容颜，如今她们已经不知去向。他走到尚未苏醒的公爵夫妇身边，拉住公爵的手说道："醒醒,我的好大人,好消息!好消息呀!一切都很顺利,大事已经完成,没有损伤无辜。挂在那儿的告示上写得清清楚楚。"

公爵仿佛是大梦初醒,渐渐有了知觉。公爵夫人和躺在花园里的其他人也学着他的样子。他们个个都显出惊恐万状的表情,假戏做得十分地道,简直就跟真的似的。公爵眯缝双眼,看了一遍布告,然后伸长胳膊抱住堂吉诃德,说他是空前绝后最了不起的骑士。桑丘到处蹅摸伤心嬷嬷,想见识一下那张刮光胡子的脸是副什么模样,是不是像窈窕身段一样漂亮。人家告诉他,喀拉围赖钮一着火掉在地上,嬷嬷小队和三尾裙就转眼不见了。走的时候她们个个肉光皮嫩,连根胡子楂儿都没留下。

公爵夫人问桑丘,长途跋涉,一路如何。桑丘回答说:"夫人,照老爷的说法,我觉得我们飞进了火焰层,我真想把蒙眼布稍微摘开一点。我问主人行不行,可他不许我这么干。我这人就有那么点毛病,越是遮遮掩掩的事,我就越想弄个究竟。我蔫不悄儿地偷空儿把从眼睛盖到鼻梁上的手绢掀开一条缝儿,透过那儿往地上看了一眼。我觉得它整个还没一个芥子大,地上来回走的人也就比榛子稍微大一丁点儿。可见我们飞得有多高了。"

公爵夫人一听就说:"桑丘老兄,瞧瞧你说些什么!我觉得你根本没看见地,只看见地上来回走的人了。本来嘛,要是地面在你眼里只有芥子那么大,可人有榛子那么大,那岂不是一个人就把地面全盖住了?"

"可不是嘛!"桑丘回答,"不管怎么说,反正我是从一边儿看过去的,所以都看全了。"

"你又来了,桑丘!"公爵夫人告诉他,"只看一边儿,是把一样东西看不全的。"

"我不懂这么看那么看的事。"桑丘并不认输,"我只求夫人您明白一个道理,我们是靠魔法飞上天的,当然可以靠魔法看到整个地面和地上所有的人，从哪儿看都一样。您要是不信我这话，那我下面说的您也不会信喽！我从眉毛边儿上掀开手绢，看到自己离天那么近，也就是一拃半的空儿。夫人，我还敢打赌，天真是太大了。原来我们已经到了七羔星①那里。我小的时候放过羊，所以打心眼儿里就想着逗它们玩玩。要是遂不了这个心，我简直就得憋死。得！到这份儿上我该怎么办呢？我悄悄地，也没跟主人打招呼，轻手轻脚跳下喀拉围赖钮，跟那七个像花朵一样、像紫罗兰一样的小羊羔玩了整整三刻钟。喀拉围赖钮就老在一个地方没动，一步也没往前走。"

"桑丘老兄逗羊羔玩的时候，"公爵问，"堂吉诃德先生又是怎么打发时间的呢？"

堂吉诃德回答说："反正这些稀奇古怪的事情都是超出常规的，所以桑丘说的话也不值得大惊小怪。就我而言，我在天上地下都没掀开蒙眼布，我既没看见天也没看见地，没看见大海也没看见沙滩。不过我确实觉得我经过了空气层，还靠近了火焰层，可我不信我们曾经穿越了那里。火焰层是夹在月亮天和空气层顶端之间的，我们不可能到达桑丘说的七羔星所在的那层天上，那岂不要被烧焦了？可我们身上并没有燎泡，所以桑丘不是在撒谎就是在说梦话。"

"我不是在撒谎，也不是在说梦话。"桑丘回答，"不信各位就问问我，那些羊羔是什么样，听我讲了以后，就知道我说的是不是真话了。"

"那桑丘你就说说吧。"公爵夫人吩咐。

"是这样的，"桑丘回答，"两只绿的，两只红的，两只蓝的，还有一只是杂毛。"

"这些羊羔可真新鲜。"公爵说，"我们这地界可不兴这些颜色，我是说，没有这几种颜色的羊羔。"

---

① 七羔星：七姊姊星团（昴星团）的俗称。

"这是明摆着的嘛！"桑丘回答，"不用说，天上的羊羔总得跟地下的羊羔不一样呀！"

"桑丘，能不能告诉我，"公爵问他，"你看见那些羊羔里有公的吗？"

"这倒没有，大人。"桑丘回答，"不过我听说，没有一只公羊犄角能比月亮的犄角长。"

他们不想再打听这趟旅行的事了。看来桑丘意犹未尽，尽管他并未离开花园一步，可是这回打算逛遍天庭，把一路上的新闻细细道来。最后，伤心嬷嬷的奇遇就这么收尾了。公爵一家不仅当时笑了个够，日后一辈子想起来都其乐无穷。桑丘本人呢，哪怕他能长命百岁，也有了永恒的谈资。这时候，堂吉诃德凑近桑丘的耳朵对他说：

"桑丘，既然你想叫别人相信你在天上看到的那些名堂，那我也要你相信我在蒙特西诺斯洞穴的见闻。我不想再多说了。"

CAPÍTULO XLII · 第四十二章

桑丘就任海岛总督之前，
堂吉诃德对他的劝告和其他深思熟虑的忠言

公爵夫妇见伤心嬷嬷那场十分有趣的把戏圆满结束，心里真是畅快极了，决定把玩笑继续开下去。这回的由头更容易叫主仆二人信以为真。他们着手把应承下的海岛交给桑丘，事先做了一番安排，嘱咐仆人和下属们如何说话行事。第二天，也就是喀拉围赖钮上天的次日，公爵吩咐桑丘打点行装、穿戴停当，准备走马上任，说是岛上的臣民犹如久旱盼春雨，早就等着他去哩。桑丘行礼致谢，说道："我在天顶上看过地面，觉得它实在太小。从上面一下来，我先前急着当总督的心劲儿不由得冷了不少。想想看，掌管芥子粒儿大小的一块地盘有什么了不起？治理几个像榛子那么不起眼的小人儿有多大光彩和威风？我琢磨地上世间大不了也就是这么回事了。要是大人您开恩给我哪怕小小一片天，就说是半莱瓜吧，那到了手是什么滋味！世上最大的海岛也没法比。"

"你听我说，桑丘老兄。"公爵回答，"我可不能掰开一块天送人，哪怕只有指甲盖那么大呢！上帝才有资格给人这种恩典和奖赏。我能给的我才给你，就是这个海岛：整齐、完美、圆圆的，还挺匀称，土地特别肥美多产。只要你多少用点心计，就能拿地上的钱财去换天上的福祉。"

"那好吧，"桑丘回答，"就是这个海岛了！我尽量做个像样的总督，管他小人怎么捣鬼，我也得升上天堂。我倒不是攀高枝儿，着急想成个暴发户。我不过是想尝尝当总督是什么滋味。"

"桑丘呀，你一旦尝到那种滋味，"公爵告诉他，"只怕这官职要叫你美得咂嘴舔舌！发号施令、人人听命，没有比这更自在的事了！我敢说，照眼下的情景，你主人肯定早晚能当上皇帝。到那时候，谁也甭想随便夺去他的宝座。而且他会打心眼儿里感到懊悔，恨自己为什么刚刚走运，白白荒废了多少时光！"

"大人，"桑丘回答，"依我看，哪怕是吆喝一群牲口也是很自在的。"

"桑丘，我真想跟你一起入土，"公爵说，"你简直什么都懂！就这样吧，记住，明天一到，你一定得去岛上就任。今天下午他们会给你准备好合适的衣服，还有此行所需的一切东西。"

"他们给我准备什么衣服都行，"桑丘回答，"不管穿什么，我终归还是桑丘·潘沙。"

"这倒也是真的。"公爵说，"不过，装束总得跟官职相称，要讲个体面。法官穿军装，士兵穿教士袍，总不像样吧？桑丘，你的穿戴最好是半文半武。在我给你的这个岛上，枪杆子和笔杆子都需要，文武兼备嘛！"

"文墨的事情我可不太通，"桑丘回答，"我连字母还认不全呢！不过，只要把小孩课本上的耶稣十字架记在心里，也就足够当个好样的总督了。要论武艺嘛，我什么兵器都使得来。上帝指引，死也不怕了。"

"桑丘的记性这么好，"公爵说，"那准是万无一失。"

这时候堂吉诃德过来了，听了两人的话，知道桑丘很快就要走马上任了。他征得公爵同意，便拉起桑丘的手，领他去自己房间，打算进几句忠言，教他如何当官。两人一进屋，他随手关上房门，几乎是强拉硬拽地叫桑丘坐在他身边，然后不慌不忙地开了口："我对上天真是说不尽的感激，桑丘老兄。没想到我还没有遇到什么好机会，你倒先走一步，碰到好运，洪福降临了。你跟我辛苦了一场，我本来答应，一交好运就立即报偿。如今我刚刚有了荣升的先兆，可你倒超越常规，抢先一步如愿以偿了。有的人又是贿赂，又是纠缠，起早贪黑，想方设法，四处哀告，没完没了，结果还是两手空空，一无所获。突然冒出另一个，自己还稀里糊涂呢，一下子就把人人巴望的官位和职务弄到手了。有句老话用在这里倒挺合适：费尽心机，就看有没有运气。你呀，叫我看纯粹是个傻瓜，可你既没有起早贪黑，也没有费劲张罗，就靠沾了游侠骑士的光，不费吹灰之力，轻而易举地当上了海岛总督。桑丘呀，我说这些话，是叫你不要以为受此殊荣是理所当然。你一来应该感谢宽厚待万物的上苍，二来应该看到游侠骑士这个行当所隐含的威力。你先把我刚说的这些话记在心里，然后，小伙子，再仔细听听你眼前的加图下面要说些什么。他要给你忠告，为你导航引路。你就要投身到恶浪滚滚的大海里去了，他打算带你驶进安全的港湾。要知道，仕途官场简直就是一片风急浪大的无底汪洋。

"我的好兄弟，你首先应该敬畏上帝，这才是智慧的源泉。身为智者，你就会万无一失。

"其次，你必须两眼看住自己，尽量做到有自知之明，这可是世上最难办到的事。掂量过自己，你就不会像跟老牛比个头儿的青蛙那样自我膨胀。不然的话，一想到自己在家乡曾经轰过猪，你就会跟孔雀看到自个儿的丑脚丫似的恼羞成怒，胡作非为，不可收拾。"

"没错，"桑丘接茬儿说，"可那时候我还小。后来长大了一点，我就去轰鹅了，再也没轰过猪。可我觉得这没什么要紧的，也不是所有当官的都生在王爷府。"

"没错，"堂吉诃德回答，"正因为如此，那些没有名贵出身的高官更应该宽厚慈祥。只有谨慎行事，才能避免背后有人说三道四骂你。不管什么身份，谁也难逃别人的非议。

"桑丘，用不着忌讳你的低微身世，不要因为自己生在农家就自惭形秽。别人见你对此不羞于启齿，也就不来羞辱你了。体体面面做一个卑微的贤人，那比狂傲的恶棍强多了。出身低贱者登上教廷的尊位和皇室的宝座，大有人在。我可以举出无数的例子来证明这个确凿的事实，就怕你听腻味了。

"桑丘，你听着，只要你崇尚美德，以行为端正为荣，就完全不必羡慕那些出身王公贵族的人。血统来自祖上，品德自己修养；美德自有价值，血统哪能比拟。

"既然是这样——而且肯定是这样——一旦到了岛上，碰上家乡父老来看望你，千万不要怠慢甚至撵走人家。相反地，倒是应该好好迎接、照看、款待。上天造出万物，可不愿它们任意受到践踏。你这样做，顺应了和谐完美的天意，自然会得到上苍的欢心。

"掌管公务的人也不能长久与家人分离，所以你说不定要把妻子接去同住。那你就必须开导她、教诲她，打磨她粗鄙的天性。要知道，英明总督的政绩往往会葬送败坏在粗俗愚蠢的女人手里。

"还说不准你会丧偶，想靠官位攀一门更好的亲事，千万别娶那种女人，仗着你的权势坑蒙拐骗，嘴里说着不要不要，可手指着脑后的斗篷小帽。我老实对你讲，法官的老婆不管拿人家什么东西，当丈夫的死后到了上帝面前都得偿还四倍，那时候就别说自己生前并没有欠债呀。

"绝对不能心血来潮任意判决；只有自作聪明的混蛋才这么干。

"你要秉公执法。穷人的眼泪固然值得同情，可也不能忽略富人的申诉。不要管富人如何送礼许愿、穷人怎么苦苦哀求，你该做的就是查明真相。

"你当然应该而且必须公正无私，但也不能对罪犯过于严酷。执法如山固然可嘉，可与人为善更易扬名。宁因恻隐之心低垂权杖，也不为金钱财货贪赃枉法。

"要是不巧赶上裁决你的某个仇人，你必须捐弃前嫌，据实宣判。事关他人，不要被一己的私情蒙住眼睛。一旦出现这种失误，大多不可挽回；如想补救，必将损名又舍财。

　　"如果告状的是个漂亮女人，既不要看她的眼泪，也不要听她啜泣，只需细细听取她的申诉，否则，她的泪水必将淹没你的良知，她的叹息也会扭曲你的公正。

　　"对于被判服刑的人不该恶言相辱。他狱中受苦已经够倒霉了，何必再加上狠狠的呵斥呢！

　　"要把所有归你管辖的犯人都看作是受制于我们人类恶劣本性的可怜虫。你应该尽力而为，在不损害原告的前提下，慈悲为怀，宽厚对待。尽管上帝的禀性同样伟大，但在我们看来，怜悯比公正更光彩夺目。

　　"桑丘，只要按照这些道理和规矩办事，你就会长命百岁、流芳千古、财宝无尽、幸福无边；你将为儿女们攀上可心的亲事，子子孙孙都将升官晋爵；你会受到众人爱戴，永享安康；你定会在欢度宁静的晚年之后寿终正寝；届时，你的重孙们将用他们幼嫩柔软的小手把你的双眼阖上。

　　"话说到这里，只是为你修炼心性提供了依据。下面再听听你应该如何装点外表。"

Capítulo XLIII · 第四十三章

堂吉诃德接着给桑丘·潘沙忠告

听了堂吉诃德上面的一番议论，谁能说他不是头脑清醒用心良苦呢？不过，这部伟大传记已经屡次提到，一涉及骑士话题，他必定张口胡说，而谈论别的事情，他始终思路敏捷清晰，因此所行违所言、所言悖所行是屡见不鲜的。他接着又对桑丘说出一番劝诫，口气轻松诙谐，既显得精明又透出疯癫，二者都达到了极致。桑丘十分用心地听着，想尽力牢牢记住这些嘱咐。看来他真打算身体力行，盼望着他心目中孕育已久的那个好总督早日出世。只听堂吉诃德继续说出下面的话："至于你应该如何照看自己和料理家务，桑丘，我要你做的头一件事就是你得收拾得干干净净，常铰指甲，别像有些人留得那么长。他们以为有了长指甲手才显得秀气，真是无知透顶！他们从来不修剪，殊不知捎带的这种废物哪里是什么指甲，简直就是蝎虎爪子！分明是肮脏极了的坏习惯！

"桑丘，不要衣带松散、邋邋遢遢，这只能说明一个人萎靡不振，像尤里乌斯·恺撒那样玩世不恭故作衣冠不整就更糟糕了。

"必须谨慎掂量你当官的进项。要是有心发给仆人号衣，只需体面实惠就行了，不应追求华丽奇特。除了仆役，还得兼顾别的穷人。我的意思是，比方你打算给六个侍童号衣，那你只给他们三套，另外三套送到穷人手里，这样你在人间和天堂就都有人侍奉了。讲排场爱虚荣的人是不会想出这种分发号衣的新办法的。

"别吃大蒜和葱头，否则人家一闻味儿就知道你是个下等人。

"不慌不忙地走路，斯斯文文地说话，可也别弄得像自言自语。总之，不要装腔作势。

"午饭吃少点，晚饭更得少；身体的好坏全靠肠胃来保养。酒量也要节制，要知道，喝得太多，既会失言又会违约。

"记住，桑丘，别用两边的牙关嚼东西，也别当着人的面呃逆。"

"这'呃逆'是什么？我不懂。"桑丘说。

于是堂吉诃德告诉他："呃逆嘛，桑丘，就是打嗝儿的意思。这可是咱们卡斯蒂利亚语里面最难听的一个字眼儿，不过倒挺传神。讲究一点的人干脆到拉丁语里去想办法，管打嗝儿叫'呃逆'；不说一声声饱嗝儿，而说一阵呃逆。就算有人听不懂这话，也不要紧，用久了大伙儿就习惯了，一听就懂。语言就是靠大伙儿你用我用才慢慢丰富起来的。"

"说真的，老爷。"桑丘回答，"您这么千叮咛万嘱咐的，我说什么也得记住别打嗝儿，因为我常犯这个毛病。"

"桑丘，是呃逆，不是打嗝儿。"堂吉诃德订正他。

"从今往后我就说呃逆，保准忘不了。"桑丘回答。

"还有，桑丘，说话的时候，别再像往常那样掺和进去好多老话顺口溜什么的。谚语之类固然是些简短的格言，可你用得驴唇不对马嘴，哪里是什么格言！简直成了废话！"

"这事只怕上帝也没法子，"桑丘说，"那些老话顺口溜什么的我知道得比书上还多，我一开口，它们就都挤到嘴边了，你争我抢地要出来。结果呢，谁挤在头里，舌头就把谁先甩出来，管他合适不合适呢！不过，往后我留点神就是了，只说那些合乎我这大官人身份的。家里粮堆满，做饭也方便；分牌的不洗牌；爬上楼顶敲钟最保险；送人还是留下，仔细用用脑瓜。"

"瞧瞧，桑丘，你又来了！"堂吉诃德说，"一出口就是成串成溜的谚语，谁也比不上你！妈妈再打我，照样抽陀螺。我正劝着你少用点顺口溜，眨眼儿工夫，你张口就没完没了！都是跟咱们说的话题沾不上边儿的。桑丘，只要用得是地方，我并不反对你说谚语，可是动不动就这么乱七八糟成串地冒出来，好好的话也让你搅和得又俗气又没劲！

"骑马的时候，别使劲把身子往后鞍架子上靠，两条腿也别直挺挺地叉开，离马肚子老远，也别一副懒洋洋的架势，就像骑在你的灰驴上似的。有的人上马就是骑士，可有的生就一副马弁相。

"不要睡懒觉，伴着太阳起床，整天都过得痛快。记住，桑丘，勤奋是好运之母；反之，懒惰的人永远也甭想如愿以偿。

"我想再给你最后一个忠告，虽说和仪表风度无关，我还是希望你牢牢记住。我觉得，比起刚才说的那些，也一样要紧。我是说，别跟人家去讲究什么身世门第，比来比去的。明摆着，一比就有赢有输；输了的恨你，赢了的也绝不会谢你。

"你的装束应该是一条长裤，一件紧身袄，再罩上长披风。千万不要肥腿裤，这对骑士和总督都不合适。

"桑丘，眼下我就想到这些嘱咐。日子还长着呢，往后你要留心及时通个音信，告诉我你怎么样，我再见机行事，随时给你出主意。"

"老爷，"桑丘回答，"我很清楚，您说的这些都是一番好意，圣贤之言，大有用处。可是我要是一句也记不住怎么办呢？当然，比方什么别留长指甲呀、合适的话再娶个老婆呀，倒是再也跑不出我的脑瓜了。可是叫我记住这么一大堆乱七八糟的拼盘杂烩，就像问我去年天上的云彩什么模样，早就没影儿了。所以，我看还是给我写下来的好。我虽然不识字，但是可以交给我的忏悔神甫，叫他看火候，时不时提醒我一下。"

"天哪！我这是作了什么孽！"堂吉诃德喊道，"当总督的不识字，这算怎么回事呀！桑丘，你知道不？一个人不识字，或者是个左撇子，只能有两种解释：要么是他父母太贫贱低微，要么是他自己太恶劣顽皮，学不出名堂成不了才。你这可就太悬乎了！我想你至少得学会签名吧？"

"我自己的名字还是会写的，"桑丘回答，"我在村里的教友会里当过听差，总算会写几个字母了，大得跟货包上的记号似的，听说那就是我的名字。再说，我还可以假装右手残废了，叫别人替我签名。反正只要不死，什么事都能想出办法。我有权有势的，干什么不行？比村长儿子神气多了，我是总督，比村长还大，叫他们来瞧瞧我的威风吧！谁要是想耍弄我糟践我，瞧着吧！出门本想剪羊毛，自己剃光往回跑；只要上帝待见，自个儿在家也舒坦，阔人胡诌一句，都当圣旨领去。我当上总督，又有了钱，再加上我想手头大方一点，我怕什么悬乎不悬乎的？我才不怕呢。自己变成一摊蜜，苍蝇一准来叮你。我的一个老奶奶说过：财有多大，气有多粗；深深把根扎，不怕人找茬儿。"

"上帝呀，你这个该死的桑丘！"堂吉诃德不耐烦了，"怎么不来六万个魔王撒旦把你连你的谚语一起劫走！你这成串的顺口溜说了整整一个钟头了，简直就像不停地往我鼻子里灌水似的！我敢担保，这些谚语早晚有一天要把你推上断头台。你的老百姓非得把你轰下台不行，至少也要聚众造反。你这个混蛋倒是说说看，你是从哪儿趸来的这些玩意儿？你用的是地方吗？蠢货！我为了把一句成语用得对景儿，常常是累得像刨地一样出一身汗。"

"上帝呀，我的主人老爷！"桑丘喊道，"您就为这点事光火啊？我使使自个儿的家产干着别人的屁事！我这人又没别的钱财家产，除了俗话还是俗话。我这会儿又想出四句来，用在这儿简直太妥帖了，就像小筐里整整齐齐摆好的甜梨似的。不过，我还是不说的好；少说废话才是桑丘^①。"

"这个桑丘可不是你。"堂吉诃德回答，"你不光废话连篇，还满嘴胡说，没完没了。不过我还是想知道你脑袋瓜里又钻出哪四句谚语，用在这儿还那么妥帖？我的脑袋瓜也很不错，可我绞尽脑汁也想不出一个。"

"甭提有多棒了！"桑丘说，"听着，瞧我这大牙两颗，试试伸进你的大拇哥；有人打老婆主意来我家，再怎么追问他也不答话。还有，瓦罐碰石头，石头碰瓦罐，倒霉的还是瓦罐。句句都说到点子上。就是说，谁也甭想招惹总督，还有别的当官的，他总是要吃亏的，就像伸进两颗大牙中间的手指头一样。是不是大牙不要紧，只要是牙就行。总督说话也不能顶撞，就像有人来家打我老婆的主意，我叫他滚出去，他能回嘴吗？至于石头碰瓦罐，连瞎子也看得清楚。所以，看见别人眼里有刺的人，最好也看看自己眼里的檩条^②，免得人家说他死人害怕无头鬼。老爷您想必知道，傻瓜蛋在自己家事事都明白，精灵鬼到别人家两眼一抹黑。"

"不对，桑丘。"堂吉诃德回答，"傻瓜不管是在自己家还是别人家，统统一无所知。愚鲁之木怎能结出智慧之果？咱们别再说这个了，桑丘。你要是当不成好总督，那是你自作自受，也叫我丢脸。不过，我已经心安理得了，反正我竭尽全力、诚心诚意地好言相劝过，我既履行了诺言也尽了责任。桑丘，但愿上帝帮衬你当好你的总督，也别让我老是提心吊胆，怕你把海岛折腾个底儿朝天。一旦出了这种事，我也只好向公爵道个不是，说明白你是个什么人，告诉他，你这个胖墩墩的小矮个儿不过是条装满了顺口溜和坏心眼儿的大口袋。"

---

① 这句成语本应是"少说废话才是圣人"。在西班牙语里，"圣人"和"桑丘"谐音。

② 桑丘是在套用《圣经·马太福音》里的话，原文是："为什么看见你弟兄眼中有刺，却不想自己眼中有梁木呢？"

"老爷，"桑丘说，"您要是觉得我不配当这个总督，我这会儿就马上撒手。我可是把黑指甲盖那么大点的灵魂看得比整个身子还重。我不如干脆还做我的桑丘，吃我的面包和葱头，犯不着去当那个总督，吃什么鹌鹑和仔鸡。再说呢，大小贫富，睡着了都一个样。老爷您也不妨想想，这当总督的主意还是您给我出的哩。其实我呆鸟一个，知道什么叫海岛总督呀！要早知道当总督会让鬼叨去，那我倒情愿做个本分的桑丘进天堂，也不当那个总督下地狱。"

　　"我的上帝！"堂吉诃德回答说，"桑丘，就凭你这几句话，你就够资格当上一千个岛子的总督了。你到底是个生来的好人。没有这一点，再多的学问也白搭。尽管求上帝保佑你吧，千万别把开头弄糟了。我是说，时时处处你得一心一意想法把什么事都办好。立志善良，自有天助。现在咱们去吃饭吧，我琢磨着主人已经在等咱们了。"

CAPÍTULO XLIV · 第四十四章

桑丘·潘沙如何被带去上任
以及堂吉诃德在城堡里的奇特遭遇

据说读过这部传记原稿的人都知道，西德·阿麦特写的这一章，译者并没有逐字翻译，而是略去了摩尔人一些后悔莫及的话：无非是抱怨自己不该动手写堂吉诃德传这种单调枯燥的故事，来来回回只能讲主人公和桑丘，不敢越雷池一步，穿插别的更富教益、更有意思的情节。作者还说，他不得不束缚自己的才情和手笔，始终只写一个题目，只通过有限的几个人物的嘴巴说话。这实在是一件得不偿失的苦差事。他为了弥补这个缺陷，在本书第一部别出心裁地插进了几个故事，比方《死乞白赖想知道究竟的人》和《战俘上尉》。两者多少有些跟本传脱节，不过书里讲到的其他故事却都是堂吉诃德的亲身经历，自然是非得记载不可。他还说，他早就预料到，许多读者只关注堂吉诃德的事迹，根本不愿理会附加的故事，不是匆匆翻过去，就是嗤之以鼻，哪里还会领略其中文笔之优美和构思之奇巧？就是说，这些故事如果单独出版，不跟堂吉诃德的疯癫举动和桑丘的可笑言行纠缠在一起，或许更能引人注目。所以，他决定在本书第二部不再添加零七八碎的故事，只收集那些看来似乎离题，实际上却是本传母题所派生的枝节，而且尽量做到言简意赅，用几句话说明就打住。作者尽管有足够的才情和技巧去囊括整个宇宙，可他却把自己严格地限定在传记主干的范围之内，因此他恳求切莫小看这一良苦用心。如果说行诸笔下的已足够得到赞美，那么他更希望人家颂扬那些不得不忍痛割爱的部分。然后他接着把故事讲下去。

午饭吃毕，堂吉诃德把当日给桑丘的忠告笔录下来，下午便交给了他，让他以后找人去读。可是桑丘没接住，纸条掉下来落在公爵手中。大人当即便和夫人一起读起来，两人再一次感叹不已，没想到堂吉诃德既疯癫昏聩又聪颖过人。他们已经决定把玩笑接着开下去，当天下午便送桑丘去那个他满心以为是海岛的镇子，还指派大队人马陪同。原来陪同队伍中领头的是公爵的一个管家，脑子机灵，喜欢逗乐（脑子不机灵的人是不会逗乐的），就是前面说过，把三尾裙伯爵夫人扮演得惟妙惟肖的那位。这样一个人，再加上事先又经男女主人的精心调教，知道如何应付桑丘，结局果如所料，人人心欢。我还得说明，当时桑丘看到这位管家，觉得他的脸面很像三尾裙嬷嬷，便转向主人说道："老爷，我可是个正派的教徒，您得对我发誓，公爵的这位管家的长相跟伤心嬷嬷一模一样，不然就让魔鬼把我从这儿带走。"

堂吉诃德仔细盯着管家端详了一阵，最后觉得看清楚了，就对桑丘说："桑丘，魔鬼没必要把你带走，不管你是不是正派的信徒。我不知道你想说什么。伤心嬷嬷的脸确实就是管家的脸，可这并不等于说管家就是伤心嬷嬷。真要是那样的话，事情可就全搅乱了。这会儿也没时间追究清楚，那会叫咱们钻进迷魂阵的。老兄，听我的没错，咱们最好还是诚心诚意地祷告我主，求他帮咱们驱赶居心不良的巫汉和魔法师吧！"

"老爷，我可不是说着玩的。"桑丘回答，"我听见他说话了，那声音传进耳里简直就是三尾裙嬷嬷的腔调。不过算了，我不再啰唆。可是从今往后我得留点神，也许早晚能抓住一星半点，证明我的想法是对还是错。"

"这就对了，桑丘。"堂吉诃德告诉他，"不论在这件事上你发现了什么，还是你的公事进展如何，都及时给我捎个信儿。"

由大队人马陪同，桑丘终于上路了。他一身文官装束，最外面是一件宽大的狮棕色驼毛外套，帽子也是同样料子的，骑着一头高鞍短镫的骡子。依照公爵的吩咐，他身后紧跟着灰驴，披绸挂缎，驴鞍锃亮。桑丘不时回头瞅瞅他的毛驴，有这个伙伴跟随，他十分心满意足，哪怕跟德国皇帝对调一下，他也未必答应哩！

他跟公爵夫妇告别，亲吻了他们的双手，然后又接受了主人的祝福。当时堂吉诃德热泪盈眶，桑丘也抽抽搭搭差点哭出来。

亲爱的读者，就让我们的桑丘平静安稳地上路吧。等着看他怎么当官，准备捧腹大笑。如今，且来关注一下他主人当晚的遭遇。听过之后，即使你不笑出声，也准会像猴子龇牙一样，张开双唇的。总之，堂吉诃德的经历不是出人意料，就是引人发笑。

书上说，桑丘刚走，堂吉诃德就觉得寂寞难耐，差一点想更改初衷，撤销他的官职。公爵夫人看出他很忧伤，就问他为什么无精打采，是不是因为身边缺了桑丘？不过她家有的是侍从、嬷嬷和使女，照样能把他侍奉得心满意足。

"您说对了，尊敬的夫人，"堂吉诃德回答，"的确是由于桑丘不在身边，不过这并不是我忧愁的主要原因。至于阁下的种种殷勤款待，我十分感谢您的一片心意，但是我只能接受并挑选其中的一部分。除此之外，我在房间里的起居种种，还望夫人恩准允许我自己处理。"

"可是，堂吉诃德先生，"公爵夫人说，"这怎么行！还是让我手下四个像花儿一样漂亮的使女伺候您吧。"

"就我而言，"堂吉诃德回答，"她们并非跟花儿似的，而是像扎在我心上的刺。她们不该进我房间，就是她们插翅飞起来，也甭想。假如高贵的夫人打算继续抬举不才，那就请您由我自便吧，让我关起门来自己处理起居事宜。我要在自己的情欲和操守之间筑起一道壁垒，不能因为夫人慷慨好客放弃这一长期恪守的准则。一句话，我宁肯和衣而卧，也不允许别人给我脱衣裳。"

"好了，好了，堂吉诃德先生。"公爵夫人应允道，"就我而言，我一定做好安排，一只苍蝇也不许飞进您的房间，更不用说一个使女了。按我处世为人的规矩怎能毁坏堂吉诃德先生的清白人品呢！我已经多少揣摩到了，在您的诸多美德之中，最光彩夺目的莫过于您的操守了。您尽管随时、随意、随便自己穿衣脱衣吧，不会有人打搅您的。凡是闭门安睡的人所需的容器，您在屋里都能找到，无须开门外出去处置与生俱来的各种需要。祝愿伟大的杜尔西内亚·德尔·托博索千年万载与世长存，让她的芳名在普天之下广为流传，因为她有幸得到如此勇敢而坚贞的骑士眷顾。同时也祝愿慈悲的上帝在我们的总督桑丘·潘沙的心中注入勇气，促使他尽快完成笞刑，好让世人重新领略这位杰出小姐的花容月貌。"

堂吉诃德听了便说："高贵的夫人真是金口出玉言，像您这样的名媛贵妇说的话自然无只字恶语。杜尔西内亚必将在世间福星高照、名声大振，因为她有幸得到您的赞誉；普天之下恐怕没有比这更令人信服的赞誉了。"

"就这样吧，堂吉诃德先生。"公爵夫人说，"该吃晚饭了，公爵想必正等着呢。请吧，咱们一起去吃晚饭。您得早点休息，昨天出游坎大亚一趟，看来路途遥远，您一定累得腰酸腿疼了。"

"我一点也不累，夫人。"堂吉诃德回答，"我敢向阁下担保，像喀拉围赖钮这样温顺安详、步伐平稳的牲口，我还是生来第一次骑哩。我不明白，麻狼怖蠕挪怎么忍心舍弃如此精良轻巧的坐骑，随随便便就把它烧了！"

"不妨这样设想，"公爵夫人告诉他，"他一定是悔恨交加，因为他不仅伤害了三尾裙夫人和随从，还有其他人；在他的巫汉和魔法师生涯中没准儿还犯过别的许多恶行，所以最后他决心毁掉自己行当的所有器具。其中最主要也是最使他问心有愧的就是带他四处奔忙的喀拉围赖钮,自然该首先焚毁。焚后的灰烬堆和那张记载此事的告示,将永远传扬伟大的堂吉诃德·德·拉曼却的威名。"

堂吉诃德又一次谢过公爵夫人。晚餐用毕,堂吉诃德只身回到屋里,不允许任何人随他进去服侍,生怕一不留心,被诱或者被迫丧失他对杜尔西内亚小姐应有的忠贞。此时此刻,他牢牢铭记的就是游侠骑士的精华和明镜阿马迪斯的美德。他随手关上房门,借着两支烛光脱下衣服。在他褪下袜子的时候——唉,真糟糕,实在有失他这种人的体面!——不是说他不经意冒出了什么声响,或者发生了什么类似有损他整齐清洁癖好的事情,只是他袜子上有二十来根丝线断了,露出窗格子似的窟窿。我们这位庄重的绅士真是难受极了,他多么希望手头上能有几把绿丝线呀!他情愿拿出一盎司白银!我之所以说绿丝线,是因为他的袜子是绿色的。写到这里,贝嫩赫里不禁感叹起来,他写道:"穷困呀穷困,我不明白那个伟大的科尔多瓦诗人[1]怎么想起来说你是:

> **神圣的馈赠,却无人感恩!**

"我虽然是摩尔人,可是长期与基督徒的交往使我懂得一个道理:圣德之基在于慈善、谦卑、信仰、恭顺和清贫。纵然如此,我还是要说,只有几乎成神者才能安贫乐道,否则,只能安于那种清贫,借用一位杰出圣徒[2]的话说,就是:拥有一切吧,但却仿佛一无所有[3];这叫作'心不为物累'。可是还有第二种清贫,正是我现在要说的,为什么它偏偏碰在出身清白的绅士头上,而不去找别人?为什么逼得他

———

① 指西班牙诗人胡安·德·梅那(1411—1456)。

② 杰出圣徒:此处指圣保罗。

③ 出自《圣经·哥林多前书》第七章第三十节:"……置买的,要像无有所得。"

们非得往鞋上涂煤炭？为什么他们衣服上的纽扣有的是丝线盘的，有的是鬃毛编的，有的是玻璃磨的？为什么他们的领子总是皱巴巴的，而不能笔挺地张开呢？"（由此可见，把衣领浆得笔挺张开的习俗古已有之。）

他又接着写道："可怜呀，出身清白而又好面子的人！他们躲在屋里喝清汤，根本吃不到一丁点儿塞牙的东西，却要装腔作势走到大街上用牙签剔牙！我还要说，可怜呀，那些提心吊胆怕丢人现眼的人！总以为别人在一莱瓜之外就能看出他们鞋上有补丁、帽上有汗渍、衣衫褴褛、饥肠辘辘！"

这一切都在袜子开绽的堂吉诃德身上再现了。不过他见桑丘给他留下一双上路用的靴子，心里才稍稍平静了一些，打算第二天穿上。末了，他忧心忡忡地躺下去，一来是思念桑丘，二来对那双倒霉的袜子实在一筹莫展。哪怕手头有点别种颜色的丝线呢，他也可以将就缝几针。不过这将是拮据困顿的绅士在他漫长的生涯中又一个潦倒的标记！他吹灭了蜡烛，可是天很热，无法入睡。于是他从床上起来，把带铁护栏的窗户打开一点，窗下是一个漂亮的花园。开窗的时候，他好像觉得有人在花园里走动和说话。他便待在那儿静静听着。这时候下面的人提高了嗓门，他于是听到这样的对话：

"我说艾梅壬西亚，别死乞白赖叫我唱了！你该知道，自打这个外乡人走进城堡，我一眼盯上了他之后，我就再也不会唱歌了，只会哭。再说，女主人睡得不沉，很容易惊醒。你就是拿出全世界的财宝来，我也不愿她发现咱们在这儿。可是那个人说不定睡得很死，怎么也醒不过来，那我唱也是白唱，反正他是睡死了，不会醒过来听我的歌。我说的是那个转世的埃涅阿斯，就是他跑到咱们的地界来折磨我。"

"别管这些，阿勒提西多拉，我的好朋友。"另一个声音答道，"公爵夫人和这房子里所有的人肯定都睡着了，除了那个主宰你的心灵、唤醒你的爱情的人。就这会儿我好像觉得他正在打开房间的护栏窗户，他准是醒着。唱吧，我的小可怜，弹起你的竖琴，低声轻轻唱吧。即便公爵夫人听到了，咱们就说，都怪这天气太热了。"

"要紧的倒不是这个，艾梅壬西亚，"那个阿勒提西多拉说，"其实我是不愿意别人从我的歌里猜出我的心思来。有些人不懂得爱情的力量有多大，还会以为我是个任性轻浮的姑娘哩。不过，管不着这些了，心里有疙瘩，丢脸怕个啥！"

说着，就听见飘起了轻柔的竖琴声。这一切堂吉诃德都听在耳里了，顿时痴呆呆地定在那儿。数不清的这类艳遇在他脑子里翻滚起来，什么窗前、栏外、花间，什么悠悠琴声、喁喁情话、晕厥倒下，全都是他在那些昏话连篇的骑士小说上读到过的。接着他便想到，可能是公爵夫人的某个侍女爱上了他，可是又害羞，无法倾诉衷情。他生怕自己动心，暗中念叨一定要自持自重。他满腔虔诚地祈求意中人杜尔西内亚·德尔·托博索竭力保佑，然后定下心打算听听歌里要唱些什么。为了让对方知道他在那儿，便假装打了个嚏喷。两个姑娘一听，自然欣喜异常，她们正巴不得堂吉诃德快出来。阿勒提西多拉调好了琴弦，开口唱出一首民谣：

> 你躺在床上倒清闲，
> 雪白的铺盖挺柔软。
> 伸直了两腿呼呼睡，
> 一觉醒来到第二天。

> 拉曼却骑士数不清，
> 哪个能比你更英勇，
> 阿拉伯金子纯又精，
> 你忠厚可靠更实诚。

可怜的姑娘对你说，
她出身清白命运恶。
你两眼睁开像日头，
大火烧焦了她心窝。

你四处闯荡八方游，
偏偏叫别人把罪受。
你不管不顾伤人心，
也不想法摸摸刀口。

威武雄壮的美少年，
上帝该叫你意绵绵。
你是利比亚的沙漠？
哈卡冰冷的石头山？

是喝长虫的奶长大？
还是要怪你的奶妈？
像乱岗子长满尖刺，
像雪山上挂着冰碴！

杜尔西内亚真走运！
壮姑娘力气使不尽。
她一定高兴又得意，
居然叫老虎动了心。

她的名字四处传扬，
顺着河水流到海洋，

东西南北谁人不知？
大川和小溪哗哗响。

真想跟她来个对调，
哪怕搭上一件小袄！
花哨衣服我有的是，
白底上面镶着金道。

要么倒进你的怀里，
要么在床头陪着你。
挠一挠你的头皮屑，
也是我的一片情意！

胡思乱想心气太高，
我哪配你待我恁好？
知道自己身份下贱，
还不能为你搓搓脚？

我送你贵重的头套，
镶银拖鞋也正合脚，
细麻披风包你称心，
外加绸缎裤子一条。

光洁滑润一串珍珠，
比鱼眼还大圆鼓鼓，
世间无二天上难寻，
人们管它们叫孤独。

你扔火种把我烧着，
还爬上高塔看热闹。
不愧拉曼却的尼禄，
火上加油你好狠毒！

小小年纪我是娇娘，
没有过到十五岁上；
满了十四又三个月，
上帝担保我没说谎。

周周正正不瘫不拐，
两只胳膊也都全在；
长长头发拖在地上，
百合花儿一样洁白。

嘴巴伸出像只老鹰，
塌塌鼻子不算毛病，
两排牙齿颗颗黄玉，
姣好容貌天也动情。

我的嗓音你听仔细，
最甜的歌喉也难比。
问我的个头有多高？
比中等身材略显低。

我的长处还多着哪！
被你的利箭全射杀。

我就在这家当侍女，

名叫阿勒提西多拉。

伤透了心的阿勒提西多拉唱完了民谣，轮到被勾了魂儿的堂吉诃德感叹不已了。只听他长长喘口气，自言自语说："我这个游侠真是不幸啊！随便哪个姑娘看我一眼，怎么就都会爱上？举世无双的杜尔西内亚·德尔·托博索真是没有福分！为什么不能让她独享我这坚贞不渝的爱情呢？你们这些王后，想要把她怎么样呢？你们这些女皇，干吗老不放过她呢？十四五岁的小姑娘们哪，你们何必老跟她为难呢？饶了她吧！饶了这可怜的人儿！叫她获胜、叫她独享、叫她得意吧！是爱神给的机缘，要由她来征服我的心、攫取我的魂儿。听着，你们这一大帮害相思的女子：只有对杜尔西内亚我才柔顺得像甜面团，对其他人我就是一块石头；我是她的蜜糖，是你们的苦胆。在我看来，只有杜尔西内亚最漂亮、最聪明、最圣洁、最优雅、最高贵，其他所有的个个丑陋、愚蠢、轻浮、下贱。造物主把我抛到这个世界上，就是叫我归属于她，而不是任何别人！阿勒提西多拉，你就哭吧唱吧！还有那位害得我在摩尔法师城堡里挨了一顿揍的小姐，干着急吧！油煎也罢火烤也罢，普天下的魔法师都来捣乱也罢，我也永远清清白白、规规矩矩，也永远是杜尔西内亚的人。"

他说完砰的一声关上窗户，气鼓鼓、沉甸甸地一头倒在床上，仿佛遇到了多大的倒霉事。咱们暂且丢下他不管，因为了不起的桑丘·潘沙正准备上朝理政，忙不迭叫咱们去哩！

CAPÍTULO XLV · 第四十五章

了不起的桑丘·潘沙进岛上任
以及他如何开始理政

哦！你轮番照看着东西两个半球，你是人间的明灯、天庭的眼睛，细颈水壶因你缓缓摇晃，有的地方称你"廷布瑞奥"，有的地方叫你"福玻斯"，你在一处射箭，在另一处看病，你孕育了诗歌，创造了音乐！你总是升起，一些人见你落下，另一些人看你在中天！我说的是你，哦，太阳！没有你的照临，人类就无法繁衍。我求你给我恩典，把我头脑里的阴霾驱散，使我思路清晰、面面俱到，去叙述伟大的桑丘·潘沙的政绩。失去了你，我就无精打采、垂头丧气、头脑昏聩。

且说桑丘带着他的大队随从到了一个有千把人口的小镇，那是公爵最好的一块领地。人家告诉他，这海岛的名字叫"扒拉塌日轧"。大概是因为这镇子叫"扒拉塌日奥"，也可能是因为总督职位是随便扒拉给他的。镇子四周有城墙，桑丘一到城门口，就见镇公所的全体官员都出来迎接。这时候镇里一片钟声，老百姓个个都显得兴高采烈。大家热热闹闹把他引进大教堂向上帝谢恩，然后又举行了装模作样的仪式，把镇里的钥匙交到他手中，一致推举他当扒拉塌日轧岛子的终身总督。

新总督的服饰、胡子，还有他那矮胖的身体都让人们觉得稀奇。不知道个中奥妙的自不用说，连许许多多明白底细的人也一样。最后他们把桑丘请出教堂，领他去议事大厅，请他在长官椅子上就座。公爵的管家对他说："总督先生，按照本岛的古老习俗，凡是初次来这个著名岛子掌权的人，必须回答人们给他提出的一个问题，通常总是很复杂很困难的。老百姓听了他的答复，就可以摸摸底，弄清他的才情如何，然后才能知道他的到来究竟是喜是忧。"

管家说这番话的时候，桑丘一直眼睁睁地盯着椅子对面墙上的一长串大字。他不识字，就问人家那墙上是些什么画儿，得到的回答是："先生，那些字记载的是大人您来岛就任的日期。铭文说：某年某月某日，堂桑丘·潘沙先生抵本岛就任。祝愿官运长久。"

"这是管谁叫堂桑丘·潘沙？"桑丘问。

"管大人您呀！"管家回答，"除了坐在那张椅子上的，并没有别的潘沙进岛。"

"那好，听着，老兄。"桑丘接着说，"我不是什么'堂'，我们祖祖辈辈也没用过这种称呼。我的名字干脆利索，就叫桑丘·潘沙。我父亲叫桑丘，我祖父叫桑丘，潘沙一家就这样一脉相传，用不着捎带什么'堂'呀'堂娜'的。我琢磨着，这岛子上的'堂'们准比石头还多。不过总算到头了，上帝明白我要说什么。就算我只当四天总督吧，那我也得把这些'堂'都铲光。不然，密密麻麻一大片，真的比蚊子还讨厌呢！管家先生快说你的问题吧，我想法答好就是了，管他老百姓喜呀忧的。"

正说着，议事厅里进来两个男子，一个农夫打扮，另一个是裁缝，手里还拿着剪刀。裁缝说："总督先生，我和这个庄稼人来找大人，为的是这么回事：这位老哥昨天到我店里去——对了，请在场诸位原谅，托上帝的福，我是上头核准的裁缝——他递到我手里一块料子，问：'先生，这块料子够给我做一个尖顶帽子吗？'我呢，估摸了一下料子的大小，说行。我猜，而且猜对了，他准是猜我想昧掉他一些料子。这人心眼儿太多，而且还看不起我们裁缝。他又叫我好好看看，能不能做两顶。我看透了他的心思，就说行。他呢，抓住他原先的坏主意不放，一顶一顶往上加，我也一句一句地说行，最后成了五顶帽子。这不，他刚才来取活儿了，我都交给了他。可他不愿意付工钱，反倒想讹我的钱，要么就把料子退还。"

"是这么回事吗，老哥？"桑丘问。

"是的，先生。"那人回答，"不过大人您叫他把我定做的五个帽子拿出来看看。"

"这好办。"裁缝麻利地答应。

他说着就把揣在外套里的手伸出来，只见五顶帽子分别套在五个手指头上。他说："这位老哥叫我做的五顶帽子全在这儿。天地良心，上帝明鉴，那块料子没剩下一点。不信，就叫行会总监来查我的活儿。"

见那一大堆帽子和这场新奇的官司，所有在场的人都哈哈大笑起来。桑丘低头想了想说："我看判这件官司花不了多少时间，按正经人的见识当下就能说清。我这就宣判：裁缝丢工钱，庄稼汉损料子，帽子送给监狱里的犯人。完了。"

上回牧主钱袋的判决①使大家啧啧称赞，可这次只听见一阵哄堂大笑。当然最后还是总督说了算。接着又有两个老汉走过来，其中一个挂着一根竿子。那个没挂竿子的先开了口："大人，前几天我借给这位老哥十个纯金埃斯库多，真是一片诚心为他好。当时说定了，我一要他就得还。好些天过去了，我也没去讨债，怕的是他还不起反而更为难。我借他钱的时候，他手头就够紧巴的。后来我觉得他根本没有还债的意思，只好一次又一次地催他。可他，不光不还，还打算赖账，说什么我从来没借给他十个埃斯库多；即便是借过，他也早还了。我又找不到个证人，借钱的时候没有，还钱就更不用说了，因为根本

---

① 此处为作者的疏忽，他把后面的情节提前了。

就没这回事嘛！求大人您命他发个誓。要是他发誓说钱确实还了，那我今世来世就都不再追究。"

"拄拐杖的老叔，你有什么要说的吗？"桑丘问。

老汉接茬儿说："大人，我承认借过他的钱。请老爷垂下您的权杖。是他说只要发誓就行，那我就要发誓说，千真万确，钱都如数还清了。"

总督垂下权杖。拿拐棍的老汉嫌那竿子碍事，就在发誓的时候把它交给另一个老汉。然后，他把手放在权杖的十字上，说他确实借过十个埃斯库多，对方一再索要也不假，不过他早已亲手交还，可是对方当时漫不经心，过后就时不时地逼债。大总督听完，又问债主有什么要对被告说的。那人答道，债户说的想必是实情；他一向认为对方是个好人，又笃信耶稣；准是他自己忘了什么时候怎么还的钱；从今往后不打算再讨债了。于是债户接过他的拐杖，低头走出了议事厅。桑丘见那人说走就走了，又看原告一副无可奈何的样子，便把头垂到胸前，举起右手食指摁住眉间的鼻梁，若有所思地待了一小会儿，然后抬起头来，见拄拐杖的老汉走远了，便命人叫他回来。桑丘看那人被带回来了，就对他说："老叔，请把拐杖给我用一用。"

"很乐意从命。"老汉回答，"大人，您拿走吧。"

他说着就递到他手里。桑丘接过来，转身交给另一个老汉，并对他说："上帝与你同在，钱已经还给你了。"

"还我了，大人？"老汉问，"这么根棍子能值十个金埃斯库多？"

"对了。"总督回答，"除非我是世上最大的傻瓜。瞧着吧，我这本事管整整一个国家也够用了！"

他吩咐当着大伙儿的面把那根竿子剖开。打开一看，从空心里取出十个金埃斯库多。人们都惊呆了，觉得他们的总督简直是所罗门转世。有人问桑丘怎么想到那里面藏着十个埃斯库多。他说，他看到那老汉发誓之前把竿子交给对手，然后就信誓旦旦地说他确确实实还了钱，发完誓又把棍子要回去。他突然灵机一动，心想欠的债说不定就在里面。由此可见，当官的也没准儿很蠢，可上帝时不时会帮他出主意。他听村里的神甫讲过一件差不多的事，还记得清清楚楚。他这人，脑子里一记住就忘不了的事太多，不然的话，整个岛子再也找不到比他记性更好的人。就这样，一个老汉讨回了债，另一个老汉丢尽了人，各自走开不提。所有的旁观者都佩服极了。那个负责记录桑丘言行举止的角色反而一时没了主意，不知道究竟是把他当傻瓜还是聪明人来描述。

一场官司刚完，议事厅里又闯进一个女人。她紧紧抓住一个阔牧主打扮的男子，扯着嗓子直喊："给我做主呀，总督大人，给我做主！要是在世上找不到做主的人，我就跑到天上去找。总督，您可是我的青天大人！这个混蛋在野地里逮住了我，随便就糟蹋了我的身子，好像那不过是一块脏兮兮的破布。我真是倒了邪霉了！我小心把守了整整二十三年的宝物，他一眨眼就给我祸害了！摩尔人也好，基督徒也好，本地人也好，外乡人也好，我都没叫他们碰过。我的心一向比软木树还硬，我一直拼命护着自己的囫囵身子，就像掉进火堆的蝎虎子，钻进蒺藜的癞蛤蟆。可这小子一来，空着两手，就把我给揉搓了。"

"别忙，咱们且看看这位风流冤家是不是两手空空！"桑丘说。

他转向男子，问他对于女人的控告有什么话说没有。那人慌里慌张地答道："各位老爷，我不过是个穷养猪的。今天早上我卖完猪正打算出城——我卖了四口猪——恕我直呼其名——缴了税还赔出好多克扣，连本钱都没捞回——我回村的时候，路上碰见了这位大嫂。鬼使神差地我们俩就睡了一觉。我给了她不少钱，可她不知足，一把抓住我不放，一直把我拖到公堂上，她说我强奸了她，纯粹是胡说，我敢发誓，现在就发誓。事情就是这样，不带差一点的。"

于是总督问他身上带着银钱没有，他说大概有二十几个杜卡多，装在一只皮口袋里。总督叫他掏出来，当场交给告状的女人。那人战战兢兢地照办了。女人接过钱，不停地对大伙儿鞠躬，求上帝保佑总督大人健康长寿，他老人家真是太照顾遭罪的孤儿弱女了；然后两手紧紧攥住钱包，离开议事厅，事先还特别看了看里面装的究竟是不是银钱。那女人往外走的工夫，养猪人的两只眼和一颗心始终没离开他的钱袋，泪水不禁涌了出来。桑丘对他说："好兄弟，追上那个女人，夺过钱包，管她愿意不愿意，然后带她来见我。"

听这话的人既不聋也不傻，当下闪电似的一个箭步窜出去，照吩咐去办了。其他人大气不喘，静待官司的结局。不一会儿男女双双返回，而且跟头一次一样，紧紧扭成一团。女人的裙子高高掀起，怀里揣着钱包，那男的使劲要夺，可就是不行。那女的紧抱钱包不放，还不停地大喊大叫："上帝给我做主！大伙儿给我做主！您瞧呀，总督大人，这强盗没羞没臊、胆大包天，就在镇里当街上抢夺您判给我的钱包！"

"他抢走了吗？"总督问。

"叫他抢走？"女人回答，"他就是要了我的命，也甭想抢走钱包！把我当成乖丫头了？就是一群猫扑到我脸上也白搭，更甭说这个恶心的倒霉蛋了！钳子、榔头、凿子、铁锤也甭想从我指头缝儿里撬出一点东西，狮子大爪也不行！除非他有本事开肠破肚掏出我的心来！"

"还真是她说的那样，"那男人承认，"我一点劲儿也没有了，我认输！老实讲，我真没那么大力气夺过钱包，给她算了！"

总督对女人说："好样的良家大姐，把钱包递过来看看！"

她交出钱包，总督转身还给那男子，然后对强壮而未被强奸的女人说："我的大姐呀，你有那么大勇气和劲头争那个钱包，当初也该这样护你的身子，花一半力气就够了，只怕赫丘利也制伏不了你。找上帝保佑去吧，你这个该死的娘儿们！别再踏上这个岛子，方圆六莱瓜以内别让见到你，除非你想挨上两百鞭子。我说了，快走，你这个撒谎骗人、不要脸的贼娘儿们！"

女人吓坏了，只好垂头丧气地走开。总督对那男人说："我说好兄弟，上帝保佑你，快带着钱回村去吧。你要是不想再丢钱，从今往后可别心血来潮找什么人去睡觉。"

那人结结巴巴道过谢，也走了。周围的人见新总督明辨是非、判决公正，又一次佩服得五体投地。身边的史官把这一切都记录在案，还写信告诉了公爵，那边正急于想知道消息哩。

咱们先让好样的桑丘待在这儿，因为他主人又在催了。阿勒提西多拉一席弹唱，搅得他心神不定。

CAPÍTULO XLVI · 第四十六章

阿勒提西多拉单相思情丝何时了，
铃铛猫儿害得堂吉诃德大受惊扰

　　咱们刚才撇下伟大的堂吉诃德的时候，他正百感交集，被害单相思的姑娘阿勒提西多拉一席弹唱搅得心烦意乱。他焦躁地躺在床上，觉得好像被成堆的跳蚤骚扰得无法入睡，怎么也定不下心来，还要时不时为那双残缺不全的袜子犯愁。可是时光如梭，什么屏障也挡不住，只顾骑在钟点上飞跑，很快就到了清晨。堂吉诃德从不偷懒，一见曙光，连忙离开柔软的被褥，匆匆穿好麂皮衣裳，蹬上出门用的靴子，总算遮住那双倒霉的袜子。然后又披上猩红大氅，头上还戴了一顶坠着金银绦带的绿绒小帽。他把武装带套在肩上，系好那把精良锋利的佩剑，拿起从不离身的一大串念珠，便神气十足、一摇三晃地走向前厅。公爵夫妇早已穿戴整齐，在那里等他。他穿过走廊的时候，见阿勒提西多拉和她的女友伫立在一旁等他。阿勒提西多拉见堂吉诃德过来了，马上假装晕倒。她的女友慌忙把她兜在裙子里，急匆匆想解开她胸前的纽扣。

　　堂吉诃德都看见了，就走到她们跟前说道："我知道毛病出在哪儿。"

　　"我可不知道。"那姑娘说，"阿勒提西多拉是这府上最健壮的姑娘，自打我认识她，就没听她哼哼过一声。叫世上所有的游侠骑士都去见鬼吧！个个都那么无情无义！请您快走开，堂吉诃德先生！您要是老待在这儿，这可怜丫头就甭想醒过来。"

堂吉诃德听了答道："小姐，劳您驾今晚送一把吉他到我房间，我尽量想法安慰安慰这位伤心的姑娘。单相思不过刚刚开头，点破迷津是最好的对症良药。"

他说完就急忙走开，生怕别人见他在那儿，心里生疑。他刚离去，晕倒的阿勒提西多拉就醒过来了，对她的伙伴说："你最好把吉他送过去。堂吉诃德说不定要给咱们唱点什么，从他嘴里出来的，准错不了。"

她们立即把这事禀报给公爵夫人，还说堂吉诃德要一把吉他。夫人满心欢喜，跟公爵和她的使女们一商量，决定再开一次逗人却不伤人的玩笑。于是皆大欢喜，只等夜晚降临。暮色和晨光一样匆匆到达。公爵夫妇跟堂吉诃德津津有味地交谈了整整一天。公爵夫人手下有一名小厮，曾在树林里扮演中魔的杜尔西内亚。当日，她还真的派此人给特莱萨·潘沙送去她丈夫桑丘·潘沙的亲笔信，还有他留下的一包衣服，也同时给捎了过去。夫人再三叮嘱一定要把在特莱萨那儿的所见所闻详细汇报。

一切安排就绪，已经是夜里十一点了。堂吉诃德果然发现屋里摆着一把六弦琴。他调好琴弦，打开窗户，觉得花园里有身影走动，于是他又拨弄了一遍琴弦，直到他认为音调合适了，吐了口唾沫，清了清嗓子，便开口唱了起来。声音虽然嘶哑，却还合调。唱的是他自己当天编的一支民谣：

> 爱情的力量真难说，
> 常叫人失魂又落魄。
> 它最喜欢钻的空子，
> 就是闲来无事可做。

何不专心缝纫刺绣，
忙忙碌碌自无烦忧；
只有这是灵丹妙药，
剔除你相思的毒瘤。

女儿家应深居闺房，
明媒正娶嫁个儿郎。
品德无瑕可做妆奁，
有口皆碑人人赞扬。

有骑士游侠走天下，
宫廷扈从脚不离家；
专找端庄女成婚配，
遇轻薄姑娘只戏耍。

嘈杂客舍里两相好，
逢场做次戏趁清早，
眼看日头落黄昏近，
各自奔东西音信渺。

爱情来得快走得急，
不过一昼夜便分离。
连那人的眉眼模样，
这会儿再也想不起。

颜料上面再加一层，
一塌糊涂怎能看清？

美人玉颜见过一次，
不再容得他人身影。

杜尔西内亚在心上，
深深刻下了一张像，
刀镌斧凿的也难比，
谁想要抹去是妄想。

两情相投的是恋人，
永不变心才最要紧。
你亲我爱能成奇迹，
双双飞升赛过天神。

　　堂吉诃德专心唱着，公爵、公爵夫人、阿勒提西多拉还有几乎全
体府上人丁正在静静听着，突然，从护栏顶上的游廊里直直垂下一根
绳子，上面拴着一百多个铃铛。紧接着又掉下一只大口袋，从里面倒
出一群猫，个个尾巴上都系着小铃铛。一时间，铃铛响、猫儿叫，一
片嘈杂。虽说是公爵夫妇出主意安排了这场胡闹，可是就连他们自己
也吓了一跳，堂吉诃德自然更是惊骇得目瞪口呆。而且鬼使神差，偏
偏有两三只猫穿过护栏跑进屋里东奔西跳，简直就像整队的魔鬼在那
里乱窜。它们撞灭了房间里所有的蜡烛，又没头没脑地想找出口往外
跑。绑着铃铛的绳子还在不停地上下乱晃。府上大部分人一点也不明
白是怎么回事，只在一旁木呆呆地瞅着。堂吉诃德蹦起来，一边一把
抽出佩剑冲着护栏一通乱砍，一边大喊大叫："滚出去！心毒手狠的
魔法师！滚出去！兴妖作怪的混蛋！我是堂吉诃德·德·拉曼却，你
们这套鬼把戏没有用处，休想对付得了我！"
　　他说着就去追赶那群猫，又是一阵大砍大杀，大部分猫跳出护

栏跑了。剩下一只，被堂吉诃德挥剑逼得走投无路，便噌的一下蹿上他的脸，尖爪抠住鼻子，张开利齿就咬。顿时，堂吉诃德疼得拼命呼叫。公爵和公爵夫人一听就知道出了什么事，急忙往屋里跑去，用万能钥匙打开房门，见那倒霉的骑士正在拼命挣扎，想把猫从脸上拽开。后面有人端着灯跟进去，也目睹了这场大小悬殊的搏斗。公爵上前去拉架，可是堂吉诃德冲他嚷嚷起来："谁也别管我！叫我自己跟他交手，这个魔鬼！这个巫汉！这个魔法师！我要亲自叫他明白堂吉诃德·德·拉曼却是何许人！"

可是那只猫不受他的吓唬，呜呜吼着抓得更紧。不过公爵最后还是把它揪开，扔到护栏外面。堂吉诃德的脸上皮开肉绽，鼻子当然也好不了，而且还气鼓鼓埋怨别人，没让他跟那个坏蛋魔法师激战到底。这时候有人按吩咐取来金丝桃油膏，阿勒提西多拉亲自用她那双白嫩的双手给各处伤口敷药，一边包扎，一边低声说道："你这个铁石心肠的骑士呀，活该遇到这些倒霉事！谁让你这么狠心，死不回头呢？上帝最好叫你的侍从桑丘忘了抽自己的屁股，你那么牵肠挂肚的杜尔西内亚永远也甭想甩掉身上的魔法！你永远也甭想进洞房去受用她！至少我活着的时候不行，我太爱你了！"

堂吉诃德默默听着，一句话也不说，只是长长地喘口气，倒在床上。他一再感谢公爵夫妇好意相帮，声明他才不怕那个扮成猫儿、铃儿的混蛋魔法师哩，不过两位大人解人之危的热忱他心领了。公爵夫妇嘱咐他好好静养，说完双双离去。玩笑的结局这么糟糕，他们深感抱愧。本来不过是寻寻开心，没想到这么过分，弄得堂吉诃德吃了大亏，足不出户地在床上躺了整整五天。这期间，他又赶上比前番更为妙不可言的遭遇，不过，立传人不打算接着讲下去，因为他还要去照看桑丘·潘沙，据说那官儿当得挺来劲，十分有情趣。

CAPÍTULO XLVII · 第四十七章

这里接着讲桑丘·潘沙在官位上的作为

　　书上说，人们把桑丘·潘沙引出议事厅，来到一座豪华的府邸。大厅里已经摆好一张宽大光洁的桌子。桑丘步入大厅的时候，鼓号齐鸣，四个侍童迎上去为他端水净手。桑丘神情庄重地任人服侍。乐声止住，桑丘便坐在桌前，那是唯一的席位，眼前的盘盏也只有一份。他身边立着一个人，后来才知道是位医生，手里举着一根鲸鱼骨。这时候有人掀开洁白细布遮盖的时令水果和各色肴馔。一个学生模样的角色祝祷完毕，便有侍童给桑丘戴上镶花边的围嘴。另一个专管服侍用餐的，把一盘水果送到面前，可是没等桑丘吃下一口，拿鲸鱼骨的人敲了一下盘子，就匆忙给撤了下去。餐桌侍者又端上一道菜。桑丘刚想尝尝，手还没伸过去，更甭说送进嘴里了，又是鲸鱼骨头一敲，跟那碟水果一样，让小厮手疾眼快地撤走了。桑丘见此情景，不知如何是好，看着周围的人问，这究竟是吃饭还是变戏法。拿骨头棍的那人告诉他："总督大人，凡是总督治理的岛子上都有规矩和章程，只能这样用餐。大人，本人是医生，受俸为本岛总督供职。我自己的身体倒在其次，可一定要照看好您的健康。我须日夜钻研，摸清总督的体质，一旦大人染疾，方可对症治疗。我要做的头件事就是午餐和晚餐时刻守候在您身旁，合适的东西才让您吃，我觉得不利肠胃的有害食品一律撤去。鲜果的水分太大，所以我吩咐端走。那道菜过于燥热，而且作料多了一些，食后易引起干渴，我也叫他们撤去。不然，过量饮水会把作为生命之本的黏液消耗殆尽。"

"这么说，那道烤石鸡我看还侍弄得不错，对我不会有什么坏处。"

那大夫一听忙说："只要我在世，总督先生绝不能吃那东西！"

"这又是为什么？"桑丘问。

医生回答说："我们医界的北斗和明灯希波克拉底①祖师爷有句名言：贪食为患，石鸡尤甚。②就是说什么吃多了都不好，石鸡就更糟糕。"

"照这么说，"桑丘还不甘心，"大夫先生不妨指点，桌上哪道菜最能补人又不伤身，就叫我吃几口，可别再用棍子敲了。总督的命很要紧，上帝还得叫我长久当下去呢！我都要饿死了！不管大夫先生怎么说，这老不让吃饭，哪里是增寿，分明是折我的寿嘛！"

"总督大人说得在理，"医生回答，"所以我的意思是您也别吃那儿那盘炖兔子，这道菜可是毛长难缠。那碗小牛肉要不是加汁烧烤，倒还可以尝两口。可这样不行！"

"再过去一点，那热气腾腾的大海碗里，我猜八成是熬杂烩。我好像看见这种熬杂烩里常有的那些乱七八糟的东西都全了，总能碰上几块又好吃又补人的物件吧！"

"切忌！③"医生说，"千万不能存这种邪念！世上没有比熬杂烩更伤身子的了。熬杂烩还是留给那些教长呀、校长呀，还有婆媳妇的乡下佬去吃吧。不能给总督的餐桌上摆这种东西！他们只能吃精细清爽的食品。道理很简单：不论何时、何地，对何人，单味药总比复方药保险。单味药不会弄错，可是复方药就难说了，搭配的分量很容易

---

① 希波克拉底（约前460—前370），古希腊医生，西方医学的奠基人。
②③ 原文为拉丁文。

出岔子。总督先生要保养和强健体魄，我知道该怎么办，吃上一百张小小的薄脆饼，配上一小条鳄梨肉，又养胃又好消化。"

桑丘听了这话，挺起身子往椅背上一靠，直瞪瞪地盯着那个医生，恶声恶气地问他叫什么名字，在哪儿上的学。那人回答说："我嘛，总督先生，名叫佩德罗·热孝·德·阿鬼绕大夫，生在踢耳踏飞拉村。这村子在卡日奎勒去阿尔莫多瓦尔·德尔·康波的路上，靠右手一边。我是奥苏纳大学毕业的医生。"

桑丘顿时发起火来，嚷道："好吧，佩德罗·热孝·德·该死的阿鬼绕大夫先生，踢耳踏飞拉村生人，家住咱们从卡日奎勒去阿尔莫多瓦尔·德尔·康波的路上右手一边，在奥苏纳毕的业，快从我眼前滚开！不然的话，我指头顶的太阳发誓，非得抄起大棍子，左右开弓，先从你开始，叫这岛子上一个大夫也剩不下来，至少是那些我看是狗屁不通的。那些懂医道、有脑子、明事理的医生，我一个个给抬举得高高的，当神供起来。我再说一遍：佩德罗·热孝从这儿给我滚开！不然，我就抓起我坐的这张椅子劈开他的脑袋。尽管找我来算账好了！我这不是犯罪，我是在为上帝效劳，除去一个祸害国家的坏医生。快给我开饭！要不就把这官职拿去！饭都不给吃的差事，连个蚕豆粒也不值。"

医生见总督发这么大火，有点慌张，打算踢踢踏踏溜出去。可这工夫，街上的驿站车号角响了。上菜的小厮探头往窗外一看，回过头来说："老爷，公爵捎信来了。准有什么要紧公文。"

信差大汗淋漓、慌里慌张地跑进来，从怀里掏出一封信，交到总督手中。桑丘又递给管家，叫他念念信封，原来写的是："扒拉塌日轧海岛总督堂桑丘·潘沙亲启，或由秘书代启。"桑丘听到这里，便问："这里谁是我的秘书？"

当时在场的人有一个答道："是我，大人我会读又会写，而且是比斯开人。"

"就凭末了这句话，"桑丘说，"你都有资格当大皇帝的秘书。拆开这封信，看看里头说些什么。"

刚出世的秘书立即照办，看过后说信里的事只能私下交涉。桑丘请其他人离开大厅，只允许管家和上菜的侍童留下，别人连同医生统统走了。然后秘书念了那封信：

> 堂桑丘·潘沙先生，我已得到消息，我本人和岛上居民的一群对头，将于某夜向你处发动大举进攻。请务必日夜警戒，加紧防范，以免措手不及。还有可靠的探子向我报告，已有四人乔装潜入镇内密谋刺杀你，因为他们嫉恨你的才智。千万小心，留意每个走近跟你说话的人，不要随便吃别人送的东西。一旦局面危急，我一定设法相助。你才识不凡，望你好自为之。
>
> 你的朋友公爵
> 八月十六日清晨四时于敝庄

桑丘一下子惊呆了，在场的几人也一样。他转过去对管家说："眼下马上要做的是把热孝大夫关进大牢。要说谁想杀我，头一个就是他。他的办法毒得很，是一点点折磨，把我饿死！"

"还有，"上菜侍童说，"我看您最好别吃桌上的饭菜，那都是修女送来的。俗话说，十字架后面藏着魔鬼。"

"你说得也对。"桑丘回答，"那么眼下先给我一块面包和四磅葡萄，我想还不至于有毒吧。我总不能整天一点东西也不吃！再说，不定什么时候咱们就要打仗了，更得好好保养，是肚子托着勇气，可不是勇气托着肚子。我说秘书，你马上给公爵大人回信，就说一准照他的吩咐办，不带差一点的。再代我问候公爵夫人，求她别忘了派个靠得住的人把我的家信和那包衣服给我老婆特莱萨·潘沙捎去。说实在太麻烦她了，往后我会尽心尽力为她效劳的。顺便再加上几句问候我主人堂吉诃德·德·拉曼却，叫他知道我没白吃他的面包。你呢，挺会当秘书，又是个地道的比斯开人，觉得还该加上点什么，就看你的了。把桌上的东西撤掉，快给我弄点吃食。不管冲我和我的岛子来多少奸细、杀手和魔法师，我自有办法对付。"

这工夫进来一个小厮说："来了个庄稼人有事找大人商量，说是很要紧。"

"这些商量事的人也太怪了，"桑丘说，"他们怎么没有眼力见儿呀？难道看不出不该这钟点来商量事情吗？莫非我们这些当官的、判官司的不是有血有肉的人？不该像平常人那样稍微歇会儿？他们以为我们是石头做的，还是怎么着？我已经看出来了，这官儿我是当不长的。万一要是当长了，我得给这些来说事的人立下个规矩。算了，叫这位老兄进来吧。可是先看仔细了，别是什么奸细，再不就是来杀我的。"

"不像，老爷，"小厮回答，"看样子窝里窝囊的，像个软面团子。这我还是看得出来的。"

"没什么好怕的，"管家说，"这儿还有我们呢。"

"上菜的伙计，"桑丘问，"趁这会儿佩德罗·热孝大夫不在，能不能让我吃点有分量的实在东西？哪怕一块面包和一个葱头也行！"

"午饭欠您的晚饭一定补上，包叫您吃个酒足饭饱。"上菜小厮告诉他。

"谢天谢地！"桑丘说。

说着，庄稼人进来了，眉眼挺和善，一千莱瓜之外就看得出他心好人好。他开口第一句话是："这里谁是总督大人呀？"

"还能是谁？"秘书对他说，"椅子上坐的呗！"

"那我就在您眼前跪下了。"庄稼人说。

他一面屈膝盖，一面要亲吻总督的手。桑丘推让了，请他站起来，有话尽管说。于是那人直起腿来说："老爷，我是个种地的，家住米盖勒·图拉村，离雷阿尔城有两莱瓜路。"

"又来了个踢耳塌飞拉？"桑丘说，"兄弟，有话就说吧。我可以告诉你，我太知道这个米盖勒·图拉村了，离我们村子不远。"

"是这么回事，老爷。"那人接着讲下去，"上帝慈悲、神圣罗马天主教会恩准，我安安稳稳结了婚。我的两个儿子都在上学，小的读学士，大的读硕士。我没了老伴，她死了，其实是让蹩脚大夫给害死的：怀孕的时候硬给她泻药吃。要是当初上帝保佑，能把孩子生下来，又是个小子，我就送他去学博士，省得他眼红两个哥哥，一个是学士，一个是硕士。"

"就是说，"桑丘打断他，"要是当初你老婆没死，也就是没让害死，你如今也就不会丢掉老伴。"

"那是自然喽，还用说，老爷！"农夫回答。

"太棒了！"桑丘又接荐儿，"兄弟，快讲吧！其实该睡午觉了，哪是说事的钟点呀！"

"我是想说，"那人接着讲，"我那个学士儿子看上了本村的一个姑娘，名叫克拉拉·跛儿肋疠娜。她父亲是大财主安德列斯·跛儿肋疠诺。可这跛儿肋疠内斯不是他们祖上留下世代相传的姓，只因为他们这族人都有跛儿肋疠病。为了稍微好听一点，就改成跛儿肋疠内斯。老实讲，那姑娘还真像一颗东方明珠。看右半边简直就是地里的一朵花儿；看左半边呢，差点，因为眼睛没了，都是天花给害的。她脸上的麻子又多又大，可是那些喜欢她的人都说，那哪里是麻子，个个都是坟坑，里面埋的全是情郎哥哥们的魂儿。她太爱干净了。人们都说，她怕弄脏了脸，干脆把鼻头也卷起来了，像是要远远躲开那张嘴。不管怎么说吧，她反正是漂亮极了！嘴很大，要不是缺了十一二颗门牙和大牙，准能把最迷人的小嘴都压倒镇住。怎么说那两片嘴唇呢？又薄又细，要是能像绕棉线那样绕嘴唇，她那两片准能绕成一大团。那颜色也跟平常人不一样，简直神了！蓝绿相间，还带点茄子紫。总督大人多包涵，我把这姑娘的眉眼数叨得太细了点，因为她迟早是我的儿媳妇，我挺喜欢她，觉得很不错。"

"随你怎么数叨都行，"桑丘告诉他，"听你这么形容也怪有意思。只是我还没吃饭，不然，你描的这幅小像倒是一道满够味的点心。"

"我正想好好伺候您呢！"庄稼汉说，"不过眼下不行，往后有的是时间。老爷，我是说，真要是能把她的种种妙处和身材高矮数叨个全乎，那才叫来劲呢！可惜不行，都怪她腰弯背驼，嘴巴贴着膝盖。饶这么着，还是可以看出，不定哪天她站直了，脑袋准能撞上顶棚。她其实早该跟我那个学士儿子手拉手成亲了，可她那双手拳拳着，伸不开。就凭她那细长细长的指甲，也可以看出她人美心好。"

"行了，兄弟，"桑丘打住他，"瞧瞧你已经把她从头说到脚了。你到底要干什么？照直说吧，别再拖泥带水、拐弯抹角、东一榔头西一棒槌的。"

"老爷，是这样，"那人回答，"我想劳您驾给我亲家写封说情的信，求他务必把这桩婚事应下来。论家产论人品，我们不相上下。实话对您说吧，总督大人，我儿子有恶鬼附身，每天总得三四次作祟折磨他，结果有一次掉进火堆里，把脸烧成了皱巴巴的羊皮纸，两眼老是泪汪汪、湿乎乎的。可他的禀性跟天使一样，除了好冲自己抡几棍子、打几拳头之外，就再也挑不出别的毛病。"

"还有别的要说吗，好兄弟？"桑丘问。

"还有，"庄稼人回答，"只是我不敢说。不过，算了，可别让它烂在我肚里！管它合适不合适，我就开口说了，老爷，求大人您给我三百杜卡多，六百也行，帮我那学士儿子办婚事，就是说，帮他成个家。早晚他们得自立门户，免得没完没了听老辈人絮叨。"

"想好了，还有别的事没有？"桑丘问他，"别羞羞答答不好意思说。"

"这回确实没有了。"那人回答。

他话还没说完，总督噌的一下蹦起来，抓住椅子说："你这个乡下佬，不知好歹的混蛋，快从我眼前滚开，躲得远远的！不然我就抡起这椅子把你的脑瓜开了瓢！你这个婊子养的、下贱坯、画鬼描怪的！这是什么钟点？你跑来问我要六百个杜卡多！我上哪儿给你找去？你这个臭狗屎！就算有，我凭什么给你呀？你这个滑头，你这个笨蛋！米盖勒·图拉村也好，跛儿肋疬内斯一家子也好，干我屁事！我说了，快滚开！再磨蹭，我敢对公爵大人发誓，我可是说到做到的！你准不是米盖勒·图拉村的，分明是地狱里的鬼跑出来耍弄我！你这个强盗倒说说看，我才当了一天半的总督，你以为我就捞了六百杜卡多了？"

上菜小厮打手势叫乡下人快离开大厅，于是他垂下头赶紧走了，看来还真怕总督大人把火撒在他身上。小子这场戏做得还真像样。

咱们就让桑丘去生他的气吧，但愿在场诸君平安！现在该回去看看堂吉诃德了。咱们撇下他的时候，他正包扎着脸养猫爪伤呢，过了整整八天才好。这期间又有了事，西德·阿麦特答应如实而详细地讲来。事无巨细，这部传记里的所有情节他都是这么对待的。

CAPÍTULO XLVIII · 第四十八章

公爵夫人的嬷嬷堂娜罗德里格斯为什么找堂吉诃德，还有其他值得大书特书、永世传诵的事情

　　堂吉诃德又伤心又丧气，整个脸都包扎着，显然伤得不轻，而且不是上帝一手造成，偏偏是猫爪子造成的，也算是游侠骑士司空见惯的倒霉事。他关在房里，整整六天没有露面。这期间一个夜晚，他迟迟不能入睡，翻来覆去琢磨自己的不幸和阿勒提西多拉的死死纠缠。突然他觉得有人捅进钥匙在开他的房门，他还以为是那个害单相思的姑娘打算偷袭他那道坚贞的堡垒，引诱他对不住自己的意中人杜尔西内亚·德尔·托博索。"不行，"他想着想着居然说出声来，而且声音大得能让人听见，"即便是世上的绝色美人也无力夺去我对意中人的崇仰，她早就深深铭刻在我心灵中，雕镂在我魂儿上。我心头的主宰啊！你变成葱头般圆滚滚的村姑也罢，你恢复成金色塔霍河畔的织锦仙子也罢，不论梅尔林、蒙特西诺斯把你囚禁在哪里，你永远是我的，我也永远是你的。"

　　这话刚说出，门就开了。他慌忙站立在床上，身上披着黄缎子床罩，头上戴着睡帽，脸和胡子都包扎得严严的，脸上是因为有爪伤，胡子呢，是为了防止它软塌塌地垂下来。这身装束弄得他像个稀奇古怪的幽灵。他两眼盯着门框，单等阿勒提西多拉那个神魂颠倒的可怜姑娘进来，不料却看到了庄重可敬的嬷嬷。她头上包着长长的卷边白头巾，从头到脚严严地包裹在里面。她左手端着半截点燃的蜡烛，右

手挡着光，免得晃眼；一副宽大的眼镜架在眼前。她一路蹑手蹑脚，静悄悄走过来。

堂吉诃德站在床上，如同登上瞭望塔观察一样，看着那人一身古怪打扮，默不作声地走进来。他想准是什么巫婆妖女之类乔装成那样来跟他捣鬼，便匆匆忙忙地不断画十字。身影越来越近，到了屋子中间总算抬起头来，看见堂吉诃德连连画十字的那股慌张劲儿。堂吉诃德见了她那副模样固然害怕，她看到堂吉诃德那副尊容也吓得够呛，瘦长、焦黄，绷带把面孔弄得奇形怪状，身上披着床罩，所以她不由得大喊起来："我的耶稣！这是什么呀？"

心一慌，蜡烛也从她手里掉下去，顿时一片漆黑，吓得她转身就往外跑，惊慌之中又踩着自己的裙子，扑通一下摔了个大跤。于是堂吉诃德战战兢兢地说话了："你是阴魂也罢，别的什么也罢，且听我祝祷，告诉我你是谁，告诉我你想要我干什么。你若是冤魂，不妨直说，我一定竭尽全力帮你的忙。我是笃信基督的天主教徒，一向与人为善，正因为如此，我还受封当了游侠骑士。我们的职责就是普救天下，甚至包括炼狱里的孤魂。"

惊魂未定的嬷嬷听堂吉诃德念念有词，将心比心，知道堂吉诃德也是吓成这样的。然后她凄凄惨惨地低声说道："堂吉诃德先生——也不知您究竟是不是堂吉诃德——我不是妖物，也不是鬼怪，不是炼狱里的冤魂。您要是这样想就错了。我是堂娜罗德里格斯，公爵夫人的上等嬷嬷。阁下专门致力于扶危救难，所以特地前来求助。"

"堂娜罗德里格斯太太，请告诉我，"堂吉诃德回答，"您别不是来做中人的吧？那就请您听清楚了，除了举世无双的杜尔西内亚·德尔·托博索，谁也甭想打我的主意。总之，堂娜罗德里格斯太太，我的意思是，只要您把受人之托前来安排幽会的事远远抛在一边，那就请再去点支蜡烛来，您有什么吩咐和打算，咱们都好商量。我再说一遍，可别用哪个甜姐儿来招引我。"

"先生您说我受人之托？"嬷嬷对他说，"您太不知道我的为人了！一点也不知道！我还没活到那么大的岁数上，闲极无聊去干这种蠢事。感谢上帝，我的精神和身体都挺好，嘴里的门牙、槽牙也都齐全；只掉了很少的几颗，都是叫感冒病坑的，阿拉贡地界这种病太常见了。您稍等一会儿，我这就去点一支蜡烛来，然后接着给您这个世上受苦人的大救星讲我的伤心事。"

她说完没等答话就离开了房间。堂吉诃德的心情已经平静下来，待在那儿若有所思地等她折回来。可是，突然他觉得眼前这怪事的可疑之处实在太多，自己也太莽撞、太欠考虑了，说不定会玷污自己对意中人的一片忠贞。他心想："魔鬼总是诡计多端、无孔不入的。他见皇后、女王、公爵夫人、侯爵夫人、伯爵夫人都没能把我怎么样，就鼓捣出个嬷嬷来勾引我！我屡次听不少有识之士说过，魔鬼总喜欢以次充好。可是夜晚这么幽静安谧，我那沉睡的情欲说不定会在这个节骨眼儿上突然惊醒，我岂不要在多年从未出岔子的地方跌跤了？这种时候只有躲开是上策，绝不能等着应战。嗨，我莫非是疯了？还在胡思乱想些什么？这样一个披白巾、穿长袍、戴眼镜的嬷嬷根本无法在人间最淫荡的心胸中唤起丝毫邪念。世上哪有肉体诱人的嬷嬷？天底下的嬷嬷个个都那么不知好歹、苦眉愁脸、装腔作势！去你们的吧，你们这帮令人乏味的嬷嬷！有位夫人做得实在太对了，她在客厅最里面放上两个嬷嬷塑像，也都戴着眼镜、靠着软垫、摆出做活儿的姿势。两个嬷嬷雕像还真让那客厅显得威严庄重。真嬷嬷们不也就是干这个的吗？"

想到这里，他跳下床去，打算关紧房门，不让罗德里格斯太太进屋。可是他刚要关门，罗德里格斯太太已经到了，手里举着一根点燃的白蜡烛。这次她离那么近看到堂吉诃德，依旧裹着床罩，缠着绷带，顶着睡帽或发套，不免又吓了一跳，往后退了两三步说："骑士先生，我们做女人的可以放心吗？您从床上爬起来，怕不是打的什么正经主意吧？"

"我还想这么问呢，太太！"堂吉诃德回答，"干脆说吧：我会不会受到袭击和强暴？"

"骑士先生，您这是问谁呢？向谁要求担保呢？"嬷嬷问他。

"问您，也向您要求担保。"堂吉诃德告诉他，"很清楚，我不是一块石头，您也不是一堆青铜；这会儿也不是中午十二点，而是深更半夜，也许还要晚点。我想，这个房间又屋门紧闭，安全保险。当年大胆的埃涅阿斯爽约受用美丽善良的狄多①时所在的山洞，也不过如此。不过，算了，请太太把手伸过来！我看最安全保险的还是我自己守身如玉，还有您那条令人肃然起敬的头巾。"

说着他便吻了一下自己的右手，那嬷嬷也郑重其事地这样做了，然后才伸过手去让他牵着。这里，西德·阿麦特插话说，他凭穆罕默德起誓，不惜赔出两件长袍中的一件，也要看看这两人是如何手拉手从门口走到床边的。

最后，堂吉诃德又回到床上，堂娜罗德里格斯在一张椅子上就座，稍稍躲开一点床边，既不摘下眼镜，也不放下蜡烛。堂吉诃德钻进被窝，盖得严严实实，只露出一张脸。两人都安顿下来了，最先打破寂静的是堂吉诃德，他说："堂娜罗德里格斯太太，您悲伤的心里和苦涩的肚里有什么，现在可以全部抖搂出来了。我准备规规矩矩洗耳恭听，慈悲为怀竭诚相助。"

"果然不出我所料。"嬷嬷回答说，"面貌优雅可爱如阁下之人，势必会做如此宽厚慷慨的答复。说来话长，堂吉诃德先生，您别看我身在阿拉贡王国，坐在这张椅子上，一身打扮分明是个饱经风霜、备受鄙夷的嬷嬷，其实我家乡在奥维耶多的阿斯图里亚斯，我们也是

---

① 狄多：希腊传说中的人物，迦太基女王和建国者，曾与特洛伊王埃涅阿斯相爱。

跟当地世族沾亲带故的大户。可我命运不济，我父母不谙理家，稀里糊涂不知怎么弄的，早早就破落下来，于是他们把我带到京城马德里。他们害怕还会发生别的不测，不愿再为我操心，就把我安排到一位贵夫人家当丫鬟做针线。告诉您说吧，缝个活儿、绣个花儿什么的，还从来没人跑到我头里去过。我父母把我撇在别人家，自己回家乡去了，没过几年就都上了天堂。——因为他们不光人好，还都是笃信基督的天主教徒。——我成了孤女，只身在大公馆里当女佣，只能靠一点可怜的工钱和主子们的眼色过日子。这期间，我一直安分守己，不知怎么弄的，府上有个侍从看上了我。他的年纪不小了，一脸大胡子，人挺正经，绅士派头十足，像个国王似的，不愧是从山上下来的。我们并不十分遮掩我们之间的来往，所以很快我的女主人就知道了。她为了避免闲言碎语，就求我们慈母般的神圣罗马天主教会恩准，让我们俩安安稳稳结了婚。婚后我们有了一个女儿，从此，我享过的那点福也就到头了。倒不是说我在分娩的时候差点死了，其实我生得又顺利又是时候。可就是，打那儿以后不久，我丈夫受了一次惊吓死了。我要是有时间细细讲来，您听了准会感到稀奇。"

说到这里，她伤心得哭起来，而且说："请原谅，堂吉诃德先生，这实在由不得我。每次提起我那个死鬼，我就忍不住眼泪哗哗的。上帝保佑！瞧他带我女主人骑在鞍后的那架势！真神气！那头骡子又高又大，像黑玉似的乌亮乌亮！那时候不像现在，不兴乘车坐轿，贵夫人出游，都是坐在侍从鞍后的。那件事我是非给您讲讲不可，好叫您知道我那个好人是多么有教养、懂礼貌。有一天，他们踏上马德里的圣地亚哥大街——当时还很窄——正好对面有个京城的官员跟在两个公差身后往外走。我那个当侍从的好丈夫一看，立刻勒缰掉转骡子，准备退回去让路。坐在鞍后的女主人低声对他说：'窝囊废，你想干什么？没见我在这儿吗？'

"那位官员也很客气，勒住缰绳说：'先生，您先请！我应该退回

去为堂娜卡西勒达夫人——这是我女主人的名字——让路。'

"我丈夫手里拿着帽子还是一个劲儿谦让，说是请长官先走。女主人见这情景，火气腾的一下上来，从小匣子里掏出个粗别针，再不就是锥子什么的，狠狠地扎进他的腰里。我丈夫大喊一声，身子一歪，就带着女主人翻倒在地上。两个跟班赶紧上去扶她，官员和两个公差也跑过去帮忙。顿时整个瓜达拉哈拉大门都乱了套，对了，我是说，待在那儿的那些游手好闲的人乱了套。女主人自个儿迈步走了。我丈夫找到理发师家，告诉他肠肚子让人家戳穿了。我丈夫谦逊礼让的美名就这么传开了，街上的顽童老是追在他后面跑，再加上他眼睛有点近视，我女主人公爵夫人就把他辞了。他当然很伤心，我觉得他准是为这个气死的。我成了无依无靠的寡妇，还得拉扯闺女。这丫头像大海的浪花似的，越大越漂亮。我的针线活儿是出了名的，我的女主人公爵夫人一嫁给我主人公爵大人，就把我带到阿拉贡这地界，不用说当然得捎上我女儿。到了这儿以后，日子一天天过去了，我的女儿慢慢长大了，而且世上的本事没有她不会的，唱起歌跟百灵鸟似的，宫廷舞跳得轻飘飘，民间舞跳得火辣辣，读书写字赶得上学校老师，算起账来比守财奴还清楚。至于她那分干净，就不用我说了，河里的流水也不见得比她干净。要是我没记错的话，她现在是十六岁五个月零三天左右。

"后来，我这闺女让别人看上了。那是个阔乡下佬的儿子，他们那村子也是我老爷的属地，离这儿不远。说实在的，我也弄不清楚，两人是怎么凑到一块儿的。那小子说好了要娶我女儿，后来又变了卦，不认账了。我老爷公爵知道这事，因为我一次又一次地找他去告状，求他发话叫那乡下小子跟我女儿结婚，可他装聋作哑，根本不理我的茬儿。原来，就因为那小滑头的父亲阔气，常借钱给他，还时不时为他那些陈年老债做保人。他怎么敢得罪和招惹这样的人呢！我这会儿就是想求您帮我出出这口窝囊气。好言相劝也罢，动刀动枪也罢，反正人都说您来到世上就是为了扶正压邪，救助弱小。想想我那聪明伶俐的女儿吧，我刚说了她那么多好处，可她偏偏小小年纪就没了父亲。上帝明鉴，凭良心说，女主人手下那么多侍女，哪一个也够不上给她提鞋的资格。有一个叫阿勒提西多拉的，都说她是个俊俏精明的人尖子，可是跟我女儿一比，那就差老鼻子了！先生，实话对您说吧，发亮的并不一定都是金子。阿勒提西多拉这丫头片子，模样平平，可狂得不行；疯疯癫癫的，一点也不文静；而且还有毛病，嘴里的气味太难闻，谁也不敢在她身边多待一会儿。就说我女主人公爵夫人吧……我还是不说的好，常言讲，隔墙有耳。"

"公爵夫人太太怎么啦？天哪！堂娜罗德里格斯太太，您倒是说呀！"堂吉诃德求她。

"瞧把您急的！"嬷嬷说，"看来我只好一五一十回答您的问话了。堂吉诃德先生，您看公爵夫人够漂亮的吧？细嫩的脸皮就像打磨得光溜溜的宝剑，两个脸蛋透过乳白泛出绯红，简直就是一边悬着太阳，一边挂着月亮。走起路来那轻快劲儿，不沾地皮似的，走到哪儿都是那么活蹦乱跳的！告诉您说吧，她不过是一靠上帝保佑，二靠大腿上开的两个口子！医生说她浑身满是污水浊液，得让它不断地往外流。"

"圣母玛利亚！"堂吉诃德喊道，"公爵夫人身上真有这种阴沟呀？就是听赤脚修士亲口说，我也不敢相信。不过，既然是堂娜罗德里格斯太太说的，想必是真的。可是，那种地方开的口子，流出来的不该是什么脓水，准得是琥珀浆。到这会儿我总算明白了，要想身体好，还非得开这种口子不可。"

堂吉诃德的话还没说完，就听哐啷一声房门打开了。堂娜罗德里格斯吓得手中的蜡烛都掉了。屋里顿时漆黑一片，照俗话说，就像钻进了狼嘴巴。可怜的嬷嬷当即就觉得有两只手紧紧卡住她脖子，怎么也喊不出来；另外一个人一声不吭，很利索地掀开她的裙子，抓住拖鞋似的一样东西，不停地抽打起来。真是惨极了！堂吉诃德当然很为她难过，可他也只能一动不动地躺在床上。他弄不明白到底是怎么回事，静悄悄连声也不敢出，生怕噼里啪啦的鞭打落到自己头上。他果然不是无端惊恐：两个默不作声的打手狠狠收拾了一顿嬷嬷（她连哼哼一声都不敢）之后，立刻又冲堂吉诃德去了。他们把他从被褥里拉出来，接连不断在他身上狠命地又拧又掐，他当然也拳来脚去地奋力挣扎。奇怪的是这期间没有发出一点声响。这样混战了大约半个钟头，幽灵似的身影终于走了。堂娜罗德里格斯理好裙子，自怨自艾地走出门外，一句话也没跟堂吉诃德说。我们这位呢，被拧得浑身生疼，又说不清道不明，憋了一肚子闷气。咱们暂且让他独自待在那儿去苦苦思索。那个如此折磨他的魔法师究竟是谁，到时候反正自有分晓。为本传结构匀称起见，咱们得去看看桑丘·潘沙为什么在呼唤咱们。

CAPÍTULO XLIX · 第四十九章

桑丘·潘沙如何巡视海岛

上次咱们离开总督大人的时候，他正在大发脾气，训斥那个描神画鬼的乡下老滑头。原来那人受管家支使，管家又受公爵支使，是一起来捉弄桑丘的。桑丘虽说是个又土又蠢、肥头大耳的乡下佬，却照样把所有人都给镇住了。他告诉身边那些人（公爵的秘密信件已经宣读完毕，所以佩德罗·热孝大夫也回到大厅了）："我现在总算明白了，原来法官总督什么的，非得是钢筋铁骨才行，不然真会叫那些求见的人缠得受不了！他们也不看看时辰和钟点，来了就让你听他说，给他想办法，为他一个人的事忙，不管什么鸡毛蒜皮。可是倒霉的长官有时候是实在没辙，有时候是还没到坐堂听证的钟点，当然不能听他的、为他办事喽！那你就等着吧！嘟嘟囔囔的怪话全来了，不光戳你本人的脊梁骨，连老祖宗的老底儿都给你翻出来。你们这些求见的傻瓜！你们这些求见的混蛋！着什么急嘛？看好时辰和节骨眼儿再来求见嘛！别净赶上人家吃饭和睡觉的工夫！长官大人也是血肉之躯的大活人，平常人干的那些事，他一样也缺不了。哪都像我，给肚子找点吃食都不行！不信，就问这眼前的佩德罗·热孝·踢耳踏飞拉大夫先生，他想活活把我饿死，还说这样把人往死里折腾能延年益寿！上天有眼，叫他和他那一伙儿去这样延年益寿吧！当然我指的是那些混蛋医生。像样的大夫应该得到奖牌、戴上桂冠。"

熟悉桑丘·潘沙的人听他言谈突然文雅起来，都不免大吃一惊，一时也说不清这是怎么回事。看来人一旦有了高官厚禄不是愈加昏聩，就是猛然开窍。

于是，佩德罗·热孝·德·阿鬼绕·踢耳踏飞拉大夫只好违背希波克拉底的教诲，答应当晚叫桑丘好好吃一顿。总督大人听了自然十分满意，眼巴巴等着夜幕降临、晚餐时刻来到。他觉得那天的日子简直在一处定住不动了，不过他焦急盼望的钟点还是终于来临。人家给他端上一份牛肉末拌葱头，还有几只搁了好几天的牛蹄也炖得烂烂的端上来。他埋头吃得有滋有味，仿佛在享用米兰的鹧鸪、罗马的野鸡、索伦托的嫩牛肉、莫龙的石鸡、拉瓦霍斯的烧鹅。吃到半截，他转过脸去对大夫说："听着，大夫先生，往后用不着费心思给我弄什么精肴细点，我的肠胃可受不了那玩意儿。我吃惯了羊肉、牛肉、肥猪肉、咸肉干萝卜、葱头什么的。要是冷不丁塞进点宫廷的吃食，我不光不放心，说不定还会恶心呢。上菜师傅最好把那道熬杂烩给我端来，越杂越香。只要是能吃的，他都可以丢进去一搅和。那我就太谢谢他了，迟早有一天我要好好赏他。谁也甭想糊弄我，反正不是活就是死；最好大家相安无事，坐下吃饱完事；上帝叫天亮，天为大伙儿亮。我掌管这海岛期间，只要俸禄，不拿贿赂。人人都该睁大眼，看好手里拿的箭；我得提醒诸位，魔鬼无处不在。谁要是让我逮住了，可有好戏给他看！不然的话，等着瞧：自己变成一摊蜜，还怕苍蝇不叮你？"

"说实在的，总督先生，"上菜师傅搭腔了，"您刚才那一席话很有道理。我以全岛老百姓的名义向您担保，大伙儿一定小心谨慎、尽心尽意、好心好意为您效劳。您就任这几天，可以看出您是个心慈手软的总督。就凭这一点，谁也不会想、更不会做对不起您的事。"

"那是自然的。"桑丘回答，"他们要是真那样想那样做，岂不成了一帮傻瓜。我要再说一遍：留心给我吃饱饭，给我的灰驴喂足料。

这才是我这份官职上头等要紧的事。回头咱们要巡视岛子，我已经想好了，得把垃圾扫净，赶走所有游手好闲、惹是生非的混混。伙计们，我得告诉你们，对一个国家来说，闲人懒汉就像蜂窝里的雄蜂，只会糟蹋别的蜜蜂辛辛苦苦酿出的蜂蜜。我打算好好照顾庄稼人，维护出身门第，奖赏慈善有德的人，特别是要尊重庄严的教会和教士。诸位觉得我的主意怎么样？我说得有没有道理？还是我白绞了脑汁？"

"总督大人，您说得太有道理啦！"管家回答，"真没想到！我知道您没怎么念过书，根本一个大字不识，可是说出话来都是至理名言。派我们来这儿的主子也好，在这儿陪您的我们这些人自己也好，都没指望您会有这么高的见识。这世上真是天天有新鲜名堂：瞎胡闹弄假成真，捉弄人的自己受了捉弄。"

当天夜里，热孝大夫先生终于让总督大人吃了顿晚饭，然后就准备出门巡视。随行人员有管家、秘书、上菜小厮，还有负责为总督政绩修史的书记官，外加差人和公证人，浩浩荡荡也算得上不大不小的一队人马了。桑丘走在中间，手里拿着权杖，十分显眼。他们刚刚察看过镇里几条街，就听见一阵刀剑叮当。他们闻声而至，发现是两个男子在打架。两人见当官的来了，连忙住手。其中一个说："这里还有没有天理王法？在人来人往的市镇里偷窃，在热热闹闹的大街上抢劫！这谁能受得了？"

"先定定神，我说老实人，"桑丘吩咐，"告诉我为什么打架！我是这儿的总督。"

这时另一方抢着说："总督先生，听我三言两语就给您说明白了。您瞧见这位先生了吗？他刚刚从对面那个赌场出来，赢了一大笔钱，有一千雷阿尔呢！天晓得他是怎么弄的！我当时在场，我不止一次昧着良心替他遮掩那些手脚。末了，他抓起赢的钱就走了。我还傻等着他至少给我一埃斯库多的彩头呢！这里多年就兴这种规矩：得犒劳像我这样的要人。有我们守在旁边，他们无论手气好坏，都能无理强占个三分，省去多少拳脚！他倒好！装起钱，就大摇大摆走了！我当然满肚子不高兴地跟出来，好言好语地求他给我哪怕八个雷阿尔。他知道我是个正派人，没营生也没赢头，父母没给也没教。可这小子挺滑头，别看他偷东西比不过卡柯，玩手脚抵不上安德热狄亚！说最多给我四个雷阿尔。总督大人，您瞧瞧，多么不害臊！多么没良心呀！不过，我敢打赌，即便大人您不来，我也能叫他把赢的钱全吐出来！总得教他学会公平买卖嘛！"

"你有什么话要说吗？"桑丘回过去问。

那人回答说，对手的话都是真的，他确实连四个雷阿尔都不情愿给；他以前不知给过多少次了；还说，等彩头的人应该知点趣，不拘人家给多少，都该笑脸相迎，拿走拉倒；哪里还兴跟赢家矫情，计较人家是不是做了手脚，钱的来路明不明！明摆着他是个老实人，不是对手说的那种贼坏，他一个子儿都不想拿出来就是明证！可是常做手脚的赌徒，是非得给那些知道底细的闲人进贡不可。

"是这么回事，"管家说，"总督大人，您看该把这两人怎么办？"

"我看该这么办，"桑丘回答，"你这个赢家，好也罢坏也罢，我看都无关紧要。掏出一百雷阿尔交给这个拿刀捅你的人。你还得拿出三十雷阿尔送给监狱里的可怜虫。你呢，没营生也没赢头，只好整夜在岛上瞎逛荡，快拿走这一百雷阿尔。给你明天一天的时间，收拾好了离开这岛子，在外流放十年。你要是违抗命令，偷着跑回来，那我不是亲自动手就是吩咐刽子手，把你吊上绞架，轰你到阴间去服刑。两人谁也别想犟嘴，小心我动手。"

于是一个掏钱，一个收钱；这个离岛，那个回家。最后总督大人说："要么是我管不了，要么我就把这些赌场关掉。我已经看出来了，实在是害人不浅。"

"至少这一家，"一个公证人说，"大人您甭想关掉。这家主人来头可大了。他每年当然靠纸牌弄到不少钱，可他贴出去的更是多得没法比。您就去管管那些小点的赌场吧。那些才真的害人呢，关起门来无法无天！凡是出了名的赌棍是不敢在贵人老爷们开的赌场里玩他们的手脚的。反正这赌博的恶习已经成了风气，要赌就干脆去上等赌场，别去找那些小贩。那些小赌场里，只要逮住个倒霉蛋，就从后半夜赌起，一直到活活把他的皮扒光。"

"公证人，别着急！"桑丘回答，"我知道这里面的名堂多着呢！"

正说着，来了一个差役，手里紧紧抓住个小伙子。来人说："总督大人，这小东西迎面遇见我们，一看是官府的，扭头就跑，比兔子还快呢。就凭这个，他准不是个正经主儿。我紧跟着追上去。要不是他绊了一跤摔倒了，只怕我这辈子也甭想逮住他。"

"你跑什么呀，小兄弟？"桑丘问他。

小伙子回答说："我怕官府的人盘问个没完，到时候不知道说什么。"

"你是干什么的？"

"我是干编织的。"

"你编织什么？"

"大人您恩准了的，编织铁枪头。"

"还跟我逗乐？你觉得挺有意思是吧？咱们等着瞧！你刚才是去哪儿？"

"去乘风凉。"

"这岛上在哪儿乘风凉？"

"刮风的地方呗！"

"好啊！你倒是有问必答，小伙子挺伶俐嘛！告诉你，我就是风，正吹着你的屁股把你往牢房里推呢！嗨，抓紧他，把他带走！今晚我叫他找个没风凉的地方睡觉去。"

"天主在上！"年轻人说，"您想叫我睡到监狱里只怕比叫我当国王还难！"

"你是说我不能让你睡在监狱里？"桑丘问，"抓你放你就看我什么时候高兴了！难道我连这个权力都没有？"

"您的权力再大，"小伙子说，"也不能叫我睡到监狱里去。"

"为什么不能？"桑丘火了，"把他带走，叫他亲眼看看自己打错了主意。也甭指望得了好处的看守充好人，他要是让你离开牢房一步，我就罚他两千杜卡多。"

"您说的这些真可笑！"小伙子回答，"反正如今世上还没人有本事让我睡在监狱里。"

"你这个鬼东西！"桑丘问，"你倒说说看，我这会儿就叫人给你戴上镣铐，莫非你还能请来天使给你打开、放你出去吗？"

"总督大人，请您听我说，"那青年十分调皮地回答，"咱们讲讲道理，把话说明白了。就算您下令把我送进监狱，给我戴上手铐脚镣，把我关进一间牢房，还告诉看守，要是放走我，就重重罚他，他呢，也乖乖照您的吩咐办，就算是这样吧，可我不想睡觉，整宿醒着不闭眼，我自己不想睡觉，您的权力再大，能逼我睡吗？"

"确实不行，"秘书承认，"这小子还真赢了！"

"就是说，"桑丘问他，"你是自己不愿意睡觉，并不是成心跟我作对？"

"那还用说！"小伙子回答，"我想也不敢那么想啊！"

"上帝保佑你！"桑丘说，"回家去睡觉吧，叫上帝给你个好梦，我可不想打搅你。不过，我劝你别再跟官府的人逗着玩。指不定哪天你碰见一个，叫你用自己的脑瓜去开心！"

小伙子走了，总督接着巡视。不一会儿，又跑来两个差役，紧紧抓住一个人对总督说："总督大人，您别看他像个男人，其实不是，是个女人，还不难看，只是穿着一身男人衣裳罢了。"

马上有两三盏灯举到她眼前，照出一张女人脸，大约十六岁光景，或者稍微大一点。她的头发拢在一个金绿相间的丝线发网里，像聚起一千个珍珠似的光彩照人。大家上下打量着她，见她穿一双肉色丝袜，白绸袜带上缀着金线串起的小珠子，绿色锦缎的肥腿裤，同样料子的水手短上衣敞着怀，里面是一件上好白锦缎紧身坎肩，一双白色男鞋；腰上别着的不是佩剑，而是一把华贵的匕首，手上戴满了贵重的戒指。总之，大伙儿都觉得那姑娘不错，可是在场的人谁也不认识她。当地人都说实在弄不清楚她是谁。那些合谋戏弄桑丘的人有些不知所措，因为偶然撞上的这件麻烦并不是他们事先安排的。他们一时也没了主意，只好先走着瞧再说。桑丘没想到那姑娘那么漂亮，问她是谁，要到哪儿去，为什么那身打扮。那女孩只是低头盯着地面，羞愧难耐地回答说："大人，这事千万不能传扬出去，我不愿当这么多人的面说。不过，我先得声明，我不是什么小偷坏人，只是个倒霉的女孩，因为耐不住冷清就不顾礼法体面了。"

管家听了便对桑丘说："总督大人，请吩咐这些人散开，免得小姐有话不好意思说。"

总督一发话，大家都走开了，最后只剩下管家、上菜师傅和秘书。姑娘见没几个人了，这才接着往下讲："诸位先生，我是佩德罗·佩雷斯·马索尔卡的女儿。他是镇上的羊毛贩子，经常来我父亲家。"

"这话有些不对头，小姐。"管家说，"这个佩德罗·佩雷斯我可太熟了，我知道他没孩子，儿子女儿都没有。你先说他是你父亲，后来又接着说，他常上你父亲家里去。"

"我也觉得挺怪的！"桑丘说。

"听我说，诸位先生，"姑娘回答，"我太慌张了，简直不知道自己说了些什么。其实我是迭哥·德·拉亚纳的女儿。他，各位都是认识的。"

"这就对了。"管家说，"我当然认识迭哥·德·拉亚纳，知道他是个有钱的大户，有一儿一女。自打他妻子去世，这镇上就再也没人见过他女儿是什么模样。他整天把那闺女关在家里，连太阳也见不着。不过，最后还是人人都传说她漂亮极了！"

"是这么回事，"姑娘回答，"那个女儿就是我。至于人们传说我漂亮极了是真是假，如今各位已经见到我了，自己可以对证。"

说完她就伤心地哭起来。秘书见这情景，凑到上菜师傅的耳朵上，轻轻对他说："这可怜的闺女准是碰上什么大难题了，不然，她一个富贵人家的小姐，深更半夜这身打扮，跑到外头来干什么？"

"准是这么回事，"上菜师傅回答，"瞧她哭得泪汪汪的，就知道咱们没猜错。"

桑丘一个劲儿地劝解，把他能想起来的好话都说遍了，叫她别担心，出了什么事尽管说，大家伙儿会诚心诚意，想尽一切办法帮她一把的。

"各位先生，是这么回事，"姑娘又说话了，"我母亲入土十年了，我父亲也把我在家里整整关了十年。连弥撒也是在自家一个富丽堂皇的小经室里做。这么长时间了，白天我只能看到太阳，夜里只能看到星星和月亮。我不知道大街、广场和教堂是什么样，也不知道男人什么样，因为我就见过父亲、弟弟和羊毛贩子佩德罗·佩雷斯。他老是在我家进进出出的，所以刚才灵机一动说他是我父亲，免得说出我亲爹的名字。我就这样给关在家里，不许出门，连教堂都不许去。近些日子，有个把月了吧，我越来越受不了啦！我想看看外头的世界，至少瞥一眼我的生身之地这个镇子嘛！富贵人家的小姐是得守一大堆规矩，可我觉得自己的想法不算出格呀！我常听说外头斗牛啦、玩竿子枪啦、演戏啦，我就问比我小一岁的弟弟，求他给我讲讲这都是怎么回事，还有好多我没见过的玩意儿。他就想方设法给我说个明白。可我越是听，就越想亲自见见。总之，这次倒霉事我就不细说了。反正我逮住弟弟又是哀求又是央告……我后悔当初真不该这么做！"

接着又是一阵哭哭啼啼。管家告诉她："小姐，往下讲啊！快告诉我们你出了什么事。你说了半截，又哭个没完，真把我们急死了！"

"没多少好说的了，"姑娘回答，"就剩下泪水了！不安安分分待着，就得赔上这种本钱。"

姑娘的容貌让那上菜小厮动了心，于是他举起灯来想再看上一眼。他觉得流出来的哪里是什么泪水，分明是颗颗珍珠、点点晨露！不对，还更高贵，是东方明珠！他在心里念叨着：别看姑娘唉声叹气、眼泪汪汪，但愿她没遭什么大难。见那闺女的故事老也讲不完，总督大人可是急坏了，叫她快点讲，别让大家等着，时候不早了，还有好多地方没察看呢。

于是她抽抽搭搭地接着讲下去："我没倒什么大霉，也没遭什么大难，不过是求我弟弟给我穿上一件他的男人衣裳，夜里趁父亲睡觉的工夫，领我在镇里转一圈。他叫我缠得实在没办法，只好听我的。我就穿上他这件衣裳，他也穿上了我的一件，简直太合身了！他又一点胡子也没有，看着真像个漂亮姑娘。到现在我们离开家也就是一个钟头左右吧，就凭着我们的小孩子脾气执意胡闹，在镇子里兜了一圈。正打算回家呢，就见迎面来了一大帮人。弟弟对我说：'姐姐，这些人准是巡夜的。你得两脚插上翅膀快跑，紧紧跟在我后面，别叫他们认出咱们，那可就说不清了！'

"说完，他扭头就蹿走了。哪里是跑呀，简直是在飞！我呢，刚跑了五六步，就吓得摔倒了。官府的差役上来就把我带到大人面前。都怪我自己任性胡闹，落了个当众出丑。"

"这么说，小姐，"桑丘问她，"你并没有出什么大事喽？也不像你开头说的那样，是耐不了冷清才从家里跑出来的咯？"

"我没出什么事，也不是因为耐不了冷清。就是想出来看看，只不过是镇里的几条街道罢了。"

姑娘说的话很快就得到证实，因为差役又带着她弟弟来了。他离开姐姐跑了没多远，就让一个差役给逮住了。他只穿了一条华丽的裙子，蓝缎子大披巾四周垂着金丝穗子；头上没戴纱巾，也没有其他装饰，只有他自己的头发；那卷曲的满头金发就像一圈圈金环似的。总督、管家和上菜师傅把他叫到一边，躲开他姐姐，然后问他为什么那身打扮。他也同样羞愧得难以自容，从头到尾说了一遍他姐姐讲过的话。上菜小厮别有心思，所以听了特别高兴。这时只见总督对姐弟二人说："你们二位公子、小姐确实太淘气！可这无法无天的瞎胡闹三言两语就说明白了，何必耽搁这半天，又是哭又是喊的！只要讲一句，'我们俩是某某、某某，背着爹妈从家里跑出来玩，就是想看看外边，没别的打算'，事不就完了？用得着这么哼哼唧唧、抽抽搭搭没个头吗？"

"可不是嘛，"姑娘回答，"可是大人您也该知道，我实在太慌张了，吓得不晓得怎么办了。"

"总算没出什么事。"桑丘说，"好吧，我们把你们俩送回家去，但愿你们父亲还不知道你们跑出来了。从今往后别再这么小孩子气了，急着要见什么世面！正经姑娘缺条腿，在家乐意；女人和母鸡，乱跑准吃亏；哪里是去看热闹，是叫人家把你瞧！我就不多说了。"

小伙子十分感谢总督陪他们回家的一番好心，说着一行人便迈步走去，不一会儿就到了。男孩子朝窗户扔了个小石子，守候在那儿的女仆立即下来给他们开门。姐弟二人进去之后，其他人还在那儿感叹不已：多么漂亮可爱的孩子呀！居然以为深更半夜在镇子里兜一圈就算见了世面！终究年纪还小嘛！上菜小厮早就心驰神往了，决定第二天到她父亲那里去求婚。他确信十拿九稳，要知道他是公爵的手下人。桑丘也暗自盘算着怎么叫那个弟弟跟他女儿桑奇卡成亲，准备一有机会就去议婚，心想总督的女儿择婿，还不是看上谁就是谁？

当晚的巡视就这样结束了，两天之后他的官职也到头了，他的那些如意算盘自然随之破灭告吹。请接着往下看，便知分晓。

Capítulo L · 第五十章

究竟是哪些狠心的魔法师先是毒打嬷嬷，
接着又拧又掐堂吉诃德，
以及小厮如何给桑丘·潘沙的老婆特莱萨·潘沙捎信

　　西德·阿麦特对这部真实传记的每个细节都一丝不苟。据他讲，堂娜罗德里格斯离开自己房间去堂吉诃德卧室的时候，跟她住在一起的另一个嬷嬷觉出了动静。嬷嬷们一概都是耳朵长、鼻子尖，什么全要打探，于是这位便悄悄地跟在后面。满腹心思的罗德里格斯毫无知觉。嬷嬷们没有不搬弄是非的，眼下这位当然不愿打破常规，一见前面的那个钻进堂吉诃德屋里，她马上跑到公爵夫人那里去嚼舌根，说堂娜罗德里格斯如何待在堂吉诃德卧室不出来。公爵夫人又告诉了公爵，问是不是能叫她带着阿勒提西多拉去看看那嬷嬷找堂吉诃德干什么。公爵答应了，于是她们主仆二人小心翼翼、蹑手蹑脚走到房间门口，贴着门缝把里面的谈话听了个真着。公爵夫人一听，连她那两个优雅的小喷泉也给抖搂出来了，这还了得！阿勒提西多拉也气得够呛。两人顿时火冒三丈，决定给他们点颜色瞧瞧，撞开门就扑了进去，狠狠地抓挠了堂吉诃德，重重地毒打了嬷嬷。这在上文已经讲过。虚荣的女人一听到别人贬损自己的容貌，肯定暴跳如雷，绝不饶人。公爵夫人把这事告诉公爵的时候，他真是笑坏了。

　　公爵夫人打算把玩笑接着开下去，拿堂吉诃德取乐。她打发一个小厮去给桑丘的女人特莱萨·潘沙送信，顺带捎去她自己写的一封，还有一串珊瑚念珠做礼品。这小厮就是装扮杜尔西内亚的，当时还宣布了为她驱魔的好办法。可是桑丘·潘沙一心扑在公务上，早把这事忘得一干二净。

书上说，那小厮又机灵又乖巧，正巴不得讨好男女主人呢，兴冲冲地上路去找桑丘家住的那个村子。他在村口的河边看见一大帮洗衣服的村姑，就问她们村里是不是住着个名叫特莱萨·潘沙的女人，她丈夫就是那个桑丘·潘沙，给名叫堂吉诃德·德·拉曼却的骑士当了侍从。听他问这话，一个正在洗衣服的丫头站起来说："这个特莱萨·潘沙是我母亲，您说的那个桑丘是我的父亲大人。那位骑士呢，就是我家的主人。"

"太好了，姑娘！"小厮说，"带我去见见你母亲，我给她捎来了你这位父亲的一封信，还有一包礼物。"

"那敢情好啊，先生！"那丫头回答说，看样子也就是十四五岁左右。

她把洗了半截的衣服交给旁边的女伴，不包头巾也不穿鞋，披头散发，光着两腿就蹦到小厮的马前，对他说："您跟我来，我们家就在村口。父亲大人好久没音信，我母亲正在家发愁呢！"

"我这回可是给她带来了好消息，"那小厮说，"她得好好谢谢上帝。"

姑娘蹦蹦跳跳，一路跑着，很快就进了村，到了家。她站在门外大声喊着："特莱萨我的妈妈，快出来，快出来呀！快点！我老爹托一位先生捎来了信，还有别的东西！"

她母亲特莱萨·潘沙闻声跑出门外，手里还不停地纺着一缕粗麻。她身上那条深灰色的裙子显得太短，简直没法遮羞；上面的内衣和敞胸短袄也是深灰色的。她年纪不算太大，可看起来有四十出头了。她腰板很直，筋骨结实，肤色黝黑。见她女儿陪着一个骑马的小厮，就问："丫头，怎么回事？这位先生是谁？"

"鄙人愿为堂娜特莱萨·潘沙太太效劳。"那小厮搭茬儿说。

话刚出口，他就翻身下马，毕恭毕敬地跪倒在特莱萨夫人面前说："堂娜特莱萨太太，扒拉塌日轧海岛正式总督堂桑丘·潘沙大人唯一的合法夫人，请允许我亲吻您的双手。"

"哎呀呀我的老爷！快起来，别这样！"特莱萨回答，"我又不是什么大官太太，只是个不起眼的乡下女人，父亲是个刨土坷垃的，丈夫是个瞎游侍从，哪里是什么总督哟！"

"夫人听我说，"小厮告诉她，"您丈夫是个当之无愧的大总督，您是他当之无愧的太太。您只要看看这封信和这件礼物就知道了。"

说着他从口袋里掏出那串珊瑚念珠，两头还镶着金扣子。他把念珠套在她脖子上说："这封信是总督大人写来的。我带来了另一封，还有这些珊瑚珠子，是我的女主人公爵夫人打发我来送给您的。"

特莱萨顿时惊呆了，她女儿也一样。可那姑娘还是开了口："我敢拿命担保，准是咱们东家堂吉诃德一手操持的。他答应过好多次了，这回总算给了爸一个官职、一块领地。"

"正是这么回事，"小厮回答，"全靠堂吉诃德先生的面子，桑丘先生如今才当上扒拉塌日轧海岛总督。看完这封信就全明白了。"

"就请您这位小公子念给我听吧，"特莱萨求他，"我只会纺麻，大字不识一个。"

"我也不识字。"桑奇卡插嘴说，"不过，请等一会儿，我这就找个人来念，不是神甫本人，就是参孙·卡拉斯科学士。他们很想打听我爸的消息，一叫准来。"

"不必去找人了。我不会纺麻，可我识字，听我念啦！"

于是他便从头到尾读了一遍。信里的话前面已经提到过，这里就不赘述了。接着他又掏出公爵夫人那封信，原来里面是这么说的：

我的朋友特莱萨：

你丈夫桑丘，人心那么好，脑袋那么灵，叫我不能不求我丈夫公爵大人挑一个海岛交给他去管，我们封地上有的是！听说他跟个老鹰似的，抓得挺紧呢。我这就放心了，我丈夫公爵大人也一样。我这次举荐他当总督算是做对了，真得好好谢谢老天！特莱萨太太想必知道，要在这世上找个像样的总督实在太难。但愿上帝助我，叫桑丘当个好总督！

亲爱的朋友，顺便捎去一串镶金纽扣的珊瑚念珠。我当然巴不得那是一串东方明珠，不过，扔来骨头一根，也是救命之恩。早晚有一天咱们俩要见面认识、经常来往；上帝自会安排。代我问候你女儿桑奇卡，先替我给她打个招呼，说不定哪天我准会给她找个上好的女婿。

听说你们村的橡树子儿结得挺大，请给我捎上二十来个。我一定稀罕得不行，因为是你亲手侍弄的。盼你给我写一封长长的回信，希望你安康如意。你要什么只管开口，你的话就是金科玉律。上帝保佑你！

你的知心朋友

公爵夫人

于敝庄

"我的妈！"特莱萨听完了信就喊起来，"这位太太多好！多和气！一点不拿架子！跟这样的太太们在一起死了我也情愿！村里那些大户人家的少奶奶们可好，以为自己是少奶奶，就连风也碰不得她们了！瞧她们去教堂的时候那副神气，个个跟王后似的，好像看一眼我们这些乡下女人就丢了她们的身份！瞧这儿这位太太多了不起，自己是个公爵夫人，可管我叫'朋友'，就像我跟她一样身份！在我眼里，她简直就跟拉曼却最高的钟楼一样！说到橡树子儿嘛，先生，我要给夫人捎去五升，个个又肥又大，保准招得大伙儿去看稀罕。桑奇卡，赶快动手好好犒劳这位先生，把马安顿妥了，从马房里取出鸡蛋，再切一大块肥腌肉，咱们得把他伺候得像个王子似的。他给咱们带来了喜信儿，脸蛋又长得那么俊，该当的嘛！我趁这工夫把咱们的称心事告诉左邻右舍，还有神甫老爷、尼古拉斯剃头师傅，他们俩打一开头就是你爸爸的好朋友。"

"妈妈，我这就去。"桑奇卡回答，"可你得把那串珠子给我一半。我不信公爵夫人会那么傻，整串都送给你一个人。"

"这一串都给你，孩子。"特莱萨告诉她，"不过，先让我在脖子上戴几天。说实在的，我心里真是太高兴了。"

"二位还会更高兴的，"小厮说，"我那包里还有一件细呢衣裳，总督就是打猎的时候穿了一天。这衣服是给桑奇卡小姐的。"

"他真该活一千岁！"桑奇卡说，"给我捎来衣服的先生也一样，他要是乐意，两千岁也行！"

这时候特莱萨已经拿着信出了门，脖子上是那串念珠。她还一路敲打那封信，仿佛那是面手鼓。她迎面遇上神甫和参孙·卡拉斯科，就手舞足蹈地说起来："我敢打赌，家里从此再没穷人了！我们也管上一方百姓了！叫那些阔人家的少奶奶们再碰碰我，有好瞧的等着她们呢！"

"怎么回事，特莱萨·潘沙？这是发的哪门子疯啊？这些纸片是什么？"

"我没发疯。这些纸片是公爵夫人们和总督大人们写来的信，我脖子上戴的是上等珊瑚珠。往后念出的'万福玛利亚'和'吾父天主'都是金不换的了！我现在是总督太太了！"

"只怕上帝也听不懂你的话！特莱萨，我们不明白你在说什么！"

"你们自己瞧瞧吧！"特莱萨说着就把信递了过去。

神甫大声读起来，为的是让参孙·卡拉斯科也听到。听了信上的那些话，两人你望着我我望着你，都惊呆了。学士问信是谁带来的，特莱萨就请他们一起到家去见见捎信人，说是个英俊极了的小伙儿，还捎来了礼物，可值钱了！神甫从她脖子上摘下珠子，翻来覆去端详了半天，最后断定是上等货色，就更是吃惊了。他说："我凭这身教士袍起誓，又是信又是礼物，我真不知道说什么好、想什么好！我亲眼看见、亲手摸到一串上等珊瑚珠，这公爵夫人又在信上讨要二十来个橡树子儿！"

"先把橡树子儿如数备齐，"卡拉斯科说，"这会儿咱们去看看那位捎信人，他也许能帮咱们解开这个难题。"

就这样，特莱萨带着他们回家了。只见那小厮正在给他的马筛大麦，桑奇卡也忙着切肥腌肉，准备裹上鸡蛋煎过之后给小厮吃。两人见那位客人模样秀气、装束考究，心里甚是欢喜，便客客气气跟他打过招呼，对方也回了礼。参孙求他谈谈堂吉诃德和桑丘·潘沙的近况，说是他们虽然读了桑丘和公爵夫人的信，可还是有点稀里糊涂，怎么也不明白那桑丘的官职是怎么回事，再说地中海里的几乎所有岛屿都是属于国王陛下的呀！小厮听了便告诉他们："桑丘·潘沙先生当了总督，这一点是毫无疑问的。至于他管辖的是不是海岛，这种事我不想掺和，反正那地方有一千多口人呢！说到橡树子儿嘛，我可以告诉二位，我的女主人公爵夫人为人和气，不摆架子，甭说问乡下女人讨要橡树子儿，她还打发人去借过邻居的梳子哩！二位想必知道，阿拉贡的夫人们，不管出身多么高贵，待人都很和气随意，不像卡斯蒂利亚的太太们那么神气十足、穷讲究！"

几个人正说着话，桑奇卡兜着一包鸡蛋，凑到跟前问小厮："请问先生，父亲大人如今当了总督，是不是也穿锁眼裤呀？"

"这我可没留心，"小厮回答，"不过我想是吧。"

"哎呀我的天哪！"桑奇卡喊道，"真不知道我爸爸穿上紧身裤是什么模样！我自打小时候就盼着爸爸穿上锁眼裤，你说怪不怪？"

"来日方长，你能见到的东西还多着呢。"小厮告诉她，"上帝保佑！再当上两个月的总督，他准会戴上挡灰的面罩呢！"

神甫和学士一眼就看出那小厮显然是在打趣，可是那串上等珊珊珠子和桑丘捎来的华贵猎装（特莱萨已经给他们看过了）又是那么不容置疑。不过他们还是觉得桑奇卡的想法很可笑，而且更荒唐的是特莱萨说的一席话："神甫先生，劳驾帮我留心打听着点，要是有人去马德里呀、托莱多呀，就托他给我买件带裙撑的礼服，做工得讲究，样子得时兴，得挑最好的。实话实说吧，男人当了官，我要想方设法给他挣面子。不管多麻烦，我也得坐上马车去京城逛一趟。官太太们都这样。如今我丈夫是总督了，手头置备一辆马车不在话下！"

"说的是呢，妈妈！"桑奇卡赶紧接茬儿，"上帝保佑，今天能行别等到明天！那些人一见我跟母亲大人坐上了马车，一准会说：'瞧这丫头那副神气耶！她爹不过是个满嘴蒜臭的乡下佬，她怎么就大摇大摆地坐上马车啦？简直像个女教皇！'叫他们的两脚去踩泥吧！我可要待在马车上两腿抬得高高的，叫世上那些嚼舌根的整年整月不得自在！只要我身上热乎乎，别人说啥也不在乎！妈妈，我说得对吗？"

"太对了，丫头！"特莱萨回答，"这些福气算什么？还有更好的呢！我那好桑丘早就给我许下了。瞧着吧，闺女，不让我当上伯爵夫人他是不会罢休的！交这点好运不过是刚开头罢了。你那个老爹还是成串俗话的老祖宗呢。我总是听他说：有人给你小牛，牵起缰绳就走；有人叫你当总督，赶紧答应；有人给你爵位，抓住别放；有人嘴里'花儿花儿'地叫你，可手里拿着厚礼，先塞进口袋再说。千万不能迷迷瞪瞪，耳听着好运和福气叫门，连理也不理！"

"我知道人家见我美滋滋的张狂劲儿会说什么，"桑奇卡讲，"还不是：狗脖子上套麻绳……①那一套。我才不在乎呢！"

---

① 完整的谚语是"狗脖子上套麻绳，老相识也叫不应"。

神甫听了半天，终于开口了："我算是服了！看来潘沙这家子人，都是一生下来就装了满肚子的谚语。什么时候一开口，都能顺着嘴里往外出溜！"

"没错！"小厮说，"总督大人桑丘先生也是一张嘴就出来，常常用得不是地方，可怪有意思的。公爵夫妇十分赞赏他。"

"怎么？这位先生一口咬定这些都是真的？"学士这时候发问了，"桑丘真的当了总督，世上也真有那么个公爵夫人捎来了礼物、写来了信？可我们两人，礼物也摸了，信也看了，就是没法相信！我们猜想，这准都是我们那位老乡堂吉诃德琢磨出来的，他的那些事都是魔法在作怪。不瞒您说，我真想好好摸您一下，看看您这个送信人究竟是个魂灵呢，还是有血有肉的大活人。"

"二位先生，叫我怎么说呢？"小厮回答，"我的确是个活生生的送信人，桑丘·潘沙先生也是个货真价实的总督，封这个官儿，我主人公爵夫妇还做得到，而且确实做到了。我还听说，这位桑丘·潘沙先生办事的魄力大着呢！至于这当中有没有魔法，二位自己去定夺。我说的反正都是实话，而且可以凭我父母的名义起誓。他们还健在，是这世上我最心疼和看重的人了。"

"您说得也在理。"学士承认，"不过，圣奥古斯丁亦惑也①！"

"谁爱疑惑就疑惑吧。"小厮回答，"可事情毕竟还是我说的那样，谎话瞒不住实情，就像水漫不过油。再说，你们纵然不信我，也当信这些事②。哪位不妨跟我走一趟，耳闻为虚，眼见为实嘛。"

"这回轮到我去了，"桑奇卡说，"您只要把我捎在瘦马鞍子后面就行了。能见着父亲大人，怎么都好说。"

"总督大人的千金怎么能这么简便地上路呢？得配备马车轿子和一大堆随行。"

___

① ② 原文为拉丁文。

"上帝明鉴！"桑奇卡喊道，"我才不在乎骑驴还是坐车！你们当我那么娇贵吗？"

"丫头，别胡说！"特莱萨训斥她，"你懂得什么呀？这位先生说得对，光景不一样，章程得跟上。他是桑丘，我就是桑恰；他是总督，我就是夫人。我说的是个理儿吧？"

"特莱萨太太把她心里想的说得再明白不过了，"小厮回答，"快给我吃点东西，赶紧打发我走，我想晚半晌就到家。"

这时神甫对他说："先生还是到我家去吃顿便饭吧。特莱萨太太当然很愿意犒劳您这位贵宾，只怕她有些力不从心。"

小厮推辞了一番，最后一想这样更好，就答应了。神甫满心欢喜地领他走了，盘算着如何仔细打听堂吉诃德的种种业绩。学士自告奋勇要帮着写回信，可是特莱萨嫌他好耍弄人，不想让他掺和自己的事情。她找到一个会写字的教堂侍童，拿出一个甜面包和两个鸡蛋。那孩子就帮她写了两封信，一封给丈夫，另一封给公爵夫人。两封信都是她想好了口授的，在这部伟大传记里，不能算是文笔低劣的。读下去便知分晓。

Capítulo LI · 第五十一章

桑丘·潘沙再树政绩，兼叙其他轶闻趣事

总督巡游的那天晚上，上菜小厮彻夜未眠，辗转思念着那位女扮男装的姑娘，不能忘怀她的绰约丰姿、音容笑貌。天快亮的时候，管家抽空给男女主人写信禀报桑丘·潘沙的言行，说他讲话办事常常出人意表，机智和愚鲁结伴而行，憨傻之中透出几分灵气儿。

天色大亮时，总督大人起床了。佩德罗·热孝大夫早有吩咐，所以早餐只让他吃了一点干果，喝了四口凉水。桑丘是多么想吃一块面包和一串葡萄啊！可他实在无计可施，只好勉强接受，真是苦了肚子伤了心！佩德罗·热孝一口咬定，吃的东西少而精有助于启发才智，这对身居高位要职的人来说特别重要，因为他们更多消耗的是脑力，而不是体力。他这一番花言巧语，害得桑丘只好挨饿。有时候，他恨得直骂自己的官职，甚至还捎带上那个封他做官的人。尽管他肚里只有一点干果，饿得够呛，可还得照常升堂理事。那天一开头，就来了个外乡人，当着管家和其他下属的面，张嘴就说："大人，一条大河把一块领地分成两半……您得听仔细了，这件事很要紧，也很难办。我接着说：河上架了一座桥，桥头竖着一个绞架，还有个公堂模样的小房子，里面总是坐着四个法官。他们得按河、桥、领地的主人立下的法规办事。那法规是这么说的：凡是过桥的人必须首先说明他去哪儿、干什么，说真话的，就放他过去；

说假话的，马上吊到眼前的绞架上，格杀勿论。人们都知道有这么一条厉害的法规，可是照样有不少人过了桥。显然他们都是说了真话的，所以法官才放他们安安稳稳地过去。有一次，问到一个过桥人头上，他发誓赌咒说，他过桥没别的事，就是打算死在眼前那个绞架上头。法官们想了想那人的话，心说：'要是我们放这人大摇大摆过去，那等于是他说了假话，按照法规，就该处死他。可是要绞死他呢，正合了他想死在绞架上的说法，也就是说，他讲了真话，按法规，又该放他走。'法官们直到现在还在犹豫不决，不知道怎么发落那个人，求总督大人给拿个主意。他们听说大人您才情出众、见识超人，特地打发我来求教，还望大人帮他们料理这桩错综疑难的公案。"

桑丘听完回答说："那些法官其实不必费这个事打发你来。我这人很笨，脑袋一点也不灵。不过，你还是把这案子再讲一遍，让我听个明白，没准儿我还能说到点子上哩。"

那传话人把他先头的话又来来回回说了几遍。于是桑丘告诉他："我看这桩麻烦事叫我三言两语就说明白了。不就是那人发誓说他想死在绞架上，要把他绞死呢，他就说了真话，按法规得放了他，叫他过桥；可不绞死他呢，他又说了谎话，照样按法规得把他吊上绞架。对不对？"

"正是总督大人说的这意思，"来人回答，"您把这案子从头到尾说了个一清二楚，无可挑剔。"

"现在要按我说，"桑丘讲，"让那人说真话的一半过桥，把他说假话的一半绞死，就算一字不差地按过桥章程办了。"

"总督大人的意思是，"传话人问，"要把那人分成两半喽？一半是说谎话的，另一半是说真话的。可这么一分，他是必死无疑了，又怎么能按说真话去判决他呢？可法规说得明明白白，非得照章办事不可。"

"这位好兄弟你走过来一点，"桑丘对他说，"我还没笨成那样呢！你说的这事很清楚，绞死他也好，让他活着过桥也好，都有道理。他说了真话该得救，可他又说了谎话，该处死。不就是这么回事吗？我看，你回去告诉那些打发你来的先生，既然杀他和饶他的道理对半分了，那还是给他一条生路让他走吧。行善总比作孽得人心。我可以在这句话底下签上名，可惜我不会写字！不过，这也不是我自个儿的主意。我突然想起了我主人堂吉诃德的劝告。我来这岛上当总督的头天晚上，他嘱咐了我一大堆话，有一句就是这么说的：要是判案一时拿不定主意，最好还是往宽厚慈悲一边倒。上帝有心叫我这会儿想起这句话，真是太可体合身了。"

"没错。"管家接茬儿说，"依我看，就连给斯巴达人立法的李库尔果也比不上伟大潘沙的见识高。好了，今天上午可以退堂了。我吩咐他们叫总督大人美美饱餐一顿。"

"这就对了！可不许带猫腻的！"桑丘警告他，"只要有饭吃，就不怕难办的案子满天飞，我半空中就把它们抓住料理了。"

管家果然没有食言，因为他觉得把这么精明的总督活活饿死，实在于心有愧，更何况当晚他还有受命捉弄桑丘的最后一着。

且说当晚一顿美餐完全打破了踢耳踏飞拉大夫的禁忌和训导。一时饭毕，杯盘撤去，便有邮差拿着堂吉诃德给总督的信闯了进来。桑丘命令秘书给他读一遍，要是没什么值得保守的机密，也不妨大声朗读。秘书先从头到尾看了一遍，对他说："完全可以大声朗读。堂吉诃德先生写给您的信真应该用金字书写镌刻，信里是这么说的：

堂吉诃德·德·拉曼却致扒拉塌日轧海岛总督桑丘·潘沙

桑丘，我的老朋友，我正在担心迟早会听到你昏聩胡闹的消息，不料却传来你精明强干的喜讯，为此我特别感谢了苍天，唯有他从粪堆中提拔穷乏之人[①]，变傻瓜为聪明人。我听说你判案理事确实有个人样儿，可你这人身上总有那么点牲口味道，因为你太看不起自己了。我要你明白一个道理：身居要职得摆出点威严，所以常常应该而且不得不有违自己谦卑的本性。人一旦担起重任，外表也必须做些相应的修饰，不能一味迁就自己的简朴习性。穿着一定要考究一些：棍子一拾掇，模样还不错。我不是说你非得弄得一身珠光宝气，也不是叫你文官穿军服，我只是劝你穿戴要合乎身份，而且一定得干净整齐。

要想得到治下老百姓的拥戴，最要紧的是做到两件事：一是待人彬彬有礼，这我以前已经说过了；二是保障人人衣食充裕。穷人最担心的事情莫过于饥寒匮乏了。

不必颁布太多的法令，只推出那些最好的，而且一旦成文，必须人人遵照执行。无人遵照执行的法令，还不如没有。因为这分明是告诉大家，为官的虽有才智和权威立法，却无魄力使之生效。气势汹汹却不付诸实行的法令，如同那根当了青蛙国王的檩条。起初它们吓得要死，时间一长，就不在乎了，还干脆都爬上去了。你要当好人的亲爸、坏人的后爹。不能事事严厉，也不能处处迁就；应该避免极端，讲究适中，这就叫聪颖明智。常到监狱、肉铺和广场去转转，总督在这些地方露露面大有好处：等着早日宣判的囚犯可以安下心来，屠夫不敢在分量上随便捣鬼，荡来荡去的女人也得有所收敛。尽管，谢天谢地，我知道有些毛病你没有，可我还是得劝你，千万不能敛财、贪吃、

---

① 出自《圣经·诗篇》。

好色。一旦老百姓和那些跟你打交道的人看透了你的毛病，他们就会一点点地投你所好，一直到把你推进堕落的深渊。你离开这儿去上任之前，我给你写下的那些忠告和劝诫，你一定要看了又看，温习了又温习。要是果真能照着办，你就会懂得这是一笔好本钱，可以帮你渡过任上的种种窘境和挫折。给两位主人写信感谢他们的恩典。忘恩负义是狂妄之辈的行径，是世间最大的罪孽。谁要是懂得感激恩人，自然也就懂得感激始终施惠于己的上帝。

公爵夫人已经派手下人把你那件衣服和一包礼物给你女人特莱萨·潘沙捎去了，眼下大伙儿正等回音呢。我得过点小毛病，是让猫给抓的，害得鼻子吃了苦头。不过，也没什么了不起：有坑害我的魔法师，就有护着我的魔法师。

你不是疑心那个跟你去的管家跟三尾裙嬷嬷的事有牵连吗？到底怎么回事，也告诉我一声。咱们离得不远，你那儿怎么样，随时给我捎个信儿来。还有，我想早点结束眼下这种闲散的日子，因为我生来就不是干这个的。有人求我帮忙，看来我得惹恼东道主了。我心里当然很过意不去，可也顾不得这些了。说到底，我最要紧的是尽自己的职责，不能光一味讨他们的好。古人常说：吾爱柏拉图，而吾尤爱真理。我之所以引用这句拉丁语，是因为我猜想，你自从当了总督，多少也学会了点吧。上帝与你同在，并保佑你不变成可怜虫。

你的朋友

堂吉诃德·德·拉曼却”

桑丘十分用心地听完了那封信。其他人听过后都赞叹不已，都说真是至理名言。桑丘从桌旁站起来，招呼秘书跟他回到自己房间，顺手关上屋门。他说刻不容缓，立即给主人堂吉诃德回信，然后口授命秘书录下，不得有一字增减。秘书照办了，下面就是回信：

桑丘·潘沙致堂吉诃德·德·拉曼却

我的公务实在太忙，简直连挠头和剪指甲的工夫都没有。结果指甲长得只好靠上帝去想办法了。我亲爱的主人，我这么一说，您就不会怪我了，说我上任以后不管好歹，不该连个音信也没有。自从当上这个官儿，我就一直挨饿，比咱们俩在树林子和野地里乱跑的时候惨多了。

前几天，公爵大人写信告诉我，有几个奸细钻进岛子想杀我。眼下我只找到了一个，是个大夫，领了俸禄专门来这儿杀那些新上任的总督。他的名字叫佩德罗·热孝，生在踢耳踏飞拉。老爷您听听这名字多吓人！我要不死在他手里才怪了呢！就这么个大夫他自己说，他不治正害的病，只防还没得的病。他的药方除了节食还是节食，一直把人折腾成皮包骨头。他哪里知道饿昏头比发高烧更难受！一句话，不是他把我饿死，就是我自个儿气死。想想看，当了这个官儿，我本指望着吃热炖的，喝冰镇的，躺在细布床单、鸭绒褥子上享福；没想到弄得像个山僧似的，跑到这儿苦修来了。我可是打心眼儿里不情愿！所以，到头来，我是非得去见鬼不可！

到眼下，我没有领俸禄，也没有收贿赂。我还摸不清路数哩。我来这儿才听说，以往的总督们，上任以前就捞到大把的票子了，有送的，也有借的。还说别处的总督也兴这一套，不光是这儿。

昨儿晚上我巡视的时候，遇到一个女扮男装的漂亮姑娘，还有一个男扮女装的，是她弟弟。我的上菜小厮看上了那闺女，心里拿定主意要娶她当媳妇。这是他自己说的。我呢，相中了那小伙子做女婿。我们俩都想今天就去找那俩孩子的父亲商量婚事。那人名叫迭哥·德·拉亚纳，是本地的乡绅，又是老牌正宗基督徒。

我是按您老说的，常常去市场转转。昨天碰上一个卖新鲜橡树子儿的女人，赶巧瞅见她把一筐新摘的和另一筐烂空了的陈橡树子儿掺和在一起，最后都叫我拿去送给孤儿院的孩子了，他们一准分得清好坏。我罚那女人十五天之内不许上市场。大伙儿都说我这事办得很有气魄。告诉您吧，老爷，都说这地方名声最坏的就数那些摆摊的女人了，个个都那么没羞没臊、心狠手辣、无法无天。这话我信，因为这种女人我在别处见得多了。

听您说，我的女东家公爵夫人给我老婆特莱萨·潘沙写了信，还捎去了礼物，我真是高兴极了。到时候我会报答的。请替我吻她的手，就说我说的，她给我的那些好处可不是扔进了漏口袋，看我怎么行事就会知道的。依我看，您还是不要生事惹恼这两位男女东家，明摆着，您跟他们闹翻了，自然得牵连到我。这怕是不怎么合适吧！您一再嘱咐我要知情报恩，可自己不这么做！想想吧，他们给了您多少好处，把您请到他们城堡里伺候得多么周到！

挨猫抓是怎么回事？我不太明白。我猜八成又是那些老跟您作对的混蛋魔法师弄出的鬼名堂。等咱们见面的时候再细说吧。我想给您捎点东西去，可不知道什么好。这岛上做的一种挑燎泡的针管，倒是挺别致的。反正只要我这总督还接着做下去，早晚能找到一样合适的念想儿给您捎去。

　　要是有我女人特莱萨·潘沙写来的信，劳驾您付了邮资给我寄来，我太想知道家里我女人和孩子们怎么样了。就写到这儿。上帝保佑您不再受狠心的魔法师作践，也保佑我官场平安顺利，不过很难说，就凭佩德罗·热孝大夫这么折腾我，能活着离任就不错了。

您的仆人

桑丘·潘沙总督

　　秘书把信封好，交给邮差带走了。几个戏弄桑丘的家伙聚在一起，商量怎么把桑丘从总督位子上轰走。桑丘还真打算治理好他心目中的海岛，那天下午一直忙着制定法令。他禁止在辖区内倒卖粮食，允许各地的酒类进岛，但必须标明产地，好根据牌子、质地以及人们的喜好程度定出价钱，凡兑水或冒名者，格杀勿论。他降低了鞋袜类的售价，特别是鞋价，因为他觉得实在高得不像话；他给仆人们的工钱划定了界限，因为他们在见利忘义的路上走得太远了；对于那些白天黑夜到处弹唱淫词艳曲者，他明令以重刑惩处；盲艺人中说唱圣迹者，必须证明确有其事，否则一律禁止，避免以假乱真，混淆视听。他还雇用了一个专门管理乞丐的公差，当然不是叫他去欺负那些人，而是负责验明他们的正身，因为在浑身疮疥、缺胳膊断腿之类残疾掩盖下的，往往都是些手脚灵便的贼坯和壮壮实实的酒鬼。总之，他定下了不少好规矩，直到如今那地方还人人遵守，说那是"大总督桑丘·潘沙法典"。

CAPÍTULO LII · 第五十二章

这里讲到另一位伤心嬷嬷，
也叫忧戚嬷嬷，又名堂娜罗德里格斯

  据西德·阿麦特说，堂吉诃德见猫爪伤已经愈合，深感继续在城堡待下去，有违他奉行的骑士道准则，决定请求公爵夫妇允许他动身前往萨拉戈萨。庆典日期临近，他有心赢得一副奖给比武优胜者的盔甲。一天，他和公爵夫妇在餐桌上，正打算提出自己的想法，征得同意，不巧从厅门外面走进两个人来（后来才知道是两个女人），从头到脚严严地裹着丧服。其中一个走到堂吉诃德面前，整个身子往下一趴，长长地匍匐在他的脚下，双唇紧紧贴住他的脚面，连串的哀叹声，凄厉而悠长。耳闻目睹这情景，大家顿时不知所措。公爵夫妇起初还以为仆人们又在出什么新花样戏弄堂吉诃德，可是见那女人起劲儿地悲叹、哀鸣、啜泣，心里便疑惑起来，弄不清是怎么回事。堂吉诃德见她可怜，上前扶将起来，请她摘去面纱，露出泪涟涟的容颜。她依从了，结果真是出人意料，原来露出来的竟是府上的嬷嬷堂娜罗德里格斯的那张脸。另一个身裹丧服的是她女儿，就是被乡下阔佬儿子骗了的那位。凡是熟悉那嬷嬷脾性的人无不感到惊讶，公爵夫妇自然更不用说。大家知道她傻呵呵的，没什么心眼儿，可也不至于疯癫到这种地步。

  且说堂娜罗德里格斯对男女主人说："求二位贵人恩准，我想跟这位骑士讲几句话，只有他能帮我一把。有个无法无天、黑了心肠的混蛋给我出了个大难题。"

公爵说可以，她有什么话，尽管跟堂吉诃德先生讲就是了。于是她又转过脸去对堂吉诃德开了口："威武的骑士，前些日子我给您详细讲过了，那个可恶的乡下佬是怎么欺负、坑害了我的宝贝疙瘩女儿，就是眼前这个可怜的姑娘。您当时就答应要为她出力，伸张正义。可我忽然听说，您打算离开城堡去找上天给您的好运。我求您在自己一路顺风之前，先跟那个村野蛮人决斗一场，逼他跟我女儿结婚。他当初为了和我女儿睡觉，原本是答应好要娶她的。我可指望不上主人公爵大人为我主持公道，那简直是找榆树讨香梨。我已经私下把其中的缘由告诉您了。就这些，愿天主保佑您健康，也顺带把我们照看。"

听完这番话，堂吉诃德一本正经地答道："好嬷嬷，请珍惜泪水吧，或者干脆擦干它，也不必长吁短叹。我负责来为您女儿想办法。她其实不该轻信多情郎君们的海誓山盟，那大多数是说起来轻巧，做起来犯难。那我就在此请求公爵大人恩准，我要马上去找这个没有心肝的小子，见了面就跟他挑战决斗，他胆敢推三阻四，拒绝履约，我就杀了他。干我这一行，首要准则就是宽待谦卑的人，严惩狂妄之徒，也就是说，扶助弱小，铲除强暴。"

"我看这样吧，"公爵回答，"咱们的好嬷嬷告发的那个蛮人，您就不必费心亲自去找了，您也不必求我准许您向他挑战。咱们就算您已经挑过战了，由我去通知他，叫他应战，前来城堡决斗。我给二位提供安全场地，严格按这类场合的规矩和惯例行事，对双方绝对一视同仁。凡是在自己领地上为别人提供决斗场地的王公贵族都有义务这样做。"

"既然大人已经恩准，而且做了担保，"堂吉诃德决定，"那我不妨宣布，这次暂且放弃绅士身份，降格和那个低贱的罪人平起平坐，全当我与他同等，好叫他有资格跟我作战。尽管他本人不在场，我还是要正式向他提出决斗挑战，理由就是他欺负了这个可怜的女子，害得她不再是姑娘了。他必须履约娶她为妻，否则我就叫他在决斗中丧命。"

说着，他摘下一只手套，往大厅中央一丢。公爵上前捡了起来，并说，他已经讲过，他代表自己的属民应战，决斗日期就定在六天以后，地点就是城堡前的广场；武器则是骑士们常用的长矛、盾牌和铁网盔甲，以及其他各种附件；而且要经现场裁判检查认可，不得使用任何暗器、符咒和魔法。

"不过还有一件头等重要的事情：首先我们的好嬷嬷和她那不检点的女儿得声明她们委托堂吉诃德先生一手为她们主持公道。没有这一条，什么也甭想做，挑战也就不算数了。"

"我可以声明。"嬷嬷回答。

"我也可以。"她女儿赶紧接茬儿，说话时羞愧交加，泪痕满面。

一切手续齐备，公爵也想好了这件事该怎么办，裹着丧服的母女二人便离开了。公爵夫人还传下话去，从那儿往后，不能再把她们当作府上的仆人，而要看成登门求助的云游女子。因此，为她们安排了特别的住处，给予女宾待遇。别的女仆难免有些大惊小怪，不知道堂娜罗德里格斯和她那个背时的女儿打算恣意胡闹到什么田地。

正在这节骨眼儿上，又有了供饭后茶余消遣的新话题。原来给桑丘·潘沙总督的女人特莱萨·潘沙捎去信件和礼品的小厮返回了。公爵夫妇见他进来真是欢喜极了，他们正急于知道这趟差事办得怎么样哩。小厮对他们问话的答复是：当着这么多人，三言两语也说不清，请求二位大人允许他以后私下禀报。不过，眼下不缺解闷的：他带回来两封信，说着便掏出来交到公爵夫人手里。一个信封上写着：呈不知何处的公爵夫人；另一个信封上写着：烦交我丈夫桑丘·潘沙，扒拉塌日轧海岛现任总督，愿上帝保佑他比我长寿。公爵夫人看信心切，急得火烧眉毛似的，赶紧拆开默读了一遍，知道大声念出来也不碍事，就念给公爵和其他在场的人听了。信里说：

特莱萨·潘沙给公爵夫人的信

我的好夫人，收到贵人写给我的信，真把我高兴坏了。说实话，我早就盼着这一天呢！那串珊瑚珠子真是太棒了，我丈夫的猎装也不赖。听说夫人阁下封我那口子桑丘当了总督，村里的乡亲可高兴了，可就是没人信，特别是神甫、理发师傅尼古拉斯，还有参孙·卡拉斯科学士。别人说什么我才不操心呢，只要事情是真的就行了。不过，讲心里话，要不是送来了珊瑚珠和衣服，我也不信哩！村里人都说我丈夫是个笨蛋，管一群羊还差不离，他们不知道管别的他怎么能行。看在他还要抚养儿女的分上，但愿上帝成全他，给他引个道。亲爱的夫人，我呢，反正是拿定了主意，只要您说声行，我就把这大好的运气锁在家里，大摇大摆坐上马车去京城逛一趟。我知道有人气不忿，偏叫他们红红眼！所以还求夫人吩咐我丈夫给我捎点钱回来，得不小的一笔呢！京城里的开销可大啦：面包一雷阿尔一个，肉三十文一磅，简直吓人！要是他觉得我不该去，及早给我打个招呼。反正我脚板痒痒得直盼着早点上路呢。我的街坊邻居都说，要是我和女儿凤凤光光地去京城走一趟，其实到头来，是我叫他出名，不是他叫我出名。明摆着，不少人要问：这车上的太太们是谁呀？我的听差就说：是扒拉塌日轧海岛总督桑丘·潘沙的夫人和女儿呀！这么一来，桑丘出了名，我也有了身份。到了罗马，要啥有啥。

我心里真是难过得没治了！我们村今年橡树子儿没有收成。不过我还是想法给贵人您捎去半升，都是我去山上挑了又挑，捡回来的。我找不到更大的了。我真巴不得它们个个都像鸵鸟蛋那么大！

劳驾风光贵人别忘了给我写信，我一定仔细回信，说说我是不是还硬朗，还有村里的大事小事。我求上帝保佑您这位大夫人，也别忘了照看我。我女儿桑恰还有我儿子吻您的手。

要是不光能给您写信，还能见到您就好了！

您的仆人
特莱萨·潘沙

大家听完特莱萨·潘沙的信，觉得有意思极了，公爵夫妇尤其高兴。公爵夫人问堂吉诃德能不能把寄给总督大人的那封信也拆开看看，她猜想一定也是妙不可言。堂吉诃德回答说，只要能使二位尽兴，拆开也无妨。拆开一看，里面是这么说的：

特莱萨·潘沙给她丈夫桑丘·潘沙的信

我心里老惦记着的桑丘，你的信我收到了。我这个笃信基督的天主教徒敢向你发誓担保，我真是高兴得差那么丁点儿就要疯了。老伙计，你猜怎么着？我耳朵里听着你当了总督，全身舒坦得我简直想当下倒下去死了。你想必知道，人们常说，冷不丁地碰上大喜大悲的事都会要人的命。你女儿桑奇卡更是高兴得没治，尿水都淌出来了，她还不知道哩！眼前是你捎来的那件衣裳，脖子上挂着公爵夫人送来的珊瑚珠，手里捧着两封信，送信人就在身边，眼里看的、手上摸的都是真的，可我总觉得、总琢磨着自己是在做梦！本来嘛，谁能想到一个放羊的会当上海岛总督呢？老伴，你还记得我妈妈是怎么说来着？要想见识广，就得活得长。我的意思是，我想多活些年，好多长些见识呀！我要一直活到见你当上征粮官和收税官。虽说当这种官儿，弄不好就得去见鬼，可不管怎么说，钱来钱往的，手里老攥着银子！公爵夫人会把我想去京城的打算告诉你的。你好好琢磨一下这事，给我说说你的想法。我打算给你露露脸，坐马车去。

神甫、理发师傅、学士还有教堂司事怎么也不相信你当上总督了，说这都是胡扯，要么就是魔法捣的鬼。你东家堂吉诃德净兴这些名堂。参孙还说要去找你，打消你做官的念头，治好堂吉诃德脑袋里的毛病。我只是在自己肚子里笑笑，瞅着我那串珠子，筹划着怎么把你的衣服改成给女儿穿的。

我给公爵夫人捎去一点橡树子儿，要按我的心愿，真巴不得个个都是金子的。要是你那岛子上时兴珍珠项链，就给我捎回几串来。

再告诉你几件村里的新闻。贝儒埃卡那娘儿们把女儿嫁给了一个蹩脚画匠。那人是来村里找活儿干的。村长叫他把国王陛下的徽章画在村公所的门上，他张口就要了两个杜卡多。人家提前给他开了工钱，他忙活了整整八天，末了什么也没画出来，还说他才画不来这些不值钱的玩意儿呢，不过工钱倒是退了。饶这么着，人家还是仗着大工匠的名分娶了那丫头。只是这会儿他早就丢下画笔，拿起锄头，天天神气十足地下地干活。佩德罗·德·罗波的儿子得了一个教会的差事，已经剃光了一圈脑袋顶，打算当教士了。明戈·西勒瓦托的孙女明吉亚一听说这事，就告了他一状，说他们俩已经订了婚。还有人风言风语地传，说那姑娘怀上那小子的崽儿了。可男的梗着脖子说没这回事。

今年橄榄收成不好，全村连一滴醋都找不出来。有一连当兵的从村里过，顺路带走了三个姑娘。我就不说是谁了。说不定她们还会回来，到时候也许有人才不管她们名声好坏，照样娶她们当媳妇。

桑奇卡会织花边了，每天净赚八文钱。她都扔进扑满里，也总能多攒点嫁妆钱。眼下她是总督大人的小姐了，你自然是要给她筹划的，何必叫她自个儿费劲。广场上的泉眼干了，钟楼顶让雷给劈了。瞧，坏事全凑一块儿了！

我等你回信，告诉我该不该去京城。好了，上帝保佑你比我长寿；最好咱俩一样长寿，我可不想把你一个人丢在这世上，自己先走。

你的妻子

特莱萨·潘沙

两封信亦庄亦谐，时而引起赞叹，时而引起哗然。好像是有意凑趣，这时候邮差送来了桑丘写给堂吉诃德的信，于是马上当众拆开宣读。大家听了，一时更加弄不清楚这位总督是傻是精。公爵夫人趁这工夫带着小厮走开，去探问他在桑丘家乡的见闻。小厮一一详尽禀报，点滴不漏，然后取出橡树子儿，外加一块特莱萨奉送的上好乳酪，据说比特容琼出产的还强。公爵夫人满心欢喜地全都接在手里。让我们暂且撇下她，去看看海岛总督中的精英和楷模、伟大的桑丘·潘沙是如何结束他的任期的。

CAPÍTULO LIII · 第五十三章

桑丘辛苦为官一场的收尾和结局

"想叫世间万物固守原位纯粹是妄想。其实一切都在兜圈子，就是周而复始。春天过去是初夏，接着初夏是盛夏，盛夏后面跟着秋天，秋天后面跟着冬天，冬天过去春天又来了。时光就这么车轱辘似的没完没了地转悠。唯独人生奔向它的尽头，跑得比时光还快，而且一去不复返。只有进入无始无终的天国才能得到永生。"这段话是伊斯兰教哲人西德·阿麦特说的。许多人未能沐浴信仰之光，仅靠天赋的智慧也同样领悟到人生无常、倏忽即逝，唯有来世悠悠无穷期。不过此处作者是有感而发，因为他见桑丘的官运如同过眼烟云，很快就收场、结束、消散了。

他就任后第七天夜里，人已经上了床。他饭不饱、酒不足，净忙着审案子、拿主意、立规矩、定法令。他尽管又饿又恼，可还是眼皮耷拉、慢慢入睡了。突然，他听到一阵钟声响起、人群嘈杂，似乎整个岛子都要沉没了。他噌地从床上坐起，竖着耳朵听了一会儿，打算弄明白这大吵大闹的究竟是怎么回事。结果什么也没弄清楚，反而在原有的钟声、人声之上，又加进了无数鼓号齐鸣。他比先前更加惊恐万状，不知所措。他从床上跳下，见地面太潮，连忙趿拉起拖鞋，也来不及披上晨衣或者别的什么外套，径直朝屋门外跑去。他看到走廊里来了二十几个人，手里都举着明晃晃的火把和出鞘的长剑，还一路大喊大叫："快抄家伙，快点，总督大人！快抄家伙，数不清的敌军来咱们岛上了！快拿出本事和勇气救救大伙儿，不然我们就完蛋了！"

一帮人就这样又号又吼、吵吵嚷嚷，一窝蜂拥了过来。桑丘耳闻目睹这一切，只是痴呆呆地站在那儿，像块木头。那伙人到了跟前，其中有个对他说："大人您倒是快去拿兵器呀！不然您自己要完蛋，这岛子也得完蛋。"

"我拿什么兵器？"桑丘问，"我会使什么兵器？会救什么人呀？这种事情还是交给我主人堂吉诃德去办吧，他三下两下就能办妥，天下太平。要说我，可真是作孽！我一点也不知道怎么对付这种火烧眉毛的事。"

"哎呀呀总督大人！"另一个说，"您还磨蹭什么呀？快挑好您的兵器！这不，我们都给您带来了，进攻的、防守的全有。快领我们去场上，当我们的将帅吧！理所当然，您是总督嘛！"

"那就劳驾给我披挂上吧！"桑丘回答。

他的话音刚落，那些人便把早就准备好的两块大圆盾搬了过来，也不等他穿上别的衣服，一前一后地给他扣在衬衫外面，胳膊就从事先挖好的空缺处伸出。然后他们用绳子把两块盾牌捆紧，桑丘像是挤在两堵墙壁或者两层夹板之间，纺锤似的挺着，根本不能弯膝迈步。他们往他手里塞了一支长矛，他便紧紧握住，才总算站稳了。他们把他折腾成这样，还叫他走上前去鼓舞士气，领兵打仗；说什么他是明星、北斗、灯塔，准能带领他们逢凶化吉、诸事如意。

"真该死！可我怎么走路呀？"桑丘嚷嚷道，"这两块夹肉的板子碍我的事，我连磕膝盖都弯不过来！我看你们还是把我扛起来，放进一个门洞，横躺着也行，竖立着也行。我就用这根长枪和自己的身子在那儿守着。"

"还是您自个儿走吧，总督大人。"有人告诉他，"我看您是吓得走不动了，怪不着那板子。快呀，抬腿呀！时候不早了，敌人越来越多，喊声越来越大，局面越来越险了！"

那些人一个劲儿地又是催命又是挖苦，可怜的总督只好迈一步试试看，结果哐啷一声重重地摔倒在地上，他还以为自己跌成碎块了。他趴在那儿，像只被上下两块硬壳盖严严扣紧的大乌龟，也像半扇夹在木板之间的大肥猪，还像一只倒扣在沙滩上的小木船。可那些恶作剧的家伙并没有因为他摔倒而有所怜悯，反而变本加厉，熄灭了火把，越发狂呼乱叫，喊杀声不迭，而且在可怜的桑丘身上踩来踩去，长剑不断在盾牌上乱砍。倒霉的总督要不是及早缩起脑袋，蜷作一团，只怕准会大吃苦头。他瑟缩在那狭窄的缝隙里，浑身冷汗热汗流个没完，心里一个劲儿祈求上帝快点救他脱险。人们在他身上踩踩踏踏，有一个干脆站在上面不下来，像是在瞭望塔指挥军队一样，大声喊着："咱们的人快过来，这边敌人攻得最猛！把好那个入口，那边的门快关紧！堵住那些楼梯！快把瓦火弹运过来，再往滚油锅里添上沥青和松脂！快用床垫堵住街口！"

凡是遭围城池在保卫战中所需的大小装备器械，那人一口气都给数全了。任人践踏的桑丘听得一清二楚，真是百般无奈，只好暗自祈祷："我主保佑，快叫这岛子失守吧！管他死活呢，只要别再遭这份罪就行了！"

大概是老天听到了他的祈求，冷不丁地有人大喊："胜利了，胜利了！敌人吃了败仗撤走了！嗨，我说总督大人，快起来吧！跟我们去庆贺打了胜仗！你英勇无敌，率众从敌人手里夺来这么多战利品，快给大家分发了吧！"

"请扶我起来！"散了架子的桑丘有气无力地说。

几个人上来搀扶。他一站稳就说："就算我打败了敌人，先把他钉在我脑门子上再说。我可不想分发什么敌人手里的战利品，我只想求求哪位朋友行行好——也不知道我还有没有朋友——快给我一口酒喝！我都快干死了！再帮我擦擦汗，我浑身湿淋淋的！"

汗擦净了，酒拿来了，圆盾解开了。他又惊又吓又累，往床上一坐，就晕倒过去。恶作剧的人们见闹得太过分，心里多少有些抱愧。可是桑丘的晕厥引起的这阵不安很快就平息了，因为不一会儿他又苏醒过来。他问几点了，人家告诉他天快亮了。他没再说话，一声不吭地开始穿衣服，始终默默无语。所有的人都看着他，不明白他急忙穿衣裳想干什么。他最后穿好了衣服，因为浑身疼得没法快走，只能慢慢磨蹭着往马房去了。周围那群人一直跟在后面，见他走到灰驴身边，一把抱住，安详地亲吻了它的额头，眼含泪水对它说："靠近点，我的伙伴，我的朋友，你一直陪着我吃苦受难。跟你在一起，我只想着给你缝补鞍垫，填饱你的肚皮，别的什么也不操心，日子就这么一点点、一天天、一年年过去了，倒也挺自在。可后来我不怎么管你了，一心攀高枝儿，想成大事、露大脸，结果是心里塞满了上百的晦气、上千的烦恼和上万的窝囊。"

他一边自个儿嘟囔，一边给驴子捆好鞍子。旁人一言不发。把灰驴拾掇好了，他愁容满面地骑了上去，然后冲着管家、秘书、上菜小厮、佩德罗·热孝大夫和所有在场的人说道："各位先生，闪开道儿，还是让我像以前那样自由自在的好，还是让我去过以往的日子吧！眼下这分明是找死，可我还想接着活下去！我生来不是当总督的料，碰上敌人来攻打海岛城池什么的，我也没本事守卫。我拿手的活儿是刨地犁地，给葡萄藤剪枝压条，不是颁布法令，守卫疆界国土。圣彼得待在罗马最自在，就是说，各人干各人命里注定的行当最自在。我手里最好是攥一把镰刀，别拿什么总督的权杖。我只要冰镇菜汁管饱，不要混蛋医生折腾得我受这份罪，简直快饿死了！我宁愿自由自在，夏天靠在橡树荫底下；冬天穿一件老羊皮袄，也不愿披一件贵重的'自掉皮'①大衣，躺在铺细布单子的床上，可得背上累人的官衔！愿上

---

① 桑丘想说"紫貂皮"。

帝保佑诸位，请转告我的东家公爵大人，就说我光身子生下，光身子待着，不赔也不赚。我是说，我上任没带来一个子儿，下台也没带走一个子儿。别的海岛总督下台的时候，可跟我大不一样！闪开点，让我过去！我得快点去上些药膏，一晚上那么多敌人在我身上踩来踩去，我的肋条骨全都折了！"

"总督大人，这又是何必呢！"热孝大夫对他说，"我给您喝一种专治跌打损伤的汤汁，包您药到病除、强壮如初。至于饭食嘛，我发誓一定改进：凡是您喜欢的，敞开吃就是了。"

"太晚喽！"桑丘回答，"我不会改主意了，除非我变成土耳其人！这么糟践人，一次就够了！我向上帝发誓，别说这个官职我不要了，就是敲锣打鼓再送来一个，叫我不插翅膀飞上天去，我也不干喽！我们潘沙家的人，个个都这么倔头倔脑，说不就是不，错了也不回头，管他别人怎么说呢！我这只蚂蚁也算插翅在半空里飞了一阵，差点没叫燕子和别的小鸟给吃了！如今我就把这对翅膀丢在马房里，咱们还是脚踏实地在路上走吧！虽说我脚上蹬的不是镂花软皮靴，可自家做的麻绳鞋总还有几双。羊配羊，才像样，谁也甭想把腿伸到被窝外面。时候不早了，快让我过去！"

这时候管家说了话："总督大人，我们当然得让您走。说实在的，您这一走，我们心里很不是滋味。我们正指望您这样的人呢，脑袋灵，心又好。不过，按规矩，总督离职以前必须把公务交代清楚。您把在任这十天的事说完，就尽管放心走吧。上帝保佑您！"

"谁也甭想叫我做这件事，"桑丘回答，"除非是我东家公爵亲自指派的人。再说，我就要去见他了，可以当面现身说法。何况我两手空空离开这儿，你们都看见了。用不着别的证据，我就可以告诉他，我为官一场，比天使还强。"

"上帝明鉴，桑丘大人言之有理。"热孝大夫说，"依我看，咱们还是放他走吧。说不定公爵正急着想见他呢。"

大家都同意放他走，表示愿意送他一程，而且为旅途安逸便当着想，还要给他备齐所需之物。桑丘说他只想要一点喂灰驴的大麦和自己吃的半块干酪、半块面包，反正路程不远，不必置备太多太好的干粮。大伙儿都上来跟他拥抱告别，他也泪涟涟地拥抱了每个人，便径自走了。留下的人们颇为赞叹他的一番言语，十分钦佩他果断而明智的决心。

Capítulo LIV · 第五十四章

仅叙切题之事，别无枝蔓

　　前面讲到堂吉诃德为什么向公爵夫妇的属民发出挑战，他们决计一切按计划进行。可是那小子不愿认堂娜罗德里格斯这个丈母娘，于是溜之乎也，跑到佛兰德斯去了。公爵夫妇只好安排他们手下的一名马弁做替身。那人是加斯贡人，名叫托西罗斯，经事先调教，知道该如此这般。两天之后，公爵告诉堂吉诃德，再过四天，他的对手就到了，准是一身骑士装备出现在比武场上，而且会一再申明，那姑娘红口白舌、满嘴胡说，他根本就没有说过要娶她为妻。堂吉诃德听了这消息，欣喜异常，暗中勉励自己，一定趁机大显身手。他十分庆幸终于能有机会让两位贵人见识一下自己强壮的双臂是如何力大无边。他兴奋得心急如火，觉得四天期限简直比四万年还长，恨不得转眼就过去。

　　多少事我们都能撇下不顾，那么这四天也由他去熬吧。趁这工夫咱们去陪陪桑丘。他正悲喜交集，骑着灰驴一路走来，准备还是回来与主人为伴，这比当世上什么海岛的总督都强。他从来也没认真想过，他治理的那块土地究竟是海岛、城池、市镇，还是村庄。反正是他离开管辖过的那个岛子没走多远，就看见大路上迎面走来六个挂着长拐杖的朝圣者，是那种沿途卖唱乞讨的外国人。这些人走到他跟前，一字排开，张口就唱。唱词都是他们国家的话，所以桑丘听不懂。不过，他还是清清楚楚听明白一句话：行行好，才知道他们是卖唱乞讨的。据西德·阿麦特讲，桑丘可从来都是个善心人，就从褡裢里取出他随身带的那半块面包和半块干酪。递过去的时候，还做手势告诉他们再没东西好给了。那些人欢欢喜喜地接到手里，连声说道："盖勒特，盖勒特！"

"我听不懂。"桑丘回答，"几位兄弟问我要什么？"

于是他们之中有个人从怀里掏出一只布袋给桑丘看，他这才知道他们原来是要钱。他抬起一只手，大拇指顶着脖子，其他指头朝上伸开，向他们表明他一个子儿也没有，然后戳了一下灰驴，就从他们中间冲了过去。其中一个人已经仔细端详了他半天，这时候扑上前去，一把搂住他的腰，高声用地道的西班牙语说："我的上帝呀！我这眼前是谁呀？莫非我搂在怀里的真是我的老朋友、好街坊桑丘·潘沙吗？对了，没错！我这会儿没做梦，也没喝醉。"

桑丘大吃一惊，没想到那个朝圣的外国人紧紧抱住他，还连连喊他的名字。他一声不吭，只是把那人仔细打量了一番，就是认不出是谁。朝圣者见他那副痴呆呆的样子就说："怎么？桑丘·潘沙老兄，你连自己的老街坊、村上开小铺的摩尔人瑞科特也认不出来了？"

桑丘又仔细地看了他几眼，慢慢觉得是有点面熟，最后突然一下子想起来了。他也来不及跳下驴背，就紧紧搂住那人的脖子说："你这个瑞科特，鬼才能认出你来呢！瞧你穿的这身不三不四的衣服。你怎么变成法国佬了？你胆子不小啊！居然敢跑回西班牙！要是人家认出你，把你抓住，可就倒大霉了！"

"桑丘，只要你不告发我，"朝圣者回答，"我敢担保，就凭这身衣服，谁也甭想认出我来。嗨，咱们干吗在这儿挡道儿呀！咱们上不远的那个树林里去。我这些伙计正打算吃点东西、歇一会儿哩。你也跟大伙儿一块儿点补点补，他们都挺和气。我也好有工夫跟你说道说道我的事。你想必知道，国王那道圣旨①对我们倒霉的摩尔人真是毫不留情，所以我只好乖乖地离开咱们村。"

桑丘当然愿意了。瑞科特跟其他朝圣者说了几句，一行人就离开大路，走了好一阵，才到了那片树林。他们丢下拐杖，脱去披风和外套，只穿紧身内衣。除了瑞科特是个上年纪的人，其他都是年轻英俊的小伙子。他们人人都带着褡裢，看来路上吃的干粮十分充足，还有不少开胃的东西，两莱瓜之外就引得人馋涎欲滴。他们往地上一倒，绿茵就成了桌布，摆放好面包、咸盐、刀子、核桃、干酪片、腌肉骨头。最后这一样，虽说是嚼不动，却不妨啃啃、嗍嗍。他们还拿出一种黑乎乎的酱，说是鱼子做的，最好的下酒菜。橄榄也不少，不过都是没腌渍过的干果，倒也清香爽口。宴席上最出风头的还是那六皮囊酒，他们每人都从自己的褡裢里取出一只。老瑞科特这会儿不是摩尔人了，又成了日耳曼人，也叫条顿人。他拿出那只装满酒的皮囊，个头儿比那五只都大。他们开始有滋有味地慢慢吃起来，每样东西都切成小块，穿在刀尖上，细细咀嚼品味，然后又几乎同时抬起胳膊，把酒囊举得高高的，嘴巴对着囊口，眼睛看着天上，像是在瞄准什么，还左右摇晃着脑袋，表示他们个个喝得是多么痛快舒心。他们就这样待了好一阵，只顾把酒囊肚子里的东西往各自肚子里灌。

桑丘看着他们，心里也觉得过瘾②，而且他还想起了一句熟知的老话：入乡随俗，所以马上要过瑞科特的酒囊，仿照他人望天瞄准，也跟他们一样喝了个痛快。酒囊来来回回被举起来四次，可到了第五次就不行了：一个个都干瘪得像麻秆似的。大家也顿时兴味索然。时不时有人伸出右手抓住桑丘的手说："西班牙人、条顿人，好哥们儿

---

① 指从 1609 年到 1611 年陆续颁布的驱逐西班牙各地摩尔人的法令。

② 这里套用了一句古民谣，其中讲的是罗马暴君尼禄纵火烧了罗马城，还去登高观望。原诗直译应为：他一点也不心疼。

都是。"

桑丘便回答说："上帝发誓，好哥们儿。"

说着就放声大笑，没完没了，早把当官儿的那段经历忘得一干二净。只要有吃有喝，人才不会发愁呢。最后酒喝完了，大家也困了，纷纷倒在餐桌台布上睡着了。只有瑞科特和桑丘醒着，因为他们吃得多，喝得少。瑞科特引桑丘离开那几个进入甜蜜梦乡的朝圣者，两人靠着一棵山毛榉坐下。瑞科特丢下绕嘴的摩尔话，用纯正的西班牙语滔滔不绝地说起来："桑丘·潘沙，我的好朋友、老街坊，你是知道的，国王陛下颁布命令驱逐摩尔人，我们一下子都慌了手脚。至少我是吓坏了，生怕不赶紧在规定的期限离开西班牙，我自己和我的儿女们准会受到严厉处罚。谁都明白，人家说好了日子，要来占你家房子，你当然得及早想法另找住处。所以，我觉得最妥当的办法是不带家眷，一个人先离开家乡，等找到合适的地方，再把他们接走。万不能像好多人那样匆忙行事。我和所有上年纪的人都看得很清楚，那些法令可不像有些人说的那样，不过是虚张声势，那是地地道道的法令，一定得照办，而且还规定了期限。我这样想是有道理的，因为我很清楚，我们的人胡思乱想都打些什么可恶的主意。我简直觉得国王陛下是受了神谕才采取了这英明果断的一着。倒不是说我们人人都有过错，其实我们当中也有人是诚心诚意笃信基督的。可是这种人太少了，对付不了那些不信基督的家伙。家里不能养着仇人，就像怀里不能揣条毒蛇一样。一句话，我们是该被轰走，罪有应得嘛！有的人认为这对我们够客气宽大的了，可我们觉得再没有比这更可怕的了。不论我们走到哪儿，一想起西班牙就要流泪。这毕竟是生我们养我们的家乡啊！我们真是晦气透了，到哪儿都不得安生。我们本来指望柏柏尔和非洲别的地方能收留、照顾、待见我们，结果恰恰是在这些地方最受人欺负和虐待。人不倒霉，总是身在福中不知福。我们几乎人人都一心想着回西班牙，像我这样会说西班牙语的，大多数都回来了。人相当多呢，个个都撇下老婆孩子不管了。瞧瞧大伙儿是多么爱西班牙吧！我现在才总算弄明白一句老话：乡情甜，沁人心。我刚才说过我是怎么离开家乡的，先是去了法国。那儿倒是待我们不错，可是我想见见世面，又跑到意大利，最后到了德国。我觉得在那儿活得还挺自在，当地人不那么小肚鸡肠，自己过自己的日子。别人有什么信仰，他们大都不过问。我在奥古斯塔①置了一所房子，就跟这几个朝圣者凑到一块儿。他们很多人年年都来西班牙朝拜圣地，就跟去美洲一样，准能捞到一笔钱，挣多少他们心里都有数。他们走遍全国各地。他们常说，随便进一个村子，都能落个酒足饭饱，还至少攒下一个雷阿尔，等逛到头，带走一百多埃斯库多的节余不在话下。他们把钱兑成金子，不是藏进拐杖的空心里，就是缝进披风的补丁里，反正他们有的是办法带出国。任凭你路口关卡怎么盘查，他们都能拿回家去。桑丘，我这回就想把我埋好的财宝取走。那地方在村外，去刨的时候不会碰上麻烦。我知道老婆和女儿在阿尔及尔，我要不写信给她们，要不从巴伦西亚出海去找她们，想法把她们接到法国随便哪个港口，然后再带她去德国。到了那儿，就看上帝怎么安排我们了。告诉你吧，桑丘，我很明白我女儿瑞科塔和我老婆佛朗西斯卡·瑞科塔都是笃信基督的天主教徒。我当然比她们差点，可我也多少是个基督徒，不再是摩尔人了。我总是求上帝打开我的心窍，告诉我怎么才能为他效力。我一直在纳闷，不明白我老婆和女儿干吗跑到柏柏尔去。她们俩是基督徒，满可以去法国嘛！"

桑丘听到这儿，就告诉他："瑞科特，你该知道，这事也由不了她们，是你舅子胡安条撒约带走她们的。他可是个精明的摩尔人，当然要去对他最合适的地方喽。我还得告诉你一件事。我看你就别费心思去找埋下的财宝了，我们早就听说你舅子和你女人随身带的金银珠

---

① 奥古斯塔：在德国南部，今称奥格斯堡。

宝叫人家搜出来没收了。"

"没准儿有这么回事。"瑞科特回答,"可是,桑丘,我敢说没人碰我埋下的那些。因为我就怕出事,根本没告诉她们埋在哪儿了。所以,桑丘,要是你愿意跟我一块儿去,帮我挖出来,不要告诉别人,我送给你二百埃斯库多,也可以贴补你一些家常开销。我知道你也很不容易。"

"我倒挺情愿帮你,"桑丘说,"可不是为了贪财。我不是那种人,不然今天早上也不会把手里的官职扔掉了。我要是当下去,不出六个月,我们家就能用金子砌墙,使银盘子吃饭了。一来我不贪财,二来给国王的对头帮忙岂不成了奸臣?所以,别说你不过是答应给我二百埃斯库多,就是你在这儿当场递给我四百,我也不去。"

"桑丘,你扔掉了什么官职?"瑞科特问。

"一个海岛上的总督。"桑丘回答,"老实讲,那样的海岛可不是走两三步就能碰上的。"

"这岛子在什么地方?"瑞科特又问。

"你问在哪儿?"桑丘回答,"离这儿也就是两莱瓜,有个叫扒拉塌日轧的海岛。"

"你算了,桑丘,"瑞科特告诉他,"海岛都在海里面,陆地上哪来的海岛!"

"怎么没有?"桑丘不服,"告诉你吧,瑞科特老兄,我今天早上刚离开那儿,昨天还在那儿左右开弓尽意管事呢。可我还是甩手不干了,我觉得当总督实在太悬乎。"

"当这官儿你捞到了什么好处?"瑞科特问。

"就捞到一样好处,"桑丘回答,"那就是,我总算明白自己管一群羊还凑合。要想靠这种官职发财,那就得豁出去不歇不睡,连饭也不能吃。好像海岛上的总督都吃得很少,要是再有个大夫照看你的身体,那就更甭提了。"

"我不懂你说的是什么，桑丘，"瑞科特告诉他，"我觉得你简直是满嘴胡话！谁会把海岛交给你管呢？莫非世上找不到比你能干的人当总督？算了，桑丘，你醒醒吧！我刚说了，想想到底是不是愿意跟我去，帮我挖出藏好的财宝。老实告诉你，还不少呢，确实是一笔财宝。我刚说了，一定送给你一些，叫你好好过日子。"

　　"我也说了，瑞科特，"桑丘回答，"我不想去。不过，你放心，我绝不告发你。但愿你走运，咱们各走各的路吧。我很明白，正经得来，早晚丢光，非分之财，命也搭上。"

　　"我不想强求你，桑丘，"瑞科特说，"可我再问你一句，我老婆、女儿和舅子走的时候，你在村里吗？"

　　"我在，"桑丘回答，"我可以告诉你，那天你女儿真是漂亮极了，全村人都出来看她，说她是世上是漂亮的闺女。她一边哭着，一边拥抱自己的熟人、女友，还有所有去送她的乡亲，求大伙儿祷告上帝和圣母保佑她。她说得好伤心哪！连我这个不怎么轻易流泪的人也忍不住哭了。说实在的，不少人真想半道上把她劫走藏起来，可是谁也没动，谁敢违抗国王的命令呀！当时显得最难过的就是那位阔少爷，你是认识的，堂佩德罗·格列高里奥。都说他很喜欢你女儿。自从那闺女走了以后，村里就再也没见过他。大家还以为他跟在后面准备劫走她哩，可到如今音信全无。"

　　"我心里早就揣摩上了，"瑞科特说，"猜想这位先生准是看上我女儿了。我可很清楚我的瑞科塔的为人，就是知道他喜欢她，我也不担心。桑丘，你想必是听过，摩尔女子跟正宗基督徒相爱成亲的实在是太稀罕了。再说，依我看，我女儿看重的是笃信基督，不是谈情说爱，她才不会搭理那位阔少爷的甜言蜜语呢。"

　　"上帝自有安排。"桑丘说，"不然，两人都挺麻烦的。瑞科特老兄，我得走了。我打算今天晚上赶到我主人堂吉诃德那儿。"

　　"上帝保佑你，桑丘，我的好兄弟。我那些伙计也有动静了，我们也得接着赶路。"

　　两人紧紧拥抱，然后桑丘骑上他的灰驴，瑞科特拄起他的拐杖，就分道扬镳了。

Capítulo LV · 第五十五章

桑丘路上的遭遇，其他事情一看就知道

  桑丘跟瑞科特相遇耽搁了行程，结果当天没能赶到公爵的城堡。还剩下半莱瓜路程的时候，天色便漆黑一团了。幸亏是夏天，所以他也不怎么在意，只是不得不离开大路，打算找个地方等着天亮。可是他运气不佳，该着倒霉，为了蹚摸去处过夜，走到一片古旧的房屋中间，不料连人带驴掉进一个黑咕隆咚的深洞里。他摔下去的时候，没忘了祈求上帝保佑，心想这下怕是要落到地狱里去了。可是还算好，灰驴在三人多深的地方着地了，他这会儿才发现自己还骑在驴背上，没受一点伤。他屏住气浑身摸了一摸，看看是不是完好如初，还是哪块破了个窟窿眼儿。他知道自己不缺不损，平安无事，就一遍遍地感谢我主上帝的大慈大悲。他本来以为准是粉身碎骨了。他又伸出双手沿着洞壁摸索了一圈，看看是不是能想法自己出去，省得大声呼救了。可是到处都是光溜溜的，一点抓头也没有。这一下桑丘蒙了头，偏偏这时候又听见灰驴有气无力、可怜兮兮的哼叫。这不足为怪，它不是在无病呻吟，说实话，它确实够惨的。

  "哎哟！"桑丘·潘沙不由得叹息起来，"活在这倒霉的世界上，步步都能碰上想不到的事情！昨天还坐在海岛总督的交椅上，随便支使手下人和一大群听差，哪里会知道今天就埋进深坑里，没有人帮忙，没有仆人和下属跑来拉一把！就算我的毛驴没有摔碎砸扁，我也

没有愁得断了气儿，我们俩早晚也得在这儿饿死。我可指望不上我老爷堂吉诃德·德·拉曼却那份福气。他一直钻进那个中魔的蒙特西诺斯的洞里，人家把他伺候得比在家里还强，简直是上桌就吃，上床就睡。他在那儿还看见好多漂亮舒心的东西。可我在这儿，怕只能看见癞蛤蟆和长虫。我怎么这么倒霉啊！都怪我自己胡思乱想、疯疯癫癫，才落了这个下场！还不知什么时候老天开眼，人家才能在这儿找到我，刨出我那副光溜溜、白花花、干瘪瘪的骨头，旁边还有我宝贝灰驴的骨头。人家一看，就能认出我们。反正不少人都听说过，桑丘·潘沙从来不离开他的灰驴，他的灰驴也从来不离开桑丘·潘沙。我要再说一遍，我们真倒霉呀！我们真不走运！干吗不让我们死在家里、死在亲人当中？就算谁也救不了我们的命，可总算有人为我们伤心吧！咽气的时候总有人给我们合眼吧！我的好伙计、好朋友，你尽心服侍我一场，我就这么报答你呀！原谅我吧，你也想想办法求命运女神把咱俩从这倒霉地方救出去！我发誓给你头上戴一顶桂冠，把你打扮成得奖的诗人，还要给你双份草料。"

桑丘·潘沙就这么一个劲儿地哼哼唧唧，他的毛驴只是听着，也不答话，足以见得可怜的家伙当时是多么伤心和为难。就这样，整个夜晚都在凄惨的哀鸣和悲叹中度过。白天终于来临，桑丘透过灿烂的光华总算看清，无人救助，他们无论如何也逃不出这口枯井，于是他又一次哀叹号叫，盼望有人听到他的声音。可是四周空无一人，他纯粹是在对着荒野呼喊，看来只能认定自己是死人一个了。灰驴朝天躺在那里，桑丘·潘沙摆弄了半天才帮它四蹄着地，可它几乎没法站稳。幸好那只褡裢也随他落下，他从里面掏出一块面包喂驴，看它有滋有味地吃下。桑丘还对它说着话，仿佛那牲口通人性似的："面包塞进肚，再苦也不惬。"

这时候他看见深坑的壁上有个窟窿，只要弯腰缩脖就能容下一个人。桑丘·潘沙跑了过去，身躯伛偻钻了进去，发现里面很宽，而且向前延伸。他看得很清楚，因为从顶棚似的上部射进一缕阳光，照亮了整个通道。他见那通道一直伸展，越来越宽，末了连着一个更空阔的去处。他看仔细之后，又回到毛驴身边，捡起一块石头，动手抠哧窟窿周围的泥土。不一会儿，洞口就足够方便地让毛驴通过了。这正是他的打算。他牵起缰绳，就从洞口往前走去，心想不定在哪儿会找到出路。走了一阵，不是漆黑一团，就是昏暗一片，所以始终提心吊胆。

"全能的上帝保佑我吧！"他心里念叨着，"在我这是遭险，在我主人堂吉诃德那儿准是冒险喽。只有他才会把这地狱一样的深坑当成遍地鲜花的园子，当成嘎里亚那宫殿①，指望从这黑洞洞的夹道走到一片开花的草地。可我这个倒霉蛋，没人给出主意，又吓破了胆儿，总觉得一迈步，脚下就会张开一个更深的窟窿，一口把我吞进去。晦气可别老缠着我呀！"

他就这样一路思前想后，觉得好像是走了半莱瓜多一点，总算看到了些许微光，显然外面天已大亮，阳光不知道从哪儿照进了洞里。他原先认定通往冥府的道路，看来是另有出口的。

说到这里，西德·阿麦特·贝嫩赫里撇下他，又回过头去讲堂吉诃德。决斗的日期临近，他正兴冲冲、急不可耐地等着教训污人清白的贼子，为遭到欺骗凌辱的堂娜罗德里格斯的女儿打抱不平。眼看第二天就要交手了，他头天早上打算出门去操练演习一番。他猛一夹脚，策动洛西南特飞奔起来，转眼就跑到一个深洞边上。他连忙紧紧勒住缰绳，差点没滚进去。他稳住坐骑，总算避免了坠落。他又凑近了一些，在马背上朝深处张望了一眼，这时候便听见里面有人大声呼叫。他再仔细听了听，终于辨认清楚那人在喊叫些什么："上面有人

---

① 嘎里亚那宫殿：位于西班牙托莱多附近，塔霍河边罗马时代留下的古迹废墟。

吗？有没有基督徒听见我在喊叫？有没有好心的骑士可怜可怜一个活埋在这儿的孽障、一个丢了官的倒霉总督？"

堂吉诃德觉得这分明是桑丘·潘沙的声音，顿时惊讶得目瞪口呆。于是他扯着嗓子喊道："谁在下面？是谁在呼救？"

"还能有谁？还能有谁呼救？"那声音回答，"不就是遭罪的桑丘·潘沙嘛！自讨苦吃、活该倒霉，当了扒拉塌日轧海岛总督，前不久还是大名鼎鼎的骑士堂吉诃德·德·拉曼却的侍从呀！"

堂吉诃德听了这话，越发惊骇，更加莫名其妙，脑子里倏地闪过一个念头：桑丘·潘沙准是死了，变成冤魂在底下游荡。想到这里，他便说："我是个笃信基督的天主教徒，请听我诚心诚意地祝告你，务必告诉我你是谁。如若是冤魂不散，那就说明你想要我帮什么忙。我的职责就是庇护和救援阳世的困厄者，当然也包括救援和帮助那些身陷冥界不能自拔的受难者。"

"这么说，"底下又回答，"跟我讲话的一定是我的主人堂吉诃德·德·拉曼却，光凭声音就知道准不是别人。"

"我正是堂吉诃德。"堂吉诃德告诉他，"干我这一行的专门帮衬和救助受苦受难的人们，不管是死是活。快说出你是谁，真把我弄糊涂了！你要果真是我的侍从桑丘·潘沙，死了还没让魔鬼带走，那准是上帝慈悲，送你去炼狱了。咱们慈母般的神圣天主罗马教会可以安排各式各样的祈祷仪式超度你的阴魂。我一定舍出全部家产求教会办妥此事。所以请你赶快开口说明自己是谁。"

"我可以指天赌咒！"那声音说，"我还可以凭您敬重的圣婴起誓，堂吉诃德·德·拉曼却先生，我就是您的侍从桑丘·潘沙，我自打生下来还没死过一回，我只是扔下了官职。这中间的缘由和道理，我得找时间慢慢跟您细说。我昨晚掉进了这个深坑，跟我的灰驴倒在一起。它总不会撒谎吧？有它在这儿就是明证。"

这还不算，那毛驴像是听懂了桑丘的话，当即就大声吼叫起来，

●

把个黑洞震得直颤。

"这个证据管用！"堂吉诃德说，"这一声吼就像我的亲儿子叫一样。我的好桑丘，你的声音我也听出来了。你稍等一会儿，我这就去公爵的城堡，离这儿不远。我带人来救你。你准是作了什么孽，才掉进这深坑的！"

"老爷您快去！"桑丘催他，"看在独一无二的上帝面上早点回来！我活埋在这儿真是受不了，都快吓死了！"

堂吉诃德撇下他，去城堡把桑丘·潘沙的遭遇告诉了公爵夫妇。两人当然是吓了一跳，不过马上就明白过来，知道那人是掉进了古已有之的地下通道里。可是他们不懂得，为什么他丢下官职，也不事先告知一下行期。末了他们吩咐一大帮人，带着粗细麻绳，费了不少力气，总算把灰驴和桑丘·潘沙从那个黑洞洞里拽到光天化日之下。一个学生见这情景说："但愿所有可恶的总督都像这个可怜虫一样，离任以后从深坑里爬出来，饿得半死，面无血色，而且我想，准也是身无分文。"

桑丘听了马上接茬儿："我说咒人的老弟，八天以前，人家派我去一个岛上当总督。这些日子里，我没吃过一顿饱饭，大夫们尽意地折磨我，仇人们打断了我的骨头。我没来得及受贿赂，也没领俸禄。照我这样，我看还不该落个这种下场吧？不过呢，人有打算，天降机缘；各人该怎样，上帝有本账；光景不一样，章程得跟上；谁也甭夸口不喝这方水；本想跑去找腌肉，哪知挂钩也没有。好了，上帝明白我的意思。我还有话呢，可我不说了。"

"别生气，桑丘，也别听了闲话就往心里去，那还有个头？你自己问心无愧就行了，管他别人说什么呢！想捆住说坏话的舌头，简直比给野地安上个门还难。要是总督离任的时候发了财，人家会说他是个贪官；一个子儿没有呢，又说他废物点心、窝囊。"

"我敢担保，"桑丘回答，"这回人家准说我是笨蛋，不说我是贪官。"

　　他们就这样一路说着话，身前身后一帮大人孩子跟着，回到了城堡。公爵和公爵夫人正站在回廊里迎候堂吉诃德和桑丘。可桑丘不想立即上去见公爵，他得先去马房安顿好灰驴，说它昨晚在一处客店里苦熬了一宿。事完了，他才上去拜见两位东家，跪在他们面前说："二位大人，在下不才，承蒙大人抬举，去您治下的扒拉塌日轧海岛当了总督。我是光身去，光身来，不赔也不赚。我为官的好坏，当时身边都有证人，由他们去评说。我撕掳了难题，判清了官司，一直饿得半死不活，这都要怪那个佩德罗·热孝大夫。他出生在踢耳踏飞拉，是海岛总督府医生。我们半夜受到敌军进攻，弄得措手不及。岛上的人说，多亏我劲儿足胆儿大，领着他们赶跑了敌人，打了胜仗，但愿他们说的是实话，上帝保佑他们长命百岁。一句话，这些日子，我掂量了一下肩上的担子，还有管公事的各种烦难，我觉得自己实在担当不起，我的骨架子扛不起这么大的分量，腰里也没别着像样的宝刀。所以，趁这份官职还没把我甩下来，不如我先把它甩一边去。昨天一早，我就离开了海岛。它还是老样子，街道呀、房子呀、屋顶呀，我去的时候什么样，现在还什么样。我不欠别人一个子儿，也没费心去捞什么油水。我本来打算定上几条好规矩，可到末了一条也没定。我怕没人照办，那定不定，有什么两样？我还得说，我出岛的时候，就有灰驴一个伴儿。我掉进一个深坑里，在里面往前走了好一阵，一直到今天早晨太阳出来了，才总算找到出口，可想出来并不那么便当。要不是老天把我主人堂吉诃德送到我跟前，只怕我得待到世界末日去了。这不，公爵和公爵夫人，二位大人手下的总督桑丘·潘沙又回来了。他当了十天总督，总算明白了一件事情：不必死乞白赖地去当什么总督，甭说管一个小岛，就是管全世界也没劲。事情就是这样，现在叫我亲亲二位的脚面，学着孩子们玩的时候说的话：你跳过来，我跳过去；我跳出了官职，再回过头去伺候我主人堂吉诃德。跟着他，虽说是担惊受怕的，可肚子总还吃得饱。只要能吃饱，我才不管它是胡萝卜还是石鸡。"

　　桑丘的一席长谈到此为止。堂吉诃德始终担心他又会蠢话连篇，结果见他还没怎么胡说呢，就完了，真是打心眼儿里感谢上帝。公爵拥抱了桑丘，说没想到他这么快丢了官，他心里很是惋惜，不过他会想办法在他封地里为桑丘另找一个不费事又有实惠的差事。公爵夫人也拥抱了他，吩咐下人好好照看，因为看得出来，他狼狈不堪，情形很不美妙。

CAPÍTULO LVI · 第五十六章

为了帮助堂娜罗德里格斯嬷嬷的女儿,
堂吉诃德·德·拉曼却和马弁托西罗斯展开一场
空前未有的恶战

　　公爵夫妇认为封桑丘·潘沙当总督,戏弄他一番,很是值当。正好当天他们的管家也到了,向他们一五一十禀报了几天来桑丘都说了哪些话,做了哪些事,还特别渲染了偷袭海岛的一幕,讲桑丘如何害怕,如何离开。两人听了甚是开心。传记里说,紧接着这件事,便是定好的决斗日期来临了。公爵一次又一次地叮嘱马弁托西罗斯该怎么对付堂吉诃德,既要打赢他,又不能伤他害他。他还下令摘下长矛的铁尖,告诉堂吉诃德,他恪守的基督教义,不允许在决斗中危及和伤害人们的性命,他为此在自己的领地上提供比武场已经够通融的了,须知这其实有违教廷会议关于禁止决斗的法令,所以万万不能拼命蛮干。堂吉诃德回答说,大人尽管做主安排,他准备一切听命。

　　令人揪心的一天终于到了。按照公爵的吩咐,事先在城堡广场上搭起一座宽大的平台,是为比武裁判和告状的嬷嬷母女二人准备的。四周大小村镇的居民闻讯纷纷赶来,都想见识一下这场新奇的决斗。在他们地界,此类事情无论在世的和过世的人们都没见过,也没听说过。首先进入场地竞技圈的是大典总管,他走了一遭,检查了整个场地,看看有没有磕磕绊绊的暗设陷阱和机关。然后是嬷嬷母女入场,登上她们的座位。她们戴着围巾,从眼睛一直遮到胸口,一副恓恓惶惶的样子。这时候,堂吉诃德在比武圈里露面了。不一会儿无数号角齐鸣，身材高大的马弁托西罗斯，从广场的一角走来。他骑的那匹健壮的骏马几乎要把地面踩塌。只见他盔檐遮面，昂首挺胸，浑身坚硬的盔甲闪闪发光。那马显然是佛里斯兰①种，身躯宽厚，毛色黑白相间，前后四只蹄子上都垂着一阿罗瓦多的粗毛。这位勇士事先已经得到主人公爵的指令，知道该怎样跟威武的堂吉诃德·德·拉曼却周旋，无论如何不能杀伤他，一交上手就设法逃离，避免丧命的危险。要是两人面对面相撞，那可就在劫难逃了。他绕场走了一圈，靠近嬷嬷母女的时候，着意看了一眼那个执意要嫁给他的姑娘。堂吉诃德早已经入场，大典总管招呼他跟托西罗斯站在一起，然后询问嬷嬷母女，她们是否委托堂吉诃德·德·拉曼却为她们主持正义。她们说是的，他此时此刻一切所作所为都是合法有效的，她们绝不反悔。公爵夫妇已经在广场边缘的回廊里等候多时。回廊里挤满了熙熙攘攘的人群，大家都等着观赏这场罕见的恶战。交战双方商定的条件是：如果堂吉诃德胜了，对手必须跟堂娜罗德里格斯的女儿结婚；输了呢，对方就无须履行诺言，什么责任也没有了。

　　大典总管划分好场地，设法不叫任何一方直对阳光，然后命两人占好各自的位置。一时战鼓擂起，号角声在场上回响，脚下的地面都为之震颤。观战的人个个都悬着一颗心，有的担忧，有的焦急，谁也不知道一仗下来，是凶是吉。堂吉诃德虔诚地祈求我主上帝和意中人杜尔西内亚·德尔·托博索保佑，只待冲杀的最后信号发出。可我们的马弁却全然另有打算。我现在就来说说他在想什么。原来他看了几眼那个跟他打官司的姑娘，觉得有生以来，也没见过这么漂亮的女子。大街小巷中常被人们提到的爱神，本是个瞎胡撞的小家伙，见碰巧能俘获一颗马弁的心，战利品清单上又可以增添一项，这机会他可不愿意丢掉。这不，谁也没看见是怎么回事，他就蔫不悄儿地蹭到

_____

① 佛里斯兰：荷兰北部沿海的一个省份。

那可怜巴巴的马弁身边，朝他左胸射进一支两巴拉长的利箭，一下子就把那颗心穿透了。做这种事他稳拿稳打，因为爱神是来无影去无踪的。什么地方他都可以随便出入，谁也不能拿他是问。我要说的是，冲刺的信号已经发出，而我们的马弁却在神驰心往地想着他的美人，决定把自己的整个身心都交付给她，所以毫不理会号角响起。堂吉诃德则不然，只见他闻声而动，立即催促洛西南特尽量快跑，直向对手冲去。忠实的侍从桑丘见他动身了，便大声喊道："但愿上帝给你引路，游侠骑士的尖子和精华！上帝一定叫你得胜，你原本是占着理儿的嘛！"

托西罗斯见堂吉诃德朝他扑来，可就是原地不动，而且还大声召唤大典总管。那人立即上前打算问个究竟。于是托西罗斯对他说："先生，不是就为我娶不娶那位小姐才打这一仗的吗？"

"是这么回事。"那人回答。

"那么好吧。"马弁说，"我实在是问心有愧，要是再干这么一架，我就更不得安宁了。这样吧，我自己认输，答应马上跟那位小姐结婚。"

托西罗斯一席话，说得大典总管不知所措。他很清楚这场把戏的个中奥秘，一时间无言以对。堂吉诃德见敌手并没有前来迎战，只好半途止步。公爵不明白为什么决斗不接着进行，于是大典总管上前转述了托西罗斯的决定。公爵先是一怔，接着便勃然大怒。趁这工夫，托西罗斯走到堂娜罗德里格斯面前，大声对她说："夫人，我愿意跟您女儿结婚。本来平平安安、不冒风险就能办到的事，干吗弄得吵吵闹闹、大打出手呢？"

威武的堂吉诃德听到这话便说："既然是这样，那我的责任已尽，无事可干了。愿二人早结良缘。还是那句老话：上帝赐福，圣彼得祝福。"

公爵走下城堡，来到场上，站在托西罗斯面前问他："这么说，你这位骑士真的认输了？你真的是良心发现，决定跟这个姑娘结婚了？"

"是的，大人。"托西罗斯回答。

"他做得很对。"桑丘·潘沙插进来说，"喂猫逮耗子，省了多少事。"

这时候托西罗斯正忙着卸下头盔，还求别人快点帮他一把，说简直憋得喘不过气儿来，这么长时间夹在狭小的铁壳子里面，实在受不了。大家连忙帮他卸甲，于是他那副马弁尊容赫然显露出来。堂娜罗德里格斯和她女儿见这情景，顿时大喊大叫起来："我们上当了！你们骗人！你们以假充真，拿公爵大人的马弁托西罗斯调换我的丈夫！天理王法不容啊！这何止是恶毒，简直是卑鄙！"

"二位女士不必难过，"堂吉诃德劝她们，"这既不恶毒，也不卑鄙，何况也不是公爵的过错。这都怪那些迫害我的魔法师。他们生怕我获得优胜者的殊荣，就把贵婿的面孔变成您说的公爵马弁的嘴脸。听我的劝没错，别去理会我那些仇人的鬼名堂，放心嫁给他吧。他准是您一心想嫁的那个丈夫。"

公爵一听这话，怒气顿消，差一点没笑破肚皮。他说："堂吉诃德先生的种种遭遇真是与众不同，连我都快觉得我手下的这个马弁不是他本人了。不过，咱们也不妨来点计谋策略。要是大家赞成，婚期先推迟十五天，把这个面貌不清的角色禁闭一些日子，说不定这期间他能恢复原形。那些魔法师再恨堂吉诃德先生，也不至于能熬这么长时间。再说，他们从这些骗人的把戏中也得不到多少好处。"

"大人呀，"桑丘说，"这些坏蛋一直都在干这个把东西变来变去的营生，还总是摊到我主人头上！前些时候，他打败了一个骑士，名字叫'镜子骑士'，可硬是变成了我们村里的老乡、我们的好朋友参孙·卡拉斯科学士。还有我的女主人，杜尔西内亚·德尔·托博索也让他们给变成一个土里土气的乡下女人。依我看呀，这马弁一辈子到死也就是这样了。"

堂娜罗德里格斯的女儿接茬儿说:"不管这人是谁,他既然愿意娶我,那我太谢谢他了。我宁肯当马弁的结发妻,也不给绅士当解闷的相好,何况那个拿我解闷的家伙还不是绅士哩!"

总而言之吧,折腾来折腾去,就是让那个马弁闭门静养几天,看他到底能不能变回去。大伙儿都庆贺堂吉诃德的胜利,不过大多数人总觉得败兴,很不痛快,原来他们恨不得两个对手打个血肉横飞才来劲呢。这就像一群顽童去看绞死犯人,结果不是原告撤诉就是法官开恩,反正是什么也没看着,心里自然没趣。

最后人群走散,公爵和堂吉诃德回到城堡,托西罗斯给关了禁闭。堂娜罗德里格斯和她女儿心满意足,因为不管怎么说吧,官司打了半天,总算要办喜事了。托西罗斯指望的也就是这个。

Capítulo LVII · 第五十七章

堂吉诃德如何跟公爵告别
以及公爵夫人的使女、机灵调皮的阿勒提西多拉
怎么跟他打趣

  堂吉诃德早就觉得该结束在城堡里过的那种闲散的日子了。他始终惦念着世人是多么需要他,不能老是这样深居简出、无所事事,任凭敬重游侠骑士的东道主尽力款待、安享清福。他深知,继续这样无所作为地隐居下去,将来是没法向上天交代的。有一天,他便对公爵夫妇提出要走。主人们也只好答应,可是显出十分舍不得与他离别的样子。公爵夫人把桑丘·潘沙的女人写的信交给他。桑丘拿在手里流着泪说:"我当总督的消息让我妻子特莱萨·潘沙心里盘算了多少好事呀!可谁会想到,我还是得跟着主人堂吉诃德·德·拉曼却费劲巴拉地四处闯荡呀?不过说到底,我的特莱萨还是挺够意思的,知道给公爵夫人捎一些橡树子儿来,我心里也就好受多了。万一她没这么做,显得那么不知好歹,岂不是叫我太丢人了?最叫我放心的还是,这份礼可不能算是贿赂,因为她托人捎来的时候,我已经上任了。不管是谁,得了别人的好处,都该回报,哪怕是点不值钱的东西呢,这才是正理。这么说吧,我光身上任,光身离任,可以说问心无愧,这也就够了。我光身生下来,还光身待着,不赔也不赚。"

  临走那一天,桑丘心里就老这么琢磨着。堂吉诃德夜里跟公爵夫妇告过别,第二天一大早,全身披挂走到城堡前的广场上。城堡里的大小人丁都会集在游廊上看他,公爵夫妇当然也出来送行。桑丘骑着

灰驴，随身带着褡裢、箱子和干粮，十分称心如意。特别是那个扮演三尾裙嬷嬷的公爵管家，还交给他一个小口袋，里面装着两百个金埃斯库多，以备路上不时之需。这事堂吉诃德当然不知晓。

刚才说了，人们都在盯着看他，突然在公爵夫人的嬷嬷和使女群里，响起了淘气又机灵的阿勒提西多拉的声音，听起来如泣如诉。她唱道：

> 狠心骑士听我说，
> 勒紧缰绳候片刻；
> 牲口也在受折磨，
> 肚子快叫你踢破。

> 虚情假意你别跑，
> 没有毒蛇把你咬。
> 我比绵羊还温顺，
> 不过是个小羊羔。

> 狄安娜踏尽山岭，
> 维纳斯走遍树丛，
> 哪有姑娘能比我？
> 你这妖怪偏无情。

> 埃涅阿斯负心，维热诺凶残，
> 巴拉巴作乱，你和他们为伴。[1]

---

① 埃涅阿斯是维吉尔史诗《埃涅阿斯纪》里的主人公，恋人因遭他遗弃而自杀。维热诺是《疯狂的罗兰》中的人物，曾将情妇抛弃在荒岛上。巴拉巴是《圣经》中的人物，因作乱被判死刑，于耶稣受审时获释。

张开冰冷的魔掌，
划破弱女的胸膛。
你掏空她的肚腹，
夺走她柔情一腔。

你抢去头巾三块，
还有一双黑袜带。
可怜光滑的大腿，
比大理石还洁白。

带走两千声叹息，
比火焰炽热有力。
若有两千特洛伊，
必将成一片赤地。

埃涅阿斯负心，维热诺凶残，
巴拉巴作乱，你和他们为伴。

你的侍从是无赖，
桑丘心肠像石块。
他才不管那魔法，
杜尔西内亚活该！

只因你作恶多端，
可怜她苦难无边。
好人替坏人受过，
就是这里的习惯。

别以为好运跟随，
转眼就叫你倒霉。
快活日子一股烟，
坚贞爱情去见鬼。

埃涅阿斯负心，维热诺凶残，
巴拉巴作乱，你和他们为伴。

塞维利亚马切纳，
格拉纳达到洛哈， ①
走遍伦敦和英国，
负心人儿挨臭骂。

就是玩牌也别扭，
王牌从来不到手，
好牌张张躲着你，
干瞪两眼输到头。

要是哪天剜鸡眼，
鲜血哗哗流一摊；
赶上拔牙更遭殃，
牙根偏往肉里钻。

埃涅阿斯负心，维热诺凶残，
巴拉巴作乱，你和他们为伴。

---

① 以上均为西班牙地名。

就在伤心的阿勒提西多拉如此这般哭诉的当儿，堂吉诃德始终愣愣地看着她。最后他并没有搭理，只是转过脸去问桑丘："桑丘，看在你先祖们在天之灵的面上，我求你对我说实话。告诉我这个痴情姑娘说的那三条头巾和三双袜带，莫非是你拿了？"

　　桑丘回答他说："三条头巾我倒是拿了，可那三双袜带，根本是没影儿的事。"

　　公爵夫人没想到阿勒提西多拉这么会逗乐。她知道那丫头好闹着玩，又调皮又胆儿大，可是不承想她居然敢弄出这些花样来。公爵夫人又事先一点不知道这场把戏，所以惊讶得不行。公爵有意凑热闹，就说："骑士先生，我觉得这就不太好了！您已经在鄙人城堡里受到极好的接待，怎么竟然还拿走使女的东西？至少是三条头巾，说不定还捎带上三双袜带。这种为人可太不地道啊！有辱您的清名。快把袜带还给她吧，不然我声明要和您决一死战。我可不怕那些魔法师调包，把我的脸换一副模样，就像他们上次对付我的马弁托西罗斯那套办法。您不是刚跟他决斗过吗？"

　　"上天有眼，"堂吉诃德回答，"我可不能拔出剑来朝大人您身上刺去。您给我的恩惠太多了！头巾我一定归还，桑丘已经说是他拿的。袜带我可就没办法了，因为我手上没有，他也没拿。说不定您那位使女翻翻她那些叽里旮旯，我敢担保，她准能找到。公爵大人，我这人从来没做过贼，而且只要上帝不撒手抛弃我，这辈子我也不想干这一行。这姑娘讲了半天，无非是说她害相思了。这事可跟我无关，我没亏欠她什么，也没什么对不住大人您的。还望阁下别冤枉我，并且允许我接着赶路。"

　　"愿上帝祝福您，堂吉诃德先生，"公爵夫人说，"我们希望不断听到您建功立业的好消息。快走吧，上帝保佑您！姑娘们都看着您哩。您耽搁的时间越长，她们胸中的情焰就越旺。我一定狠狠教训我那个丫头，叫她从今往后目不斜视、口不胡言。"

"威武的堂吉诃德，听我再说一句话！"阿勒提西多拉求他，"请原谅，偷袜带的事，是我错怪您了。天地良心，我系在自己腿上了。都怪我粗心，骑着驴找驴。"

"瞧我怎么说来着？"桑丘赶紧接茬儿，"我才不能偷了东西不认账呢！我要是想干这种事，当总督那会儿便当得很！"

堂吉诃德低下头，向公爵夫妇和所有在场的人致意告别，然后勒缰掉转洛西南特，桑丘骑灰驴紧紧跟上。两人离开城堡，取道前往萨拉戈萨。

CAPÍTULO LVIII · 第五十八章

堂吉诃德一路上奇遇不断，接应不暇

堂吉诃德来到广阔的原野，逃离和摆脱了阿勒提西多拉的纠缠，顿时觉得自由自在，精神大振，又可以重新建树骑士业绩了。他转过脸去对桑丘说："桑丘啊，自由是上天赐予人类的珍贵财富，深埋地下和沉睡海中的任何宝物都无法与之相比。自由和名誉一样，都值得为之付出生命的代价。而遭受奴役，则是人生最大的不幸。桑丘，我这话是有道理的。你已经亲眼看到了，咱们刚刚离开的城堡里，应有尽有，生活舒适。可是面对那些可口的美馔珍肴和冒着雪白泡沫的琼浆，我总觉得是在忍受饥渴的煎熬。那些东西不是属于我的，所以我不能自由自在地享用。受人之惠、得人之恩必须予以报答，这种牵挂犹如枷锁在身，心情无法舒畅。自己有一片天赐的面包，只需感谢上苍，而不亏欠他人，这才是最大的福气啊！"

"老爷您说得很对，"桑丘回答，"可咱们还是得谢谢人家。我这儿有个小布袋，里面装着公爵管家送的两百个金埃斯库多。我贴胸口带在身上，万一有个好歹，可就成了舒心膏、祛忧散了！咱们总不能老是碰上管吃管住的城堡吧，说不定还会跑进哪个客店里挨顿棒打呢！"

游侠骑士和侍从就这样一路走去，说东道西。他们走了大约一莱瓜，突然看到前面一片绿茵茵的草地上，十来个农夫装束的汉子，把披风铺在身下，正坐在那儿吃东西。他们旁边好像是一些白布单子，远远近近地铺开，底下盖着什么物件，把单子撑得高高挺起。堂吉诃德朝那些打尖儿的人走去，先客客气气打了个招呼，就问他们布底下盖的是什么。其中一个回答说："先生，布底下盖的是一些浮雕和塑像，是村里刚修的祭坛要用的。用布盖上是怕弄脏了，扛在肩上是怕摔坏了。"

"各位要是允许的话，"堂吉诃德说，"我很想看一看。这么仔细运送的雕像准是很不错的。"

"何止是不错呀！"另一个人说，"不信，您问问价钱就知道了。老实说，个个都花了我们五十多杜卡多。我这就给您证明我没说瞎话，请等等，您自己亲眼看看就知道了。"

他放下手里的吃食，站起来，就近揭开一具雕像。露出来的是骑马的圣乔治，脚下盘着一条大蛇，长矛直刺它的咽喉，像惯常描绘的那样，面目十分狰狞。整个雕像，正如同人们常说的，一片金光闪闪。堂吉诃德看了一眼，便说："这位骑士是圣教兵团里最杰出的游侠之一，名叫堂圣乔治。他还是贞女的保护神。咱们再看看这一个。"

那汉子又掀开一个，看样子是圣马丁，也骑着马，正把自己的披风分出一半给穷人。堂吉诃德一见就说："这位骑士也是基督教的斗士。我觉得他是慷慨多于勇武。桑丘，你已经看到了，他正在跟穷人平分自己的披风，撕下一半赠送。当时想必是冬天，不然像他那样慈善的人，一定会整件奉送的。"

"八成不是因为这个。"桑丘回答，"他准是按那句老话行事：是给还是拿，动动脑袋瓜。"

堂吉诃德笑了笑，又叫揭开另一块布。下面露出来的是西班牙的保护神，也骑着马，举着血淋淋的长剑，一路践踏着摩尔人的身躯和头颅。堂吉诃德见到后说："这位可是地道的骑士，耶稣的卫士，名叫堂圣地亚哥·摩尔克星。这位勇敢的圣徒和骑士如今天上人间都少有。"

接着又打开另一块布，下面盖的显然是落马的圣彼得，浮雕上还有常见的他皈依正教时的其他细节。堂吉诃德觉得实在太逼真了，简直可以听到基督和彼得两人在那儿一问一答。

"这位呀，"他又说，"想当初可是我主神圣教会的头号死敌，而后来却成了空前绝后的头号卫道者。一生都是游来荡去的骑士，临终成了矗立不动的圣徒。他在主的葡萄园里不辞辛苦地劳作，在人们中间传道；他曾在第三层天①受业，耶稣基督亲自充当先生和导师教诲他。"

再没有更多的雕像了，于是堂吉诃德叫他们重新把单子盖上，并对那些搬运工说："各位兄弟，我赶上看到这些，真是一个好兆头。这些圣徒和骑士跟我干的是一行，我们都是舞刀弄枪的。不过他们和我有所不同：他们都是圣徒，个个为神道而战；我一个凡胎俗骨，只能为人道而战。他们挥臂努力赢得了天国，因为天国是努力进入的②。到目前为止我还不知道靠自己的勤奋努力赢得了什么，不过只要我的杜尔西内亚·德尔·托博索灾解难消，我本人又能时来运转，头脑清醒，也许我脚下的道路会比眼前的顺利一些。"

"但愿上帝耳灵，魔鬼耳聋！"桑丘紧接着感叹了一声。

堂吉诃德的模样和言辞都叫那伙人莫名其妙。他究竟说了些什么，他们连一半也没听懂，只是匆匆吃完饭，扛起圣像，告别堂吉诃德，急忙赶路。桑丘再一次觉得自己好像是头回见到主人，十分钦佩他那么学问渊博，仿佛世上古往今来的一切他都印在手指甲上、刻在脑子里了。于是他说："我的主人老爷，实话讲，要是今天这档子事也算奇遇的话，那可是自从咱们满世界东跑西颠以来，最让人

---

① 出自《圣经·哥林多后书》。

② 出自《圣经·马太福音》第十一章第十二节。

舒心自在的了。事完了，咱们照样平平安安，既没有挨棒打，也没受惊吓，没拔出剑来，没摔在地上，也没饿着肚子。感谢上帝，总算让我开了眼！"

"桑丘，你说得很对。"堂吉诃德回答，"不过你得明白，此一时彼一时，气数怎能老一样？通常无知之辈称作兆头的东西根本从道理上讲不通，要按明白人的判断和想法，不过是碰巧赶上好事罢了。有个专信征兆的人清早起来，一出家门就碰上一个虔诚的圣芳济会的修士，他好像是看见了妖怪，转身折回家中。还有一个名叫门多萨的，不小心把盐撒满了桌面，于是他心里也就充满了忧愁，仿佛这桩不足挂齿的小事等于上天告诉他早晚要倒大霉似的。笃信基督的明白人不该这样提心吊胆地揣摩天意。西庇阿①到了非洲，上岸的时候摔了一跤，他手下的士兵觉得这兆头不好。可他呢，扑倒在地面上说：'阿非利加，你别想逃脱我，我已经把你紧紧抓住，搂在怀里了。'所以说，桑丘，我有缘遇见这些圣像，也是碰巧赶上的好事呀！"

"我看也是。"桑丘说，"不过，老爷能不能告诉我，干吗西班牙人每次打仗的时候，总先念叨那个圣地亚哥·摩尔克星的名字，说什么：圣地亚哥，关上西班牙！莫非西班牙敞开着，所以得想法关上？这是什么规矩呀？"

"你真是蠢极了，桑丘。"堂吉诃德回答，"你该知道这位红十字伟大骑士是上帝赐给西班牙的主子和保护神，西班牙人跟摩尔人苦战的时候，就更离不开他。所以每次冲锋陷阵的时候，都要祝告，喊叫自己救星的名字。好多次战斗中，都有人清清楚楚看见过，他是怎么击溃、重创、杀伤、粉碎伊斯兰教徒队伍的。我可以给你举出好多例子证明这话没错，西班牙史书上这种确凿无疑的史实有的是。"

这时候桑丘突然转了话题，对他主人说："老爷，没想到公爵夫

---

① 西庇阿：古罗马著名将领。

人的丫头阿勒提西多拉脸皮真厚。看样子她确实让爱神一箭穿透了，伤得够厉害呀！都说爱神是个瞎小子，满眼眵目糊，根本什么也看不见，可只要他对准一颗心，不管多么小，都能一箭射中、穿透。我还听说，爱神的箭头碰上羞答答的规矩姑娘，准给磨得光秃秃的，一下子就钝了。怎么撞上阿勒提西多拉反而变得更尖更利了？"

"桑丘，你该知道，"堂吉诃德回答，"爱神一路往前冲，不管不顾，也不思前想后。他跟死神一样，帝王的高墙深院照闯，羊倌的破旧草房也进。他一旦一把抓住一颗心，首先是去掉它的顾虑和羞怯。阿勒提西多拉就这么毫不在乎地道出了自己的心思。她这一招弄得我很为难，反倒没法可怜她了。"

"这可太狠心了！"桑丘说，"哪能这么不知好歹！要换成我呀，她随便说一句情话，就能把我拾掇得服服帖帖。他娘的！这简直是心比石头硬，肚肠铁打就，人像三合土！可我怎么也不明白，这丫头看中了您的什么，弄得那么神魂颠倒的？是打扮？是神气儿？是派头？是脸蛋儿？是看上了哪一样还是一齐都看上了？实话对您说吧，我有时候把您从脚尖到头发梢仔细打量打量，总觉得怪吓人的，哪有招人爱的地方！我也听说，最能招人爱的，头一件就是长得漂亮。可这在您，是没影儿的事。我真不知道那倒霉丫头爱您的什么。"

"桑丘，你这就有所不知了。"堂吉诃德回答，"美有两种，一种是心里的，一种是外表上的。心灵美是最要紧的，指的是：聪明、正直、规矩、大度、有教养。一个人尽管长得丑，这些长处可以全都具备，一样不缺。谁要是懂得这种美，而不是光注重外表，爱慕之心马上油然而生，势不可当。桑丘，我知道自己不漂亮，可我也很清楚，自己不是丑八怪。只要不是怪物，再加上我刚说的那些长处，就会让别人爱上。"

他们你一言我一语地聊着，慢慢走进路边的一片树林。不知怎么的，堂吉诃德突然绊在几张绿绳织成的大网上，都是绷紧了挂在树和树之间的。他琢磨不透是怎么回事，就对桑丘说："桑丘，你瞧这些缠人的绿网，准又是让咱们赶上什么稀奇古怪的事了。我敢拿命打赌，那些坑害我的魔法师一定是想半道网住我。他们见我对阿勒提西多拉那么狠心，要为她出气哩！可是我得叫他们明白，别说这些网不过是些绿线绳，就算是硬邦邦的钻石，比醋意大发的火神网住维纳斯和玛斯的那张还结实①，我也能像对付水草和棉线似的给它撕个粉碎。"

他使劲往前冲，打算把网撞破。突然从树林里钻出两个漂亮的牧羊女（至少是那身打扮），出现在他面前。她们穿着精美的锦缎小袄长衫，还有华丽的金丝百褶短裙，长发披肩，金光灿灿，简直可以跟太阳媲美。头顶上戴着碧绿的桂叶和鲜红的花朵编织的花环。她们的年龄似乎都在十五岁到十八岁之间。见这情景，桑丘呆了，堂吉诃德傻了，连太阳也半道停下，只顾看她们。总之四个人面面相觑，一言不发。最后还是一个牧羊女先开的口。她对堂吉诃德说："快停下，骑士先生，别把网撞破了。它们张在那儿不是为了害您的，是我们在游戏。我想您一定会问我，挂这些网干什么，我们是什么人，先听我三言两语说明一下。离这儿两莱瓜，有个村子，住着好多贵人和有钱的绅士。亲戚朋友们聚在一起商量出个主意，就带着妻子儿女、街坊邻居、亲戚朋友到这地方来散心。这可是左近最幽静的去处，简直算得上又一个田园牧歌式的乐土。这不，我们姑娘们都扮成牧女，小伙子们都装成牧童。我们熟读了几首牧歌，有著名诗人加尔西拉索②的两首，还有超群出众的卡蒙斯③的一首，而且是原版葡萄牙语的。到

---

① 罗马神话中的火神用一只大网捉奸，逮住与战神玛斯偷情的妻子维纳斯。

② 加尔西拉索（1503—1536），西班牙文学史上"黄金时代"的第一位重要诗人。

③ 卡蒙斯（1524—1580），葡萄牙诗人、作家，为葡萄牙文学和语言奠定了牢固基础。

眼下我们还没来得及演出呢。昨天我们刚到这里，在树荫底下搭好了帐篷，是专门野营用的，紧靠一条滋润这片原野的滚滚溪流。昨儿晚上我们在树木之间张开这些网，本来是逗天真的小鸟玩的。它们听我们吵吵闹闹，准会吓得钻进网里。先生，您要是有兴致做我们的客人，一定会受到慷慨热忱的款待。此时此地是不会容得忧愁悲伤的。"

她说完就不言语了。于是堂吉诃德回答道："说真的，美丽的小姐，那个阿克特翁①猛然看见狄亚娜在河里洗澡，肯定是惊喜交加。反正我看到您的容貌确实被惊呆了。我赞赏各位的消遣方式，也感谢您的盛情邀请。如需在下效劳，只消吩咐，一定遵命。干我这一行的必须懂得，与人交往讲究个礼尚往来、知恩报德，更何况像您这样，一眼就看出是位高贵的女子。别说这几张网不过只占小小一块地方，即使铺天盖地，我也该勘踏出个新世界去另寻通道，绝不能碰破它们一丝一毫。二位别以为我是在漫天说谎，要知道，打这保票的不是别人，正是堂吉诃德·德·拉曼却。不知二位是否听说过这个名字。"

"我的好朋友，你听，"那牧羊女叫道，"咱们可真是走运呀！你看见眼前这位先生了吗？告诉你吧，世上没有比他更威武、更多情、更文雅的了。我读了一本新出的传记，专讲他的事，我想不会是撒谎骗人吧！我敢打赌，旁边那个人准是他的侍从，有名的桑丘·潘沙。他那满肚子的笑话可真是没得比了！"

"没错，"桑丘说，"我正是您说的那个爱逗乐的侍从。这位先生是我的主人，书上写、世间传的堂吉诃德·德·拉曼却就是他本人。"

"哎呀我的好朋友！"另一个也嚷嚷起来，"咱们求他别走了，咱们的父母兄弟们一定会高兴死了。我也听说他们一个最勇敢，一个会逗乐，跟你刚讲的一模一样。大家特别夸奖这位先生，说是再也找不出像他这样忠实可靠的情人了。他的心上人是一个名叫杜尔西内

---

① 阿克特翁：罗马神话中偷看月亮和狩猎女神狄安娜沐浴的猎人。

亚·德尔·托博索的女子，全西班牙都推举她当头号大美人。"

"她是当之无愧呀！"堂吉诃德说，"不过二位无双的容貌差点把她比下去。二位不必费心挽留我了。干我这一行的，总有脱身不得的职责，不能有一刻清闲。"

这时候，其中一个牧羊女的兄弟找来了。他也是一身牧童打扮，服装精美华贵，跟两个牧羊女交相辉映。两姑娘告诉他，她们身边就是堂吉诃德·德·拉曼却，另一位是他的侍从桑丘。小伙子也读过他们的传记，所以早有所闻。英俊的牧童行过礼，邀请堂吉诃德随他去他们的帐篷。我们的骑士只好答应，跟着去了。这时突然听到轰鸟的吆喝声，各式各样的飞禽上了绿色线网的当，纷纷扑了进去，结果未能逃命反而罹难。顿时便有三十多人聚拢过来，都是一色华丽的牧童牧女装束。他们很快得知眼前的两人便是堂吉诃德和他的侍从，自然皆大欢喜，因为他们都在那部传记里读到过两人的事迹。一行人走进帐篷，只见丰盛、精美、洁净的宴席已经摆好。大家尊堂吉诃德为贵宾，把他让上首席，而且目不转睛地盯着他，显出十分惊讶的样子。最后饭毕，撤去盘盏，堂吉诃德不慌不忙地放声说道："有人说世间常犯的最大毛病莫过于狂妄，可我说应该是知恩不报，所以我深信那句老话：忘恩负义的人挤满了地狱。自从我懂事的那天起，始终在尽一切努力避免此种罪愆。即便受人之惠不能对等相报，可我绝不忘图报之心。如果这样仍存歉疚，我便公开赞扬别人的善举。须知，既然能把别人的好处挂在嘴边，当众宣扬，一旦可能，必当设法回报。得到恩惠的人通常总比赐予恩惠的人地位低下。上帝凌驾于众人之上，普施恩泽于众人，人间的供奉与上帝的大德相比何止天壤之别，不可同日而语。这种歉疚和无奈只能靠心怀感激而稍加弥补。我非常感谢在此受到的善待，可是无法给予体面的回报，只好尽我微薄之力所及，倾我所有，行我所能。我愿意整整两天守候在通往萨拉戈萨的大道上，反复宣称：眼前诸位乔装的牧羊小姐是世间最美丽、最文雅的女子，不过仅在一人之下，那就是我心灵唯一的主宰、举世无双的杜尔西内亚·德尔·托博索。这点务必请在座诸位先生和女士多多包涵。"

桑丘一直在一旁仔细静听这番言语，此刻大喊一声，说道："奇怪！世上怎么有人胆敢发誓赌咒说我这位主人是疯子呢？诸位羊倌先生且说说看，哪个村的神甫，不管他见识多高、学问多大，能说出我老爷这番话来？哪个游侠骑士，不管他是多么有名的勇士，有本事应下我老爷应下的事情？"

堂吉诃德马上转向桑丘，气得满脸通红，对他说："听着，桑丘，天下难道会有人说你不是混蛋，里里外外蠢到顶了，而且还捎带那么点滑头无赖的味道？谁叫你管我的事了？谁叫你操心我见识高还是糊涂虫来着？闭上嘴，少废话，快去瞅瞅洛西南特是不是该备鞍子了。咱们这就去做我应下的事情。既然我占着理儿，那你就放心吧，谁敢张嘴驳我，准输！"

他说着就气鼓鼓、怒冲冲地从椅子上站起来，当场把大伙儿弄得莫名其妙，不明白他说的是疯话还是真话。大家一再劝说，告诉他不必多加声明了，人人都看得出他诚心图报，用不着再做什么来证明他的威武气魄，他传记上所载的丰功伟绩已经足够清楚了。尽管这样，堂吉诃德还是坚持己见，跨上洛西南特，抓起盾牌，紧握长矛，走到离草地不远的大路中间。桑丘连忙骑上灰驴紧随而去，后面跟着一大群牧羊人，都想看看他异想天开夸下海口以后又该怎么办。

我刚才说了，堂吉诃德往路当间一站，气冲云霄，大喊道："听着，从现在开始，两天之内，凡是经由这条大道的来往过路行人，骑士也好，侍从也好，步行也好，骑马也好，告诉你们，游侠骑士堂吉诃德·德·拉曼却在此郑重宣告：居住在这一带草地和树林的众仙子包容了世间所有的秀色和仪态，个个无与伦比，唯独稍逊于我心灵的主宰杜尔西内亚·德尔·托博索。若有持异议者，尽管前来，我在此恭候。"

他把这番话重复了两遍，可偏巧没有一个生人路过听到。不过气数终究还是把他一步步引上了幸运之道，不多一会儿就有一大群人骑马沿路走来，不少人手里还握着长矛。只见他们摩肩接踵、密密麻麻，一路急驰而至。堂吉诃德身边那些人见这情景，连忙转身，远远避开大路，他们知道待在那儿是很危险的。只有堂吉诃德怀着一颗无畏的心，原地不动。桑丘·潘沙赶紧躲到洛西南特的屁股后面。长枪手们已经来到近前，其中领头的开始冲堂吉诃德大喊："快躲开，你这个鬼家伙，站到路边去！这一群公牛会把你踩碎的！"

"得了，下贱坯！"堂吉诃德应道，"我才不在乎什么公牛不公牛，哪怕是哈拉马岸边那些野性十足的！你们这帮坏蛋，赶快齐声承认，我刚才在这儿说的那番话千真万确，不然，就上来跟我较量。"

原来有个村子第二天要斗牛，一大帮脚夫牛倌轰着成群结队的凶猛公牛，由几只温驯的阉牛打头，准备先把它们圈起来。当时哪里容得牛倌答话，而堂吉诃德本人即使想躲开，也来不及了。那熙熙攘攘的一群越过堂吉诃德、桑丘、洛西南特和灰驴的身躯继续向前。他们被踩翻在地，滚来滚去。桑丘差点儿被碾碎，堂吉诃德弄了个措手不及，灰驴遭了殃，洛西南特倒了运，不过最后总算个个都爬起来了。堂吉诃德东撞西跌地跟在牛群后面紧追慢赶，还一边大声嚷嚷着："站住，你们等着！坏蛋下流坯！本骑士要单枪匹马地对付你们！本人可没有那种善心，不赞成那句老话，说什么：敌人要逃跑，给他架金桥！"

可是人家只顾急忙赶路，一步也没停下，把他那通咋咋呼呼的吼叫全当成清风过耳。最后堂吉诃德实在累了，只好停下，往路边一坐，本想出恶气，反倒增怒气。他等着桑丘、洛西南特和灰驴过来。主仆二人相聚之后，分别跨上各自的坐骑，也不回头告别那块装点打扮出来的人间乐土，满腹羞愧，垂头丧气地继续赶路。

Capítulo LIX · 第五十九章

这里讲述堂吉诃德的又一个遭遇，堪称冒险

　　堂吉诃德和桑丘遭受了一群公牛的冲撞践踏之苦以后，在青翠的树丛间找到一眼明澈洁净的泉水，才总算洗去泥土，稍得喘息。多灾多难的主仆二人在水边坐下，解开灰驴和洛西南特的缰绳和嚼子，由它们自便。桑丘翻腾了一下装干粮的褡裢，从里面掏出一些他常说的"嚼食"。堂吉诃德漱过口，洗了把脸，顿觉清爽异常，萎靡的精神为之一振。可他心里仍然不痛快，一点东西也吃不下。结果弄得桑丘也不敢碰眼前的吃食。他很懂礼数，知道该等主人首先动手用膳。最后见他老在那儿愣神儿，根本想不起来把面包往嘴里送，也就顾不得什么规矩不规矩了，一声不吭地且把面包和干酪塞进肚里再说。

　　"桑丘老弟，你尽管吃吧，"堂吉诃德告诉他，"你跟我不一样，你是活命要紧。我这人命途多舛，心头又总是万种愁绪，就让我死掉算了。桑丘呀，我一生下来就活受凌迟之苦，可你要活活吃饱撑死。你该明白我这话没错，想想看，我是载入史册的人，武功卓著，为人谦恭，得到王公敬重，受到仕女追求，可到头来，我正指望以自己的丰功伟绩获取受之无愧的奖赏、桂冠和殊荣，今天清早却偏偏碰上一群肮脏下贱的牲口，被它们踩在蹄下任意践踏、蹂躏、折磨。一想到这里，我牙齿也倒了，舌头也木了，手脚也麻了，哪里还有一丁点儿胃口？我只想找个最残忍的死法，那就是饿死。"

"这么说来，"桑丘一面大口嚼着，一面回答，"您是不赞成那句老话喽：做个撑死鬼，死了也不亏。我呢，反正是不想自个儿去送命。我倒更情愿学那鞋匠的样儿，用牙咬住皮子使劲抻，能抻多长，就抻多长。我要不停地吃，好把自己的命抻长点，一直抻到老天觉得该到头的时候。听我说，老爷，您何必这么寻死觅活的，我看是太傻了。听我劝，吃点东西，再倒在绿草褥子上睡一觉，等着瞧吧，一醒过来，您就会觉得舒坦多了。"

堂吉诃德照他说的办了。这回他认为桑丘说的满有哲理味道，不像是蠢话。于是他说："桑丘呀，这次该你听我的，为我做点事，那我更会十拿九稳地舒坦了，至少不再像这会儿这么难过。趁我听你的劝睡觉的工夫，你离开这儿找个地方，露出皮肉，用洛西南特的缰绳抽自己三四百鞭子，你为杜尔西内亚驱魔该抽的那三千多鞭子一下子就去掉一大块。我那可怜的心上人到现在也摆脱不了魔法，都怪你大大咧咧不上心，实在太不该了。"

"这事一时半会儿说不清。"桑丘回答，"眼下咱们还是先睡一觉，然后上帝自会安排。老爷您是知道的，一个人横下心抽自己一通鞭子不是那么容易的事，何况挨打的身子又是缺吃少喝的。还是让我的女主人杜尔西内亚先耐着性子熬一阵吧。不定什么时候，我准会把自己抽得皮开肉绽。只要还活着，不怕没有辙。我是说，我还活着，而且我说话也是算数的。"

堂吉诃德道过谢，稍微吃了点东西，桑丘可是吃了不少。然后两人倒下睡了，听任他们形影不离的伙伴及朋友洛西南特和灰驴自由自在、随心所欲，尽情享用丰美的水草，反正那一片原野上有的是。

他们醒来的时候天色已晚，便连忙跨上坐骑，继续赶路，急匆匆朝一莱瓜之外遥遥在望的客店奔去。我说"客店"，因为堂吉诃德用了这个叫法，一反他往常把所有的客店都称作"城堡"的习惯。他们走了进去，问店主有没有铺位，回答说有，而且舒适安逸，即便到了萨拉戈萨，也不过如此。两人下地，桑丘从店主手里接过钥匙，先把干粮袋放进屋里，又把牲口牵进马房，添足了草料，再过来看坐在石凳上的堂吉诃德有什么吩咐。他对老天千恩万谢，因为这回老爷总算没有把客店当成城堡。该吃晚饭了，他们回到房间。桑丘问店主晚饭打算给他们吃什么。店主回答说这要由他们的口味来定，可以随意点菜。天上的飞鸟，地下的家禽，海里的游鱼，店里应有尽有。

"吃不了那么多，"桑丘说，"烤上两只仔鸡我看就足够了。我主人身子不舒服，吃不了多少；我呢，也不是什么大饭桶。"

老板说没有仔鸡，都让老鹰给叼光了。

"那就请店主吩咐下去，"桑丘讲，"给我们烤一只母鸡，不过得嫩点的。"

"母鸡吗？我的亲爹！"店主回答，"老实说吧，我昨天进城一下子卖掉五十多只。除了母鸡，您要别的什么都行。"

"这么说来，"桑丘沉吟了一阵，"牛犊羊羔总不会缺吧？"

"眼下小店里正好没有，"店主说，"都给吃光了。不过，下礼拜有的是。"

"这一下我们可赚了！"桑丘喊道，"我琢磨着归了包堆就只有剩下的一点肥腌肉和鸡蛋喽！"

"上帝呀！"老板说，"我这位贵客还真会逗乐！我不是刚说了嘛，连母鸡小鸡都没有，您还想要鸡蛋？您再往别的山珍海味上琢磨，干吗尽想着鸡呀鸡的？"

"见他妈鬼！"桑丘回答，"您干脆说开吧，明白告诉我们到底都有些什么。别琢磨来琢磨去了，我的老板先生！"

于是店主答话说："我手头确确实实还有两个跟牛犊前蹄似的老牛爪子，说成老牛爪子似的牛犊前蹄也行，早就炖好了，还配上了鹰嘴豆、葱头和腌肉，这工夫准在那儿喊呢：快吃了我！快吃了我！"

"那就订下来算我的了，"桑丘说，"谁也不许碰，我准比别人给的钱多。我不指望更好吃的东西了，管他爪子蹄子，我不在乎。"

"谁也不会碰的。"店主告诉他，"来我这儿住店的客人都是些贵人，自己随身带着吃食、厨子和采买仆人。"

"要论贵人，"桑丘说，"谁还能比得上我主人？可他的行当叫他没法随身带着食橱和酒柜。我们往草地上一躺，有的是橡树子儿和野果填饱肚子。"

桑丘跟店主说完这番话，再也不想回答他的问题，因为那人还在一个劲儿追问，他主人干的是什么营生和行当。终于到了吃饭的时间，堂吉诃德回到屋里，等店主把牛蹄连锅端来，便坐下舒舒服服吃上了。堂吉诃德的房间和紧挨着的房间只有一块薄板隔着，他似乎听见那边有人说："劳您驾了，堂贺若尼莫先生，趁晚饭还没送来，再读一段第二部《堂吉诃德·德·拉曼却》吧。"

堂吉诃德一听自己的名字，腾的一下站起来，竖起耳朵想知道人家说他些什么，结果听到的是那位堂贺若尼莫的答话："堂胡安先生，干吗读这些胡说八道的东西？凡是读过《堂吉诃德·德·拉曼却》第一部的人，谁还有胃口读这第二部呀？"

"说是这么说，"那位堂胡安还不甘心，"还是读一下好，再糟的书也总有一点好东西。这本书里最让我扫兴的就是描写堂吉诃德变了心，不再爱杜尔西内亚·德尔·托博索了。"

听到这里，堂吉诃德气得忍不住了，大声喊道："什么人胆敢说堂吉诃德·德·拉曼却甩掉了或者打算甩掉杜尔西内亚·德尔·托博索？我一定枪对枪地叫他明白，哪里有这样的事！举世无双的杜尔西内亚·德尔·托博索是不会被甩掉的，堂吉诃德也不会这么绝情。他的徽记上清楚写着'忠贞不二'几个大字，他能终身坚守，顺理成章，毫不费力。"

"这搭茬儿的是什么人？"另一个房间里问道。

"还能是谁？"桑丘回答他们，"正是堂吉诃德·德·拉曼却本人。他说到的能做到，没说到的也能做到。债能还得清，不怕抵押重。"

桑丘的话音未落，房门外闯进来两位绅士模样的人。其中一个搂住堂吉诃德的脖子说道："见其人便知其名，听其名便知其人。先生，毫无疑问您就是堂吉诃德·德·拉曼却本人，游侠骑士的北斗和明星。瞧我手里这本书的作者，居然企图盗用您的英名，抹杀您的业绩，真是痴心妄想！"

他把自己的同伴随身带着的那本书递过去，堂吉诃德接在手里，一声不吭地翻阅起来，不一会儿还回去，说道："我就这么扫了一眼，发现作者至少有三件事做得不地道。头一件是序言里的几句话；另一件是他用阿拉贡方言写文章，把冠词都省掉了；第三件尤其显出他的无知，居然在传记的主要情节上背离和违反事实。这儿说我的侍从桑丘·潘沙的女人叫玛丽·古帖瑞斯。这不是她的名字，她叫特莱萨·潘沙。这么重要的地方都出错，传记的其他部分只怕错得更多。"

"这个立传的人可真有意思！我们的事他怎么都知道呀？把我老婆特莱萨·潘沙叫玛丽·古帖瑞斯！老爷，您再拿过书来看看，我是不是也在里头晃悠？说不定也给我改了名呢。"

"大哥，听您这么一说，"堂贺若尼莫问他，"您准是堂吉诃德先生的侍从桑丘·潘沙。"

"那当然喽。"桑丘回答，"我觉得挺光彩。"

"我敢打赌，"那位绅士说，"新近这个作者可把您贬得够呛，哪像您本人这么体面。他把您写成个馋鬼和笨蛋，一点也不逗人，跟您主人第一部传记上写的那个桑丘大不一样。"

"上帝也别怪罪他，"桑丘回答，"他还是把我扔在旮旯儿里甭再惦记最好。是个行家，自会弹拉；圣彼得待在罗马最自在。"

两位绅士请堂吉诃德去他们屋里一起用餐，因为他们很清楚客店里哪有供他这种身份的人享用的东西，堂吉诃德待人一向谦恭，立即从命，跟他们去吃饭了。桑丘便独霸了那口大锅，往桌首一坐，由店主作陪。两人都喜欢牛蹄，如鱼得水。

席间堂胡安向堂吉诃德打听杜尔西内亚·德尔·托博索小姐新近的消息，问她结了婚没有，是否怀孕生养了；如果还是原装未启，守身如玉，她是不是老在惦记堂吉诃德先生对她的一往情深。堂吉诃德回答说："杜尔西内亚原装未启，我的深情益发坚定；她对我依然报以冷漠，只是她的花容月貌已经陨灭，变成一个粗俗的村姑。"

他接着原原本本讲述了杜尔西内亚小姐如何中魔，他在蒙特西诺斯洞穴遇到了什么，以及梅尔林法师要桑丘抽自己多少鞭子，好为杜尔西内亚驱魔。听堂吉诃德讲他经历的那些古怪遭遇，两位绅士异常开心。他们万万没有想到，如此荒诞不经的事情，居然能用如此优雅的语句道出。他们一会儿觉得他很有见地，一会儿又眼见他胡言乱语，实在弄不清楚，在清醒和疯癫这两端之间，究竟该把他摆在何处。

桑丘吃完了饭，撇下喝得东倒西歪的店主，跑去找主人。一进门就说："各位老爷，我敢拿老命担保，诸位手上那本书的作者一准跟我合不来。刚才各位讲，他说我是馋鬼，我就认了，可别再说我是醉鬼呀！"

"是说来着，"堂贺若尼莫回答，"只是我记不起来原话了，反正用的词儿都够难听的，当然都是胡说喽，因为从眼前这个正经桑丘的模样上，我看得出来。"

"二位信我没错。"桑丘说，"这本书上的桑丘和堂吉诃德准是另外两个人，跟在西德·阿麦特·贝嫩赫里写的那本上面逛荡的，不是一回事。那才真是我们两人呢：我主人威风、聪明又多情；我呢，没心眼儿，可会逗乐。我才不是什么馋鬼和醉鬼哩！"

"这我信，"堂胡安说，"要是可能的话，应该下令，除了原作者西德·阿麦特，不许别人撰写伟大的堂吉诃德的事迹。亚历山大大帝就颁布过这样的命令，所以除了阿佩莱斯，谁也不敢给他画像。"

"谁愿意给我画像都行，"堂吉诃德回答，"可就是别给我乱画。如果一味地侮辱人，总有个受不了的时候。"

堂胡安说："谁胆敢侮辱堂吉诃德先生，都别想逃过他的惩罚。不过他有很强大的忍让力，像块盾牌似的，能抵挡住一切。"

大半夜就这样东拉西扯地过去了。堂胡安本想求堂吉诃德再浏览一下那本书，看看到底说些什么。可他怎么也不肯，说是他已经看得差不多了，可以证实那上头说的全是昏话。他希望别让作者知道书落到了他手里，那人还以为他真的读了，岂不得意死了。对于这类乌七八糟的东西，打心里就应该躲得远远的，更甭说用眼睛去看了。两位绅士又问他这一路打算去哪儿。他回答说去萨拉戈萨，那里年年举行夺标比武，他想参加。堂胡安告诉他，那本新出的书里讲到他堂吉诃德（且不管是真是假吧）参加了一次抽签比武。那场面毫无兴味，徽记简陋，服装单调，只是洋洋洒洒的满篇蠢话。

"就凭这个，"堂吉诃德听了之后说，"我不打算踏进萨拉戈萨了，这就等于让天下公众看清新近这位作者的谎言，叫人们明白，我不是他说的那个堂吉诃德。"

"这就对了。"堂贺若尼莫说，"巴塞罗那也常有比武，堂吉诃德先生照样可以在那儿显显威风。"

"我也是这么想的，"堂吉诃德回答，"请二位见谅，我该上床歇息了。请二位在众多的友人之中再加上我一个，本人愿随时效劳。"

"请也算我一个，"桑丘接茬儿说，"说不定我也能派上点用场哩。"

说完告别分手，堂吉诃德和桑丘回到自己屋里。堂胡安和堂贺若尼莫还在那里感叹不已，想不到世上真有聪明和糊涂集于一身的事。他们深信，这俩才是货真价实的堂吉诃德和桑丘，跟那位阿拉贡作家笔下的人物毫无关系。

堂吉诃德起了个大早，敲打了几下隔板，算是跟邻屋的客人告别。桑丘大大方方付了店主不少钱，还告诫他，少吹嘘店里的饭食，要么干脆多置办点东西。

CAPÍTULO LX · 第六十章

堂吉诃德去巴塞罗那途中所遇

  堂吉诃德清晨离开客店，气候凉爽，看来整天都错不了。他事先已经打听了去巴塞罗那的捷径，免得绕道萨拉戈萨。他急于要戳穿新近那位传记作者的谎言，因为大家都说此人对他极尽污蔑之能事。一路走去，六天多时间里没有发生一件值得记载的大事。此时眼见天色已晚，他们离开官道，走进一片树林。西德·阿麦特这里没有像往常那样细说，不知道是橡树林还是软木树林。主仆二人跨下牲口，在树底下安顿好了。桑丘当天已经点补过了，转眼工夫就进了梦乡之门。可堂吉诃德就是不能合眼，肚子饿倒在其次，他实在是心事重重。他神思飘摇，忽东忽西，一会儿像是到了蒙特西诺斯洞穴，一会儿又看见变成村姑的杜尔西内亚一蹦蹿上驴背，一会儿耳边又响起梅尔林法师的声音，告诉他必须采取这种良策、那种妙计才能为杜尔西内亚驱魔。想到他的侍从桑丘居然如此懒怠无情，真叫他心急如焚。他估计那小子也就是抽过五鞭子，太微不足道了，跟他欠下的大数目相比，简直相去甚远。他越想越气恼，不由得琢磨起来："想当年，亚历山大大帝砍断戈耳迪①乱结的时候说过：砍断

---

① 戈耳迪：希腊传说中的人物，他用乱结把轭系在马车的辕上，牢固难解。神谕凡能解开此结者，便是亚洲君主。后被亚历山大大帝用利剑砍断。

和解开都一样，这并没有妨碍他君临整个亚洲。眼下为杜尔西内亚驱魔一事也可以完完全全照此办理：不管桑丘乐意不乐意，能不能由我来抽打他呢？反正治病的方子是桑丘挨三千多下鞭子，至于是他自己抽还是由别人代劳，我看都一样。要紧的是他得挨鞭子，管他是谁抽的呢！"拿定主意，他便抄起洛西南特的缰绳，好歹拾掇成鞭子模样，过去找桑丘，先动手解开他的衣带，据说那人只把前襟和裤子系牢了。可他手刚伸过去，桑丘就一下子清醒了，问道："怎么回事？是谁乱摸索着想解我的裤带？"

"是我，"堂吉诃德回答，"我打算替你尽职，也好消除我的烦恼。我是来抽打你的，把你欠下的债还掉一部分。杜尔西内亚在活受罪，可你一点也不在乎，我都要急死了！你还是乖乖地褪下裤子吧，趁这地方背静，我打算至少抽你两千鞭子。"

"没门儿！"桑丘喊道，"您还是给我老实待着，不然，天主在上，我非得嚷嚷得连聋子都听得见。我答应挨鞭子，那得是心甘情愿才行，怎么能硬来？可我这会儿没心思抽打自己。我把话说死了，什么时候来了兴头，我一准抢起鞭子着实抽一通，还不行吗？"

"对你不能客气，桑丘。"堂吉诃德回答，"你这人心肠太硬，虽说是个乡下佬，可皮肉还怪娇嫩的。"

他说着，又使劲想法去解带子。见他这样，桑丘·潘沙腾的一下站起来，朝主人扑过去，张开双臂把他紧紧抱住，脚下使了个绊子，当下叫他仰天躺在地上，然后抬起右膝顶住他的胸脯，死死摁住他的双手。堂吉诃德一点也动不得，连喘气都很难，在下面说："怎么？你反了？居然对你天经地义的主子老爷动起手来了？你胆子不小啊！我这是白供养你了！"

"我不废君也不立君①，"桑丘回答，"只不过是帮我自己的忙，我

---

① 这是一句从民谣歌词演变来的成语。

就是自个儿的主子。您先说好了，老实待着，别打算这会儿抽我鞭子，那我就撒手松开您。不然的话：

> 奸贼呀，堂娜桑恰的仇人，
> 我叫你当下在这儿丧命。①"

堂吉诃德马上答应了，发誓说，连他衣服上的线头都不打算碰一下，由他自便，什么时候高兴了，就抽上几鞭子。桑丘这才站起来，躲开那地方走出老远。可他刚想靠在一棵树上，觉得脑袋撞着了什么，伸手一摸，原来是鞋袜齐全的一双人脚。他顿时吓得浑身发抖，赶紧往另一棵树上靠，结果也一样。他便大呼小叫地喊堂吉诃德救他。堂吉诃德跑过来问他出什么事了，吓成这样。桑丘回答说，所有的树上都挂满了人的腿呀脚呀。堂吉诃德伸手一摸，立刻明白是怎么回事。他对桑丘说："没什么值得害怕的：这些你摸得着、看不见的腿呀脚呀，准是一些被吊死在树上的强盗土匪。这一带地方，官家逮住这种人，总是二十一群、三十一伙地吊死在树上。如此看来，咱们离巴塞罗那不远了。"

果然让他猜准了。天刚蒙蒙亮，两人抬头一看，只见每棵树上都累累挂满了强盗的尸体。这时候天色越来越亮。死人固然吓了他们一跳，可是突然围上来的四十多个活生生的强盗更叫他们不知所措。那些人操着加泰罗尼亚语，命令他们两人别动，老老实实等着头儿来。堂吉诃德当时双脚站在地上，马也卸去了鞍辔，长矛在一边倚在树上，总之是毫无防备。所以他认为最好还是低头抄手待着，瞅准空子再见机行事。

那伙强盗一拥而上，洗劫了灰驴，把它驮着的褡裢和箱子掏了

---

① 桑丘引用的是一段民谣。

个精光。桑丘还算走运，公爵送的和从家里带出来的金埃斯库多，他全包进兜肚，贴身捆紧了。不过，哪怕是夹在皮肉之间的东西，那帮好汉本来也能给他搜净拿光，幸亏这工夫他们的头儿到了。那人有三十三四岁光景，中等偏高个头，筋骨壮壮实实，皮肤黝黑，目光严峻。他骑着一匹高头大马，身着铁甲，两侧腰间插着四支短枪（那一带地方叫火枪）。他见自己的侍从们（这是他们的行话）正准备抢劫桑丘，便吩咐他们住手。喽啰们马上听从，兜肚才算得到幸免。他好奇地打量着靠在树上的长矛，放在地上的盾牌，还有浑身铠甲、若有所思的堂吉诃德。瞧他那副苦眉愁脸的模样，简直就像转世冤魂似的。他上前说道："别难过，老哥，您还没落进凶恶的俄赛里斯①手里。我是若克·吉纳尔特，为人宽厚，并不残暴。"

"我并不是为落入你的手中苦恼，威武的若克！"堂吉诃德回答，"天下之大也容纳不下你的英名呀！我是在怪自己太大意了，居然在走下战马的当儿被你手下的勇士团团围住。我身为游侠骑士的一员，本该自我守卫，时时警觉，刻刻戒备。好汉若克，告诉你吧，设若遭遇的时候，我骑着战马、握着长矛、端着盾牌，只怕想对付我就没那么容易了，因为我是战功卓著、世间闻名的堂吉诃德·德·拉曼却。"

若克·吉纳尔特一下子就听出这人不是硬充好汉，而是个疯子。他曾经屡次听说其人其事，可从未当真过，怎么也不相信一个人会疯傻至此。如今竟不期而遇，自然十分欣喜，可以就近打探一下种种传闻的虚实。于是便说："威武的骑士，请不必在意，也不要以为您眼下的处境有多倒霉。说不定这次跌绊反倒能化凶为吉。上天总是绕些稀奇古怪的弯子叫跌倒的爬起，让贫穷的发财。"

堂吉诃德刚想开口答谢，背后突然响起一阵马蹄声，仿佛有大队人马跑来。其实就是一匹马狂奔而至，上面骑着一个小伙子，不过

---

① 俄赛里斯：古埃及神祇。

二十岁光景，一身绿锦缎的短上衣和肥腿裤，都滚着金边，帽子斜扣在头顶，打蜡的皮靴十分合脚，马刺、短刀和佩剑都镀了金，手里拿着一支小巧的猎枪，两边腰间还别着手枪。若克闻声回头，只见来人模样英俊，上前说道："好汉若克，我是来找你的。我身遭不幸，你即便不能帮我脱难，至少也可给予少许宽慰。我知道你不认识我，还是让我自报姓名吧，免得你摸不着头脑。我叫克劳狄亚·贺若尼玛，西蒙·富尔特的女儿。他是你的挚友，是克劳盖勒·托热亚斯的冤家。这人也是你的死敌，他们那一伙一直跟你作对。你也知道，这个托热亚斯有个儿子，名叫堂维森特·托热亚斯，反正两个钟头以前还这么称呼。就是他害苦了我。我不打算细讲我的不幸遭遇，简单说就是这么回事：他一见我就求爱，我信以为真，背着父亲跟他好上了。女儿家即使闭门不出、严守闺范，可一旦鬼迷心窍，就有的是法子让自己如愿以偿。就这样，他发誓娶我，我也答应嫁他，并没有别的更亲近的举动。昨天我才听说，他忘了对我的许诺，准备跟别人结婚，今天上午就要成亲了。一听这消息，我自然没法忍耐，登时气急了，趁我父亲不在村里，匆忙打扮成眼下这副模样，快马加鞭，在离这儿一莱瓜的地方追上堂维森特。自己不想抱怨，也不容对方分说，端起猎枪就开火，接着又用手枪补了两下。我觉得至少让他身中两弹，顿时伤口里鲜血汩汩。我总算夺回了自己的名声。我撇下他就走，只见一帮仆人围着他，不敢还手，也不知该怎么办才好。我来找你，求你帮我逃到法国去投奔亲戚，还望你想法保护我父亲。堂维森特手下人很多，别叫他们恼羞成怒，拿他老人家出气。"

若克没想到风姿秀逸的美人克劳狄亚居然如此刚烈狂放，做出这种事情。他说："小姐先跟我来，咱们去看看你的冤家是不是真的死了，然后再说下一步该怎么办。"

堂吉诃德在一旁静静听完克劳狄亚的诉说和若克·吉纳尔特的答话后说："无须别人劳神帮助这位小姐，这事由我负责。请把坐骑和武器给我送过来，各位只管在此等候。无论那位绅士是死是活，我一定找到他，命他履行对美人许下的诺言。"

"各位放心好了，"桑丘说，"我主人做媒很有一手。几天前，也有人骗了一个姑娘，就是他成全了那一对。只可惜老找他茬儿的一帮法师把那人的真身变成了马弁模样，不然的话，只怕那丫头这会儿早就不是黄花闺女了。"

不过若克只顾一门心思琢磨美人克劳狄亚的遭遇，没留心弄懂他们主仆二人絮叨些什么。他吩咐手下人把从灰驴背上抢到的东西还给桑丘，然后退回到前一晚的宿营地。他本人立即陪同克劳狄亚出发去寻找死伤难定的堂维森特。他们到了克劳狄亚追上那人的地方，人已不在，只有一摊鲜血。他们举目四望，发现一个山坡上面聚集着一群人，便断定想必是堂维森特，死也罢活也罢，正由仆人们扛着去治伤或者埋葬。他们果然猜对了。只见那伙人缓缓移动，他们连忙赶上前去，很快就追上了。堂维森特躺在仆人们怀里，用奄奄一息的声音求他们就让他死在那儿算了，他伤口疼得实在受不了。众仆人见了若克吓得心惊胆战，克劳狄亚看到堂维森特也一时不知所措。她悲伤而不无愠怒地走上前去，拉起那人的手对他说："你要是早点履约与我携手成亲，也不至于落到这步田地。"

身负重伤的绅士睁开几乎紧闭的双眼，认出是克劳狄亚，便说："美丽的小姐，你完全误会了。我就知道是你杀死了我。凭我的所为，本不该受到如此惩罚，因为我始终一往情深，是不会也不能辜负你的呀！"

"这么说来，"克劳狄亚问他，"说你今天上午要和财主巴勒瓦斯特若的女儿莱奥乃拉成亲并不是真的喽？"

"当然不是真的！"堂维森特回答，"都怪我命运不济，偏偏叫你听到这种传闻，一怒之下，打算结果我的性命。不过，这会儿我能躺在你怀里，把它交付到你手中，就算是我的最大幸运了。如若不信，就请紧握这双手，接受我做你的丈夫吧！不知你是否乐意？你既然认为我有负于你，我也只能这样剖白自己了。"

克劳狄亚抓住他一只手，紧紧贴在自己心口，立即晕倒在堂维森特血淋淋的胸前，而对方也一阵惊厥，昏死过去。若克惊呆了，不知如何是好。仆人们连忙找来清水，往两人脸上喷洒，结果把两人都浸湿了。克劳狄亚很快苏醒过来，可堂维森特始终毫无知觉，他已经一命归天了。克劳狄亚见此情景，明白她亲爱的丈夫离开了人世，一阵哀号夺腔而出，哭声震天动地。她揪扯着满头秀发，任凭它随风飘散，而且动手毁坏自己的容颜，显然是伤心已极、悲痛欲绝。

"你这个糊涂的狠心女子呀！"她喊道，"为什么如此轻率地听凭恶念摆布，做出这等事情！哦，疯狂难耐的妒火呀，你一旦攫取了人们的心胸，便把他们推上后悔莫及的境地！哦，我的丈夫呀，你不幸做了我的心头宝物，结果从婚床落入了坟墓！"

克劳狄亚又哭又喊，悲惨凄厉，连在任何情况下都不惯于动容的若克，也两眼泪如泉涌。仆人们也在一旁陪着流泪。克劳狄亚一次次哭得昏死过去。那一带山头顿时变成一片呼天抢地的坟场。最后还是若克·吉纳尔特发了话，吩咐仆人们把堂维森特的尸体抬走，运回附近他父亲所在的村子掩埋。克劳狄亚告诉若克，她有个姨妈是修道院长，因此她决心去当修女，委身一位更高贵的夫君①，形影相伴，了此一生。若克十分赞同她的主意，还答应陪伴她前去，并说，如若堂维森特的亲戚或其他人胆敢伤害她父亲，他一定尽到保护的职责。克劳狄亚说什么也不要他护送，诚诚恳恳谢过他的一番好意之后，便挥泪告别了。

堂维森特的仆人们抬走了尸体，若克也回去找他的人。克劳狄亚·贺若尼玛热恋一场，就落了个这样的结局。这又何足为怪呢？不

----

① 意为献身上帝。

可抗拒的酷烈妒火必然会编织出如此可悲的遭遇！

若克·吉纳尔特在指定地点找到了他的侍从们。他见堂吉诃德骑着洛西南特，正在那里跟他们娓娓交谈，劝他们为自身灵肉着想，放弃那种危险的生涯。可他们大都是法国加斯科尼地区的粗野的亡命之徒，哪里听得进堂吉诃德的一番说教？若克一到，就问桑丘·潘沙，他手下人从驴背上抢走的财货宝物是否都如数归还。桑丘回答说是的，不过还缺三条价值连城的头巾。

"你这人说些什么呀？"其中有人喊道，"我拿了，可我看连三雷阿尔也不值！"

"没错。"堂吉诃德说，"可我的侍从明白是谁赠送给我的，所以十分看重。"

若克下令马上归还，然后叫他的人一溜儿排开，又吩咐把最近一次分赃以来劫掠到的衣物、珠宝、钱财等等摆在众人面前。大致估算了一下，凡是无法均分的东西一律折成现金，当下一份份交到每个同伙手里。事情办得仔细而公平，一丝一毫也不违背苦乐均摊的章程，结果自然是人人得到酬劳，皆大欢喜。分配完毕，若克对堂吉诃德说："如果做不到毫发不爽，是没法跟这些人打交道的。"

这时候桑丘接茬儿说："我可算是长了见识，看来办事公平就是好，连强盗堆里也得兴这个。"

喽啰里有人听到这话，马上抢起火枪木柄，要不是若克·吉纳尔特厉声喝住，他准会把桑丘的脑袋给开了瓢。桑丘吓瘫了，心里拿定主意，在这帮人当中再也不张嘴乱说。这工夫，在路边放哨窥视来往行人、准备随时通风报信的一两个侍从跑过来对头目说："老爷，离这儿不远，去巴塞罗那的路上，来了一大群人。"

若克问他："你没仔细看看，是来找咱们的，还是咱们要找的？"

"是咱们要找的。"那喽啰回答。

"全都上去，"若克命令，"把他们都给我带到这儿来，一个也不许跑了。"

众喽啰听命去了，只留下堂吉诃德、桑丘和若克，等着瞧他们押回什么人。趁这工夫，若克对堂吉诃德说："堂吉诃德先生一定会觉得我们过的这种日子实在太稀奇，老是走东闯西，处处坎坷，时时危险。您有这种想法，我并不感到意外。说实在的，我也承认，我们的日子太不安稳，整天提心吊胆的。我是心里憋着一股气才走上这条路的。性情再温顺的人受了委屈也有忍不住的时候。我这人本来心很软，对人一向很和善。可我刚说了，有人坑了我，叫我非出这口恶气不可。从此我就丢下了一副好心肠一路干下去，尽管我心里明白，很不是滋味。可是'深渊与深渊响应'①，罪孽和罪孽紧连，结果一次次复仇结成了一串。我不光为自己复仇，把别人的事也管起来了。不过靠上帝保佑，我虽然糊里糊涂误入歧途，可我随时都指望着重返正道。"

堂吉诃德想不到若克的一席话说得入情入理。他总以为，干这种劫道、抢掠、杀人的行当，还能讲出什么像样的道理来？于是他回答说："若克先生，若想治病，一是要弄清病因，二是病人要遵医嘱服药。先生也是个病人，如今也看清了自己的病因，那么苍天，或者更确切地说，上帝是咱们的医生，他自会开出药方把您治愈。不过，要恢复健康，得慢慢来，不可能奇迹般地药到病除。再说，有错知错的人自然会比懵懂的孽障改正得更快一些。您刚才一席话已经表明您是个晓事的人，接下去只需振作起来等待您的心病痊愈。如果您想少走点弯路，早日踏上自救的大道，还是跟我去的好。我教您做一名游侠骑士，历尽千辛万苦，以此忏悔赎罪，然后转眼就可以登上天国。"

若克听了堂吉诃德的劝说不禁笑了起来。他把话题引开，讲了克劳狄亚·贺若尼玛的悲惨遭遇。桑丘心里很不是滋味，因为他很喜欢

---

① 出自《圣经·诗篇》卷二第四十三篇第七节。

那个漂亮、活泼、爽快的姑娘。

去捉俘虏的侍从们返回了，押解着两个骑马的绅士和两个步行的朝圣者，一车妇女，随行的六个仆人，有的徒步，有的骑马，还有侍奉绅士们的两个骡夫。侍从们把这些人围在中间。捉人的和被捉的都沉默不语，静待大头目若克·吉纳尔特开口。他先盘问那两个绅士是什么人，到哪里去，带了多少钱。其中一个回答说："先生，我们俩是西班牙步兵上尉。我们的连队驻扎在那不勒斯。我们奉命前往西西里岛，正准备去巴塞罗那登船。据说那儿停泊着四艘海船。我们带着两三百埃斯库多，觉得这笔钱足够我们用的了。当兵的一向手头很紧，难得见到这么大笔的款子。"

若克转向朝圣者，重复了一遍向上尉们提出的同样的问题。得到的答复是，他们打算乘船去罗马，两人带了差不多六十雷阿尔。若克又打听车里是什么人，去哪儿，带了多少钱。一个骑马人告诉他："车上坐的是那不勒斯民事法庭庭长夫人堂娜吉奥玛尔·德·契纽内斯太太、她的小女儿、一个使女和一个嬷嬷。随行的还有六个仆人。带着六百埃斯库多。"

"这么说，"若克·吉纳尔特讲，"咱们总共有九百埃斯库多零六十雷阿尔。我手下大概是六十个人吧，算算看每人能摊多少。我反正是算不清账。"

听了这话，强盗们齐声欢呼起来："若克·吉纳尔特万岁！万岁！算计他的贼坏们见鬼去吧！"

两个上尉垂头丧气，庭长夫人愁容满面，朝圣者见别人要抢自己那点盘缠，当然也满肚子不情愿。他们那副难过样子，几箭路之外就能看得清清楚楚。若克成心叫他们悬了一会儿心，最后不愿意再折磨他们，转过脸去对两个上尉说："你们二位上尉先生，有劳大驾借给我六十埃斯库多，庭长太太呢，也拿出八十。我总得犒劳犒劳手下的伙伴们嘛！教长要吃饭，就得把经念。往后各位只管放心大胆地赶路。我给各位开个路条，免得再遇到我的手下人的时候，他们给你们找麻烦。我的部下分成好些股，这一带到处都是。我嘛，其实无意冒犯士兵和女流，特别是贵夫人们。"

两个上尉感激不尽，对若克千恩万谢，说他真是慷慨仁义，发善心给他们留下路费。堂娜吉奥玛尔·德·契纽内斯太太甚至想下车去亲吻好汉若克的双脚和双手。若克无论如何不答应，说自己对人有所冒犯，本该赔不是才对，干的是这种糟糕营生，不得不按例行规矩办事。

庭长夫人吩咐仆人立即拿出摊派给她的八十埃斯库多，两个上尉也掏出他们的那六十。朝圣者们正打算交出他们那点可怜的盘缠，可若克叫他们先等等，然后转过去对他的人说："这些埃斯库多每人可以分到两个，还剩下二十。拿出十个给两位朝圣者，另外十个送给这个好样的侍从，叫他替咱们扬扬美名。"

若克吩咐把随身带的文具取出，写了一张路条给手下各股头目打招呼，一一告别后，就放他们走了。众人没想到他居然是个如此高尚大度、举止非凡的人物，简直把这个江洋大盗当成亚历山大大帝再生。他手下一个喽啰满嘴加斯科尼语和加泰罗尼亚语夹杂，说道："咱们这个头儿当修士还差不离，哪里是什么强盗。往后他要是再充大方，掏自己的腰包好了，别用我们的钱。"

那倒霉蛋声音太大，叫若克听见了。他抄起佩剑差点把那人的脑袋劈成两半，还对他说："谁要是再敢满嘴胡吣，我就这样对付！"

大家都给镇住了，谁也没再敢顶嘴。他们对自己的头目就是这样百依百顺。若克走到一边，给巴塞罗那的一位朋友写了封信，说是幸遇了举世传诵的游侠骑士、鼎鼎大名的堂吉诃德·德·拉曼却，称赞他是人间最富风趣、最有见识的人物。四天之后正赶上圣胡安·包蒂斯塔节，他要把此人带到巴塞罗那海滩，届时便可看到这位骑士全身披挂，跨在坐骑洛西南特背上，身边还有他那位骑驴的侍从桑丘。若克叮嘱对方通知尼亚若斯一伙朋友相伴前去凑热闹。他真不想叫卡德勒斯那帮对头也趁机取乐，可看来也没有别的办法，因为堂吉诃德的疯癫举动和高明见识，以及他的侍从桑丘·潘沙的诙谐言辞，必定会使众人开怀大笑。他命手下一名喽啰脱去强盗装束，乔扮成庄稼汉，潜入巴塞罗那去送信。

Capítulo LXI · 第六十一章

堂吉诃德抵达巴塞罗那时的遭遇，以及其他不怎么有趣却千真万确的事情

　　整整三天三夜堂吉诃德都跟若克在一起。即使再这样待三百年，见他们过的那种日子，他也仍然会时时刻刻感到惊奇。他们清晨醒来在一处，吃饭的时候又到了另一处；一会儿不知道在逃避谁，一会儿又像是在等待谁。他们干脆站着睡觉，随时惊醒了，就挪个地方。他们每时每刻都在换岗放哨，准备吹燃火铳捻子，不过这种武器不多，大部分使的都是新式火枪。若克过夜总是远远躲开他的手下人，叫他们摸不清他究竟去了哪里、藏在何处。巴塞罗那总督到处张贴告示悬赏干掉他的人，弄得他心惊胆战，不能安宁，所以谁他也不敢信。他担心连自己的部下说不定也会暗害他，再不就是抓起他来交给官府。这样的日子实在是痛苦难熬。

　　若克带着六个喽啰，抄近道、走小路、跋山涉水，陪堂吉诃德和桑丘去巴塞罗那。圣胡安节的前夕他们终于抵达城郊海滩。当时天色已晚，若克跟堂吉诃德和桑丘拥抱告别。原先说好的那十个埃斯库多还一直没给桑丘，这时也拿出来交到他手里。双方分手的时候，还一遍又一遍地重复着愿意互相效劳的客套话。若克走了，堂吉诃德就骑在马上，原地未动等待天亮。不多久，光亮的黎明女神就在东方的窗口露面了，映照着一片欣欣向荣的绿草鲜花，只是耳际仍然寂静无声。突然一阵笛号，铜鼓齐鸣，串串银铃叮当，"嗒嗒嗒，嗒嗒嗒，

让开，让开"，显然是有人从城里往外跑。

太阳冲出晨曦，从地平线上露出护胸盾般大小的脸庞，缓缓升起。堂吉诃德和桑丘举目四望，猛然看到他们从未见过的大海，觉得真是辽阔无边，他们在拉曼却遇到的瑞德拉众湖泊哪里能比得上？他们也看到了岸边停泊的一溜海船，盖在上面的篷幔已经卸下，只见满船悬挂的三角旗和长条旗迎风招展，还时不时垂下去轻拂水面。船里吹奏着喇叭、军号和笛子，空中远远近近都飘荡着或轻柔或雄壮的乐曲。突然所有的海船都动起来，划破平静的水面，像是要出击的样子，而且立即得到无数出城的骑士回应。他们个个坐骑壮伟、军服鲜艳。船上的士兵不停地开炮，城头和碉堡里的卫士便立即回敬。城头重炮隆隆轰鸣，震破长空；船上的舷侧炮也是有来必往。海浪雀跃，大地欢跳，万里晴空时时被炮火的浓烟遮蔽，这一切似乎不断激励和煽动着人群一阵又一阵地欢腾。桑丘无论如何也弄不明白，那些在海面漂来漂去的庞然大物怎么会有那么多脚。

这时候，穿军服的那帮，大喊大叫、叽里喳啦，朝堂吉诃德跑来，使他惊诧得目瞪口呆，不知所措。其中有个已经从若克那儿得了信儿，高声对堂吉诃德说："欢迎您来我们城里！全体游侠骑士的楷模、灯塔、明星和北斗！您的称号是无法历数的！我是说，欢迎您呀，威武的堂吉诃德·德·拉曼却！但绝不欢迎近来一部伪传给我们描述的那个胡诌乱编的冒牌货，而是史界精华西德·阿麦特·贝嫩赫里笔下那个原装正宗的真身。"

堂吉诃德一言不发，那些骑士似乎也不等他答话。他们混入尾随而至的人群，一拥而上，把堂吉诃德团团围住，在他四周来回兜圈子。堂吉诃德转身对桑丘说："这些人显然认识咱们。我敢打赌，他们准读过咱们的传记，连阿拉贡人新出的那本也看了。"

刚跟堂吉诃德讲过话的骑士又过来对他说："堂吉诃德先生，请阁下跟我们走。我们都是若克·吉纳尔特的老朋友，愿随时为您效劳。"

堂吉诃德回答道："骑士先生，看来礼数周全是会传布繁衍的，您待人接物与好汉若克如出一辙，至少十分相近。您准备带我去哪儿，就请便吧，我完全遵命，而且尤其渴望能为您效劳。"

那位骑士也措辞得体地回应，然后把他簇拥在人群中间，伴着笛子和铜鼓的乐音，一起向城里走去。刚一进城，专门调三窝四的恶魔招来一帮比恶魔还邪恶的顽童。其中有两个尤其刁钻胆大，悄悄混入人群，一个揪起灰驴的尾巴，另一个拽起洛西南特的尾巴，各自塞进一把刺柴。两只倒霉的牲口挨了扎，气鼓鼓地夹紧了尾巴，顿时乱尥蹶子，当下就把各自的主人抖落在地上。堂吉诃德又羞又恼，忙上前摘去弩马身上的结彩缨子，桑丘也帮灰驴卸了装。堂吉诃德的向导们追上去想教训放肆的顽童，可是哪里来得及：他们早就钻进尾随而至的千百个孩子的堆里去了。

堂吉诃德和桑丘重新跨上牲口，一路掌声雷动、鼓乐喧天来到向导的家门。那是一所壮伟高大的宅子，富贵绅士的府邸嘛！我们眼下只好按西德·阿麦特的意思，先把他们撇在那儿。

Capítulo LXII · 第六十二章

神奇人头像的故事和其他不得不提及的七零八碎

堂吉诃德的东道主名叫堂安东尼奥·莫热诺，是个富有而精明的绅士，很喜欢时不时开点玩笑，既无损大雅，又不伤和气。他见堂吉诃德住进自己家里，便开始琢磨，怎么既叫众人见识一下他的疯病，又不过分作践他。玩笑不能伤人心，逗乐须知有分寸。

他首先命人帮堂吉诃德卸下盔甲，只剩下那件我们多次详细描述过的紧身麂皮上衣，然后引他去阳台上亮相。下面就是城区主要的繁华街道之一，来往的大人小孩都能跟观赏猴儿戏一样看个一清二楚。那一伙穿军服的骑士再一次从他面前策马驰骋，仿佛他们恭候已久，专待贵客露面，而并非特意应召来凑趣逗乐。桑丘自然十分开心，以为不知不觉又赶上了另一个卡马却的婚礼，又走进另一个堂迭哥·米朗达的公馆，又踏入另一个公爵城堡。

当天，堂安东尼奥邀请一些朋友吃饭，大家把堂吉诃德尊为上宾，给予游侠骑士的礼遇。他当然是洋洋自得、喜形于色、乐不可支。桑丘更是妙语连珠，招得府上的下人和所有在场的宾客都眼巴巴等着他开口。席间堂安东尼奥对桑丘说："桑丘老兄，我们听说你特别爱吃鸡脯团子和肉丸子，常把剩下的揣在怀里留到第二天吃。"

"老爷，不对，不是这么回事。"桑丘回答，"我这人不是那么贪吃，还很爱干净。我主人堂吉诃德就在眼前，他很清楚，我们俩常常不是一把橡树子儿就是一把核桃，一混七八天。当然，要是赶上好事，有人给你小牛，牵起缰绳就走。我是说，我赶上什么吃什么，好光景也绝不错过。有人说我馋得要死，还不爱干净，那我可得告诉他：没有的事！这话其实还可以说得更不客气些，看在席上各位贵人的面上，算了！"

"确实如此，"堂吉诃德说，"桑丘吃东西很仔细，很有节制，这简直可以刻上铜碑，百世流传。不过老实讲，他饿极了也会狼吞虎咽，不光吃得快，还大口大口地嚼。可要论干净，那是不带一点差池的。他任总督期间，甚至学会了斯文人的吃法。吃葡萄用叉子不说，连吃石榴子儿也用。"

"怎么？"堂安东尼奥说，"桑丘还当过总督？"

"是的，"桑丘回答，"在一个叫扒拉塌日轧的岛子上，我大刀阔斧地理了十天事。最后弄得我烦透了，总算明白世上什么官职都没意思，就从岛上跑出来。半路掉在深坑里，我以为自己完蛋了，结果还是活着出来了，真神！"

堂吉诃德把桑丘当总督的经历细细讲了一遍，大家听得有滋有味。

饭后，堂安东尼奥拉起堂吉诃德的手，把他引进一间背静的密室。屋里陈设全无，只有一张大理石独脚桌子，上面摆着一尊似乎是铜铸的雕像，跟罗马皇帝的塑像一样，只有齐胸的上半截。堂安东尼奥领着堂吉诃德在屋里走来走去，绕着桌子兜了几圈，最后才开口："堂吉诃德先生，我现在放心了，没人偷听咱们说话，房门关得严严的。我想告诉您一件少有的怪事，也可以说是一桩难以想象的奇闻。不过您得答应，听过之后，把它深深埋藏在心底。"

"我可以发誓，"堂吉诃德回答，"为了更加保险，我甚至打算盖上一块石板。这么说吧，堂安东尼奥先生（他已经知道主人的名字了），跟您交谈的这个人有听话的耳朵，可没有说话的舌头。您不用担忧，心里有什么事尽管往我的心里搁，全当丢进静悄悄的深渊。"

"您既然做了担保，"堂安东尼奥说，"那您就留心看，仔细听吧，准会吃惊的。这个秘密我闷在心里，跟谁也不敢说，真把我憋得难受。这回总算找到人吐露一下，可以舒口气了。"

堂吉诃德见他那么小心翼翼，纳闷他究竟想要说什么。这时候堂安东尼奥拉起他的手，让他摸摸铜像的脑袋，又把大理石桌面和支撑在下面的桌腿摸了个遍，然后说："堂吉诃德先生，这尊头像是世上少有的头号魔法师和巫术家设计制造的。听说他祖籍波兰，他的师傅就是被人们说得神乎其神的名人埃斯克迪约。我把那人请到家里，给了他一千埃斯库多的工钱，他就为我做了这个头像。这东西本事很大，凑到它耳朵上问什么，它都能回答。那法师测定了方位，看好了星象，画出了符咒，终于造出这尊十全十美的头像。明天咱们就知道了。今天是星期五，它不开口，要叫咱们等到明天。您可以趁这段时间，琢磨一下想提些什么问题。我曾经试过，知道它句句都能答准。"

堂吉诃德听说头像有这等本领和性能，甚为吃惊。他有点不信堂安东尼奥的话，可是眼看用不了多久就能亲自试试了，因此不愿多嘴，只是说十分感谢主人向他披露这么重大的秘密。两人离开密室，堂安东尼奥锁紧了屋门，一起回到大厅其他客人中间。这期间，桑丘已经给大家讲述了他主人经历过的好多冒险和奇遇。

当天下午，他们带堂吉诃德出去转悠。他没有披戴盔甲，只是一身出门装束：穿了一件棕红毛料的对襟长袍；在那种季节里，足够把一大块冰焐出汗来。府里的下人听命跟桑丘周旋，设法把他稳在家中。堂吉诃德这回骑的不是洛西南特，而是一头步履稳健的大骡子，装点得十分鲜艳夺目。别人给堂吉诃德穿长袍的时候，趁他不备，在后背缝上一张羊皮纸，上面大字写着：他就是堂吉诃德·德·拉曼却。他们一上大街，所有来看热闹的人都眼睁睁地盯着那块招牌，见写的是：他就是堂吉诃德·德·拉曼却。堂吉诃德没想到所有与他相遇的路人都认识他，而且叫得出名字，便转过脸对身边的堂安东尼奥说：

"游侠骑士真是与众不同，干这一行的个个名扬四海、享誉天下。堂安东尼奥先生，如若不信，就请您看看，连这里的孩子们，虽说从未见过我，可都认识我。"

"可不是嘛，堂吉诃德先生，"堂安东尼奥回答，"火是包不住也捂不严的，贤德之士迟早要为人所知。比起别的行当，习武的勇士更是光芒四射，分外耀眼。"

堂吉诃德正在那伙闲人的注视下一路前行，突然有个他的卡斯蒂利亚老乡看了他背后的招牌，高声嚷嚷道："叫你这个堂吉诃德·德·拉曼却去见鬼吧！怎么搞的？你浑身上下挨了数不清的棍子，还没送命？居然跑到这儿来了！你是个疯到家的人，要是你自个儿待着，关起门来发疯，也就罢了。可你偏偏本事不小，凡是跟你来往打交道的人，都能叫你给折腾得疯疯癫癫。不信，就瞧瞧陪着你的这些先生吧。你这个混蛋还是赶快回家照看自己的财产和妻子儿女去吧！别再这么无聊地胡闹，耗干了脑汁，毁坏了才干。"

"这位大哥，"堂安东尼奥告诉他，"走你的路吧！人家又没讨教你，干吗训人？堂吉诃德·德·拉曼却先生脑子很清楚，我们这些陪他的人也不是傻瓜。贤德之士不论走到哪儿，都该受到尊重。你这个晦气鬼快给我走开！少管别人的闲事！"

"见鬼！你说得也对，"卡斯蒂利亚人回答，"规劝这位老兄简直等于把蹄子往钉子上踹。不过，说是这么说，我还是太可怜他了。听说这个混蛋在别的事情上还算明白，都是叫他那些游侠骑士的名堂把脑浆子给掏光了。照你说的，我是个晦气鬼，连我的子孙后代也倒了霉！从今往后，哪怕我能活到玛土撒拉的岁数，即使有人讨教，我也再不会进忠言了！"

那个好心规劝的人走了。他们一伙接着溜达，可是跑来看那块招牌的大人小孩越来越多，挤得一团糟。堂安东尼奥只好假意给堂吉诃德掸灰，趁机给摘了下去。他们天黑才回到家里，还约集了一帮女宾唱歌跳舞。堂安东尼奥的太太是位生性快活、漂亮精明的贵夫人。她邀请了自己的一些女伴来拜见贵宾，拿他的疯癫举动取乐。客人们到了，用过丰盛的晚餐，到夜里十点钟左右，舞会开始了。有两位夫人特别精于捉弄人的俏皮把戏。她们虽说都是正派女子，可是要论搞点无伤大雅的恶作剧，那才不在乎呢。她们你争我夺地请堂吉诃德跳舞，直到折腾得他筋疲力尽。瞧瞧堂吉诃德那副模样真有意思：细长，干瘪，面黄肌瘦，衣服狭窄，身板僵直，笨手笨脚，一点儿也不灵便。年轻太太们假意跟他眉来眼去，他也装聋作哑，最后终于受不了纠缠，不得不大声喊道："冤家在此，务请回避①！夫人们，让我安静一会儿吧！你们这是枉费心机，打错了主意！我心头的女王是举世无双的杜尔西内亚·德尔·托博索，她绝不允许别人占据我的心灵，折服我的意志。"

他说完便往大厅中间的地上一坐。这阵没完没了的腿脚舞动累得他腰酸背疼，散了架子。堂安东尼奥命人把他抬回床上，桑丘头一个抢先拉住他说："我的老爷，您真是悖晦！跳的哪门子舞啊？您以为勇士都能蹦跶，游侠骑士都会踢踏吗？我是说，您要是这么想，可就大错特错了。有人胆大敢杀巨人，可走花步不行。要论踢踏两下，我桑丘满可以替您。跳起踢踏舞，我还是挺出众的，可是踩别的步子我就不中用了。"

桑丘东一句西一句地逗得舞会客人大笑不止。他最后把主人扶上床，盖严实了，让他去发散跳舞跳出来的一身冷汗。

第二天，堂安东尼奥觉得该把神奇的头像展示一番了。他请了堂吉诃德、桑丘、他的两位朋友，还有舞会上折腾过堂吉诃德的两位夫人。她们留宿在府上，是跟堂安东尼奥的太太一块儿过的夜。一伙人走进安放头像的密室，紧闭屋门。主人介绍了塑像的特性，嘱咐大家

---

① 原文为拉丁文。

切勿外传，又说这是头一次验证神奇头像的妙处。除了堂安东尼奥的两位朋友，别人谁也不明了此种怪事的奥秘所在。而且如果不是主人事先向他们透露过，他们也会像其他人一样感到惊奇的。这也理所当然，因为那东西是经过精巧设计才制造出来的。第一个凑近头像耳朵的就是堂安东尼奥本人。他柔声细气地提出问题，不过大家还是听见了。他说："头像，显示一下你具有的本领吧，请说说，我这会儿在想什么？"

并未见头像的嘴唇翕动，却发出清晰可辨的声音。大家都听见它说："我不评说别人的心思。"

一下子大家都目瞪口呆，四周看看，整个密室之内和桌子近旁并没有外人答话。

"我们这儿有多少人？"堂安东尼奥又问。

同一个声音不紧不慢地回答道："你和你的妻子，你的两个朋友，她的两个女伴，还有名叫堂吉诃德·德·拉曼却的著名骑士和他的侍从，名叫桑丘·潘沙。"

又是一片惊叹声，人人都瘆得发梢直竖。于是堂安东尼奥离开头像，说道："这足够让我放心了。把你卖给我的那个人并没有骗我。你真是个聪明的头像、会说话的头像、有问必答的头像、奇妙无比的头像。再来一个，随便问它什么都行。"

女人们通常都沉不住气，又爱打听事情，这回抢先走上去的便是堂安东尼奥妻子的一位女友。她提出的问题是："请告诉我，头像，我怎么才能让自己漂亮起来？"

答复是："要自尊自爱。"

"我没别的问题了。"提问的女子说。

另一个女伴走过来说："头像，我很想知道丈夫是不是真爱我。"

那声音回答她说："看他怎么对待你，就一清二楚了。"

那位太太走开的时候说："这还用问吗？一个人的所作所为当然

透露出他心里想的是什么。"

接着堂安东尼奥的一位朋友过来问道:"我是谁?"

回答他说:"你自己清楚。"

"我问的不是这意思,"那绅士说,"我是想知道你是不是认识我。"

"当然认识,"那声音回答,"你是堂佩德罗·诺瑞兹。"

"我不问别的了。头像啊,这足够证明你无所不知。"

他退下去,另一个朋友上来问道:"说说看,头像,我的大儿子心里有什么打算?"

"我已经说了,"那声音回答,"我不评说别人的心思。不过呢,我还是可以告诉你,你儿子一门心思要埋葬你,"

"没错。"绅士赶紧搭腔,"这叫作:眼里都看着,还用手指戳?"

他没再问别的。于是堂安东尼奥的夫人过去说:"头像,我真不知道该问你点什么。我只想从你这儿打听一下,我这位好丈夫能不能长久地陪伴我?"

她得到的答复是:"他会一直陪伴你的。他身体健壮,起居有节,准能长命百岁。短命鬼都是些不知节制的人。"

接着堂吉诃德上去问道:"你既然有问必答,那就请告诉我,我在蒙特西诺斯洞穴的那段经历究竟是真的还是在做梦?我能指望桑丘用鞭子抽打自己吗?这确实能帮杜尔西内亚驱魔吗?"

"洞穴的事说来话长,"那声音回答,"真假都有一点;桑丘的笞刑得慢慢来;给杜尔西内亚驱魔的事嘛,功到自然成。"

"我不问别的了。"堂吉诃德说,"一旦见到杜尔西内亚摆脱了魔法,我就心里有数了:那等于我能指望的一切好运纷至沓来。"

最后一个提问的是桑丘,他的问题是:"头像,劳驾告诉我,我还会当官吗?我能不再干侍从这样的苦差事吗?我还能见到老婆孩子吗?"

那声音回答说:"你将当家理业;一回到家,就能见到老婆孩子;丢下伺候人的差事,你就不再是侍从了。"

"上帝呀,太棒了!"桑丘·潘沙说,"这我也知道,分明是大实话嘛!"

"你个畜生!"堂吉诃德骂他,"你想叫人家怎么回答?你问什么人家答什么,不就行了?"

"行是行,"桑丘说,"可我想要它多说几句,讲得更清楚一些。"

问答到此结束,可大家还猜不透是怎么回事,只有堂安东尼奥的两位朋友清楚个中奥秘。于是西德·阿麦特·贝嫩赫里便亲自出面加以说明,免得人们百思不得其解,以为那头像里藏着个巫师或者别的什么古怪机关。他说,原来堂安东尼奥·莫热诺在马德里见过一个图片商做的头像,便回家命人仿制一个,用它来戏弄调理不知底细的人。头像是这么制作的:桌面其实是块木板,然后涂漆上色弄得跟大理石一样,撑在下面的桌腿也是木头的,还安上四只鹰爪来加固。仿照罗马皇帝头像制造的脑袋涂成古铜色,内里中空,再把它严丝合缝地安在桌面上,不露一点痕迹。桌腿也是中空的,上通头像的胸部和脖子,下连头像密室底下的另一个房间。一根铁皮管子插进桌腿、桌面、胸部和脖子,直达那个貌似铜像的脑袋,而且安装巧妙,谁也看不出破绽。回答问题的人就在正对密室下面的房间里,他像使吹箭筒一样,嘴巴紧贴管口,于是话音便清晰可辨地从上到下、从下到上传送起来。这种骗人把戏自然很难被人察觉。堂安东尼奥有个上学的外甥,是个精明的机灵鬼,便充当了答话的人。事先舅舅已经给他交代过,去头像密室的都是些什么人,所以听到第一个问题,他马上对答如流,又快又准。其他问题就连猜带蒙,反正他脑袋机灵,很会随机应变。

西德·阿麦特还说,这个稀奇把戏也就存活了十一二天,因为消息传遍全城,人人都知道堂安东尼奥家里有一尊神奇的头像,问它什么都答得出来。主人担心我们那些长了顺风耳的卫道士有所风闻，就连忙跑到宗教裁判所的老爷们那儿去自首。人家叫他把那东西毁了，别再玩下去了，免得市井上的糊涂虫们大惊小怪。不过在堂吉诃德和桑丘·潘沙看来，那尊头像确实神了，有问必答。当然比起桑丘，堂吉诃德尤为满意。

城里的众绅士，一来想讨好堂安东尼奥，二来也十分情愿接待堂吉诃德，好让他当众出出洋相，便安排六天以后举行抽签比武，可是事没办成。什么原因，下面就知道了。堂吉诃德突然来了兴致，想随意去街上走动走动，为了避免顽童们跟他捣乱，就没有骑马。他带着桑丘和堂安东尼奥指派给他的两个仆人出门去散步了。走到一条街上，堂吉诃德偶尔一抬头，看见一扇门上有个大字招牌：承印书刊。他十分欣喜，因为他还从来没见过印刷作坊，很想知道是怎么回事。他领着几个随从跨了进去，只见一处在印，一处在校，这儿在排字，那儿在修版。总之，大印刷作坊的整套行当都齐全。堂吉诃德走近一个木架，问那是干什么用的，师傅们便给他解释一番。他感叹了几句，接着往前走。他又走到另一个人面前，问他在干什么。那师傅回答说："先生，眼前这位绅士，"说着，指了指一个身材匀称、面貌俊秀、神情庄重的人，"把一本意大利语的书翻译成了咱们的卡斯蒂利亚语。我正在排版准备印出来。"

"书名是什么？"堂吉诃德问。

译者回答说："意大利原文叫《巴嘎特勒》。"

"在咱们卡斯蒂利亚语里'巴嘎特勒'是什么意思？"堂吉诃德又问。

"'巴嘎特勒'嘛，"译者说，"就相当于咱们卡斯蒂利亚语里的'小玩意儿'。别看书的题目不起眼，可是里面内容充实，很有教益。"

"我也会一点意大利语，"堂吉诃德说，"常在人前背诵几段阿里奥斯托。不过尊敬的先生，我想再请教阁下一事。我倒不是有意摸您才学的底，只不过是好奇罢了。您翻译的时候，碰到过'皮尼亚塔'这个词吗？"

"碰到过好多次呢。"译者回答。

"您怎么翻成卡斯蒂利亚语的呢？"堂吉诃德问。

"还能怎么翻？"译者告诉他，"就是'糖果罐'呗。"

"我的老天！"堂吉诃德赞叹起来，"您还真精通意大利语！我敢下一大笔赌注：凡是意大利语里的'皮亚切'，您一定是翻成卡斯蒂利亚语的'喜悦'；凡遇到'皮乌'，您肯定是说'更'；'苏'就是'上面'，'咎'是'下面'的意思。"

"对了，我是这么翻译的，"译者回答，"这些词的含义就是这样的。"

"我还敢打赌，"堂吉诃德说，"您在世上一定是默默无闻。世人就是讨厌褒奖聪明才智和杰出成就，真不知埋没了多少能工巧匠，湮灭了多少聪明才智，冷落了多少贤德之士！不过，话又说回来了，我对翻译还是有些看法的。我觉得除了希腊、拉丁两种古典雅言，其他任何两种语言之间的互译，都好比是反面观赏弗兰德斯挂毯，图案倒是都能看见，可是被乱七八糟的线头弄得模糊不清，不像正面那么平整光滑。至于相近语言之间互译，更不需要什么才情和文笔，就像把一张纸上的东西抄到另一张纸上一样。当然我不是说干翻译这一行有什么不好，人间有的行当更糟糕，收入更少！不过，有两位译者不在此例，一个是翻译《忠实的牧人》的克里斯托瓦尔·德·费盖罗阿博士，另一个是翻译《阿明达》的堂胡安·德·哈乌热吉。他们精美的文笔简直使得译文和原著难以区分。再请问一件事，您是本人出资印书呢？还是把版权卖给书商了？"

"我是本人出资印书，"译者回答，"第一版就有两千册，我想至少可以赚回一千杜卡多。每本定价六雷阿尔，转眼就能售出。"

"这笔账您倒算得很清！"堂吉诃德说，"可我觉得您好像并不熟悉书商之间你来我往、牵扯不清的名堂。我可以给您担保，早晚有一天您得自个儿扛着这两千本书，被压得腰酸背疼，不知如何是好。要是您那本书真有点撩人的味道，那就更亏了！"

"照您的意思，"译者问，"我该把它交给书商，三四分钱把版权卖掉，还得千恩万谢他们的慷慨喽？我现在印这本书并不是想在世上出名。我已经有不少成名之作了。我如今要的是收益，否则，那点名气分文不值。"

"但愿上帝保佑您财运亨通！"堂吉诃德对他说。

他接着走到另一个木架旁边，见那儿正在修改一张校样，书名是《心灵之光》①。他立即说道："这种书才是应该印的，虽说出的已经不少了，可是如今作孽的人太多，需要无数的明灯来照亮这懵懵懂懂的世界。"

他又往前走了几步，见有人在校对另一本书。他问书名是什么，人家告诉他叫《奇思异想的绅士堂吉诃德·德·拉曼却第二部》，作者是托德西利亚斯的一位居民。

"我已经听说过这本书了，"堂吉诃德声明，"说实在的，如此荒唐的东西，我心里琢磨着，怕早就一把火烧成灰了。不过，凡是猪，都会赶上它的圣马丁节②。虚构的故事越是逼真，就越有教益，越能引人入胜，而纪实传记则越真实越精彩。"

说完，他满脸不悦离开了印书作坊。当天，堂安东尼奥安排他去海边观看海船。桑丘对此欢喜雀跃，因为他生来还没过过这眼呢。堂安东尼奥通知舰队司令，下午他打算带自己的贵宾、鼎鼎大名的堂吉诃德·德·拉曼却去观看海船。舰队司令和全城居民早已久闻其名了。海船上的见闻有待下章详述。

---

① 《心灵之光》：该书全名是《驱散愚昧盲从的基督徒心灵之光》，作者是位教士，名叫菲利普·德·梅内塞斯。
② 当时西班牙民间多在圣马丁节宰猪。

CAPÍTULO LXIII · 第六十三章

观看海船让桑丘·潘沙遭了殃
以及突如其来的摩尔美人的奇闻

　　堂吉诃德对有问必答的神奇头像大惑不解，就是没有想到这是一场骗局，不过有了杜尔西内亚必定摆脱魔法的诺言，他心里反正也踏实了。他想来想去，终归是满心欢喜，只盼着这一天早点到来。前面说过，桑丘虽然腻味当总督，可是还情愿再来一次颐指气使。当官就有这坏处，哪怕是假的，也会上瘾。

　　还是说说当天下午，东道主堂安东尼奥·莫热诺和他的两位朋友，带着堂吉诃德和桑丘去看海船。舰队司令已经得知有贵客光临，早就盼着见见尽人皆知的堂吉诃德和桑丘。他们刚一到，海船齐刷刷降下了帆篷，还奏响了笛号，接着抛下一艘小艇，上面铺垫着华贵的地毯和鲜红的天鹅绒靠枕。小艇驶到岸边，堂吉诃德刚一踏上脚去，旗舰率先点燃了礼炮，其他各舰随即响应。堂吉诃德登上右舷梯，全体水手齐声按要人登舰时的礼节向他致意，连呼三声"呜、呜、呜"！将军（以后我们就这样称呼他）是巴伦西亚的贵族，他伸出胳膊拥抱住堂吉诃德说道："今天这个日子我要用白石子儿来标记，因为这是我一生中最值得纪念的日子，我要永远铭记这段时光，因为我有幸见到包容和囊括游侠骑士一切美德的堂吉诃德·德·拉曼却先生。"

　　堂吉诃德也彬彬有礼地做了答谢，十分欣喜居然受到如此隆重的接待。一行人来到装饰一新的船尾甲板，在一圈木凳上就座。水手长沿甲板跑去，吹哨为令，命水手脱衣。他们转眼工夫就照办了。桑丘见这么多人赤条条的，顿时惊呆了。他尤其想不到帆篷一下子就扯了起来。他觉得那帮干活儿的人简直是一群鬼怪精灵。可是比起我下面要说的事，这不过是小菜一碟。桑丘坐的木凳旁边是船尾右舷划桨手。那人早知道自己该如此这般，冷不防抓住桑丘，用双臂把他举起。全体水手都有所准备，马上站立起来，纷纷举起双臂，先顺着右舷，把桑丘从一个座位抛向另一个座位。可怜的桑丘在空中飞快翻滚，两眼一黑，什么也看不见了。他想自己准是落进了魔鬼手里。那伙人又沿着左舷把他抛回船尾，才算罢休。桑丘出了一身冷汗，一点也不明白自己这是怎么了。

堂吉诃德见桑丘没长翅膀就飞了起来，便问将军，是否初登海船的人都得经过这番仪式。果真如此的话，他可不打算经受这种训练，反正他也不想在海上服役。他敢向上帝发誓，谁要是伸手抓他往空中抛，他非得踢得那人魂飞魄散不可。他说着，站起来一把握住剑柄。这时候，帆篷突然收起，斜桁轰然一声从高处落下。桑丘心想，准是天顶脱榫了，正朝他脑袋上压过来，吓得他连忙弓身把头夹进两腿之间。堂吉诃德也有点心惊胆战，不由得颤巍巍地缩起肩膀，脸上血色全无。水手们紧接着又竖起斜桁，跟刚才放倒的时候一样神速，而且弄得轰然作响。不过他们自始至终静悄悄的，好像不说话也不喘气似的。水手长做了个手势命令起锚，然后跳到甲板中心通道，挥起一根牛鞭筋之类的皮条抽打水手们的脊梁，舰只便慢慢向海里驶去。桑丘看见旁边一只船有这么多红脚一齐摆动（这就是他眼里的船桨），暗自想道："这玩意儿才真是中了魔法哩！哪像我主人说的那些！这些倒霉蛋干什么了？为什么挨鞭子呀？这个来回吹哨子的家伙，一个人怎么敢对付这么多人？我这会儿才明白了，这就叫地狱，至少也得是炼狱。"

堂吉诃德见桑丘目不转睛地看着这一切，便对他说："听着，桑丘老兄，这回可便当了，不用你费多大劲儿，只要你乐意，赶紧把上身扒光了，往这些先生身边一凑，为杜尔西内亚驱魔的事就办成了！而且跟这么多人一块儿挨打受罪，你就不会觉得太疼了。再说，没准儿梅尔林法师一见这回抢鞭子的是把好手，一下当十下数，你那总数里可就省去了好多。"

将军刚想问那些鞭子是怎么回事，干吗要给杜尔西内亚驱魔，突然有个水手报告说："蒙锥克要塞发信号说西边海岸一带有一只桨船。"

将军一听，立即跳到中心通道下令："嗨，孩子们，别叫它从咱们手里跑了！瞭望塔发现的这只船准是阿尔及尔的海盗双桅帆。"

另外三艘舰只凑近旗舰来听从调配。将军命令两艘向海里开去，他带着另一艘沿海岸包抄，免得那只船溜了。水手们开始奋力划桨，推动舰船急驶，仿佛飞了起来。入海的两艘行驶了大约两米里亚，那只桨船便遥遥在望。根据目测，估计有十四五个桨位（果真是这样）。那船见有船队围追，连忙掉头逃跑，满心指望靠自身的轻巧灵活准能摆脱困境。不承想运气不佳，打头的旗舰本是所有海上航行的船只中最灵巧的一艘，眼看着它越逼越近。三桅帆上的船员自知是无法逃脱了。他们的船长生怕激怒这方的舰队指挥，命令全体弃桨投降。可是命运却另有安排，偏偏叫这方的旗舰一下子冲到跟前，那边船上听到追击者高声呼喊叫他们投降。于是两个兔儿气死，也就是说，三桅帆上的十二名水手之中的两个土耳其醉鬼连放两枪，打死了我们船上面对他们的两名士兵。见这情景，将军发誓一定要俘获敌舰，处死全体船员。旗舰向前猛冲，结果反而叫对方钻进一排桨下溜走了。旗舰疾驶而去，跑出好远。敌船深知千钧一发，趁旗舰掉头的工夫，扯起风帆，准备帆桨并用，奋力逃命。可是他们的花招并未奏效，最终由于胆大妄为而自讨苦吃。不出半米里亚，旗舰便追了上来，一排桨把那船紧紧扣住，活捉了全体水手。这时候，另外两艘舰只也赶到了，四艘会集起来，押送俘虏返回岸边。陆地上人头攒动，个个翘首以待，急于想知道个究竟。将军命令各舰傍岸抛锚。这时他听说总督也来到码头，便放下小艇去接。他还吩咐降下三角桁，准备待会儿绞死敌方船长和敌船上的其他土耳其俘虏，总共有三十六人，个个俊秀威武，大部分都是土耳其火枪手。将军问谁是三桅帆上的船长，俘虏当中有人用卡斯蒂利亚语回答他。后来才知道原来是个叛教的西班牙人。那人说："先生，您眼前这位小伙子就是我们的船长。"

他指的那个青年，俊美绝伦，潇洒无比，很难用人世的言辞描摹，年龄看来不过二十岁。将军问他："说说看，你这个不学好的狗崽子，眼见自己逃不脱了，是谁调唆你杀死我的水兵？遇到旗舰兴这么致意吗？你难道不知道鲁莽不等于勇敢？人在九死一生的境地本该壮起胆来，怎可鲁莽行事？"

那船长刚想答话，可是将军无暇倾听。他见总督走进船舱，赶紧上去迎接。陪同来访的还有一些随从和城里的要人。

"您这场捕猎干得不错呀，将军大人！"总督说。

"是很不错，"将军回答，"待会儿就把猎物吊上三角桁给阁下瞧瞧。"

"这又何必呢？"总督有些不解。

"他们违背作战的习惯、常规和法则，"将军回答，"杀死了参加我这支舰队的两名最优秀的水兵，所以我发誓绞死全体俘虏，首先是这个小子，他是三桅帆上的船长。"

他指了一下，只见那青年双手被捆，脖子上套着绞索，正在等死。总督扫了一眼，觉得他是那么漂亮、潇洒又可怜。这个节骨眼儿上，俊美的相貌比求情的文书还管用，总督动了恻隐之心．打算免他一死，于是问道："告诉我，船长，你是土耳其本土的呢，还是摩尔人或者叛教者？"

青年也用卡斯蒂利亚语回答说："我既不是土耳其本土的，也不是摩尔人和叛教者。"

"那你是什么人？"总督问。

"一个基督教女子。"少年回答。

"女子？还是基督徒？可你穿这身衣服？干这种事？这可真是咄咄怪事，叫人难以置信。"

"求求诸位！"少年说，"暂且延缓一下我的死刑！先听我讲讲自己的身世，待会儿再处治我也来得及。"

再硬的心肠面对这番恳求想必也会软下来，至少也该听听那个凄惶可怜的少年到底想说些什么吧。将军告诉他有话尽管说，可是他罪行昭著，休想得到赦免。小伙子见将军准许了，就说出下面一席话："我属于那个灾难深重而又不知检点的民族，新近我们更是陷入了无边的苦海。我的生身父母都是摩尔人。由于他们的祸祟接踵而至，我的两个舅舅便把我带到柏柏尔去了。他们当时根本不理会我一再声明自己是基督徒。我说的是实话，我不是装出来骗人的，而是真心诚意的天主信徒。任凭我怎么反复说出真相，就是打动不了那些无情驱逐我们的官员，我的舅舅们也不相信。他们认定，这都是我编出的谎话，为的是赖在家乡不走。他们不管我乐意不乐意，强拉硬拽把我带走了。我母亲是基督徒，父亲是个明白人，也完完全全皈依了基督。我从母乳中吸吮的就是对天主的信仰，是在正宗的礼法中成长起来的。我敢说，无论是言谈举止，都看不出我是个摩尔女子。我深信自己是个淑女，而且随着我种种美德的形成，我的美貌也与日俱增。我想我还是有几分颜色的。我严守闺范，很少出门，可是还是让一位大家公子偶尔看见了。他叫堂嘎斯帕尔·格列高里奥，是我们邻村的一位绅士的长子。他怎么遇到我，我们说了哪些话，他怎么为我掉了魂儿，可我又怎么不太动心，这一切说起来话就长了。何况眼下无情的绞索正恶狠狠地等着勒我的脖子、抻我的舌头。我只讲讲，我们遭流放的时候，堂格列高里奥如何执意要跟我一起走。他摩尔话说得很流利，就混进别处来的摩尔人堆里，一路上还跟带我走的两个舅舅交了朋友。我父亲是个精明有远见的人，所以听到驱逐我们的第一道圣旨，他就离开村子，打算去外国找个能收留我们的地方。他先把许多贵重的珍珠宝石和葡萄牙、西班牙金币深深埋在一处。这件事只有我知道。他叮嘱我，即使在他赶回来之前我们被流放了，也千万别动他留下的这笔财宝。我照他的话办了，像我刚才说的那样，跟两个舅舅和其他亲戚朋友到了柏柏尔。我们最后落脚的地方是阿尔及尔，那简直就跟掉进地狱差不多。国王听说我长得很美，其实这都怪我有一笔家产，不过说到底还该算我走运。他召见了我，问我是西班牙哪个地方的人，带着多少银钱珠宝。我把籍贯告诉了他，还说在哪儿哪儿埋着银钱财宝，只要我自己回去一趟，很容易就能挖出来。我这样说，是生怕他贪恋我的美色，所以有意用钱财引诱。我们正说话的时候，有人过来禀报，说跟我一起来的，还有个潇洒无比、俊美绝伦的少年。我马上明白，他们指的是堂嘎斯帕尔·格列高里奥。他的容貌确实不论怎么夸赞都不为过。我很担心，知道堂格列高里奥处境危险，因为那些野蛮的土耳其人一见到俊美的青少年男子，再娇艳的女子他们也不放在眼里了。国王立即命令带上来见他，还问我，小伙子是不是真像他手下人说的那样。我当时似乎是得了天启，连忙回答是的，不过告诉他那人其实不是男子，而是跟我一样，是个姑娘。我求国王给那人换一身合适的衣裳，好让那绰约风姿一览无余，在君主面前也不致过分拘束。他祝福我好运，便命我退下，说改天再谈如何派我回西班牙去挖掘埋在地下的财宝。我跟堂嘎斯帕尔搭上话，告诉他露出男子真相是很危险的。我给他穿上一身摩尔女子衣服，当天下午带他去见国王。国王看到后，十分惊喜，准备留下'她'见机向大苏丹进献。他怕后宫众妻妾惹麻烦，自己也难免把持不住，决定把美女送到别人府上，请几位摩尔贵夫人代为看管，好生服侍，当场就把'她'带到那里去了。我承认我很喜欢他。我们俩当时的心情，我想凡是不得不分手的恋人，都有所体会。国王很快就安排我乘这艘三桅帆回西班牙，随行的还有两个土耳其本地人。就是他们杀死了你们的水兵。这个西班牙叛教者也跟我同路（她指了指最先开口的那位）。我清楚他暗中仍然信奉基督，一心一意要留在西班牙，再也不打算返回柏柏尔了。三桅帆上的其他水手，都是摩尔人和土耳其人，只管划船，别无用场。原先说好了，一到西班牙，就让我和这个叛教者上岸。我们都随身带着登陆时用的基督徒衣物。可这两个土耳其人既贪财又狂妄，根本不管事先的约定，打算骚扰这一带海岸，看看是不是能劫掠些财物。他们怕放我们上岸以后，万一我们俩出点什么事情，招供了海上的三桅帆，这一带海岸如有舰队，岂不要拿获他们？

"昨晚我们靠近这片海滩，一点也没防备你们的四艘海船，结果被发现了。剩下的事情你们都看见了。反正如今堂格列高里奥装扮成女人，待在女人堆里，时刻都有遭殃的危险。我呢，双手被捆，正在等死。我虽说是活腻了，可老实讲，还是有些怕死。诸位先生，我的凄惨身世讲完了，真是灾难不断，可是句句属实。现在我只求各位一件事：允许我以基督徒身份死去。我已经说了，我同族人的那些罪孽，可是跟我毫无干系。"

她不再作声，两眼满含伤心的泪水，许多在场的人也都为之潸然泪下。心善的总督见她可怜，默默无言地走过去，伸臂解开紧缚摩尔美女玉手的绳索。

就在信奉基督的摩尔女子讲述她坎坷生涯的当儿，跟随总督上船的一位朝圣老人始终两眼紧紧盯着她。摩尔少女的话音刚落，老人便扑倒在她脚下，一把抱住，悲叹不绝、泣不成声地说："安娜·费里克斯，我可怜的女儿呀！我是你父亲瑞科特，回来找你了。你是我的心肝儿，离开你我怎么活呀！"

桑丘本来在那儿低头琢磨他这次出游的倒霉事，听了这话连忙抬头睁眼。一看朝圣者，认出正是丢官的当天碰到的瑞科特本人，马上证明姑娘的确是那人的女儿。女孩被松了绑，便上去抱住父亲，两人的泪水交汇在一起。她父亲对将军和总督说："先生们，她就是我的女儿，名字虽好①，可屡遭不幸。她名叫安娜·费里克斯，姓瑞科特。她的容貌和我的家产都是尽人皆知的。我逃离家乡，打算在国外找个可以容纳和收留我们的地方。我在德国找到了安身之处，就打扮成朝圣者的模样，由几个德国人陪伴，回来找我的女儿，顺便把我埋藏的一大笔钱财取走。可是我没找到女儿，只挖出了财宝随身带着。这不，各位都看见了，不知怎么七绕八拐的，终于找到了我亲爱的女儿。她才是我最贵重的宝物。我知道你们的法规严厉，可是我们并没有什么过错，看在我们父女俩苦苦哀求的分上，请你们网开一面，对我们发发慈悲吧！我们从来没想冒犯你们，也丝毫不赞同我们同族人的想法。他们被流放，完全是罪有应得。"

这时候桑丘说："我跟瑞科特很熟，他说安娜·费里克斯是他女儿，这是真话。可我不想掺和别的七零八碎，什么来来回回、好想法坏想法的。"

大家都没想到居然有这样的巧事。将军说："就凭你们父女俩的泪水，我也得收回刚才发的誓了。漂亮的安娜·费里克斯，好好活下去吧，愿你享尽天年。叫那两个狂妄放肆的家伙来受罚吧，他们罪有应得。"

他接着便下令在三角桁上绞死那两个杀害他手下水兵的土耳其人。可是总督一再说情，希望别绞死他们，说那不过是一时发昏，并非使性逞强。将军依从了总督的劝告，他明白大家的火气已经冷下来，再行报复未必妥当。然后几个人又商量如何把堂嘎斯帕尔·格列高里奥救出险境。瑞科特还专为此事拿出自己的一部分珍珠宝石，价值两千多杜卡多。他们想出了好多主意，都不合适，最后还是那个叛教的西班牙人说的办法可行。他自愿重返阿尔及尔，只需一只六桨位

---

① 费里克斯意为"幸福"。

的小船，雇佣基督徒划桨。他知道何时、何地、如何靠岸登陆最安全妥当，而且他还能找到堂嘎斯帕尔的去处。将军和总督犹豫不决，不知该不该把此事托付给叛教者，也不大情愿雇基督徒去给他划船。可是安娜·费里克斯对他很放心，她父亲瑞科特还说，要是基督徒划桨手出了岔子，他亲自出面把他们赎回。大家都同意这个办法，于是总督下艇登陆，堂安东尼奥·莫热诺带着摩尔姑娘和她父亲回家。总督一再叮嘱好好安慰照顾父女俩，而且表示他本人也很愿意在自家款待他们。这都因为美丽的安娜·费里克斯在他心里唤起了深深的怜悯和慈爱。

CAPÍTULO LXIV · 第六十四章

下面讲时至今日最令堂吉诃德沮丧的遭遇

书里说，堂安东尼奥·莫热诺的夫人见安娜·费里克斯来到自己家里，感到十分高兴。她热忱地接待客人，打心眼儿里喜爱这个美丽聪颖的姑娘。而在这两方面，摩尔女子确实出类拔萃。全城的人，仿佛听到钟声召唤，纷纷跑来看她。

堂吉诃德告诉堂安东尼奥，他们解救堂格列高里奥的决策不怎么高明，纯属冒险，根本不妥。还不如派他披挂骑马去柏柏尔，哪怕摩尔人倾国出动，他也能救出那人，就像堂盖非若斯救他妻子梅里森德拉一样便当。

"老爷，您别忘了，"桑丘听了不由得说，"堂盖非若斯先生是在结结实实的陆地上救出他女人的，也是在结结实实的陆地上把她带回法国的。可这回，就算咱们救出了堂格列高里奥，又怎么把他带回西班牙呢？中间隔着大海呀！"

"只要人不死，办法有的是，"堂吉诃德回答，"随便哪只船一靠岸，咱们就跳上去，谁又能挡得住呢？"

"老爷您把这事想得倒便当！"桑丘说，"可是，从说到做，相差甚多。我反正信得过叛教者，我看他是个好心肠的正派人。"

堂安东尼奥说，要是叛教者办不成，到时候再安排大骑士堂吉诃德去柏柏尔。

两天之后，叛教者乘一艘六桨位的轻快小艇出发了。水手们个个剽悍强壮。又过了两天，舰队起锚开往雷万特。将军临行之时，嘱托总督务必及时告知他解救堂格列高里奥的结果，还有安娜·费里克斯的状况。总督都一一应承下来。

　　一天清晨，堂吉诃德去海边散步，可是全身披挂。他常常说：身披兵器当华服，战场厮杀得安闲，否则，他一刻也自在不了。突然他见有位骑士朝他走来，也是从头到脚全副铠甲，盾牌上画着一轮明月。那人走到能听清对面说话的地方，便大声喊了起来，显然是冲堂吉诃德发话。只听他说："杰出的骑士，功高无边的堂吉诃德·德·拉曼却，我是白月骑士。我的盖世武功或许会使你记起我来。我来与你决斗，欲与你双臂的勇力决一雌雄。我要逼你承认并且宣布，我的心上人，且不管她是谁，其容貌是你的杜尔西内亚·德尔·托博索无法比拟的。如若你心甘情愿承认我言之有理，可免一死，也省得我劳神处死你。如要搏斗，被我击败，我只需你答应一条：立即放下武器，不再四处闯荡，返回故乡，蛰居村中，一年之内不得有违。这期间，你必须安安静静、修心养身，不许手摸剑柄。这样才有助于你理财致富，拯救灵魂。如果你打败了我，自然我的脑袋得由你处置，我的武器和坐骑将成为你的战利品，我的赫赫战功也将归于你的名下。你认真考虑一下怎么做更恰当，立即答复我，因为我决心就在今天把此事了结。"

　　事出意外，堂吉诃德半天无言以对，没想到白月骑士如此咄咄逼人，而且还提出那样的挑战理由。稍后，他语调平静、神态庄严地回答说："关于白月骑士的赫赫战绩，我至今一无所知。我一定要叫你承认，你根本就没见过闻名遐迩的杜尔西内亚。设若你见过她，无论如何是不会如此贸然提出挑战的。只需看她一眼，就足够使你清醒，明白能和她相提并论的美人不曾有过，也永远不会有。我并不是说你在撒谎，可适才所言差矣！我接受你提出的决斗条件，而且同意立即开始，免得超出你为自己规定的今日的期限。不过有一个条件得除外，无须让你的赫赫战功归于我的名下，因为我根本不知道是哪些、什么样的。有我自己那些实实在在的业绩就足够了。请你先为自己圈划合适的场地吧，我也将照章行事。好了，上帝赐福，圣彼得祝福。"

城里有人看见了白月骑士，便去禀报总督，说他正在跟堂吉诃德交谈。总督还以为又是堂安东尼奥·莫热诺琢磨出的新点子，再不就是城里某个绅士搞的名堂，即刻约集堂安东尼奥和其他许多绅士相伴奔向海边。这时，堂吉诃德正勒缰掉转洛西南特，准备圈划足够的场地。总督见两人摆好架势，就要回马冲刺，便连忙往场中一站，问他们为何争执，猝然交手。白月骑士回答说事关美人座次，然后三言两语把刚才对堂吉诃德说的话重复了一遍，以及双方如何商定了决斗条件。总督走到堂安东尼奥身边，低声问他是否知道这位白月骑士为何许人，莫非又是在拿堂吉诃德取乐。堂安东尼奥回答说，他既不知道那人是谁，也弄不清眼下的决斗是真是假。总督一听，顿时没了主意，不知道该不该让他们拼搏下去。可是他想来想去，总觉得怕又是一场玩笑，就闪到一旁说道："骑士先生们，既然今天这事不是认输就是送命，堂吉诃德先生呢，死心眼儿，而您白月骑士又心眼儿死，那只好听天由命了，你们打吧！"

白月骑士用恭敬得体的言辞谢过恩准他们决斗的总督大人，堂吉诃德也一样。他说完，按照每次面临厮杀时的惯例，虔诚祈祷上天和杜尔西内亚保佑，然后向前再圈划出一段场地，因为他见对手这么做了。当时既没有号角发令，也没有军乐响起，交战双方却几乎同时勒缰回马。白月骑士显然更为轻巧，一路跑完全程的三分之二，直扑堂吉诃德。他虽然有意高举长矛，可是冲刺过猛，一下子撞倒洛西南特和堂吉诃德，使他们重重摔在地上。于是他立即蹦过去，用长矛紧逼对手的面罩，说道："骑士，你输了。快快履行咱们的决斗条件，否则，我要了你的命！"

堂吉诃德摔得浑身疼痛、晕头转向，也顾不得摘下面罩，话音有气无力，像是从坟墓里传出来的："杜尔西内亚·德尔·托博索是世上最漂亮的女人，我是人间最不幸的骑士。我不能因为现在无力反抗就背叛这条真理。骑士，用你的长矛使劲戳吧。既然你已经夺去了我的尊严，那就干脆连我的命也要了吧！"

"我绝不会这么做的，"白月骑士说，"愿杜尔西内亚·德尔·托博索女士的姿容分毫无损，千秋留名！只要大骑士堂吉诃德做一件事，我就心满意足了：按照决斗前约定的条件，回村蛰居一年，或者直到我撤回成命的一天。"

总督、堂安东尼奥和旁边许多人都听到了他们俩的对话。他们还听到堂吉诃德回答说，只要不逼他做有损杜尔西内亚的事，别的吩咐他一概遵循；真正的骑士都是信守诺言的人。白月骑士见对方答应了，便一边掉转马头，一边向总督致意告别，策马一路小跑进城去了。总督嘱咐堂安东尼奥紧随其后，一定设法弄清此人是谁。大家扶起堂吉诃德，摘下面罩，只见他脸色苍白，满头冷汗。洛西南特摔得不轻，一时动弹不得。桑丘苦眉愁脸，十分沉重，不知道说什么，也不知道干什么。他只觉得这一切都仿佛大梦一场，整套把戏不外乎又是魔法作怪。他眼睁睁看着主人一败涂地，而且被迫一年之内不得触摸兵器。他想，主人光彩一世，突然一切都黯然失色，那么自己新近的种种盼头岂不也如烟随风飘、无影无踪了？他还担心洛西南特是不是摔残废了，主人是不是骨折臼脱。不过要是从此能摆脱疯病，倒也不失为好事一桩。最后总督命人找来一乘轿子，才把堂吉诃德送回城里。他自己也匆忙赶回去，因为他急于知道究竟白月骑士是何许人，居然如此凶狠地拾掇了堂吉诃德。

CAPÍTULO LXV · 第六十五章

这里说明谁是白月骑士，
以及堂格列高里奥如何获释和其他事情

堂安东尼奥·莫热诺一路尾随白月骑士，后面还有一大群顽童跟着起哄，直到那人躲进城里的一家旅店。堂安东尼奥有心结识他，便紧随而入。只见一个侍从迎出，准备帮他卸下盔甲。可那人接着走进底层的一个房间，随手闭紧屋门。堂安东尼奥也跟了进去，心急火燎地想弄个究竟。白月骑士见这位绅士盯住自己不放，便对他说："先生，我很清楚您打算干什么：想打听我是谁。我也无意向您隐瞒什么，趁仆人帮我卸下盔甲的当儿，我就一五一十把实情告诉您吧。先生，让我首先说明，人们都叫我参孙·卡拉斯科学士。我和堂吉诃德·德·拉曼却是同村人。他疯癫昏聩，使得我们这些熟人都很痛心，而其中数我最可怜他。我认为，唯有回到本村，待在家里静养，才能治好他的毛病，于是我便想出一个主意逼他回家。大约三个月之前，我离村一路追踪，也装扮成游侠骑士，当时号称'镜子骑士'。我本想跟他决斗一场，击败他而不打伤他，不过事先讲好条件：输家要听赢家支配。我满以为打败他不在话下，所以准备要求他返回村里，一年之内不得外出，指望在这期间治好他的毛病。不料命运另有安排，结果反而是他击败了我，把我从马背上推下来。这样一来，我的想法自然落空了。他继续走他的路，而我，一跤差点没摔死，浑身疼痛、一败涂地、羞愧难言地回村了。不过，我并没有因此灰心，拿定主意还要找到他。这今天各位都看见了。他这人是严守游侠骑士章程的，肯定会按我吩咐他的去做。先生，这就是事情的经过，不必再多说别的了。只求您不要揭穿真相，别告诉堂吉诃德我是谁，让我的一片好心奏效，设法恢复那人的神智。只要他丢掉骑士这套鬼名堂，本来还是个头脑精明的人。"

"哎呀，先生！"堂安东尼奥说，"但愿上帝饶恕您！您执意要让世上最能逗乐的疯子恢复神智实在是损害了众人。先生，您难道看不出，头脑清醒的堂吉诃德能派什么用场？可是疯癫昏聩的堂吉诃德却能给人带来无穷的乐趣！不过，依我看，此人疯癫至极，学士先生的这套计谋未必能叫他清醒过来。也许是我的话有悖忠厚善心，可我觉得堂吉诃德最好是永无治愈之日，否则，我们不光将失去他本人的诙谐风趣，还得搭上侍从桑丘·潘沙的笑料。他们俩之中任何一个，都有本事令人破涕为笑。不过尽管如此，我绝不会多嘴，向他透露底细。可我终究怀疑卡拉斯科先生的良苦用心能否奏效，咱们且等着瞧吧。"

对方回答说，计策一步一步都安排得十分妥帖，他想一切会很顺利的。堂安东尼奥表示如有用得着他的地方，尽管吩咐，然后就辞别而去。学士把武器捆在骡背上，骑上伴他决斗的马，当天离城返乡。一路均无值得本传记记载的大事。

堂安东尼奥一一向总督禀报了从卡拉斯科那儿听到的消息。总督当即显出不悦，因为一旦堂吉诃德隐退，凡是知道他疯病的人们就没什么可指望的了。

堂吉诃德在床上整整躺了六天，又伤心，又气恼，左思右想，十分烦躁，脑子里翻来覆去都是他这次惨败的景象。桑丘一个劲儿宽解他说："老爷呀，您尽量想开着点，抬起头来，其实还真该谢谢老天，您虽说让那小子打翻在地，可一条肋骨也没折断。您想必知道有报有还的道理，有挂钩的地方不一定有猪肉；别理医生的茬儿，您反正用不着他给您治病。咱们还是回家去吧，别再这么人生地不熟地满世界乱闯荡了。仔细琢磨一下，我才是最吃亏的呢。您只不过挨的摔打多一些。我扔下官职，也不想再当总督了，可是还指望混上个伯爵呢。看来要落空了：您一丢下骑士行当，就再也成不了国王，我那些打算可不跟一阵烟儿似的全没了？"

"桑丘，别胡说。你该清楚，我隐退回家也就是一年的时间，往后我可以回头再干这体面的行当嘛。我总能想法挣来一片国土，弄来个把爵位给你呀。"

"但愿上帝耳灵，魔鬼耳聋，"桑丘说，"我常听人说，到手的破烂不如心里的好打算。"

两人正说着话，堂安东尼奥突然跑进来，兴高采烈地告诉他们："有好消息了，堂吉诃德先生！堂格列高里奥和去找他的叛教者已经上岸了。嘿，我怎么说上岸了！怕是早到了总督府上，说话就来这儿了！"

堂吉诃德这才稍微痛快了一些，便说："老实讲，我真有心说：但愿结果正好相反，那我就不得不亲自去一趟柏柏尔，用我强壮的臂膀不光救出堂格列高里奥，还捎带上所有囚禁在柏柏尔的基督徒。唉，该死的，我说些什么呀？我不是刚吃了败仗吗？我不是叫人家打翻在地上了吗？我不是一年之内不许再摸兵器吗？我怎么还说大话呢？我还自吹自擂个什么劲儿？我哪里还能摸剑柄？怕是拿起纺锤倒更合适一些！"

"老爷，可别这么说！"桑丘劝他，"不怕鸡得瘟病，凑合活着就行；今天你遭罪，明天我倒霉；这些冲冲撞撞、棍来棒去的事，千万不能放在心上。明摆着，今天跌倒了，说不定明天就站起来，除非是想赖在床上。我是说，自己先软了，不打算鼓起劲儿来再干一场。老爷，您还是赶紧起来去迎迎堂格列高里奥吧。我听着人们吵吵嚷嚷的，说不定已经进府了。"

果不其然，堂格列高里奥和叛教者已经向总督禀报了他们的往返经过。堂格列高里奥急于要见安娜·费里克斯，就随叛教者来到堂安东尼奥家里。堂格列高里奥离开阿尔及尔的时候，还是一身女人装束，在海上跟同船的一个囚犯对换了。可他这人不论穿什么衣服，都招人喜欢、爱怜和看重，因为他确实美极了。年龄嘛，在十七八岁。瑞科特和他女儿马上迎了上去，父亲老泪纵横，女儿脉脉含羞。他们并没有互相拥抱，显然是爱得太深，反而不便过于表露。所有在场的人见堂格列高里奥和安娜·费里克斯这样一对俊男娇女，个个赞叹不已。两个恋人默默无言，可是两双眼睛代替舌头尽情倾诉着喜悦的心情和纯真的爱慕。叛教者讲述他是如何千方百计救出了堂格列高里奥。堂格列高里奥也讲述了他待在那女人堆里，是如何提心吊胆、窘迫难熬。不过他并没有长篇大论，而是三言两语就说清楚了，足见他虽然年纪轻轻，却相当懂事。末了，瑞科特大大方方地酬谢、犒劳了叛教者和划桨手们。叛教者浪子回头，重新皈依了天主圣教，仿佛一段朽烂的肢体经过忏悔苦修，重新健全洁净了。

　　过了两天，总督和堂安东尼奥商谈，如何才能让安娜·费里克斯和她父亲在西班牙安居。两人都认为，女儿笃信基督，父亲心地善良，国内收留他们无甚不妥。堂安东尼奥自愿跑一趟京城去交涉此事，因为他反正要去那里出差。他告诉大家，在朝廷只要走走门路、送送人情，再棘手的难题也能办妥。

　　可是在一旁听他们商量的瑞科特却说："走门路、送人情只怕不行。国王陛下把放逐我们的重任交给了萨拉扎尔伯爵、堂贝尔纳尔第诺·德·维拉斯科大人。他才不理睬苦苦哀求、许愿送礼那一套哩！当然，他确实既会执法如山，又能悲天悯人，可是他也看透了我们整个民族早已腐朽溃烂，所以宁肯用烈火般的刑罚根治，而不借助清凉的软膏消痛。他精明谨慎、软硬兼施，终于圆满完成了落在他强壮肩头的这项重任。我们的计策、花招、哀求和欺骗，都迷惑不了他。他那双阿耳戈斯①之眼，时刻警觉，不让我们一个人漏网隐蔽起来，那岂不等于埋下祸根？迟早又会在西班牙发芽抽枝、结出累累毒果。不过幸好西班牙总算清除、摆脱了我们这些人数甚多的祸害。伟大的菲利普三世确实坚决果断！他任命这位堂贝尔纳第诺·德·维拉斯科担当此任真是英明极了！"

"到了京城我会尽量设法的，最后，自然还靠老天慈悲。"堂安东尼奥说，"堂格列高里奥的父母失去儿子一定痛苦难熬，应该尽快去安抚他们，所以我想带他同行。安娜·费里克斯留在我家由我妻子照看，或者暂去修道院也行。我想总督大人会很高兴在府上接待瑞科特老哥，看我此事办得怎么样再说。"

总督完全同意他的想法。可是堂格列高里奥一听说，怎么也不愿意撇下堂娜安娜·费里克斯。不过他打算一见到自己的父母，立即返回来找她，便接受了商定的结果。安娜·费里克斯留在堂安东尼奥的妻子身边，瑞科特去总督府上。堂安东尼奥动身的日子很快就到了。堂吉诃德由于摔伤，不能立即上路，所以他和桑丘又待了两天才走。堂格列高里奥和安娜·费里格斯分手的时候，一个泪流满面，一个长吁短叹，你晕厥昏迷，他泣不成声。瑞科特交给堂格列高里奥一千埃斯库多，以备不时之用，可小伙子一个也没拿，身上只带着堂安东尼奥借给他的五个埃斯库多，而且说好，一到京城就归还。刚才说了，他俩先动身，接着堂吉诃德和桑丘也走了。堂吉诃德没有披甲，只是一身上路的装束；桑丘随后步行，因为灰驴得驮铠甲兵器。

---

① 阿耳戈斯：希腊神话中的百眼巨人，睡觉的时候，闭上五十只眼睛，睁开五十只眼睛。

CAPÍTULO LXVI · 第六十六章

本章的内容读了就清楚，听了就明白

离开巴塞罗那的时候，堂吉诃德又看了一眼他跌跤的地方，说道："这就是我的特洛伊。在这里我失去以往赢得的全部荣耀，但是并非因为我怯懦，而是因为撞到晦气；在这里命运有意跟我兜了个大圈子；在这里我的丰功伟绩黯然失色。总之，在这里我一蹶不振，永无重新崛起之日。"

于是桑丘便劝他说："我的老爷，英雄好汉顺当的时候自然高兴，可是倒霉的时候也该能忍着点。我自个儿就很懂得这个道理。当初身为总督，我很痛快，如今成了跑腿的侍从，我也不难过。我听人说，那个什么命运女神，是个醉醺醺的娘儿们，禀性捉摸不定，还是个睁眼瞎，她才不管自己干了什么呢！踩倒谁、抬举谁，反正都一样。"

"桑丘，你这话很有些哲理，"堂吉诃德回答，"你的见识不低嘛！也不知道是谁教你的。可我得告诉你，天下所谓前定气数、命途世路，好也罢、坏也罢，都不是无缘无故的，而是上天特意安排的。所以老话才说：人各有命。我也有我自己的命运，可偏偏不懂得谨慎自重，结果不自量力，落了个丢人现眼。我本该想到白月骑士人高马大，干瘪瘦弱的洛西南特哪里是对手。可我最后非要硬拼，用尽气力还是被掀翻到地上。我是丢了丑，可不能也确实没有失去说话算数的美德。当初身为游侠骑士，威武强悍，屡建战功，名声大振；如今沦落成步行侍从一般，我也应当言必信、行必果。桑丘老兄，开步走吧。咱们回乡一年，从头学起。经过一段休整，咱们必定锐气大增，再来重操我念念不忘的武士行当。"

"老爷，"桑丘说，"全凭两脚走长道可不是什么自在事，我一点没心思和勇气一个劲儿往前赶。咱们还是把这些兵器像个吊死鬼似的挂在树上，好让我骑在灰驴背上，两脚离地，那不管走多远，就看老爷您的心思和打算了。叫我迈腿赶路，还得一口气走出老远，可是没门儿的事！"

"你说得也对，桑丘。"堂吉诃德回答，"那咱们就把兵器当徽记挂起来，然后把罗尔丹兵器徽记的铭文刻在下面或者旁边的树上：

> 休想将其移走，
> 除非前来拼搏，
> 成为罗尔丹的对手。"

"您这真是金口玉言。"桑丘说，"要不是路上还用得着洛西南特，真该把它也挂起来。"

"它也罢，兵器也罢，"堂吉诃德回答，"我都不能吊死，回头别人该说：尽心效劳，不得好报。"

"老爷您的话对极了，"桑丘说，"明白人都知道，驴子有错，不能怪罪驮鞍。这回是您自己不好，那就罚自个儿吧。可别往别处撒气儿：兵器早就破了，还沾满了血；洛西南特也怪可怜见的；我的脚皮细肉嫩，也别逼我走太多的路。"

他们就这样你一言我一语地过了整整一天，后来又过了四天，旅途顺利，毫无险阻。第五天，他们到了一个村口，见一家旅店门前挤了一大堆人。原来是过节，都在那儿寻开心呢。堂吉诃德一靠近，有个老乡便大声说道："瞧这儿来了两位先生，咱们哪一边他们也不认识。请他们哪位说说，咱们打的这个赌该怎么办。"

"我一定会公断的，"堂吉诃德回答，"可我得先弄清楚是怎么回事。"

"好心的先生，"那老乡说，"是这么回事：村里这位街坊，是个大胖子，足足有十一阿罗瓦重，他跟另一个只有五阿罗瓦重的街坊打赌谁跑得快。说好了，两人扛一样的分量跑一百步。大伙儿问想出主意的人，怎么才能叫两人扛的分量一样重呢？他说，对方不是只有五阿罗瓦吗？那就背上六阿罗瓦的铁块，瘦子也有了十一阿罗瓦，不就跟胖子的十一阿罗瓦一样了？"

"这不行，"桑丘抢在堂吉诃德前头答了话，"大家知道，我前几天还当总督判过案子，这难题该由我来出主意想办法。"

"桑丘老兄，"堂吉诃德说，"你这个茬儿接得正是时候。我可没心思捏碎面包喂猫，我脑袋里乱哄哄的，心神不定。"

桑丘见周围那一大群老乡都张大了嘴等他决断呢，主人又发了话，便说："诸位大哥，胖子说的行不通，一点也不公平。实话讲，我听说，使什么家伙，该由应战的一方自己挑。他总不会挑那些碍手碍脚的东西，害得自己赢不了吧？依我看，还是让挑战的胖子从自己身上东一块西一块取下六阿罗瓦肉来，是削、是砍、是刮、是磨、是片，随他怎么摆弄都行。这么一来，剩下的五阿罗瓦就跟对手的五阿罗瓦一模一样，两人跑起来，扛的分量就相等了。"

"我的老天！"一个老乡听了桑丘的决断喊了起来，"这位真是口出圣贤言，判案赛教长！可我敢打赌，胖子是连一盎司肉也不情愿割下来的，更何况是六阿罗瓦呢！"

"最好是别赛跑了，"另一个人说，"免得瘦子压趴下、胖子掉身肉。咱们把赌注的一半当酒钱花了，找家像样的酒店请这两位先生。有什么事我全兜着了。"

"先生们，"堂吉诃德回答，"我本人十分感谢各位的好意，可我遭逢不幸、心绪欠佳，只想匆匆赶路，不得片刻停留，还望诸位恕我无礼。"

说着，他马刺一夹，催促洛西南特径直前去了。那帮人眼见他模样古怪，也猜出桑丘是他的下人，却居然如此晓事明理，个个感叹万分。其中有个老乡说："下人都这么明理，主人还能错得了吗？我敢打赌，他们要是去萨拉曼卡上学，眨眼儿工夫准能当上京城总管。这还不跟闹着玩似的，不就是念书啊念书啊，再有个靠山，碰上点运气，任谁都能猛地一下子手里攥上权杖，头上顶着主教高帽。"

那天晚上，主仆二人披星戴月，在野地里过了一宿。第二天接着赶路，不一会儿便看见对面有人步行走来，脖子上挂着褡裢，手里挂着一根木棍拐杖之类的东西，一副地道的徒步邮差的模样。那人靠近堂吉诃德的时候，加快了步伐，小跑着来到面前。他够不着堂吉诃德的身子，只能紧紧抱住大腿，兴高采烈地说："我的老爷堂吉诃德·德·拉曼却！我们公爵大人要是知道您又来他的城堡了，心里不定怎么欢喜呢！大人和太太公爵夫人还在那儿住着哩。"

"老兄，我不认识你呀！"堂吉诃德回答，"我不知道你是谁，有劳你说明一下。"

"我嘛，堂吉诃德先生，"邮差告诉他，"就是托西罗斯，我们公爵大人的马弁。记得当初为了堂娜罗德里格斯闺女的婚事我怎么不愿跟您打仗来着？"

"我的上帝！"堂吉诃德说，"怎么？你就是叫我那些仇人魔法师变成马弁的那位？害得我少赢了一场厮杀。"

"得了，我的老先生，"送信的对他说，"哪有什么魔法把人变样的事！我上场的时候是马弁托西罗斯，退场的时候，还是同一个马弁托西罗斯。我见那姑娘挺不错，心想干吗决斗，娶她不就得了？可没想到我是枉费心思，您刚一离开城堡，我们公爵大人就吩咐给了我一百大棒，因为我没按决斗以前说好的规矩行事。这不，末了姑娘当了修女，堂娜罗德里格斯去了卡斯蒂利亚，我呢，是奉主人之命去巴塞罗那给总督送信。要是老爷您想喝两口，我随身带着满满一葫芦美酒，纯倒是挺纯，就是有点温乎乎的，还有不知道多少块特容琼奶酪。您要是这会儿没心思沾酒，吃上几块，准会酒量大长。"

"我吃这个请，"桑丘说，"咱们就别来客套了。好样的托西罗斯，快把酒斟上，哪怕全美洲的魔法师都气炸了咱也不管！"

"没法子！"堂吉诃德说，"你这个桑丘真是世上头号大饭桶，人间第一个大笨蛋！简直没法叫你明白，这个邮差是中了魔的，这个托西罗斯是变了相的！你跟他待着塞个够吧，我在前面慢慢走着，等你追上。"

马弁只是一笑，便从葫芦里倒出酒，从褡裢里掏出奶酪，还取出一块面包，他和桑丘两人往绿草地上一坐，一块儿和和美美地把褡裢掏了个底儿朝天，打发了所有的吃食。他们的胃口还真好，连那几封沾上奶酪味的信也挨个儿舔了一遍。

托西罗斯对桑丘说："桑丘老兄，你这位老爷该是个疯子吧？"

"干吗该呀？"桑丘回答，"他谁的钱也不该，有账必清；实在不行，一通疯病也能抵债。这事我心里明白，也都跟他说清楚了，可是有什么用处？现如今更是没治了，他刚叫白月骑士打了个惨败。"

托西罗斯求他讲讲是怎么回事，可是桑丘说让主人久等不太礼貌，改天再碰见，有的是时间说。他站起来掸掸外衣，抖掉胡子上的面包屑，在前头牵着灰驴，道了别，就撇下托西罗斯去追主人。只见他正在树荫底下等着呢。

CAPÍTULO LXVII · 第六十七章

堂吉诃德决定做个牧羊人，在野外度过他应允的一年期限，以及其他有趣的好事

　　堂吉诃德在失败之前就为诸多思虑烦恼，跌跤之后当然更是苦闷。上面说了，他待在树荫下，千头万绪如同苍蝇麇集、吸吮蜜糖一样涌上胸间。一会儿想到为杜尔西内亚驱魔的事，一会儿又想到他被迫蛰居的前景。这时候桑丘过来，满口夸奖着慷慨大方的马弁托西罗斯。

　　"你是怎么了，桑丘？"堂吉诃德对他说，"一心认准那人真是马弁？看来你忘得一干二净，自己是怎么眼见杜尔西内亚改头换面成了乡下姑娘，镜子骑士成了卡拉斯科学士！这都是紧盯着我的魔法师们干的好事。不过，你还是告诉我，你是不是问过你说的那个托西罗斯，上帝是怎么安排的阿勒提西多拉？我走后，她哭过吗？我在的时候，她为我神魂颠倒，现在是不是全都忘到脑后去了？"

　　"我可没那个心思！"桑丘回答，"哪有工夫打听这些鸡毛蒜皮。真见鬼！老爷您怎么这会儿还惦记着琢磨别人的心思，还特别是相思？"

　　"听着，桑丘，"堂吉诃德说，"出于爱情的举动和出于感激的举动是大不相同的。骑士可以不回应别人的柔情，但万万不能忘记人家的一片好意。阿勒提西多拉显然是深深爱过我。她送给我三条头巾，你是知道的。我走的时候，她顾不得脸面，当着众人又哭又闹，诅

咒我、辱骂我、埋怨我。这都表明了她对我的眷恋，因为情人一旦失意，往往诅天咒地。我不能让她心存妄想，也无力赠她财宝，因为我把一切都交给了杜尔西内亚，而游侠骑士的财宝犹如精灵鬼怪的幻术，虚无缥缈。我只能像现在这样时时惦念着她，还不得丝毫玷污我对杜尔西内亚的情意。我的心上人算是让你害苦了！你把欠下的鞭子一拖再拖，就是不肯横下一条心抽打你那身老肉。看来你是打算留着喂蛆，也不准备解救那位可怜的小姐。我真恨不得叫狼把你吞了！"

"老爷，"桑丘回答，"实话对您说吧，我怎么也不能相信，我的屁股蛋挨鞭子和中魔的人摆脱魔道有什么相干。就好比说，疼的是脑袋，膏药贴膝盖。至少我敢打赌，您念过的那些讲游侠骑士的书上，只怕没有靠抽鞭子驱魔的。不过呢，相干也罢，不相干也罢，我早晚会趁我高兴便当的时候，狠狠抽打自己一顿。"

"但愿上帝这么安排！"堂吉诃德说，"希望老天开导你时时惦记自己有义务解救我的女主人，也是你的女主人，因为你是我的手下。"

主仆二人一路聊着，不觉到了他们遭公牛践踏的地方。堂吉诃德一眼就看出来了，便对桑丘说："咱们是在这片草地上碰到了那些优雅的牧女和潇洒的牧童的，他们想在这里按照田园牧歌式的情调重建人间乐土。这的确不失为一种新颖明智的想法。桑丘呀，要是你觉得行，我看咱们也不妨学样当起牧羊人，至少在我被迫蛰居的这段时间里。我去买一群羊和放牧行当必需的物件。我改名叫牧人吉诃提兹；你呢，就叫牧人潘西诺。咱们在山野、密林、草地游来荡去，在这里唱歌，在那里吟诗，口渴时自有清洌的泉水、明净的溪流、滚滚的江河。橡树伸开慷慨的双手供给咱们甜蜜的果实，坚硬的软木树任咱们在它的枝干上歇息，还有垂柳的绿荫、玫瑰的芳香、广阔草原五颜六色的绒毯；呼吸清新洁净的空气，夜深人静沐浴星月的光芒；在歌声中陶醉，在泪水里寻欢；借阿波罗的诗才，讨爱神的意境，咱们的创作不仅当今广为流传，还会千年万载永不湮灭。"

"我的天！"桑丘喊道，"这种日子那才叫我称心合意呢！我敢说，要是参孙·卡拉斯科学士和理发匠尼古拉斯师傅一见咱们这么自在，准会马上跟来，陪咱们一起当牧羊人。说不定上帝一高兴，也让神甫来了劲儿，一头钻进羊圈。他可是个乐和人，喜欢痛痛快快地玩。"

"你说的有道理，"堂吉诃德回答，"要是参孙·卡拉斯科学士也来入伙当牧羊人——我看他准来——就叫他牧人参孙尼诺吧，再不就是牧人卡拉斯孔。理发师尼古拉斯可以叫尼古罗嗦；从前有个诗人波斯坎起的雅号就是内莫罗嗦。我不知道该给神甫起个什么名字……干脆把他的职位名称加变通，就叫牧人神甫昂布若。至于当咱们情人的那些牧羊女，名字好起，就跟在梨堆里挑梨一样。我那位意中人的名字，放在牧羊女和公主身上都合适，再费劲也找不出更好的了。桑丘你看着给自己那位起个名字吧。"

"我琢磨着，"桑丘说，"没有别的更好的名字，就叫她特莱松娜吧。她本名叫特莱萨，又胖墩墩的，这名字正合适。我再作诗夸她一顿，告诉大伙儿我是个正经丈夫，不上别人家去瞎摸野食。神甫呢，得给大伙儿做个好样儿，配上个牧羊女不怎么合适。不用说，学士愿意有自己的相好，这一眼就看得出来。"

"我的上帝！"堂吉诃德说，"咱们过的会是一种什么日子啊，桑丘老兄！耳朵里听的一会儿是短笛，一会儿是萨莫拉风笛，一会儿是手鼓，一会儿是沙槌，一会儿是阿勒波格斯铁镲。总之，牧人十番都齐全了。"

"什么是阿勒波格斯铁镲？"桑丘问，"我生来还没听说也没见过这玩意儿。"

"阿勒波格斯铁镲嘛，"堂吉诃德告诉他，"像两片铁皮做的烛台，中间是空的，拿起两个一敲，发出的声音虽说不怎么优雅悦耳，可也不算难听，正好和风笛手鼓一类乡下乐器搭配。阿勒波格斯铁镲这个名字是摩尔话。你应该知道，咱们卡斯蒂利亚语里，凡是'阿勒'开头的词都是摩尔话，比方：阿勒莫阿萨（马梳）、阿勒莫尔萨尔（吃午饭）、阿勒丰布热（地毯）、阿勒瓜西勒（警官）、阿勒乌色玛（薰衣草）、阿勒玛森（仓库）、阿勒康西亚（扑满），还有一些，就不全说了。咱们的话里，末尾是韵母'衣'的，也是摩尔词，不过只有三个：波尔色吉（短靴）、萨吉萨密（阁楼）和玛热维狄（一种古币）。阿勒埃力（紫罗兰）和阿勒法济（法律博士）这两个词既以'阿勒'开头，又以韵母'衣'结尾，所以一看就知道是阿拉伯话。我突然想起提到阿勒波格斯铁镢，就顺便给你说这些。你知道，我多少会写几句诗，参孙·卡拉斯科学士更是了不起的大诗人，有了这本事才能当个像样的牧人。至于神甫，我不知道怎么说，不过我敢担保他多少也沾点诗人的边。我看尼古拉斯师傅也准有两下子，因为差不多所有的理发匠都会弹吉他、唱小曲。我要叹息自己的孤独；你呢，就夸奖自己没有二心；牧人卡拉斯孔抱怨遭到冷遇；神甫昂布若选什么题目随他的便。有这样的日子过，还指望别的什么！"

桑丘接茬儿说："老爷呀，我这人太倒霉，只怕赶不上干这一行的那天了。要是我真的当上牧人，能做的事可就多了！光溜溜的木头勺呀、炒面包屑呀、香喷喷的奶油呀、漂亮的花冠呀，还有放羊人的各种小玩意儿。即便我不能靠脑袋灵出名，也能靠手艺巧争光。我女儿桑奇卡天天给咱们往羊圈送饭。啊，不行！这丫头很好看，有些放羊的心眼儿坏，一点也不老实。我可不愿意她'出门本想剪羊毛，浑身剃光往回跑'。男女私情、歪门邪道到处都有，不管是城里还是乡下，牧人的草房还是国王的宝殿。祸根除净，人心自正；眼不见，心不烦；求人高抬贵手，不如迈脚快走。"

"桑丘，你又来了！"堂吉诃德提醒他，"你这些谚语里只要有一个就足够把话说明白了。我劝过你多少次，别老是这么满嘴顺口溜，说的时候过过脑子。算了，看来我这纯粹是冲着野地宣道。妈妈再打我，照样抽陀螺。"

"我觉得，"桑丘说，"您就像常说的那样，炒勺告诉蒸锅：滚开，你这黢黑的屁股！一边嫌我谚语用得太多，一边自己成串地说。"

"听着，桑丘，"堂吉诃德回答，"我的谚语用得都是地方，就像指头上戴戒指一样，正好。可是你呢，顺手拽过一个，到处乱塞，不管是不是应景。我要是没记错的话，上回我告诉你，谚语都是咱们的前辈圣人经过深思熟虑、从生活经验里提炼出来的简短格言。用得不是地方，纯粹是胡说八道，哪里还是什么格言？不过，咱们别说这个了，这会儿天黑了，咱们还是避开大路，到旁边找个地方过夜吧。上帝知道明天会怎么样呢！"

两人往路边走去，夜深了才胡乱吃了一顿晚饭。桑丘自然心里十分别扭，老在琢磨游侠骑士钻密林爬高山，日子过得实在太苦。当然，碰上大宅城堡什么的，也有酒足饭饱的时候，比方在堂迭哥·米朗达的庄子里、阔佬卡马却的婚礼上，还有堂安东尼奥·莫热诺家中。不过，仔细想想，反正不能总是白天，也不能总是黑夜，便一觉睡了过去。他主人却整宿没能合眼。

CAPÍTULO LXVIII · 第六十八章

堂吉诃德与一大群猪相遇

　　当晚夜色漆黑。月亮虽在天上，却钻进谁也看不见的地方。大概是狄亚娜女神去地球的另一边溜达了，结果是山峦昏暗一片，谷地漆黑一团。堂吉诃德终归还是凡胎俗骨，前半夜睡了一觉，后半夜却再没合眼。桑丘就不一样了，他从来没有什么后半夜，总是一觉从天黑睡到天亮，足见他身体有多么好，而且无牵无挂。堂吉诃德可是满腹心思，彻夜未眠，最后干脆叫醒桑丘对他说："桑丘，我真佩服你生性无忧无虑。我猜你八成是硬邦邦的大理石或者青铜做成的，既不动手脚，也不动感情。我彻夜不眠，你却整宿酣睡；我流泪，你唱歌；我滴水不进，有气无力，你却撑得懒洋洋、昏沉沉。像样的佣人本该分担主人的忧愁、揣摩主人的心思，哪怕装出个样子也行啊！你瞧夜晚是多么安详，咱们的所在多么静谧，这一切都呼唤咱们从梦境中清醒过来。求求你，快起来，从这儿走出几步，振作起来，拿出知恩必报的勇气，抽打自己三四百鞭子，把为杜尔西内亚驱魔的事大大向前推进一步。我是在苦苦哀求你，不打算像上回那样跟你动武，因为我知道你出手很重。你做完了这事，后半夜也就所剩无几，我可以吟咏我的孤独凄凉，你也能赞颂自己的忠贞不二。反正咱们定下来回村去干牧羊行当，不妨现在就开个头。"

　　"老爷，"桑丘回答，"我又不是修道的教士，用不着睡到半夜爬起来抽打自己。再说，浑身生疼的，怎么能放下鞭子就唱歌呢？您老还是让我睡觉吧，别再拿抽鞭子的事逼我了。早晚我一急，发誓连衣服上的线头都不碰一下，更甭说身上的汗毛了！"

"好一副铁石心肠！好一个无情的侍从！我供养你的面包、我过去和将来给你的种种好处，全都白费了，你一点也不知感恩戴德！多亏我，你才当过一阵总督；多亏我，你眼看就能指望封上伯爵或者别的类似头衔。只消混过这一年，你准能如愿，因为我清楚：黑暗过后，光明在望①。"

"我不懂这些。"桑丘顶撞他，"只知道一睡着，什么担心呀、指望呀、操劳呀、光彩呀，全没了。也不知是谁发明的睡觉，真该好好祝福他！睡梦像大氅，能捂住人人心里的烦恼，像充饥的吃食、解渴的清水、驱寒的火苗、散热的凉风。一句话，像是四处管用的银钱，什么都能买到；像是秤杆秤砣，端平了牧人和国王、傻瓜和能人。不过我也听说，这睡梦只有一点不好，就是跟死了一样，一个人睡熟了跟死人没多大分别。"

"桑丘呀，"堂吉诃德说，"你这番话说得真漂亮，我还从来没听见过你这么有口才。可见你常说的一句老话还真在理：不管生在哪一窝，就看吃草跟哪拨。"

"哎呀老天！"桑丘回答，"我的主人老爷，这回可不是我谚语成串了，轮到从您的嘴里三三两两地冒出来，比我强多了！当然，我说和您说大不一样：您总是说到点子上，我老是说得不当不正。不过反正都是谚语。"

这时候，他们突然听到那一片野地里一阵沉闷的轰响和刺耳的尖叫。堂吉诃德连忙站起来，一把抓住剑柄。桑丘噌的一下钻到灰驴肚

---

① 原文为拉丁文。出自《圣经·约伯记》第十七章第十二节，但应为"亮光近乎黑暗"。

子底下，还用那捆兵器和驮鞍两边挡着，吓得浑身发抖。堂吉诃德也有点惶恐。那嘈杂声越来越大，离两个吓呆的人越来越近，至少有一个是这样，另一个的勇气是人所共知的。原来是几个人赶着六百多头猪去集上卖，正好从这儿路过。猪群吱呀哼哧乱成一片，几乎震聋了堂吉诃德和桑丘的耳朵，所以一时弄不清是怎么回事。这哼哼唧唧的一大群蜂拥而至，毫不客气地从堂吉诃德和桑丘两人的身上踏过去，踩塌了桑丘的掩体，不仅撞倒了堂吉诃德，还捎带上洛西南特。这群肮脏的畜生来势迅猛，吱呀哇呀、滚滚向前，把一切都弄得乱七八糟，驮鞍、兵器、灰驴、洛西南特、桑丘、堂吉诃德，统统在地上翻来滚去。桑丘挣扎着站起来，要主人把佩剑递过来。他已经看出原来是一伙不管不顾的猪大爷，说是打算砍死六七头。可是堂吉诃德对他说："老兄，由它们去吧！我是罪有应得，受到此番作践。天谴公正，就是如此惩罚战败的游侠骑士：让豺狼吞噬他，黄蜂蜇刺他，猪猡践踏他。"

"给战败的游侠骑士当侍从，"桑丘回答，"大概也得受到天罚，让苍蝇叮、虱子咬，还加上忍饥挨饿。我们侍从只是伺候骑士，又不是他们的儿子、近亲什么的。那他们作了孽，我们子孙四代陪着受罪，也不为过。可是，桑丘家的人和堂吉诃德家的人有什么相干？算了，后半夜还有时间，咱们还是再躺下去睡一觉吧！上帝会叫天亮，咱们自有吉祥。"

"你自个儿睡吧，桑丘。"堂吉诃德说，"你生下来就是睡觉的，我生下来就是熬夜的。天亮之前这段时间，我准备纵情遐想，吟咏一首短小情诗来倾吐胸怀。你还不知道呢，昨晚我已经打好腹稿了。"

"按我说，"桑丘回答，"胸怀里能用来编小曲的东西怕是不多。您就任意去唱小曲吧，我可得随心睡觉。"

说着，他四仰八叉往地上一倒，接着又侧身蜷腿，无牵无挂地睡着了，真是不算账、不愁债，也不管他头疼脑热。堂吉诃德往树干上一靠（不知是山毛榉还是软木树，此处西德·阿麦特·贝嫩赫里没有指明），伴着自己的叹息声，唱出下面一段：

> 爱情啊，每当我想起，
> 你对我如此残忍严厉，
> 我宁可迅速奔向死亡，
> 无边的苦难从此止息。
>
> 我刚刚靠近苦海岸边，
> 进入风平浪静的港湾，
> 一阵生命的欢愉袭来，
> 我便停步而踟蹰不前。
>
> 就这样生活将我杀戮，
> 而死亡又使生命复苏。
> 哦，何等古怪的境遇！
> 永远在生死界上踟蹰。

　　每吟一句诗都伴随着无数叹息和充盈的泪水，仿佛他的心真被失败的苦涩和远离杜尔西内亚的悲伤所刺穿。此时天色大亮，阳光直射桑丘的双眼。他醒过来，伸伸懒腰，掸掸衣服，活动着麻木的四肢，于是便看见猪群如何蹂躏了他的粮袋。他不禁连连咒骂那伙牲口，还进一步推而广之。然后主仆二人接着赶路。夕阳西下时分，见对面走来十几个骑马的男子，还有四五个徒步行人。堂吉诃德为之心头一震，桑丘更是慌了手脚。那帮人迎面而来，手持长矛圆盾，一副来者不善的架势。堂吉诃德转向桑丘，对他说："桑丘，可惜我已经不能再弄枪舞棒，因为有言在先，手脚被缚。不然，这些朝咱们走来的家伙，不过是花糕甜点。但愿这是一场虚惊。"

说话间，骑马的几个已到近前，二话不说，团团围住堂吉诃德，还伸出长矛抵住他的前胸后背，似乎准备结果他的性命。一个步行过来的，把食指竖在双唇之间，不许他出声，然后拽起缰绳把洛西南特牵出大路。另外几个步行的也拉起桑丘和灰驴就走。令人纳罕的是他们个个鸦雀无声，紧紧跟随在押解堂吉诃德的那人后面。堂吉诃德几次想带他去哪儿、打算干什么，可他嘴刚一动，一圈长矛的铁尖就收拢过来。桑丘的遭遇也一样，刚要开口讲话，那个步行的就用尖棍戳他。他们连灰驴也不饶过，仿佛它也想说话似的。眼看夜幕降下，他们愈发紧赶慢赶，弄得两个俘虏更加担忧，而且耳朵里又听他们时不时嚷嚷道："穴居人，快走！住口，强梁之徒！等着算账吧，你们这两个吃人生番！哼哼什么？瞪什么眼睛？该死的蛮子！杀人不眨眼的妖怪！吃肉不吐骨头的猛狮！"

还有好多类似的称号，不断刺痛着落难主仆二人的耳膜。桑丘不免一路心里琢磨起来："我们怎么成了'雪鸡'？我们什么时候'抢粮'来着？我们吃什么人的'剩饭'了？还有什么'蒙事蒙事'[①]，我们可没蒙过事！我一点也不喜欢他们这么说我们。这回可真是顶风扬场了！乱棍一齐打，小狗倒霉啦！哎呀，但愿这次晦气的运气到这里是头了！"

堂吉诃德痴呆呆地一路走去，左思右想弄不明白为什么用那么难听的话骂他们，最后只琢磨出一个道道儿：凶多吉少。

夜里一点多钟，一行人总算到了一座城堡。堂吉诃德一眼看出是不久前寄宿过的公爵府邸。

"上帝呀！"他一认出老地方便说，"这是怎么回事啊？这府上本来是待客殷勤有礼的嘛！如今我吃了败仗，当然一切都由好变坏，坏

---

① 桑丘想说"穴居""强梁""生番""猛狮"。

的就变得更糟。"

他们走进城堡大院，一见那种排场，不禁大吃一惊，内心更是害怕。究竟如何，请读下章。

CAPÍTULO LXIX · 第六十九章

这部伟大传记中堂吉诃德面临的最新奇罕见的遭遇

一伙骑马人跳下地，跟几个步行的人一起，七手八脚扛着桑丘和堂吉诃德进了大院。只见四周插在大烛台上的一百支火把光焰通明，院子的一圈游廊里也点着五百盏油灯，把漆黑的夜晚映照得犹如白昼。院子中央搭起一座高出地面两巴拉的台子，整个被一大块黑天鹅绒幔子捂得严严实实。周围一级级台阶上，一百多个银烛台里，都点着白蜡烛。看得出台子上面躺着一具美丽少女的尸体，她的姿容简直让人觉得连死亡也是美丽的。她头枕一个锦缎软枕，还戴着由各种芬芳的花朵编织成的花冠，双手交叉在胸前，握着一束优胜者的金黄棕榈枝。院子的一侧搭起了戏台，上面有两把椅子。座位上的两个人，头戴王冠，手持权杖，显然是君主一类的人物，只是不知真假。在登台的阶梯一边也设了两个座位，押解俘虏的一伙把堂吉诃德和桑丘安放在上面。他们始终一言不发，还做手势叫那两人也别说话。其实不用嘱咐，他俩也不会开口，因为眼前的情景足够他们惊讶得瞠目结舌了。这工夫，一大群随从簇拥两位显要人物登上戏台。堂吉诃德立刻认出，原来是东道主公爵大人和公爵夫人。他们在两张华贵的椅子上就座，旁边便是国王模样的人物。一切都是那么蹊跷古怪，而且堂吉诃德很快看出，躺在台子上的尸体分明是漂亮的阿勒提西多拉。见公爵和公爵夫人登上戏台，堂吉诃德和桑丘连忙起立，深深鞠了一躬。

公爵夫妇也点头回礼。

突然有个管家从一旁出现，走到桑丘身边，给他披上一件黑色粗麻布衣裳，上面画满了条条火舌，然后又摘掉他头上的软帽，换成一顶高帽子，仿佛他是宗教裁判所拉出示众的犯人似的；还凑近耳根悄悄告诉他不许开口，否则就堵住他的嘴，甚至要了他的命。桑丘自己上下打量一番，只见全身都是呼呼的火苗，不过反正也烧不着他，所以也就满不在乎了。他摘下高帽子，看到上面画的全是魔鬼，便赶紧重新戴上，心想，还好，火也不烧人，鬼也不抓人。堂吉诃德端详着他，尽管自己提心吊胆不知如何是好，可是见了桑丘那副怪相，也不免心里暗笑。这时候，好像是从台子底下传出一阵柔和悦耳的笛声。当时四周静得不能再静，不受人声喧闹干扰的笛声显得益发清越凄楚。骤然间，在那个看似尸体的女子枕旁冒出一个美少年，一身罗马式装束，一边拨弄竖琴，一边放开轻柔纯净的歌喉，唱出下面两段：

> 阿勒提西多拉至今未能苏醒，
> 她夭折，全怪堂吉诃德无情。
> 魔法王国的贵妇都披上丧服，
> 粗糙毛料的经纬把她们刺疼。
> 我的女主人也一再叮咛嘱咐，
> 众嬷嬷们必须一律更换装束。
> 我要歌唱死者的容貌和不幸，
> 特雷西歌手①也不比我更娴熟。
>
> 我不仅在此生把这职责承担，

————————

① 特雷西歌手：指希腊传说中的俄耳甫斯，善弹竖琴，琴声可使猛兽俯首，顽石点头。

即便来世也要对你颂扬不断。

哪怕是嘴里的舌头冰冷僵硬，

我也将尽力向你把歌喉展现。

我的灵魂一离开狭窄的躯壳，

立即顺着斯提克斯河①水飘摇。

它用那一串串歌唱你的音符，

阻止岁月的流水把记忆抹掉。

"够了，"国王模样的两人当中有一个说，"够了，神界的歌手！举世无双的阿勒提西多拉英年早逝和她的绰约风姿是永世唱不完的。她并不像愚妄的世人想的那样死去了，她的美名仍留在世间，有口皆碑，而且只要眼前这位桑丘·潘沙吃点苦头，她还会起死回生。哦，冥土判官拉达曼堤斯，你我同在冥王狄斯的阴森洞府里主事，你知道，神秘莫测的命数决定如何叫这个姑娘再生。你这会儿干脆把事情挑明吧，免得大伙儿久待她还魂的喜讯。"

拉达曼堤斯的同僚弥诺斯判官话音刚落，拉达曼堤斯便站起来说："动手吧，府上诸君，不分尊卑长幼顺序前来，把桑丘的脸蛋摩挲二十四下，在他的胳膊和脊背上掐十二下、扎六针。只有这番礼仪才能使阿勒提西多拉健壮如初。"

桑丘这时无法再沉默下去，大声喊道："见他妈鬼！我哪怕变成摩尔人，也不许有人在我的脸蛋下巴上摸来蹭去！这才怪了！要这丫头还阳干吗非得摩挲我的脸蛋呀？这可真是，老太婆馋苋菜……②！杜尔西内亚中了魔，我得抽自己给她驱魔；老天降灾叫阿勒提西多拉

---

① 斯提克斯河：希腊神话中的冥河。

② 完整的谚语是"老太婆馋苋菜，不管干鲜满嘴塞"。

死了再还阳，我又得听任旁人在脸上摩挲二十四下，浑身扎得满是针眼，胳膊给拧得青一块紫一块！找个小舅子去开这个心吧！我可是老狗不听喝！"

"你不想活了？"拉达曼堤斯厉声吼道，"你就是猛虎也得软下来，你就是傲气十足的宁录①也得低头！闭上嘴忍一忍吧！没逼你干什么办不到的事。别再问这问那了，乖乖让人摩挲，让人扎出满身针眼，让人掐得吱呀乱叫。嘿，我说了，府上诸位快奉旨行事。不然的话，我可是君子出言，准叫你们抱怨自己生不逢时！"

说话间，六个嬷嬷一字排开走进大院，其中有四个戴着眼镜。只见她们个个高举右手，腕子露出袖口四指开外，愈发显得手指细长，这是当初的时尚。桑丘一看这架势，犹如野牛狂吼，大喊道："别人谁摩挲我都行，可是嬷嬷们想碰我一下，没门儿！哪怕像我主人上次在这城堡那样，被猫抓破脸皮呢！哪怕叫磨快的匕首戳透我的身子呢！哪怕用烧红的钳子夹住我的胳膊呢！我都能忍下来，听凭诸位摆弄就是了。可是嬷嬷们不能碰我，就算鬼把我叼走了，也不答应！"

堂吉诃德只好开口对桑丘说："小伙子，忍着点，按这几位先生的意思办。你还真得感谢上天给了你这么大本事，自己皮肉受点苦，既能驱散魔法，又能救活死人。"

那队嬷嬷已经走到桑丘跟前。他只好逆来顺受，在椅子上坐正，朝头一个嬷嬷伸出脸蛋和下巴。那女人便大把一抹，接着还深深鞠了一躬。

"嬷嬷太太，少来点客套，少抹点香粉。"桑丘告诉她，"天哪，你手上的红醋味儿够冲啊！"

所有的嬷嬷都拍打了他，又有一串府上下人过来掐他。最叫他受不了的还是挨针扎。他立眉竖眼地从椅子上蹦起来，一边顺手抓起身

---

① 宁录：亚述帝国的创始人，在《圣经》中被称作"不倦的猎人"。

边熊熊的火把就朝嬷嬷们和其他作践他的人身后扔去，一边嚷嚷着："滚出去！你们这群地狱里的恶魔！我又不是铜铸铁浇的，怎么受得了这种钻隙觅缝的折磨！"

这时候，阿勒提西多拉老那么仰面躺着，好像有点累了，便侧身转过脸去。在场的人见这情景，几乎异口同声喊了起来："阿勒提西多拉活了！阿勒提西多拉还阳了！"

拉达曼堤斯叫桑丘别发火了，反正本来打算好的事情已经办妥。堂吉诃德一看阿勒提西多拉有了动静，上前跪在桑丘脚下，对他说："你不光是我的侍从，还是我贴心的亲人，快趁着火候，往身上抽几鞭子吧！你答应要帮杜尔西内亚驱魔来着。我看这正是火候，你的功夫到家了，现在靠你救人行善，准能立竿见影。"

桑丘回答说："这不是糖饼上涂蜜，分明是火上浇油嘛。太棒了！指甲掐、巴掌拍、针尖戳还不算，这会儿又加上鞭子抽！我看干脆搬来一块大石头，往我脖子上一吊，把我扔进深井里算了！反正左不过也就是如此了。合着为了治好别人的毛病，我倒成了喜事日子里的母牛？别再缠我了，不然，我指天发誓：不怕折本连窝端！"

这时候，台子上的阿勒提西多拉已经坐起来。接着喇叭和笛子一起奏响，人们齐声高呼："阿勒提西多拉活了！阿勒提西多拉还阳了！"

公爵夫妇、弥诺斯王和拉达曼堤斯王站了起来，所有的人以及堂吉诃德和桑丘都站了起来，大家迎上去，把阿勒提西多拉从台子上搀扶下来。那姑娘故作大梦初醒的样子，分别向公爵夫妇和两位国王鞠躬致意，然后乜斜了堂吉诃德一眼，对他说："但愿上帝饶恕你这个冷面郎君，都怪你那副铁石心肠，我觉得自己简直在冥界过了一千多年。而你，世间最最悲天悯人的侍从，多亏你，我才死而复生！桑丘大哥，我如今打算再挑出六件自己的衬衫送给你。当然不是件件那么完好无损，可都很干净，你可以改改自己穿。"

桑丘一听，连忙摘下高帽子攥在手里，双膝跪下亲吻了姑娘的玉手。公爵命人拿走那顶高帽子，把桑丘原来的尖顶软帽还给他；再脱去那件画满火苗的衣裳，换上他自己的外套。桑丘求公爵把衣裳和帽子送给他，他打算当证据和念想带回家乡，永世不忘这桩破天荒的奇事。公爵夫人回答说，那自然不在话下，本来他们之间的交情就不同一般嘛。公爵最后吩咐把院子收拾干净，把堂吉诃德和桑丘安置在原来的房间，各自回屋安息。

Capítulo LXX · 第七十章

**紧接第六十九章，
交代清楚本段插曲必不可少的情节**

　　当天夜里，桑丘睡在一张带轱辘的木板床上，而且跟堂吉诃德在一个房间里。老实讲，他心里十分不情愿，因为他料想主人肯定要问这问那，折腾得他不得安睡。刚才那场磨难，他记忆犹新，又烦又累，舌头早都僵了，哪里还有心思开口说话！他宁肯独自一个睡进茅草屋，也不愿跟别人共享那间富丽堂皇的卧室。果然他的猜想成真，担忧应验。主人刚一上床，便对他说："桑丘，你觉得今晚的事怎么样？一个铁心冷面的人居然有这么大的本事和威力！你都亲眼看见了，断送阿勒提西多拉性命的不是刀枪剑戟，不是任何兵器，不是凶猛的毒药，就是因为我自始至终板着面孔不理睬她。"

　　"她爱怎么死、什么时候死，由她去吧！"桑丘回答，"还是让我安安稳稳待在家里吧！我从来没勾引过她，也没给她脸子瞧过。我上次说过，阿勒提西多拉这个没有脑子的任性丫头要起死回生，干吗非得折磨我桑丘·潘沙？我怎么想也想不明白！不过，这会儿我总算看得一清二楚：世上确实有魔法师鼓捣魔法。上帝千万叫我躲他们远点！我自己可是一点办法也没有。说来说去，我还是求老爷您叫我睡觉吧，别再问这问那了，不然的话，我就从窗户里一头栽下去！"

　　"你睡吧，桑丘老兄。"堂吉诃德说，"可我不知道，你让人家又扎又拧又拍了半天，还能睡得着吗？"

"最叫我丢人现眼的，"桑丘回答，"就是脸蛋让人家拍来摸去，还偏偏是一帮嬷嬷！叫她们都见鬼去吧！我再求求老爷您，让我睡觉吧！您知道，醒着受多大的罪，一睡着就全没了。"

"但愿是这样，"堂吉诃德说，"上帝和你同在！"

趁两人睡觉的工夫，这部伟大传记的作者西德·阿麦特决定写清公爵夫妇为什么要鼓捣出前面提到的那场把戏。他说，参孙·卡拉斯科学士扮成镜子骑士被堂吉诃德击败打赢以后，原先的计划全部落空，成了泡影。可是他想再试一次身手，说不定结果会比前番顺利。正好那个侍童给桑丘的老婆特莱萨·潘沙捎去了书信和礼品，他趁机打听到堂吉诃德的去处，重新搞到盔甲和坐骑，盾牌上绘出一轮皎洁的月亮，驮在骡背上由一个庄稼人看管。他没去找先前的侍从托美·塞西亚勒，免得让桑丘和堂吉诃德认出来。他到了公爵城堡，又打听出堂吉诃德的行程和去向，知道是前往萨拉戈萨参加比武去了。公爵还讲了他们怎么搞名堂叫桑丘抽屁股为杜尔西内亚驱魔。当然事先说明了桑丘如何捉弄主人，哄他说杜尔西内亚中了魔，变成乡下女人。他妻子公爵夫人又如何把桑丘骗得真以为是自己弄错了，杜尔西内亚确实中了魔。学士听了觉得又好笑又惊奇，弄不清桑丘究竟是精还是傻，也没想到堂吉诃德竟然疯癫至此。公爵叮嘱学士，与堂吉诃德相遇之后，不论胜败，务必回府说明结果。学士答应了，然后立即上路，可在萨拉戈萨扑了个空，便又接着追赶。末了发生了什么，前面已经讲了。学士返回城堡，向公爵一一禀报，说堂吉诃德是个规规矩矩的游侠骑士，这会儿准是按照决斗条件取道回乡，准备蛰居一年。学士说，但愿在这段时间里能治好他的疯病，而这正是他本人一再乔装出门的初衷，因为眼看堂吉诃德这样有头脑的绅士发疯，实在令人痛心。然后他辞别公爵返回家乡，静待堂吉诃德紧随而至。公爵觉得耍弄桑丘和堂吉诃德真是其乐无穷，于是又精心编排了上面那场把戏。他估摸堂吉诃德回程的必经之路，安排一大批手下人骑马或徒步把住城堡远近的大小关口，吩咐只要他一露面，强拉硬拽也罢，连哄带骗也罢，务必把他带回城堡。那伙人果然碰到堂吉诃德，连忙禀报了公爵。府上也早有准备，一听说客人到了，立即按吩咐点燃了大院里的火把和油灯，把阿勒提西多拉放在台子上。诸种排场，不必赘述，总之策划周密，假戏真做，惟妙惟肖。

西德·阿麦特这时候说，他觉得被捉弄的固然愚蠢，可是捉弄别人的也未必好到哪里去。公爵夫妇那么起劲儿地捉弄两个傻瓜，自己也就和傻瓜相差无几了。

那主仆二人，一个倒头酣睡，另一个思绪万千，彻夜未眠。很快天亮了，堂吉诃德无论成败悲喜，从来不贪恋舒适的卧榻，这时便准备起床。偏偏这工夫，他一心以为真的起死回生的阿勒提西多拉走进房间。那姑娘按主人吩咐，装死躺在台子上时那顶花冠依然戴在头上，穿一件洒金花的白色蝉羽纱长袍，长发披在肩头，手里拄着一根十分精美的乌木拐杖。堂吉诃德见她进来，惊慌失措地缩回被窝，拉紧铺盖捂得严严实实，一时间笨嘴拙舌，连句客套话也说不出来。阿勒提西多拉在床头边的一张椅子上坐下，先是长长叹了一口气，然后柔声细语说："尊贵的妇人和正派的女子不到万不得已，绝不会不顾脸面和礼法，当众道出内心深处的隐秘。堂吉诃德·德·拉曼却先生，我就是她们之中的一个：坠入情网，百般无奈，不能自拔。不过，我尽管备受折磨，却依然自尊自爱。我强忍强耐，默默承受着这一切，结果把命也送了。都怪你对我冷酷无情，我已经死去整整两天了，

好一个岩石般的冷面郎君！
面对我的声声哀叹毫不动心。

"我曾经死了过去，反正见到我的人都是这么想的。多亏爱神怜悯我，靠这位好心的侍从受折磨把我救活。不然的话，我就一直待在

阴曹地府了。"

"依我说呀，"桑丘这时插了话，"爱神还不如让我的毛驴干这事呢，那我就太谢谢他了。小姐呀，但愿上天给您安排一个比我们老爷心软的情人！不过，请您告诉我，您在阴间都看到了些什么？地狱里有什么东西？我想凡是急死愁死的人准是去那儿。"

"实话对你说吧，"阿勒提西多拉回答，"我大概是还没死利落，所以没能进地狱。要是真的进去了，只怕想出来就不行喽。可我确实到了门口，见里面有十一二个魔鬼在玩球。他们个个都穿着紧身衣裤，大翻领上镶着弗兰门德斯花边，袖口也一样，还卷上去露出四指多宽的腕子，显得手特别长，攥着火铲子当球拍。最叫我奇怪的是他们打的并不是球，而是书，好像里面空空的，只塞了些碎羊毛渣子。这可真是少有的怪事！可后面还有更新奇的哩：通常总是赢了就高兴，输了才生气；他们倒好，玩来玩去，个个嘟嘟囔囔，火气十足，骂声不绝。"

"这没什么奇怪的，"桑丘告诉她，"魔鬼就是这样，玩也罢，不玩也罢，赢也罢，输也罢，反正没个痛快的时候。"

"八成是这么回事。"阿勒提西多拉说，"不过还有叫我觉得更古怪的事哩，至少当初我觉得很古怪。你们猜怎么着？那些书一拍子下去就散了，再也不中用了。他们就这样拍坏了一本又一本的新书旧书，真有意思！末了拿来一本整整齐齐的新书，装潢十分考究，可是一拍子下去就给打了个肠子肚子流满地，弄得书页四散。一个鬼对另一个鬼说：'瞧瞧那是一本什么书。'另一个回答说：'《堂吉诃德·德·拉曼却传记第二部》，可不是原来的作者西德·阿麦特写的。这回是个阿拉贡人，自称出生在托德西利亚斯。''快把它给我拿走，'第一个魔鬼说，'丢进地狱的最底层，别叫我的两眼再见着它！''至于这么糟吗？'另一个魔鬼问。'糟透了！'第一个回答，'哪怕让我动手成心写一部更糟的，也很难办到。'他们接着玩下去，把别的书拍来拍去。

我呢，听他们念叨我如此思恋和爱慕的堂吉诃德，就想法把这个梦境牢牢记在心里。"

"那毫无疑问是个梦境，"堂吉诃德说，"世上哪里还会有另一个我？尽管如今有那么部传记在人们手里传来传去，可在谁的手里也待不住，人人最后都是给它一脚。我才不在乎人家把我说成个怪物，一会儿钻进暗无天日的地府，一会儿又来到光天化日的人间，反正我也不是书上说的那个人。要是传记本身是部好书，忠实地记载事实，准能世代流传；可要是很糟呢，那么从来到世上到进入坟墓也就没多长的路了。"

阿勒提西多拉刚想开口嗔怪，可是堂吉诃德接着说："小姐，我屡次对您说过，您倾心于我，使我很为难，我只能打心眼儿里感激您，却不能遂您的心。我生就是杜尔西内亚·德尔·托博索的人。世上果真有命数的话，那我注定该献身于她。想让别的什么美人占据她在我心目中的位置，纯粹是痴心妄想。我觉得这话足够打消您的念头了，您还是回心转意、严守闺范吧，办不到的事是强求不得的！"

阿勒提西多拉一听，马上娇嗔满面、怒气冲冲地说："吾主在上！你这条干瘪咸鱼、石头灵魂、枣核心肠！跟只认死理的乡下佬一样又臭又硬。我真恨不得扑上去把你的眼睛挖出来！你这个专门挨棍子吃败仗的好汉，莫非真以为我是为你才急得死过去了？今天晚上你看到的整套名堂全是假的。我是那样的女子吗？会为一匹骆驼送命？我连指甲盖里的黑泥也舍不得丢掉哩！"

"这话我信，"桑丘说，"说什么害相思的人会死，真是天大的笑话！说说罢了，鬼才信他们会当真呢！"

他们正说着，头天晚上唱那两段小曲的诗人和歌手走进来，对堂吉诃德深深鞠一躬，说道："骑士先生，我愿仿效众人为阁下尽力效劳，还望赏光垂青！久仰阁下的伟业和英名，不胜崇敬之至。"

堂吉诃德回答说："请问尊姓大名，以便鄙人以礼回敬。"

年轻人回说他就是昨夜弹琴唱诗的那位。

"讲心里话，"堂吉诃德说，"您的嗓音妙极了，可就是唱的那首诗文不对题，加尔西拉索的那两段诗和这位小姐的死有什么相干呢？"

"阁下不必惊怪，"那歌手回答，"时下一些黄口诗人都兴随心写去、顺手抄来，管它切题不切题呢！什么样的胡言乱语都可以冠之以手笔不凡。"

堂吉诃德还没来得及回答，便被进来看望他的公爵和公爵夫人打断了。主宾几人促膝畅谈，十分融洽。这期间，桑丘更是妙语连珠、笑话迭出。公爵夫妇听得目瞪口呆，没想到憨傻和机灵他都沾边儿。堂吉诃德恳求东道主允许他当日起程上路，一个败北的骑士只配躲进猪圈，哪里还能在王公府邸里滞留？两位主公痛痛快快答应了。公爵夫人问他究竟是否喜欢阿勒提西多拉，他回答说："尊贵的夫人，恕我直言，这姑娘的毛病出在闲散无聊，唯一的办法是叫她时常有点正经事干。她刚才告诉我，地狱里也时兴花边，想必她准会这种活计，那就让她不停地织吧。钩针一个劲儿在手里晃，情人的音容笑貌就不会在脑子里晃了。这是我的看法和忠告，肯定错不了。"

"我也这么说，"桑丘搭茬儿了，"我还从来没见过织花边的女人害相思送命的呢！姑娘们要是忙着干完手里的活儿，就没工夫琢磨谈情说爱的事了。这事我最明白了。我锄地的时候，根本顾不得想我那口子，我是说，想我的特莱萨·潘沙。对她呀，我可是比自己的眼睫毛还爱得狠哪！"

"桑丘的话很在理。"公爵夫人回答，"从今往后我一定叫阿勒提西多拉干点针线活儿，她可是一把好手呀！"

"夫人，我看不必了，"阿勒提西多拉声明，"用不着想什么办法。一琢磨这个又混又蠢的家伙对我那么狠心，我就不费吹灰之力把他从心上抹去了。夫人，求您让我赶紧走开吧，别叫我再看他那副哭丧脸，瞧他那又丑又恶心的德行！"

"这么一说，"公爵也发话了，"倒叫我想起一句俗话：嘴里骂个不停，心里气儿早平。"

阿勒提西多拉掏出手帕装作擦眼泪，然后朝男女主人鞠了一躬，就离开了房间。

"我怎么说来着？"桑丘讲，"我怎么说来着？可怜的姑娘，早知道你要遭殃！你撞上的这个人，灵魂比麻绳还干瘪，心肠比橡树还硬。你要是找到我头上，那话可就得另说了！"

他们说完了话，堂吉诃德穿好衣服，跟公爵夫妇用过餐，当天午后就上路了。

CAPÍTULO LXXI · 第七十一章

堂吉诃德和他的侍从桑丘回乡路上所遇

　　屡遭不幸、最后彻底失败的堂吉诃德虽说一路郁闷不乐，可也有宽慰之处。吃了败仗诚然十分沮丧，不过想到桑丘居然有本事叫阿勒提西多拉起死回生，又顿时生出几分欣喜。只是那害相思的姑娘究竟是不是真的死过，他心里还有点犯嘀咕。桑丘可是一点也不痛快，他恼火的是，阿勒提西多拉说好要送他一些衬衫，可并没有照办。他左思右想，最后忍不住对主人说："老爷，我真是世上最倒霉的大夫。有些郎中，没把人治活反而害死，照样伸手要钱。其实他们干的那点事不就是在方子上开出几服药？而且也不是他们配的，还得去找药房，然后灌下去。得！可我呢，为了给别人治病，赔出自己的血不算，还得叫人家又拍又掐又扎又抽，临末了锹子儿不给！这回我发誓，要是再给我送上个把病人，我可不忙着看他，得先伸手大捞油水。教长唱得好，为的是肚子饱。我就不信老天给了我这么大本事是叫我分文不取，到处行善。"

　　"桑丘老兄，你说得很对。"堂吉诃德告诉他，"阿勒提西多拉确实很不应该，答应送人衬衫又不给。虽说你那本事是不劳而获，并非苦学出来的，可皮肉受罪比苦学更难为人。就我而言，你如果向我要为杜尔西内亚驱魔的鞭子钱，你尽管放心，保准错不了。只是我担心卖钱的鞭子还能不能治病，恐怕取了报酬会毁了药效。不过咱们不妨试试，也没什么了不起的。这样吧，桑丘，你开个价，赶紧抡起鞭子抽，然后你自己动手取钱就是了，反正我的钱都在你身上。"

桑丘没想到他竟然这么痛快，不光眼睛睁大了，连耳朵都抻出一拃多长，心里欣然决定抽打自己，便对主人说："那么好吧，老爷，我这就来遂您的心愿，自己也能捞到好处。不是我贪财，可我总得惦记着老婆孩子吧。我还要请问，我每抽一鞭子，您打算掏多少钱？"

"桑丘呀！"堂吉诃德回答，"你驱魔救人功德无量，我打心眼儿里想好好酬谢你，即使拿出威尼斯的财宝、波多西的银矿也不足以报答你呀！我的钱都在你那儿，你自己估摸一下能有多少，给每一鞭子定个价就是了。"

"该抽的鞭子嘛，"桑丘说，"总共是三千三百，还带点零头。我已经抽过五鞭子了，其余的原封未动。这五鞭子就算在零头份上，那咱们还有三千三百。一鞭子先定它二十五文吧。哪怕全世界都来逼我，开价也不能再低了。总数是三千三百个二十五文；三千呢，折合成半雷阿尔是一千五百；折合成整雷阿尔是七百五十；三百呢，折合一百五十半雷阿尔，等于七十五雷阿尔；跟刚才的七百五十加起来，总共是八百二十五雷阿尔。这笔钱我就从您给我的钱袋里扣了。这么一来，就算我挨足了鞭子，可到底能心满意足，发财回家了。要想钓鳟鱼……①底下就不用说了。"

"哦，好桑丘，亲桑丘！"堂吉诃德喊道，"杜尔西内亚和我在有生之年怎么也报答不了你对我们的恩情！她肯定是要恢复原貌的，到时候她转忧为喜，我也虽败犹胜，幸福异常！我说桑丘，你打算什么时候开始笞刑呀？要是能提前的话，我再多给你一百雷阿尔。"

"什么时候？"桑丘回答，"准过不了今晚。您想法叫咱们在野外过一宿，只要头顶天国敞开，我就让自己的皮肉绽开。"

---

① 完整的谚语是"要想钓鳟鱼，豁出裤子去"。

堂吉诃德左等右盼，心急火燎，如同幽会前的情人似的急不可耐，觉得太阳神的车子似乎坏了轱辘，白天比以往都长。不过黑夜终于还是来临了。他们钻进路旁不远处的一片幽静的树林，解开洛西南特和灰驴的辔头和驮鞍，两人坐在绿茸茸的草地上，掏着桑丘的干粮袋吃了一顿晚饭。桑丘用灰驴的缰绳和辔头拧了一根又结实又柔软的鞭子，然后他躲开主人走出去二十来步，跑到几棵山毛榉底下。堂吉诃德见他雄赳赳气昂昂地走过去，便说："听着老兄，你可别真的把自己抽个稀巴烂。抽完一鞭子，稍候一会儿，再抽下一鞭子，千万别急于求成，弄得半道上连气儿也没了。我是说，你别抽得太狠了，不然，还没凑够数，倒把个命给送了。我在远处捏着念珠给你点鞭子数，免得你不是亏欠就是过头。愿上天助你，不负你这片好心。"

　　"欠债还得清，不怕抵押重。"桑丘回答，"我想法把自己抽疼不抽死。这副仙丹要的八成就是这个。"

　　他扒光上半身的衣服，挥动鞭绳抽起来，堂吉诃德紧跟着就数。桑丘抽打了七八下，觉得玩笑太过分，好处不值当，便停下来对主人说他算错账了：这样抽法，一鞭子何止二十五文，至少半雷阿尔。

　　"桑丘老兄，接着抽啊，别泄气！"堂吉诃德告诉他，"我把价钱翻一番。"

　　"那好。"桑丘说，"就看上帝的了，鞭子像雨点一样抽下来吧！"

　　可这回那坏小子根本没往自己身上抽，而是抢在树上，还时不时号叫几声，仿佛每鞭子下去都能叫灵魂出窍。堂吉诃德的心突然软了，生怕他莽撞行事一命呜呼，自己的心愿也就难以实现了，于是便说："求求你，老兄，这事到此暂告一个段落。我看这剂药实在太凶，还是一点一点来吧，萨莫拉不是一钟头攻克的。要是我没数错的话，你已经抽了一千多鞭子了。暂时就到这儿吧！话说得难听一点，毛驴是能驮动，可也别再太重。"

　　"老爷，不行，不行，"桑丘回答，"我可不愿意听人家说我，工钱到手，甩胳膊就走。老爷，您再躲得远点，让我至少再抽上几千鞭子。两三个回合咱们就拿下这局了，说不定还能快点！"

"既然你有这么大劲头，"堂吉诃德说，"那就但愿老天保佑你，你抽吧，我这就躲开。"

桑丘这回更是勇气倍增，十分卖力，狠狠地抽来抽去，居然扒光了周围的树皮。他朝一棵山毛榉猛抽一鞭子，还故意提高嗓门说："死了参孙一人，大家也同归于尽。"

只听鞭梢嗖嗖、惨叫阵阵，堂吉诃德急忙闻声而至，抓住缰绳拧成的鞭子对桑丘说："桑丘老兄呀，万一弄得不好，我倒是遂了心，你可就送了命，那谁来养活你的妻子儿女呀？杜尔西内亚可以等等，还会有更好的时机。我反正如愿有期，完全能够耐着性子熬几天，等你什么时候缓过劲儿来，咱们再一蹴而就，皆大欢喜。"

"既然老爷您这么吩咐，"桑丘回答，"那就太谢谢您的好意了。劳驾，请把您的外套给我披在肩上，我出了一身汗，可别着凉了。头一次受笞刑的人都得防着这一着。"

堂吉诃德照他的意思办了，自己光着身子，给桑丘披上衣服。那人一觉睡到太阳老高才醒。两人接着赶路，走了三莱瓜，碰见一个村子，便进去投宿。他们在一家旅店门口下马。这回堂吉诃德算是认准了，没再看成是什么城堡，以及捎带的壕沟、高塔、栅栏、吊桥之类。自从他吃了败仗，遇事头脑清楚多了，下面就会看到。人家把他们安排在楼下的房间，里面按乡间旧俗，墙上挂着几块印花布当壁毯。其中有一幅手笔拙劣的图画，描绘海伦如何被劫，那个胆大妄为的来客如何把她从墨涅拉俄斯家里带走[1]；另一幅画的是狄多和埃涅阿斯的故事，只见一艘三桅舰或三桅艇之类的船正向汪洋大海驶去，那位女王爬上高塔，挥动半截床单，像是在招呼那个溜之乎也的

————————

[1] 这里讲的是希腊传说中特洛伊战争的起因。

不速之客①。可以看出，画中的海伦虽然被劫，可并不惊慌，反而做鬼脸偷笑；而美人狄多眼里流出的泪珠足足有核桃那么大。堂吉诃德扫了一眼便说："这两位女士真是倒霉透了，没能生在当今时代；我也够不幸的，没能赶上当初的年月。要是叫我碰上那两位先生，特洛伊就不至于被焚烧净尽，迦太基也不致毁于一旦。很简单，只要我干掉帕里斯，自然就避免了一长串祸患。"

"我敢打赌，"桑丘说，"用不了多久，家家酒铺、旅店、客房、理发馆都会把咱们的战功画成故事挂起来了。不过我觉得还是换个高手好，别像画这些玩意儿的那个画家。"

"说得对，桑丘。"堂吉诃德回答，"这个画家就像那个乌韦达的奥尔巴内哈，人家问他画的是什么，他说：'画出什么，就是什么。'比方他画一只公鸡，就在底下写上：'这是一只公鸡'，不然别人还以为是狐狸呢。桑丘呀，依我看，那个新近编出另一个堂吉诃德传记的画家也好、作家也好——反正都是一回事——就是这种画出什么、写出什么算什么的角色。前些年京城有个名叫猫累饿的诗人，也是一路货。他总是不假思索地回答别人的问题。比方有人问他：'天怒人怨'是什么意思？他顺口就说：'舔肚人猿。'算了，咱们别说这个了。桑丘，告诉我，你今晚还想吃一通鞭子吗？是在屋里呢还是在外头？"

"怎么说呢，老爷，"桑丘回答，"按我的抽法，屋里外头都一样。不过，我还是更喜欢去树林里。挺怪的，有那些树做伴，我就不觉得那么疼了。"

"那今晚怕不行了，桑丘老兄，"堂吉诃德说，"干脆你就养养气力吧，等回到村里再说。我看最迟后天也能到家了。"

桑丘回答主人说随他的便，不过就他本人而言，倒是更情愿趁热打铁、乘风使船，完事拉倒；拖拖拉拉往往误大事；嘴里只管求上帝，

---

① 这里讲的是《埃涅阿斯纪》中狄多遭埃涅阿斯遗弃的情节。

手中大锤不能离；好话两筐，不如好事一桩；天上的老鹰虽好，哪比到手的家雀。

"至高的上帝呀，你少说两句谚语吧，桑丘！"堂吉诃德喊道，"看来你又**故态复萌**①了。话要说得直截了当，别那么拐弯抹角，我劝过你多少次了！照我说的做，你准能一本万利。"

"我也不知道自己这是什么毛病！"桑丘回答，"不用顺口溜就说不清道理，好像所有的道理只能靠顺口溜道出。好吧，我往后尽量改就是了。"

两人的谈话就这样结束了。

---

① 原文为拉丁文。

CAPÍTULO LXXII · 第七十二章

堂吉诃德和桑丘进村之前

当日，堂吉诃德和桑丘在一家乡村旅店里等待天黑。一个打算在旷野结束最后一轮笞刑，另一个则要看看自己梦萦魂牵的这一切究竟如何收场。这时候，另有客人骑马来到旅店，后面跟着三四个仆从。其中一个对模样像主人的那位说："堂阿勒瓦若·塔尔非先生，今天就在这儿歇晌吧。看来这家客店还算干净清爽。"

堂吉诃德听了，便对桑丘说："桑丘，你知道吗，我随手翻了翻那第二部传记，好像无意间碰到过这位堂阿勒瓦若·塔尔非的名字。"

"有这种巧事？"桑丘回答，"等他下了马，咱们就去问问。"

那位绅士下马之后，老板娘也把他安排在楼下，房间正对堂吉诃德的卧室，里面也挂着那种印了故事画的布毯。新来的绅士换了一身夏天的衣服，走到客店宽敞凉爽的门廊里，见堂吉诃德在那儿踱步，便问他："请问绅士先生，您这是打算去哪儿呀？"

堂吉诃德回答说："去一个离这儿不远的村子，那是我的家乡。您这是去哪儿呀？"

"我嘛，先生，"那人说，"准备回老家格拉纳达。"

"是个好地方！"堂吉诃德夸道，"不过，我还要请问尊姓大名，我很想知道，可又一时说不清为什么。"

"我名叫堂阿勒瓦若·塔尔非。"客人回答。

于是堂吉诃德告诉他："那我想您准是了！新近刚刚有一本书出版问世，题为《堂吉诃德·德·拉曼却传记第二部》，作者是当代人，里面就有一位堂阿勒瓦若·塔尔非。"

"正是我本人。"绅士回答，"这位堂吉诃德是传记的主人公，跟我交情很深。还是我撺掇他离乡出游的，劝他去萨拉戈萨比武，我也去了。实话对您讲吧，我可是帮了他的大忙。他这人实在太莽撞，多亏了我，刽子手才没在他身上试刀。"

"堂阿勒瓦若先生，您不妨说说，我的模样是不是有点像您说的那个堂吉诃德？"

"不像，"客人回答，"一点也不像。"

"这位堂吉诃德，"我们的骑士又问，"是不是随身带着一个名叫桑丘·潘沙的侍从？"

"没错。"堂阿勒瓦若回答，"到处都听说他很会逗乐，可我就是没听见他说过一句有意思的话。"

"这我信，"桑丘这时候插嘴了，"不是所有的人都有本事逗乐。老爷您提到的那个桑丘准是个又浑又没劲的大贼坏。我才是真的桑丘·潘沙哩，我的笑话比雨点还多。不信，您不妨试试，比方说，花一年时间跟着我，您瞧瞧吧，我张口就能逗人，也不知哪儿来的那么多俏皮话。好些时候，我自己也不知道说了些什么，听的人就哈哈大笑起来。真正的堂吉诃德·德·拉曼却就是眼前这位，我的主人，他名扬天下，胆大心细，一往情深；他铲暴锄强，照看孤儿弱女，保护寡妇遗孀，不坑害黄花姑娘，只认准一个心上人，那就是举世无双的杜尔西内亚·德尔·托博索。别的堂吉诃德和别的桑丘·潘沙全都是胡编乱造的冒牌货。"

"天哪，我算是服了！"堂阿勒瓦若说，"你这位老兄开口不过三四句话就那么妙语连珠，可我听另一个桑丘不知说过多少次话了，一点意思也没有。他的嘴馋可不巧，蠢头蠢脑的，不懂得逗乐。我猜准是紧盯着堂吉诃德正品不放的魔法师们弄出一个堂吉诃德次品来哄骗我。不过，我真不知道说什么好了！我敢担保，我离开的时候，眼见他进了托莱多天神疯人院去治病。怎么这会儿又冒出一个堂吉诃德？而且跟我认识的那个大不一样！"

"我嘛，"堂吉诃德回答，"不敢说自己是不是正品，不过确实算不上次品。告诉您，堂阿勒瓦若·塔尔非先生，我可以拿出明证，那就是我今生今世从未去过萨拉戈萨；而且一听说那个子虚乌有的堂吉诃德去这座名城参加比武，我就决定不去了，好当着世人的面戳穿他的谎言。我径直前往巴塞罗那；那可是个谦谦君子的集散地、外乡人的安乐窝、穷苦人的避难所，骁勇者如归故土，遭凌辱的前去申冤，亲朋挚友相约团聚，就地势风光而言，也是独一无二。尽管我在那儿遭受挫折，甚是沮丧，可是一睹名城风采，心里也就释然了。总而言之，堂阿勒瓦若·塔尔非先生，我就是有口皆碑的堂吉诃德·德·拉曼却本人，不是那个冒名顶替、掠人之美的混蛋。今有一事相求，望阁下履行骑士天职，向此处行政长官声明，您是有生以来第一次与我相遇，我并不是载入传记第二部的那个堂吉诃德，我的侍从桑丘·潘沙也不是您熟知的那个。"

"这自然不在话下。"堂阿勒瓦若回答，"不过事情实在蹊跷，怎么会同时出现两个堂吉诃德和两个桑丘，姓名一模一样，可行为举止大相径庭！为明白无误起见，我再说一遍，以前我见到的都不算数，我的种种经历也均属虚幻。"

"我敢担保，"桑丘说，"您准跟我的女主人杜尔西内亚一样中了魔，说不定也得跟她一样，乞求老天让我抽打自己三千多鞭子为您驱魔。我准能照办，分文不取。"

"这抽鞭子是怎么回事？我不懂。"堂阿勒瓦若问。

桑丘告诉他，这事说来话长，不过要是能同路相伴，他会细细讲清的。这时正好该吃饭了，堂吉诃德便和堂阿勒瓦若同桌用餐。恰好村长带着公证人走进旅店。堂吉诃德当即提出要求，说是为自身合法权益考虑，在场的这位绅士堂阿勒瓦若·塔尔非须在长官面前申明，他以前并不认识此刻同时在场的堂吉诃德·德·拉曼却；而此人并非载入《堂吉诃德·德·拉曼却传记第二部》那本传记里的主人公；作者为托德西利亚斯人氏，名叫阿维亚内达。村长自然是公事公办，一丝不苟地按法律手续签署了文书。堂吉诃德和桑丘这才算心满意足，看来这纸文书对他们至关紧要，仿佛两个堂吉诃德和两个桑丘的言谈举止还不足以分辨真假似的。堂阿勒瓦若和堂吉诃德不免互相彬彬有礼、反复致谢。此时此刻，这位拉曼却好汉显得十分通达明智。堂阿勒瓦若·塔尔非终于恍然大悟，看清了自己以往的悖谬。他甚至真的怀疑自己是否中了魔，不然怎么会碰见两个截然相反的堂吉诃德呢？

当天下午，几人相伴离村上路，走了大约半莱瓜，大道分岔，一条通往堂吉诃德的家乡，另一条是堂阿勒瓦若要踏上的旅途。在他们相伴同行的短短时间里，堂吉诃德讲述了自己如何不幸受挫，杜尔西内亚如何中魔，又如何才能得救。堂阿勒瓦若又一次听得目瞪口呆。他拥抱过堂吉诃德和桑丘，踏上自己的行程，堂吉诃德便与他分道扬镳。晚上，他决定在树林里过夜，好让桑丘凑足鞭数。他自然跟前次一样，靠山毛榉的厚皮代为受过，便宜了自己的皮肉。他可是懂得自珍自爱，哪怕身上落了苍蝇，也不会被鞭子吓走的。

蒙在鼓里的堂吉诃德一鞭子不少地记着数，他觉得，加上前次的鞭数，总共是三千零二十九。那天太阳好像也专门起了个大早来看这场磨难，主仆二人见天色大亮，便又接着赶路，边走边议论着堂阿勒瓦若上当受骗的事，十分庆幸及时按手续签署了那份正式文书。

他们又走了一天一夜，一路并无大事可记，只是桑丘抽空结束了笞刑。堂吉诃德满心欢喜，单等天亮之后能在途中与摆脱魔法的心上人杜尔西内亚邂逅。一路走去，每次碰到女人，他都要上前辨认一番，看看是不是杜尔西内亚·德尔·托博索。他对梅尔林的诺言深信无疑，认为那绝不是信口雌黄。正在他思前想后，满怀希望的时候，主仆二人爬上一道山梁，只见家乡就在脚下。桑丘一眼看到，便双膝跪下说道："我心上的乡土啊，快睁开眼睛看看，你的孩子桑丘·潘沙回来了！他没有发什么财，可是挨足了鞭子。伸开你的胳膊，抱紧你的另一个孩子堂吉诃德吧！他输在别人手里，可赢在自己身上。他总是对我说，这才是人生在世的最大胜仗。不过我还是带回一些钱来。我狠狠挨了一顿鞭子，总算当上了像样的骑士。"

"别净说蠢话了！"堂吉诃德嗔他，"咱们且大摇大摆进村去，到家以后，好好琢磨，商量出个道道，怎么去过牧羊人的日子。"

说着，两人顺坡而下，回到村里。

CAPÍTULO LXXIII · 第七十三章

堂吉诃德在村口遇到的征兆
及其他为这部伟大传记增色添彩的逸事

　　西德·阿麦特说，堂吉诃德走到村口，看见场院上两个男孩吵架，一个对另一个说："佩瑞奇约，你就死了心吧，这辈子你也甭想再见着了。"

　　堂吉诃德听了，对桑丘说："老兄，你琢磨琢磨那男孩说的话，这辈子你也甭想再见着了。"

　　"那男孩是这么说来着，"桑丘回答，"怎么了？"

　　"你不明白？"堂吉诃德问他，"这话是冲我说的，意思是我这辈子再也见不着杜尔西内亚了。"

　　桑丘刚想开口作答，却半道打住，因为他看见野地里窜出一只兔子，接着是一群猎狗和猎人追了上来。兔子吓坏了，一头钻到灰驴底下躲起来。桑丘顺手一把揪住，举着递过去，可堂吉诃德只是连连嘟囔："不祥之兆，不祥之兆！①兔子跑，猎狗追，杜尔西内亚再也不会露面。"

　　"您这人真怪，"桑丘说，"就算这只野兔是杜尔西内亚·德尔·托博索，那些追上来的猎狗是把她变成乡下女人的坏蛋魔法师们，那好，她跑到这儿，叫我抓住，递到您手里，您正把她搂在怀里哄呢。

---

① 原文为拉丁文。

这有什么不吉利呀？怎么张口就说不祥之兆？"

两个拌嘴的男孩跑过来看野兔。桑丘问其中一个，两人干吗吵架。那个嚷嚷"这辈子也甭想再见着"的男孩回答说，他拿走了另一个的蛐蛐笼子，这辈子也不打算还回去了。桑丘从褡裢里掏出四文钱，交给男孩，要回笼子递到堂吉诃德手里，对他说："老爷，这回行了吧？免灾消难了！别说我傻，我看这下子，再有什么兆头，也跟头年的云彩一样，跟咱们的事不相干了。我要是没记错的话，好像是听村里神甫说过，笃信基督的明白人不该在乎这些胡说八道。前些日子老爷您还亲口开导我，告诉我基督徒不该盯着什么兆头不兆头的，这样做实在太傻。别再为这事操心了，咱们还是往前走，快进村去吧。"

说着，猎人们也到跟前来讨回他们的兔子。堂吉诃德还给他们，两人接着走路。到了村口的一小片草地，碰上正在祈祷的神甫和卡拉斯科学士。

这里需要交代一下，在公爵城堡里，阿勒提西多拉起死回生那天夜晚，桑丘·潘沙穿过的一件画满火苗的粗麻布长袍，这时正披在驴背上，盖住捆好的一堆兵器，看上去倒像是印着徽章的号衣。那顶高帽子也戴在驴头上。世上还从没见过乔装打扮得如此古怪的毛驴哩！神甫和学士立刻认出了他们俩，急忙张开臂膀上前迎接。堂吉诃德跳下马，紧紧拥抱那两人。孩子们总像山猫一样耳灵眼尖，一看毛驴戴着高帽子，都跑来瞧稀奇，还一传十、十传百地嚷嚷："小伙子们，快来呀，瞧瞧桑丘·潘沙这毛驴打扮得比过节还漂亮；堂吉诃德的牲口可比先前瘦多了。"

就这么着，一大帮孩子前呼后拥，神甫和学士左右相随，主仆二人走进村里，来到堂吉诃德家门口。管家太太和外甥女早就听说他们到了，正在屋外等候。桑丘的女人特莱萨·潘沙自然也得到消息了，只见她披头散发，几乎光着身子，一手牵着女儿桑奇卡，朝丈夫迎面走去。她本来以为他当了总督该体面一些，没想到他那么邋里邋遢，就说："我的老头子，你怎么这样回家了？好像是一路两腿不停，脚都磨破了！你哪里像个总督，分明是个肋膎兵！"

"别说了，特莱萨，"桑丘嗔她，"有挂钩的地方不是回回都有肥肉。咱们先回家去，我要给你讲好多稀奇事。最要紧的是我带回钱来了，都是我靠本事挣来的，也没坑谁骗谁。"

"我的好男人，把钱给我吧。"特莱萨说，"管你是在这儿挣的还是在别处挣的，管你是怎么挣来的！人生在世这也算不得什么新鲜事。"

桑奇卡搂住父亲问他还带回什么了，她正像五月天盼雨水一样等着呢。女儿一手拽着他的腰带，一手牵着驴；女人拉住他的胳膊，几人回家去了。堂吉诃德留在自己家，有外甥女和管家太太照看，还有神甫和学士陪伴。

堂吉诃德不等喘口气的工夫，当即单独跟学士和神甫躲到一处，三言两语讲明了他如何吃了败仗，被迫履约回乡蛰居一年，说他打算一丝不苟、分毫不差地照办。游侠骑士嘛，就该严守游侠骑士的章程。说他已经想好了，趁这一年去当牧羊人，在幽静的原野徜徉，投身淳朴的田园生活，尽情地倾诉自己的满怀情思。他求那两人，要是没有别的事情，或者紧急公务缠身，是不是也前去跟他做伴。他会去买一大群牛羊，几个人就可以名正言顺地当上牧人。他还说，他把头号要紧的事都办好了，就是给每个人都起了雅号，甬提有多么合适。神甫请他说出来，堂吉诃德回答说，他本人叫牧人吉诃提兹，学士叫牧人卡拉斯孔，神甫叫牧人神甫昂布若，桑丘·潘沙叫牧人潘西诺。谁也没想到堂吉诃德又冒出个新鲜的疯主意，可是为了防止他再次离村去当游侠骑士，好趁这一年工夫治治他的疯病，两人只能暂且附和他这个新鲜打算，还假意称他的疯主意很得体，答应陪他去放羊。

"我还有个想法，"参孙·卡拉斯科说，"大家知道，我也算蜚声文坛的诗人了，信手拈来就是几首田园诗、宫廷诗，或者别的灵感所至的名堂，供咱们几人漫山遍野吟咏消遣。我的两位老兄，还有一件更要紧的事情，咱们每人准备在诗中赞颂的牧羊女也该起个芳名，不论多么坚硬的树皮都要刻上一个，反复吟诵。通常多情的牧羊人都是这么做的。"

　　"这正合我的心意。"堂吉诃德回答，"不过我无须为假托的牧羊女起名，举世无双的杜尔西内亚·德尔·托博索是现成的。她堪称这一带河谷湖畔的光彩、无垠草原上的鲜花、美人佳丽群中的台柱、绰约风姿的极致，总之，无论多么夸张的溢美之词对她都无不相适。"

　　"是这么回事。"神甫说，"不过咱们还是四处去趁摸好调理的牧羊女，即使不能十分般配，也得好歹说得过去。"

　　参孙·卡拉斯科接着又说："要是名字不够用的，咱们就把印在书上那些借过来，反正满世界都是。什么费丽达斯呀、阿玛瑞丽斯呀、狄安娜呀、弗雷瑞达斯呀、伽拉苔亚呀、贝丽萨尔达斯呀。这些在市场上都有出售，咱们不妨买回来据为己有。要是我的情人——不过最好还是说我的牧羊女——名叫安娜，那我赞颂她的时候，就称她安娜尔达；弗让西斯卡呢，就改称为弗让契尼亚；露西亚呢，就是露兴达。总之一律照这个办法。要是桑丘·潘沙也入伙，可以在诗中把他女人特莱萨·潘沙叫作特莱萨依娜。"

　　堂吉诃德觉得这个名字起得很好笑。神甫又一次称赞他的打算正当而高尚，又一次表示，只要肩负的教区事务一处理完，他所有空闲时间都用来陪伴老友。然后两人起身告辞，一再叮叮嘱咐他保重身体，多吃滋补食物。不料外甥女和管家太太偷听了三人的谈话，见客人走了，便闯进来找堂吉诃德。外甥女对他说："舅舅大人，这是怎么回事？我们满心以为，这回您可要老老实实待在家里，安安稳稳过日子了。怎么您又要往死胡同里钻，去做什么：

小羊倌来呀,

小羊倌去?

"老实讲吧,麦秆硬邦邦,做哨儿吹不响。"

管家太太也接茬儿说:"再说,老爷您待在野地里,虎啸狼嚎的,夏天怎么歇晌?冬天怎么过夜?不行呀,干这个行当的活儿,得是那些经得起风吹雨打的壮汉。他们自打裹上尿布就注定要干这种苦差事。就算万不得已吧,当游侠骑士也比当羊倌强。我说老爷,您还是听我劝吧。我可不是吃饱了撑的瞎说,我饥一顿饱一顿的,而且是五十开外的人了。求求您待在家里,照料产业,按时忏悔,接济穷人。要是出了什么事,我拿灵魂担保。"

"妇人之见,别说了!"堂吉诃德回答,"我清楚自己该干什么。快扶我上床,我觉得不太舒服。你们尽管放心,我当游侠骑士也罢、游荡牧人也罢,总不会忘了赡养你们。你们看我将来怎么行事就知道了。"

两个听话的妇人(显然只能是管家婆和外甥女)立即把他扶到床上,还端来了吃的,想方设法地尽心服侍他。

Capítulo LXXIV · 第七十四章

堂吉诃德一病不起，立下遗嘱，溘然长逝

世上本无永存常驻之事，一切都是由兴到衰，逐步败落，直至消亡，凡人的生命尤其如此。堂吉诃德的一生也未能得天独厚，无力阻挡时光的流逝，不知不觉走到了生命的尽头和终点。说是遭受惨败之后的忧伤也好，天意事先安排也好，反正他高烧不退，一直在床上躺了六天。这期间，他的朋友神甫、学士和理发师常来看望，他忠实的侍从桑丘·潘沙更是寸步不离床头。他们都以为他是由于吃了败仗，又没能如愿看到杜尔西内亚摆脱魔法纠缠，心中烦恼郁结，所以才一病不起，于是想方设法为他宽心。学士劝他振作起来，准备去过田园牧歌式的生活，说他本人已经写好了一首牧歌，准能叫萨那扎罗①的所有作品黯然失色。他还自己花钱买了两只名贵的牧羊犬来看管畜群，一只名叫巴尔西诺，另一只叫布特容。他是从金塔纳尔一个牧主手里买到的。无奈他们丝毫也没能减轻堂吉诃德的沉重心情。

朋友们请来的医生号过脉，觉得事情不妙，说是既然吉凶难卜，还不如及早安排灵魂安歇，肉体只怕是保不住了。堂吉诃德本人听了这话倒很镇静，可是管家太太、外甥女和侍从就不然了。他们一齐伤心地哭了起来，仿佛眼前的人已经死了。按医生的看法，郁闷和失望

---

① 萨那扎罗：16 世纪意大利诗人，热衷于模仿维吉尔。

是致病的根源。

堂吉诃德请求他们都出去，他想独自安静地睡一会儿。大伙儿走后，他像常说的那样，一口气睡了六个多钟头。管家太太和外甥女见他睡得那么死，还以为他再也醒不过来了。可他最后还是醒了，只听他大声说道："感谢全能的上帝，给我如许恩典。他的大慈大悲无边无垠，人世的罪孽如何能够削减和阻隔！"

外甥女仔细一揣摩舅舅这番言语，觉得他心里似乎比往常明白多了，至少得疯病以来，这还是第一次。于是便问他："舅舅大人，您是想说什么？咱们是不是又有什么新鲜事了？这大慈大悲和人世的罪孽是什么意思？"

"外甥女呀，"堂吉诃德回答，"我是说，尽管我罪孽深重，也没能阻挡住大慈大悲的上帝这会儿施恩于我。我的头脑清明豁朗了，完全摆脱了愚妄昏聩的阴影。以前都怪我没日没夜地苦读那些可恶的骑士小说，弄得自己悖晦糊涂。如今我看清了这类书籍的荒诞无稽，只可惜我醒悟得晚了一些，来不及读另一些启迪心灵的书籍，聊以补救。孩子呀，我知道自己的死期临近了，可是临死之时，我要让人们明白，我的一生还不致如此糟糕，只能作为疯子留名于世。诚然，我确实疯癫过，可我不愿这名声常驻于死后。好孩子，快去叫我的好朋友神甫、参孙·卡拉斯科学士和理发师尼古拉斯师傅，我想忏悔，还要立下遗嘱。"

正说着，那三人便进来了，不用外甥女出门跑路。堂吉诃德一见他们就说："快为我庆贺吧，我的朋友诸君！我不再是堂吉诃德·德·拉曼却，依然是阿隆索·吉哈诺，而且由于为人忠厚，外号人称'好人'。我如今恨死了阿马迪斯·德·高拉以及他那些绵延不绝的子孙；打心眼儿里讨厌亵渎神明的骑士小说；我看清了自己的愚妄，懂得了阅读这类书籍的危害，如今对它们厌恶透顶。多亏上帝慈悲，叫我从自身的经验中汲取了教训。"

三人听他这么一说，还以为他又犯了别的疯病。参孙赶紧告诉他："您这是怎么了，堂吉诃德先生？我们刚得到消息，说是杜尔西内亚小姐已经摆脱魔法了。再说，咱们眼看就要去当牧人，像王公贵族那样吟唱度日了，您怎么反倒想去隐居山寺？求求您，别瞎说，想好了，别乱琢磨！"

　　"我确实乱琢磨过，"堂吉诃德回答，"而且真正把自己坑害苦了，如今临终之时，愿上天佑助，能化害为利。先生们，我眼看就要死了，还开什么玩笑，快请来神甫听我忏悔，再找个公证人帮我立下遗嘱。人们在弥留之际是不会跟自己的灵魂逗乐的。所以，求求各位，趁神甫听我忏悔的当儿，快去找公证人。"

　　听了堂吉诃德的一席话，大伙儿惊奇得面面相觑，尽管有些将信将疑，最后还是决计依从他。其实这么突然间变疯癫为清醒，已是人之将死的明显征兆了。他接着又说了很多虔诚得体的话，有条有理、头头是道，于是大家不再疑惑，深信他确实明白过来了。神甫叫其他人离开，留下他独自一个听病人忏悔。学士去找公证人，不一会儿就带来了，后面还跟着桑丘·潘沙。桑丘已经听学士说他主人不行了，这会儿又见管家太太和外甥女哭成了泪人，顿时大嘴一咧，眼泪哗哗流了出来。正好病人忏悔完了，神甫走出来说："好人阿隆索·吉哈诺是真的明白过来了，也真的要死了。咱们还是赶紧进去让他立遗嘱吧。"

　　听他这么一说，本来就眼泪汪汪的管家太太、外甥女和忠实侍从桑丘·潘沙更是为之一震，顿时泪如泉涌，深埋在心底的呜咽一声声夺腔而出。说真的，如同以前曾经讲过的那样，堂吉诃德无论是当年名不见经传的好人阿隆索·吉哈诺也好，还是成了以后的堂吉诃德·德·拉曼却也好，一向是性情温和，待人友善，因此家里人和所有的熟人都十分喜欢他。

　　公证人跟大家一起走进屋里，首先写下遗嘱的抬头。堂吉诃德按照基督教的例行仪式，先把自己的灵魂交付上帝，然后口授遗嘱正文："其一，我患疯病期间，曾雇佣桑丘·潘沙做我的侍从，并托他掌管一笔款项。他和我之间曾有债务往来，账目未清，特立嘱申明：此款无须偿还，外人也不得追查；扣除我的欠款之后，如有结余，一并归他；为数甚少，但愿对他有所裨益。我疯癫之时曾提携他出任海岛总督，如今头脑清明，更欲鼎力助他荣任一国之主。他生性质朴，为人忠厚，确实当之无愧。"

这时他转向桑丘，对他说："老兄，实在对不住，都怪我把你害得也跟我一样当了多时疯子。我不仅自己误以为世上古往今来有什么游侠骑士，而且把你也引入了歧途。"

"哎哟！"桑丘哭哭啼啼地回答，"我的老爷，您可千万不能死呀！听我的劝，长命百岁地活下去吧！一个人好好的，别人也没伸手杀他害他，为一点点别扭就随随便便死掉，这才是疯到顶了。听我说，别这么懒洋洋的，快从床上起来，咱们打扮成羊倌上野地里去吧！咱们不就是这么商量好的吗？说不定能在哪堆野草后头碰上堂娜杜尔西内亚小姐，一眼看去，就知道她逃脱了魔法。要是您就为吃了败仗伤得要死，都怪在我头上还不行吗？就说我没有给洛西南特系好肚带，结果把您摔在地上了。再说，您在那些骑士书上准也见过，这些骑士打翻那些骑士也是常有的事。今天输了，明天不定就赢了哩。"

"可不是嘛。"参孙也说，"桑丘·潘沙真行！这些话说得太在理了。"

"诸位先生且慢。"堂吉诃德回答，"去年的窝还在，可今年鸟不来。我是疯癫过一阵，可现在我明白了。我刚说了，我当过一阵堂吉诃德·德·拉曼却，可这会儿我还是好人阿隆索·吉哈诺。但愿我诚心悔悟能打动各位的心，还像以往那么敬重我。请公证人先生接着往下写吧。

"又：从我现存的家产中首先扣除此处指明必须偿还的债款，余额全部归于此刻在场的外甥女安东尼亚·吉哈娜一人名下。管家太太服侍我多年，亏欠的工钱首先必须如数付清，外加二十杜卡多，为其添置新衣。我决计委任在场的神甫先生和参孙·卡拉斯科学士先生监督遗嘱执行。

　　"又：如若外甥女有意嫁人，必须事前查明对方不知骑士小说为何物。若明知其涉猎此类读物，外甥女仍执意出嫁并成亲，她将失去我留下的全部遗产，由诸多遗嘱执行监督者做主捐赠各类慈善机构。又：据说此间流传一部题为《堂吉诃德·德·拉曼却丰功伟绩第二部》的传记，我在此恳求上述遗嘱执行监督人，若有幸与作者相遇，务必代我向其致以万分诚恳的歉意。他之所以把如此荒诞不经的昏话塞满全书，虽非我有意所致，毕竟还应归罪于我。我实为成书的根由，当此辞世之际，我内心深感不安。"

　　遗嘱写完，堂吉诃德便晕了过去，直挺挺躺在床上。屋里顿时一阵慌乱，人们一齐凑上去照料。从立遗嘱之后，一连三天，他屡屡昏厥。这期间，全家上下乱糟糟一片，不过外甥女照常吃饭，管家太太依然喝酒，桑丘·潘沙也像以往一样嘻嘻哈哈。继承遗产就有这种效用：能抵消甚至抹去继承者对死者的悼念。堂吉诃德做了临终圣事，又长篇大论、振振有词地怒斥了骑士小说，便与世长辞了。当时在场的公证人说，他读过不少骑士小说，可从来没有一个骑士像堂吉诃德那样，安详虔诚地死在自己的卧榻上。他就这样在亲友的悲泣和泪水中灵魂飞升了，我是说：死了。

　　见此情景，神甫当即请求公证人现场做证，说明好人阿隆索·吉哈诺，人所共知的堂吉诃德·德·拉曼却善了一生，安然死去。说他之所以需要这份证书，是为了防止在西德·阿麦特·贝嫩赫里之外，另有作者欺世盗名，重新拉出死者，把他的业绩永无休止地讲下去。奇思异想的拉曼却绅士就是这样了却了一生。西德·阿麦特最终也没明说他的生地故里，好让拉曼却的大小村镇争相认其为自身苗裔，据为己有，就像希腊七城争夺荷马一样。桑丘以及堂吉诃德的外甥女和管家太太如何哀哭，还有坟前新镌的墓志铭，这里就不一一赘述了，不过参孙·卡拉斯科撰写的铭文必须提及：

> 强悍绅士，长卧于斯
> 威武绝伦，世人皆知
> 不畏强暴，明证在此
> 死神无敌，亦未遏志
> 虽死犹生，留名万世
>
> 顽敌麇集，他自岿然
> 举世惊骇，为之丧胆
> 壮哉勇士，从此长眠
> 世多谣诼，清名不染
> 曾罹癫狂，顿悟升天

于是洞察世情的西德·阿麦特对他那支笔说："你从此悬在铁丝上紧贴挂板安歇吧！我的鹅毛笔呀，不知你究竟是锋利快捷还是秃钝无用，总之你将与世长存，但愿愚妄恶毒的立传人不再摘下你任意玷污。不过，一旦他们靠近，你不妨提出警告，彬彬有礼地对他们说：

> 恶棍小子且慢动手，
> 不许别人将笔取走。
> 英明君主早已下令，
> 此项伟业由我完成。

"堂吉诃德为我一人而生,我为他一人而活;他行事,我记述,我们两人融为一体。叫托德西利亚斯地界的那个冒牌作家气急败坏去吧!他凭一支胡乱切削的粗劣鸵鸟毛管,居然斗胆写下而且还想继续撰写我们这位英勇骑士的业绩。这哪里是他能够肩负的重担!他那呆滞的才思哪里能够胜任!你但凡能见到他,请务必竭力相劝,最好还是让堂吉诃德颠簸一世、腐朽霉烂的尸骨在墓中安息吧,别妄图违抗冥界的万能法则,把他拖出来带回旧卡斯蒂利亚,因为他直挺挺躺在墓穴里已是千真万确的事情,不能重新出游,第三次去闯荡了。为了嘲讽诸多游侠骑士的云游闯荡,他的两次远行已经足够了,而且受到境内域外闻知此事的众人喜爱和赞扬。你若能好言规劝心怀叵测之人,便算是尽了基督徒的天职;我呢,也从而就此心满意足,因为作家对自己的作品能如此如愿以偿,全然感到欣慰的,我还是头一个。我的宗旨只有一个:引起世人厌恶虚妄荒诞的骑士小说。这类读物已经遭到我这部堂吉诃德信史的磕绊,必将全军覆没无疑。后会有期!"

《堂吉诃德》及其翻译

古今中外凡是观念超前、行为脱俗、不人云亦云随波逐流者，通常总被冠以"狂人""疯子""傻瓜"之类的称号。鲁迅《狂人日记》中的主人公不正是这样的人物吗？世人无不浑浑噩噩，唯独他清醒地看出所谓"仁义道德"的吃人本质，并且喊出"救救孩子"的凄厉呼声。

堂吉诃德也是这样。目睹残暴不义、弱肉强食通行无阻，贪婪鄙俗、醉生梦死流于常规，他单枪匹马树起了"铲暴锄强"的大纛，立志恢复公正宁静的"黄金时代"。在世俗眼中，他的志向狂妄可笑，他的行为有悖常理，于是对他极尽戏弄欺侮之能事，从而既显示了自身的乖巧机灵，又为无聊生活增添了些许乐趣。

这恐怕是一切理想主义者的悲剧。他们的追求或许本属子虚乌有，而他们也确实太耽于幻想，常常把风车当作巨人，不顾一切地冲上去搏斗。

然而，社会毕竟还是需要理想光环的照耀，否则人类堕落为魔鬼的前景岂不指日可待？这一点，在人心几乎全为实惠统摄的当今世界上，显得尤其重要。清一色的机灵人布满天下，未免过于单调而险恶，有几个"疯子""傻瓜"混杂其中，兴许能在现实和理想两极张力之间求得某种平衡，免得整个社会被不可遏止的物欲拖进深渊。

《堂吉诃德》自二十世纪二十年代被介绍到中国，已经数易版本，译文质量自然是逐步提高。但是随着社会的变革、语言的发展和审美情趣的不断更新，为使《堂吉诃德》在当代中国赢得更多的读者，直接从西班牙语、按当代人的口味重译的要求势在必行。笔者不才，斗胆接受出版社之约，战战兢兢做了一次尝试，主观上始终小心翼翼以下列标准自律：

一、深刻全面理解原著，努力做到形、意、神三者均能尽量相似；不绕开难关，不随意增删改动，尤其要避免望文生义的误译和疏忽潦草的漏译。

二、译文严格采用现代汉语普通话，但根据原文穿插的仿古措辞和俚俗语言，做相应的上下浮动，尽量体现作者刻画人物身份、性格、处境和心绪的传神之笔。

三、书中各类书名，凡载入国内常见辞书者，一律采用规范形式，不自行杜撰，以防混乱。原著中谐音调侃式的文字游戏另做变通处理，但设法保持其戏谑滑稽色彩。

四、由于译文并非供学者研究的专著，注释应力求少而精，旨在扫除阅读中的障碍；注释行文则应言简意赅，点到为止。

就译者本人意愿而言，当然希望自己奉献的成果能得到认可和喜爱。结果究竟如何，切盼同行和读者评点指正。

整个翻译过程中，不断得到两位西班牙同事的热忱支持，帮助我廓清了大量疑团。她们是玛尔塔·阿衣梅瑞奇和帕洛马·法东两位女士，谨在此表示忠心的谢意。

董燕生

MIGUEL
DE
RVANTES
AVEDRA

图书在版编目（CIP）数据

堂吉诃德 /（西）塞万提斯著；董燕生译 .—北京：作家出版社，2021.3（2025.4重印）

（作家经典文库）

ISBN 978-7-5212-0761-3

Ⅰ.①堂… Ⅱ.①塞… ②董… Ⅲ.①长篇小说－西班牙－中世纪 Ⅳ.① I551.43

中国版本图书馆 CIP 数据核字（2019）第 247875 号

堂吉诃德

作　　者：（西）塞万提斯
译　　者：董燕生
责任编辑：省登宇　周李立
装帧设计：TT Studio
出版发行：作家出版社有限公司
社　　址：北京农展馆南里 10 号　　　邮　　编：100125
电话传真：86-10-65067186（发行中心及邮购部）
　　　　　86-10-65004079（总编室）
E-mail:zuojia @ zuojia.net.cn
http://www.zuojiachubanshe.com
印　　刷：北京盛通印刷股份有限公司
成品尺寸：142×210
字　　数：940 千
印　　张：32.25
印　　数：13001-16000
版　　次：2021 年 3 月第 1 版
印　　次：2025 年 4 月第 3 次印刷
ISBN 978-7-5212-0761-3
定　　价：88.00 元（全二册）